【中国散文研究】

中国古代散文国际学术研讨会论文集

福建师范大学中国散文研究中心　主编　陈庆元　副主编　欧明俊

凤凰出版社

图书在版编目（CIP）数据

中国散文研究 ：中国古代散文国际学术研讨会论文集 / 陈庆元主编. -- 南京 ：凤凰出版社，2011.12
ISBN 978-7-5506-1085-9

Ⅰ. ①中… Ⅱ. ①陈… Ⅲ. ①古典散文－古典文学研究－中国－国际学术会议－文集 Ⅳ. ①I207.62-53

中国版本图书馆CIP数据核字(2011)第276541号

书　　名	中国散文研究——中国古代散文国际学术研讨会论文集
主　　编	陈庆元
责任编辑	樊　昕
出版发行	凤凰出版传媒集团
	凤凰出版传媒股份有限公司
	凤凰出版社(原江苏古籍出版社)
	发行部电话 025-83223462
集团地址	南京市湖南路1号A楼,邮编:210009
集团网址	http://www.ppm.cn
出版社地址	南京市中央路165号,邮编:210009
经　　销	凤凰出版传媒股份有限公司
照　　排	江苏凤凰制版有限公司
印　　刷	南京大众新科技印刷有限公司
	南京浦口大桥北路京新村546号,邮编:210031
开　　本	787×1092毫米　1/16
印　　张	47
字　　数	1114千字
版　　次	2011年12月第1版　2011年12月第1次印刷
标准书号	ISBN 978-7-5506-1085-9
定　　价	118.00元

(本书凡印装错误可向承印厂调换,电话:025-58849828)

目　录

前言

为推动海内外中国古代散文研究的进一步繁荣，由中国古代散文学会、福建省文学学会和福建师范大学文学院联合主办，福建师范大学文学院承办的中国古代散文国际学术研讨会，于2010年8月27日至29日在福建武夷山举行。

古代散文研究取得的成就是有目共睹的，可喜可贺。我本人认为中国散文研究，还有许多值得注意的领域，其中一个重要的研究领域是散文文体学的建构与研究。当前，中国文体学研究仍然采用西方的"四分法"，散文是并列于小说、戏剧、诗歌的一种文体。但是，由于汉字书写的特殊性，以及中国的文学传统的源远流长和丰富性，"四分法"似不能完整地反映出中国文学的全部风貌，例如"赋"这一在汉魏六朝很风行的文体(北朝人甚至还有不会作赋不能算是文学家之说)，句式整齐，押韵，如果按照当下文体论的概念，似乎更加接近诗类，然而，当代任何一部古代诗歌的选本，我们见不到"赋"的踪迹，而在古代散文的选本中，却不时有它的身影。我们再翻翻《昭明文选》，这部现存的古代第一部文学总集，昭明太子按文体把它分成近四十类。除了诗、骚之外，其他文体似乎都是"散文"。但是，同样都是散文，三十多类的划分，绝不是萧统的"无事生非"、"无事找事"，据李善所注，每一种文体都由来有自，都有它的根据。研究《昭明文选》除了诗、骚之外的文体，可以说是中国古代散文文体研究的一项内容。我们很高兴地看到，《昭明文选》文体的研究已经出现许多很好的研究成果；我们很高兴，汉魏六朝文体学的研究出现了许多优秀的成果，中山大学何诗海博士的新著《汉魏六朝文体与文化研究》(北京大学出版社2011年版)就很有代表性。

相对于古代散文的文体研究，现当代散文的文体研究可能比较薄弱。现当代散文的文体相当丰富，有些文体"古已有之"，如游记体散文、传记体散文、序跋体散文。今人书序体的散文，多数是用白话文写的，我们注意到了陈允吉先生主编的《佛教文学精粹》(上海文艺出版社1997年版)和《佛教文学粹编》(上海古籍出版社1999年版)两部书的序，这两篇序也是陈先生所撰，两篇序都是用骈文写就。陈先生这两篇序都写得很有文彩，是难得的美文。这两篇序也许是当代书序的特例，但研究当代的书序却不能对它置之于研究视野之外。当代有些文体则是对古代文体的改造，如古代称寿序，今人叫祝寿辞；有些文体是古代所无，今天却很流行，如开幕辞、闭幕辞。寿辞或开幕辞、闭幕辞，很多是不带文学色彩的，暂且不论，但是有些带有一定的文学色彩的，散文研究者要不要加以关注？散文各种文体，都有各自的文体特点或特色，这是我们今天很需要研究的。

其次，散文研究专家，也应当有散文写作的实践。我们常说研究古代诗词的学者，自己必须有诗词的写作实践，这样，诗词研究可能会更有深度。我们同样要说，研究散文的专家，也必须有散文写作的实践，以避免研究的隔膜。古人许多书序、集序、诗序写得很有文彩，例如王羲之的《兰亭集序》，毫无疑问，是千古名篇。现在，我们许多专家为友朋、学生作序，千篇一律，一篇篇序像是一篇篇的论说文，像是一篇篇的读后感。散文研究专家如果自己多一点散文写作的实践，研究新时期的书序，并加以论述总结，可能体会更加深刻，对改变自己的文风也可能有帮助。

再次，应进一步扩大与海外研究者的交流，取长补短。福建师范大学近年与港、澳、台学术界交流频繁。台湾当代散文家的写作，其记叙、描写的对象，写作的风格，对散文美学的追求，与大陆的散文家可能存在差异。两岸研究者对散文的研究也存在差异，例如台湾学者非常注重散文实用性的研究，重视对文本作细致深入的研究，都值得我们注意。两岸学者应加强交流，密切合作，在方法和路径方面互补。闽台区域散文文献整理与研究，是可开垦的学术领域，可以撰写《闽台散文源流史》。福建师范大学文学院 2007 年至今，招收海外博士生二十多人，我们希望今后有更多的学生，尤其是台湾学生来大陆研究中国散文。

福建师范大学现当代文学是国家重点学科，中国古代文学是具有二十年历史的省级重点学科，研究力量比较雄厚，散文研究在学术界有较大影响。我们注重将古代散文研究与现当代散文研究打通，目前，已经有系列研究成果面世，今后要做的工作还有许多。去年，我们组建了福建师范大学中国散文研究中心（陈庆元任主任，欧明俊、吕若涵任副主任），搭建了很好的学术研究平台。我们志在将古今中外打通，以宏阔的视野研究散文，不同学科、不同专业融通互补。我们有一支结构合理的散文研究队伍，希望经过努力，将本中心建设成为国家级研究中心。现在，我们将“2010 武夷山中国古代散文国际学术研讨会”论文结集，交由凤凰出版社出版，为本次会议留一点痕迹。我们将论文集的总书名定为《中国散文研究》，想借此书的出版，激发本中心同仁对中国散文的研究热情，在出版第一辑之后，再出版第二、第三辑……本辑是中国古代散文研究的专辑，将来我们还要出版现当代散文或通代散文研究的专辑，希望得到海内外同仁以及正在攻读学位的学子们的支持和帮助。

陈庆元
2011 年 9 月 15 日
写于闽江南岸

十年来先秦散文研究巡礼

谭家健

近十年来，关于先秦散文综合研究的专著有六部，其共同特点是：试图突破作家作品论的框架，采用新的角度、新的理论思维、新的分析方法，对先秦散文从整体上重新审视，取得了可喜的成绩，但也存在某些问题和弊端。下面按出版时序分别评介如次。

杨树增《先秦诸子散文——诗化的哲理》，广西师范大学出版社 1999 年 8 月出版，26 万字，分上下编。上编本体论，七章，论述六经之后先秦诸子体现出的散文新流向，先秦诸子扎根于大变革时代的土壤，沐浴着理性精神的光芒，诸子流派纷呈，殊途同归，体现出哲学与艺术的高度结合，其体制经历了由语录体向专论体发展与成熟的过程。诸子散文是历史的也是未来的精神宝库。下编流变论，六章，论述：经世化民的箴言：儒家散文；满腔兼爱利天下：墨家散文；曼衍诗情抒追求：道家散文；敷张扬厉的辞令：纵横家散文；胸怀万方巧运筹：兵家散文；热血铸就治国策：法家散文。

本书首先从总体上概括出先秦诸子散文七个要点，然后对先秦六家分别进行评说。上编的设置，属于宏观性质，多有创获。所论各点，既概括了他人研究成果，又融入自己的体会，立论公允，评述得体，有的裁断较为准确、稳妥，令人首肯。下编的分论，属于微观性质，但不同于作家作品论，对每家散文作综合评析，大致符合实际，不乏精辟之处。不过，这方面的工作，他人多有尝试，而具体分析，大多未能超越前人。

此书在结构上的不足之处是，未能突出重点。上编七题，重点应在哲理与艺术的结合，这正是本书的副题，似乎尚未充分展开。下编论六家，重点应该是儒道两家，似可多用笔墨。

有的评论者认为，此书似乎对先秦诸子提出新颖的认识，尝试新的把握方式，但从具体论列看，实在是“换汤不换药”。这样讲未免要求过严。

傅修延《先秦叙事研究：中国叙事传统的形成》，东方出版社 1999 年 12 月出版，24 万字，共七章。第一章绪论，叙事学的背景与意义、对象与方法；第二章，先秦叙事的工具：结绳、刻契、图画、文字，认为汉字的构成已包括叙事的内容；第三章，论甲骨问事，青铜器铭事；第四章，论《易经》隐事，谣言记事，《诗经》感事，着重分析《诗经》消费形态，《诗经》之史诗，宏大叙事与私人叙事，《诗经》对叙事学的贡献与影响；第五章，论《山海经》的静态叙事与神话思维，《尚书》的记言与论事，《春秋》的记言与立法，《左传》之史已有诗衣，其记言与记事均衡结合，文本与故事均衡对称，事实与虚构交融互渗，叙事主体的活跃与编年史体的桎梏；第六章，诸子言事的繁荣，着重分析其语言艺术攀登高峰，寓言故事蔚为大国，民间文艺登堂入室；第七章，关于中国叙事传统的形成。

对于傅氏此书，董乃斌在序言中给予高度评价。一，迄今为止大多数叙事学论著都以小说为主要对象，而傅氏则将一切“有秩序的叙述”的行为均视为叙事。其论述对象突破了文学的范畴，雅俗一体，史稗无分，韵散同举，三环（文学的产生、传播、消费）连锁，这就不但大大扩展了视野和取证范围，而且有利于对叙事行为作追根究底的研究。二，全书逻辑严谨地检视和叙述了中国叙事传统的形成过程，从初民的叙事工具讲起，依次论析甲骨文、金文、《易经》、《诗经》、《山海经》、《尚书》、《春秋》、《左传》、《国语》、《战国策》、战国诸子散文中的寓言等在叙事学中的价值和各自特色，令人信服地得出中国叙事传统形成于先秦时期的结论。三，本书论析善于抓住各个对象的特点，紧扣叙事这个主题，而又不拘泥局促，在翔实资料的支持下，随处提出一些发人深思的论点，标志傅氏叙事学研究攀登上一段新阶，也预示他的研究有非常广阔的前景。

常森在《二十世纪先秦散文研究反思》（北京大学出版社 2002 年版）中，首先肯定傅著是新中国建立以后，先秦散文研究方面最有探索意义的成果，对先秦叙事文做出了很多极具启发意义的解读。立论虽根于借鉴他山之石，但从先秦散文研究方面看，独到、深刻、细腻，对认识卜辞、铭文、史传、诸子的特点，对把握先秦散文、先秦文学乃至中国文学的发展脉络，提供了具有深远启示意义的观点和视角。常森同时指出，傅著的缺失非常鲜明。首先，其叙事学观念似乎还存在含糊不清的地方。例如，先秦诸子散文的主旨自然是在记言，但傅氏对叙事、记言关系的把握则有相当程度的混乱。其次，傅氏把握先秦散文的整体理念依旧是沿袭传统的看法，把文学视为史学或哲学的附庸，或者次一级、低一级的概念。其三，傅著在很多地方以叙事学之新鲜名头来转述或演衍传统的观念。其四，更重要的是，傅著的很多根本性论断缺乏实证，这极大地削弱了结论的科学性。著者不仅未对一些论断提供实证，而且根本无意于证明这种关系的确实性。

我认为，傅氏的《先秦叙事研究》，其基本理念是上世纪 80 年代以来从国外引进的，运用于研究小说、史传文学乃至叙事诗是可行的，在微观分析方面取得一定成绩；然而，傅氏把它扩大到几乎所有先秦文学领域，显然凿枘难合。其最突出的毛病在于把记言与叙事混同，把诸子散文全部当叙事文学来看待，难免给人以牵强附会之感。叙事学有四要素：时间、地点、人物、事件的过程。准此，诸子散文中，除少量寓言故事之外，是不能算叙事文的。《尚书》的文章，除《金縢》、《顾命》等少数几篇外，也是不能算叙事文的，这是学界的共识。傅氏把荀子《成相》篇当成叙事文，还说“荀况的叙事学贡献是无论怎么评价都不过分的”。说《山海经》的神话思维模式普遍地影响了后世叙事文学的叙事思维，说《山海经》对神怪外部特征的重视，移到文学上就是注重对人物外形的撮要描摹。此类论断经不起实证检验，难以令人信服。傅氏将一切“有秩序的记述行为”均视为叙事，不管是否具备叙事四要素，也不分是叙事还是说理、抒情、写景，这样无所不包的叙事学，实际上已成写作学的代名词。

饶龙隼《先秦诸子与中国文学》，百花洲文艺出版社 2002 年出版，40 万字。全书分导言、上编、中编、下编。导言从人群变动和学术演变两条主线，考述先秦诸子的产生及进程；上编考述先秦诸子的文学创制活动，包括讴歌啸咏、创制篇什和设为寓言等方面，以显示中国早期文学的创造精神、演述体制、文辞体式、传写形制和用象形义；中编考述先秦诸子的前文学批评活动，包括诸子《诗》说，诸子神怪论和诸子“小说”观等，以展示古代文学观的前状态，即实用精神、神怪思想和学术变态；下编考述先秦诸子的用象制度及形态，包括观念具象的演变历程、基本特征和语言形式等内容，以探寻诸子时代的具象思维状态和言意操控能力。

此书给人突出印象是强烈的全面创新意识。其研究角度、思维方式、基本理念和使用概念、范畴，皆与众不同。最新之处是“把文学视为一种制度和一种制度下的活动”，文学作品乃“此制度与活动的产物”，以此观念统摄全书。

黄霖的《评饶龙隼〈上古文学制度述考〉》(《文学评论》2010 年第 2 期)，说“将制度引进到文学领域之中，无疑熔铸着一种创新精神”。这是“饶先生在长期研究深入思考的基础上，从中国文学的通变实况中抽绎出来的，因而是具有充足的理据和独特的识见”。“作者翻遍了考古发现，原始宗教，神话传说，民族遗存，殷墟甲骨，殷周金文和群经诸子及其传释疏证，并注意吸取近代研究成果，辨析决疑，故所得结论令人信服”。这些评价也适用于饶氏的《先秦诸子与中国文学》。

然而，据我所见所闻，有些读者对饶氏之基本理念表示怀疑，认为所谓“文学制度”这一术语难以接受。饶氏把“文学制度”的内涵，定义为包括创制精神、文学体制、传写形制、用象制度、言说形式、前文学观念等等。我认为，所谓“文学”，在先秦之含义并不明确，何谓“文学”、何谓“非文学”不容易划分。所谓“制度”，《现代汉语词典》定义为“要求大家共同遵守的办事规程或行动准则”。我的理解，是由社会上层统治者制定而被社会普遍遵守的带有刚性的规则。在先秦，有宗法制、赋役制、礼制、乐制、兵制、官制……而未闻有文学制度之说，先秦有语法而未必有语言制度，有音韵而未必有用韵制度，有各种文体而未必有文体制度……。至于观念、精神，很难加以制度化。饶著所谓“文学制度”内涵，多数可以理解为社会习惯、不成文的规则或潜规则，集体意识或无意识的意识，是人们约定俗成，习以为常，不自觉地形成的，而非自上而下颁布推行的，语言、歌谣即是如此。以文体而论，格律诗、词牌、曲谱、应用公文、八股文，才是制度化的产物。而在先秦时代，不论《诗经》体、楚辞体、史传体、诸子百家文体，尚无根据说它们是什么人制定的。后人可以从先秦文学活动中总结出某些规律，从复杂的个别现象中抽绎出其共同性，可以而且应当运用现代概念、术语加以概括。但是，这种概括应该有充分事实根据和学理依据，应是准确得当、严肃而慎重的，否则难以成立。

饶先生明确地对学界提出挑战。他说：“我引入文学制度观念，是对上古文学研究的实验。这样的学术实验是有挑战性的。不仅要面对上古文学自身规定性的壁垒，还要反思批判近世中国文学研究的利弊。因其壁垒，所以就要抱定攻坚必破的决心，切实考述上古文学制度的基本内涵。因其利弊，所以就要秉持精诚平允的态度，零点评估近世文学研究的相关成果。切实考述和零点评估，这就是我的学术旨趣。”(饶龙隼《上古文学制度述考》，第 17 页)竟把近世文学的相关研究成果评估为零，这种口气令人惊讶。

饶著使用了大量新的术语，用得最多的是“具象”。作者声明不赞成用“形象”、“意象”、“兴象”、“象征”。他特别提出“具象”一词，其中又分为“原型具象”、“介质具象”、“观念具象”、“叙事性具象”、“感兴具象”、“复合型观念具象组合”、“单元型观念具象组合”等等。实在不好理解，难免故弄玄虚之嫌。有时甚至舍平易而用艰深，例如把从神灵发展为神怪，称为“神怪逸出”，读者很可能以为是神怪从什么地方逃逸而出。还有“隐开”、“冥一”、“向度”、“气感取象”等等，均属生造词语，不知其确切含义是什么。

书中有些具体分析论断与原文大相径庭。第 111 页说：“墨子又是厌弃书籍的始作俑者。”他所根据的《墨子·贵义》篇原文是：“子墨子南游使卫，关中（车厢）载书甚多。弦高子见而怪之曰：吾夫子教公尚过曰：揣曲直而已。今夫子载书甚多，何有也？子墨子曰：昔者周公旦朝读书百篇，夕见七十士。故周公旦佐相天子，其修（治）至于今。翟上无君上之事，下无耕农之难，吾安敢废此？翟闻之，同归之物，信有误者，然而民听不均，是以书多也。今若（公尚）过之心者，数逆于精微，同归之物，既已知其要矣，是以不教以书也，而子何怪焉？”墨子明确地肯定自己不废书，学习周公旦朝读书百篇，因而出门载书甚多。至于不要求公尚过多读书，是因为他对事理通达精微，天下殊途同归之物，已知其要领，就不教他多读书了。显然，这是因材施教的个案，不能得出墨子废弃书籍的结论。第 112 页说：“孟子崇尚古乐，反对新乐（即俗乐、新声）。”根据是《孟子·梁惠王下》齐宣王说：“寡人非能好先王之乐也，直好世俗之乐耳。”孟子说，这没有关系，“今之乐由古之乐也”。杨伯峻《孟子译注》译为：“无论现在流行的音乐，或者古代音乐都是一样的。”又《孟子·尽心下》记，高子对孟子说：禹之音乐高于文王之音乐。你看禹的钟纽使用得都快断了。孟子认为，那是使用的时间长造成的，不是高低之别。可见孟子并不认为音乐越古越好。作者说：“孟子对当代讴歌啸咏不感兴趣，对其中蕴涵的审美情趣亦缺乏体认。”此论不确。《孟子·离离上》引用沧浪之歌并对含义大加发挥，怎么能说孟子对讴歌不感兴趣呢？

程水金《中国早期文化意识的嬗变——先秦散文发展线索探寻》，第一卷，武汉大学出版社 2002 年 11 月出版，49 万字。第二卷，2004 年 7 月出版，53 万字。此书分为三编：第一编，巫卜文化与巫卜散文，分三章论述甲骨卜辞、《周易》筮辞；第二编，史官文化与史官散文，分八章论述殷周铜器铭文、《尚书》、《逸周书》、《国语》、《春秋》、《左传》、《公羊传》、《穀梁传》等书；第三编，士人文化与士人散文，分四章论述老子、孔子、墨子。按照作者计划，还将有第三卷、第四卷，分别论述先秦其他诸子著作。

本书力求考证辩驳与理论阐述相结合，宏观与微观相结合。对所论古籍，先大量收集梳理前贤有关资料，加以比较，剖析折中，取长去短，而后铸成已意，可谓剔抉入微，新见迭出。宏观概括，亦不乏精彩的卓识。有不少篇幅似乎是文字和概念考释，实质上是探求其历史根源和文化内涵。作者知识面比较广博，思维相当细密，在近年来同类著作中不可多得。例如：把《尚书》的主旨概括为搜缀既往，寻觅古鉴，《逸周书》体现出从援例鉴古到历史经验的条理化（此说极精到，实发他人所未发）。《春秋》及三传目的在反思历史探求公理。遵循时间——因果律，显现出理性精神。老子是由史官而退为隐者，其文化特征打上双重烙印。对老子的“道”与孔子的“道”作出细密的比较。以专章考论孝、礼、仁三个范畴，构成儒家君子的人格与圣贤气象。又指出学、思、孝三者是《论语》的文化内涵，从个性、情感、理趣分析孔子的人间情怀和《论语》的文体风格。对墨子的十大主张也分别作具体的评论。

最令人欣赏的是关于老子与孔子的比较。第二卷 243 页说：“为了消除日趋紧张的人文对峙，摆脱历史困境，老子设计了两套相辅相成的方案，一是尽量削减人伦规范以至于放弃一切人文举措，采取无为无事的施政方略；一是杜绝人的一切私欲，彻底消除人文对峙的总根源。”479 页说：“孔子同样感受到社会危机与道德堕落，但与老子相反，孔子认为，削减人伦规范以至于放弃人伦举措，并不是解决社会危机，消除人文困境的有效方法。恰恰相反，重整既有的人伦规范，改良既往人文传统，则是匡济现实人心，整顿社会秩序的救世良方。因此，孔子并不像老子那样，具有深沉博大的宇宙情怀，也没有老子那样整体的历史批评观念。其思想发生过程，是由当下社会政治秩序的批判，进而重建理想的道德价值体系。”此类宏论，书中随处可见。

此书也有明显不足。第一，还不是真正的散文研究，而是以思想文化研究为主体，关于文体特征、修辞技巧、写作经验乃至语言艺术等等，语焉而不详，没有下太大气力。正标题是符合书的实际的，副标题则未充分体现出来。第二，此书多有卓论，但仅是“点”，而未构成“面”和“线”，对所论每本书或每位思想家，未作全面评析，只是抽取几个问题来讲。各章之间看不出有机联系。此书属于散论、丛论，而不是“史论”，更不是“史”。第三，作者或许过于求新立异，立论有时过于勇敢而欠周密，难免有片面性。墨子一章尤其明显。如说：“墨子的目标，是要将旧贵族统统赶下台，颇有阿Q革这伙妈妈的命的意味。”(第二卷541页)“墨子的尚贤、尚同的主张，虽然并没有明倡暴力革命，而实质上即蕴涵着一个阶级推翻另一个阶级的暴力意识。”(第二卷543页)“毫无疑问，墨子要在社会底层选拔一班农与工肆之人，使之成为新的贵族，以取代旧的贵族，并将旧的贵族废为奴隶。”(第二卷542页)这是没有根据的抬高。另外有些地方又评价过低。第二卷639页说：“从总体上看，墨子的道德观与伦理观，表现出‘有用即真理’的功利主义色彩，其方法论也体现出‘感觉即实在’的经验主义倾向。”把“有用即真理”、“感觉即实在”这些西方哲学帽子扣在墨子头上很不适当。第二卷565页说：墨子“这种爱，类似于商业行为中的等价变换。因此，墨子之所谓兼爱，实质上就是互利”。认为“郭沫若说墨子并不重在爱人，而是重在利己，虽然偏激，也不无道理”。作者似乎忽视了墨子“摩顶放踵，利天下，为之”，以及后期墨家讲的“杀己以存天下”，“爱人非为誉也”，墨家之徒为了实践“义”，具有“赴汤蹈火，死不还踵”的牺牲精神，怎么能说墨子“重在利己”呢？

从引证和论讨的对象看，此书重视古人和上世纪二三十年代的见解，很少提到近三十年的著作。由于作者未能充分吸收最新成果，对于某些已经进一步深化了的问题，其分析评论似乎显得滞后。

张群《诸子时代与诸子文学》，齐鲁书社2008年12月出版，22万字。第一章，从诗到思，文化视野里的诸子散文。第一节，论诗人时代与中国早期文化的诗性特征；第二节，理性文化的勃兴与散文时代的到来，认为早期主要是史官文化，而后发展为士人文化，由哲学的独立发展为哲理散文的独立；第三节，论诸子散文的文体演进；第四节，论诗性文化在诸子散文的文体演进；第五节，论诗性文化在诸子散文中的余响，认为《老子》是诗化的哲理散文，《论语》是诗意言说，《庄子》反映一位哲学家的诗意人生。第二章，文学与象征，诸子文学的艺术表现。第一节，论“文”的观念的出现和“文言”的诞生；第二节，论“立象以尽意”的意象思维；第三节，论象征与诸子文学中的意象，着重分析“比德”说与玉、山、水、松柏等意象。第三章，骋辞驰说的诸子说理散文。第一节，论诸子说理艺术，着重分析归谬法和比喻、寓言的运用；第二节，诸子对说理文的开创之功。第四章，诸子寓言。第一节，诸子寓言的产生及意象思维特征；第二节，诸子寓言的发展历程；第三节，论庄子的泛寓言。第五章，诸子时代的文艺思想。第一节，诸子的“文学”观；第二节，儒墨文艺思想之比较；第三节，以大为美的抽象美学观念萌芽于诸子时代。第六章，儒道诸子与中国文学。第一节，孟子与中国文学；第二节，老庄对古代文论的影响与贡献；第三节，儒道互补与中国古代文人的人生哲学；第四节，先秦诸子与古代文体，着重论述连珠体和荀子的诗体与赋体。

本书立足于诸子所处时代的政治状况和哲学思想的发展，揭示文化发展对文学的影响，结合文学自身发展规律的分析，描述大的思想文化背景下的诸子文学的原生状态，探索时代与文学之间的互动关系。作者力图从文化论文学，重点还是处处紧扣文学，没有离开文学专门另论文化。思想清楚，概念明确，立论平实，不刻意求新，梳理前人而后出以己意，态度认真而诚实。第一、二、三章比较好，第四、五、六章稍嫌平淡，有些观点是别人讲过的，超越不多。全书的“文化”观，主要是史学与哲学，而对宗教、艺术、民俗等注意不够。关于寓言的论述，前后有些重复甚至夹缠，有时把寓言和比喻、引证以及真实的历史故事等混合在一起（饶龙隼的书也有这种现象），给人以寓言的范畴过泛之感。

过常宝《先秦散文研究——早期文体及话语方式的生成》，人民出版社 2009 年 7 月出版，45 万字，共八章。第一章，论商周巫卜文献：甲骨卜辞，图象文献和易占卦爻辞，象征与阐释；第二章，论西周礼教文献：铭文与盟诅辞，神道设教与周初八诰，仪式追溯和典谟制度及《尚书》文章；第三章，论春秋史传文献：《春秋》书法、《左传》叙事逻辑、虚饰与实录；第四章，论春秋时代之“语”类文献：春秋君子文化，《国语》与君子立言、《老子》与箴诫之“语”、《论语》语录体的意义；第五、六、七章，论战国诸子文献：《礼记》与儒学传承方式、《墨子》之论辩、《孟子》与师道传承、《庄子》与优语、《荀子》的文章体制和文学观念、《韩非子》的文体、参验法和辩难术、《说林》和《储说》；第八章，战国策士文献：分析《战国策》的语言方式及寓言。

本书从文化发展的大视角出发，对先秦散文文献作文体探源、文体功能及文体演变的研究。作者认为，所谓文体，即文本的形式和表达方式，主要受到话语权力所赖以生成的文化形态的影响，至于文本之间的继承和发展倒在其次。本书的基本观点是：先秦时期正是文化、政治、官制、社会习俗等急剧变化发展的时期，不同文化层面的信仰、传播、组织方式，不同社会阶层的职事、行为方式等，都对文献本身产生影响。在这样的背景之下，不但甲骨卜辞、易卦爻辞、史传文献、诸子散文、纵横家说辞，各有自己的文化渊源和文化功用，而且，每一类文献内部的不同种类文本，如《尚书》中典、谟、誓、诰、训、命等，史传散文中的经和传、记事体和记言体、《周易》中的卦爻辞和大传、系辞等，都有不同的文化意义，其文体形态受文化功能的制约。

本书在以下几方面有重大突破：一，在宗教文化向理性化过渡的大背景下，通过对不同层次文化的社会功能、表达方式、实现途径等作细致深入的研究，揭示它和各类文献之间的深层关系；二，对文献创制者的职事、言说范围及言说方式进行详密的考察；三，进一步探索不同文体的功能，并对其文化地位及对后世文学观念的影响做出判断；四，描述各种主要散文文体的形式特征、文章原义和相互间的继承及影响关系。

本书的基本理念范畴和论述方式既不是从国外引进的，也不是重复中国的旧有传统，而是把近三十年来文化研究的观点方法与古代文化活动有机结合，充分尊重并努力吸收近三十年的相关研究成果，并在注释中作出详细交待，即使片言只语也不含糊，这种认真精神十分可贵。本书的许多结论，既新颖独创，又能令人理解，乐于接受，不少地方，精彩透彻，妙语迭出，使人击节赞赏。立论有相当理论深度，但并不玄奥，较好地实现了传统与现代的对接。全书结构有序，要言不烦，重点突出，论析充分，较少繁词浮论。在近十年的同类著作中堪称特出。

本书不足之处是：各章之间有些夹缠，有的话前面讲过后面又重复，有些例证循环使用。

本书不再分论思想性、艺术性是可以的，但对各种文献之不同思想价值，不同美学效果和不同修辞风格个性，比论不够。本书的主旨实际上是先秦文献文化演进之研究。既然用“先秦散文研究”为题，应在文学研究方面有所加强，文化研究并不能代替或完全涵盖文学研究。

综观十年来先秦散文研究的几部专著，不难发现其共同追求是，把文化研究引入文学研究，这与近三十年来大的学术趋势有关。比起三十年前以政治论文学是一个进步，比90年代前期着重于写作艺术和文本研究，也有所深化。但是，所谓文化研究的范围尚不确定，先秦时期文史哲不分，几乎所有先秦古籍都具有文化价值，先秦散文著作如何找准自己的位置？从文化史角度阐发，怎样与思想史、哲学史、史学史相区别？都值得探讨。我以为，既然称之为先秦散文，应该属于文学范畴，应当以文学性为主，分析其形象思维、艺术手法、修辞技巧等等，从中发掘出美学内涵。文学史家不是去占领哲学史研究、史学史研究的地盘，而是要深耕细耘自己的园圃。可惜，从清代起，重考据，轻义理，鄙薄辞章之学的风气，沿袭至今。今天，我们在积极开拓文化研究的同时，如何推动先秦散文的研究回归到文学的本题上来，似乎还需要进一步的努力。

（作者单位：中国社会科学院文学研究所）

古代散文史的撰述立场与研究方法

阮　忠

古代散文史的撰述，需要站在怎样的立场才更符合历史的真实性？本来不可还原的散文历史，怎样撰述才能最大限度地贴近它的历史？王齐洲先生曾谈到文学史的编写，自问当用文学的方法还是历史的方法。文学的方法是审美的，可以细致地分析作品、介入感情；史学的方法则是实证，让史实说话，少作主观的判断。对这二者，他作了一些阐述后，最后结论道："在文学形式和文体发展的描述中，应该尽量采用历史的方法，而在文学内容和作家作品的分析中，应该注意采用文学的方法。"[①]我无意探究这种折中的意见在文学史或散文史撰述上的史学和文学分寸的把握，而提出古代散文史撰述者的三种立场，以期引起关注。

其一，撰述者的实录立场。

班固继司马迁之后撰述西汉历史，故有我国第一部断代史《汉书》。这种断代史的开创性和司马迁通代史的开创性，都是时代影响所致。司马迁之前无通代史，司马迁之后西汉无史，二史问世，从此纪传体的通史与断代史成为史家的楷模。班固在《汉书》中为司马迁立传，说司马迁的《史记》为"实录"，司马迁有良史之才，关键是他不为尊者讳，也不为贤者隐。同时，《史记》并非不渗透或说不表明司马迁的社会评价，他把自己的社会评价寄寓在客观的记叙中。同时采用简洁明快的"太史公曰"把直接的评价独立于历史的记述或描述之外，避免影响记述的客观性。班固及其后的史家多沿袭司马迁的这一历史记述方法，使述与评各自保持着相对独立的地位。

古代散文史与《史记》同有"史"的性质，散文史的写作是否应该遵循《史记》的"实录"原则，如实录，散文史应该是一种怎样的形态？袁行霈先生在面向21世纪课程教材《中国文学史·总绪论》里说："文学史属于史学范畴，撰写文学史应当具有史学的思维方式。"随即指明这包括了三点：史的脉络、描述式的语言方法和史的规律，并涉及到文学史与其他相关学科的交叉研究，文学史史料学研究。这一文学史的撰述思想无疑可以移用于中国散文史的撰写。然而，这里理论的表述比散文史写作的实践要容易得多。怎么贯穿史的脉络，怎么运用描述式的语言以及怎么提炼出史的规律，以及怎样体现"实录"的原则，都是相当艰难的事情，散文史的撰述本身，是可以实现"实录"的吗？

当下的学界，只要对某一学问有专攻，有兴趣，有心为史，就可以成为某史的撰述者，对中国古代文学史、古代散文史亦然。所以眼下的文学史家、散文史家比比皆是。然而在古人

---

① 王齐洲《中国文学史简明教程》，华中师范大学出版社2006年版，第9—10页。

心目中,做史家好像并不容易。唐代的刘知幾在《史通》中提出史家当有史才、史学和史识。清代章学诚觉得史家具备这三者还不够,当还有史德。其《文史通义·史德》有专门的论述。史德关乎撰史者的心性,关键是能够真正地秉笔直书,而不是曲解历史,使历史失真。对于古代散文史家来说,要做的是保持古代散文发展的真实,只说是能否做到史的客观再现以保真实。这当然与史才、史学、史识即驾驭史料、博学多闻以及洞察见解相关联。不过,学界对散文史作者,一般很少用德、才、学、识作一个准入的标尺,而听任散文史写作的百花齐放。

从"实录"来说,文学史与散文史一样,可以作"资料长编"即以资料展示历史,这与司马迁用历史故事展示历史的方法相同。但这种方法曾遭到鲁迅先生的批评,认为应当以史识驾驭史料。郭预衡先生在《中国散文史·序言》里引述了鲁迅先生针对郑振铎先生《中国文学史》的批评意见后,说自己的《中国散文史》"没有过多地罗列前人的评述资料,而主要援引了一些较具史识的言论,用来佐证我的看法。"我们可以理解鲁迅先生的批评,所谓的"资料长编"可说是在编史而不是在撰史,尽管史料的选择也能体现编选者的历史用心,但不及"史识"的参与更能见历史的本质或说真相。我们也理解郭预衡先生的说法,他这番话里蕴含了力求散文史是客观再现的意味,所以会说以他人具有史识的言论来佐证自己的看法。同时,虽说不想做成资料长编,但他在这部散文史里,又特别留意附录散文作品,以便这些散文作品能够给读者历史的感觉,让散文史中有了更多的资料。

然而,资料荟萃真的就是实录吗?刘跃进曾说到散文史撰述中普遍存在的问题:"我们所写的散文史,其实不过是现代人心目中的散文史,很多不是个人已经公认的散文佳作。比如当时盛传一时的'沈诗任笔'的任昉的创作,从当时的社会影响来说,他远远高于大多数文章作手。可是,我们今天对于南北朝散文史的研究,对他的分析和评价就远远不够了。还有唐代的陆贽,也被视为一代大手笔,但是今天,我们的散文史还能给他留下多少篇幅呢?相反,许多在当时文坛并没有多少地位的散文作家或散文作品,今天反而可能得到充分的开掘和论述。"①今人按照自己的审美标准或喜好选择散文作家和作品入史,是普遍存在的现象,散文史中的优秀作品,是按我们当下的审美标准作的选择,环肥燕瘦,历史的审美标准是变动不居的。那么,当下散文史作品的选择符合历史的真实吗?如果不符合,这走形的散文史存在的意义又是什么呢?

其二,撰述者的评论立场。

就算是散文史的撰述者很好地解决了材料的"实录"的问题,就可以构成中国散文史吗?散文史面对的是散文作家和作品,客观地讲述作家的故事较容易,怎样客观地讲述作品呢?郭预衡先生在《中国散文史·序言》里又说了:"从史的发展角度出发,这部散文史不用'作品评论'或'作品赏析'的写法,这倒是我一贯的主张。""作品评论"或"作品赏析"是怎样的写法?郭先生引述了自己在《谈谈文学史教科书的编写问题》中以《史记》为例说到的分析人物形象、思想意义、艺术技巧、细节描写等等。的确,对于一部散文史来说,很难全面承载他所说的"作品评论"或"作品赏析"式的任务。假如真是这样的话,就会淡化"史"的客观性或说史的韵味。但"作品评论"或"作品赏析"在散文史中可以完全舍弃么?同样是在这篇序言

---

① 《散文史研究中几个有待解决的问题》,载董乃斌等主编《中国文学史学史》,河北人民出版社 2001 年版,第 163—164 页。

里，郭预衡先生又说："从'史'的角度出发，前人的话我不多征引，我自己的话也尽量少说，尽量少发无关于'史'的泛论。古人写文章曾有'意尽而止'的话，我以为甚为可法。"他为自己征引前人评述以及自我评说设了一个"度"即少引少说，这意味着要以附录散文作品为主体，以尽管是"少"的引与说为粘合剂，构成一部完整而系统的中国散文史。

然而，征引不论，少说不等于不说，这所说的话即是评论或赏析，它们能够体现作者的史识。就此，撰史也是不能没有作者评论的。随手翻开郭预衡先生的《中国散文史》，其评论或赏析俯拾皆是。况且郭先生有评论的自觉，因为他感到需要把作品放在文学史发展的历史长河中，在文学流动的进程里审视或说考量其新成就、新特点，从而看出散文的发展。这印证了戴燕说的："写中国文学史，简单地说，便是采取'文学'的观念、按照'历史'的时间顺序，来描述中国文学的过去。当然，这个'文学'不再代表文章、学术两重含义，这个'历史'也非过去常见的文史之史。……中国文学史到底也还不能靠着观念的直接表白、史事的排比罗列相叠而成，它必须在观念和史实间取得协调，磨合它们直到不分彼此、水乳交融，使观念隐藏在史事的表述中，史实的演示又能贴合观念。"①他说的是中国文学史的写作，对古代散文史有同样的意义。只是他提出"史"不应是观念之史，也不应是史实之史，而是作者观念与史实的水乳交融。

这同样是艰难的。陶东风在《文学史哲学·导言》中说："一个合格的文学史家必须同时是一个文学理论家。"他强调文学史家的理论素养对文学史撰述的作用有着深刻的意义。而这理论素养必然作用于文学史观念，作用于文学作品的评论或赏析，从而使文学史撰述具有作者的个性色彩。古代散文史的撰述也在这一条轨道上，散文史家的理论素养同样导致散文史的个性色彩。这样的个性色彩出自撰述者对散文史的主观感悟和认知，而在此之下产生的古代散文史却不容易得到学人的普遍认同。罗宗强先生曾说过文学史编写的四组矛盾，其中有"文学史真实反映文学史真实面貌的可能性"和"文学史是否提供公认的结论与文学史编者的个人色彩问题"②。这可以启发学人想到散文史的非普遍认同，是不是没有真实地反映散文史的面貌，是不是没有提供能够得到公认的散文史结论，是不是散文史的撰述个人色彩太浓？

然而针对古代散文作品，撰述者以史识表现出来的散文观不可能不具有个人色彩，因为散文作品产生的散文观念或评论历来都是仁者见仁，智者见智，思想的不统一实乃认识的差距，那么个人的撰述又怎么能够得到认同？难怪刘跃进说："任何一家散文史似乎都难以提供一种公认的结论，甚至不过是每一个研究者心目中的散文史而已。如果历史成了一个人人都可以打扮的对象，那么，我们撰写历史的目的又是什么呢？"③他原本针对的是当下的散文史没能保持历史的本来面貌而言的，但就史识而论，散文史的个人化问题同样存在。撰述者可以任意地选择写作对象，也可以任意表达对作家及其作品的看法，对散文史的认同怎样才会发生呢？而我们完全不可能排斥用非实录性的散文史观念作散文史料的粘合剂，想写一部实录性的中国散文史几乎是不可能的事情，这也增加了它获得认同的难度。

---

① 戴燕《文学史的权力》，北京大学出版社 2002 年版，第 25 页。

② 罗宗强《文学史编写问题随想》，《文学遗产》1999 年第 4 期。

③ 刘跃进《散文史研究中几个有待解决的问题》，董乃斌等主编《中国文学史学史》，河北人民出版社 2001 年版，第 161 页。

不过，想一想司马迁的《史记》问世以后，批评者多多。其地位的确立经历了岁月的沉淀，也与它是西汉汉武帝太初年以前唯一的社会通史相关联。相较而言，当下的古代散文史不具有唯一性，且时间的沉淀也远远不够。

其三，撰述者的描述立场。

古代散文史因其史和文的特性，涉及到史实的叙述和作品的评论，其语言的表现自然就具有述与论的双重性。虽然论史自有史以来就存在，但述史从来就是主体，论通常在述之外。诸如《左传》的"君子曰"、《史记》的"太史公曰"、《汉书》的"赞曰"等等。这样一来，其述与论既相关，又各自独立。

这里的"述"，有人称之为叙述或描述。如戴燕说："所谓写作中国文学史，最终要靠语言。这里说的语言，指的是文学史所用的叙述语言，它同人们已往熟悉的任何一种学术语言都不一样，不是书目提要，不是文苑传，也不同于学案。文学史描述的对象既是文学的又是历史的：首先，它要绘制一个文学的空间，展示发生过的文学现象，并为它们的产生和联系提供合理的解释。在文学史里，文学固然不能完全恢复其自然存在的样态，但千差万别之中，它依然呈现为一个完整生动的有机体，无数作品无数作家仿佛如约而至，并且各归其位，井然有序。其次，它也要采取历史学的方法，使文学在时间上也表现得富有秩序，文学的历史仿佛随着时间的递进而演进，在文学史里，作家、作品会依次从时间隧道的那一端走出来，陆续登上长长的文学历史剧舞台，在一幕幕戏中扮演角色，时间的流程决定了它们的前后源流关系。中国文学史怎样写，能否写成，最终离不开这样的语言。"①文学史撰述者面对的是依时间序列自然流出的文学作家和作品，其描述是再现这一自然的过程与现象，客观上做了历史上作家和作品的代言人。注意，这里是再现而不是论述，不是撰述者认为历史上的作家和作品怎样或当怎样。既然文学史如是，散文史亦然。

当下的古代散文史著作，描述语言的运用并不少见。描述常见于社会状态、作家生平、作品内容，除此之外，许多看似的描述实际上是在论述。如陈柱在列举了李斯的《谏逐客书》之后写道："此文自今陛下致昆山之玉至快意当前适观而已一段，何等华丽？或乃讥其非对君上之言，而不知此乃战代策士游说之长技。故卒能使秦王除逐客之令，复其官，用其言以统一天下也。"②又如谢楚发说曹植的一节："曹植还是写赋的能手，现有赋四十多篇，或咏物、或抒情，大多篇幅短小，辞采艳丽，而意绪幽深，是他横溢的才华和不幸的境遇的结晶。"③这只是举两个简单的例子，说明描述与论述有时界限显得模糊。

进而言之，当下的古代散文史著作，多采用的是夹叙夹议的写作方法，表现为社会状态的夹叙夹议、作家生平的夹叙夹议、作品内容及艺术特色的夹叙夹议等，即使在写作上采取了与上述不同的角度或视野，在表现方法上也终不脱夹叙夹议，其中常有以征引代叙说而附以议论的现象。这大概是今人不得不采用的方法，与《史记》等历史著作的表现方法有所不同。在司马迁的时代，他对于历史记述的"择其雅言"，蕴含了自己对历史语言的改造，使之符合他所处时代的语言要求或习惯。而他对于征引，并不作特别的说明或分析。如他在《秦

① 戴燕《文学史的权力》，北京大学出版社 2002 年版，第 25—26 页。

② 陈柱《中国散文史》，上海书店 1984 年版，第 95 页。

③ 谢楚发《中国散文简史》，长江文艺出版社 1992 年版，第 121 页。

始皇本纪》中引了贾谊的《过秦论》，引完之后接着写道“襄公立，享国十二年”；在《屈原贾生列传》中引了屈原的《怀沙》，随之说屈原“于是怀石遂自沉汨罗以死”。对所引之文不置一辞。引文也就成了他所撰之史的有机构成部分，其征引的内容让读者自己去领会而不是做作家的传声筒。而现在的散文史，也包括形形色色的文学史，引文之后常常评说，就是表示少说的郭预衡先生，在《中国散文史》中引用了贾谊《过秦论》上篇，然后说：“这是一篇全面总结历史经验的文章，不仅指出秦朝灭亡的教训，而且也肯定了秦朝灭亡以前的成就。在贾谊看来，秦之过失，主要在于‘仁义不施’，不知‘攻守之势异’。这一观点基本上是沿袭陆贾的看法。在陆贾同刘邦的谈话中，曾经很明确地说天下可以‘逆取’，而且以汤武为例；但又必须‘顺守’，就是要施‘仁义’。这是汉初以来很有代表性的看法。比起陆贾来，贾谊的话说得更充分。”这一评述明确地指出贾谊在《过秦论》上篇的思想是什么，思想的来源何在，他在前人的思想上有怎样的发展。

这明显突破了戴燕所说的“描述语言”，从而使告知一种历史状态成为论说一种历史状态。告知不存在的是与非，在评说中就存在了。由于古与今的时空距离，文言与白话之间的隔膜，散文史的撰述者担心读者不能读懂或读不明白所引述的文字，或者是忧虑自己的思想得不到明确的表达，故以自我的议论明理，本不具有绝对描述的自觉，因此，散文史语言的描述与议论一体成为必然。况且在当下的学术氛围中，一直存在着重论轻述的现象，更加重了散文史的非客观性。

同时，古代散文史的撰述立场表现出的实录、观念的粘合及描述的语言，有一共同的写作指向，这一指向素来既为文学史家、也为散文史家所认同，这就是从散文作家和作品中探寻散文史的发展规律。应该说，散文发展的规律是客观存在的。譬如古文与骈文或说时文的兴衰跌宕，叙事与性灵之作的起伏腾挪。但粗线条地审视是容易的，具体地考量作家及其作品的发展沿革又是很困难的。这里，并不是人们不知道撰述散文史应当把散文发展规律的研究放在首位，并不是人们不想揭示散文的发展规律，但我们用什么方法可以达到这一目标？

其一，业已存在的方法论。

郭预衡先生说：“我想，在文学史中，作家作品还是要评论的，只是不应孤立地写作家作品的评论，而是要把作家作品放在历史发展的长河中去加以评论，也即是从史的发展的角度加以评论。评论一个作家或一篇作品主要是看作家作品在历史上有什么新的成就、新的特点，而不是脱离历史发展而只作文学赏析。从史的发展的角度来评论作家和作品，就不仅可以看出思想特点和艺术特点，而且可以进一步看出不同作家作品的风格特征，从而可以进一步探讨流派关系。如果不是先有这个别的作家作品的评论，则一般的、综合的风格流派的研究探讨也就无法进行。一般的研究是建立在个别的探讨的基础之上的。所以我觉得，今天的文学史，不是不应写作家作品的评论，而是应该从史的发展的角度写作家作品的评论。”① 从史的角度看作家作品、从个别探讨上升为一般研究。这作家作品的个别探讨需要达到怎样的程度？它们怎样产生呢？他提到运用比较的方法，我很理解这种方法，新之所以为新，不是可以妄为宣扬或解说的，一定是在与旧的比较中产生的。并且是建立在广泛的研究领

① 郭预衡《关于文学史研究的一些想法》，《社会科学战线》1980年第4期。

域之上的比较,这样才有可能得出更客观、更公允的结论。

谭家健先生则说20世纪50年代以来,古代散文流行的研究方法有五,即现实主义、浪漫主义和阶级分析法;写作元素分析法即人物形象元素,写作语言元素,表现形式元素(论辩方法、修辞方法、寓言比喻等),情节、细节、意境元素,情感想象乃至心理表现元素等;文化人类学方法,叙事学方法,比较文学研究法①。他说自己运用写作元素分析法最多,所著《中国古代散文史稿》即是如此。他把这称为古代散文史研究的"入门第一步",没有这一步,就不可能使古代散文研究走向深入。谭先生说得很全面,他所重的写作元素分析法,根本的是要以小见大,由浅入深,积跬步而致千里。同时,关于这些方法,谭先生发表在《职大学报》2010年第1期上的《关于古典文学研究方法的若干问题》中作了更为细致的阐发。

还有尹砥廷先生在《试论中国古代散文的创新研究》一文中提出的"系统重组章句,整体审视文本"的方法,这一方法注重"削繁就简,以专题为单位,按系统将一部作品,或同一时期不同作家的同类文字,从原文中逐一剥离出来,归纳组合在一起,然后对其进行整体审视,作出解答"。或者说"首先要将整个古代散文看成一个大的系统,然后有目的按专题对文本进行分割取舍,分成若干子系统,重新组合成一个全新的文本,再对这一新文本进行整体审视,展开深入研究"。他相信这一方法的运用,将会使古代散文的研究水平得到很大的提升。

而熊礼汇先生说古代散文的研究应当改进方法。"所谓改进方法,指的是彻底摒弃从前散文研究动辄先时代背景,再思想内容,然后艺术特点的做法,打破'三段论',把研究重心放到散文艺术上来。而艺术研究,也不应老在形象、情节上兜圈子"②。他建议从四个方面入手:把握古典散文的文体特征,古典散文的艺术理论,古典散文艺术发展规律,古典散文的思想文化背景。归根结底是要从古典散文的实际出发展开研究。

以上是当前古代散文研究的专家们所提出或归纳的研究方法,在古代散文研究领域大体可见这些方法的运用。

其二,现行方法遭遇的散文研究状态。

上述这些方法,我们从诸多的散文史著作中都可以不同程度地看到,哪一种方法是最为理想的方法,哪一种方法可以帮助我们达到古代散文研究的最佳境界?这其实是没有办法回答的问题,许多方法都为散文史的撰述者自觉或不自觉地使用,但我们可以发现,现行的古代散文史有它最具生命力的地方:以朝代变迁构成的散文史总体的历史框架,以作家介绍、作品评述构成的内在特征,以征引与评述相间构成的表述方法。而在后者中,正是上述诸多方法或此或彼地得到运用。

但在我看来,散文史的理想境界并没有达到。因为在散文史"史"的脉络中,尽管在不同的朝代下有时间先后的统摄,但我们通常过多地让每一个朝代下的作家及其作品表现出很强的独立性。除非是同一时期彼此纠结的散文家才会注意到他们之间的多重关系。如中唐的韩、柳,北宋的欧、苏,但在散文史的结构布局上,依然是各为一节,意在凸现作家个体的散文成就与风格。而这里的凸现往往是一篇、或一类、或一部分作品的评析,并由多篇、多类、多部分的评析构成某一作家及其作品的全面观。

---

① 谭家健《中国古代散文史稿·导论》,重庆出版社2006年版,第36—41页。

② 熊礼汇《中国古代散文艺术史论·古典散文艺术研究刍议》,湖北人民出版社2005年版,第3页。

这其中不乏郭、谭、尹、熊等先生提到的散文研究方法在散文史著作中的具体运用，不乏古代作家及其作品与社会、文化等方面的单独联系，但我们特别需要知道古代散文在萌芽之后的发展，因袭与创新怎样在发生，其纵向及横向有哪些关联等等。这实在不是以时间为序作的作家作品排列可以解决的问题。固然应当肯定散文作家作品的个性研究，像孙昌武先生说的："在研究不同时期、不同作家的散文创作成就的时候，当然要总结'共性'的规律，但同时要进行'个性'的分析。而且从一定意义上说，'个性'的分析乃是总结出'共性'规律的基础作业。"只是我们仍然面临着："目前一般的情况是，分析过于浮泛，欠缺具体、细致的'个性'研究。这是古典文学研究中的通弊，而在散文研究中表现尤甚。"[①]

为什么我们在散文的个性研究上"过于浮泛，欠缺具体"？是什么遮蔽了我们的目光，滞碍了我们研究的步伐？应该说是我们太容易满足现行散文史朝代的、个体化的布局，并自行在这一布局下设置字数的、完成时间的羁绊，从而使我们散文史的撰述行色匆匆。在这种情况下，"过于浮泛，欠缺具体"是会发生的。这还只是皮相之见，是强调有可能的客观因素对我们散文史研究上的浮泛而不具体的影响。更重要的是，我们在研究中，缺乏个性中的"个性视角"及个性与个性之间的"关联意识"。因为前者，我们很难逃脱千人一面、千部一腔的散文史面貌，让人在阅读散文史的过程中，常有似曾相识的感觉而缺少阅读的激情。因为后者，我们很难从作家作品的个性中总结出共性，提炼出散文发展的某种规律性的东西，以致没有深刻的共识。

当然也有一些学者注意到这种状态，刘振东等人就说，他们编撰《中国古代散文发展史》重在古代散文的"发展演变"，"目的在于勾画出古代散文发展演变的轨迹"[②]，因而不重作家的生平、思想和作品的哲学、政治、道德等观念。但这仍然是不够的。

其三，散文史研究需要沉潜以开新。

郭预衡先生曾说不应孤立地看作家作品，但我们常常遭遇孤立地看待作家作品。在自觉或不自觉中通过对单个的作家作品研究的叠加汇成散文史之流。这显然是不合适的。虽然历史有"叠加"的特性，但这一叠加和散文史研究成果的叠加内涵完全不同。散文史研究的作家作品叠加，极可能淡化研究对象之间的联系。话说回来，不同的散文史研究方法会产生不同的结论，但研究方法应该受制于"个性视角"和"关联意识"。在这两点上，自我认为对散文的研究沉潜不深。这表现在以下几个方面：

一则是散文作家及作品的研究虽然有心理学的方法、文化学的方法、叙事学的方法等对散文传统研究方法的渗透或改进，但因为古代散文相当多的篇什涉及的内容太多，而我们研究散文史往往关注的是其中文学性的一面，兼及文本中的政治、文化等较少也较浅显，自然影响对散文的深刻认识。同时，当我们习惯从作品的内容、艺术特色诸因素审视散文史的时候，我们可能掩盖了可以从其他角度获得的新认识。

二则是在诸多的散文史研究方法中，比较的方法没有得到充分的运用。在我看来，散文史最需要通过比较见发展进程中的同与异、因与革。比较的纵向与横向，同类与异类，也许会导致散文史研究无比复杂的情况，但我们不必追求比较中的面面俱到，以突出散文的同异

① 孙昌武《研究古典散文的几点意见》，首都师范大学学报 2000 年第 6 期。

② 刘振东等《中国古代散文发展史》，中州古籍出版社 1991 年版，第 521 页。

与因革之所在。在这一点上，一些散文史都疏于比较，重在就作家作品的本身论，从而使研究有相当多的局限，实在也不太能看出后继者的散文创作究竟在前人的基础上发展或继承了什么。宁俊红女士说，古代散文的研究不足，“最根本的原因还是散文没有能够建立自己特有的批评话语”。她没有具体展开说应当怎样建立这样的批评话语，只是指出应有“独特的研究视野”①。这里的“特有”、“独特”是思维方法，也是研究方法，是建立在比较的基础上的。

三则是作家作品的关联研究。郭维森、许结说：“目前一些文体史存在某种缺陷，即单纯依附传统文学史朝代划分，过多交待政治文化背景，使之成为文学史之文体抽样扩充。因此本书意欲着眼于‘辞赋’之流变，绾合‘时代演进’和‘文体特征’，对自战国迄晚清历时二千余年的中国辞赋艺术发展史作全面的铺展与系统的探讨。”②他们作的辞赋研究，故说“文体史”存在的问题。在散文通史和断代史中，同样存在着这些缺陷。我很赞同其中说的“流变”和“演进”，要弄清楚这二者，很有必要从纵横两方面考量作家与作家之间、作品与作品之间，作家作品与社会生活的诸方面之间的联系，以见散文史的发展进程。

总之，古代散文史的研究需要学人沉潜其中，运用恰当的方法展示散文历史的进程，以求古代散文史研究有新的面貌。

（作者单位：海南师范大学文学院中国散文研究中心）

---

① 宁俊红《20世纪中国古代文学研究史・散文卷》，东方出版中心2006年版，第43页。

② 郭维森、许结《中国辞赋发展史・导语》，江苏教育出版社1996年版，第3—4页。

古代散文界说之总检讨

欧明俊

本文所谓“古代散文界说”，是指古人对散文的界说。散文之“体”，有狭义、广义之分，狭义的指体裁，是体制之体，即形式，如字句、声调等；广义的指文学、文化之体，指区别于其他文体的一切特征，不只是形式，还有题材、主题、风格、技艺等。本文用广义散文文体概念。“检讨”指梳理、清理和评判。

现代散文观念，深受近现代西方“纯文学”观念的影响，“散文”是文体“四分法”中的一种，与诗歌、小说、戏剧并列，强调感性、抒情性、审美性、艺术性。刘经庵《中国纯文学史纲》不论散文，将散文完全排斥于“纯文学”之外。古今散文观念往往差异很大，甚至完全相反。但看文学史实际，问题并非如此简单。仅仅以“纯文学”标准认识古代散文概念是不够的，而应从传统汉语言文章的实际情况出发。

古代散文是一种独特的历史存在，古人对散文的界说有许多真知灼见，极具理论价值，但也存在不少片面性。本文试做全面系统的梳理和检讨。

一、散文及相近概念

现代通行的是以“散文”指称古代散体文，“散文”和“散体文”是同一概念。古人只是偶尔使用“散文”这一概念，历代文论著作如陈骙的《文则》、吕祖谦的《古文关键》、王若虚的《文辨》、吴讷的《文章辨体序说》、方苞的《古文约选》等，又如“文说”、“文品”等，几乎没有以“散文”概念来指称对象。古人多以“文”、“文章”、“辞章”、“古文”指称散文，而不用“散文”概念。但“散文”概念已通行百年，约定俗成，故本文仍用“散文”概念指称古代散文。什么是散文或散体文？古人有不同界说。

（一）古代“散文”，有不同层次的含义，实为不同的概念

古人并不是简单地以广义、狭义“两分法”看散文。最广义的散文，与韵文相对，包括一切种类与形式的非韵文，散文就是非押韵之文章。狭义的散文，只指散体文，与骈文相对。或散文即辞章，是有文采之文，近于现代“纯文学”意义上的散文。最狭义的散文，特指说理文或叙事文、抒情文，排斥他体。这几种概念往往并行不悖。古人界说散文，有具体的语境，所指不同，内涵各异，不应简单泛泛理解。

(二) 散文与古文

"古文",古人还表述为"散文"、"文章"、"古文辞"、"古文词"、"辞章"、"词章"等。古文是散文正宗,是"文统"。陈衍《散文体正名》,主张以"散文"、"散体文"取代"古文"、"古文辞"之称[①]。实际上,"古文"不能简单化等同于"散文"。古人常"诗古文辞"并称,"古文辞"即多指非诗体的散文;"古文"是正宗、传统、典范,与"时文"或"今文"相对,是时间概念,更是内质界定、价值判断;"古文"又与骈文或小品相对。"古文"具有不同的内涵。

(三) 散文与骈文

正统文人以"古文"(散体文)为文章正宗,排斥骈文。作为桐城古文理论的"反拨",阮元《文言说》云:

> 孔子于《乾》、《坤》之言,自名曰"文"。此千古文章之祖也。为文章者,不务协音以成韵,修词以达远,使人易诵易记,而唯以单行之语,纵横恣肆,动辄千言万字,不知此乃古人所谓直言之言,论难之语,非言之有文者也,非孔子之所谓文也。[②]

承继了六朝"有韵为文,无韵为笔"的观念,主张"文"须排偶对仗,有声韵,否则就是"直言之言,论难之语"。阮元认为,与散文相对,骈文才是真正的"文",而无韵散行者只是"笔",将散文排除于"文"外。刘师培《广阮氏文言说》承阮元观点,力倡韵偶之文,主张以"藻饰"、"对偶"、"声律"为"文"之标准,强调"'文'以'藻缋成章'为本训","就应对言,则直言为言,论难为语,修词者始为文。文也者,别乎鄙词俚语者也"[③]。刘氏将"文"与"言"、"语"分别开来,认为"文"才是真正的文学,排除"鄙词俚语者",也就是不承认通俗文的价值。

刘开主张骈散融合,不能偏废。《与王子卿太守论骈体书》说:"夫文辞一术,体虽百变,道本同源。……故骈之与散,并派而争流,殊途而合辙。……骈中无散,则气壅而难疏;散中无骈,则辞孤而易瘠。两者但可相成,不能偏废。"[④]1937 年,商务印书馆出版的陈柱《中国散文史》将古代散文史描述为骈散分合演变史,"自无骈散之分以至于有骈散之分,以至于骈散互相角胜,以至于变而为四六,再变而为八股。散文虽欲纯乎散,而不能不受骈文之影响。骈文虽欲纯乎骈,而亦不能不受散文之影响。"[⑤]

古人眼中,骈文与散文(古文)通常是平行概念,不是统属关系。骈散之争只是大散文内部的观念之争。现代不少学者将散文等同于古文,以散文涵盖骈文,即以散文为母概念,骈文为子概念,骈文归属于散文,是不合理的。

"散文"只是指称此类文的一种概念,可做"共名"。文学与经学分离后,散文指经、史、子、集的"集部"之文。"辞章"(词章)讲究文采、辞藻、想象、技巧,接近于现代"纯文学"意义上的散文。李商隐在《樊南甲集序》中以"古文"与"今体"对称,"古文"指散体,"今体"即指骈

① 《小说月报》17 卷号外,1926 年。
② 阮元著,邓经元点校《揅经室集》三集卷二,中华书局 1993 年版,第 605 页。
③ 刘师培著,陈引驰编《刘师培中古文学论集》,中国社会科学出版社 1997 年版,第 183 页。
④ 刘开《刘孟涂集·骈体文》卷二,清道光六年姚氏檗山草堂刻本。
⑤ 陈柱《中国散文史》,商务印书馆 1998 年影印,第 1 页。

文，也就是“四六”。同是“散文”概念，内涵各异，要区别对待。

（四）古代散文属于“文体”，还是“文类”？

西方文类（genre）概念，是指诗歌、散文、小说、戏剧等体性不同的文学类型，每一文类均代表着特有的一套成规。“文体（style）”，是指某一作家或某一时代所表现出来的文学风格。Style，一般学者译为“风格”，徐复观《〈文心雕龙〉的文体论》认为“文体”更近乎 style 的英文原意①。中国古代的“文类”，是指文体的归类类型和具体文体的分类，标准不同，归类和分类不同。古代“文体”，类似西方的“文类”，西方的“文体（style）”，则类似中国古代的“风格”。古代广义散文，多指“文类”，不像现代散文，是“文体”。古代广义散文类下的古文、骈文，有时是文类，有时是文体，序、跋、记、论、说、铭、赞、尺牍等体式，才是具体的“文体”概念。古人论散文，有时指文类，有时则指文体，应认识清楚。

（五）散文文体的“原生态”和“衍生态”

古代散文是流动概念，一直与时俱变。“原生态”文体，是指文体的初始形态，以后演进过程中产生新变，则称“衍生态”文体。散文有“原生态”与“衍生态”之别，“原生态”的散文，言、文一体，骈、散一体，雅、俗一体，道、艺一体，“应用性”、“文学性”一体；“衍生态”的散文，则言、文分离，骈、散分离，古（文）今（文）分离，雅、俗分离，道、艺分离，“应用性”、“文学性”分离。应动态地看待古代散文，仅将其视为“纯文学”之体，仅重“原生态”或“衍生态”，必然“遮蔽”散文史及整个文学史中的许多真相。

二、散文定义与本质界说

散文的定义，即回答什么是散文，什么不是散文？作为文体，古代散文有基本的规定性，就是不押韵，形式上不固定，否则便不是散文。诗歌即使写得再好也不是散文，这是绝对的。

古人多以诗体为参照，比较中界说散文。以押韵与否为标准，屠隆《刘子威先生澹思集序》云：“夫道之菁英为文，文之有韵为诗。”②李东阳以有无“声律讽咏”区别诗文，《沧洲诗集序》论诗云：“盖其所谓有异于文者，以其有声律讽咏，能使人反复讽咏，以畅达情思，感发志气，取类于鸟兽草木之微，而有益于名教政事之大。”③其《匏翁家藏集序》又云：“言之成章者为文，文之成声者则为诗，诗与文同谓之言，亦各有体，而不相乱。”④散文就是非押韵之文。

什么是散文，什么是散文的本质？实为不同的概念，古人界说散文，多指散文的本质，可从以下几大方面看。

① 徐复观《中国文学精神》，上海书店 2006 年版，第 146 页。

② 屠隆《白榆集》卷二，《明代论著丛刊》本，（台北）伟文图书出版社有限公司 1977 年版。

③ 李东阳著，周寅宾点校《李东阳集》第二卷《文前稿》卷五，岳麓书社 1985 年版，第 72 页。

④ 李东阳著，周寅宾点校《李东阳集》第三卷《文后稿》卷四，岳麓书社 1985 年版，第 58 页。

(一) 内容本位

散文的本质界说，多从散文本身着眼，即“本体论”。回答散文是写什么的？写什么的不是散文？古人多强调立意本位，“意”是散文的生命和灵魂，仅具散文形式，不是真正的散文。萧颖士《江有归舟三章序》强调：“文也者，非云尚形似，牵比类，以局夫俪偶，放于奇靡。其于言也，必浅而乖矣。”[①]吴伟业《陈百史文集序》云：“夫文者，古人以陈谟矢训、作命敷告、教世化俗者之所为，非仅以言辞为工者也。”[②]

内容本位，历代论者所指不同，兹分别论之。

1. 载道本位

散文是载道之文，或者说载道的才是散文。“文载道”强调散文的内质精神，形式是其次的。按此标准，很多非载道散体文就不是真散文。

柳宗元《答韦中立论师道书》云：“始吾幼且少，为文章，以辞为工。及长，乃知文者以明道。”[③]为文重在“明道”，仅仅文辞之工是不够的。韩愈《答李翊书》强调“道”是内在的，“文”是外在的，自己自觉培养醇正的“道”，“行之乎仁义之途，游之乎《诗》《书》之源，无迷其途，无绝其源，终吾身而已矣”[④]。所论之“道”，主要指正统的儒家仁义学说。周敦颐在《周子通书·文辞》第二十八中正式提出“文以载道”命题，更加强调“道”的第一性，而“文”仅仅被视为一种负载工具。他说：“文，所以载道也。轮辕饰而人弗庸，徒饰也，况虚车乎！文辞，艺也；道德，实也。……不知务道德而第以文辞为能者，艺焉而已。”[⑤]明确重“道”而轻“艺”。孙复《答张洞书》说：“夫文者，道之用也；道者，教之本也。故文之作也，必得之于心而成之于言。”[⑥]朱熹强调：“道者，文之根本；文者，道之枝叶。”[⑦]道与文的关系，是道、器关系，体、用关系。

“载道”说重视散文的实用性，自然重道而轻文，重内容而轻艺术，道、文分离。魏了翁《坐忘居士房公文集序》说：“文云者，亦非若后世哗然从众取宠之文也；游于艺以博其趣，多识前言往行，以蓄其德。本末兼该，内外交养，故言根于有德，而辞所以立诚。”[⑧]宋濂《文原》云：“大抵为文者，欲其辞达而道明耳！吾道既明，何问其余哉！”[⑨]“文以载道”说将文学的社会政治功能置于审美功能之上，将文完全工具化。这种观点推向极端，即是“作文害道”，从根本上否定文学。释契嵩《非韩》说：“夫文者，所以传道也。道不至，虽甚文奚用？”[⑩]

“文载道”的“道”内涵丰富，可指天道、自然之道，儒家原典之道，理学家之道，或统治之道，或指充实的现实生活内容。实际上，“道”可属于“文”本身，不是外在于“文”。“文”、“道”

---

① 中华书局编辑部点校《全唐诗》(增订本)卷一五四，中华书局 1999 年版，第 1597 页。

② 吴伟业著，李学颖集评标校《吴梅村全集》卷二十七，上海古籍出版社 1990 年版，第 655 页。

③ 柳宗元《柳河东集》卷三十四，上海人民出版社 1974 年版，第 542 页。

④ 韩愈著，马其昶校注，马茂元整理《韩昌黎文集校注》，上海古籍出版社 1986 年版，第 170 页。

⑤ 周敦颐著，徐洪兴导读《周子通书》，上海古籍出版社 2000 年版，第 39 页。

⑥ 孙复《孙明复小集》，《四库全书》本。

⑦ 黎靖德编，王星贤校点《朱子语类》卷一百三十九，中华书局 1986 年版，第 3319 页。

⑧ 魏了翁《鹤山先生大全文集》卷五十一，《四部丛刊》本。

⑨ 罗月霞主编《宋濂全集》，浙江古籍出版社 1999 年版，第 1406 页。

⑩ 释契嵩《镡津文集》卷十六，《四部丛刊》本。

可以“一体”,不必“文”、“道”分离。

“文载道”与“诗言志”对举,正统文人多视散文为功令之具,是应世文章,而诗歌才是个人的抒情言志的工具,两者分工不同。以“载道”界说散文本质,自然不合现代“纯文学”观念。

有论者强调散文的审美娱乐特质,强调“文”的独立性,是对“载道”观念的超越。汪藻《答吴知录书》云:“经术者,黍稷稻粱也;文章者,五味百羞也。用黍稷稻粱之甘,以充吾所受天地之冲和,固其本矣;若遂以五味百羞为无补于养生,皆废而不用,则加笾陪鼎,殽蒸折俎,不当设于先王燕飨之时也。”①强调文章的“调剂品”功能,不同于“经术”的“必需品”功能。

2. 抒情本位

散文是抒情的,真情才能创造出真散文。郑樵说:“千古文章,传真不传伪。”②明代陈嘉兆评陈仁锡《东粤李老师集序》时说:“作文字无一诚立于其间,便是伪理学,伪经济。”③郑元勋《媚幽阁文娱·自序》云:“文以适情,未有情不至而文至者。”④黄宗羲《明文案序》云:“凡情之至者,其文未有不至者也。”⑤黄宗羲编选《明文海》即以“情至为宗”。1883年,王韬强调:“文章所贵在乎纪事述情,自抒胸臆,俾人人知其命意之所在,而一如我怀之所欲吐,斯即佳文。”⑥自抒胸臆,吐露真情,即成“佳文”。

文,心之声,抒写性灵也。李贽《童心说》云:“夫童心者,真心也。……夫童心者,绝假纯真,最初一念之本心也。若失却童心,便失却真心;失却真心,便失却真人。人而非真,全不复有初矣。”“天下之至文,未有不出于童心焉者也。”⑦真人才有童心,有童心才有真心,有真心才有真文、至文。李贽论的是“文学”,主要指散文。袁宗道《论文》云:“口舌代心者也,文章又代口舌者也。”⑧说真话、说心里话的才是好文章。顾起元《睡心集序》云:“夫文者,心灵之所变化也。”庄元臣《论学须知引》说:“夫文,心声也。意积于心而声冲于口,如泉之必达,如火之必爇,如疾痛之必鸣号,不待思之而后得也。然虽不思而性灵之所抒泄,天真之所吐露,自有伦有次,有文有理,斐然可观,不待饰之而后工也。”⑨陆云龙《叙袁中郎先生小品》也说“文章亦自抒其性灵而已”⑩。李渔《名词选胜序》云:“文章者,心之花也。”黄宗羲《论文管见》云:“所谓文者,未有不写其心之所明者也。”⑪刘熙载《游艺约言》云:“文不本于心性,有文之耻甚于无文。”“文,心学也。心当有余于文,不可使文余于心。”⑫散文是心灵之文、性灵之文。上述诸论,近于现代“纯文学”散文概念。

钱澄之《重刻青箱堂集序》说:“文也者,载道之器,即达情之言也。”“盖未有非道而可言

① 曾枣庄、刘琳主编《全宋文》第一五七册,卷三三八〇,上海辞书出版社2006年版,第161页。
② 袁枚《答蕺园论诗书》引,袁枚著,周本淳标校《小仓山房诗文集》(四),上海古籍出版社1988年版,第1803页。
③ 陆云龙等选评,蒋金德点校《明人小品十六家》(下),浙江古籍出版社1996年版,第510页。
④ 郑元勋《媚幽阁文娱》卷首,明崇祯三年刻本。
⑤ 黄宗羲著,沈善洪主编《黄宗羲全集》第十册,浙江古籍出版社2005年版,第18页。
⑥ 王韬《韬园文录外编》,中州古籍出版社1998年版,第31页。
⑦ 李贽《焚书 续焚书》,中华书局1975年版,第98—99页。
⑧ 袁宗道撰,钱伯城标点《白苏斋类集》卷二十,上海古籍出版社1989年版,第283页。
⑨ 王水照编《历代文话》第三册,复旦大学出版社2007年版,第2209页。
⑩ 陆云龙等选评,蒋金德点校《明人小品十六家》(下),浙江古籍出版社1996年版,第105页。
⑪ 黄宗羲《南雷文定》三集卷三,《续修四库全书》本。
⑫ 刘熙载著,薛正兴点校《刘熙载文集》,江苏古籍出版社2001年版,第751页。

情，无情而可为诗文者也”[①]。认为“情”与“道”如水乳交融，是不能截然分开的，他将“载道”与“言情”统一起来。

古代散文，载道是“大传统”，抒情是“小传统”，一个是绝对的主流，是“文统”，一个是非主流。“文言情”，现代被绝对化，认为散文只是抒情的。以“纯文学”观念看，人们更认可“文言情”。但我们首先要尊重古人的观念，不应将古代主流散文观念完全“颠覆”，把非主流当作主流，边缘视为中心。

3. 说理本位

载道，即是说理，“道”是特殊的“理”。“道”与“文”相对，“理”则多与“情”、“事”相对，说理与载道，同中有异，应分别看待。

在理学家和部分正统文人眼中，理即文。真德秀《文章正宗纲目》认为文章“以明义理、切世用为主”[②]。毛先舒《文论二》云：“文者，理也。”[③]郝经《答友人论文法书》说：“夫理，文之本也；法，文之末也。有理则有法矣，未有无理而有法者也。”[④]陈绎曾《文筌序》云：“文者何？理之至精者也。”[⑤]赵孟頫《刘孟质文集序》主张：“文者，所以明理也。自六经以来，何莫不然。其正者自正，奇者自奇，皆随其所发而合于理，非故为是平易险怪之别也。”[⑥]散文即说理之文，与诗言志抒情不同。这是对散文本质的独特认识，自有其合理性，但将理与情、事对立起来，是对文的狭隘化理解。

4. 叙事本位

诗文比较，论者多强调散文的叙事特质，有别于诗的抒情。元好问《杨叔能小亨集引》云：“诗与文，特言语之别称耳，有所记述之谓文，吟咏情性之谓诗，其为言语则一也。”[⑦]明张佳胤《李沧溟先生集序》说：“诗依情，情发而葩，约之以韵；文依事，事述而核，衍之以篇。”[⑧]吴乔说：“文之辞达，诗之辞婉。书（文）以道政事，故宜辞达；诗以道性情，故宜辞婉。意喻之米，饭与酒所同出；文喻之炊而为饭，诗喻之酿而为酒。文之措辞必副乎意，犹饭之不变米形，啖之则饱也。诗之措辞不必副乎意，犹酒之尽变米形，饮之则醉也。”[⑨]是以诗体为参照界说散文，强调其异。

5. “致治”本位等

有人主张“致治”本位，张惠言《文稿自序》云：“古之以文传者，虽于圣人有合有否，要就其所得，莫不足以立身行义，施天下致一切之治。”[⑩]或主张“明志”本位，王勃《上吏部裴侍郎启》云：“君子以立言见志。遗雅背训，孟子不为；劝百讽一，扬雄所耻。苟非可以甄明大义，

---

① 钱澄之《田间文集》卷十四，《续修四库全书》本。
② 真德秀《文章正宗》卷首，《四库全书》本。
③ 毛先舒《潠书》卷三，清顺治十八年刻本。
④ 郝经《陵川集》卷二十三，《四库全书》本。
⑤ 王水照编《历代文话》第二册，复旦大学出版社 2007 年版，第 1226 页。
⑥ 赵孟頫《松雪斋文集》卷六，《四部丛刊》本。
⑦ 元好问《遗山文集》卷三十六，《四部丛刊》本。
⑧ 李攀龙《沧溟先生集》卷首，明万历重刊本。
⑨ 吴乔《围炉诗话》卷一，《适园丛书》本。
⑩ 张惠言著，黄立新校点《茗柯文编》，上海古籍出版社 1984 年版，第 117 页。

矫正末流,俗化资以兴衰,家国由其轻重,古人未尝留心也。"[①]独孤及在《检校尚书吏部员外郎赵郡李公中集序》中说:"志非言不形,言非文不彰,是三者相为用,亦犹涉川者假舟楫而后济。"认为"文不足言,言不足志,亦犹木兰为舟,翠羽为楫,玩之于陆而无涉川之用"[②]。蒋湘南认为文章是"国运精华之所萃",《与田叔子论古文第三书》云:"夫文章者,国运精华之所萃也。文章盛则人才盛,人才盛则儒术盛,儒术盛则治道盛。"[③]田北湖强调文章"表见精神",《论文章源流》云:"故夫文者,聚灵府之能力,综万端之异名,藉以表见精神者也。"[④]

6. 综合内容本位界说

上述诸论,只强调散文本质的某一方面,必然存在明显的局限性。有论者综合诸论,王禹偁《答张扶书》云:"夫文,传道而明心也。"[⑤]载道与明心见志融为一体。明黄省曾《空同先生文集序》云:"夫文者所以发阐性灵,叙诏伦则,形写人纪,彰泄天化。物感而言生,声谐而节会,乃玄黄之英华,而神理之自然也。"[⑥]黄宗羲《论文管见》云:"文以理为主,然而情不至,则亦理之郛廓耳。"[⑦]"情"、"理"一体。在《恽逊庵先生文集序》中,魏禧明确说:"惟文章以明理适事,无当于理与事,则无所用文。故曰:文者,载道之器。"魏禧认为文章要能"见诸行事而有功",才算是有用之文。魏氏将明理、适事、载道三者统一起来。陆继辂《与赵青州书》云:"夫文者,说经、明道、抒写性情之具也,特文不工则三者皆无所附丽。"[⑧]综合界说克服了单纯强调某一方面内容的局限性,但局限性仍是存在的。

(二) 技艺本位

散文,艺也,技也,术也。散文是一种艺术,无艺术性的即不是散文。散文源于性情志意,但是性情志意不直接就是散文,散文乃艺也。古人多重技艺,文天祥《跋萧敬夫散文稿》云:"累丸承蜩,戏之神者也;运斤成风,伎之神者也。文章一小伎,诗又小伎之游戏者。"[⑨]把散文当作一种技艺来看。宋俞成《文章活法》云:"文章一技,要自有活法。"[⑩]亦有轻技艺的,章学诚《陈东浦方伯诗序》云:"诗文同出六籍。文流而为纂组之艺,诗流而为声律之工,非诗文矣。"[⑪]

同重技艺,视角不同,标准不同,观点各异。

1. 神气本位

神王、气足才是真正的散文。刘大櫆《论文偶记》云:"行文之道,神为主,气辅之。曹子桓、苏子由论文,以气为主,是矣。……至专以理为主者,则犹未尽其妙也。"他强调:"神者,

① 王勃《王子安集》卷八,《四部丛刊》本。
② 董诰等编《全唐文》卷三八八,中华书局1983年版,第3945—3946页。
③ 蒋湘南《七经楼文钞》卷四,清同治九年刻本。
④ 《国粹学报》第一年第二期,清光绪三十一年。
⑤ 王禹偁《小畜集》卷十八,《四部丛刊》本。
⑥ 李梦阳《空同先生集》卷首,《明代论著丛刊》本,(台北)伟文图书出版社有限公司1976年版。
⑦ 黄宗羲《南雷文定》三集卷三,《续修四库全书》本。
⑧ 陆继辂《崇百药斋文集》卷十四,《续修四库全书》本。
⑨ 文天祥《文山先生全集》卷十,《四部丛刊》本。
⑩ 俞成《萤雪丛说》卷上,《左氏百川学海》本。
⑪ 章学诚《章学诚遗书》卷十三,文物出版社1985年影印,第110页。

文家之宝。文章最要气盛，然无神以主之，则气无所坿，荡乎不知其所归也。”[①]刘熙载《游艺约言》云：“文之道，在鼓之舞之以尽神。鼓舞有为而神无为，有为正无为之所自见也。”[②]柳冕《答衢州郑使君论文书》说：“夫善为文者，发而为声，鼓而为气。直则气雄，精则气生，使五采并用，而气行于其中。”[③]苏辙《上枢密韩太尉书》云：“辙生好为文，思之至深，以为文者气之所形，然文不可以学而能，气可以养而致。”[④]明王文禄《文脉》卷一云：“文显于目也，气为主；诗咏于口也，声为主。文必体势之壮严，诗必音调之流转。”[⑤]

2. 趣味韵本位

散文要有灵趣韵味，否则便不成其为文。陈继儒《〈文娱〉序》谓小品需有“法外法，味外味，韵外韵”[⑥]。陆云龙《叙袁中郎先生小品》说：“率真则性灵现，性灵现则趣生。”[⑦]林纾《春觉斋论文·应知八则·神味》认为“论文而及于神味，文之能事毕矣”[⑧]。

3. 语言艺术本位

散文是语言艺术，言之美、言之精者为文。皇甫湜《答李生第二书》指出：“夫文者非他，言之华者也，其用在通理而已。”[⑨]司马光《赵朝议文稿序》云：“在心为志，发口为言，言之美者为文，文之美者为诗。”[⑩]苏伯衡《孔克烈雁山樵唱诗集序》云：“言之精者之谓文，诗又文之精者也。”[⑪]姚鼐《与石甫侄孙》强调：“文章之精妙不出字句声色之间，舍此便无可窥寻矣。”[⑫]赵翼《瓯北诗话》卷十二云：“心之声为言，言之中理者为文，文之有节者为诗。”[⑬]语言精美才是文，并非写出的皆是文。正统文人坚持“文”、“言”分离，主张古文用古语、雅语。方苞强调“古文不可入语录中语，魏晋六朝人藻俪俳语，汉赋中板重字法，诗歌中隽语，南北朝佻巧语”等“五不”的雅语标准。姚鼐继承这一观念，梅曾亮《姚姬传先生尺牍序》引其语云：“先生尝语学者为文不可有注疏、语录及尺牍气。”[⑭]反对古文使用俗语，认为文之所以为文，即在于其语言的典正雅洁。

4. 自然本位

古人多强调自然而然，“无意为文”。汪藻《鲍吏部集序》指出：“古之作者，无意于文也，理至而文则随之。如印印泥，如风行水上，纵横错综，灿然而成者，夫岂待绳削而后合哉？”[⑮]唐顺之《答茅鹿门知县二》云：“一人心地超然，所谓具千古只眼人也，即使未尝操纸笔呻吟，

---

① 王水照编《历代文话》第四册，复旦大学出版社 2007 年版，第 4106—4108 页。
② 刘熙载著，薛正兴点校《刘熙载文集》，江苏古籍出版社 2001 年版，第 760 页。
③ 姚铉《唐文粹》卷八十四，《四部丛刊》本。
④ 苏辙《栾城集》卷二十二，《四部丛刊》本。
⑤ 王水照编《历代文话》第二册，复旦大学出版社 2007 年版，第 1693 页。
⑥ 郑元勋《媚幽阁文娱》卷首，明崇祯三年刻本。
⑦ 陆云龙等选评，蒋金德点校《明人小品十六家》（下），浙江古籍出版社 1996 年版，第 105 页。
⑧ 王水照编《历代文话》第七册，复旦大学出版社 2007 年版，第 6380 页。
⑨ 董诰等编《全唐文》卷六八五，中华书局 1983 年版，第 7021 页。
⑩ 司马光《温国文正司马公文集》卷五十九，《四部丛刊》本。
⑪ 苏伯衡《苏平仲文集》卷五，《四部丛刊》本。
⑫ 姚鼐《惜抱轩尺牍》卷八，清刻本。
⑬ 赵翼著，霍松林、胡主佑校点《瓯北诗话》卷十二，人民文学出版社 1963 年版，第 175 页。
⑭ 梅曾亮《柏枧山房全集·文集续集》，《续修四库全书》本。
⑮ 汪藻《浮溪集》卷十七，《丛书集成》本。

学为文章，但直抒胸臆，信手写出，如写家书，虽或疏卤，然绝无烟火酸馅习气，便是宇宙间一样绝好文字。”[①]李贽《杂说》云：“且夫世之真能文者，比其初皆非有意于文也。其胸中有如许无状可怪之事，其喉间有如许欲吐而不敢吐之物，其口头又时时有许多欲语而莫可所以告语之处，蓄极积久，势不能遏。一旦见景生情，触目兴叹；夺他人之酒杯，浇自己之垒块；诉心中之不平，感数奇于千载。”[②]李贽所论之“文”泛指文学，也包括散文。“自然”是为文最高境界，无法之法，不求工而自工。不求形似，而求神似，能传神地表情达意即是好文章，汤显祖《合奇序》说：“予谓文章之妙，不在步趋形似之间。”[③]自然，就是兴之所至，脱口而出，只要出自性灵，率尔漫笔即成佳构。袁中道《答蔡观察元履》说：“率尔无意之作，更是神情所寄，往往可传。”[④]谭元春《古文澜编序》云：“古今文章之道，若水泻地，随地皆泻……而文章之道，恒以自然为宗。”[⑤]张裕钊《与吴挚甫书》认为好的文章“惟其妙之一出于自然而已。自然者，无意于是，而莫不备至，动皆中乎其节，而莫或知其然，日星之布列，山川之流峙是也。”[⑥]“自然”的反面是雕琢、做作、无生气，便不配称作文。

5. 意境本位

林纾《春觉斋论文·应知八则·意境》说：“意境者，文之母也，一切奇正之格，皆出于是间。不讲意境，是自塞其途，终身无进道之日矣。”[⑦]散文必讲意境，有意境的才是散文，无意境的便不是散文。

6. 法本位

为文必讲法度。元揭曼硕《诗法正宗》云：“学问有渊源，文章有法度。文有文法，诗有诗法，字有字法，凡世间一能一艺，无不有法。得之则成，失之则否。”[⑧]明曾鼎《文式序》云：“文不可以无式，式不可以不精。式者何？犹规矩绳墨也；精者何？犹公输之巧也。规矩既设，则不失方圆之则；绳墨既陈，则不失曲直之准。”[⑨]无法无式，则不成其文。

有人反对拘泥于法，袁宏道强调无法之法，《答李元善》说：“文章新奇，无定格式，只要发人所不能发，句法字法调法，一一从自己胸中流出，此真新奇也。”[⑩]

可将古代散文学分为两大传统，一个是“载道”传统，一个是“技艺”传统。技艺本位散文观，注重散文的艺术性、审美性，注重散文本身，更接近“纯文学”的本质，已超越了“载道”传统。

7. 创新本位

独创，有个性的才是真正的散文。叶元垲《睿吾楼文话》卷十二引宋祁《宋景文笔记》曰：“文章必自名一家，然后可以传不朽。若体规画圆，准方作矩，终为人之臣仆，古人讥‘屋下作

---

① 唐顺之《荆川先生文集》卷七，《四部丛刊》本。

② 李贽《焚书　续焚书》，中华书局 1975 年版，第 97 页。

③ 汤显祖著，徐朔方笺校《汤显祖诗文集》卷三十二，上海古籍出版社 1982 年版，第 1078 页。

④ 袁中道著，钱伯城点校《珂雪斋集》卷二十四，上海古籍出版社 1989 年版，第 1045 页。

⑤ 谭元春著，陈杏珍点校《谭元春集》，上海古籍出版社 1998 年版，第 601 页。

⑥ 张裕钊《濂亭文集》卷四，清光绪刻本。

⑦ 王水照编《历代文话》第七册，复旦大学出版社 2007 年版，第 6367 页。

⑧ 揭曼硕《新刻诗法正宗》，明《格致丛书》本。

⑨ 王水照编《历代文话》第二册，复旦大学出版社 2007 年版，第 1535 页。

⑩ 袁宏道著，钱伯城笺校《袁宏道集笺校》卷二十二，上海古籍出版社 1981 年版，第 786 页。

屋'，信然。"[①]明左培《书文式·文式》卷上引瞿景淳语云："文须从心苗中流出，句句字字都要作不经人道语。"[②]完全模拟之作，陈腐因袭，不是真正的散文。

8. 散文技艺本位综合界说

上述诸论，只强调某一方面技艺，必然存在明显的局限性。有论者综合诸说，林纾说："文字有义法，有意境，推其所至，始得神韵与味。神也、韵也、味也，古文之止境也。"章学诚《与邵二云》认为"文律，不外'清'、'真'二字。清则气不杂也，真则理无支也"[③]。夏力恕《菜根堂论文》说："为文之的，雅正清真，包括无余矣。"[④]

9. 散文本质综合界说

不少散文家将各种散文内容本位、技艺本位理论调和、融合、综合，追求更为合理的散文界说。杜牧在《答庄允书》中说："凡为文以意为主，气为辅，以辞彩章句为之兵卫。"[⑤]张裕钊《与吴挚甫书》发挥说："古之论文者曰：文以意为主，而辞欲能副其意，气欲能举其辞。譬之车然，意为之御，辞为之载，而气则所以行也。欲学古人之文，其始在因声以求气，得其气，则意与辞往往因之而并显，而法不外是矣。"[⑥]意、辞、气三者统一。吴子良《荆溪林下偶谈》卷二说："为文大概有三：主之以理，张之以气，束之以法。"[⑦]理、气、法三位一体。李廌在《答赵士舞德茂宣义论宏词书》中认为："凡文章之不可无者有四：一曰体，二曰志，三曰气，四曰韵。"[⑧]体、志、气、韵，四者缺一不可。郝经《答友人论文法书》说："夫理，文之本也；法，文之末也。有理则有法矣，未有无理而有法者也。""理者，法之源；法者，理之具。理致夫道，法工夫技，明理，法之本也。"[⑨]理、法并重。明谭浚《言文》卷上《致意》云："文之所以为文者，词也。文而不以词，何以为文？词之所以为词者，意也。词而不以意，何以为词？意之所以为意者，理也。意而不以理，何以为意？"[⑩]词、意、理并重。钱谦益《周孝逸文稿序》说："根于志，溢于言，经之以经史，纬之以规矩，而文章之能事备矣。"[⑪]刘大櫆《论文偶记》说："神气者，文之最精处也；音节者，文之稍粗处也；字句者，文之最粗处也。然论文而至于字句，则文之能事尽矣。"[⑫]姚鼐《古文辞类纂序目》主张："所以为文者八：曰神、理、气、味，格、律、声、色。"认为"神、理、气、味者，文之精也；格、律、声、色者，文之粗也"[⑬]。李元春《四书文法摘要·余论十二则》说："文章不外五端：曰典、曰理、曰法、曰气、曰神。"[⑭]刘熙载《艺概·文概》引用"经语"来概括散文本质特征，他说："文之道可约举经语以明之，曰：'辞达而已矣'，'修辞立其诚'，'言近而指

① 王水照编《历代文话》第六册，复旦大学出版社 2007 年版，第 5480 页。
② 王水照编《历代文话》第三册，复旦大学出版社 2007 年版，第 3146 页。
③ 章学诚《章学诚遗书》卷九，文物出版社 1985 年影印，第 81 页。
④ 王水照编《历代文话》第四册，复旦大学出版社 2007 年版，第 4067 页。
⑤ 杜牧著，陈允吉校点《樊川文集》卷十三，上海古籍出版社 1978 年版，第 194 页。
⑥ 张裕钊《濂亭文集》卷四，清光绪刻本。
⑦ 王水照编《历代文话》第一册，复旦大学出版社 2007 年版，第 558 页。
⑧ 李廌《济南集》卷八，《四库全书》本。
⑨ 郝经《陵川集》卷二十三，《四库全书》本。
⑩ 王水照编《历代文话》第三册，复旦大学出版社 2007 年版，第 2329 页。
⑪ 钱谦益著，钱仲联标校《牧斋有学集》卷十九，上海古籍出版社 1996 年版，第 826 页。
⑫ 王水照编《历代文话》第四册，复旦大学出版社 2007 年版，第 4109 页。
⑬ 姚鼐纂，宋晶如、章荣注释《古文辞类纂》(上)，中国书店 1986 年版，第 26 页。
⑭ 王水照编《历代文话》第五册，复旦大学出版社 2007 年版，第 5129 页。

远'，'辞尚体要'，'乃言底可绩'，'非先王之法言不敢言'，'易其心而后语'。"[①]所说很有道理。

综合界定散文本质，克服了单纯强调某一方面的局限性，对散文本质的认识趋向全面合理，极具理论价值，但局限性仍是存在的。

《易经·系辞》曰："形而上者谓之道，形而下者谓之器。"散文具有"形而上"、"形而下"的不同层面。"形而上"者是散文之"道"，指文心、文意、文理、文情、文神、文气、文味、文韵、文趣、文境等，是散文的本质、精神和灵魂，是更高层面。"形而下"者是散文之"艺"（技、术），指文技、文格、文式、文法等纯技巧形式，是技术层面。那么"道"和"艺"的关系究竟如何呢？"道"重要，还是"艺"重要，或二者都重要？古人有不同的理解。有人认为，"道"最重要，只要把思想感情表现出来，工不工并不重要，甚至可有可无。柳开《上王学士第三书》说："文章为道之筌也。筌可妄作乎？筌之不良，获斯失矣。女恶容之厚于德，不恶德之厚于容也。文恶辞之华于理，不恶理之华于辞也。"[②]"文载道"、"文者，心声也"、"文者，理也"，等等，皆是讲散文之"道"，重散文的本质。有人更重视"艺"，讲究技巧、艺术、形式，内容不是很重要。以上两种观念是对立分离的。当然"道"和"艺"即内容和形式的完美统一是最好的，姚鼐《答翁学士书》云："夫道有是非，而技有美恶。诗文皆技也，技之精者必近道，故诗文美者命意必善。"[③]又《敦拙堂诗集序》云："夫文者，艺也，道与艺合，天与人一，则为文之至。"[④]这是理想的散文。

（三）作者本位、本原本位与功能本位

本体论外，还有以作者本位、本原本位、功能本位界说散文本质的。

1. 作者本位

有论者从作者即散文家或创作主体这个角度来界说散文本质。散文是人写的，什么人写的才能称作散文？真人才有真性情，真性情才有真散文。宋濂《文说赠王生黼》云："文者果何繇而发乎，发乎心也。心乌在，主乎身也，身之不修而欲修其辞，心之不和而欲和其声，是犹击破缶而求合乎宫商，吹折苇而冀同乎有虞氏之箾韶也，决不可致矣。"[⑤]清李元春《四书文法摘要·余论十二则》说："文章根于性情，而本原在心，故心术须端。"[⑥]人品决定文品。散文是天才的创作，只有大才方能写出好散文，并不是什么人都配写散文的。刘将孙《赵青山先生墓表》云："文章，英气也，人声之精者为言，言之精者为文。英者，所以精者也。"[⑦]王文禄《文脉》卷一说："文之高胜者，必命世才，自出新机，不蹈陈辙，用发吾胸中之蕴概，以文人小之可乎？"[⑧]散文是个性化的创作。不同身份、个性的人，创作出不同的散文。

① 刘熙载《艺概》卷一，上海古籍出版社1978年版，第47页。

② 曾枣庄、刘琳主编《全宋文》第六册，卷一二〇，上海辞书出版社2006年版，第284页。

③ 姚鼐《惜抱轩文集》卷六，《续修四库全书》本。

④ 姚鼐《惜抱轩文集》卷四，《续修四库全书》本。

⑤ 罗月霞主编《宋濂全集》，浙江古籍出版社1999年版，第1569页。

⑥ 王水照编《历代文话》第五册，复旦大学出版社2007年版，第5129页。

⑦ 刘将孙《养吾斋集》卷二十九，《四库全书》本。

⑧ 王水照编《历代文话》第二册，复旦大学出版社2007年版，第1693页。

2. 本原本位

散文是如何产生的，即散文是从哪儿来的？古人强调散文是“不得已”而作，不是苦思冥想刻意而为。有感而发，生活所“激”，散文是自然“写”出来的，不是“做”出来的。刘辰翁《赠潘景梁序》说：“余谓文者，皆不得已也。……夫言虽技也，道亦不离于言。……道不得已为言，言不得已亦道。”[①]祝允明在《祝子罪知录》中也说：“文也者，非外身以为之也。心动情之，理著气达，宣齿颊而为言，就行墨而成文。文即言，言即文也。”[②]钱谦益《李君实恬致堂集序》说：“文章者，天地英淑之气，与人之灵心结习而成者也。”[③]文生于心，是心灵的自然流露。有论者强调文源于“气”，元代戴表元《紫阳方使君文集序》说：“人之精气，蕴之为道德，发之为事业，而达之于言语词章。”[④]文章根本源自人所禀受的精气。吴澄《别赵子昂序》说：“文也者，本乎气也。人与天地之气通为一，气有升降，而文随之。”[⑤]有论者强调文源于情，情生文。钱澄之《程姜若松州杂著叙》云：“情至而文生也。”[⑥]龚自珍《五经大义终始论》云：“民饮食，则生其情矣，情则生其文矣。”[⑦]无情则无文。

3. 功能本位

影响最大的就是“教化”说，即教化本位。柳冕《谢杜相公论房杜二相书》云：“故文章之道，不根教化，别是一技耳。”又《答徐州张尚书论文武书》云：“夫文章者，本于教化，发于情性。本于教化，尧舜之道也；发于情性，圣人之言也。”[⑧]明确强调散文的功用在于“教化”。“教化”说强调统治者应利用散文自上而下地教化人民，是典型的功利散文观。

载道、明道、传道、贯道，是内容，也是功用。有论者强调散文的实用功能，即有补于世，有益于世。有益即是散文，有害便不是散文。有用即是散文，无用便不是散文。王安石《上人书》云：“所谓文者，务为有补于世而已矣。所谓辞者，犹器之有刻镂绘画也。诚使巧且华，不必适用；诚使适用，亦不必巧且华。要之以适用为本，以刻镂绘画为之容而已。”[⑨]海瑞《教约》称：“文也者，所以写吾之意也……今一生读书作文，于家国身心无毫毛补益，谓之何哉？”[⑩]顾炎武《日知录》云：“文之不可绝于天地间者，曰明道也，纪政事也，察民隐也，乐道人之善也。若此者，有益于天下，有益于将来，多一篇，多一篇之益矣。”[⑪]方东树《复罗月川太守书》说：“文不能经世者，皆无用之言，大雅君子所弗为也。”[⑫]无用无益之文，便没有存在的价值。

有人强调散文超功利的娱乐功能。赵宧光强调“无用之用”，他说：“天地间最无用是文

---

① 刘辰翁《须溪集》卷六，《四库全书》本。

② 祝允明《祝子罪知录》卷八，明万历刻本。

③ 钱谦益著，钱仲联点校《牧斋初学集》卷三十一，上海古籍出版社 1985 年版，第 907 页。

④ 戴表元《剡源戴先生文集》卷十一，《四部丛刊》本。

⑤ 吴澄《吴文正集》卷二五，《四库全书》本。

⑥ 钱澄之《田间文集》卷十三，《续修四库全书》本。

⑦ 龚自珍著，王佩诤校《龚自珍全集》（上），上海古籍出版社 1975 年版，第 41 页。

⑧ 董诰等编《全唐文》卷五二七，中华书局 1983 年版，第 5354、5358 页。

⑨ 王安石《王文公文集》卷三，上海人民出版社 1975 年版，第 45 页。

⑩ 海瑞著，陈义钟编校《海瑞集》，中华书局 1962 年版，第 15 页。

⑪ 顾炎武著，黄汝成集释《日知录集释》卷十九，上海古籍出版社 1985 年影印本。

⑫ 方东树《仪卫轩文集》卷七，清同治刻本。

章，文章之最无用是诗。”[1]晚明郑元勋《媚幽阁文娱·自序》说：“吾以为文不足供人爱玩，则六经之外俱可烧。六经者，桑麻菽粟之可衣可食也者；文者，奇葩，文翼之怡人耳目、悦人性情也。若使不期美好，则天地产衣食生民之物足矣，彼怡悦人者，则何益而并育之？以为人不得衣食不生，不得怡悦则生亦槁，故两者衡立而不偏绌。”[2]认为与六经的实用功能不同，散文是用以愉悦读者耳目、性情的。六经是如同人们物质生活的必需品，散文则是人们精神生活的消闲品，是生活的点缀。将散文抬到与儒家经典并列的地位，认为二者不可偏废，这是对传统功利主义散文观念的背离。将散文从政治教化的附庸地位中解脱出来，使之具有相对独立性。散文创作不必写高文典册，不必载道征圣，而只是兴会所至，独抒性灵，自娱自乐而已。以这种观念看散文，故特重娱乐消遣，赏玩美文，“寐得之醒焉，倦得之舒焉，愠得之喜焉，暇得之销日焉”，只求得“一晌之欢也，而非千秋之志也”[3]。

同以功能界说散文本质，立场不同，标准不同，观点各异。

散文的本质界说，追求一种审美理想，表达一种文化情怀，是高要求，是极有意义的。

不同时代、不同流派、不同人，对散文的本质有不同的认识，可谓众说纷纭，莫衷一是。每种界说，皆有合理性，同时亦有局限性，皆是“片面的深刻”。不能用一花独放的“专制”思维轻易肯定或否定，要允许这种差异性和多样性的存在。

什么是散文？古人常谈的并不是散文的定义，而是“散文的本质”概念。散文有“本质”，就有“非本质”，非本质特性，也是散文的特性，并非可有可无的。

散文的定义，为是非真假判断；散文的本质界说，是高下优劣的价值判断。所谓“非文也”，通常不是真假判断，而是价值判断，实际上是说不符合自己审美理想或品质低劣，不是好散文。

判定是否是散文，首先应看形式，非韵文即是散文，形式是最基本的要求，其次看其本质，徒具形式也是不够的。

（四）散文本质与散文之“体”

此处之“体”，指狭义的体，即体制、形式。古人多强调体制为先，重形式，明规矩，没有规矩，无以成方圆。历代学者论散文，多重视“辨体”，强调要“得体”，识“大体”。张戒《岁寒堂诗话》卷上云：“论诗文当以文体为先，警策为后。”[4]多主张严分文体疆界，刘祁《归潜志》云：“文章各有体，本不可相犯。……如散文不宜用诗家语，诗句不宜用散文言。……如杂用之，非惟失体，且梗目难通。”[5]强调散文的纯正、正宗，保持文体的纯洁性。章学诚《古文十弊》认为“凡为古文辞者，必先识古人大体，而文辞工拙，又其次焉”[6]。这是一种“保守”观念，自有其合理性一面。

散文“有体”，又“无体”；“有定体”，又“无定体”。王若虚《文辨》云：“或问：文章有体乎？

---

① 赵宧光《弹雅》卷一，明天启三年刻本。

② 郑元勋《媚幽阁文娱》卷首，明崇祯三年刻本。

③ 王纳谏《苏长公小品》卷首，明万历刻本。

④ 丁福保辑《历代诗话续编》，中华书局 1983 年版，第 459 页。

⑤ 刘祁著，崔文印点校《归潜志》卷十二，中华书局 1983 年版，第 138 页。

⑥ 章学诚著，叶瑛校注《文史通义校注》（上），中华书局 1985 年版，第 504 页。

曰:无。又问无体乎?曰:有。然则果何如?曰:定体则无,大体须有。"[①]李纯甫《西岩集序》云:"人心不同如面,其心之声发而为言,言中理谓之文,文而有节为之诗。然则诗者,文之变也,岂有定体哉?"[②]不固守"定体",这是一种开放的观念。两种观念并行,"合力"推动文体发展,我们不应偏重于某一方。

(五) 散文之"道"与"器"

此处,"道"是内容,"器"是工具。历代学者多视散文为载"道"之"器",黄庭坚《次韵杨明叔四首序》曰:"文章者道之器也。"[③]汪莘《访汤粹》云:"文者,道之器。"[④]清张秉直《文谈序》说:"文者,经国之业,载道之器也。"[⑤]散文是一物多用之器具,几乎任何东西都可以装盛。可抒情,亦可写景、叙事、说理;可论政,亦可论兵、论医、论佛、论道。单纯强调"道"的某一方面,而排斥其他,是狭隘片面的。

三、几点检讨

(一) 散文的本质特性仅仅是散文一体独有的吗?

古人喜与诗比较,界说散文本质特性,重两者之"异"。许学夷说:"诗与文章不同,文显而直,诗曲而隐。"[⑥]赵宧光主张诗含蓄,文发露,他说:"诗主含蓄不露(故曰裁诗),言尽则文,非诗也。"[⑦]胡应麟说:"诗与文体迥不类:文尚典实,诗贵清空;诗主风神,文先理道。"[⑧]叶燮《南游集序》云:"诗文一道,在儒者为末务。诗以适性情,文以辞达意,如是已矣,初未尝争工拙于尺寸铢两间。"[⑨]这是严分诗、文疆界,强调文体的独特性。

实际上,古人亦多诗、文合论,认为诗、文一体。郑思肖《心史·总后叙》云:"所谓诗,所谓文,实国事、世事、家事、身事、心事系焉。"[⑩]唐顺之《与洪方洲书》自述:"近来觉得诗文一事,只是直写胸臆,如谚所谓开口见喉咙者。使后人读之,如真见其面目,瑜瑕俱不容掩,所谓本色。此最上乘文字。"[⑪]魏际瑞《伯子论文》云:"诗文不外情、事、景,而三者情为本。"[⑫]诗文不同只在体制、形式,本质上没有区别。诗与文相融相通,不必过求其异。刘熙载《游艺约言》说:"文之理法通于诗,诗之情志通于文。作诗必诗,作文必文,非知诗文者也。"[⑬]所言甚

① 王若虚著,胡传志、李定乾校注《滹南遗老集校注》卷三十七,辽海出版社 2006 年版,第 427 页。
② 元好问《中州集》卷二引,《四部丛刊》本。
③ 黄庭坚著,刘琳、李勇先、王蓉贵校点《黄庭坚全集》(一),四川大学出版社 2001 年版,第 124 页。
④ 汪莘《方壶存稿》卷二,《四库全书》本。
⑤ 王水照编《历代文话》第五册,复旦大学出版社 2007 年版,第 5060 页。
⑥ 许学夷著,杜维沫校点《诗源辩体》卷一,人民文学出版社 1987 年版,第 4 页。
⑦ 赵宧光《弹雅》卷十七《风雅铨上》,明天启三年刻本。
⑧ 胡应麟《诗薮·外编》卷一,上海古籍出版社 1979 年版,第 125 页。
⑨ 叶燮《已畦集》卷八,长沙叶氏梦篆楼 1917 年刊本。
⑩ 郑思肖《心史·总后叙》,明崇祯刻本。
⑪ 唐顺之《荆川先生文集》卷七,《四部丛刊》本。
⑫ 王水照编《历代文话》第四册,复旦大学出版社 2007 年版,第 3594 页。
⑬ 刘熙载著,薛正兴点校《刘熙载文集》,江苏古籍出版社 2001 年版,第 753 页。

是。诗、文一体观念，弥补了诗、文分疆观念造成的局限性，自有其理论的合理性。

对不同文体，重其“异”，而轻其“同”，过分强调文体特质的独特性、唯一性，夸大文体间的相反对立，非此即彼，势必“遮蔽”各文体的共通性、共同性。“文学性”是各体文学皆有的特质，同样的情感志意，不同的文体皆可表达。文体特质不应完全以排他性为“前提”。诗歌以抒情言志为主，散文以议论载道为主，但不能说议论载道的就不是诗歌，言志抒情的就不是散文。诗歌“曲而隐”，散文“显而直”，但只是相对的，散文也有“曲而隐”，“曲而隐”不是诗歌的“专利”。

（二）散文只是文学文体吗？

近现代引进的西方文体概念，是“文学文体”概念，中国古代文体概念是“大文学”文体或“文化”文体概念。当下观念的“文学”是纯文学，即学科分类后脱离了哲学、史学、科学、伦理学等而独立出来的文学。古代散文在“大文学”的背景下发展，不仅是“文学”文体，还是超越文学的“文化”文体。这种体制可以说是文学，也可以是经学、史学、子学等，经、史、子都可借助散文作为载体来表达思想。古代文学实际，“散文”与“文学”的关系，有时，散文即等于文学，有时，散文则包括经、史、子、集一切文体。

有时，我们可跳出“散文是文学”的“前理解”认识古代散文，散文的形式，本身却属于“文学”之外的“文化”，“集部”中许多有关经、史、子的论文，是“文化”文体，而非纯粹的文学之散文。

散文究竟属于哪种文体？“文学”的还是“文化”的？应该考虑作者和接受者两方面。首先要尊重作者本人观念，同时也不应忽视读者的观念。抒情文是文学的散文，这是历代一致观念，但说理文是不是文学？却有不同看法。我们应该尊重作者本人，作者认为是散文，就应该承认，同时承认接受者的“再创造”权利，可以不认同作者观点，甚至完全否定。

学科分类是现代科学发展的结果，而中国传统文化是综合的，与西方的分析式文化不同。文学，本来是综合的“大文学”，逐渐演变并分离出经学、史学、子学等，古代学科分类的混沌状态下，仅将散文简单地归类为“文学”之一体，是对散文的狭隘化理解，是轻贱了散文。

（三）散文是文学，能完全排斥学术吗？

散文是文学，是创作，学术是研究，两者是不同性质的学科，界限分明。袁桷《戴先生墓志铭》引戴表元语云：“后宋百五十年，理学兴而文艺绝。”①将文学与学术完全对立起来。近代史学家刘绍宽在与友人论文时强调“学”的重要性，《答颜次周书》说：“夫文也者，根学而出，非可貌袭而强为也。文有表焉，有里焉。所谓表者：字、句、篇、章皆有法度，言之疾徐，声之高下，气之敛舒，体之整散，词之华赡清妙，按之于迹，皆可寻求；若夫冥力追索，心领神会，拟议于言象之先，调和于心手之际，自非学有本原、积理渊富，则不能沛然能出之。——此所谓里也。”②是很高明的见解，学识不是外在于文学的东西。

历代大量的诗话、词话、书论、画论等，该属学术还是文学？从形式上看，只要是非韵文，

① 袁桷《清容居士集》卷二十八，《四部丛刊》影印元刻本。

② 苍南县政协文史资料委员会编《苍南文史资料》第十六辑《刘绍宽专辑》，第36页。

学术文章也是散文。从散文的本质上认识，则因人而异，可认为是，也可认为不是。同样的散体文“文本”，从文学角度看就是散文，从学术角度看就是学术。因此，文学和学术只存在相对的界限，没有绝对的界限。

（四）散文等于“集部”之文吗？

传统经、史、子、集“四部”分法中，通常观念，“文学文体”只存在于“集”部之中，经、史、子中，就一定没有“文学文体”吗？“集”部中，就一定都是“文学文体”吗？实际上，不存在完全“非文学”的文体，如《左传》、《孟子》属于经部，《史记》属于史部，《庄子》属于子部，以“文学性”标准看，皆可视为文学散文，即是“文学文体”。仅将《全唐文》、《全宋文》理解为唐、宋两代的“散文”，是片面的。

（五）小结

古人散文诸界说，许多观点皆需做学理上的检讨。文者，载道之器也。载道才是散文，娱乐消遣之文就不是散文吗？文者，理也。说理的才是散文，抒情的就不是散文吗？文，心声也。写自己心声的才是散文，那么“代言”体的虚拟性情感的抒发就不是散文吗？写景、叙事的就不是散文吗？

古人多以“文”、“文章”、“文艺”、“辞章”、“古文辞”指称散文，传统主流散文观念是“大散文”、“杂散文”，说理文是正宗文体，最受重视。现代“纯文学”观念，古代散文只是纯审美，纯抒情，纯艺术，排斥古代散文“正宗”的说理文，显然是片面的。

古代主流文学观念，文体的尊卑等级秩序是文（包括散文、骈文）第一，其次诗，为文之余，其次词，为诗之余，其次曲，为词之余，小说更是等而下之的文体。散文的至尊地位是其他文体无法企及、无法替代的，《四库全书》收录标准、范围和比重即是明证。近现代散文地位的下降，与各体文学功能观念变化有关，小说、戏剧分担了散文“载道”、“经世致用”的传统功能，甚至成为中心文体，而散文自身也因增强抒情、娱乐的功能，失去了传统的至尊与神圣。近代散文文体由文学的中心向边缘转移。近代引入西方“纯文学”观念，重诗歌、戏剧、小说，轻散文，完全“颠覆”了古代文体的尊卑等级秩序。

古代主流文学观念，散文无所不包；当代主流文学观念，散文是纯文学，领域狭窄。古代也有纯文学、纯散文观念，但属于非主流；当代，大文学观念、大散文观念则属于非主流。古今观念正相反。

古人散文观念是一种客观的历史存在，自具其“历史合理性”一面。我们不自觉的错误是轻视甚至忽视古人自我散文界说，而拔高或贬低现代人“观念先行”的古代散文的价值和地位，过于轻视历史。对古人的观念，我们应具“了解之同情”，充分“体认”，给予起码的尊重。科学认识古代散文，既要承认当下通行的观念，又要考虑传统散文观念。既要防止完全以今衡古，以今释古，又要防止完全以西衡中，以西释中。现代以西方“纯文学”散文概念硬套中国古代散文，造成不少混乱。

文化观念是多元的，散文观念也应该是多元的。散文是开放的概念，永远有不同的理解和阐释，永远没有统一的标准定义和界说，永远不会定于一尊，这与自然科学不同。古代复杂多元的散文观，各有合理性和局限性，我们应以宏通的视野宽容看待，切忌以“专制”思维，只取一体，排斥他体，唯我独是。

散文观念是动态的，是由“前理解”和“当世”观念、“历时”观念共同构成的，应结合历史语境和当下语境，对其做出既合乎历史的、又合乎逻辑的认识和评价。

古代散文研究，是一说不完的话题，许多看似没有问题的地方都有问题，皆有必要作学理上的深刻检讨。

（作者单位：福建师范大学文学院）

以“精神”作为根本，推进散文理论建设

李正西

一

纵观古代散文研究和实践的现状，可以发现一个长期困扰散文理论建设的问题。这就是以“情感”作为散文的本质特征的认识，已经造成了在散文题材的选择和体裁的界划上的犹豫不决和两难的状况，并且大大缩小了散文研究和散文创作的空间。以至有先秦以前宜宽，其下从严的意见。这一意见有其合理性，但也无法将散文理论建设和散文实践再向前推进一步。我们从古代散文作品选和现代散文作品选主要以“情感”特征对散文作品的编选，可以明显地观察到这一点。这也影响到当今的散文创作，对“情感”的过分强调，导致散文创作的“情感”没有实实在在的着力点，从而造成或是情感抒发的苍白无力，或是欣赏于小悲欢的吟唱，或是局囿于自我哀怨的低吟，或是痴迷于小际遇的把玩，等等，从而使得散文创作的路子越走越窄，越走越虚弱。

其实，文学作品的创作即使是理论作品的写作也都需要投入强烈的情感。即使是理论作品的写作，对某一现象作出理论概括，如果没有强烈的“情感”，就不可能有研究阐述的动力，也就不可能产生激荡人心的理论力量。因此，仅仅以“情感”作为散文的本质特征的认识，必然让我们在散文这一精神现象面前踟蹰不前，捉襟见肘，畏葸止步。同时，也不能仅仅以“情感”作为散文的本质特征。因为，情感的源头是哲学的、政治的、人文的种种精神的产物。因此，以“情感”决定“情感”，判断其强弱，则会陷入以“情感”的深刻加强“情感”的深刻这一二元悖论的内在矛盾之中。

应该以“精神”作为根本，来推进散文理论的建设。是“精神”决定“情感”，“精神”的强弱决定着“情感”的强弱。

精神，就其本质说，高诱说是：“精者，人之气也；神者，人之守也。本其原，说其意，故曰精神。”

高诱又认为：精神和形体交互作用，交相养护，对形体起支配作用，说：“心者形之主也，而神者，心之宝也。”①

因此，“精神”是人的个性、性情、欲望、意识、思维、意志种种的集中体现。这要比“情感”

---

① 《淮南子·精神训》高诱注。

的内涵深刻广泛得多,又是“情感”包容不了的。

“精神”表现出人对于“生存状态”、“生存意识”、“生命救赎”、“社会救赎”的认识和改造过程中的意志品质、个性才情、品性气禀、幻想想象等等丰富的内容,而“情感”只包含在“精神”之中。“有情就有理”。“情感”当然包含理性。“情感”的指向性特征表明,“情感”也是建立在理性基础之上的。但“情感”的理性要比“精神”的理性孱弱得多。只有“精神”的理性的强健,才会使“情感”的理性获得强有力的支撑。

因此,以“精神”作为创作散文和认识散文的根本,是改变散文理论以“情感”作为散文本质特征的惯性思维的有力举措,是极富启发性的把“情感”置于“精神”之下的开创性的努力。这一努力可以突破以情感特征认识散文的局限,突破仅仅把散文看作是艺术的散文的局限,因而可以大大拓展散文研究的视野,可以大大拓展认识散文的空间。可以在“精神”的观照下,将人类共通的对于天地自然的认识,对于人与自然的认识,对于社会人生的认识,对于人类自身能力的认识等等一切不是虚构的文字,统一到人类通过散文的方式予以表达的认识上来。

虽然从情境说,散文的表达有社会之境、自然之境、内心之境的差别,有大境、小境、特殊之境的区分,并且即使是芥豆之微,花鸟虫鱼的咏叹,也可以启人思、兴人感;即使是巨象猛虎、大山大河的描写,也可以兴人叹,寄托情感;即使是灾难性的战争、天灾、历史事变也都是激动散文家的题材,但如果没有体现人的本质力量的强健“精神”的支撑,无论怎样的境界也都有落入苍白境地的忧虑。

从这个角度说,也不能把“艺术”仅仅看作只是技艺、技术、技巧,而应该把“艺术”看作是“精神”的提炼,“精神”的升华。并且从本质上说,“艺术”也是人的意志、意念、情感、愿望甚至行为的一种表达方式,是生存意识、生存反思、生存救赎等等的一种表达方式。因此是可以把握的,是可以分解的,是可以采用各个不同的方式、各个不同的角度,加以深层次的分析和论述的。应该不局限于“艺术”的一般层面的认识,而是按照散文的艺术表现的自觉、意识或下意识来认识“叙述”、“论述”、“诠释”等艺术方式的本质。这样才能保证高迈精神的发扬和文风纯正的发扬。

二

具体说到精神对散文作家和散文创作的作用,我认为,以“精者,人之气也;神者,人之守也”来考量,人的“神守之”之“精”,不仅表现为情感的表达,更多的则是人的精神力量的体现。“神用相通,情变相应。物以貌求,心以理应。”[①]精神的变化促使着情感的变化。求得事物的真实面貌,则是精神的理性才能掌握。“神之于心,处身于境,视境于心,莹然掌中,然后用思,了然境象。”[②]精神状态决定于作者所处的环境、处境、境遇以及对环境、处境、境遇的熟悉和深刻了解基础上的思考,这样才能对境象的了解了然于胸,才会有真情实感的创作出来。这是必然的。

① 《文心雕龙·神思》。

② 王昌龄《诗格》。

“精神”决定散文的气禀。这是说，“精神”集中体现人的个性、性情、才情等等决定着散文的风格和区别于其他散文家创作的散文。虽然，从情感说，无论淡远、雄奇、柔婉、峻烈，都是真情的流露，都可以获得兴人感、启人思的效果，但从“精神”说，就可以看到，“性格清澈者音调自然宣畅，性格舒徐者音调自然疏缓，旷达者自然浩荡，雄迈者自然壮烈，沉郁者自然悲酸，古怪者自然奇绝”[①]。所以，我们从散文中可以看到作者精神境界的高下，人格尊卑的高下。因为“他的人格的动静描画在里面，他的人格的声音歌奏在里面，并且是深刻地描画着、锐利地歌奏着，浓厚地渲染着”[②]。

“精神”决定着散文的气势。散文气势的强弱为“精神”境界的强弱所决定。精神健旺，散文的气势自然高迈迫人，其情感的表达自然动人心弦、惊心动魄；精神萎靡，散文的气势自然孱弱，气若游丝，其情感的表达自然软弱无力。

孟子主张人应该具有“浩然之气”，说：“我善养吾浩然之气。”还说：“其为气也，至大至刚，以直养而无害，则塞于天地之间。其为气也，配义与道；无是，馁也。是集义所生者，非义袭而取之也。行有不慊于心，则馁矣。”[③]即这种“浩然之气”最广大最刚强，要用正义去培养它，而不是去伤害它，这样就会充满于天地四方之间。这种“浩然之气”，必须与义与道相配合；没有义与道，它就会是软弱无力的。这种“浩然之气”是正义的日积月累的产物，不是一时的正义行为；行为有一点亏损缺失之处，就会是软弱无力的，就会格调低下。

散文创作需要孟子提倡的这种“浩然之气”，而不是萎靡不振的软弱无力之气。更需要孟子提倡的做人要有骨气，以“天下之本在国，国之本在家，家之本在身”[④]为己任，是“居天下之广居，立天下之正位，行天下之大道。得志，与民由之，不得志，独行其道。富贵不能淫，贫贱不能移，威武不能屈，此之谓大丈夫”。正如孟子指出的，有了这种“浩然之气”就可以获得洞察“知言”的本领，善于洞悉别人的言辞，即看到“诐辞知其所蔽，淫辞知其所陷，邪辞知其所离，遁辞知其所穷”。即看到偏颇片面言辞的偏颇片面之处；看到言过其实话语的缺失之处；看到邪僻歪曲话语的离开正义之处；看到躲躲闪闪话语的理屈词穷之处。所以，孟子的“浩然之气”养成的文章真理在手，理直气壮、气象浩大，字里行间透露着逼人的气势。

“精神”决定着散文的气象。散文的表达可以在社会之境、自然之境、表现出大气象，也可以在内心之境、芥豆之微，花鸟虫鱼的小境中表现出大气象，即使是巨象猛虎、大山大河的描写，即使是灾难性的战争、天灾、历史事变的叙述，也可以兴人叹，寄托情感；也都是激动散文家的题材，不可一概而论。但如果没有体现人的本质力量的强健“精神”的支撑，无论怎样的境界也都有落入苍白境地的忧虑。

“精神”决定着散文的气韵。“气韵全，而失形似，虽活而非；形似备而失气韵，虽似而死”[⑤]。这是说，蕴含散文其中的精神气韵饱满而具有张力，如果失去了“形似”即表面的形象，虽然活泼灵动，却不是对象本身；而对表面描绘得头头是道，纤毫逼现，即使是再形似，也

---

① 李贽《焚书》卷三，《杂述·读胠律说》。

② 胡梦华《絮语散文》。

③ 《孟子·公孙丑上》。

④ 《孟子·滕文公下》

⑤ 章学诚《文史通义·易教》。

会是失去精神气韵的死的东西。"谨毛而失貌"[①]。画猫画狗，把猫狗的毛发画得越细微，越会失去猫、狗的形象，成为一团不可认识的模糊一片的东西，当然气韵尽失。

然而，无论是"精神"决定着散文的气禀，"精神"决定着散文的气势，"精神"决定着散文的气象，还是"精神"决定着散文的气韵，都是人的本质力量，即人的意志品质、个性才情、品性气禀、幻想想象等等的体现。因此，散文创作是在人的精神力量驱遣之下的情感的表达，因而使得形象的描绘和情景的表现才感人起来、生动起来、活跃起来。这是肯定的。

如果我们无视"精神"的这种决定性的作用，无视"精神"在散文创作、散文分析和散文欣赏中的存在，甚或仍然认为这是唯心的，则必然会陷入排斥精神作用，偏于偏爱情感的境地。这样，对散文表达的情感也难以有深入的理解。因为，情感的表现不是无缘无故的，而是人的意志品质、个性才情、品性气禀、幻想想象等等的综合体现，也是人对社会经济形态的、哲学的、人文的、历史的接受等等的综合体现；扩大到散文领域，则应该看到散文作家的意志品质、个性才情、品性气禀、幻想想象等等并且又都是散文作家接受哲学的、美学的、文化的、文学的认识等等的综合体。因此我们需要对"精神"的内涵作进一步的分析和说明。

三

把对"精神"的理解扩展到更大的领域，可以看到，"精神"的内涵丰富而多彩，深刻而广泛。

"精神"包含哲学的精神。所谓"哲学的精神"，是说人人都是宗教的，人人更是哲学的。这里的"宗教"是指对信仰、对国家、对民族、对人民的虔诚；这里的"哲学"指的是对社会人生的、天地自然的、思想心理的理性的思考。应该注意传统哲学对人们的思维方式、生活方式和行为方式的深刻影响。

自古至今，国人的世界观都无一例外地受到儒、道、释三教的深刻的影响，深入到他们的思想、生活和行为方式的各个方面。

儒家强调"仁者爱人"，强调以仁、义、礼、智、信的道德标准规范人的行为，强调"君君臣臣父父子子"的秩序治理国家，其思想影响深远，甚至影响到每个人的思维方式、生活方式和行为方式，影响到散文创作。儒家的这种"经世致用"学说直接影响到先秦散文、汉赋、唐宋散文的创作，产生了诸子散文、汉赋和唐宋八大家及明清而下如"桐城派"的散文创作。

道家主要是老庄的思想，强调人与自然的融合，强调顺应自然，强调"天地与我并生，而万物与我为一"，强调"独与天地精神相往来"，以获得"无所待"的"至人"境界[②]。道家的这种"顺应自然"的学说影响到人的思维方式、生活方式和行为方式，也影响到散文创作，产生了庄子"立象以尽意"的汪洋恣肆的散文，产生了黄老之学指导下的司马迁"史家之绝唱，无韵之离骚"的旷世无两的杰作，产生了曹操及"魏晋文章"的骨鲠健硕、潇洒飘逸的文章，产生了李白、苏轼、"公安三袁"以及明清而下的风神飘逸的文章。

释家即佛教哲学，直指人心，强调明心见性，各自观心，自见本性，强调心灵的净化，强调

① 刘安《淮南子·说林训》。
② 《庄子·齐物论》。

“不立文字”，强调“语默不二”的“不二法门”。佛教哲学对中国哲学和中国文化的影响深远。受到佛学影响的作为儒学门派的“心学”，虽然最早可追溯到孟子，由程颢开其端，而陆九渊开启其门径，从而产生“吾心即是宇宙，人同此心，心同此理。往古来今，概莫能外”[①]的主张，就是受到禅宗哲学的启发而来。《静坐要诀》说：“静坐之诀，原出于禅门，吾儒无有也。自程子见人静坐，即叹其善学。朱子又欲以静坐补小学，收放心一段工夫，而儒者始知所从事矣。”[②]至王阳明的“心学”强调生命活泼的灵明体验，主张“自是而后，析心与理而为二，而精一之学亡。世儒之支离，外索于刑名器数之末，以求明其所谓物理者，而不知吾心即物理，初无假于外也”[③]，而构成了“心学体系”。

“心学”与孟子的心学思想相通，更是对佛教哲学和佛教因明学方法的具体运用。影响到散文创作，则有刘勰“动极神源”的“般若绝境”的提倡，则有王维“维摩诘”的标榜，则有“境界说”的诗论、文论的倡导，正是受到佛学的“威灵震动境界”[④]、如梦如幻的“了知境界”[⑤]、不求意向的“随觉境界”[⑥]等启发而来。影响到散文创作，则有苏轼的文章、“公安三袁”的文章及无数其他文章可资佐证。

“精神”包含文化精神。文化精神包括人对科学、艺术和道德的完美的追求、对美的事物的感受、对艺术的品位和精神世界的感受的真善美的统一追求。由于地域的差异，文化精神的表现形态当然会有差异，追求真善美的标准和思维的方式当然也会有很大的差异。文化精神中的民俗精神表现这种差异更为明显。民俗，是一个民族生存、发展、繁衍的强大的推动力量。

来自民众，规范民众，传承民众，又深藏着民众的行为、语言和心理。民众置身其间不为其所累，并且甘愿接受这种模式性规范的保护。民俗文化的集体遵从，反复演示，不断实行，增强了民族的认同感，强化了民族精神，塑造了民族品格。民俗与宗教是一对孪生姐妹。民俗是宗教的早期形式，民俗是退化的宗教，逐步退化和泛化为生活、习惯、情感与信仰的约定与遵从。民俗与宗教并行不悖，蕴含着宗教的因素、宗教的色彩、宗教的仪轨甚至宗教的崇拜；而宗教则是丰富的古老民俗的储藏库。

因此，“越是民族的，便越是世界的”，就是因为民俗集中地体现着民族心理、民族性格和民族精神，是民族的思维、民族的美学、民族的哲学的渊薮。

散文创作当然不会无视渗透到社会生活方方面面的民俗。散文创作必然会将民俗的内容、民俗的境界、民俗的宗教纳入其中，产生精彩的篇章，并且在民俗的容纳和民俗的表现上显示出格外的光彩。越是能够充分地表达民俗的文化精神的散文创作，越是能够深刻地激动自己，激动别人，激动后世，成为千古不同之调，千古不磨之论，千古不磨之作。这是必然的。特别应该指出的是，汉字的民俗是最具民族特色的，是别的民族无法代替的。许慎说：

① 陆九渊《象山全集》。
② 《静坐要诀》。
③ 王阳明《传习录》。
④ 《文心雕龙·论说》。
⑤ 《无量寿经》。
⑥ 《华严梵行品》。

汉字“指事者，视而可识，察而见意”，是一种比喻；“会意者，比类合谊。以见指撝”，是一种象征[①]。散文家不可能脱离这种“依类象形”的汉字的制约，必然充分运用汉字一个字一个音节，一个字一个音符，一个字一个意象的特点，以言简意赅、音调铿锵、音韵和谐的词汇来表达思想和情感。

“精神”包含人文精神。人文精神表现为对人的尊严、价值、命运的维护、追求和关切，其核心思想是关心人，以人为本，重视人的价值；张扬人的理性，主张灵肉和谐建立在对尘世生活的超越的精神追求上。关心人尤其是关心人的精神生活；尊重人的价值尤其是尊重人作为精神存在的价值。尊重人的价值，尊重精神的价值，特别是对人类遗留下来的各种精神文化现象的高度珍视，对全面发展的理想人格的高度肯定和塑造。

能够体现人文精神的本质特征的，则唯有真诚。真诚则有诗。“真者，精诚之至也。不精不诚，不能动人”[②]。真诚，则不俗、不欺。俗者，故作姿态，欺世盗名，以假乱真，或依傍古人今人，不仅格调低下，亦且仰人鼻息，为人所不齿。所谓不俗，是将真性情搬运到纸笔之上，自然流露，如声奏天籁，如风吹地籁，虽有不同，却都是格调高雅、和而不同之调。所谓不欺，不欺于人，不欺于己，才能真正张扬个性的才情、个性的价值。真诚，容不得矫揉造作之情、强颜欢笑之情。亦如庄子所说，是“故强哭者虽悲不哀，强怒者虽威不严，强亲者虽笑不和。真悲无声而哀，真怒未发而威，真亲未笑而和。”[③]做作不来，勉强不来。

四

散文理论建设应该在“精神”规定的范畴内获得突破性的进展。以“精神”作为根本，推进散文理论建设，首先需要转变散文理论的思维定势，破除以“情感”作为散文本质特征的认识。应该看到，这一认识已经使散文选材变得狭窄，特别是排斥了理性思考的文章，包括哲学的、宗教的、民俗的精彩文章。

我举出支遁的《上书告辞哀帝》一文来证明这一点：

> 遁顿首言。敢以不才，希风世表，未能鞭后，用愆灵化。盖沙门之义，法出佛之圣，雕纯反朴，绝欲归宗，游虚玄之肆，守内圣之则，佩五戒之贞，毗外王之化，谐无声之乐，以自得以为和。笃慈爱之孝，蠕动无伤；衔抚恤之哀，永悼不仁。秉未兆之顺，远防宿命；挹无位之节，履亢不侮。是以哲王御世，南面之重，莫不钦其风尚，安其逸轨，探其顺心，略其形敬，故令历代弥新矣。
>
> 陛下天钟圣德，雅尚不倦，道游灵模，日昃忘御，可谓钟鼓晨极，声满天下，清风既劭，莫不幸甚。上愿陛下齐龄二仪，弘敷至法。去陈信之妖诬，寻丘祷之弘议；绝小涂之致泥，奋宏辔于夷路。若然者，太山不淫季氏之旅，得一以成灵；王者非圆丘而不禋，得一以永贞。若使贞灵各一，人神相忘，君君而下无亲举，神神而咒不加灵，玄德交被，民荷冥祐，恢恢六合，成吉祥之宅，洋洋大晋，为元亨之宇。常无为而万物归宗，执大象而

---

① 《说文解字叙》。
② 《庄子·渔父》。
③ 《庄子·渔父》。

天下自往，国典刑杀则有司存焉，若生而非惠，则赏者自得；戮而非怒，则罚者自刑。弘公器以厌神意，提铨衡以极冥量，所谓天何言哉，四时行焉！

贫道野逸东山，与世异荣，菜蔬长阜，漱流清壑，褴缕毕世，绝窥皇阶，不悟乾光曲曜，猥被蓬荜。频奉明诏，使诣上京，进退维谷，不知所厝。自到天庭，屡蒙引见，优以宾礼，策以微言。每愧才不拔滞，理无拘新，不足对扬玄模，允塞视听。踧踖侍人，流汗位席。

曩四翁赴汉，干木蕃魏，皆出处有由，默语适会。今德非昔人，动静乖理，游魂禁省，鼓言帝侧，将困非据，何能有为！且岁月僶俛，感若斯之叹，况复同志索居，综习辽落，回首东顾，孰能无怀！上愿陛下特蒙放遣，归之林薄，以鸟养鸟，所荷为优。谨露板以闻，伸其愚管，裹粮望路，伏待慈诏。

（《全晋文》卷一五七）

这篇文章表达了他希望推广佛教以治理国家的愿望。文章说，佛教具有雕纯反朴，绝欲归宗，游虚玄之肆的性质，并且“守内圣之则，佩五戒之贞”，遵守圣人的道德，佩戴五戒之不杀生（“非暴力”）、不欺诳、不偷盗、不邪淫、不妄语、不饮酒的贞操，因而可以让服膺佛教的人做到“毗外王之化，谐无声之乐，以自得为和，笃慈爱之孝，蠕动无伤，衔抚恤之哀，永悼不仁。”佛教可以使他们“秉未兆之顺，远防宿命；挹无位之节，履亢不悔”，即近可以秉持没有先兆的顺通之像，远可以预防不可抗力的宿命；并且具有抑制住虽然没有社会地位却要去争得权势的欲望的节操，具有履行抵御诱惑的坚强意志。所以“哲王御南面之重，莫不钦其风尚，安其逸轨，探其顺心，略其形敬，故令历代弥新矣”。

支遁说，这是历代帝王重视佛教的原因。

从文章里，我们也可以了解到佛教在东晋受到重视的社会心理原因。当时的社会弥漫着失去家园、思想空虚的气氛，需要离群众和生活实际较近的佛教的思维来拯救世风，挽救日益严重的作奸犯科、铤而走险、糟践百姓、横蛮霸道的种种社会问题于既倒。佛教正可来填补。佛教在普度众生理念的支配下，更接近大众的生活实际，并具有抚慰心灵的作用。佛教在抚慰百姓心灵的安定平和上也恰恰是统治者需要的。

因此文章在歌颂哀帝雅尚佛法的同时，希望哀帝普及佛法，使社会政治清明，去陈信之妖诬，寻丘祷之弘议；绝小途之致细微，奋宏辔于平坦大道，从而使得“太山不淫季氏之旅，得一以成灵；王者非圆丘而不禋，得一以永贞”。而且“若使贞灵各一，人神相忘，君君而下无亲举，神神而咒不加灵，玄德交被，民荷冥祐”，那么“恢恢六合，成吉祥之宅，洋洋大晋，为元亨之宇”，并且是“常无为而万物归宗，执大象而天下自往，国典刑杀则有司存焉”。果然如此，“若生而非惠则赏者自得，戮而非怒则罚者自刑。弘公器以厌神意，提铨衡以极冥量”，呈现的就自然是一个“天何言哉，四时行焉”的自然和谐的世界。这当然是支遁美好的愿望。社会是一个政治、经济、文化、外交、地域、风俗民情等等的综合，当然不是采用佛教这一剂灵丹妙药就可以立竿见影、影响全局、改变现状的。但从另一个角度看，有这种美好愿望与没有这种美好愿望是大相径庭的。这也是佛教得以在东晋广泛传播的社会根源和充分的社会理由。

文章说明自己请辞的理由，出自内心、发自肺腑之言，说得实在，说得动情。他说自己是山野之人，“与世异荣”，“不悟乾光曲曜”，因而即使是“使诣上京”，也是“进退维谷，不知所厝”，因而是屡蒙引见，“每愧才不拔滞，理无拘新，不足对扬玄模，允塞视听。踧踖侍人，流汗位席”。而且没有汉初商山四皓和战国时段干木的辅佐魏文侯，都有出处的理由，默契而适逢其会。随着岁月的流逝，支遁说，自己越来越感到“动静乖理，游魂禁省，鼓言帝侧，将困非据，何能有为?”还是放我回到日益思念的山野里去为好。

由《上书告辞哀帝》文说理的绵密、结构的严谨、遣词造句的规范和起承转合的自然，可以看出，支遁也是文章家。类似这样的文章难以进入读者的视野，不能不说是一种遗憾。

其次，以“精神”作为根本，推进散文理论建设，需要我们拓展思维方式。即不能仍然仅仅停留在时代背景、作者生平、作品分析这样简单的模式上，而是更深入地分析其所处时代的政治、经济、文化状况，考虑到哲学的、文学的、艺术的发展状况，才能在美学的、文化学等人文科学的层面上获得深入。

要像刘勰分析诸子那样，是“烛照之匠，窥意象而运斤。此盖驭文之首术，谋篇之大端”，能够抓住其“立象以尽意”[①]的特点进行深入的分析。亦如章学诚所指出的是，“战国之文，深于比兴，即深于取象者也”。章学诚根据《易・系辞》所说“圣人立象以尽意，设卦以尽情伪，系辞焉以尽其言，变而通之以尽利，鼓之舞之以尽神”是更深刻的分析。对诸子散文如对庄子散文的哲学表达斩头去尾，只取其“拟诸形容”部分，是不应该的，对庄子是一种歪曲，对受教育者则是一种不负责任。

再次，是要在中国传统哲学的基础上建立开阔的时空思维。儒家强调合乎时空观，主张“观乎天文以察时变，观乎人文以化成天下”[②]。用于诗文批评，则主张符合时代需要，强调“经夫妇，成孝敬，厚人伦，移风俗”的社会功能。道家强调“道法自然”，是“人法地，地法天，天法道，道法自然”。佛家歌颂如同“青萝夤缘，直上寒松之顶；白云淡演，出没太虚之中”[③]的心灵自由自在的状态，歌颂心灵澄澈境界之福。虽然上述各家的出发点和归宿各不相同，但都在强调顺应自然规律以获得心灵自由上有异曲同工之妙。三者的结合，便形成了向内宇宙和外宇宙掘进深入的时空意识。

这种深邃的时空意识的开掘，又是辩证的，以“变动不居，周流六虚”为特征，以“易穷则变，变则通，通则久”为指导，是既包含着量变，又包含着质变的时空意识。

同时，这种开阔的时空意识又不是凌空蹈虚，不着边际的大言空论。即如庄子，壶视天地，云游龙骞，以“不傲倪于万物，不谴是非与世俗处”为依据。以“彼此充实，不可以已”为依归[④]，是建立在与世间万物、是非世俗紧密联系基础之上的。

佛家的时空意识的一个重要特点，是把“纳须弥于芥子”的内宇宙的广大看作认识自我的感性空间，重视内宇宙的净化，特别重视目前，重视脚跟下，重视突破成见和解除自我束缚，以获得心灵自由。儒家的时空意识也并不仅仅粘滞于社会实际，而是孟子所说的“君子所过者化，所存者神，上下与天地同流”。又是“充实之为美，充实而谓光辉之谓大，大而化之之谓神”[⑤]。“充实之为美”，流行天下，“光辉之谓大”，光辉无限，含蕴深厚，广大无垠，至大无

---

① 《文心雕龙・诸子》。

② 章学诚《文史通义・易教下》。

③ 慧忠语录。

④ 《易・贲卦・象》。

⑤ 《孟子・尽心下》。

外，大而化之，是更高真实的美。

上述符合自然规律、社会发展规律和心灵自由的时空意识影响到各个领域，影响到散文家的思维，扩大了他们的时空意识，深化了他们对内宇宙和外宇宙的感应能力和认识水平，从而使他们散文创作获得广阔而深刻的艺术空间和艺术内容。

（作者单位：合肥师范学院中文系）

试论先秦散文与诗歌文体兼容的“原型”形态

杨景龙

一

文体之间的互相渗透是中国文学史上的普遍现象。在各种文体的萌生、成长、演变过程中，交叉影响的情况经常发生。韩愈“以文为诗”，苏轼“以诗为词”，辛弃疾“以文为词”，即是显例。在创作实践中，各种文体之间互相渗透、交叉感染的情况更为复杂。例如“赋”，本是《诗经》表现手法之一，到汉代演化为“一代之文学”的代表性文体，刘勰《文心雕龙·诠赋》引班固说：赋乃“古诗之流也”，明确指出这种文体的渊源所自。赋的成体还受到过荀况《赋篇》、屈宋楚辞的霑溉。辞赋在汉代的兴盛，又促进了散文的骈偶化和骈体文的渐趋成熟。骈文流行于魏晋六朝，其间接受了“永明体”诗的影响，更加讲究偶对、声韵、平仄等形式和格律。流风所及，这一时期的散文亦多骈偶，赋体也受其感染出现了“骈赋”。至唐宋韩、柳、欧、苏古文取代骈文，奇句单行的散文成为文坛正宗，于是赋又一变，而有“文赋”之目。然而古文写作亦不曾全废骈俪，“韩柳琢句”，即“时有六朝余习”[①]。正所谓“一奇一偶，天之道也；有骈有散，文之道也”[②]。再如诗歌与小说的互相渗透，主要是诗歌影响小说。汉魏六朝小说已开始容受诗歌，至唐代大量诗歌进入小说文体，此后，“以诗为小说”渐成风习，诗歌在小说谋篇布局、抒情达意、描写议论、创造意境等方面发挥巨大作用，小说文本的诗化程度很高。反过来，小说也影响诗歌创作，白居易《长恨歌》一类叙事诗就有小说的情节因素。韩愈的《毛颖传》以传奇笔法作古文，则是小说与古文之间的文体嫁接。宋代的文体互渗现象更加突出，宋人师法杜甫、韩愈“以文为诗”，形成了宋诗议论、主理和散文化的特色。苏轼等的“以诗为词”和辛弃疾等的“以文为词”，也使“末技小道”的传统婉约词体，丕变成与诗文功能相近的“词诗”和“词论”。北宋柳永慢词的“层层铺叙”，则用的是“六朝小品文赋作法”(夏敬观《手批乐章集》)。明、清时期，古文和时文之间也发生了交叉感染，八股时文得以形成一种文体定式，其结构方法正是总结古代散文创作规律的结果。倡导“义法”的桐城派古文家方苞，既“以古文为时文”，又“以时文为古文”(钱大昕《与友人书》引王若霖语)，方苞标举“义法”，即有用古文改造科举时文，以形成“清真雅正”之文风，实现其“助流政教”的目的。文论

① 袁枚《答友人论文第二书》，《小仓山房文集》卷十九。

② 袁枚《书茅氏八家文选》，《小仓山房文集》卷三十。

家如金圣叹，则以八股制艺“起承转合”作法，评点诗文、小说、戏曲，对嗣后的文学批评和创作都发生过相当大的影响。至于诗歌对宋元明清戏剧的渗透，甚至超过了对小说的渗透，不论是元杂剧、宋元南戏，还是明清传奇，以及后起的地方“花部”戏曲，唱念做打皆以唱为主，而唱词都是韵文，其中不乏优秀和杰出的抒情诗。在唐宋诗歌盛极难继之后，元明清作家们“以诗为曲”，借助“曲”的新面目使诗歌在戏剧唱词中大放异彩。可以毫不夸张地说，诗歌构成了中国戏剧文本的主干。

具体到诗文之间的文体互渗，对此现象较早加以关注的是晚唐的司空图。他在《题柳柳州集后序》中说：“杜子美祭太尉房公文，李太白佛寺碑赞，宏拔清厉，乃其歌诗也。张曲江五言沉郁，亦其文笔也。岂相伤哉？”[①]认为杜甫、李白、张九龄在创作实践中诗文互渗，两不相伤。宋人黄庭坚和陈善，则明确提出了“以诗为文”的理论命题。陈善在《扪虱新话》中说：

> 韩以文为诗，杜以诗为文，世传以为戏。然文中要自有诗，诗中要自有文，亦相生法也。文中有诗，则句语精确；诗中有文，则词调流畅。谢玄晖曰：“好诗圆美流转如弹丸”，此所谓诗中有文也。唐子西曰“古文虽不用偶俪，而散句之中，暗有声调，步趋驰骋，亦有节奏”，此所谓文中有诗也。

黄庭坚则强调：“诗文各有体，韩以文为诗，杜以诗为文，故不工耳。”[②]黄庭坚严守文体疆界，认为韩愈“以文为诗”，杜甫“以诗为文”，是导致韩诗杜文“不工”的原因，对诗文互渗持否定态度。陈善的看法显然与黄庭坚不同，他认为“诗中有文，文中有诗”，可以使诗文“相生”，各取对方所长，优势互补，陈善无疑更多地看到并肯定了诗文互渗的积极意义。

二

上述文学史上各种文体之间，特别是诗文之间的交叉互渗，与先秦时代散文与诗歌文体兼容的“原型”形态有关。追溯中国文学源头的先秦时代，文体意识和诗文之间的界限并不分明，尚处于彼此涵容、相互交叠的混沌状态。《周易》卦爻辞 448 则，大多取象鲜明，语言生动，又多用韵，如：

> 鸿渐于陆，夫征不复，孕妇不育。（《渐·九三》）
> 明夷于飞，垂其翼；君子于行，三日不食。（《明夷·初九》）
> 井渫莫食，为我心恻。可用汲。王明，并受其福。（《井·九三》）
> 归妹以娣，跛能履。（《归妹·初九》）
> 贲如，皤如，白马翰如。匪寇，婚媾。（《贲·六四》）
> 屯如，邅如，乘马班如。匪寇，婚媾。（《屯·六二》）
> 困于石，据于蒺藜；入其室，不见其妻。（《困·六三》）
> 突如其来如，焚如，死如，弃如。（《离·九四》）
> 鹤鸣在阴，其子和之；我有好爵，吾与尔靡之。（《中孚·九二》）

① 司空图《诗品集解》，人民文学出版社 1963 年版。
② 陈师道《后山诗话》，何文焕辑《历代诗话》上，中华书局 1981 年版。

就常常既被视作散文萌芽期的雏形，又被目为上古时代的歌谣。游国恩等学者把这些例子放在散文萌芽期来举证[①]，刘大杰则指出它们是“一些古代优美的歌谣，或是近似歌谣的作品”[②]。文耶诗耶？实难区分。类似的情形还有对甲骨卜辞“四方来雨”性质的认识：

癸卯卜，今日雨：其自东来雨？其自西来雨？其自南来雨？其自北来雨？（郭沫若《卜辞通纂》第375片）

冯沅君、陆侃如认为它“体裁很近于汉乐府的《江南》：‘江南可采莲，莲叶何田田，鱼戏莲叶间：鱼戏莲叶东，鱼戏莲叶西，鱼戏莲叶南，鱼戏莲叶北。’上边引的‘其’字表示疑问，到《诗经》里还有‘其雨？其雨？杲杲日出’的句子。这首简单而朴素的古歌，恐怕是我们诗史上年代最早而又最可靠的作品了。”[③]刘大杰也认为它“已具备朴素的诗歌形式”[④]。甚至有论者干脆把它称为产生于“中华第一都”的“中华第一诗”[⑤]。但有些学者却把它“看作一种十分幼稚的散文”[⑥]。张世英《中国散文学通论》也把它视为萌芽期的散文作品，而不作诗歌看待。

用韵与否，一般认为是区分诗文的形式标志，先秦散文却往往用韵，如《老子》一书的如下章节：

五色令人目盲，五音令人耳聋，五味令人口爽，驰骋畋猎令人心发狂，难得之货令人行妨。（十二章）

孔德之容，惟道是从。道之为物，惟恍惟惚。惚兮恍兮，其中有象。恍兮惚兮，其中有物。窈兮冥兮，其中有精。其精甚真，其中有信。（二十一章）

不自见，故明；不自是，故彰；不自伐，故有功；不自矜，故长。（二十二章）

跂者不立，跨者不行；自见者不明，自是者不彰；自伐者无功，自矜者不长。（二十四章）

知其雄，守其雌，为天下溪。为天下溪，常德不离，复归于婴儿。

知其白，守其黑，为天下式。为天下式，常德不忒，复归于无极。

知其荣，守其辱，为天下谷。为天下谷，常德乃足，复归于朴。（二十八章）

统观《老子》八十一章，“犹如辞意洗练的哲理诗，采用大量的韵语，排比、对偶句式，行文参差错落，犹如鱼龙蔓衍，变化多端，像诗，也像歌谣”[⑦]。有不少学者直接称《老子》一书为“诗”，如朱谦之《老子校释》称之为“哲学诗”，任继愈《老子今译》称之为“哲理的诗篇”，陆永品《老子的散文》称之为“散文诗”，汤漳平《论老子在我国文学史上的地位》称之为“先秦诗歌中的鸿篇巨制”、“《诗经》之后《楚辞》之前的一部重要诗作”。

《庄子》散文亦多用韵，音调自然，节奏和谐，如《逍遥游》末段：

惠子谓庄子曰：“吾有大树，人谓之樗。其大本臃肿而不中绳墨，其小枝卷曲而不中

① 游国恩等《中国文学史》一，人民文学出版社1963年版。
② 刘大杰《中国文学发展史》上，上海古籍出版社1982年版。
③ 冯沅君、陆侃如《中国诗史》，人民文学出版社1956年版。
④ 刘大杰《中国文学发展史》上，上海古籍出版社1982年版。
⑤ 扬子《安阳地域文化与地域诗歌》，《中原文学》1998年第4期。
⑥ 游国恩等《中国文学史》一，人民文学出版社1963年版。
⑦ 袁行霈《中国文学史》第一卷，1999年版。

规矩，立之途，匠者不顾。今子之言，大而无用，重所同去也。”庄子曰：“子独不见狸牲乎？卑身而伏，以候遨者；东西跳梁，不避高下；中于机辟，死于网罟。今夫斄牛，其大若垂天之云。此能为大矣，而不能执鼠。今子有大树，患其无用，何不树之于无何有之乡，广莫之野，彷徨乎无为其侧，逍遥乎寝卧其下。不夭斧斤，物无害者，无所可用，安所困苦哉！”

还有《德充符》末段：

惠子谓庄子曰：“人故无情乎？”庄子曰：“然。”惠子曰：“人而无情，何以谓之人？”庄子曰：“道与之貌，天与之形，恶得不谓之人？”惠子曰：“既谓之人，恶得无情？”庄子曰：“是非吾所谓情也。吾所谓无情者，言人之不以好恶内伤其身，常因自然而不益生也。”惠子曰：“不益生，何以有其身？”庄子曰：“道与之貌，天与之形，无以好恶内伤其身。今子外乎子之神，劳乎子之精，倚树而吟，据梧而瞑。天选之形，子以坚白鸣。”

均是惠子、庄子二人对话，一唱一和，全用韵语，可谓诗意盎然的“天籁”之文。《秋水》篇中河伯与北海若的一段对话，也是有韵之文：

河伯曰：“何为天？何谓人？”

北海若曰：“牛马四足，是为天；落马首，穿牛鼻，是为人。故曰：无以人灭天，无以故灭命，无以得殉名。谨守而勿失，是谓反其真。”

庄子是一位深具诗人气质的思想家，这位彻底批判否定现实、“独与天地精神相往来”的哲人，同时又是一位极度关怀现实的人，故其行文之间多有感情投入，随着内在感情的起伏变化，自然形成庄文抒情诗般的节奏和韵律，这是《庄子》一书语言形式上的普遍现象。

三

特别是作为“诗之用”的“比兴”手法，在先秦时代更非诗歌所专有。《诗经》、《楚辞》的“比兴寄托”，先秦散文在说理、言志、抒情时也大量使用。《易经》卦爻辞如上举《渐·九三》、《明夷·初九》、《井·九三》等，均是比兴象征，若认定其时代早于《诗经》，可视其为《诗经》作品“比兴”手法的艺术渊源。刘大杰即指其为“从卜辞到诗经的桥梁”①，南宋朱熹《答何叔京》指出：《易经》中的“立象以尽意”与《诗经》中的“兴”相一致，清章学诚《文史通义》也认为“易象通于诗之比兴”。再如《老子》：

天地不仁，以万物为刍狗；圣人不仁，以百姓为刍狗。（五章）

上善若水，水善利万物而不争。处众人之所恶，故几于道。……夫唯不争，故无尤。（八章）

飘风不终朝，骤雨不终日。孰为此者？天地。天地尚不能久，而况于人乎？（二十三章）

合抱之木，生于毫末；九成之台，起于累土；千里之行，始于足下。（六十四章）

① 刘大杰《中国文学发展史》上，上海古籍出版社 1982 年版。

江海所以能为百谷王者，以其善下之，故能为百谷王。是以圣人欲上民，以其言下之。欲先民，以其身后之。（六十六章）

都是比兴名章，表现出对自然、人事的辩证看法和高度智慧。《论语》中的比兴更多，如：

岁寒，然后知松柏之后凋也。（《子罕》）

子贡曰："有美玉于斯，韫椟而藏诸？求善贾而沽诸？"子曰："沽之哉！沽之哉！我待沽者也。"（《子罕》）

子在川上曰："逝者如斯夫！不舍昼夜。"（《子罕》）

子之武城，闻弦歌之声。夫子莞尔而笑曰："割鸡焉用牛刀？"（《阳货》）

子曰："人而无信，不知其可也。大车无輗，小车无軏，其何以行之哉？"（《为政》）

子夏问曰："'巧笑倩兮，美目盼兮，素以为绚兮。'何谓也？"子曰："绘事后素。"（《八佾》）

子曰："天何言哉？四时行焉，百物生焉，天何言哉？"（《阳货》）

莫不言近旨远，含蓄隽永，富于抒情气息，所以，钱穆感觉"读二十篇《论语》，亦如诵一首诗"①。

《孟子》文章更是"长于比喻"（赵岐《孟子章句·题辞》），使用简短的比喻如"以战为喻"、"缘木求鱼"等，整段用比的如"牛山之木"一段：

孟子曰："牛山之木尝美矣，以其郊于大国也，斧斤伐之，可以为美乎？是其日夜之所息，雨露之所润，非无萌蘖之生焉，牛羊又从而牧之，是以若彼濯濯也。以为未尝有材焉，此山之性也哉？虽存乎人者，岂无仁义之心哉？其所以放其良心者，亦犹斧斤之于木也，旦旦而伐之，可以为美乎？其日夜之所息，平旦之气，其好恶与人相近也者几希，则其旦昼之所为，有梏亡之矣。梏之反覆，则其夜气不足以存；夜气不足以存，则其违禽兽不远矣。人见其禽兽也，而以为未尝有才焉者，是其人之情也哉？"（《告子》上）

整章用比的如"晋人有冯妇者"章：

齐饥。陈臻曰："国人皆以夫子将复为发棠，殆不可复。"孟子曰："是为冯妇也。晋人有冯妇者，善搏虎，卒为善士。则之野，有众逐虎。虎负嵎，莫之敢撄。望见冯妇，趋而迎之。冯妇攘臂下车。众皆悦之，其为士者笑之。"

寓言正言互叠的如"礼与食孰重"章：

任人有问屋庐子曰："礼与食孰重？"曰："礼重。""色与礼孰重？"曰："礼重。"曰："以礼食，则饥而死；不以礼食，则得食。必以礼乎？亲迎，则不得妻；不亲迎，则得妻。必亲迎乎？"屋庐子不能对。明日之邹，以告孟子。孟子曰："于答是也何有？不揣其本而齐其末，方寸之木可使高于岑楼。金重于羽者，其谓一钩金与一舆羽哉？取食之重者，与礼之轻者而比之，奚翅食重？取色之重者，与礼之轻者而比之，奚翅色重？往应之曰：'纱兄之臂而夺之食，则得食；不纱，则不得食。则将紾之乎？逾东家墙而搂其处子，则得

① 《中国文学论丛》，生活·读书·新知三联书店2002年版。

妻;不搂,则不得妻。则将搂之乎?'"

正意寓意并列的如"鱼我所欲也"章:

孟子曰:"鱼,我所欲也;熊掌,亦我所欲也。二者不可得兼,舍鱼而取熊掌者也。生,亦我所欲也;义,亦我所欲也。二者不可得兼,舍生而取义者也。……

至于"齐人乞墦"、"揠苗助长"等,则是生动有趣的寓言故事。多譬善喻,使有"辩士"之称的孟子文章更加雄辩滔滔,所向披靡。《庄子》"则任何情况、任何事物都可以用作比喻,也可以容纳比喻。它不但比喻多,而且运用灵活,在先秦诸子中是最突出的"①。《庄子》文章更加引人注目的是他那大量的虚构性质的寓言故事,《寓言》篇自称"寓言十九",《史记·老庄申韩列传》也称庄子"著书十余万言,大抵率寓言也"。寓言,是《庄子》一书以比兴来说理、达志、抒情的最主要的表现方式,内、外、杂篇的许多篇目,都以虚构的寓言故事连缀而成。浑朴严谨的《荀子》文章,除了句法整饬、排比偶对、词汇丰富之外,引物连类、巧譬善喻也是显著特点。以《劝学》为例,其前半篇几乎全用譬喻构成,设喻方式亦灵活多样,有单独设喻,有连续设喻,有正面设喻,有反面设喻,有以比喻互相映衬,有以比喻进行对比。像用"木受绳则直,金就砺则利"作比,引出"君子博学而日三省乎己,则知明而行无过矣",这与《孟子·离娄上》用"为渊驱鱼者,獭也;为丛驱雀者,鹯也"作比,引出"为汤武驱民者,桀与纣也"一样,不就是《诗经》"以彼物比此物"、"先言他物以引起所咏之辞"的"比兴"手法在散文中的运用吗?还有《孟子·公孙丑上》中有若赞美孔子的那段话:

麒麟之于走兽,凤凰之于飞鸟,太山之于丘垤,河海之于行潦,类也。圣人之于民,亦类也。出乎其类,拔乎其萃,自生民以来,未有盛于孔子也。

文采斐然,感情浓烈,也是先秦散文运用比兴手法的典型例证,具有抒情诗般的艺术感染力。比荀子更为尚质非文的韩非,其峭刻犀利的《韩非子》一书,也注重利用大量比喻性质的寓言故事说理,被刘勰称为"韩非著博喻之富"②,《韩非子》中的精彩寓言不仅数量上居先秦诸子之首③,而且在诸如"国亦有狗"、"卞和献璞"一类寓言里,注入了相当浓烈的感情色彩。可以说,先秦诸子为文莫不长于拟象比喻,寓言托意。诸子之外,历史散文如《左传·僖公二十二年》记臧文仲对鲁君云:"君其无谓邾小,蜂虿有毒,而况国乎?"《文公十八年》载季文子引述:"见有礼于其君者,事之如孝子之养父母也;见无礼于其君者,诛之如鹰鹯之逐鸟雀也。"这一类说辞,在《左传》中多有,不仅运用"形象化的比喻",而且"也运用了近于骈俪的修辞手段"④。《战国策》说事,亦好借助寓言以为比兴,增强形象性和说服力,缘此,钱穆指出:《战国策》中的"鹬蚌相争,画蛇添足等,皆诗人寓言,亦比兴之流"⑤。

---

① 游国恩等《中国文学史》一,人民文学出版社1963年版。

② 《文心雕龙·诸子》,《文心雕龙汇评》,上海古籍出版社2005年版。

③ 公木《先秦寓言概论》,齐鲁书社1984年版。

④ 王运熙、顾易生《中国文学批评通史·先秦两汉卷》,上海古籍出版社1996年版。

⑤ 钱穆《中国文学论丛》,生活·读书·新知三联书店2002年版。

四

多用“比兴”必然善于取象。像《诗经》、《楚辞》择取大量鲜明生动、意味悠长的“意象”来抒情言志一样，先秦散文也善用“意象”且“深于取象”，这是多用“比兴”的必然结果，在更深的层次上，则与中国上古时代早熟的农业文明形态有关。农耕社会里人与自然物稔熟、亲和，即目兴感、见景生情就成为一种普遍的创作心理发生机制，借助“意象”取譬托喻、达意抒情也就成为写诗作文的通用手法。中国诗歌在源头上就是典型的意象诗，孔子说诗云“多识于鸟兽草木之名”，《诗经》表现的人事意象之外，以动植物为主的自然意象达数百种之多，显示了彼一时代人们丰富的博物学知识，和这些自然物与上古先民们的日常生活、情感心理的密切联系。屈原《离骚》围绕抒情主人公展开的社会、自然、神话传说三大意象群，更是繁缛庞杂，陆离缤纷。《诗经》中的《汉广》、《蒹葭》、《采薇》、《鹤鸣》等诗的中心意象，《离骚》中的“善鸟香草”等自然意象、“男女君臣”等社会意象和“巫咸灵氛”等神话传说意象，莫不寄情深远，寓意幽邈，先秦散文“取象”亦如之。《荀子·礼论》云：“上取象于天，下取象于地，中取则于人。”章学诚《文史通义·易教下》说：“战国之文，深于比兴，即其深于取象者也。”比兴必须借助意象，所以善用比兴必然要精心取象。《周易》卦象姑置不论，《老子》的“道、希夷、恍惚、天地、川谷、江海、自然、赤子、小国寡民”、《论语》的“河川、松柏、浮云”、《庄子》的“鲲鹏、大椿、斥鷃、鹓鶵、泽雉、散木、混沌、薪火、蝴蝶、秋水、河伯、海若、坎井之蛙、任公子、邈姑射神人、匠石、庖丁”、孟子的“大丈夫、齐人、宋人、冯妇、牛山之木”、《韩非子》的“卞和、璞玉、国狗”、宋玉的“高唐、巫山、云雨、登徒子、雄风、雌风”等，都是上述作家散文的中心意象，与诗人诗歌的中心意象的性质和功用相同，这些散文意象大都个性独具、鲜明生动、寓意饱满、蕴涵深厚、情味隽永，成为显示散文作家艺术风貌的标志性代码。

仅以“水”意象为例，《老子》、《论语》、《孟子》、《庄子》、《荀子》、《墨子》、《吕氏春秋》中均有使用，《老子》云：

> 上善若水。水善利万物而不争。（八章）

以“水”的善利万物而不争，喻指“处众人之所恶”的“几于道”者的人生境界。《论语》云：

> 智者乐水，仁者乐山。知者动，仁者静。智者乐，仁者寿。（《雍也》）

孔子以“水”的活泼流动、“山”的稳重恒静，来喻指智者和仁者的不同精神状态。《孟子》云：

> 徐子曰：“仲尼亟称于水曰：‘水哉，水哉！’何取于水也？”孟子曰：“源泉混混，不舍昼夜。盈科而后进，放乎四海。有本者如是，是取之尔。八月之间雨集，沟浍皆盈；其涸也，可立而待也。故声闻过情，君子耻之。”（《离娄下》）

朱熹注曰：“言水有原本，不已而渐进以至于海；如人有实行，则亦不已而渐进而至于极也。……如人无实行，而暴得虚誉，不能长久也。”[①]孟子以“水”的源泉有本，喻指人的获取名声要以德行为本，否则不能长久的道理。《庄子》云：

---

① 朱熹《四书章句集注·孟子集注》卷八，中华书局 1983 年版。

> 水之性，不杂则清，莫动则平；郁闭而不流，亦不能清；天德之象也。故曰：纯粹而不杂，静一而不变，惔而无为，动而天行，此养神之道也。（《刻意》）

庄子以水的清澈平静这一自然现象，喻指人对精神的葆养。《荀子》云：

> 子路盛服见孔子。孔子曰："由，是裾裾何也？昔者江出于岷山，其始出也，其源可以滥觞。及其至江之津也，不放舟，不避风，则不可涉也。非惟下流多水邪？今女衣服既盛，颜色充盈，天下且孰肯谏女矣！"（《子道》）

梁启雄注引杨倞曰："言岂不以下流水多故人畏之邪？言盛服色厉亦然也。"[①]孔子以水源小流大畏人，教导子路处事立身要谨慎谦逊。

《墨子》、《吕氏春秋》中也有对"水"意象的择用，或以"水"的吸纳众流方成其大，比喻圣人的博大无私；或以"水"的出山入海，比喻事物的顺势而行。尤其是《荀子·宥坐》篇"孔子观于东流之水"一段：

> 孔子观于东流之水。子贡问于孔子曰："君子之所以见大水必观焉者，是何？"孔子曰："夫水，遍于诸生而无为也，似德。其流也埤下，裾拘必循其理，似义。其洸洸乎不淈尽，似道。若有决行之，其应佚若声响，其赴百仞之谷不惧，似勇。主量必平，似法。盈不求概，似正。淖约微达，似察。以出以入以就鲜洁，似善化。其万折也必东，似志。是故君子见大水必观焉。"

孔子总结出了"水"的九种品性，一一与君子"比德"，"水"意象的内涵繁富复杂深刻[②]。先秦散文与诗歌同样"深于比兴取象"的特质，即此可见一斑。

五

先秦时代诗文一体不分的"原型"形态，还体现在先秦散文的抒情性方面。"诗者，吟咏性情也"，从文体一般特征来说，"诗本性情"而"文以载道"，诗歌偏重个性化抒情，而散文偏重记事说理。先秦散文虽是子、史，以说理、记事为旨归，但却有着突出的抒情倾向，往往不纯任理性而放任诗性思维。《老子》一书，究心的是玄妙的形而上本体，但并未忘怀现实人生，笔底潜隐着一股不能自已的忧世嫉俗情绪，确如陈鼓应所说："老子的整个哲学系统的发展，可以说由宇宙论伸展到人生论。"[③]"不语怪力乱神"、"敬鬼神而远之"的孔子，更加执着于现实人生，周游列国、到处碰壁的时势，使孔子触处兴感，《论语》的抒情色彩因此也更为突出，像"岁寒，然后知松柏之后凋也"、"三军可夺帅也，匹夫不可夺志也"、"子在川上曰：逝者如斯夫！不舍昼夜"、"朝闻道，夕死可矣"、"饭疏食，饮水，曲肱而枕之，乐亦在其中矣。不义而富且贵，于我如浮云"、"贤哉回也！一箪食，一瓢饮，在陋巷，人不堪其忧，回也不改其乐。贤哉回也！"、"甚矣，吾衰矣！久矣，吾不复梦见周公"、"子在齐闻韶，三月不知肉味。曰：不图为乐之至于斯也"、"士不可以不弘毅，任重而道远。仁以为己任，不亦重乎？死而后已，不

---

① 《荀子简释》，中华书局1983年版。
② 饶龙隼《先秦诸子与中国文学》，百花洲文艺出版社2002年版。
③ 《老子哲学系统的形成》，见《老子新论》，上海古籍出版社1992年版。

亦远乎"等都是抒情名章，侍坐章、长沮桀溺章、子路从而后章、楚狂接舆章等，则抒情性更为浓郁。孟子为人感情强烈，个性鲜明，游说诸侯，讲学著书，积极推行仁政，藐视统治阶层，鄙夷权势富贵，诅咒不义战争，谴责暴君独夫，崇尚大丈夫人格，以平治天下为己任，满腔救民于水火之中的热忱。《孟子》一书的许多章句，像《梁惠王上》中的"庖有肥肉"一段，《梁惠王下》中的"贼仁者谓之贼"一段，《公孙丑上》中的"我善养吾浩然之气"一段，"人皆有不忍人之心"一段，《滕文公下》中的"居天下之广居"一段，《告子上》中的"鱼我所欲也"一段，《告子下》中的"舜发于畎亩之中"一段，《尽心上》中的"君子有三乐"一段，《尽心下》中的"民为贵"一段，"说大人则藐之"一段等，都有强烈的感情流露。苏辙《上枢密韩太尉书》称说孟文"宽厚弘博，充乎天地之间，称其气之大小"，孟子的文"气"，就是孟子胸中的"浩然之气"的外化，是真理在手、正义在胸、平治天下、拯世济民的士人，怀有的一种良知和正义，一种不招即来、拂之不去的责任使命感，一种强烈的主观情绪。这种主观情绪是孟文若决江河，沛然莫之能御的磅礴气势的根源。

先秦散文抒情最突出的是《庄子》和《战国策》。王国维指庄文有"诗歌的原质"①，这诗的"原质"，就是上已谈及的用韵、比兴、取象，和这里谈论的抒情性、想象力和章法结构上的跳跃性数端。清人吴世尚《庄子解》认为"《诗》之妙妙于情"，而"《庄》之妙得于《诗》"，庄文通体洋溢着抒情诗般的艺术气息。遗世独立的庄子，其实"最具深情"，"眼极冷，心肠极热。故感慨万端，虽知无用，而未能忘情，到底是热肠挂住"，庄子的"哀怨"实"有甚于三闾"(胡文英《庄子独见·庄子论略》)。庄子虽持"齐万物，一生死，泯是非得丧"的相对主义，但缘于对人生和人类社会的底里看得太透，而又对之关怀太深，牵挂太甚，所以庄子言貌极超脱而内心极痛苦，文字间氤氲着深重的忧患意识，萦绕着愀怆的忧伤情绪。《庄子》一书的诗性抒情是整体性的，随意挥洒若不经意，即成抒情诗般的绝唱。像《知北游》中"人生天地之间，若白驹之过隙，忽然而已"一段，感叹年命苦短；《养生主》开头"吾生也有涯而知也无涯"一段，对人的微不足道的有限性的恻然体认；《山木》中"君其涉于江而浮于海"一段，虽非实写远别场景，但其透出纸背的邈远悲凉气息，古今无数送别名章实亦无出其右者。《则阳》中"旧国旧都，望之畅然"一段，虽为设喻之辞，但其间的故乡情思传达得何其感人！难怪引得闻一多啧啧称赞它"果然是一首绝妙的诗——外形与本质都是诗"②。《人间世》末段的楚狂接舆歌，直接以骚体诗歌的形式，唱出了生于衰乱之世的悲戚和绝望。再如《山木》开头：

> 庄子行于山中，见大木，枝叶茂盛，伐木者止其旁而不取也。问其故，曰："无所可用。"庄子曰："此木以不材得终其天年夫！"出于山，舍于故人之家。故人喜，命竖子杀雁而烹之。竖子请曰："其一能鸣，其一不能鸣，请奚杀？"主人曰："杀不能鸣者。"明日，弟子问于庄子曰："昨日山中之木，以不材得终其天年；今主人之雁，以不材死；先生将何处？"庄子笑曰："周将处乎材与不材之间……"

处身天下扰攘不已的战国时代，生存环境的严峻和乱世人生的酸辛，在师生的见闻谈笑之间，已然说尽。《徐无鬼》中"匠石运斤"一段：

---

① 《屈子文学之精神》，《中国历代文论选》四，上海古籍出版社 1980 年版。

② 《庄子》，《闻一多全集》第二卷，生活·读书·新知三联书店 1982 年版。

> 庄子送葬，过惠子之墓，顾谓从者曰："郢人垩漫其鼻端，若蝇翼，使匠石斫之。匠石运斤成风，听而斫之，尽垩而鼻不伤，郢人立不失容。宋元君闻之，召匠石曰：'尝试为寡人为之。'匠石曰：'臣则尝能斫之。虽然，臣之质死久矣。'自夫子之死也，吾无以为质矣，吾无与言之矣。"

庄、惠二人，虽有濠上观鱼对谈机锋利钝的些微等差，和鸱得腐鼠鹓鶵过之的境界相形高下，但彼此毕竟是这"沉浊"的"人间世"，无独有偶的"道相似"者，是至为难得的"可与语"者。所以惠子逝后，高山流水，世间再无知音解赏，庄子深怀无以言表的孤独寂寞，借此寓言抒写，堪称抒情绝唱。

《战国策》虽为历史著作，但反映士阶层崛起，张扬士人的精神风貌，夸说"士贵耳，王者不贵"(《齐策四》)的时代价值标准，表现游说诸侯、纵横捭阖的士人令"所在国重，所去国轻"的巨大作用，并非严谨客观、平实冷静的历史记录，而是充满了对士人说辞、智术和事功成败的津津乐道与歆羡叹惋。所以《战国策》中不少片段抒情性极强，如《秦策一》写苏秦以连横说秦失败的落魄，夜读欲睡引锥刺股的发愤，合纵成功路过故乡洛阳的踌躇满志，夸饰渲染，感情色彩浓郁。尤其是《燕策三》中易水送别的人物场面描写，慷慨豪迈，悲壮淋漓，"读之令人鼓舞痛快，而继之以泫然泣下也"(楼昉《过庭录》)。司马迁几乎不加改动，就把这段精彩文字录入了《史记》的《刺客列传》。

六

相对而言，诗歌更重跳跃性和想象力，更重虚活，显得空灵微妙；散文更重条理逻辑，更重写实，显得质实端庄。但过于"质实"则易给读者"平板"之感。古代散文家"以诗为文"，把诗歌倚重的跳跃和想象引入散文，使散文获得了诗一般的灵动和自由。如前所论，先秦散文兼容声韵、比兴、取象、抒情等诗体特征，也注重诗性想象力和诗思跳跃性。历史散文如《战国策》中，那些灌注饱满感情的人物、场面、细节、语言、心理描写，有许多出于作者的虚构依托，缪文远在他的《战国策考辨》和《战国策新校注》中指出，包括"苏秦始将连横"、"邹忌讽齐王纳谏"、"鲁仲连义不帝秦"等名篇在内的四分之一左右内容为虚构依托之作，这些出于虚构的篇章，虽于史无补却极大地增强了《战国策》的文学性，显示了作者丰富的想象力，助成了《战国策》文章"辩丽横肆"的诗性语言风格。不仅夸辩的《战国策》文章多用想象虚构，严谨如《左传》，也往往"出于臆测或虚构"，而"把事件叙述得颇有戏剧性"①，这当然也是作者的想象力在发挥作用。至于无须遵循"实录"原则，像历史散文那样对客观真实性负责的诸子散文，想象虚构的成分更多，尤其是在诸子普遍使用的寓言故事里。虚构，也就是联想想象力的展开，而往往借助意象，也就是说，诸子散文的虚构想象，大多是围绕或人世或自然或神话传说类的中心意象或意象群落展开的，而这些意象基本上都属于比兴托寓性质。由比兴手法决定，从"先言他物"到引起"所咏之辞"，必然在文意上产生不同程度的转折跳跃。而虚构想象的内容又常常是超现实的，所以也助成了行文上凿空蹈虚的如诗歌般的空灵跳宕。语录体的《老子》和《论语》，文句"都是三言两语，各自独立，不相连贯"，读时"时常有一种突

---

① 袁行霈《中国文学史》一，高等教育出版社 1999 年版。

然而来忽然而止的感觉”①，早期子书这种行文上的跳跃性是明显的，其成因除了物质条件的制约，恐怕也与哲人的诗性思维和采用的类似诗歌的表达方式有关。

先秦散文想象力和跳跃性的极致首推《庄子》。“寓言十九”的《庄子》一书，就是一个出自幻想虚构的、现实与超现实交错不分的光怪陆离的世界。《庄子》书中的各类意象，据尚永亮《庄骚传播接受史综论》统计有273个，陆钦《庄子通义》统计有360多个，这些意象大多不是在客观真实的意义上使用的。人物意象如子祀、子舆、子犁、子桑户、庖丁、工倕、梓庆、匠石、佝偻、支离疏、吕梁丈夫等，自然意象如学鸠、斥鴳、鵷鶵、鼹鼠、井蛙、牺牛、涂龟、大椿、栎树、大瓠等，神话传说意象如鲲鹏、邈姑射神人、河伯、海若、西王母、罔两、云将、鸿蒙、淳芒、泰清、无穷、倏忽、混沌等，真真假假，虚虚实实，一派恍惚迷离的光景。众多的动植物都可以说话，甚至抽象的概念也能转化为人，互相辩论。作为现实人物的黄帝、尧、舜、许由、孔子等，其言行事迹也大多是凭空虚构、荒诞不经的。而在结构上，《庄子》文本多由几个相对独立的寓言故事组成，类似于诗歌中的意象并置手法。如《养生主》第一节总论之后，并置庖丁解牛、公文轩见右师、泽雉、秦失吊老聃、薪尽火传等五个寓言或比喻。引录其中二三两个短小寓言如下：

公文轩见右师而惊曰：“是何人也？恶乎介也？天与，其人与？”曰：“天也，非人也。天之生是使独也，人之貌有与也。以是知其天也，非人也。”

泽雉十步一啄，百步一饮，不蕲畜乎樊中。神虽王，不善也。

王先谦释“公文轩”一段曰：“形残而神全也。知天则处顺。二喻。”释“泽雉”一段曰：“鸟在泽则适，在樊则拘。人束缚于荣华，必失所养。三喻。”②庄子只把这些寓言并列在一起，如诗歌并置意象，直观呈示，并不作寓意的议论说明。

《庄子》外杂篇中的不少文本，如《天运》、《天道》、《庚桑楚》、《外物》等，各节意义互不关联，其文思完全是跳跃式的。《庄子》文本中，随着想象天马行空般的展开，和意识心理的流动转换，是其行文上仿佛诗歌抒情性结构的大幅度的跳跃。刘熙载云：“文之神妙，莫过于能飞。庄子之言鹏曰‘怒而飞’，今观其文，无端而来，无端而去，殆得‘飞’之机者。”“飞”就是庄文在文势上大跨度的跳跃性，和文意上奇恣舒放的想象力，也即“庄子文法断续之妙”③。用吴德旋的说法就是“庄子文章最灵脱，而最妙于宕”④，用胡应麟的说法就是庄子文章“最近诗”的“虚”活⑤，用方东树的说法就是与“太白诗同妙”的“意接词不接”⑥。《庄子》的许多篇章只是虚构性质的几个寓言故事的并置，并不作主旨的说明与逻辑的推导，“意出尘外，怪生笔端”，“寓真于诞，寓实于玄”⑦，看似互不关涉、蹈虚凌空，而又意脉深藏、峰断云连，表现出文中罕见的诗一般的跳跃性与想象力。庄子无愧于诗人哲学家的称号，他的文章就是一首首恢弘壮丽、荒幻飘逸、楸怆幽邃的杰出抒情诗篇。

---

① 刘大杰《中国文学发展史》上，上海古籍出版社1982年版。
② 王先谦《庄子集解》，三秦出版社1998年版。
③ 刘熙载《艺概·文概》，上海古籍出版社1978年版。
④ 吴德旋《初月楼古文绪论》，人民文学出版社1959年版。
⑤ 胡应麟《诗薮·外编》卷一，上海古籍出版社1979年版。
⑥ 方东树《昭昧詹言》卷一二，人民文学出版社1962年版。
⑦ 刘熙载《艺概·文概》，人民文学出版社1959年版。

综上，先秦诗文在用韵、排偶、比兴、取象、抒情性和跳跃性等方面这种一体不分的状况，说明了早期散文文体内部就包含着诗的基因、早期诗文在文体上可以兼容这样一个基本事实，它使得秦汉以后历代散文家“以诗为文”、历代散文接受强势文体诗歌的渗透影响，成为可能并变得容易。作为中国散文的源头，先秦散文与诗歌一体不分的状况，构成了散文初兴时期的一种“原型”形态。所谓“原型”，按照鲍特金的说法，意指“一个特殊形式或模式，这个形式或模式在一个时代又一个时代的变化中一直保存下来”①。先秦散文与诗歌这种一体不分的“原型”形态，即在后世散文发展史上“一个时代又一个时代的变化中”薪火传承，世代永续，对历代散文创作甚至对整个民族的思维形态，都产生了决定性的影响。中国人不重逻辑思维偏重形象思维的特点，实质上就是一种诗性思维，这种思维特点在哲学、历史属性的先秦散文里，就有如前所述的突出表现。先秦而下，以诗为文，成为历代散文家们普遍采用的创作手法。他们往往像写诗一样结撰散文，精心取象，妙用比兴，强化抒情，调协声律，锤炼语言，营构意境，使中国散文诗情洋溢，诗意盎然，呈现出显著的诗化倾向，具有突出的诗性特征。两汉文家如司马迁，“得于《诗三百篇》及《离骚》居多”，与司马迁齐名的司马相如，则是学《离骚》“得其词者”②。魏晋南北朝辞赋骈文，更加讲究对偶和平仄声律，在语言形式上进一步与诗歌接近，山水小品文“可以和二谢山水诗比美”③，透露了山水诗题材进入文章领地的消息；散体文如郦道元的《水经注》“叙山水，峻洁层深，奄有《楚辞·山鬼》、《招隐士》胜境”④，其“片语只字，妙绝古今”的成就，也多得力于“以诗为文”手法。唐代散文以韩柳为代表，何焯说韩文多“诗人比兴之道”(《应科目与时人书》评语)，有“诗人之意”(《蓝田县丞厅壁记》评语)，曾国藩更推崇韩文是“低回唱叹，深远不尽”的“无韵之诗”(《题李生壁》评语)。林纾在《韩柳文研究法》中指出：“文有诗境，是柳州本色。”认为《永州八记》一类“写景之文，即王维以画入诗，亦不能肖”。宋代苏轼的散文如“行云流水”，“姿态横生”，摆去拘束，集以诗为文之大成。至于明代小品文，从内容到形式，已是不折不扣的“散文诗”。清代和近代最有影响力的桐城派散文，标举“义法”，讲求“神、理、气、味、格、律、声、色”，其中“格、律、声、色”就属诗学范畴的概念。以朱自清、郁达夫、何其芳、沈从文、杨朔、汪曾祺、余光中等为代表的现当代散文家，也较好地承传了“以诗为文”的悠久习尚。凡此，均可看出先秦散文与诗歌一体不分的“原型”形态度越时空的深远影响。

（作者单位：安阳师范学院中文系）

① 《神话—原型批评》，陕西师范大学出版社 1987 年版。

② 《艺概·文概》，上海古籍出版社 1978 年版。

③ 游国恩等《中国文学史》一，人民文学出版社 1963 年版。

④ 《艺概·文概》，上海古籍出版社 1978 年版。

论先秦诸子经解体*

侯文华

早在先秦诸子之前或同时，中国的经典阐释活动就已经走了很长的路程，覆盖了诗学、史学、易学甚至实践科学等诸多方面，且取得了显著成就。“经”是天才大脑的卓越创造，它作为一种恒久性的精神存在，能够在历史长河中久经淘洗而留存下来，不断地开启异质性的世界。然而，经典本身不会自放光辉，它的意义只有经过后人的不断阐释才能绽放出来。E.希尔斯论述经文与诠释的关系时说：“经典本身也是传统。这种‘传统’就是对经文积累起来的理解；没有诠释，经文将只是一种客体。经文的神圣性使其与众不同，但若没有诠释，经文便毫无意义。”[①]阐释行为对中国先秦文献尤其重要。先秦早期的经典文献一般都有不易为后人所熟识的宗教文化背景，加之对“言”极其审慎，在文词上一般都字斟句酌高度浓缩，这都加剧了理解的艰难。梁启超云：“古书椠于竹简，传写甚难，故凡著述者文皆极简。《老子》仅五千言，《墨经》不逾六千言，孔子作《春秋》亦义丰而文约，而微言大义，皆在口说。”[②]试想这些典籍如果没有相应的阐释文献，对后人来说无异天书。所以，先秦的经典文本，不论诗学、易学、史学还是诸子都有阐释文献存在。《诗》、《易》、《春秋》中的阐释现象，前人所论甚多。而先秦诸子散文中的阐释现象，学界虽有零星散论，但有很多问题仍然纠缠不清，如《墨子》“经”“说”四篇称“经说”，而《管子解》又称“经解”，两者都是阐释文体，为什么会有名称的不同？不同称谓的背后是否也隐含着阐释方式、阐释目的的不同？而一个更为根本的问题，经典阐释文体由何而来，它来源于一个怎样的文化传统和行为方式？应该说，这些问题还需要我们进一步去梳理廓清。先秦诸子经典阐释体主要有两种类型：一类是以《墨子》经说四篇、《韩非子》之《储说》、《说林》为主体的“经说体”；一类是以《管子解》四篇、《宙合》、《心术上》以及《韩非子》之《解老》、《喻老》为主体的“经解体”。在写作本文之前，笔者已有专文论述先秦诸子散文中的经说体，认为先秦经典阐释文体来源于一个古老的说书传统，在口说过程中渗入说书者的理解和阐释。经说体其根本的目的在于阐明经典本身所含有的意旨，使经典寓意更加明了，更好地便于他人理解和流传，一般不掺杂其他功利目的的解释[③]。而经解体则不同，本文将详细论述。

---

* 本文为“北京语言大学青年自主科研支持计划资助项目（中央高校基本科研业务费专项资金。项目批准号：09JBG03）”部分成果。

① E.希尔斯《论传统》，上海人民出版社1992年版，第22页。

② 梁启超《墨经校释》，中华书局1936年版，第2页。

③ 《先秦说书与诸子经说体》，（香港）《新亚论丛》，2010年第1期。

"经解体"之名,源自于《管子解》四篇以及《韩非子》之《解老》、《喻老》。它兴盛于战国晚期,主要不用于口说,基本上是案头文学。与"经说体"一样,它也是先秦经典阐释文体的一种重要样式。但目前学界对此两者文体特征和文化功能的认识颇为淆乱,因此有必要作进一步的澄清。

《管子解》即《形势解》、《立政·九败解》、《版法解》、《明法解》四篇,分别是对同书中《形势》、《立政·九败》、《版法》、《明法》四篇的解说。另有《宙合》、《心术上》两篇,虽无"解"名,但实际上亦为经解体。六篇当中,实可分为两种类型:一种是在同一篇章中前"经"后"解"。前一部分是经,后一部分是对经文逐句逐段的解说,如《宙合》、《心术上》。另一种是经文和解文分别独立成篇,不合在同一篇章当中,《形势解》、《立政·九败解》、《版法解》、《明法解》属于这种情况。胡家聪将前一种类型称为"经文经解体",称后者为"经解体"①。为什么会存在两种不同的编排体例呢?实际上,《形势解》等四篇"经文"与"解文"分篇叙述的才是正体,《宙合》、《心术上》两篇的"经文"与"解文"合体,乃是后人为了便于解读所改作的"引传系经"之法。石一参曰:"古人治经之法,本经自经,传自传,解自解。后世为便讲读,乃有分经系传之法。《管》书之混解入经,沿分经系传法也。维系解分为二式:一则每篇先列本经全文,后列解语,如《宙合》《心术》是也;一则逐段分析经文,夹入解语,则《牧民》《乘马》诸篇是也……"②上古经解体"经""解"分篇,我们可以从《牧民》中找到证据。《管子》原本有《牧民解》,今已亡佚。但在《牧民》中可以找到部分残存:

> 错国于不倾之地,积于不涸之仓,藏于不竭之府,下令于流水之原。使民于不争之官,明必死之路,开必得之门。不为不可成,不求不可得,不处不可久,不行不可复。
>
> 错国于不倾之地者,授有德也;积于不涸之仓者,务五谷也;藏于不竭之府者,养桑麻育六畜也;下令于流水之原者,令顺民心也;使民于不争之官者,使各为其所长也;明必死之路者,严刑罚也;开必得之门者,信庆赏也;不为不可成者,量民力也;不求不可得者,不强民以其所恶也;不处不可久者,不偷取一世也;不行不可复者,不欺其民也;故授有德,则国安;务五谷,则食足;养桑麻,育六畜,则民富;令顺民心,则威令行;使民各为其所长,则用备;严刑罚,则民远邪;信庆赏,则民轻难;量民力,则事无不成;不强民以其所恶,则轴伪不生;不偷取一世,则民无怨心;不欺其民,则下亲其上。

这两段中,前一部分是"经",后一部分是"解",逐句对经文进行诠释,解经方式同于《宙合》、《心术上》。《管子》书中原本有《牧民解》一篇,它作为解文与《牧民》独立而行,但是今传《牧民》中却有解文混入,这段解文应该就是已亡佚的《牧民解》的残篇。后人为了解读的方便,将其附入经文当中。后来《牧民解》亡佚,这段混入经文的解文独独侥幸残存。存于《牧民》篇中的这部分《牧民解》残文,正是后人引传系经的铁证。

《牧民》的解文,除了在本篇中有残存之外,在《权修》篇中亦有:

> 凡牧民者,使士无邪行,女无淫事。士无邪行,教也。女无淫事,训也。……小耻不

① 胡家聪《管子新探》,中国社会科学出版社1995年版,第414页。

② 石一参《管子今诠》,中国书店1988年影印,第113页。

饰于国，而求百姓之行大耻，不可得也。凡牧民者，欲民之修小礼、行小义、饰小廉、谨小耻、禁微邪，此厉民之道也，民之修小礼、行小义、饰小廉、谨小耻、禁微邪，治之本也。

凡牧民者，欲民之可御也。欲民之可御，则法不可不审。……故夫爵服贱、禄赏轻、民间其治、贼臣首难，此谓败国之教也。

这段文字连续用八个“凡牧民者”反复讲解“牧民”之术，在《权修》篇中与其他文字相比，无论在内容上还是体例上都颇为不类。它虽然不是对现存《牧民》篇的逐字逐句解说，但是它通讲《牧民》大意，所讲解的内容与《牧民》密切相关，应该也是《牧民解》的残篇。还有一种可能性就是，这段文字所讲解的经文本身已亡佚，所以在《牧民》篇中不见。石一参说：“《牧民解》实未亡，特为后之治《管》书者混而合之。”①颇能切中故实。经解体由原来“经”“解”相离而后相合的情况，与经说体中“经”与“说”由离而合是同样的遭遇。

《管子解》四篇与《宙合》、《心术上》两篇，解说方式存在一定的差异。《宙合》、《心术上》对经文的阐释，往往是先引出经文原句，再曰“此言……”进行详细解释。如《宙合》首句经文曰：“左操五音，右执五味。”解文曰：

左操五音，右执五味，此言君臣之分也。君出令佚，故立于左；臣任力劳，故立于右。夫五音不同声而能调，此言君之所出令无妄也，而无所不顺，顺而令行政成。五味不同物而能和，此言臣之所任力无妄也，而无所不得，得而力务财多。故君出令，正其国而无齐其欲，一其爱而无独与是。王施而无私，则海内来宾矣。臣任力，同其忠而无争其利，不失其事而无有其名。分敬而无妒，则夫妇和勉矣。君失音则风律必流，流则乱败。臣离味则百姓不养，百姓不养则众散亡。君臣各能其分则国宁矣，故名之曰不德。

《管子解》四篇则开篇即是解说，然后再以“故曰……”引出经文原句。如《形势》经文曰：“渊深而不涸，则沈玉极。”《形势解》的解文曰：

渊者，众物之所生也，能深而不涸，则沈玉至。主者，人之所仰而生也，能宽裕纯厚而不苛忮，则民人附。父母者，子妇之所受教也，能慈仁教训而不失理，则子妇孝。臣下者，主之所用也，能尽力事上，则当于主。子妇者，亲之所以安也，能孝弟顺亲，则当于亲。故渊涸而无水则沈玉不至，主苛而无厚则万民不附，父母暴而无恩则子妇不亲，臣下随而不忠则卑辱困穷，子妇不安亲则祸忧至。故渊不涸，则所欲者至；涸，则不至。故曰：渊深而不涸则沈玉极。

经说体的阐释目的是将经文本身所含有的意义彰显出来，以认知为目的，基本上还是忠实于经文原意的。经解体虽然也是对经文进行阐释说解，但是它已不再完全忠实于经文，而是在经文基础上借题发挥，表现出明显的功用目的。如《形势》首句曰：“山高而不崩，则祈羊至矣。”《形势解》对此解释曰：

山者，物之高者也。惠者，主之高行也。慈者，父母之高行也。忠者，臣之高行也。孝者，子妇之高行也。故山高而不崩则祈羊至，主惠而不解则民奉养，父母慈而不解则子妇顺，臣下忠而不解则爵禄至，子妇孝而不解则美名附。故节高而不解，则所欲得矣；

① 石一参《管子今诠》，中国书店1988年影印，第113页。

解，则不得。故曰：“山高而不崩则祈羊至矣。”

在《管子》作者看来，一切事物之所以发展成一定的态势，必然有其所以然的道理。人们祭山是因为山高而不崩，人们祭水是因为水深而不涸，与之相类，人类社会的贵贱尊卑寿夭贫富等也有其所以然的道理，这个道理就是“势”，它不以人的主观意志为转移。统治者必须效法自然，顺势而动。“山高而不崩，则祈羊至。水深而不涸，则沈玉极”，本来是仅仅作为论证君主必须循势而动道理的一个铺垫，起一个“兴”的作用，但是《形势解》在这两句话中不仅极力宣讲君臣治国之道，甚至连夫妇之道也一并引申出来。《管子解》对这两句的解释已经远远超出原句所包含的意思，掺入了过多的发挥，实际上已经是过度阐释了。

从上面这个例子，我们看到《管子解》讲究“主惠”、“父母慈”、“子妇孝”，显然是儒家思想。《管子解》是出自稷下学宫的齐国法家作品，而又兼容进了儒家思想，而且其所反映的儒家思想与荀子有相通之处，甚至有文字方面的类似。学者推断，《管子解》大概与荀子有一定关系。胡家聪说：“《管子解》的写成，大有可能得到荀况这位儒家大师的积极支持。”[①]张固也推断《管子解》的写作年代“应当介于《区言》与《韩非子》或荀子与韩非之间，更具体地推测，可能是在荀子担任稷下学宫祭酒之时，大约为齐襄王末年至齐王建初期，即公元前250年左右”[②]。这一推测虽然过于坐实，但《管子解》与荀子儒家思想有关联却是肯定的，顺此，我们也可以进一步推断《管子解》的写作年代当在战国晚期。

《韩非子》的《解老》、《喻老》也是典型的经典阐释文献。如果说《管子解》六篇对经文的阐释仅仅是略微偏离和发挥的话，那么《韩非子》的《解老》、《喻老》对《老子》经文的阐释就带有扭曲和利用的色彩了。

韩非是战国末叶法家代表人物，《史记·老庄申韩列传》说他“喜刑名法术之学，而其归本于黄老”，“引绳墨，切事情，明是非，其极惨礉少恩，皆原于《道德》之意，而老子深远矣”[③]。《解老》、《喻老》是最早的解诂《老子》之文。韩非子通过对《老子》阐释，从《老子》中汲取养分，阐发其君人南面之术和法家尚刑重罚的基本思想。《解老》涉及《老子》部分凡十二章，包括《德经》九章，《道经》三章。《喻老》共二十二段，引类譬喻，通过历史掌故或者逸闻传说分别对《老子》十二章中的若干观点进行阐释。《解老》对《老子》经文进行的是说理性的阐释，在阐释中顺便“走私”其法家思想，明显表现出对《老子》思想的偏离和改造。如《老子》五十八章曰：“祸兮福之所倚，福兮祸之所伏，孰知其极？其无正也。”《韩非子·解老》解曰：

> 人有祸则心畏恐，心畏恐则行端直，行端直则思虑熟，思虑熟则得事理。行端直则无祸害，无祸害则尽天年；得事理则必成功。尽天年则全而寿；必成功则富与贵；全寿富贵之谓福。而福本于有祸，故曰：“祸兮福之所倚。”以成其功也。
>
> 人有福，则富贵至，富贵至则衣食美，衣食美则骄心生，骄心生则行邪僻而动弃理。行邪僻则身死夭，动弃理则无成功。夫内有死夭之难，而外无成功之名者，大祸也。而祸本生于有福。故曰：“福兮祸之所伏。”

---

① 胡家聪《管子新探》，中国社会科学出版社1995年版，第149页。

② 张固也《〈管子〉研究》，齐鲁书社2006年版，第369页。

③ 司马迁著，裴骃集解，司马贞索隐，张守节正义《史记》，中华书局1982年版，第2146—2148页。

> 夫缘道理以从事者,无不能成。无不能成者,大能成天子之势尊,而小易得卿相将军之赏禄。夫弃道理而妄举动者,虽上有天之诸侯之势尊,而天下有猗顿、陶朱、卜祝之富,犹失其民人而亡其财资也。众人之轻弃道理而易妄举动者,不知其祸福之深大而道阔远若是也,故谕人曰:“孰知其极。”

按照韩非子的逻辑,全寿富贵即为福,内有死夭之难外无成功之名就是祸;富与贵就是成功;成功的标志就是“大能成天子之势尊,而小易得卿相将军之赏禄”;成功就是福,不成功就是祸。韩非子在此兜售的完全就是法家功利主义的逻辑,与老子清静无为的道家真旨相差甚远。

《老子》六十章曰:“治大国者若烹小鲜。以道莅天下,其鬼不神。非其鬼不神也,其神不伤人也。圣人亦不伤民。两不相伤。两不相伤则德交归焉。”《韩非子·解老》释曰:

> 工人数变业则失其功,作者数摇徙则亡其功。一人之作日亡半日,十日则亡五人之功矣。万人之作日亡半日,十日则亡五万人之功矣。然则数变业者其人弥众,其亏弥大矣。凡法令更则利害易,利害易则民务变,民务变之谓变业。故以理观之,事大众而数摇之则少成功,藏大器而数徙之则多败伤,烹小鲜而数挠之则贼其泽治大国而数变法则民苦之。是以有道之君贵静而重变法。故曰:“治大国者若烹小鲜。”
>
> 人处疾则贵医,有祸则畏鬼。圣人在上则民少欲,民少欲则血气治而举动理,举动理则少祸害。夫内无痤疽瘅痔之害,而外无刑罚法诛之祸者,其轻恬鬼也甚。故曰:“以道莅天下,其鬼不神。”……鬼不祟人则魂魄不去,魂魄不去而精神不乱,精神不乱之谓有德。上盛畜积而鬼不乱其精神,则德尽在于民矣。故曰:“两不相伤,则德交归焉。”言其德上下交盛而俱归于民也。

我们看到,韩非子明显是在用法家刑名法度的主张来阐释《老子》。他以有道之君反复变法来解释“治大国若烹小鲜”,以君主不刑戮民众来解释“圣人亦不伤人”。民众不犯法,君主不用刑罚,人民能够得以繁衍生息并蓄积产业,就是有德。在《解老》篇中,刑法是韩非子阐释《老子》经文的一个重要切入点。通过对《老子》部分经文的阐释,使其所竭力主张的刑名法术之学找到一个古老的哲学根据。

与《解老》纯粹以理解经不同,《喻老》主要通过历史故事或寓言传说来阐释《老子》经言大意,它对《老子》的解释也表现出明显的君主统治立场。如《老子》三十六章曰:“鱼不可脱于渊,国之利器不可以示人。”《韩非子·喻老》解曰:

> 势重者,人君之渊也。君人者,势重于人臣之间,失则不可复得矣。简公失之于田成,晋公失之于六卿,而邦亡身死。故曰:“鱼不可脱于深渊。”赏罚者,邦之利器也,在君则制臣,在臣则胜君。君见赏,臣则损之以为德;君见罚,臣则益之以为威。人君见赏,则人臣用其势;人君见罚,而人臣乘其威。故曰:“邦之利器,不可以示人。”

“简公失之于田成”是指公元前481年齐简公为田成所杀,从此田氏代齐之事。“晋公失之于六卿”,是指晋平公时大权旁落于韩、赵、魏、范、中行、智六家,自此留下了晋国三分的祸端。韩非子认为,君主要想在君臣关系中掌握主动地位,必须始终掌握权势和赏罚之道,不可以大权旁落。《老子》原文所说的“国之利器”指的是跟国家存亡攸关的重要手段,仅是一泛指,但是韩非却将其坐实到“势”和“赏罚”，实际上是引老就韩、引道就法了。

《老子》三十六章曰：“将欲翕之，必固张之；将欲弱之，必固强之。将欲取之，必固与之。”《韩非子·喻老》解曰：

越王入宦于吴，而观之伐齐以弊吴。吴兵既胜齐人于艾陵，张之于江、济，强之于黄池，故可制于五湖。故曰：“将欲翕之，必固张之；将欲弱之，必固强之。”晋献公将欲袭虞，遗之以璧、马。知伯将袭仇由，遗之以广车。故曰：“将欲取之，必固与之。”

公元前494年，越国被吴国打败，越王勾践被迫求和，亲自到吴国服贱役，做吴王夫差的马前卒。公元前486年，吴王夫差北上争霸，准备攻打齐国，越王勾践赶来朝见，送上许多礼物，实际上是为了搞垮吴国。韩非子以此故事来解释“将欲翕之，必固张之；将欲弱之，必固强之”。以晋献公将袭虞国先赠之以璧马，知伯将袭仇由先赠之以广车的故事，解释“将欲取之，必固与之”。《老子》“将欲翕之，必固张之；将欲弱之，必固强之。将欲取之，必固与之”，实际上说的是一个普遍适应的人生取舍之道，但是韩非子将其定格于军事战略一域，站在君主立场，从君主统治的利益出发来解释《老子》经文。

相对于“经说体”来说，无论是从《管子解》还是从《韩非子》的《解老》、《喻老》来看，经解体都是一种偏重于实际应用的文体类型，具有强烈的政治功用目的。《管子解》以经解来讲解君臣治国之道，韩非子通过对《老子》的阐释彰显其刑名法术之学和“君人南面之术”。经解体文献从实际效用的角度出发，严重偏离经文原意，掺入了过多的引申、发挥甚至曲解。景海峰说：“传记虽说大部分都是解释或者发挥经义的，但有相当的灵活性和独立性，于经附着的程度也不一样。有些名为解经，实是借题发挥，有着相当大的独创意义。有些更是从经义中引申出问题，自圆成篇，对于经来讲，反而有拾遗补缺之效。这些创造性的诠释文本，代表了‘轴心时代’文明的原创意识和独立精神，为后世思想的伸展提供了原点和预置了广阔的平台。”[①]他所说的“传记”实际上指的就是“经解体”文献。

与“经说体”忠实于经文原意来说，同样是经典阐释文献，“经解体”为什么会有明显的偏离呢？

《墨辩》中的“经说”大概成书于战国中期左右，去古未远，“说书”活动较为正宗，以求知为本旨，基本不涉及政治功利目的。而至战国晚期，一方面，语言文字和书写工具渐趋发达，文字载录具有口耳相传所不具有的优越性，它能够在一定程度上超越时空限制、超越人有限的记忆能力而得以长久留存。因此，文献传播的方式不再仅仅局限于口耳相传，而是更多地诉诸于文字。经解体虽有可能是讲义[②]，但大概并不被后学弟子用来诵说，它基本上是案头文学。经说体失去了原先的土壤[③]，经解体大盛；另一方面，战国晚期，政治形势波谲云诡，如

---

① 景海峰《儒家诠释学的三个时代》，刘小枫、陈少明主编《经典与解释的张力》，生活·读书·新知三联书店2003年版，第64页。

② 郭沫若认为“《明法》篇别有《明法解》，逐句解释，如一经一传，是师弟之间所传授的讲义录，至少这一篇或许即是慎到在稷下学宫的教本”（《郭沫若全集·历史卷》第二卷，人民文学出版社1990年版，第491页）。胡家聪亦持此说，认为《管子解》是齐稷下学宫的讲义录（《〈管子解〉——稷下学宫的讲义录》，《山东师范大学学报》，1984年第2期）。

③ 《韩非子·储说》属于对《墨子》经说体的刻意模仿，其文体形式虽然同于《墨子》经说体，但并不用于诵说，而是用于游说。此应另当别论。

韩非子、晚期稷下先生等学者与政治家两栖身份的人物要想变法图强，就不得不在著述中宣扬政治主张。他们从已有的经典出发，在理解的基础上，通过阐释行为“走私”自己的思想，从而使得经解体的阐释偏离于原典。这是由战国晚期复杂的政治形势决定的。

（作者单位：北京语言大学中文系）

论殷墟甲骨刻辞"王占曰"之文的文体特征*

梅　军

殷墟甲骨刻辞中,"王占曰"之文记录了"王"亲自察看兆象而判断吉凶的事件,体现了商王在政治上所具有的至高无上的决定权。这类刻辞主要见于宾组、历组、出组、黄类王卜辞,尤以典宾类、黄类卜辞为多。"王占"之文所涉内容亦颇广泛。吴其昌先生论云:

> 凡此"王𠧞曰……"之文,其时代皆在殷末叶帝辛之世,此实数十百见而无一爽者。今更穷其究竟,悉索传世卜辞而统计之,则凡此"𠧞曰"之所昭示者,按其事之性质,可别为五大类焉。一类为祭祀。……二类为征伐。……三类为巡幸。……四类为畋猎。……五类为卜旬。……综上以观,则"𠧞"之涵义,盖为吉凶先见之机祥,明甚。此五类者,乃悉为王所躬亲决策,以衡向违,布示群下,载契史龟,则当殷末纣辛之时,邦国大政,度无有更钜重于此五类者矣。①

他将"王占曰"之文按所反映的内容分为祭祀、征伐、巡幸、畋猎、卜旬五类,已经意识到这类文字自有其特性,可谓卓见。通过梳理殷墟卜辞中语意较完整的"王占曰"之文,笔者认为,吴先生的分类尚可加以调整和补充。殷墟甲骨刻辞中的"王占曰"之文,按其主要内容,大致可分为祭祀、气象、农业、生育、疾病、贡纳、取获、田猎、征伐、卜旬等方面,分述如下。

1.祭祀。殷墟甲骨刻辞中的这类"王占曰"之文,主要见于典宾类卜辞,少量见于出组二类卜辞。如:

(1) 癸巳卜,争贞:㞢(侑)白彘于妣癸,不[左]。② 王固曰:"吉。勿左。"

《合》2496[一。典宾]

(2) 辛未卜,中贞:夕卜不同,叀(惠)其□。王固曰:"叀□,隹其𠦪(祷)□于癸□。"

《合》24118[二。出二]

(1) 辞意谓:癸巳日占卜,贞人争卜问:行侑祭于先妣妣癸用白色的小猪,吉利么?王看了卜

---

* 本文为教育部博士后科学基金资助项目(批准号:20100470940)、教育部人文社会科学研究青年基金项目(批准号:10YJC751063)阶段性成果。

① 吴其昌《殷虚书契解诂》,武汉大学出版社2008年版,第249—251页。该著作从1934年起以吴先生手书连载于武汉大学《文哲季刊》第三卷二、三、四号,第四卷二、四号,第五卷一、四号,第六卷三号。

② 此条刻辞之"左",意谓不吉利;"不左"即吉利。参看王宇信、杨升南、聂玉海主编《甲骨文精粹释译》,云南人民出版社2004年版,第1465页。

兆说:“吉利!不必担心有不利之事发生。”这类刻辞的基本体制为:“干支卜,某贞人贞:某祭祀事。王固曰:‘某占辞。’(某验辞)”皆具备前辞、命辞和占辞,或记有验辞。

2. 气象。这类“王占曰”之文数量较多,主要见于典宾类卜辞,少量见于宾组一类、出组一类卜辞。如:

(3) 贞:翌癸丑其雨。

翌甲寅其雨。

《合》16131 正[一。宾一]

王固曰:“癸其雨。”三日癸丑,允雨。

《合》16131 反[一。宾一]

(4) 丙申卜,殻贞:来乙巳酌下乙。王固曰:“酌隹㞢希,其㞢酘。”乙巳酌,明雨;伐,既雨;咸伐,亦(夜)雨;䝅卯,鸟星。

《合》11497 正[一。典宾]

(5) 己卯[卜],□贞:今日攺[①]。王固曰:“其攺,佳其妹[②]大攺。”

《合》24118[二。出一]

(4) 辞意谓:丙申日占卜,贞人殻卜问:未来的乙巳日酌祭先王祖乙(下乙即祖乙名)么?王看了卜兆说:“酌祭会有祟害,并有酘祸发生。”乙巳日举行酌祭,天明时下雨了;举行杀伐奴隶之祭,还是下雨;又向先王大乙(大乙又名唐、咸)行杀伐奴隶之祭,但直到夜里雨还是下个不停;又举行胣裂牺体和对剖牲体的祭仪,这时鸟星出现在天空了。括而言之,这类“占”文的基本体制为:“干支卜,某贞人贞:某气象事。王固曰:‘某占辞。’某验辞。”大多具备前辞、命辞和占辞,且多记有验辞。

3. 农业。这类“王占曰”之文数量较少,主要见于典宾类、黄类卜辞,亦以典宾类卜辞为多。如:

(6) 癸卯卜,古贞:王于黍侯受黍年。十三月。

癸卯卜,古贞:王勿于黍侯[受黍年]。

王固曰:“吉,我受黍年。丁其雨,吉;其隹乙雨,吉。”

《合》9934 正[一。典宾]

(7) 己巳王卜,贞:[今]岁商受[年]。王固曰:“吉。”

东土受年。

南土受年。吉。

西土受年。吉。

北土受年。吉。

《合》36975[五。黄类]

① 此类刻辞之“攺”,意谓雨后天晴。参看姚孝遂、肖丁《小屯南地甲骨考释》,中华书局 1985 年版,第 146—147 页。

② “其”下一字,旧多释为“毋”(毋),实当为上部残损之“妹”(妹)字。“其攺,佳其妹大攺”,李宗焜先生释云:“此辞中的繇辞说,将会启,只是不会大启。”(李宗焜《论殷墟甲骨文的否定词“妹”》,《中央研究院历史语言研究所集刊》第 66 本第 4 分,第 1132—1133 页)

“年”，谓收成；“受年”，谓得到穀子（小米）的好收成；“受黍年”，谓得到黍子的好收成。这类“占”文的基本体制为：“干支卜，某贞人贞：某受年事。王固曰：‘某占辞。’”具备前辞、命辞和占辞，占辞中多有“吉”字断语。

4. 生育。这类“王占曰”之文主要见于典宾类卜辞。如：

(8) 甲申卜，㱿贞：[帚]好娩，妫。王固曰：“其隹丁娩，妫；其隹庚娩，引吉。”三旬㞢一日甲寅娩，不妫，隹女。

《合》14002 正[一。典宾]

(9) □□卜，争贞：帚姘娩，妫。王固曰：“其隹庚娩，妫。”旬辛□，帚姘娩，允妫。二月。

《合》14009 正[一。典宾]

(8) 辞意谓：甲申日占卜，贞人殻卜问：妇好要分娩了，（结果）会好么？王看了卜兆说：“如果在丁日分娩，就好；如果在庚日分娩，更是大吉大利。”过了三十一天，（妇好）在甲寅日分娩了，不好，（因为）生了个女孩儿。(9)辞意谓：某日占卜，贞人争卜问：妇姘要分娩了，（结果）会好么？王看了卜兆说：“如果在庚日分娩，就好。”这一旬十天内的辛某日妇姘分娩了，果然很好，生了个男孩儿！这事发生在二月。这类“占”文的基本体制为：“干支卜，某贞人贞：某生育事。王固曰：‘某占辞。’（某验辞）”皆具备前辞、命辞和占辞，多记验辞。

5. 疾病。这类“王占曰”之文数量较少，主要见于宾组一类、典宾类卜辞。如：

(10) 庚戌卜，亘贞：王弗疾肩。王固曰：“勿疾。”

《合》709 正[一。宾一]

(11) 贞：靳其㞢(有)疾。王固曰：“靳其㞢疾，亩丙，不庚。”二旬㞢一日庚申，丧冥。

《合》13752 正[一。典宾]

(11) 辞意谓：卜问：贵族靳会有病患么？王看了卜兆说：“靳会有病患，应该是在丙日发生，而不是庚日。”二十一天之后的庚申日，靳的眼睛失明了。这类刻辞的基本体制为：“干支卜，某贞人贞：某疾病事。王固曰：‘某占辞。’（某验辞）”具备前辞、命辞和占辞，或记验辞。

6. 贡纳。这类“王占曰”之文数量较多，主要见于典宾类卜辞。如：

(12a) 癸未卜，㱿贞：以羌。

(12b) 贞：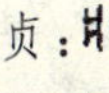不其以羌。

(12c) 贞：何以羌。

《合》274 正[一。典宾]

(12d) 王固曰：“其以。”

(12e) 王固曰：“其以。”

《合》274 反[一。典宾]

此辞中“”、“何”皆为人名。(12a)、(12b)、(12d)所记为一事，意谓：癸未这一天占卜，贞人殻卜问：贵族会贡纳羌奴么？又卜问：贵族不会贡纳羌奴么？王看了卜兆说：“()会来贡纳（羌奴）。”(12c)、(12e)所记为一事，意谓：卜问：贵族何会贡纳羌奴么？王看了卜兆说：“（何）会来贡纳（羌奴）。”这类“占”文的基本体制为：“干支卜，某贞人贞：某贡纳事。王固曰：‘某占辞。’（某验辞。）”具备前辞、命辞和占辞，验辞较少见。

7. 取获。这类“王占曰”之文数量较多，主要见于宾组一类、典宾类卜辞。如：

(13) 贞：臣歨刍㝵(得)。

不其㝵。

《合》133 正[一。宾一]

王固曰：“吉。其[㝵]。”

《合》133 反[一。宾一]

(14) 癸酉卜，亘贞：臣㝵。王固曰：“其㝵佳甲、乙。”甲戌，臣涉舟征(延)陷，弗告。旬㞢五日丁亥，㚔。十二月。

《合》641 正[一。典宾]

(13)辞意谓：卜问：逃亡的刍牧奴隶抓得到么？（逃亡的刍牧奴隶）抓不到么？王看了卜兆说：“吉利！抓得到。”(14)辞意谓：癸酉日占卜，贞人亘卜问：臣抓得到么？王看了卜兆说：“抓到他会是在甲日或乙日。”甲戌这天，臣乘船过河(的时候)，陷在河里，耽误了时间，却没人来报告(消息以便抓他)。直到第十五天丁亥日，才把他抓住。此事发生在十二月。这类“占”文的基本体制为：“干支卜，某贞人贞：某取获事。王固曰：‘某占辞。’(某验辞。)”具备前辞、命辞和占辞，多有验辞。

8. 田猎。这类“王占曰”之文，少量见于宾组一类、典宾类卜辞，多数见于黄类卜辞。见于宾组卜辞的如：

(15) 贞：子𫇭[隻]鹰。

不其隻鹰。

《合》10315 正[一。宾一]

王固曰：“[隻]。”

《合》10315 反[一。宾一]

(16) 壬戌卜，争贞：王往于田，若。

《合》10522 正[一。典宾]

王固曰：“吉。”允[往]。

《合》10522 反[一。典宾]

宾组一类卜辞中所见这类“占”文数量甚少，上举(15)为龟甲残辞，其基本体制或为：“贞：某田猎事。王固曰：‘某占辞。’”。典宾类卜辞中的这类“占”文数量较多，其基本体制为：“干支卜，某贞人贞：某田猎事。王固曰：‘某占辞。’(某验辞)”具备前辞、命辞、占辞，多记有验辞。

见于黄类卜辞的这类“占”文，辞例甚多，格式皆较为齐整。如：

(17) 戊戌王卜，贞：田鸡，往来亡災。王固曰：“吉。”丝卬。隻犾。

辛丑王卜，贞：田𦎫，往来亡災。王固曰：“吉。”

壬寅王卜，贞：田疐，往来亡災。王固曰：“吉。”

戊申王卜，贞：田，往来亡災。王固曰：“吉。”丝卬。隻兕六、犾□。

壬子王卜，贞：田牢，往来亡災。王固曰：“吉。”丝卬。隻兕一、犬一、犾七。

乙卯王卜，贞：田喜，往来亡災。王固曰：“吉。”

戊午卜，贞：王田軎，往来亡災。王固曰：“吉。”丝卬。隻兕十、虎一、犾一。

辛酉卜，贞：王田𩫖，往来亡災。王固曰：“吉。”

《合》37363［五。黄类］

黄类卜辞中的这类“占”文，其基本体制较宾组卜辞不同，为：“干支王卜，贞：田某地，往来亡災。王固曰：‘某占辞。’（某孚辞）（某验辞）”具备前辞、命辞、占辞。占辞简短，多作“吉”或“引吉”。或有孚辞（“丝卬”），多记验辞（“隻某猎物若干”）；若有孚辞，则必记验辞。

9. 征伐。这类“王占曰”之文数量较多，主要见于宾组一类、典宾类、黄类卜辞。见于宾组卜辞的如：

(18) 戊寅卜，穷贞：今[illegible]王其步伐人。

戊寅卜，穷贞：今[illegible]王勿步伐人。

《合》6461 正［一。宾一］

王固曰：“吉。亩㞢乎己其伐；其弗伐，不吉。”

《合》6461 反［一。宾一］

(19) 癸丑卜，［争］贞：自今至于丁巳，我𢦏亩。王固曰：“丁巳我毋其𢦏，于来甲子𢦏。”旬㞢一日癸亥，车弗𢦏。之夕[illegible]（向）[1]甲子，允𢦏。

《合》6834 正［一。典宾］

(19) 辞意谓：癸丑日占卜，贞人㱿卜问：自今日至于丁巳日，我要征伐亩方么？王看了卜兆说：“丁巳日我不征伐亩，要到下个甲子日才征伐。”十一天后的癸亥日，贵族车没有出征。当天即将结束、（第二天）甲子日即将开始之时，果然攻伐了亩方。宾组卜辞中这类“占”文的基本体制为：“干支卜，某贞人贞：某征伐事。王固曰：‘某占辞。’（某验辞）”具备前辞、命辞、占辞，或记验辞。

见于黄类卜辞的这类“占”文如：

(20) 庚寅王卜，才義，贞：余其𠂤（次）才丝（兹）上𩵦，今𪔀（秋）其𦎫（敦），其乎𣻜示于商，正（征），余受又又。王固曰：“吉。”

《合》36522［五。黄类］

此辞意谓：庚寅日王占卜，其时正在義地，卜问：我驻扎于上𩵦之地，今年秋天攻伐（敌方），命令𣻜祭神于商地，（然后）出征，会授予我福祐么？王看了卜兆说：“吉利！”黄类卜辞中的这类“占”文，其基本体制为：“干支王卜，（才某地），贞：某征伐事。王固曰：‘某占辞。’（某验辞）”具备前辞、命辞、占辞，或记验辞。前辞或记占卜所在地点；占辞较简短，多作“吉”，或作“引吉”。

10. 卜旬。这类“王占曰”之文数量最多，主要见于典宾类、黄类卜辞，另有数例见于历一类、历二类卜辞。

典宾类卜旬刻辞中，这种“占”文篇幅大多较长。其所记验辞内容较为丰富，据之可细分

---

① 参看裘锡圭《释殷虚卜辞中的“[illegible]”“[illegible]”等字》，《第二届国际中国古文字研讨会论文集》，香港中文大学 1993 年版，第 86—89 页；黄天树《殷墟甲骨文所见夜间时称考》，《黄天树古文字论集》，学苑出版社 2006 年版，第 187 页。

为以下四个方面：

其一，记“卜旬＋王占＋祭祀”。如：

(21) 癸未卜，殻贞：旬亡囚(忧)。王[固]曰：“㞢希。”三日乙酉，奠㞢艮。

《合》16935 正[一。典宾]

其体制为：“干支卜，某贞人贞：旬亡囚。王固曰：‘某占辞。’某验辞。”具备前辞、命辞、占辞和验辞。

其二，记“卜旬＋王占＋贵族事”。如：

(22) 癸酉卜，殻贞：旬亡囚。王二曰：“匃(害)。”王固曰：“俞！㞢希，㞢梦。”五日丁丑，王寠(傧)中丁，己(祀)。陯才庯(庭)阜。十月。

癸未卜，殻贞：旬亡囚。王固曰：“𡆥，乃兹㞢希。”六日戊子，子弦死。一月。

癸巳卜，殻贞：旬亡囚。王固曰：“乃兹亦㞢希。”若偁。甲午，王往逐兕，小臣叶(协)车，马硪，骂王车，子央亦坠。

《合》10405 正[一。典宾]

癸亥卜，殻贞：旬亡囚。王固[曰：“㞢希]，其亦㞢来艰。”五日丁卯，子[illegible]殲，不死。

《合》10405 反[一。典宾]

此辞意谓：癸酉日占卜，贞人殻卜问：未来十天之内没有灾祸发生么？王也跟着问了两次：(有)灾祸(发生)么？王看了卜兆说：“吁！有祟害！会有噩梦！”第五天丁丑日，王傧祀先王中丁，陯倾斜于庭院的丘阜。时在十月。癸未日占卜，贞人殻卜问：未来十天之内没有灾祸发生么？王看了卜兆说：“有逃亡之事，有祟害。”第六天戊子日，贵族子弦死了。时在一月。癸巳日占卜，贞人殻卜问：未来十天之内没有灾祸发生么？王看了卜兆说：“也有祟害。”确如所言。甲午日，王去追捕犀牛，小臣驾车时，(车轴断了)，马倾斜了，撞毁了王所乘的车子，贵族子央也跌落下来了。这类“占”文的体制为：“干支卜，某贞人贞：旬亡囚。王固曰：‘某占辞。’某验辞。”具备前辞、命辞、占辞和验辞。占辞中常出现“㞢希”、“㞢来艰”等语。

其三，记“卜旬＋王占＋奴隶事”。如：

(23) [癸巳]卜，争[贞]：旬[亡]囚。

《合》583 正[一。典宾]

王固曰：“㞢希，𠬝光其㞢来艰。”气(迄)至六日戊戌，允㞢[来艰]。㞢仆才叜，宰才□，其[illegible]䕫(薅)，亦(夜)焚亩(廪)三。十一月。

《合》583 反[一。典宾]

此辞意谓：癸巳日占卜，贞人争卜问：未来十天之内没有灾祸发生么？王看了卜兆说：“有祟害，𠬝光那儿会有灾祸发生。”待到第六天戊戌日，果然有灾祸发生了。有仆奴在叜地，宰奴在某地，从事田间劳动薅除杂草，夜里放火烧了三座粮仓。时在十一月。这类“占”文的体制为：“干支卜，某贞人贞：旬亡囚。王固曰：‘某占辞。’某验辞。”具备前辞、命辞、占辞和验辞。占辞中较多出现“㞢希”、“㞢来艰”等语。

其四，记“卜旬＋王占＋战争”。如：

(24) 丙午卜，殻贞：乎𠂤(师)往见㞢𠂤。王[固]曰：“隹老，隹人銮(途)冓。若，[兹]卜隹其匃。”二旬㞢八日，𧈅。壬[申]，自夕鼆。

《合》17055 正[一。典宾]

(25) 癸未卜，争贞：旬亡囚。王固曰：“㞢希。”三日乙酉夕丙戌，允㞢来入齿。十三月。

《英藏》886 正[一。典宾]

(24)辞意谓：丙午日占卜，贞人㱿卜问：命令军队去会合于㞢自之地么？王看了卜兆说：“军队虽然疲劳，但还是能在途中会合。(尽管)顺利，此卜(显示还是)会有灾祸发生。”过了二十八天，出现𧈅这种气象(?)。壬申日，军队在晚上迷了路。(25)辞意谓：癸未日占卜，贞人争卜问：未来十天之内没有灾祸发生么？王看了卜兆说：“有祟害。”第三天乙酉日，晚上天气阴蔽；(第四天)丙戌日，果然有外族来入侵。这类“占”文的体制为：“干支卜，某贞人贞：旬亡囚。王固曰：‘某占辞。’某验辞。”具备前辞、命辞、占辞和验辞。占辞中较多出现“㞢希”语。

括而言之，典宾类卜旬刻辞中的“王占曰”之文，其基本体制为：“干支卜，某贞人贞：旬亡囚。王固曰：‘某占辞。’某验辞。”皆具备前辞、命辞、占辞和验辞。占辞中常出现“㞢希”、“㞢来艰”等语。

历一类卜旬刻辞中这种“王占曰”之文仅见两例，即：

(26) 癸巳贞：旬亡囚。王[固]：“丝(兹)咒。”

[癸]酉贞：[旬]亡囚。[王]固：“丝[咒]。”

《合》34865 正[一二。历一]

(27) 癸酉贞：旬亡囚。王固：“丝。”

癸□贞：旬亡囚。王固：“[丝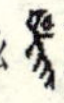]。”

《屯南》2439[一二。历一]

“王固”后皆省去“曰”字。其体制为：“干支贞：旬亡囚。王固：‘某占辞。’”具备前辞、命辞和占辞，皆无验辞。

历二类卜旬刻辞中这种“王占曰”之文如：

(28) 庚辰贞：其陟⍁高祖上甲丝用。王固：丝⍁。

《屯南》2384[一二。历二]

(29) 癸酉贞：旬亡囚。[王固曰]：旬又(有)自⍁。

《合》34750[一二。历二]

骨版皆残，“王固”后之“曰”字或省去，占辞内容不详。其体制当为：“干支贞：旬亡囚。王固(曰)：‘某占辞。’”具有前辞、命辞和占辞，似无验辞。

括而言之，历组卜旬刻辞中的这类“占”文，其基本体制为：“干支贞：旬亡囚。王固(曰)：‘某占辞。’”皆具备前辞、命辞和占辞，似无验辞。

而黄类卜旬刻辞中这种“王占曰”之文，相较典宾类卜旬刻辞而言，其篇幅要简短一些。其验辞所记内容也很丰富，可细分为以下四个方面：

其一，“卜旬＋王占”。如：

(30) 癸巳王卜,贞:旬亡畎。王固曰:"吉。"

癸丑王卜,贞:旬亡畎。王固曰:"吉。"

癸亥王卜,贞:旬亡畎。王固曰:"吉。"

《英藏》2635[五。黄类]

(31) 癸丑王卜,才盂,贞:旬亡畎。王固曰:"吉。"

癸亥王卜,[才]樂,贞:旬亡畎。王固曰:"吉。"

《合》36556[五。黄类]

其体制为:"干支王卜,(才某地),贞:旬亡畎。王固曰:'某占辞。'"具有前辞、命辞和占辞,不记验辞。前辞中或记占卜地点。

其二,"卜旬+王占+祭祀"。如:

(32) 癸巳王卜,贞:旬亡畎。王固曰:"吉。"才四月,甲午彡(肜)上甲。

《合》35423[五。黄类]

(33) 癸未王卜,贞:旬亡畎。王固曰:"大吉。"才正月,甲申祭戔甲壹羌甲魯戔甲。

《合》41717[五。黄类]

其体制为:"干支王卜,贞:旬亡畎。王固曰:'某占辞。'某验辞。"具有前辞、命辞、占辞和验辞。验辞多记月份、日期,必记祭祀之内容。

其三,"卜旬+王占+巡行"。如:

(34) 癸巳王[卜,贞:旬亡畎。王固]曰:"大吉。"

癸卯王卜,贞:旬亡畎。王固曰:"大吉。"才六月,才軎餗。

[癸巳王]卜,[贞:旬亡]畎。☐。

《合》36620[五。黄类]

其体制为:"干支王卜,贞:旬亡畎。王固曰:'某占辞。'"具有前辞、命辞和占辞。占辞后或记月份及占卜地点。

其四,"卜旬+王占+祭祀+征伐"。如:

(35) [癸未王卜],才澩,贞:旬亡畎。[王固曰]:"引吉。"才三月,甲申祭小甲[壹大甲],隹王来征盂方白(伯)炎。

《合》36509[五。黄类]

其体制为:"干支王卜,(才某地),贞:旬亡畎。王固曰:'某占辞。'某验辞。"具有前辞、命辞、占辞和验辞。

括而言之,黄类卜旬刻辞中的"王占曰"之文,其基本体制为:"干支王卜,(才某地),贞:旬亡畎。王固曰:'某占辞。'(某验辞)"皆具备前辞、命辞和占辞,或有验辞。

11. 其他。殷墟甲骨刻辞中,记录"王占曰"云云于命辞之后的"占"文,其主要内容已如上述,此外尚有少量记录其他内容的"王占曰"之文,主要见于宾组一类、典宾类卜辞。如:

(36) 癸丑卜,争贞:甙往来亡𡆥。王固曰:"亡𡆥。"

《合》914 正[一。宾一]

(37) 庚申卜,古贞:王使人于陾,若。王固曰:“吉。若。”

《合》376 正[一。典宾]

其基本体制为:“干支卜,某贞人贞:某事。王固曰:‘某占辞。’”具有前辞、命辞、占辞,无验辞。

殷墟甲骨刻辞中,记录“王占曰”云云于命辞之后的“占”文,其主要内容及体制已如上述,兹据以列表如下(见下页),因之可得出以下结论:

① 殷墟甲骨刻辞中,于卜辞命辞之后记录“王占曰”云云的“占”文,内容主要有祭祀、气象、农业、生育、疾病、贡纳、取获、田猎、征伐、卜旬等方面,主要见于宾组、历组、出组、黄类王卜辞,多记有前辞,必有命辞、占辞,或记验辞,其基本体制为:“(干支)(王)(卜),(某贞人)贞:某事。王固曰:‘某占辞。’(某孚辞)(某验辞)”

② 宾组一类卜辞中的这类“占”文,其基本体制为:“(干支卜),(某贞人)贞:某事。王固曰:‘某占辞。’(某验辞)”多有前辞,必有命辞、占辞,或有验辞。

③ 典宾类卜辞中,于命辞之后记录“王占曰”云云的“占”文,其基本体制为:“干支卜,某贞人贞:某事。王固曰:‘某占辞。’某验辞。”皆具备前辞、命辞、占辞,多有验辞。

④ 发历组一类、历组二类卜辞中的这类“占”文,其基本体制为:“干支贞:某事。王固(曰):‘某占辞。’”具备前辞、命辞、占辞,不记验辞。前辞只作“干支贞”,无“卜”字,亦不记贞人名。命辞前或省去“曰”字。

⑤ 发出组一类、出组二类卜辞中的这类“占”文,其基本体制为:“干支卜,某贞人贞:某事。王固曰:‘某占辞。’”具备前辞、命辞、占辞,不记验辞。

⑥ 黄类卜辞中的这类“占”文,其基本体制为:“干支王卜,贞:某事。王固曰:‘某占辞。’(某孚辞)某验辞。”具备前辞、命辞、占辞,或记验辞。其关于田猎的“占”文,于占辞后或有孚辞;若记孚辞,其后必有验辞。

殷墟甲骨刻辞"王占曰"出现于命辞之后的"占"文之结构示意表

分期	组类	内容		辞例	干支	王	卜	贞人	贞	某事	王固	曰	占辞	孚辞	验辞
一	宾一	1	气象	3					□	□	□□	□	□		□
		2	疾病	10	□□		□	□	□	□	□□	□	□		
		3	取获	13	□□		□	□	□	□	□□	□	□		
		4	田猎	15					□	□	□□	□	□		
		5	征伐	18	□□		□	□	□	□	□□	□	□		
		6	其他	36	□□		□	□	□	□	□□	□	□		
					▲		▲	▲	■	■	■	■	■		▲
	典宾	1	祭祀	1	□□		□	□	□	□	□□	□	□		
		2	气象	4	□□		□	□	□	□	□□	□	□		□
		3	农业	6	□□		□	□	□	□	□□	□	□		
		4	生育	8	□□		□	□	□	□	□□	□	□		□
		5	疾病	11	□□		□	□	□	□	□□	□	□		
		6	贡纳	12	□□		□	□	□	□	□□	□	□		
		7	取获	14	□□		□	□	□	□	□□	□	□		□
		8	田猎	16	□□		□	□	□	□	□□	□	□		□
		9	征伐	19	□□		□	□	□	□	□□	□	□		□
		10	卜旬	22	□□		□	□	□	□	□□	□	□		□
		11	其他	37	□□		□	□	□	□	□□	□	□		
					■		■	■	■	■	■	■	■		▲
二	历一	1	卜旬	26	□□				□	□	□□		□		
	历二	1	卜旬	28	□□				□	□	□□		□		
				29	□□				□	□	□□	□	□		
					■				■	■	■	▲	■		
	出一	1	气象	5	□□		□	□	□	□	□□	□	□		
	出二	1	祭祀	2	□□		□	□	□	□	□□	□	□		
					■		■	■	■	■	■	■	■		
五	黄类	1	农业	7	□□	□	□		□	□	□□	□	□		
		2	田猎	17	□□	□	□		□	□	□□	□	□	□	□
		3	征伐	20	□□	□	□		□	□	□□	□	□		
		4	卜旬	30	□□	□	□		□	□	□□	□	□		
				35	□□	□	□		□	□	□□	□	□		□
					■	■	■		■	■	■	■	■	▲	▲
					▲	▲	▲	▲	■	■	■	■	■	▲	▲
分期	组类	内容		辞例	干支	王	卜	贞人	贞	某事	王固	曰	占辞	孚辞	验辞

（说明："□"表示有此项；"■"表示无此项；"▲"表示或有此项。）

（作者单位：暨南大学中国文化史籍研究所）

春秋散文体类概说*

——以事务文类为例

邵炳军

从分类学角度讲，分类是对分类对象在逻辑意义上的一种划分。建立古今散文可对接的文体分类体系，有助于散文写作知识的条理化、系统化，有助于加深对散文写作特点和规律的认识，有助于散文文体学从经验科学上升到理论科学。考虑到春秋时期散文“欣赏型”特质不太明显，加之文体种类毕竟比后代少的实际状况，我们可以采用文类、文系、文族、文种四个层级，按照系统论原则建构出春秋散文文体的分类体系。具体做法是：以功能为唯一标准，先划分为事务、教化、纪实、认知四大文类，再将四大文类划分出若干文系，再将文系划分为若干个文族。有鉴于此，下面我们以事务文类为例，概要介绍春秋散文的四层级体类系统问题。所谓事务文类，即具有处理实际事务社会价值功能之文体[①]。我们可以不同事务范畴为界，将其划分为行政事务、军事事务、法律事务、礼仪事务等文系。

一、行政事务文系

行政事务文系，指在天子行政、诸侯行事、大夫事君过程中为了实现公务与政务管理所撰写的事务类型文体，包括行政公务、专用书信、专项事务三个文族[②]。

1. 行政公务文族

行政公务文族，指天子、国君、大夫在治理政务过程中所撰写的具有指挥、呈请、告知、规范功能的行政事务类文族，包括“命”、“令”、“议”、“对”等文种。

A. “命”体，亦称为“言”、“简”、“策”、“简书”、“策命”，为帝、后、王及诸侯国君、卿大夫就国家政治、军事、经济、文化等各项重要事务作最后决策及终极处置时向臣下发布的具有旨令、告示功能的行政公务文种，主要有赐命、遗命两类。春秋时期诸王所作赐命类代表作有周平王《襄公之命》（文见《史记·秦本纪》）、周惠王《成王之命》（文见《史记·楚世家》）、周襄

---

* 本文为笔者主持完成的教育部哲学社会科学研究后期资助重点项目（项目批准号：07JHG0009）《春秋文学系年辑证·绪论》第五部分。

① 据伪古文《尚书·商书·仲虺之诰》、《周易·系辞上》、《史记·李斯列传》、《说文解字·史部》、《释名·释言语》，先秦时期所谓“事务”，亦可单称“事”，主要包括“王事”、“君事”、“公事”、“政事”、“民事”、“戎事”、“臬事”、“礼事”、“帝事”、“祀事”、“教事”、“职事”、“外事”等。

② 说详邵炳军、叶小平《应用写作学》，甘肃教育出版社1998年版，第306—333页。

王《桓公之命》(文见僖九年《左传》)等,诸侯国君所作赐命类代表作有郑庄公《许叔之命》(文见隐十一年《左传》)、鲁宣公《季孙行父之命》(文见《国语·鲁语上》)、秦桓公《景公之命》(文见成十三年《左传》)等,卿大夫所作赐命类代表作有晋魏舒《敬行之命》(文见昭二十八年《左传》)等,卿大夫所作遗命类代表作有鲁季孙斯《正常之命》(文见哀三年《左传》)等。

B. "令"体,亦称作"政令"、"徵令"、"号令",为诸侯国君就国家政治、军事、经济、文化等各项重要事务向臣下发布的具有旨令、知照功能的行政公务文种,乃"命"体之别。春秋时期代表作有齐桓公《群臣令》(文见《韩非子·外储说左下》)、楚成王《号国中令》(文见《管子·霸形篇》)、晋文公《宫室令》(文见《说苑·建本篇》)等。

C. "议"体,亦可称之为"论"、"咨"、"询"、"度"、"诹"、"谋",为臣子依制谋议政事以敷陈于君王供其咨询补阙的行政公务文种。春秋时期代表作有鲁申𦈡《妖由人兴论》(文见庄十四年《左传》)、虞宫之奇《宗亲何以无害论》(文见僖五年《左传》)、楚沈无宇《经略正封之制论》(文见昭七年《左传》)等。

D. "对"体,亦称"答"、"策"、"册"、"对问"、"对策"、"策书"、"策问"、"策论",大多为臣子以道谏君王的行政公务文种,乃"议"体之别①。春秋时期大夫对周王问类代表作有周内史过《神君兴亡论》(文见《国语·周语上》)、周富辰《七德利内论》、周单超《废教、弃制、蔑官、犯令以违故典论》(二文并见《国语·周语中》)等,大夫对国君问类代表作有晋祖朝《对献公问》(文见《说苑·善说篇》)、晋公子重耳《对楚子问》(文见《国语·晋语四》)、晋韩厥《对大业之后为祟问》(文见《史记·赵世家》)等,大夫对大夫问类代表作有晋原黯《对里克问》(文见《国语·晋语二》)、郑公孙侨《对郑国之政问》(文见襄三十年《左传》)、楚申叔时《施教论》(文见《国语·楚语上》)等,国君对他国大夫问类代表作有郯子《上古官制论》(文见昭十七年《左传》)等。

2. 专用书信文族

专用书信文族,指诸侯国君、卿大夫在治理政务过程中所撰写的具有致谢、陈请、表愿、管约、责权、保密、沟通、协调功能的行政事务类文族,包括"上书"、"玺书"等文种。

A. "上书"体,亦称"敷奏"、"覆言"、"训",为臣子向天子、国君谢恩造阙或陈请致禁的专用书信文种。春秋时期谢恩造阙类代表作有齐桓公《答王赐胙策命书》(文见僖九年《左传》)、晋文公《答王策命书》(文见僖二十八年《左传》)、晋定公《答王城成周之命书》(文见昭三十二年《左传》)等,陈请致禁类代表作有鲁公子彄《谏公矢鱼于棠书》(文见隐五年《左传》)、周太子晋《谏王壅谷水书》(文见《国语·周语下》)、齐晏婴《谏禳彗星书》(文见昭二十六年《左传》)等。

B. "玺书",为以封泥先封口后按印作为封识的专用书信文种②。春秋时期代表作有鲁季武子(季孙宿)《致公取下玺书》(文见襄二十九年《左传》)等。

3. 专项事务文族

专项事务文族,指卿大夫在治理政务过程中所撰写的具有陈情、审验、申报、专管、稽查

---

① "对"体之"策论"类,亦称"上书",与"上书"体皆属上行文,然前者为应诏而对,后者为主动敷陈。说详邵炳军、梅军《左氏春秋文系年注析·导言》,广西师范大学出版社 2008 年版,第 31—32 页。

② 详参清吴式芬、陈介祺《封泥考略》,上海古籍出版社《续修四库全书》影印清光绪三十年(1904)上海石印本,2002 年。

功能的行政事务类文族，包括“上计”、“计簿”等文种[①]。

二、法律事务文系

法律事务文系，指王室、公室、司法署衙及其官员所撰写的处理或涉及法律事务的事务类文系，包括法规、司法、诉辩、契据四个文族。

1. 法典文族

法典文族，指由周王、国君直接颁布或通过王室、公室司法署衙颁布的具有正刑定罪、设范立制、禁违止邪、轨物程事功能的法律事务类文族，包括“刑书”、“令”等文种。

A. “刑书”体，亦称“刑器”，为王室、公室所颁布的具有正刑定罪功能的法典类文种。春秋时期代表作主要有晋士匄（范宣子）《刑书》（事见昭二十九年《左传》，文佚）、卫《刑书》（事见定四年《左传》，文佚）、郑邓析《竹刑》（事见定九年《左传》，文佚）等。

B. “令”体，为国君及其司法署衙所颁布的具有设范立制、禁违止邪、轨物程事功能的法典类文种。春秋时期代表作有晋平公《谏言令》（文见《说苑·善说篇》）、齐桓公《嫁娶令》（文见《韩非子·外储说右下》）、《禁厚葬令》（文见《韩非子·内储说上》）等。

2. 司法文族

司法文族，指为司法署衙代表王室或公室按照法律程序在诉讼、执法过程中所撰写的具有法律效力与强制功能的法律事务类文族，包括“讼”、“刺”、“书”等文种。

A. “讼”体，属记载诉讼过程中审问言辞的司法类文种[②]。

B. “刺”体，即“判书”、“判辞”，犹今之判决书。春秋时期有“进三军之士”判决“就刑”者，代表作为晋司马说《数庆郑四罪书》（文见《国语·晋语三》）等；有“亲数诸朝”判定“执”者，代表作为晋士匄《数戎子驹支之罪书》（文见襄十四年《左传》）；有“使吏数之”判定“缢”者，代表作为郑公孙侨《数公孙黑三罪书》（文见昭二年《左传》）等。

C. “书”体，如今之布告、公告。如郑公孙侨作《数公孙黑三罪书》（文见昭二年《左传》）先“使吏数之”，即宣读判辞；然后“尸诸市”而“加木焉”，即书其罪于木以昭其罪。

3. 诉辩文族

诉辩文族，指诉辩双方运用法律手段保护自身合法权利而依法行使其诉讼权利时所使用的具有诉讼功能的法律事务类文族，主要有“辞”体。

A. “辞”体，为诉讼过程中原告、被告两方申辩、申诉等诉辩类文种，相当于今之自诉状[③]。春秋时期代表作有周单超、刘康公《争鄇田讼辞》（文见成十一年《左传》）、周瑕禽《坐狱王庭之讼辞》（文见襄十年《左传》）、楚申无宇《经略正封之制辞》（文见昭七年《左传》）等。

4. 契据文族

契据文族，亦称作“质”、“要”、“契”、“莂”、“官契”，指署衙与署衙之间、署衙与个人之间、

---

① 西周春秋时期实行与等级、俸禄相挂钩的考课、奖惩制度，催生了“上计”、“计簿”等文种。惜春秋时期文佚。参见襄十六年《左传》、《管子·权修篇》、《周礼·天官冢宰·大宰》。

② 事见《诗·召南·行露》、僖二十九年、襄十年、昭十二年、昭二十一年《左传》、《论语·颜渊篇》、《周易·讼卦》、《周礼·秋官司寇·方士》。惜春秋时期文佚。

③ 说参杨伯峻《春秋左传注》，修订本，中华书局1990年版，第298、1283页。

个人与个人之间在政治、军事、经济等各项社会活动中使用的具有书面凭证功能的法律事务类文族，包括“傅别”、“质剂”、“书契”等文种①。

A. “傅别”体，亦称为“别券”，为借贷契约。

B. “质剂”体，亦称为“约剂”、“质要”，为买卖契约。

C. “书契”体，为赠与与收受契约。

三、礼仪事务文系

礼仪事务文系，指在长期礼仪实践活动中逐步形成的具有约信、致敬、致哀、颂赞、祝愿、慰勉、怀念、交谊等功能的事务型文体，包括交际、祭悼、庆颂与礼遇四个文族。

1. 交际礼仪文族

交际礼仪文族，指在社会交往活动中为交流信息、协调关系、表达情感而使用的礼仪事务类文族，包括“书”、“载书”等文种。

A. “书”体，亦可称为“讯”、“策”，主要包括国书与私书两类，前者为周王室、诸侯国之间行李往来以处理公事的交际礼仪文种；后者为士大夫之间敷奏往复以处理私事的交际礼仪文种，属“书”体之变②。春秋时期国书类代表作有鲁臧孙辰《请告籴书》(文见《国语·鲁语上》)、周襄王《告难书》(文见僖二十四年《左传》)、郑公子归生《告赵盾书》(文见文十七年《左传)等；私书类代表作晋屈巫《遗公子婴齐、公子侧书》(文见成七年《左传》)、晋张趯《致游吉书》、郑游吉《答张趯书》(二文并见昭三年《左传》)等。

B. “载书”，亦称为“载”、“言”、“书”、“命”、“要言”、“结言”、“约言”、“言誓”、“约剂”、“盟书”、“盟誓”等，为天子、诸侯、大夫间通过盟誓方式调整、巩固贵族内部等级关系、具有质信功能的交际礼仪文种。按照盟誓者身份高低而论，载书具体可分为七类：一为周王与诸侯盟誓者，二为诸侯国君间盟誓者，三为诸侯国大夫间私盟誓者，四为诸侯国君与其大夫间盟誓者，五为诸侯国内大夫间私誓者，六为诸侯国大夫宗族内盟誓者，七为家臣与其国君、大夫国人盟誓者。春秋时期周王与诸侯盟誓类代表作有周卿士王子虎《盟诸侯于王庭要言》(文见僖二十八年《左传》)等，诸侯国君间盟誓类代表作有齐桓公盟诸侯《葵丘盟书》(《孟子·告子下》)等，诸侯国大夫间盟誓类载书代表作有晋士燮会楚公子罢、许偃盟于宋所作晋楚《弭兵盟辞》(文见成十二年《左传》)等，诸侯国君与其大夫间盟誓类代表作有郑简公及其大夫盟于公孙段氏(事见昭元年《左传》，文失载)等，诸侯国内大夫间私盟类代表作有卫甯俞与孙级

---

① 惜先秦文献中不见有“契据”文族诸体录文，《史记·陆贾列传》摘录有一份陆贾与五个儿子家约与遗令文字，传世与出土战国秦汉虎符、简牍亦有类似文字，皆可窥其一斑。参见：罗振玉《增订历代符牌图录》卷上，中国书店1998年版；劳干《居延汉简考释·释文》，《汉简研究文献四种》，北京图书馆出版社影印1949年上海商务印书馆铅印本，2007年版；睡虎地秦墓竹简整理小组《睡虎地秦墓竹简》，文物出版社1977年版；中国社会科学院考古研究所编《居延汉简甲乙编》，中华书局1980年版；张凤《汉晋西陲木简汇编·释文》，《汉简研究文献四种》，北京图书馆出版社影印1931年上海有正书局影印暨铅印本，2007年版。

② 自春秋以降，“书”体使用范围渐广，大致包括公用文书与私家文书两大类。各国卿大夫书信来往多为“公事”，自然属行李往来之国书，即所谓“使执讯而与之书以告”者。但自春秋中期之后渐次出现由“公事”向“私事”转变之书信，既卿大夫间私人著于简牍奉辞问罪之书，又有卿大夫间私人著于简牍奉辞聘问之书，至春秋后期逐渐演变成以私家文书为主；写作主体亦由以天子、国君及掌聘问之行人为主，渐次扩展到一般士大夫为主。

《宛濮盟书》(文见僖二十八年《左传》)等,诸侯国大夫宗族内盟誓类代表作有鲁仲孙貜与泉丘女(仲孙何忌、仲孙说之母)及其僚《清丘之社盟书》(文见昭十一年《左传》)等,家臣与其国君、大夫、国人盟誓类代表作有鲁阳虎囚季桓子而盟桓子于稷门之内(事见定五年《左传》,文失载)等。

2. 祭悼礼仪文族

祭悼礼仪文族,指在吊丧、祭祀等场合用以表达怀念、哀悼、悲痛等情感时所使用的礼仪事务类文族,包括"吊"、"诔"、"祝"、"祷"等文种。

A. "吊"体,亦称作"唁"、"伤"、"绕"、"哀吊"、"吊文"、"哀辞"、"伤辞",或为生者吊灾祸之辞,或生者翻贺为吊之辞,或为死者吊丧问终之辞。春秋时期吊灾祸者代表作有秦穆公《吊公子重耳之命》(文见《国语·晋语二》)、鲁襄公《吊献公亡齐书》(文见襄十四年《左传》)等,翻贺为吊者代表作有晋史赵《吊贺论》(文见昭八年《左传》)等,吊丧问终者代表作有晋赵鞅(简子)《吊游吉文》(文见定四年《左传》)、齐景公《吊晏婴文》(文见《晏子春秋·外篇八》)、鲁季孙肥《吊宋景曹文》(文见哀二十三年《左传》)等。

B. "诔"体,为述死者生时功德品行以赐谥时所使用的祭悼礼仪文种[①]。春秋时期代表作有鲁展获妻《柳下惠诔》(文见《列女传·贤明传》)、鲁哀公《尼父诔》(文见哀十六年《左传》)等。

C. "祝"体,亦称为"祈"、"祠"、"诅"、"咒"、"诘"、"骂",为祭告天、地、山川、社稷、宗庙五祀群神山川以求福的祭悼礼仪文种[②]。春秋时期代表作有晋赵庄姬作《置儿绔中祝》(文见《史记·赵世家》)、楚伍员《江上丈人祝》(文见《吕氏春秋·异宝篇》)等。

D. "祷"体,亦称作"祈"、"求",为向天地神灵告事求福的祭悼礼仪文种。春秋时期代表作有晋荀偃《济河祷辞》(文见襄十八年《左传》)、卫蒯聩《自祷》(文见哀二年《左传》)等。

四、军事事务文系

军事事务文系,即在戎事活动中对田猎、军旅、武功、武备诸事实行管理所撰写的事务类文系,包括"誓"、"檄"、"令"等文种。

A. "誓"体,亦称为"言誓"、"质誓",亦可"誓戒"、"誓禁"并称,为要约军旅、拘制群臣之军事事务文体。其中,具有要约军旅功能者,亦即誓师辞、进军令,为用兵征战时鼓励、告诫将士之誓辞,属战前所作军事文告;具有拘制群臣功能者,属战后所作军事文告。前者为"誓"体之正,后者乃"誓"体之变。另,诸侯会盟之誓辞、大夫结盟之誓言,甚至君臣之间、大夫之间、亲友之间结言要约之私誓,即"发誓赌咒"之类,皆可谓之"誓",实"誓"体之变[③]。春秋时期"誓"体文,要约军旅类代表作有晋赵鞅《铁誓》(文见哀二年《左传》)、越王句践《灭吴之誓》(文见《国语·越语上》)等,拘制群臣类代表作有秦穆公《秦誓》(文见《尚书·周书》)、

① 春秋时期"诔"体逐渐发生了变化:基本功能由述行状以"定谥"演变为致悼念以"寓哀",犹今之致悼辞,即表达哀悼之情的文体;作者主体由尊者、长者渐次扩大,出现了所谓"私诔"。

② 后世逐渐用于祭奠亲友以致哀,实为祭文之先导。

③ 春秋时期誓体功能渐次增强,用途日益扩大,除要约军旅之誓与拘制群臣之誓外,出现了诸侯国君自誓以告群臣之誓,诸侯会盟之誓,大夫结盟之誓,个人之间结言要约之誓;作者主体亦由王而君,甚至大夫。

《封崤尸之誓》(文见《史记·秦本纪》)、越王句践《父母昆弟誓》(文见《国语·越语上》)等;结言要约类代表作有郑武公《黄泉之誓》(文见隐元年《左传》)、晋文公《白水之誓》(文见僖二十四年《左传》)、鲁孔丘《天誓》(文见《论语·雍也篇》)等。

B."檄"体,亦称"文告"、"简书"、"羽檄"、"檄书"、"羽书"、"露布",亦可"盟檄"并称,为在攻伐征讨、责让定乱等戎事活动中具有徵兵、徵吏、罪责、晓慰、告知功能之军事事务文种,包括攻伐征讨与责让定乱两大类。春秋时期攻伐征讨类"檄"体文代表作有齐桓公《答楚王书》(文见僖四年《左传》)、晋厉公《绝秦书》(文见成十三年《左传》)、周王子朝《告诸侯书》(文见昭二十六年《左传》)等,责让定乱类"檄"体文代表作有周景王《让晋率戎伐颖书》(文见昭九年《左传》)、晋边吏《让郑书》(文见昭十八年《左传》)等。

总之,就文章体式而论,春秋时期多数文体体式逐渐趋于定型,这就为我们进行春秋散文体类研究提供了客观条件。就文章观念而论,春秋时期的作者恐怕还不是那么清晰,一直到秦汉时期才日益明确。当然,在魏晋以前士人的心目中,依然尚未产生实用性文体(应用文)与抒情性文体(文学作品)之别,甚至因实用性文体的"应用性"功能特质,在某种程度上实用性文体更加受到时人的重视。这是因为实用性文体在文化上的意蕴要比文学上的意味丰富得多[①]。这里需要强调指出的是,我们所说的实用性文体(应用文)与抒情性文体之别,仅就其文体功能而言;一个必须引起我们注意的事实是,春秋时期的多数实用性文体与抒情性文体一样也讲求文采[②]。

(作者单位:上海大学中国古代文学与文化研究中心)

① 参见吴承学《先秦盟誓及其文化意蕴》,《文学评论》2001年第1期,第102—111页。

② 说详邵炳军《关于〈左氏春秋文系年注析〉若干问题的思考》,《〈春秋〉三传与经学文化》,长春出版社2009年版,第442—457页。

《左传》艺术风格探奥

姚曼波

《左传》在艺术上号称"百代文章之祖"，刘知幾盛赞其为"工侔造化，思涉鬼神，著述罕闻，古今卓绝。"（《史通·杂说上》）人们在惊艳于它的卓绝艺术的同时，不能不疑惑：《左传》究竟出自何人？既然同出"左氏"，为何《左传》与《国语》在思想、史料与文学风格上皆相去甚远？其风格究竟是如何形成的？对此，前贤虽多有论及，然众说纷纭，莫衷一是，莫能得其底里。笔者不揣浅陋，试作新探。

一、《左传》的艺术风格与其独特的成书背景

要真正探明《左传》艺术风格的成因，就不能不联系其成书的独特背景。对此，我们无论如何也不能绕过司马迁书之凿凿记载："是以孔子……论记旧文，兴于鲁而次《春秋》……七十子之徒口受其传旨，为有所刺讥褒讳挹损之文辞不可以书见也。鲁君子左丘明惧弟子人人异端，各安其意，失其真，故因孔子史记具论其语，成《左氏春秋》。"[①]《左传》既然是为存孔子《春秋》之"真"而作，并且是"因孔子史记具论其语而成"。那么《左传》的创作宗旨和文学风格，与孔子及其"史记"显然有着不可分割的联系。

关键在于，"孔子史记"究竟是怎样一部书？左氏又是怎样"具论其语"的？——需要指出的是，许多学者正是在这个基本问题上，被前人的习见特别是汉代经学家的误说所牢笼，堕入了迷宫。他们把"孔子史记"说成是《春秋经》，然后说左氏因经作传。对此，拙著《〈春秋〉考论》及其系列论文，曾多方批驳其谬。这里仅略举其以下数条：一是字数不合（司马迁明称孔子《春秋》"文成数万"，而《经》文仅万余）；二是史实不合（董仲舒、司马迁、《淮南子》等一致称孔子《春秋》之中"弑君三十六，亡国五十二"，而《经》之中弑君仅二十六，亡国仅三十四）；三是思想倾向不合，《经》对"乱臣贼子"如鲁桓夫人、庆父、崔杼、季孙意如等，皆书之历历，未贬而有褒，而对孔子至为推崇的如郑子产、管仲、晏婴等皆只字不载；四是《史记·儒林传》记《春秋经》之传承只提《公羊》、《穀梁》，而对亲得孔子《春秋》嫡传的《左传》则只字不提，相反，《十二诸侯年表序》记载孔子《春秋》的传承时，则唯提《左氏春秋》，而一字不及《公羊》、《穀梁》。这说明孔子《春秋》与《春秋经》是性质不同、各有传承的两部书。对此基本史实，我们决不能视而不见，一味盲从前人误说，习非成是。

---

① 司马迁《史记·十二诸侯年表序》，中华书局1959年版，第509—510页。

也有人认为“孔子史记”是孔子所搜集的原始资料。但是，司马迁明称孔子“笔则笔，削则削，子夏之徒不能赞一辞”（《史记·孔子世家》）。可见孔子所作，已是一字不能改的定稿，而非草创之“笔记”。拙著《〈春秋〉考论》及其系列论著以大量的史料推断：“孔子史记”即孔子《春秋》；孔子《春秋》是“文成数万”、记载“弑君三十六亡国五十二”史实的另一部独立的《春秋》。《左氏春秋》正是以此为底本“具论其语”而成。《汉书·艺文志》记载《左传》成书时，将司马迁的“因孔子史记具论其语而成”，改成“因本事而作传”，并称：“明夫子‘不以空语说经’。”这说明孔子《春秋》即“不以空语说经”的“本事”。而考《左传》所记，恰合“弑君三十六亡国五十二”之数，这不能说是巧合，而佐证了“本事”出自孔子《春秋》。

在澄清这个核心问题的基础上，我们需要进一步辩明：左丘明是如何改编“孔子史记”的？即《左传》中，哪些文字出自孔子，哪些出自左氏？——这是探索《左传》风格之源的关键。

考察《左传》全书，有以下两个问题值得我们注意：（一）《左传》全书由叙事与解经两部分组成，这两部从思想观点到语言风格，都有很大不同，显然出自不同作者。对此，前人论之甚多，不赘。（二）《左传》叙事的核心部分——即记载“弑君三十六亡国五十二”的史实部分，是全书的精华。其文字风格统一，并具有统一的构思，前有伏笔后有呼应。为历代人们所推崇激赏者，大都出于其中。探索《左传》艺术之源，关键的问题就在于探索这个主体部分究竟出自左氏还是孔子？

司马迁三称“左丘失明，厥有《国语》”，而《国语》与《左传》二书在各方面都大相径庭，风格上更大为异趣。张高评曾引林庆彰先生主编的《经学研究论著目录》，将二者之别归为：宗旨异趣，体裁殊类，文风迥异，记载乖违，文法不一，语汇差异，历正异数，名称不同，卜筮存阙，《史记》据依等十二条，称：“皆所以印证《左传》《国语》非一人所作，亦复非一书之化分。”①

那么，《左传》作者究竟是谁呢？一些学者置《左传》的独特性于不顾，完全抛开了秦汉典籍特别是千古良史司马迁的记载，将它笼统地说成是战国时代的某一位无名作者，这恐怕不能说是负责任的态度。《左传》在史料上囊括春秋，“运之三代”，在地域上跨越黄河、淮河、长江，从周鲁齐晋燕秦陈蔡吴越到南蛮的楚国；内容上遍及各国的政治军事天文地理民情风俗古史传说。其来源远不局限于书面的记载，而大量的来自民间，得自于各国口头流传的野史传说，这决非闭门造车、足不出户者所能成就。只有像孔子这样深入游历各国十四年，并怀着崇高的使命感者才有可能完成。更重要的是，在思想内涵上，他不仅具有鲜明的“贬天子退诸侯讨大夫”的倾向，而与汉儒所称颂的孔子《春秋》符契相合，不仅在理论视野上学通天人、纲纪人伦，而且在创作思想上具有强烈的保存三代以来华夏文明——即孔子所说的“斯文”的神圣怀抱，还有在文学上拥有高度素养与卓越天才——同时具备这一切条件的，除了孔子，我们还找不到第二人。

事实上，我们并不仅仅凭据逻辑的推论，说它只有超凡入圣、千古一人的孔子才能成就。拙作《左丘明“因孔子史记具论其语”考》②以翔实的文本考论，证实：《左传》的主体出自孔子。

① 《春秋书法与左传学史》，上海古籍出版社2005年版，第4—5页。但张先生将《左传》归为左氏，说：“左氏因孔子《春秋》而作传，发明《春秋》大义，遂亦具论本事……云云，这未免囿于成说，笔者不能苟同。

② 程章灿主编《中国古代文学文献学首届国际学术研讨会论文集》，凤凰出版社2006年版。

所谓左丘明"因孔子史记具论其语"，就是以孔子《春秋》为底本，依据《春秋经》为体例，依经列文，并插入解经语。《左传》的主体部分，当是出自孔子《春秋》。这就是造成左氏编的《左传》与他编写的《国语》风格迥异的根本原因所在。

可为佐证者甚多，其中最值得注意的有以下数点：

其一是《左传》异于《国语》，却从思想倾向到史料皆呼应于《论语》。如《论语》中孔子推崇最高的是管仲和子产，而《左传》所载最突出的中心人物也正恰恰是此二人，古人称《左传》前半部写一管仲，后半部写一子产（而《国语》对子产则一字不提，《国语》所记管仲，与《左传》也大异其趣）。这恐怕不能用孔子与左氏"同好"来解释。更值得注意的是，《论语》中甚至还保存有《左传》的某些细节片断：如《论语·雍也》记载："子曰：孟之反不伐，奔而殿。将入门，策其马曰：'非敢后也，马不进也。'"孔子所说，正是《左传》哀公十一年所记的一个细节"孟之侧（字反）后入以为殿，抽矢策其马，曰：'马不进也。'"《左传》成书于孔子身后，若非自己亲作，怎会对《左传》细节如此谙熟？

佐证之二：孟子两引《左传》昭公二十年所记"齐景公田，招虞人以旌，不至"而皆称："孔子奚取焉？取非其招不往也。"[①]有人抓住《孟子》所引的文字与《左传》有出入来否定之，硬说孟子取自他书。但孟子为何将别书所记硬套到孔子头上，并称"孔子奚取"呢？无独有偶，《韩非子》亦有引《左传》史料而称"孔子闻而记之者"[②]。这一切无不提示着《左传》与孔子的直接联系。

佐证之三：《易传》与《左传》相呼应。帛书《要》记载："子曰：'《易》，我后起祝卜矣，我观其德义耳也。幽赞而达乎数，明数而达乎德，又仁者而义行之耳。赞而不达于数，则其为之巫；数而不达于德，则其为之史。史巫之筮，鄉之而未也，好之而非也。后世之士疑丘者，或以《易》乎？吾求其德义而已，吾与史巫同途而殊归者也。'"[③]孔子说明他与巫、史的本质区别，在于他以德义解《易》，并说后世将以此而"疑"之。也就是说，从孔子开始，人们才以"德义"解《易》。案《左传》襄公九年记解《易》之语曰："姜曰：'亡！是于《周易》曰：《随》，元、亨、利、贞，无咎。元，体之长也；亨，嘉之会也；利，义之和也；贞，事之干也。体仁足以长人，嘉会足以合礼，利物足以和义，贞固足以干事。……'"[④]穆姜之语，全同于今之《易传·乾卦》——《文言》曰："元者，善之长也；亨者，嘉之会也；利者，义之和也；贞者，事之干也。君子体仁足以长人，嘉会足以合礼，利物足以和义，贞固足以干事。君子行此四德者，故曰：'乾：元、亨、利、贞。'"[⑤]章太炎认为："孔子以前说《易》者发是言，而孔子采之。"[⑥]但是，如果孔子之前已有人以德义解《易》，孔子就不会讲"疑丘"的话了。《左传》与《易传》的相互呼应，再次印证了笔者的观点，昭示着《左传》与孔子及其《春秋》多方面的吻合一致。

拙作《左丘明"因孔子史记具论其语"》则从《左传》文本的深入考证，进一步从内证方面

① 见《孟子》之《滕文公下》、《万章下》。

② 《韩非子·外储说左上》引《左传》僖公二十五年晋文公伐原之事而称："孔子闻而记之，曰：'攻原得卫者，信也。'"拙著《〈春秋〉考论》还引秦汉众多典籍——从荀子、韩非子、《吕氏春秋》到《淮南子》、《史记》《春秋繁露》等所引《左传》史料而称孔子，证实《左传》主体出自孔子。

③ 郭沂《帛书〈要〉篇考释》，《周易研究》2004 年第 4 期。

④ 杨伯峻《春秋左传注》，中华书局 1981 年版，第 965 页。

⑤ 《周易正义》，中华书局 1969 年影印十三经注疏本，第 15 页。

⑥ 章太炎《国学讲演录·经学略说》，华东师范大学出版社 1995 年版，第 65 页。

证实:《左传》叙事的主体部分即由孔子《春秋》组成;左丘明的“具论其语”,就是在真实保存孔子《春秋》的基础上,依据《春秋经》的体例,改编孔子《春秋》——将纪事本末体的孔子《春秋》,改编为编年体,同时插入解经语,并补充了孔子师徒的言行,续写了孔子去世后的春秋之史,直至鲁哀公二十七年。对此,笔者于该文有详论,兹不赘。

二、《左传》的宏伟结构与孔子作《春秋》的宗旨

《左传》在史料的剪裁与结构的组织安排上,独具匠心,规模宏伟,雄视古今,它落墨于春秋,而“运之三代”。全书有统一的构思与整体规划,前有伏笔,后有照应,如黄河九曲,伏流千里,而又一脉相承。宋吕祖谦《左氏传说·看左氏规模》曰:“看《左传》,须看一代之所以升降,一国之所以盛衰,一君之所以治乱,一人之所以变迁。”可谓一语中的。作者就是要通过一部《春秋》,把握时代升降的历史脉搏,揭示国之兴亡、政之治乱与个人命运变迁的深层根源。而深探其奥,可以看出,《左传》的结构安排与孔子作《春秋》的创作宗旨及其对春秋时代的历史规律的把握与总结,有着内在的关系。

孔子为什么作《春秋》? 司马迁说:“余闻董生曰:周道衰废,孔子为鲁司寇,诸侯害之,大夫壅之。孔子知言之不用,道之不行也,是非二百四十二年之中,以为天下仪表,贬天子,退诸侯,讨大夫,以达王事而已矣。子曰:‘我欲载之空言,不如见之于行事之深切著明也。’”[①]显然,孔子作《春秋》的首要目的,是要通过二百四十二年的“行事”明其“是非”,即通过对整个春秋时期历史经验的总结,以“深切著明”地揭示儒家的治世之道。《论语》曰:“天下有道,则礼乐征伐自天子出;天下无道,则礼乐征伐自诸侯出。自诸侯出,盖十世希不失矣;自大夫出,五世希不失矣;陪臣执国命,三世希不失矣。天下有道,则政不在大夫;天下有道,则庶人不议。”(《论语·季氏》)这段话,不是出自书生意气的泛议,而是源于孔子对春秋二百多年历史的深入考察后得出的规律性总结。考察《左传》全书的组织安排,恰恰是对此观点的印证。从全书的结构布局来说,选择从鲁隐公开始,正是因为从此时开始“天下无道”,礼乐征伐由“从天子出”转为“从诸侯出”。隐公四年,郑国因“王贰于虢,郑伯怨王“故周郑交恶”,郑师“取成周之禾”。周、郑发生战争,“射王中肩”,这是“视天子如诸侯”、周天子权力地位旁落的象征。隐公五年,曲沃庄伯公开“叛王”,宣告着“礼乐征伐自天子出”的时代的结束。隐公四年,宋、陈、蔡、卫等国二度伐郑。隐公十年,鲁会齐、郑伐宋。正式拉开了礼乐征伐自诸侯出的时代序幕。

孔子说:礼乐征伐“自诸侯出,盖十世希不失矣”。考察《左传》所记,齐国从齐桓公称霸,历孝、昭、懿、惠、顷、灵、庄、景、悼、简,至齐简公被陈恒所弑,正是十世。晋国则从晋文称霸,历襄、灵、成、景、厉、平、昭、顷九公而被六卿专政,亦经十世。《左传》的结构与剪裁,恰恰正是为了反映这一历史规律而作了精心构思。对齐国,作者于鲁庄公二十二年就通过占卜预言:“有妫之后,将育于姜。五世其昌,并于正卿。八世之后,莫之与京。”作者明言:“及陈之初亡也,陈恒子始大于齐。其后亡也,成召得政。”齐桓公于庄公十五年称霸。鲁僖公二年,齐桓去世,五子争立而自相残杀,齐国自此内乱数世而不复振。所谓“五世其昌”指鲁昭公八

① 《史记·太史公自序》,中华书局1959年版,第3297页。

年，齐国发生子旗之乱，杀齐顷公之子子成、子工及其孙子车。一年后，陈恒子与鲍氏联合，打败栾、高氏，因而得政，“并于正卿”，受封于唐。《左传》记：“陈氏始大。”鲁哀公十四年，陈恒弑君。夺得最高权力，陈氏取代姜氏。此即“八世之后，莫之与京”。作者借齐、晋这两个最早称霸春秋的诸侯，历十世而被大夫篡权的历史，揭示其“自诸侯出，盖十世希不失矣”的历史规律。

孔子说：“禄之去公室五世矣，政逮于大夫四矣，故夫三桓之子孙微矣。”(《论语·季氏》)《左传》的记载恰恰也是对此观点的印证。作者以季氏专权篡鲁的范例，揭示“大夫专政，不过五世”的历史轨迹。鲁室从季文子执政，历鲁宣、成、襄、昭、定五君，至哀公而失政，季氏历五世而衰。作者先在闵公二年预言：“成季之将生也，桓公使卜楚丘之父卜之，曰：‘其名友，在公之右。间于两社，为公室辅。季氏亡，则鲁不昌。’”共仲弑闵公，成季立僖公(闵公二年)。僖公为答谢他，于是赐季友汶阳之田及费(僖公元年)。襄公五年记：“季文子卒……相三君矣，而无私积，可不谓忠乎?”襄公十一年，季武子作二军。襄公二十五年，东祁云：“政在季氏三世矣，鲁君丧政四公矣。”昭公三十二年通过史墨之口归纳道：“天生季氏，以贰鲁侯……鲁君世从其失，季氏世修其勤，民忘君矣。……社稷无常奉，君臣无常位，自古已然……政在季氏，于此君也，四公矣。”作者客观揭示政权由鲁侯落入季氏——即由诸侯下降到大夫的历史过程及其内在根源——源于诸侯执政者的无道。所谓“社稷无常奉，君臣无常位，自古已然”则是作者由历史史实而进一步升华到哲学的理性总结，它折射出了作者的理性宇宙观和辩证的历史观。就结构而言，它紧紧呼应了闵公二年的预言，反映了作者明确的创作宗旨与叙事结构上的统一。

就全书的构思而言，它落目于全面反映春秋时期“礼乐征伐”从“由天子出”到“由诸侯出”到“由大夫出”直至“陪臣执国柄”的历史演变，旨在揭示各统治阶层因“无道”而日益腐败堕落，导致政权旁落乃至自取灭亡的必然规律。故从董仲舒到司马迁都称孔子《春秋》“贬天子退诸侯讨大夫”。

孔子作《春秋》，除了总结春秋时期的历史经验教训之外，其旨还在于保存华夏文明。孔子为了收集史料作《春秋》，曾南游列国十四年。他经过匡地被匡人所围困时，曾豪气万丈地说：“文王既没，文不在兹乎？天之将丧斯文也，后死者不得与于斯文也；天之未丧斯文也，匡人其如予何?”(《论语·子罕篇》)孔子所谓的“斯文”，就是指他作《春秋》所要保存的三代以来，特别是以周文化为代表的人文主义精髓及华夏文明。《左传》叙事结构上具有雄视三代(即司马迁所谓“运之三代”)、囊括春秋包举万象的特点，正缘于其保存“斯文”的崇高宗旨。因而他并不局限于政治，而是墨气四射，辐射到远古以来华夏文明的各个层面。全书以各国政治兴替为经，以军事、外交、经济、天文地理、典章名物、民情风俗、礼乐文化等为纬，穿插了三代以来的古史传说、文化典制。纵横交织，提花蹙锦，组成全面反映华夏文明的巨丽宏图。故司马迁说：“《春秋》文成数万，其旨数千，万物之散聚皆在《春秋》。”[①]对此，拙著《〈春秋〉考论》有详论，兹不赘。

① 《史记·太史公自序》，中华书局1959年版，第3297页。

三、《左传》的“隐而显，婉而多讽”与孔子的个性

《左传》叙事风格的突出特征是“隐而显，婉而多讽”，对此，前贤论之甚详。而探究其“隐而显”的风格之源，一方面缘于其“贬天子退诸侯讨大夫”的内容与其时代背景，另一方面也与孔子的个性不无关系。

前面已说过，董仲舒、司马迁、淮南子等一致称扬孔子《春秋》“贬天子退诸侯讨大夫”，“《春秋》之中，弑君三十六，亡国五十二”。揭露批判统治上层及其君弑国亡的史实，这显然为当时的礼法所不容，故孔子有“知我”“罪我”之叹。对统治阶层内部腐败及其罪恶的揭露，必将招来杀身之祸。虽然孔子怀有“无求生以害仁，有杀身以成仁”的人格理想，但他又深谙君子“先存诸己而后存诸人”之道，故尔在现实生活中，又是处世极谨慎的人。他一贯反对“暴虎冯河”式的蛮干，“子曰：‘宁武子，邦有道，则知；邦无道，则愚。其知可及也，其愚不可及也。’”(《论语·公冶长篇》)孔子教育弟子在“邦无道”时要危言慎行，甚至要“装愚”，装到“愚不可及”的地步。正是这样的性格，使孔子一方面为行道而冒天下大不韪，作《春秋》，而“直书其事，具文见意”；另一方面又不得不为保身而将作者的主观褒贬深加隐讳。

今看《左传》之叙事主体，其核心内容就是记载“弑君三十六亡国五十二”的史实。其中凡涉及到“贬天子，退诸侯，讨大夫”处，往往“意隐而笔显”。如对天子之失政，作者书曰：“郑武公、庄公为平王卿士。王贰于虢，郑伯怨王，王曰：‘无之。’故周郑交质。……王崩，周人将畀虢公政。四月，郑祭足取温之麦……周、郑交恶。”(鲁隐公三年)郑二代为平王卿士，周不能信用，反而“贰于虢”，引起了郑之“怨”；周一面在口头上说“无之”，一面竟又出尔反尔地“将畀虢公政”，导致“周郑交恶”，则天子之昏庸无信可见。隐公五年，曲沃庄伯以郑人、邢人伐翼，周王竟“使尹氏、武氏助之。翼侯奔随”。紧随之，“曲沃叛王”。王又“命虢公伐曲沃，而立哀侯于翼”。“六年，翼人又逆晋侯于随，纳诸鄂”。周天子助纣为虐，导致了晋国的分裂，最后自食其果，致使“曲沃叛王”。作者虽未贬一笔，而其“贬天子”之意于事中自现。这正是对孔子所说的“天下有道，礼乐征伐自天子出；天下无道，礼乐征伐自诸侯出”的历史根源的具体披露。

作者的“退诸侯”、“讨大夫”，也多用曲笔，或明褒暗贬，或言此而意彼，或声东击西，离合奇正，回互相应。对鲁国季氏篡政，用笔尤隐。明里赞扬季友“为公室辅”，“无衣帛之妾，无食粟之马……君子是以知季文子之忠于公室也”(《左传》襄公五年)。然而于昭公二十五年又通过乐祁之口称：“政在季氏三世矣，鲁君丧政四公矣。”闵公二年作者以轻墨淡写道：“成风闻成季之繇，乃事之，而属僖公焉，故成季立之。”季友仅凭床第之私，立庶妾之子为君。而他所立的僖公，在位三十三年，未见任何政绩善举。僖公二十一年，鲁国大旱，僖公竟要焚死巫，幸而臧文仲劝阻：“若能为旱，焚之滋甚。”则僖公之昏愚残暴可见一斑。季氏立僖公之恶，隐见于笔墨之外。此乃离合奇正，旁显侧映之笔。

《春秋》用笔的“至隐”，缘自于孔子作《春秋》所面临的多重矛盾：他既推崇礼法，又不得不违反当时的礼法，私作《春秋》；既反对“犯上”，却又不得不为了拯世济民而“贬天子退诸侯讨大夫”；既要使后世“知我”，又畏惧后世“罪我”；既明知身处乱世，宜危言危行，但是为了行儒家之道，为保存文王以来的“斯文”而不得不正言正行。故而其作《春秋》，其事甚明，而其

意甚隐。作者为隐密其旨意，可谓极尽其“微婉显晦”之能事，时而以琐语细言传弦外之音，时或以妖异阴阳寓文外曲致。或正言若反，欲盖弥彰；或故布疑阵，遮人耳目；或托虚梦揭实情；或假怪异示真谛；时以微言讽大道，时以侧笔示正旨；或寓真于诞，时寓庄于谐，巧变无穷，曲尽其妙（前人或讥其“浮夸”“诬艳”者，皆未得其真旨）。张高评论《左传》书法，谓其“传写历史真相，左氏之叹惜感慨，往往见于言外；由此弦外之音，足以考察史家之历史观点。《左传》之侧笔见态，由于举一概余，触类引申，故于史笔书法‘推见至隐’，而又‘自隐以之显’处，颇能有所发明”①。

四、《左传》刻画人物的深入灵魂与孔子对人性的探索

春秋时期是我国文学的发轫期，《诗经》中已出现“螓首蛾眉，巧笑倩兮，美目盼兮”（《卫风·硕人》）这样对人物绘形绘色的描写，但是在散文领域，对人物的刻画还不多见。只有到了《左传》，无论叙政事还是记战争，都把重心放在人物的描写上。全书描写人物达一千四百余，而大多个性鲜明，表现了极高的艺术性。

《左传》对人物的语言、动作、神态等的刻画，不仅有明确的主旨，并且对人物心理有深刻而准确的把握，乃至勾魂摄魄。如鲁桓公元年至二年写宋国因好色而导致弑君者：“宋华父督见孔父之妻于路，目逆而送之，曰：‘美而艳。’二年春，宋督攻孔氏，杀孔父而取其妻。公怒，督惧，遂弑殇公。”（《左传》桓公元年至桓公二年）作者用一个特写镜头，抓作人物的眼神“目逆而送之”，加上脱口而出的“美而艳”之赞语，将其好色之徒的嘴脸写得形神毕现。有时则通过典型事件描绘人物之形态、动作，以展现其个性。如楚侵郑，穿封戌囚皇颉，公子围与之争功，求正于伯州犁。“伯州犁曰：‘请问于囚。’……上其手，曰：‘夫子为王子围，寡君之贵介弟也。’下其手，曰：‘此子为穿封戌，方城外之县尹也。谁获子？’囚曰：‘颉遇王子，弱焉。’戌怒，抽戈逐王子围，弗及。”（《左传·襄公二十六年》）一个“上下其手”，把伯州犁的世故圆滑活脱脱地表现了出来。

《左传》为何对人物的刻画如此深入骨髓？笔者认为，作者并非为了文学创作而刻画人物，而是为了探索人性——从人性角度揭示弑君亡国的根源，深入揭示政治人物的心理。提高一步说，他与作者的理性天道观、道德本体论及其人性论分不开。《左传》中把人性作为政治的原则，而且提到形而上的高度，反复强调：“淫则昏乱，民失其性。……民有好、恶、喜、怒、哀、乐，生于六气。是故审则宜类，以制六志。哀有哭泣，乐有歌舞，喜有施舍，怒有战斗；喜生于好，怒生于恶。是故审行信令，祸福赏罚，以制死生。生，好物也；死，恶物也；好物，乐也；恶物，哀也。哀乐不失，乃能协于天地之性，是以长久。”（《左传·昭公二十五年》）——这里，作者明确地将“人性”提到本体论的高度，指出“民有好、恶、喜、怒、哀、乐，生于六气”，揭示了人性的客观性。而被推崇为“天之纲”，“地之纪”的礼，其根本作用是“协天地之性”，协调保和人性。衡量政治得失的准绳在于是否“保”其性：“天生民而立之君，使司牧之，勿使失性。”（《左传·襄公十四年》）“天之爱民甚矣。岂其使一人肆于民上，以从其淫，而弃天地之性？必不然矣”（《左传·襄公十四年》）。

---

① 张高评《春秋书法与左传学史》，上海古籍出版社2005年版，第37页。

《左传》的观点与源于孔子的《易传》是完全一致的。《易传》曰："一阴一阳之谓道，继之者善也，成之者性也。"(《周易·系辞上》)[①]"性"是成就"道"基础。又曰："昔者圣人之作《易》也，将以顺性命之理。是以立天之道曰阴与阳，立地之道曰柔与刚，立人之道曰仁与义。"(《周易·说卦》)[②]"和顺于道德而理于义，穷理尽性以至于命。"(同前)[③]阴阳是立天之道，柔刚是立地之道，仁义是立人之道。而联系天地道与人道的纽带则是"性命"，因而圣人的职责是"和顺于道德而理于义，穷理尽性以至于命"。作者把"穷理尽性"与"和顺于道德"对举，显然是把"性"视为联系天道与人道的关键环节。"天道——性命——仁义道德"这就是孔子所创立的儒家的道德本体论。《易传》曰："乾道变化，各正性命。保合大和，乃利贞。首出庶物，万国咸宁。"(《周易·乾卦·彖》)[④]天道万物的变化，以"正性命"为准绳；乾道与性命的"保合""大和"才能"利贞"，万国才能安宁。

正是这样理性的天道观和人性论，使《左传》作者在描写弑君亡国之祸时，着重从人性角度去揭示其根源，从而把描写的笔触深入到人物的灵魂深处。《左传》在刻画弑父篡位的楚太子商臣时，笔墨颇为精彩：

> 初，楚子将以商臣为大子，访诸令尹子上。子上曰："……楚国之举，恒在少者。且是人也，蜂目而豺声，忍人也。不可立也。"弗听。既又欲立王子职而黜大子商臣。商臣闻之而未察，告其师潘崇曰："若之何而察之？"潘崇曰："享江芈而勿敬也。"从之。江芈怒曰："呼，役夫！宜君王之欲杀女而立职也。"告潘崇曰："信矣。"潘崇曰："能事之乎？"曰："不能！""能行乎？"曰："不能！""能行大事乎？"曰："能！"冬十月，以宫甲围成王。王请食熊蹯而死，弗听。丁未，王缢。谥之曰"灵"，不瞑；曰"成"，乃瞑。

作者先通过子上之口，以"蜂目而豺声"刻画出其"忍人"的形象特征，可谓先声夺人。然后以其与老师潘崇商讨计谋、刺探真情、迅速发动政变逼父自杀、给父恶谥等情节生动展示其"忍人"的性格特征。他与其师潘崇间的三问三答，句短韵急，紧锣密鼓，既突现当时紧张的气氛，同时将其嚣张暴戾之气与潘崇的奸猾展露无余。

《左传》在描述"弑君三十六亡国五十二"史实时，正是从人性的角度，披露统治阶层人性的堕落而导致政权陵替的历史教训，如：周惠王霸占臣属之田而导致王子颓之乱；卫懿公因"好鹤"轻人，导致"狄灭卫"；陈灵公、齐景公因荒淫而被杀；晋灵公因"不君"暴虐成性而被弑。或偏宠佞嬖而国乱，或君昏臣贪而失政。这一系列血淋淋的史实揭示：统治者由于人性的偏颇或丧失，政治"无道"，导致身败国灭，江山易主。《易传·文言》曰："坤道其顺乎，承天而时行。积善之家必有馀庆，积不善之家必有馀殃。臣弑其君，子弑其父，非一朝一夕之故，其所由来者渐矣，由辩之不早辩也。《易》曰：'履霜，坚冰至。'盖言顺也。"(《易经上》)[⑤]《易传》中所强调的"臣弑其君，子弑其父，非一朝一夕之故"，与孔子《春秋》的主导思想可谓高度统一。

---

① 《周易正义》，中华书局1979年影印十三经注疏本，第78页。
② 《周易正义》，中华书局1979年影印十三经注疏本，第93—94页。
③ 《周易正义》，中华书局1979年影印十三经注疏本，第93页。
④ 《周易正义》，中华书局1979年影印十三经注疏本，第14页。
⑤ 《周易正义》，中华书局1979年影印十三经注疏本，第18—19页。

立足人性来揭示国之兴亡、政之陵替、战之胜败之源，似乎是《左传》作者的明确宗旨，故其描写人物的举手投足，往往都紧扣题旨。比如作者以浓重的笔墨渲染一代枭雄的楚庄王听到楚使申舟使齐过宋被杀时的极度盛怒之态："楚子闻之，投袂而起，屦及于窒皇，剑及于寝门之外，车及于蒲胥之市。秋九月，楚子围宋。"（《左传·宣公十四年》）作者通过对其动作的一系列勾勒，把一代霸主楚庄王的性格极生动地展现了出来。其盛怒之状，兴兵之速，令人绝倒。未经任何谋计，不加思考，当即兴兵，这只有兵力强盛、训练有素的楚国军队和一代霸主的楚庄王能做到。

这样出神入化的文笔，在春秋时期的其他著作中甚为罕见。相比较而言，《国语》中虽也出现了"人性"、"体性"这样的范畴，写人物不乏生动之笔，如《晋公子重耳之亡》中写重耳苟安于齐，"姜与子犯谋，醉而载之以行。醒，以戈逐子犯，曰：'若无所济，吾食舅氏之肉，其知餍乎！'舅犯走，且对曰：'若无所济，余未知死所，谁能与豺狼争食？若克有成，公子无亦晋之柔嘉，是以甘食，偃之肉腥臊，将焉用之？'"①情节与对话不可谓不生动，但似乎只是尚其趣，而与题旨扣得不紧，故《左传》记载此事时，仅保留"以戈逐子犯"的情节，而将这段对话全部删除。这一取一删，可以清楚看出二书作者不同的取材眼光和创作旨趣。就此而言，亦可佐证《左传》的主体非出自《国语》的编撰者左丘明。

（作者单位：江苏教育科学研究院　江苏教育学院）

① 《国语·晋语四》，上海古籍出版社 1973 年版，第 344—345 页。

《晏子春秋》在先秦散文中的独特地位

刘文斌

在先秦散文中,《晏子春秋》的著作形态最为独特:它非"子"非"史",以全部八篇 215 章的内容集中记述一个人物;并且,不注重记述重大历史事件,而侧重笔墨于人物的言行轶事;不追求所记事件的真实;注重人物形象的塑造——凡此种种,都体现了最为突出的文学特征。因此,学界研究先秦散文的发展,应该特别关注这部著作。

一、非"子"非"史"的独特著作形态

关于《晏子春秋》的著作性质,前人争议颇大。唐柳宗元之前,它向来列于儒家著作中①;柳宗元始倡"墨家说"②。而进入清代,《四库全书》则将视野跳出儒、墨的诸子学派之争,认为其"虽无传记之名,实传记之祖也",将它由子部移之于史部③。可见,清代之前,传统的观点是将《晏子春秋》视为"子"、"史"著作的。

其实,以今天的学术眼光审视,认为《晏子春秋》是子书、史书都是不正确的。

首先,晏婴作为一位前诸子人物,其生年早于儒、墨等学派创始人很多年——他于齐灵公二十六年(前 556)出任齐卿,这时儒家创始人孔丘还未出生,墨家创始人墨翟生年更晚八九十年,故将其归入后来产生的儒、墨等诸子学派的任何一家,其观点都难以成立。并且,晏子作为一位政治实践家,一生致力于处理齐国的现实具体政务,也并未如其他学者形成如后来诸子学派的系统思想理论。

其次,即使不谈历史人物晏婴,而仅论反映其言行轶事的著作《晏子春秋》属于子书,其观点也难以成立。当前学术界普遍认为《晏子春秋》产生于战国时期,其时诸子学派已经产生,按说,根据著作体现的基本思想而将其归入某一家,问题应该不大;但从著作的实际出发,《晏子春秋》仍是难以归为子书的。因为大家知道,子书是要"论思想"的;而我们仔细审查《晏子春秋》就会发现,《晏子春秋》的主体不在"论思想",其绝大部分篇幅在"记言行轶事"。笔者对此做过细致考查:《晏子春秋》全书共分内篇谏上、谏下;问上、问下;杂上、杂下和外篇第七、第八共八篇内容。其中"内篇谏上"共 25 章,以问对和劝谏形式阐发晏子思想

---

① 《史记・管晏列传》之张守节《正义》曰:"《七略》云《晏子春秋》七篇,在儒家。"《汉书・艺文志・诸子略》列"《晏子》八篇"为儒书之首。《隋书・经籍志》亦列《晏子春秋》于儒家。

② 见柳宗元《辩晏子春秋》,《柳宗元集》第一册,中华书局 1979 年版,第 113—114 页。

③ 见《四库全书总目》(上册)卷五七"史部・传记类一",中华书局 1965 年版,第 514 页。

(以下简称“论”)的至多不超过9章,而记述晏子言行轶事(以下简称“记”)的内容却不下16章;“内篇谏下”共25章,“论”的内容至多不超过10章,而“记”的内容却不下15章。相比之下,“内篇问”中“论”的内容最多:“问上”共30章,“论”的内容达到24章,而“记”的内容却只有6章;“问下”共30章,“论”的内容达到27章,而“记”的内容却只有3章。“内篇杂上”共30章,“论”的内容不超过5章,而“记”的内容却不下25章;而“内篇杂下”更是全部30章都为“记”的内容。“外篇七”共27章,“论”的内容不超过11章,而“记”的内容却不下16章;“外篇八”共18章,“论”的内容不超过4章,而“记”的内容却不下14章。总体统计下来,全书215章,其记述晏子劝谏景公、与记言体子书相近的内容不超过90章,仅占全部著作的大约五分之二的篇幅;而更大量的内容却是记述晏婴一生日常生活、道德修养、政事和外交中的机敏谈锋等内容。且即使从晏子与景公对话的所谓“论”的内容看,也只是涉及到他处理日常政务和规劝引导君王的各种政治及个人修养见解,并没有形成系统的一家思想,所以仍可以将它看作是记述晏子言行轶事中的“言”的内容,仍属于“记”的范围。因此,从作品的实际出发考核,《晏子春秋》也很难归为子书。

再从史书的标准审查《晏子春秋》。史书的重要标准和规范是要准确记述史实,并且要有纪年。以这个标准来衡量《晏子春秋》,我们就会发现,它明显悖于一般的史书标准。全书所记大部分内容是有关晏婴的言行轶事,其中很多记述都有明显的夸张、虚构的痕迹,缺乏历史的真实;对同一事件的记述还有很多重复、矛盾,甚至截然对立的内容;并且所记又无纪年。从这种种的特征来看,《晏子春秋》又大谬于史书要求,将其归为史书也难以令人信服。

那么,应该如何定性《晏子春秋》的著作性质呢?我认为:这是一部不注重阐发诸子学派观点,也不注重准确记述历史事件,而侧重于塑造重要历史人物全方位形象、记述其言行轶事的记叙类文学著作(关于其著作的具体定性,笔者将另以专文论述);其著作性质独特,应当引起人们特别关注。

二、中国最早的以专书记述一人言行轶事的著作

先秦散文,主旨不在“论思想”而在记人、记事,又以全书内容集中记一人的有两部著作:一部是《晏子春秋》,另一部是《穆天子传》。但《穆天子传》与其说是在记人物,不如说是在记游踪、记神话传说。书中人物——无论周穆王还是“七萃之士”形象都十分模糊,并且所记内容也非现实,所以,它向来与《山海经》等被列于“小说家异闻类”书中。《晏子春秋》则不同:其所记为现实人物,全书通过一个个独立的故事,从不同方面表现了人物的品德、才能、威望和丰满生动的形象,突出了重要个人在历史中的地位。

作为中国第一部集中全书内容记述一位现实人物的著作,《晏子春秋》的出现在中国散文史上具有特殊意义:在《晏子春秋》产生之前,人们对历史的关注并没有聚焦于个人的作用,史籍(如《春秋》等)所体现的均是家族等群体在国家中的地位和作用;《晏子春秋》虽不是正规的史书,但它最早集中全书的内容记述一人,表现人物的品德和才能,突出他在国家中的作用和地位,这就体现了著作形成时期——战国时代人们对个体人价值和作用的认识和重视。这一思想认识的变化影响了后人的历史观,直接启发了司马迁创立纪传体的写史体例。可以说,《晏子春秋》是中国散文由《春秋》的重在记录国家大事的编年体历史纲要向《史

记》的重在记录重要人物历史贡献的纪传体史书过渡的桥梁。

众所周知，中华民族是个史官文化非常发达且源远流长的民族，我国早在上古时期就有“君举必书”的史官制度：“左史记言，右史记事；事为《春秋》，言为《尚书》。”[①]《春秋》作为中国最早的编年体历史纲要，其关注点主要在提纲挈领地记录有关国家的重大事件；个人的作为并没有进入历史家的视野，人物事迹的出现只是由于记载事件而被顺便带出。《左传》等解释《春秋》的著作，尽管记录的事件始末更详细，人物事迹更丰富；但其著述的重点，仍是以《春秋》为纲，详细展开历史事件，而非在记人。说明春秋时期，尽管周天子的统治权威较西周时期有所下降，但社会居于统治地位的思想观念仍是宗法制观念。宗法制将宗族关系与政治关系结合，以族权强化政权，以“尊祖”和“敬宗”为信条，严格规定自下而上应承担的义务，从而确保周天子天下大宗和政治共主的地位。由此，历史家头脑中的社会构成要素，根深蒂固的是从天子到诸侯、卿大夫、士的不同社会等级群体，而不是独立的一个个的个体的人。个人想要实现其社会价值，只能通过加入到他所依托的家族群体中。因此，在当时的史书中，我们看到最多的是家族在国家中的地位和作用，却很难看到个体人的作为。

进入战国时期，伴随着一些诸侯国国力的增强和“礼崩乐坏”局面的形成，周天子统治力的进一步下降，社会兼并极其剧烈。剧烈的国与国的兼并、人民的不断反抗和统治集团内部的窜乱，促使各诸侯国必须实行改革、广泛吸纳人才才能保命存国，进而一统天下。由此，人才的作用和卓越人物的个体价值被空前的认识和推崇，于是，在当时的社会才出现“诸子横议”、士人“朝秦暮楚”的盛况。而一些重要人物在当时社会所发挥的突出作用和做出的贡献，如孔子对当时中国文化、教育的建设、商鞅对秦国的变法治强、管仲对齐国的富强所发挥的作用都为人们所仰慕。由此，记述卓越历史人物言行轶事，反映其品德、才能和卓越社会作用的著作才有可能产生——《晏子春秋》就是这样一部反映战国时期人们对个体人价值、对重要人物历史作用认识的著作。它以全部八篇 215 章的内容集中塑造了晏婴一人的形象，反映其在齐国的地位和对齐国稳定、富强所做的贡献。这部著作受到了司马迁的注意，其创作精神引起了司马迁强烈的共鸣：在推翻暴秦和楚汉战争中，历史推出了多少伟大的英雄啊！中国历史上又何尝没有各个时期英雄的足迹和贡献呢？如果将一个历史时期重要英雄的事迹都生动地表现出来，又清楚地交待出其相互联系，那么，一个伟大时期的众多英雄的事迹不就是这个历史时期鲜活生动的画卷吗？将不同历史时期的英雄事迹准确地标志出其时间和地域坐标，那么，其串联起来的不同时期的英雄事迹不就构筑了中国历史的活生生的画卷了吗？于是，司马迁的纪传体写史体例由此产生。笔者认为，这既是司马迁经过深思熟虑的史官天才的创造，也离不开《晏子春秋》这种以全书记一人，集中表现个别人物历史贡献的著作的启迪。《晏子春秋》是《春秋》编年体和《史记》纪传体之间的过渡桥梁。

三、文学特征显著的散文著作

当前的文学史普遍认为：先秦散文中文学性最强的是《庄子》和《孟子》。但大家都知道，《庄子》和《孟子》都是典型的诸子著作，其核心精神是阐发诸子某家的一家思想。虽然在阐

① 班固《汉书·艺文志》，《汉书》第六册，中华书局 1962 年版，第 1715 页。

发观点时作者运用了大量的比喻、夸张、寓言和形象描绘等文学笔法，但其作品本质毕竟还是哲学著作。《左传》和《战国策》等也不需赘言，其本质属性是历史著作。《晏子春秋》则不同：其本质不在"论思想"，也不追求所记事件、人物的真实准确。其所追求的，是通过对一个个反映晏婴思想、德行、才能的小故事的记述，立体地塑造起一个品德高尚、才能突出、勤政爱民、在齐国有举足轻重地位的重要历史人物的形象。并且，在塑造这一形象时，作者不避讳夸张、虚构等有悖于历史著作要求的文学笔法。故此，这是一部先秦最具文学特征的散文著作。

我们试看下面一段文字：

> 景公饮酒，夜移于晏子，前驱款门曰："君至！"晏子被元端，立于门曰："诸侯得微有故乎？国家得微有事乎？君何为非时而夜辱？"公曰："酒醴之味，金石之声，愿与夫子乐之。"晏子对曰："夫布荐席，陈簠簋者，有人，臣不敢与焉。"
>
> 公曰："移于司马穰苴之家。"前驱款门曰："君至！"穰苴介胄操戟立于门曰："诸侯得微有兵乎？大臣得微有叛者乎？君何为非时而夜辱？"公曰："酒醴之味，金石之声，愿与将军乐之。"穰苴对曰："夫布荐席，陈簠簋者，有人，臣不敢与焉。"
>
> 公曰："移于梁丘据之家。"前驱款门曰："君至！"梁丘据左操瑟，右挈竽，行歌而出。公曰："乐哉！今夕吾饮也。微此二子者，何以治吾国；微此一臣者，何以乐吾身。"（内杂上第十二）

姑且不论"景公夜宴"之事历史上确否存在，仅就这段文字的夸张记述我们就可以明显地感受到作者的创作意旨：何以晏子与司马穰苴的对话如此一致？何以梁丘据的嘴脸如此谄媚夸张？答案只有一个：就是作者通过夸张描写，强烈地突出忠奸的对比。

再如脍炙人口的"晏子使楚"（内杂下第九、第十）和"晏子使吴"（内杂下第八）故事，考诸史籍都不见记载。尤其是"晏子使吴"中最后竟出现了"吴王固曰：'夫差请见。'"的记载。考之《史记・十二诸侯年表》：吴王夫差于鲁定公十五年立，其时晏婴已死五年，岂还有使吴之理？可以看出，两则故事，作者都并非要记录信史，而不过是表现晏子外交中的机敏和卓越的辩才而已。记述中，晏子短小的形象和其超绝的智慧与机敏的辩锋，以及他与楚、吴君臣的愚蠢所形成的强烈反差，都令人经久难忘。

诸如此类的描写在《晏子春秋》中比比皆是。如"景公之时，霖雨十有七日"。景公不但漠视百姓困苦，"饮酒日夜相继"，而且多次拒绝晏子"发粟于民"的请求。为救灾民于水火和抗议君王"淫湎失本而不恤"的行径，晏子毅然"分家粟于氓，致任器于陌"（内谏上第五），并愤然辞职，突出地塑造了晏子百姓利益高于一切的贤臣形象。"崔庆劫齐将军大夫盟"，在"戟拘其颈，剑承其心……所杀七人"的情况下，"晏子奉杯血，仰天叹曰：'呜呼！崔子为无道，而弑其君，不与公室而与崔庆者，受此不祥。'"（内杂上第三）在惊心动魄的情节中，晏子的大义凛然、不畏强暴的形象异常突出。此外，晏子还不受"庆氏之邑"（内杂下第十五）、多次辞让景公赐予的"千金与市租"、宅第和封邑（内杂下第十八、第十九）、辞让景公"爱女"（内杂下第二十四）等，众多的小故事从不同的方面都表现了晏子廉洁、高尚的品质。作品还通过"晏子见疑于景公，出奔"，北郭骚及其友"以身死白之"（内杂上第二十七）和"景公游于菑，闻晏子死，公乘侈舆服繁驵驱之。而因为迟，下车而趋；知不若车之速，则又乘。比至于国者,四下而趋,行哭而往,伏尸而号"(外八第十六)的描述,表现了晏子在国人和景公心目中的地位。

通观整部著作,我们能够明显地感受到,《晏子春秋》从创作动机上就区别于先秦其他散文著作:作者不在阐发什么系统的思想,也不在记录什么准确、重大的史实,而主要在通过一个个小故事,从各个方面立体地塑造重要历史人物晏子的形象。在塑造人物的过程中,作者不避讳采取夸张、虚构等各种文学笔法突出人物的特点和形象,从而使得晏子形象异常丰满、鲜明、生动,很好地达到了作者的创作目的。由此我们可以说,在先秦散文中,《晏子春秋》的风貌最为独特:它不是诸子和历史著作,而是一部地道的文学著作,是先秦文学性最强的散文著作。

(作者单位:常州工学院人文社科学院)

《春秋事语》史论之言简论

龙建春

《春秋事语》是先秦记言体史书的典范①，全书 70%以上是记言，而且章章有议论。根据所记之言是属于事中还是属于事后，可以分作史事之言和史论之言两大类。所谓史论之言，是指某一史事结束后由当时或后世的局外人对此所作的评论。按中国史学的传统观点，它当属于史论的范畴。清代王兆芳认为，史论“主于因事发论，评定得失”②。《春秋事语》构篇、行文的模式的确是“因事发论”，但是它的立论及所论及的范围，则不仅仅在“评定得失”一隅，至少涉及到以下四个方面：

1. 释凝滞。刘知幾认为，史家作史论，最重要的目的是“辨疑惑，释凝滞。若愚知共了，固无俟商榷”③。所以，释凝滞就是辨析疑惑，疏通滞碍。《宋荆战泓水之上章》所载宋襄公待楚军渡过泓水并摆好阵势之后，再与楚军决战而遭大败的事，春秋三传、《韩非子》等古籍都有记载，而且也都有评论。公羊高是唯一的赞美者，他说：“临大事而不忘大礼”，显然是与宋襄公为同一流人物。穀梁赤则批评宋襄公只知“信之所以为信者，道也”，却不知“道之所贵者时，其行势也”④。韩非却认为宋襄公“乃慕〔自亲〕仁义之祸也”⑤。《左传》、《春秋事语》与上述三家直接议论的形式不同，而是借历史人物之口来评论的：《左传》是借子鱼之口，《春秋事语》则借士匽之口。不过，子鱼是局中人的局后评论，立足于批评宋襄公“未知战”，用以子之矛击子之盾的方式予以反驳；士匽是局外人的局中评论，针对宋襄公“不耻”的心理误区，采用辨析的方式予以解释。如果从再现宋襄公当时的真正意图来考察，《春秋事语》似乎更接近本真。宋襄公最不明白的是，像他这样坚持仁义、“不耻违礼”地作战反而会失败？而士匽正是针对这种心态，着重辨明“不耻”因对象的不同而性质也会随之变化：“不耻”不全宋军将士头颅生命，“而耻”不全楚军未成阵之义，这正如毛泽东同志曾一针见血地批评的那样：对敌人的仁慈就是对自己的残忍。宋军将士正是从襄公对敌人——楚军的一再仁慈上，认识到他对自家将士的残忍，因而才没有同仇敌忾、奋勇杀敌的战斗激情和行动。因此，评论宋荆泓之战立足于战，认为是失时、失势的不知战，那仅仅是停留于表层的体认。也正因为

---

① 关于史书记言、记事的区分，学术界有人采用章学诚的观点。笔者认为在先秦还是有区别的，拟作专论阐述。笔者另有《〈春秋事语〉记言论略》专论史事之言，见《江淮论坛》2004 年 2 期。

② 金振邦《文章体裁辞典》，东北师范大学出版社 1987 年版，第 57 页。

③ 刘知幾《史通》，北京大学出版社 2001 年版，第 17 页。

④ 杜预注《春秋三传》上海古籍出版社 1987 年版，第 185 页。

⑤ 王先慎认为“自亲”二字是因下文而衍出的，所以用“〔 〕”表示删除；韩非的看法见《外储说上》。

此，我们说士匽之言，不仅解答了宋襄公的疑惑，也疏通了其他诸家(甚至今天一部分人)的凝滞。另外《吴伐越章》纪谱也是从荣与耻上立论、辨析，指出吴子余祭不明白自己给越俘的“不刑”而“守布周(舟)”的荣宠，对越俘来说则成了“佴(耻)而哀不幸”的大辱。这是智者、愚者都一时难以明了的凝滞。

2. 论得失。这是专就利与害着论，揭示其得与失。这种评论最能适合人们趋利避害的普遍心态。《伯有章》闵子辛论郑相伯有，就是如此立意评论的。闵子辛严肃地指出伯有的三失：一失为臣之道，“〔太上〕事君无罪，礼下无窻(怨)，议贤让能”——这为臣的三大重要职责全未做到①；二失知人之明，派遣与楚有宿怨的公子黑赴楚去调解郑、楚之间的紧张关系；三失临变应措之方，公子黑拒不受命，伯有既不向郑简公汇报，也不采取其他措施，却回到家中密室悬钟酗酒，通宵达旦，以至于被公子黑毁了家园而自身被扔到雍梁之后好一阵才醒！伯有一失再失，最终家破人亡，自受其害深矣！《长万宋之第(力)士章》□丘论宋闵公被自己的侍卫南宫括杀害之失是“罪而弗诛，耻而近之”，批评宋闵公不善于处理君臣关系，没有把握好君主手中权威应有的分寸。宋闵公又没有君主必须具备的权术：“刑之所不及，弗昔(措)于心；〔伐之〕所未加，弗见于色。”意即完全没有做到喜怒不形于色的程度。

3. 辨是非。这是专就正确与错误的区分而着论，其目的是要求有一个性质上的评价。因此，辨是非与论得失显然不是同一范畴。《鲁桓公与文姜会齐侯于乐章》，医宁论齐襄公使彭生杀鲁桓公这一历史事件中齐襄公、彭生言行之是非即是。医宁论齐襄公之非有二：一是“以怒逐祸”，二是“亲间容昏”。但彭生之非更多，其一是“容行阿君”，其二是“使吾〔国〕失亲戚之〔谊〕”②，其三是“勒(力)成吾君之过”，其四是“构二国之恶”。此事的结局是“齐侯果杀彭生以说(悦)鲁”。由此来看，医宁的本意似乎是赞美齐襄公的贤明，他既能明白自己“以怒逐祸”、“亲间容昏”之非，又能改过而杀有四非的彭生。其实则并非如此！齐襄公之所以要杀彭生，并不是因为彭生有上述四非，而是为了“说(悦)鲁”。因为本章没有如《管子·大匡篇》中那样明确地交待是鲁人强烈要求除彭生而后快的：“礼成而不反(返)，无以归死，请以彭生除之。”③但在《春秋事语》中鲁人是这样向齐人声明的：“礼成而不反(返)，恶于诸侯，无所归窻(怨)。”这清楚地表明鲁人没有要求齐人做“除”(即杀)的事，当然更没有指明要“除彭生”，只是向齐人讨个说法，给个台阶。在这种情势下，齐襄公完全可以不杀彭生，他可以采取以会的方式当面向鲁君认错，可以派特使到鲁国赔礼等等。事情原本很明白，鲁人之所以没有要求齐人杀人，更没有指明要杀彭生，是因为他们非常清楚，彭生是奉齐襄公之命而杀鲁桓公的，他并不是真正的元凶。齐襄公比鲁人更清楚这一点，只是为了“说(悦)鲁”，他才拿彭生作自己的替罪羊。我们也因此明白，医宁之言的本意是要论证此事中他俩本身的是非，并不是要论证“四非”导致了彭生之死。彭生被杀这事本身是冤屈的，所以《管子》在竖曼的议论之后，又记叙了三个月后发生的事：齐襄公在贝丘打猎时，见到化为豕人的彭生在哭诉，吓得跌伤。

4. 品善恶。钱穆先生指出：“中国人之论人，则必分好坏善恶，即君子小人贤奸之

① 《春秋事语》引文均据1977年第一期《文物》所刊释文，故不作文献标注。另外，张政烺先生“疑(闵子辛)即闵子骞”是失误，详见拙文《〈春秋事语〉札论》，刊《台州学院学报》2004年第2期。

② “国”、“谊”为笔者臆补。

③ 《二十二子》，上海古籍出版社1986年版，第116页。

辨。……人分贤奸，斯事有褒贬。褒贬乃或中国史学之要纲。"[①]惩恶扬善是中国史学的首要目标，所以叙事有"褒贬"，论人有善恶("贤奸")。《春秋事语》便是这种史学传统的奠基之一。《鲁庄公有疾章》记叙了鲁国著名的"庆父之乱"。闵子辛在听到公子庆父杀公子烦(般)而召保立公子烦(般)的公子侑一同见君这事后，有一段81字的议论。主要是品评鲁闵公和庆父品性的善恶的。品评鲁闵公说："以逆德人。"即指摘鲁闵公为谋君位而违背嫡长世袭的立君大德，由此品定鲁闵公其人的品性是重利轻德。这是通过即事之"褒贬"来品评人之"善恶"的。品评庆父则说"悔德诈怨"，昧于道德正义，时生怨恨，这种人必然是"何叚(瑕)之不图"？——什么坏事都干，其品性之恶劣自不待言，这是品人之"善恶"来推事之"褒贬"。正因为人之善恶与事之褒贬密切关联，所以《春秋事语》中的史事之言也有类似的情形。《晋献公欲袭虢章》记载，荀叔为了打消晋献公采取假道伐虢灭虞策略时对虞大夫宫之柯(奇)的顾忌，品宫之柯(奇)之性说："立(位)下而心懦。"宫之柯(奇)为人明智，可生性伤于懦弱。所以尽管他能识破晋国的诡计并进言，但"不敢尽"言而力争，贪利而猜忌的虞君会根本听不进去，于事无碍。不过，史事之言重于事，其品人性之优劣、才能之高下，都是为事的进展作铺垫的；史论之言则重在品性，评出善恶。尽管本章中有鲁闵公"殆有后患"与庆父"何叚(瑕)之不图"这带有"事"性的话，而实质上我们应当把它看作是一种善恶报应的议论。

作为史学的史论之言，《春秋事语》有其鲜明的特点：首先，《春秋事语》没有一个主要的立论者，而《国语·晋语》、《左传》都借助于一个"君子"来评论；不仅如此，《国语》尤其是其中的《鲁语》以及《左传》，都比较注重孔子的议论；而《春秋事语》则没有一处借重孔子[②]。其次从议论的角度和方式看，《国语》基本上是正面肯定，主要采用点评式；《左传》与《国语》相近而略有不同，在以肯定为主的同时也有少量的否定，采取的方式则是点评与议论相结合式[③]。可是《春秋事语》几乎都是正面否定性议论，而且全部采用议论方式，显然与《国语》、《左传》不是同一种路数。最后，从评判的标准所反映的史识看，《国语》多以"礼"为准，除了页脚注②所引孔子的点评外，师亥之论也是如此："今《诗》以合室，歌以咏之，度于法矣。"[④]具有极强的尊"礼"意识。《左传》则多引用《诗经》、《书经》等经书，有时甚至不顾史实本身的事理，为引而引，请读下面两例：

> 齐姜薨。初，穆姜使择美木檟以自为榇与颂琴。季文子取以葬。君子曰："非礼也；礼无所逆！妇，养姑者也；亏姑以成妇，逆莫大焉！《诗》曰：'其为哲人，告之话言，顺德之行。'季孙于是为不哲矣。且姜氏君之妣也。《诗》曰：'为酒为醴，烝畀祖妣；以洽百

---

① 钱穆《现代中国学术论衡》，岳麓书社1986年版，第116页。

② 李学勤先生在《失落的文明》一书中，主要根据《左传》、《礼记》等典籍中有"丘闻之"、"丘闻之也"的句子，断定《长万宋之第士章》中的"□□□何□□丘之闻之也"的议论者是孔子，笔者觉得仍然有可疑处：(一)凡名丘者都可以自称"丘闻之"，我们目前还不能断定春秋战国之际只有孔子一个人名丘；(二)孔子主张"为国以礼"，故要求"君使臣以礼，臣事君以忠"，而本章"刑之所不及，弗昔(措)于心；〔伐之〕所未加，弗见于色"，这是法家之"术"。

③ 《鲁语》除师亥、臧仲子各1次外，其余都是孔子的议论，如"季氏之妇不淫矣"、"以为有别于男女之礼矣"等；《晋语》12则中有9则"君子曰"，如"知难本矣"、"善深谋也"、"能志善矣"、"勇以知理"等。《左传》襄公一朝有史论17则，其中借"君子"而论的达11则。议论式史论可参见文中所引的例子，点评式则如"君子曰'善事大国'"、"君子是以知其不终也"等。

④ 韦昭注《国语》，上海书店1987年版，第72页。

礼，降福孔偕。’”①

郑公子黑肱有疾，归邑于公，召室老宗人立段，而使黜官簿祭。祭以特羊，殷以少牢，足以共祀，尽归其余邑，说：“吾闻之，生于乱世，贵而能贫，民无求焉，可以后亡。敬其事君与二三子。生在敬戒，不在富贵也。”己巳，伯张卒。君子曰：“善戒！《诗》曰：‘慎（谨）尔侯度，用戒不虞。’郑子张其有焉！②

第一则见襄公二年，齐姜逝世后，鲁相季文子把穆姜准备自用的上等榎做的椋和颂琴为她陪葬，君子认为这是“非礼也”！因为齐姜是襄公的母亲，穆姜是襄公的祖母，齐姜与穆姜是婆媳关系。据“妇，养姑者也”之礼，只能是齐姜侍奉并孝敬穆姜，却不能拿穆姜的东西给齐姜陪葬。现在，季文子居然这样做了，那就是“逆莫大焉！”况且，穆姜于六年后才逝世，齐姜逝世之时她还健在。因此，季文子所为不仅“亏姑以成妇”，而且是亏生以为死，于情于理都不能容！君子之论的本意到此都已明、已尽了，现在，君子两次引《诗经》，实在是画蛇添足。第一引出自《抑》诗第9节，其大意是：如果有圣明的人，用名言、善语来教导你，那么，你就应按他的教导去做，千万不要违反③。但文献没有记载有谁来教导或谏阻季文子这么做，可见引《诗》是“诗”出无名；如果是要引《诗》来论证季文子“不哲”，更是牵强附会！第二引出自《丰年》第1节，其大意是：酿制醇美的甜酒，敬献给先祖，用尽一切祭品，祈祷齐天洪福。引《诗》是以这种丰年祭祖的诗来教导襄公，要他应如旧制在丰年祭祀祖先呢，还是要襄公通过祭祖的方式来消除季文子此举带来的灾难呢，都不可以理解；也更是与季文子所为本事的评论风马牛不相及！至于第2则笔者不再饶舌，请读者自己品评。此则之中两引《诗经》，足见《左传》具有极浓的崇经意识。有人统计《左传》引用《诗经》达160次，引用《书经》42次，引用《易》7次（易占记载太多没计），由此可见《左传》的确是引经最多的先秦古籍。或许因为崇经意识过于强烈，才会导致为引而引之弊。《春秋事语》完全没有崇经意识，虽然16章章章有议论，但却没有一处引经；尊礼意识也极为淡薄，全书仅三处有“礼”：“礼下无窻（怨）”、“诸侯失礼”、“礼成而不反”。这三“礼”不是作为评议事物的标准，只是事情的陈述，第一是叙为臣之职事，第二、第三是叙邦交之状况。它完全是即事论理，尚理而不尚圣，不尚经。书中虽也有忠君、尚德的议论，但这并非囿于儒家一家之理，而是当时社会的一般公理（诸子百家除老庄外，没有一家是无忠、无德的）。基于这三点，或许我们可以这样认为：《春秋事语》的史论之言，是先秦最没有被儒化、被经化的史论，因而也是最具史家意识、最具史学意义的史论。这种以社会一般公理为标准，以史家意识为主导，以史实本身为依据的史论，应是我国史学最宝贵的精粹之一。在今天看来，虽然有点过于就事论事，或许还有某些粗糙，但它本身所体现的理念，是决不容轻视的。

作为文学的史论之言，《春秋事语》主要特点有二：（一）理多精当，持论宏阔。如前所述，《春秋事语》的史论之言是否定性的，因为其目的在于总结历史教训以资借鉴。士匽释宋襄公之惑的评论，抓准了襄公当时特定的心态，以“全”敌而“不全”我的鲜明对比，尖锐地指

---

① 杜预注《春秋三传》，上海古籍出版社1987年版，第334页。

② 杜预注《春秋三传》，上海古籍出版社1987年版，第375—376页。

③ 程俊英先生译为：“如果你是明智人，古代明言来奉告，马上实行当作宝！”袁愈荌先生译为：“他是一个明哲人，告他嘉言或善语，他就听从去行动。”其差别在对“其”字的理解，但《抑》既然是卫武公讽诫周平王，那么“其”还是当“如果”解释较妥当。至于谁用“话言”来告，即当是“哲人”。

出襄公施仁义于战争的根本症结在不分敌我。这是比韩非的“慕仁之祸”正确，因为“慕仁”本身并没有错；也比穀梁赤的不识时势更深刻，因为施仁的时间、场合错位，顶多留个笑柄而已；还比子鱼的“君不知战”视域更开阔。（二）刘知幾认为史论文采的极致是“有典诰之风，翩翩奕奕，良可诵也”[①]。他评赞的是班固的《汉书》，但如果借来检验《国语》、《左传》的史论，也大致适合。如《鲁语下》孔子论敬姜戒文子之妾事说：“季氏之妇可谓知礼矣！爱而无私，上下有章。”[②]辞气温雅，又如“爱而无私，上下有章”，略具“典诰之风”，行文先散后整，“翩翩奕奕”，读来抑扬悦耳。《左传》也是如此。前文所引的第2则，在引《诗》两句话后加“郑子张其有焉”的赞叹。引诗入论，古朴醇雅；赞叹中肯，足见温雅的辞气；行文散、整、散错综展开，整饬而又流畅。可是《春秋事语》则全异此趣，有“鲁若有诛，彭生必为说”的揣测语，有“以逆使民，其何以济之”的反诘语，有“〔伯〕有必及〔于祸〕矣”和“君鲜不害矣”等警省句[③]，辞气凌厉多变，行文虽偶然间有整语，如“罪而弗诛，耻而近之”等，但全书基本上是散气单行，保存了我手写我口的平易风貌。上述两点，构成了《春秋事语》史论之言论域宏通、敏锐犀利、流畅平易的总体风格。这种风格与其实事求是、不崇经尚圣的独特史家风范是相应的，也极便利于垂诫宏旨的传布。令人遗憾的是，这种切实有益的史论文风，还没能得到应有的关注[④]。

（作者单位：台州学院中文系）

① 刘知幾《史通》，北京大学出版社2001年版，第17页。

② 韦昭注《国语》，上海书店1987年版，第72页。

③ “于祸”二字是笔者据文意增加。

④ 从上述所论《春秋事语》的史论性及其文学性来看，李学勤先生认为此书“是《左传》学早期正宗作品”的说法值得商榷。

从"有说乎"审读战国"说"体之特征*

——兼谈宋玉赋于战国说体向赋体转变过程中之地位

柯镇昌

战国世事迍邅，兵燹频仍，堪称中国社会之大动荡、大变革的时期。然此期间百家争鸣，文章辈出，亦为后世留下了不朽的文学遗产。章学诚云："后世之文体，皆备于战国。"①说体与赋体无疑都是其中之重要者。本文欲从先秦文献中的"有说乎"一词入手，对战国说体的文体特征及其对后世赋体的影响作一尝试性探寻，并对宋玉赋于说体向大赋发展过程中的作用作一简要评述。

一、从"有说乎"探寻说体的文体内蕴

在先秦文献中，经常出现"有说乎"一词。而其存在的格式，往往如下：

甲："……有说乎？"乙："……。"

在此格式里，甲往往是先针对某项论题，向乙求"说"，乙又因此对甲发表出一番言论。如：

> 魏武侯与诸大夫浮于西河。称曰："河山之险，岂不亦信固哉！"王钟侍王，曰："此晋国之所以强也。若善修之，则霸王之业具矣。"吴起对曰："吾君之言，危国之道也；而子又附之，是危也。"武侯忿然曰："子之言有说乎？"吴起对曰："河山之险，信不足保也；是伯王之业，不从此也。昔者三苗之居，左彭蠡之波，右有洞庭之水，文山在其南而衡山在其北。恃此险也，为政不善，而禹放逐之。夫夏桀之国，左天门之阴，而右天溪之阳，庐、睾在其北，伊、洛出其南。有此险也，然为政不善，而汤伐之。殷纣之国，左孟门而右漳、釜，前带河，后被山。有此险也，然为政不善，而武王伐之。且君亲从臣而胜降城，城非不高也，人民非不众也，然而可得并者，政恶故也。从是观之，地形险阻，奚足以霸王矣！"武侯曰："善。吾乃今日闻圣人之言也！西河之政，专委之子矣。"（《战国策·魏策一》）

魏武侯与诸大夫游于西河，睹河山而叹美，欲赖山河之险固而成霸业。吴起以为不然，武侯

---

* 本论文受上海大学创新基金项目资助（项目编号：SHUCX101100；项目主持人：柯镇昌）。

① 章学诚著，叶瑛校注《文史通义校注》，中华书局1985年版，第78页。

求其说，吴起因作文以释之，武侯闻之曰善。类似的例子又如：

（颜斶）对曰：“士贵耳，王者不贵。”王曰：“有说乎？”斶曰：“有，昔者秦攻齐，令曰：‘有敢去柳下季垄五十步而樵采者，死不赦。’令曰：‘有能得齐王头者，封万户侯，赐金千镒。’由是观之，生王之头曾不若死士之垄也。”（《战国策·齐四》）

在两汉编撰的各类关于先秦史实的文献中，也有不少相同记载。如《史记·张仪列传》：“楚王曰：‘有说乎？’陈轸对曰：‘……。’”《滑稽列传》：“王曰：‘笑岂有说乎？’髡对曰：‘……。’”《吴越春秋》卷一：“子胥怪而问之：‘……，宁有说乎？’专诸曰：‘……。’”《越绝书》卷十四：“范蠡恐惧，逃于五湖，盖有说乎？”《说苑·复恩篇》：“鲍叔牙死，管仲……从者曰：‘非君父子也，此亦有说乎？’”《敬慎篇》：“叔孙敖为楚令尹……‘人尽来贺，子独后来吊，岂有说乎？’”《指武篇》：“武王忿然曰：‘汝言有说乎？’周公对曰：‘……。’”《新序·杂事四》：“晋文公田于……‘子处此故矣，虢亡其有说乎？’”

求“说”之语并不局限于“有说乎”一词，先秦文献中尚有近似之语，如“有说则可，无说则死”即是一例：

卫灵公近雍疸、弥子瑕。二人者专君之势以蔽左右。复途侦谓君曰：“昔日臣梦见君。”君曰：“子何梦？”曰：“梦见灶君。”君忿然作色曰：“吾闻梦见人君者梦见日。今子曰梦见灶君而言君也，有说则可，无说则死。”对曰：“日，并烛天下者也，一物不能蔽也。若灶则不然，前之人炀，则后之人无从见也。今臣疑人有炀于君者也，是以梦见灶君。”君曰：“善。”于是因废雍疸、弥子瑕而立司空狗。（《战国策·赵策三》）

卫灵公怒于复涂侦不以日喻己而反以灶相讽，求其说，否则欲加其罪。复涂侦于是对卫灵公一番解说，以灶之易遮暗喻君主易被佞臣蒙蔽，借说梦以讽谏，隔山传音，形象生动。相同的例子又如：

桓公曰：“寡人读书，轮人安得议乎！有说则可，无说则死！”轮扁曰：“……。”（《庄子·天道篇》）

（赵）简子艴然作色曰：“寡人之无使，而身自将是众也，子亲谓寡人之无能，有说则可，无说则死。”对曰：“……。”（《吕氏春秋·贵直篇》）

“请闻其说”也是求“说”的常用语。如：

桓公曰：“请闻其说。”管仲对曰：“……。”（《管子·内业篇》）

靖郭君因见之。客趋进曰：“海大鱼。”因反走。靖郭君曰：“请闻其说。”客曰：“……。”（《韩非子·说林下》）

“请闻其说”又可作“敢闻其说”或“请言其说”，如：

晋文公反国，赏从亡者，而陶狐不与。左右曰：“君反国家，爵禄三出，而陶狐不与。敢问其说。”文公曰：“……。”（《吕氏春秋·当赏篇》）

昔者楚庄王谋事而当，有大功，退朝而有忧色。左右曰：“王有大功，退朝而有忧色，敢问其说？”王曰：“……。”（《吕氏春秋·骄恣篇》）

尹文曰：“言之不敢无说。请言其说。”（《吕氏春秋·正名篇》）

司马错欲伐蜀,张仪曰不如伐韩,王曰:"请闻其说。"(《史记·张仪列传》)

应侯曰:"请闻其说。"蔡泽曰:"……。"(《史记·蔡泽列传》)

分析上述引例,可以发现:首先,从以上甲向乙求说而乙对甲作文以答复的各种文献记载中,乙所作之文在他们心中当属"说";其次,这些说文都不约而同地表现出以下一些特性:一,具有解释、解说的功能[①];二,文辞华美,充满睿智;三,常令听者(即求说者)闻之悦怿。由此我们对先秦说体的概貌特征有了初步认识。但要真正掌握说体的含义,尚需梳理"说"字在文体学上的具体含义及前人对其的相关评述。

二、从"说"字含义及前人评述解读先秦说体之特征

甲骨文中无"说"字。现存文献中出现"说"字之较早者有《周易》,其《兑卦》曰:"兑:亨,利贞。"孔颖达正义:"兑,说也。《说卦》曰:'万物者莫说乎泽。'以兑是象泽之卦,故以'兑'为名。泽以润生万物,所以万物皆说;施于人事,犹人君以恩惠养民,民无不说也。惠施民说,所以为亨。以说说物,恐陷谄邪,其利在于贞正。故曰'兑,亨利贞'。"《彖》曰:"兑,说也。刚中而柔外,说以利贞。是以顺天而应乎人。说以先民,民忘其劳;说以犯难,民忘其死。说之大,民劝矣哉!"王弼注:"说而违刚则谄,刚而违说则暴。刚中而柔外,所以说以利贞也。刚中,故利贞;柔外,故说亨。天刚而不失说者也。"[②]又,《序卦》:"巽者,入也。入耳后说之,故受之以兑。兑者,说也。说而后散之,故受之以涣。"《说卦》:"兑为泽,为少女,为巫,为口舌。"孔颖达正义:"为巫,取其口舌之官也;为口舌,取西方于五事为言,取口舌为言语之具也。"[③]细读上述引文,可以得出以下信息:(1)"兑"、"说"二字互通;(2)"说"、"兑"与口舌有关;(3)"说"、"兑"与愉悦的心情关系密切。以上信息,可从后世训诂书籍中得到印证。如:汉许慎《说文·言部》:"说,从言兑声。一曰谈说。"段玉裁注:"《儿部》曰:兑,说也。本从《周易》。此从言兑会意,兑亦声。"[④]南朝梁顾野王《玉篇·言部》:"说,一曰谈说。又欲喜切,喜也,乐也,服也。又输芮切,诱也。"[⑤]宋陈彭年《广韵·祭韵》:"说,诱。"又《薛韵》:"悦,喜也,脱也,乐也,服也。经典通用'说'。"[⑥]

又,《墨子·经上》:"说,所以明也。"孙诒让《墨子间诂》注引清毕沅注云:"解说。"[⑦]谭家健等《墨子今注今译》:"说,推论。《小取》:'以说出故。'"[⑧]《经上》又云:"知,闻、说、亲。"《经

① 《说苑·正谏篇》赵简子对公庐云:"有以解之则可,无以解之则死。"正与"有说则可,无说则死"相似,是"说"与"解"义近,亦可由此知"说"具解说义。

② 王弼注,孔颖达疏《周易正义》,中华书局1980年影印阮校刻《十三经注疏》本,第69页。

③ 王弼注,孔颖达疏《周易正义》,中华书局1980年影印阮校刻《十三经注疏》本,第95页。明吴讷《文章辨体序说·说解》、徐师曾《文体明辨序说·说》都认为说之名即起于《说卦》。见吴讷、徐师曾《文章辨体序说·文体明辨序说》,人民文学出版社1982年版,第43页、第132页。

④ 许慎撰,段玉裁注《说文解字注》,上海古籍出版社1981年版,第93页。

⑤ 顾野王撰,陈彭年等重修《大广益会玉篇》,中华书局1987年影印张氏泽存堂本,第90页。

⑥ 陈彭年《钜宋广韵》,上海古籍出版社1983年影印宋闽中建宁府黄三八郎书铺刊本。

⑦ 孙诒让《墨子间诂》,中华书局2001年版,第285页。

⑧ 谭家健、孙中原《墨子今注今译》,商务印书馆2009年版,第265页。

说上》："方不障，说也。"谭家健等注曰："说，推论出来的知识。"[①]皆可证明"说"与"解说"、"推论"相关。

又，杨树达《释说》篇云："《说文》十四篇上《金部》云：'锐，芒也。从金，兑声。'盖言之锐利者谓之说，古人所谓利口，今语所谓言辞犀利也。"[②]从杨书不难看出，"说"之本义为言说，即与口舌有关；"说"多为攻责之辞，故求锐利，体现了"兑"的特征。

由此引申，"说"尚有解释之义。《说文・言部》："说，释也。"段玉裁注："说释即悦怿。说、悦、释、怿皆古今字。许书无悦、怿二字也。说释者，开解之意，故为喜悦。《采部》曰：释，解也。"[③]

综上所述，"说"字的含义大致有三：一，以锐利之语相攻责；二，通过解释使听者闻之愉悦；三，推论。三种含义皆可指向文体范畴[④]。

西晋陆机《文赋》第一次明确地将"说"视为一种文体，将其与"诗"、"赋"、"碑"、"诔"、"铭"、"箴"、"颂"、"论"、"奏"等相并列，并认为它的特点在于"炜晔而谲诳"。李善注："说以感动为先，故炜晔谲诳。"[⑤]五臣注曰："说者，辩辞也。辩口之词，明晓前事，诡谲虚诳，务感人心。炜晔，明晓也。"方廷珪："说者，即一物而说明其故，忌鄙俗，故须炜晔。炜晔，明显也。动人之听，忌直致，故须谲诳。谲诳，恢谐也。解人之颐，如淳于髡之笑，而冠系绝；东方朔之割肉，自数其美也。以上十句泛举体制。"王闿运："说当回人之意，改已成之事，谲诳之使反于正，非尚诈也。"[⑥]总结众人之观点，说体文具有"以感动为先"、"辩口之词"、"说明其故"、"回人之意"等特征。

刘勰《文心雕龙・论说篇》云："说者，悦也；兑为口舌，故言资悦怿。"认同说体的本旨在通过言语获得他人之悦怿。在此基础上，其对说体的名称来源、体制特征等作了详细论述。而其所引证之文，无不体现出"悦人"的特色。

明吴讷《文章辨体序说・说解》："说者，释也，述也，解释义理而以己意述之也。"[⑦]是以"解释义理"为说体之目的内容（功能特征），以"以己意述之"为说体之行文方式（体制特征）。他的观点为稍后徐师曾《文体明辨序说》所继承[⑧]。

绾结前言，无论是从"说"字含义上，还是从前人评述中，我们都可以获知：说体文具有"攻责"、"悦人"、"以感动为先"、"辩口之词"、"说明其故"、"回人之意"、"解释"等特征。而这

---

① 谭家健、孙中原《墨子今注今译》，商务印书馆 2009 年版，第 271 页。

② 杨树达《积微居小学金石论丛》（增订本），中华书局 1983 年版，第 37 页。

③ 《说文解字注》，第 93 页。另，关于"解释"是否属"说"的引申义，杨树达《释说》认为："谈说者，说之始义也。由谈说引申为说释之说，又引申为悦怿之悦。许君以引申义为正义，失其次矣。"见《积微居小学金石论丛》（增订本），中华书局 1983 年版，第 37—38 页。

④ 张瑞在梳理先秦"说"字含义嬗变的基础上，认为先秦"说"的本义是指通过言语活动开解疑惑和不明所达到的愉悦服从的效果。（见张瑞《说炜晔而谲狂——先秦说体文叙事传统研究》，北京师范大学博士学位论文，2008 年，第 13 页）邱渊则认为"说"义与"兑"相联系，在春秋以前"说"主要有以下含义：悦（喜而发音）；快速；脱、解脱；谈说。（见邱渊《"言"、"语"、"论"、"说"与先秦论说文体》，华中师范大学博士学位论文，2008 年，第 139 页。）另外，关于"说"字的含义尚有不少，然多与文体无关，兹不赘述。详可参阅：汉语大字典编辑委员会《汉语大字典》，湖北辞书出版社 1992 年版，第 1656 页。

⑤ 萧统编，李善注《文选》，中华书局 1977 年版，第 241 页。

⑥ 陆机著，张少康集释《文赋集释》，人民文学出版社 2002 年版，第 118—119 页。

⑦ 吴讷、徐师曾《文章辨体序说・文体明辨序说》，人民文学出版社 1982 年版，第 43 页。

⑧ 吴讷、徐师曾《文章辨体序说・文体明辨序说》，人民文学出版社 1982 年版，第 132 页。

些特征，与上节从“有说乎”等词语结构中发现的含义正相吻合。

三、从宋玉赋中的“有说乎”看其与说体之根连

细读先秦文献可知，“有说乎”等求说之语并不只出现于说体文中。作为赋体源头之一的宋玉赋，也有着相同的格式：

> （楚）王曰：“夫风者，天地之气，溥畅而至，不择贵贱高下而加焉。今子独以为寡人之风，岂有说乎？”宋玉对曰：“……。”王曰：“善哉论事！……。”（《风赋》）
>
> 王曰：“子不好色，亦有说乎？有说则止，无说则退。”玉曰：“……。”（《登徒子好色赋》）

涵咏两文可以发现，其与战国说体文至少有两点类似之处：一，格式及用语基本相同；二，应说之文功能相近，都有“解释”、“解说”之功效，且都能令闻者产生快悦之感。可以想象，如果没有先入之见，将两赋插入战国说体文中，绝难有人将其从中剔出。

由此我们不禁要问：战国说体与赋体究竟有何联系？战国说体文的盛行对赋体的产生有何影响？关于这个问题，前人已有不少论述。赋的来源，传统观点多认为出自《诗》、《骚》。班固《两都赋序》：“赋者，古诗之流也。……或以抒下情而通风谕，或以宣上德而尽忠孝，雍容揄扬，著于后嗣，抑亦雅颂之亚也。”[①]刘勰《文心雕龙·诠赋篇》：“然赋也者，受命于诗人，拓宇于《楚辞》也。”[②]今人褚斌杰则认为，汉赋“就是在荀赋、特别是宋赋的基础上，广泛吸收综合了‘楚辞’、《诗经》、先秦散文的一些文体特点和创作手法，而发展起来的一种新文体。”

具体到赋体与纵横家文的关系，学者们也有过较多论述[③]。清章学诚认为：“赋家者流，纵横之派别，而兼诸子之余风，此其所以异于后世辞章之士也。”[④]首先注意到战国散文对于赋体的影响。章太炎指出：“纵横者，赋之本。”“武帝以后，宗室削弱，藩臣无邦交之礼，纵横既黜，然后退为赋家。”[⑤]刘永济认为：“说体之盛，始于战国游谈。纵横之士，尤工驰说。迨汉高统一，颇厌游士，于是纵横之徒，折入辞赋。今观汉人奏御之赋，大都有为而作，犹不失陈说之风。”[⑥]王培峰、黄元英《试论汉大赋源于战国纵横家文》在接受费振刚将汉赋分为汉大赋、骚体赋、散文赋三类的基础上，认为汉大赋不是源于荀宋赋，而是源于战国纵横家文。该文通过考察发现，赋体在结构、文风、句式、主旨等方面都对战国纵横家文有所继承，而原本是纵横家的汉初辞赋家为了适应时局进行的社会角色转换，无疑是出现这一文学现象的最根本原因[⑦]。

汉大赋源自战国纵横家文，颇能令人信服。然荀宋赋（尤其是宋玉之赋）于战国纵横家

---

① 萧统编，李善注《文选》，中华书局1977年版，第21—22页。

② 刘勰撰，范文澜注《文心雕龙注》，人民文学出版社1958年版，第134页。

③ 战国之世，纵横家以说行走诸侯，故其文多属说体，主要见载于《战国策》、《战国纵横家书》、《史记》、《说苑》等文献之中。另，战国说体亦基本是纵横家所作，则“战国说体”与“纵横家文”外延近同，故本文视之为一体，不作区分。

④ 章学诚著，叶瑛校注《文史通义校注》，中华书局1985年版，第80页。

⑤ 章太炎《国故论衡》，上海古籍出版社2003年版，第91页。

⑥ 刘永济《文心雕龙校释》，中华书局2007年版，第72页。

⑦ 王培峰、黄元英《试论汉大赋源于战国纵横家文》，《湖北社会科学》2007年第9期，第131—133页。

文向汉大赋嬗变的过程中，果真无甚干连么？欲回答此问题，我们有必要理清宋玉之赋与战国纵横家文之间的关系。

首先，宋玉生活在纵横家驰骋往来的年代，不可能不受到其影响。宋玉稍晚于屈原，大约生活在楚怀王（前328年—前299年在位）、顷襄王（前298年—前263年在位）之世，在此期间，来往于楚地的张仪、陈轸、甘茂等著名纵横之徒奔走于楚庭，并不时左右着楚国的政治走向。他们的创作风格，势必会影响到宋玉。其次，宋玉的赋作，在体制上与战国纵横家文有着众多相似之处。如前所举宋赋《风赋》、《登徒子好色赋》，在体制与风格上与之相似的纵横家文不在少数。最后，如前所论，宋玉之赋往往都表现出“解说”、“令闻者悦怿”的特征，正与说体之特征相吻合。又：

> 王曰：“若此之盛。试为寡人赋之。”玉曰：“唯唯。……。”（《神女赋》）
>
> 王曰：“试为寡人说之。”大夫曰：“唯唯。……。”（《登徒子好色赋》）

两文体例、风格皆近同，由中可以看出，在宋玉心中，“赋”与“说”当为同一言说方式。郭英德认为：“文体分类的原初形态无疑是以不同的‘言说’方式作为分类标准的。”[①]马建智认为：“中国古代早期的文体名称是以动词或者与动作相关的词命名。”[②]一切都似乎可以印证，宋玉之赋与战国说体文堪为同属。

然而，尽管宋赋接近于说体，但并不就是说体。仔细分析可以发现，宋玉之赋在以下方面已表现出同纵横家文相异的特征。首先，先秦说体多与具体政治密切相关，赋体则未必。刘向《战国策序》：“战国之时，君德浅薄，为之谋策者，不得不因势而为资，据时而为画。故其谋扶急持倾，为一切之权，虽不可以临国教化，兵革救急之势也。皆高才秀士，度时君之所能行，出奇策异智，转危为安，运亡为存。”[③]宋玉之赋虽不乏君臣对语，所述皆玄远悠闲，不与政事相关联。

其次，先秦说体多有论证，故语辞虽不乏捭阖之辞，总体上却呈现朴实明晰之风；宋赋多描述，故词语华丽富赡，尤令人目不暇接。最后，先秦说体多属记述（或追述）之辞[④]，宋赋则基本属于虚拟之章。

那么，这些不同产生的原因是什么呢？

首先，与楚地风气有关。楚地信鬼好巫，夸诞之风盛行，当地文人无不具有丰富的想象能力。屈原之所以能在文学上获得璀璨成就，与其深受楚地文化之熏陶是离不开的。同样，宋玉饱受楚地文化之滋润，自然容易形成虚诞、华丽的文风。

其次，与宋玉个人性格有关。《史记·屈原列传》：“屈原既死之后，楚有宋玉、唐勒、景差之徒者，皆好辞而以赋见称；然皆祖屈原从容辞令，终莫敢直谏。”[⑤]宋玉出身寻常，性格之刚劲不若屈原，在政治上不敢正面提出自己的意见，其文旨玄远，远离现实政治，也便不难

---

① 郭英德《中国古代文体学论稿》，北京大学出版社2005年版，第42页。

② 马建智《中国古代文体分类研究》，中国社会科学出版社2008年版，第115页。

③ 缪文远《战国策新校注》，巴蜀书社1998年版，第13页。

④ 据缪文远《战国策考辨》，战国纵横家之文亦不乏拟托之作，然毕竟只是其中之少部分，且拟作之人多在战国末期，亦即宋玉之后。

⑤ 司马迁《史记》，中华书局1959年版，第2491页。

理解。

最后，与文体自身发展的必然规律有关。《吕氏春秋·劝学篇》："凡说者，兑之也，非说之也。今世之说者，多弗能兑，而反说之。夫弗能兑而反说，是拯溺而硾之以石也。"由此可知，战国末期，即有"说"是以攻责为目的还是以悦人为目的的两种不同看法。纵横家坚持以攻责为目的，宋赋则发展了说体"悦人"的一面。

再看后世大赋（尤其是汉大赋）与宋赋之关系。可以汉大赋的代表作品司马相如《子虚赋》、班固《两都赋》为例，它们在结构、文风、句式、主旨上都与宋玉之赋近同，而其根源也当为战国纵横家文。在远离政治、多描述而少论证以及情节的虚拟性上，它们也与宋赋相近而异于战国说体。刘勰《文心雕龙·诠赋篇》称荀况《礼》、《智》及宋玉《风》、《钓》为"命赋之厥初"。又据王齐洲考证，荀卿入楚作赋肯定晚于宋玉的辞赋创作，且在汉人心中，即已将宋玉之作视为赋体[①]。总之，宋玉赋是最早在体制、风格上与战国纵横家文相近的赋作。同时，宋赋最早体现出赋体与纵横家文的不同之处。由此我们可以认为，宋玉之赋是由纵横家文走向赋体（严格地说，应是大赋）的标志。宋玉堪称大赋的创始之人，宋赋堪称大赋的创始之作。

余　论

关于求说的句式，后世依然不少，如《文选·论上·四子讲德论》载王褒言："敢问所歌何诗？请闻其说。"宋祝穆《古今事文类聚》卷五十："艾子使于燕……王曰：'其有说乎？'"可谓是对先秦"说"之含义的延续。从"有说乎"等词语中可以隐约窥见战国说体之特征。宋玉创作时，依然运用了纵横家们说体创作的基本格式，但已开始进行适当变异，其充分发展了说体"悦人"的一面，并为后世大赋作者所继承。由此亦可发现，任何一种文体，发展成熟之后，必然出现分化，从而孕育出新的文体。而完成这一转变，往往又离不开杰出文人的承前启后之功。

（作者单位：九江学院文传学院）

① 王齐洲《赋体起源和宋玉的文体创作——兼论汉代赋论家的赋体探源》，《湖北大学学报》（哲社版）2002年第1期，第54—57页。

《中庸》释义

许 总

《中庸》既是儒学的经典之一，又是先秦诸子说理散文中的重要一篇。它以辑录孔子言论加专题论述的形式，集中而深刻地阐发儒家有关“中庸”的思想。因此，《中庸》既是儒家中庸思想的最集中体现，又是先秦说理散文由语录体向专题论文体转折演变的标志之一，具有重要的文学史与思想史意义。

但是，究竟什么是“中庸之道”，现代人却根本性地误读了。《辞海》“中庸”条：“儒家伦理思想。指处理事情不偏不倚、无过无不及的态度……后来泛指平庸、妥协、保守、不求上进。”鲁迅《华盖集·通讯》：“惰性表现的形式不一，而最普通的，第一就是听天任命，第二就是中庸。”对“中庸”的误读，大致形成这样的一些流行观念：认为“中”即不彻底，即模棱两可，即中间状态；认为“庸”即庸碌无为，即庸俗。因此，“中庸”的真义在于倡导一种中间路线，主张一种折中主义，缺乏敢作敢为的精神，不敢坚持正确的主张，见风使舵，是一种圆滑的处世策略和人生观念。甚至有人把中国人的所谓的劣根性如缺乏西方人那样的冒险进取精神，作为少数派时不敢坚持己见，以致造成中国的长期落后乃至出现像“文革”那样的政治悲剧，都归结为“中庸之道”的流毒和危害。

我想，这样理解“中庸之道”，自有其合理的时代背景，一是新文化运动以来打倒孔家店的需要，要彻底否定孔孟儒学，必须弄臭作为其核心精神之一的“中庸之道”；二是近代以来精英知识分子出于对中国长期落后挨打的痛苦反思，认为一个重要的原因就是儒学“中庸之道”使国人成为了一个懦弱的精神群体。但是，合理的时代背景并不能成为“合法性”的依据，儒学作为影响中国文化数千年的思想体系，对其解读首先应当在学理的层面上进行。只有当我们自觉地远离躁动的时代氛围和功利的心理状态，才有可能回到学理上来静心思考；只有认真细致地研读《中庸》文本，才有可能还“中庸”以本来面目。

一、“中庸”的字义与思想内涵

“中庸”二字，最早见于《论语·雍也》：“子曰：中庸之为德也，其至矣乎，民鲜久矣。”孔子叹息“中庸之道”之不行已经很久了。后来，孔子之孙子思“忧道学之失其传”[①]而专门写了一篇《中庸》，这就是收入《礼记》中的《中庸》篇。谈到“中庸”这两个字的含义，学术界向来以宋

① 朱熹《四书章句集注·中庸章句序》，上海古籍出版社 2006 年版。

代理学家二程的说法为最早依据，二程解释："不偏之谓中，不易之谓庸。中者天下之正道，庸者天下之定理。"[①]这样的解释，当然是不错的，但却已经是千年以后的引申义，不是"中庸"这两个字的最初含义。而我以为，如果不从"中庸"这两个字的最初含义入手，是很难真正理解"中庸"之真义及其深刻内涵的。"中"，《说文》释为："中，内也，从口丨，上下通。"可见，"中"的本义是内在的且能贯通上下者。"庸"，《说文》释为："用也，从用从庚，庚，更事也。"再看"庸"所从之"庚"："位西方，象秋时，万物庚，庚有实也。"可见，"庸"的本义是实用。

在这一基本内涵的基础上，"中庸"的意义向两个方面衍展。第一方面，"中庸"的概念与"时中"相联系。《中庸》第二章中说："君子之中庸也，君子而时中。""时中"出《易传·蒙》"蒙亨，以亨行，时中也"，王弼注"时之所愿，惟愿亨也，以亨行之，得时中也"[②]。以"时中"释"中庸"，显然在于表明君子立身行事，应当合乎时宜，无过与不及。第二方面，"中庸"之义又与"中和"联系紧密。《中庸》第一章说道："喜怒哀乐之未发，谓之中；发而皆中节，谓之和。中也者，天下之大本也；和也者，天下之达道也。致中和，天地位焉，万物育焉。"所以，郑玄注"中庸"，就说："名曰中庸者，以其记中和之为用也，庸，用也。"[③]朱熹《中庸章句》说："喜怒哀乐，情也。其未发，则性也，无所偏倚，故谓之中，发皆中节，情之正也，无所乖戾，故谓之和。"可见，内在的未发之"中"，是"庸"亦即"时中"的内在根据，外在的已发之"和"也就是"庸"也就是"时中"，是无过与不及的作用于事，是内在之"中"的表现与结果。

从心理学角度而言，情感未发生时，心中的活动就无所谓太过或不及，是恰到好处，就是中；而情感发出后无所乖戾，就是和。所以，中庸其实具有体、用两重性，中庸要求的是体用合一。正如朱熹所说"未发之中是体，时中之中是用"[④]。未发之中，是性，是本体，这个本体即天地之道，道即性，在天为道，在人为性。发为喜怒哀乐，是情，是用，就人而言，是个性，就物而言，表现为万事万物，而发皆中节，则是对调和不同而达到和谐的要求，即和而不同。也就是说，每个人的情感、欲望的表达，都应当有一个恰当的限度，亦即适中之点，每个人都达到这个点，整个社会就会和谐有序，否则就混乱无序。推而广之，人类社会和自然界的一切要素，都应处于自身的适当位置，发挥适当的作用，相互形成适当的关系，保持适当的生态，整个社会、自然就处于和谐状态，此即所谓"太和"。如果说，"时中"论展示了中庸之道的原则性和灵活性相统一的原理，那么，"中和"论则主要体现了中庸之道的关于个性与共性相统一的原理。"时中"论阐述的是"中"的随"时"性，"中和"论阐述的则是"中"的随"和"性。时中论着眼于历时性，阐明真理与时俱进的时间的属性，可以认为是一种历史哲学；中和论着眼于共时性，阐明真理与社会调适的空间的属性，可以认为是一种关系哲学。

正因中庸之道包含着体与用的统一，个性与共性的统一，共时性与历时性的统一，所以宋代理学家即以真理（正道、定理）释中庸。二程认为："不偏之谓中，不易之谓庸。"又说："中者天下之正道，庸者天下之定理。"二程将中庸解作不偏不易的正道定理，把中庸与"理"联系起来，显然具有站在理学家立场加以发挥的意味，但却并非随意而为，而是可以在《中庸》中找到根据的。朱熹认为，不偏之"中"读去声，与"时中"之"中"相对应，是非名词性的，是符

---

① 朱熹《四书章句集注·中庸章句》，上海古籍出版社 2006 年版。

② 孔颖达《周易正义》，《十三经疏》，中华书局 1980 年版，第 20 页。

③ 孔颖达《周易正义》，《十三经疏》，中华书局 1980 年版，第 1625 页。

④ 黎德靖《朱子语类》，中华书局 1986 年版，第 1480 页。

合、适时、适当、适中义；而天下正道之“中”读平声，与喜怒哀乐未发之“中”相对应，是名词性的，是性之德、道之体，是形上性即理的本身，同时又构成“时中”的根据，“所以能时中者，盖有那未发之中在”①。对于“中庸”之“庸”，二程解作“不易”，朱熹则进而解为“平常”。在朱熹看来，“庸固是定理，若以为定理，则却不见那平常的意思”②，朱熹之所以强化“平常”之义，我以为仍然在于贴近庸的“实用”的本义，实用的就是平常的，平常的实用的也就是不易的，所以朱熹认为，说到“平常”，“不易”之意即自然包含其中。此外，朱熹以平常释中庸，也具有以儒抗释的用意，他指出，“高明，释氏有之，只缘其无道中庸一截”③，所谓高明，实指佛教义理的奇怪、不平常，因此，须用儒学的平常性对抗佛教“非常可怪之论”对儒学的干扰。朱熹认为，儒学的义理无论多么高妙，都是于日常中体现的，所谓“极高明而道中庸”，这实际上已揭示了儒学入世的根本特性。所以，所谓“中庸之道”，其实是融汇合理性、平常性、实用性于一体的，是极为实用的，极具操作性且极易推广的人生之学、社会之学。

二、“中庸”的主旨与书写策略

以上主要从字义角度解说“中庸”，而说到主旨，则当以《中庸》文本为据。《中庸》首章“天命”章实即开宗明义：“天命之谓性，率性之谓道，修道之谓教。”由天人关系规范“性—道—教”的修养进路，表明人的品格修养及人类社会秩序与天地根本之道的关系。天命之性是“万物皆只同这一个原头，圣人所以尽己之性，则能尽人之性，尽物之性，由其同一原故也”④；率性之性则是由人所禀受天命之性而成之性，显现在人们的喜怒哀乐之中，使人人可用；修道之教则是对喜怒哀乐之发皆中节的要求，实即符合天命之性。可见，在天人关系中的人生修养进路，根本的性质仍然是体、用关系。用朱熹的话说就是：“其书始言一理，中散为万事，末复合为一理。放之则弥六合，卷之则退藏于密，其味无穷，皆实学也。善读者玩索而有得焉，则终身用之，有不能尽者矣。”⑤在此，中庸的主旨成为了“理一分殊”哲学思想的完整诠释。因此，中庸的主旨，既述理想、溯本原，又近人生、重实用。中是本原，庸是实用。对于《中庸》第一章“天命章”所述，朱熹称之为《中庸》之“大纲”。而对《中庸》第十二章“费隐章”的“君子之道费而隐”，朱熹则称之为《中庸》之“间架”。在这一章中，中庸之道的性质、特点进一步得到描述，一方面，以“夫妇之愚，可以与知焉”、“夫妇之不肖，可以能行焉”；另一方面，“及其至也，虽圣人亦有所不知焉”、“圣人亦有所不能焉”，也就是说，中庸之道既包含着形上学意义上的本体的存在，也表现为形下学意义上的作用的实行，既是精微幽深的天下之正道定理，又是平常普适的人类的日常生活，就其精微处而言，圣人亦不可穷尽其理，而就其平常性而言，则普通老百姓人人可以实行。这也就是宋代理学家所概括的“其大无外，其小无内”、“致广大而尽精微，极高明而道中庸”。

这一个“大纲”，一个“间架”，其实就是《中庸》的主旨。通观《中庸》全篇，其书写策略全

① 黎德靖《朱子语类》，中华书局 1986 年版，第 1480 页。
② 黎德靖《朱子语类》，中华书局 1986 年版，第 1481 页。
③ 黎德靖《朱子语类》，中华书局 1986 年版，第 1483 页。
④ 黎德靖《朱子语类》，中华书局 1986 年版，第 1490 页。
⑤ 朱熹《四书章句集注 · 中庸章句》，上海古籍出版社 2006 年版。

然是围绕这一个“大纲”、一个“间架”而展开。《中庸》全篇大约数千字，在汉唐儒生手中，只是作章句训诂之学，到宋代，经二程到朱熹，其主旨才渐次明确。朱熹毕生对《中庸》的研究致力最多，早年在师事李侗时就开始撰写《〈中庸〉集说》，主要是辑诸家之学，尚未超越“章句训诂之学”，到中年时，因反复研读《中庸》首章即“天命章”而得到感悟，促使他由“中和旧说”向“中和新说”的转变。朱熹通过解《中庸》和《大学》，建构了儒家道统的传承体系，而《中庸》文本在其中起了极大作用。所以，朱熹解《中庸》，既反对汉唐儒生“唯知章句训诂之为事，而不知复求圣人之意”，又反对当时的一些理学家“脱略章句，陵籍训诂，坐谈空妙”。他曾在给吕祖谦的一封信中，表明自己解《中庸》的原则是“敬知双修”，既着重发掘圣人之意，同时也并不忽视文本本身。正是在这样的态度下，朱熹写出《中庸章句》，在这本书中，朱熹对《中庸》文本进行细致的整理，根据内容和叙述层次将全篇分为三十三章，也即三十三节，由此建立《中庸》中所体现的思想体系。其《书中庸后》云：“《中庸》一篇三十三章，其首章，子思推本先圣所传之意以立言，盖一篇之体要，而其下十章，则引先圣之所尝言者以明之也。至十二章，又子思之言，则其下八章，复以先圣之言以明之也。二十一章以下至卒章，则又皆子思之言反复推说，互相发明，以尽所传之意也。”经过这样一番整理，一篇《中庸》读起来，其实主旨的展现就非常清晰了。朱熹对自己整理过的《中庸》，十分自我欣赏，“枝枝相对，叶叶相当，不知怎生做得一个文字齐整”。当然，内容条理齐整，并不是浅近易懂，所以朱熹又一再强调“初学者未当理会”、“难看”，因为书中“说得高。说下学处少，说上达处多”，必须用心“理会文义，则可”[①]。

《中庸》中反复论述的，其实就是在详细解说中庸之道的学理依据的基础上，指出在天人关系的大框架中，人的修养进路和方式，并为人们展现出儒者的最高的人生价值和最理想的人生境界。中庸之道作为天地社会的总原则，有非常精微深刻的道理，所以“中庸其至矣，民鲜能久矣”（第三章），但另一方面，中庸之道作为世界的自然呈现，又同时是极平常的，所以“道不远人，人之为道而远人，不可以为道”（第十三章），人人都可以通过自身的修养而得到。中庸之道的理想境界不仅是“致中和，天地位焉，万物育焉”（第一章），而且可以体现于“君臣也，父子也，夫妇也，昆弟也，朋友之交也”（第二十章）等所有的社会生活领域。自然、社会、生活领域固然纷繁复杂，但“及其知之一也”、“所以行之者一也”（第二十章），都是基于同一个根本的道理。

当然，要达到“中庸”的境界是非常难的，《中庸》第九章中记孔子的话说：“天下国家可均也，爵禄可辞也，白刃可蹈也，中庸不可能也。”在这里，孔子把中庸和其他三件难事相比，一是均天下，二是辞爵禄，三是上刀山，中庸最难，特别是把中庸和平均主义（天下国家可均也）对立。可见，把中庸理解为折中主义，实在是非常荒谬的。试想，如果中庸只是折中调和，各打五十大板，或者各赏五十大洋，那显然是最容易的事，是任何一个傻子都会干的事，怎么会比上刀山还难呢？

“中庸”既如此之难，那么，一般人如何达到呢？《中庸》二十章说：“博学之，审问之，慎思之，明辨之，笃行之。”通过学、问、思、辨、行，是必需的五大环节。而在这五大环节运行的过程中，个人的道德修养是最重要的基础。《中庸》第二十七章说：“故君子尊德性而道问学，致

① 黎德靖《朱子语类》，中华书局 1986 年版，第 1479 页。

广大而尽精微，极高明而道中庸，温故而知新，敦厚以崇礼。”可见，通过温故而知新的学、问，达到致广大而尽精微、极高明而道中庸的境地，是要以尊德性为根本基础的。而尊德性又如何实施呢？《中庸》第二十一章以下，就是反复教人如何由尊德性而达道的，也就是朱熹说的，在“大纲”和“间架”讲完之后，子思反复推说的这一部分。在这一部分的十三章中，我们可以发现一个运用频率最高的关键词，那就是一个“诚”字。可以认为，这个“诚”字，就是《中庸》反复阐述的个人道德修养的最重要最根本的基础。从二十一章开始，几乎每章都在论述“诚”的内涵、作用、意义。二十一章说：“自诚明，谓之性，自明诚，谓之教，诚则明之，明则诚矣。”诚先而明后，故称为性，明先而诚后，故称为教，可见，诚、明也是一个体、用的关系，诚是根本。所以，一般的“诚”是不够的，一定要“至诚”，二十二章说：“唯天下至诚，为能尽其性，能尽其性，则能尽人之性，能尽人之性，则能尽物之性，能尽物之性，则可以赞天地之化育，可以赞天地之化育，则可以与天地参矣。”由至诚而与天地参，就是达道，这是就内在的修养而言，是性。三十二章又说：“唯天下至诚，为能经纶天下之大经，立天下之大本，知天地之化育。”由至诚而天下大治，而知天地之化育，同样是达道，这是就外在的教化而言，是教。这两方面，是性和教的关系，也就是“诚”和“明”的关系。所以，“诚者，非自成己而已也，所以成物也，成己，仁也，成物，智也，性之德也，合外内之道也，故时措之宜也”（第二十五章），也就是说，“诚”固然是修身之根本和基础，但是，至诚的人，不是仅仅修成自己就完事了的，而是通过自己的至诚进而及于旁人、及于社会、及于万物，自己修养成功的人，可以称为仁，进而及物随物施教的人，可以称为智，仁属成己，智属成物，从表面上看，似乎有内外的分别，但实质上，性之为德，是体用兼备的，没有内外的分别，所以，君子只怕自己不能至诚，只要至诚，便可以随意自如，没有不合时宜的了。可见，至诚是人生修养的基础，更是天道、人道贯通融合的关键。

那么，如何至诚呢？至诚通融天道、人道，看起来似乎达到至诚非常难，但其实不然，“诚者，自成也，而道，自道也”（第二十五章），诚就是人性自然，天地之本然，诚固然包含形上之理，但其实又是极平常的极日常的生活的自然表露，也就如同“中庸”既包含着形上学意义上的本体的存在，也表现为形下学意义上的作用的实行，既是精微幽深的天下之正道定理，又是平常普适的人类的日常生活一样，所以“诚”也是日常的实用的。《大学》中也有对“诚”的解释：“如保赤子，心诚求之，虽不中不远矣，未有学养子，而后家者也。”诚就如同带自己的婴儿一样，是自然的人性的流露，是人人都可以实行的。因此，懂得了“诚”的道理，就应当坚决地实行，决不动摇，《中庸》二十章说：“诚者，天之道也；诚之者，人之道也。诚者，不勉而中，不思而得，从容中道，圣人也；诚之者，择善而固执之者也。”诚者，是最高境界，是天道，是圣人，自然就符合中庸之道；诚之者，是努力向诚做的人，择善就是懂得了诚的方向，只要不断努力，所谓“虽不中不远矣”，所以一定要“固执之”坚持住。

值得注意的是，这里把追求中庸之道的态度定位于“固执”，可见是和所谓的和稀泥的处世态度是根本对立的。由此也可以极为清楚地看出，把中庸之道曲解为折中调和、不分是非的态度，是完全错误的。事实上，儒家虽然强调“和为贵”，但在美丑、善恶、是非等原则问题上，向来是立场坚定、态度鲜明的，如孔子就把那种“同乎流俗，合乎污世，居之似忠信，行之似廉洁，众皆悦之，自以为是，而不可与入尧舜之道”（《孟子·尽心下》）的人称为“乡愿，德之贼也”（《论语·阳货》），对无原则讨好众人的伪善行为予以坚决否定和批判。这种态度，是贯穿始终的。如对恶行，季氏“八佾舞于庭”，孔子骂道“是可忍，孰不可忍也”（《论语·八佾》），对帮助季氏的自己的学生冉求，则骂道“非吾徒也”，并号召弟子们“鸣鼓而攻之”。对于坏人，“阳货欲见孔子，孔子不见”（《论语·阳货》），对于不健康文化，则主张“放郑声，远佞人”（《论语·卫灵公》）。相反，对于善行义举，则不惜牺牲生命也要追求、坚持，孔子说“志士仁人，无求生以害仁，有杀身以成仁”（《论语·卫灵公》），孟子说“生，亦我所欲也，义，亦我所欲也，二者不可得兼，舍生而取义也”（《孟子·告子上》），可见，在仁、义和生命发生矛盾冲突时，孔孟都是坚决地主张杀身成仁、舍生取义。

三、“中庸”的价值与普适意义

《中庸》本来只是收入《礼记》中的一篇文章，司马迁、郑玄都说是孔子之孙子思所作。在其问世之初乃至汉代收入《礼记》时，都没有得到人们的特别关注。到中唐时期，韩愈为建构儒学道统而开始推崇《中庸》，因为《中庸》的作者子思是孔子之孙、孟子之师，实为孔、孟道统承传的重要关纽。到宋代，先是二程大力“表章”，后是朱熹以毕生之力为《中庸》与《大学》作《章句》，并与《论语集注》、《孟子集注》合称《四书集注》。再到元代仁宗时，《四书集注》被钦定为科举用书。至此，《中庸》完成了典律化过程，成为儒学的最基本典籍。在《中庸》的典律化过程中，时代的需要，学术发展的要求，当然是其中重要原因，但是，《中庸》自身所蕴含的价值逐渐被人们发现，无疑是最重要的因素。其价值可以从学理价值和社会价值两方面来看。

就学理价值而言，《中庸》可以为儒学的终极关怀提供理论支撑。儒学终极关怀是人伦社会，但是在天人关系的分合互动的框架中，必须解决形而上的天理良知与形而下的道德行为之间的断裂，传统的五经并不能解决这一问题，而《中庸》的从超越的“未发”到现实的“已发”，从精神本体的“中”到社会行为的“中节”即“和”，其间是完全统摄圆融的，恰好弥合了上述的断裂。《礼记》中另一篇《大学》也是如此，三纲领八条目是一个即本体即工夫、即内圣即外王的融合机制。体由用得以落实，用由体获得支撑，体现了“体用一源”的根本精神。此外，在儒学义理化进程中，传统的五经也愈益难堪其任，朱熹就曾指出，《易经》本为卜筮而作，《书经》只为历史文告，《诗经》则多为男女之事，《春秋经》更是“断烂朝报”，皆非为义理而作。汉唐经学注重名物训诂，离百姓日用更远。只有《论语》、《孟子》与《礼记》中的《大学》、《中庸》两篇是为义理而作，言义理以晓人，因此必然成为儒学的经典解释文本。

《中庸》的价值，是随着时代的发展而被人们逐渐认识、发现的，到宋代成为儒学的经典解释文本。因此，讨论其价值，《中庸》离不开《四书》，尤其离不开和自己有着同样命运的《大学》。《大学》本来也是《礼记》中的一篇，和《中庸》一样，随着儒学新生价值观的形成，儒学义理之学的深入，而逐渐成为儒学的经典解释文本。从《大学》的内容看，共十一章，首章标明“大学之道，在明明德，在亲民，在止于至善”，以及“格物、致知、诚意、正心、修身、齐家、治国、平天下”，所谓三纲领八条目，后十章重点阐明“明善之要”、“诚身之本”，其实和《中庸》的主旨是完全一致的。但是，两者的着眼点则各有侧重。我们说，《中庸》的目标主要是展现出儒者的最高的人生价值和最理想的人生境界，可以认为是儒家哲学的价值观，那么，《大学》的目标则主要是为人们指明获得这样的价值和境界的修养进路、方式和顺序，可以认为是儒家哲学的方法论。所以在《四书》中，基于《中庸》、《大学》作者的不同和侧重点的不同，就应当有两种排列次序。从道统序列看，应当是《论语》、《大学》、《中庸》、《孟子》，这就完成了由孔子经曾参再经子思至孟子的紧密纽系的道统承传体系。而从修养进路看，则应当是《大学》、《论语》、《孟子》、《中庸》，对此，朱熹曾专门讲解对于《四书》的"读书次第"："先读《大学》，以定其规模；次读《论语》，以定其根本；次读《孟子》，以观其发越；次读《中庸》，以求古人之微妙处。"[①]《大学》是方法论，所以先读是解决方法问题，《论语》是孔子的言论，所以紧接着读是把握儒学的根本，《孟子》是孔子学说的继承和发展，所以再接着读是宏观儒学思想体系的进程，《中庸》是价值观，所以最后读是人生追求的最终目标。从《四书》的这两种排列次序，可以清晰地看出《中庸》的学理价值之所在。

就社会价值而言，"中庸之道"作为天下之定理正道，固然具有深微的义理内涵，但公理性即具平常性，可以成为公律的行为是人人都可行的行为，亦即道德的行为。所以"中庸之道"也就是人人可行的大路而不是偏僻小路，因而极具推广性。现代新儒家学者冯友兰先生即曾指出，中庸即中道，中道即庸道，就是平常之理，"就其是平常说，所以谓之庸，就其为公律说，所以谓之不易，所以谓之定理"[②]。公律、定理虽不可改易，但人人都照着做，也就成为平常的了。从方法论角度看，凡是能使某件事最成功的方法，往往是最平常的方法，也就是说，最平常的方法，往往是最有效的方法。比如，有人办事认为走捷径成功快而去冒险，这固然有胜利的机会，但风险更大，成功的可能比失败的可能小得多，因此从普遍的意义上看，他的行为不足为法，不能成为公律。所以，不走捷径，并不意味缺乏进取精神。实际上，科学的方法往往是最平常的方法，科学的公律正是从最普遍的经验中推导概括出来的。

当然，"中庸"也确实具有中间的含义，但却绝不是任意两种态度的折半以取中，而是理论上两个极端的中间。《中庸》第六章引孔子的话说："舜其大智也欤，舜好问，而好察迩言，隐恶而扬善，执其两端，用其中于民，其斯以为舜乎。"这段称赞舜的话，在《尚书·大禹谟》中表述为："人心惟危，道心惟微，惟精惟一，允执厥中。"朱熹在《中庸章句序》中说："允执厥中者，尧所以授舜也……舜所以授禹也。"王守仁在《象山文集序》中则将"允执厥中"称为"圣人之学"，"尧、舜、禹之相授受"，可见，这一执中观念实已成为儒学道统承传的核心精神。值得注意的是，执中观念的本质是"执其两端，用其中"，也就是说，对任何一件事情的处理，要避免两面的极端，而应在对立的两极之间作出合理的选择。应当说，有时候一件事物的两个极端的中间恰好就是最合理的。比如，遇到危险时，一种极端的态度是怯懦，另一种极端的态度是鲁莽，其中间就是勇敢；对待男女关系的态度，一种极端的态度是放荡，另一种极端的态度是冷漠，其中间就是节制。这一意义上的中间无疑是正确的态度。当然，这一意义上的中间，并不是绝对的中点，正如朱熹所说，执中"非谓只于二者之间取中，当厚而厚，即厚上是中，当薄而薄，即薄上是中"[③]。同时，执中还要和"权"相结合，"执中无权，犹执一也"（《孟子·尽心上》），一味执中而不知权变，则与执一同样错误。可见，执中不是一个僵死的教条，不是指的任意两种态度的折中，更不是在好与坏、善与恶、是与非中间取个折中。

---

① 黎德靖《朱子语类》，中华书局1986年版，第337页。

② 冯友兰《贞元六书·新世训》，华东师范大学出版社1996年版，第440页。

③ 黎德靖《朱子语类》，中华书局1986年版，第1525页。

其次,中间状态还有把握适当的“度”的含义。《中庸》第四章引孔子的话说:“道之不行也,我知之矣。智者过之,愚者不及也。道之不明也,我知之矣。贤者过之,不肖者不及也。”可见,中庸之道是要求处理问题不偏不倚、恰到好处,也就是把握准确的“度”,不能不到位,也不能太过分,所谓“过犹不及”。这样的中间状态,其实就是一种平衡状态,而平衡状态的中间显然不是固定的中间、僵化的中间,而是一个动态的中间,动态的平衡点,如同天平、秤杆一样。正是因此,把握这样的平衡点,把握这样一个准确的“度”,不是一件容易的事,在具体的实施中,必须掌握三项原则。一是承认各种事物的互不相同,《中庸》第十七章:“故天之生物,必因其材而笃焉,故栽者培之,倾者覆之。”各种事物各有其自己的特点和本性,因此对各种事物的处理方式要有相应的不同,也就是“和而不同”。二是要勇于坚持真理,《中庸》第十章引孔子答子路问“强”,认为南方之强偏于柔弱,是不及,北方之强炫耀武力,是太过,因而正确的态度是“君子和而不流”、“中立而不倚”,也就是“择善而固执”。三是要有忍让意识和宽容精神,因为大千世界本来就是“万物并育而不相害,道并行而不相悖”(《中庸》第三十章),所以“天下之至圣”应当“宽裕温柔,足以有容也”(《中庸》第三十一章),“施诸己而不愿,亦勿施于人”(《中庸》第十三章)。把握“度”的这三项原则,在当今社会生活中也是极为适用的。

“中庸”的实用观念具有极强的社会实用价值。一种思想学说的成立,是以理性、思辨、逻辑为基础的,而儒家学说却是从生活实际出发,“中庸”的实用观就是儒家学说在这方面最突出的标志,这也就显示了儒家学说和任何一种思想学说的不同之处。也就是说,儒家之外的思想学说,往往在学理上看非常精深奥妙,逻辑推导极为严密,但从社会实用看,却完全不适用,而儒家学说则不仅追求精神本体的依据,更注重人生社会的实用,“中庸”之把精神本体的“中”和社会行为的“庸”贯通圆融,也正是这一特点的最集中体现。所以,儒家不重学理,而重情理,凡事要合乎人情。比如,同是先秦时期的学说,墨子教人“兼爱”,杨朱教人“为我”,学理上、逻辑上自有其依据,但却完全不适用,儒家则教人亲亲而仁民,仁民以及物,对人类的社会生活而言,显然是最富人情味的,也是最实用而有效的。再比如儒学和佛教,佛教学说应当说是有非常深刻的学理依据的,逻辑极严密,思辨性极强,在这一点上显然胜过儒学。但假如一个佛教法师和一个儒家学者进行一场辩论,法师运用许多材料和严密的逻辑推理,证明世上物质的虚无本质,以及人生劳顿完全是徒劳的,我们不用怀疑其思辨性和说服力,这一点儒家学者显然是无法与其同日而语的,但是,儒家学者只要非常简单地问一句,倘若世上的人都看空世事,遁迹空门,那么还会有法师您今天在这里和我辩论吗?这一问,显然是非思辨非逻辑的,但却是极合情理的。比如,从逻辑上讲,这个世界上人人都应当是平等的,但实际却不然,所以儒学教人承认等级,和人相处有尊卑亲疏之别,《中庸》第二十章引孔子的话说“仁者人也,亲亲为大;义者宜也,尊贤为大”,就是说明这样的道理。第十九章则引孔子教人“敬其所尊,爱其所亲”,才称得上“孝之至也”。又如,我们特别喜欢讲男女平等,而从逻辑上讲男女真的并无分别,男女就应当平等,但实际上,男女果然可以完全平等真正的没有分别吗?显然是不可能的,所以儒学教人男女有别,所谓“男女授受不亲”(《孟子·离娄上》)。当然,这一点向来颇受非议,淳于髡就曾给孟子出过一道难题:“嫂溺则援之以手乎?”嫂子溺水,小叔子怎么办,能否用手把她拉起来?孟子说:“嫂溺不援,是豺狼也;男女授受不亲,礼也;嫂溺援之以手者,权也。”这就在礼和人性之间引入“权变”思想来解决这一问题。所以，适当的男女授受不亲，仍然是符合现实社会的情理的。可见，中庸思想既反对过分与不及，也反对不近人情，这一点最符合中国人的民族心理，因为中国人向来最厌恶的是不近人情，所以情大于法，而历史上不近人情的政权再强大，也是短命的，如秦朝。当然，从学理上看，我们不得不承认儒学缺少思辨性、逻辑性，但其以情理代替逻辑，却形成一种特殊的张力，而不像其他学说那样偏执。我想，这可能正是儒学具有最广泛实用性的学理依据。

此外，中庸的“时中”观念具有发展的性质，所以中庸之道不是僵化的，而是与时俱进的；中庸的“中和”观念，更具有调适人与人、人与社会、人与自然的功能，在社会学、生态学领域具有极重要意义。因此，中庸之道体现了中国儒学的最大的普适性与永久的价值性，具有最一般的性质和最普适的标准，所以具有长久的价值而不会被淘汰。这也是儒学之所以成为中国文化之主干，影响之广泛久远的最根本的原因。

（作者单位：华侨大学文学院）

《庄子》和汉抒情赋的“士不遇”主题

周威兵

《庄子》对汉赋的影响是毋庸置疑的，这其中包含了汉散体赋和汉抒情赋。当然，二者接受《庄子》影响的具体情态是不同的。如果说，《庄子》赋予了汉散体大赋以独特的空间感的话，那么，对于汉代抒情赋，《庄子》赋予了它以独特的时间感。而后者，突出地表现在汉人对“士不遇”的感触和对人生痛苦的消解意识中。

一

“士不遇”是汉代文人的宿命，也因此而成为两汉代表性的文学主题。从汉初贾谊的《吊屈原赋》和《鹏鸟赋》始，一代又一代的士人吟唱着失意人生的悲歌。前汉有司马相如的《哀秦二世赋》、《长门赋》，董仲舒的《士不遇赋》，司马迁的《悲士不遇赋》；后汉继之以刘歆的《遂初赋》，崔篆的《慰志赋》，冯衍的《显志赋》，崔骃的《达旨》，张衡的《思玄赋》，班婕妤的《捣素赋》、《自悼赋》，以及东方朔《七谏》、严忌《哀时命》、王褒《九怀》、刘向《九叹》、王逸《九思》等等，几乎横亘整个两汉。

“赋也者，受命于诗人，拓宇于楚辞也”[①]。这类“言思深远，以遂一己之情”的“写怀之作”[②]，在主旨精神上大抵皆祖述屈赋，一般不回避设辞的雷同，而只求传递理想和现实矛盾而致的悲怆失落的情境。赋里大多呈现出情志郁结难平的强烈情感以及种种因此情感而投射出的意象、意境。抒情赋篇幅往往不似骋辞大赋那样曼衍累赘，章法上也比较紧凑，不枝不蔓，与“体物”大赋的骋辞夸饰大异其趣。

这些赋作，因为内容趋向抒情，主体性极强，往往是赋家各自的身世略影，清刘熙载因而称两汉赋家“一生之志，往往以赋寓之”。其内容的构成主要在于两方面。

一是悲屈子之遭逢不祥。屈原的遭际在中国知识分子中极具代表性，而其“惊才风逸，壮志烟高”的人格秉性，“金相玉式，艳溢锱毫”[③]的华伟辞章，又使之呈现出非同一般的人格魅力。其道德文章，对后世文人都极具感染力。两汉政治和意识形态的大一统，对文人呈示出帝国的威严和专制的无情。应该说，汉文人的人格底蕴与屈原是有类似之处的，那便是求

---

① 《文心雕龙·诠赋》。

② 刘师培《论文杂记》。

③ 《文心雕龙·辨骚》。

用于世“学而优则仕”的勃勃壮志。然而，现实却往往使之“徒有能而不慜”[①]。这种理想与现实的反差，使得两汉士人每将自己的命运认同于屈子。因此，赋篇中屡屡可见屈子的身影。他们“伤愍屈原”，“心为悲感，高其节行，妙其丽雅”，汉文人的志不得伸的失落，便在屈原泽畔行吟的孤魂中找到了寄托，他们借他人酒杯浇自己块垒，以此发泄自身的内在不平。两汉的这类抒情赋作，“览之须令人涕泪俱下，情事欲绝”[②]，正是两汉赋家们身处专制政治的严酷现实中，怀瑾握瑜而志不得伸的凄苦的内心独白。自贾谊《惜誓》后，严忌的《哀时命》、东方朔的《七谏》、王褒的《九怀》、刘向的《九叹》、王逸的《九思》，皆依屈原遭际发端，探其心志，究其情怀，揣其肺腑，“朗丽而哀志”，“绮靡而伤情”[③]，以抒其对现实的悲怨，发其落寞不遇之心态，其意绪氛围也类似于《离骚》、《九章》诸作。

二是伤自身之受挫不遇。两汉赋家通过屈子身世遭遇，领悟到士不遇的生命情态，悲其志且伤其情，同时借古喻今，推类己身，自我抒怀。汉初至汉末的一系列骚体赋大多浸透了赋家的身世之感和时运之叹，在很大程度上是赋家对自我世界的观照。如贾谊乃因为邓通等所诉“因以自渝”、“为赋以自广”，遂有《吊屈原赋》中“呜呼哀哉，逢时不祥！鸾凰伏窜兮，鸱枭翱翔”的哀词怨叹。董仲舒、司马迁亦有类似的感叹：

> 生不丁三代之隆盛兮，而丁三季之末俗。[④]
> 悲夫！士生之不辰，愧顾影而独存。[⑤]

“三代之隆盛”、“三季之末俗”的错位，不仅构成了董仲舒一人的悲剧性处境，也代表了两汉所有志士失意落魄的命运悲剧。司马迁“生之不辰”则是对自己命运的强烈控诉。他因替李陵开脱惨遭宫刑，不惟不遇，尚且受辱，旷世的冤狱，惨痛的经历，使其赋中更增添了一层怨愤之情。所谓“顾影”者，让人不禁联想及他“每念斯耻，汗未尝不发背沾襟”的孤凄。然而命运却又无可更易，一代良史便只能发出了“理不可据，智不可恃”的绝望哀鸣，寄望于以史去发抒他无限的伤痛嘘唏。这种对自身命运的嗟叹在后汉也还是有增无减：

> 玩琴书以条畅兮，考性命之变态。[⑥]
> 无二士（伊尹、皋陶）之遭遇兮，抱忠贞而莫达。[⑦]
> 既姱丽而鲜双兮，非是时之所珍。奋余荣而莫见兮，播余香而莫闻。[⑧]

刘歆、冯衍、张衡赋作里依然充满了幽怨之声，传达着赋家不遇的凄苦呻吟。自身的身世遭际，勾起对前世人格典范屈原的怀念，又反过来更加深了两汉文人对自身命运的悲悯和感慨。

在此类拟骚之作中体现的汉文人的人格结构是具有典型意义的。首先，从他们频频发

---

① 司马迁《悲士不遇赋》。
② 王世贞《艺苑卮言》。
③ 《文心雕龙·辨骚》。
④ 董仲舒《士不遇赋》。
⑤ 司马迁《悲士不遇赋》。
⑥ 刘歆《遂初赋》。
⑦ 冯衍《显志赋》。
⑧ 张衡《思玄赋》。

出的对屈原的感怀和共鸣来看,他们对于屈原人格的主层面具有发自内心的认同感,物伤其类,因之,他们的感伤便也显得更为真切动人。屈原的人格主层面当是儒家的。“长太息以掩涕兮,哀民生之多艰”。“国富强而法立兮,属贞臣而日嬉”①。屈原心中,时刻惦念的是人民和国家,关注着百姓的命运,国家的危难。至于自己,那便只有对实现自己济世理想的上下求索和不懈追求。汉代诸赋家在这一人格层面上是与屈原一致的,他们也无不表现出与屈原一样的济世用世的情怀。贾谊少习儒学,曾被召为博士,“每诏令议下,诸老先生不能言,贾生尽为之对”。他不仅最早总结秦亡的教训,而且批评汉初礼义废坏,提出定制度、废苛政,主张反本重农。在铸钱、削藩等重要问题上,都提出许多建设性的意见。其《治安策》云:“臣窃惟事势,可为痛哭者一,可为流涕者二。可为长太息者六。”发自肺腑的济世理想,才使他为时事而反复嗟叹痛哭。董仲舒则说:“所以治人与自我者,仁与义也。以仁安人,以义正我。”②“皇皇求仁义,常恐不能化民者,大夫之意。”强调自身的道德修养和对社会的责任感。司马迁自述其写作《史记》的动机说“究天人之际,通古今之变”,又说:“人固有一死,死有重于泰山,或轻于鸿毛。”③儒家舍生取义的品德毕现无遗。但是,终两汉并无一人选择如同屈原一样的自沉道路,他们虽然感受着屈原的“不遇”痛苦,体认着时命之不当,然又以独有的方式消解了这种来自先天的命运之痛或是后天的遭际之苦,将遭际之痛转化为在精神层面对人生真义的追慕。此种心理,无疑已经在儒家思想之外,引进了道家的人生观。这种相较于前世屈原所发生重大变更,正是因为他们拥有了《庄子》赋予的人生理念。

庄子关于人生的理念使汉文人重新审视屈原的悲剧。屈原信而见疑,忠而被谤,相同的际遇,类似的感受,使汉人为之嗟吁不已,却又从未在屈原身上找到自己的归宿。相反,汉文人对于屈原的自沉殉国常常持批评的态度。贾谊《吊屈原赋》中写到:“已矣,国其莫我知,独堙郁兮其谁语?凤漂漂其高递兮,夫固自缩而远去。袭九渊之神龙兮,沕深潜以自珍。弥融爚以隐处兮,夫岂从蚁与蛭螾?所贵圣人之神德兮,远浊世而自藏。使骐骥可得系羁兮,岂云异夫犬羊!般纷纷其离此尤兮,亦夫子之辜也!瞝九州而相君兮,何必怀此都也?凤皇翔于千仞之上兮,览德辉而下之;见细德之险徵兮,摇增翮逝而去之。彼寻常之污渎兮,岂能容吞舟之鱼!横江湖之鳣鲟兮,固将制于蚁蝼。”言下之意,社会的污浊不公平,乃是习见甚至是正常的。因而,屈原应该如同凤凰择木而栖,“览德惪而下之”,“摇增翮逝而去之”。具体到当时情态,“瞝九州而相君兮,何必怀此都也?”何处不是容身之地呢?故而遭受此难,“亦夫子之辜也!”难免有自身不知进退的原因。凤凰之喻源出于《庄子·秋水》中的“鹓鸰”。《秋水》说:“南方有鸟,其名为鹓鸰,……夫鹓鸰发于南海而飞于北海,非梧桐不止,非练实不食,非醴泉不饮。”行为高洁,意态潇洒。不是“鸱”等凡鸟所能理解和容忍的。贾谊以此建议屈原应该审时度势,看到不能容己时,便及早脱身,免得困于污渎中,受制于蝼蚁宵小。实际上,贾谊的话里包含着“良禽择木而栖,贤臣择主而事”的意思。以此,贾谊为屈原设计了用世和自沉之外的第三条人生道路。综观贾谊对屈原的态度,可以说,他以自己用世的儒家理想不能实现的相同遭遇去同情与凭吊屈原,又以道家的出世思想为屈原的悲剧感到

① 《惜往日》。
② 《春秋繁露·仁义法》。
③ 《报任安书》。

惋惜。

汉代其他文人对屈原的态度也大都具有这样的双重心理。司马迁说:“……及见贾生吊之,又怪屈原以彼之才,游诸侯,何国不容,而自令若是。”①董仲舒《士不遇赋》说:“殷汤有卞随与务光兮,周武有伯夷与叔齐。卞随务光遁迹于深渊兮,伯夷叔齐登山而采薇。使彼圣贤其繇周遑兮,矧举世而同迷。若伍员与屈原兮,固亦无所复顾。亦不能同彼数子兮,将远游而终慕。……孰若返身于素业兮,莫随世而轮转。”班彪说:“夫华植之有零茂,故阴阳之度也;圣哲之有穷达,亦命之故也。惟达人进止得时,得以遂伸,否则诎而坼蠖,体龙蛇以幽清。”②其子班固在《离骚序》中说:“……且君子道穷,命也。故潜龙不见是而无闷,《关雎》哀周道而不伤,瑗持可怀之智,宁武保如愚之性,咸以全命避害,不受世患。故《大雅》曰:‘既明且哲,以保其身。’斯为贵矣。……今若屈原,露才扬己,竞乎群小之间,以离谗贼。然责数怀王,怨恶椒兰,愁苦神思,强非其人,忿怼不容,沉江而死,亦偏介狂狷景行之士。”扬雄说:“怪屈原文过相如,至不容,作离骚,自投江而死,悲其文,读之未尝不流涕也。以为君子得时则大行,不得时则龙蛇,遇不遇命也,何必湛身哉!乃作书,往往摭离骚文而反之,自峄山投诸江流以吊屈原,名曰反离骚。”③其《太玄赋》说:“屈子慕清,葬鱼腹兮。……我异于此,执太玄兮。”以上对屈原提出批评者,大抵都是针对屈原过于执着,不能超脱尘世而言。士人们对屈原的遭际普遍寄予同情,却又不约而同地摒弃屈原自沉的人生解脱方式④,这是一个问题的两个方面。而他们对屈原提出批评的标准,恰恰是庄子的出世思想。他们的正面观点在对屈原的评价中也显露得很清楚,那便是主张要“明哲保身”,去国远游,或隐居山林,全命避害。

二

庄子的人生理念尚赋予汉文人以道家的时命观和超脱的生死观,这使得汉代这些赋家

① 《史记·屈原贾生列传》。

② 《悼离骚》。

③ 《汉书·扬雄传》。

④ 汉代有数家对屈原仅有推崇而绝无批评。先是淮南王刘安。司马迁《史记·屈原贾谊列传》曾引述他的观点。他对于屈原作品的评价大抵是依经立意,以儒家经典的标准来肯定《离骚》等怨词的。然刘安对屈原其人其文的评价是有别的。对于屈原人格的评价,他以为,屈原“其志絜,故其称物芳。其行廉,故死而不容自疏。濯淖污泥之中,蝉蜕于浊秽,以浮游尘埃之外,不获世之滋垢,皭然泥而不滓者也。推此志也,虽与日月争光可也”。其说和东汉作《楚辞章句》的王逸前后映照。王逸“与屈原同土共国,悼伤之情,与凡有异”。因而对于屈原其文其人都是无微不至地予以回护。他评价屈原的人格说:“今若屈原,膺忠贞之质,体清洁之性,直若砥矢,言若丹青,进不隐其谋,退不顾其命,此诚绝世之行,俊彦之英也。”又针对班固的观点说:“而班固谓之露才扬己,竞于群小之间,怨恨怀王,讥刺椒兰,苟欲求进,强非其人,不见容纳,忿恚自沉,是亏其高明,而损其清洁者也。昔伯夷、叔齐让国守分,不食周粟,遂饿而死,岂可复谓有求于世而怨望哉?”王逸指出班固对屈原的指责是不合理的。理由一是屈原之词悠游婉顺,非为露才扬己怨刺其上;二是肯定屈原的“忠贞之质,清洁之性”,即肯定屈原的刚直不阿节操和洁身自好的品行。表面看来,对于屈原的推崇和对于屈原的批评,观点差距是很大的。但实际上,若考察其谕扬和贬抑的具体内容就会发现,这两种态度背后的标准有一致性。对屈原的批评已如上述,刘安、王逸等在对屈原的褒扬中,似乎执行的是儒家的人格标准。但是,高其洁行,不同流合污,也正是庄子所推崇的人格理想。许由、伯夷、叔齐,种种弃世离俗的人物在《庄子》中多次被作为正面的形象提及。而庄子本人的故事,或是不愿作牺牛而宁拽尾于涂,或是对舐痂结驷者的冷嘲热讽,都突显出他自身内在的不与俗流的高洁人格。故而,便是刘安、王逸等对屈原的肯定评论中,也折射出他们人格中的道家因素。

有可能从屈原式的不遇命运中脱身而出，实现对痛苦的消解和精神上的超越。人类对“时”的体验由来已久，人的感知、情感、意志都无法与“时”相间隔。在《诗经》中，“瞻彼日月，悠悠我思”[①]，“昔我往矣，杨柳依依，今我来思，雨雪霏霏”[②]，“昔我往矣，黍稷方华，今我来思，雨雪载途”[③]，“时”的观念常常体现为季节与天气变化的感受，与相思、乡恋的情感相对应，便正是那日月阴晴的变化，更叫人挂念那远方的故乡、远方的亲人。虽则诗句浸透了情感，然而，对于“时”而言，并不具有急迫感。在屈赋中，“时”的观念与用世的志向、美政的理想相联系，“日月忽其不淹兮，春与秋其代序”，“朝发轫于苍梧兮，夕余至乎悬圃”，“惟草木之零落兮，恐美人之迟暮”，“老冉冉其将至兮，恐修名之不立”[④]。其语调之疾，其心情之急，都溢于言表，表现了屈原对于国家和民族命运的焦虑和担忧。而两汉赋家，将千古共悲的“不遇”情怀诉诸由时命不当之根源性探讨，“时命”的悲叹常常凝聚于赋家的笔端，他们将此激情观感的“时”创造性地转化为哀伤时世，宽慰自身遭遇的精神良药。于是骚体赋就由感伤式的发问质疑、自怨自艾转为对自身遭际的时命认同。时命观念在赋作中频繁流露：

哀时命之不合兮，伤楚国之多忧。[⑤]

哀时命之不及古人兮，夫何予生之不遘时。往者不可扳援兮，来者不可与期。[⑥]

哀余生之不当兮，独蒙毒而逢尤。[⑦]

岁忽忽兮惟暮，余感时兮凄怆。[⑧]

赋家对自身的身逢浊世、“蒙毒而逢尤”之体认省悟，皆归于对时命的诠释。而这种既“不可扳援”之“往者”，又“不可与期”乎“来者”之时遇，皆时命所定，上苍所降，无可更移。这就注定了理想中的美妙世界必为世俗之恶流浊浪所淹没的悲剧命运。哪怕呕心沥血，体解身死，也无法逃避命中注定的厄运。一切努力与抗争都显得徒劳而无奈，这也正是两汉士子文人对屈原心志之感悟体认和不尽悲悯的根由所在。于是便有了一系列的悼骚、反骚的作品，由悲鸣其“逢时不祥”趋向于对时命的认同和接受。与时转移，随波逐流，安时委命，成了赋家抚慰灵魂的最佳良药。从时命观上说，庄子也有生不逢时的感慨。《庄子·山木》中记载庄子“衣大布而补之，正絜系履而过魏王”，自称所以如此疲弊落魄是在于“非遭时也”。《徐无鬼》篇也表达了对“遭时有所用，不能无为也”的理解。对于不能遭时，庄子的态度是“与时消息”，“适来，夫子时也；适去，夫子顺也。安时而处顺，哀乐不能入也”[⑨]。庄子希望于世界中，处于材与不材之间，寻找到一个精神的避难所，“乘道德而浮游”，“无誉无訾，一龙一蛇，与时

---

① 《诗经·国风·雄雉》。

② 《诗经·小雅·采薇》。

③ 《诗经·小雅·出车》。

④ 《离骚》。

⑤ 东方朔《七谏·哀命》。

⑥ 严忌《哀时命》。

⑦ 刘向《九叹·愍命》。

⑧ 王逸《九思·哀岁》。

⑨ 《庄子·养生主》。

俱化，而无肯专为”[1]，在时命的先天确认下，庄子要使内心屈从上苍的安排，放逐自己的济世之心，选择潜藏的人生之路。庄子这一对生不逢时的消解方式，成为汉文人憧憬的精神目标。扬雄《反离骚·序》云：“怪屈原文过相如，至主不容，作《离骚》，自投江而死，悲其文，读之未尝不流涕也。以为君子得时则大行，不得时则龙蛇。遇不遇，命也，何必湛身哉！”班彪《悼骚赋》亦云：“夫华植之有零茂，故阴阳之度也。圣哲之有穷达，亦命之故也。惟达人进止得时，行以遂伸，否则诎而坼蠖，体龙蛇而幽潜。”他们都以庄子的人生哲学开导自己，说服自己去随顺自然，委运任化，以龙蛇的变化有时来宽慰自己目前的境遇。既然一切皆由命定，个人无法摆脱时命的羁绊，只好随时而异，若得时则大行，不得时则龙蛇幽潜，庶几可以全身远祸，“何必湛身哉”！然“虽谓失志之赋即励志之赋可矣”[2]。这不过是后世文人的自我劝勉而已，它深刻地体现出悼骚反骚者在“读之未尝不流涕”之际，于屈子遭逢之滔天悲鸣中，联类己身的厄运不遇而又无可奈何的一种极度不忍的矛盾复杂心态。它明晰地突显出庄子的时命观刻于后世文人心灵深处的鲜明的时代烙印。视这类赋作为映照专制君权制度下的文人的辛酸历程和凄凉心境的一面镜子，实不过分。

汉赋家对时命的探索体认往往和自身的时运追求相关，当自身在仕进无门，时命不济，兼济天下之志难以实现的时候，除任时随化外，又该如何独善其身清洁自守呢？恰便似贾谊《鵩鸟赋》：“至人遗物兮，独与道俱。……真人恬漠兮，独与道息。”庄子的至人神人真人的理想人格也成为汉赋家的自主人生追求：

> 大人之度，品物齐兮。舍位之过，忽若遗兮。求位得位，固其常兮。守信保己，比老彭兮。[3]
>
> 驷素虬而驰骋兮，乘翠云而相佯。就伯夷而折中兮，得务光而愈明。欵子高于中野兮，遇伯成而定虑；钦真人之德美兮，淹踌躇而弗去。……求善卷之所存兮，遇许由于负黍。……[4]
>
> 周、贾荡而贡愤兮，齐生死与祸福。[5]
>
> 嘉孔丘之知命兮，大老聃之贵玄……夫庄周之钓鱼兮，辞卿相之显位。[6]

他们要“与真人乎相求”[7]，学习老庄的超然贵玄，效法老彭的保己养寿，乘虚无、守寂寞，与隐者游，共松乔宿，冥漠恬淡的道家理想境界成为汉赋家们心目中向往的精神乐土。

三

与“时”的观念相联系的是关于生死的观念。死亡的恐惧是永远悬于人类头顶的宝剑。

---

① 《庄子·山木》。
② 刘熙载《艺概·赋概》。
③ 刘歆《遂初赋》。
④ 冯衍《显志赋》。
⑤ 班固《幽通赋》。
⑥ 冯衍《显志赋》。
⑦ 冯衍《显志赋》。

《诗经》亦常常提及“死”，但是，“死”在此往往是“德音莫违，及尔同死”①，“之死矢靡它”②，“穀则异室，死则同穴。谓予不信，有如皦日”③的情感誓言，与其说它是对生命的感受，不如说它是对情感的体验和忠贞于情感的心愿。虽则，《诗经》中偶尔也有“无草不死，无木不萎”的对自然生命的伤感，但诗人旋即将之转化为“忘我大德，思我小怨”④的现实恩怨的斤斤计较，这与“瓶之罄矣，维罍之耻。鲜民之生，不如死之久矣”⑤这样的对内心不满的情绪性发泄毫无二致。

在屈原之作中，“死”是最常见的话题之一。《离骚》说：“亦余心之所善兮，虽九死其犹未悔。”“阽余身而危死兮，览余初其犹未悔。”《怀沙》说：“知死不可让，愿勿爱兮。”《惜往日》：“焉舒情而抽信兮，恬死亡而不聊。”“宁溘死而流亡兮，恐祸殃之有再。不毕辞而赴渊兮，惜壅君之不识。”《悲回风》说：“宁溘死而流亡兮，不忍此心之常愁。”不是诗人轻生，但为了信念，诗人“宁愿”选择死亡，这只能说明诗人“重义”。这让人联想到的是儒家的“有杀身以成仁，无求生以害仁”的“舍生取义”的精神。死亡是不得已的，但是，不得已者在诗人心中已成了必然的选择，他对死亡恐惧的超越中，必然是从死亡获得了精神的升华。死，成就了诗人的理想；死，让诗人实践了把生命投入于国于民之中。这样，作为一己是死了，但是生命力，生命的价值却在集体中，却在国家的命运中无限地得到了延续。

而汉赋家对死的超越乃是庄子式的道路，那就是在宇宙的背景中认识死。庄子最早意识到个体存在的有限性和宇宙无限的矛盾。“天与地无穷，人死者有时，操有时之具而托于无穷之间，忽然无异骐骥之驰过隙也”⑥。人生老病死，是无可逃脱的劫数，“夫大块载我以形，劳我以生，佚我以老，息我以死”，“死生，命也，其有夜旦之常，天也”⑦。死生，便如同昼夜晨昏一样地自然。那么，人获得了生命，便也进入了社会，走进了时间，便有了对自身生命的担忧。“人之生也，与忧俱生”，这样的担忧只要生命不结束，便永远会感受到。庄子对此问题解答的开拓性在于，他竭力化解人生的有限性，“通天下一气耳”，“生者死之徒，死者生之始，孰知其纪！人之生，气之聚也；聚则为生，散则为死。若死生为徒，吾又何患！故万物一也”⑧。人生亦为气，死亦为气，“万物一府，生死同状”⑨。生死的差异不过在于外在形态的变化，而实质却无二，所谓“外化而内不化”⑩。这恰似苏轼在《前赤壁赋》里所诠释的：“自其变者而观之，则天地曾不能以一瞬；自其不变者而观之，则物与我皆无尽也。”这样，庄子通过强调一种主体精神的不灭，在意识深处消除了死亡的忧惧，这样，人们只要“安时而处顺”，便可超越生死，“哀乐不能入”⑪了。

---

① 《诗经·国风·谷风》。
② 《诗经·国风·柏舟》。
③ 《诗经·国风·大车》。
④ 《诗经·小雅·谷风》。
⑤ 《诗经·小雅·蓼莪》。
⑥ 《庄子·盗跖》。
⑦ 《庄子·大宗师》。
⑧ 《庄子·知北游》。
⑨ 《庄子·天地》。
⑩ 《庄子·知北游》。
⑪ 《庄子·齐物论》。

应该说，汉赋家们和庄子的真义尚是有一定差距的。他们只是在精神层面引庄子的方式作为追求的心灵境界，而并未能在人生的实践上踵武庄子，司马迁《悲士不遇赋》虽疾呼"天道微哉，吁嗟阔兮。人理显然，相倾夺兮"，却终归委命随流，"无造福先，无为祸始"，继续关注着人世沧桑。贾谊《鹏鸟赋》以"天地为炉兮，造化为工，阴阳为炭"而视"万物为铜"、"何足控抟"，也不妨碍他继续为长沙王傅、梁怀王傅。董仲舒的《士不遇赋》既叹时运的蹇迫，"生不丁三代之盛隆兮，而丁三代之末俗"，又不愿依道家的指引洁身而去，而是继续汲汲于他的天人之策、治国之术。同样，张衡在《思玄赋》里一面指控尘世之浑浊，价值之背离颠倒，"行陂僻而获志兮，循法度而离殃"，一面又扎进经籍文典中寻求寄托。因而，很多时候，汉赋家们所说的庄子，往往仅是借以抚慰自身于生不逢时之际伤痛凄苦灵魂的一剂方药。其"释智遗形，超然自丧，寥廓忽荒，与道翱翔"①，并不真正具有庄子"今者吾丧我"的超然襟怀，"反情素于寂漠兮，居华体之冥冥"②，也未能真正实现己身之沉寂。"遂悬车以执马兮，绝时俗之进取"③，更难以抵挡内心对尘世的关怀和济世情怀的复活。故而，从本质上说，这些对自身的安顿，仅局于精神层面，它体现了汉代文人疲惫于尘世辗转，归于寂寞无为的应世态度，体现了汉赋家们内在儒道精神的合一。

虽则如此，汉赋家们却在观念思想上尽力以庄子哲学来排解忧愁与恐惧。他们虽感伤于"惟人生兮一世，忽一过兮若浮"④，但是在庄子"天地为炉兮，造化为工；阴阳为炭兮，万物为铜"的观念下，认识到宇宙的变化是自然而然的，"千变万化兮，未始有极"。因而，人的生死便是万化之一，只是变化而矣，则又何足惧哉，"化为异物兮，又何足患!"庄子哲学使之能以超然的心态看待人类的必然宿命——死亡，"死为休息，生为役劳"，死则"与阴阳同其流，与天气合其朴；以造化为父母，以天地为床褥；以雷电为鼓扇，以日月为灯烛，以云汉为川池，以星宿为珠玉"⑤，同体自然，与道逍遥。个体的生命，融入了自然宿命的律动中，融入到生生不息的宇宙中，分享了其中的永恒和宁静。由此，汉赋家重新建立了对自身主体精神长存的信心，也因此，生命对他们开始具备新的意义，那便是"与志迁化，容不虚生"⑥，用感性和有限的生命体道，感受并且验证生命的自然存在。若关涉其内在的儒家思想层面，那么，"达则兼济天下，穷则独善其身"，遇不遇的时命问题，转为道之行与不行，应付于此的对策恰由庄子来设定并充实之，若道行，则积极进取，若不行，则安然自适。外在的运命化为对自我的抉择和把握，庄、儒，第一次在文化人格中合而为一体。

由上可见，庄子带来汉赋家对不寻常的生之痛苦的敏锐感受，也给他们以独有的消解痛苦的方式。汉赋家们第一次在人格中引入了庄子的生命哲学，也因之，中国士人的人格构成，第一次具有了后世常言的"儒道互补"的意义。

（作者单位：北京师范大学汉语文化学院）

① 贾谊《鹏鸟赋》。
② 刘歆《遂初赋》。
③ 崔篆《慰志赋》。
④ 班婕妤《自悼赋》。
⑤ 张衡《髑髅赋》。
⑥ 傅毅《舞赋》。

论汉初庄学接受的类型与特点

高树海

中国文化精神的基本内涵，在纷纷扰扰的春秋战国时代便已奠定。诸子百家中重要学派的理论著作，成为中华民族创造与发展的文化元典。举凡政治、经济、军事和思想等等几乎一切领域，都为以后三千年的创新、突破指示了方向并划定基本范围。

继承文化元典的基本精神并加以创造的，其始端并不是那希望统治千万世的秦王朝。因为它的短命，因为它的文化摧残政策，真正承继春秋战国文化要义的，是统治四百年之久的皇汉王朝。

皇汉王朝承继的文化精神也有变化。斩蛇起义的刘邦不重视文化，戏耍儒生的言行颇有浓郁的地痞流氓气息。然而，陆贾一番"马上得之"与"马上治之"的质询问难，使无文化素养的泗水亭长默然良久[①]。治国需要统治思想，而统治思想就存在于文化元典之中，渗透在文化精神里，包容在文化内涵中。汉高祖的默然无答，证实文化思想在治国驭民中的重大作用。

汉初崇尚黄老之学，不但开国元勋张良、陈平、曹参尊奉黄老，就是景帝的母亲窦太后以及汲黯、郑当时、田叔、直不疑、邓章、王生等也都信事黄老；不但重臣贵戚精通黄老之术，就是汉文、汉景也颇得黄老三昧，行清静无为之政，持驭臣取与之术。

黄老学的兴盛，在庄学接受史上也有一定的意义。黄老之学除尊奉黄帝之外，就是推崇老子学说。《老子》是历史智慧的结晶和政治经验的总结，其中包含的驭臣治民之术，受到汉初统治者的重视与尊奉。庄学是老学的近亲，这是后人的认识。若从汉人的思想认识来下结论，庄学就是老学的嫡子。在他们看来，老庄是一不是二，虽是误解却是汉人的正解。因此，在汉代初年庄学是作为黄老之学的附庸而存在的，也借助时人接受黄老而偶然被接受。老庄同受，是本期庄学接受史上的一个突出现象，或者可以说是整个庄学接受史上的一个突出的现象。

汉武帝"罢黜百家，独尊儒术"后，儒学跃升为国家哲学，逐渐控制了意识形态领域。黄老之学衰落，而作为黄老之学附庸的庄学，连偶尔一露峥嵘的机遇都丧失了。就这样，庄学继续着它的潜隐状态，较之汉初的偶然颖露，它是彻底地沉潜隐遁起来。

从文学领域来考察汉初庄学接受的情况，我们只在挫败的才士贾谊与放浪的狂人东方朔身上听到了两声回响。这回响不仅飘荡在具体的文学作品中，也贯彻在接受个体的生活

---

① 详细论述参见拙著《纵横捭阖——古代策士说客写真》第七章第四节，东方出版社 1999 年版。

实践里。

一、"挫折型"接受者贾谊

贾谊的一生明显分为前后两个阶段。前一阶段少年得志，才华横溢，以博士起家，被汉文帝超迁擢用，"一岁中至太中大夫"，"于是天子议以谊任公卿之位"(《汉书》本传)。其时贾谊年二十余，少年得志，颖才卓识胜过众臣。然而，露才招嫉的道理此时的贾生还不懂，"以其能苦其生"的庄学诫语也没有引起他的特别关注。后一阶段因才招嫉，险恶的世俗政治教育了"年少初学"的贾谊，正当公卿之位向他招手之时，已攫取要位的权贵们将他的梦想化为泡影。汉文帝抵不住老臣们的谗毁，疏远了贾谊，不但公卿之位未得授，连太中大夫一职也未能保，贾谊被降职外任为长沙王太傅。

贾生的遭际造成其心态的变化。《汉书》本传描述他受挫后的心态说，"谊既以谪去，意不自得"。为了慰藉受伤的心灵，为了舒散抑郁的心情和排解挫折感，才士贾谊走向庄学，从那里汲取达观的思想。作于任长沙王太傅期间的《鹏鸟赋》，明显地表现了贾生用庄学排遣生死忧患的意向。赋文曰：

> 且夫天地为炉兮，造化为工；阴阳为炭兮，万物为铜。合散消息兮，安有常则？千变万化兮，未始有极。忽然为人兮，何足控揣！化为异物兮，又何足患！小智自私兮，贱彼贵我；达人大观兮，物无不可。贪夫殉财兮，烈士殉名；夸者死权兮，品庶每生。怵迫之徒兮，或趋西东；大人不曲兮，亿变齐同。愚士系俗兮，窘若囚拘；至人遗物兮，独与道俱。众人惑惑兮，好恶积意，真人恬漠兮，独与道息。释智遗形兮，超然自丧；寥廓忽荒兮，与道翱翔。乘流则逝兮，得坻则止；纵躯委命兮，不私与己。其生兮若浮，其死兮若休；澹乎若深渊之静，泛乎若不系之舟。不以生故自宝兮，养空而浮。德人无累兮，知命不忧。细故蒂芥兮，何足以疑！

《鹏鸟赋》的这段文字是贾谊接受庄学的显证。从作品辞句方面来看，它大量引用了《庄子》文句，为《史记》作《索隐》的司马贞在上引一段文字的注解中，三处指明其直接引用庄文，八处指出其化用庄文辞句。整个一段文字的意旨几乎全从《庄子》中来，散发着浓郁的庄学气息。从接受内容来看，贾谊主要汲取了庄学的生死观，用以排解内心的焦灼不安。他屡屡称道达人、大人、至人、真人和德人这些庄学理想人物，宣扬齐同物我的庄学相对论思想，其目的在于破除生死的困扰。"忽然为人兮，何足控揣！化为异物兮，又何足患！"人之生忽然而已，不必贪生惧死，应该学习至人之遗物，真人之恬漠，独与大道同在，"释智遗形兮，超然自丧；寥廓忽荒兮，与道翱翔"。要之，人生自当破除生死束缚，生则浮游，死即休息，"德人无累兮，知命不忧"。要达到"无累"，就得去除心灵的障蔽，摆脱生死外物的萦绕，超越财利名位、权势世俗的拘囚。只有心灵"无累"，才能"知命不忧"。

《鹏鸟赋》思想上的一个特点，就是对老学与庄学同时接受，这是庄学接受史上的一个普遍现象。贾谊在《鹏鸟赋》中接受的老学思想主要是"祸福倚伏观"：

> 祸兮福所倚，福兮祸所伏。忧喜聚门兮，吉凶同域。
> 夫祸之与福兮，何异纠缠！命不可说兮，孰知其极？

天不可与虑兮,道不可与谋。迟速有命兮,恶识其时?

人生在世祸福相因,吉凶不定,难以预知。尤其是对于贾谊来说,更是如此。前期一帆风顺,再三被拔举擢用,公卿之位隐约可望;后期波掀浪打,无端被贬官疏远,未来之路不见希望。贾谊除用老学释愁自宽之外,更将其归之于"命"。"命"是什么?命是不可测知的外力,命是百思不解的原因,命是人力难改的主宰。"命不可说兮,孰知其极?"冥冥中的上苍掌握着人的命运,人将在现实中历经的磨难归之于"命",也算于不可解释中找到了解释,在惨痛折磨中求得了安慰。"人穷则反本,故劳苦倦极,未尝不呼天也"(《史记·屈原列传》)。贾谊也在寻求安慰中找到了"天",天不可预虑,道不可预谋,非人力所能改变的"命"迟速有时,人大可不必伤生忧死,无端缠缚自由的心灵,这正是庄学齐生死、超物我的主张。就这样,老学与庄学便如影随形地结合在一起,促成了接受史上的"老庄同受"现象。寻其原因,主要是汉人认为老庄同流,都属道家,两家思想没有多大的分别。司马迁著史老庄同传,并说庄子"其学无所不窥,然其要本归于老子之言,故其著书十余万言……以明老子之术",这种观点正可视作是时人看待庄学的普遍态度。再者就是老学的祸福倚伏观与庄学的齐同物论、超越生死思想可以毫无障碍的结合在一起,思想相通共融。老庄思想结合在一起,对于慰藉失意士人、安抚受挫心灵有着巨大的作用。

贾谊是抱着非常实用的态度来接受庄学思想的。对于接受目的的实用性,朔贝尔的论述十分简洁明了:

文学作品的真正收件人几百年来总是怀着亘古不变的敌意,他们不顾学者的定理和作家的意图,把作品直接置放在非常实际的应用关系中,并且显示出完全不同的目的:或为了修身养性接受教育,或为了逃避现实以求慰藉,或为了追忆往事预卜未来,或为了效法模仿沉醉梦想,或为了赏心悦目消遣玩乐,也就是说总是为了他们的现实生活根据其自身历史存在的要求来应用这些作品的。①

正像朔贝尔所说的那样,贾谊是为了他的现实生活来应用庄学思想的。《汉书》在录入其《鹏鸟赋》前有一段文字,说明了贾谊接受庄学的目的。且看班固的记述:

谊为长沙傅三年,有鹏飞入谊舍,止于坐隅。鹏似鸮,不祥鸟也。谊既以谪居长沙,长沙卑湿,谊自伤悼,以为寿不得长,乃为赋以自广。

贾谊贬官谪居,历时三载,仍不见有重新启用委以重任的征兆,而恰于此时鹏鸟入舍,给本来就心情抑郁的他再添疑虑。因为鹏鸟形似鸱鸮,是猫头鹰一类的鸟,被民间视为不祥之鸟,至今俗语中仍有"夜猫子进宅,无事不来"的说法,被视为灾祸将至的信号。贾谊也在《鹏鸟赋》中引谣谚曰"野鸟入室,主人将去",一种不祥的感觉笼罩着他,使他忧心忡忡,对未来命运产生难以逆料的恍惚之感。他面对"貌甚闲暇"的鹏鸟发问道:

余去何之?吉乎告我,凶言其灾。淹速之度兮,语余其期。

前程未卜的困惑,吉凶迟速的忧虑,使贾谊产生"寿不得长"的念头,于是自伤自悼,作赋来排遣生死吉凶的困扰。靠什么来排遣?贾谊借助于庄学所倡导的那种超然处之的人生态度及

① 朔贝尔《文学的历史性是文学史的难题》,《作品、文学史与读者》,文化艺术出版社1997年版,第197页。

生死不入于心的气度修养，安顿了苦闷的灵魂，取得了“为赋以自广”的效果，扫除掉“鵩鸟入舍”带来的心理阴影，“细故蒂芥兮，何足以疑！”

应该指出的是，贾谊对庄学的接受是暂时的和肤浅的，他只是把庄学当作排忧遣累的工具，一旦目的达到，则达到目的所用的工具即可弃置一旁而不顾惜了。翻阅贾谊一生的上疏奏折可知，他时刻都没有忘记为统治者谋策，向统治者进谏，即使得不到皇帝的垂视，也依旧锲而不舍，孜孜不倦。儒家思想是他的主导思想，庄学不过是其调节剂而已。他最终痛哭而死，也与达观的庄学背道而驰。

总之，才秀的贾生因为仕途的挫折而汲取了一些庄子哲学的主张，庄学思想暂时缓解了他的生死忧虑，暂且缓和了他的心灵创痛，使其浓重的挫折感一时得以忘却。马其昶说：“士之傺咤失志者多乐其说以自广。”[①]庄学以其独特的疗治心灵伤痛的实用价值，赢得了自己的接受者。在庄学接受者中，有相当一部分人是仕途上遭遇坎坷的文人士子，贾谊开“挫折型”接受者之先河。

二、“放浪型”接受者东方朔

如果说贾谊接受庄学体现在慰藉心灵、“自广”胸怀的目的上，那么东方朔对庄学的承继更多地表现在处世态度和人生行为中。

东方朔才高学广，上书自荐“可以为天子大臣”(《汉书》本传)。然而，武帝却以俳优待之，视之为文学弄臣。用非其才的失落，使东方朔走向混世与傲世合一的人生道路。

他劝诫儿子处世要“尚中”，要学会避祸全身的处世技巧，所谓“圣人之道，一龙一蛇。形见神藏，与物变化。随时之宜，无有常家”(《诫子》)，可视作是他处世经验与教训的总结。

为了排遣、发泄他的失意情绪，东方朔行为放浪，玩世不恭。据《史记·滑稽列传》，东方朔“徒用所赐钱帛，取少妇于长安中好女。率取妇一岁所者即弃去，更取妇”，因此时人称之为“狂人”。就连做郎官的儿子，都想规劝他几句：

> 朔行殿中，郎谓之曰：“人皆以先生为狂。”朔曰：“如朔等，所谓避世于朝廷间者也。古之人，乃避世于深山中。”时坐席中，酒酣，据地歌曰：“陆沉于俗，避世金马门。宫殿中可以避世全身，何必深山之中，蒿庐之下”(《史记·滑稽列传》)。

东方朔自称“避世于朝廷间”，说“宫殿中可以避世全身”，于是佯“狂”以处世，所谓“自埋于俗”。在这首金马门之歌中，不仅避世全身的思想来自于庄学，就是“陆沉”这一独特的概念，也显然取自《庄子》“则阳”篇：

> 孔子之楚，舍于蚁丘之浆。其邻有夫妻臣妾登极者，子路曰：“是总总何为者邪？”仲尼曰：“是圣人之仆也。是自埋于民，自藏于畔；其声销，其志无穷；其口虽言，其心未尝言；方且与世违，而心不屑与之俱：是陆沉者也！是其市南宜僚邪？”

宣颖《南华经解》释“陆沉”云：“不消避人避世，而已成隐遁，如无水而自沉也。”陆沉者虽与世俗不合，从本心讲“不屑与之俱”，却不避人避世，而是自隐于民间，自藏于山间垅上，与世俗

① 马其昶《庄子故·序目》。

之人为伍。东方朔的“陆沉”，与市南宜僚不同之处便是自隐于朝廷，自藏于金马门中，而不是在山间垅上、蒿庐之下。晋人王康琚《反招隐》诗云“小隐隐陵薮，大隐隐朝市”，李白便称许东方朔为“大隐”，“世人不识东方朔，大隐金门是谪仙”①。

东方朔开庄学接受史上“放浪型”接受者的先声，成为魏晋“朝隐”士风兴起的远源。从后世发展的具体情形来看，东方朔影响于魏晋士人的有两点：其一，他那“朝隐”、“陆沉”的处世方式，成为士人“居官无官官之事”风气的远源；其二，他那放浪形骸的生活方式和玩世不恭的生活态度，成为名士放纵不羁、沉湎酒色的始作俑者。

综观西汉初期的庄学接受，其回响稀疏寥落。汉武帝“罢黜百家，独尊儒术”之前，黄老思想占据统治地位，其时庄学是作为黄老之学的附庸被看待的。“罢黜百家”之后，儒家学说跃升为统治思想，庄学被视为“异端”了。因此，无论是“独尊儒术”之前还是之后，庄学总体上都还处在潜隐时期。

概括地说，西汉初期的庄学接受具有如下两个特点：

第一，接受者生活经历复杂特殊。贾谊少年得志，一再升迁擢用，二十余岁即有轻取公卿之势，然而恶浪扑来猝不及防，结果人堕船翻，贬官外任。仕途上的浮沉起落与变化无常、无端遭谗与无罪被黜，促使贾生的思想发生转变。为了慰藉挫败的心灵，他走向庄学思想。东方朔雄心勃勃欲效力明主，结果被俳优待之。为了自慰其失意与失落，他同样走向了庄学。只有生活与仕途大起大落的人，才有可能反思生活的真谛，怀疑他先前依据的价值标准，从而走向“异端”，接受庄学。

第二，接受庄学肤廓不实。贾谊接受庄学目的性极强，他就是为安顿其困惑的灵魂，才去到庄学中寻找排忧遣累的工具。目的性太强，则其接受就不会彻底，只会是肤浅的和短暂的，他还没有从人生观、处世方式和处世态度上与庄学契合起来。东方朔虽然在处世方式上契合了庄学，但他处世态度上的玩世不恭，生活行为上的放浪不羁，都与庄学有着较大距离，至多也只能说是歪曲了庄学真谛，发挥了庄学不正确的一面。

（作者单位：河北教育出版社）

① 李白《玉壶吟》。

汉代奏议的进谏艺术

王启才

奏议是我国古代臣下上奏君王文书的通称，议论的内容多为朝政大事，属于公牍文体。在封建社会，臣下进谏言出法随的皇帝，是要冒很大风险的，一句谏言，数行文字，若称皇帝心意，龙颜大悦，可以起到拾遗补阙、匡时救弊的作用；若触“逆鳞”，则有可能丢官、被杀。以汉代为例，虽然有车千秋等人因几句谏言幸得高官的事例，但在王朝的中晚期，对大多数人来说，进谏时稍有不慎，即惨遭不幸，李云、郑崇、杜众、向栩、张钧等被杀或死于狱中，刘辅因上书而获罪，陈蕃、杨秉、沐茂、上官资冒死上疏救李云，官职或免或贬……。刘向在上元帝《封事》中说：“章交公车，人满北军。”[①]梅福《请开言路罢外戚疏》说：“间者愚民上疏，多触不急之法，或下廷尉，而死者众。”就是对汉代臣民上书获罪情况的真实记录。在这种情况下，如何让唯我独尊的皇帝对自己所进谏内容有所采纳，又要把上书的风险降到最小程度，是进谏者伤脑筋的事，也是汉代总结进谏理论，讲究进谏艺术的原因。

一、汉代对进谏的理论归结

在汉代，奏议、赋、诗歌等都具有一定的讽谏功能。进谏的种类和方式因谏者的目的、态度不同而各异。

汉代是继秦之后的大一统帝国，在封建体制下，人们对进谏之难已有明确认识，如荀悦《申鉴・杂言下》说：

> 或问：“进谏、受谏孰难？”曰：“后之进谏难也，以受之难故也，若受谏不难，则进谏斯易矣。”

既然进谏很难，现实中不少人又因进谏罹祸，所以，汉代已自觉地对进谏理论进行归结，有所谓“五谏”之说。据《后汉书・杜栾刘李刘谢列传》记载，李云露布上书，惹怒了皇帝，被下廷尉治罪，弘农五官掾杜众、大鸿胪陈蕃、太常杨秉、洛阳市长沐茂、郎中上官资一起上书为其求情，“帝恚甚，有司奏以为大不敬。诏切责蕃、秉，免归田里；茂、资贬秩二等”，“云、众皆死狱中”。论曰：

> 礼有五谏，讽为上……李云草茅之生，不识失身之义，遂乃露布帝者，班檄三公，至

① 班固撰，颜师古注《汉书・楚元王传》，中华书局1962年版，第1941页。

于诛死而不顾,斯岂古之狂也!夫未信而谏,则以为谤己,故说者识其难焉。

李贤等注曰:

五谏谓讽谏、顺谏、窥谏、指谏、陷谏也。讽谏者,知患祸之萌而讽告也。顺谏者,出辞逊顺,不逆君心也。窥谏者,视君颜色而谏也。指谏者,质指其事而谏也。陷谏者,言国之害忘生为君也。

刘向《说苑·正谏》说:

故谏有五:一曰正谏,二曰降谏,三曰忠谏,四曰戆谏,五曰讽谏。

《孔子家语·辨政》引孔子的话说:

忠臣之谏君,有五义焉。一曰谲谏(不直谏而诡谲其辞,启发主上自悟),二曰戆谏(愚直地谏,不注意措辞,不看时机是否合适,该谏就谏),三曰降谏(卑下地谏),四曰直谏,五曰风(讽)谏。唯度主而行之,吾其从风谏乎!

班固《白虎通德论·谏诤》把谏诤分为"讽谏、顺谏、窥谏、指谏、伯谏"五种,并解释了每种的涵义:

讽者知也,患祸之萌,深睹其事未彰而讽告,此智性也。顺谏者仁也,出辞逊顺,不逆君心,仁之性也。窥谏者礼也,视君颜色不悦且却,悦则复前,以礼进退,此礼之性也。指谏者信也,指质相其事也,此信之性也。伯谏者义也,恻隐发于中,直言国之害,励志忘生,为君不避丧身,义之性也。

从以上不难看出,所谓讽谏,是指以委婉的言辞进谏。所谓顺谏(降谏)指顺着君主的心愿进谏。所谓窥谏是看君主的情绪、脸色,适合进谏则谏。所谓指谏,是指在适当的时机、场合进谏。所谓直谏(陷谏),就是一旦发现问题,不顾利害,实话直说。

汉代也有死谏或"尸谏"之例。所谓死谏,就是以死(陈尸)谏诤皇帝,催其猛醒,这种做法比较极端,但慷慨激烈,多令人扼腕叹息。如据《汉书·郦陆朱刘叔孙传》记载,高帝多次谋划以戚夫人子刘如意易太子刘盈,叔孙通以死谏诤,说"陛下必欲废嫡而立少,臣愿先伏诛,以颈血污地",迫使高帝说"吾听公",结果"上遂无易太子志矣"。郑宠《谏封傅商》说"……故衰世之君,夭折蚤没,此皆犯阴阳之害也。臣愿以身命当国咎",终因直谏被下狱致死。此外,李云、虞诩等都是以死谏诤的例子。

汉代奏议中甚至出现了"尸谏"一词。据《后汉书·虞傅盖臧列传》记载,永建元年(126),司隶校尉虞诩上书自讼,其中有"……臣将从史鱼死,即以尸谏耳"的辞句。

从进谏的方式看,汉代奏议多为书面形式,少数是口头奏言。基本是文谏,以武力相迫的"兵谏"甚少。

从汉代奏议进谏的方法看,多为直谏。所谓直谏,又叫陷谏,就是直言极谏,进谏者以道自任,公忠体国,大义凛然,置个人生死于度外。如西汉初期、后期,东汉中后期臣下奏议多采用这种进谏方式。西汉中期以后,专制制度进一步加强,士人的独立性减弱、依附性增强,奏议中顺谏多起来。所谓顺谏,又叫讽谏,进谏者要察言观色,揣摩皇帝的心里,在不冒犯皇权的前提下,委婉表达自己的观点、看法,公孙弘、东方朔、扬雄、贡禹等人的奏议,多是如此。

该进谏方法是君主专制的产物。臣下为达到打动皇帝、保全自己的目的，在进谏时往往小心翼翼，要充分考虑时间、场合和皇帝的情绪，在措辞上煞费苦心，既要称颂皇帝圣明，又要极力贬低自己；既要亮出自己的观点，让皇帝了解进谏意图，又要绵里藏针，拐弯抹角。由于这类文章是臣下殚精竭虑、呕心沥血写出的，所以，多具有文学价值。

二、汉代奏议的讽谏艺术

在封建社会，如欲达到预期的进谏目的，不但需要忠诚，还需要胆略，尤其要有进言的智慧和善谏的本领，讲究进谏的艺术与方法。

关于进谏的方法和技巧，苏洵在《谏论上》说：

理谕之，势禁之，利诱之，激怒之，隐讽之。

王夫之《读通鉴论》卷十五说：

有顺而导之者，有徐而导之者，有正而折之者，有曲而匡之者。

这是后人的总结、归纳。汉代奏议虽没有这种理论自觉，但实际上已开始使用了某些方法。

汉代奏议虽多直谏，但也有不少委婉曲折的讽谏方式，其艺术主要表现在该方面。不少人很注意进谏皇帝的艺术，用老子“曲则全”[①]的话进行概括，则是非常恰当的。据《史记·滑稽列传》记载：

（武帝）乳母家子孙奴从者横暴长安中，当道掣顿人车马，夺人衣服。闻于中，不忍致之法。有司请徙乳母家室，处之于边。奏可。乳母当入至前，面见辞。乳母先见郭舍人，为下泣。舍人曰：“即入见辞去，疾步数还顾。”乳母如其言，谢去，疾步数还顾。郭舍人疾言骂之曰：“咄！老女子！何不疾行！陛下已壮矣，宁尚须汝乳而活邪？尚何还顾！”于是人主怜焉悲之，乃下诏止无徙乳母，罚谪谮之者。

郭舍人深谙讽谏之术，他没有实话直说，而是针对武帝与其乳母的关系，采取晓之大义又不冲撞听话人的方法，假骂乳母真挑武帝的同情，达到了劝说武帝的目的。反之，如果郭舍人采取直接替乳母求饶的方式，颇有教训武帝的意味，很可能使武帝火气更大，从而把事情办糟。下面结合具体事例，管窥汉代奏议讽谏艺术之一斑：

第一，关心个人，曲折尽情。讽谏要选准角度，拉近与对象（皇帝）的心理距离。皇帝虽处九五至尊，但难免“高处不胜寒”，需要关心和体贴。再说，作为大汉天子，平时日理万机，有关治国安邦的大道理早已听厌烦，他需要的是娱乐和休息，以放松绷得很紧的神经，所以，许多皇帝都有骄奢纵欲的毛病。汉武帝虽是一位雄才大略之主，但其欲望很多，耽于游猎就是其毛病之一。《汉书·司马相如传》说武帝“好自击熊豕，驰逐野兽”。耽于游猎，践踏民田，荒于治国，给国家和人民带来了许多危害。一次，司马相如陪同武帝到长阳宫（今陕西周至东南）游猎，感到此“非天子之所宜近”，遂上疏谏，其辞曰：

臣闻物有同类而殊能者……兽亦宜然。今陛下好陵阻险，射猛兽，卒然遇逸材之

① 张松如《老子说解》第二十二章，齐鲁书社1998年版，第130页。

兽，骇不存之地，犯属车之清尘，舆不及还辕，人不暇施巧，虽有乌获、逢蒙之技不能用，枯木朽株尽为难矣。是胡越起于毂下，而羌夷接轸也，岂不殆哉！虽万全而无患，然本非天子之所宜近也。

且夫清道而后行，中路而驰，犹时有衔橛之变。况乎涉丰草，骋丘虚，前有利兽之乐，而内无存变之意，其为害也不亦难矣！夫轻万乘之重不以为安，乐出万有一危之涂以为娱，臣窃为陛下不取。

盖明者远见于未萌，而知者避危于无形，祸固多藏于隐微而发于人之所忽者也。故鄙谚曰："家累千金，坐不垂堂。"此言虽小，可以谕大。臣愿陛下留意幸察。

这篇奏议没有谈武帝耽于游猎给国家、人民带来什么危害，有多少坏处，而是委婉地劝谏武帝不要贪图猎兽的快乐，忘记了防范意外事故的发生，冒险很容易使自己受到意外伤害；要珍视自己，注意生命安全。文章虽不长，但处处替君主着想，既使之感到臣下的体贴与关心，又感到游猎的危险与后怕，虽未提国事、民怨，但如果皇帝听从了劝谏，节制自己，减少游猎的规模与次数，对国家、人民之利尽在其中。由于该奏议角度巧妙，措辞委婉得体，所以"上善之"。由此可见，从关心皇帝个人生活的角度（小事）立论，比空洞地谈论国家大事，更容易为皇帝所接受。

第二，隐喻明理，旁敲侧击。西汉初期文章秉承战国遗风，爱用比喻、寓言说理，作为臣下的奏议也不例外，但其中较有代表性、艺术性也很高的，当推枚乘的《谏吴王书》。枚乘是吴王刘濞的郎中，"吴王之初怨望谋为逆也"，乘奏书劝谏，其辞曰：

臣闻得全者全昌，失全者全亡……夫以一缕之任系千钧之重，上悬无极之高，下垂不测之渊，虽甚愚之人犹知哀其将绝也。马方骇鼓而惊之，系方绝又重镇之；系绝于天下不可复结，坠入深渊难以复出。其出不出，间不容发。能听忠臣之言，百举必脱。必若所欲为，危于累卵，难于上天；变所欲为，易于反掌，安于泰山。今欲极天命之寿……而欲乘累卵之危，走上天之难，此愚臣之所大惑也。

人性有畏其景而恶其迹者，却背而走，迹愈多，景愈疾，不知就阴而止，景灭迹绝。欲人勿闻，莫若勿言；欲人勿知，莫若勿为。欲汤之沧，一人炊之，百人扬之，无益也，不如绝薪止火而已。不绝之于彼，而救之于此，譬犹抱薪而救火也。养由基，楚之善射者也，去杨叶百步，百发百中……然其所止，乃百步之内耳，比于臣乘，未知操弓持矢也。

福生有基，祸生有胎；纳其基，绝其胎，祸何自来？泰山之霤穿石，单极之绠断干。水非石之钻，索非木之锯，渐靡使之然也。夫铢铢而称之，至石必差；寸寸而度之，至丈必过。石称丈量，径而寡失。夫十围之木，始生如蘖，足可搔而绝，手可擢而拔，据其未生，先其未形也。磨砻底厉，不见其损，有时而尽；种树畜养，不见其益，有时而大……此百世不易之道也。

文章尽管以谏吴王刘濞谋反立论，反复渲染为逆必遭灭亡，却无一语挑明道破，只是隐约其词，旁敲侧击。为了催吴王猛醒，有些话讲得语狠意重。之所以这么做，一是吴王谋逆尚未公开化，更主要的是枚乘以宾客身份，有些话不宜说、不好说。虽然吴王最终没有听从枚乘的劝谏，但是这篇奏议写得十分精彩，讽谏的艺术性很高。

第三，随机应变，煞费苦心。委婉而讽说起来易，做起来难。它既需要很深的语言功底，又需要开动脑筋，机智灵活地加以运用。东方朔是西汉著名的文学家，其性格诙谐滑稽、不拘小节，但他又是一个善于察言观色、敢于讽谏的人，从其奏言《论诛罚不择骨肉》可以看出其随机应变、善于讽谏的个性特点。

奏言产生的背景是这样的：武帝已故妹妹隆虑公主之子，同时也是武帝的女婿昭平君因醉酒杀了人，武帝挥泪批准依法严惩。但昭平君毕竟是自己的亲人，武帝"哀不能自止，左右尽悲。朔前上寿"，说：

> 臣闻圣王为政，赏不避仇雠，诛不择骨肉。《书》曰："不偏不党，王道荡荡。"此二者，五帝所重，三王所难也。陛下行之，是以四海之内元元之民各得其所，天下幸甚！臣朔奉觞，昧死再拜上万岁寿。
>
> 上乃起，入省中，夕时召让朔，曰："传曰'时然后言，人不厌其言'。今先生上寿，时乎？"朔免冠顿首曰：
>
> 臣闻乐太盛则阳溢，哀太盛则阴损，阴阳变则心气动，心气动则精神散，精神散而邪气及。销忧者莫若酒，臣朔所以上寿者，明陛下正而不阿，因以止哀也。愚不知忌讳，当死。①

东方朔这种讽谏方式很特别，又非常机智，表现在：不是在武帝寿诞之时祝寿，其怪异引起武帝的不满；借祝寿颂扬了武帝严格执法的精神，高度肯定了其行为可与古代的五帝三皇相媲美，并借酒劝武帝销忧止哀。奏言、祝寿虽是随机进行的，但反映出东方朔的机智和辩才。

第四，侧面迂回，借古讽今。"善言古者，合之于今；能术远者，考之于近"②。早在先秦时期，诸子文章就有许多古今对比、借古讽今的内容。汉代不少奏议继承了这一传统，表现在大量征引古代的史实、典故，然后和当世进行对比，以达到否定现实、谏诤君主的目的。如王嘉的《因日食举直言复奏封事》说：

> 臣闻咎繇戒帝舜曰："亡敖佚欲有国，兢兢业业，一日二日万机。"箕子戒武王曰："臣无有作威作福，亡有玉食；臣之有作威作福玉食，害于而家，凶于而国，人用侧颇辟，民用僭慝。"言如此则逆尊卑之序，乱阴阳之统，而害及王者，其国极危。国人倾仄不正，民用僭差不一，此君不由法度，上下失序之败也。武王躬履此道，隆至成、康……传业陛下。陛下在国之时，好《诗》、《书》，上俭节，征来所过道上称诵德美，此天下所以回心也。初即位，易帷帐，去锦绣，乘舆席缘绨缯而已。共皇寝庙比比当作，忧闵元元，惟用度不足，以义割恩，辄且止息，今始作治。而驸马都尉董贤亦起官寺上林中，又为贤治大第，开门乡北阙，引王渠灌园池，使者护作，赏赐吏卒，甚于治宗庙……往者宠臣邓通、韩嫣骄贵失度，逸豫无厌，小人不胜情欲，卒陷罪辜。乱国亡躯，不终其禄，所谓爱之适足以害之者也。宜深览前世，以节贤宠，全安其命。

文章先从咎繇戒帝舜、箕子戒武王应如何处理政事说起，接着用孔子的话和文帝、宣帝、元帝、成帝的事例阐明自己的观点，然后才说到上书的对象哀帝。劝谏哀帝又是以其初继位时的振作、英明和宠任董贤时遭"大讥"、不合礼制作对比，并以先前宠臣邓通、韩嫣"乱国亡躯，

---

① 班固撰，颜师古注《汉书·东方朔传》，中华书局 1962 年版，第 2852 页。
② 王利器《新语校注·术事第二》，中华书局 1986 年版，第 37 页。

不终其禄”，以讽董贤之宠。由于作者以大量历史事实为依据来阐明自己的观点，所以论述颇为有力，只可惜哀帝昏庸，听不进忠谏。

第五，借题发挥，绵里藏针。宋代洪迈《容斋随笔·谏说之难》说：“韩非作《说难》，死于说难。盖谏说之难，自古而然。”清代王夫之《读通鉴论》卷三说：“谏父母易，而谏君难。”在封建社会，臣下进谏皇帝仅仅有责任心、有理还不行，还必须寻找、利用机会。在王朝的中后期，奏议作者为了保全自己，常常借题发挥，抓住上天、灾异、术数等具有神秘感，令皇上生畏的力量，用其警戒来规劝皇上，促使其处理、解决重大的现实问题。

这类例子较多，有的文章很长，兹选东汉张奂《上书对灾异》略加剖析：

> 臣闻风为号令，动物通气。木者火之本，相须乃明。蛇能屈伸，配龙腾蛰。顺至为休征，逆来为殃咎。阴气专用，则凝精为雹。故大将军窦武、太傅陈蕃，或志宁社稷，或方直不回，前以谗胜，并伏诛戮，海内默默，人怀震愤。昔周公葬不如礼，天乃动威。今武、蕃忠贞，未被明宥，妖眚之来，皆为此也。宜急为改葬，徙还家属。其从坐禁锢，一切蠲除……。

这篇奏议出自《全上古三代秦汉三国六朝文·全后汉文》卷六四，其写作背景是，东汉后期，外戚和宦官交替专权，国事日非。汉灵帝继位，窦太后临朝，大将军窦武、太傅陈蕃因谋诛宦官事泄，窦武自杀，陈蕃被害。建宁二年(169)，青蛇见御座殿轩，大风折木，诏群臣各上封事，匈奴中郎将张奂于是上书。

张奂在上书中推演灾异，借题发挥，认为灾异产生的原因，应在宦官借灵帝之手诛杀反对派窦武、陈蕃等人方面，并以史实印证自己的观点。文章最后指出，欲消除灾异，就必须改葬窦武和陈蕃，释放其家属及其受牵连、被禁锢之人。

该奏议在宦官专权的情况下，借灾异伸张正义力量，委婉曲折地讽谏灵帝，劝其为窦武、陈蕃昭雪，委实可贵；且言简意赅，短小精悍，说服力强，结果“天子深纳奂言”。

第六，理直气壮，起死回生。秦末汉初的蒯通是著名的舌辩之士，不仅伶牙俐齿、铮铮善辩，而且有胆有识。他曾游说韩信攻取齐地，并劝其抓住机遇，叛汉自立，与项羽、刘邦三分天下，鼎足而立，以免功高盖主，为主所害，可惜没被韩信采纳。后来历史的发展果如通言。公元前197年，韩信谋反被诛，临死叹曰：“悔不用蒯通之言，死于女子之手！”刘邦随即下令逮捕蒯通，质问他为何劝韩信谋反，欲烹杀他，蒯通说：

> 狗各吠非其主。当彼时，臣独知齐王韩信，非知陛下也。且秦失其鹿，天下共逐之，高材者先得。天下匈匈，争欲为陛下所为，顾力不能，可殚诛邪！①

蒯通曾劝说韩信谋反自立，实在是罪大恶极。面对刘邦的责问，蒯通一口承认，敢作敢为，勇于担当。在刘邦下令烹杀他的生死关头，他临危不惧，铮铮设辩，合情入理，尤其是“狗各吠非其主”一句，设喻形象，蕴涵丰富，既说出了自己劝说韩信时还没结识刘邦的那种“有眼不识泰山”的局限性，又道出了自己会像“狗”对主人那样忠诚。接着又讨好刘邦，称之为“高材者”，并含蓄地反问，秦失天下众人披坚执锐以“逐鹿”，多数人因能力不足而失败，是否也把他们统统烹死。刘邦听蒯通讲得理直气壮，句句在理，特别是为臣的要忠于主上的话深深打

① 班固撰，颜师古注《汉书·蒯伍江息夫传》，中华书局1962年版，第2165页。

动了他，为鼓励臣民效忠自己，刘邦“乃赦之”。蒯通对当下的局势了如指掌，能洞悉对方的心理，又有胆识，能言善辩，所以在生死关头，能履险如夷。

第七，逆向思维，技高一筹。人们在认识事物、看待问题时，常常按照传统、习惯或沿着一定的思维定势去思考，这样往往囿于成见，很难得出新见解。汉代策士眼界高远，思维活跃，能作逆向推理，发人之所未发，有出人意料的新结论，功效十分显著。

大致说来，汉代奏议作者的逆向思维主要表现在两方面：一是新论证。如张释之《论忌用夸夸其谈者》，说的是公元前177年，廷尉张释之随从汉文帝视察禁苑虎圈之事：

> （文帝）问上林尉禽兽簿，十余问，尉左右视，尽不能对。虎圈啬夫从旁代尉对上所问禽兽簿甚悉，欲以观其能口对响应亡穷者，文帝……诏释之拜啬夫为上林令。释之前曰：“陛下以绛侯周勃何如人也？”上曰：“长者。”又复问：“东阳侯张相如何如人也？”上复曰：“长者。”释之曰：“夫绛侯、东阳侯称为长者，此两人言事曾不能出口，岂效此啬夫喋喋利口捷给哉！且秦以任刀笔之吏，争以亟疾苛察相高，其敝徒文具，亡恻隐之实。故不闻其过，陵夷至于二世，天下土崩。今陛下以啬夫口辩而以超迁之，臣恐天下随风靡，争口辩，亡其实。且下之化上，疾于景响，举错不可不察也。”

文帝认为虎圈啬夫能言善辩，对答如流，是位才士，应予以破格提拔，张释之逆向推理说，才士不一定有辩才，绛侯周勃、东阳侯张相如是也；如果破格提拔能言善辩的啬夫，可能会助长官员夸夸其谈之风，对朝廷了解实情有所不利，并以秦始皇因“不闻其过”、“陵夷至于二世，天下土崩”的教训提醒文帝。该奏言推论新颖、合理，事例典型，论证有力，遂使文帝收回成命，“乃止不拜啬夫”。

二是新观点。以张良《请封雍齿以安众心议》为例：

> 上已封大功臣二十余人，其余日夜争功而不决，未得行封。上居雒阳南宫，从复道望见诸将，往往数人偶语。上曰：“此何语？”良曰：“陛下不知乎？此谋反耳。”上曰：“天下属安定，何故而反？”良曰：“陛下起布衣，以此属取天下，今陛下已为天子，而所封皆萧、曹故人所亲爱，而所诛者皆生平所仇怨。今军吏计功，以天下不足以遍封，此属畏陛下不能尽封，又恐见疑过失及诛，故即相聚而谋反耳。”上乃忧曰：“为将奈何？”良曰：“上平生所憎，群臣所共知，谁最甚者？”上曰：“雍齿与我有故怨，数窘辱我。我欲杀之，为功多，故不忍。”良曰：“今急先封雍齿，以示群臣，群臣见雍齿先封，则人人自坚矣。”

张良的这段奏言发生在公元前201年，即西汉政权刚刚建立，照例应当按功封赏之时。一些追随刘邦打天下的将领们，担心封赏不到自己，又害怕刘邦借机诛杀他们，所以常常聚集在一起讨论、算计。在这种情况下，刘邦如果按一己之好恶封赏，很可能使诸将人人自危，进而不利于汉政权的巩固。谋士张良敏锐地看到这一点，建议刘邦立即挑选一个平时最憎恨但又有功的人，进行封赏，以抚慰众心。这一着非常高明，它一反常人感恩、报仇的思想习惯，更不像有的人昧了良心，恩将仇报，而是仇将恩报，以致诸将转忧为喜，说“雍齿尚为侯，我属无患矣”。

三、启示与借鉴意义

汉代去今已近两千年，其奏议灵活机智的进谏艺术，仍能给人以多方面的启示与借鉴意义：

首先，从信息传播方面看，在封建社会，进谏者要采用某些异乎寻常的劝说方式，才能奏效，这说明下对上的传播途径并不通畅。主明臣直，"言之者无罪，闻之者足戒"，现在领导干部要正确决策、防止工作失误，一定要有宽广的胸襟，鼓励部下坦诚直谏，保证下情上达、信息传播渠道的畅通。

其次，从谏者方面看，宜采取灵活曲折、委婉含蓄的讽谏。《荀子·非相》说："凡说之难：以至高遇至卑，以至治接至乱，未可直至也。"班固《白虎通》卷五《性情》说："讽谏者，智也。知祸患之萌，深睹其事，未彰而讽告焉，此智之性也。"讽谏是以智为基础的。智的特点是目光敏锐，头脑清醒，洞幽烛微，有预见与创见。宋代苏询在《劝谏论》中说："隐而谏之，主虽暴必容"。由封建社会尊卑分明、等级森严的特点所决定，臣下在向当朝皇帝上书之前，在构建文本的时候，必然使出浑身解数，从选择进谏的时机、角度，到进谏的语言、方法都要反复推敲，仅从语言方面说，其调动各种修辞手段，简练揣摩，常使语言巧妙而精粹，富有文采和激情，感染力强，这对于今天向领导进言、劝谏和上行公文的写作，仍有较大的借鉴价值。

最后，汉代士人在进谏的实践中，进一步丰富、发展了讽谏艺术。之所以说讽谏是一门艺术，是因为它不仅需要胆略，有大无畏的献身精神、义无反顾的气概，还需要智慧，从汉代奏议中，人们可以学到不少从政的经验和智慧，如对进言主体的尊重，对其心理的把握，以及说话的分寸感、艺术性等，对增进劝说艺术，促进说服转播、加强领导科学研究，乃至在论辩艺术、思想政治工作和营销策略等方面，都能提供某种启迪，有一定的参考价值。

（作者单位：阜阳师范学院）

汉代的罪己诏*

郗文倩

罪己诏是诏书中比较特殊的一类，它是帝王在发生灾异或政令失误时所颁布的用以反省罪己的文书。罪己诏一词最早约出现于《旧唐书》①，但一般认为实际意义上的罪己诏最早是由汉文帝颁布的，他在即位第二年（前178）冬因发生日食而颁诏，对自己德行不够、布政不均、不能治育群生而遭到天谴表达深深的戒惧和愧疚，并声明要采取相应补救措施以示改过诚意，自此以后，罪己诏便频频出现。据笔者统计，两汉24位皇帝（不含吕后、新莽、更始帝），除西汉高帝、惠帝、昭帝、平帝、孺子婴（王莽摄政）以及东汉殇帝、冲帝外，其余17位皇帝都下过罪己诏，所下罪己诏近八十份，与后世相比，频率和数量也都是比较高的，罪己诏遂在汉代稳定为一种具有独特内涵的文体，成为帝王政治生活的重要组成部分，也引起后人关注。赵翼在《廿二史札记》中感叹“汉诏多惧辞”，认为这些表达戒惧的诏书多出于“继体守文”之君，他们虽然没有高祖、武帝那样的英气才华，却都小心谨畏，故多“蒙业而安”，因此在他看来，“两汉之衰，但有庸主，而无暴君，亦家风使然也”②。而数量众多的罪己诏无疑是最能展示“戒惧”之情的文本了。

根据颁布原因，汉代罪己诏大致可以分为两类。一类是因日食地震、特殊星相以及水、旱、火、虫等灾异而颁布，我们称之为灾异类罪己诏，此类数量众多，占将近八成。另一类则是检讨政治行为失当而颁布的诏书，我们称为政过类罪己诏。如汉成帝曾因自己批建工程巨大的陵寝，致使百姓疲极，天下匮竭而颁诏表示愧悔，称自己“执德不固，谋不尽下”，言辞甚为诚恳（《汉书》卷十《成帝纪》）。此类诏书中，汉武帝征和四年（前89）所颁“轮台罪己诏”影响最大。透露了武帝晚年心迹，颇具感染力，故屡屡为后人称道。然而，与灾异类罪己诏相比，政过类罪己诏不仅数量少，且大多更像是深度“自谦”，故作为罪己诏，前者更具代表性③，本文也以此为讨论重点。

作为君王自上而下发布给臣民的专用文书，诏书往往显示教诲民众的优势姿态，如《释

---

* 本文为2009年国家社科基金项目“汉代礼俗与汉代文体关系研究”（09CZWO21）的阶段性成果。

① 《旧唐书·李纳传》：“及兴元之降罪己诏，纳乃效顺……”中华书局1975年版，第3536页。

② 赵翼著，王树民校证《廿二史札记校证》（订补本），中华书局1984年版，第42页。

③ 汉代帝王诏书中，还有许多是带有“朕既不德”、“朕既不明”、“朕既不敏”等语句的诏书，有研究者也把它们看作罪己诏。但在笔者看来，这些只是自谦之词，如因祥瑞而颁布的大赦赏赐诏书就常常使用此类程序化语言，显然不是罪己。罪己诏颁布的前提是“有事情做错了或者做得不好而感到自责自罪”，这是本文罪己诏选录分类的标准。

名》所说"诏,昭也。人暗不见事宜,则有所犯,以此示之,使昭然知所由也。"[①]但罪己诏却是皇帝发布用以自我批评的文本。那么汉代君主为何要颁诏罪己？在君权的背后隐藏着怎样的约束和压力？发布一纸文书在多大程度上能够化解这样的压力？它们在汉代政治生活中发挥着怎样的功能？后世又呈现怎样微妙的变化？这些问题前人尚未深入探讨[②],本文试图做一索解。

一

作为中国古代独有的诏书形式,罪己诏产生最主要的心理动因就是汉代天人感应、阴阳灾异观念的盛行。我们看到,灾异类罪己诏中有三分之一是因日食而引发,如最早汉文帝所颁罪己诏：

> 朕闻之,天生民,为之置君以养治之。人主不德,布政不均,则天示之灾以戒不治。乃十一月晦,日有食之,適(谪)见于天,灾孰大焉！朕获保宗庙,以微眇之身托于士民君王之上,天下治乱,在予一人,唯二三执政犹吾股肱也。朕下不能治育群生,上以累三光之明,其不德大矣。令至,其悉思朕之过失,及知见之所不及,匄以启告朕,及举贤良方正能直言极谏者,以匡朕之不逮。因各敕以职任,务省繇费以便民。朕既不能远德,故憪然念外人之有非,是以设备未息。今纵不能罢边屯戍,又饬兵厚卫,其罢卫将军军。太仆见马遗财足,馀皆以给传置。(《汉书》卷四《文帝纪》)

在汉人眼里,日者乃众阳之宗,人君之表,君德衰微,则日食应之,故日食的出现特别引人瞩目。在诏书中,文帝对上天的警告表示惊惧,认为自己"下不能治育群生,上以累三光之明,其不德大矣"。同时表示自己勇于承担罪责,"天下治乱,在予一人",并提出了整改的若干方案,如召贤良方正能直言进谏者指摘自己的行政过失、减少百姓徭役费用、罢兵省马等等,以显示自己积极改良的决心和诚意。作为中国古代最早的罪己诏,这则内容详尽、措辞诚恳的文书给后世帝王提供了精神和文字范本,后世相关罪己诏尽管文字或详或略,但内容和修辞大都无出其右。

除日食外,地震是另一重要动因,"典籍所忌,震食为重"(《后汉书》卷六《孝顺帝纪》)。故有六分之一罪己诏由此引发,如东汉光武帝建武二十年(44)九月戊辰"地震裂",遂制诏曰：

> 日者地震,南阳尤甚。夫地者,任物至重,静而不动者也。而今震裂,咎在君上。鬼神不顺无德,灾殃将及吏人,朕甚惧焉。其令南阳勿输今年田租刍稿,遣谒者案行,其死罪系囚在戊辰以前,减死罪一等;徒皆弛解钳,衣丝絮。赐郡中居人壓死者棺钱,人三千。其口赋逋税而庐宅尤破坏者,勿收责。吏人死亡,或在坏垣毁屋之下,而家羸弱不

---

① 任继昉《释名汇校》,齐鲁书社2006年版,第344页。

② 汉代帝王颁布罪己诏是突出的历史现象,然目力所及,正式发表的研究大都描述泛泛,结论粗浅,比如以此夸赞帝王有自我批评精神或指责其虚伪等。比较有启发的仅有法学领域学者的研究成果,如中国政法大学萧瀚作过演讲《罪己诏与古代政道》以及成都大学王怡短文《罪己诏与责任政治》,谈及罪己诏所表露的政权合法性问题(均网络所见,未见正式发表)。

> 能收拾者，其以见钱谷取佣，为寻求之。(《后汉书》卷一《光武帝纪》)

大地承载万物、本应静而不动，现在竟然发生震裂，这是天地的警告，罪在君上，灾殃将及国人，故诏文表示自己十分恐惧，特采取一系列优抚措施以示改过。

异常星象也会引起帝王的警觉和戒惧，如汉元帝初元五年夏四月，有星孛于参，遂颁诏罪己，称因政治无能而至“序位不明，众僚久麽，未得其人”，终至“元元失望，上感皇天，阴阳为变，咎流万民”，为此“甚惧”，并提出相应的整改抚恤措施(《汉书》卷九《元帝纪》)。

另外，风雨不调、水旱虫灾、疫病流行也下罪己诏，西汉文帝、元帝、成帝、东汉桓帝、章帝等都颁布过此类诏书。如成帝鸿嘉二年三月颁诏认为自己即位十余年，数遭水旱疾疫之灾，黎民困于饥寒，国家礼义不兴，都是自己不善招贤选士的缘故，故希望打开淤塞之路，推选贤才匡正过失。汉章帝五年也颁诏称“去秋雨泽不适，今时复旱，如炎如焚。凶年无时，而为备未至”是自己“不德”的表现，故内心“震栗忉忉，痛心疾首”，表示要效仿前代圣君，务加肃敬，努力改过(《后汉书》卷三《肃宗孝章帝纪》)。东汉和帝于七年九月因蝗灾罪己，认为“蝗虫之异，殆不虚生，万方有罪，在予一人”(《后汉书》卷四《孝和帝纪》)，并希望臣子勉修厥职，匡君不逮，以塞灾变。

有时甚至火灾也是引发罪己诏的因素，如汉元帝初元三年(前46)夏四月因茂陵白鹤馆火灾、汉成帝建始元年春因祖庙遭火灾而颁诏表示战栗恐惧，认为“不烛变异，咎在朕躬”(《汉书》卷九《元帝纪》)。

对于以农耕为主体经济形势的中国古代社会来说，自然天象无疑是对生产和发展影响最大的因素，所以古人很早就建立起一套天象观测的方法，并形成记录各种灾异的传统，如《春秋》每年记载人事只有寥寥几条，记载“日有食之”就达三十六条，地震记载也有六七十条，此外，有关星辰之变，雨、雪、旱、云等自然灾害也一一记录在案，自此，史官记录灾异成为定制，同时有关天人感应的解释系统也慢慢建立起来。古人认为，“天”无声无臭，风雨雷电、日月星辰等自然变化就是它的具体表现，而这些表现又和人事特别是帝王言行有着极为密切的关系。相传商汤克夏后，连年大旱，五年不收，负责宗教祭祀的大臣说要用人为牺牲，向上帝祈祷求雨。于是，汤乃“翦其发，枥其手，以身为牺牲，祷于桑林”，其辞曰：

> 余一人有罪，无及万夫，万夫有罪，在余一人。无以一人之不敏，使上帝鬼神伤民之命。①

此言一下，“民乃甚悦”，而老天看到汤剪掉指爪自为牺牲，哀怜之下，雨乃大至。故人称“汤达乎鬼神之化，人事之传也”。此故事见于《吕氏春秋》，商汤的祷辞也被认为是罪己诏的滥觞。

到了汉代，天人感应思想进一步系统化，或强调祥瑞之兆与政治人事的关系：“人主和德于上，百姓和合于下”，就能使天地和，表现为“阴阳和，风雨时，甘露降，五谷登，六畜蕃，嘉禾兴，朱草生，山不童，泽不涸”(《汉书》卷五十八《公孙弘传》)。或强调灾异的影射垂诫：“凡灾异之本，尽生于国家之失。国家之失乃始萌芽，而天出灾害以谴告之，谴告之而不知变，乃见

① 高诱注《吕氏春秋·顺民篇》，上海书店1986年版，第86页。

怪异以惊骇之，惊骇之尚不知畏恐，其殃咎乃至。”[①]不过，西汉前期对于所谓“美事召美类，恶事召恶类”[②]的对应是相对审慎的，如司马迁认为“星气之书，多杂禨祥，不经；推其文，考其应，不殊”（《史记》卷一三〇《太史公自序》）。意思是一些星相灾异学说记录一条灾异则解释相对应的人事，就事论事，并不强调其中的规律。可见面对灾异，司马迁更多抱有自然主义的理解。而同时期董仲舒推行其灾异说也并非畅通无阻，史载其学生吕步舒就曾在武帝前斥董著《灾异之记》“大愚”，致使董仲舒大受惊吓，“不敢复言灾异”（《汉书》卷五十六《董仲舒传》）。因此，西汉前期灾异说对帝王的影响似乎也有限。比如单就自然灾害而言，汉武帝在位时间最长，期间曾遭遇水灾 9 次、旱灾 14 次、地震 5 次、虫灾 10 次、风灾 2 次、雹灾 3 次、雪灾 6 次、霜灾寒冻疾疫之灾各 1 次，灾异数量远远超出西汉其他帝王，在两汉帝王中在位年数和灾害次数同比都是最高的[③]，但并未因此颁诏罪己。这里除了帝国处在上升期而异常自信以及帝王个性外，灾异说尚处在理论创建阶段尚未形成足够威慑当是重要原因吧。

西汉前期的天人关系说，到西汉中后期发展为阴阳灾异学，刘向、刘歆父子还将古来祸福之事分派到各类，编著了一部十数卷的灾异史，班固录入汉书为《五行志》，至此，灾异说就更加精密具体了。说祥瑞、言灾异遂成为统治者阶层频繁使用的主要辅政手段之一。特别是当灾异出现，朝野上下则依经术言得失，强调君王若貌不正、行不端、政不利，就会有日食、地震、风雪雨雹疾疫之灾，甚至还会有龟孽、鸡祸等妖象。宣帝时的眭孟、夏侯胜，元帝、成帝时的京房、翼奉、刘向、谷永，哀帝、平帝时的李寻、田终术等均善言灾异。有时这种议论甚为激昂，乃至毫不顾忌帝王颜面，如京房曾当面批评元帝：

> 《春秋》纪二百四十二年灾异，以视万世之君。今陛下即位以来，日月失明，星辰逆行，山崩泉涌，地震石陨，夏霜冬雷，春凋秋荣，陨霜不杀，水旱螟虫，民人饥疫，盗贼不禁，刑人满市，《春秋》所记灾异尽备。陛下视今为治邪，乱邪？（《汉书》卷七十五《京房传》）

如此面折君王而君王又能容忍在历史上都是罕见的，而元帝面对质询只好讪讪地说：“亦极乱也，尚何道！”可见灾异说的威慑力。元帝在位期间因灾异颁布罪己诏十余次，位居汉代诸帝前列，而宣、元时期恰是西汉由盛转衰的分水岭，故顾颉刚先生认为灾异说已把汉家的天位在精神上打倒了[④]。随着灾异说的盛行，至东汉，帝王因灾异而颁罪己诏的比例也大大增加，几乎所有罪己诏都因天象灾异而发。

在汉儒所倡导的天人感应理论系统中，灾异说和祥瑞说是一事两端，汉代帝王也常因天降祥瑞颁诏，文中往往称自己“不德”、“不逮”，却获蒙嘉瑞，赐兹祉福，倍感惶恐。不过，今天看来有些则出于附会，是上之所好，下必从焉的产物，如赵壹曾谈及汉代多凤凰记载，但有些恐怕就是普通的鹖雀之类[⑤]，因此，偶尔也会有明智的皇帝只接受灾异谴告而拒绝祥瑞，如光武帝专门下诏书不许呈报祥瑞，但在汉代，对祥瑞的信仰是渗透在方方面面的。在汉人眼

---

① 苏舆撰，钟哲点校《春秋繁露义证》，中华书局 1992 年版，第 259 页。

② 苏舆撰，钟哲点校《春秋繁露义证》，中华书局 1992 年版，第 358 页。

③ 王文涛《秦汉社会保障研究——以灾害救助为中心的考察》，中华书局，第 40、42 页。

④ 顾颉刚《灾异说与西汉的国运》，《秦汉的方士与儒生》，上海古籍出版社 1998 年版，第 28 页。

⑤ 赵翼著，王树民校证《廿二史札记校证》，中华书局 1984 年版，第 64 页

里，权力无限的君王之上还有一个权利更加无限的“天”，如果君主政令失误、不德不仁，天就会以灾异示警，反之则降祥瑞赐福嘉奖。而正是这种面对灾异的战战兢兢、面对祥瑞的欣喜和诚惶诚恐，成为制度之外约束帝王言行以使皇权不至于过度膨胀的软性心理砝码。故有研究者称尽管大一统之后帝王拥有绝对权利，但自秦汉以下，并没有出现传说中桀纣一类暴君，至少可以说昏君远多于暴君，就是因为君权虽无形式化、制度化的限制，却仍有一些无形的、精神上的制约[①]，罪己诏文本的出现就显示了这样的内容。

二

罪己诏是表达帝王忏悔反省之意的文体，一旦发布，确也能发挥一定的修政功能。

首先，罪己诏不是单纯自责并表示悔过之心就了事，往往还展示招贤纳士、虚心求谏、延问得失的姿态，故罪己诏常常又是求言诏、求贤诏，这无疑能够给社会提供更多的谏诤空间，这在君尊臣卑观念被逐渐确立的汉代，尤其重要。

余英时先生在谈及古代政治传统时曾说道，汉儒在政治性格上发生了一种基本改变，在汉初表现出来的一个特殊方面即“儒家的法家化”，其最大特色就是抛弃孟子的“君轻”论、荀子的“从道不从君”论，而代之以法家的“尊君卑臣”论。早期叔孙通为刘邦定朝仪，称“采古礼与秦仪杂就之”（《史记》卷九九《叔孙通列传》），事实上就是“秦人尊君卑臣之法”[②]。难怪施行之后刘邦方知皇帝之贵，颇为受用。汉惠帝曾在长安未央宫与长乐宫之间修路，本已动工，叔孙通指出此路设计不妥，会影响高帝庙，惠帝听罢立刻要毁掉这条路，然叔孙通劝阻道：

> 人主无过举。今已作，百姓皆知之，今坏此，则示有过举。（《史记》卷九九《叔孙通列传》）

意思是皇帝永远不会犯错，即便错了，也不能公开纠正，使人知道皇帝也有过错。这种对于君王“尊严”的维护已经到了极致了。此后，一些汉儒不断演绎和强化君尊臣卑的观念，武帝时公孙弘“每朝会议，开陈其端，令人主自择，不肯面折庭争”（《史记》卷一百一十二《平津侯列传》），将君尊臣卑的观念推广到君臣生活方式中，也似乎要从根本上阉割先秦儒家“谏诤”的传统。而董仲舒则将君尊臣卑的观念演绎得更为系统彻底：“功出于臣，名归于君。”“善皆归于君，恶皆归于臣”，“忠臣不显谏，欲其由君出也。”[③]这些说法与叔孙通“人君无过己”，公孙弘“不肯面折庭争”可谓一脉相承。董仲舒想用“天人感应”来限制君权，但汉武帝接受其建议“独尊儒术”并非欣赏其“贬天子”之说，而是看重他用儒家外衣巧妙地包裹了法家“君尊臣卑”的政治内核[④]。

在上述观念下，君臣都很难面对君王坦言错误的现实。但是，当上天显示灾异印证君王有过错，君王也自陈悔过并昭示天下、诚恳表达采贤纳言的愿望时，臣子也在一定程度上有

---

① 余英时《中国思想传统的现代诠释》，江苏人民出版社 2006 年版，第 80 页。

② 黎靖德编，王星贤点校《朱子语类》卷一三五，中华书局 1986 年版，第 3222 页。

③ 苏舆撰，钟哲点校《春秋繁露义证》，中华书局 1992 年版，第 176、325、53 页。

④ 余英时《反智论与中国政治传统》，《中国思想传统的现代诠释》，江苏人民出版社 2006 年版。

了相对宽松的政治言论空间，周公吐哺，天下归心的理想图景或能在短时内闪现。

其次，罪己诏多是因灾异而发，为了表示改过，常常附带实施有关灾害救助、社会福利救济、优待抚恤等社会保障措施，这些措施也在一定程度和一定范围内减轻了百姓的生存危机，缓和了社会矛盾。不过，罪己诏所颁布的社会救助政策是对灾变天谴的一种应答，更多带有“即兴”成分，如果这些措施和理念不能变成制度而长久广泛的推行并调整，也很难持久有效。研究者发现，秦汉时期有许多好的社会保障主张和学说，但不同时期的实践效果却相去甚远，究其原因，就在于“家天下”的统治使得这些主张难以制度化，也就难以延续，更易因统治者个人意志而改变。因此，各种社会保障政策措施的采纳实施，只能寄希望于“圣君”的自省和对臣民的体恤以及贤臣循吏的身体力行，很难有稳定和持续的效果①。

此外，汉代帝王频频颁布罪己诏，检讨政治得失，表达“战战栗栗，夙夜思过失，不敢荒宁”（《汉书》卷九《元帝纪》）等小心敬畏的心情，无疑可以成为一种表率和姿态，为督促责罚三公大臣以及各级行政长官提供了更充足的理由，故有些罪己诏就同时责备臣子政事不利，如宣帝五凤四年因日食颁诏称“皇天见异，以戒朕躬，是朕之不逮，吏之不称也”（《汉书》卷八《宣帝纪》）。元帝永光二年因日食颁诏罪己，一方面表明自己“战战栗栗，夙夜思过失，不敢荒宁”，一面责备“有司执政，未得其中，施与禁切，未合民心”。永光四年又因日食颁诏罪己，在反省自己愚钝不明之后，谴责“公卿大夫好恶不同，或缘奸作邪，侵削细民”，乃至百姓无所归命，责令他们自此“勉思天戒，慎身修永”（《汉书》卷九《元帝纪》）。

尽管作为皇帝自责的专用文本，罪己诏文字中大多不涉及罪臣内容，有时甚至有意为大臣开脱罪责，如汉章帝因日食颁罪己诏称“上天降异，止于朕躬。非群司之咎，其咎朕而已”②。汉成帝时大臣王凤两次因灾异引过乞骸骨，安帝两次颁诏罪己挽留，称自己“秉事不明，政事多阙，故天变屡臻，咸在朕躬”（《汉书》卷九十八《元后传》），劝他务专精神，安心自持。然而在时人观念中，官吏特别是三公确负有“调阴阳，正四时，节风雨”③的职责，故灾异来临，三公难躲其咎，常遭策免。如《后汉书》载，安帝永初五年四月丙戌郡国地震，三天后太尉张禹免；延光元年四月癸未京师、郡国二十一雨雹，十日后司空陈褒免。不论灾后引咎是否出于真诚，帝王对三公的斥责和罢免都是一种严厉的处罚，有着强大的威慑力。据《汉书》成帝绥和二年（前7）荧惑守心，推算其凶应在帝王，有人建议成帝转嫁灾祸于大臣，于是成帝下诏重责丞相翟方进，翟自杀。研究者曾经对东汉因自然灾害策免三公的情况做了详尽的考察，发现仅安帝永初元年至献帝兴平元年的八十八年中就有三十七年发生了因自然灾害而策免三公的事件，平均两年多一次，被罢免的三公累计达53人次，其中司徒9人次，司空24人次，太尉20人次。安帝永初元年（107）徐防“以灾异寇贼策免，就国。”范晔认为：“凡三公以灾异策免，始自防也。”（《后汉书》卷四四《徐防传》）但研究发现，在徐防之前因灾去职的三公就已有十余位。武帝元封元年，黄河泛滥十余郡，流民二百万口，武帝以丞相石庆老迈不能议政为由，赐其告归。此后因灾免职的三公还有元帝时丞相于定国、御史大夫薛广德；成帝时御史大夫尹忠、丞相薛宣、翟方进；哀帝时大司空师丹；光武帝大司空朱浮；明帝太尉

① 参王文涛《秦汉社会保障研究——以灾害救助为中心的考察》，中华书局2007年版，第269页。

② 张烈点校《后汉纪》卷十一，中华书局2002年版，第217页。

③ 刘向撰，赵善诒疏证《说苑疏证》，华东师范大学出版社1985年版，第39页。

赵熹、司徒李䜣等，王莽罢免大司马董贤也是以“阴阳不调，灾害并臻”为借口，故在汉代灾后三公揽过请辞、或被策免几成惯例①。

尽管早在汉文帝就曾下诏废除秘祝之官，为的是他们在禳解时经常把灾害移给臣下，但事实上汉代帝王大都很难做到这一点，更多是要大臣分担大部分甚至全部罪责，这甚至一度成为制度②。皇帝往往灾后不久便将三公策免，以最快速度回应天谴，表达悔过诚意。虽然君王颁罪己诏与股肱大臣的自我弹劾、甚至被罢免都显示出畏惧天谴的改过姿态，但帝王颁诏却有利于获得民心，稳固地位，三公大臣则要搭上政治前途甚至身家性命，两者的实际效果却是不一样的。可是，既然天子都反躬自责，“粪土之臣”接受责罚又有什么话可说呢？因此，尽管“灾异之作，以谴元首，而归过股肱”有违“禹汤罪己”③之本意，但在汉代，这确是一件被大家所认可的方式。

因此，对天谴的畏惧、君王的表率和威慑、政治前途身家性命的威胁等等都构成特殊压力，促使股肱大臣们高度重视防灾救助，恪尽职守，勉力政事，甚至有些基层长官也主动担负天谴的责任，如《后汉书》载西华大旱，县令戴封祈祷上天请雨无获，乃积薪坐其上自焚。也许诚心感动了上天，“火起而大雨暴至，于是远近叹服”（《后汉书》卷八十一《独行列传》）。事实上，灾区的地方长官确实也难逃其咎，如果救灾不力，轻者免官，重者判刑。因此，研究者认为与其他朝代相比，汉代官吏在重视灾害社会救助方面表现得较为突出，而天降灾异的威慑力也大大超过监察机构的监督纠举，这是汉代社会救助有别于其他朝代的特色④，亦可看作罪己诏的连带效应。

三

汉代帝王屡下罪己诏，公开承认中枢领导无力，在整个历史上都是罕见的。帝王面对灾异诚惶诚恐，谦恭自罪，坦诚地解释它们和自己政治行为之间的连带关系，并展示改过自新的一系列政策措施，这里有基于神秘主义信仰的真诚，也包含在其位谋其政的责任感和自我反省精神，故迎来后世赞誉。但事实并不如此简单，帝王自我反省批评，本可不必颁诏示众。那么，当帝王以最为庄重严肃的诏书形式将这一自我批评昭告天下的时候，这则公文也是在发挥其隐性功用，即在某种程度上反证君权的合法性。

汉代政权起于大泽，是在贵族政治废墟上建立的新政权，对皇权本身的合法性和合理性有着如饥似渴的需求。尽管灭暴秦建立新政是顺应民意，然而在反省秦朝二世而亡的原因时，知识者也对现实政治社会有一种整体的觉醒与批判，即经常包含了对现实政治社会的全面否定⑤。如作为对秦朝“独制天下而不为所制”的深刻反思，汉代士大夫发出“天下乃皇天

---

① 参王文涛《秦汉社会保障研究——以灾害救助为中心的考察》，中华书局 2007 年版，第 258—261 页。

② 《汉官旧仪》：“有天地大变，天下大过，皇帝使侍中持节乘四白马，赐上尊十斛，养牛一头，策告殃咎。使者去半道，丞相上病。使者还，未白事，尚书以丞相不起病闻。丞相不胜任，使者奉策书，驾騩骆马，即时布衣，步出府，免为庶人。”孙星衍等辑，周天游点校《汉官六种》，中华书局 1990 年版，第 40 页。

③ 《宋书》卷三四《五行志》载有司因日食奏免太尉，诏曰：“灾异之作，以谴元首，而归过股肱，岂禹、汤罪己之义乎。其令百官各虔厥职。后有天地眚，勿复劾三公。”中华书局 1972 年版，第 1011 页。

④ 王文涛《秦汉社会保障研究——以灾害救助为中心的考察》，中华书局 2007 年版，第 270 页。

⑤ 阎步克《士大夫政治演生史稿》，北京大学出版社 1996 年版，第 331 页。

之天下”(《汉书》卷七十二《鲍宣传》)的呼声,认为“方制海内非为天子,列土封疆非为诸侯,皆以为民也!……天下乃天下之天下,非一人之天下也!”(《汉书》卷八十五《谷永传》)尽管这些论说并非意在颠覆政权[①],但对于凭借武力得天下的汉代皇权来说,这些言论无疑带来极大压力。儒者辕固生曾与黄生在景帝面前争论汤武政权的合理性问题,黄生认为汤武不是受命,而是弑君,辕固生反驳说,桀纣虐乱,天下之心皆归汤武,汤武政权就是受命。黄生听罢遂根据“上下之分”的君臣观念提出更有力的质疑:“冠虽敝,必加于首;履虽新,必关于足。何者,上下之分也。今桀纣虽失道,然君上也;汤武虽圣,臣下也。夫主有失行,臣下不能正言匡过以尊天子,反因过而诛之,代立践南面,非弑而何也?”辕固生无言以对,只好搬出汉高祖:“必若所云,是高帝代秦即天子之位,非邪?”争论至此,黄生当然无法作答,气氛陷入尴尬,于是景帝连忙解围道曰:“食肉不食马肝,不为不知味;言学者无言汤武受命,不为愚。”史载此后“学者莫敢明受命放杀者”(《史记》卷一百二十一《儒林列传》)。面对这场争论,汉景帝的态度和心理无疑颇值得玩味。若同意黄生所言汤武弑君,那么汉代灭秦就要受到质疑;而若站在辕固生一边,承认汤武受命,汉灭秦当然有了坚实的历史依据,但又违背古来推崇的“上下之分”观念,因此只好不谈。这场辩论尽管不了了之,却透露出新政权的根基确有很大漏洞。

因此,汉代思想建设很大一部分就是为君权的合理合法寻找根据,这样的努力体现在多个方面,比如制造君权超验性的神话,这对于由微贱起于颠沛的创业之君尤为必要,于是史载高祖即位前多有神验吉兆:“初妊身,有蛟龙之神;既生,酒舍见云气之怪;夜行斩蛇,蛇妪悲哭;始皇、吕后,望见光气”;光武帝出生“时夜无火,室内自明”,当年还长出“三本一茎九穗,长于禾一二尺”的嘉禾等等[②]。在某种程度上,罪己诏的出现也隐含着这样的意图,因为其颁布有个前提,即它将“天道”当作最高政治权力的授予者。皇权从天而降,但灾异也从天而降,如果权利合理合法,为什么会天降灾异?是否意味着天命已变呢?面对这样令人倍感惶惑的问题,罪己诏作出了尽可能迅速而合理的解释:既然“天”与皇权之间有如此密切的关系,那么,当老天要找一个对象进行责罚的时候,首先就要落在天命之人,反之,帝王自我承担罪责,也就同时表明了自己的特殊身份,天灾的责任者和皇权的拥有者是一致的,罪己诏的颁布意在使人心有所安,不至于产生更大恐慌和怀疑。

所以我们会看到,罪己诏在斟酌辞令时是有特殊考虑的,即在检讨自己时,将君权天地所授的事实作为“发语词”,如文帝因日食颁诏:

> 朕闻之,天生民,为之置君以养治之。人主不德,布政不均,则天示之灾以戒不治。(《汉书》卷四《文帝纪》)

或者强调责任者的唯一性,如罪己诏文本中常可看到一些标志性言辞,如“天下治乱,在予一人”、“百姓有过,在予一人”、“天著厥异,辜在朕躬”、“厥咎不远,在余一人”、“天变娄臻,咸在

---

① 如吕思勉所言:“汉人好言易姓革命者,非欲徒取诸彼以与此,其意乃欲于政事大有所改革。”《蒿庐札记》,《论学集林》,上海教育出版社1987年版,第721页。

② 刘盼遂《论衡集解》,古籍出版社1957年版,第44—45页。

朕躬”[①]、“永思厥咎，在予一人”、“灾异屡见，咎在朕躬”、“万方有罪，在予一人”[②]等等。

因此，对于巩固皇权而言，罪己诏是一种看似谦逊却更加有效的办法，在垄断灾变解释权的同时也限定了归罪资格。也正因此，尽管罪己诏中罗列诸多罪责，强调“万方有罪，在予一人”，但帝王却永远不会因此而引咎辞职，或真的将“听上去很美”的“禅让”传说付诸实践。事实上，西汉时确有“迂钝”的臣子直言不讳主张当政者禅让，然而君王对于这一威胁君权的说法态度也相当明朗。史载昭帝元凤三年(前78)《春秋》学家眭弘借泰山大石自立的奇迹，劝昭帝禅位贤人，结果以妖言惑众之罪伏诛；宣帝神爵二年(前60)，司隶校尉盖宽饶又请宣帝学五帝“官(公)天下”禅位下台，也获大逆不道之罪，后因不愿下狱而自刎。禅让说与君权显然是冲突的，言之虽美，但实施起来无异“与虎谋皮”[③]。

此外，尽管汉代强调君权神授，但以德配天更为人们认可，检讨己过，知错就改无疑是衡量道德品质的基本指标，否则将很难成为道德表率，也无法教化臣民，故罪己诏也是君王构建魅力政治的一个重要因素。阅读汉代诏书我们会发现，帝王是非常强调自己的道德教化义务的，西汉前期尤其突出，许多诏书并不止于传达君令，而是用大量篇幅讲农桑之本，宣孝悌之道，或劝勇禁暴、劝善抑恶等，教化导民遂成为诏令类文书的重要内容和功能之一，意在“教善惩恶，号使畏服”[④]。汉代政治强调德与威的结合，对君王德行的舆论造势可以作为政治润滑剂，在刚性的律、令、法、制中游动渗透，发挥着软化、文饰作用，增加政治制度的弹性和持久性，罪己诏也可看作是构成这一政治取向的重要表现因子。

这样看，罪己诏的颁布就包含着一定的政治策略，也就蒙上一层虚伪的阴影。它的文本与其功能紧密结合在一起，渐渐成为一种象征，一种姿态。既然上天承运，那君王就以自责自省的方式显示以德配天的修养功夫，帝王是否真的感到罪过和歉疚似乎就不必认真追究了。因此我们才会看到汉代年幼的帝王也会颁布罪己诏，如殇帝即位时仅百余天，死时两岁，在位期间仍有诏书代言，表达遇灾异天气的忧惧愧疚。又如东汉质帝八岁即位，在位不到一年，也曾因春夏大旱颁诏罪己，称“朕以不德，托母天下，布政不明，每失厥中”(《后汉书》卷六《孝质帝纪》)。凡遇到天灾异常帝王反省自责渐渐成为惯例，它构成君主专制下政治哲学的重要一环，并不完全来自于皇帝的自我意志。

汉代帝王颁布罪己诏，客观上有安定人心的作用，但汉代臣民对此反应如何？史书言之不详。从汉代臣子言灾异以及帝王颁布罪己诏的数量以及频率看，君臣上下对这种文本形式所发挥的作用以及心理效应当是认可的。臣民既不必对帝王的勇于认罪感激涕零，官吏受到处罚也不必觉得冤枉。然而，在后世，帝王颁诏罪己则有时会带来特殊效应。

如唐德宗即位不久，先后有节度使反叛，长安一度失守，德宗仓皇逃亡。次年春，他痛定思痛，颁罪己大赦诏，称自己长于深宫，暗于国事，积习易溺，居安忘危，不知稼穑之艰难，不恤征戍之劳苦，乃致造成社会动荡。后悔自己天谴于上不寤，人怨于下不知，表示将弘远图，

---

① 分别见《汉书》卷四、九、十、十一、九十八，第116、296、309、343、4023页。

② 分别见《后汉书》卷二，第111、117页；卷四，第182页。

③ 此后王莽真的打着禅让的名义建立新政，禅让与篡权搭上了关系，这一说法就渐渐淡出视野了。参见顾颉刚《秦汉的方士与儒生》，第72页。

④ 王兆芳《文章释》，王水照《历代文话》第七册，复旦大学出版社2007年版，第6281页。

布新令以改过。史载此诏传到基层,"四方人心大悦","士卒皆感泣"[①],民心军心为之大振,不久动乱即告平息。

又唐宪宗元和三年(808)冬迄翌年春持续大旱,帝乃下罪己诏求雨,七日后雨降,白居易即作《贺雨》诗颂其事,赞宪宗心系下民,感叹颁诏罪己"顺人人心悦,先天天意从",此种谐和之气冲融凝结为云,散作习习清风,化作绵绵喜雨,致使万物熙熙。最后再次盛赞这则诏书的特殊意义:"乃知王者心,忧乐与众同。皇天与后土,所感无不通"、"君以明为圣,臣以直为忠。敢贺有其始,亦愿有其终。"[②]在白居易的描述中,这则罪己诏与其说是畏惧天谴,不如说是帝王与民同忧乐的圣明表现。可见随着神秘主义信仰的减淡,帝王独权观念深入人心,催生罪己诏的原初动力已经大为弱化,罪己诏展示帝王美德圣明的功能就被放大了。罪己诏作为一种特殊的、必然要公之于众的文书遂成为展示君王自我担当、道德自律、行政反省、广恩厚施等美德的平台,可引发特殊的社会效应。五代时后晋开运元年(944)滑州河决,殃及数郡。出帝颁诏大发丁夫治水。既塞,帝欲刻碑纪其事,中书舍人杨昭俭谏曰:"陛下刻石纪功,不若降哀痛之诏;染翰颂美,不若颁罪己之文。"[③]帝善其言而止。可见对于罪己诏的微妙作用,君臣有着怎样的默契。在某种程度上,颁布罪己诏已成为一种取悦民众、缓和矛盾、凝聚人心的统治权术了。

(作者单位:福建师范大学文学院)

① 司马光《资治通鉴》卷二百二十九,中华书局1956年版,第7392—7393页。

② 顾学颉校点《白居易集》卷一,中华书局1979年版,第1页。

③ 司马光《资治通鉴》卷二百八十四,中华书局1956年版,第9273页。

“朕甚悯焉”与“戴盆何以望天”

——《史记》成书的哲学启示

邹然　蔡欣

两千多年前，中国就产生了《史记》这样一部具有世界影响的历史学和文学巨著，这是与时下某些观念有所不同的重大脑力劳动成果——即它没有项目经费，没有政府评奖，没有荣誉头衔等等，有的只是作者的职业道德、人生使命，只是“绝宾客之知、忘室家之业”（《报任少卿书》）的孤独与庄严，只是“戴盆”不敢“望天”、“壹心营职”的理念与原则。然而，它却是纯粹的学术研究，是地道的科研成就，是骄人的生命业绩，是不朽的思想文采。它的撰写过程及其艰难问世，洵属人类文化史上的奇观，雄辩证明了生命有为、精神刚健、浩气贯虹。诚如台湾学者赖明德先生所说：“司马迁穷一生的智慧和心血所完成的《史记》一书，其最大的价值在以大公无私的心胸发挥历史批判的精神，并且以至大至刚的浩然之气为全人类的福祉向极权专制的统治者讨回公道”；“司马迁对人类世界所流露出的那一股信心、爱心和愿心”，以及“他在艰困重重的生命历程中所表现的精神”，“就如同使徒保罗一般——‘忘记背后，努力朝前，向着标竿直跑’”①。

所以，探讨《史记》成书的客观条件与主观因素，从中分析其成功诀窍，汲取其宝贵经验，对于深入研究司马迁思想和《史记》价值，对于我们效学先哲，提升生命存在意义，克服懒散惰性，战胜物欲诱惑，具有比较切实的针对借鉴作用。

一、《史记》成书是社会变革、时代要求使然

《史记》成书于汉武帝时期，这是一个可圈可点、兴盛辉煌的阶段——中国古代社会，从春秋战国长达500多年的纷争分裂局面中，再一次走向统一，走向了强盛。此前，秦王朝也统一过，但时间太短，仅15年，尚来不及事实上也并未萌生全面修史、系统总结历史经验教训的理念与活动。直到汉高祖刘邦开创的西汉王朝的建立，特别是汉武帝时期，新的局面才出现，新的思想才产生，新的文化理念才横空出世。

刘邦虽说是农民出身，但头脑清楚，富有政治家智慧，能够从谏如流，知人善任。试观他历数项羽十大罪状而不与之“独身挑战”（《史记·高祖本纪》）；观他打进咸阳，能够接受樊

---

① 赖明德《司马迁之学术思想·自序》，（台北）洪氏出版社1983年版，第2—4页。

哙、张良建议，改变初衷，自我约束而不住秦宫室[①]；观他“置酒洛阳南宫”，君臣闲聊，指出高起、王陵“公知其一，未知其二”一番话[②]；则彼非等闲之辈可知。尽管班彪《王命论》对他加以神化不足为训，但称他“用人如由己，从谏如顺流”，“当食吐哺，纳子房之策；拔足挥洗，揖郦生之说”，“举韩信于行陈，收陈平于亡命”(《汉书·叙传》)云云，以及班固称他“任萧、曹之文，用良、平之谋，骋陆、郦之辞，明叔孙通之仪，文武相配”(《汉书·刑法志》)等，则合乎史实，颇中肯綮。

与修史密切相关，能够体现汉初文化政策走向的重要话语，乃是刘邦对陆贾的全权委托：“试为我著秦所以失天下，吾所以得之者何？及古成败之国。”(《史记·郦生陆贾列传》)此即汉代最高统治者萌生的“修史”意识，目的在于总结历史经验教训，为巩固汉政权提供“长久之术”。它奠定了史书著述的合法性，一改秦始皇“焚书坑儒”的文化钳制政策，使包括“古之王者，世有史官，君举必书”(《汉书·艺文志》)修史传统在内的中国古代文化事业，重新获得了生机，迎来了曙光。诚如司马迁所云：“秦拨去古文，焚灭诗书，故明堂石室金匮玉版图籍散乱。于是汉兴，萧何次律令，韩信申军法，张苍为章程，叔孙通定礼仪。”(《史记·太史公自序》)——这是难能可贵的，是中国史学与文学的幸事。史载“陆生乃粗述存亡之征，凡著十二篇；每奏一篇，高帝未尝不称善，左右呼万岁，号其书曰《新语》”(《史记·郦生陆贾列传》)。最高统治者思想重视，态度好转[③]，学人发愤著书而复受尊重之状况，可见一斑。

“当孝惠、高后时，百姓新免毒螫，人欲长幼养老。萧、曹为相，填以无为，从民之欲，而不扰乱，是以衣食兹殖，刑罚用稀”(《汉书·刑法志》)。文帝、景帝时，进一步推行“黄老”政治，采取宽松政策，废除肉刑，不取厚葬，又“复修卖爵令”，重农贵粟，犯法庶民“得输粟县官以除罪”(《史记·平准书》)，故“天下怀安”(《史记·孝文本纪赞》)。此所谓“汉兴，扫除烦苛，与民休息。至于孝文，加之以恭俭，孝景遵业。五六十载之间，至于移风易俗，黎民醇厚。周云‘成康’，汉云‘文景’，美矣”(《汉书·景帝纪赞》)！

汉武帝时期，政权更为巩固，经济更为发达[④]，人才更是辈出[⑤]，实力更为强大[⑥]，中央集

---

① 《史记·高祖本纪》：“(沛公)乃以秦王属吏，遂西入咸阳。欲止宫休舍，樊哙、张良谏，乃封秦重宝财物府库，还军霸上。”

② 《史记·高祖本纪》：“夫运筹策帷帐之中，决胜于千里之外，吾不如子房；镇国家，抚百姓，给馈饷，不绝粮道，吾不如萧何；连百万之军，战必胜，攻必取，吾不如韩信。此三者，皆人杰也，吾能用之，此吾所以取天下也。项羽有一范增而不能用，此其所以为我擒也。”

③ 刘邦本来很厌恶儒生高冠礼服搞形式主义那一套，尝将儒生帽子摘下当便器。后在陆贾开导下，才明白儒学有仁义治天下的深刻内容。《史记·郦生陆贾列传》载：“沛公不好儒，诸客冠儒冠来者，沛公辄解其冠，溲溺其中。与人言，常大骂。……陆生时时前说称《诗》《书》，高帝骂之曰：‘乃公居马上而得之，安事《诗》《书》！’陆生曰：‘居马上而得之，宁可以马上治之乎？且汤武逆取而顺守之，文武并用，长久之术也……’高帝不怿而有惭色。”

④ 《史记·平准书》载：“至今上即位数岁，汉兴七十余年之间，国家无事，非遇水旱之灾，民则人给家足。都鄙廪庾皆满，而府库余货财，京师之钱累巨万，贯朽而不可校。太仓之粟陈陈相因，充溢露积于外，至腐败不可食。众庶街巷有马，阡陌之间成群，而乘牝者，摈而不得聚会。守闾阎者食粱肉，为吏者长子孙，居官者以为姓号。”

⑤ 《汉书·公孙弘卜式兒宽传赞》：“汉之得人，于兹为盛。儒雅则公孙弘、董仲舒、兒宽，笃行则石建、石庆，质重则汲黯、卜式，推贤则韩安国、郑当时，定令则赵禹、张汤，文章则司马迁、相如，滑稽则东方朔、枚皋，应对则严助、朱买臣，历数则唐都、落下闳，协律则李延年，运筹则桑弘羊，奉使则张骞、苏武，将帅则卫青、霍去病，受遗则霍光、金日磾。”

⑥ 《史记·太史公自序》：“汉兴以来，至明天子，获符瑞，封禅，改正朔，易服色，受命于穆清，泽流罔极，海外殊俗，重译款塞，请来献见者，不可胜道。”

权的封建制度已然形成，各项法令措施基本建立①。因此，对以往历史做全面总结，吸收各朝各代兴衰成败的经验教训，为大一统局面提供前车之鉴与理论指导，以追求政治文化更大建树的时代要求，也就水到渠成提了出来。据相关文献记载：

汉兴六十余载，海内艾安，府库充实……是以兴造功业，制度遗文，后世莫及。(《汉书·公孙弘卜式兒宽传赞》)

汉兴，改秦之败，大收篇籍，广开献书之路。迄孝武世，书缺简脱，礼坏乐崩，圣上喟然而叹曰：“朕甚悯焉！”于是建藏书之策，置写书之官。下及诸子传说，皆充秘府。(《汉书·艺文志序》)

武帝置太史公，命天下计书，先上太史，副上丞相，开献书之路，置写书之官。外有太常、太史、博士之藏，内有延阁、广内、秘室之府。司马谈父子，世居太史，探采前代，断自轩皇，逮于孝武，作《史记》一百三十篇。(《隋书·经籍志序》)

“朕甚悯焉”，“建藏书之策”，“置写书之官”，无异于向天下诏告：政府要重振文脉，弘扬史命，要以切实的政策和人事保障，来呵护、继承和彰显传统文化遗产。——这种旷古未有的复兴盛况，既体现了汉武帝的非凡卓识，更为司马迁修史提供了千载难逢的文化气候。所以，从这个意义上讲，《史记》的成书，是社会变革、时代要求使然。

二、《史记》成书是职业使命、良史素质使然

就《史记》成书的主观因素而言，主要存在于两个方面。一是司马迁之父司马谈的发凡起例与临终遗命，为司马迁确定了毕生奋斗的明确目标。二是司马迁本人的职业使命、良史素质，使《史记》的最终成书有了可靠保障。

《史记·太史公自序》记叙司马谈病危、司马迁承命的生动场面，两千多年后的今天读来，仍然十分感人。其言曰：“今汉兴，海内一统，明主贤君忠臣死义之士，余为太史而弗论载，废天下之史文，余甚惧焉，汝其念哉！”“余死，汝必为太史，为太史，无忘吾所欲论著矣！”这番话，是司马谈躺在病榻上的临终遗命，他把自己的职业责任和未尽事业，语重心长托付给儿子，希望薪尽火传，来日能够完成修史的神圣使命。从中体现出司马谈作为一位史官的崇高人格。今天我们手捧《史记》，不能忘记这位引领司马迁走向正途、走向伟业的幕后英雄。事实上他已发凡起例，开始了《太史公书》的撰写②。

① 《史记·太史公自序》：“于是汉兴，萧何次律令，韩信申军法，张苍为章程，叔孙通定礼仪，则文学彬彬稍进，《诗》《书》往往间出矣。”《隋书·经籍志序》：“汉氏诛除秦项，未及下车，先命叔孙通草緜蕝之仪，救击柱之弊。其后张苍治律历，陆贾撰《新语》，曹参荐盖公言‘黄老’，惠帝除挟书之律；儒者始以其业行于民间。”

② 关于如何认识和评价司马谈《太史公书》“发凡起例”之功，现当代学人有相关考证和比较精辟的论断。如顾颉刚撰《司马谈作史》，从“太史公曰”所称交游年齿相不相及的逻辑立论，认为《赵世家》、《刺客列传》、《樊郦滕灌列传》、《郦生陆贾列传》、《张释之冯唐列传》、《游侠列传》等篇为司马谈所作，并说：“《史记》之作，迁遂不得专美，凡言吾国之大史学家及大文学家者，必更增一人焉曰司马谈。”张大可《司马迁评传》曰：“司马谈发凡起例‘太史公书’，这本身是一个伟大的业绩，无论怎么评价都不过分……但《史记》最后完成于司马迁之手，司马谈的著述，对于司马迁来说就如同采择《左转》、《国语》，删《世本》、《战国策》一样，剪裁熔铸在自己的定稿中，成为‘一家之言’。今本《史记》一百三十篇是不容分割的一个整体，皆可视为司马迁一人之作，方能完整地系统地探索《史记》一家之言的思想。”

当时司马迁深受感动，流着眼泪，跪在父亲床前发誓："小子不敏，请悉论先人所次旧闻，弗敢阙！"——这是刻骨铭心的承命，是一言九鼎的表态，它确定了司马迁的人生目标，坚定了终生为之奋斗的方向。

后人关于《史记》成书的主观原因，颇有精辟概括，总结出"良史"这个独特范畴，用于司马迁，非常合适。例如唐代刘知幾就认为，"良史"必须具备"才"、"学"、"识"三长，缺一不可。他说："史才须有三长，世无其人，故史才少也。三长谓才也、学也、识也。"（《旧唐书·刘子玄传》）清代章学诚在此基础上加了一个"德"字，意谓"良史"除了应当具备"史才"、"史学"、"史识"之外，还需要具备"史德"。他说："才、学、识，三者得一不易，而兼三尤难。千古多文人而少良史，职是故也。""德者何？谓著书者之心术也。夫秽史者所以自秽，谤书者所以自谤，素行为人所羞，文辞何足取重？""朱子尝言《离骚》不甚怨君，后人附会有过；吾则以谓史迁未敢谤主，读者之心自不平耳。"（《文史通义·史德》）这些话概括得很好，富有史学批评与文学批评的双重思辨色彩。尽管其观念意识离不开封建社会的"君""主"，但客观上提出了史家修史和作家创作所应遵循的思想原则与基本立场，是值得肯定的。

就司马迁而言，可谓"才"、"学"、"识"、"德"兼备一身，称为"良史"，当之无愧。司马迁少年聪颖勤奋，"年十岁则诵古文"，可谓上苍钟毓其"才"；"世典周史"，得天独厚的家学渊源与名师指点①，可谓胜缘培植其"学"；三次漫游壮举，遭受"宫刑之祸"灾难，可谓异历锤炼其"识"；其父司马谈尽忠尽孝、尽职尽责的教育，他本人"戴盆何以望天"、"一心营职"的恪守，可谓正念涵养其"德"。这些因缘关系，"史记学"研究领域已有专家做出了阐述：

> 《史记》成书的条件留给我们的启示是：一部不朽的传世名著，必须具备主客观条件的统一才能产生。西汉盛世为司马迁著作一部通史提出了时代要求，也提供了物质条件，这是《史记》成书的历史背景。司马迁所受教育、修养及其经历是《史记》成书的著述内因。历史背景是客观条件，著述内因是主观条件。
>
> 《史记》的伟大价值，并不只是它揭露现实，表现为异端，而根本性在于它全面地反映了大一统的时代精神及其盛衰。当然，司马迁受祸发愤，在《史记》中熔铸了人民性，使它更加灿烂夺目，这是不言而喻的。②
>
> 司马迁是一位中国历史上才、学、识、德兼备的大史学家，也是一位精通经、史、子、集、历数的大学者。他的'才'表现在对学术思想的统摄和开展；他的'学'发挥在对文化体系的剖析和建立；他的'识'流露在对人类社会的透视和关怀；他的'德'显示在对正义的伸张和良知的实践。③

这些与众不同的特殊经历及其独特因素，堪称"历劫成道"，"苦难铸英才"，是《史记》成书不可或缺的内在的主观性缘由。

---

① 司马迁曾得到当时名师董仲舒、孔安国的指教。《史记·太史公自序》："余闻董生曰。"《汉书·儒林传》："司马迁亦从安国问故。"

② 张大可《司马迁评传》，南京大学出版社 1994 年版，第 388—389 页。

③ 赖明德《司马迁之学术思想·自序》，（台北）洪氏出版社 1983 年版，第 1 页。

三、《史记》成书是偶然性与必然性因缘和合之典范

"偶然性"与"必然性"属哲学范畴,正确认识它们,是个体生命实现自我存在价值的思想前提。通俗讲,偶然性指事物发展变化中可能出现也可能不出现、可以这样发展也可以那样发展的情况,它和事物发展过程的本质没有直接关系,但它后面常常隐藏着必然性因素;而必然性指事物发展变化中的不可避免和一定不移的趋势,它由事物的本质所决定,认识事物的必然性,就是认识事物的本质。

譬如司马迁遭受宫刑,就是一个偶然性事件——即并非所有良史都得历经此难;而就司马迁本人而言,它也可能不出现,不这样发展。假如当时"适会召问"(《报任少卿书》),汉武帝向他垂询李陵投降之事的看法,司马迁若像其他"全躯保妻子之臣"那样,也"媒孽其短",随波逐流,顺其心意,说些批评李陵的话,则其结果显而易见,就不会触怒汉武帝,不会触及他偏袒李广利的私心,也就不会有所谓"明主不深晓"的情况发生,就不可能"下于理",也就没有后来一系列的连锁反应,直至没有痛不欲生、被迫忍受宫刑的人生奇耻大辱。这一切,似乎全在一念之差,似乎是随机的、偶然的,故司马迁称此为"口语之祸",意谓只是一时说话不当,或许有欠考虑;而心地是坦然的,行为是正当的,并非必然要遭此灾殃。

又设想,假如司马迁不能忍辱,不愿"自请宫刑"①,而接受"极刑"——这在一般人而言,恐怕也很正常,因为"宫刑"是"淫刑",为人所不齿,故"臧获婢妾,犹能引决"(《报任少卿书》)。果真如此,则不仅司马迁个人一生名誉,恐怕整个中国汉前历史的描述,都得改写,而不是今天这个样子。所以,我们不能否认现实生活中,确实存在偶然性因素或事件,导致事业功败垂成,甚至事与愿违、截然相反结局的现象。例如,时下不少高官落马,锒铛入狱,其东窗事发,表面看来即因偶然事件而造成,所谓机事不密,一不留神给自己带来了苦果,导致身败名裂。而其实,该偶然事件背后,不能排除隐藏深层的必然性因素。——这是反面例证,旨在说明事物的发展变化,往往存在诸多貌似偶然性因素,它实在需要生命主体用理性、智慧和高尚的人类道德来重视,来把握。中国传统思想文化中有不少这方面的警示性论断,

---

① 司马迁因"口语之祸"被汉武帝一怒之下"下于理","吏议"定为"诬上"(欺君罔上),判处"极刑"。班固《汉书·司马迁传》叹曰:"乌呼!以迁之博物洽闻,而不能以自全,既陷极刑。"可知当时所判并非"宫刑"。且于情于理,退一步说,即便司马迁有"罪",其与宫刑何干?宫刑自古有之,为惩治男女淫乱行为,所谓"宫,淫刑也,男子割腐,女人幽闭。"(颜师古注《汉书·刑法志》)《诗经·小雅·巷伯》主人公就因"避嫌之不审"、"被帷薄之谤"而遭此刑。而据汉景帝时所颁法令"死罪欲腐者许之",以及《汉书·刑法志》所载"其余罪次,于古当生,今触死者,皆可募行肉刑"之举措,这无异于给那些罪不至死的"囚犯"提供了一条"好死不如赖活着"的生路。面对"好死"与"赖活",司马迁选择了后者,因为《史记》著述尚未完成,所谓"惜其不成"——而这是神圣使命,高于个人一切的。所以,"隐忍苟活",顽强生存,是司马迁的必然选择。尽管班固于司马迁为何遭宫刑语焉不详,但清代学者已提出司马迁"自请宫刑"说,即自愿请求以腐代死,继续生存。清人赵铭云:"汉法,罪当斩,赎为庶人者,唯军将为然;而'死罪欲腐者许之',则自景帝时著为令。张贺以戾太子宾客,当诛,其弟安世上书,得下蚕室,是其明证。迁惜《史记》未成,请减死一等就刑,以继承父谈所为史,帝亦惜才而不忍致诛。然则迁之下蚕室,出于自请无疑也……史家讳不书耳。"(《琴鹤山房遗稿》卷五)。我们认为,这个推理判断言之有理,合乎当时刑法状况和司马迁思想,是能够成立的。张大可先生说:"汉武帝尚没有置司马迁于死地的意思,所以才听其以腐刑代死。可是汉武帝却不彻底赦免司马迁……必欲折其心气而后快,显示绝对君权的威严(《司马迁评传》)。"或许,事过之后,汉武帝也良心发现,觉得此事太过分了,为了补偿,特设"中书令"一位,让司马迁来"尊宠任职"。王国维曰:"史公父子素以文学登用,奉使扈从,光宠有加。一旦以言获罪,帝未尝不惜其才,中书令一官,设于武帝,或竟自公始任此官,未可知也。"(《太史公行年考》)

如“天网恢恢，疏而不失”(《老子》第七十三章)，“不愧于屋漏”(《诗经·大雅·抑》)，不可“暗室欺心”等等，是值得深思和借鉴的。

回到司马迁。当这似乎意外的偶然事件——宫刑之祸，发生之后，如何正视，如何同“必然性”、同修史的时代要求与人生的奋斗目标，继续有机契合起来，这却是生命何去何从，摆在司马迁面前必须作出抉择的重大人生课题。结果何如？可以说，司马迁交上了一份圆满答卷，可以标榜青史，垂范后昆。这就是《报任少卿书》所说的“圣贤发愤之所为作”，“戴盆何以望天”的正确决断——继续存活，摒弃杂务，一门心思从事《史记》著述！他要效法孔子、屈原等先哲前贤，以他们为榜样，用更大的决心和毅力，重新回到早已确定的生命理念上来。他说：“所以隐忍苟活，幽粪土之中而不辞者，恨私心有所不尽，鄙没世而文采不表于后也。”司马迁把宫刑之后的生命存在，看成是“隐忍苟活”，看成是“幽粪土之中”，这是多么沉痛、多么压抑的心境呀！对此，我们以情度情，能够理解。

慧语云：“天道酬勤，佛法护善。”这并非迷信，其中有必然性因素，它概括了事物发展变化、生命运动过程中某些带普遍性的规律——即个体只要勤奋善良，胸襟坦荡，弘扬正气，大义为公，最终是能够战胜偶然性挫折而取得成就，赢得后人尊敬的。司马迁出狱后为“中书令”，“尊宠任职”，在宫中继续完成他的不朽著作，从而满足了夙愿，实现了生命价值，实现了中华民族“廿五正史”第一史的问世！我们有理由相信，这是“必然性”，或者说是冥冥之中的“神秘力量”，对他的呵护与回报。能够如此，司马迁是满足的。正如他说：“仆诚已著此书，藏之名山，传之其人，通邑大都；则仆偿前辱之责，虽万被戮，岂有悔哉？”

如今，司马迁所著《史记》，早已从“名山”走了出来，走向了普通百姓，走向了千家万户，走向了高校课堂，走向了林林总总的各类书店，走向了作者万万没有料到的更为久远、更为广袤、更为深刻的世界文化学术领域！——两千多年后的今天，仍然为国际学术会议所探讨和研究。佛法讲究“因缘和合”，而太史公其人其书，堪称“功德圆满”——后人为此专门成立了“中国史记研究会”、“陕西省司马迁学会”等，这些，未尝不是太史公“发愤著书”之“因”，与华夏民族崛起之“缘”，相与“和合”之典范。

四、《史记》成书体现了个体生命有为价值

司马迁不仅是著名史学家、传记文学家，而且还是一位卓越思想家。其良好的家学教养，长期的仕宦生涯，悲惨的宫刑遭际，以及世态炎凉的切身感受，行游各地的考察心得，先哲著述的垂范启示，使司马迁对人身、对生命、对存在意义，有了前所未有的穿透性思考，有了超尘拔俗、独具一格的深刻认识。

在司马迁看来，生命对于个体而言，其意义是可塑性的，存在着千差万别，甚至判若云泥。人，既可以辉煌，也可能平庸；既可以轰轰烈烈干一番事业，也可能碌碌无为一事无成；既可以为社会为后世奉献才华，做出贡献，流芳于千古；也可能对世界对未来毫无价值，自生自灭，悄无声息地消亡。这就是他的名言“人固有一死，死，有重于泰山，或轻于鸿毛，用之所趋异也”(《报任少卿书》)的实质内涵。“用之所趋异”，就是各人认识生命，把握自我的思想与方法有所不同，它是导致人生价值有轻重之别的根本原因。

如是生命理念，现代学者胡适，也有类似表述。他说：“生命本没有意义，你要能给他什

么意义,他就有什么意义。与其终日冥想人生有何意义,不如试用此生作点有意义的事。""你若发愤振作起来,决心去寻求生命的意义,去创造自己的生命的意义,那么,你活一日便有一日的意义,作一事便添一事的意义,生命无穷,生命的意义也就无穷了。"①

此所谓"英雄所见略同"。有鉴于此,司马迁对自己的人生目标、存在意义,锤炼出既明确又坚定的看法,那就是"鄙没世而文采不表于后",就是"究天人之际,通古今之变,成一家之言"——即要在有生之年施展才华,让洋溢在自身素质中源源不断、勃勃欲发的"文采",像鲜花那样绽开,留给社会和后人一份美的画卷,一份载入史册的司马个人风采!这是一种使命,一种精神,一种气概,一种能够激励人持之以恒、奋发向上的原动力与恒动力。它使司马迁出类拔萃,勇往直前,崇高豪迈。诚如思想启蒙家梁启超所说:"所谓精神者何也?即常有一种自由独立,不傍门户,不拾唾余之气概而已。""我有耳目,我物我格;我有心思,我理我穷。"(《近世文明初祖二大家之学说》)

反之,倘若不能这样,直至"没世"而不能实现夙愿,不能把自己的思想智慧用"文采"展示出来,以"表"于后;换言之,即"格"不了"物","穷"不了"理","心思"为物欲所惑,"气概"为贪念所抑;——那样的人生,在司马迁看来是渺小的,其个体存在的社会意义是谈不上的,所谓"若九牛亡一毛,与蝼蚁何异?"岂足道哉!胡适也说:"(那样的人生)不过是一件生物学的事实,有什么意义可说?一个人与一只猫,一只狗,有什么分别?"

由此不难悟出,个体生命的存在价值,不在于一己的私念,不在于欲壑难填的索取(诸如权势、名利、财产等等),而在于奉献,在于为提供其生存条件和养育资源的族群,即民族和社会,努力做出所能达到的最大贡献;在于500年后乃至更长时期,他的同胞、他的同根共祖的人民,仍然记得他,甚至感念他。《史记》成书,证明了司马迁就是这样一个人,一位伟人!他实现了生命的最大价值,赢得千百年后他的同胞的怀念与景仰。他为他的民族,为他生活的那片热土,贡献了生命华彩,贡献出聪明才智——用他的如椽大笔,叙写历史,描述先贤,歌颂正义,批判邪恶,弘扬真理,彰显善良,从而为华夏后代提供了珍贵的历史经验和丰富的思想财富。而这,恰恰是一个民族、一个国家,要崛起、要发展而不可或缺的"软实力"。毫无疑问,司马迁的生命精神浩然永存,薪尽火传,赢得人们"高山仰止,景行行止",鼓舞人们奋发向上,自强不息,积极创造文化精英型的有为人生——这正是《史记》成书带给今天读者的重要哲学启示。

(作者单位:江西师范大学文学院　南昌大学人民武装学院)

① 胡适《人生大策略》,湖南文艺出版社1989年版,第1页。

司马迁对人性恶的揭露与批判三题议

张克锋

中国士人很早就形成了批判时政的传统,把批判时政看作是自己的权利和义务。作为士人的杰出代表,司马迁也自觉地继承了这一传统。他以孔子的王道政治作为标准,对历代王朝政治进行了全面而深刻的批判,其中尤以对武帝政治的批判为最。同时,在"整齐百家杂语"、"成一家之言"的过程中,也贯穿着学术批判的精神。然而笔者以为,司马迁的批判不仅仅是政治和学术文化层面的,而是上升到了人性批判的层面。他深刻地指出,引起和制造社会黑暗、政治腐败、人间灾难的深层原因是人性中的恶。他在《感士不遇赋》中说:"人理显然相倾夺兮,好生恶死,人之鄙也;好贵夷贱,哲之乱也。"在《史记·孟子荀卿列传》中说:"嗟乎,利诚乱之始也!夫子罕言利者,常防其原也。故曰'放于利而行,多怨'。自天子至于庶人,好利之弊何以异哉!"在《史记·礼书》中说:"人生有欲,欲而不得则不能无忿,忿而无度量则争,争则乱。"认为利欲为动乱的最根本原因。又云:"人苟生之为见,若者必死;苟利之为见,若者必害;怠惰之为安,若者必危;情胜之为安,若者必灭。故圣人一之于礼义,则两得之矣;一之于情性,则两失之矣。"是说人都有苟且偷生、追求财利、怠惰享乐、任情恣性之本性,如果任本性而行,则必然导致灾难。司马迁在《史记》中反复描写的自私、势利、贪婪、嫉妒、猜忌、骄横、虚伪、刻薄寡恩、相互倾轧、阴险狡诈、好逸恶劳等等人的恶性,并不局限于哪朝哪代哪个阶层,而是纵贯古今的。这说明他并没有把人的这些恶性看成是个别现象或者某类人的特点,而是看作人类所共有的特点和普遍现象。司马迁忍辱而著《史记》,其中一个重要的原因就是试图通过对具体历史事件和历史人物的描写,把这些人性之恶揭示出来,从而引起后世人们的警觉,用鲁迅先生的话来说,就是要"引起疗救的注意"。

关于司马迁的政治批判和学术批判,学者们已作了详尽深入的论述,本文不想赘述。而专从人性批判的角度去探究司马迁批判精神的论著,尚鲜有所闻。因此笔者尝试论之如下。

一、批判自私好利

司马迁在《史记·五帝本纪》中指出,"普施利物,不在其身"、"能不以天下之病利一人"的人君,才能爱人民,为人民察贤授官,使天下获其益。他对尧、舜、禹这些无私之君用"圣德"、"德嶷嶷"、"能明训德"加以褒扬,而把桀、纣、幽王之败亡,五霸之所以争长,七雄之所以战伐,张仪、苏秦之所以纵横反复,吕不韦、春申君之进姬谋国,汉武帝之平准、算缗等等,都归之于营私徇利而加以批判。这样的文字,在《史记》中处处可见。如:

《留侯世家》中载留侯语云："陛下起布衣，以此属取天下，今陛下为天子，而所封皆萧、曹故人所亲爱，而所诛者皆生平所仇怨。"这是借留侯之口批评刘邦之偏私。《萧相国世家》通过一件小事揭露了刘邦的自私。"相国因为民请曰：'长安地狭，上林中多空地，弃，愿令民得入田。毋收稿为禽兽食。'上大怒曰：'相国多受贾人财物，乃为请吾苑。'乃下相国廷府，械系之。"为了上林苑中的些许空地，便将随自己南征北战，立下汗马功劳的相国"下迁尉，械系之"，其自私可知。

《吕后本纪》揭露吕后的"假公济私"。"太后欲侯诸吕，乃先封高祖之功臣郎中令无择为博成侯"，"太后欲王吕氏，先立孝惠后宫子强为淮阳王"。明人凌约言说："欲侯诸吕则有先封，而以'乃'字转之；欲王诸吕则有先立，皆太史揣摩吕后本意，欲假公济私也。"[①]《张丞相列传》载："任敖者，故沛狱吏。高祖尝辟吏，吏系吕后，遇之不谨。任敖素善高祖，怒，击伤主吕后吏。"因而吕后后来乃以任敖为御史大夫。司马迁说："任敖以旧德用。"意思是说任敖当上御史大夫，并非因为他有什么政治才能，而是由于吕后对他偏爱而重用的缘故。

司马迁在《匈奴列传》、《卫将军骠骑列传》中对汉武帝的偏私进行了批判。《卫将军骠骑列传》云："骠骑所将，常选"，"敢力战深入之士，皆属骠骑。"又引宁乘语云："将军所以功未甚多，身食万户，三子皆为侯者，徒以皇后故也。"点明卫青得以建立伟业是由于武帝偏私之故。李广利不是一个将才，只是因为李夫人之故，才得以为将军。天汉二年，汉武帝为了让李广利建功封侯，轻率地让他带领三万骑兵出酒泉，去攻打匈奴，结果"几不脱"；征和三年，汉武帝又派李广利率骑兵七万、步兵十万，出朔方去攻打匈奴，结果兵败，投降了匈奴。司马迁感慨地说："且欲兴圣统，唯在择任将相哉！唯在择任将相哉！"批评汉武帝偏私而不善择任将相。

《平原君列传》批评平原君之自利云："平原君，翩翩浊世之佳公子也，然未睹大体，鄙语曰：'利令智昏'，平原君贪冯亭邪说，使赵陷长平兵四十余万众，邯郸几亡。"

《李斯列传》通篇抓住一个"利"字作文章，通过李斯之独白、对话及其奏疏，揭露并批判了他自私自利的本性。当他入仓见鼠时，感慨曰："人之贤不肖譬如鼠矣，在所自处耳！"艳羡名利之意溢于言表。为了获得名利，他从荀卿学帝王之术。学成以后，欲西入秦，临别老师之际，李斯坦言好利之意："诟莫大于卑贱，而悲莫甚于穷困。久处卑贱之位，困苦之地，非世而恶利，自托于无为，此非士之情也。"当他功成名就、盛极一时时，喟然而叹："嗟乎，吾闻之荀卿曰：'物禁太盛'，当今人臣之位无居臣上者，可谓富贵极矣，物极则衰，吾未知所税驾也。"这是已经得到名利后唯恐失之的心理。当李斯为赵高所要挟，决定依附逆乱时，他仰天长叹，垂泪太息说："嗟乎！独遭乱世，既已不能死，安托命哉！"是选择名利还是选择良心，李斯内心矛盾、痛苦之极，但最后还是选择了名利，可见其名利心是多么炽热。不仅这些独白表露了李斯的好利之心，其《谏逐客书》、《议督责书》也体现了他自私自利的本性。徐孚远说："李斯前谏逐客，后建议坑儒，皆以自便也，使逐客时独议留斯，当无是书也。"[②]一针见血地指出了李斯堂皇正大的理由背后掩藏的自私自利的卑微灵魂。《论督责书》更显出李斯自私自利之甚。为保全一己之性命，他居然心甘情愿地饮鸩止渴，倒行逆施，阴诡逢迎，置一切

---

① 凌稚隆《史记评林》引。

② 徐孚远《史记测义》。

国家民族、亲朋妻小、公理是非以及生前死后之名誉于不顾。在传的末尾,司马迁指出:“人皆以斯极忠而被五刑死,察其本,乃与俗议之异。”意谓李斯之所作所为并不是“忠”,而是为一己谋利益,其被五刑而死,正是自私自利所致。

《淮阴侯列传》虽是一篇饱含同情泪水的翻案文章,但也不忘揭露韩信热衷功名利禄的缺点[①]。司马迁写韩信被夺王贬爵之后,“常称病不朝从”、“日夜怨望,居常鞅鞅,羞与绛、灌等列”,对与樊哙等为伍更感到不可接受。他说刘邦不过能将兵十万,而他将兵则“多多而益善”,表现出公然对抗的情绪。他说“陛下所谓天授,非人力”,更是揶揄讥刺,似奉承,其实尖酸。李贽说:“信识见如此,至自谋不济,何也?利令知昏,贪使人愚也。”[②]确是的评。《项羽本纪》载“汉五年,汉王与淮阴侯韩信、建成侯彭越期会而击楚军,至固陵,而信、越之兵不会”,后来汉王听取了张良之计,许诺封地于二人,二人才进兵。由此也可见韩信对利禄的看重。所以司马光评论说:“臣以为高祖用诈谋擒信于陈,言负则有之;虽然,信亦有取之也。始,汉与楚相距荥阳,信灭齐,不报而自王;其后汉追楚至固陵,与信期共攻楚而信不至,当是之时,高祖固有取信之心矣,顾力不能耳。乃天下已定,酬功而报德者,士君子之心也。信以市井之志利其身,而以士君子之心望于人,不亦难哉!”[③]

《河渠书》中揭露了田蚡的自私自利。汉武帝元光三年,黄河决口于瓠子,武帝令汲黯、郑当时等填塞决口,而当时武安侯田蚡为丞相,其奉邑食鄃,鄃地在黄河北,如果黄河决口的水向南流,鄃地就可免除水灾,其奉邑每岁所入就多。于是田蚡建言武帝,说“江河之决皆天事,未易以人力为强塞,塞之未必应天”,于是“天子久之不事复塞也”,因而造成了二十四年的黄河大泛滥,给梁楚十六郡造成了巨大灾难。

司马迁对势利的批判更是不遗余力。《郑世家》云:

> 太史公曰:语有之“以权利合者,权利尽而交疏”,甫瑕是也。甫瑕以劫杀郑子内厉公,厉公终背而杀之,此与晋之里克何异?

《苏秦列传》云:

> (苏秦)出游数岁,大困而归。兄弟嫂妹妻妾窃皆笑之,曰:“周人之俗,治产业,力工商,逐什二以为务。今子释本而事口舌,不亦宜乎!”……北报赵王,乃行过洛阳,车骑辎重,诸侯各发使送之甚众,疑于王者。……苏秦之昆弟妻嫂侧目不敢仰视,俯伏侍取食。苏秦笑谓其嫂曰:“何前倨而后恭也?”嫂委蛇蒲服,以面掩地而谢曰:“见季子位高金多也。”苏秦喟然叹曰:“此一人之身,富贵则亲戚畏惧之,贫贱则轻易之,况众人乎!”

《廉颇蔺相如列传》云:

> 廉颇之免长平归也,失势之时,故客尽去。及复用为将,客又复至。廉颇曰:“客退矣!”客曰:“吁!君何见之晚也?夫天下以市道交,君有势,我则从君,君无势则去,此固其理也,有何怨乎?”

---

① 参张大可《史记研究》,甘肃人民出版社1985年版,第439—440页。

② 李贽《藏书》卷四七。

③ 司马光《资治通鉴》卷十二“汉纪四高帝十二年”。

《魏其武安侯列传》:“武安侯虽不任职,以王太后故,亲幸,故言事多效,天下吏士趋势利者,皆去魏其归武安”;“魏其失窦太后,益疏而不用,无势,诸客稍稍自引而怠傲”;“灌夫家居虽富,然失势,卿相侍中宾客益衰。”又载,窦婴显贵时,田蚡“往来侍酒魏其,跪起如子姓”,“无所不可”,随后又陷害之。《平津侯主父列传》载主父偃语:“始吾贫时,昆弟不我衣食,宾客不我内门;今吾相齐,诸君迎我或千里。吾与诸君绝矣,毋复入偃之门!”又云:“主父方贵幸时,宾客以千数,及其族死,无一人收者,唯独洨孔车收葬之。”又感叹曰:“主父偃当路,诸公皆誉之,及名败身诛,士争言其恶。悲夫!”一篇之中,三致志焉,可见司马迁感慨之深。《卫将军骠骑列传》云:“自是之后,大将军青日退,而骠骑日益贵。举大将军故人门下多去事骠骑,辄得官爵,唯任安不肯。”《汲郑列传》云:“以汲、郑之贤,有势则宾客十倍,无势则否。”“始翟公为廷尉,宾客阗门;及废,门外可设雀罗。翟公复为廷尉,宾客欲往。人之势利如是哉!”司马迁对势利卖交也屡屡提及,如《樊郦滕列传》写郦况卖交,《商君列传》写商鞅卖友(公子卯),《张耳陈馀列传》写张耳、陈馀势利相残等,表现出他对这一人性弱点的深刻认识和批判。

二、批判刻薄寡恩

也许是由于感受过为君者对臣子的寡恩,亲身体验过刀笔吏的刻薄,因而司马迁对刻薄寡恩之人有一种切骨的痛恨,在《史记》中对此处处予以揭露和批判。

《吴起列传》载:“吴起取齐女为妻,而鲁疑之。吴起于是欲就名,遂杀其妻,以明不与齐也。鲁卒以为将。”接着司马迁借鲁人之口指责吴起之“猜忍”:

> 起之为人,猜忍人也。其少时,家累千金,游仕不遂,遂破其家。乡党笑之,吴起杀其谤己者三十余人,而东出卫郭门。与其母诀,啮臂而盟曰:“起不为卿相,不复入卫。”遂事曾子,居顷之,其母死,起终不归。曾子薄之,而与起绝。起乃之鲁,学兵法以事鲁君,鲁君疑之,起杀妻以求将。

在传末,司马迁直接批评其“刻暴少恩”曰:“吴起说武侯以形势不如德,然行之于楚,以刻暴少恩亡其躯。悲夫!”

《商君列传》批评了商鞅的刻薄少恩:

> 商君,其天资刻薄人也。迹其欲干孝公以帝王术,挟持浮说,非其质矣。且所因由嬖臣,及得用,刑公子虔,欺魏,不师赵良之言,亦足发明商君之少恩矣。余尝读商君《开塞》、《耕战》书,与其人行事相类。卒受恶名于秦,有以也夫!

在《陈涉世家》中,司马迁沉痛地指出,因刻薄寡恩而导致部下不团结,是陈涉失败的主要原因:“陈王以朱房为中正,胡武为司过,主司群臣。诸将徇地,至,令之不是者,系而罪之,以苛察为忠,其所不善者,弗下吏,辄自治之,陈王信用之。诸将以其故不亲附,此其所以败也。”项羽之寡恩亦如陈涉,淮阴侯谓其“至使人有功者当封爵者,印刓敝,忍不能予,此所谓妇人之仁也”[①],这是导致众贤才背楚归汉的根本原因。

《晁错列传》说晁错“为人陗直深刻”,说“诸侯发难,不急匡救,欲报私仇,反以亡躯”,乃

---

① 司马迁《史记·淮阴侯列传》。

理所当然，批判之义甚明。

刻薄寡恩几乎是帝王之通病，因而诛杀功臣几乎是历史之通例，但司马迁对汉代感受最深，因而揭露和批判也就更多。吴见思在《史记论文》中解释《汉兴以来将相名臣年表》时云：

> 自古之待功臣者，每以汉高为口实。将，如淮阴之钟室，布、越之菹醢；相，如萧相国之谨饬，而上林一请，不免于下吏。噫，亦薄甚矣！故子孙习之，而申屠嘉不免于呕血，周亚夫不免于饿死。至孝武之世，丞相多至自杀，而将帅以坐法抵罪失侯者，往往而有。此史公《年表》之所以作也。

吴氏所论极是。高祖之功臣，除韩信、黥布、彭越被杀外，陈豨亦被杀，韩王信和卢绾被迫无奈而降匈奴，受缧绁之苦者除萧何外，还有樊哙和张敖。韩信被执时所云："飞鸟尽，良弓藏；狡兔死，走狗烹；敌国破，谋臣亡。"代表了司马迁对残杀功臣这一现象的总概括①。

景帝时"不顾其身，为国家树长画"②，主张侵削诸侯，为维护中央王朝的根本利益和国家的长治久安做出极大贡献的大功臣晁错被杀，才德兼备、功勋卓著的名将周亚夫被下狱饿死，充分说明了景帝的刻薄寡恩。

汉武之世丞相共十二任，免职者四人，犯轻罪而被迫自杀者三人，被斩者二人，只有阿顺苟合的公孙弘和谨小慎微的石庆幸免于罪而善终。被武帝信任重用以侵削诸侯、弹压豪暴、剪除异己、肆其淫威的鹰犬酷吏，亦多被诛杀，有的甚至被满门抄斩。《平准书》说："其明年，天子始巡郡国。东度河，河东守不意行至，不办，自杀。行西逾陇，陇西守以行往卒，天子从官不得食，陇西守自杀。"《匈奴列传》载，元光三年，汉武帝派韩安国率汉兵三十余万于马邑伏击匈奴，单于中途发觉，遂引兵退回，大臣王恢率部出击匈奴辎重，但此时匈奴已退回原处，"兵多，不敢出"。王恢向武帝请示不要再出兵，否则会损兵折将。但武帝却认为王恢既主张与匈奴交战，却在关键时刻不击匈奴，是畏惧不前，所以逼迫王恢自杀。博士狄山因为主张与匈奴和亲，批评武帝宠臣张汤为诈忠，武帝便勃然大怒，狄山被逼无法去守塞上险要之处，被匈奴斩杀，"自是以后，群臣震慑"③。李广一生与匈奴作战，战功赫赫，而未封侯，终悲慨自杀。李陵"出万死不顾一生之计，赴公家之难"，浴血奋战，为国杀敌，一旦败降，前功尽没，妻子儿女全遭诛灭。司马迁一心营职，忠心耿耿，一言不合武帝之意，便遭宫刑。通过这些事例我们看到，汉武帝之残暴、苛刻、寡恩实远甚于酷吏。

甚至以仁慈宽厚著称的文帝，亦不免刻薄寡恩之病。他将从高祖定天下、诛诸吕、匡国家难的老臣周勃去职就国、下狱，就是一例。《张释之冯唐列传》载冯唐语云：

> 今臣窃闻魏尚为云中守，其军市租尽以飨士卒，[出]私养钱，五日一椎牛，飨宾客军吏舍人，是以匈奴远避，不近云中之塞。虏曾一入，尚率车骑击之，所杀甚众。夫士卒尽

---

① 这段话出自《淮阴侯列传》，类似的话还见于《越王勾践世家》。勾践灭吴之后，"范蠡遂去，自齐遗大夫种书曰：'飞鸟尽，良弓藏；狡兔死，走狗烹。越王为人长颈鸟喙，可与共患难，不可与共乐，子何不去？'种见书，称病不朝。人或谗种且作乱，越王乃赐种剑曰：'子教寡人伐吴七术，寡人用其三而败吴，其四在子，子为我从先王试之。'种遂自杀。韩兆琦先生说：'《左传》、《国语》都没有说过勾践杀文种的事情，而这段文字竟写得如此惊心动魄，显然司马迁是把汉代初期刘邦、吕后杀功臣的那桩历史公案写进去了。'"《史记通论》，广西师范大学出版社 1996 年版，第 238 页。

② 司马迁《史记·太史公自序》。

③ 司马迁《史记·酷吏列传》。

> 家人子,起田中从军,安知尽籍五符。终日力战,斩首捕虏,上功莫府,一言不相应,文吏以法绳之。其赏不行而吏奉法必用。臣愚,以为陛下法太明,赏太轻,罚太重。且云中守魏尚坐上功首虏差六级,陛下下之吏,削其爵,罚作之。由此言之,陛下虽得廉颇、李牧,弗能用也。

冯唐之言,实际上也是司马迁的看法。

三、批判虚伪

司马迁热爱那些真诚率真的伟丈夫,憎恶那些表面一套、背后一套的伪君子,故而在《史记》中对人性的虚伪做了冷冷的讽刺与无情的揭露。

《高祖本纪》写刘邦听到项羽杀文帝的消息后,"袒而大哭,遂为文帝发丧,临三日。发使者告诸侯曰:'天下共立义帝,北面事之。今项羽放杀义帝于江南,大逆无道。寡人亲为发丧,诸侯皆缟素。悉发关内兵,收三河士,南浮江、汉以下,愿从诸侯王击楚之杀义帝者。'"刘邦对义帝的死表现得那么伤心,讨项之辞那么义正辞严,其实这一切只不过是演戏罢了,他何尝真想北面事义帝?正如明代凌稚隆所说:"汉王袒而大哭,特借此以激怒天下,非真哀痛之也。要知项羽不杀义帝,汉王岂出义帝下者?项王特为汉驱除耳!"[①]《项羽本纪》中载刘邦在项羽驻兵新丰鸿门欲"击破沛公军"的紧急情况下,为了缓和矛盾,求得项羽的谅解,便对项伯说出了一大段谎言:"吾入关,秋毫不敢有所近,籍吏民,封府库,而待将军。所以遣将守关者,备他盗之出入于非常也。日夜望将军至,岂敢反乎!愿伯具言臣之不敢倍德也。"实际上,刘邦是因怀王与诸将有"先破秦入咸阳者王之"之约而抢先入咸阳的,入而"籍吏民,封府库"者,是为了收买民心,"遣将守关"者,是为了防止项羽王关中。《高祖本纪》有一段记载就透露了个中消息:"或说沛公曰:'秦富十倍天下,地形强。今闻章邯降项羽,项羽乃号为雍王,王关中。今则来,沛公恐不得有此。可急使兵守函谷关,无内诸侯军,稍征关中以自益,距之。'沛公然其计,从之。"《高祖本纪》说刘邦"仁而爱人,喜施,意豁如也",然《吕后本纪》载"孝惠为人仁弱,高祖以为不类我",《留侯世家》记四皓对刘邦说:"陛下轻士,善骂,臣等义不受辱。"可见,刘邦的仁爱全是伪装。

《史记》中多处揭露了汉武帝的虚伪。在《汲郑列传》中借汲黯之口一针见血地指出:汉武帝"内多欲而外施仁义",在《平准书》中则揭露:对汉武帝而言,所谓道德,只不过是谋利的一个利器而已。《平准书》写算缗钱之后,"天子乃思卜式之言,召拜式为中郎,爵左庶长,赐田十顷,布告天下,使明知之",接着补叙卜式无私地出家产资助朝廷的事,说"是时富豪皆争匿财,唯式尤欲输之助费。天子于是以式终长者,故尊显以风百姓",原来汉武帝是要树立一个积极拥护现行政策的榜样,希望有更多的人来效法卜式,自觉地把财富贡献出来。后来南越反,卜式上书"愿父子与齐习船者往死之",汉武帝特别嘉奖他"义形于内",把问题提到了道德的高度,赏赐给卜式"爵关内侯,金六十斤,田十顷",又想以此感动富豪官吏支持他的对外作战。汉武帝对公孙弘的重用也是出于树立道德典型的目的。"公孙弘以汉相,布被,食

---

① 凌稚隆《史记评林》。

不重味，为天下先”[①]，而汲黯说他“位在三公，奉禄甚多，然为布被，此诈也”，公孙弘自己也说汲黯此言“诚中弘之病。夫以三公为布被，诚饰诈欲以钓名”[②]。汉武帝重用这样一个虚伪的人，就是想树立一个俭朴的典型，改变一下奢侈的风气。自己巨额浪费，又要树立俭朴的典型，这就是一代帝王的虚伪之处[③]。《三王世家》也是一篇讥刺汉武帝虚伪的作品。全文载群臣五次请立皇子为诸侯王，天子一再推让，然武帝的每次推让都是表面言让，而实预留群臣再次促劝之伏笔，等群臣再三坚请以后，再以为天下社稷计而不得不立的理由册封之。这样武帝既册封了皇子，又给自己捞取了“让”的美德。司马迁看穿了武帝的虚伪，故在《太史公自序》中说：“三子之王，文辞可观，作三王世家第三十。”讽刺汉武帝所谓“让”者，实不过是“文辞可观”之表面功夫而已[④]。在《游侠列传》中，司马迁以愤激之语一针见血地揭示了统治阶级道德的虚伪性：“鄙人有言曰：‘何知仁义，以飨其利者为有德。’故伯夷丑周，饿死首阳山，而文、武不以其故贬王；跖、蹻暴戾，其徒诵义无穷。由此观之，‘窃钩者诛，窃国者侯，侯之门仁义存’，非虚言也。”

（作者单位：集美大学文学院）

① 司马迁《史记·平准书》。

② 司马迁《史记·平津侯主父列传》。

③ 参杨燕起《〈史记〉的学术成就》，北京师范大学出版社 1996 年版，第 322 页。

④ 吕世浩《三王文辞——〈史记·三王世家〉析论》，见《燕京学报》2000 年第 9 期。

《史记》“西楚”的地理空间及文化分区意义

徐　华

“西楚”作为一个历史地理概念，最早出现在《史记》的记载中。《项羽本纪》：“项王自立为西楚霸王，王九郡，都彭城。”《高祖本纪》：“正月，项羽自立为西楚霸王，王梁、楚地九郡，都彭城。”根据秦郡及项羽主要活动地域来推测，项羽的西楚九郡主要集中在河淮与江东一带。而在《货殖列传》中司马迁又称“越楚有三俗”，包括西楚、东楚、南楚。并说“西楚”包括“淮北、沛、陈、汝南、南郡”，其地理范围辄由淮北一直向西和南延伸直到湖北江陵。二者的地域范围已经发生明显的变化。两汉之际扬雄的《方言》记载了三条西楚的方言，作为方言区来讲，是与南楚、东楚相并列而存在的，应该是继承了《货殖列传》的分区方式。到三国时代孟康注《汉书》时对于“西楚”这个地理名词便有些语焉不详，称“名江陵为南楚，吴为东楚，彭城为西楚”(《汉书·高帝纪》注引孟康《音义》)，明显只是拿三个标志性的都市来进行地理定位。

历代注家和研究者关于“西楚”也便存在不同的解释。或者根据《货殖列传》来解释西楚地域，如《汉书》文颖注“项羽西楚”的时候就引入《史记·货殖列传》的地理分区来加以说明，颜师古、张守节注《汉书》、《史记》也大体采用这一路径；或者从项羽西楚九郡入手，考证西楚地域，如元方回、清全祖望、钱大昕、刘文淇、姚鼐以及谭其骧、周振鹤、韦一等，但只局限于项羽的西楚九郡；或者采取折中、两可的说法，最有代表性的要数《辞海》的界定，称西楚“在淮水以北，泗、沂水以西，当今豫中和豫东、皖北和江苏西北部地区”①。这一界定基本是处于项羽西楚九郡和《货殖列传》西楚分区共有的部分，看似合乎逻辑却并不符合当时的实际状况。今人靳润成著《西楚辨》一文讨论“最初的西楚，应该包括两个部分：一是西汉的南郡地区；二是《辞海》所指出的淮水以北，泗、沂水以西”②。认为形成原因主要是当时楚国疆界的变迁。这一说法的问题在于将《货殖列传》中统一的命名分割两处，似于义未安。由以上勾勒，我们大致可以看出各家对于“西楚”真正的地理范围仍是众说纷纭，莫衷一是。

这里首先遇到的一个问题就是《史记》中所说的“西楚”究竟是一个什么样的地理概念，是否能够准确地勾画出其地理边界的所在？根据文献记载的情况，“西楚”一词最主要流行在楚汉之际，大体只是一个断代的地理概念。项羽从行政区划的角度划定的西楚国，因处于战争大势分合未定的动荡时期，其地域范围并非相对稳定的地理存在，一旦时过境迁，边界

---

① 辞海编辑委员会《辞海》，上海辞书出版社 2009 年第 6 版，第 2441 页。

② 靳润成《西楚辨》，《天津师范大学学报》1986 年第 1 期。

就逐渐模糊且消失。近一百年后再由司马迁《货殖列传》中提出的时候，已经是“海内为一，开关梁，驰山泽之禁”(《货殖列传》)，从统一宏观的角度根据自然、经济、风俗等因素的重新概括、重新表述了。由此，我们完全有理由认为，《史记》中的“西楚”是一个不断发展变化的地理名词，我们可以考证某一时段“西楚”的地域范围，但根本无法准确勾画出秦及汉初人们心目中一个固定不变的西楚地域。

但值得注意的是，《史记》于两处标出“西楚”，绝不可能是司马迁凭空的杜撰，两个时期的西楚也存在一定的地域关联，我们可以通过历史变迁中的西楚地域来大致勾画一个相对稳定的核心区域。

项羽的“西楚九郡”，具体指哪九郡，《史记》并没有说明。历代学者一般根据秦始皇三十六郡及项羽主要活动地域来推测九郡的名称，但仍各有差异，以比较有代表性的几家说法为例：

全祖望、王先谦：	泗水	砀郡	薛郡	东郡	会稽	黔中	南阳	东海	楚郡①
钱大昕、梁玉绳：	泗水	砀郡	薛郡	东郡	会稽	鄣郡	东阳	东海	吴郡②
刘文淇：	泗水	砀郡	薛郡	东郡	会稽	鄣郡	东阳	郯郡	颍川③
恽　敬：	泗水	砀郡	薛郡	东郡	会稽	琅邪	吴郡	郯郡	陈郡④
姚　鼐、谭其骧：	泗水	砀郡	薛郡	东郡	会稽	鄣郡	东阳	东海	陈郡⑤
周振鹤：	泗水	砀郡	薛郡	东郡	会稽	鄣郡	南阳	东海	陈郡⑥
韦　一：	泗水	砀郡	薛郡	东郡	会稽	琅邪	东阳	东海	陈郡⑦

通过以上列举，可看出各家对泗水、砀郡、薛郡、东郡、会稽这五郡属项羽九郡意见一致，并无异议。此外，同意东海郡、陈郡、东阳郡为项羽九郡的亦占大多数。主要根据项羽的活动范围和《史记》的记载来看。如“东海郡”的记载见于《史记·绛侯周勃世家》，曰：“籍已死，因东定楚地泗水、东海郡，凡得二十二县。”《史记·陈涉世家》曰：“陈王初立时，陵人秦嘉……等皆特起，将兵围东海守庆于郯。”秦代郡有守、尉、监一级的中央直派官员，所以东海为郡无疑。东海郡治郯，因汉初人有以郡治县名替代郡名的习惯，如以江陵指代南郡，所以有时史书中出现的郯郡也是指代东海郡。《汉书·高帝纪》曰：六年，“以砀郡、薛郡、郯郡三十六县立弟文信君交为楚王。”而《汉书·楚元王传》曰：“汉六年，既废楚王信，分其地为二国，立贾为荆王，交为楚王，王薛郡、东海、彭城三十六县。”则东海、郯郡是一郡。《水经·沂水注》曰：“郯，东海郡治。秦始皇以为郯郡，汉高帝二年，改从今名。”唐人李吉甫《元和郡县

① 全祖望《经史问答》。王先谦《汉书补注》卷一《高帝纪》，书目文献出版社 1995 年版。

② 钱大昕《二十二史考异》，《丛书集成》本卷六。梁玉绳《史记志疑》卷六《项羽本纪》“王九郡”条下，《续修四库全书》史部正史类。

③ 刘文淇《楚汉诸侯疆域志》卷一《项羽九郡》，《二十五史补编》，中华书局 1955 年版。

④ 恽敬《西楚都彭城论》，《大云山房文稿》初集卷一，《四部丛刊》初编集部。

⑤ 姚鼐《项羽王九郡考》，见《惜抱轩文集》卷二，北京中国书店 1991 年版。谭其骧《西楚九郡》，《长水集》(上)人民出版社 1987 年版，第 95 页，同意姚鼐所分。

⑥ 周振鹤《楚汉诸侯疆域新志》，《周振鹤自选集》，广西师范大学出版社 1999 年版。

⑦ 韦一《西楚九郡考》，《徐州师范大学学报》1998 年第 1 期。

志》记载:"秦置三十六郡,以鲁为薛郡,后分薛郡为郯郡。汉改郯郡为东海郡。"①

"东阳"见于《史记·项羽本纪》:项梁、项羽定会稽之后,过江北上,"闻陈婴已下东阳","陈婴者,故东阳令史,居县中,素信谨"。司马迁并未提到东阳为郡。至《汉书·高帝纪》曰:"六年,韩王信等奏请以故东阳郡、鄣郡、吴郡五十三县立刘贾为荆王。"《元和郡县图志》称楚汉之际,项羽置东阳郡。总之,东阳非秦郡,有可能为项羽分东海郡南境,包括淮河以南,长江以北滨海地域为东阳郡,所属地域,包括广陵、盱眙、东阳诸县,都是项羽重要的根据地和首定之地,因此应划入项羽封域之范围。

陈地是楚国后期的政治中心所在地,楚顷襄王二十一年(前278),秦破郢都,楚迁都于陈城(今河南淮阳)(《六国年表》)。又楚考烈王二十二年(前241)去陈而东徙寿春(今安徽寿县)。《史记·秦始皇本纪》曰:始皇二十三年(前224),取陈以南至平舆。《史记·楚世家》云:"王负刍五年(前223),秦将王翦、蒙武遂破楚国,虏楚王负刍,灭楚名为楚郡云。"秦灭楚的路线为先灭陈而后向寿春推进,况且一般秦灭大国都以之为中心置郡。据《水经注·淮水注》始皇二十四年灭寿春而置九江郡,则灭陈而置陈郡也是情理之中的。《史记·陈涉世家》曰:陈胜"攻陈,陈守令皆不在,独守丞与战谯门中"。则楚汉之际陈地为郡,且处于项羽活动范围之内,项羽分封十八诸侯王中楚地除了九江王、衡山王、临江王之外,都是留给自己的封域,陈郡自然也不例外。

最有争议的就是第九郡应是琅邪郡还是南阳郡、鄣郡、吴郡。南阳当时为王陵所据,项羽不得悬隔数国而有之,已经梁玉绳、谭其骧辨之。鄣郡,班固《地理志》称,故鄣郡,属江都国。则在班固看来故鄣郡只是汉高祖时二十六郡国之一的江都国下所附属的一个支郡。吴郡,《史记·秦始皇本纪》秦始皇二十五年,"置会稽郡"。《汉书·地理志》称秦置,高祖六年为荆国,十二年更名为吴。则秦汉之际会稽已并包吴越之地。因此项羽九郡不应含鄣郡、吴郡。关于琅邪郡,为秦始皇三十六郡之一,项羽王梁、楚地九郡,后人往往以琅邪郡为齐地而排除在外,也是不符合历史地理事实的。项羽分封十八诸侯中,齐地分三:齐王田市为胶东王,注引徐广曰:都即墨;田都为齐王,都临淄;田安为济北王,都博阳。三齐之地主要集中在秦郡的琅邪、薛郡以北。对于地处山东半岛东南部的琅邪郡,并未分封他人,显然已是作为项羽的属地。再从项梁项羽起兵略地路线看,其军事的根据地主要在三齐以南、长江以北的地域,琅邪郡是自然包含其中的。从历史的演化看,秦琅邪郡所在地大体位于今山东半岛东南部,据《尚书·禹贡》:"海岱及淮惟徐州。"则自夏代开始泰山以南,淮河以北,一直到海的地域实为一个整体地域。自战国以来,琅邪周围地域长期属楚,《汉书》、《后汉书》也都是将琅邪郡划归徐州而非青州。司马迁《货殖列传》中谈到东楚时称东楚的"朐、缯以北,俗则齐"。朐、缯二县正是琅邪郡的南境,虽汉初其俗类齐,但其地属楚无疑。由此,琅邪应属项羽西楚九郡之一。

由泗水、砀郡、薛郡、东郡、会稽、东海、东阳、陈郡、琅邪郡构成的项羽九郡包含今山东半岛东南部、河南东部和南部以及安徽北部、江苏、浙江。从自然地理的角度看,其地北到泰山、西北接黄河,西到淮水上游,南界淮河,东到大海,外加淮河以南的吴越之地。

司马迁《史记·货殖列传》依据物产、气候、风俗、经济中心等情况的不同,将全国划分为

---

① 说亦见《太平御览》,中华书局1960年影印宋本,卷一百六十引《十道志》。

15个不同区域：即关中、三河、赵中山、巴蜀、陇西、种代、郑卫、燕、齐、邹鲁、梁宋、西楚、东楚、南楚、颍川南阳。其中"自淮北、沛、陈、汝南、南郡，此西楚也。……彭城以东，东海、吴、广陵，此东楚也。……衡山、九江、江南、长沙是南楚也"。第一次提出了"三楚"的说法而且明确指明西楚的地域范围。汝南郡是由陈郡析置，郡治在平舆（今河南省平舆县北），辖境大致相当于今河南东南部、安徽淝水、淮河之间的地区。"南郡"为秦置，治所在郢，即今湖北江陵东北。又《货殖列传》曰："夫自鸿沟以东，芒、砀以北，属巨野，此梁宋也。"又："而邹鲁滨洙泗。"将鲁地、梁地、东楚、南楚、颍川、南阳加以独立叙述，就等于明确了西楚的地域，应该是指今江苏省西北部、安徽省北部、河南省东南部及湖北省大部。其地大约只涵盖项羽时代的泗水郡、陈郡和南郡，已经与项羽西楚封域的概念有了很大的不同。

司马迁《货殖列传》究竟以什么标准来进行分区？雷虹霁博士提出："《货殖列传》的大部分分区都是通过商业联系而引出的。"①即以首都长安为中心的关西包括关中、巴蜀、陇西地区；以关东的三河（河东、河内、河南）为核心，河东区的杨、平阳"西贾秦翟，北贾种代"，而引出种代；河内郡的温、轵北贾赵中山。由赵中山的都会邯郸而"北通燕涿，南通郑卫"；河南郡的都市洛阳"东贾齐、鲁，南贾梁、楚"；最后谈与三河相邻的颍川、南阳区。以自然物产分布为前提，以各地民风民俗为参考，以商贾的商业活动、经济生活为线索，这种分区方式本身具有一定的特殊语境和局限，不同于纯粹地理意义上的行政区划，同时也有较大的不确定性。

将项羽的西楚国和《货殖列传》的西楚比较，我们会发现其共同的地域始终未变，即秦时的泗水郡、陈郡，即西汉时的沛郡、楚国、汝南郡、淮阳国。根据谭其骧《秦郡界址考》、后晓荣《秦代政区地理》的考证，这一区域主要包括今豫东南、皖北和江苏东北部，基本与《辞海》中所表述的一致。但问题是这一共同地域是否就可以称为历史上的"西楚"呢？正如我们上文所说的，自群雄逐鹿中原的秦汉之际到大一统的汉武帝时代，近一百年间的地理变迁已经决定了不存在一个固定不变的西楚。但以"豫东南、皖北和江苏东北部"这一共同区域为核心，并将其置于历史地理的宏观视野中，就更会清楚地看到以这一区域为核心，向东、北、西、南分别延伸，从远古时代开始就是一个完整的地理单元，一个极其重要的文化区域。这一区域包括泰山济水一线以南，淮河以北，东到海滨，西到汝颍流域。

首先从自然地理及历代地理区划沿革看，这里正是古九州的"徐州"。《禹贡》所谓"海岱及淮惟徐州，淮沂其乂，蒙羽其艺，大野既猪（都），东原底平"②。大野、东原位于鲁国西部。《尔雅·释地》云："两河间曰冀州，河南曰豫州，济东曰徐州，河西曰雍州，汉南曰荆州，江南曰扬州，燕曰幽州，济河间曰兖州，齐曰营州。"从这些关于早期地理区划的描述看，济水以东、泗水流域、淮河以北为徐州之地。《史记·货殖列传》、《汉书·地理志》都以泰山为齐鲁的分界。《汉志》描述说："鲁地，奎、娄之分野。东至东海，南有泗水，至淮，得临淮之下相、睢陵、僮、取虑，皆鲁分也。"

春秋战国随着楚国东扩，楚文化东渐，以及两次的迁都，楚的势力范围的扩大和转移，形成一个楚的"东国"，其地包括淮南、淮北（主要指淮河向北延伸及滨海地域）以及南阳盆地以

① 雷虹霁《秦汉历史地理分区研究——以史记、汉书、方言为中心》，中央民族大学出版社2007年版，第85页。

② 皮锡瑞《今文尚书考证》，中华书局1989年版，第146页。

东,淮水上游以北,直至汝、颍上游一带。其中淮北之地被称为楚之"下东国"或"新东国"①。楚对"新东国"的经略,早在春秋早中期就已经开始了。早在公元前478年到前334年,楚国先后灭陈、占领淮北、灭蔡、灭杞、灭莒、灭越,"尽取故吴地至浙江,北破齐于徐州"②。楚国疆域向北和东北扩张直至今天的河南中部、山东东南部。公元前286年,齐灭宋。齐、楚、魏瓜分宋地,楚得沛,淮北全属楚。但接着齐楚发生战争,齐"南割楚之淮北",淮北属齐。公元前284年,"楚王与秦、三晋、燕共伐齐、取淮北",此后淮北之地长期属楚国。从文字书写风格和方言的角度看,至春秋中期开始,蔡、宋、徐、吴、越等国文字的书写风格已与楚国书写风格相同,被学者称之为楚系文字③。方言也较为接近④。说明自春秋时期楚、越、鲁、宋交界地带的文化面貌已呈现一致性特征。再从考古学的角度看,苏秉琦先生认为:苏、鲁、豫、皖四省临境地区的古文化,即山东的西南一角,河南的东南一块,安徽的淮北一块与江苏的北部连在一起,这个地区出土的新石器时代遗存确有特色⑤。则西楚地域作为一个完整的地理单元,其历史地理的渊源当追溯到更为久远的新石器时代。

司马迁撰写《史记》考察的路线首先是奔赴江淮,然后"上会稽,探禹穴,窥九疑,浮于沅湘,北涉汶泗,讲业齐鲁之都……厄困鄱、薛、彭城,过梁楚以归"。可以看出这一核心区域是司马迁作为一个史家首先关注的重要地域。《史记·高祖本纪》:"秦始皇帝常曰'东南有天子气',于是因东游以厌之。"秦始皇统一之后,一共六次出游,其中四次都是东南游。二十八年,上泰山,登琅邪,过彭城,之南郡,自武关归。三十七年,行至云梦,浮江下,过丹阳,至钱塘,临浙江,上会稽,北至琅邪。其路线几乎都是围绕着这一文化区域展开。

由纵向时间演变过程,我们可以大致印证"西楚"地域空间性层面稳定延续的存在状况。这一区域从文化地理的角度说还是南北朝以前中国文化的重心和文化传播的主要策源地,人才之集中居全国之冠。严耕望《战国学术地理与人才分布》中说:"先秦学术兴盛,大抵在大河中流(三门峡以下)之南北、河淮平原中北部、东北逾泰山至海滨一带。此即三晋核心地带与宋陈鲁齐地区也。"道家、儒家、墨家创始人老子、孔子、孟子、庄子、墨子以及重要的代表性人物杨朱、列子、鹖冠子、淮南子等都出生或者主要活动在这里。从宗教传播史看,这一地域是中国早期道教的发源地和最早弘扬佛教的中心地。琅邪为中心的仙道风气,出生于沛国丰县(今江苏丰县)的道教创始人张道陵,传播最早道书《太平经》的琅邪于吉、宫崇无不孕育于此;楚王刘英,都彭城,最早的佛教信徒。汉末笮融督广陵、下邳、彭城三郡,大力倡导佛教;文学艺术方面,两汉有籍贯可考的文学家共192人,其中仅沛郡一地就有30人,居当时全国各地之首位。三国西晋时期,有籍贯可考的文学家183人,其中谯郡18人,居全国58郡之首⑥。贯穿两汉、魏、晋,引领风气之先的文人群体梁园宾客(今河南开封)、淮南文人群体(都寿春,今六安寿县)、邺下之游(今河北临漳县)、竹林之游(山阳郡昌邑县,今山东金乡县西北)、金谷之会(今河南洛阳西北)大体都处于西楚核心地域及临近的辐射区域内;汉晋

---

① 陈伟《楚东国地理研究》,武汉大学出版社1992年版。

② 《史记·越世家》。这里的徐州是鲁国东部的地名,非九州之徐州。《集解》引徐广曰:"徐州在鲁东,今薛县。"

③ 何琳仪《战国文字通论》,中华书局1989年版。

④ 周振鹤《方言与中国文化》,上海人民出版社1986年版;李裕民《楚方言初探》,《山西大学学报》1986年第2期。

⑤ 苏秉琦《中国文明起源新探》,生活·读书·新知三联书店1999年版。

⑥ 曾大兴《中国历代文学家之地理分布》湖北教育出版社1995年版。

开风气之先的文学家也大多来自这一区域，如沛国相（今安徽符离西北）的桓谭，鲁国（今山东曲阜）的孔融，陈留圉县（今河南杞县）的蔡邕，沛国谯县（今安徽亳县）的曹操家族，谯郡铚县（今安徽宿州）的嵇康，陈留尉氏（今河南尉氏）的阮籍，沛国沛县（江苏沛县）的刘伶等等。由此可以看出当地浓郁的文学风气和先进的地域文化。

秦汉时期"西楚"概念的出现，具有不可忽视的历史地理意义和文化分区意义。因为这一地理概念的形成是建立在深厚的历史文化积淀的基础上，而非偶然产生的，它代表着楚文化、中原文化、齐鲁文化交界处密切影响交融的文化土壤，西楚文化的意义不仅仅局限于秦汉之际，更代表着一个在文化精神方面对后世具有深远影响的共同文化圈。以往的文化分区和文学分区常常局限于行政区划或者自然地理区划，或者某一时代地域文化圈的分区模式，如宏观意义上的南北二分，自北朝颜之推有："南方水土和柔，其音清举切诣，失在浮浅，其辞多鄙语；北方山川深厚，其音沉浊而讹顿。"（《颜氏家训·音辞》）唐初魏征有："江左宫商发越，贵于轻绮；河朔词义贞刚，重乎气质。"[①]到近代刘师培、梁启超多从南北自然地理的差异来谈南北文风、学风的差异。以黄河流域为代表的北方文化和以长江流域为代表的南方文化构成了华夏地域文化的基本格局。李学勤先生在《东周与秦代文明》[②]一书中把东周时代列国划分为中原、北方、齐鲁、楚、吴越、巴蜀滇、秦七个文化圈。中原文化圈地处黄河中游；齐鲁文化圈大体相当于今山东省；楚文化圈包括今湖北、湖南；吴越文化圈包括淮水流域和长江中下游一带的地域。七大文化圈的分区模式往往成为中国文化分区一种极有代表性的说法，但就南北朝以前的历史时期来说，仍分割和忽视了南北中间地带和几大文化圈交界地带的文化一体性。

20世纪90年代后期，部分学者对于汉晋文化分区的研究则试图有新的突破，如王子今《秦汉区域文化研究》对秦汉时期基本文化区的划分包括长安及关中、齐鲁、赵地、滨海、江南、河洛、陈夏、巴蜀等文化区[③]。其中滨海、陈夏文化区的提出颇具时代新意；胡阿祥结合历史、自然地理形态、文化、文学等诸多因素，探索性地提出魏晋时期的文学分区，包括河淮、河北、河东、关陇、河西等文学区域。其中河淮区域南至淮河及汉水中游以北，西止潼关，东迄大海，北面基本以黄河为界，而河北的一小部分即西晋河内郡的全部，汲郡的南部也可划入河淮。河淮又包括了齐鲁和中原两个文化区域。整个魏晋时期，河淮区域的文人与文学都是领先于同时各区域的[④]。首次创造性地打破过去的文化分区中所造成的时代性的分割，以河淮作为魏晋时期一个整体的文化区域。如能结合西楚文化地理的沿革史，对于这一区域的文化与文学进行系统深入的探索，必将使我们对于早期文化与文学分区产生新的认识和理解。

（作者单位：华侨大学文学院）

① 《隋书》卷七十六，中华书局点校本，第1730页。

② 李学勤《东周与秦代文明》，文物出版社1991年版。

③ 王子今《秦汉区域文化研究》，四川人民出版社1998年版。

④ 胡阿祥《魏晋本土文学地理研究》，南京大学出版社2001年版。

《史记·匈奴列传》的历史书写初探

田　蔚

《史记》中的《匈奴列传》虽被梁启超先生列为《史记》十大名篇之一，与《项羽本纪》、《李将军列传》等比肩而立，前辈学者韩兆琦先生、俞樟华先生也曾著文论述，成果丰硕，但相比于《史记》中其他篇目的研究深度和角度，除过从民族史料资源的角度充分的探讨之外，对《匈奴列传》文本自身的关注程度仍嫌不足。本文拟从书写的历史意识、叙事笔法等角度做进一步细致的分析。

一、《匈奴列传》书写的历史意识

列传作为"五体"之一，以人系事，体现了对历史中个体的看重。何人凭借什么入史，通过对传主的选择，又可见出写史者心中的标准，从更高层面看出其对历史的识见。而选择匈奴族群进入列传，无疑是司马迁史识高明的有力例证。司马迁在《史记·太史公自序》中写道："自三代以来，匈奴常为中国患害；欲知强弱之时，设备征讨，作匈奴列传第五十。"[①]当大汉帝国崛起之时，在北方的大漠草原，匈奴也已发展强壮为一支扬鞭放牧、上马射箭的游牧民族力量，持续在汉朝边境的侵扰滋事，从汉高祖的围困白登到惠帝、吕后的和亲政策，从单于的发信羞辱到文帝的约为兄弟直至武帝的大举征伐，匈奴都以影响牵扯着汉朝政治及经济发展的力量而存在，相比于东越、南越、朝鲜、西南夷等，匈奴始终是冲击着大汉安危的强势族群，故汉武临朝五十四年而对匈战争就达四十四年之久，整个时代、帝国、个体的命运都被裹挟在长年的汉匈之战中。身为史官的司马迁，正视给汉王朝带来诸多麻烦和侵扰的民族，以对社会历史负起责任的态度将其写入列传。

选择匈奴作为传主，也是传主的个性与太史公个体情感互相作用的结果。当时的汉朝"以中国一统，明天子在上，兼文武，席卷四海，内辑亿万之众，岂以晏然不为边境征伐哉！"穷兵黩武的汉武帝，喜好大宛宝马，倾全国之利命李广利出征取善马，令皇帝宫观周围都种上苜蓿，过长安十里，尽苜蓿青青。而司马迁受到大一统文化氛围的感召，海纳百川、有容乃大的气魄促使他放眼四海，写下了四裔列传。在匈奴这个兄弟民族的身上，司马迁体会到一种别样的文化氛围，草原游牧文化与司马迁爱好雄奇的个体情感产生着某种共鸣，促使他关注并书写这个族群的历史。

---

① 司马迁《史记》，中华书局 1982 年版，第 3317 页。以下所引《史记》原文均出自此书，不再另注。

司马迁在《匈奴列传》论赞中说："世俗之言匈奴者，患其徼一时之权，而务谄纳其说，以便偏指，不参彼己。"针对众人不去了解汉匈实际情况却汹汹一词，史公主动地以"参彼己"的历史意识来书写匈奴的历史。"匈奴，其先祖夏后氏之苗裔也，曰淳维"，《匈奴列传》开门立意，打破传统的"夷夏"观念。以前匈奴常常被视为诸夏民族征伐的对象，目为文化低下"戎狄"，《诗经》中就有"戎狄是膺，荆舒是惩"（《鲁颂·閟宫》）、"薄伐猃狁，至于太原"（《六月》）等句。春秋以来，"内诸夏而外夷狄"，有所谓"夷夏之防"。《左传》记载闵公元年，管敬仲言于齐侯曰："戎狄豺狼，不可厌也。诸夏亲昵，不可弃也。"定公十年，孔丘曰："裔不谋夏，夷不乱华。"史公的后继者班固也言道"夷狄之人贪而好利，被发左衽，人面兽心"、"是故圣王禽兽畜之，不与约誓，不就攻伐"[①]，以传统的华夏之辨来痛斥其不讲礼义忠信。而司马迁跳出大汉族中心的观察视角，饶有兴趣地从多向度挖掘匈奴民族生活习性、风土人情、族群发展等特色，首先就直面直书匈奴文化与大汉文化的相异性，他们随畜牧而转移，逐水草而迁徙，"毋文书，以言语为约束"、天性"宽则随畜，因射猎禽兽为生业，急则人习战攻以侵伐"、"利则进，不利则退，不羞遁走。苟利所在，不知礼义"、"壮者食肥美，老者食其余。贵壮健，贱老弱。父死，妻其后母；兄弟死，皆取其妻妻之"。全面展示这个当时与汉民族同处苍穹之下却迥然不同的异质文化。不仅如此，史公还于传中着意安排了一个"穿针引线式"的人物中行说，代表匈奴一方与汉使者尽情辩论二文化之长短，犹如两小儿辩日般各自陈词。尤其是中行说对"无冠带之饰，阙庭之礼"的辩解，令汉使都无法多言：

> 匈奴之俗，人食畜肉，饮其汁，衣其皮；畜食草饮水，随时转移。故其急则人习骑射，宽则人乐无事，其约束轻，易行也。君臣简易，一国之政犹一身也。父子兄弟死，取其妻妻之，恶种姓之失也。故匈奴虽乱，必立宗种。今中国虽详不取其父兄之妻，亲属益疏则相杀，至乃易姓，皆从此类。且礼义之敝，上下交怨望，而室屋之极，生力必屈。夫力耕桑以求衣食，筑城郭以自备，故其民急则不习战功，缓则罢于作业。嗟土室之人，顾无多辞，令喋喋而佔佔，冠固何当？

大汉民族文化与匈奴文化的相异因中行说的说辞而毕览无遗。其言辞犀利，霸气十足，几令同时代的贾谊在《治安策》中表达了对中行说的极度不满："臣窃料匈奴之众不过汉一大县，以天下之大困于一县之众，甚为执事者羞之。陛下何不试以臣为属国之官以主匈奴？行臣之计，请必系单于之颈而制其命，伏中行说而笞其背，举匈奴之众唯上之令。"[②]对这场争辩的书写既是司马迁借他人之口对匈奴习俗合理性的肯定，也显示出其对引弓强国与冠带之邦在礼义之争上的宽容。史公在对匈奴族群文化书写的同时，也在此种文化中了解认识着自己，反观了自身。其间史公不厌其烦地录入汉匈统治者的往来书信全文，其中文帝的两篇遗匈奴书，有理有利有节，尽显王者之气。"今天下大安，万民熙熙，朕与单于为之父母。朕追念前事，薄物细故，谋臣计失，皆不足以离兄弟之欢。朕闻天不颇覆，地不偏载。朕与单于皆捐往细故，俱蹈大道，堕坏前恶，以图长久，使两国之民若一家子。"文帝的"御夷狄之道"即是以洋洋美德，宰制万物，以仁义推恩四海，而非后承者的役使将帅、穷兵黩武，这非常符合史公在《汉兴以来诸侯王年表序》中"形势虽强，要之以仁义为本"的感慨。至孝景帝时，继续实

① 班固《汉书》，中华书局1962年版，第3834页。
② 班固《汉书》，中华书局1962年版，第2242页。

行文帝的既定政策，和亲通关市，盟约如故。所以"终孝景时，时小入盗边，无大寇"。和亲政策虽备受后人指责，但在秦汉之际，以婚姻作为政治利益的联结是一种有效可靠的外交手段，对于民族的融合、血缘关系的作用不可忽视。史公于此段书写中既是对文帝边疆政策的肯定，又包含有对武帝朝政策的隐喻微词。

基于对他者文化差异上的认同，史公积极思考彼此的身份与关系，从双方形势的动态发展入手，以传主(匈奴)身份的变化为线索统摄历史。冒顿时，"南与中国为敌国"，而高帝听从刘敬之计，"约为昆弟以和亲"；文帝时，"汉与匈奴约为兄弟"，以长城为界，北为引弓之国，南为冠带之室；景帝时"复与匈奴和亲，通关市，给遗匈奴，遣公主，如故约"，仍然约为兄弟之国。这种视匈奴为兄弟民族的平等意识，承认他者文化的价值和自足形态，展现了史公"各美其美，美人之美，美美与共，天下大同"①的文化开放意识，这是"参彼己"文化意识下的进一步思考，也正是司马迁史识的表现。在读者看来史公的书写更像是一个有着宽广胸怀般的兄长在容纳一个兄弟的好斗、调皮甚至凶猛、不守信。这种兄弟情感高于父子情感的意义，与宋代张载的"民胞物与"思想遥相呼应。而《匈奴列传》书写到武帝时，武帝强权专横，大兴膺惩之师，数派使者要求匈奴"南面而臣於汉"，致使单于怒而扣留使者。武帝痛击匈奴，以臣视之的行为，很大一部分是建立在正统的夷夏对立心态之下；至后续的褚少孙之补"单于初立，恐汉袭之，乃自谓'我儿子，安敢望汉天子！汉天子，我丈人行也'"，在武力胁迫之下，匈奴又以"儿子"自我称呼，补笔颇得史公真意。

诚如李长之先生所言："司马迁之难能可贵，并不只在他的博学，而尤在它的鉴定、抉择、判断、烛照到大处的眼光和能力。——这就是所谓识。就是凭着这种识，使他统驭了上下古今，使他展开了'究天人之际，通古今之变，成一家之言'的事业，使我们后人俯首贴耳在他的气魄和胸襟之下。"②由敌人至兄弟、至外臣再到儿子，匈奴族群身份的多次转换发生在汉匈两族交往发展的这一百多年中，此时两个民族的时局变迁已互为背景，强弱进退因由着帝王将帅之争锋交替显现，功守之势次第转换，其中的智慧洞见明灭闪耀，而历史样态就这样彼此生成。

总之，当司马迁将穿越历史的目光收回到汉代，在西汉话语环境中始终单一的匈奴形象和其固定的身份，司马迁却于众声喧哗众口一词中，不附从于主流意识的论调，将汉匈双方简单的二极对立转化为超越其上的对民族间兄弟和睦相处的历史可能性期待。可以说，司马迁也在继承孔子以《春秋》当一王之法的精神书写《匈奴列传》，这是对汉代文化话语空间的一次参与，对现实主流意识形态的一次突围。如果仅从民族史族源资料的角度去看待《匈奴列传》这个文本，将会是买椟还珠，失去深入理解司马迁伟大的"成一家之言"意义的机会。

二、《匈奴列传》的历史叙事

《匈奴列传》对他者历史的书写，通过双时间线索的交叉存在并互为背景予以表现。一条线索是汉朝皇帝年号的更替，一条是匈奴单于的更相接立，两条线索并不是分列互无干

① 费孝通《反思·对话·文化自觉》，《北京大学学报》(哲学社会科学版)1997年第3期。

② 李长之《司马迁之人格与风格》，生活·读书·新知三联书店1984年版，第176—177页。

涉，而是时而单行，时而会合，互为背景。传中常出现这样的确证语句："数岁，伊稚斜单于立十三年死，子乌维立为单于。是岁，汉元鼎三年也"、"乌维单于立十岁而死，子乌师庐立为单于。年少，号为儿单于。是岁元封六年也"、"儿单于立三岁而死。子年少，匈奴乃立其季父乌维单于弟右贤王呴犁湖为单于。是岁太初三年也。"史公在点序世次的同时，明显在时间座标上是双线并进，时而潜行，时而浮现，确证时间的目的正是为了勾连出两个民族的历史发展，织就出一幅严密的历史画卷。在匈奴历史发展的关节点上，史公可以放慢叙述时间的节奏，如冒顿单于的上场。冒顿单于作为使匈奴得以强大的英雄人物，狂飙突进般地收拾整合草原各个部落。如不作详细书写将不足以显出其在历史中的突出地位和意义。而此时又书写道"是时汉兵与项羽相距，中国罢於兵革，以故冒顿得自强，控弦之士三十余万"，时间的停留与变化时刻都和意义相关。"历史不是由时间构成的，而是由时间和含义或意义共同构成的"①。这种你中有我、我中有你的时间安排，体现出的正是历史的会通精神。

《匈奴列传》的书写笔法波澜顿挫兼有情致摇曳之姿。文本重点关注匈奴族群的过去、冒顿单于的成长、单于与文帝的书信往来、武帝与匈奴的连年交锋这四件史实，它们在事件系列中都占有重要的叙事地位。海登·怀特在《作为文学虚构的历史本文》中说："从时间顺序表中取出事实，然后把它们作为特殊情节结构而进行解码"，"在系列中有一些事件被赋予了优势地位，它们作为解释整个系列的原因或是作为某一故事的情节结构的象征而获得了阐释力量。"②这力量即是对现实语境的所指，对事件意义的获得。列传伊始便以简笔勾勒出"千有余岁"的山戎、戎狄、猃狁等的历史变迁、地理分布，快速扫描其与周秦各国的交往，以及对各个诸侯国政治格局改变的影响，其书写"如终南万岭，积翠千里"③，在对匈奴过去或者说"前世"的追寻回忆中漫步幽思，"原始察终"的历史意识使得史公追思着一个民族在几千年发展中的真实面目和生存状态，这番书写是透过历史的烟尘而弥望前世匈奴身影所作出的努力。

对匈奴前世的书写就如同一篇交响的乐章，起势平静，稳中蓄势，直爬升到一个足以改变历史方向的节点上——冒顿单于的上场，文势立刻冲决而下，匈奴族群发展的新阶段经由阴险狠毒而又踔厉风发的冒顿单于而领导创造，匈奴"今生"的书写过程惊心动魄。之后"西击走月氏、南并楼烦、白羊河南王"的征杀之后，匈奴民族在冒顿时代变得最为强大，"尽服从北夷，而南与中国为敌国，其世传国官号乃可得而记云"，对明晰的匈奴官职制度的书写，意味着匈奴已经成长发展为拥有完善的政治架构、法律条文和祭礼风俗的独特族群，进入了历史的舞台。

文本中继而展开的是匈奴与高祖、吕后、文景朝的外交来往，尤其是单于与文帝的书信往来、和亲并结为兄弟，使天下稍安、边战画上暂时的句号。这部分书写因为书信引文的大段插入而变得纡徐雍容，而其间中行说的巧舌争辩、倨傲其辞如电光火花般又使文本风趣生动起来：当汉朝送给单于尺一寸的牍书，并辞曰"皇帝敬问匈奴大单于无恙"云云，中行说却令单于送给汉书以尺二寸牍，连印封都"令广大长"，还回以"天地所生日月所置匈奴大单于

① 陈新《对历史与历史研究的思考——约恩·吕森教授访谈录》，《史学理论研究》2004年第3期。

② 张京媛编《新历史主义与文学批评》，北京大学出版社1993年版，第172页。

③ 吴见思《史记论文》，东北师范大学出版社1985年版，第59页。

敬问汉皇帝无恙”的话语，司马迁看似书写着匈奴言辞不输、连尺寸大小都不愿相让的计较，读者读来却是忍俊不禁、令人解颐。这段书写的真正指向是对文帝主张的捐弃前嫌，使万民熙熙，“来者不止，天之道也”的一次践行。

至叙写汉武与匈奴事时，双方力量此消彼涨、腾挪跳跃。卫青、霍去病的犁庭扫穴、赵信投降匈奴成为匈奴谋臣，其书写“如黄河九曲，惊涛万里”①，史公要反思汉武穷兵黩武、逞欲侈心的因果关系，简单地以汉朝讨伐的对立面出之、汲汲于大小征战历历如绘的写法，直为司马迁所不屑，他不停留、沉溺或受制于枝叶的记述，而要写出超然于现象之上的对事件因果、事件核心的把握，何况于《匈奴列传》前后的《李将军列传》、《卫霍列传》可以互为参见，尽可满足对数次开战史实的记录要求。正如茅坤所言：“太史公传匈奴，次匈奴之俗尚及其强处如画，其所叙汉与匈奴战功处尚草草。”②所以，司马迁鄙弃对数次征战的具体描述，选择以匈奴与西汉王朝交往中身份的动态变化为线索，铺陈出“引弓强国”与“冠带之邦”的切磋过程。在马蹄声、宣诏声、鸣镝射杀声、猎猎旌旗声、奉觞上寿声等喧嚣之声的杂沓中，史公以动态流利毫不粘滞的笔法，写就了一个民族的历史。当烽燧渐散之时，双方使者的身影来往其间，这可能是一场战争结束的余音，或者是再次血雨腥风的前兆。史公在列传的最后写道：

> 汉既诛大宛，威震外国。天子意欲遂困胡，乃下诏曰：“高皇帝遗朕平城之忧，高后时单于书绝悖逆。昔齐襄公复九世之仇，春秋大之。”是岁太初四年也。

以武帝对自己武力征伐的自我美化作结，表面上的曲终奏雅，留下的却是“江上数峰青”式的余音和空白。引弓强国与冠带之邦间太极推手般的较量结局究竟怎样，史公只以“是岁太初四年也”作时间上的定格，如同用意深远的转身，回望并收束历史。整篇《匈奴列传》的书写也顿挫结尾于此，而对于匈奴族群的将来，留给后人的是开放式的思索。

在对匈奴族群历史的书写中，司马迁也延续了对“春秋笔法”的使用。从句段前后的连接看，每每记叙将领奉武帝命出击匈奴、得首虏多少、牛羊几头之后，必以战局的后果作为延续记述，如武帝元朔五年，汉遣卫青将军十余万人出朔方高阙。汉兵出塞六七百里，夜围右贤王。右贤王脱身逃走。“汉将军得右贤王人众男女万五千人，神小王十余人”，段落结束时写“其秋，匈奴万骑入代郡，杀都尉朱央，略千余人”；元朔六年，汉又遣大将军卫青将兵十余万骑，“再出定襄数百里击匈奴，得首虏前后凡万九千馀级”，段尾言“其明年，胡骑万人入上谷，杀数百人”；元狩二年，汉使骠骑将军霍去病将万骑出陇西，“过焉支山千馀里，击匈奴，得胡首虏万八千余级，破得休屠王祭天金人”，末尾以“其明年，匈奴入右北平、定襄各数万骑，杀略千馀人而去”作结；元狩四年有名的“漠北大战”，汉令大将军卫青出定襄、骠骑将军霍去病出代，深入大漠出击匈奴，最终是“匈奴远遁，而幕南无王庭”，自此匈奴离开了它在阴山及河套地区的发祥地。类似这样的结构，时间上以“其”字领起，书写连环相扣、一泻而下，交代了事件的余波，更重要的是这种汉将一出击、匈奴一反扑的循环报复战局的排列，巧妙呈现出史公对连绵战事、用兵不休的评价。顾炎武说：“古人作史，有不待论断，而于序事之中即

---

① 吴见思《史记论文》，东北师范大学出版社1985年版，第60页。

② 茅坤《史记钞》，《四库全书存目丛书·史部》第138册，齐鲁书社1996年版，第363页。

见其旨者,惟太史公能之"[①],这也正是史公"于序事中寓论断"的典型体现。

"观史公作《匈奴列传》之意与所用之心,史公之所以为史公",《匈奴列传》的书写恰恰是史公内心德性之光的烛照。司马迁在对匈奴民族的观照中,也返观了自身。"人因发现自己会反省而构成了理性存在的特色"[②],只有当人开始回归历史并反省自己,在时空的隧道中奔赴思考时,才能完全触摸到自身的生存形式,才能将认识提升到一个更高的领域。引弓强国与冠带之邦的切磋之路,仿佛推手般的较量,而对于民族发展的走向,史传以开放性的结局作对未来的思考。正因为以上原因,《匈奴列传》才被茅坤誉为"传记绝调",令人读后会为古代匈奴民族的历史、为汉匈两族争斗融合的过去唏嘘不已,更会对北匈奴向西渐行渐远的背影投去追索的目光。

(作者单位:暨南大学华文学院)

① 顾炎武《日知录》,甘肃民族出版社1997年版,第1118页。

② 德日进《人的现象》,李弘祺译,新星出版社2006年版,第107页。

刘向《列女传》女性类型的认知特征

王利锁

刘向《列女传》是我国古代第一部以女性为描写对象的人物杂传，也是我国文化史上最早最系统的集女性传、女性史、女性学于一体的女性研究专著，在女性文化书写史和观念史上均具有重要地位。《列女传》对女性类型的认知直接启发了后世史传中女性群体的书写，弥补了史家对女性群体类型认知的不足，其对女性类型的形象描写也直接影响了后世文学中女性形象的塑造，成为许多女性形象描写的“原型”蓝本。《列女传》呈现出的文化学、文学和诗学价值是多方面的，值得认真深入的探讨和分析。关于刘向《列女传》女性类型学价值及其文化诗学意义，笔者已专文进行过论述①，本文拟在前文对其女性类型分析的基础上对其女性类型认知的基本特征再进行简要分析。刘向《列女传》女性类型的认知特征，概括言之，主要体现在三个层面，即行为品性等级意识、两元对立观念和属类多元化倾向。刘向《列女传》对女性类型的这一认知，不仅为考察古代女性形象塑造提供了重要的借鉴，而且对研究我国古代女性文化观念的演变也具有重要的意义。

一

刘向《列女传》共104篇，主要记述了自上古尧舜至秦汉时期一百余位古代女性的行世事迹，其中既有帝后王妃、贵族妻妾，如“有虞二妃”、“周室三母”、“秦穆公姬”，也有士子贤母、隐者偶俪，如“孟轲母”、“老莱妻”，更有一般庶民百姓中的寡妇、孝妇、烈妇、节女，如“陈寡妇”、“京师节女”等②，可以说基本涵盖了刘向之前古代社会生活中各阶层身份的女性。刘向将这些女性分七个类型，即“母仪”、“贤明”、“仁智”、“贞顺”、“节义”、“辩通”、“孽嬖”，每类一卷，共七卷。章学诚说：“列女名传，创于刘向……后史因之，遂为定则。后世史家所谓列女，则节烈之谓，而刘向所叙，乃罗列之谓也。”③刘向《列女传》第一次把女性作为一个特殊的社会群体进行独立观照和书写，开创了我国古代女性群体描写的先河，在我国古代文化史、文学史上均具有发凡起例的贡献。

但刘向《列女传》并不是一部一般意义的描写女性的著作，《列女传》的撰作具有明确的

---

① 王利锁《刘向〈列女传〉女性类型的文化诗学价值》，《河南大学学报》2010年第1期。

② 刘向撰，刘向东点校《列女传》，辽宁教育出版社1998年版。下引《列女传》文本均据此书，不再烦注。

③ 《答甄秀才论修志第二书》，《文史通义校注》卷八，中华书局1985年版，第829页。

现实政治意图和道德示范意义。《汉书·楚元王传》附《刘向传》曰:"向睹俗弥奢淫,而赵、卫之属起微贱,逾礼制。向以为王教由内及外,自近者始。故采取《诗》、《书》所载贤妃贞妇,兴国显家可法则,及孽嬖乱亡者,序次为《列女传》,凡八篇,以戒天子。"[①]也就是说,《列女传》不是一部简单记录古代女性的"女性史"性质的"女性传",而是针对汉元帝后宫的"奢淫"之风为"戒天子"而作的包含深刻"女性学"价值思考的"女性传",是一部以特殊形式写作的"谏书"。正是出于这一目的,《列女传》对古代女性的分类、认知和描写,一开始就表现出自身鲜明的道德价值属性。它既没有按照女性生活的社会时代先后来"罗列"历史上的女性,也没有完全按照女性的社会政治地位和生活地域来组织结构,而是以女性的道德品性行为为标准来进行归类描写。据《列女传小序》,《列女传》女性类型的划分是与汉代后宫政治生活中女性的等级身份基本一一对应的。具体情况如下:

类目名称	指涉对象
母仪	姑母察此,不可不法。
贤明	妃后贤焉,名号必扬。
仁智	夫人省兹,荣名必利。
贞顺	诸姬观之,以为法训。
节义	姜姒法斯,以为世基。
辩通	妻妾则焉,为世所诵。
孽嬖	(缺)

据《汉书·外戚传》,皇帝后宫妃嫔众多,故后宫女性有着严格的等级区别,"帝母称皇太后,祖母称太皇太后,嫡称皇后,妾皆称夫人。又有美人、良人、八子、七子、长使、少使之号焉"。汉武帝时,后宫女性又有婕妤、容华等不同的称号,至元帝时,后宫女性已多分至十四等。《列女传小序》中所谓的"姑母"、"妃后"、"夫人"、"诸姬",正是汉代后宫女性的政治地位等级的分类标志。但值得注意的是,刘向的女性分类等级虽然以现实社会生活中女性的政治地位为依托,但价值指向却完全不同,即政治地位只是其分类的指导原则,而分类的真实价值标准却是道德属性。简言之,刘向对古代女性的分类认知不是政治身份地位之"类",也不是时代区域之"类",而是道德行为品性之"类",是一种道德属性的归类,表现出鲜明的行为品性等级意识。

由上表可以看出,《列女传》对女性类型品性的等级分类对应的正是后宫现实政治生活中地位身份不同的女性。如"母仪"类是为"姑母"提供道德"法训"的,"贤明"类是"妃后"应该参验的女性典型,"仁智"类是"夫人""省察"的楷模,"贞顺"类则是"诸姬"学习的榜样。言外之意,在刘向看来,不同政治等级的女性由于其社会身份地位不同、生活处境不同,她应当遵循恪守的道德品性、行为规范的属性也不应完全相同;不同身份的女性应该具备符合自己身份特征的道德规范,只要她恪守自己身份属类的道德规范,她就是合格的道德女性。如"姑母"是后宫身份辈分最高的女性,因此,她必须具有"母仪天下"的道德品性;"妃后"仅次于"姑母",是皇帝日常生活的佐助,因此她必须品性行为"贤明"方为称职;而"诸姬"相对而

① 班固《汉书》卷三十六,中华书局1962年版,第1957页。

言地位较低，她不仅听命于皇帝，还应听命于“姑母”、“妃后”，所以，“贞顺”则是她们必须信守的道德行为准则。

正由于刘向《列女传》对女性类型的认知目的是为了规范后宫女性的道德行为，是为后宫女性提供生活行为指南的，所以，刘向对同一品性类型女性的选择并不以现实生活中女性实际的社会政治地位为标准，而是以她们的道德行为品性为标准，以古代所有女性为对象来进行筛选的。也就是说，在刘向看来，古代社会生活中的女性无论其社会地位如何，只要她符合此属类道德品性她都可以作为此类女性的代表而入选。如“母仪”类共 14 篇，涉及 17 位女性，其中帝王之母 11 位，如“契母简狄”、“周室三母”，贤士大夫之母 6 位，如“邹孟轲母”、“楚子发母”。从女性社会生活身份看，她们的社会政治地位是非常悬殊的，但无论是帝王之母，还是圣贤庶民之母，她们的道德品性又是一致的，她们都以善于教化著称，是“教以法理”、“母道既毕”的榜样。再如“贞顺”类 15 篇描写的 16 位女性，社会政治地位也不一样，其中有诸侯之妻、士子之妻，甚至还有一般的民间寡妇、孝妇，如“梁寡高行”、“陈寡孝妇”，但无论其社会身份如何高低贵贱，她们的行为品性也是相同的，她们都能“心专守礼”，“以全贞信之节”，因此她们自然是“贞顺”的典范。其他几类也基本如此。

总之，刘向对女性类型的认知是把现实政治需要与道德品性要求结合起来考虑，以道德品性行为为标准来进行等级划分，并与现实政治生活中的女性等级对应起来进行归类，这必然使《列女传》的女性类型认知既具有浓郁的现实讽戒意味，又表现出鲜明的行为品性等级意识和道德示范意义。

二

关于《列女传》女性类型的分类原则，许多研究者主要从思想意义层面进行分析归纳。如张涛《列女传译注》认为《列女传》中描写的女性可分为表现“爱国主义精神”的，赞美“不为功利，果于行义”的，“遵礼”的和“美色薄德”的几种类型①。张慧禾认为主要分为有德行者、有节义者、有才智者和祸国乱亡者四种“类型”②。笔者以为，如此分类虽然简便但未免简单。在《刘向〈列女传〉女性类型的文化诗学价值》一文中，笔者曾对此进行过比较深入的探讨，指出《列女传》对古代女性的分类虽然在表现形态上呈现为七个类型，但这七个类型正如上文所论是有等级意识的，并不是在同一层面上展现的。实际上，刘向对古代女性的类型划分是两次完成的。首先，从道德属性出发，刘向将古代女性划分为两大基本范型，即《汉书·刘向传》中所说的“贤妃贞妇”型和“孽嬖乱亡”型，也就是我们通常说的“好女人”范型和“坏女人”范型。前六类均可概括在“好女人”范型的范畴内，而“孽嬖”则专门指的是“坏女人”范型。其次，在道德属性相同的范型内刘向对女性行为品性又进行了二次划分，即在“好女人”范型中，又剥离出“母仪”、“贤明”、“仁智”、“贞顺”、“节义”、“辩通”六个次级类目；“坏女人”范型虽然没有细分，但事实蕴含“政治祸乱”型与“生活淫乱”型两个次级类目。要之，刘向对女性类型的认知特别强调女性的道德归属，以善恶为基本原则，以行为品性为基本特征将女性划

① 张涛《列女传译注·前言》，山东大学出版社 1990 年版。

② 张慧禾《中国女性类传的发轫之作——刘向〈列女传〉的传记意义》，《浙江师范大学学报》1998 年第 5 期。

分为两大类型，表现出鲜明的两元对立观念①。

人函天地阴阳之气，有喜怒哀乐之情，人的性格品行表现是丰富而复杂的，男人如此，女人亦如此。但在儒家思想传统中，对人的认知基本是以道德属性的善恶两极为标准来进行评判的。尧、舜与桀、纣的区别，君子与小人的分野，忠良与奸邪的对垒等等无不深刻地体现了这一认知观念。汉代是儒家经学昌明的时代，儒学思想渗透到社会生活的方方面面。因此，汉代学者对人的认知也基本承继和因袭着儒家思想的这一传统。清代学者程廷祚说："汉儒言诗，不过美刺二端。"②实际上，"美刺二端"作为儒家思想传统思维认知方式不仅仅体现在汉人的"言诗"中，也深刻表现在他们对社会生活的认知中。《列女传》女性类型认知的两元对立观念即是刘向作为经学家其儒家思想这一文化观念的深刻体现和反映。

《列女传》以两元对立观念来划分描写古代女性，显然是为了现实讽谏的需要，是为了政治需要而过分夸大了女性类型的道德对立。就写作意图而言，刘向的目的是明确的，确实可以起到讽谏皇帝的效果，但从对女性文化性格本身的认知而言，从人类精神结构的复杂性、丰富性来观照，两元对立观念未免又失之于简单和武断，因为它有意无意地遮蔽了女性文化心理性格的丰富性、复杂性和多样性，使其描写的古代女性表现出明显的"单面人"的品性特征。如"好女人"范型中的女性，生活事实的展示和描写虽然不同，但价值属性指向却是一致的，基本看不出她们有何缺点，而在"坏女人"范型中描写的女性，除了貌美色艳外，也几乎找不出她们值得称道的地方。后代小说戏剧中女性描写的道德对立意识，就女性描写"原型"而言，显然同《列女传》这一女性类型认知的两元对立观念有密切关系。

三

从刘向《列女传》女性类型认知来看，其两元对立观念的道德表述模式是清晰的，但反映事实的理论依据却是单薄的。事实是，女性的道德品性和行为心理是丰富复杂的，很难截然划分为好坏两大基本阵营，对此，刘向也是清楚的，所以，在具体的描写过程中，刘向自然会自觉不自觉地修正自己的认知。前已指出，两元对立观念是刘向《列女传》女性类型认知的基本原则，但在进行具体的女性类型描写时，事实上刘向《列女传》是突破了这一原则的。因为《列女传》虽然以两元对立观念来划分女性，但在具体展示女性品性风采时，他并没有仅仅停留在此层面上，而是通过对"好女人"范型和"坏女人"范型的次级分类，通过生动形象的故事描写，弥补和补充了女性性格特征的丰富精神内涵，从而超越了两元对立的认知观念而表现出鲜明的属类多元化倾向。

《列女传》中的"母仪"、"贤明"、"仁智"、"贞顺"、"节义"、"辩通"六类均属于"好女人"范型，若深入分析即可发现，她们虽然道德属性一致但性格特征、精神价值内涵却并不完全相同。正如上文已指出的，"母仪"类主要描写"胎养子孙，以渐教化"的女性，以德教子是"母仪"类女性的基本品行特征。如《孟轲母》通过对孟母三迁、断织勉学、戒子敬妇三件事的叙述，生动形象地描写了孟母的善于教化和"知为人母之道"。因为她们都是善于培养子女的

① 参阅拙文《刘向〈列女传〉女性类型的文化诗学价值》，《河南大学学报》2010年第1期。

② 郭绍虞主编《中国历代文论选》第一册，上海古籍出版社1979年版，第14页。

楷模，所以她们是母仪天下的典范。“贤明”类描写的女性基本是“咸晓事理”、深明大义的女性，她们共同的特点是贤惠明理，善于在生活上给丈夫以“晓事理”的指点。她们是智性的女性，是丈夫的贤内助。如果说“母仪”类中的女性突出的品性是“教子”，那么“贤明”类的女性则是“相夫”。“仁智”类描写的女性均善于“察情性”、识幽微，能透过现象窥本质，预知或预料事物发展的走向与后果，她们是智慧超群、眼光深远的女性。“贤明”类女性与“仁智”类女性都以“智”为特点，但区别也是明显的：“贤明”女性明晓事理，善于“相夫”；“仁智”女性卓识远见，善于“格物”。“贞顺”类描写的女性都是讲信用的女性，她们为了诺言信义，甘愿牺牲自己的青春乃至生命，以自己的行为来张扬“贞信”的价值意义。如《陈寡孝妇》中的孝妇，十六岁出嫁，新婚不久，丈夫被迫“行戍”，临分手时，丈夫嘱妻子说我无兄弟，此行生死未卜，希望妻子替己赡养老母。妻子含泪答应了丈夫的请求。结果丈夫“果死不还”。为了履行自己的诺言，这个十六岁的少女，发誓不再改嫁，甘愿担当赡养丈夫老母的义务，精心赡养婆婆二十八年，直至送终以葬。“节义”类的女性则多是行侠仗义，乃至“杀身成仁”的巾帼豪杰。如《鲁孝义保》、《鲁义姑姊》、《梁节姑姊》中的三位女性都是在生命危难之时，推义执贤，舍己子以保人子，“明不私己”的义士型女性。他们都是“杀身成仁，义冠天下”，勇于承担的女性典范。而“辩通”类女性则以伶牙俐齿，善辩聪慧著称。如果把“贞顺”、“节义”类女性同“母仪”、“贤明”、“仁智”类女性进行比较，可以发现，“母仪”、“贤明”、“仁智”类女性文化性格偏重于内慧柔美，而“贞顺”、“节义”类女性的文化性格则呈现出鲜明的外坚阳刚。这说明刘向虽然把她们同归于“好女人”范型，但在性格品行特征的描写上，刘向实际是把他笔下的“好女人”范型又分为“柔美”与“刚美”两个类型序列来刻画描写的。

《列女传》对同一属类女性的再度深入划分和复杂文化性格的细致描写，一定程度弥补和克服了女性类型认知两元对立观念的简单化倾向，丰富和深化了女性类型认知的精神内涵，具有深刻的女性文化学价值。

总之，刘向《列女传》对女性类型认知的多维度多向度思考，弥补了史家对女性认知的不足和缺失，对后代女性群体塑造具有深刻的示范意义和“原型”价值，也改变了男权统治下女性被边缘化的尴尬历史局面，从而使女性作为叙述主体开始正式走进历史文化视野。刘向《列女传》女性类型的认知对中国古代女性文化学的建构和贡献是不可低估的。

（作者单位：河南大学文学院）

骨鲠与风骨

——建安散文风格论

张连科

一

士是中国古代的一个特殊阶层，是知识阶层和官僚阶层的混合体，在社会政治生活中起着极其重要的作用，而其中的精英人物有着极强的社会责任感。在《论语·泰伯》中，曾子云："士不可以不弘毅，任重而道远。仁以为己任，不亦重乎？死而后已，不亦远乎?"而正直也很早就是士人的一种道德规范，《诗经·小雅·小明》云："嗟尔君子，无恒安息。靖共尔位，好是正直。神之听之，介尔景福。"孔子也对正直的史鱼给予很高的评价，他说："直哉史鱼，邦有道，如失，邦无道，如失。"(《论语·卫灵公》)史鱼是春秋时卫国大臣，临死时嘱咐儿子以尸谏卫灵公任贤远佞，孔子闻之，还曾云："古之谏者，死则已矣，未有若史鱼而尸谏忠感其君者也，可不谓直乎！"(《家语·困誓》)正直是人的一种基本品质，是做人的一般性要求，几乎每个人都懂这个道理，但是当阿谀奉承就会得到富贵荣华、正直无私反倒遭受灭顶之灾的时候，坚持操守却只有极少数人才能做到。战国时期，秦国内部专制严酷，使正直士人难行其道，阿谀成风。始皇三十四年(前 213)，在一次酒宴上，有博士七十人为秦始皇祝寿，仆射周青臣更是直接歌颂其功德，秦始皇听了很高兴。博士淳于却认为，应该实行分封制，因为只有这样才能使政权稳固，又称："今青臣又面谀以重陛下之过，非忠臣。"(《史记·秦始皇本纪》)以阿谀为丑恶，以正直为美德，既符合士人一如既往的追求，对政权的巩固也是有好处的。《孝经·谏诤章》引孔子云："昔者天子有争臣七人，虽无道，不失其天下；诸侯有争臣五人，虽无道，不失其国；大夫有争臣三人，虽无道，不失其家；士有争友，则身不离于令名；父有争子，则身不陷于不义。"但是这些话只能对正直的人讲，"闻过则喜"，只是智者的美德。听惯了阿谀奉承的秦始皇，更不会允许别人对他进行批评，于是遂有焚书坑儒之举。在中国历史上，这是正直士人所遭受的第一次空前严厉的打击，谄佞者受宠，正直之人却无容身之处，是非颠倒，冠履倒置，倒行逆施加速了秦王朝的灭亡。

刚强正直，古人又称之为"骨鲠"，这样的大臣又称做"骨鲠之臣"。陈平曾云："彼项王骨鲠之臣，亚父、钟离眛、龙且、周殷之属，不过数人耳。"(《史记·陈丞相世家》)倒行逆施，必失去骨鲠之臣，而无骨鲠之臣，灭亡也就成为必然，嬴政、项羽皆为前车之鉴，所以汉朝对骨鲠之臣特别重视。

汉高祖刘邦能够从一介亭长成为开国皇帝，虚心纳谏是一个重要原因。而其大臣萧何、张良、陈平等人，也能够坦诚相待，畅所欲言。文帝刘恒以庶子登基，宽厚爱民，大行仁政，即位后不久就下令取消诽谤妖言之罪，他说："古之治天下，朝有进善之旌，诽谤之木，所以通治道而来谏者。今法有诽谤妖言之罪，是使众臣不敢尽情，而上无由闻过失也，将何以来远方之贤良？"（《史记·孝文本纪》）从秦始皇焚书坑儒，实行言论管制，到汉文帝废除限制，鼓励臣民进言，是一个历史性的进步，开放舆论，对国家和人民都有好处，秦孝公时赵良曾说："千羊之皮，不如一狐之掖，千人之诺诺，不如一士谔谔。武王谔谔以昌，殷纣墨墨以亡。"（《史记·商君列传》）士人骨鲠之作用，由此可见一斑。

时至东汉，光武帝刘秀亦褒奖正直，崇尚骨鲠。建武十一年（35）来歙与盖延等人讨伐公孙述，遇刺，刃在身而书表，其中云："夫理国以得贤为本，太中大夫段襄，骨鲠可任。"（《后汉书·来歙传》）可见骨鲠是衡量贤才的一个重要标准。刘秀之姐湖阳公主的奴才犯法，洛阳令董宣毫不畏惧，擒之伏法。事后刘秀赐钱三十万，以示奖励，遂之使骨鲠之风大盛。

至东汉后期，宦官专权，吏治腐败，官场黑暗，正如《后汉书·党锢列传》所云："逮桓、灵之间，主荒政缪，国命委于阉寺，士子羞与为伍，故匹夫抗愤，处士横议，遂乃激扬名声，相互题拂，品核公卿，裁量执政，婞直之风，于斯行矣。"当时京城洛阳有三万多太学生，以郭泰、贾彪为首领，共同贬斥宦官，褒扬正直人士李膺、陈蕃等人。汉桓帝延熹九年（166），宦官的爪牙诬告李膺等人"养太学游士，交结诸郡生徒，更相驱驰，共为部党，诽讪朝廷，疑乱风俗"（《后汉书·党锢列传》），昏君桓帝刘志下令各地逮捕党人，李膺、范滂等二百多人入狱。第二年外戚窦武等人，联合上表，为之求情，李膺等人皆被放出，但禁锢终身，不得为官。史称第一次党锢之祸。刘志没有想到是，士人反抗并没有因为一封诏书而停止，是非的标准也没有因此而改变，范滂出狱时，汝南南阳一带的士人坐着几千辆车子来迎接他，这是无声的示威，也是在显示士人的整体力量。

这是一场没有分出胜负的斗争，应该说双方对结果都不满意。士人要铲除宦官，宦官要杀掉士人。延熹十年，三十六岁的刘志在这"山雨欲来风满楼"的形势下，早早地辞世而去，取而代之的是年仅十二岁的刘宏。第二年，宦官找借口把李膺、范滂等一百多人捕杀，一同死、徙、废、禁的士人达六七百人。史称第二次党锢之祸，也是自嬴政焚书坑儒之后，中国历史上第二次对士人的大规模屠杀。历史证明，当一个王朝对正直士人大肆屠杀的时候，其末日也就来临了。嬴政焚书坑儒后四年，大泽乡起义爆发，第二次党锢之祸十五年后，黄巾起义爆发。

二

第二次党锢之祸二十七年后，历史进入建安时期，当年的屠夫已经被袁绍斩尽杀绝，党锢冤案也早已平反昭雪。但士人心灵的创伤却没有抚平，骨鲠的传统也没有在岁月长河中流失。其骨鲠精神已不再体现在集体政治活动中，而更多表现在个人的行为中，或者是表现在文章里，成为"建安风骨"的一部分，流传千古。

在建安士人中，对骨鲠传统继承最多的是孔融，他是"建安七子"之首，字文举，比曹操还年长两岁。出身高门，是孔子的二十世孙，幼有异才，年十岁凭才智得见党人领袖李膺，谈话时机锋毕露，妙语连珠，深得李膺赞赏。因掩护党人领袖张俭，官府追究，与兄孔褒争死，由此美名传扬。后为司徒杨赐所辟，检举贪官污吏，多是宦官的家族亲友，无所畏惧。后以触怒董卓，出任北海相。史称"融负其高气，志在靖难，而才疏意广，迄无成功。在郡六年，刘备表领青州刺史。建安元年，为袁谭所攻，自春至夏，战士所余裁数百人，流矢雨集，戈矛内应。融隐几读书，谈笑自若"(《后汉书·孔融传》)。读此，能使人想象出孔融那无所畏惧的士人风采。孟子曾云："我善养吾浩然之气。"(《孟子·公孙丑》)若孔融无浩然正气，焉能如此！

汉献帝建都许昌，征孔融为将作大匠，不久升任少府。当时曹操总领大权，挟天子以令诸侯，名为兴汉，实欲图汉，对此，孔融心里非常清楚。曹操的祖父曹腾，是一个曾参与过屠杀党人的宦官。既是宦官，本不会有后代，曹操的父亲曹嵩是曹腾抱养的，由此看来，曹操与曹腾本无血缘关系，但是其残暴贪杀，却如其所出。史称：

> 初，曹操父曹嵩避难琅邪，时谦别将守阴平，士卒利嵩财宝，遂袭杀之。初平四年，曹操击谦，破彭城、傅阳。谦退保郯，操攻之不能克，乃还。过拔取虑、睢陵、夏丘，皆屠之。凡杀男女数十万人，鸡犬无余，泗水为之不流，自是五县城保，无复行迹。初三辅遭李傕乱，百姓流移依谦者皆歼。(《后汉书·陶谦传》)

曹操为报父仇，滥杀无辜达几十万，甚至连妇女儿童、连鸡犬都不放过，其残暴程度令人发指。但笔者认为，曹操之暴虐，本不足怪，奇怪的是在过去的几十年中，曾经有过一批为曹操翻案的文章，极力为曹操脸上贴金，置道义与史实而不顾。我想，只要有正义在，只要有史籍在，铁证如山，任何人也休想撼动。

当时，孔融对曹操的了解程度当然大大超过我们。出于士人的正义感和骨鲠精神，他不能不明确表示自己的态度，但是孔融也不是一味蛮干的傻瓜，他深深知道此时不同于桓、灵之世，自己没有当年党人那巨大的力量，所以他采用了一种冷嘲热讽的方法来对付曹操。史称：

> 初，曹操攻屠邺城，袁氏妇子多见侵略，而操子丕私纳袁熙妻甄氏。融乃与操书，称"武王伐纣，以妲己赐周公"。操不悟，后问出何经典。对曰："以今度之，想当然耳。"后操讨乌桓，又嘲之曰："大将军远征，萧条海外。昔肃慎不贡楛矢，丁零盗苏武牛羊，可并案也。"(《后汉书·孔融传》)

曹操与士人的关系，始终是不和谐的。《世说新语·方正》云："南阳宗世林，魏武同时，而甚薄其为人，不与之交。及魏武作司空，总朝政，从容问宗曰：'可以交未？'答曰：'松柏之志犹存！'"刘孝注引《楚国先贤传》亦言，宗承字世林，曹操弱冠，屡次去宗家登门拜访，甚至捉手请交，但被宗拒绝。因为曹操早年曾受此侮辱，所以在他掌权之后，对那些不顺从自己的士人，总是思计除之。在官渡之战前，曹操势力未强，就杀了赵彦、边让，拷打在士人中很有影响的杨彪。后来连为曹操出力最多的士人，诸如荀彧、崔琰等人，也未能幸免。难怪东吴刘基曾云："孟德轻害士人，天下非之。"(《三国志·吴志·虞翻传》)像诸葛亮那样德操高尚的人，宁肯躬耕垄亩而不投靠曹操，也能够看出其对曹操之所作所为是有看法的。然而曹操对孔融还是有所顾忌，因为他是士人中的一面旗帜。

除去对曹操尽情嘲弄之外，孔融还推荐了一些敢于和曹操抗争的正直士人，例如祢衡。另外又提出一些措施，限制曹操的权利，例如他曾上书献帝，认为应该仿照古王畿之制，千里寰内，不以封建诸侯。曹操对孔融又恨又怕，一直思计除之，“然以融名重天下，外相容忍，而潜忌正议，虑鲠大业”（《后汉书·孔融传》）。到建安十三年（208）曹操平定了刘表，北方统一，便再也不能容忍下去了，于是命令自己的部下路粹，给孔融捏造了一些罪名，称：

少府孔融，昔在北海，见王室不静，而招合徒众，欲规不轨，云“我大圣之后，而见灭于宋，有天下者，何必卯金刀。”及与孙权使语，谤讪朝廷。又融为九列，不遵朝仪，秃巾微行，唐突宫掖。又前与白衣祢衡跌荡放言，云：“父之于子，当有何亲？论其本意。实为情欲发耳！子之于母，亦复奚为？譬如寄物缻中，出则离矣！”既而与衡更相赞扬。衡谓融曰：“仲尼不死。”融答曰：“颜回复生。”大逆不道，宜极重诛。（《后汉书·孔融传》）

综合来看，罪名有三：一为不忠朝廷，二为不遵礼仪，三是不孝父母，其实皆为莫须有，若以此论罪的话，首先该杀的应该是曹操本人，真是“欲加之罪，何患无词”！鲁迅称孔融是“汉末孔府上的奇人”（《鲁迅全集》第1卷，第137页），曾经为他的死鸣不平，说：“曹操想杀他，便不惜以这种主张为他不忠不孝的根据，把他杀了。倘若曹操在世，我们可以问他，当初求才时就说不忠不孝也不要紧，为何又以不孝之名杀人呢？”（《鲁迅全集》第3卷，第506页）其实这里鲁迅把时间弄错了，因为曹操的《求贤令》颁布在建安十五年，而杀孔融却是在建安十三年，并非是“当初”。鲁迅的本意没有错，因为曹操杀孔融的借口是站不住脚的。然而在暴政面前，却无道理可讲。其实鲁迅的为人与为文和孔融皆有相同之处，而且他在给朋友的信中写道：“弟在广州之谈魏晋事，盖实有慨而言。‘志大才疏’，哀北海之终不免也。”（《鲁迅全集》第11卷，第646页）这里鲁迅实把自己比作孔融，惟恐自己遭到和孔融一样的不幸。

因为有以孔融为代表的正直士人反对，曹操虽然一心想称帝，但最终也没敢去做。范晔云：

昔谏大夫郑昌有言：“山有猛兽者，藜藿为之不采。”是以孔父正色，不容弑虐之谋；平仲立朝，有纾盗齐之望。若夫文举之高志直情，其足以动义概而忤雄心。故使移鼎之迹，事隔于人存；代终之规，启机于身后也。夫严气正性，覆折而已。岂有员园委屈，可以每其生哉！懔懔焉，皓皓焉，其与琨玉秋霜比质可也。（《后汉书·孔融传》）

纵观历史进程，浏览朝代更替，“胜者王侯败者贼”，打下天下，为王称帝，好像是很自然的事。然而曹操是“挟天子以令诸侯”，士人以拥汉的名义而趋之麾下，代汉自立，在大多数士人看来是不行的。所以直到建安二十四年（219），孙权杀死关羽，害怕刘备征讨，遂上书称臣，劝曹操即帝位，被曹操拒绝，曰：“是儿欲踞吾著炉火上邪！”（《三国志·武帝纪》裴注引《魏略》）可见其对此也有清醒的认识，更可见正直士人是让曹操畏惧的。后人称孔融为“党锢余烈”（张溥《汉魏六朝百三家集题辞·孔少府集题辞》），良有以也。

三

建安士人中有骨鲠精神的不止孔融一人，其他像荀彧、毛玠、崔琰等人身上也有。另外一些人的骨鲠精神则通过文学作品来表现，例如刘桢的《赠从弟·其二》云：

亭亭山上松，瑟瑟谷中风。风声一何盛，松枝一何劲。冰霜正惨凄，终岁常端正。

岂不罹凝寒，松柏有本性。（吴云主编《建安七子集校注·刘桢集校注》）

品味此诗，其义显然出自孔子的“岁寒，然后知松柏之后凋也”（《论语·子罕》），但同时也表现了建安士人不屈不挠的风貌。联系刘桢生平事迹，更知其有以而发。《太平御览》卷四百六十四引《文士传》云：

桢性辩捷，文帝常请同好，为主人使甄夫人出拜，坐者皆伏，而桢独平视如故。武帝使人观之，见桢大怒，命收之。主者案桢大不敬，应死，减一等输作，部使磨石。武帝尝辇至尚方，观作者，见桢故环坐，正色磨石，不仰，武帝问曰：“石如何？”桢得喻己自理，跪对曰：“石出荆山元岩之下，外有五色之章，内含卞氏之珍，磨之不加莹，雕之不加增文，禀气坚贞，受性自然，顾理枉屈纡绕，独不得申。”武帝顾左右大笑，即日还官赦桢，复署吏。

由此可见刘桢刚强正直的品格，其诗文正是这种品格的表现。

孔融文章同样表现出其骨鲠精神。他与士人祢衡为忘年之交（孔融长祢衡二十岁），《后汉书·文苑传·祢衡传》云：

建安初，来游许下……是时许都新建，贤士大夫四方来集，或问衡曰：“盍从陈长文、司马伯达乎？”对曰：“吾焉能从屠沽儿耶？”又问：“荀文若、赵稚长云何？”衡曰：“文若可借面吊丧，稚长可使监厨请客。”唯善鲁国孔融及弘农杨修。常称曰：“大儿孔文举，小儿杨德祖，余子碌碌，莫足数也。”融亦深爱其才。

此处的陈文长指陈群，司马伯达指司马朗，荀文若指荀彧，赵稚长不详。李贤注引《典略》云：“衡见荀仪容但有貌耳，故可吊丧。赵有腹大，健啖肉，故可监厨也。”祢衡初到许昌，傲视王侯将相，言辞不逊，可孔融认为是天下奇才，并且写下表文，向献帝推荐，曰：

臣闻洪水横流，帝思俾乂，旁求四方，以招贤俊。昔孝武继统，将弘祖业，畴咨熙载，君士响臻。陛下睿圣，纂承基绪，遭遇厄运，劳谦日昃。惟岳降神，异人并出。窃见处士平原祢衡，年二十四，字正平，淑质贞亮，英才卓砾。初涉艺文，升堂睹奥。目所一见，辄诵于口；耳所瞥闻，不忘于心。性与道合，思若有神。弘羊潜计，安世默识，以衡准之，诚不足怪。忠果正直，志怀霜雪。见善若惊，疾恶若仇。任座抗行，史鱼厉节，殆无以过也。鸷鸟累百，不如一鹗。使衡立朝，必有可观。飞辩骋辞，溢气坌涌，解疑释结，临敌有余。昔贾谊求试属国，诡系单于；终军欲以长缨，牵致劲越。弱冠慷慨，前世美之。近日路粹、严象，亦用异才，擢拜台郎，衡宜与为比。如得龙跃天衢，振翼云汉，扬声紫微，垂光虹蜺，足以昭近署之多士，增四门之穆穆。（《后汉·文苑传·祢衡传》）

该文慷慨抒情，气势动人，辞采飞扬，铺张扬厉，以四字句式为主，整齐有序，多用典故，排比对偶，刘勰曾云：“至于文举之荐祢衡，气扬采飞；孔明之辞后主，志尽文畅。虽华实异旨，并表之英也。”（《文心雕龙·章表》）孔融为人，有强烈的正义感，骨鲠之气十足，不惜一死，与曹操抗争，在历史上有崇高的声誉，所以著文亦有气势。曹丕云：“孔融体气高妙，有过人者。”（《典论·论文》）刘勰亦云：“孔融气盛于为笔，祢衡思锐与为文，有偏美焉。”（《文心雕龙·才略》）为人的骨鲠与文章的气势紧密相连，适成因果，就连曹操的儿子曹丕对此也极为欣赏，史称：“魏文帝深好孔融文辞，每叹曰：‘杨、班俦也。’募天下有上孔融文章者，辄赏以金帛。”

(《后汉书·孔融传》)

我们再看"建安七子"的另外一个——陈琳。他字孔璋,早年以善写文章、才华出众而扬名州郡,大将军何进闻其名而招入府中,任主簿,后投归袁绍帐下。建安五年(200)袁绍征讨曹操,陈琳写下其生平最有名的文章——《为袁绍檄豫州》。笔者在吴云先生主编的《建安七子集校注》(天津古籍出版社,1991年初版,2005年修订后再版)中负责《陈琳集校注》,详细考察该文,题目为后人所加,正文亦经后人改写,增添了一些与历史事实不符的内容(详见《建安七子集校注·陈琳集校注》中该文的《校注》),但是研究证明,该文总的来说是可靠的。这是一篇斥责曹操及其父祖世代丑恶凶暴的名文,最能表现当时士人的骨鲠之风及对宦官这股恶势力的憎恶之情。其中有云:

> 司空曹操,祖父中常侍腾,与左悺、徐璜并作妖孽,饕餮放横,伤化虐民。父嵩,乞丐携养,因赃假位,舆金辇璧,输货权门,窃盗鼎司,倾覆重器。操赘阉遗丑,本无懿德,剽狡锋协,好乱乐祸。

此处先揭露曹操的祖父宦官曹腾,与其他宦官狼狈为奸,贪婪残暴,对党人残酷镇压,对百姓敲骨吸髓。再说其父曹嵩,本是曹腾的螟蛉养子,但也继承了养父搜刮民财的手段,并且再用这些钱买官做。《文选》五臣之一吕延济注曰:"灵帝时卖官,言嵩以车载贿宝,以输势门而官至太尉。"《后汉书·宦者传·曹腾传》亦云:"嵩灵帝时货赂中官及输西园钱一亿万,故位至太尉。"依仗宦官权势盘剥百姓,有了钱可以买来高官,当了高官之后又可以大把地捞钱,这可能是曹嵩的如意算盘。但是他没有想到陶谦的士兵也贪财,为了抢曹嵩的财宝竟杀掉了他,可悲可怜却也罪有应得。对这种一针见血的揭露,曹操一直耿耿于怀,以至于五年之后他还对陈琳说:"卿昔为本初移书,但可罪状孤而已,恶恶止其身,何乃上及父祖邪?"(《三国志·魏志·王粲传》)

我们再看其"罪状"曹操的有名的一段:

> 后会銮驾返旆,群虏寇攻,时冀州方有北鄙之警,匪遑离局。故使从事中郎徐勋,就发遣曹,使缮修郊庙,翌卫幼主。操便放志,专行胁迁,当御省禁,卑侮王室,败法乱纪,坐领三台,专制朝政。爵赏由心,刑戮在口,所爱光五宗,所恶灭三族。群谈者受显诛,腹议者蒙隐戮,百僚钳口,道路以目。尚书记朝会,公卿充员品而已。故太尉杨彪,典历二司。享国极位。操因缘眦睚,被以非罪,榜楚参并,五毒备至,触情任忒,不顾宪纲。又议郎赵彦,忠谏直言,义有可纳,是以圣朝含听,改容加饰。操欲迷夺时明,杜绝言路,擅收立杀,不俟报闻。又梁孝王先帝母昆,坟陵尊显,桑梓松柏,犹宜肃恭。而操帅将校吏士,亲临发掘,破棺裸尸,掠取金宝。至今圣朝流涕,士民伤怀。操又特置发丘中郎将,摸金校尉,所过隳突,无骸不露。身处三公之位,而行桀虏之态,污国虐民,毒施人鬼。加其细政苛惨,科防互设,罾缴充蹊,坑阱塞路,举手挂网罗,动足触机陷,是以兖、豫有无聊之民,帝都有吁嗟之怨。

陈琳历数曹操贪残暴虐之事,从无法无天,任意杀戮,到发丘摸金,毒施人鬼,一桩桩,一件件,文章气势如同悬河之水,奔腾澎湃,势不可遏,由衷表达了正直士人的心声。正如张溥所云:"何进谋诛宦官,召兵四方,陈孔璋时为主簿,谠言祸害,其意知岂让曹操哉!栖身冀州,为袁本初草檄,诋操,心诚轻之,奋其怒气,词若江河。"(《汉魏六朝百三家集题辞·陈记室集题辞》)陈琳在建安十年投归曹操,也写了一些敷衍文章,应该说只有这篇《为袁绍檄豫州》才最能体现其士人本色。

刘勰在《文心雕龙·檄移》中云:“陈琳之《檄豫州》,壮有骨鲠,虽奸阉携养,章密太甚,发邱摸金,诬过其虐,然抗辞书衅,皦然露骨矣。敢指曹公之锋,幸哉免袁党之戮也。”看来刘勰认为,陈琳抨击曹操有些过分,而骂完曹操又没被杀头,还算是幸运。对陈琳该文的总体风格,刘勰用“壮有骨鲠”来加以概括,言之最确。其特点就是感情强烈,文辞端正刚直。另外,只有强烈的正义之情,才能打动人心;也只有端正刚直的文辞,才能把正义之情完美地表现出来。建安年间,国家动乱,人民受难,孔融、陈琳这一类士人,认为祸乱的根源是宦官的为非作歹,而曹操是宦官的后代,在他身上又确实具备其贪暴、残酷的特点,使士人批判起曹操来,感到自己正义在手,故义正而词严。其实这也就是所谓的“风骨”,刘勰《文心雕龙·风骨》中云:“结言端直,则文骨成焉,意气骏爽,则文风清焉。”又云:“情与气偕,辞共体并。文明以健,珪璋乃骋。蔚彼风力,严此骨鲠。才锋峻立,符采克炳。”士人的骨鲠完美地表现在文章里,也称为“风骨”,所以骨鲠、风骨、风力,又是可以通用的。此处刘勰把风力和骨鲠连在一起使用,互文见义,很能说明问题。这与今天有些人对“风骨”的理解是不一致的。如果我们不联系历史背景,不了解当时文学作品的状况,只在《文心雕龙》的一些字词上抠来抠去,就很难对“风骨”的本意有确切的把握。

说到这里,也许有人会问,士人批判曹操表现出骨鲠或风骨,那么曹操本人是否也有此种精神呢?回答是肯定的。曹操虽然出身于宦官家庭,但是自幼仰慕党人的为人,以结交党人为荣。初次为官,任洛阳北部尉,即仿效党人行事,“造五色棒,县门左右各十余枚,有犯禁者,不避豪强,皆棒杀之”(《三国志·武帝纪》裴注引《曹瞒传》)。曹操的诗“老骥伏枥,志在千里。烈士暮年,壮心不已”(《步出厦门行·龟虽寿》),其中似乎也有高远的追求。但是我们不要忘记他是在模仿,在模仿之中也难免有伪有诈,例如他在《让县自明本志令》中说:“或者人见孤强盛,又性不信天命之事,恐私心相评,言有不逊之志,妄相忖度,每用耿耿。”其实是“此地无银三百两”,若不想称帝则无须解释,更不会杀死反对其称帝之人。而当时的正直士人撕下的正是曹操这层遮羞布,正如张溥所云:“然魏武奸雄,生死欺人,孔璋斥其阉丑,士衡笑其香履,足令垂头贴耳,后世即有善骂者,俱不及也。”(《汉魏六朝百三家集题辞·陈记室集题辞》)若是认为曹操所言句句实在,恐怕其于地下有知的话,也会窃笑我们愚钝不化的。

综上所述,本文从中国士人的骨鲠传统、建安士人的骨鲠之风,以及建安散文的风骨三个方面论述了建安散文的特点及其成因。三者联系,极为密切,若无前代的优秀传统,便不会有建安士人的骨鲠之风,更不会有“建安风骨”。经过曹操、司马懿对正直士人的多次杀戮,使其骨鲠精神大大减弱,也就造成了后来文章风骨缺乏的局面,遂使唐人有“汉魏风骨,晋宋莫传”之叹(陈子昂《修竹篇序》)。另外,若从民族精神上面看,这骨鲠可以说就是民族的脊梁,或者称之为“民族魂”,鲁迅继承的也正是这种精神,别的东西都可以不要,脊梁却不能没有,灵魂更不可须臾或缺。再从人民和国家的利益来看,民族正义之气得到弘扬,国家就强盛。反之,压制正气,谄佞邪气占了上风,那么就国家动乱,人民遭殃。纵观历史,似无大误。经验及教训皆在,值得我们深深牢记。

(作者单位:天津师范大学文学院)

六朝地记的兴盛、影响及其评价

王　琳

一、六朝地记兴盛之原因

汉末魏晋社会动荡，国家大一统的盛况不再，地方势力及地区观念增强，各地士人纷纷夸耀家乡地理、人物之美。《三国志》卷五十七《虞翻传》裴注引《会稽典录》记载，山阴朱育曾与人转述会稽太守王朗和会稽文人虞翻关于会稽风土人物的一次谈话内容。其中先述会稽郡优越的地理位置："东渐巨海，西通五湖，南畅无垠，北渚浙江，南山攸居，实为州镇。"次述丰富的物产："山有金木鸟兽之殷，水有鱼盐珠蚌之饶。"继而述这块土地上养育出来的忠臣、孝子、俊士、贤女等各类代表人物。由此可见虞翻对乡邦自然景观和人文景观的熟悉与自豪程度，故一经太守咨询，他便侃侃道出，如数家珍。此类记载也见于其他书籍。如《世说新语・言语篇》记载，西晋时太原晋阳人王济与太原中都人孙楚曾各自以清简之言比拟家乡土地人物之美；东晋时平昌安丘人伏滔与襄阳人习凿齿曾相互矜夸历代青、楚人物。在这种情势下，涌现有关的专门著述便是顺理成章的事了。

这类记述本地区地理风俗物产及有关人物的著述，或称地理书（即地志、地记），或称郡书。但侧重点不同，地志侧重于记述地理风俗物产，郡书侧重于记述人物。唐刘知幾《史通・杂述》："九州土宇，万国山川，物产殊宜，风化异俗，如各志其本国，足以明此一方，若盛弘之《荆州记》、常璩《华阳国志》、辛氏《三秦》、罗含《湘中》。此之谓地理书者也。""汝颍奇士，江汉英灵，人物所生，载光郡国。故乡人学者，编而记之，若圈称《陈留耆旧》、周斐《汝南先贤》、陈寿《益部耆旧》、虞预《会稽典录》。此之谓郡书者也。"此为大体状况。就个别著述而言在内容上则不免有所交叉，如刘氏所举地志的代表作晋常璩《华阳国志》，前四卷分别为《巴志》、《汉中志》、《蜀志》、《南中志》，记述地理物产状况；以下七卷记述人物。又如刘氏未列举的著述晋习凿齿《襄阳耆旧记》，据其名称当属郡书，但其实则兼记人物、地理。但总体来说，就今存《陈留耆旧传》、《汝南先贤传》、《益部耆旧传》、虞预《会稽典录》等著作的佚文来看，郡书一般不兼记地理，这大抵是《隋书・经籍志》将此类著述划归杂传的原因，而像《襄阳耆旧记》这样的情况较为少见。至于地志，虽侧重于记述地理风俗物产，但也往往兼记人物轶事，此类作品我们可以列出雷次宗《豫章记》、王僧虔《吴郡地理志》、郑缉之《永嘉记》、盛弘之《荆州记》、鲍至《南雍州记》等一份不短的名单；此种情况《汉书・地理志》已开先河，班固记述某区域，往往兼顾地理位置、物产、风俗及人物等。本文论述的为地理书。

魏晋南北朝地记有不少出自本籍人氏之手。略举例于下：蜀谯周，巴西充国人，撰《三巴记》、《巴蜀异物志》；宋雷次宗，豫章南昌人，撰《豫章记》；吴朱育，会稽山阴人，撰《会稽土地记》；吴顾微，吴郡吴县人，撰《吴县记》；吴韦昭，云阳人，撰《三吴郡国志》；吴沈莹，吴兴人，撰《临海异物志》；吴徐整，豫章人，撰《豫章旧志》；晋晏谟，青州人，撰《齐地记》；晋顾夷，吴郡人，撰《吴郡记》；晋张玄之，吴郡人，撰《吴兴山墟名》；晋贺循，会稽山阴人，撰《会稽记》；晋罗含，桂阳耒阳人，撰《湘中记》；西凉段龟龙，撰《凉州记》、《西河记》；宋刘损，世居京口，撰《京口记》；孔灵符，宋会稽山阴人，撰《会稽记》；晋常璩，蜀郡人，撰《华阳国志》；齐黄闵，武陵人，撰《武陵记》；梁陶季直，秣陵人，撰《京邦记》；梁李膺，广汉人，撰《益州记》；梁伍安贫，武陵人，撰《武陵记》；宋王孚，安成人，撰《安成记》，北朝王遵业，太原人，撰《三晋记》；北朝刘芳，彭城人，撰《徐地录》；北朝李公绪，赵郡人，撰《赵记》。此类地志往往记述乡土山水、物产等自然景观，以及有关民间传闻、神话故事等人文景观，对所记述地域之情况的美化意识较为自觉。今人任乃强先生述及东晋常璩《华阳国志》的撰作主旨，认为其在于"夸诩巴蜀文化悠远，记述其历史人物，以颉颃中原，压倒扬越"。即着眼于此。

除矜夸家乡之地域意识的推动外，魏晋南北朝地志的兴盛，也与当时学风的变化有所关联。伴随着儒学的衰微，人们的治学视野及写作兴趣日益广泛，在此情势下，东汉后期舆地之学盛行，精通舆地之学者颇受重视与称赞。谢承《后汉书・臧旻传》记载，汉末臧旻曾任匈奴中郎将，讨贼有功，征拜议郎，还京城，"见太尉袁逢，逢问其西域诸国土地风俗、人物种数，旻具答言西域本三十六国，后分为五十五，稍散至百余国。其国大小，道路近远，人数多少，风俗燥湿，山川草木鸟兽异物名种不与中国同者，悉口陈其状，手画地形。逢奇其才，叹息曰：'虽班固作《西域传》，何以至此？'"[①]今人刘季高先生亦指出，汉末名士"除政略兵谋外，未有不兼治舆地之学者，如荀文若论'颍川四战之地'，说'河济天下之要地'，释古之冀州所统。诸葛孔明论荆益之形势，鲁子敬谈荆楚有金城之固，周公瑾之谋据襄阳以蹙操，张子纲之劝城秣陵以为都。莫不于历史之沿革，烂熟胸中；山川之形势，了如指掌"[②]。此外，这个时期地志中之异物记的兴盛，显然与当时思想的解放及尚博好异的学术风气有关。汉代经学盛行，西汉儒生治学，专尚一经，且严守今古文之界域；东汉儒生则逐渐冲破专尚一经的窠臼，趋于博览众经，融通今古，汉魏之际的郑玄是这种学术风气的杰出代表。除经学内部知识视野的扩展外，时人还不断向其他知识领域迈进，从而导致了诸子学、史学及其分支地理博物之学的繁荣。如以博学著称的马融，其治学不局限于注释儒家经典，还涉及《老子》、《离骚》、《淮南子》、《列女传》等著述。在此情势下，一批以记述动物、植物为重要内容的著作涌现，如西晋崔豹《古今注》上、中、下三卷八篇，其中就有三篇记述鸟兽虫鱼、树木花草；而薛莹《荆杨已南异物志》、沈莹《临海异物志》、万震《南州异物志》、束晰《发蒙记》、周处《风土记》、徐衷《南方草物状》、魏完《南中志》、佚名《南中八郡异物志》所记述植物、动物品种则更为丰富。虽然从渊源上我们可以将此类作品上溯到周代的《山海经》，但之后数百年此类著述非常寂寥，魏晋南北朝社会思想相对解放，尚博好异风气普遍流行开来，博通各种知识成为时尚，《晋书》之《张华传》、《郭璞传》、《葛洪传》等篇对传主学术兴趣的记载大致折射了这种风尚。左思

---

① 周天游《八家后汉书辑注》，上海古籍出版社 1986 年版，第 101 页。

② 刘季高《东汉三国时期的谈论》，上海古籍出版社 1999 年版，第 74 页

《三都赋》洋洋洒洒逾万言，问世后引起轰动，家家传抄，乃至洛阳为之纸贵，其重要原因在于该作内容之富赡，为辞赋创作前所未见，左思自序云“其山川城邑，则稽之地图；其草木鸟兽，则验之方志”，用功十年，搜览博富，尤其是其中的《蜀都赋》记述蜀地风物，《吴都赋》记述吴地风物，胪列大量为中原人民了解甚少的动物、植物，读来使人大开眼界。魏晋时期博采异物的地理博物之书大量涌现，亦基于这种背景。

魏晋南北朝地志的兴盛，还与这个极为动荡的时期，人们频繁迁徙流动，形成地理大交流的局面有关，因而社会上必然存在对此类书籍的需求。在某地有任职经历者，或有迁徙某地经历者，往往撰写有关地记，以广见闻。如晋袁山松，曾任宜都太守，撰《宜都记》；晋王范，曾任广州大中正，撰《交广二州记》；宋谢灵运，曾任永嘉太守，撰《永嘉记》；宋荀伯之，曾任临川内史，撰《临川记》；宋沈怀远，曾被徙广州，撰《南越志》；梁鲍至，曾随萧绎出镇襄阳，撰《南雍州记》。加之中国原以北方的黄河中下游流域为政治经济文化重心所在，有关著述内容多集中于此地；而其他地域的情况，或语焉不详，或未及记述，故急需弥补缺憾，某些补缺之书便应运而生。唐初刘知幾《史通·杂说》就提及这种情况，并对有关作者持赞赏态度：“交趾远居南裔，越裳之俗也；敦煌僻处西域，昆戎之乡也。求诸人物，自古阙载，盖由地居下国，路绝上京，史官注记所不能及也。既而士燮著录，刘昞裁书，则磊落英才，粲然盈瞩者矣。向使两贤不出，二郡无记，彼边隅之君子何以取闻于后世乎？是知著述之功，其力大矣，岂与诗赋小技校其优劣者哉!”就记述内容所涉及的地域来看，这个时期地志中关于南方地区的著述在数量上占绝对优势，这正是东晋以来中国政治经济文化中心南移之局势的必然反映。

此外，佛教及道教文化的繁荣以及隐逸风气的盛行也推动了本时期地记在内容上的拓展。在州郡类地记外，又开创出域外记和寺塔记以及名山记等新的地记类型。为弘扬佛教，许多僧侣西行求法，有关域外行记大量涌现，名作如释法显《佛国记》。围绕某地佛教寺塔之记述，亦往往而生，梁释惠皎《高僧传序录》提及有沙门昙宗《京师寺记》，彭城刘俊《益部寺记》；《隋书·经籍志》著录：刘璆撰《京师寺塔记》十卷、录一卷（按《法苑珠林》卷一一九传记篇载：《京师塔寺记》二十卷，梁朝尚书兵部郎中兼史学士臣刘璆奉敕撰），阙名《庐山南陵云精舍记》一卷，张光禄撰《华山精舍记》一卷，释昙宗撰《京师寺塔记》，杨衒之撰《洛阳伽蓝记》五卷。六朝佛道文化和隐逸思想盛行，有关人士往往崇尚清静脱俗，故喜选择清幽之自然环境以栖居，自然风景佳胜之所往往成为他们生活的家园，热爱自然、赞美山水景观成为其自觉的观念和行为。《晋书·郭文传》：“少爱山水，尚嘉遁。年十三，每游山林，弥旬忘反。”《刘驎之传》：“好游山泽，志存遁逸。尝采药至衡山，深入忘反。”葛洪《抱朴子》在高扬隐逸思想的同时，其笔下的有关论述往往美化自然山水。许多专门记述名山的作品应运而生，如袁宏《罗浮记》、释惠远《庐山记》、徐灵期《南岳记》、王嘉《名山记》、谢灵运《游名山记》、王韶之《神境记》、宗测《衡山记》、《庐山记》、刘峻《东阳金华山志》、陶弘景《寻山志》等，为六朝地记又增添了一种重要的新的类型。

总之，魏晋南北朝地记兴盛的原因是多方面的，是在多种因素综合影响下形成的。地记著述在六朝的空前兴盛，作为一种有趣文化现象而引起当时人们的关注，南朝宋齐梁陈，私家藏书甚富的陆澄、任昉、顾野王等，以敏锐的眼光，把握时代文化的新动向，编有集成性的地记丛书或地理总志。尤其是任昉，经他整理编撰的地记著述有一百四十四种、二百五十二卷，汇为一编，成为规模宏伟的大型地志丛书，他在这方面的贡献，整个六朝无出其右者。南朝的其他几位著名的目录学家，也颇为关注地志之兴盛这一著述现象，宋齐之际王俭(452—489)，于宋后废帝元徽元年(473)呈表上《七志》三十卷，其中《图谱志》“纪地域及图书”。五十年之后的梁普通四年(523)，阮孝绪(479—536)编撰《七录》十二卷，其《纪传录》含“土地”部，即地志著述。《隋书·经籍志》也于史部设置“地理”一类。自此以后，历代书目相沿不废。

二、六朝地记之写景

相对于先秦两汉文章，六朝文章在表现领域的突破与进步，抒情之作高涨外，尤引人注目的便是山水纪游之作的兴起，地记为六朝山水纪游之作的重要组成部分。

六朝地记著述繁荣，或为州记，或为郡记，或为县记，或为山记，或为水记。本时期地记著述中较有文学性的内容是山水描写与传说故事的记述。其中的写景内容在六朝山水文学发展史上具有重要地位。较早的地记著作，有东汉辛氏《三秦记》、杨孚《交州异物志》、卢植《冀州风土记》，三国谯周《巴蜀异物志》、顾启《娄地记》、薛莹《荆扬已南异物志》，西晋潘岳《关中记》等，数量不多，所记内容包括物产、风俗、地理沿革等，偶尔涉及自然景色，但在书中所占比例甚小。东晋南朝立国江左，统辖范围主要在淮水、秦岭以南地区，那里气候温润，雨水充沛，植被茂盛，山水景色远比北中国丰富多彩。优美的环境，丰富的旅游资源，为人们提供了绝佳的游赏场所。就观念而言，其时文人对自然山水的眷恋更深于前代，其游览的范围不止于城邑郊原的山川，且往往寻奇探胜，跋涉幽僻，满怀热情，将自然山水作为倾心的对象，其中写景文字之多呈水涨船高之势。兹将涉及自然山水描写较多的作品胪列于下：东晋张玄之《吴兴山墟名》，袁山松《宜都记》(又名《宜都山川记》)，阙名《汉中记》，罗含《湘中记》，刘欣期《交州记》，裴渊《广州记》，顾微《广州记》，袁休明《巴蜀志》，魏完《南中志》；宋刘损《京口记》，山谦之《南徐州记》、《丹阳记》、《吴兴记》，孔灵符《会稽记》，谢灵运《永嘉记》，郑缉之《永嘉记》、《东阳记》，刘道真《钱塘记》，孙诜《临海记》，刘澄之《豫州记》、《梁州记》，郭仲产《南雍州记》(又名《襄阳记》)、《秦州记》，盛弘之《荆州记》，邓德明《南康记》，王韶之《南康记》、《始兴记》，雷次宗《豫章记》，荀伯之《临川记》，任预《益州记》，段国《沙州记》，沈怀远《南越志》；齐黄闵《武陵记》、《沅陵记》；梁萧子开《建安记》，鲍至《南雍州记》，萧绎《荆南志》，李膺《益州记》，等等。具有集大成意义的是郦道元的《水经注》。综观六朝地记著作中的写景文字，其价值应该提及的约有数项。

一是所描写的自然山水的范围空前广泛，几乎遍及淮水、秦岭为界的南中国，兼涉北中国的广大地区，在此方面，不仅当时其他文类难以比拟，而且就连山水诗、山水赋也望尘莫及。可以毫不夸张地说，它们是中国多姿多彩之山水美的最早的大规模展示。

二是描写生动传神，真切自然。如孔灵符《会稽记》写赤城山：“赤城山，土色皆赤，岩岫连沓，状似云霞，悬溜千仞，谓之瀑布。飞流洒散，冬夏不竭。”[①]孙诜《临海记》写白鹤山：“山上有池，泉水悬溜，远望如倒挂白鹤，因名挂鹤泉。”[②]写天台山：“超然秀出，山有八重，视之如

① 《太平御览》卷四一《地部六》，中华书局1960年版，第195页。
② 《太平御览》卷四七《地部一二》，中华书局1960年版，第229页。

一帆。高一万八千丈，周回八百里。又有飞泉，悬流千丈似布。"[①]阙名《汉中记》："自西城涉黄金峭、寒泉岭、阳都坂，峻崿百重，绝壁万寻，既造其峰，谓已逾嵩岱，复瞻前岭，又倍过之。言陟羊肠，超烟云之际，顾看向涂，杳然有不测之险。山丰野牛、野羊，腾岩越岭，驰走若飞。"[②]写景水平尤高的是盛弘之《荆州记》笔下的三峡："惟三峡七百里中，两岸连山，略无阙处，重岩迭嶂，隐天蔽日，自非停午夜分，不见日月。至于夏水襄陵，沿溯阻绝，或王命急宣，有时朝发白帝，暮至江陵，其间一千二百里，虽乘奔御风，不为疾也。春冬之时，则素湍绿潭，回清到影，绝巘多生怪柏，悬泉瀑布，飞漱其间，清荣峻茂，良多雅趣。每晴初霜旦，林寒涧肃，常有高猿长啸，属引凄异，空岫传响，哀转久绝。故渔者歌曰：'巴东三峡巫峡长，猿鸣三声泪沾裳。'"[③]这种捕捉季节性景物特征，自觉地造成气氛的变化，并连缀四季景物特征为一体的写法，在写景抒情的辞赋中也出现过，如东晋李颙的《悲四时赋》、宋末江淹的《待罪江南思北归赋》等，但相比之下，都不如盛弘之这段文字生动传神。因其描写传神，早在北魏时期即被郦道元《水经注》卷三十四《江水注》引用。顾野王《舆地记》描写南湖："南湖在城南百许步，东西二十里，南北数里，萦带郊郭，连属峰岫，白水翠岩，互相映发，若鉴可图，故王逸少云：'从山阴路上行，如在鉴中游。'"[④]亦相当优美。郦道元《水经注》倾心于描绘山水风光，既受时代风气的影响，也借鉴吸纳了前人的部分成果。他笔下描写自然山水的篇章，有的来自亲身见闻，有的则是参考、提炼或吸收他人著作而成，两种情况的荟萃，使《水经注》成为六朝时期保存山水散文最丰富的一座艺术宝库，书中许多精彩生动的写景文字，像一颗颗耀眼的明珠镶嵌于这部地理著作中，具有永恒的审美价值。如卷四《河水注》写黄河孟门瀑布（即今壶口瀑布）：

> 其中水流交冲，素气云浮，往来遥观者，常若雾露沾人，窥深悸魄。其水尚崩浪万寻，悬流千丈，浑洪赑怒，鼓若山腾。浚波颓叠，迄于下口。方知《慎子》下龙门流浮竹，非驷马之追也。

激浪翻滚、汹涌奔腾的雄伟气势，跃然纸上，扣人心弦。当代著名历史地理学家史念海先生曾对这段描写赞叹云："这完全是壶口的一幅素描，到现在也还是这样，到过壶口的人，一定会感到这话说得真切。"[⑤]卷三十七《沅水注》描写明月池、白壁湾、三山涧、绿萝山等景点，读来令人美不胜收：

> 沅水又东历临沅县西，为明月池、白壁湾。湾状半月，清潭镜澈，上则风籁空传，下则泉响不断。行者莫不拥楫嬉游，徘徊爱玩。沅水又东历三石涧，鼎足均跱，秀若削成，其侧茂行便娟，致可玩也。又东带绿萝山，颓岩临水，悬萝钓诸，渔咏幽谷，浮响若钟。沅水又东径平山西，南临沅水，寒松上荫，清泉下注，栖托者不能自绝于其侧。

三是诸地记作者在描写上往往自觉地相互借鉴吸收，且基本达到后出转精的效果。这种情况较明显地表现在先后描写相同地域的作者身上，如刘宋盛弘之《荆州记》描写九疑山

---

① 《太平御览》卷四一《地部六》，中华书局1960年版，第194页。
② 《水经注》卷二十七《沔水注》引，陈桥驿《水经注校证》，中华书局2007年版，第648页。
③ 《太平御览》卷五三《地部一八》，中华书局1960年版，第259页。
④ 《方舆胜览》卷六，中华书局2003年版，第108页
⑤ 史念海《河山集》，生活·读书·新知三联书店1963年版，第175页。

时借鉴吸收了东晋范汪《荆州记》的相关内容，写长江三峡时借鉴吸收了东晋袁山松《宜都山川记》的相关内容，但盛弘之在描写上更趋于娴熟生动，优美传神，特别是对长江三峡的描写，赢得其他晋宋地记作者难以比肩的名声。

四是普遍用审美的眼光、欣赏热爱的态度对待自然山水。《宜都山川记》的作者袁山松亲历三峡，以其山水秀异，心灵为之震撼，流连忘返而自称为三峡的千古知己："常闻峡中水疾，书记及口传悉以临惧相戒，曾无称有山水之美也。及余来践跻此境，既至欣然，始信耳闻之不如亲见矣。其叠嶍秀峰，奇构异形，故难以辞叙，林木萧森，离离蔚蔚，乃在霞气之表，仰瞩俯映，弥习弥佳，流连信宿，不觉忘返，目所履历，未尝有也。既自欣得此奇观，山水有灵，亦当惊知己于千古矣。"他如盛弘之《荆州记》写临沮县青山："风泉传响于青林之下，岩猿流声于白云之上，游者常若目不周玩，情不给赏。是以林徒栖托，云客宅心。"[①]有的则通过引录别人的评价，间接流露作者自觉的山水审美观念，如孔灵符《会稽记》写会稽风光引王子敬语云："山川之美，使人应接不暇。"[②]段龟龙《凉州记》写契吴山时引大夏君主赫连勃勃语云："美哉斯阜！临广泽而带清海。吾行地多矣，自岭已北，大河已南，未有若斯之壮丽矣。"[③]作者笔下人物对自然美的一往情深，于此可见。

《水经注》集六朝地记之大成，较普遍地流露出作者本人及当时人们欣赏自然美之观念的高度自觉，书中往往突出山水的悦目赏心作用，并明确地把秀美幽奇之山水作为旅游资源看待。有的记述在表现自然山水千姿百态的真实面貌的同时，善于点染在不同的景物环境中人们或流连陶醉或悲思婴怀的不同情态。其中较多写到自己对秀美奇异山水景物的痴迷神往，如卷二十六《巨洋水注》描写冶泉祠一带风物之宜人，融入自己少年时在此地生活的美好回忆："水色澄明，而清泠特异。渊无潜石，浅镂沙文，中有古坛，参差相对，后人微加功饰，以为嬉游之处。南北邃岸凌空，疏木交合。先公以太和中作镇海岱，余总角之年，侍节东州，至若炎夏火流，间居倦想，提琴命友，嬉娱永日。桂笋寻波，轻林委浪，琴歌既洽，欢情亦畅，是焉栖寄，实可凭衿。"其他如卷六《浍水注》描写绛山瀑布；卷八《济水注》写大明湖的澄明之美；卷九《沁水注》记述沁水沿岸细竹茂密；卷十二《巨马水注》记述六世祖宅所环境；卷十三《漯水注》写广阳蓟县北大湖；卷二十四《汶水注》记述莱芜谷之别谷；卷二十六《淄水注》写石井瀑布，皆不同程度地流露了对自然山水丰富多彩之美的深厚感情。有的记述通过普通游人的感受及其流连忘返的兴致来突出自然山水的美好迷人，如卷六《晋水注》和《涑水注》强调清幽的自然环境娱慰陶冶游人之精神的巨大作用；卷九《淇水注》描写淇水流淌山谷之迷人景色的同时，揭示并突出游观者的美不胜收的真切感受；卷十一《滱水注》描写滱水及与其分合的悬水、博水、徐水流域风光，捕捉少男少女泛舟湖上采菱折芰赏心悦目的欢乐；卷三十七《夷水注》写夷水流经宜都北，水质清澈透明，林木繁茂，百鸟翔鸣，游人流连忘返，皆强化了情景交融的艺术感染力。

六朝地记作者对某地区自然山川的热烈赏爱，不免在描写上有一些言过其实，唐人刘知幾《史通·杂述》不满这种情况，谓其"人自以为乐土，家自以为名都，竞美所居，谈过其实。"[④]

---

① 陈桥驿《水经注校证》，中华书局2007年版，第753页。

② 余嘉锡《世说新语笺疏》，中华书局1983年版，第145页。

③ 《太平御览》卷五十《地部一五》，中华书局1960年版，第243页。

④ 浦起龙《史通通释》，上海古籍出版社1978年版，第276页。

但这恰从反面说明了六朝地记作者自觉的山水审美意识与表现热情。这种现象与六朝其他文体中关于时人山水审美意识高涨之记载的整体态势相呼应,无疑是我们考察彼时文章写景功能之所以强化的一个重要窗口。

三、六朝地记之影响及其评价

六朝地记,不仅对当时山水文学的兴盛起到积极的推动作用,而且对后世的地记、游记的发展产生了巨大而深远的影响。郦道元好博览奇书,在他的著作中不但大量采撷六朝地记,而且他本人的记述文字也继承借鉴了六朝地记的语言风格和描写技巧,正如清人陈运溶在所整理的《荆州记》的序中称:"郦注精博,集六朝地志之大成。"①唐代地记直接承自六朝,从《太平御览》、《太平寰宇记》、《方舆胜览》等较大著作所征引即可知晓。唐太宗李世民第四子魏王李泰主持编写的大型地理总志《括地记》,在文献材料来源上及写法上皆与六朝有密不可分的关系,清人孙星衍对《括地记》评价颇高,称云:"其书称述经传,山川城冢,皆本古说。载六朝时地理书甚多,以此长于《元和郡县图志》……按(李)泰第以四年成此书,当极精博。"②

宋人乐史编撰的《太平寰宇记》、祝穆等编撰的《方舆胜览》作为大型地理总志,不仅大量征引了六朝地记,而该书作者自己的记述也借鉴了六朝地记的写法,往往喜好采撷奇异虚诞的传闻故事,如《太平寰宇记》记述峡州之清江:

> 清江,一名夷水,东自施州开夷县界流入。昔巴蛮有五姓,未有君长,俱事鬼神。又各令乘土船,约浮当以为君。唯务相独浮,因共立之,是为廪君。乃乘土舟,从夷水下至阳盐。盐水有神女,谓廪君曰:"此地广大,鱼盐所出,愿留共居。"不许,盐神暮辄来宿,旦化为虫,群飞蔽日,天地晦冥。积十余日,廪君因伺便射杀之,天乃开明。廪君乘土船,下及夷城。夷城山石险曲,其水亦曲,廪君望之而叹,山崖为崩。廪君登之,上有平石,方二丈五尺,因立城其傍而居之,四姓臣之。后死,精魂亦化为白虎也。③

《方舆胜览》记述福州之榴花洞:

> 榴花洞,在闽县之东山。唐永泰中,樵者蓝超遇白鹿逐之,渡水入石门,始极窄,忽豁然,有鸡犬人家。主翁谓曰:"吾避秦人也,留卿可乎?"超云:"欲与亲旧诀乃来。"与榴花一枝而出,恍若梦中。再往,竟不知所在。④

到清代情况亦基本如是,而与六朝地记尤为接近的是清初屈大均的《广东新语》。此书洋洋洒洒四十万言,凡二十八卷,每卷述一类事物,依次为天语、地语、山语、水语、石语、神语、人语、女语、事语、学语、文语、诗语、艺语、食语、货语、器语、宫语、舟语、坟语、禽语、兽语、鳞语、介语、虫语、木语、香语、草语、怪语,"凡广东之天文地理、经济物产、人物风俗,无所不包"⑤。

---

① 王谟《汉唐地理书钞》,中华书局1961年版,第379页。
② 谭其骧主编《清人文集地理类汇编》第一册,浙江人民出版社1986年版,第139页。
③ 《太平寰宇记》卷一四七,中华书局2008年版,第2865页。
④ 《方舆胜览》卷十,中华书局2003年版,第166页。
⑤ 屈大均《广东新语》,中华书局1985年版,第1页。

屈氏在撰述中广泛涉猎参考了前代的地记类作品，并进行了实地考察。潘耒《广东新语序》对此书的概括中兼及文体源流，特别拈出六朝及唐宋诸地记《华阳国志》、《岭南异物志》、《桂海虞衡》、《入蜀记》进行类比。《广东新语》的笔法与六朝地记颇为接近，如卷五写贞女峡之望夫石："清远县有贞女峡，西岸一石状女子，是曰贞女。相传秦世有女数人，采螺于此，风雨昼昏，一女化为此石，即今望夫石也。"这直接取自南朝宋王韶之《始兴记》。某些记述岭南植物、动物的文字，笔法颇类似于魏晋地志中的异物记。其他如王士禛《长白山录》、《蜀道驿程记》，俞志夔《黟县山水记》等承此流风余韵，或征引六朝地记内容，或借鉴其笔法，此不一一引述。

六朝时期域外行记，对以后同类著述亦有深远的影响。如由玄奘口述，辩机撰文，最后经玄奘校订而成的《大唐西域记》，在一定程度上借鉴了六朝的域外行记。其他如唐悟空《悟空入竺记》、慧超《往五天竺国传》、杜环《经行记》，宋王延德《西域使程记》、元耶律楚材《西游录》、李志常《长春真人西游记》、刘郁《西使记》、汪大渊《岛夷志略》、周达观《真腊风土记》、周致中《异域志》，明陈诚《西域行程记》、《西域番国志》，马欢《瀛涯胜览》、费信《星槎胜览》、巩珍《西洋蕃国志》等，大体上与释法显《佛国记》等为同一系列的著述。清康熙年间，樊守义游历欧洲，将亲身经历写成《身见录》，也属同类著述，阎宗临先生称"这是我国最早的一部旅欧游记"，"其性质与《佛国记》相仿佛"①。

与史书地理志相比，六朝地记作者的"实录"观念是较为淡薄的，他们在记述中往往讲究形象性、生动性、趣味性，喜欢猎奇，乃至采纳为正统史家所不屑的虚诞不经的故事。这种创作倾向，由前面所列举的地记作品中可以清晰地体会出来。他们在描写自然景物方面追求生动传神，记述人文掌故时多关注并采用有关奇异传闻。这样，记述山川、物产、风俗等，并附以有关传闻故事，便顺理成章地成为六朝地记的重要内容，故作品的文学性得以凸显。

唐代以来的某些学者，因为用要求史书地理志的标准去衡量并要求六朝地记，所以对多数六朝地记持明显的批评态度。如刘知幾《史通·杂述》云："九州土宇，万国山川，物产殊宜，风化异俗，如各志其本国，足以明此一方，若盛弘之《荆州记》，常璩《华阳国志》，辛氏《三秦》，罗含《湘中》，此之谓地理书也……地理书者，若朱赣所采，浃于九州；阚骃所书，殚于四国。斯则言皆雅正，事无偏党者矣。其有异于此者，则人自以为乐土，家自以为名都，竞美所居，谈过其实。又城池旧迹，山水得名，皆传诸委巷，用为故实，鄙哉！"这里仅肯定了朱赣和阚骃二人之书"言皆雅正，事无偏党"；而否定异于此的著述"竞美所居，谈过其实"、"传诸委巷，用为故实"，内容不真实、欠雅正。朱赣，西汉颍川人，成帝时为丞相张禹属吏，奉命博采各地风俗，按地区条贯编之，其内容为班固《汉书·地理志》所采。阚骃，十六国至北魏敦煌人，《魏书》卷五十二本传称其博通经传及三史群言，撰《十三州志》行于世，西凉君主沮渠蒙逊甚重之，常侍左右，又主持典校经籍，刊定诸子三千余卷。其《十三州志》因真实性强而受到唐代学者的称道，刘知幾之后，颜师古也青睐此书。颜氏注《汉书·地理志》时，弃而不采众多的六朝地记，但却大量征引了《十三州志》。杜佑、李元甫的基本立场及观念同于刘知幾、颜师古，并进一步突出强调地记之体国经野有裨于治的实用功能。杜佑《通典》卷一百七十一《州郡序》批评了辛氏《三秦记》、常璩之《华阳国志》、罗含《湘中记》、盛弘《荆州记》等地

---

① 阎宗临《中西交通史》，广西师大出版社 2007 年版，第 198 页

志采纳杂说，诞而不经，“参以他书，则多纰缪”。李元甫《元和郡县图志》的言论更为旗帜鲜明(参见胡宝国《汉唐间史学的发展·州郡地志》)。类似的立场、观念，唐以后也时有所见，如清齐召南撰《水道提纲》二十八卷，“其自序讥古来记地理志在艺文，情侈观览。或于神仙荒怪，遥续《山海》；或于洞天梵宇，揄扬仙佛；或于游踪偶及，逞异炫奇。形容文饰，只以供词赋之用。”(《四库全书总目》卷六九史部地理类二)章学诚《答甄秀才论修志第一篇》云：“志乃史体，原属天下公物，非一家墓志寿文，可以漫为浮誉，悦人耳目者……每见文人修志，凡景物流连，可骋文笔，典故考订，可夸博雅之处，无不津津累牍。”(《章氏遗书·方志略例》)相反，若冲破崇实尚用的观念，从文学价值的角度看待六朝地记，则会得出与唐代某些学者截然不同的判断，前者轻视并否定的，往往变成了后者重视且肯定的。如明代杨慎《升庵集·论文》“诸家地理”条，就从文学的视角，对六朝几部篇幅较大的地记著作进行了直接的高度的评价，辞云：“地志诸家，予独爱常璩《华阳国志》，次之则盛弘之《荆州记》。《荆州记》载鹿门事云：‘庞德公居汉之阴，司马德操定州之阳，望衡对宇，欢情自接，泛舟骞裳，率尔体畅。’记沮水幽胜云：‘稠木傍生，凌空交合，危楼倾岳，恒有体势。风泉传响于青林之下，岩猿流声于白云之上。游者常苦目不周玩，情不给赏。’若此二段，读之使人神游八极，信奇笔也。记三峡水急云：‘朝发白帝，暮宿江陵，凡一千二百余里，虽飞云迅鸟，不能过也。’李太白诗：‘朝发白帝彩云间，千里江陵一日还。’杜子美云，‘朝发白帝暮江陵’，皆用盛弘之语也。”①某些对《水经注》的高度评价，也往往摆脱实用观念的束缚，而重视其采撷广博、记述细致、文辞生动的特色。如清刘献廷《广阳杂记》卷四称赞其云：“郦道元博极群书，识周天壤，其注《水经》也，于四渎百川之原委支派、出入分合，莫不定其方向，纪其道里，数千年之往迹故渎，如观掌纹而数家宝。更有余力铺写景物，片言只字，妙绝古今，诚宇宙未有之奇书也。”

(作者单位：山东师范大学文学院)

---

① 王水照主编《历代文话》第二册，复旦大学出版社2007年版，第1667页。

论汉魏六朝碑文的功能拓展和形式新变

钟 涛

碑文是我国古代重要的文章类型之一，汉魏六朝则是其全面发展成熟时期[①]。尤其是东汉以后，碑文不仅经历了由立石勒勋到树碑封墓的应用功能的变迁，体式上也有一个从叙事该要向密藻丽思演变的过程。而无论是碑文内容范围、对象功能的拓展，还是文章艺术形式的嬗变，都有一定的社会原因和文学背景，与当时社会文化语境具有密切关系。

一

关于碑的产生及功能，刘勰《文心雕龙·诔碑》论之甚明：

> 碑者，埤也。上古帝皇，纪号封禅，树石埤岳，故曰碑也。周穆纪迹于弇山之石，亦古碑之意也。又宗庙有碑，树之两楹，事止丽牲，未勒勋绩。而庸器渐缺，故后代用碑，以石代金，同乎不朽。自庙徂坟，犹封墓也。

刘勰认为，碑最初来源和功用有二：一是山岳之碑，上古帝王，登山祭祀天地，树立石块，纪录名号或游踪；一是宗庙之碑，树立在宗庙之中，用来拴牲口，其上并无铭辞纪录功绩。而可能是在后代用以勒功的金属器物逐渐匮乏，才用石材代替金属。而将宗庙之碑应用在坟茔上，就像用土将墓堆成坟堆一样，是为了作一种标志。刘勰谈山岳之碑，列举周穆王"纪迹于弇山之石"[②]，《管子·封禅篇》也说"古者封泰山梁父者七十二家，而夷吾所记者十有二焉"[③]。则树石埤岳，当不晚于周代。而宗庙树碑丽牲，刘勰未言起于何时。按《说文解字》之说，碑之本意是"竖石也，从石卑声"。段玉裁《说文解字注》引《聘礼》郑注曰："宫必有两碑，所以识日景，引阴阳也。凡碑引物者，宗庙丽牲焉。"又引《礼记·檀弓下》"公室视丰碑，三家视桓楹"[④]，则周代有宗庙之碑无疑。碑之"自庙徂坟"始于何时，刘勰未明言。刘勰之前，挚虞《文章流别论》也论及宗庙之碑演变为墓碑："古有宗庙之碑，后世立碑于墓，显之衢路，其所载者

---

① 魏晋南北朝碑刻，在书学上地位崇高。本文主要是传世文献中载录的碑文文本的文学性考察，不涉及从帖学、书学等角度对六朝碑刻的研究。

② 《穆天子传》卷三："天子遂驱升于弇山，乃纪丌迹于弇山之石，而树之槐，眉曰西王母之山。"《四部丛刊初编》本，上海书店 1989 年版。

③ 戴望《管子校证》，《诸子集成》本，中华书局 1986 年版，第 273 页。

④ 段玉裁《说文解字注》，上海古籍出版社 1981 年版，第 450 页。

铭辞也。"[①]但同样，也未交待"后世"所指具体时代。但既是"犹封墓也"，则当是在墓有坟堆之后。《礼记·檀弓上》"孔子既得而合葬于防……于是封之崇四方"[②]，然则春秋时期，封墓已行。墓碑之立及碑文铭辞具体产生时代，史料记载不很明确。今存《阳翁伯碑文》：

居于县北六十里翁同之山。后潞徙于西山之下，阳公又迁居焉，而受玉田之赐。情不好宝，玉田自去。今犹谓之玉田阳。

《水经·鲍丘水注》引《阳氏谱叙》说其人是周景王之孙，春秋末年人[③]。但首载此碑文的是北朝后期的《水经注》，其史料来源是《阳氏家谱》。此碑文未必作于春秋末，也可能是阳氏后人追述。

刘勰明言树碑施之以铭辞，始于周穆王。碑文由山岳宗庙，施之于坟茔的具体时间刘勰则未明言。《文心雕龙》"诔碑"篇中，所论皆为墓碑，并强调"后汉以来，碑碣云起"。现存的早期墓碑文中，后汉的作品有一定数量。后汉为墓碑文大量产生时期，应是比较确定的。成书于汉末的刘熙《释名》，在解释"碑"字时，就直接谓："碑，被也。此本王葬时所设也，施其辘轳，以绳被其上，以引棺也。臣子追述君父功美，以书其上，后人因焉，故建于道陌之头，显见之处，名其文，谓之碑也。"[④]《文心雕龙》继承了汉末这种更多倾向于将碑文理解为墓碑文的思路，虽然也从施用场合、应用功能的不同，将碑分为山岳之碑、宗庙之碑、树墓之碑，并隐然点出其功能的变迁轨迹。而若按"秦人但曰刻石不曰碑，后此凡刻石皆曰碑"[⑤]之说，碑文体应用功能很丰富。他在《颂赞》篇里谈到"秦政刻石"，在《铭箴》又云："始皇勒岳，政暴而文泽，亦有疏通之美焉。若班固《燕然》之勒，张昶《华阴》之碣，序亦盛矣。"勒岳刻石，是碑文最早的功能之一，但《文心雕龙》将碑文的这一功能，剥离到"颂"、"铭"二体简略论述。而侧重点放在墓碑一体，将碑与诔并为一篇，并着重论述了墓碑文的代表作家作品：

才锋所断，莫高蔡邕。观杨赐之碑，骨鲠训典；陈郭二文，词无择言；周胡众碑，莫非精允。……孔融所创，有摹伯喈；张陈两文，辨给足采，亦其亚也。及孙绰为文，志在于碑；温王郗庾，辞多枝杂；《桓彝》一篇，最为辨裁矣。

与《文心雕龙》同时代而略后的萧统《文选》，将碑文放在诔、哀、墓志之间。选文除《头陀寺碑文》(王巾)外，《郭林宗碑文》(蔡邕)、《陈仲弓碑文》(蔡邕)、《褚渊碑文》(王俭)、《齐安陆昭王碑文》(沈约)均是墓碑文。这充分反映了碑文之体在汉末六朝功能的重要变化。

王兆芳《文体通释》云："古宗庙庠序之庭碑，以石丽牲，识日景；封圹之丰碑，以木悬棺索，汉以纪功德。一为墓碑，丰碑之变；一为宫殿碑，一为庙碑，庭碑之变也；一为德政碑，庙碑墓碑之变也。"[⑥]将碑文分为墓碑、宫殿碑、庙碑、德政碑，如再加上勒岳纪功碑，则可以概括

① 挚虞《文章流别论》，《全上古三代秦汉三国六朝文》，中华书局1991年版，第1906页。

② 《十三经注疏》，中华书局1980年版，第1275页。

③ 《水经注》卷十四"鲍丘水"引《阳氏谱叙》言，翁伯是周景王之孙，食采阳樊。春秋之末，爰宅无终，因阳樊而易氏焉。爱人博施，天祚玉田，其碑文云。

④ 王先谦《释名疏证补》，上海古籍出版社1984年版，第319页。

⑤ 段玉裁《说文解字注》，上海古籍出版社1981年版，第450页。

⑥ 王兆芳《文体通释》，上海古籍出版社1994年版。

汉魏六朝碑文的主要类型。李兆洛《骈体文钞》一书“录自秦始，迄于隋”[①]，共有碑文三卷，分别是卷一“铭刻类”，共有18篇，多数都是碑文。卷二十三“碑记类”共16篇，均为碑文。卷二十四：“墓碑类”，共21篇，均为墓碑文。卷一起于秦刻石，迄于薛道衡《老氏碑》。卷二十三起于《汉修西岳庙记》，迄于徐陵《晋陵太守王励德政碑》。卷二十四起于蔡邕之作，迄于温子升、庾信之文。选文很有代表性，体现了碑文在汉魏六朝时期功能和类型的变化、应用范围的拓展。如下表所示：

类　型	时　代	具　体　作　品	卷　别
勒功颂赞	秦	李斯：绎山刻石、泰山刻石、琅牙台刻石、之罘立石、东观刻石、碣石刻石、会稽刻石	卷一 铭刻类
	汉魏	班固：高祖泗水亭碑铭、封燕然山铭；蔡邕：光武济阳宫碑；曹植：制命宗圣侯孔羡奉家祀碑	
	南北朝	陆倕：石阙铭；温子升：寒陵山寺碑；王褒：上庸公陆腾勒功碑；薛道衡：老氏碑	
庙观	汉	汉修西狱庙记；张昶：西狱华山堂阙碑铭；王延寿：桐柏庙碑、汉成阳灵台碑；蔡邕：陈留东昏库上里社碑 王巾：头陀寺碑	卷二十三 碑记类
	南朝	沈约：桐柏山金庭馆碑铭 萧纲：招真馆碑、荆州放生亭碑	卷二十三 碑记类
德政	南朝	徐陵：司空徐州刺史侯安都德政碑、晋陵太守王励德政碑	
墓碑	汉魏	蔡邕：胡公碑铭、太傅文恭侯胡公碑、太傅胡公碑、杨公碑、司空文烈侯杨公碑、汉太尉杨公碑、朱公叔坟前石碑 陈太邱碑、郭有道林宗碑、贞节先生范史云碑、袁满来墓碑、胡夫人黄氏神诰、胡夫人灵表、议郎胡公夫哀赞	卷二十四 墓碑类
		闻人牟：卫魏敬侯碑阴文	卷二十三 碑记类
	南北朝	王俭：褚渊碑文；沈约：齐故安陆昭王碑文；庾信：周太子太保步陆逞神道碑、周大将军司马裔碑、周柱国长孙俭神道碑、周车骑将军贺妻公神道碑；温子升：常山公主碑	卷二十四 墓碑类
其他	汉末	王粲：荆州文学记	卷二十三 碑记类
	西晋	晋造戾陵遏记	
	南朝	萧纲：吴郡石像碑	卷二十三 碑记类
		萧绎：皇太子讲学碑	

上表所列三卷选文，大多是唐以前具有代表性的碑文作品，分析其选文的产生时代、题材类型和应用范围，可以明显地看出，随着时代的变迁，碑文应用范围逐步扩大，类型逐渐增

① 李兆洛《骈体文钞》(吴育序)，岳麓书社1992年版，第3页。本文引用该书，均为此版本。

多。秦刻石之作，不仅因其立石勒铭，成为最古的碑文，而其“颂秦德”[①]的主要目的，也影响了后世歌功颂德类的碑文。鉴于最早山岳之碑与祭祀天地、帝王游幸关系密切，而宗庙之碑止于“丽牲”，并不勒绩，则秦刻石这类以颂德勒功为主要内容的碑文，应是碑文最早的题材类型，并在其后得到广泛应用。《骈体文钞》卷一所选的碑文，涉及到山岳、寺庙、宫观、人物等，但均为颂赞之文。庙观碑文兴起汉代，其内容变化比较明显。《骈体文钞》卷二十三所选的汉代立石记庙碑文，在内容侧重点上，仍是偏于颂赞，而南朝的几篇文章，则以弘扬仙道佛法，描写环境、建筑为主。墓碑大兴于东汉后期，汉末蔡邕之作堪称典范，六朝时期成为碑文创作的主体。在后世蔚为大综的德政碑，虽兴起于南朝后期，但溯其源，则应与勒功碑和墓碑都有密切联系。而如《荆州文学记》、《皇太子讲学碑》这类杂碑之文的出现，则更是充分说明了在六朝时期，碑文应用范围和功能得到了极大拓展。

二

关于碑文的文体形式特点，陆机《文赋》和刘勰《文心雕龙》都有论述。《文赋》：

> 碑披文以相质，诔缠绵而凄怆。(《文选》李善注：“碑以叙德，故文质相半，诔以陈哀，故缠绵凄惨。”)

《文心雕龙·诔碑》：

> 才锋所断，莫高蔡邕。观《杨赐》之碑，骨鲠训典；《陈》《郭》二文，词无择言；《周》《胡》众碑，莫非清允。其叙事也该而要，其缀采也雅而泽；清词转而不穷，巧义出而卓立；察其为才，自然而至。……夫属碑之体，资乎史才，其序则传，其文则铭。标序盛德，必见清风之华；昭纪鸿懿，必见峻伟之烈：此碑之制也。夫碑实铭器，铭实碑文，因器立名，事先于诔。是以勒石赞勋者，入铭之域；树碑述已者，同诔之区焉。

陆机强调碑文必须文质相当。刘勰论蔡邕之作，指出其碑文，叙事完备扼要，措辞准确丰润，词句清越，意思巧妙，认为碑文写作有赖于史才。就其文体特征长于叙述这点来看，碑文近于传记，而从讲究文辞来看，碑文又同于铭文。碑文写作，在于表现美好的品德气节，记载伟大的才能功业。刘勰还辨别了碑文与铭、诔的关系，认为以刻石褒扬功绩来说，碑文有铭的境界，而立碑陈述死者，则又进入了诔的领域。刘勰论述碑文，特别注意其与传、铭、诔的关系，以至有一种说法，认为刘勰不将碑文作为独立文体。“彦和不以碑为文体，观‘其序则传，其文则铭’，‘碑实铭器，铭实碑文’数语，义至明显”[②]。刘勰列“诔碑”一篇，将诔文与碑文并称，其论碑文，也遵其全书论文体时“原始以表末，释名以正义，选文以定篇，敷理以举统”的惯例[③]，即先谈碑得名由来，再谈碑的发展，代表性的作家作品，再谈碑的文体特点，写作要求等。可见，刘勰是将碑文作为文体看待的。只是强调了碑文既有传记叙述的特点，又像铭文

① 司马迁《史记》：“(始皇)二十八年，始皇东行郡县，上邹峄山。立石，与鲁诸生议，刻石颂秦德，议封禅望祭山川之事。”中华书局 1982 年版，第 242 页。

② 刘勰著，范文澜注《文心雕龙注》。人民文学出版社 1982 年版，第 230 页。本文引用《文心雕龙》均用此书。

③ 《文心雕龙注》，“序志”，第 727 页。

一样重视文辞锤炼。

正是由于这种"其序则传，其文则铭"的文体特点，使碑文既有其固有的文体格式，又在语言形式、篇体风格等方面不断新变，呈现出各异的艺术风貌。《骈体文钞》卷二十四的墓碑文，时间段集中在汉末和六朝后期，五位作者都是一时文宗，很具有代表性。此卷选文 21 篇，其中 14 篇为蔡邕文，开首选录的三篇胡公碑文，被认为可以"合上三篇，观其部勒变动之法"[①]。而陈太丘碑和郭有道碑，则一向被认为是蔡邕碑文中最优秀之作，为各种选本所重视。王俭的《褚渊碑文》和沈约《齐故安陆昭王碑文》亦是名篇。庾信在北朝时，"群公碑志，多相请托"[②]。他撰写了不少碑文和墓志。《骈体文钞》选了其墓碑文四篇。我们以蔡邕五篇碑文及王俭、沈约、庾信各一篇碑文为例，结合李兆洛、谭献的相关评论，来看看从汉末到六朝后期，墓碑文在篇章结构、语言形式和艺术风格等方面，有着怎样的继承与发展。一般的墓碑文，总体结构都分为序文和铭辞两大部分，下表将这两部分拆开，分别考察文章结构形式、语言形式和修辞风格等艺术特征。

著者	篇名	序文	铭辞		李兆洛、谭献评语
		结构	语体	结构语体	
蔡邕	胡公碑铭	起首："公讳广，字伯始，南郡华容人。其先……" 承转：述议碑主行迹仕历，功行德业。 结束：(叙卒年封赐后)"故吏司徒许栩等，相与钦慕嵩高蒸民之作，取言时计功之则，论集行迹，铭诸琬琰，其词曰……"	句式：四字句较多。以散句为主，少量排比与骈句。 典故：较少。用典句约在十句以内。 辞采：平实质朴。	四言，二韵，28 句。两两相偶之句较多，但严格对句不多。几乎无用典、绘藻句。古朴典雅。	李："表墓之文，中郎为正宗。" 谭："质朴以立体……凡用韵处，古意可法。"
	太傅文恭侯胡公碑	起首："公讳文，字伯始，交趾都尉之元子也。" 承转：述碑主德行孝友及仕迹。 结束：(叙卒年封赐后)"故吏济阴池喜，感公之义，率慕黄鸟之哀，推寻雅意，彷徨旧土，休绩丕烈，宜宣于此，及树石作颂，其词，用扬德意，词曰……"	句式：多样。散句为主，少量偶句。 用典：少量。 辞采：平实质朴。	四言，六韵。42 句。较少严格骈句和用典句。古朴典雅。	
	太傅胡公碑	起首："维汉二十有一世，建宁五年春三月既生魄八日壬戌，太尉安乐乡侯胡公薨。越若来，四月辛酉，葬我君文恭。" 承转：以属僚王允等口吻叙碑主德业。 结束："相与累次德行，刊之于碑。用慰哀思。词曰……"	句式：多样。散句为主，少量偶句。 用典：少量。 辞采：平质朴。	三言，一韵，16 句。较少骈句和用典句。古朴典雅。	谭："虽谀赞亦必肖似其人，虽复综亦能变化其体。合三篇而观之，可考见后人章句所师法。"

① 李兆洛《骈体文钞》谭献评语，第 523 页。

② 令狐德棻《周书》，中华书局 1971 年版，第 734 页。

续表

著者	篇名	序文	铭辞		李兆洛、谭献评语
		结构	语体	结构语体	
蔡邕	陈太丘碑	起首:"先生讳寔,字仲弓,颖川许昌人也。含元之精之和,应期运之数,兼次九德,总行百行。" 承转:述议德行风范及死后所受哀悼赞美。 结束:"河南尹种府君临郡,追叹功德……。乃作铭曰……"	句式:四字句居多,有少量骈句。 用典:少量。 辞采:平实质朴。	四言,二韵,12句。较少骈句和用典句。古朴典雅。	谭:"文有道气,渐近自然,推崇至极,犹若不尽。"
	郭有道林宗碑	起首:"先生讳泰,字林宗,太原界休人也。其先出自周王季之穆……" 承转:叙议学问、品德及处世态度学影响等。 结束:"树碑表墓,昭明景行,俾芳烈奋于百世,令闻显于无穷。其辞也。"	句式:四字句、六字较多。偶句较多。 用典:少量。 辞采:雅致自然	四言,三韵,28句。 骈句和用典句较明显。典雅。	谭:"郭、陈两贤如见其人,中郎诸碑,皆在此后。"
王俭	褚渊碑文	起首:"夫太上立德,其次有立功,此之谓不朽。所以子产云亡,宣尼泣其遗爱;随武既没,赵文怀其余风。于文简公见之矣,公讳渊……" 承转:叙碑主一生行迹,功业仕历,及其风范垂世,哀荣备至。 结束:"思卫鼎之垂文,想晋钟之遗则。方高山而仰止,刊玄石以表德。其辞曰……"	句式:四字句居多,有典型四六句式。 用典:较多。 辞采:丰赡。	四言,五韵。40句。基本以典型对句构成。文采焕然。	李:"逐节敷叙,中郎遗矩。羌无熔裁,但苦词费。" 谭:"尚有生气。逐事铺叙中,仅堪摘句。"
沈约	齐故安陆昭王碑文	起首:"公讳缅,字景兴,南兰陵人也。" 承转:叙碑主世系、功德、仕历及死后恤典、哀荣。 结束:"凡我僚旧,均哀共戚,……乃刊石图徽,寄情铭颂。其辞曰……"	句式:各种结构形式的骈偶句。 用曲:较多。 辞采:丰赡。	四言,十韵,88句。骈句与用典句较多。	谭:"前后谀颂已甚。叙历仕措注有势。铭词复述,则昌黎以前通病。"
庾信	周太子太保步陆逞神道碑	起首:"公讳逞,字季明,本姓陆,吴郡人也。" 承转:叙碑主世系,父祖勋业,本人行迹仕历及死后恤典哀荣。 结束:"嫡子操,至性过礼,纯孝不遗。坟前之树,染泪者先枯,庭际之禽,闻悲者下。铭曰……"	句式:四六句式,骈偶句。 用典:多而密集。 辞采:丰赡、清丽。	四言,十韵,78句、骈偶、密典、丽藻。	李:"子山诸篇,密藻丽思,无以复过,而每以纤仄为累。" 谭:"使事跌宕,子山擅场。"

墓碑文序和铭的结构形式总体比较稳定。从汉末到六朝末，序文常规的格式大都是以交代碑主名、字、籍贯、世系等开篇，中间叙述碑主德业仕历，死后的恤典哀荣等，末以树碑作铭作结，并以"铭曰"等词引出铭文。铭文多为四言，一文中多有换韵。蔡邕《太傅胡公碑》，首叙碑主卒年，王俭《褚渊碑文》，先以议论抒怀开篇，别是一格。《褚渊碑文》这种先议论抒怀再引到碑主的开篇方式，在六朝碑文中比较常见，不仅墓碑文有此一格，其他类型的碑文，似乎更是常见。《骈体文钞》卷二十三碑记类的六朝碑文，大多是这种模式开头，如《头陀寺碑》先是大段议论佛法、佛教传播的文字，然后云"头陀寺者，沙门释慧宗之所立也"，才开始记叙头陀寺的兴衰过程。其他各篇入题叙述前的议论部分长短不一，但基本都以使典用事的议论性文字开篇。

不过，碑序毕竟"资乎史才，偏于叙述"，某种程度上具有传记的性质，即便是以议论等开篇后，还是要回到叙述上来，这就决定了碑序的主体，与传记有类似之处。不过，从汉末蔡邕之碑到六朝诸人之碑，碑文的语体格式，离传记文越来越远。这不仅表现在史传的纪实性叙述和碑文免不了有某种程度夸张谀墓的区别上，而且更多反映在碑文的语体风格，由平实日趋藻丽。这一点，由上表归纳已有反映，我们还可以举具体的文例来看。如墓碑文，都有碑主去逝的内容，其叙述的语式，汉末文和六朝文区别十分明显：

《陈太丘碑》：

年八十有三，中平三年八月丙午，遭疾而终。临没顾命留葬所，卒。时服素棺，椁财周榇，丧事唯约，用过乎俭。群公百僚，莫不咨嗟；岩薮知名，失声挥涕。

《郭有道林宗碑》：

禀命不融，享年四十有二，以建宁二年正月乙亥卒。凡我四方同好之人，永怀哀悼，靡所置念。

《褚渊碑文》：

景命不永，大渐弥留，建元四年八月二十一日，薨于私第，春秋四十有八。昔柳庄疾棘，卫君当祭而辍礼；晏婴既往，齐君趋车而行哭。公之云亡，圣朝震悼于上，群后恒恸于下；岂惟哀缠一国，痛深一主而已哉！

《齐故安陆昭王碑文》：

维永明九年夏五月三十日辛酉薨，春秋三十有七。城府飒然，庶僚如贾。男女老幼，大临街衢，接响传声，不逾时而达于四境。夷群、戎落，幽远必至。望城拊膺，震动郛邑。并求入奉灵杉，藩司抑而不许。虽邓训致劈面之哀，羊公深罢市之慕，对而为言，远有惭德。

《周太子太保步陆逞神道碑》：

本有消渴之疾，常饵金石自理，旧疾微增，奄捐馆舍。茂陵之下，不留封禅之书；校尉之营，惟余服食之器。呜呼哀哉！春秋四十有七，建德二年五月十一日也。天子以大臣之丧，躬辍听讼；东朝以师傅之尊，亲临攒祭。

比较之下，蔡邕之文平实公允，尚是史传之笔法。六朝之文，夸张渲染之词明显增多，加以使典用事，则近于赋体之铺陈。刘勰说碑文“其序则传，其文则铭”。六朝后期碑序和碑铭，虽有四言与非四言，押韵与不押韵之别，但在“文”这一点上，颇有同质化的倾向。

总之，汉末蔡邕碑文成就最高，其作间有骈句，与秦汉碑文呈现出不同的面貌，能代表汉魏之际碑文创作的新气象。而六朝碑文在语体形式、篇章风格等方面，与汉魏之作相比，更是发生了巨大变化。而无论是碑文功能的拓展，还是形式的新变，都与汉末六朝社会文化语境变化有着密不可分的关系。

三

汉魏六朝碑文功能的拓展，既与社会习俗的变迁有密切关系，也是东汉以来文体分类逐步细化，应用范围逐步丰富的产物。而碑文文体形式的新变，最直接的原因固然是因为汉末到六朝，审美思潮和文学环境发生了很大变化，但碑文自身功能及其传播接受方式，对其艺术形式嬗变，也有深刻影响。

“自后汉以来，碑碣云起”[①]，碑文大兴，始于后汉时期。“至后汉以后，始有碑文，欲求前汉时碑碣，卒不可得。是则冢墓碑，自后汉以来始有也”，“自后汉以来，门生故吏，多相与立碑颂德”[②]。而这种树碑颂德风气的产生，则是为了“托有形之物，欲垂无穷之名”[③]。以碑石这种不易毁坏的载体，来记录功名德业，从而“芳烈奋乎百世，令闻显于无穷”[④]。甚至，立碑不仅为了碑主不朽，立碑之人，也欲因之名传后世。“自东汉以后，一时名卿贤大夫，死而立碑，则门生故吏往往寓名其阴，盖欲附托以传不朽尔”[⑤]。“夫人寓形天地，其生也若蜉蝣之在世，如白驹之过隙，犹且耻当年而功不立，疾没世而名不闻。上起帝王，下穷匹庶，近则朝廷之士，远则山林之客，谅其于功也名也，莫不汲汲焉孜孜焉。夫如是者何哉？皆以图不朽之事也”[⑥]。立碑勒功记德，秦刻石已然如此，但上至皇室亲贵，显宦名宿，下至庶民百姓，普通士子，全社会热衷于树碑传名，则兴起于后汉。如蔡邕碑文中，既有胡广、杨秉、杨赐、郭泰、陈寔这类显官名宦或贤达名士之碑，也有《胡夫人灵表》、《袁满来墓碑》、《童幼胡根碑铭》等这类妇孺之作。

碑碣云起之下，厚葬的习俗，虚美浮夸的风气也浮现。汉末魏晋时期，曾有禁碑之令。《宋书·礼志》：

> 汉以后，天下送死奢靡，多作石室石兽碑铭等物。建安十年，魏武帝以天下雕弊，下令不得厚葬；又禁立碑。魏高贵乡公甘露二年，大将军参军太原王伦卒，伦兄俊作《表德论》，以述伦遗美，云“祗畏王典，不得为铭，乃撰录行事，就刊于墓之阴云尔”。此则碑禁尚严也，此后复弛替。晋武帝咸宁四年，又诏曰：“此石兽碑表，既私褒美，兴长虚伪，伤财害人，莫大于此。一禁断之。其犯者虽会赦令，皆当毁坏。”至元帝太兴元年，有司奏

① 《文心雕龙注》“诔碑”，第 214 页。

② 欧阳修《集古录跋尾》，《欧阳修全集》，中华书局 2001 年版，第 1128 页。

③ 欧阳修《集古录跋尾》，《欧阳修全集》，中华书局 2001 年版，第 1128 页。

④ 《文心雕龙注》“诔碑”，第 214 页。

⑤ 赵明诚著，金文明校证《金石录校证》，上海书画出版社 1985 年版，第 272—273 页。

⑥ 刘知幾著，浦起龙释《史通通释》(下)，上海古籍出版社 1978 年版，第 303 页。

“故骠骑府主簿故恩营藏旧君顾荣，求立碑”，诏特听立。自是后，禁双渐颓。大臣长吏，人皆私立。义熙中，尚部祠部郎中裴松又议禁碑，于是至今[①]。

从建安时期到刘宋，禁碑令几议几废，并未得到完全执行。禁碑令固然对碑文有影响，但法规“驰替”，常有“冒禁”之人，而且达官显宦，还有“求碑”的例外。现存魏晋时期碑文创作浩繁。《文心雕龙》论碑，说东晋“孙绰为文，志在于碑”，并列举了其五篇碑文。今存孙碑六篇，其中三篇是刘勰未提到的。尽管沈约说刘宋义熙中，“又议禁碑，于是至今”，但也是议而未行，《全梁文》卷三十一就载有沈约的七篇碑文。墓碑之外，六朝时期，以造象记等为代表的北碑，盛极一时，而勒记馆阁亭台，庙宇山川等碑文南北亦复不少。

墓碑文这类“写实追虚”[②]的悲悼性文体，在六朝时期也更为丰富。《文心雕龙》有“诔碑”、“哀吊”二篇，专门论述诔、碑、哀辞、吊文。另在“书记”中，论及行状，“铭箴”中谈到墓志。而萧统《文选》选录了诔、哀、碑文、墓志、行状、吊文、祭文。这些文体产生的时间，或早或晚，既有肇始于先秦的，也有汉魏之际才也现的。但大多是在魏晋南北朝创作才蔚为大观。行状和墓志，与墓碑文一样，都是悲悼性文体中偏于叙述的文体，重在介绍逝者的事迹，是生者纪念逝者，并为之传名后世这种社会需求之下的产物。但它们的应用功能有所不同，行状“体貌本原，取其事实”[③]，记录逝者生平事迹，用作“表谥”[④]，为入传、作碑提供依据。而墓志则是勒记籍里、事迹、子孙等，埋于墓旁，以防陵谷变迁，后世难觅。行状有固定的功用和读者，可以说是一种写作目的明确的传记文。墓碑文既要以史才传叙事迹，但毕竟不同于史传纯以叙述为主，而是强调叙事“该而要”，缀采则“雅而泽”，所谓“铭德慕行，文采允集”[⑤]。碑文的序、铭两部分结构，类似于史书纪传中的传文与论赞。在骈俪文风盛行的六朝时期，史传的传文仍是散文的形式，论赞则有骈俪化倾向。而碑文则往往序、铭均为骈文，偶句间出，使事频繁，丽藻艳发。这固然是因为时代文学风气如此，也是由于禁碑令影响之下，与后汉不同，六朝民间墓志多行，而立碑之习，更多施于上层社会，对于这些碑文的委托者、作者、委托者和作者设想中的读者来说，碑文不仅要立德述行，更要求文采斐然。委托者、作者和受众对象的不同，对文体艺术形式风格造成不同影响，在与碑文功能相近的墓志中能更清晰的看到。综合传世文献及出土文物，六朝墓志数量众多，其中既有名家如任昉《刘先生夫人墓志》、庾信《周大将军怀德公吴明彻墓志铭》这类文采洋溢的骈体文，更多的则是简略无文的仅有史料价值的无名氏之作。因此，可以认为，六朝碑文文体的新变，时代文学风尚影响之外，其文体自身功能及使用范围等也起了重要作用。

（作者单位：中国传媒大学文学院）

① 沈约《宋书》，中华书局 1974 年版，第 407 页。
② 《文心雕龙注》“诔碑”，第 214 页。
③ 《文心雕龙注》“书记”，第 459 页。
④ 《文心雕龙注》“书记”，第 459 页。
⑤ 《文心雕龙注》“诔碑”，第 214 页。

《桃花源记》对后世记体文的影响

陶原珂

我国第一部文章总集梁昭明太子编选的《昭明文选》，所选文体，按其分类涉及的文体看来，有赋、诗、骚、诏、册、令、教、文、表、上书、启、弹事、笺、奏记、书、檄、对问、设论、辞、序、颂、赞、符命、史论、史述赞、论、连珠、箴、铭、诔、哀、碑文、墓志、行状、吊文、祭文等，没有"记"体。其中比较突出文学文体，兼及官府公文、史述论、证论、辨难、哀悼碑志等杂文体，但"奏记"类只收一篇《阮嗣公奏记》，实为阮籍推辞太尉蒋济求才，不为所用而谢罪直陈的"奏"，而非记事之文。

宋陈仁子《〈文选〉补遗》增加了宫廷文书，细分古歌谣辞为"乐歌、谣、歌、操"，但是文学文体排于公文体和史论体之后，基本的文体分类为：诏诰、玺书、赐书、策书、敕书、告论、奏疏、封事、上书、议、对、策、论、书、表、文、檄、问难、史叙论（含年表和传）、序、说、离骚、赋、乐歌、谣、歌、操、诗、铭、箴、颂、赞、诔、哀策文、哀辞、祭文、碑、祝文。其中，也没有"记"体文类。

《昭明文选》和《〈文选〉补遗》都比较偏爱陶潜的诗，前者收赠答诗 2 首、挽歌 1 首、杂诗 2 首、拟古诗 1 首，另收辞 1 首；后者收陶潜赋 2 首（《感士不遇赋》和《闲情赋》）、诗 40 题（共 89 首）、赞 9 首、祭文 3 篇（《祭程氏妹文》、《祭仲弟文》和《自祭文》）。《昭明文选》和《〈文选〉补遗》所收文学文体侧重于韵体诗文（於梅舫《阮元文笔说的发轫与用意》，《学术研究》2010 年第 7 期），结合其他功用性文体看来，反映出两书的编者都贯彻了用事与用韵这两个选文分类命名标准。而两书所收陶渊明的诗、辞，都是已有前人体式的作品，并没有肯定他开创文体之功，特别是没有关注到对后世影响巨大的《桃花源记》。这是古人的文章观念中偏重韵体文的一般倾向。连自己也写了不少"记"体文的宋代欧阳修也说："晋无文章，惟陶渊明《归去来兮辞》一篇而已。"（《历代名臣确论》）他也同样忽略了寄托着与该辞有同样思想的《桃花源记》。

为此，笔者试图从文学思维的角度，分析《桃花源记》的篇章构成、所开拓的文学境界、构成"记"体文学意境的几个维度，进而探讨这几个维度与后世"记"体文发展的几个向度的关系，从而证实《桃花源记》具有文学"记"体文的开创性的意义。

一、《桃花源记》的文本分析

陶潜辞去彭泽令后所作的《归去来兮辞》，以韵文形式表达了归隐田园生活的高志，为《昭明文选》所看重。不过，那是直抒胸臆的作品。此篇《桃花源记》与该辞志意相同，但是表达方式大异其趣，是以记寓志，所描写的自然境界却正是一派归隐的田园生活景象。而所开拓的文学意境维度，包含事由、时间、空间、奇境、情趣、逸志、迷疑等，具备了为后世“记”体文学境界拓荒立体的要素。以下试逐一梳理。

事由之维。《桃花源记》所记之事，或是时闻，或是轶事，或是虚构之事，这似乎尚无可考，所以后人拟定的桃花源不止一地。而记文所指捕渔者只是泛指，并无姓氏，所以，关注点不在肇事人，而在偶然所遇之事。然而，其叙事头尾完整，来之于偶然，去后则无踪，所以，读后给人虚实无定的事由感。

时间之维。《桃花源记》述及三种时间。一是记事所发生的时间，开篇提及“晋太元中”，指涉具体的东晋孝武帝年号太元（376—396）；文末还提及同此时代的后继寻访者“南阳刘子骥”①；所记时间甚实。二是记中被访人物叙述所涉及的时间，如“先世避秦时乱”、“今是何世”、“不知有汉，无论魏晋”等，反映了他们对外部时间的模糊记忆以至无所知的状况。三是寻访者的时间，如“停数日”、“后遂无问津者”等，简约所指，而交待清晰。前后两种时间的叙述，使所记叙之事具有现实感和真实感；第二种时间叙述，通过时间的错位，使所记叙之事给人超脱现世之感，由此造成逸世的时间意境。

空间之维。《桃花源记》描述空间距离用虚笔，利用模糊印象的表达或用约数，使之若虚若实，如“缘溪行，忘路之远近”，“忽逢桃花林，夹岸数百步”；而表述立体空间用实写，利用身临体验和视野对比，以强化切身感受，如“山有小口”，“初极狭，才通人。复行数十步，豁然开朗。土地平旷，屋舍俨然”。这种空间感的虚实对比，能够产生空间真实感。

奇境之维。《桃花源记》所描写的桃花源内的景象，如良田、美池、桑竹、阡陌、屋舍等，与我国南方乡村的景象相比，让人感到似曾相识，并无多少奇异之处；然而，桃花源中的人却称之为“绝境”，因为这里“与外人间隔”。记中是通过寻觅之径的描写来导入奇境的：“忽逢桃花林，夹岸数百步，中无杂树，芳草鲜美，落英缤纷。”“林尽水源，便得一山。山有小口，仿佛若有光。便舍船从口入。”这一山洞口正是后来人们寻找、确定《桃花源记》所记原址的定位依据。这也正是陶潜要塑造的与世隔绝之境界的要点。

情趣之维。《桃花源记》有两个主要的场景：一是探寻过程，一是交往情景。前者牵动着读者探视奇境和揽胜美景的野趣，如“缘溪行……忽逢桃花林，夹岸数百步，中无杂树，芳草鲜美，落英缤纷”，“山有小口，仿佛若有光”等等，步步牵动人心；后者写桃花源中淳朴好客的人情，如“问所从来，具答之。便要还家，设酒杀鸡作食”，“村中闻有此人，咸来问讯”等，在好奇问讯和热情款待中体现出淳厚的风土人情。

迷疑之维。《桃花源记》从渔人的诧异而好奇开始，并以好奇而留下迷疑结束。如写渔人“初逢桃花林，……渔人甚异之”，由好奇之心驱动下开始探寻奇异之处。而在渔人离开时，特意“处处志之”，但是，当太守遣人前往探个究竟时，再“寻向所志”，却“迷不复得路”。而且，记文还交待说，刘子骥“寻病终，后遂无问津者”，最后以迷疑不可解而结束全文探寻过程。这种迷疑成了一千多年来让人久寻未得确解的问题。

志意之维。《桃花源记》全篇的主旨，是通过记述世外桃源与世隔绝的田园生活场景，表

① 《中国人名大辞典》载：“刘骥之，晋南阳人，字子骥，少尚质素，虚退寡欲，好游山泽，志存遁逸。”商务印书馆 1921 年版，第 1493 页。

达作者自己的隐逸之志。文中借桃花源中人的叮嘱"不足为外人道也",表达其中的村民不愿为外人知晓的愿望。这也是作者以为清高隐士的志向,言由所衷,所以,文末特意提到"高尚士"闻之,"欣然亲往"。这代表了当时一派逸世文人的心志。

以上几个意境之维,构成了《桃花源记》自然、纯朴、逸趣、脱俗的境界。作为中国文学思维中的重要因素的综合,它们构成了"记"体文的意境特点,成为后世"记"体文趋同的文体思维特征。从《桃花源记》思维构成的多维性而浑然一体的成熟程度看,此前史上应该有过记文,但是,它的成熟和成功使它能够对后世"记"体文起到了开创性的影响作用。

二、后世"记"体文的几个基本意境思维向度

以上《桃花源记》所展开的事由、时间、空间、奇境、情趣、志意、迷疑等意境思维向度,在自然的叙述中勾画了一种与世无争的田园生活景象,形象地表达了陶渊明所向往的纯朴、逸趣、脱俗的生存境界。作为一种文人出世的思想,为后世一些文人心向往之,但是,他们大多并不是在生存实践上回归田园,而是以诗文的方式表达心志。其中,以记体文的方式表达或寄托逸趣、闲情,就是一种具体表现。

不过,后世记体文的创作,最为核心的文学思维要素应为记叙性,它体现着以"记"为名这一大文体的共同性。而上节从《桃花源记》抽象出来的意境思维基本向度,事由、时间、空间、奇境、情趣、志意、迷疑等基本的意境构成要素,在后世记文之中频频出现,但是,各篇的涵盖方面并不一致,所表达的心志也有很大差别,这反映出后世记体文在不同思维向度上的拓新,然而,它们在总体上并没有超出这些意境思维的基本向度范围。倘若超出了这个基本范围,则会被认为不是"记"体文。以下试以吴楚材、吴调侯编《古文观止》所选收其他 27 篇记为例进行分析、梳理。

1. 空间、奇境、情趣的意境向度组合。欧阳修《醉翁亭记》,从亭的地理空间入手,继而写奇境探胜、饮醉山亭,而醉意在于山水四时美景,更意在太守与游人同乐之乐。归有光《吴山图记》,先写吴山地理空间的壮美景象及吴民赠图之事,随之说解记文的立意:"因赠图而知令之不能忘情于民,因记图而知民之不能忘情于令。"柳宗元《钴鉧潭西小丘记》,"得西山后八日",又购得钴鉧潭不足一亩(空间面积),经铲刈秽草、伐去恶木,使嘉木立、美竹露、奇石显,云溪浮流,鸟兽遨游,奇境虽小,却野趣可人。不过,以售买值否的议论,虽然表达出钟爱山水自然的兴趣,其志趣离世外桃源甚远。又如他的《小石城山记》,先记"自西山道口径北,逾黄茅岭而下,有二道。……其一少北而东,不过四十丈",以此定位小石城山的空间位置,然后着力写所见此山的断土、分川、积石、堡坞、水声和嘉木,由嘉木无壤引出有无神工之疑,是由奇境、逸趣出议论,引人以深。然而人各有志,记文所表达的心志却未必(也不必)是逸世的。

2. 情趣、事由、空间、奇境的意境向度组合。苏轼的《超然台记》,如《古文观止》编者注言,"是记先发超然之意,然后入事。其叙事处,忽及四方之形胜,忽入四时之佳景,仰俯情深,而总归之一乐"。其中"入事"记叙作者自钱塘移守胶西后的世情转变及其登台"放意肆志"的情景,以超然之乐的情趣统辖全文所叙物移世变。他的《放鹤亭记》,下笔于洪水退后觅居山中异境之事,更叙以建亭于岗岭四合独缺西面山中环境及四时景象,重笔写山中放鹤

之超然乐趣，点出为民为君的差异。《黄州快哉亭记》，先记黄州快哉亭所处的地域空间环境（长江合湘沅与汉沔而会于赤壁之下）以及建亭之由（张梦得谪居齐安而以此揽江流胜景），进而以临亭所见周围江流岗陵壮观的奇境，来释解“快哉亭”命名恰到好处，以战史场面带出吊古之快意以及楚襄王与民共享爽风的愉快感，进而叙及谪官张梦得建亭“自放山水之间”的情趣。

3. 情趣、奇境、迷疑的意境向度组合。如苏轼《石钟山记》，秉持质疑求真的治学志意，引《水经》为典实之由，而唐人有以为谬说，东坡有缘路经此地探胜，在千古迷疑的驱动下，夜入奇境，辨伪求实的学者情怀意趣，终得详述石钟山名符其实的真像。王安石《游褒禅山记》，开篇解山名之实，继而叙述探山奇境，细写洞中选择进退时的迷疑心态，由此引发治学之论：治学尽志与力方可无悔，体现出学者游山的情趣。

4. 事由、时间、奇境、志意的意境向度组合。如王禹偁《黄岗竹楼记》，先点出建竹楼的因由（价廉而工省），然后记城西北隅修建竹楼，但不写其空间如何，而写所见山川自然景象和人事变迁境遇，流露出贬谪官员寄情山水竹楼的一时逸志，继而借竹瓦单层与双层的年限，表达随时间去留的闲云野鹤般的旷达心志。范仲淹《岳阳楼记》，先简单交待岳阳楼得以重建的时间和应邀写记之由，然后以开阔的视野抒写岳阳楼上前人所见“大观”，再写自己登楼远望、即景生情，因而想象因四时万物变化万千引起过往谪官文人之悲喜感慨和胸怀，进而申言自己为人为官之忧乐观（志意）。欧阳修《丰乐亭记》，以其治滁州之后因夏饮滁水甘为事由，记叙探源奇境和建亭过程，更叙周围地理山川和历史争战平息，而当世太平，故命名丰乐亭以表明刺史之志意在于使民知安居丰年乐业。宋濂《阅江楼记》，下笔于当朝诏建阅江楼之事，以壮阔景观展现王者气度，引发君臣因各居其位而生发不同的触类之思，因物而兴规颂之议。

5. 事由、时间、空间的意境向度组合。多借人为空间说事。如苏轼《喜雨亭记》，先叙古来有喜即以名物的传统，以解题名之由，接叙自己至扶风治官舍筑亭凿池引水等事，特拈出连雨三日之事生发妙想，从而表达得时雨而太守与民同喜故得名亭之由。范仲淹《严先生祠堂记》，从开篇起便以大部分笔墨记述严先生与光武帝的交往情谊和经历之事，以明其当立祠堂的事由：“使贪夫廉、儒夫立，是大有功于名教。”对建立祠堂的时间和空间构架只是一笔带过。再如钱公辅《义田记》，按时间先后，分范仲淹未显贵时的义行愿望、已显贵后的义田义举定制、去世后其子孙后继仁义之德三段来记述他置千亩义田的由来及其义施的等级、以及后世的继承情况等。其中事由、时间、空间构成浑然一体，而意丰于境，进而以千亩义施的蕴含与古今义士相比论，感叹当世仁义之少。然而，与《桃花源记》纯记叙性相比较，这几篇在记叙之中或之后夹入较多议论，以议论提高叙事意境的思想境界。

6. 时间、空间、志意的意境向度组合。这是略去事由的记叙。如苏轼《凌虚台记》，从终南山与扶风的地理环境下笔，继而写凌虚台的空间位置，对比筑台前后对周围空间的感受，最后落笔于时随世易，台将与万物变化衰颓，借以抒发感叹人事沧桑之意。李觏《袁州州学记》，从记叙范阳祖知袁州前后的州学情况开篇，以比较叙述学宫修葺前后州学空间状况与治学观念的除旧革新，进而举秦汉衰亡故事，力陈建学兴教的功用，以阐明“使人有所赖且有所法”为“朝家教学之意”。张溥《五人墓碑记》，记五人死后十一个月获得墓葬之事，言此十一个月之隔说明公众对死者社会价值的认可，指出大阉之乱中惟五人死于大义，正道在人心,故此,虽然只编于伍而终得刻石垂名,立意于“死生之大,匹夫之有重于社稷”。几篇都表现出立意为记事之旨。

7. 志意、事由、时间的意境向度组合。如司马光《谏议院题名记》,先夹叙夹议古来设立谏议官的职业需要、社会作用及名利关系,以明确设此谏议院及题名的事由,然后确切记述设院与题名时间,最后点出题名意旨在于让后人得以指名褒贬。苏洵《张益州画像记》,按年份先后记叙张方平与蜀民相处平乱之事颇具体,且多亲历而有对话,尤其突出张公如何“爱蜀人之深,待蜀人之厚”,写出留其像的用意,在于使人心思目存,光大其“为人慷慨有大节,以度量雄天下”的精神气质。王守仁《象祠记》,通篇考辨古史,论证“象之见化于舜”,“诸侯之卿,命于天子,盖周官之制,其殆仿于舜之封象欤”,以明祀象之由,即其教化之志意。欧阳修《相州昼锦堂记》,因“不获登公之堂”,故堂记不叙其空间,只提及“作昼锦堂于后圃”,而以“仕宦而至将相,富贵而归故乡,此人情之所荣,而今昔之所同也”这一立意为先,以“育公之诗,乐公之志有成,而喜为天下道”为由而作此堂记,历叙魏国公(韩琦)平生功德,非一时侥幸所得,故为“邦家之光”。然而,后两篇记叙事迹多议论或赞美之言,与《桃花源记》之纯粹叙事相去较远。

8. 志意、事由、空间的意境向度组合。柳宗元《永州韦史君新堂记》,写环山为城,合形辅势开辟新堂(空间),由此生发出立意在除残佑仁、废贪立廉、关系政教,但记事之由只一带而过。王守仁《尊经阁记》,先以大段文字说“心、性、命”,疏解“经”之大义及尊经之谓,后叙郡守拓展旧稽山书院,增设尊经阁,即记事之由,通篇看来,是借设置尊经阁之空间来概述自己的经学意旨。归有光《沧浪亭记》,据史实反复论辩,叙说沧浪亭曾改为大云庵而今浮图欲还原为沧浪亭之事,将这一空间的历史变迁与周围山川胜景尽收笔端,以“见士之欲垂于千载,不与澌然而俱尽者”,意谓“士之垂名不朽者,固自有在,而不在乎亭之犹存”,惟浮图文瑛能参化此世变之理,故记以唤醒世人。空间、事由都只是作者表达志意的凭借。

以上所谓“意境组合向度”,是就记叙文“写什么”的指向性而言的,反映了文思的理路,即文学意象性的思维构成。从以上的意境组合情况看来,《桃花源记》所开拓记体的文学思维向度在不同程度上为后世记体文作者所继承,各篇在不同的向度上有所侧重、强化,从而在记体文的基本体式内形成各自的特色。然而,从第(7)和第(8)两类意境组合向度的文章看来,越往后,记体文夹入借题发挥的议论越多,离原来纯粹记叙性的体式越远。以至于有的文章出现乱体的现象,如王禹偁《待漏院记》,通篇论说为相之道,《古文观止》编者评曰:“虽名为‘记’,极似箴体。”又如宋濂《阅汇楼记》,则被评曰:“奉旨撰记,故篇中多规颂之言,而为庄重之体。”这反映了文体之间的界线并不十分清晰,人们对记体的认识和把握并不是那么准确,这不能排除与没能在《文选》确立体式有关,同时也反映了在流变发展中文体之间存在着互渗现象。

三、余论:后世“记”体文发展与意境向度构成的分布关系

为了使记体文的文思向度的继承情况能够显示得更为清楚,我们把以上意境向度的组合情况用表格的形式来分项表示,如表1所示。

表 1　《古文观止》所收记体文的意境组合向度分布情况表

篇　名	事　由	时　间	空　间	奇　境	情　趣	志　意	迷　疑
[晋]陶潜《桃花源记》	√	√	√	√	√	√	√
[唐]柳宗元《永州韦使君新堂记》	√		√			√	
[唐]柳宗元《钴鉧潭西小丘记》			√	√	√		
[唐]柳宗元《小石城山记》			√	√	√		
[宋]王禹偁《待漏院记》						√	
[宋]王禹偁《黄岗竹楼记》	√	√		√		√	
[宋]范仲淹《严先生祠堂记》	√	√	√				
[宋]范仲淹《岳阳楼记》	√	√		√		√	
[宋]司马光《谏院题名记》	√	√				√	
[宋]钱公辅《义田记》	√	√	√				
[宋]李觏《袁州州学记》		√	√			√	
[宋]欧阳修《相州昼锦堂记》	√	√					
[宋]欧阳修《丰乐亭记》	√	√		√		√	
[宋]欧阳修《醉翁亭记》	√	√		√	√		
[宋]苏洵《张益州画像记》	√	√				√	
[宋]苏轼《喜雨亭记》	√	√	√				
[宋]苏轼《凌虚台记》		√	√			√	
[宋]苏轼《超然台记》			√	√	√	√	
[宋]苏轼《放鹤亭记》			√	√	√	√	
[宋]苏轼《石钟山记》				√	√		√
[宋]苏辙《黄州快哉亭记》			√	√	√	√	
[宋]王安石《游褒禅山记》				√	√		√
[宋]宋濂《阅江楼记》	√	√		√		√	
[明]王守仁《尊经阁记》	√		√			√	
[明]王守仁《象祠记》	√	√				√	
[明]归有光《吴山图记》			√	√	√		
[明]归有光《沧浪亭记》	√		√			√	
[明]张溥《五人墓碑记》		√	√			√	

从以上分布情况看来，“记”体文记叙事由和时间叙述的向度有明显减少的倾向；作为活动场所的空间意境向度多为人为的建筑空间，在文章中往往是借以言志说事的意象之物；记文中体现的情趣向度在宋代较强；志意向度有向政论与报负志向发展，逸世之志在苏轼之后

难得再现;迷疑意境较为少见,这可能与《古文观止》选文较为雅化的标准有关。

如果不受《古文观止》选文标准的限制,我们可以从李昉编《太平广记》中找到更多情趣意境向度和疑迷意境向度的文章,因为,在《太平广记》中,“古来轶闻琐事僻笈遗文咸在焉,卷帙轻者往往全部收入,盖小说之家渊薮也”(《四库全书总目》之《太平广记》提要)。可见,记体文的“情趣”和“迷疑”意境向度与小说的形成有着思维相关的联系,体现着“记”体文发展流变的一个路向。

《古文观止》所收“记”体文,大多数是在“情趣”和“迷疑”意境缺失的向度上形成的,往往叙述人为建筑空间有关或与学统、王道、君臣之义等相关的事由,所以显得较为雅正,自然缺少野趣和逸志。这代表了“记”体文发展流变的另一路向。比如,王应麟《四明文献集》卷一首类为“记”,共十篇,以学记或书院记占其半数,都记一定的建筑空间及其意义。另有一个路向,是空间和奇境之维消失,而强化事由、时间和志意之维的组合而构成记事功、宗族繁衍等的“记”体文,陶安《陶学士集》有“记”两卷(第十六、十七卷),其中就有四分之一是这一类记文,反映出“记”体文也有发展功用性的一面。其实,从宋初编的《文苑英华》所收三十八卷称为“记”的文章分类编目看来,唐宋时期,“记”体文已经在多个领域向实用性文体发展,记游性质的文章虽然占有三分之一,但是大多数是社会活动记事性的文章。而无论是记游还是社会记事,“事由”之维在“记”体文的发展中始终占据着重要的构成位置。

(作者单位:广东省社会科学界联合会)

论陶渊明散文的人格美、人情美、人性美

张虎昇

陶渊明的散文，较之其诗歌而言，数量相对少一些。尽管篇幅有限，但在我国散文发展史上，却占有重要的地位。明人张溥曰："陶文雅兼众体，岂独以诗绝哉？"[①]朱光潜也曾说："（陶渊明的散文）都是绝妙文字，可惜它们的名声为诗所掩。"[②]给予陶渊明散文较高评价的人，应该首推欧阳修。他说："晋无文章，惟陶渊明《归去来兮辞》一篇而已。"（元李公焕《笺注陶渊明集》卷五引）欧阳修说两晋无可称道之文章，仅陶渊明入其法眼，可见评价标准之严格。刘熙载云："陶渊明为文不多，且若未尝经意，然其文不可以学而能，非文之难，有其胸次为难也。"[③]刘氏所谓"胸次"，指的是一种人生境界。我们把陶渊明的散文中所透露出的人生境界归纳一下，可梳理出下面三个方面。

一、人格美

陶渊明的人格意识，是其诗歌表现的一个重点。散文较之诗歌，由于文体不同，所以表述得更加鲜明。在其为数不多的散文中，维护尊严，凛然自强，不俯仰时势的人格意识展现得非常充分。先来看他的《感士不遇赋》。这篇文章的创作时间，论家多定为彭泽归隐之后。赋前小序说，此赋是有感于董仲舒《士不遇赋》和司马迁《悲士不遇赋》二文而作。这也为我们提供了对读比较的对象。

董仲舒与司马迁，均为汉武帝时代之人。从人品而言，都可谓耿直之士。董仲舒先因著灾异之记[④]，上疑为有讥刺之意，下狱几死。后又遭权贵之妒，最后辞官告老归乡。一篇《士不遇赋》，饱含着在官场忧谗畏讥、屈意从人的悲哀："虽日三省于吾身，繇怀進退之惟谷"；"出门则不可与偕往兮，藏器又蚩其不容"，只得"不出户庭，庶无过矣"。但即使是闭门不出，也"退洗心而内讼兮，亦未知其所从也"。从上述文字描写的情况来看，以疾称辞实在也是明智之举。虽然在这篇文章中，他也标榜"虽矫情而获百利兮，复不如正心而归一善"的人格意识，但结合其身世遭遇来看，他的辞官的确并非是出自初衷，乃是不得已而为的无奈之举。

---

① 张溥《汉魏六朝百三家集题辞注·陶彭泽集》，人民文学出版社1960年版，第160页。

② 《朱光潜美学文集》第二册，上海唯一出版社1982年版，第220页。

③ 刘熙载《艺概·文概》。

④ 《史记》本传云："（董）居舍，著灾異之记。是时辽东高庙灾，主父偃疾之，取其书奏之天子。天子召诸生示其书，有刺讥。董仲舒弟子吕步舒不知其师书，以为下愚。于是下董仲舒吏，当死，诏赦之。"

司马迁的《悲士不遇赋》同样是感叹“虽有形而不彰，徒有能而不陈”的“生之不辰”。这篇文章写于遭受李陵事件之后，对于自己的不白之冤，作者没有像在《报任少卿书》中那样直露表白，反而是用一种近乎宿命论的观点予以解释。其实，在《史记》中，司马迁在很多地方对这种观点持否定态度。而在此作如是说，只能理解为对武帝的暴戾行径的一种不满与无奈。太史公忍辱偷生，终于完成了“究天人之际，通古今之变，成一家之言”的伟大著作，但其人生和人格，都染上了浓郁的悲剧色彩。

陶渊明的《感士不遇赋》，既有前者的愤世之情，但更着重于一种批判意识。他指出当下之世，是一个“真风告逝，大伪斯兴，闾阎懈廉退之节，市朝趋易进之心”的社会，那么，士之于世不遇，是一种必然的现象。既然眼下的社会已经不是清明之世，君子就应该“独修自勤”。文章列举了历史上许多不遇之人的悲惨遭遇，最后表示要以史为鉴。做一个“甘贫贱以辞荣”，“谢良价于朝市”的隐逸者。文章初看是在宣扬一种身逢乱世，明哲保身的思想，其实作者真正要告诉读者的是：身逢乱世要本着“宁固穷以济意，不委屈而累己”的处世原则。只有本着这个原则，你才会真正认识到“轩冕非荣”，“缊饱非耻”，那么归隐就不是一种被动的选择。即使“士不遇世”，就不会怨天尤人，而会“且欣然而归止”。它扬弃了传统的“没世无闻，古人惟耻”（司马迁《悲士不遇赋》）的价值观，而建立了一种新的价值取向，这种新的价值取向，就是以独立人格的实现为标准，这正是此文高于上述两文的原因所在。邱嘉穗《东山草堂陶诗笺》云：“（《感士不遇赋》）起结皆尽性至命之言，能明出处之分，而洁去就之义，中间杂引古人，无非此意。陶公真有学有守者哉。”邱氏一语道出了上述三篇文章思想境界上的高低。

陶渊明的这种新的价值观建立在他的玄学观之上，虽然说这种价值观的成熟，是在作者后期。但我们在他的早期散文中，同样能看到这种表现。《五柳先生传》是他早期的一篇明志之文，据宋传、萧传、南传之说，该文创作于出任江州祭酒之前，即在二十七八岁所写。

> 先生不知何许人也，亦不详其姓字，宅边有五柳树，因以为号焉。闲静少言，不慕荣利。好读书，不求甚解；每有会意，便欣然忘食。性嗜酒，家贫不能常得，亲旧知其如此，或置酒而招之。造饮辄尽，期在必醉。既醉而退，曾不吝情去留。环堵萧然，不蔽风日；断褐穿结，箪瓢屡空；晏如也。常著文章自娱，颇示己志，忘怀得失，以此自终。
>
> 赞曰：黔娄有言：“不戚戚于贫贱，不汲汲于富贵。”极其言兹若人之俦乎？衔觞赋诗，以乐其志。无怀氏之民欤？葛天氏之民欤？

这确实是一篇不同寻常的“绝妙文字”，绝妙之处不仅在它宣扬了作者的一种人生观和价值观，而且行文手法和文风也不同寻常：全文异常简短，仅 172 字，但用了 9 个“不”字句。一看可知，“不”字构成了此传全文的文眼。古人写传，首先要标明姓氏与名字，魏晋人极重籍贯，陶氏家族自陶渊明曾祖父陶侃起，也可算得步入名门望族之列。而此文以“不知”、“不详”一笔带过。该写却不写，明明知道的却说不知道，如此行文，有如问道于人，而斯人明明知道，却笑眯眯地一问三不知，叫人明显感到一种抵忤情绪而又无可奈何。这种情绪的底蕴，正如清人王夫之所言：“正激于世之卖声名，夸门地者而破除之尔。”[①]既然喜好读书，为何又“不求

① 王夫之《船山遗书·思问录》内篇，太平洋书店 1933 年排印本。

甚解”？既然“不求甚解”，为何“每有会意”，又如此欣喜？陶渊明在其诗中，又明明白白地说道：“奇文共欣赏，疑义相与析。”①对“奇文”之欣赏，正是“好读书”之体现，而“疑义相与析”，正是求其“甚解”。可见，此处“甚解”二字，不能作常情理解。魏晋人对“三玄”的注解之书，良莠不齐，强作解家之文，汗牛充栋。陶氏此处“不求甚解”，乃是批评当时众多注家穿凿附会而失其本旨。无论是对“卖声名，夸门地者”的反感，还是对那些“穿凿附会而失其本旨”注家的不满，都表现出作者不同流俗的人格意识。

提到《五柳先生传》，常常联想起阮籍的《大人先生传》。论者多以为二者在很多方面有相同之处。我们把此文与阮籍的《大人先生传》略作比较，便更能清楚看出二者价值观、文风上的区别。

《大人先生传》从其主旨上来说，也是标榜其主人公的人格及精神境界。阮籍笔下的“大人先生”是一个身居“巨海”之中，完全超脱现实的奇人，他不欣赏“隐士”的避世，因为他认为，只要真正做到了“无宅”、“无主”、“无事”，在任何地方或任何时候都能保持心灵的和谐与平静；他对不计较生死荣辱的“薪者”，并不欣赏。在他看来，生死荣辱的差别，只属于有限的差别，这种超越，只能算作有限的超越，没有达到超越天地与有形自然界之上。阮籍认同的是“大人先生”绝对自由人格和精神境界。但是，阮籍笔下的“大人先生”高则高矣，文章中所倡导的哲学，也不乏思辨性，但这位大人先生，只是一种文本式的存在，作者自己始终不能效法之万一，最终也只能遁入佯狂。“五柳先生”则以一个普通的隐士身份出现，他毫不否认隐居带来的生活艰辛，而用“亲情”、“文章”和“酒”来化解这种艰辛与痛苦，以求得心理平衡和维系人格的尊严。阮、陶二人都可称得上狂狷之士，两篇文章都是基于对现实不满而歌颂自己所认同的理想人格。从作者塑造出的人物形象来看，两者都具有狂狷与浪漫的色彩，但阮籍所欣羡的大人先生，只不过是庄子文中姑射山上神人的某种翻版，他与阮籍的现实人格和生活实况相去甚远。现实生活中口不臧否人物的阮籍，却在文中又表现出一种强烈的愤世激愤，使人可以明显察觉到理想人格与现实人格两者之间的显著差异。

陶渊明笔下的五柳先生，是植根于现实生活土壤里鲜活的人。他不羡名利，忘怀得失，他几乎一无所有而又陶然自乐，这种快乐是一种主体自尊意识得到实现后的精神欢乐，是作者对选择的理想人格、生存方式的自信和写照。后人把陶渊明视同为文学作品中的五柳先生，并衷心喜爱他，不仅是文章文笔高妙，更主要的是文本中标举的是一种甘于清贫，淡泊明志的人格美，它深深打动着读者。陶渊明著文明志，而且又用他的人生去实践着这种志向与理想。

从行文风格来看，阮文措辞激烈，瞠目决眦，须发毕张；而陶文温顺，不激不怒，略带谐谑，如同将一根烧红的钢钎，放进油中进行淬火处理，呈现在读者面前的是一把闪烁着清冷铀光的锋利匕首。阮文的激烈，反映出内心的激愤，而陶文的戏谑，并不是一种游戏人生的态度。在它的背后，是一种人生修养的支持，是一种主体“自然”哲学的鲜明体现，反映到文章中，便是朱熹称道的“语健而意闲”。

① 陶渊明诗《移居二首·其一》。

二、人情美

"感人心者，莫先乎情"①。陶渊明散文的动人之处，还在于它的散文中处处透出的人情美。人情者，人之常情也。人之常情包括友情、亲情和爱情。它是在主体人生观指导下的情感体现。读过陶渊明作品的读者，不难认识到诗人是一个率意而行、不拘小节的人。在他的性格中，既有"不为五斗米折腰"的耿直倔强的一面，又有笃于友情、亲情和爱情的一面。颜延之《陶征士诔并序》曰："（渊明）睦亲之行，至自敦厚。然诺之性，重于布信。""敦厚"之人，是诚恳、诚信、重情之人。这是颜延之对诗人的评价。我们从陶渊明的作品里，也可清楚地看出这一点。

从陶氏现存的文献考证，他的亲属不是很多。表现有关亲情的散文，主要是他的两篇祭文。一篇是《祭程氏妹文》，一篇是《祭从弟敬远文》。渊明有一个小他三岁的妹妹，丈夫姓程，故称程氏妹。义熙元年（405）十一月卒于武昌。《归去来兮辞》序中写道："于是怅然慷慨，深愧平生之志，犹望一稔，当敛裳宵逝。寻程氏妹丧于武昌，情在骏奔，自免去职。"虽然作者辞官的想法早已形成，但他提前挂官，舍弃到手的利益，还是因为奔丧之故。文中所写"情在骏奔"一语，可见感情异常悲痛，简直是一刻都不得停留，故而自免去职。一年零八个月后，即在程氏妹"服制再周"之期，诗人在家乡"以少牢之奠，俯而酹之"，举行了一个颇为隆重的家祭仪式。他在祭文中写道："谁无兄弟，人亦同生。嗟我与尔，特百常情。慈妣早逝，时尚孺婴。我年二六，尔才九龄。爰从靡识，抚髫相成。"（《祭程氏妹》）文章虽短，可情真意切。在家道中落、经济拮据且又突遭变故之际，幼小兄妹，含辛茹苦共度艰辛，"爰从靡识，抚髫相成"。这种"特百常情"的兄妹之谊，使人感动，令人唏嘘。

陶渊明还有一个"父则同生，母则从母"的堂弟敬远，也是先他而逝。敬远一生，躬耕不仕，被渊明引为同道。在《祭从弟敬远文》中，作者以深情的笔调，回忆与其交往的情景："念彼昔日，同房之欢，冬无缊葛，夏渴瓢箪，相将以道，相开以颜。岂不多乏，忽忘饥寒。余尝学仕，缠绵人事，流浪无成，惧负素志。敛策归来，尔知我意，常愿携手。寘彼众议。每忆有秋，我将其刈。与汝偕行，舫舟同济。三宿水滨，乐饮川界。"这些回忆兄弟同处之乐的文字，反衬遽丧亲人的巨大悲哀。"他追念早年共甘苦患难的情况，焦虑遗孤们将来的着落，句句话都是从肺腑中来"②。这样的文字，使读者不仅感受到亲情的美好，生命的可贵，同时也为作者的真诚之情深深打动。

在《祭从弟敬远文》中，作者称敬远是一个"友自天爱"、"后己先人，临财思惠"之人，其实这也是渊明自身具备的一种高尚品格。正因为具有了这种品格，所以他和乡邻、朋友相处得异常和睦友好。在《五柳先生传》中，他说自己"性嗜酒，家贫不能常得，亲旧知其如此，或置酒而招之。造饮辄尽，期在必醉"。这是写乡邻、亲旧对他的友好。而陶渊明对待来家之人，亦是有酒辄设，无论贵贱。在他的诗歌中，我们看到它与乡邻的友好交往："农务各自归，闲暇辄相思。相思则披衣，言笑无厌时。"（《移居二首·其二》）诗人在与友人、乡邻的交往中，

---

① 白居易《与元九书》，《全唐文》卷六百七十五。

② 《朱光潜美学文集》第二卷"陶渊明"，第220页。

感受到了友情的慰藉，这对于他艰苦的隐居生活来说，无疑是一个精神上的巨大支持。

真诚待人，真率行事，是诗人在人际交往中奉行的一个原则。于家人如此，于友人如此，于乡邻如此，就是对待家中下人，诗人亦是如此。他不相信“冥报”，但却又有悲天怜人的情怀。他在诗中曾说：“落地成兄弟，何必骨肉亲。”（《杂诗十二首·其一》）在逝世之前，他有一篇《与子俨等疏》，可以看作是对儿子们交待后事的遗嘱。文中写道：“疾患以来，渐就衰损。亲旧不遗，每以药石见救，自恐大分将有限也。汝辈稚小佳品，每役柴水之劳，何时可免？念之在心，若和可言。然汝等虽不同生，当思四海皆兄弟之义。”人之将死，其言也真。“当思四海皆兄弟之义”这是人类最可宝贵的“博爱”之心，具备了这样的思想境界，并把这种境界真实地展现在读者面前，怎么能不令人感动呢？他在经济情况尚好的时候，曾给儿子雇了一个仆人。可他又叮嘱儿子，要善待其人，因为奴婢“亦人子也”。这不就是“幼吾幼，以及人之幼”的情怀体现吗？这不就是“本着人类所应有的至性深情去应世接物”[①]吗？

王先霈在《陶渊明的人文生态观》一文中，从文艺生态学的视角来分析陶渊明时说：“陶渊明思想的另一可贵之处，是关于人的同情心、共鸣感对于维护和改善生态环境的重要性。儒家伦理有一个基本原则叫做‘恕’。恕，就是推己及人，就是‘己欲立则立人，己欲达则达人’，就是‘己所不欲，勿施于人’。对于陶渊明来说，这个‘人’，既可以是主体以外的他人，也可以是主体所属群体以外的其他群体。还可以包括人类以外的生物。强势的个人，强势的群体，强势的物种，要细心体会居于弱势者的处境，尊重弱势者的权益。”可以说，陶渊明就是具备了我们常人所说的“同情心”，而且也具备了现代生态学家所说得最广泛的人类“同情心”，具有了现代生态意识的“人情美”。从这个视角来看，陶渊明无愧为我国古代最伟大的生态诗人和生态文学家。因而，他的作品，也就必然具备了极高的文学价值和生态价值。

能够表现陶渊明爱情观的文章当推《闲情赋》。对于该文的主旨，渊明在序言中表白为“讽谏”。但后人对此争议颇大。称得上陶渊明旷世知音的萧统，独对《闲情赋》微辞有加：“白璧微瑕，惟有《闲情》一赋，扬雄所谓‘劝百而讽一’者，卒无讽谏，何足摇其笔端？惜哉！无是可也。”[②]可见萧氏并不认同渊明的观点。归纳起来，对于《闲情赋》主旨的争论，不外乎三种观点：一为“讽谏说”，即作者自己在序言中所说“始则荡以思虑，而终归闲正。将以抑流宕之邪心，谅有助于讽谏”；二为“比兴说”，这种观点以苏轼和清人刘光蕡为代表，苏轼认为是以“妇人”喻“君子贤人”；刘光蕡在《陶渊明闲情赋注》则说得更宽泛：“其所赋之词以为学人之求道也可，以为忠臣之恋主也可，即以为自悲身世以思圣帝明王也亦无不可”；三为鲁迅所代表的“爱情说”。鲁迅说：“被论客赞誉着‘采菊东篱下，悠然见南山’的陶潜先生，在后人的心目中，实在是飘逸得太久了，但在全集里，他却有时很摩登……竟想摇身一变，化为‘阿呀呀，我的爱人呀’的鞋子，虽然后来自说因为‘止乎礼义’，未能进攻到底，但那些胡思乱想的自白，究竟是大胆的。”[③]

汉赋自枚乘以来，“劝百讽一”已成为赋体命意的一种固定方式。其表现形式，大多是采用一种整体比喻和象征的修辞手法，先浓墨重彩宣扬令人沉醉的享乐欲望和体验，而后以极

① 《朱光潜美学文集》第二卷“陶渊明”，第221页。

② 萧统《陶渊明集序》。

③ 《鲁迅文集》第六卷《且介亭杂文·题未定草·六》。

其简短的要言妙道，委婉提出这种肉体和精神的享乐要求于己无利而有害，应该以"道德要求"来克制人之本性向往的享乐要求。萧统之所以认为《闲情赋》"白璧微瑕"，"无是可也"，是因为"作品之宗旨非即作品之成效……正谓题之意为'闲情'，而赋之用不免于'闲情'，旨欲'讽'而效反'劝'耳。流宕之词，穷态极妍，澹泊之宗，形绌气短，诤言不敌摇惑，以此检逸归正，如朽索之驭六马，弥年疾疢而销以一丸也"①。钱钟书对萧统"白璧微瑕"的诠释，说明《闲情赋》没有真正做到"劝百讽一"，没有做到"止情"，反成为"煽情"的大胆表白，在这一点上，又与鲁迅所言"胡思乱想的自白"的解读颇为接近。

鲁迅与钱钟书从不同的角度论述了《闲情赋》的主旨，集中到一点，都认为《闲情赋》与陶渊明的爱情生活有涉。鲁迅称之为胡思乱想的大胆自白，主要指《闲情赋》中的这段文字：

愿在衣而为领，承华首之余芳。悲罗襟之宵离，怨秋夜之未央。
愿在裳而为带，束窈窕之纤身。嗟温凉之异气，或脱故而服新。
愿在发而为泽，刷玄鬓于颓肩。悲佳人之屡沐，从白水以枯煎。
愿在眉而为黛，随瞻视以闲扬。悲脂粉之尚鲜，或取毁于华妆。
愿在莞而为席，安弱体于三秋。悲文茵之代御，方经年而见求。
愿在丝而为履，附素足以周旋。悲行止之有节，空委弃于床前。
愿在昼而为影，常依形而西东。悲高树而多阴，慨有时而不同。
愿在夜而为烛，照玉容于两楹。悲扶桑之舒光，奄灭景而藏明。
愿在竹而为扇，含凄飙于柔握。悲白露之晨零，顾襟袖而缅邈。
愿在木而为桐，作膝上之鸣琴。悲乐极以哀来，终推我而辍音。

陶渊明如此大胆率直地描写爱情，罕见于前，瞠乎其后，曲尽丽情，深入冶态，情到真处，一任笔下流出。傅雷曾经说过："真正的艺术家、名副其实的艺术家，多半是在回想和想象中过他的感情生活的。惟其能把感情生活升华，才给人类留下这许多杰作。"②陶渊明《闲情赋》中的"十愿"，应该有着他自身情感生活的体验。弗洛伊德从心理分析的角度来看待作家的作品。他在《创作家与白日梦》的著名论文中谈到：文学创作是作家的一种白日梦，也就是头脑中的一种幻想，这种幻想有别于一般的幻想，是来自于本我的性欲或野心的一种变形反映。他把文学作品分为两类，一类是采用现成的素材，另一类是表现与作家自身有关的素材。鲁迅先生认为《闲情赋》是作者的"大胆自白"，正好与弗洛伊德所说的后一类作品合拍。限于材料的匮乏，我们无法确切知道陶渊明与其"恋人"之间的爱情经历和他的情感生活，也无法推测"恋人"的明确所指。但从文章的大胆风格来看，应该是作者青年时代的作品，它至少有着一个与异性相恋的爱情背景。钱钟书所言"煽情"的描写，正是作者青年时代一种狂热的爱情心态。王瑶先生定该文写于晋太元十九年(394)，想必也是基于文章的内容、风格并结合其身世来推断的。

《闲情赋》共一百二十二句。先用浓墨重彩之笔，描绘"恋人"的端庄秀美的外貌、娴静高雅的气质，是一个外美与内美兼而有之的理想配偶。进而写由爱慕之极而生出的种种新奇而又大胆的幻想。这就是文章中最精彩动人的部分。"十愿"的设想，充分体现了作者对自

① 钱钟书《管锥编》，中华书局1979年版，第1220页。
② 《傅雷家书》，生活·读书·新知三联书店1998年版，第132页。

己倾心的“恋人”一往情深的思慕，其真挚的情感和执着的态度，正是陶渊明爱情观的集中体现。文章最后落脚到由于某种客观原因的阻碍，这个客观原因如同“阻山而滞河”而不可逾越，这场青春的狂热追求最终以失败而告终，“凭舟之失棹”、“缘崖而无攀”的比喻，道出作者深切的失望与悲哀。

陶渊明是一个性情中人。他憎恶虚伪，从不矫情，在诗文中处处体现出一个“真”字。对亲情，堪称真诚；对友情，堪称真率，对爱情，堪称真挚。真诚、真率、真挚之情，构成了陶渊明散文中最能打动读者的人情美。

三、人性美

陶渊明的散文，洋溢着一种“人性美”的光辉。

这里所说的“人性”，指的是马克思在《资本论》中提到的“人的一般本性”这个哲学范畴。章培恒先生在他主编的《中国文学史》导言中，提出了一个以“感动读者的程度”为评判文学作品成就高低的新标准。“越是在漫长的时代，广袤的地区，给与众多读者以巨大的感动的，其成就也就越高。”[①]文学是一种意识形态的产物，文学史上有些著名的作品，随着时间的流逝，对于后人来说，就不能像当时那样能够引起读者的强烈共鸣而渐渐失去了原有的感染力，而只有那些能够经得起历史的淘汰，能够使尽可能久远、尽可能多的读者“共鸣”的作品，才是成就最高的不朽之作。那么，如何才能感动尽可能多的读者呢？那就是以文学艺术的特有手法，去表现“人的一般本性”，惟其只有表现人性中最本质的属性，这样才能使读者与作者产生深层次的心灵碰撞，才能够使其作品赢得不同时代、不同文化背景读者的接受。

什么是人的一般本性？或者说“人性”的最基本的特征是什么？按照马克思主义的观点，就是人所追求“个人全面而自由的发展”，显然，“全面而自由的发展”是人类一个不断争取的目标，它包括物质和精神两个方面，陶渊明并没有也不可能在他的那个时代就能完成这个“人类的终极目标”，但在其诗文中，作者始终以一个具有独立人格的个体立言，清晰地、强烈地、艺术地展示出对“自由意志”的执着追求与赞美。

一般说来，具有独立人格人的“自由意志”是与“群体意志”相对立的，这在封建社会表现得尤为突出。在《五柳先生传》中，作者一连用九个“不”字句，无异是公开向读者宣示：我就是这样一个不同流俗之人，人之所重，我之所轻。我选择了这样的一种生存方式，我也就甘愿承受这种选择带来的“清贫”的后果，借用现代存在主义哲学观点来说，凡“选择”，就必须“承担”，如果个体对其“选择”和“承担”无怨无悔，那么，他就在一定的程度上，实现个体的“自由意志”。《五柳先生传》结尾处“衔觞赋诗，以乐其志”中的“志”，亦可解读为今天我们所说的“自由意志”，而作者之“乐”，正是实现了“自由意志”、找到“精神家园”之后的欢乐，是一种主体融入自然，并在与自然和谐统一中，实现了人生价值的欢愉体验。

正像众多论者指出的那样，陶渊明的《桃花源记》是一篇我国文学史上不可多得的千古奇文，其作品主旨创作手法与写作背景，论著甚多。此处只想指出，陶渊明之所以能够写出这样的不朽之作，与作者“好奇”的个性有着密不可分的关系。而在其散文中，这种“好奇”就

① 章培恒主编《中国文学史》上卷，复旦大学出版社 1996 年版，第 14 页。

演化为“写奇”。本来子虚乌有的事情，却写得有时间、有地点、有真人佐证：前有渔人的无意闯入，后有刘子骥的有意寻访，以实证虚，目的是让读者深信不疑确有这么一个“桃花源”的存在。桃源之美，先在未进入之前就大加渲染，幽山桃林，落英缤纷，芳草鲜美，落红飘流。但这只是神奇景界外景。通过那个神秘而狭小的山洞，便从现实跨入了理想的桃源。与外界比较，桃源之美，不在外表，洞天福地之中只不过是“土地平旷，屋舍俨然，有良田、美池、桑竹之属……”但桃源中的人，都是纯朴敦厚的“素心人”，“设酒杀鸡作食”款待渔人，写出其好客和富裕；乡邻咸来闻讯，又体现出桃源中人并不是“老死不相往来”之辈；“问今是何世，乃不知有汉，无论魏晋”，则是对现行社会的彻底否定。热情好客的桃源人最后叮嘱“不足为外人道也”，再一次借他人之口表明桃源与外界的绝然不同。这是一块未受世俗思想污染的宁静乐土，洞中生活的人是与“外人”绝然不同的人，即使是这个误入桃园的“渔人”，也与他们有“淳薄既异源”的区别。按照常人的理解，“渔人”本应是红尘中的“纯朴”之人，但他为何不听桃源人的告诫，一出来就要“处处志之”，自动前去禀告官府？这是因为渔人头脑里丢不开一个“官”的概念，这就是洞外之人一种下意识“受制于官”的不自由。陶渊明笔下这块乐土与洞外最大差别是什么？是富足与安宁？还是无拘无束的自由？显然是后者。明人钟惺在“秋熟靡王税”[①]下注道：“五字写出异境”[②]，真是一语破的。没有王税是因为没有王法，没有王法是因为没有君王。破除了这些世俗社会存在的约束，就能享受“童孺纵行歌，斑白欢游诣”[③]的充分欢乐和自由。

桃源中的“自由”是作者最为心仪之处。“自由”的表象是桃源中人生活方式的“无拘无束”。“自由”的深层体现是心灵的自由，受到洞中之人盛情款待的渔人，一出来就主动报官，此一不着痕迹的“曲笔”，正说明洞外之人，在心灵自由方面，于洞中之人也有淳薄异源之分，即使是渔樵之夫，其身心也为无形牢笼所缚。这的确堪称绵里藏针的点睛之笔。

以《桃花源记》、《归去来兮辞》为代表的散文作品，洋溢着一种憧憬理想的浪漫情愫。展现了一种追求自由的否定精神。遗憾的是，作者自己也知道，他精心构造的桃花源，只能是一种文本式的存在。否定的对象既不会消失，追求的目标也不会出现，我们从虚构桃源中读出的是作者深沉的喟叹。

陶渊明之所以成为一个伟大的文学家，除了他的天赋和才华等因素之外，其作品高扬着的“人格美”、“人情美”以及对“自由意志”执着追求的“人性美”，方是成就他“伟大”的一个重要原因。正因如此，陶渊明才会在我们这个物质文明高度发达的时代，不仅受到我国文学界和哲学界愈来愈高的评价，而且受到西方愈来愈多的文学爱好者和哲学家的关注和外国文学界和哲学界愈来愈高的评价。

（作者单位：江汉大学语言文学研究所）

① 陶渊明《桃花源记并诗》。

② 锺惺、谭元春《古诗归》卷九，明万历刻本。

③ 锺惺、谭元春《古诗归》卷九，明万历刻本。

《恨赋》、《别赋》四题

邬国平

江淹以人类生离死别所激起的凄伤感情为描写对象，写出了《恨赋》、《别赋》两篇不朽作品，不仅引起历来读者高度的阅读兴趣，而且也沾溉了后世的文学创作。杜甫《梦李白二首》之一："死别已吞声，生别常恻恻。"将"死别"和"生别"两句分别对应《恨赋》和《别赋》的内容和意绪，如合符契，其受江赋的影响可见一斑。我近读《恨赋》、《别赋》，产生了四点体会，分别述说如下。

一、江淹为何写《恨赋》、《别赋》

元徽三年(475)，三十二岁的江淹因讽谏建平王刘景素谋议举兵，被贬为吴兴令，头尾相连三载。吴兴属江州，今福建浦城县。期间，江淹出现了文学创作的高峰，著名的《恨赋》、《别赋》即写在此时①。仕途上遭遇挫折，加上离乡背井，失意之外更添乡愁，在这种情况下选择生离死别的题材写赋，被理解为是作者借此自诉忧伤，似乎顺理成章，故从来的读者多如此解读江淹这两篇作品，似乎已经成为一种定论。然而，江淹是否纯然出于这个目的而写《恨赋》、《别赋》，其实还是一个疑问。他自己说：

> ……王遂不悟，乃凭怒而黜之，为建安吴兴令。地在东南峤外，闽越之旧境也。爰有碧水丹山，珍木灵草，皆淹平生所至爱，不觉行路之远矣。山中无事，与道书为偶，乃悠然独往，或日夕忘归。放浪之际，颇著文章自娱。②

这是回忆他被刘景素贬到吴兴以后的生活情景，经常以游览山水、阅读道书、写诗作文消遣时日。可注意的是江淹对他自己写作状况的说明，"放浪之际，颇著文章自娱"，语气流露出他对自己这段时间的写作状态及作品颇感得意。他用"自娱"来说明当时为何写作的主观动机，这当然也包括对他写《恨赋》、《别赋》动机的说明。

"著文章自娱"，作者如是说；江淹自诉忧伤，读者如是解读——这两种说法，显然并不一致。作者、读者对同样的作品做出不完全相同、甚至完全不同的说明，这类现象在文学传播史上很普遍，本不足奇。不过，就解释撰写作品的原因而言，作者的话一般更具体，也更切

---

① 参看曹道衡《江淹作品写作年代考》，载《艺文志》第三辑，山西人民出版社 1985 年版；《江淹〈恨赋〉、〈别赋〉创作年代》，曹道衡、沈玉成《中古文学史料丛考》，中华书局 2003 年版，第 466—467 页。

② 《自序》，胡之骥注，李长路、赵威点校《江文通集汇注》卷十，中华书局 1984 年版，第 379 页。

实，而读者纯粹凭借对作品的揣摩，往往体会不到其中细微隐约的关系，难免会说出隔阂、肤廓的话。所以，江淹用“自娱”解释他写作《恨赋》、《别赋》的初衷，必定有其心理方面真实可信的缘由，人们一般没有理由去怀疑他的解释，更不应该轻易否定它。李善解释《恨赋》篇名：“意谓古人不称其情，皆饮恨而死也。”①李周翰也说：“尝谓古人遭时否塞，有志不申，而作是赋也。”②他们都还只是说江淹写《恨赋》是为“饮恨而死”的“古人”申恨吐气，没有直接用江淹自申其恨来定义该文的写作缘起，这虽然与江淹“自娱”说也不相同，相比而言，可能更容易接近江淹的说法。

其实，作者的“自娱”说、读者的作者自申愁恨说，二者也并非完全不能相容。江淹说，“仆乃得罪峤外，遐路窈然”③，对此有耿耿之意。《恨赋》一文更有“于是仆本恨人，心惊不已”④的表白，也清楚说明作者确实将自己摆进作品充当了一个角色。既然如此，后人提出“有志不申，乃作此赋”显然也有一定道理。问题在于，自申愁恨是不是江淹写《恨赋》、《别赋》全部的或主要的动机？从江淹用“自娱”表白他写作的心迹来看，可以肯定仅仅从作者自申自诉其愁恨的维度理解这两篇作品，是知其一不知其二，与作者写这两篇赋真实的、根本的缘起尚隔一层。

江淹“自娱”说是指：(一)借吐露郁积消释怨愁；(二)从写作本身获得快乐。以此对照“有志不伸，乃作此赋”的说法，显然，后人的总结只符合“消释怨愁”的一部分含义，而非全部，因为消释怨愁不仅是指摅诉，而且还指通过摅诉使情绪发生转迁，达到忘忧境地。而且，后人的解读没有涉及写作本身是引起快乐的源泉的问题。所以在这两种说法中，“自娱”可以包括自申，自申却不能涵盖“自娱”。也就是说，江淹自己对《恨赋》、《别赋》写作缘起的说明完整、适切，后世读者的概括则存在明显遗漏。这里需要纠正一种认识，以为写快乐的题材才能“自娱”，写悲事哀情则与“自娱”无关。这是误会。文人沉醉于写作的快乐中，陶陶然，悠悠然，不管是写忧伤，还是写欣喜，都可称为以文自娱。而且，作者从写忧伤的题材中往往可以得到更多的“自娱”和满足，因为将内心的忧愁哀伤宣泄出来，消化积滞，净化情绪，重新归于平宁，这等于使从前经历的痛苦得到加倍补偿。文学史上佳作，为什么写忧愁哀伤远多于写欣喜欣悦，这也是一个重要的原因，“自娱”从来就是人们从事文学创作的一个重大诱因。甚至屈原写《离骚》，如此愁思悠长、悲愤凝重，也不能说其中没有自娱的成分。

“自娱”说与“释情”说有许多相通之处。钟嵘曾对诗人通过写悲忧以释情作过精辟的分析，可以用来比照江淹的“自娱”说。钟嵘说：

> 若乃春风春鸟，秋月秋蝉，夏云暑雨，冬月祁寒，斯四候之感诸诗者也。嘉会寄诗以亲，离群托诗以怨。至于楚臣去境，汉妾辞官，或骨横朔野，或魂逐飞蓬，或负戈外戍，或杀气雄边，塞客衣单，霜闺泪尽。又士有解佩出朝，一去忘反；女有扬蛾入宠，再盼倾国。凡斯种种，感荡心灵，非陈诗何以展其义？非长歌何以释其情？故曰：“《诗》可以群，可

① 李善注《文选》卷十六，中华书局1977年影印胡克家本，第235页。

② 见《六臣注文选》卷十六，中华书局1987年影印《四部丛刊》本，第304页。按：吕延济解释“仆本恨人”句，说：“仆者，淹自称也。恨人，恨志不就也。复念古人有如我恨而至死者，将述之。”(《六臣注文选》，第304页)认为江淹写《恨赋》既是自抒失志之恨，也是替古人申恨，二者在赋里合为一体。

③ 江淹《知己赋·序》，《江文通集汇注》卷二，第89页。

④ 《恨赋》，《江文通集汇注》卷一，第7页。

以怨。"使穷贱易安，幽居靡闷，莫尚于诗矣。[①]

诗人感物生情而吟诗，各人遭遇不同，有喜有悲，钟嵘主要举悲苦的例子，说人们既然遭遇了深巨的创伤和不幸，就非常需要用诗歌疏导情感，所谓陈诗展义、长歌释情。钟嵘提出的这种"释情"说，兼指以诗抒情、宽慰情绪，他强调，对于作者来说，抒情文学具有借抒发悲怀以自慰的重要功能。显然，这与单纯的言志抒情有显著差别。江淹"著文章自娱"也说明了这个写作道理。他在吴兴，惆怅失志，不仅需要倾诉幽怨，更需要借助倾诉进行自我抚慰，所以他写《恨赋》、《别赋》表达的虽是怨恨骚忧，目的则是通过感情排泄实现自我忘忧，自我解脱，自我娱乐，从而顺利地度过逆境。《诗品序》"使穷贱易安，幽居靡闷"这两句话，既是对"释情"的形容，也是对"自娱"的说明，二者一致。从这个方面去理解江淹写作《恨赋》、《别赋》的原因，一点都不费解。顺便说一下，钟嵘《诗品序》这段话与《恨赋》、《别赋》的内容非常接近，也是多举历史上生离死别的事例（有些与江淹赋举的例子相同，如"汉妾辞宫"与《恨赋》"明妃去时"、"负戈外戍"与《别赋》"负羽从军"等），采用以类相从的组合方式表达主题，这些都明显带有脱胎于江淹两赋的痕迹。又，钟嵘这一段颇长的文字多用偶语文体，富有文采，这一特点为《诗品》全书所少见，表明它与骈文有关，这很可能也是直接受到了江淹两赋的影响。所以，根据两者存在以上这些相同的特点，不排除钟嵘"释情"说是对江淹"自娱"说的一次重新表述，或者说，钟嵘可能正是从《恨赋》、《别赋》和江淹对自己写作缘起的陈述中受到启发，提出了诗歌创作的"释情"说。这样的推断虽然还有待进一步证实，但也决非捕风系影，至少，将二者联系起来作思考，会有助于理解江淹的"自娱"说，并探知他为什么写《恨赋》、《别赋》最主要的心理原因。

二、《恨赋》、《别赋》写法新特点

江淹写诗带有很强的摹拟意识，且有高明的摹拟技巧，堪称文学史上的"摹拟秀"，这集中反映在他的组诗《杂体三十首》中，钟嵘评他"诗体总杂，善于摹拟"[②]，堪为定论。他选择的摹拟对象都是汉以后五言诗的代表诗人及代表作品，而在摹拟中又能表达出他自己的真实感情，并能体现一定的创新精神。前者说明江淹具有先进的诗体意识（五言诗代表当时进步的诗歌形式），后者说明他摹拟古人又不是简单地重复古人。其实，江淹写文章也同样具有摹拟的倾向，并且受到相似的摹拟观念的支配。举辞赋为例，《学梁王兔园赋》仿枚乘《梁王兔园赋》，《水上神女赋》仿曹植《神女赋》，《遂古篇》仿屈原《天问》，《灯赋》分"大王灯"和"庶人灯"，仿宋玉《风赋》分"雄风"和"雌风"。再如有学者指出，江淹赋有明显模仿鲍照作品的痕迹，《哀千里赋》、《恨赋》、《青苔赋》部分内容仿《芜城赋》，《别赋》部分内容仿《游思赋》[③]。江淹模仿前人辞赋，基本不以两汉大赋为对象，而是主要模仿言情写景赋，尤其是小赋，这也符合赋体文学朝轻灵化方向发展的趋势，与他选择五言诗为摹拟对象一样，踩准了文体进步

---

① 钟嵘《诗品序》，引自《梁书·钟嵘传》，中华书局 1973 年版，第 696 页。按：后世流传的《诗品》，"释"被改为"骋"，意思不同，宜从《梁书》所录。参见邬国平《〈诗品〉研究不应轻视隋唐时代的文献价值》，载《许昌学院学报》2006 年第 1 期。

② 《诗品·中品》，据吕德坤《钟嵘诗品校释》，北京大学出版社 2000 年版，第 105 页。

③ 见曹道衡、沈玉成《中古文学史料丛考》"江淹诗赋学鲍照"条，第 471—473 页。又该书同一条认为，江淹《灯赋》学陆机《羽扇赋》。

的节拍。摹拟而不是简单地重复古人这一点，同样在江淹的仿赋中得到了体现，《遂古篇·序》云："以学古制今。"[1]这概括了他含有创新成分的摹拟文学思想。

《恨赋》、《别赋》少数地方虽然有学习模仿鲍照赋的痕迹，不过，这两篇作品通过联缀和铺叙带有情感一致性的、同类别的人物事例以表现主旨，写法上是新颖的，体现出江淹的创新精神。他分别将各类"恨"和"别"的典实题材集中起来，构成文章主体，如《恨赋》依次描写"帝王之恨"、"列侯之恨"、"名将之恨"、"美人之恨"、"才士之恨"、"高人之恨"、"贫困之恨"、"荣华之恨"，《别赋》依次描写"富贵别"、"任侠别"、"从军别"、"绝国别"、"伉俪别"、"方外别"、"狭邪别"[2]。尽管他写的各色人物身份地位不同，遭遇不同，具体情感所涉的事体也不同，而关涉"恨"或"别"的情感类型和主题却是一致的。《别赋》说："别虽一绪，事乃万族。"又说："别方不定，别理千名。"世上千千万万不同的离别故事，皆系结着人人心中同然的那一绪离别感念，两者构成纲目关系，《别赋》就是根据这种以一摄多，以多辅一的关系，从世人离别的共性和异相两方面细微具体地描摹离别所引起的种种凄切悲哀。他写《恨赋》的道理也是如此。将"恨"、"别"之情作为描写对象，虽然早就出现在以前的辞赋作品中，然而前人往往以一篇文章叙述一己一事之情，首尾一线穿起，结构简单，如陆机《别赋》。有的作品虽然也有统一的主旨，写法上也串联了多件事情，然而，这些事情往往难以归为一类，如枚乘《七发》及其他"七体"文。这些与江淹联缀相同类别的人物事例描写世人感情的《恨赋》、《别赋》皆不一样。在辞赋写作中，另有一种情况是，作者将内涵一致的语句并列在一起，组成语群，表达相同的意思，以增加效果。这类句子多数由两句构成（这与辞赋出于整饬化需要形成大量的对句形式有关），如王粲《登楼赋》："钟仪幽而楚奏，庄舄显而越吟。"[3]少数也有两句以上的，如贾谊《鹏鸟赋》"贪夫殉财兮，烈士殉名。夸者死权兮，品庶每生"[4]，就是四句并列成文。江淹本人也有沿用这种写法的例子，如《泣赋》"若夫景公齐山，荆卿燕市，孟尝闻琴，马迁废史，少卿悼躬，夷甫伤子，皆泣绪如丝，讵能仰视"[5]。这些语群虽然也是将同类别的内容集中在一起，然而它们主要说明作者对排比修辞手法的运用。江淹写《恨赋》、《别赋》却不同，试读《恨赋》相邻的两段：

> 至如李君降北，名辱身冤。拔剑击柱，吊影惭魂。情往上郡，心留雁门。裂帛系书，誓还汉恩。朝露溘至，握手何言？
>
> 若夫明妃去时，仰天太息。紫台稍远，关山无极。摇风忽起，白日西匿。陇雁少飞，岱云寡色。望君王兮何期？终芜绝兮异域。

一写李陵，一写王昭君，皆各用十句详叙两人的不幸遭遇和悲慨憾恨，并不是用句子点一点

---

① 《江文通集汇注》卷五，第183页。

② 本文列举《恨赋》、《别赋》描写的恨、别种类是许梿的说法，见许梿评选、黎经诰笺注《六朝文絜笺注》卷一眉批，上海古籍出版社1982年版，第13—22页。

③ 李善注《文选》卷十一，第162页。

④ 据《文选》。李善注引孟康曰："每，贪也。"第199页。按：《史记》贾谊本传"每"作"冯"，司马贞《索隐》："冯亦持念之意也。"《汉书》贾谊本传所引无"兮"字。

⑤ 《江文通集汇注》卷一，第29页。按：《泣赋》中举到的例子，荆轲、孟尝君、司马迁、李陵的事情人们比较熟悉。"景公齐山"是说，齐景公游牛山，北临其国城，感慨国都之美，而自已生命有限，故纵横流涕（见《列子·力命》）。"夷甫伤子"是说，晋王衍字夷甫，丧幼子，悲不自胜（见《晋书·王衍传》。按：《世说新语·伤逝》记载此事，丧儿的人是王戎）。

就了事，而是竭力渲染，使抒情充分到位。这种写法在《恨赋》、《别赋》随处可见。其特点概括起来是，首先集中有关“恨”、“别”的同类别典实，然后对每则典实分别加以铺叙，变简单的句子排比为复杂的段落并列，变普通的事实罗列为细致的抒情描写，从而形成抒情赋的类书化和叙事化特点，特别是对文中的典实做抒情化的铺叙更是其关键手法。这是对骈文对句框架和排比句形式的拓展，写法上出现了显著变化，《恨赋》、《别赋》因此而显得结构丰富，情致充实余裕，文辞摇漾多姿，富有感染力。许梿评曰：“《恨》、《别》二赋乃文通创格。”①以上应当是“创格”的重要特点。江淹采用这种类书化的方式集中“恨、别”典实予以铺叙，在后人的创作中也可以发现其写法的余响。如杜甫著名的“三别”(《新婚别》、《垂老别》、《无家别》)实际上也是对“别”的同类题材的集中歌咏，杜甫写这组诗歌固然是取材于现实生活，然而在写法和构思方面，也未必没有受到江淹《恨赋》、《别赋》的影响，至少“三别”印证了江淹这种写法是富有艺术表现力的。

三、《别赋》写“方外别”说明什么

《别赋》写了人间多种离别的情状和哀伤。其中的一段写道：

> 傥有华阴上士，服食还仙。术既妙而犹学，道已寂而未传。守丹灶而不顾，练金鼎而方坚。驾鹤上汉，骖鸾腾天。暂游万里，少别千年。惟世间兮重别，谢主人兮依然。

它是写学道之士潜心炼丹，凝神不分，一心冀望求仙升遐，长生不死，然而当他一旦成就了道术，面临升天之际，也会面临与世人的离别情节。因为这段写的是与出世求仙者有关的离别感情，许梿将它概括为“方外别”。“惟世间兮重别，谢主人兮依然”，这两句的确切意思不易明白。李善仅注：“谢，别也。”《六臣注文选》李周翰曰：“主人之平生游处。谢，别也。依然不能无情。”②意思说，炼丹求仙者辞别时仍然为情所牵累。后来的读者一般也是这么理解的。然而求仙得道的过程就是从俗念中不断解脱的过程，只有完全解脱了世俗的各种牵系，才称得上得道。所以如果江淹一方面称这位“上士”已经得道，一方面又写他依然受到俗情牵累，显然是矛盾的。故有人提出新的解释，以为“这段写方外道士通过服食求丹修道炼身，摆脱了别离之‘俗’情”，“描述了方外之士对离别的超俗绝尘的达观态度”，而“惟世间”两句则是说，“只有世人把离别看得十分重要，辞别主人才表现出依依不舍”③。这样解读作品虽然克服了前人理解中自相矛盾的地方，然而以为“惟世间”两句是写世人不忍离别之情，与“上士”没有直接关系，“上士”与世人在文中只构成意思上的对照，这不免使此段文字前后内容互相脱节，不合文章章法，故也难有说服力。我以为，此处“主人”就是指“上士”，“世间重别”所涉直接的人员是指“上士”的家人或服侍他的下人。这两句意思是说，当“上士”得道升天之际，他周围的那些人依然未能割舍世人的感情，惜别依依。这说明，求仙者本人尽管可以随意地去追求升遐，超越离别的俗念，然而从社会的、家庭的关系着眼，他其实还是被牵系在离别的

① 《恨赋》眉批，《六朝文絜笺注》，第12页。

② 《六臣注文选》卷十六，第308页。

③ 见张可礼、张继红撰写的《别赋》鉴赏文章，该文收入黄岳州、茅宗祥主编《中华文学鉴赏宝库》，陕西人民教育出版社1995年版。

氛围之中。

我们知道《别赋》通篇描摹红尘中的凡夫俗子别离的痛苦,赋中冷不丁嵌入这样一段描写求仙者被世人"重别"情网所牵掣的文字,显得颇不寻常。

这与江淹自己的宗教信仰有关。他思想的核心价值固然是儒学,可是,他也接受佛教、道教,尤其对道教倾注了更多热情。他在《与交游论隐书》中谈到:"既信神农、服食之言,久固天竺、道士之说。守清净,炼神丹,心甚爱之;行善业,度一世,意甚美之。"①他浓郁的宗教兴趣由此可见。这一方面是濡染于时习世风,同时也与他早期"不免衣食之败"②的生活状况和失志感有密切联系。当时对于道家的炼丹术,有人深信不疑,有人则表示怀疑和否定。江淹写过一篇《丹砂可学赋》,专门否定"金不可铸"之说③,表明他对炼丹求仙十分执着。他自述在被贬吴兴期间,"与道书为偶",将道教典籍视为重要的精神寄托和支柱。所以从江淹的宗教思想来看,《别赋》中出现这段描写求仙学道者炼丹升天的内容,并非不好理解。

此外,《别赋》这段内容也与江淹受前人游仙题材的文学作品、特别是郭璞《游仙诗》的影响有关。《楚辞》有对神仙的想象,汉赋有描写仙人凭风凌云的笔墨,汉乐府有唱叹仙境的歌辞,魏晋文人涉及这一类题材就更多了。郭璞《游仙诗》将"坎壈咏怀"④与游仙题材熔为一炉,部分改变了传统游仙诗歌的内涵。李善说:"凡《游仙》之篇,皆所以滓秽尘网,锱铢缨绂,餐霞倒景,饵玉玄都。而璞之制,文多自叙,虽志狭中区,而辞无俗累,见非前识,良有以哉。"⑤这虽然是对郭璞的批评,却准确地道出了他《游仙诗》的创新特色。郭璞《游仙诗》之三:"赤松临上游,驾鸿乘紫烟。左挹浮丘袖,右拍洪崖肩。借问蜉蝣辈,宁知龟鹤年?"之五:"逸翮思拂霄,迅足羡远游。……潜颖怨青阳,陵苕哀素秋。悲来恻丹心,零泪缘缨流。"前者以学仙得道傲睨懵懂的蜉蝣之辈,后者以仙灵的高蹈轻举反衬尘俗的委琐可哀,表面是叙写游仙,实质是自叙心迹、照鉴人情。江淹延续郭璞借游仙题材表现人情的写法,在《别赋》的方外别段落中,将仙道可羡、别离可哀这两个题意撮合在一起,借以说明,求仙的成功其实又需要承受来自他人感情的某种拘迫,并非纯然是一件乐意融融的美事。求长生、伤离别都是普遍存在于世人心中的愿望和情感,江淹指出,仙道与人情各有其理,又互相冲突,难以调和,结果可能会让人难脱纠缠和折磨,这从一个侧面表现出人类愿望和情感的多样性及其复杂关系。相比之下,江淹自己先前写的《赠炼丹法和殷长史》"方验《参同契》,金灶炼神丹。顿舍心知爱,永却平生欢"⑥,爽然地肯定只要能够求仙得道,即使割欢舍爱也值得,就显得有点粗糙和简单。而与郭璞《游仙诗》流溢着的高雅情愫相比,《别赋》将方外人士及其周围人

① 江淹《与交游论隐书》,《江文通集汇注》卷九,第350页。

② 《江文通集汇注》卷九,第349页。按:《与交游论隐书》有云:"况今年已三十。"则此信写于江淹被贬吴兴之前。参见曹道衡《江淹作品写作年代考》、俞绍初《江淹年谱》(《中国古籍研究》第一卷,上海古籍出版社1996年版,第418—419页),丁福林《江淹年谱》第74页(凤凰出版社2007年版)。丁氏年谱又疑该书信也可能写于江淹二十九岁,"三十"或举成数。

③ 《江文通集汇注》卷一,第46页。

④ 钟嵘《诗品·中品》,第82页。

⑤ 李善注《文选》卷二十一,第306页。按:胡克家《文选考异》卷四:"'无'当作'兼',各本皆讹。"(李善注《文选》,中华书局1977年影印本,第911页)如此修改,文义通顺,似可从。

⑥ 《江文通集汇注》卷三,第111页。丁福林《江淹年谱》将《赠炼丹法和殷长史》诗系于二十九岁,以为也有作于三十岁之可能(见第71页)。俞绍初《江淹年谱》系此诗于三十一岁(第419页)。次年,他被贬吴兴。

的伤感也置于人类同情的范围，则又显出了更加世俗化的倾向。这是《别赋》摹写方外离别为游仙文学增加的新意义。

毋庸讳言，从以情感人的角度说，“方外别”内容与《别赋》其他各段相比，显得逊色，对读者缺少感染力，最难以引起共鸣。这是因为，一般人认为，割舍因离别而引起的伤感这一类俗情，对于追求神仙长生的人来说，是理所当然的，对于他们的家眷和下人来说，也是习以为常的，似乎没有为之做商量文章的必要，所以江淹选择方外离别来表现人类“黯然销魂”的情绪，得不到读者广泛认同也在情理之中。而且，在求仙学道与普通读者的生活和精神之间毕竟存在着一道沟壑，对于现代的读者来说，这甚至是一道不可逾越的鸿沟，这种隔阂很难让读者想象求仙者及其周围人也会产生凡人伤别的情怀，更不可能去体会他们的这种痛楚，所以江淹的同情心很难化为众多读者普遍的感受。钱钟书先生说《别赋》全篇“惟此节偏枯不称，殊为布局之疵”，认为它“似亦赋游仙而非赋别矣”[①]。这一批评恰如其分。

四、《恨赋》与“笔补缺陷”说

江淹《恨赋》的主旨是写古人“伏恨而死”。文中写到的历史人物，除秦始皇死于功成名就之后，其他人都是死于失败，秦始皇的“恨”是缘于追求长生、眷恋荣华富贵而不可得，其他人如赵王、李陵、王昭君、冯衍、嵇康的“恨”，则是缘于无法抗拒命运，无法达致成功，这是两种不同原因引起的“恨”。当然，江淹由秦始皇写到嵇康，并非是以成功、失败为脉络结构文章，而是以人物身份高低为序进行叙述，说明死亡是一种残酷的平等，是对人们愿望的剥夺和摧毁，是人类普遍的、极大的遗憾。后人多有模仿《恨赋》这一主旨写作的，如李白《拟恨赋》(他还有《拟别赋》，已佚)、李东阳《拟恨赋》、皇甫汸《恨诗》、魏裔介《广恨赋》、尤侗《反恨赋》等，表现失败者的憾恨是这些作品最普遍、最突出的主题。宋人喻良能撰写《喜赋》，寓意相反，其实也是脱胎于江淹《恨赋》。喻氏说：“昔江文通为《恨赋》，备尽古今之情致。予谓恨既有之，喜亦宜然。因拟之而作《喜赋》焉。”[②]这些拟作对江淹《恨赋》的主旨有沿袭，也有改变。其中最值得注意的是，因江淹《恨赋》而衍生出“笔补缺陷”的理想主义文学和主张。

尤侗写《反恨赋》，他想象包括屈原、荆轲、李陵、诸葛亮、文天祥在内的一系列悲剧人物最终都实现了各人未酬的壮志，历史因此而改写，贾谊、李白等人都受到帝王宠信，能够充分发挥自己的才智，王昭君得以重返汉宫，班姬终于被拜为彤史，弹指之间悲剧的历史变成了喜剧的文学。作者借此表达出这样一种心愿，希望“天地循环”，转否为泰，让天下拗心的、可恨的事，皆变成顺心的、美好的事[③]。尤侗改造了江淹《恨赋》写实主义的格调，代之以理想主义的风格，故他将自己的作品取名为《反恨赋》。

毛纶也提出了类似的希望和主张，并且对此作了更详细具体的阐述。他在评《琵琶记》卷首《总论》说：

> 凡作传奇者，类多取前人缺陷之事，而以文人之笔补之……予尝旷览古今，事之可

---

① 《管锥编》，中华书局1979年版，第1413页。

② 《香山集》卷一《喜赋·序》，文渊阁《四库全书》第1151册，台湾商务印书馆影印本，1986年版，第640页。

③ 尤侗《西堂杂俎一集》卷一，《西堂全集》，康熙刻本。

恨者正多，拟作雪恨传奇数种，总名之曰《补天石》。其一曰《汨罗江屈原还魂》，其二曰《博浪沙始皇中击》，其三曰《太子丹荡秦雪耻》，其四曰《丞相亮灭魏班师》，其五曰《邓伯道父子团圆》，其六曰《荀奉倩夫妻偕老》，其七曰《李陵重归故国》，其八曰《昭君复入汉关》，其九曰《南霁云诛杀贺兰》，其十曰《宋德昭勘问赵普》。诸如此类，皆足补古来人事之缺陷。予方蓄此意而未发，及读吾友悔庵先生所著《反恨赋》，多有先得我心者，可见天下慧心人，必不以予言为谬，异日当先出一二以呈教。[①]

他拟撰写的系列翻案传奇作品实质是一种理想主义文学，与尤侗不谋而合，很清楚，这种想法也是源自江淹《恨赋》。他用"补古来人事之缺陷"说明创作这一类文学作品的动机和目的，很恰当地道出了从江淹撰写《恨赋》到明清之际作者撰写《反恨赋》一类作品主题的因袭及改变。虽然毛纶最终并没有实现他自己的这一创作计划，"笔补缺陷"说则是一种很有意义的文学主张。

廖燕不仅从文学的角度，而且从更加广泛的人与天地自然社会的关系着眼，提出人要争做"补天地之缺陷"的"圣贤英杰"，不做坐视"缺陷"无动于衷的"废人"或"庸人"：

然天地因好奇，尝留缺陷，以待人之自效，使能出气智力，以补天地之缺陷，则其人遂可与造物同功。故古来圣贤英杰，皆补天地缺陷之人。人惟不能补缺陷之天地，遂为天地之所缺陷，非废人则庸人已耳。呜呼！天下之为废庸者多矣，可胜叹耶？……天下之不为废人庸人，则必为圣贤英杰，不特天地不得以缺陷加我，而我且可修补乎天地，将天下之事，为予之所欲为。……吾人处此缺陷世界，皆当作如是观，有何不可。[②]

他说的"缺陷"，指自然世界尤其是人生世界中存在的种种不完善和让人遗憾的事情，江淹《恨赋》所述的恨事当然也应当纳入其中，尽管两者所述侧重点有所不同，他们对人生根本的关怀精神显然是相通的。

总之，从后人"笔补缺陷"说反观江淹《恨赋》，对这篇佳作在文学史上的意义会多一份新的认识。

（作者单位：复旦大学中文系）

① 《绘风亭评第七才子书琵琶记》(《声山别集》)卷首，清雍正元年(1723)三多斋刻本。按：毛纶这段话的主要内容也见于以他为主、毛宗岗共同参与评点的毛评本《三国演义》第二十三回("弥正平裸衣骂贼　吉太医下毒遭刑")回评，见邬国平《毛纶为主、毛纶毛宗岗合评〈三国演义〉》，载《复旦学报》1992年第5期。

② 《募修清远峡路疏》，《二十七松堂集》卷六，上海远东出版社1999年版，第127页。

“选论”初探[①]

叶枫宇

“论”这一文体与中国古代文学中最常见的诗、赋一样，自有其产生、发展、变化的过程。因此，汉魏六朝之“论”不尽等同于唐宋之“论”，更与我们今天所说的议论文有一定的差距。如果我们以今天议论文的标准去衡量“选论”，就不免发现它不仅名目繁杂、分类混乱，而且编选也不尽合理。当然，这种现象的出现，原因非常复杂，其中不排除编选者不辨文体性质而随意增立名目，或单摆浮搁，不知科学归类的关系。

清人俞樾曾指出：“《文选》一书，词赋家奉为准绳，乃其体例，实多可议。如赋、诗宜以时代为次，多为标目，反或拘牵。且特立耕藉之目，而所录止潘安仁《藉田赋》一首；特立论文之目，而所录止陆士衡《文赋》一首。然则耕藉即潘赋之正名，论文乃陆赋之本义，题前立题，尤屋上架屋矣。又如风、月、雪赋，谓之物色，义既不通，而《秋兰》一赋，又非其伦，斯亦义例之未安者乎？”[②]章学诚也曾对《文选》中“符命”、“史述赞”、“诏”、“表”、“论”、“七”、“难”等文体分类提出了质疑，其中，针对“论”体分类的淆乱，章学诚批评道：“贾谊《过秦》，盖《贾子》之篇目也。因陆机《辩亡》之论，规仿《过秦》，遂援左思‘著论准《过秦》’之说，而标体为‘论’矣。魏文《典论》，盖犹桓子《新论》、王充《论衡》之以论名书耳，《论文》其篇目也。今与《六代》、《辩亡》诸篇同次于论，然则昭明《自序》所谓‘老、庄之作，管、孟之流，立意为宗，不以能文为本’，其例不收诸子篇次者，岂以有取斯文，即可裁篇题论，而改子为集乎？”[③]。俞、章二人上文为我们指出《文选》多处文体分类随意与不合理的现象，但并未深入分析原因，其中对于“论”体也是如此，而章学诚以为“选论”在编选过程中不该“改子为集”的观点也值得商榷。这正是下文所要探讨的话题。

在《文选》中，“论”被分为三大类：设论、史论、论。其中设论三篇：东方朔《答客难》、扬雄《解嘲》、班固《答宾戏》。这三篇文章之所以被单独归为一类，大概一是因为它们递相模仿：《解嘲》模仿《答客难》，《答宾戏》又模仿《答客难》与《解嘲》。二是因为它们都采用了主客对答的形式。如果因此就将这三篇文章单独列为设论一类，那正与上文中俞樾指出的《文选》的文体分类失误现象类似。况且这三篇文章以“客难”、“客嘲”、“客戏”，借题发挥，或是抒发自己怀才不遇的愤懑牢骚，或是宣扬大汉王朝的正统思想，虽然命篇为论，其

① 人们常把《文选》中的诗、赋称为“选诗”、“选赋”，本文为论述方便，依例将《文选》中的“论”称为“选论”。

② 俞樾《第一楼丛书》之九，《梦湖笔谈》六。《春在堂全书》，光绪九年重订本，第21—26页。

③ 章学诚著，仓修良编《文史通义新编》，上海古籍出版社1993年版，第28—29页。

实与赋同类。

然而,这种由于编选者的主观随意性引发的今人对于古代文体分类的疑惑,还不是我们今天理解"选论"选录、分类的主要障碍,这些主要障碍首先应当表现为文体演变过程中种种复杂的现象,包括不同时代的人对同一文体理解的差异。因此,今天如果要弄清"选论"的编选与分类,就必须对魏晋南北朝时期"论"的概念有所了解。

然而,由于魏晋南北朝时期的人们,刚开始从关注文体分类,进而发展到"文""笔"之分,文体辨析分类的工作还处于不完全成熟的阶段,即便是同时代的人,对于同一文体的认识也存在很大差异;即便是同一个人,在辨析文体时也难免自相矛盾。比如,在对"论"的认识问题上,刘勰、萧统就是如此。

关于"论"的概念,三国魏桓范《世要论·序作》、东晋李充《翰林论》、南朝梁刘勰《文心雕龙·论说》均有记述,其中以刘勰对"论"体的历史评述最为精湛:

> 圣哲彝训曰经,述经叙理曰论。论者,伦也;伦理无爽,则圣意不坠。昔仲尼微言,门人追记,故抑其经目,称为《论语》;盖群论立名,始于兹矣。自《论语》以前,经无"论"字,《六韬》二论,后人追题乎?详观论体,条流多品:陈政,则与议说合契;释经,则与传注参体;辨史,则与赞评齐行;铨文,则与叙引共纪。故议者宜言,说者说语,传者转师,注者主解,赞者明意,评者平理,序者次事,引者胤辞:八名区分,一揆宗论。论也者,弥纶群言,而研精一理者也。①

在这段话中,刘勰追溯"论"之起源、划分"论"之类别、辨别"论"与其他文体的关系,是六朝人对"论"的最为详尽的阐述。然而,刘勰关于"论"源于《论语》的说法,并不符合实际,因而遭到后世学者的质疑。蒋祖怡在《文心雕龙论丛·文心雕龙内容述评》中说:"《论语》之'论',是'论纂'之'论',不是'议论'之'论'或'辩论'之'论'。其实,论说之体,并不始于《论语》,而且《论语》中大半是记言记事,不纯粹是议论。刘氏因为'尊圣宗经',把《论语》作为论说文的始祖,这种说法显然是勉强的。"蒋祖怡的这段话分析得很有道理,众所周知,《论语》是记述孔子及其弟子言行的集子,其"论"是"论纂"之"论",集中议论成分较少,就其体制来说,被称为语录体。所以《论语》虽有"论"之名,却无"论"之实。

虽然《论语》尚不能称为"论"体,但稍后的《孟子》、《庄子》、《墨子》、《荀子》、《韩非子》诸书中的议论成分渐次增多,《庄子》中的《齐物论》、《荀子》中的《天论》直接以"论"名篇,可视为"论"的雏形。刘勰在"论"之起源与"论"之分类中虽然没有提及诸子之文与"论"体的关系,但是,在提及"论"之总体要求时又说:"论也者,弥纶群言,而研精一理者也。是以庄周《齐物》,以论为名;不韦《春秋》,六论昭列。"显然,他是承认诸子之文与"论"体的密切关系的。在《文心雕龙·诸子》中,刘勰进一步论述了诸子之文与"论"体的关系:"若夫陆贾《典语》、贾谊《新书》……杜夷《幽求》:咸叙经典,或明政术,虽标论名,归乎诸子。何者?博明万事为子,适辨一理为论,彼皆蔓延杂说,故入诸子之流。"②可见,刘勰认为广博地说明万事万物的道理的属于诸子,只辨明一种道理的是"论",这也就等于承认,诸子之文中只辨明一种道理的单篇文章,就是"论",诸子之文在某种程度上就是由一篇篇论组成的。所以清代古文

① 刘勰《文心雕龙·论说》,周振甫《文心雕龙选译》,中华书局 1980 年版,第 109—110 页。下文引用同此版本。

② 刘勰《文心雕龙·论说》,周振甫《文心雕龙选译》,第 104—105 页。

家姚鼐在《古文辞类纂序目》中也说:“论辩者,盖源于古之诸子,各以所学著书,诏后世。”这一说法是符合事实的。而章学诚认为《文选》选录《过秦论》、《辩亡论》、《典论·论文》诸篇是“改子为集”,分类混乱的观点,未必妥当。

与刘勰明确肯定诸子之文与“论”体的密切关系不同的是,萧统则在《文选序》中明确表示不选诸子之文,因为:“老庄之作,管孟之流,盖以立意为宗,不以能文为本。”[①]这样,便将我国古代“论”体的重要组成部分排除在“选论”之外了。如果说《文选》以“能文为本”作为选文标准,对于诗、赋等文学性较强的文体来说,在文学史上是一大进步的话,那么,对于思辨性要求很高的“论”这一文体而言,则未必尽然了,这常常与他自己在《文选序》中提出的“论则析理精微”的说法显得自相矛盾。况且诸子之文中不乏“能文”之作,即使限于体例篇幅不能大量入选,但个别的单篇代表作还是可以考虑的。实际上,萧统本人无意中也这样做了。比如“选论”中贾谊《过秦论》,是其论著《新书》中的第一篇,而《新书》在当时被认为是子书,刘勰《文心雕龙·诸子》中说:“若夫陆贾《典(新)语》、贾谊《新书》……杜夷《幽求》,咸(或)叙经典,或明政术,虽标‘论’名,归乎诸子。”则《过秦论》选自子书无疑。陆机《辩亡论》“纯规《过秦》”,也被选入,由此可见诸子之文与“论”体剪不断、理还乱的关系。

另外,众所周知,汉魏六朝是我国思辨哲学发展的繁盛时期,与之相应,这一时期涌现的“论”文丰富多彩,因而刘勰赞叹道:“详观兰石之《才性》、仲宣之《去伐》、叔夜之辨声、太初之《本玄(无)》、辅嗣之《两例》、平叔之二论:并师心独见,锋颖精密,盖人伦(论)之英也。”又说:“宋岱郭象,锐思于几神之区;夷甫裴頠,交辩于有无之域;并独步当时,流声后代。”[②]像这些魏晋之际最具代表性的优秀“论”文,“选论”均未选录,多少使人觉得遗憾。

释经之“论”被刘勰认为是“论家之正体”。《文心雕龙·论说》曰:“至石渠论艺,白虎讲聚,述圣通经,论家之正体也。”这显然又是刘勰尊儒思想的表现。林纾对释经之“论”解释说:“释经文、辩家法,争同异,虽名为传注之体,亦在在可出以议论。”[③]林纾的解释,可以让我们比较清楚地了解到,为什么释经之“论”也属于“论”体。萧统与刘勰一样,也是尊儒的,然而,他却说:“若夫姬公之籍,孔父之书,与日月俱悬,鬼神争奥,孝敬之准式,人伦之师友,岂可重以芟夷,加之剪裁?”很尊敬地将儒家经典排除在《文选》之外,一同被《文选》拒之门外的,当然也包括释经之“论”。

除不选经传、诸子之文外,《文选序》又说:“若贤人之美辞,忠臣之抗直,谋夫之话,辩士之端,冰释泉涌,金相玉振。所谓坐狙丘,议稷下,仲连之却秦军,食其之下齐国,留侯之发八难,曲逆之吐六奇,盖乃事美一时,语流千载,概见坟籍,旁出子史,若斯之流,又亦繁博。虽传之简牍,而事异篇章。今之所集,亦所不取。”这里,萧统不选的文章指的是史传中记载的谋臣策士的言论。从内容上看,这些文字中包含着大量的论说成分,在很大程度上,接近于刘勰所说的“陈政,则与议说合契”一类的“论”,从本质上来说,它们中的部分篇章应当属于“论”的范畴。然而,正如萧统所说,这些文字,“旁出子史”,内容繁博,“事异篇章”,萧统不选也自有他的理由。

---

① 萧统《文选》,李善注,上海古籍出版社 1986 年版,第 2 页。下文引用同此版本。

② 刘勰《文心雕龙·论说》,周振甫《文心雕龙选译》,第 110—112 页。

③ 林纾《春觉斋论文·流别论》(八),转引自詹锳《文心雕龙义证》(中),上海古籍出版社 1989 年版,第 669 页。下文所引,同此版本。

“铨文”是《文心雕龙》中指出的“论”的又一大功能，但刘勰所谓的铨文之“论”，主要指的是序、引。序，如《书序》、《诗序》、《序卜》及班固的《两都赋序》、皇甫谧《三都赋序》等，指的是文前序言，“引”则是如“序”而少简[1]。但刘勰并未就此“选文以定篇”，大概是因为没有发现合适的篇目。“选论”中曹丕的《典论·论文》是魏晋时期的一篇文学批评专论，然而《典论·论文》与刘勰所说的铨文之“论”却不大相同，它从文学批评的态度、作家的个性与作品的风格，论述到文体四科互相区别的特点，并将文学的价值提高到“经国之大业，不朽之盛事”的地位，鼓励文人们积极从事文学创作。如果以《文心雕龙·论说》中所说：“原夫论之为体，辨正然否；穷于有数，追（究）于无形，迹（钻）坚求通，钩深取极。”以及“义贵圆通，辞忌枝碎”的要求来衡量，《典论·论文》更算得上是一篇铨文之“论”。萧统将《典论·论文》编入“选论”，无疑是有眼光的。

《文选》中另有两篇论文之作：一篇是陆机的《文赋》，一篇是沈约的《宋书·谢灵运传论》。《文赋》是一篇文学创作论，文中主要讨论了文学创作的构思、结构、剪裁、文体、风格、语言等问题。《文赋》虽然也是论文的，但陆机在论及文学创作时，采用的是描绘、铺陈的笔法，是以赋论文，所以萧统将其编入“选赋”是合理的。

《宋书·谢灵运传论》主要包括两方面的内容：一是概述了从远古到刘宋时期文学发展的历史，二是在这段文学史中阐述了自己的独门秘籍——声律论。这篇文章既是在论文，同时又是一篇文学发展简史。将声律论安插进这段文学简史，虽然不免自得之嫌，但谁又能否认，沈约正是通过对历史的审视，超前意识到了“声律论”在文学发展中的历史价值呢？这篇文章本出自《宋书》，萧统将其纳入“史论”是非常恰当的。

从《文赋》和《谢灵运传论》中，我们看到了古代文体互相渗透的情形，这一方面显示了古代文体分类的复杂性，同时也显示了它内涵的丰富性。

至于辨史之“论”，“选论”中特设“史论”类，选录了班固的《公孙弘传赞》；干宝的《晋纪·论晋武帝革命》、《晋纪总论》；范晔《后汉书·皇后纪纶》、《后汉书·二十八将传论》、《宦者传论》、《逸民传论》；沈约《宋书·谢灵运传论》、《恩倖传论》。这些文章的共同特征，首先是史书的一部分，附录在史传之后，点评历史人物、事件；其次，符合萧统“事出于沉思，义归乎翰藻”的要求。比如，范晔的《逸民传论》写道：

> 《易》称“遁之时义大矣哉！”又曰：“不事王侯，高尚其事。”是以尧称则天，不屈颍阳之高；武尽美矣，终全孤竹之洁。自兹以降，风流弥繁，长往之轨未殊，而感致之数匪一。或隐居以求其志；或曲避以全其道；或静己以镇其躁；或去危以图其安；或垢俗以动其概；或疵物以激其清。然观其甘心畎亩之中，憔悴江湖之上，岂必亲鱼鸟乐林草哉？亦云性分所至而已。故蒙耻之宾，屡黜不去其国；蹈海之节，千乘莫移其情；适使矫易去就，则不能相为矣。彼虽硁硁有沽名者，然而蝉蜕嚣埃之中，自致寰区之外，异夫饰智巧以逐浮利者乎！荀卿有言曰：“志意修则骄富贵，道义重则轻王公也。”[2]

范晔虽耻作文士，但对其史传中的辞采，却是相当自负。他在给侄子的信中说：“至于《循吏》以下，及《六夷》诸序论，笔势纵放，实天下之奇作。其中合者，往往不减《过秦篇》，尝共比方

---

① 詹锳《文心雕龙义证》(中)；第670—671页。
② 萧统《文选·史论》(下)，第2212页。

班氏所作，非但不愧之而已。"[1]上文中，作者对于隐逸的意义，反复申论，摇曳多姿，行文落墨，笔势放纵。《过秦论》虽然也是精心构思的文字，但仍然有先秦诸子遗风：以立意为宗，不以能文为本，气势自然不造作。范晔"职在写史，却属意于文，所以遣词造句，大有作意"[2]。这是时代风气使然，却也恰好迎合了萧统的选文标准。

干宝的《晋纪总论》更是旁征博引，在叙述西晋王朝的历史过程中，总结历代君主所以兴邦、所以亡国的教训，见解深刻，感情沉痛激越。在评述西晋由盛转衰时，干宝写道：

> 武皇既崩，山陵未干，杨骏被诛，母后废黜，朝士旧臣，夷灭者数十族。寻以二公楚王之变，宗子无维城之助，而阏伯、实沈之郄岁构；师尹无具瞻之贵，而颠坠戮辱之祸日有。至乃易天子以太上之号，而有免官之谣，民不见德，唯乱是闻，朝为伊周，夕为桀跖，善恶陷于成败，毁誉胁于势利。于是轻薄干纪之士，役奸智以投之，如夜虫之赴火。内外混淆，庶官失才，名实反错，天网解纽。国政迭移于乱人，禁兵外散于四方，方岳无钧石之镇，关门无结草之固。李辰石冰，倾之于荆扬，刘渊王弥，挠之于青冀，二十余年而河洛为墟。戎羯称制，二帝失尊，山陵无所。何哉？树立失权，托付非才，四维不张，而苟且之政多也。
>
> 夫作法于治，其弊犹乱；作法于乱，谁能救之？故于时天下非暂弱也，军旅非无素也。彼刘渊者，离石之将兵都尉；王弥者，青州之散吏也。盖皆弓马之士，驱走之人，凡庸之才，非有吴先主、诸葛孔明之能也。新起之寇，乌合之众，非吴蜀之敌也。脱耒为兵，裂裳为旗，非战国之器也。自下逆上，非邻国之势也。然成败异效，扰天下如驱群羊，举二都如拾遗。将相侯王连头受戮，乞为奴仆而犹不获。后嫔妃主，虏辱于戎卒，岂不哀哉！[3]

这段文字，总结西晋败亡的教训，可谓针针见血，描述西晋亡国的惨状，声泪俱下。从文中的遣词造句中，可以看出模仿《过秦论》的痕迹，但其"师心独见，锋颖紧密"处也随处可见，是一篇事理、情文并茂的史论。

通过以上比较我们可以发现，《文心雕龙》与《文选》中对于"论"的认识存在较大差距：《文心雕龙》侧重于"论"的思辩性，看重释经之"论"与诸子之文；《文选》侧重于"论"的文学性，不选释经之"论"与诸子之文；《文心雕龙》中的铨文之"论"，限于序、引，《文选》则还包括像《典论·论文》这样，对文学创作和文学批评的各个方面进行综合论述的文章。对于辨史之"论"，双方观点基本相同，而《文选》更注重那些事理、情文并茂的史论。正因为标准不同，"选论"与《文心雕龙》中"选文以定篇"的篇目重合的仅有三篇，与其他文体相比，这一数字再次显示出双方在"论"这一文体上，观点存在着较大差异。

另外，《文选》中实际上还存在着一些虽无"论"之名，却有"论"之实的文章。如表、上书、书、弹事中的一些文章。《文选》李善注曰："(表)总有四品：一曰章，谢恩曰章；二曰表，陈事曰表；三曰奏，劾验政事曰奏；四曰驳，推覆平论，有异事进之曰驳。六国及秦、汉兼谓之上

---

① 范晔《狱中与诸甥侄书》，《宋书·范晔传》，中华书局1974年版，第1830—1831页。

② 郭预衡《中国散文史》(上)，上海古籍出版社1986年版，第559页。

③ 萧统《文选·史论》(上)，李善注，第2175页。

书,行此五事。至汉魏已来,都曰表。进之天子称表,进之诸侯称上疏。"[1]通过仔细分析,首先我们可以看出,上文中提及的"表"之三、四品,显然不可避免地具有大量论说成分;其次,表在"六国及秦、汉兼谓之上书"。考察《文选》中的"上书",我们发现其中李斯《上秦始皇书》(即《谏逐客书》),邹阳《上书吴王》、《狱中上书自明》、《上书重谏吴王》,江淹《诣建平王上书》都是典型的议论文。《文选》中的"书",选录的都是书信。写信的双方传递信息,交流思想,内容涉及广泛,其中也会包括议论文字,比如杨恽的《报孙会宗书》、朱浮的《为幽州牧与彭宠书》、孙楚的《为石仲容与孙皓书》。至于"弹事",作用相当于表之四品之一——奏,对违反朝廷法令制度的臣民进行弹劾,也应属于议论文的范畴。如任昉的《奏弹曹景宗》、《奏弹刘整》,沈约的《奏弹王源》均属此类。

这些包含大量论说成分的文章,没有被划分到"论"体中,有文体名称时代变迁的原因,如表在六国及秦汉之际被称为"上书";有文体之间功能互相渗透方面的原因,如表兼有章、表、奏、驳四种文体的功能;有封建时代等级森严、尊卑有序的原因,如写给皇帝的书信称为上书或上疏、写给太子和大臣的称为笺、写给太子诸王的称为启,而上书、启等的作用与表奏无异;也有文体功能不断细化形成新的分支的原因,如,"弹事"实质上只是"奏议"的一种类型。

这就要求我们在研究"选论"时,还要兼顾这些无名有实的"论"。

"选论"中让人感到疑惑的,除了分类问题,便是编选问题了。对于《文选序》中有关"论"的文字,我们往往只注意到"论则析理精微"一句,往往忽视了"论"还必须与其他文体一起,"譬陶匏异器,并为入耳之娱;黼黻不同,俱为悦目之玩"。所谓的"入耳""悦目"与下文的"事出于沉思,义归乎翰藻"合并起来,说明萧统对于"选论"的要求可谓多样:既能析理精微,又能抒情言志,还能赏玩娱乐。这样,我们就能明白,为什么"选论"中会选入"不根持论"的东方朔的《答客难》、《非有先生论》了。王褒《四子讲德论》就内容特征上讲,歌功颂德,接近于"颂",并无精彩之处;就文体上讲,与东方朔的文章一样接近于"赋"。一般说来,赋中二人对答、三人对答的形式较多,而四人对答的形式则少见,这使《四子讲德论》显得形式新颖活泼,像一幕对白精彩的戏剧段子。从《文选序》的选文标准来看,这或许也是它成功入选的原因。章学诚《文史通义・诗教》说:"《过秦》、《王命》、《六代》、《辩亡》诸论,抑扬往复,诗人讽喻之旨……旷世而相感,不知悲喜之何从,文人情深于《诗》、《骚》,古今一也。"由此,又可知贾谊、班固、曹冏、陆机等人的作品得以入选的原因,并不仅限于"析理精微",讽喻之旨、悲喜之情,强烈的感染力也是这些文章得以入选的加分条件,仅凭"析理精微"一项条件,难以入选。这应该也就是魏晋玄学家之"论"没有进入《文选》的原因吧。

模拟之风盛行是"选论"中的突出现象。《文选》"设论"仅有的三篇文章中,东方朔《答客难》是原创,扬雄模拟《答客难》写成《解嘲》,班固《答宾戏》又是对《答客难》、《解嘲》的模拟之作。陆机《辩亡论》、曹冏《六代论》、干宝《晋纪总论》模拟贾谊《过秦论》。李康的《运命论》模拟王充《论衡》中的《命录》、《命意》篇[2]。刘峻《辩命论》也曾受到王充与李康的

---

① 萧统《文选・表》(上),李善注,第1667页。

② 刘勰《文心雕龙・论说》:"至如李康《运命》,同《论衡》而过之。"《文心雕龙选译》,第111页。

影响[①]，他的《广绝交论》又是对朱穆《绝交论》作进一步阐述写成的。至于史论中，类似模拟的情况很少见。因为史论附于正史传后，因为传主各不相同，评论是非得失、褒贬人物的内容与写法自然较少雷同。

模拟之风在汉魏六朝的文学创作中极为盛行，文士们对于名篇，不惮因袭，比如屈宋之后之有“九”，枚乘之后之有“七”。从刘勰的观点来看，“论”这种文体应当努力做到“师心独见，锋颖精密”，而不可“多抽前绪”的。我们该如何看待“选论”中的模拟现象呢？实际上，模拟是文士们最常见的练习创作技巧，在创作中不断推陈出新的手段，同时，又是摧残文学创作活力的利刃。考察“选论”中的模拟之作，大都超出原作，至少，在当时人看来，也是形成了自己的风格特点的。比如东方朔《答客难》是借“客难”以抒发自己“怀才不遇”的愤懑的。扬雄《解嘲》主旨与东方朔大体一致，但在答客的具体内容上，分析得更为深入：“士无常君，国无定臣，得士者富，失士者贫。”这是战国的情况；而“县令不请士，郡守不迎师，群卿不揖客，将相不俯眉，言奇者见怪，行殊者得辟”则是西汉后期士之不遇的政治环境的具体写照。比起东方朔对“客难”的所谓“彼一时也，此一时也”的回答，显得更为发人深思。班固的《答宾戏》虽然在形式上是模拟《答客难》、《解嘲》的，实质上，文中已经没有了前两人的牢骚与不平。班固认为，在回答“客难”、“客嘲”这类问题时，应当折之以“正道”。所谓“正道”就是《答宾戏》中描述的：

> 方今大汉洒扫群秽，夷险芟荒，廓帝纮，恢皇纲，基隆于羲农，规广于黄唐。其君天下也，炎之如日，威之如神，函之如海，养之如春，是以六合之内，莫不同源共流，沐浴玄德，禀仰太和，枝附叶著，譬犹草木之植山林，鸟鱼之毓川泽，得气者蕃滋，失时者零落。参天地而施化，岂云人事之厚薄哉？[②]

可见，班固的“正道”就是要讲大汉之德。大汉之德是参天地而化育万物的，它不仅超过战国，甚至超过了“羲农”和“黄唐”。在这样的圣德统治下，人们就只应如同天地间的草木鱼鸟，或“得气”或“失时”；或“蕃滋”，或零落，但凭自然，不可抱怨。只应歌颂大汉圣德，不应向往战国。可见，班固的《答宾戏》典型地代表了东汉初年大汉王朝的正统思想。因而扬雄、班固的模拟之作，并非是屋下架屋的陈腐之作。与《解嘲》、《答宾戏》类似的模拟之作，梁代以前尚有崔骃的《达旨》、张衡的《应闲》、蔡邕的《释海》、郭璞的《客傲》等。也许正是这类作品模仿者众多，萧统才在文体分类时，特意分出“设论”一类的吧？

陆机的《辩亡论》因在形式上亦步亦趋地模拟贾谊《过秦论》，历来受人诟病，其中以范文澜的批评最为具体而严厉：

> 此论纯规《过秦》。《过秦》首责子婴，此则致讥归命；《过秦》言形势之不足恃，此则言险阻不能独凭；《过秦》叹子婴不能救败，此则言归命不善守成：此用意之相拟也。“吴武烈皇帝慷慨下国”以下，笔致拟“秦孝公据崤汉之固”以下；“彼二君子”以下，句法拟“此四君者”以下。《过秦》叙六国人物，此亦累叙吴朝人物。《过秦》有“尝以十倍之地”

① 刘峻《辩命论》中有：“仲任（王充）蔽其源，子长阐其惑。”又有“言治乱在天，故曰论其本。”李善注曰：“李萧远作《运命论》，言治乱在天，故曰论其本。”萧统《文选·论（四）》，李善注，第2345页。

② 萧统《文选·设论》，李善注，第2018—2019页。

以下一节，此有"魏氏尝藉战胜之威"以下一节；《过秦》有"且夫天下非小弱也"以下一节，此亦有"夫曹刘之将"以下一节；《过秦》有"故先王见始终之变"一节，此亦有"是故先王达经国之长规"以下一节：此句读之相拟也……士衡此篇，拟贾虽肖，究嫌碌碌，文有冗繁，故不复录。①

即便如此，《辩亡论》也自有其特点：首先，在《过秦论》的诸多仿作中，陆机的《辩亡论》无疑是少数模拟得比较成功的作品之一。骆鸿凯《文选学》说："《过秦》三篇为论文之宗，覆焘无穷。文士著论则效最工者，有士衡《辩亡》，与曹冏《六代论》、干宝《晋纪总论》诸篇。"②其次，由于时代差异，"《辩亡》机局全学《过秦》，而风格不类"，风格不类，一是表现在感情基调的不同上，贾谊《过秦论》站在胜利者的立场上，指点前朝得失，总结兴亡教训，文章气势充沛，感情激荡，抒发的是政治家面对历史兴亡的感慨；陆机《辩亡论》则是站在与孙吴王朝荣辱与共的陆氏子孙的立场上，《晋书·陆机传》说："（陆机）以孙氏在吴，而祖父世为将相，大有功于江表；深慨孙皓举而弃之，乃论权所以得，皓所以亡。又欲述其祖父功业，遂作《辩亡论》二篇。"陆机的创作动机来得显然比贾谊复杂，《辩亡论》抒发的更多的是家国兴亡的沉痛之情和对祖、父的敬仰之情。二是在文风上，《过秦论》尽管采用了大量对偶句式与铺陈排比的写法，但仍然以立意为宗，不以能文为本，因而气势滔滔奔涌，挥洒飞动；而陆机或许是因为自己就是东吴兴亡的历史见证者，或许为文才所累，遣词造句，大有作意，文中事无巨细，一一铺排罗列，风格既整饬华丽，又不免让人觉得板滞繁冗。"陆机《辩亡》，效《过秦》而不及，然亦其美矣"③。刘勰对陆机的这句评价当是公允的。

至于"选论"中的其他几篇模拟之作，从它们所拟原作早已很少为人所知，大概即可证明仿作的成功了。

另外，总览"选论"，我们会发现：汉魏之"论"，多为陈政、辨史之"论"，涉及的多为重大的政治历史问题，即便是曹丕的《典论·论文》也是将文提高到"经国之大业，不朽之盛事"的高度加以论述；韦昭《博弈论》则是将博弈这种"小道"与国家的治乱兴亡联系起来进行阐述的。而魏晋以后，事关个人问题的论题逐渐增多，如嵇康的《养身论》是讨论人是否能通过"导养得理"，达到"上获千余岁，下可数百年"的长寿的。李康的《运命论》、刘峻的《辩命论》，都是借论述自古士人穷达决定于天命，抒发自己怀才不遇的愤懑之情的。刘峻的《广绝交论》是讨论世人在交友问题上的种种社会丑态的，这些论题均无关政史。至于陆机的《辩亡论》二篇，虽然是论述国家兴亡的，但由于陆机家族与孙吴政权的特殊关系，使得这篇"论"带有作者浓郁的个人感情。"选论"中出现的这种现象，与魏晋时期文学创作的总体倾向是同步的。

总之，要理解"选论"的编选，必须考虑的问题是多方面的，但有三个问题不可忽略：首先，由于刘勰与萧统对于"论"的认识各有侧重，因此，我们对于汉魏六朝的"论"要有一个比较全面的认识，就必须对二者的观点兼蓄并收。其次，"选论"让我们感到分类混乱，原因是复杂的，弄清历代文体的沿革变化和文体之间的互相渗透关系、了解由于古代典章制度规定

① 范文澜《文心雕龙注》，转引自詹锳《文心雕龙义证》（中），第668—669页。

② 骆鸿凯《文选学》，转引自詹锳《文心雕龙义证》（中），第689页。

③ 刘勰《文心雕龙·论说》，周振甫《文心雕龙选译》，第111页。

所形成的那些名目繁多的文体，或许会帮助我们澄清其中的一些疑惑。再次，必须了解当时的文学风尚，只有这样，才能让我们回到当时的情境中，才不会以今天议论文的要求苛求古人，才能体会到“选论”的丰富与美妙。

（作者单位：福建师范大学文学院）

刘勰《文心雕龙》中的奏议文体论

孟庆阳

奏议是我国古代大臣向皇帝上奏文书的统称，而在不同的时代，名称亦多有不同，到了清代桐城派古文家姚鼐编撰《古文辞类纂》，对此类上行公文进行了归纳，将战国以后的上书、表、奏疏、封事、议、对、札子，并附时务策、对策等都归入奏议类。其《〈古文辞类纂〉序目》云："奏议类者，盖唐、虞、三代圣贤陈说其君之辞，《尚书》具之矣。周衰，列国臣子为国谋者，谊忠而辞美，皆本谟、诰之遗，学者多诵之。其载《春秋》内、外传者不录，录自战国以下。汉以来有表、奏、疏、议、上书、封事之异名，其实一类，唯对策虽亦臣下告君之辞，而其体少别，故置之下编。两苏应制举时所进时务策，又以附对策之后。"[①]在此，姚鼐把历代的"圣贤陈说其君之辞"进行了归纳，统称之为"奏议"类，这种归纳总结，抓住了文体的内在本质，对之前文体分类驳杂的状况有所改观，具有较强的说服力。《文心雕龙》涉及到"奏议"类文体的有三篇，分别为"章表"篇、"奏启"篇以及"议对"篇。

奏议因其文体特点，成为古代社会最为常见的应用文体之一。但是，现代的研究者往往以当下的文学观念来看待古代文学史上出现的现象，认为奏议是一种实用性的文体，文学性不强，对这种文体的研究有所忽略，重视度不够。但是随着对古代文学研究整体上的深入推进和研究视角的扩大，一些研究者已经意识到"纯文学"观念在研究中国古代文学中的弊端，开始反省研究过程中出现的偏颇不合理之处。比如褚斌杰先生《中国古代文体概论》、陈必祥先生《古代散文文体概论》，都在各自的著作中论述了奏议类文体的特点。而要对奏议类文体有比较全面的认识掌握，刘勰《文心雕龙》这部"体大虑周"的文论著作中关于奏议文体的论述无疑给我们提供了诸多启示借鉴的作用。"而《文心雕龙》在文体论方面最大的贡献，还在于它为文体论开创了一个周详的体例，这就是它在每论述一种文体时，都遵循着'原始以表末，释名以章义，选文以定篇，敷理以举统'。……《文心雕龙》论文体的各篇内容，大体上就是由以上四项构成的"[②]。相关奏议文体的"原始以表末，释名以章义"的部分，已有学者对此进行了论述[③]，在此笔者不再赘述。重点对其"选文以定篇，敷理以举统"部分，进行分析论述，以期能够使人们加深对奏议类文体的认识，推动相关研究走向深入，囿于笔者的水平，不当之处，肯望方家予以批评指正。

---

① 姚鼐《〈古文辞类纂〉序目》，见《正续古文辞类纂》，浙江古籍出版社 1998 年版，第 5 页。

② 褚斌杰《中国古代文体概论》，北京大学出版社 2003 年版，第 27 页。

③ 相关论述见王启才先生的《先秦奏议探寻》(《档案学研究》2005 年第 3 期)，《奏议渊源略论》(《文学遗产》2006 年第 6 期)；吴承学先生的《奏议类文体》(《古典文学知识》2008 年第 4 期)等相关论文。

一、"选文以定篇"——《文心雕龙》所选奏议作家作品概观

什么是"选文以定篇"呢？那就是在每一种文体中挑出有代表性的名家名作，加以论列评述[①]。我们说，选文体现了作者一定的观念主张，在选的过程中，需要对大量的文本做出甄别，对文本的优良拙劣有着清醒的把握。下面我们分别对这几篇中作者所录的作家作品予以梳理。《文心雕龙·章表》篇曰：

> 前汉表谢，遗篇寡存。及后汉察举，必试章奏。左雄奏议，台阁为式；胡广章奏，天下第一：并当时之杰笔也。观伯始谒陵之章，足见其典文之美焉。昔晋文受册，三辞从命，是以汉末让表，以三为断。曹公称为表不必三让，又勿得浮华。所以魏初表章，指事造实，求其靡丽，则未足美矣。至于文举之荐祢衡，气扬采飞；孔明之辞后主，志尽文畅：虽华实异旨，并表之英也。林瑀章表，有誉当时；孔璋称健，则其标也。陈思之表，独冠群才；观其体赡而律调，辞清而志显，应物制巧，随变生趣，执辔有余，故能缓急应节矣。逮晋初笔札，则张华为俊；其三让公封，理周辞要，引义比事，必得其偶，世珍鷦鹩，莫顾章表。及羊公之辞开府，有誉于前谈；庾公之让中书，信美于往载：序志联类，有文雅焉。刘琨劝进，张骏自序，文致耿介，并陈事之美表也。[②]

在此《章表》篇中，刘勰列举了自汉代至晋代写作章表的代表作家及其代表作品，从列举的作家来看，汉代作家涉及到左雄、胡广两位；三国时期的章表作家，涉及到曹操、孔融、诸葛亮、陈琳、阮瑀、曹植，共六位；两晋（包括西晋东晋）列举了五位代表作家，分别是张华、羊祜、庾亮、刘琨、张骏。从列举的作品来看，篇名虽为《章表》篇，但是主要列举的为表，而且这些表的作用各不相同，有举荐类的，如孔融的《荐祢衡表》；有辞让类的，如庾亮的《让中书令表》；有劝进的，如刘琨的《劝进表》，表的这些不同用途，正如其所言"表体多包"。

此段文字更为重要的是，其对作品进行了评述，指出了它们在写作风格上的特点，如评《荐祢衡表》为"气扬采飞"，《出师表》为"志尽文畅"，《让中书令表》为"有文雅"，虽然评语各不相同，但是实际上都体现出了作者对表文写作上的认识要求，这对人们把握表文的行文风格特色是有一定的启发意义的，即一篇优秀的表文，其阅读对象虽然是至高无上的君王，但在重点考虑其实用性要求的同时，不应忽视对行文风格特色的追求，因为千篇一律，没有个性特点的文章是不能够打动人心的，更不要说让君王接受采纳提出的意见建议。从对这些作品的评价上来看，刘勰最推崇的是曹植的章表，对其给予了极高的评价："观其体赡而律调，辞清而志显，应物制巧，随变生趣，执辔有余，故能缓急应节矣。"在这里，刘勰给出了曹植的表"独冠群才"的几个理由：一是"体赡而律调"，二是"辞清而志显"，三是"应物制巧，随变生趣"。关于此三点，现代学者周振甫先生在《文心雕龙注释》中云："'志显'所以'辞清'；志显辞清所以'体赡'，这就是表文所要求的详尽明显，近似诸葛亮的'志尽文畅'。'志尽'有实，'应物制巧'有华，是'华实相胜'，所以称他为'独冠群才'。"[③]这里，周先生从"华实相胜"

---

① 褚斌杰《中国古代文体概论》，北京大学出版社2003年版，第27页。

② 刘勰著，范文澜注《文心雕龙注》，人民文学出版社1998年版，第407页。下文引用此版本者，仅列篇目及页码。

③ 周振甫《文心雕龙注释》，人民文学出版社1981年版，第250页。

的角度分析了刘勰推崇曹植表文的原因。通俗一点说，即是曹植的表文体制结构宏富而声韵和谐，由于表达情志的明白显豁，所以运用的文辞清新晓畅，能够依据事物的情形，适时恰当地运用文字构思巧妙的篇章。

由上，我们可以看出，刘勰除了对“魏初表章，指事造实，求其靡丽，则未足美矣”表示了批评之外，对其他的表文都给予了很高的评价，虽然这些评价有的未必恰当，但毫无疑问，刘勰对于章表作家作品的评价为我们揭示章表的发展脉络及风格特点具有重要的参考意义，值得关注。

《章表》篇中，刘勰对章表并而论之，为我们了解奏议中的“章表”类提供了丰富的材料和诸多观点上的启发。而在《奏启》中，作者分而论之，先论述“奏”，后论述“启”，只是作者在论述“启”的过程中，并没有“选文以定篇”。因此，下面笔者在分析的时候，主要列举关于“奏”的相关内容并进行分析。先看《文心雕龙·奏启》其中的一段：

> 秦始立奏，而法家少文。观王绾之奏勋德，辞质而义近；李斯之奏骊山，事略而意诬：政无膏润，形于篇章矣。自汉以来，奏事或称上书，儒雅继踵，殊采可观。若夫贾谊之务农，晁错之兵事，匡衡之定郊，王吉之劝礼，温舒之缓狱，谷永之谏仙，理既切至，辞亦通畅，可谓识大体矣。后汉群贤，嘉言罔伏，杨秉耿介于灾异，陈蕃愤懑于尺一，骨鲠得焉；张衡指摘于史职，蔡邕铨列于朝仪，博雅明焉。魏代名臣，文理迭兴，若高堂天文，黄观教学，王朗节省，甄毅考课，亦尽节而治矣。晋氏多难，灾屯流移，刘颂殷勤于时务，温峤恳恻于费役，并体国之忠规矣。[1]

作者依时代顺序，列举了自秦讫晋的相关写作奏文的作家及作品，指出了他们各自创作的特色，这些对于理解“奏”类文种及当时的创作情况有着重要的参考价值。

秦代建立了大一统的中央集权制国家，结束了诸侯割据纷争的局面，但是，国家的统一，并没有带来文学创作的繁荣，由于推行极端的文化专制政策，焚书坑儒，钳制了社会的正常发展，相关的作品创作亦跌入低谷，奏文的写作不能不受到时代文化氛围的影响，正如刘勰文中所说“秦始立奏，而法家少文。……政无膏润，形于篇章矣”，政治上的刻薄寡恩，在作品创作上表现为文章文采的缺乏。众所周知，鲁迅先生在《汉文学史纲要》中说：“秦之文章，李斯一人而已。”[2]高度评价了李斯文章在秦代文学中的突出贡献，而毫无疑问，《谏逐客书》乃是李斯文章中最为杰出的代表性作品。这里刘勰列举了王绾的奏勋德以及李斯的奏骊山，应当说此两篇文章所取得的成就是比不上《谏逐客书》的，说明作者在“选文以定篇”方面具有一定的局限性。

对于汉代的奏文作家及作品，刘勰甚是推崇，这里列举了西汉时期的贾谊、晁错、匡衡、王吉、路温舒、谷永和东汉时期的杨秉、陈蕃、张衡、蔡邕共十位奏文作家及他们的作品，从中可以看出，奏文所涵盖的内容相当广泛，涉及到社会政治生活的各个方面，尽管这些奏文所论述的问题有所差异，但是“儒雅继踵，殊采可观”，都取得了一定的成就。作者对他们作品的评价为“理既切至，辞亦通畅，可谓识大体矣”，“骨鲠得焉”，“博雅明焉”。在这里，其实作者为我们勾勒了汉初至汉末奏文的不同风格特点。汉初贾谊、晁错行文风格意气慷慨、纵横

---

① 《文心雕龙·奏启》，第422页。

② 鲁迅《汉文学史纲要》，上海古籍出版社2005年版，第29页。

驰骋、酣畅淋漓，留有战国策士遗风；继之儒学兴盛，受经学浸润，行文的风格转变为温厚深醇、雍容和缓，代表人物是匡衡、王吉、路温舒、谷永等饱学经学之士。到了东汉，有些奏文继承了西汉后期奏文依经立义，舒缓博雅的风格；有些奏文却随时代政治的变化，激愤昂扬，抒发了作者对现实政治的愤懑不满之情，风格大多坦荡率直、刚健峻切，如刘勰所言"骨鲠得焉"。

三国时期的奏文，刘勰列举了"高堂天文，黄观教学，王朗节省，甄毅考课"，天文、教学、节省、考课这些内容在现实生活中具有一定的作用，但是三国处于分裂割据的时代，征战不断，作者在选录奏文的时候，没有关注影响战争局势的相关奏文，这些选文在反映时代特色方面，其不足之处是显而易见的。

晋代的奏文，刘勰在这里只列举了两位作家：刘颂和温峤。而这两位作家的奏文取得的成就一般，并无突出特点，因此不再进行论述。

刘勰在论述"奏"的过程中，还有一段话涉及到"选文以定篇"方面的内容："观孔光之奏董贤，则实其奸回；路粹之奏孔融，则诬其衅恶：名儒之与险士，固殊心焉。若夫傅咸劲直，而按辞坚深；刘隗切正，而劾文阔略：各其志也。"这段文字主要讲的是按劾之奏，不同的作家由于各自身份或者情志的不同，所作的弹奏之文亦不同，孔光之奏与路粹之奏有"名儒"与"险士"的区别，所以在为文上一个"实其奸回"，一个"诬其衅恶"；而傅咸与刘隗的情志不同，所作弹奏之文的风格亦不同。

最后，我们来看一下《议对》[①]篇中"选文以定篇"的部分：

> 迄至有汉，始立驳议。驳者，杂也；杂议不纯，故曰驳也。自两汉文明，楷式昭备，蔼蔼多士，发言盈庭：若贾谊之遍代诸生，可谓捷于议也。至如主父之驳挟弓，安国之辨匈奴；贾捐之之陈于珠崖，刘歆之辨于祖宗：虽质文不同，得事要矣。若乃张敏之断轻侮，郭躬之议擅诛，程晓之驳校事，司马芝之议货钱；何曾蠲出女之科，秦秀定贾充之谥：事实允当，可谓达议体矣。汉世善驳，则应劭为首；晋代能议，则傅咸为宗。然仲瑗博古，而铨贯有叙；长虞识治，而属辞枝繁。及陆机断议，亦有锋颖，而谀辞弗剪，颇累文骨：亦各有美，风格存焉。[②]

在这里，刘勰为我们列举出了不同议文作家及他们的代表作，并进行了评述。从所列举的议文作品来看，大多是关乎国家政治生活中的一些礼仪制度及相关行为规范方面的内容，如"主父之驳挟弓"，"刘歆之辨于祖宗"，"何曾蠲出女之科，秦秀定贾充之谥"等，这些虽然说不上意义重大，却经常发生于当时的政治生活中，刘勰选录这些作家作品有一定的道理。在此段文字中，刘勰还对"属辞枝繁"、"谀辞弗剪"的文风进行了批评，也就是说，此类作品的创作应该注意文辞的运用，不应过分追求文采的华丽，以防止"累文骨"，使作品失去应有的骨力。

关于对策和射策，《文心雕龙·议对》云：

> 汉文中年，始举贤良，晁错对策，蔚为举首。及孝武益明，旁求俊乂。对策者以第一

---

① 《议对》中的"对"，包括对策和射策。其云："对策者：应诏而陈政也；射策者：探事而献说也：言中理准，譬射侯中的，二名虽殊，即议之别体也。"刘勰把它们看作是"议"的别体，在此，笔者把它们归入奏议类，特此说明。

② 《文心雕龙·议对》，第 437—438 页。

> 登庸，射策者以甲科入仕，斯固选贤要术也。观晁氏之对，证验古今，辞裁以辨，事通而赡；超升高第，信有征矣。仲舒之对，祖述《春秋》，本阴阳之化，究列代之变，烦而不恩者，事理明也。公孙之对，简而未博，然总要以约文，事切而情举，所以太常居下，而天子擢上也。杜钦之对，略而指事，辞以治宣，不为文作。及后汉鲁丕，辞气质素，以儒雅中策，独入高第。凡此五家，并前代之明范也。①

作者列举了五位可以作为“明范”的作家，并对他们各自的行文特点进行了评论。“策”作为人才选拔的方式，与奏议文体中的其他几类有所不同，虽然它的内容也是议论政务，但是它关系到自己的政治命运和前途，所以在“对”的过程中，作者要表现出超出一般人的识见，这样才能“独入高第”，实现政治上的抱负。而刘勰所选的这几位作家，是具有一定代表性的，如吴承学先生说：“从文体史的角度看，汉文帝亲自制作的策问与晁错的答问两者是中国古代策问与对策文体之祖，而晁错的对策文本身也是文学史上有名的篇章。”②给予了晁错对策高度评价，指出其在文体史及文学史上的地位。董仲舒的《举贤良对策》在中国学术思想史上更是占有十分重要的地位，其他三位虽然不如前两位有名，但是他们的对策亦有各自的特色，值得关注。

以上我们分别对“章表”、“奏启”以及“议对”三篇中的“选文以定篇”的相关论述进行了简单的梳理，可以看出，虽然对“圣贤陈说其君之辞”划分为不同的种类，但是各个种类之间不是泾渭分明，而是互相之间有所交叉，刘勰在选录作品的时候，也没有真正划清它们之间的界限，从本质上来说，它们都属于“奏议”类文体。

二、“敷理以举统”——《文心雕龙》论奏议文体的体制要求

作者在选文定篇之后，对奏议文体的体制要求进行了归纳。尽管不同的奏议文体种类之间的体制要求有所区别，但是它们作为臣下向君王陈说之辞，在体制要求上亦有一些共同之处，为了从整体上把握奏议类文体体制要求，笔者通过对《文心雕龙》相关篇目的分析，拟从以下几个方面论述：

（一）繁简适度，华实相胜——内容与文辞表达的恰当融合

刘勰在《文心雕龙・章表》篇曰：“是以章式炳贲，志在典谟，使要而非略，明而不浅；表体多包，情伪屡迁，必雅义以扇其风，清文以驰其丽。然恳恻者辞为心使，浮侈者情为文屈，必使繁约得正，华实相胜，唇吻不滞，则中律矣。”无论是章，还是表，在写作的过程中，都需要把握住情志的表达与文辞运用之间的关系，做到华实相胜，这样才“中律”。《议对》篇亦云：“文以辨洁为能，不以繁缛为巧；事以明核为美，不以环隐为奇：此纲领之大要也。若不达政体，而舞笔弄文，支离构辞，穿凿会巧，空骋其华，固为事实所摈；设得其理，亦为游辞所埋矣。”提倡作品明辨简洁，论事明白核实，而不以深幽隐晦为奇。对于空骋文辞的华丽不良文风进行了批评。为了更直观地感受奏议文在此方面的体制特点，我们举刘勰最为推崇的曹植的相

① 《文心雕龙・议对》，第439页。
② 吴承学《中国古代文体形态研究》，中山大学出版社2000年版，第54页。

关作品来试做分析，如《求存问亲戚疏》(《文选》作《求通亲亲表》)：

臣伏自惟省，岂无锥刀之用。及观陛下之所拔授，若以臣为异姓，窃自料度，不后于朝士矣。若得辞远游，戴武弁，解朱组，佩青绂，驸马、奉车，趋得一号，安宅京室，执鞭珥笔，出从华盖，入侍辇毂，承答圣问，拾遗左右，乃臣丹诚之至愿，不离于梦想者也。远慕《鹿鸣》君臣之宴，中咏《棠棣》"匪他"之诫，下思《伐木》"友生"之义，终怀《蓼莪》"罔极"之哀。每四节之会，块然独处，左右惟仆隶，所对惟妻子，高谈无所与陈，发义无所与展，未尝不闻乐而拊心，临觞而叹息也。①

此表作于魏明帝太和五年(231)，曹睿执政期间，并没有改变其父曹丕时就施行的对藩王监视、迫害政策。此段文字表达了作者希望得到君王任用的心理愿望，但是在身为藩王的现实条件下，这是根本无法实现的奢望。文字在表达形式上，"远慕《鹿鸣》君臣之宴，中咏《棠棣》匪他之诫，下思《伐木》友生之义，终怀《蓼莪》罔极之哀"四句运用排比之句，并引用《诗经》中的句子表达了对友情、亲情的渴望。内心的真实状态与现实的强大反差，不免使作者"临觞而叹息"。仅通过该段的描述，可以看出，本文称得上是"华实相胜"的代表作品。

(二) 酌古御今，博见穷理——具备深邃远虑的政治洞察力

《奏启》篇云："强志足以成务，博见足以穷理，酌古御今，治繁总要：此其体也。"说明奏议文的写作应该建立在具备广博的知识基础之上，通过吸取历史上的经验教训，对当今事件处理提供参考，而且在写作的过程中，应善于抓住要害以化纷繁为简略。《议对》篇亦云："采故实于前代，观通变于当今；理不谬摇其枝，字不妄舒其藻。"由此，奏文的作家应该具备敏锐深刻的政治洞察力，这样才能对历史的经验教训有清醒的认识，并且在遇到问题需要解决的时候，才能提出正确的主张，作出的奏议文才能维护国家的长治久安，实现社会的持续发展。奏议作为封建国家政治统治的一个重要途径，许多篇章提出的见解主张，直到今天仍然具有一定的参考价值，如贾谊的《论积贮疏》：

管子曰："仓廪实而知礼节。"民不足而可治者，自古及今，未之尝闻。古之人曰："一夫不耕，或受之饥；一女不织，或受之寒。"生之有时，而用之亡度，则物力必屈。古之治天下，至纤至悉也，故其畜积足恃。今背本而趋末，食者甚众，是天下之大残也；淫侈之俗，日日以长，是天下之大贼也。残贼公行，莫之或止；大命将泛，莫之振救。生之者甚少而靡之者甚多，天下财产何得不蹶！汉之为汉几四十年矣，公私之积犹可哀痛。失时不雨，民且狼顾；岁恶不入，请卖爵子。既闻耳矣，安有为天下阽危者若是而上不惊者！……②

通过历史上对粮食生产的重视，联系到当时社会背本逐末，造成粮食生产的降低和积累的匮乏，这些带来的后果是社会存在严重的动乱隐患，所以"安有为天下阽危者若是而上不惊者"，对君主提出了振聋发聩的警告。随后，作者假设如果遇到灾荒和战争，缺少粮食将带来的严重后果，从反面说明积贮的重要性。文章的最后一段回到正面直接论述了积贮的重要

① 严可均辑《全三国文》，商务印书馆2006年版，第155页。
② 严可均辑《全汉文》，商务印书馆2006年版，第164页。

作用，整篇文章运用对比的方法，把积贮的重要性清晰地展现在读者的面前，所以该篇奏疏上奏以后，文帝下诏曰："农，天下之大本也，民所恃以生也。而民或不务本而事末，故生不遂。"对于贾谊提出的意见予以了采纳。现代学者周振甫先生称此篇为"汉朝最有远见的奏疏"，从中也可以看出，对于优秀的奏议之作，深邃远虑的政治洞察力是相当重要的。

（三）明允笃诚，体国忠规——充满真挚感人的情感力量

有的人认为，奏议是一种实用性的文体，只是向帝王陈述事件的上行公文，因而不需要掺杂个人的感情。但是，我们通过阅读奏议中的优秀之作，可以明显地感受到其中充满了作者关心政治、积极强烈的参政意识，具有真挚感人的情感力量。《文心雕龙·章表》篇云："原夫章表之为用也，所以对扬王庭，昭明心曲。"既然是"心曲"的一种展露，那么，必然会渗入个人的感情于其中，在这方面，诸葛亮的《出师表》无疑是具有代表性的典范作品：

> 臣本布衣，躬耕于南阳，苟全性命于乱世，不求闻达于诸侯。先帝不以臣卑鄙，猥自枉屈，三顾臣于草庐之中，咨臣以当世之事。由是感激，遂许先帝以驱驰。后值倾覆，受任于败军之际，奉命于危难之间，尔来二十有一年矣。先帝知臣谨慎，故临崩寄臣以大事也。受命以来，夙夜忧叹，恐托付不效，以伤先帝之明……①

诸葛亮的这篇《出师表》，历代传诵不已，我们说这篇表文最为感人的是作者渗透于其中的浓厚感情，读来使人潸然泪下。周振甫先生说："古今传诵的表文，不宜首推曹植，当首推诸葛亮的《出师表》，这说明表是应用文之一，首先要求志尽文畅。更重要的，是他的忠诚和志趣，为封建社会的士人所钦仰，所谓'出师一表真名世，千载谁堪伯仲间'。"②对诸葛亮的此篇文章亦予以高度评价，并指出了其中的"忠诚和志趣"在文中所发挥的作用。因此，我们说，对于奏议类公文，虽然它的实用性目的是首要的，但是作者在行文运笔的时候，依然应该考虑到它的情感因素，这样才能取得更好的效果。

结　　语

通过上面的梳理、分析，我们可以看出，刘勰《文心雕龙》对于"章表"、"奏启"以及"议对"三篇的论述，为我们揭示了奏议类文体的不同种类在唐前的发展脉络。尽管刘勰在论述的过程中，存在着许多明显的局限性，如在选文定篇方面，有的并没有抓住时代的特点，选出最有代表性的作品，而且没有选入南朝宋齐时期的作家作品。但是，这些都不能掩盖其在文体发展史上的重要地位。今天的研究者更不应该忽视对此类文体的研究，特别是从文学史的角度发掘其独特的价值意义，将有力地推动奏议类文体乃至文学史的研究，更加全面深刻地揭示中国古代文学所取得的辉煌成就，值得相关研究者关注。

（作者单位：齐齐哈尔大学文学与历史文化学院）

---

① 《全三国文》，第587页。

② 《文心雕龙注释》，第250页。

论唐宋文之争*

马茂军

一、问题的提出

世人多提唐宋诗之争，将唐宋文章合为一体，我独主张唐宋文之争。

日人内藤湖南氏以为唐代属于中古，宋代属于近古。我赞同斯说，并以为唐文乃中古之文，宋文有近世之风。

提出这个问题，并非为了标新立异，而是历史真实与存在，我们将这个被遮蔽的问题重新揭示而已。平步青《唐宋文选》按语曰“世人论古文，辄曰唐宋八家，又曰昌黎起八代之衰。不知唐之与宋，原委既殊，门户自创，非可概论。”(《霞外攟屑》卷五《艳雪龛杂觚》)袁枚也曰：“唐文峭，宋文平；唐文曲，宋文直；唐文瘦，宋文肥；唐人修词与立诚并用，而宋人或能立诚，不甚修词。”(《小仓山房诗文集》卷三一《与孙逋之秀才书》)查慎行《曝书亭集序》：“唐之文奇，宋之文雅；唐之文句短，宋之文句长；唐以诡卓顿挫为工，宋以文从字顺为至。”(《曝书亭集》卷首)前贤都指出将唐宋文合一的说法是大而化之的含混提法。唐文奇峭，宋文文从字顺，有近世之风。艾南英进一步揭开唐宋文之争的面纱，以为宋文胜唐文。《答陈人中论文书》：“是下书甚冗，然其大意乃专斥欧、曾诸公，以为宋文最近，不足法，当求之古，而其究竟则归重于李于鳞、王元美二人尔……昌黎摹史迁，尚有形迹，吾姑不论，足下试取欧阳公碑志之文及《五代史》论赞读之，其于太史公，盖得其风于短长肥瘠之外矣，犹当谓之有迹乎？……足下又曰：宋文好新而法亡，好易而失雅。……宋之文，由乎法而不至于有迹太严者，欧阳子也，故尝推为宋之第一人。……宋人诗诚不如唐，若宋之文，则唐人未及也。”(《天慵子集》卷五)王世贞也说：“韩柳氏，振唐者也，其文实。欧苏氏，振宋者也，其文虚。”(《艺苑卮言》卷三)

无论争论者对宋文之批评也好，赞扬也好，好新、好易也好，都承认宋文是与唐文相对的近文。

二、韩愈与唐文范式的建立

袁枚称唐文峭，宋文平，唐文也有平淡者，而奇怪峭硬是唐文的代表性风格。韩文的怪

---

* 本文是教育部课题《宋代文话与宋代文章学》(项目批准号：09YJA751029)、广州市社科联07年度课题《中国古代散文思想简史》的研究成果。

异，是乱世之文的代表，主要表现在题材怪奇。如《毛颖传》、《石鼎联句诗序》、《送穷文》、《告鳄鱼文》、《柳州罗池庙碑》，立意怪奇[①]。哀而伤，怨而怒，张而狂，不平则鸣，抒发寒士之不平之鸣，再则篇法、章法、字法、句法之怪，形成奇崛有力，近乎离骚的（无韵之离骚）抒情风格。韩文之奇崛不是个人行为，是乱世之文的代表，韩愈作为文坛领袖，影响并代表了一代文风。

柳宗元对唐文奇诡追求也有自我体认，他赞赏退之之文"恢奇"，"猖狂恣睢，肆意有所作"[②]。称读其《毛颖传》"若捕龙蛇，搏虎豹，急与之角而力不敢暇，信韩子之怪于文也"（《读韩愈所著〈毛颖传〉后题》）[③]。韩文之所以成为一种范式，在于他是唐文的代表。他的身边有一批崇拜者、学习者，渐而成为一种风气，一种范式。与韩愈齐名的文章之士樊宗师（？—821？）爱好奇崛风格，韩愈撰《南阳樊绍述墓志铭》，赞扬他："多矣哉！古未尝有也。然而必出于己，不蹈袭前人一言一句，又何其难也！"[④]李肇《唐国史补》说当时社会风气："元和以后，文笔则学奇诡于韩愈，学苦涩于樊宗师。"李观（766—794）之文也时有浅陋之痕，雕琢之气。李翱在《与陆参书》评论说："尝谓使李观若永年，则不远于扬子云矣。"[⑤]扬雄正有艰涩之风。沈亚之（781—832？），《四库全书总目提要》称他"务为险崛"。

韩门弟子皇甫湜论文说："夫意新则异于常，异于常则怪矣。……非有意先之也，乃自然也。"（《答李生第一书》，《皇甫持正集》，文渊阁四库全书本）见怪不怪，以怪为美，以怪为自然。皇甫湜在古文理论上力主奇"怪"正如上文所言，他将奇怪称之为无上之"自然"。他主张文章立意和语言都要有创新，以奇怪为自然，乃中唐奇奇怪怪之社会的折光，是中唐奇怪美学在散文领域的反映。

唐文的艰涩在于它和秦汉同处于上古时代，文化近似，唐人主张复古主义，模仿秦汉腔调、词语、句式、人称代词、语气词，形式上追踪秦汉，内容上以六经为文，并没有能够建立一套新的思想体系。它顶多是宋代新儒学的孕育期和准备期。当然也是宋文的准备期。

三、宋文范式建立的曲折历程与宋代的唐宋文之争

宋文的范式主要是指欧苏文的范式。

传统观点以为李翱得韩愈平淡一面，再传于欧阳修，遂开宋文一派。

我以为此说受韩愈文起八代之衰说影响，不确。唐文中自有平易一派，如元、白。再往前有六朝文派陶渊明一类平易散文，再往前有战国新散文，两汉散文。欧文平易必不仅出韩愈、李翱。欧阳修有着更加宏阔的通古今之变，成一家之言的新视野。宋人更有创造新文化、新文学、新的古文样式的勇气和决心，哪怕其中有着艰难的斗争和曲折。

欧阳修之前有王禹偁，为文平淡自然，然而影响不大。宋文的范式为欧阳修创立。欧曾学韩，欧《记旧本韩文后》记述了自己学韩的经历，称"韩氏之文之道，万世所共尊，天下所共

---

① 熊礼汇《欧阳修对韩愈古文艺术传统的接受和超越》，《江西师大学报》2008 年第 4 期。

② 柳宗元《柳河东集·答韦珩示韩愈相推以文墨事书》，上海古籍出版社 2008 年版，第 548 页。

③ 柳宗元《柳河东集》，上海古籍出版社 2008 年版，第 366 页。

④ 韩愈《韩昌黎全集》，中国书店 1991 年版，第 420 页。

⑤ 董诰《全唐文》，中华书局 1983 年影印本，第 6415 页。

传而有也”[①]。欧文似韩，北宋人以韩欧并称，称其为“今之韩愈”。

但欧文与韩文大异其趣，是宋文，而非韩文（唐文），这点苏洵早在《上欧阳内翰第一书》中已经指出。

韩文之气势、怪奇、力度可为唐文之代表，是中唐乱世之文的气象，而“纡余委备”、“容与闲易”的欧文则是治世之文的气象，可为宋文代表；艰难劳苦之态，正是韩柳之困窘处境。从某种意义上说，中唐诗为寒士之诗，中唐文何尝不是“寒士之文”。宋代就有唐宋文之争，唐宋文之变具有曲折历程和多个层面。

1. 北宋初年，有柳开、孙复、穆修、石介复古派推崇韩愈

庆历新政时期，是一个追求事功，文士壮怀激烈时期，是崇韩的宋代顶峰时期。也是一个继承唐文，宋文自身面貌尚未完成的时代。经过儒学复兴者的大力宣扬，仁宗时孔道辅以孟子、荀子、扬雄、王通、韩愈五人为贤，构堂于家庙而祠之。元丰年间，韩愈晋爵为昌黎伯，从祀于孔子。

2. 庆历新政前后是宋代思想学术转型的分水岭

是事功与性情、外王与内圣的矛盾与超越期，是唐代儒学继承期的结束与宋代理学的萌芽期。庆历新政期是文士事功期，新政失败后，文人进入沉思期。此前欧阳修被贬夷陵令，已经进行深入的学术研究，开始注意修身养性的问题，以宋学眼光反观韩愈等人，并有微词：“每见前世有名人，当论事时，感激不避诛死，真若知义者。及到贬所，则戚戚怨嗟，有不堪之穷愁形于文字，其心欢戚，无异庸人。虽韩文公不免此累。”[②]（《与尹师鲁书》，《欧阳修全集·居士外集》卷十七）

3. 唐宋文斗争的另一典型事例是嘉祐时期太学体和刘辉的被妖魔化

欧刘的冲突，欧阳修的出发点是官方的立场，功利的立场，典要是经学立场的强调，平淡是思想的平易表达，是平淡的宋文派。而刘辉是经学与唐文奇崛风格的结合，是奇奇怪怪的唐文派。从另一个层面来看，欧文既强调了事功，又符合近世化的倾向：实用、适用、易于交流，不拘泥于古，合乎人情、民情、世情。

4. 苏轼，唐代古文运动的解构者

一般论者以为苏轼是唐宋古文运动的完成者，我独以为苏轼恰恰是唐宋古文运动的解构者。苏轼解构儒学独尊的努力首先是他对道统说学理上的挑战和议论。道统说以孟子为孔子之学的嫡传，而苏轼说孟子是“孔氏之罪人”，不守“孔氏家法”。《东坡志林》之《武王非圣人》批评孟子为“孔氏之罪人”，不守“孔氏家法”[③]。

在写作风格上，苏轼超越欧阳修的带有儒家色彩的平淡典要说，提出了带有现代风格元素的自然流畅说。他称赞谢民师的诗文：“大略如行云流水，初无定质，但常行于所当行，常止于不可不止，文理自然，姿态横生。”[④]自然流畅，乃苏文的行文特征。这种自然的姿态，如苏轼称辩才“如风行水上，自成文理”（《诗话总龟》后集卷一〇），称文同的飞白“袅袅乎其若

---

① 欧阳修《欧阳修全集》，中华书局 2001 年版，第 537 页。

② 欧阳修《欧阳修全集》，中华书局 2001 年版，第 491 页。

③ 苏轼《东坡志林》，中华书局 1981 年版，第 98 页。

④ 苏轼《苏轼文集》卷四九，中华书局 1986 年版，第 1418 页。

流水之舞荇带也”(《文与可飞白赞》)[①]。

苏轼甚至认为文不一定载道，文是自己充沛感情的自然流露。提出了抒写肺腑说。何薳《春渚纪闻》引苏轼语说：“某平生无快意事，惟作文章。意之所到则笔力曲折，无不尽意，自谓世间乐事无逾此者。”[②]苏轼的写作，绝不模仿秦汉腔调、语法，绝不追求古奥、奇怪，而是自然流畅，行云流水，指向口语的现代白话文。

5. 彻底摧毁韩愈的是南宋的朱熹

欧阳修从平易流畅的形式瓦解唐文，从精神上彻底摧毁唐文的是朱熹为代表的理学家。《朱子语类》卷一百三十七：“如韩退之……它当初只是要讨官职做，始终只是这心。他只是要做得言语似六经，便以为任道。至其每日功夫，只是做诗博弈，酣饮取乐而已。”他批评韩愈，“只于治平天下处用功，而未尝就其身心上讲究持守耳”，故“本体功夫有欠缺处”(《答廖子晦》，《朱文公文集》卷四十五)。批评韩愈始终只是个放浪文士，求官俗士，彻底颠覆了作为唐学代表的韩愈形象。在《与孟尚书书》一文的考异中批评说：“而其平生用力深处，终不离乎言语文字之工。”

朱子发现了北宋五子，并且建立了以宋代新儒学代表的北宋五子直接孔孟的新的文统。

6. 宋代尊韩派

如同唐诗中有宋体，宋诗中有唐体，唐宋文之争不仅是时代区分，也是体性不同。故唐代有宋文派，宋代也有崇唐派。李淦《文章精义》抬高唐文，压低宋文：“三事相类，然孟子数语而已，退之费多少纠说，永叔步骤退之而微不及；古今文字优劣，于此可见。”“退之虽时有讥讽，然大体醇正。……读韩柳欧苏文，方知韩文不可及。”魏了翁慨然作《唐文为一王法论》：“史臣以唐文为一王法而归之，韩愈之倡是法也，惟韩愈足以当之。”“有昌黎韩愈者出，刊落陈言，执六经之义，以绳削天下之不吾合者。”(《鹤山先生大全文集》卷一百九附)

四、金元的唐宋文之争

1. 金代王若虚有“宋文一代之变”的提法

陈后山云：“退之之记，记其事耳；今之记，乃论也。予谓不然。唐人本短于议论，故每如此。……宋文视汉唐百体皆异，其开廓横放，自一代之变。”(《滹南遗老集》卷三十五)并认为韩不及欧苏远甚：“韩退之不善处穷，哀号之语，见于文字，世多讥之。然此亦人之至情，未足深怪。……其铺张歌诵之能，而不少让。盖冀幸上之一动，则可怜之态不得不至于此，其不及欧、苏远矣。”(《卷二十九》)不善于处穷也是修养问题。

2. 刘壎则从文理自然的角度推崇宋文

《经文妙出自然》：“经文所以不可及者，以其妙出自然，不由作为也。左氏已有作为处，太史公文字多自然，班氏多作为。韩有自然处，而作为处亦多。柳则纯乎作为。欧曾俱出自然，东坡亦出自然。”(《隐居通议》卷十八文章)以文理自然概括宋文，比韩愈文从字顺前进了一步。欧是情之自然，曾是理之自然，东坡是道家的自然。

① 苏轼《苏轼文集》，中华书局 1986 年版，第 614 页。

② 何薳《春渚纪闻》卷六，中华书局 1997 年版，第 84 页。

王恽《秋涧先生大全文集》卷九十四以为"《新五代》一唱而三叹,有余音者矣"。刘壎《半山总评》:"南丰曾文定公、临川王荆公,皆欧公门下士也,继出而羽翼之,天下更号曰'江西体',论遂以定,一时宋文,遂与三代同风。"(《隐居通议》卷十一)江西文派的提法固然可以讨论,但提升了以欧文为宋文代表的意识。揭奚斯《杨氏忠节祠记》"自秦汉之后有天下,卓然有三代之风者,宋而已。方其盛时,欧阳文忠公以古文正天下之宗,明王道之本。"(《揭文安公全集》卷十),将宋文提高到三代之文的高度,评价极高。

3. 金元散文思想的一个重大贡献是发现了苏文,以坡文为宋第一

"邵公济云:欧公之文,和气多,英气少;东坡之文,英气多,和气少。其论欧公似矣,若东坡,岂少和气者哉!文至东坡,无复遗恨矣。"(《滹南遗老集》卷三十六)东坡文是兼具和气、英气的完美之文。"赵周臣云:党世杰尝言:'文当以欧阳子为正,东坡虽出奇,非文之正。定是谬语。'欧文信妙,讵可及坡?坡冠绝古今,吾未见其过正矣。"(同上)

金代对东坡文的推举,是唐宋文之争的深化,不仅仅是对韩文的超越,也是对理学文派的超越。朱熹极力批判苏文,苏文在南宋遭到打压。金元时期,理学凋敝,文化环境宽松,文人们可以从纯粹的文学角度肯定苏文。

五、明代的唐宋文之争

汪琬以为明人文章学唐宋之二派。《答陈霭公书二》:"前明二百七十余年,其文尝屡变矣,而中间最卓卓知名者,亦无不学于古人而得之。罗圭峰,学退之者也。归震川,学永叔者也。王遵岩,学子固者也。方正,学唐荆川,学二苏者也。其他杨文贞、李文正、王文恪、又学永叔,子瞻而未至者也。"(《尧峰文钞》卷三十)。

明代唐宋文之争演化为秦汉派和唐宋派之争,一般而言,秦汉派尊唐,唐宋派崇宋。

1. 明初台阁体推崇宋文

明代刘基《苏平仲文集序》:"继唐者宋,而有欧、苏、曾、王出焉。其文与诗,追汉、唐矣。而周、程、张氏之徒,又大阐明道理。于是高者上窥三代,而汉、唐若有歉焉。"(《诚意伯文集》卷五)宋濂也在《徐教授文集序》中说:"夫自孟氏既没,世不复有文。贾长沙、董江都、太史迁得其皮肤,韩吏部、欧阳少师得其骨骼,春陵、河南、横渠、考亭五夫子得其心髓。………斯文也,非宋之文也,唐虞三代之文也,非唐虞三代之文也,六经之文也。文至于六经,至矣尽矣,其殆无愧于文矣乎!"(《宋学士文集》芝园后集卷一)以为北宋五子之文上追三代,可以比侔六经。

2. 秦汉派对台阁体与欧文的批判

杨士奇《王忠文公文集序》"若断断焉发于忠君爱亲之诚,读之使人感激奋发,希慕之不置,虽去之千载,犹目前然者,诸葛武侯之《出师》、李令伯之《陈情》是已。近数百年来,士多喜读韩文公、欧阳文忠公,苏文忠公之文,要皆本其立朝大节,炳炳焉有以振发人心者也",提倡一种感激奋发的激昂情怀。谢肃《长林先生文集序》"韩子深醇正大,在唐为文中之主。继韩子者欧阳公,渊永和平,在宋为文中之宗"(《密庵集》卷六),仍有高低之分。而李梦阳《论史答王监察书》言:"欧阳人虽名世,《唐书》新靡加故,今之识者购故而废新。《五代史》成一家言是矣,然古史如画笔,形神具出,览者勇跃,卓如见之,欧无是也。"(《空同集》卷六十二)

秦汉派主张刚硬，欧文地位下降。

3. 唐宋派对秦汉派的批评

唐宋派成员王立道，唐顺之妹夫，批评七子派末流，“钩章棘句，奇涩聱牙，险耆神龙，高比皇坟，务以刿目怵心，骇眩愚俗，而实则假艰深文其浅近。夫是以言愈工而道愈离，作之愈多而不可以为文之正也”(《拟重刊〈文章正宗〉序》，《具茨文集》卷四)，批评秦汉派古奥的形式主义倾向。

仿秦汉派、仿唐文的主要问题是艰涩豪健。艰涩并非秦汉散文特点，而是假古董，故意古拙带来的问题。贾开宗《侯朝宗古文遗稿序》云：“明初刘基、宋廉辈为古文辞犹有唐、宋文之遗意，至李梦阳、王世贞辈始舍唐、宋而宗《左》、《国》、《庄》、《列》、《史》、《汉》、贾谊、扬雄之文，犹伪鼎伪瓷，貌似而神亡矣。”

唐宋派批评秦汉派“雄豪亢硬”，李开先《荆川唐都御史传》云“(荆川)素爱空同诗文，篇篇成诵，且一一仿效之。及遇王遵岩，告以文章自有正法妙意，何必雄豪亢硬也”，其实所诣正法妙意，是二点，一是宋代理学，二是宋人平淡。

唐宋派更多的是修身派，而秦汉派则有事功派的味道，一如韩愈以经济为务，以节义相高，干预现实政治，不平则鸣。以李梦阳为代表的七子，文章中直抒个人喜怒哀乐，蕴含着强烈的感情色彩，如李梦阳《省愆赋》、《钝赋》，一如韩愈《毛颖传》、《送穷文》，抒发个人穷愁失意，壮志难酬，以古朴艰涩形式表达了一股勃郁不平之气和悲愤之情。唐宋派批评李梦阳文章剑拔弩张，强梁霸道，过分注重个人感情、个人得失，仅有节义、血气，而不能宁静致远，不能安贫乐道，这也正如欧阳修对韩愈一遇贬谪就怨怨戚戚一样，不乏道学对义气的批评。

后七子王世贞批评唐宋派囿于道学不讲文采，他在《赠李于鳞序》中说：“今之为辞者，辞不胜跳而匿诸理，六经固理区薮也，已尽，不复措语矣。”讲究辞跳，很似韩愈对奇文奇气的重视，批判唐宋派的陈词滥调。

以为秦汉派有文采其实是一种误读。秦汉文章质朴，所谓文采是文气，是体制，后来桐城派再次强调韩愈的文采，也是误读，韩愈讲辞章、章法，讲古雅，不是现代意义上的文采。苏轼的前后《赤壁赋》取自骈文，倒是很有文采。

明末爱国文人陈子龙与艾南英之间又就秦汉派与唐宋派展开论争。其时，明朝濒于灭亡，陈子龙忧时伤国，提出要以壮怀激烈的文字情感，干预现实，干预时政，批评粉饰太平、思想贪乏，形式平庸的宋文。而艾南英则坚守圣人之道而缺乏时代精神，徒具文章之义与法，成为时文的工具[①]。

4. 唐宋派对欧文的新发现

唐宋派对欧文别作新解，归有光作《欧阳文忠公文选》，卷五评《唐书兵志记》曰：“风神机轴逼真太史公。”而重点提炼欧阳深情处，如卷十评《读李翱文》“感慨悲愤，其深情都在时事上”，评《尚书屯田员外郎张君墓表》引徐文昭曰：“累欷感慨，不知文生情，情生文也。”评《祭石曼卿文》引徐文昭曰：“字字泪，随笔堕。”将情感提到了散文批评中前所未有的高度。

唐顺之则称赞欧阳修“小文字”(小品文)之妙。如评《与郭秀才书》：“通篇情叙，此小文字之极工者也。”(《唐宋八大家文钞·欧阳文忠公文钞》评语卷十)评《菱溪石记》：“行文委曲

① 黄毅《明代唐宋派研究》，上海古籍出版社2008年版，第109—110页。

幽妙，零零碎碎作文，欧阳公独长。"（同上卷二十）评《樊侯庙灾记》："文不过三百字，而十余转折，愈出愈奇，文之最妙者也。"（同上卷二十一）评《北海郡君王氏墓志铭》："此铭与前作皆是善生发处，此是作女人文字之法也。"（同上卷二十九）零零碎碎作文，"小文字"作女人文字之法也。这是以前的散文批评中没有的，这是明代浪漫主义思潮影响下对欧阳修散文重新发现的新批评。韩愈是复古的，是对秦汉文继承的古典主义；欧阳修是创新的，代表了古文的发展方向和近世化转型。

5. 所谓的唐宋派，实际上是宋文派

自古并无"唐宋派"一说，至1922年夏崇璞在《明代复古派与唐宋文派之潮流》（《甲寅》第九期）才提出"唐宋文派"一说，他认为，慎中、荆川，力重欧、曾……有光深于经术，其文以欧、曾为归，尊崇宋文，而提"唐宋文派"一说，刘大杰《中国文学发展史》干脆用"宋文运动"来指称唐宋派。直至1947年出版的郭绍虞《中国文学批评史》，再次提出"唐宋派"。

唐宋派基本可以叫宋文派，王慎中在《再上顾未斋书》中说："二十八岁以来，始尽取古圣贤经传及有宋诸大儒之书，闭门扫几，伏而读之，论文绎义，积以岁月，忽然有得。"《明史》卷二八七《王慎中传》载："慎中为文，初主秦、汉，谓东京以下无可取。已悟欧、曾作文之法，乃尽焚旧作，一意师仿，尤得力于曾巩。顺之初不服，文亦变而从之。"①这几段文字记录了唐宋派主将王慎中、唐顺之从秦汉派向宋文派转型的过程，因此有人干脆称他们为"宋文派"，他们尤得力于曾巩。窃以为清文之坏，坏于曾巩，而自明代唐宋派始。

章培恒先生在《茅坤研究序》中指出："唐、王之所宗主者，实为宋文，尤其是曾巩的文章，所以曾经有人指出，他们应该称为崇宋派。其所以被称为'唐宋派'，乃是因为《唐宋八大家文钞》影响太大，从而给人造成了一种茅坤及其同道都崇奉唐宋文章的印象。"②

6. 公安派的苏文观

明代苏文派有所抬头，他们讨论宋格，王文禄《文脉》卷二杂论："五季弱甚矣。欧、苏、曾、王条畅豪迈而曲折纡徐，终亦宋格。"同时认为苏文胜于欧文。"欧阳六一典文衡，变文体，自作原弱，欲变，入于弱也。……予曰：欧阳肉多而骨少，皆不及苏子瞻之俊逸也。"（同上）同时王世贞也批欧文弱："他文亦有迂远而不切，太淡而无味者。"（《读书后》卷三）。

三袁很少提及韩愈，公安派袁宏道极爱欧、苏，《与李龙湖》："近日最得意，无如批点欧、苏二公文集。"《答梅客生开府》："邸中无文，日与永叔、坡公作对。坡公诗文卓绝无论，即欧公诗文，亦当与高、岑分昭穆。"《与江进之》："近日读古今名人诸赋，始知苏子瞻、欧阳永叔辈见识真不可及。"（以上皆见《袁中郎全集·文钞》）批评宋人文弱，是保守派的观点，苏文俊逸洒脱，受到明代浪漫派的追捧，公安派进一步提出性灵说，比宋人更具近世精神，遥指周作人的现代小品文了。

7. 晚明的唐宋文高下之争

艾南英以为宋文胜唐文。《答陈人中论文书》："……宋人诗诚不如唐，若宋之文，则唐人未及也。"（《天慵子集》卷五）《再答夏彝仲论文书》："欧者《史记》之嫡子，而此老（归有光）则欧之高足也。……然文至宋而体备，至宋而法严，至宋而本末源流遂能与圣贤合，恐太史公

① 张廷玉《明史》，中华书局1974年版，第7368页。

② 张梦新《茅坤研究》，中华书局2001年版，第1页。

复生，不能不抚掌称快。”（同上）《与温伯芳论大家书》：“文章大家，亦复无所不有，方为大家，古文中惟欧公足当之。”（同上）李长祥《欧阳文》谈论了明末唐宋派兴起欧文流行情况：“今之世，渐趋文；其趋文也，趋八大家；其趋八大家也，趋欧阳。盖其为文也，趋华者也；欧阳华者也，故趋之也。”（《天问阁文集》卷三）又《与龚介眉书》：“今人知欧阳，又宜其谓好过司马也。则但知欧阳，并未知司马也。”（同上）

唐宋文的区别，都是模仿，问题是模仿的对象是什么。秦汉派、唐文派提倡模仿远古（上古）的文章，特别是《尚书》这些真古董，风格奇奇怪怪、语言古拙、艰涩、难懂，但是古拙而气势豪健。宋文、唐宋派、桐城派，模仿春秋战国文、西汉文，文字已经简化、语体通俗化，接近白话文了。欧阳修提倡的平淡典要，内容经典化，语言却是通俗化，接近平常人说话，反对奇奇怪怪。

内容方面，先秦至唐的文章，属于旧儒学阶段，主要是齐家治国平天下的外在事功理想。而宋代新儒家主要讲求修身养性的道德性命之学，与宋明理学内敛之学相适应，文章反对张扬、奇怪，追求平和、平易之风。所以唐代古文运动的结果是被批评为走向文学，宋代古文运动的结果是走向北宋五子、程朱理学。明代唐宋派唐、王、归最终走向理学，清代桐城派也只能与理学相依为命。

唐文基本与先唐文属于古代散文，宋文则有近代化、平易化的趋势。宋文是现代散文的源头之一。

（作者单位：华南师范大学岭南文化研究中心）

中唐古文运动与“攘夷”无涉

唐晓敏

多年来，言及中唐古文运动的起因时，多认为：这一运动起于中唐时期的藩镇割据和佛老蕃滋，中央权力被削弱，而韩愈是为了维护中央集权而倡导古文运动的。陈寅恪先生在《论韩愈》中就提出：

> 今所欲论者，即唐代古文运动一事，实由安史之乱及藩镇割据之局所引起。安史为西胡杂种，藩镇又是胡族或胡化之汉人，故当时特出之文士自觉或不自觉，其意识中无不具有远则周之四夷交侵，近则晋之五胡乱华之印象，尊王攘夷所以为古文运动中心之思想也。

在《元白诗笺证稿》，陈寅恪也说大致相同的话：

> 古文运动之初起，由于萧颖士、李华、独孤及之倡导与梁肃之发扬。此诸公者，皆因身经天宝之乱离，而流寓于南土，其发思古之情，怀拨乱之旨，乃安史变叛刺激之反应也。唐代当时之人既视安史之变叛，为戎狄之乱华，不仅同于地方藩镇之抗拒中央政府，宜乎尊王必先攘夷之理论，成为古文运动之一要点矣。

这一看法，并不符合当时社会历史的实际。

“藩镇割据”，即是一种不准确的说法。中唐时期，藩镇虽多，割据者却很少。“藩镇割据”不具有普遍性。近年来，唐史研究者已经指出这一点。王寿南的《唐代藩镇与中央关系之研究》以唐代藩镇与中央的关系为核心，考察了自唐睿宗景云二年至唐亡期间，每一时期每一地区的藩镇对中央的态度及产生这种态度的原因。作者对大量史料进行有系统的整理，发现一般人印象中的藩镇跋扈实际上应指特定时间（如德宗贞元间和唐僖宗以后）和特定地区（如河北三镇）的藩镇，而大部分时间和地区的藩镇对中央保持恭顺的态度。唐末的强藩跋扈固然是衰唐、亡唐的原因，许多祸乱亦因藩镇引起，但唐末以前恭顺藩镇对平定祸乱，维持唐王朝亦有不可磨灭的功绩。张国刚在他的论著中，将唐代藩镇分成四种类型，即河朔割据型、中原防遏型、边疆御边型、东南财源型。他认为在四种类型中除河朔型以外，中原、边疆、东南型藩镇都是非割据性藩镇。同时，他又进一步研究了各种藩镇的特点及其在整个藩镇形势中的地位，认为纵观唐代后期的藩镇史，可以发现，表现的最突出、最普遍而又最引人注目的主要并不是因为闹割据而反抗中央政府的斗争，而是频繁、激烈的藩镇动乱。他将藩镇动乱划为四种情况，并对动乱及其原因作了定量性分析。最后，他得出结论认为唐代藩镇割据具有区域性与制约性相统一的特点，不能简单地把藩镇与中央的关系一概视为割据，而河朔区域的割据又具有游离性与依附并存的特点，不能把割据绝对化。黄永年在其《六至九世纪中国政治史》中，更是直言不讳地说：

> 首先澄清通行教科书给人们造成的错误观念，即安史之乱以后的藩镇统统是和中央闹独立性，甚至是和中央完全处于对立地位的。事实上，除河北地区的幽州、成德、魏博以及山东地区的淄青属于安史残余势力，对中央闹半独立性外，其余的藩镇都像安史乱前那样是由中央主动设置，而且节度使也由中央任免，很少像河北三镇及淄青那样闹世袭。实际上也只是在原先的州、县二级行政机构之上，再加上一级节度使管区，并且像魏晋南北朝的州刺史或使持节都督某某等州军事那样掌握兵权而已。他们一般都服从中央，拥护中央，向河北看齐要求世袭以至反抗中央的是极少数。魏晋南北朝有兵权的刺史、都督有时也会反中央，这本来不值得大惊小怪。

诚言，当时的“河北三镇”却时有其独立性，但即使是这三个地方，也难说是真正做到了“割据”，正如研究者所说“自立性最强的是河朔型叛镇，他们虽然有较大离心力，但是与其他方镇一样，都无意于争夺皇位，并不热衷于攻取长安，称孤道寡，而是满足于控制自己的地盘，或找机会扩大地盘，以便在地方上称王称霸。他们担心中央组织兵力消灭他们，也担心邻近方镇，强大起来以后吞并自己，因此方镇之间较少联合。他们之间互相不信任，不互相支持，因此也难以取代中央。他们并不积极支持中央消灭其他方镇以免自己陷于独立地位，而是希望维持现状。他们都希望自己的职任得到朝廷合法的承认，每个节度使都孜孜以求，想取得朝廷正式的任命，朝廷若不加任命，他们认为是不正常的”。

这就是说，藩镇割据并非普遍性的历史现象，因而不足以让韩愈等人产生“远则周之四夷交侵，近则晋之五胡乱华之印象”。

陈寅恪上述话语中，另一要点是认为，韩愈古文运动的宗旨是“尊王攘夷”：“尊王攘夷所以为古文运动中心之思想”，“宜乎尊王必先攘夷之理论，成为古文运动之一要点矣”。这一看法是不是有道理呢？也没有。

历史上的所谓“尊王攘夷”，指的是春秋时期齐桓公、晋文公做的事情。“尊王”，即尊崇周王的权力，维护周王朝的宗法制度。“攘夷”，即对游牧于长城外的戎、狄和南方楚国对中原诸侯的侵扰进行抵御。历史上确有所谓“尊王攘夷”。但这都是诸侯所为。具体说，是春秋五霸所为之事。即所谓“齐桓晋文”之事，本质上是打着“尊王攘夷”的牌子，挟天子而令诸侯，成就自己的“霸业”。正因如此，孟子对“齐桓晋文之事”不屑言说。

如上所述，唐代的藩镇非夷，自然也不是所“攘”的对象。事实上，河北三镇倒有“攘夷”的作用。《旧唐书·北狄传》载：匈奴别种的奚国，“十一年，遣使献名马。尔后每岁朝贡不绝，或岁中二三至。故事，常以范阳节度使为押奚、契丹两蕃使。自至德之后，藩臣多擅封壤，朝廷优容之，彼务自完，不生边事，故二蕃亦少为寇”。《新唐书·列传九十九》载：“文宗立，李宗闵当国，屡称僧孺贤，不宜弃外。复以兵部尚书平章事。幽州乱，杨志诚逐李载义，帝不时召宰相问计，僧孺曰：‘是不足为朝廷忧。夫范阳自安、史后，国家无所系休戚，前日刘总挈境归国，荒财耗力且百万，终不得范阳尺帛斗粟入天府，俄复失之。今志诚繇向载义也，第付以节使扞奚、契丹，彼且自力，不足以逆顺治也。’帝曰：“吾初不计此，公言是也。因遣使慰抚之。进门下侍郎、弘文馆大学士。”即是说，安禄山事变后，奚及契丹，就没有在河北地区发生大规模的骚扰。各藩镇从自身利益考虑，既勤派斥候与巡逻，也不无端寻衅去觅军功。所以从这角度看来，各藩倒起到了“攘夷”的实际作用。所以牛僧孺才说，只要这些藩镇能捍御北边，他们对朝廷的逆顺，已不是重点之所在。

陈寅恪倒是将当时的藩镇，特别是河北三镇看做是“夷”的，其理由是，认为河北三镇已经“胡化”，故为“夷”。他的根据是杜牧的《唐故范阳卢秀才墓志》，这篇文章说，卢秀才竟连儒家的圣人周公、孔子都不知道，只知道“饮酒，马射走兔，语言习尚，无非攻守战斗之事”。断定河北已经“胡化”。

河北三镇是不是真的胡化？情况并不是那样简单。

韩愈有文章《幽州节度判官赠给事中清河张君墓志铭》，言：

> 张君名彻，字某，以进士累官至范阳府监察御史。长庆元年，今牛宰相为御史中丞，奏君名迹中御史选，诏即以为御史。其府惜不敢留，遣之，而密奏：“幽州将父子继续，不廷选且久，今新收，臣又始至孤怯，须强佐乃济。”发半道，有诏以君还之，仍迁殿中侍御史，加赐朱衣银鱼。
>
> 至数日，军乱，怨其府从事，尽杀之，而囚其帅。且相约：张御史长者，毋侮辱轹蹙我事，毋庸杀。置之帅所。居月余，闻有中贵人自京师至，君谓其帅：“公无负此土人，上使至，可因请见自辨，幸得脱免归。”即推门求出。守者以告其魁，魁与其徒皆骇，曰：“必张御史。张御史忠义，必为其帅告此，余人不如迁之别馆。”即与众出君。君出门，骂众曰：“汝何敢反！前日吴元济斩东市，昨日李师道斩于军中，同恶者父母妻子皆屠死，肉喂狗鼠鸱鸦。汝何敢反！汝何敢反！”行且骂。众畏恶其言，不忍闻，且虞生变，即击君以死。君抵死口不绝骂，众皆曰：“义士义士！”或收瘗之以俟。
>
> 事闻，天子壮之，赠给事中。其友侯云长佐郓使，请于其帅马仆射，为之选于军中，得故与君相知张恭、李元实者，使以币请之范阳，范阳人义而归之。以闻，诏所在给船舆，传归其家，赐钱物以葬。长庆四年四月某日，其妻子以君之丧葬于某州某所。

张彻虽然为河北乱军所杀，但其被杀的情形是，“众畏恶其言，不忍闻，且虞生变”，应注意的是，乱军虽然杀了张彻，对张彻的做法却是高度赞扬的，称其为“义士义士！”将破口大骂自己的人赞为“义士”，这再清楚不过地说明，河北三镇之人，尽管是乱军士兵，在价值观方面所认同的，仍然是儒家的思想，他们并没有“胡化”。胡化与否，主要应该看信仰、价值观，而不能仅仅看某些生活习惯特点。

陈寅恪认为韩愈古文运动之宗旨是“攘夷”，另一理由是，韩愈古文运动反佛，而“佛”来自“夷狄”。他提出：“佛教为夷狄之法，抉其本根，力排痛斥，若退之之所言所行也。退之之所以得为唐古文运动领袖者，其原因即在于是。”（《论韩愈》）

这种说法也同样经不起推敲。首先，古文运动的其他成员皆不反佛。其先驱者中，李华笃信佛法。萧颖士虽无信佛之明证，但由种种迹象可知他亦不排佛。独孤及是李华的弟子，对佛法的虔信与乃师一致。梁肃信佛更是有名，他是天台九祖湛然的弟子，对天台教义研钻甚深，举凡上述人物，他们倡言复古与反佛似无关涉，即以韩愈复古盟友柳宗元而论，亦以统合儒释之说闻于当时，有调和儒佛之意。古文运动的成员几乎都不反佛，韩愈怎么能够因为反佛而成为这一运动的领袖呢？

事实上，研究者也早就指出这一点。黄云眉《读陈寅恪先生论韩愈》就提出，除韩愈外，复古阵营中的其他人并未将攘夷与辟佛联系在一处。孙昌武《唐代文学与佛教》以综合性的论述指出复古与反佛并无必然联系，他认为，以古文反佛是复古运动发展至特定阶段的产物。由此，我们不能将反佛视为“古文运动的要点”，而且，韩愈自然也不是因其反佛才成为古文运动的领袖。陈氏所言没有根据。

韩愈确实是“反佛”的，而且也反“老”。在《原道》中韩愈主张对佛老“人其人，火其书，庐其居”，在《与孟尚书书》中，韩愈更是颇为激动地说：“释老之害过于杨墨，韩愈之贤不及孟子，孟子不能救之于未亡之前，而韩愈乃欲全之于已坏之后。呜呼！其亦不量其力，且见其身之危，莫之救以死也。虽然，使其道由愈而粗传，虽灭死万万无恨！”问题是，他“反佛”反的是什么？真的只是反对佛教与道教的思想吗？并不是这样。

唐代的皇权与佛教是相互利用的。总的趋势是，君主将佛教当作自己的工具，而佛教也加深了对皇权的依附，两者间经常保持着一种和谐、融洽的关系。对唐代君王来说，佛教根本不是陈寅恪所说的“夷狄”，而是他们的工具、武器，精神食粮。中唐时期，德宗、宪宗所搞的迎佛骨之事，与其说的宗教活动，还不如说是政治活动。而韩愈抨击佛教，实际上正是约束皇权。韩愈在《论佛骨表》中写道：“天子大圣，犹一心敬信，百姓何人，它合更惜身命！”显然，韩愈认为百姓的盲目信佛是君王的佞佛所造成的。韩愈的这篇文章，实际上是在追究君王的责任。

韩愈对道教的批评，也是出于同样的原因。唐朝是道教的鼎盛时期，其所以能这样高涨，很大的原因在于道教与唐室皇权的结合，成为了皇族宗教。唐代历史可以说就是强化对道教信奉的历史。李唐王朝建立就得到道教的帮助。显然，道教满足着帝王的多方面的需要。他们利用道教神灵来制造皇权神授论，以达到神化皇权和帝王的目的，利用道教的一些法术来佐国济民，达到安定社会的目的，利用道教劝善惩恶来维护三纲五常的封建道德，利用道教清静无为的思想作为治国之略和养生之道，也利用道教神仙方术以求长生成仙。最后一点常常造成悲剧，但唐代君王一直乐此不疲。韩愈力抵道教，也含批评君王之意。

一直以来，研究者往往认为，佛教与道教影响甚至威胁了中央政权，韩愈力抵佛老意在维护中央政权。这恰恰是说反了。实际的情况是，佛老倒是起到了维护中央权力的作用，而且是造成君权膨胀的一个重要因素，而韩愈所做的，则是约束君王的权力。唐代的君王如德宗、宪宗都并不愚蠢，他们清楚佛教、道教与自己的权力之间是什么关系，在社会政治方面实际起到了怎样的作用。苏轼在《潮州韩文公庙碑》中说韩愈“作书诋佛讥君王”，这倒是意味深长的。韩愈的“诋佛”，其内在主旨确实是“讥君王”。

（作者单位：北京第二外国语学院文艺学研究中心）

高屋建瓴　大义微言

——韩愈《送董邵南序》发微

张家壮

韩愈《送董邵南序》(以下简称《送序》)又题为《送董邵南游河北序》。此文写作的时间，方成硅定为唐德宗贞元十八至十九年(802—803)间[①]。

韩愈的散文创作，笔致奇曲。过商侯在《古文评注》中就说过“唐文惟韩奇”的话，继而又说《送序》为“韩中之奇”[②]。

《送序》原文云：

> 燕、赵古称多感慨悲歌之士。董生举进士，连不得志于有司，怀抱利器，郁郁适兹土，吾知其必有合也。董生勉乎哉！夫以子之不遇时，苟慕义强仁者皆爱惜焉，矧燕、赵之士出乎其性者哉！
>
> 然吾尝闻风俗与化移易，吾恶知其今不异于古所云邪？聊以吾子之行卜之也。董生勉乎哉！
>
> 吾因子有所感。为我吊望诸君之墓，而观于其市，复有昔时屠狗者乎？为我谢曰：明天子在上，可以出而仕矣。[③]

《送序》全文仅150字。开笔一处，破空而来，不谈董生去河北一事，而直述古事。燕赵云云，谁都会很自然就想起荆轲、高渐离诸人。据《史记·刺客列传》记载，荆轲为燕太子丹复仇。临行，太子丹、高渐离、宋意皆着白衣冠送荆轲于易水，高渐离击筑，荆轲应声而歌：“风萧萧兮易水寒，壮士一去兮不复还。”[④]歌声悲壮激越，竟致“士皆嗔目，发尽上指冠”[⑤]。“感慨悲歌”四字概括了这一群体的悲壮心理，也代表了燕、赵这一古老地域所特有的文化意蕴。古燕国、赵国地相当于唐河北道一带。董邵南愤愤不平于自己沉沦压抑的境遇，“郁郁适兹土”、感慨而多气不正是此一时董生的心境吗？于是，作者以一“合”字统之，非但董生所去之河北与古之燕、赵在地理位置上相合，董生与燕、赵之士更在情志上投合，至此，董生身、心皆有了合适的着落点。韩愈对董生“不遇时”，深怀同情。当时举进士失意者，投奔藩镇作谋士的比比皆是，董生去河北找出路，殊不为怪。故作者于爱惜、怜悯之外，又以“勉乎哉”多

---

① 童第德选注《韩愈文选》，人民文学出版社1980年版。

② 刘豫庵《详订古文评注全集》卷六，上海锦章图书局民国二十(1931)年印行。

③ 马通伯《韩昌黎文集校注》，古典文学出版社1957年版，第144—145页。

④ 《史记》卷八十六，中华书局1959年版，第2534页。

⑤ 《史记》卷八十六，中华书局1959年版，第2534页。

加劝励，一往情深，跃然纸上。

如是，再返读文章第一句，乃知这一句是以古蓄势的一笔，包孕了全文，下面层层递进的意思都从此出。

紧接的下一段婉转一变，抛开了对“燕、赵之士”的怀古幽思，也不再囿于对董生的一味鼓励，而是将自己“利害必明”、“情炎于中”①的家国之思一决于文。他将一篇本为朋友间一般送别意义的赠序提升到了另外一个境界。

“风俗与化移易”是大义微言之语，过商侯《古文评注》将这一句评为全文“上下过脉”②，无疑是一语中的。仁义出乎其性，那是昔日之燕、赵；风俗随教化在不断移易，今天的河北仍能有过去的遗风吗？虽以疑问的语气出之，然以韩愈、董邵南的识见，当时河北情状如何，二人应是心知肚明的。

《资治通鉴》卷二百二十六载：

> （建中二年）春，正月，戊辰，成德节度使李宝臣薨。宝臣欲以军府使其子行军司马惟岳。……初宝臣与李正己、田承嗣、梁崇义相结，期以土地传之子孙。故承嗣之死，宝臣力为之请于朝，使以节授田悦，代宗从之。悦初袭位事朝廷礼甚恭，河东节度使马隧表其必反，请先为备。至是悦屡为惟岳请继袭，上欲革前弊，不许。……悦乃与李正己各遣使诣惟岳，潜谋勒兵拒命。③

唐朝在“安史之乱”后，割据局面已完全形成，说唐朝后期历史为一部藩镇割据史实不为过。其时河北三镇正是叛臣武头的世袭领地。陈寅恪先生在《论韩愈》一文中指出：“即当退之时，佛教徒众多，于国家财政及社会经济皆有甚大影响。”④而藩镇割据之于社会稳定，经济发展之干扰破坏也莫不如是。当时藩镇擅权的局面，造成社会经济的破产。然这只是问题之一端，其更重要的一端，诚如钱穆先生所说：“其第二个更大的影响，则为藩镇政权下之社会文化水准之降低。”⑤“风俗与化移易”，不仅指现下的藩镇政权与过去中央集权之差异，更指“胡化”这一层。藩镇辖区文化的衰微，是“胡化”的直接结果。而河北三镇的“胡化”，因南北朝长期之民族迁徙造成，至“安史之乱”更是日甚一日。关于这一气运的推移，陈寅恪先生在他的《唐代政治史述论稿》上篇里已作有力之论证，足资参考。所可注意的是当地“胡化”后的社会情态。杜牧《唐故范阳卢秀才墓志》云：

> 秀才卢生名霈，字子中。自天宝后，三代或仕燕，或仕赵，两地皆多良田畜马，生年二十，未知古有人曰周公、孔夫子者，击毬饮酒，策马射走兔，语言习尚，无非攻守战斗之事。⑥

卢秀才虽为汉人，“胡化”已深矣！像这样的例子，于其时、其地是不可一二数的。汉人尚且如此，本为胡籍者原就不崇文教，无怪要视安禄山、史思明为“二圣”。以韩愈之素学孔孟之

---

① 《送高闲上人序》，《韩昌黎文集校注》，古典文学出版社 1957 年版，第 158 页。

② 刘豫庵《详订古文评注全集》卷六，上海锦章图书局民国二十(1931)年印行。

③ 中华书局 1956 年版，第 7291—7293 页。

④ 《金明馆丛稿初编》，上海古籍出版社 1980 年版，第 289 页。

⑤ 《国史大纲》，商务印书馆 1996 年版，第 466 页。

⑥ 《全唐文》，中华书局 1983 年版，第 7824 页。

道，又有鉴于这一特殊的社会局势，“尊王攘夷”自然就成了他古文运动的中心思想。应当提及，儒家学说解释“华”、“夷”之别，已不是从“血统”上区分之，而是以“文化”区分之，正是：“诸侯用夷礼，则夷之，进于中国，则中国之。”[①]依此，韩氏古文运动的实际意义则在维护华夏传统文化，并希望通过文化的复兴以拯救涣散不堪的集权领导。“风俗与化移易”六字即在文化层面予河北一地以否定，饱含了韩愈深沉的社会忧思，也表现了他对藩镇割据势力“不臣其臣”的隐曲暗示和深刻讥讽，“文章关世运，讵谓不然！”（胡应麟语）只是韩愈将此一段纷乱而复杂的史实模糊化了，代以“风俗与化移易”统括之，“然”字是含有暗讽的转折，并由此很自然地过渡到现实中来，突出问题的实质，含蓄地托出作者对现实的认识和看法，以“恶知”、“聊以”等虚词隐约其意，又以“古”、“今”二字作对比、呼应，含蓄隐微，意味特别隽永。

文章再一次出现“董生勉乎哉”一句，自然不是上一次语意的复叠。河北地方在强藩割据下风气已与古代不同，这是一个不争的事实。董邵南能合于古之燕、赵，自不能合于今天之河北，对此韩愈不以直言道破，而欲以董生的河北之行来验证，似乎仍赞成董生去河北，但此中深微之意，读者不能不察。朱宗洛《古文一隅》卷中道：“本是送他往，却要止他住，故‘合’一层易说，‘不合’一层难说。”[②]但愈是艰难，愈足以看出韩文欲言又止、曲尽吞吐的妙处。韩愈避开正面，从侧面表达，我们可在隐微婉曲的文辞里，体会作者“不显山，不露水”的巧意。如果说前一句尚在鼓励董生往河北，这一句则是要董生慎重思量，甚至直是要董生不能去！再质言之，前文送是“发乎情”，现在劝是“止乎礼义”。

最后一段。“吾因子有所感”，“感”是交错复杂的。其一，有感于董邵南因“不遇时”，而亟寻出路的苦闷，韩愈《嗟哉董生行》长诗中“刺史不能荐，天子不闻名声，爵禄不及门，门外惟有吏，日来征租更索钱”[③]等句，即是从另一方面展示了董生出行、投奔藩镇的原因；其二，担心董邵南投靠藩镇，糊涂了去就之理，背叛朝廷，损害了忠义的名节。

于是有了“为我吊望诸君之墓”一句。望诸君，即战国时期著名军事家乐毅。史书上关于乐毅事迹的记载很多，读者可以想到他辅佐燕昭王报强齐伐燕之仇，下齐七十二城；也可以想起燕惠王中齐国田单之反间计，使骑劫代乐毅为将，乐毅被迫逃奔赵国……惟韩愈嘱咐董生拜祭望诸君墓地，却意在启发董生记起乐毅即使在去国离乡之际，仍怀有对自己祖国的忠诚之心，读他《报燕王书》“臣闻古之君子，交绝不出恶声；忠臣去国，不絜其名”[④]的话语，董生不致无所感发。这里的创新在于这一句话体现了韩愈用事的特色。他不以直言喷薄的笔法来表达辞意，而借乐毅事迹所暗含的意义，寄慨遥深，希望董生能有感于斯而领悟去就之义，做一个忠志之士。韩愈以史例今，通过在燕、赵这样一个典型的环境，托请乐毅这样一个典型的人物，赞颂他磊落的胸怀，以此感化董生，达到劝诫的目的。这样一来，文章的韵味和思想内涵就远比直陈其事要超越多了。

文章结尾深意蔚然，前番仿佛掘井一般层层递进的文意，算是水到渠成了。“明天子在上，可以出而仕矣”，召唤狗屠这些流落在外的慨慷之士入朝出仕，那么董生还应到外面去吗？于是，由送行变为劝阻，反意正说，且与文章首句遥相应承，主旨凸现无碍。以董邵南的

① 韩愈《原道》，《韩昌黎文集校注》，古典文学出版社1957年版，第10页。

② 孙昌武《韩愈选集》，上海古籍出版社1996年版，第247页。

③ 钱仲联《韩昌黎诗系年集释》，古典文学出版社1957年版，第39页。

④ 《史记》卷七十九，中华书局1959年版，第2433页。

颖悟，决不至闷墨不省而不解韩愈对朋友大义相勉的诚挚用心。

李兆洛《文章精义》曾云："文章短而转折多，气长者，韩退之《送董邵南序》、王介甫《读孟尝君传》是也。"[①]韩文多转折多层次的艺术构筑，无疑增强了作品的意味，给作品增加了厚重感。

（作者单位：福建师范大学文学院）

① 孙昌武《韩愈选集》，上海古籍出版社1996年版，第246页。

论宋人对韩愈“文以明道”的接受

查金萍

一、韩愈的“文以明道”

先秦时期，由于文的概念相当宽泛，文与道（道德、事功等）的关系也很密切，不可分割，所以尚不存在文、道关系问题。这一命题的形成应该是在文、道分离以后，文的特征日益彰显，其自身价值越发突出以后，人们对于文道关系的思考才提上议事日程。

最早将文道之间的分离关系表达得最为清楚的是梁简文帝萧纲的《诫当阳公大心书》："立身之道与文章异。为人先须谨慎，文章且须放荡。"[①]在这里梁简文帝将文与道完全分开来，文自文，道自道，文具有了前所未有的独立性。在齐梁时期，文的发展极端化，浮靡绮艳的文辞，空洞的内容，使诸如裴子野类的文士站出来提出重功利、主质朴的文学主张，于是文与道究竟以怎样的关系出现便成为人们关注的重心。最早在理论上明确地提出“文以明道”主张的是刘勰。他在《文心雕龙·原道》中说道："道沿圣以垂文，圣因文而明道。"[②]意思是说，“道”靠圣贤而见于文字，圣人又凭借文字来“明道”，可见刘勰认为文道是相互依存的，道固然重要，文也不容忽视，这种文艺思想在南北朝时期是一种非常进步的文学价值观，对后代产生了很大的影响。

隋末的王通在其《文中子·天地篇》中说："学考博诵云乎哉？必也贯乎道。文者，苟作云乎哉，必也济乎义。"[③]这就是对刘勰“因文明道”的继承。中唐的梁肃、柳冕也有关于文道关系的言论。梁肃说："故文本于道，失道则博之以气，气不足则饰之以辞。盖道能兼气，气能兼辞，辞不当则文斯败矣。"[④]柳冕在《答衢州郑使君论文书》中说："故君子之文，必有其道。道有深浅，故文有崇替。"[⑤]到了韩愈那里，“文以明道”思想有了更大的发展。中唐时期，虽然“文以明道”这个词语是柳宗元首先提及[⑥]，但是这种思想的最先表达在韩愈。他在其文中多

---

① 萧纲《诫当阳公大心书》，《汉魏六朝百三家集》（四）卷八十二，江苏古籍出版社 2002 年版。

② 刘勰《文心雕龙·原道》，范文澜注《文心雕龙注》，人民文学出版社 1978 年版，第 3 页。

③ 王通《天地篇》，《文中子中说》，《四部丛刊初编》本，卷二。

④ 梁肃《补阙李君前集序》，《文苑英华》，《四库全书》本，卷七百三。

⑤ 柳冕《答衢州郑使君论文书》，《唐文粹》，浙江人民出版社 1986 年版，卷八十四。

⑥ 柳宗元《答韦中立论师道书》："及长，乃知文者以明道，是固不苟为炳炳烺烺、务采色、夸声音以为能也。"

次提到:"愈之志在古道,又甚好其辞。"[①]"然愈之所志于古者,不惟其辞之好,好其道焉尔。"[②]"愈之为古文,岂独取其句读不类于今者邪?思古人而不得见,学古道而兼通其辞。通其辞者,本志乎道也者。"[③]"君子居其位,则思死其官;未得位,则思修其辞以明其道。"[④]

从这些文句中我们怎样来理解韩愈"文以明道"的意思呢?首先看看其"文"所指为何?很明显,指的是"辞",即文辞;"道"的所指可能较为复杂一些。朱自清先生说:"这里所谓道,偏于教化方面。"[⑤]按照朱先生的观点,将"道"理解为教化,还是不够的。"教化"之意其实应是王通、梁肃、柳冕之"道"的范畴,正如葛晓音先生所说的:"南北朝、隋代儒家关于文章明道的具体解释均以宗经述圣为本。……这种理论本于乐正教化、文关兴衰的传统政治观和文学观。"[⑥]刘勰之"道"指的是"自然之道"[⑦],韩愈之"道"是与刘勰、王通所不同的,一方面指的是"古道",即其在《原道》中所说的尧、舜、汤、禹、文、武、周公、孔、孟之道;一方面指"君子之道":修身、正心、诚意等道德修养。

再看看韩愈的"文"与"道"是怎样的关系,"修其辞以明其道",可见"道"与"文"联系在一起,偏重于道("本志乎道也者")又文道并重("志在古道,又甚好其辞")。他的这种思想正是他领导的儒学运动与古文运动取得双双胜利的一大关键。原因有二:一在于前面所说的"道"之内容的变化,使文章很有效地配合了当时的儒学复兴运动;二在于重文,这点正是韩愈区别于梁肃、柳冕等古文运动先驱的地方,梁肃、柳冕的文道观认为道是文之根本,若文不以道为本,则文章只是一种技艺,毫无价值。韩愈文道并重的思想明显优于梁、柳,他的这种思想也是古文运动取得胜利的最重要因素。

最后还要说明一点,韩愈的文道观不能用"文以贯道"和"文以载道"来表示[⑧]。"文以贯道"首见于王通,后来李汉在《昌黎先生集序》中亦云:"文者贯道之器也。"[⑨]王通的"贯",朱自清先生认为是"贯通"的意思,李汉之"贯",是贯注、充盈之意,都与韩愈的"文以明道"有差别;而"文以载道"的专利权则在宋人周敦颐,与韩愈的文道观也是不同的,这一点后文还将详述,所以我们不能将这三个概念随意互换[⑩]。

二、宋人对韩愈"文以明道"的接受

由于古文运动与儒学复兴运动的天然关系,宋人从一开始接受韩愈思想时就对文道关系予以特别的关注。从宋初的田锡开始到宋末的刘辰翁,论及文道关系的不下三十家,下面

---

① 韩愈《答陈生书》,《韩昌黎文集校注》卷三,上海古籍出版社 1987 年版,第 176 页。

② 韩愈《答李秀才书》,《韩昌黎文集校注》卷三,第 176 页。

③ 韩愈《题欧阳生哀辞后》,《韩昌黎文集校注》卷五,第 304 页。

④ 韩愈《争臣论》,《韩昌黎文集校注》卷二,第 108 页。

⑤ 刘晶雯整理《朱自清中国文学批评研究讲义》,天津古籍出版社 2004 年版,第 34 页。

⑥ 葛晓音《论唐代的古文革新与儒道演变的关系》,《中国社会科学》1987 年第 1 期。

⑦ 有学者认为刘勰之"道"巧妙地偷换了"道"的概念,将自然之道悄悄地置换为政治伦理之道。见刘尊举《"文以明道"与古代士人的生命价值观》,《文学前沿》,学苑出版社 2006 年版。

⑧ 郭绍虞《文学观念及其含义之变迁》,1927 年《东方》第 25 卷第 1 期,也以"载道"、"贯道"区分唐宋文道关系。

⑨ 李汉《昌黎先生集序》,马其昶校注,马茂元整理《韩昌黎文集校注》,第 1 页。

⑩ 刘真伦《从明道到载道》,载于《文学遗产》2005 年第 5 期,也表明了相似的观点。

依时为序，对宋人于文道关系的论述做一梳理，从而更直观地看出他们对韩愈“文以明道”的继承、发展及变化情况。

人之有文，经纬大道，得其道，则持政于教化；失其道，则忘返于靡漫……文不必拘于常态，而应变化自如，出人意表。（田锡《贻陈季知书》）

古文者，在于古其道，高其意，随言短长，应变作制，同古人之行事，是谓古文也。（柳开《应责》）

吾之道，孔子孟轲扬雄韩愈之道；吾之文，孔子孟轲扬雄韩愈之文也。（柳开《上王学士第三书》）

文恶辞之华于理，不恶理之华于辞。（柳开《上王学士第三书》）

文所以载道也。轮辕饰而人弗庸，徒饰也，况虚车乎？文辞，艺也；道德，实也。……不知务道德而第以文辞为能者，艺焉而已。（周敦颐《文辞》）

夫文，传道而明心也。（王禹偁《答张扶书》）

然而文学本乎六经者，其为政也，必仁且义，议理之有体也。（王禹偁《送谭尧叟序》）

文者，道之用也……故文之作也，必得之于心而成之于言。……必皆临事摭实，有感而作。（孙复《答张泂书》）

今杨亿穷妍极态，缀风月，弄花草，淫巧侈丽，浮华纂组；刓锼圣人之经，破碎圣人之言，离析圣人之意，蠹伤圣人之道。（石介《怪说》中）

圣人之文虽不可及，然大抵道胜者，文不难而自至也。……此足下所谓终日不出于轩序，不能纵横高下皆如意者，道未足也。若道之充焉，虽行乎天地，入于渊泉，无不之也。（欧阳修《答吴充秀才书》）

其充于中者足，而后发乎外者大以光。……古之学者非一家，其为道虽同；言语文章，未尝相似。（欧阳修《与乐秀才第一书》）

且所谓文也，务为有补于世而已矣；所谓辞者，犹器之有刻镂绘画也。诚使巧且华，不必适用；诚使适用，亦不必巧且华。要之以适用为本，以刻镂绘画为之容而已。……然容亦未可已也，勿先之，其可也。（王安石《上人书》）

治教政令，圣人之所谓文也。书之策，引而被之天下之民，一也。圣人之于道也，盖心得之。作而为治教政令也，则有本末先后，权势制义，而一之于极。其书之策也，则道其然而已矣。（王安石《与祖择之书》）

非夫诚发乎文，文贯乎道，仁思义色，表里相济者……某尝患近世之文，辞弗顾于理，理弗顾于事，以襞积故实为有学，以雕绘语句为精新，譬之撷奇花之英，积而玩之，虽光华馨采，鲜缛可爱，求其根柢济用，则蔑如也。（王安石《上邵学士书》）

辨之生也害词，词之生也害文，文之生也害道德。……然上世非无文词，道德胜而后振故也；后代非无道德，诡辩放淫而覆塞之也。（苏舜钦《上孙冲谏议书》）

所欲学者古之文邪？古之道邪？……若语其文，则荀、扬以上，不专为文，若语其道，则恐王、韩以下，未得与孔子并称也。……故学者苟志于道，则莫若本之于天地，考之于先王，质之于孔子，验之于当今。（司马光《答陈充秘校书》）

君子之学为道乎？为文乎？夫唯文胜而道不至者，君子恶诸。（司马光《迂书·

斥庄》)

存诗所以载道。(王令《答吕吉甫书》)

古之为诗者有道:礼、义、政、治,诗之主也。(王令《上孙莘老书》)

问:“作文害道否?”曰:“害也。凡为文不专意则不工。若专意,则志局于此,又安能与天地同其大也。”(程颐《二程语录》)

道可致而不可求。(苏轼《日喻》)

文起八代之衰,道济天下之溺。(苏轼《潮州韩文公庙碑》)

世之为文章者,采摭袭蹈,苟致文华,文章之所自来者,曾不及知之,则其害道也,何可胜言哉!(黄裳《上黄学士书》)

得其心,斯得其所以言,而出言有章矣,岂徒考其文而已哉?……学者苟得其用心,何患其不能言哉?(游酢《兴于诗章》)

盖言以道为主,而文以言为主。当其所值时事不同,则其心气所道,亦各成其言,以见于所序,要皆不违乎道而已。……盖古人之文,知由道以充其气,充气然后资以言,以了其心。(吕南公《与汪秘校论文书》)

夫玩其文,不索其实,遂往不返,则风俗斯殆。(晁补之《策问》)

然则古之时,六籍未具,不害其善学,后世文籍虽多,亡益于得也。(杨时《送吴子正序》)

韩退之以为文人则有余,以为知道则不足。(张耒《韩愈论》)

经术者,黍稷稻粱也;文章者,五味百羞也。用黍稷稻粱之甘,以充吾所受天地之冲和,固其本矣;若遂以五味百羞为无补于养生,皆废而不用,则加笾陪鼎,殽蒸折俎,不当设于先王燕飨之时也。(汪藻《答吴知录书》)

言非有意于文,本深则末茂,形大则声闳。故也周衰道丧而文浮,孔子盖甚不取。……汲汲学文而不躬行,文而幸工,其不异于丹青朽木、俳优博笑也几希,况未必能工。(胡寅《洙泗文集》)

实者,本也。文者,末也。(陆九渊《与吴子嗣第四书》)

和顺于道德而理于义,穷理尽性以至于命,这方是文……文以理为主。(陆九渊《语录》)

这文皆是从道中流出,岂有文反能贯道之理。文是文,道是道,文只如吃饭时下饭耳。若以文贯道,却是把本为末,以末为本,可乎……道者,文之根本;文者,道之枝叶。……不必着意学如此文章,但须明理;理精后,文字自典实。(朱熹《朱子语类》)

如尧之文章,孔子之文章,由道心而达,始可以言文章。若文士之言,止可谓之巧言,非文章。(杨简《家记九·论文》)

文云者,亦非若后世哗然后众取宠之文也;游于艺以博其趣,多识前言往行,以蓄其德。本末兼该,内外交养,故言根于有德,而辞所以立诚。(魏了翁《坐忘居士房公文集序》)

由今视之,二书(《昭明文选》、《文粹》)所录,果皆得源流之正乎?夫士之于学,所以穷理而致用也。文虽学之一事,要亦不外乎此。故今所辑,以明理义切世用为主。其体本乎古,其指近乎经者,然后取焉;否则辞虽工亦不录。(真德秀《文章正宗纲目》)

则所谓文者，特饰奸之具尔，岂曰贯道之器？（真德秀《跋欧阳四门集》）

故气亦道也。如是之文，始有正气。……道苟不明，气虽壮，亦邪气而已，虚气而已，否则客气而已，不可谓载道之文也。（王柏《题碧霞山人王公文集后》）

文章圣心之正传，达则为经纶之页，穷则为载道之器。（元好问《鸠水集引》）

余所谓文者，皆不得已也。……夫言虽技也，道亦不离于言。……道不得已为言，言不得已亦道。（刘辰翁《赠潘景梁序》）

以上列了二十九家对文道关系的主要观点，基本可以印证郭绍虞先生在《中国文学批评史》中所论述的三派观点：以欧阳修、苏轼等为代表的文学家的观点；以二程、朱熹等为代表的理学家的观点；以司马光、王安石为代表的政治家的观点。宋代文道观的基本情况也大体不出此范围，但仍有些具体问题需要阐述。

首先对于文学家一派的接受情况，有几个问题需要说明一下：

第一，田锡和王禹偁算是早期文学派接受韩愈文道关系的代表。他们的文道观与韩愈最为接近，可以说是韩愈文道观的最忠实的继承者。田锡是很注重向前人学习的，特别是他的文章多学韩愈，他曾在《贻宋小著书》称赞道："韩吏部高深。"韩愈的"文以明道"重道却不忽视文辞的观点与他的"人之有文，经纬大道，得其道，则持政于教化；失其道，则忘返于靡漫"和"文不必拘于常态，而应变化自如，出人意表"大意近似。值得一提的是田锡的"道"，他说："道者，任运用而自然者也。"[①]指的是运动着的客观规律，后来苏轼的"道"即得田氏此论余绪。王禹偁对韩文的称许更甚于田锡，他标举韩愈是"近世为古文之主者"[②]，并向后学者提出"远师六经，近师吏部，使句之易道，义之易晓"[③]的希望。他的文道观与韩愈如出一辙，都强调古文的作用在传道明心，都强调文从字顺，如果说王禹偁有何异于韩愈的地方，那就在于他特别强调"文贵乎易晓"的观点，他的文章语言平易，文风朴实，对改革五代以来的颓靡文风起了很大的作用。他的这种文道观对后来欧、苏一派都有很大的影响，应该说他是北宋诗文革新的先驱者。

第二，关于欧阳修和苏轼的文道观，历代学者都认为可以作为宋代文学家一派的代表，其实他们的观点也是不尽相同的。在讨论文道关系时，他们所指的"道"是不同的。欧阳修的"道"除了指儒家圣贤之道外，更重要的，他认为道是指现实政治和社会生活中的"百事"，他曾批判"世之学者"，曰："夫学者未始不为道，而至者鲜焉，非道之于人远也，学者有所溺焉尔。盖文之为言难工而可喜，易悦而自足，世之学者往往溺之，一有工焉则曰：吾学足矣。甚者至弃百事不关于心，曰：吾文士也。职于文而已，此其所以至之鲜也。"[④]可见他的"道"是关乎"百事"的，这样，他的文道关系就有点接近文学与现实的关系。他的这种观点的形成与当时的"庆历新政"之政治背景密切相关。苏轼的"道"则更为复杂，内涵更为丰富，儒、道、释三家思想都在其"道"中得到体现，特别是他的"道"在很多情况下指的是客观事物的规律和日常生活中的道理，如他在《日喻》中说的"道可致而不可求"[⑤]指的就是客观事物的规律。可

① 田锡《贻宋小著书》，《咸平集》卷二，《四库全书》本。

② 王禹偁《答张扶书》，《小畜集》卷十八，《四部丛刊三编》本。

③ 王禹偁《答张扶书》，《小畜集》卷十八。

④ 欧阳修《答吴充秀才书》，《欧阳修全集》卷四十七，中华书局2001年版，第663页。

⑤ 苏轼《日喻》，《苏轼文集》卷六十四，中华书局1986年版，第1980页。

见,欧阳修与苏轼之“道”是有差别的,欧阳修还是基本继承了韩愈的文道观,如他的“圣人之文虽不可及,然大抵道胜者,文不难而自至也”,讲究“道胜文至”与韩愈的“文以明道”思想基本一致;到苏轼则重文倾向比较突出,苏门的重文可以从秦观与张耒二人的《韩愈论》中看出一二。秦观是完全从文学角度肯定韩文的贡献,认为“然自周衰以来,作者班班,相望而起,奋其私知,各自名家。然总而论之,未有如韩愈者也。……杜氏韩氏,亦集诗文之大成者欤!”[①]张耒在批评韩愈“道”的同时指出“韩退之以为文人则有余,以为知道则不足”[②]。在苏门中,晁补之的文道观值得一提。他在《策问》一文中发挥了王通重道轻文的观点,批评了六朝浮靡文风,认为“夫玩其文,不索其实,遂往不返,则风俗斯殆”[③]。他的这种重道轻文思想在苏门总体重文轻道的风气中稍显独特,但他的“道”不再与王通的“道”同义,而是与苏轼一样开始注重实际。

第三,在政治家文道观与理学家文道观盛行以后,还能有两个特立独行之人坚持韩愈等古文家文道观,在当时的环境下,确实难能可贵,一个是北宋末的汪藻,一个是南宋末的刘辰翁。汪藻所处的时代是南北宋之际,此时政治家文道观的盛时业已过去,理学家文道观却绵延不断,而他的文道观一反重道轻文之风,认为文章和经术不可偏废。他首先在《鲍吏部集序》中指出:“古之作者,无意于文也,理至而文则随之。如印印泥,如风行水上,纵横错综,灿然而成者,夫岂待绳削而后合哉?……本朝自熙宁、元丰,士以谈经相高,而黜雕虫篆刻之习,庶几其复古矣。然学者用意太过,文章之气日衰。”[④]认为六经之时理与文随,后世文章经术分离产生了很大的弊病,而宋熙宁、元丰间由于王安石一派的文道观使“文章之气日衰”,他对苏、黄一派倒是十分推崇。后来又在《答吴知录书》中不仅批评了政治家以经术自高而轻视文章的现象,而且对程颐一派认为“作文害道”的理论也进行了反驳,旨在纠正当时重道轻文的弊病。“自王氏之学兴,学者偃然以经术自高。……又数年来,伊川之学行,谓读书作文为妨道,皆绝而不为。……二先生者,天下之宗师也。其文章过人万万,议之者非狂则愚。……”[⑤]刘辰翁文道并重的文道观是对南宋程朱一系重道轻文文学观的反驳,在理学盛行的时代风气里他提出这种文学思想的意义也是很深远的。在《赠潘景梁序》中他表明了自己的观点:“余所谓文者,皆不得已也。……夫言虽技也,道亦不离于言。……道不得已为言,言不得已亦道。”[⑥]认为文须有为而作,是不得不言的产物,这与韩愈的“不平则鸣”有很大的相似,更难能可贵的是他认为“道亦不离于言”,这种文道统一论正是与韩愈遥相呼应的。

其次,对于政治家的文道观也有几点需要阐述:

第一,虽然王安石与司马光属于新旧两党,政见水火不容,但他们的文道观可以划分到同一个阵营——政治家一派。他们二人对韩愈之道都持否定态度,这个也一定程度影响到他们对韩愈文道观的接受。王安石的态度我们从其《韩子》一诗以及他在《四家诗选》里对韩愈的排序可见一斑。他虽然也说“文贯乎道”,但他的“道”多是指“若欲以明道,则离圣人之

① 秦观《韩愈论》,《秦观集编年校注》卷二十一,人民文学出版社 2001 年版,第 478 页。

② 张耒《韩愈论》,《张耒集》卷四十一,中华书局 1990 年版,第 677 页。

③ 晁补之《策问》,《鸡肋集》四部丛刊初编本,卷三十九。

④ 汪藻《鲍吏部集序》,《浮溪集》卷十七,《四部丛刊初编》本。

⑤ 汪藻《答吴知录书》,《浮溪集》卷二十一。

⑥ 刘辰翁《赠潘景梁序》,《须溪集》卷六,《四库全书》本。

经，皆不足以有明也”[①]之“道”，即经术；而且他的“文贯乎道”是以道为主的，“所谓辞者，犹器之有刻镂绘画也。诚使巧且华，不必适用；诚使适用，亦不必巧且华。要之以适用为本，以刻镂绘画为之容而已”[②]。文只是器皿上的“刻镂绘画”而已，可有可无。他的这种文道观显然与韩愈乃至欧阳修都有区别。司马光的“道”比王安石之“道”更重现实性。他在《与薛子立秀才书》中说：“求其位而行其道，以利斯民也。”其“道”是以利民为主的。他在《迂书·文害》中也指出“君子有文以明道”，但他的“文以明道”与韩愈是有区别的，我们从其《答陈秘校》一文可以看出他的文道观其实是裂文道为二物的，他说“所欲学者古之文邪？古之道邪？……若语其文，则荀、扬以上，不专为文，若语其道，则恐王、韩以下，未得与孔子并称也。……故学者苟志于道，则莫若本之于天地，考之于先王，质之于孔子，验之于当今”[③]，是将文道分开来谈。这就与王安石的文道观也有一些不同。

第二，在政治家这一派中的王令，可以说是一个另类。由于他与王安石密切的关系，以及文学思想的基本相近，把他归入这一派又在情理之中。这里特别要谈到他文道观的一大贡献，就是一直以来人们在讨论文道关系时，“文”仅仅局限在文章，有的虽然也包括诗，但重点仍在文章，而王令将诗歌引进“文”的阵营。他说，“存诗所以载道”，第一次专以“载道”论诗，与周敦颐的“文以载道”桴鼓相应，但王令的“道”与道学家周敦颐的“道”并不同，他在《上孙莘老书》中说道：“古之为诗者有道：礼、义、政、治，诗之主也。”可见他的“道”与王安石的“礼教治政云尔”如出一辙。但“二王”文道观的不同处在于王令所强调的“礼、义、政、治”为诗之根本，并非要诗歌简单地从属于政治教化，而是认为诗道广大，他说：“观其言辩而当，质而不俚，文而不华，曲而畅……然后知诗之道博……”[④]

最后再来看看理学一派。从柳开、石介、孙复开始到周敦颐再到程、朱以及陆九渊，虽然各人文道观有些微区别，但总的说来是“重道轻文”，都对韩愈的文道观持批评态度，这一点我们从南宋时期的情况可以看出，大部分论及文道关系的理学家都“重道轻文”。这里要说的是他们之“道”的一些区别，因为弄清每位论者“道”之内涵，对于理解其文道观具有重要的意义。柳开及宋初三先生之“道”基本偏重于儒家自尧、舜、禹传下来的道统，如柳开所说“吾之道，孔子、孟轲、扬雄、韩愈之道”[⑤]；周敦颐之“道”侧重于人心性命的义理之学，区别于欧阳修等古文家的“经世致用”之说；二程之“道”上承周氏，也有儒家经义之说在里面；至于朱熹的“道”，莫砺锋先生在其《朱熹文学研究》一书中认为，朱熹其道与其文皆可分为四个层次：第一个层次的“文”指的是典章制度，“道”指永世长存的“天道”；第二个层次的“文”指的是一切文化学术，“道”指儒家学说；第三个层次的“文”是文字，“道”是人伦秩序；第四个层次的“文”是文章亦即文学的形式，“道”是文章的思想内容[⑥]。所以从这四个层次来理解朱熹的文道观则比较合适。也正因为如此，在宋代理学家中，朱熹的文道观较为接近韩愈。另外，在南宋理学家中王柏的“道”值得注意，他提出“气亦道”的观点，是对“文以载道”说的补充。

---

① 王安石《答孝宗书》，《王文公文集》卷七，上海人民出版社 1974 年版，第 102 页。

② 王安石《上人书》，《王文公文集》卷三，第 44 页。

③ 司马光《答陈充秘校》，《温国文正司马公文集》卷五十九，《四部丛刊初编》本。

④ 王令《上孙莘老书》，《王令集》卷十六，上海古籍出版社 1980 年版，第 293 页。

⑤ 柳开《应责》，《河东集》，《四部丛刊初编》本，卷一。

⑥ 莫砺锋《朱熹文学研究》，南京大学出版社 2000 年版，第 109—111 页。

从二程之后直到南宋，论及文道关系的多数为理学家，可见理学家的文道观在当时的社会影响极大，甚至金代的元好问也受其影响，强调“道”对“文”的重要作用。他在《闲闲公墓铭》及《鸠水集引》中认为“大概公之文出于义理之学，故长于辨析，极所欲言而止，不以绳墨自拘”[①]，“文章圣心之正传，达则为经纶之业，穷则为载道之器”[②]，可见其受理学家文道观影响的痕迹。

（作者单位：合肥学院中文系）

① 元好问《闲闲公墓铭》，《遗山集》卷十七，山西人民出版社 1990 年版。

② 元好问《鸠水集引》，《遗山集》卷三十六。

国内所见和刻唐宋八大家选本叙录

付　琼

“唐宋八大家选本”是指明清时期出现的包括茅坤《唐宋八大家文钞》在内的唐宋八大家散文的合选本。这些选本曾陆续传入日本，一度成为日本人学习汉文的通用教科书；由于这个原因，在文化至大正时代百余年的历史跨度上相继出现了多种唐宋八大家选本的和刻本，其中最有代表性的是沈德潜《唐宋八家文读本》。日本著名汉学家佐藤一郎《中国文章论》（上海古籍出版社，1996年版，第66页）所列举的沈德潜《唐宋八家文读本》系统的各种和刻评注本有赖山阳《增评唐宋八家文读本》、川上广树《点注唐宋八家文读本》、服部富三郎《唐宋八大家文摘解》、井上揆《纂评唐宋八大家文读本》、冈三庆《唐宋八家文法明辨》、三岛中洲《唐宋八家文》、松平康国《唐宋八大家文读本》、笹川临风《国译唐宋八家文》和塚本哲三《唐宋八家文》，共九种。近年来，我在国内图书馆所见者复有村濑诲辅《续唐宋八家文读本》、石村贞一《纂评唐宋八大家文读本》、框木宽则《标注唐宋八大家文读本》、石川鸿斋《纂评精注唐宋八家文读本》等几个版本。兹就我所经眼的上述版本及沈氏《读本》系统以外的其他和刻本加以叙录，以为拾遗补阙之助。

1.《续唐宋八家文读本》十八卷，日本村濑诲辅编选，上海图书馆藏文政九年（1826）刻本

12册。半叶10行20字，四周单边，白口，单黑上鱼尾，无直格。版框155×114毫米，书225×155毫米。版心题：“续唐宋八家文读本，卷一。”卷首题：“续唐宋八家文读本卷一，韩愈退之著，后学村濑诲辅季德编次。”有圈点，眉上镌汉人诸家评，正文有行间评。

开卷为赖襄《序》：“余尝私修国史，至丰臣氏事，盖有投笔而叹者。丰王公之出使海外也，或说：‘宜以能汉文者从。’公笑曰：恶用汉文为？吾直将使彼用吾文耳！嗟呼，此言也，可以警文士之陋矣！今季德此编，亦得非丰公所笑耶？且季德仕系武籍，何不以长□大剑效力国家，而顾费精于此区区者，何乎？夫我自有文，无须于彼。……丙戌至春山阳外史赖襄撰并书。”

林皝《序》：“门人季德尝好读沈确士《八家文读本》，惋其未备，乃就诸家选本掇拾遗漏，成若干卷。盖八家之选，昉于白云朱氏之《集》，成于鹿门茅氏之《钞》，而孙闻斯、蔡九霞、汪武曹、储同人诸人，林林继出，亡虑数十家。或病芜杂，或伤简约，或僻于猎新掠奇，各有得失焉。茅氏之《钞》最为公平，而以其卷帙浩瀚，士子又艰于篋衍矣。独确士《读本》，则取舍庶乎得中，盖晚出之精者也。至于责备，犹未免有遗珠。此则季德之所以任储胥之劳也。夫八家之文，要皆卓越今古，经纬铺叙，运诸一心，其为雄深，为峭奥，为峻洁，为豪横，分流别派，

畅达纡折，盖天机之所流注，浩浩不可遏止，而自有一定法度存于其间；则后乎百世，虽或有俊杰者出，而亦竟不能废其榘矱也。譬如梓匠轮舆，能审其崇卑广狭，量其修短圆觚，各得其宜，各中其度，为之梁栋，为之榱桷，为之轮辐，为之辕毂，而后巨室成焉，大车造焉，虽在精工妙手，苟废绳墨，弃规矩，则不能致其良也。夫梓将轮舆犹且有法以相□□如此，独至摛文之士废弃其法度，肆然自放于规矩绳墨之外，是讵美于室而无梁栋，车而无轮辐，乌能得为其用哉？八家之为榘矱也久矣，各家皆有选本，俾初学熟读精思，以至于有所自得者，良以此也。今季德之自为为人，亦可谓勤矣。使确士复生，必将掀髯一笑，以为海外知己，则是书之行，岂不有补于艺林也哉！□者将锓梓以问诸世，余乃乐而书于首简。文政八年龙集乙酉□至前三日，柽宇主人林皝撰。”

刘煜《序》：“清沈德潜仿明茅坤《唐宋八大家文钞》而删存三十卷，颜曰《八家文读本》，以资初学。村濑季德病其删落过多，作《续编》以补之。德潜诗人，兼娴于文，而其得于文者不如诗之深，故评论固多中肯綮而流于泛于粗者不鲜，且好泥正理以晦文旨，妄意删去奇文如韩《上于襄阳》、《后二次上宰相书》者无数，不无遗珠之憾。今季德就十数家之选，采其经五人以上拣取者，又总萃诸家评语，佳者一视公听，不参以私，是以八家杰作，大抵蒐罗靡遗，而评之详且确，足以阐发底蕴，较之德潜之选，殆且驾之。或谓茅氏之选粲乎备，沈选不能三之一，别成一书，非赘乎？更续而补之，非重台乎？此坎蛙之见也。有茅氏之选，何妨更有《读本》正续？或详或略，读者参互考覆，以见取舍评骘之同异。秪足资进益，固不党此以伐彼，亦不必主彼而奴此。且元吴澄历举古来文宗，每称韩欧七家，已兆其端，至明初朱右辑录八家文为《八先生集》，而八家之名立。举世谓昉于坤，非也。然则以八家为准，且非坤所创，八家之选，宁可局于《文钞》一书耶？夫儒先之于文，其所祈向取则者，非六经、先秦、西汉乎？宪章六经、秦汉，奚事乎唐宋之卑卑？予尝博观于艺林，其由八家、六经而入者，随才之崇卑、用工之生熟，咸有可观；其雄心悍气，欲一蹴追秦汉而上者不入捋撦吞剥之习，必陷于铣溪筱骖之艰棘。自二李之复古，业已不谦识者意，矧才逊焉者乎？盖六经、秦汉之文，龙变神化，法存无法之中，初学见之，茫不知所持循；其或者不自量而强学焉，则仅仅得其皮毛糟魄而止，亦执所必不免也。若夫八家，则辨论纵横，而指归灼然，照应妙，起伏奇，而蹊径可寻，令人一览瞭焉不迷所向，故八家之文，夫人可学；而六经、秦汉则否也。昔王梅溪评韩文，以为过司马子长，即韩子亦以为子厚似子长，欧苏之伦，虽劣于韩，要为雁行无愧，则亦足以伯仲子长。夫子长，汉代圣于文者，岂易与？确而八家皆与之伯仲，或且过之，岂非以其矩獲整设为后学楷模邪？达此理，然后可与语文矣。抑八家之于文，莫非学六经、秦汉，追其真而不泥其迹，略其形似而抉其神髓，是以克成其为大家。后之师八家者，无他术，亦以八家所以学六经、秦汉学八家而已。果能若是，固足以追尘八家，而又可由八家以溯六经、秦汉矣。季德编选告成，将贞诸梓，问序于予。八家之文之美，无待予赓扬，故详论学八家之法，以谂读斯选者焉。文政二年己卯二月，紫溟刘煜撰并书。”下为佐藤坦序，序署：“文政二年己卯仲春月江都一斋居士佐藤坦撰。”

《例言》云：“唐宋八家之文，各卓越一代，轨范百世，后之议者，或损为六家，为四家，或增为十家；而公论卒归于八家，不可易也。沈确士《读本》原为初学设，概从简约，余独惜昆宝犹有拾遗，因今续成是编，亦惟为初学，庶其无挂漏乎。是编一就古人各种选本取舍，不敢专任诸己，又必采其经五家选以上至二十家选，欲务取舆论之公也。原书目次附后。……每篇题上加圈：入五家选者用尖圈，七家用单圈，十家用重圈，十五家叠用尖圈、重圈，廿家叠用重圈。间有加小圈者，假如单圈上加小圈一，是八家也；加小圈二，是九家也。馀可例推。龙集屠维单于桃花节不二石莽居士识。"

书尾首跋："余尝编此续集，未暇校订，唯供自读耳。顷日书贾秋堂持去，遽命剞劂。余时在京，山河隔路，不得就校既传播焉者五百八十部，可无遗憾哉？今兹四月，归家校读，订字一二，加之删补，始得全校，且节录其本传，又参订之，姚平山所录略传以附焉。请读者以有此附传者须为定本云。文政九年丙戌秋九月不二石莽主人识。"

书尾二跋："明已后选唐宋八家文者亡虑数十种，而舆论竟归鹿门茅氏，特以卷帙浩瀚，又少舶载，其在穷境僻邑，盖非易得也。沈确士读本已入官刻，广布四方，而选犹多遗珠，操觚之士不能无谦然。吾友季德尝就诸家选本拾摭确士遗漏，得凡三百五十馀篇，乃与沈本合成七百二十篇，于是乎八家杰作，尽完备焉。曩架插沈本者继得斯编以为合璧，则庶几不复朵颐于鹿门之选也。岁在乙酉菊下澣三日柴田清坚识。"

2.《宋大家苏文忠公文抄》二十八卷，明茅坤选评，国家图书馆藏安政五年(1858)昌平丛书刻本

2函12册。半叶9行20字，四周单粗边，白口，单白鱼尾，有直格。版框203×134毫米，书262×185毫米。封面题："昌平丛书，官版苏文忠公文钞。"版心题："苏文卷一。"卷首题："宋大家苏文忠公文钞卷之一，归安鹿门茅坤批评。"正文有圈点，眉上有评。开本宽大，纸张精良。书尾题："《宋大家苏文忠公文钞》卷之二十八，安政五年刊。"

3.《晚村先生八家古文精选》八种，清吕留良选，北京大学图书馆藏安政六年(1859)刻本

1函8册。半叶10行25字，左右双边，白口，双黑鱼尾，有直格。版框196×135毫米，书259×180毫米。封面题："官版，八家古文精选，韩。"版心题："韩文精选，吕氏家塾读本。"每页下书口皆镌"吕氏家塾读本"六字。正文有圈点、行间注，汉字旁有日文小注，眉上镌日文评点，文后有茅坤等评。

依次为吕葆中序、凡例等。据目录，选韩文33篇、柳文18篇、欧文44篇、曾文21篇、老苏文11篇、大苏文34篇、小苏文10篇、王文15篇。《王文精选》倒数第二篇《临川王君墓志铭》文末镌："安政六年刊。"

4.《唐宋八家文格》若干卷，日本川西潜编选，上海图书馆藏文久三年(1863)刻本

5册。半叶10行20字，左右双边，白口，单黑鱼尾，无直格。版框150×114毫米，书222×154毫米。内封题："唐宋八大家文格，明唐荆川先生原选，川西函洲先生编次，韩退之、柳子厚、欧阳永叔、苏允明、苏子瞻、苏子由、曾子巩、王介甫。"版心题："唐宋八大家文格，卷之一，立说。"卷首题："唐宋八大家文格卷之一，文字集，明唐顺之应德甫原选，日本川西潜士龙编次。"正文有圈点，眉上镌评，评周有栏。

内封后为缘山氏《序》："余尝欲窥古文变化之妙，就古人集中求之有年矣，然未有所得也。既而读唐荆川《文编》，至其分格者，乃翻然悟曰：此可以窥其妙矣。盖古人之作文，胸中湛然，不留一物，至其触物感事，勃然不能自遏，而发诸文辞，滔滔为流水，徐徐为行云，皆应机而出，不有期然而然者，故其文变化无穷。然而初学欲直窥之则入无门径，从无方体，茫乎不知所向，故唐氏特就易悟之文分其格以示表准也，而为格数十。今以此而求其妙，则轨度

有限而变化无穷，如不能以窥其万一；然善推类以求之，则不唯尽唐宋八家之文，虽周秦两汉，亦不出其范围也。盍观夫天象乎？日月之运行，星辰之躔，固不易测，因设游仪衡管以窥之，则其运行躔度，无一不可知。夫古人之文，日月星辰之行度也；唐氏之格，浑天宣夜之仪管也。学者苟据此，则得其门径方体，而可以窥其妙矣；此唐氏之所以分格以教人也。后之据此格者，果能熟之于胸中，而融会贯通，则至其作文也，意与格适，辞与机应，千态万状，变化无穷，岂唯窥其妙而已哉？余友川西士龙既钞其分格者，今又欲上之，梓以示初学，而征序于余，乃书所尝得于其格者以为序。天保己亥仲夏仙台缘山氏家三撰，岩月渡边崧书。"

安积信《序》："吾邦文章之起远矣。遣唐之使，留学之士，与唐朝诸名士相交，亲承指授，才藻之美，彬彬如也；惜其未脱骈俪之习耳。尔后数百年，多乱少治，干戈相寻，文章荡然，扫地而尽矣。元和鞬櫜以还，操觚之士寖兴，其文虽未精畅，亦颇知以韩欧为法。至蘐园翁出，则才力足以振之，学殖足以运之，笔力闳肆，超脱俗习，大有功于艺林矣；而顾独染指于李、王诡僻之文，贻误后学不鲜。五十年来，诸老先生始悟其非，专刻意于唐宋八家，而参之以有明宋景濂、方希古、唐荆川、王遵岩诸家，于是文章之道大开，高者可以进配韩欧，次亦不下唐王诸子。猗戏，盛矣！后进之士闻风而兴，争皆以文章相濯磨，多斐然可观者；然其间体格或少变化，辞句或不镕炼，议论或多驳杂之弊，求其粹然无瑕疵者几希。岂才力不足欤？学殖不博欤？抑未熟于法也？苟熟于法矣，其所到宁可量耶？盖吾邦世愈降而文愈精，正与彼邦相反，则英俊之士，前唱后和，巧力益至，庸讵知百年之后无文章雄跨乎百而媲美于韩欧者，果出于东方君子之国乎哉？予不自揆，思欲精读古人之集，分体分格，汇辑成编，以窥变化之妙，而未果也。兹者川西士龙就荆川《文编》拔其系八家者而选次之，以付剞劂，可谓实获我心矣。或曰：古人作文，皆自胸中流出，不求格而格生焉；今欲就格作文，无非舍其本而惟末之趋乎？予窃以为不然。古人之文，虽不规规于体格，而开阖呼应、操纵顿挫之法，森然不可紊，而纵横挥霍，变化百出，又不可概以一律，此岂无意焉而能然哉？今乃曰古人惟自胸中流出，而不肯留意于法，则荆川之分格皆非，而后之作者皆囟莽灭裂而止尔。此匪直东海终不可出韩欧，抑使蘐园至今齿冷也。岂士龙刻此书意哉？予故为之序，俾读者知所自勉焉。天保己亥清和月艮斋安积信撰。"

川西潜《自序》："余少年有志于文辞，而赋质谫劣，每苦不得其方。既读荆川唐氏集，曰：'秦汉之文，法密而难窥；唐宋之文，法严而不可犯。文之必有法，出乎自然而不可易者。'因专读唐宋八大家之文，自储氏、沈氏之选，《轨范》、《关键》之类，莫不一一致详焉；而亦毫无所得。后又得唐氏《文编》而阅之，则上至秦汉、下至唐宋八家之文，悉批而评之，网罗略尽；而其至八家文，往往题格曰：此立说也；此累棋也。丝分缕析，使读者知所措手，然后向之难窥者略得头绪，而其不可犯者秩有条理。反覆潜玩，积以岁月，恍恍若有得，间尝执笔命意，格前定而语不踬。因私自喜，又私自谓：古之人养之于衍义，磨之于事业，而奋发于文章，言出为文，文成而格立，未始就格求文也。虽然，格之既立，后之人未必袭之而不能出其范围，则讲而明之，则而仿之，溯源探本，而极其奥，人孰谓之不可也？唐应德又曰：'圣人以神明而达之于文，文士研精于文，以窥神明之奥。'我取以为法焉。顷者，抄其题格者，欲锓之梓，而原选次序间见错出，不便繙阅，乃类而编之，得格七十，文百四十七篇，名曰《文格》，将以与世之同余患者共焉；若夫大雅君子，德立言随者，何敢于此？刻成，是为序。天保己亥夏五月吉旦举母函洲川西潜撰。"

书尾中井《跋》:"典谟制诰之文,非学而为之也,其学而为文,自秦汉始也;而其体裁法格至唐宋大备,则学者舍此何所取法焉?后世少年,仅解读书,则曰:吾学六经,吾学秦汉,以艰深为雅奥,以陈腐为古淡;否则曰:文一气之所呵已,何必规规于法格?率尔累篇,不辨章程,大风扬沙而五色为之昏昧者,间亦有之。是岂可与□文乎?尝读荆川唐氏《文编》,其至唐宋八家之可法,悉题格,或圈或抹,或批而评之,无一而非示通篇之结构、主意;然后信古人于文用心之精且密,而吾言之有据也。一日,语之余弟士龙,士龙乃出一册子,曰:向既抄之,名《文格》。……天保十年岁次己亥夏六月乾斋中井丰氏识,香雪山晋书。"书末镌:"文久三年癸亥初春再刻。"

5.《宋大家欧阳文忠公文抄》三十二卷,明茅坤选评,国家图书馆藏庆应元年(1865)刻本

2函14册。半叶9行20字,四周单粗边,白口,单白鱼尾,有直格。版框203×136毫米,书261×184毫米。封面题:"昌平丛书,官版欧阳文忠公文钞。"版心题:"欧文卷一。"卷首题:"宋大家欧阳文忠公文钞卷之一,归安鹿门茅坤批评。"正文有圈点,眉上有评。

6.《唐宋八大家文格纂评》五卷,日本川西潜编选,日本片山勤纂评,北京大学图书馆藏明治十一年(1878)京坂八家书房刻双栏本

1函5册。下栏半叶10行19字,左右双边,白口,无鱼尾。下栏版匡143×117毫米,书274×153毫米。封面题:"唐宋八大家文格纂评,川西格辅编次,片山勤纂注。"内封题:"唐宋八大家文格纂评,函州川西格编次,精堂片山勤纂评,京坂八家书房梓。"版心题:"八大家文格纂评,卷一,立说格。"卷首题:"唐宋八大家文格卷之一,文字集,明唐顺之应德甫原选,日本川西潜士龙编次,西京片山勤子业纂评。"上下两栏,上栏镌评。有圈点、双行注、眉评,正文有假名音注,诗后有唐顺之、金圣叹、林西仲、吴楚材、储同人等评。

内封后为川西潜《序》,后署"天保己亥夏五月吉旦举母函洲川西潜撰,为水片冈义助书"。下为《例言》:"诗文皆有格,格明而思精,思精者笔路条达而不迷旁歧,可以东,可以西,纵横驰骋,惟意所向,无毫窒碍。诗文至此,而可以称一作家也。蔡、唐二氏之编,其金针度人,极为周密,余每读而喜。今就唐氏编,博极皇国及清诸名家之评语,以示同好,且自供他日还读之用,非敢谓为人作指针也。编次悉从前辈川西氏所定,无所出入;但本文语句有脱落,前后不相接者,一二补正,以清眉目。戊寅孟冬,清堂氏识。"

卷一分立说格、假说格、间说格、叙事格、类事格、引事格、推类格、比拟格,共三十二篇。卷二分相形格、譬喻格、借客格、借客显主格、牵合格、不照应格、互举格、两股格、分段格、片段格、抑扬格、开阖格、累基格、贯珠格、尚奇格、古今格、入细格、脱卸格、脱空格、反覆格、翻案格、散格、短格、变格、两层格,计文四十一篇。卷三分辨正格、辨论格、设难格、辨难格、解题格、解意格、解意兼叙事格、解名不解义格、生意格、含意格、立题格、反题格、尊题格,计文三十二篇。卷四分护题格、发题格、广题格、补题格、轻题格、翻题格、略题格、贬题格、外题格、题外格、小题作大题格,计文二十九篇。卷五分一意反覆格、反覆格、一气说下格、立柱分应格、断续格、两比整然格、古今分款格、纲整目乱格、借客形主格、借题格、先说一遍覆说一遍格、数段辨去格,计文十五篇。

书末题:"明治十年十一月五日出版,版权御愿……同十一年十一月刻成发兑。编次者:故人川西格辅,纂评标定者:京都府平民片山勤。定价金壹圆三十五钱。"

7.《唐宋八大家文格》十四卷，日本川西潜编选，日本片山勤纂评，上海图书馆藏明治十一年(1878)京坂八家书房刻三栏本

5册。半叶10行19字，左右双边，白口，无鱼尾，有直格。下栏版框143×116毫米，书223×152毫米。封面题："唐宋八大家文格纂评，川西格辅编次，片山勤纂评。"内封镌："唐宋八大家文格纂评，士龙川西格辅编次，子业片山勤纂评，京坂八家书房梓。"版心题："八大家文格纂评，卷一，立说格。"卷首题："唐宋八大家文格卷之一，文字集，明唐顺之应德甫原选，日本川西潜士龙编次，西京片山勤子业纂评。"三栏，上、中栏镌评，下栏正文，有圈点、日文注。

内封后为川西潜《序》，署"天保己亥夏五月吉旦举母函洲川西潜撰"。下为《例言》，署"戊寅孟冬精堂氏识"。书末题："明治十年十一月五日出版版权御愿，同年十一月二十一日版权免许，同十一年十一月刻成发兑，定价金壹圆三拾五钱。编次者：故人川西格辅；纂评校定者：片山勤。"

8.《唐宋八家文读本》若干卷，清沈德潜选评，上海图书馆藏明治十二年(1879)贮书楼刻本

8册。半叶15行35字，四周双边，白口，单黑鱼尾，无直格。版框137×88毫米，书173×111毫米。内封题："唐宋八家文读本，清沈德潜确士编次，明治己卯镌，贮书楼刊。"版心题："唐宋八家文读本，卷之一。"卷首题："唐宋八家文读本卷一，韩愈退之著，后学沈德潜确士评点。"正文有双行注，眉上有评。

内封后为沈《序》，署"乾隆十五年岁次庚午……沈德潜撰；皇明治十二年十月即山神波桓书"。下为《凡例十则》。书末题："明治十二年九月廿二日出版御届。出版人：……文昌堂，矶部太郎兵卫。发兑人：拥书城，林安之助。……"

9.《纂评唐宋八大家文读本》八卷，清沈德潜选评，清魏源批，日本石村贞一纂评，北京师范大学图书馆藏明治十二年(1879)东京式书堂刻本

1函8册，正文半叶11行20字，眉批半叶16行7字，白口，四周双边，单黑鱼尾。卷首题："纂评唐宋八家文读本卷一，清沈德潜确士评点，同魏源默然批选，日本石村贞一纂评。"版心题："纂评八家文读本。"

内封题："纂评唐宋八大家文读本，清沈德潜确士评点，同魏源默深批选，日本石村贞一纂评，全八册，明治十一年三月二十日版权免许。"另一面题："清魏默深批选原本，沈氏唐宋八大家文读本，日本阪谷素校合订正。"下页题："纪元二千五百三十八年岁次戊寅三月开雕，同九月刊毕，版藏东京式书堂。"

日本朗庐居士《引》："余曩序此编，阪上吉川二子请□氏订山阳翁评语，更请□校阅全部。有客曰：'此编称为魏默深氏评选，然其未确，如石郸氏《例言》所说；而子序且校之，恐不可。'余应曰：'否否。文业已为八家，则可论者唯在选，不在选人。选而不可，则虽明为魏选，余恶取之？选而可，则虽不知为何人选，将有取焉。况不为魏选，亦未明乎。且沈氏选或不满人意，而盛行于前日者，以其比诸选得要。今也学课日加，沈选亦颇属聚，此编减其半，大要公平不偏，其益学者必不浅鲜也。序且阅之，请岂可辞也哉？'客唯唯退。乃录其话以弁简首。明治十二年三月朗庐居士再识，三桥□□□书。"

日本江都敬宇中郸正直《序》："古今论文，未有善于宣尼者，曰：辞达而已矣；曰：修辞立

其诚。如唐宋八家之文，可谓诚立而辞达，其传诵于后世，不足怪也。古人曰：读李令伯《陈情表》而不流涕者，其人必非孝子；读诸葛武侯《出师表》而不坠泪者，其人必非忠臣。二子之感动人如此者，唯其诚立，故能辞达焉耳。余以是知文之工拙高下，在于得此二者与否，而不在于区区字句间也。……顷坂上吉川氏刻是书成，乞余题言，因书以授之。明治十一年八月廿二日，江都敬宇中邨正直。”

日本朗庐阪谷素《序》：“文章之为大观，犹地之有山水；而支那秦汉而后其美归唐宋八家，犹潇湘有无数山水，而八景专其胜也。余未游潇湘，尝姑以我琵琶湖八景比之：盖韩文之巍峨雄大而皜皜乎不可尚者，是比良峰之白雪，耸天半而照映全湖也。柳文之峭健巉绝清气飘空者，是石山之月辉，横射乱岩而动素秋也。欧文之抑扬畅达、声温而响远者，是三井之钟声，摇曳晚云而徐度湖上也。而离奇夭矫，翻长虹，眩人目，是老苏之文，即濑田之长桥穹窿，绝湖口倒影于返照者也。其波澜晃漾，舞万玉，跃龙蛇，是大苏之所挥擢，而粟津之风相遇激荡晴晨者也。小苏之俊逸疏快，则矢桥之帆光驾长风者。南丰之悠扬雅整，则卧田数行之雁阵横长汀者。而临川之拗折萧森腾古色者，可以比唐崎老松之带夜雨也。八景各殊其状，而大湖灵淑之气磅礴郁积，均为绝特之大观。使他胜雌伏，不能扬其美，八家之于唐宋文，亦如斯而已矣。抑八景美矣，而腾其光彩于四方者，在题咏之佳。八家美矣，不有批评之佳者，后学何以得窥之？是则评选之所以不可缺焉也。桐阴石村君，曩得魏默深八家批选本；默深清朝近世名家，其书据沈氏读本更精选之，君又加以东西诸家评之粹者，面目一新，转觉光彩之陆离。虽然，八家亦辞达而已。辞者，文也；达者，条理疏通、精神明快之谓也。评者所以发扬其文华而明示其条理精神也。山有来龙过脉焉，水有源流深浅焉，其合为名胜者又有位置形势以托精神焉。夫文亦然。已矣，请者徒眩题咏批评之华而遗其条理精神，岂足以语八景乎哉！岂足以论八家乎哉！明治十一年八月朗庐阪谷素撰。”

日本石邨贞一《自序》：“阅书犹阅兵，贵精而不贵多矣。古名将者，有‘多多益办’者，非多之为贵，贵能明其分数，整齐之而已。故善阅兵者十万众如一人，善阅书者百万篇如一手，乃可观其奇正变化而综贯百家矣。孔子曰：‘多见阙殆，慎行其余。’又曰：‘多闻，择其善者而从之。’然则古人之为学可知矣。漫漶无统，乃贻满屋散钱之讥；布置不适，则来眉贾张肆之诮。犹庸将之统多兵，适足以自累也已。予曩得魏默深批选八大家文一帙，其卷八册，其文一百九十余篇，编数几半于沈氏读本，盖亦贵精也。默深清之名家，文笔奥衍，熟于掌故，著《圣武记》、《海国图志》及《皇朝经世文篇》、《论学文选》等。此书或出其绪余耶？将随读随评，门人辑录之耶？虽未详悉，其选择既精，沈本一经此隐括，观者耳目为之一变，犹李临淮代郭子仪，一号令之下，旗色精明，可谓快矣。予喜其精粹，更纂本邦及支那诸名家之评附之，以灾于梨枣，固不足供大雅之览。虽然，学者苟观此编，熟此法，而登文坛，则奇正变化，从心所向，犹老将叱咤千军万马，亦不为难，其亦可以进‘多多亦办’之地也夫。明治十一年七月长门后学石邨贞一撰，原田鼎山傭书。”

《例言五例》：“唐宋八家之称，始于茅鹿门选，次后储同人病其浪杂而改选之，沈确士别出机轴，更选《读本》；而《读本》尤盛行于世。予曩得舶来八家文謄写本一帙，署曰：‘沈德潜确士评点，魏源默深批选。’其卷八册，其文一百九十余篇，题上有尖圈，栏外有批语，而无例言序跋。故照诸《国朝先正事略》，魏氏著书目录中无有此书焉。盖魏氏随读随评，而门人裒录作一部书者耶？友人谓余曰：‘是珍书也，独宝珎之不若与众。’因加邦训者，增评语以授剞剟氏。原本评语,录篇末及嵌本文行间中无姓氏者,皆系沈确士;其在栏上者,杂沈、魏二氏;而系魏氏者,用朱书。今皆墨之。故除魏氏外,虽沈氏亦表姓氏以别之;且魏评中有若雷同古人者,不敢删之。旁批总评,务在阐明作者精意,若徒顺口赞颂,昔人所谓'誉之不当,反足以伤其心'者也。故今采前人评语,披郤导窾、发挥作者苦心者录之……沈确士之《序》及《例言》及沈、魏二氏之事迹,今系诸卷首,以供读者之披览。明治十一年三月。"

下为《魏先生事略》、《沈文悫公事略》,后为沈德潜《序》和《凡例十则》。书尾有《跋》:"友人石村士刚,好读书,最邃史学,尝著《国史略》,又著《元明清史略》;其便于初学也亦大矣。每其新编出,必来谋诸予,以予为一日之长也。今亦得魏默深所批评八家文,且网罗和汉名家诸评,以揭诸上层,将公诸世,索予一言。盖夫文集之精者,萧选以后谢选、沈本为之最,近来诸儒增补以惠于初学者,陆续上梓。文章之兴,于是乎隆矣。魏氏以杰出之资出于林则徐之门,而著《圣武记》、《海国图志》等,皆有用之书、经世之略。余尝读其书而深叹其学识之卓越,迨观此书,始知其所渊源也。然则士刚之刻此书,其益于后进亦可知也已。于是乎识。明治十一年八月,樱老加藤熙。"

书尾列"发行书肆",有"大阪:柳原喜兵卫、前川善兵卫、松村九兵卫;西京:佐佐木惣四郎、名护四郎;东京:稻田佐兵卫"等13家。

10.《标注唐宋八大家文读本》三十卷,清沈德潜选评,日本榧木宽则标注,国家图书馆藏明治十五年(1882)明十四出版社铜活字本

1函8册。下栏正文半叶12行23字,上栏眉评半叶24行8字,四周三边,白口,单黑鱼尾,无直格。双栏版框142×96毫米,书179×124毫米。封面题:"榧木宽则标注唐宋八大家文读本。"内封题:"清沈德潜确士评点,日本榧木宽则标注、村山义行校阅,标注唐宋八大家文读本,版权所有,明十四出版社藏。"版心题:"标注唐宋八大家文读本,卷之一。"卷首题:"标注唐宋八大家文读本卷之一,韩愈退之著,清沈德潜确士评点,日本榧木宽则标注。"上下双栏,有日文行间评和眉评。

沈序后有榧氏《自序》:"学文者莫不读沈氏《八家文》焉。余少有意作文,喜读《八家文》,苦于字句,难通晓者,多征之字典,考之类书,专思记其一句片语,矻矻累月,字句略通;而至见问通篇文意,茫乎不知所答。或教曰:'读文须要寻文理,若一句片语之不解者,措之可也。'自此专务寻段落照应等所在,稍得知文章之法焉。乃欲执笔作文,若胸乏文字,意立笔不随,遂不能成一章也。因以谓先之不能解文意,徒务解字句而不寻文理也;后之不能作文,专务寻文理而忽记字句也。故欲学文,文理固不可不寻,而字训句解亦决不可忽也。余此著于注解间插故人评论者,欲俾少年读此书者善解字句,并晓文理,无前所言之患也耳。若夫注解有谬误,俟大方之是正云尔。明治壬午一月榧木宽则自序。"

书尾镌:"东京浅草森下町鷵楼堂铜制。"下页镌:"明治十四年十二月廿七日版权免许,明治十五年月日出版。埼玉县士族编集兼出版人:榧木宽则,东京浅草西鸟起町三番地。东京府平民发兑书肆:石川治兵卫,日本桥区马喰町二丁目一番地。"

11.《唐宋八家文法明辨》若干卷,日本冈三庆评点,上海图书馆藏明治十五年(1882)相生社刻本

6册。半叶10行19字,四周单边,白口,单黑鱼尾,无直格。版框195×123毫米,书224×152毫米。封面题:"唐宋八家文法明辨,冈三庆评点。"版心题:"唐宋八大家文,卷

二。”卷首题：“唐宋八家文法明辨卷二。”三栏，下栏正文，上两栏镌评，正文有圈点、双行注，间有日文注。

此为残本，开卷为第二卷。书末钤朱印：“相生社藏板印”，次页镌：“明治十五年四月一日版权免许，同年四月十二日出版，定价金贰圆三十；相生社社员、评点者兼出版人：冈三庆。”

12.《纂评精注唐宋八家文读本》三十卷，清沈德潜评点，日本石川鸿斋校注，上海图书馆藏明治十八年(1885)东京金港堂刻本

16册。半叶11行22字，四周双边，白口，单黑鱼尾，无直格。双栏版框188×122毫米，书227×150毫米。封面题：“纂评精注唐宋八家文读本，石川鸿斋校注，第一册。”内封题：“精注唐宋八大家文读本，光绪甲申初秋，贵阳蓝文清篆，(另一面)东京：东□金港堂藏。”版心题：“纂评唐宋八大家文精注，卷一。”卷首题：“纂评精注唐宋八大家文读本卷一，韩愈退之著，清沈德潜确士评点，同高塘梅亭增评，日本石川鸿斋校注。”双栏，上栏镌评，下栏正文有双行注，字旁有日文注。

黎庶昌《序》：“有明茅鹿门选唐宋八大家，我朝儒者服为定论。乾隆中，沈文悫公又录其尤若干首为别本，评点以行。由是韩、柳、欧、曾、苏、王文章衣被海内外，同文如日本亦几于家有其书；明治维新以前，固视之绝重矣。石川鸿斋自少至老笃好不厌，尝病八家盛名而注其文者自宋魏仲举《韩柳五百家》外，世不多见，竭毕生精力集注斯编，博观而慎取，章解而句释，务使八家趣旨怡然涣然，无复留滞。书成，益以高梅亭评语，命曰《八大家文精注》，实与文悫之书有相成无相盭。道之兴废，各自有时，天将不欲终丧斯文也，吾于鸿斋是编卜之。大清光绪十年岁在甲申闰五月使者黎庶昌序。”

下为高嵣《序》，署“乾隆五十三年十月下浣和阳高嵣”，沈德潜序署“乾隆十五年岁次庚午仲冬月，长洲后学沈德潜选”。沈氏《凡例十则》后有石川氏识语：“八家之文，未见为注解者，若韩、柳二氏，仅有蒋氏注；然不得其详。余课家塾，经史之外，独以八家文，每讲自注以备记忆，固非示大方者。今应书肆之需，将上诸梓，因再搜讨出处，聊补罅漏。管窥之见，虽不能探古人蕴奥，其解字义、释典故，自有证据；间有以私意省略原文者，厌嵌注冗长也。……八家之选，茅氏以来有数家，而诸评亦不鲜。斯编专取鹿门、同人、二田、西仲及诸家佳评，顷又得高梅亭抄本，多摘收清人评，又详旁注，所谓子母相应、胶漆相投者，有合而无离；且多说章句法，醒觉童蒙，莫若斯编。恨比沈选逸十之三，他日若得佳评，将以补焉。……若字音不遑载反切，间有艰涩难读字，或傍以国字为音训。古人有斯选，固以文法为主，然不详字义典故，则不能通文理；苟不通文理，如沙弥朗读《般若》，千百诵之，终不能解一语，故后文法而先注解。若能明字义、审事实，章句之法，亦应悟了。石川鸿斋识。”

书末题：“明治十八年一月二十一日版权免许同年九月出版。校注人：爱知县平民石川鸿斋；出版人：东京府上族原亮三郎。大卖捌：大坂北久宝寺町四丁目，金港堂原亮三郎支店。”

13.《标注唐宋八大家文读本》三十卷，清沈德潜评点，日本榧木宽则标注，上海图书馆藏明治二十六年(1893)东京博文馆刻本

1函8册。半叶12行23字，四周三边，白口，单黑鱼尾，有直格。双栏版框147×97毫米，书188×127毫米。封面题：“标注唐宋八大家文读本。”内封题：“标注唐宋八大家文读

本，清沈德潜确士评点，日本榧木宽则标注，东京博文馆藏板。”版心题：“标注唐宋八大家文读本，卷之一。”卷首题：“标注唐宋八大家文读本卷之一，韩愈退之著，清沈德潜确士评点，日本榧木宽则标注。”双栏，上栏镌日文评，下栏正文有圈点，字旁有假名音注。

下为榧木宽则自序、沈德潜序和《凡例十则》。书末镌：“明治十四年十二月廿七日版权免许，仝年月出版；明治廿六年六月廿八日再版发行。定价：金壹圆八拾钱。编辑者：榧木宽则。发行者：大桥新太郎。印刷者：三间七兵卫。发兑：元博文馆。”

此外，上海图书馆藏有《唐宋四大家文选》若干卷，明归有光编次，明顾锡畴增评，日本宍户逸郎训点，明治十二年(1879)年宝文阁刻本；北京师范大学图书馆藏《唐宋八大家文字类大全》若干卷，日本河村与一郎辑，明治二十二年(1889)刻本。前者只选四家，不是严格意义上的“八大家”选本，后者系工具书，不是“选本”，故不予叙录。

（作者单位：江西财经大学人文学院）

宋代理学视域中的韩愈道统

——以《原道》为中心的考察

张文利

关于韩愈的儒学与宋代理学的关系，现代新儒家给予很高评价。钱穆指出："治宋学必始于唐，而以昌黎韩氏为之率。"[①]一些研究宋明理学的著作，也把韩愈作为宋明理学的先驱人物。那么，在宋代理学家眼里，韩愈的儒学道统到底是何种面貌？韩愈在儒学传承链条上处于什么地位？韩愈之道对于宋代理学的形成有什么意义？本文从宋代理学家对韩愈道统的评价，尤其是对《原道》一文的批评入手，试图对以上问题做出阐释，以求教于方家。

一、二程和朱熹对《原道》的批评

中唐的古文运动，既是一场反对骈文、提倡古文的文体革新运动，也是一场复兴儒学的思想运动，韩愈在其中担当着非常重要的角色，苏轼高度评价为："文起八代之衰，而道济天下之溺。"[②]韩愈的儒学思想，集中体现于他的"五原"——《原道》、《原性》、《原毁》、《原人》、《原鬼》。宋代理学家对韩愈道统思想的批判，也集中体现为对"五原"尤其是《原道》的批判。

宋儒对《原道》总体评价很高。二程说："只如《原道》一篇极好。"[③]朱熹也持类似的观点。有人请教朱熹，扬雄与韩愈优劣如何，朱子说："各自有长处。文公见得大意已分明，但不曾去仔细理会。如《原道》之类，不易得也。"[④]是说《原道》在韩愈的文章里，是难得的好文。又说："《原道》，其言虽不精，然皆实，大纲是。"[⑤]可见，程颢、程颐和朱熹这几位宋代重要的理学家，对《原道》从整体上都给予肯定的态度。

但是在具体观点和文字上，理学家对《原道》的品评是褒贬兼具的。且看下边的言论：

> 韩退之言"博爱之谓仁，行而宜之之谓义，由是而之焉之谓道，足乎己无待于外之谓德"，此言却好。只云"仁与义为定名，道与德为虚位"，便乱说。[⑥]
>
> 如曰"轲之死不得其传"，似此言语，非是蹈袭前人，又非凿空撰得出，必有所见。若

① 钱穆《中国近三百年学术史》，中华书局1987年版，第1页。

② 苏轼著，孔凡礼点校《苏轼文集》卷一七，中华书局1986年版，第509页。

③ 程颢、程颐著，王孝鱼点校《二程集》，中华书局2004年版，第262页。

④ 黎靖德编，王星贤点校《朱子语类》卷一三七，中华书局1986年版，第3260页。

⑤ 《朱子语类》卷一三七，第3270页。

⑥ 《二程集》，第262页。

无所见，不知言所传者何事？[①]

如《原道》中说得仁义道德煞好，但是他不去践履玩味，故见得不精微细密。[②]

问："《原道》上数句如何？"曰："首句极不是。'定名'、'虚位'却不妨。"[③]

《原道》中举大学，却不说"致知在格物"一句。……看得这样底，都是个无根学问。[④]

于《原道》中所谓"寒而后为之衣，饥然后为之食，为宫室，为城郭"等，皆说得好。只是不曾向里面省察，不曾就身上细密做工夫。[⑤]

以上二程和朱熹对《原道》的评论，可以归纳为这样几点：第一，认为《原道》的具体论述有的说得好，有的也是乱说。第二，即使说得好的，也不曾省察，不曾做细密工夫。第三，肯定韩愈论述仁义道德说得好，却不去践履玩味，不精密细微。第四，批评韩愈之说是无根学问。

先看宋儒对《原道》具体内容的肯定性评价。首先，二程对"轲之死不得其传"一句高度认同，这实际是对韩愈抬高孟子儒学地位的赞许。二程还说："韩退之言'孟子醇乎醇'，此言极好，非见得孟子意，亦道不到。"[⑥]其次，关于《原道》对仁义道德的阐述，二程和朱子都认为韩愈说得很好，但是具体的臧否有别。二程认为《原道》开头几句阐释何为仁义道德是"此言却好"，朱熹却认为"首句极不是"；二程认为《原道》"定名"、"虚位"之说为"乱说"，朱熹认为"却不妨"。二程和朱子的观点截然相反。推测其缘由，笔者以为，在北宋二程的时代，理学尚处于建立概念、形成体系的阶段，故《原道》开头几句下定义式的阐释方法深为二程认可。而"定名"、"虚位"之说，对道德仁义区分细微，且带有一定的辩证色彩，二程时代的理学尚未发展至此，故认为是虚无荒诞的乱说。到了南宋朱熹的时代，理学已经非常成熟，远远超迈了解释名词下定义的阶段，故朱子对《原道》开头几句深不以为然。而对"定名"、"虚位"之说，朱子则表示认同，是因为当时的理学思想已经具有高度的辩证色彩和深邃的理论意识，韩愈这种带有炫弄名词和诡辩意味的表述已经能够被普遍接受。

再看宋儒对《原道》具体内容的否定性评价。这方面以朱熹最为突出。朱熹批评韩愈集中于三点：一曰不践履玩味；二曰及表不及里，是无根之学；三曰不曾省察。这三点批评意见，都和宋代理学思想的特质有关。试分述之。

一曰不践履玩味。这是批评韩愈口头一套，行动一套，对道的体认只限于说说而已。朱熹说："如韩退之虽是见得个道之大用是如此，然却无实用功处。他当初本只是要讨官职做，始终只是这心。他只是要做得言语似《六经》，便以为传道。至其每日功夫，只是做诗，博弈，酣饮取乐而已。观其诗便可见，都衬贴那《原道》不起。"[⑦]这几句话对韩愈的批评毫不留情，认为韩愈只是口头上说的符合儒家经典义理，其行为却全然是另一副样子。韩愈没有把儒学思想真正付诸实践，更没有落实到自己的修身养性上面，故朱熹认为他对儒家仁义道德的理解肤浅表面，不够精微细密。

---

① 《二程集》，第 232 页。
② 《朱子语类》卷一三七，第 3261—3262 页。
③ 《朱子语类》卷一三七，第 3271 页。
④ 《朱子语类》卷一三七，第 3271—3272 页。
⑤ 《朱子语类》卷一三七，第 3273 页。
⑥ 《二程集》，第 262 页。
⑦ 《朱子语类》卷一三七，第 3260 页。

二曰及表不及里，是无根之学。主要针对韩愈在《原道》中举《大学》，却不及“致知在格物”这句。为什么会有这样的批评？究其因，韩愈和宋儒对《大学》的理解和取用不同。韩愈在《原道》中引用《大学》的一段文字为：“传曰：‘古之欲明明德于天下者，先治其国；欲治其国者，先齐其家；欲齐其家者，先修其身；欲修其身者，先正其心。欲正其心者，先诚其意。’然则古之所谓正心而诚意者，将以有为也。”[①]对于韩愈在《原道》中引述《大学》的“明明德”一段而不及“致知格物”一段，陈来有如下解释：

> 韩愈对《大学》的重视主要是把《大学》作为政治伦理哲学来考虑的，《大学》维护社会的宗法秩序与伦理纲常，强调齐家治国平天下的社会义务，这对任何要在中国社会立足的宗教出世主义体系都是一种有力的、具有实在压力的思想。韩愈正是利用《大学》的这种特质作为排击佛教的有力武器。
>
> 由于韩愈所注意的是政治社会问题，他在引证《大学》的条目时没有列举“格物”“致知”，而“格物”“致知”恰恰是宋明理学诠释《大学》时最为注意的观念。这显然是由于，在儒学复兴运动的初期，主要的任务是首先在政治上抨击佛教，恢复儒学在政治社会结构中的地位，还未能深入到如何发展儒学内部的精神课题。[②]

陈来指出，韩愈之于《大学》，取其维护社会秩序的作用而言，故强调“明明德”，强调修身、齐家、治国、平天下，以作为打击佛教出世思想的理论武器。韩愈即使提及《大学》的“正心诚意”，也把它作为“有为”的基础，将“正心诚意”的目的引向外在的事功追求。宋儒之于《大学》，是取其“格物致知”、“正心诚意”的道德修习功夫，其意旨在于内心的涵养和自身的修习。韩愈和宋儒在理学发展的不同阶段，对《大学》做了“六经注我”式的实用主义阐释。朱熹重视道德涵养功夫，认为这是最主要、最根本的理学义理，其他则是次要的，故认为讲《大学》而不及“格物致知”，就是无根之学。

三曰不曾省察，不重修身养性的涵养功夫。朱熹批评韩愈《原道》中讲“寒而后为之衣，饥然后为之食，为宫室，为城郭”等，都是着眼的现实功用性，而不及修养功夫，所以说他“只是不曾向里面省察，不曾就身上细密做工夫。只从粗处去，不见得源头来处”[③]。有弟子说韩愈引《大学》只说“明明德”，却不及“致知格物”，由于不格物，所以才不省察，不做细密工夫。朱熹说：“他也不晓那‘明明德’，若能明明德，便是识原头来处了。”[④]这个“不识原头”的批评，同“无根之学”的批评一样，也是因为重视道德涵养，故对韩愈只注重经世致用不满。溯其根源，亦不过是由于朱熹和韩愈处于儒学发展的不同阶段，对儒学的理解和发明不同罢了。

除《原道》外，朱熹对韩愈“五原”中的其余几篇也有批评。他评论《原性》说：“退之说性，只将仁义礼智来说，便是识见高处。如论三品亦是。”[⑤]又说《原性》言“为性者有五”是“此语甚实”[⑥]，对《原性》评价较高。但当弟子问他韩愈的五性说“是他实见得到后如此说耶？惟复

① 韩愈著，阎琦校注《韩昌黎文集注释》卷一，三秦出版社 2004 年版，第 20 页。

② 陈来《宋明理学》，华东师范大学出版社 2004 年版，第 21 页。

③ 《朱子语类》卷一三七，第 3273 页。

④ 《朱子语类》卷一三七，第 3274 页。

⑤ 《朱子语类》卷一三七，第 3272 页。

⑥ 《朱子语类》卷一三七，第 3272 页。

是偶然说得著"时,他答曰:"看它文集中说,多是闲过日月,初不见他做工夫处。想只是才高,偶然见得如此。及至说到精微处,又却差了。"[①]认为韩愈虽然能辨识五性,却不过是才高者的偶然所得,自身的修养并不高,故一旦涉及精微处,韩愈就显拙露怯了。朱熹对《原鬼》一篇也持批判态度,说《原鬼》是"不知鬼神之本只是在外说个影子"[②]。由这些评论可以看出,朱熹认为韩愈包括《原道》在内的"五原"诸篇,存在共同的不足之处,那就是不知本,不够精微,因此,即使间或有高明之言,也不过是韩愈才气高,偶然得之,而并非他涵养深厚,对儒道有透彻的理解。

二、二程和朱熹认为韩愈之道不醇的原因

从以上二程和朱熹对《原道》的批评看,他们都认为,韩愈之道尚有欠缺,不够醇。二程说:"退之每有一两处,直是博得亲切,直似知道,然却只是博也。"[③]所谓"博得亲切",是说韩愈像《原道》这样的论说文字,论辩色彩浓厚,大气磅礴;所谓"却只是博",是说韩愈这类文字乍看起来很有气势,纵横开阖,但却只是驳杂浮泛,缺乏精深。这里对韩文的辩证品评,着眼的是其义理的精与不精,批评韩愈貌似知道,实质却嫌驳杂,不够纯粹。二程儒学思想博大精深,他们对韩文的评价可谓切中肯綮,十分准确。从前引朱熹的言论中可知,朱熹对韩愈也是类似的看法。

那么,在宋儒看来,韩愈论道不醇的根源何在呢?朱熹具体分析了其中缘由,那就是,韩愈在作文和论道之间的主观取舍和客观效果的问题。《朱子语类》里有这样的言论:

> 韩文公第一义是去学文字,第二义方去穷究道理,所以看得不亲切。如云:"其行己不敢有愧于道。"他本只是学文,其行己但不敢有愧于道尔。把这个做第二义,似此样处甚多。[④]
>
> 韩退之,欧阳永叔所谓扶持正学,不杂释老者也。然到得紧要处,更处置不行,更说不去。便说得来也拙,不分晓。缘他不曾去穷理,只是学作文,所以如此。[⑤]
>
> 韩退之及欧苏诸公议论,不过是主于文词,少间却是边头带说得些道理。其本意终自可见。[⑥]

在朱熹看来,韩愈在文道之间,仍然把作文作为第一义,而把论道作为第二义对待。所以,花在作文上的时间很多,作文的功夫很好,论起道来就未免显得拙,显得浅,不涉源头,只及皮毛表相。应当说,朱熹作为高明的理学家,他对韩愈的这个看法是相当准确的。在朱熹眼里,韩愈的身份主要是一个文人,而并非理学同道,所以,朱熹对韩愈的诗文创作才会给予很多关注,而对韩愈之道涉及有限,评价也不是很高。

---

① 《朱子语类》卷一三七,第3272页。
② 《朱子语类》卷一三七,第3272页。
③ 《二程集》,第262页。
④ 《朱子语类》卷一三七,第3273页。
⑤ 《朱子语类》卷一三七,第3276页。
⑥ 《朱子语类》卷一三七,第3276页。

朱熹对韩愈的道统评价，似乎和韩愈本人的自许有些矛盾。仍以《原道》来看，韩愈主观上显然以儒家道统的承传者自居，自觉担当起弘扬儒家道统的大任。他以“五原”为代表，在舆论上大声疾呼，为复兴儒学大张声势。就客观效果看，韩愈弘扬道统的努力，在中唐时期确实具有振聋发聩的作用，一时间，以韩愈、柳宗元、李翱等为代表，掀起了颇具影响的复兴儒学的浪潮。所以，初看起来，朱熹评价韩愈道统和韩愈的儒学贡献二者之间似乎是矛盾的。但是，仔细推究，却发现它们是统一的。

朱熹对韩愈的批评，是说他的道本身不够醇厚，显得浮泛肤浅，并未对他弘扬道统的努力有半点微词。后世学者对韩愈儒学贡献的肯定，也多是着眼于他弘扬道统的努力，而并非他的道统本身。相反，韩愈的道统学说颇招致后世非议。从《二程全书》和《朱子语类》等著述中我们看到，二程和朱熹对于韩愈论道的具体内容多有批判，就是因为，他们是站在理学家的立场上，用高明的理学家的眼光看待韩愈道统的具体内容，看他论道的纯粹度和深厚度如何。韩愈的儒学思想，显然很难经得起理学大师专业乃至苛刻的挑剔。

要言之，韩愈大力弘扬儒学的主观热情和努力，得到了宋儒的普遍认可，后世学者对韩愈的儒学地位的推崇，亦是着眼于此。但是，就论道的具体内容和专业水准而言，韩愈之说则多有不足，并因此为宋儒所批评。

三、韩愈之道的儒学史意义

尽管宋代理学家对韩愈的论道颇不以为然，但是我们看到，儒学史上，韩愈的地位还是很高的。钱穆认为论宋学应从韩愈始，宋儒也以韩愈为先驱，这主要是基于韩愈对于弘扬儒家道统所做的贡献而言。陈寅恪在《论韩愈》中，把韩愈的成就总结为六点，第一点就是：“建立道统，证明传授之渊源。”此论颇为精辟。韩愈对于儒学的最大贡献，就在于他明确了从孔子以来的儒家道统的传承顺序。《原道》有云：“斯吾所谓道也，非向所谓老与佛之道也。尧以是传之舜，舜以是传之禹，禹以是传之汤，汤以是传之文武周公，文武周公传之孔子，孔子传之孟轲，轲之死，不得其传焉。”[①]韩愈的这段话，清晰地勾勒出从尧舜到孟子的儒学道统传承顺序，并俨然以继承孟子的儒学传承者自许。韩愈的儒学贡献主要在于此。

前引二程、朱熹等人对韩愈论道的评价向我们证明，相比于宋儒的道学思想体系，韩愈之道显得模糊笼统，没有深度，不及根源，因而招致宋儒的不满。那么，与汉唐儒家比较，韩愈之论道是否有自我发明呢？罗根泽曾这样评价说：

> 韩愈所抓着的儒家之道，其义蕴已为周秦两汉的儒家发挥殆尽，至韩愈已无多可言，故虽有“信道笃”的愿念，也只能做实行的儒家，不能做理论的儒家。……实以儒理已为以前的儒家说尽，故韩愈只能据儒理以排斥佛老，不能对儒理有新的发明。故韩愈虽自言重道轻文，而结果还是文章家，不是哲学家。[②]

按照罗先生的观点，传统儒家义理已被周秦汉儒发挥殆尽，韩愈已无话可说，这似乎有些绝对。但是至少可以说明，韩愈对传统的儒家道统义理也确乎很少有自我发明。

---

① 《韩昌黎文集注释》卷一，第 22 页。

② 罗根泽《中国文学批评史》第二册，上海古籍出版社 1984 年版，第 143 页。

总之，韩愈借复兴儒学，主要达到他经世致用、政治改良的目的，儒家道统对他而言主要是工具，是形而下的器，而不是形而上的理论。苏轼说："韩愈之于圣人之道，盖亦知好其名矣，而未能乐其实。何者？其为论甚高，其待孔子、孟轲甚尊，而拒杨、墨、佛、老甚严。此其用力，亦不可谓不至也。然其论至于理而不精，支离荡佚，往往自叛其说而不知。"[①]此论很有道理。

既然韩愈的论道如此不够纯粹，为什么后世理学却给予他很高的地位呢？从儒学发展的学术史角度看，韩愈之道自有其价值和意义所在。笔者以为，后世对他的褒扬至少基于以下两点：

其一，肯定韩愈对弘扬儒家道统的贡献。尽管韩愈之道与周秦汉儒和宋儒比较起来，都缺乏新发明，对于儒学道统的义理没有什么贡献，但是韩愈大力提倡恢复儒道，以承传道统为己任，这就确立了他在儒学道统上的重要的链条作用。从宋初的柳开、穆修等人开始，对韩愈的肯定几乎都是基于这样的考虑。石介评价韩愈云："观其述作，炳然有三代两汉遗风，殊不类今之文。……吏部志复古道，奋不顾死，虽摈斥摧毁日百千端，曾不少改所守。……传曰：'五百年一贤人生。'孔子至孟子，孟子至扬子，扬子至文中子，文中子至吏部，吏部至先生，其验欤。孔子、孟子、扬子、文中子、吏部，皆不虚生也。"[②]这个评论，把韩愈纳入儒家思想的传承序列中，着眼的是韩愈传承道统的贡献。柳开是韩愈的狂热崇拜者，以韩愈的继承者自居："吾之道，孔子、孟轲、扬雄、韩愈之道；吾之文，孔子、孟轲、扬雄、韩愈之文也。"[③]更是明确了韩愈在儒家道统传承序列中的地位。

其二，与韩愈推尊孟子的儒学地位有关。唐前的儒学史上，孔子以下，孟子的儒学地位与诸子并无高下，与荀子、扬雄、董仲舒并称。韩愈在《原道》中明确提出儒学道统的传承是由"孔子传之孟轲"，这就把孟子与其他诸子区别开来，把孟子作为孔子的直接继承者，并认为"轲之死，不得其传焉"，把孟子抬高到与孔子并列的地位，从而大大提升了孟子的儒学史地位。孟子被宋儒尊奉为"亚圣"，韩愈的"孔子传之孟轲"之论，堪称"亚圣"之谓的先河。

韩愈为什么如此推尊孟子？应该说是出于当时排佛的需要。《原道》大力弘扬儒学道统的目的，是为了抨击当时甚嚣尘上的佛老思潮。当韩愈把目光投注到儒学史上去寻找与儒家以外的异端思想相抗衡的人物时，在他看来，"在战国时期与被儒家视为异端的杨墨作坚决斗争的孟子就成了儒家与异端之学斗争的典范"[④]。孟子的儒学价值，被韩愈从这个角度挖掘放大。韩愈高度评价孟子发扬孔子之道、拒斥杨墨的作用，认为："然向无孟氏，则皆服左衽而言侏离矣。故愈尝推尊孟氏，以为功不在禹下者，为此也。"[⑤]

有意味的是，宋儒推尊孟子，并不是看重孟子排斥异端这一点，而是孟子的修身养性的思想。韩愈与宋儒虽然对于孟子的去取不同，但是他们的先后提倡呼应，却确立了孟子在儒学史上与孔子相比肩的重要地位，使孔孟思想从此大行于世，成为中国社会最主要的思想学说。

---

① 《苏轼文集》卷四，第 114 页。

② 石介《上赵先生书》，《徂徕集》卷一二。

③ 柳开《应责》，《河东集》卷一。

④ 陈来《宋明理学》，第 19—20 页。

⑤ 韩愈《与孟尚书书》，《韩昌黎文集注释》卷三，第 318 页。

四、余论:《原道》——双重的经典

众所周知,韩愈既是儒学史上的重要人物,也是文学史上的重要人物;《原道》既是重要的儒学文献,也是重要的文学经典。后世对《原道》的文学成就评价也很高。仅以宋代为例来看,北宋范温说:"山谷每言文章必谨布置,布置必得正体,如官府、甲第、厅堂、房室,各有定处,不可乱也。韩文公《原道》与《书》之《尧典》盖如此,其他皆谓之变体可也。"[①]他还具体论述了《原道》的章法布局等艺术特点,备极推崇。南宋魏了翁的《唐文为一王法论》一文,则以韩愈倡导的唐文为天下为文之法,对韩文做了高度赞誉:"有昌黎韩愈者出,刊落陈言,执《六经》之文以绳削天下之不吾合者,《原道》一书汪洋大肆,《佛骨》一表生意凛凛,正声劲气,巍然三代令王之法。……愈之为文,法度劲正,迫近盘诰,宛然有王者之法。"[②]魏了翁对韩文的评价,首先是从儒家道统出发,认为韩文以《六经》为法度,所作皆合乎儒家经典要义;其次认为韩文的文法和气势足以为作文之规范。魏氏对韩文的推崇,以儒家思想义理和儒家文艺标准为准则,兼及韩文的道统和文统,是宋代理学家对韩文较为全面允正的品评,具有一定的代表意义。

钱钟书云:"韩昌黎之在北宋,可谓千秋万岁,名不寂寞者矣。"[③]实际上,不惟北宋,韩愈在两宋乃至整个中国文化史、文学史上都是名不寂寞的人物。《原道》作为儒学史和文学史上的经典文本,有其重要的价值和意义,对它的细致阅读,不仅是文学的审美享受,也有助于推进对韩愈儒学以及宋代理学的深入探究,值得研究者高度关注。

(作者单位:西北大学文学院)

① 范温《潜溪诗眼》。

② 魏了翁《鹤山先生大全文集》卷一〇一,《四部丛刊》本,第832页。

③ 钱钟书《谈艺录》(补订本),中华书局1984年版,第62页。

制从长庆辞高古

——兼论元、白与古文运动之关系

吴怀东

“制从长庆辞高古，诗到元和体变新”，白居易《馀思未尽加为六韵重寄微之》诗中这两句非常出名。然而，长期以来，研究者大多注意到后一句，对元、白诗歌革新的贡献给予了足够的关注，进而对中唐诗歌的演变进行了深入的探讨，但是，对于“制从长庆辞高古”的内容重视却很不够。其实，白居易不仅关注诗歌，也关注散文，根据白居易这两句诗的自注——“微之长庆初知制诰，文格高古，始变俗体，继者效之也”，可见白居易明确提出元稹是“制从长庆辞高古”的自觉实践者。元稹如何实现“制从长庆辞高古”？背景如何？元、白与韩、柳为主体的古文运动如何关联？这就是本文试图提出并加以探讨的问题。

一

“诰”最早见于《尚书》，是用当时的语言来发布的国君或帝王的告示，由于国君、帝王身份的特殊性，也就规定了这种文体的形式特点，比如用语言简意赅，风格庄重典雅。后来渐渐对语言加以修饰，便带有了文学的色彩，汉代诏书便有此倾向。魏晋南北朝是文学自觉的时代，各种文体皆由萌芽、发展而趋于成熟，文学作品的艺术性大大加强，形式之美成为作家争相追求的目标，由此，用典、藻饰、对偶成为作家逞才使气的创作手段。齐梁以下，骈文发展成为文章的主流，一切公私交际文体无不以骈偶为正宗，以致文学创作往往流于形式之美，疏于内容之表达。

初唐以来的散文创作可以说仍承魏晋六朝的余绪，并无太大的开拓创新之举。虽然少数学者一直不懈地致力于对六朝浮靡文风的反正，但实际创作中，骈俪之风依然占着统治的地位，华丽的语言、精工的偶对、巧妙的用典成为判断作者文学水平的重要标尺。唐代最有名的进士科考试自永隆二年(681)后便渐以诗、赋取士，并于天宝年间成为固定的形式[①]，成为朝廷选拔人才的最重要的途径。由于是和仕途直接挂钩，故而诗、赋依旧是士子文人心目中最重要的文体。杜甫就曾以进献三大礼赋而受到唐玄宗的重视。而赋这种文体自汉而下，经魏晋六朝，其骈化的成分愈来愈多，最终在中唐定型为用韵、对偶甚至字数都极为讲究的律赋。由此导致在其他的公用文体中，骈俪之风更是无处不在，臣子的奏状、论对、策问以

---

① 参见傅璇琮《唐代科举与文学》，陕西人民出版社 1995 年版，第 165 页。

及帝王的诏诰等皆不离四六之体，可见在唐人心目中骈文（包括骈赋）乃是散文的正宗。明代学者吴讷《文章辨体序说》说："迨乎唐世，王言之体曰制者，大赏罚、大除授用之；曰发敕者，授六品以下官用之，即所谓'告身'也。宋承唐制，其曰制者，以拜三公三省等职。辞必四六，以便宣读于庭。'诰'则或用散文，以其直告某官也。西山云：'制诰皆王言，贵乎典雅温润，用字不可深僻，造语不可尖新，文武宗室，各得其宜，斯为善矣。'"此种文风甚至延续到北宋，陈寅恪先生便说过："至于北宋继昌黎古文运动之欧阳永叔为翰林学士，亦不能变公式文之骈体。司马君实竟以不能为四六文，辞知内制之命。然则朝廷公式文体之变革，其难若是。"①

唐代制诰之写作是由特定身份官员——翰林学士承担，尽管翰林学士承担制诰写作之职有着更复杂的权力运作的背景，但从中亦可见上述骈俪之风对于制诰写作的影响②。唐玄宗时，始设翰林院，征引翰林学士应皇帝的临时诏命，还主持或参与各种修撰、著述等工作。后来，形成翰林、中书两制格局，各自有较明确的分工，翰林学士代表皇帝行使草诏出令的职能，以国家的名义发布，一般称为内制；中书舍人由代表宰相机构行使草诏出令的职能，以政府的名义发布，一般称为外制，两者之间草诏的对象不同，但有时其分工并不完全绝对，其在一定程度上反映了皇帝权力的集中程度。事实上，唐时翰林学士的职能主要有两个方面，一是草拟诏命文书，二是充当侍从顾问，参决政事，其中制诏出令是中央决策的最主要环节，因此，掌握了草诏权，也就意味着进入了决策核心，参与中枢权力机构的决策活动③。制诰文书的内容一般有五个方面：(1) 将相任免等军国重事和建储封王等帝王家事，以"制"的形式下发。(2) 与节度藩镇有关的宣慰、赐与、征召、号令等以诏敕形式下发文书。(3) 表疏批答，主要对中央高级官员和节度使奏疏上表的批复，类似信函，属非正式文书。(4) 重大典礼、祭祀等活动所需要的应用文书。(5) 与周边藩镇政权交往的外事文书。其中，前三类文书是翰林学士日常草诏工作的重心所在。

众所周知，唐代翰林学士之设反映了唐代统治者对于文学之士的高度欣赏，而任命翰林学士承担制诰写作之任，从人事关系层面而言，是对文人的重视和欣赏；若从文章层面看，则反映出追求文章之美的思想对于公文的巨大影响。刘昫就认为当时文学"繁荣"包括了元、白之对策文："爰及我朝，挺生贤俊，文皇帝解戎衣而开学校，饰贲帛而礼儒生；门罗吐凤之才，人檀握蛇之价。靡不发言为论，下笔成文，足以纬俗经邦，岂止雕章缛句。韵谐金奏，词炳丹青，故贞观之风，同乎三代。高宗、天后，尤重详延；天子赋横汾之诗，臣下继柏梁之奏；巍巍济济，辉烁古今。如燕、许之润色王言，吴、陆之铺扬鸿业，元稹、刘贲之对策，王维、杜甫之雕虫，并非肄业使然，自是天机秀绝。若隋珠色泽，无假淬磨，孔玑翠羽，自成华彩，置之文苑，实焕缃图。"（《旧唐书·文苑传序》）

为了突出帝王的神圣性和内容的严肃性，朝廷公文用纸也极为讲究④，各类文书在书写格式上都有明确的规定，有相当一部分是代皇帝对藩镇节度及高级官员的表疏奏报作礼节

① 陈寅恪《元白诗笺证稿》，上海古籍出版社 1978 年版，第 116 页。

② 傅璇琮先生多年关注此课题并有大量成果，兹不赘述。

③ 参见张东光《唐宋时期的中枢秘书官》，载《历史研究》1995 年第 4 期。

④ 参见刘后滨《唐代中书门下体制研究——公文形态·政务运行与制度变迁》第八章《中书门下体制下的制敕文书及其运作》，齐鲁书社 2004 年版。

性的答复，其间多有“俾优褒赠，爰慰孝思”（白居易《与严砺诏》）、“有烦陈谢，深见诚怀”（白居易《与徐庆诏》）之类套话，这种文体实际上是拟者以皇帝的口吻对臣子的升迁贬谪所作的公用文体，它要毕肖帝王之言，故讲求语言的典雅端正，内容又要说理清晰，言之有物，判之有据，以令臣民信服，颇有形式主义倾向。再加上六朝以来骈文的影响，骈俪文之写作程式也被用于制诰公文，其句式多用四六，以便其音节铿锵和谐，朗朗上口。正因为如此，历来知制诰者往往不敢逾雷池半步，恪守为文之则，致使这种文体落入俗套，内容上充斥儒家经学义理和体现帝王威严的典雅之词，形式上追求对仗、工整，呆板而缺乏变化，缺乏表现力。

上述就是元稹之前散文、公文以及制诰文写作的基本发展情况。

二

毫无疑问，制诰是公文中最严肃、最庄重的一种文章形式和公文形式。元稹《制诰序》十分集中、清晰地表明了他对当时流行的制诰写作范式的态度：

> 制诰本于《书》，《书》之诰命训誓，皆一时之约束也。自非训导职业，则必指言美恶，以明诛赏之意焉。是以读《说命》，则知辅相之不易；读《胤征》，则知废怠之可诛。秦汉已来，未之或改。近世以科试取士文章，司言者苟务刓饰，不根事实；升之者美溢于词，而不知所以美之之谓；黜之者罪溢于纸，而不知所以罪之之来，而又拘以属对，跼以圆方，类之于赋判者流，先王之约束盖扫地矣。元和十五年，余以祠部郎中知制诰，初约束不暇，及后累月，辄以古道干丞相，丞相信然之。又明年，召入禁林，专掌内命。上好文，一日，从容议及此，上曰：“通事舍人不知书便其宜，宣赞之外无不可。”自是司言之臣，皆得追用古道，不从中覆。然而余所宣行者，文不能自足其意，率皆浅近，无以变例。追而序之，盖所以表明天子之复古，而张后来者之趣尚耳。

根据这篇序文，元稹认为，制诰是帝王对臣子赏罚所用的文体，一般要清楚地指出臣子的美恶所在，以明赏罚之由，故其措词应典雅端正，不失君主之大体，且要言能载物，以明天子圣德。从形式上说，这种文体由于是代言体，故其语气要符合帝王的身份，执笔者自不敢妄加言辞。元稹认为，近世知制诰者却忽视内容而重于形式，以四、六为先，辅之以属对、平仄、用事等技巧，这就使得制诰往往只注重语言的华丽和对偶的圆熟，拘于词藻的修饰、声律的和谐、音调的顿挫，从而走向形式主义，其往往“不根事实”，虚言满纸，不知指恶、称美之由，文章道弊，先王之风义尽失。

元稹对当时的制诰制作颇为不满，所以，元和末至长庆初，他以祠部郎中知制诰时，开始着力推动这一文体的变革与创新，意欲打破四六文的僵固不化，恢复文章的高古之气，承载三代之文风，以复古而求创新。其实，此前他便与白居易在中唐科考的律赋创作中，就以不少散体单行的句式破除律赋旧体完全僵化的骈文模式，并用大量的长句以及“长隔对”的技巧使得其文意大为拓展，文章气势也大大增强。清人李调元在《赋话》卷三中曾有评点：“律赋多有四六，鲜有作长句者。破其拘挛，自元、白始。”[①]可谓精辟。在元稹的制诰之作中，他

① 李调元《赋话》卷三，商务印书馆 1936 年版。

也经常将上述技巧加以运用，使其文章典正而不拘谨，文意流转而有气势。吴谷人对此也有评述："至于乐天之风举云摇，清雄飘逸；微之之高冠长剑，璀璨陆离，洗昔贤之忸怩，破前轨之束缚，然必有气以举之，否则不能学也。"[①]由此可见，元、白二人在对文章旧体尤其是对骈文流弊的改造是颇为致力且早就开始。

理念如此，元稹的制诰写作具体情况如何呢？今存《元稹集》卷四十至卷五十，收有其制诰之作共 138 篇，内容基本不出如前所述几点，但从文章形式而言，元稹在拟制过程中进行了大胆的突破与创新，具体表现在以下几个方面：

1. 破除骈文旧例，多用散句和长句，多用虚词及反问以增强表达的效果，使得其文意充盈，元气淋漓。

其前的制诰大都为四六之文，讲求语言的典雅精致，但其行文则失之于呆滞而缺乏变化的气势。元稹则在此类文章中大胆运用散句和长句，以改变其行文的节奏；尤其是他的长句更是气势流转，并且在长句中往往也运入骈偶，使其句式丰富多变，音调顿挫，节奏分明，读之令人称快。

首先是散句的运用，元稹的制诰多用散体，充分发挥了其叙事、议论的功能，使其文章活泼而充实。如《招讨镇州制》：

> 朕尝读玄元书，至于佳兵者，是乐杀人。因念自孩名之逮于羁丱，十三年不能为成人，岂忍一朝之忿，驱而杀之？

完全是散行的句子。而在《授李绛检校右仆射兼兵部尚书制》中，更将史传散文的叙事技巧引入其中：

> 昔先皇帝诲予小子曰："尧时有神羊在廷，屈轶指佞，汝知之乎？夫邪正在人，焉有异物？朕有臣李绛，犹汉臣之汲黯也。我百岁后，尔其用之，为神羊屈轶斯可矣。"予小子铭镂丕训，夙夜求思。是用致理之初，付授邦宪，且欲吾丞相以降，皆卑下之，以示优遇。

可见其在破骈用散时的坚决。

而在其他一些制文中，他还经常运用长隔对的句式，使其文章工稳凝练，而又不失流转之势。如《授刘总守司徒兼侍中天平军节度使制》：

> 百谷所以朝巨海，海不疑其贰于我也；五岳所以镇厚地，地不畏其轧于己也。故山泽之气上腾，天应之则为云、为雨；台辅之精下降，君得之则称帝、称皇。是以采群疑者，终不能成大功；推至信者，必有以来大顺。

虽也为对偶之作，却用了"长隔对"的技巧，全无四六文的呆滞无力，而是墨光四射，意气淋漓，令人拍案。至于像"昔萧何用新造之汉，而能调发子弟，完补败亡，使关东粮馈不绝者，以其尽得秦之图籍，而周知其众寡也"(《授王播中书侍郎平章事兼盐铁使制》)这样的散体长句，也是他在制诰中的创举。

此外，他还善于运用虚词来增强文章的转承、递进关系，使得文章的语气更富有层次，大

---

① 见潘遵祁《唐律赋钞》，道光二十八年(1848)漱芳斋印刊本，第 10 页。

大增强了文章的张力与气势。如《加裴度幽镇两道招抚使制》：

> 夫以区区秦伯，而犹念晋国，曰其君是恶，其人何罪？况朕均养亿兆，为之君亲，燕人冀人，皆吾乳哺而育之，安忍以豺狼驱胁之故，绝其飞走，刁致网罗？

明显见出他的这种语言风格。

2. 破除旧例，舍弃套话，论事指实，不假虚美之辞。

元稹的制诰一反前人制文中的温润典正之气、虚美不实之词，敢于指斥事实，沉着痛快，流露着刚毅果敢的个性。如他在《加裴度幽镇两道招抚使制》中，鉴史论今，一如诗之比兴手法，以史实而喻今人：

> 夫以区区秦伯，而犹念晋国，曰其君是恶，其人何罪？况朕均养亿兆，为之君亲，燕人冀人，皆吾乳哺而育之，安忍以豺狼驱胁之故，绝其飞走，刁致网罗？止行犯命之诛，是用开其一面。……以丞相布画于千里之外，使诸将持重于四封之中。而犹刘悟裂蛇豕之躯，李祐溃鲸鲵之腹，盖逆顺之情异，而忠孝之道明也。……谁不自爱其生，焉能与乱同死？度宜开怀绶带，以待其归。

可见其对赏罚之事往往是最后一笔带过，但对赏罚之由却大做文章，不惜引经据典，搜古求今，正是对其所谓“虚言满纸，不知指恶、称美之由”的反正。这种行文方式也大大增强了文章的力度。在《授王播中书侍郎平章事兼盐铁使制》中他直言其事曰：

> 我国家乘十一圣之区宇，提亿兆人之生齿，而曰不能足食足兵，朕甚懵焉。得非调阴阳抚夷夏者，不欲侵货泉之任；而主会计校盈虚者，不得参邦国之重乎？子将兼之，允在能者。

其后，在《批王播谢官表》中也云：

> 朕闻有众不言弱，有地不言贫，是以管夷吾用区区之齐，而诸侯九合。今朕四海之大，亿兆之众，独不能擒廷凑、克融，而曰物力先困，朕甚惑焉！……议论讲实，殊无古风。岂朕听之不聪，而股肱耳目莫得宣其效也？

显然与其上文一样，皆表现了直言指事的特点，做到言之有物，赏罚有词，令人信服。

3. 善于议论，饱含激情，富有气势和艺术个性。

元稹的制诰往往以议论开篇，以史论今，不限于对事件的一般叙述，而是将其当作一种逞才使气的手段，流露出作家自己的鲜明个性。他常常能够从古代史实中找出典型事例加以发挥，为其将要表达的内容营造出一种气氛，产生先声夺人之势。如其《授杨元卿泾原节度使制》的开篇即云：

> 士之捐妻子、冒白刃，勇于为国，轻于为身，贡先见之明于群疑之际者，大则书竹帛以示后，次则建麾棨以临戎。功不见图，则劳者何劝？忠不见赏，则悖者何诛？聿求其人，用激尔类。

这样的论述显然为后面的授官之由作了最好的注释，而且让人感觉心头热血澎湃，直有荡胸之气呼之欲出。

这种技巧在许多制文中皆有体现，像前面所引的《加裴度幽镇两道招抚使制》即是如此，而《授王播中书侍郎平章事兼盐铁使制》中的开篇云：

昔萧何用新造之汉，而能调发子弟，完补败亡，使关东粮馈不绝者，以其尽得秦之图籍，而周知其众寡也。

总能找到历史上的事件对今事来加以对照、衬托，使之更有说服力，显示了其高超的行文技巧，同时，也使得其应制之文，显得文意高古，不同凡响，足可追“三代之风”。在《崔弘礼郑州刺史》中，他将这种风格演绎得至为精妙：

朕读《诗》至于《羔裘》、《缁衣》之章，未尝不三复沉吟。盖明有国善善之功，且思舍命不渝之君子也。春秋时，郑多良士，是以师子大叔之政，而群盗之气潜消；闻颖考叔之言，而孝子之心不匮。山川在地，日月在天。今古虽殊，人存政举。

简直如同一篇精致的抒情散文。

以上几点足可看出元稹对制诰这一文体所作的诸多创新，打破了骈文在国家公文这一领域的垄断地位，为当时正在兴起的古文复兴运动起到了极大的推进作用。

对于元稹的这种创举，白居易以挚友的身份给予了坚决的支持，在《元稹除中书舍人翰林学士赐紫金鱼袋制》（《白居易集》卷五十）中，借帝王之口对元稹的创作作了如下的评价：

能芟繁词，剗弊句，使吾文章言语，与三代同风。引之而成纶綍，垂之而为典训。凡秉笔者，莫敢与汝争能。

对元稹制诰在扫除骈文的柔靡、恢复古文的尚质等方面做了充分的肯定。

不仅如此，他还首先作出唱和，和元稹一同作战，在制诰拟作时对旧体多有破除。白居易文集中就制诰而言就有“旧体”和“新体”之分，其所谓“新体”，即微之之所主张而乐天所从同之复古改良公式文字新体也①。

元稹在文体革新方面的努力实际上起到了不小的作用，对当时文坛的复古之风影响颇大，原因当然主要是“天子之复古”，元稹这种新变由于受到穆宗的喜好以至“司言之臣，皆追而从之”，上之喜好而下从之，自上而下，“司言之臣，皆追用古道”。就这场公文写作的改革而言，政治手段的调节和干预作用固然远比完全依赖文学自身的演进要快捷得多，而元稹和白居易等人的有意推动、实际创作，显然也是不可忽视的要素之一。

三

葛晓音先生曾指出，古文运动的衰落在很大程度上正是缺少来自上层政治的支持，韩、柳的追随者大都是沉沦下僚的困苦文人，他们的呼声不足以引起社会各阶层的重视。我们按照葛先生的逻辑逆向进行的推断显然应该是可以成立的：古文运动之所以能够在中唐取得成功，固然因为韩、柳等人的努力，但同时，我们也必须注意元、白诸人在政治权力中心，通过公文写作的改革扩大了古文的影响，换言之，元、白以文章之功先后介入政治权力的中心，

---

① 今存《白居易集》卷四八至卷五十为中书制诰旧体，卷五一至卷五三为中书制诰新体。另参见陈寅恪《元白诗笺证稿》，上海古籍出版社 1978 年版，第 114 页。

以其特定身份推动文章之变自能备受瞩目，令众士子群起而效之。

事实上，韩、柳在当时文坛上的影响比之元、白恐有不及，这一点刘昫在《旧唐书·白居易传》中已有提及：

若品调律度，扬摧古今，贤不肖皆赏其文，未如元、白之盛也。昔建安才子，始定霸于曹、刘，永明辞宗，先让功于沈、谢。元和主盟，微之、乐天而已。臣观元之制策，白之奏议，极文章之壸奥，尽治乱之根荄。非徒谣颂之片言，盘盂之小说。就文观行，居易为优，放心于自得之场，置器于必安之地，优游卒岁，不亦贤乎！赞曰：文章新体，建安、永明。沈、谢既往，元、白挺生。但留金石，长有《茎》、《英》。不习孙吴，焉知用兵？

由此可见，元、白在当时的影响确实非同一般。白居易在《与元九书》中就曾自谓："自长安抵江西三四千里，凡乡校、佛寺、逆旅、行舟之中，往往有题仆诗者；士庶、僧徒、孀妇、处女之口，每每有咏仆诗者。"其所作赋、判还被当时后进小生传为标准答案，足见其影响之大。元稹在《白氏长庆集序》中也说："二十年间，禁省、观寺、邮侯、墙壁之上无不书；王公、妾妇、牛童、马走之口无不道；至于缮写模勒，炫卖于市井，或持之以交酒茗者，处处皆是。"对此时辈及后人对元稹也颇多称美。唐穆宗李恒在《元稹同州刺史制》中称其"茂识宏才，登名晁董之列；佳辞丽句，驰声鲍谢之间"。晁公武在《元氏长庆集六十卷外集一卷》也提到："稹为文长于诗，与白居易齐名，号'元和体'，往往播乐府。穆宗在东宫，妃嫔近习皆诵之，宫中呼为元才子。及知制诰，变诏书体，务纯厚明切，盛传一时。"刘麟《元氏长庆集原序》称："元微之有盛名于元和、长庆间，观其所论奏，莫不切当时务，诏诰、歌词自成一家，非大手笔曷臻是哉！"娄坚在《重刻元氏长庆集序》中也言："唐之文章，至元和而极盛矣。元、白二氏创为新体，以相倡和，各极才人之致。"华镜《元氏长庆集跋》曰："乐天、微之，以诗文并称。元和、长庆间，互相标榜倡和为颉颃，而论者亦曰元、白。……是真龙剑凤箫之终合，二公文章之晦明，与时运盛衰为上下也，观二集者诚快睹云。"元稹文名之盛，元、白的文体改良之举势必令人瞩目，影响巨大，否则，白居易也不会有"制从长庆辞高古"之说了，由此可见，他们的这种革新确实在文坛上起到了不可替代的作用。

有趣的倒是韩愈对于元、白在公文写作中的变革不屑一顾。其《答崔立之书》说：

及来京师，见有举进士者，人多贵之，仆诚乐之，就求其术，或出礼部所试赋诗策等以相示，仆以为可无学而能……闻吏部有博学弘辞选者，人尤谓之才，且得美仕，就求其术，或出所试文章，亦礼部之类，私怪其故，然犹乐其名，因又诣州府求举，凡二试于吏部，一既得之，而又黜于中书，虽不得仕，人或谓之能焉。推自取所试读之，乃类于俳优之词，颜忸怩而心不宁者数月。（《韩昌黎文集校注》卷三）

这反映了韩愈与元、白对于古文变革态度的差异：韩愈对于骈俪文风是极端否定的，而元、白则有一定的折中性——适当地借鉴或继承了骈文的某些手法。

从总体来看，诚如葛晓音等先生研究[①]所揭示，六朝文章由于过分偏重形式和语言的华美，则难免流于浮华不实，这种情况也早已引起人不满，提倡古文是在南北朝就出现的一种思想、一股思潮，北周苏绰推行的改革、隋文帝推行的改革是这种思潮的直接表现，到了唐

① 参见其著《汉唐文学的嬗变》(北京大学出版社 1990 年版)所收系列论文。

朝，这种复古的呼声一直就未曾停息过，骈散问题、文体文风问题一直是在斗争中慢慢地演进，只是这种革新思想在初盛唐只落实在诗歌层面，散文的革新迟至安史之乱爆发后才开始提出，散文的革新与诗歌的革新并不同步①，而且，和诗歌革新主要限制于文学层面不同，散文的革新还和政治改革、政治改革的呼唤相联系。唐初的史学家令狐德棻、刘知幾、姚察、姚思廉等就不囿于时风，多用散行之笔，“一洗六朝芜冗之习”，被后人看作韩、柳振作古文的一种前兆。一些重臣如魏征、褚遂良等人的奏疏章表文风也趋于朴实并多有散体。这些都表明了由骈趋散的文体革新已渐成风尚。其后，陈子昂更是“卓立千古，横制颓波”（卢藏用《唐右拾遗陈子昂文集序》），以“风雅革浮侈”（梁肃《补阙李君前集序》），使得“天下翕然，质文一变”（卢藏用《右拾遗陈子昂文集序》）、“学者浸而向方”（独孤及《校检尚书吏部员外郎赵郡李公中集序》），为唐代古文运动开辟了道路。到了安史之乱爆发，政治的反省导致文学的反思，一批同游交好、为文旨趣相近的古文家倾力于散体的创作，首先是萧颖士、李华以其绝代才华，力弃骈偶，主张以“尊经”、“载道”来改变当时衰靡文风，使文章复归于自然，出现完全散体的古文。此后，李华的弟子独孤及和其再传弟子梁肃也都以宗经复古相号召，使得散体文的创作日渐增多，鲜明地表现出了文体文风改革的功利主义倾向。所以到韩愈的时候，文体、文风的变革趋势已颇为明确，骈散之分已优劣互见，韩愈的首要任务是对长期以来文章所要承载和宣扬的内容加以变更、提炼和升华。而事实上，韩、柳正是全面改变了前人单纯的“空言明道”的复古形式，增添了与现实生活密切相关的新的内容，并主张“不平则鸣”、“气盛言宜”、“唯陈言之务去”、“能自树立，不因循者是也”等创作理念，将现实中十分敏感的动人心魄的思想感情宣泄于文章中，才给文章带来了强大的生命力，从而最终使唐代的古文与六朝的骈文不仅在文体上，而且在文风上真正区别开来，开创了散文创作的新境界。可见，反对骈文、提倡古文这一思想并不始于韩、柳，只不过他们在这运动中有着明确的创作理论和执着不舍的传道精神而更为突出罢了，而元、白在其中的作用也功不可没。前人在论及这一运动时，就没有将元、白排除在外，姚铉《唐文粹序》中称：

> 惟韩吏部超卓群流，独高遂古……至于贾常侍至、李补阙翰、元容州结、独孤常州及、吕衡州温、梁补阙肃、权文公德舆、刘宾客禹锡、白尚书居易、元江夏稹，皆文之雄杰者欤！世谓贞元、元和之间，辞人咳唾，皆成珠玉，岂诬也哉！

即已将其并称在一起。而宋人石介在《上赵先生书》中更是清楚地说：

> 韩吏部愈，应期会而生，学独去常俗，直以古道在已……爱而喜，前而听，随而和者，惟柳宗元、皇甫湜、李翱、李观、李汉、孟郊、张籍、元稹、白乐天辈数十子而已。吏部志复古道，奋不顾死，虽摈斥摧毁日百千端，曾不少改所守。数十子亦皆协赞附会，能穷精毕力，效吏部之所为。故以一吏部、数十子力，能胜万百千人之众，能起三数百年之弊。唐之文章所以坦然明白，揭于日月，浑浑灏灏，浸如江海，同于三代，驾于两汉者，吏部与数

① 本人在《隋唐五代文学与文学传统》文中较早就关注过此现象：“‘初盛唐诗歌革新’是后代学者惯用的提法，认为诗歌革新至盛唐已经完成，其实中唐人并不如此认为，从而才出现了由韩愈、柳宗元等发动的‘古文’运动和由元稹、白居易发动的‘新乐府’运动。其所以出现如此巨大的差异，原因虽然复杂，不过归根结底可以发生的社会时代背景中寻找，这本身也是值得进一步深入比较、研究的问题。”见傅璇琮、蒋寅总主编《中国古代文学通论》（隋唐五代卷）注释，辽宁人民出版社2005年版，第402页。

十子之力也。

可见，元、白在这一古文革新运动中的地位与作用。因而，如果将这一文章革新之风称为运动，元、白自不可被摒弃在外。

当然，我们在这里并不是要争辩韩、柳与元、白在古文运动中的贡献孰大孰小的问题，准确地说，文体的改进和革新是文坛发展的时代潮流，到了中唐时期，韩、柳与元、白只不过从不同的社会层面推动了这个革新逐渐走向成功。

小结

从制诰这一拟代王言的文体之变中，我们看出了元、白在文体革新上的创举之功，其实，扩展来看，在元、白所有文章创作中，散体已成为其创作的主流，长句、散句的大量运用，形成了其自然、流畅的文风，完全突破了骈文旧体的垄断地位。传统对于中唐古文运动的研究，一般关注的是韩、柳等人，其实，作为当时著名政治家、主流的文学家，元、白也不可能置身于这股思潮之外，上述白居易诗句即表明了这种关联。近年有些学者已开始关注元、白散文创作①，本文只是在现有元、白散文成果基础上，从元、白的制诰文入手，探讨其与古文思潮的联系，从一个侧面显示古文运动的规模与具体的展开过程，以丰富我们对于古文运动的认识。

（作者单位：安徽大学中文系）

① 如刘曙初博士的系列论文《元白文历史评价的变迁》(《江淮论坛》2002年第6期)、《元白政论文新探》(《南京师范大学文学院学报》2004年第1期)、《元白政论文：时代、心灵与文风的标本》(《阜阳师范学院学报》2004年第5期)、《论元白文与传奇的交叉影响》(《阜阳师范学院学报》2005年第6期)等。

论李商隐文章的“骈中运散”与晚唐文章的发展

莫山洪

中唐古文运动尽管取得了很大的成就，但是，古文的兴盛并没有能延续下去，晚唐李商隐、温庭筠等人的出现，恢复了骈文在文章领域的地位。作为晚唐著名的骈文大家，李商隐在骈文上的成就一直为人们所承认。在很多人的心目中，李商隐的骈文是回复了六朝以来骈文绮丽浮靡的特点，比之六朝骈文更加华丽，更加注重典故的运用。这只是看到了李商隐骈文的表面。严格看来，李商隐的骈文并不是六朝骈文的简单回复，其中包含着自中唐古文运动以来文章变化的特点。

一

李商隐早年学习古文作法，而且应该说是颇有成就。在《樊南甲集序》中，李商隐表达了对古文的独特之情：“樊南生十六能著《才论》、《圣论》，以古文出诸公间。”表明他原来所学为古文。在《樊南甲集序》中，他曾述说过自己内心推崇古文，与实际上不得不大量从事骈文写作的矛盾：“仲弟圣仆，特善古文，居会昌中进士，为第一二，常表以今体规我，而未为能休。”对于弟弟的规劝，他是理解的，只是为了谋生求仕，写骈文可说是身不由己。“樊南生十六能著《才论》、《圣论》，以古文出诸公间。后联为郓相国、华太守所怜，居门下时，敕定奏记，始通今体”①。当时通行文体为骈体，朝廷表启章奏文章都以骈体出之，李商隐要想进入权力机构，必须学习写作骈体。他在令狐楚门下学习“今体”做法，实在是时世的要求。李商隐长期居于幕府，代人之作较多。这些代人之作基本上是骈文，体现出骈文在当时社会的实际运用非常普遍。

从李商隐的文章创作看，尽管很多是代人所作的骈文，但其中却蕴含着散体的形式特点。他是“骈中运散”，把散文的一些技法运用于骈体创作之中，使骈文真正达到很高的境界。李商隐在诗歌上有“破体”的提法：“文成破体书在纸。”(《韩碑》)他将韩愈的《平淮西碑》变而为诗，足见其在文体变化上特有的能力。正因如此，他才能将早年学习并非常熟悉的古文作法运用于骈体之中，实现了“骈中运散”。孙梅说：“柳子厚少习词科，工为笺奏，及窜永州，肆力古文，为深博无涯涘，一变而成大家。李玉溪少能古文，不喜声偶。及事令狐，授以章奏，一变而为今体，卒以四六名家。此二家者，从入各有自，而始终成就，相反如此，所谓学

---

① 李商隐《樊南甲集序》，刘学锴、余恕诚《李商隐文编年校注》，中华书局2002年版，第1713页。

焉得其所近者，何以称焉？盖子厚得昌黎遥为应和，而玉溪惟令狐为之亲炙，其遇合遭际，自是不同。”①李商隐与柳宗元在骈文和古文上都有独到之处，不同的是柳宗元先学骈文，后工古文，为古文大家，李商隐则先习古文，后在令狐楚门下学习骈文，为骈文大家。出入不一，两人的成就也大相径庭。骈文在六朝及初唐时期已经达到鼎盛时期，李商隐之所以能在晚唐骈文领域异军突起，与他的“骈中运散”有密切关系。

二

李商隐文章以传统骈文为主，这是不争的事实。在他的文章中，有很多都是比较标准的骈文，尤其是表状启牒一类应用文章以及一些上显贵的书启。这些文章被称为“俪偶长短，而繁缛过之”②。

六朝以来的骈文用典繁复，辞藻华丽，句式以四六为主，对仗工整。在李商隐的很多文章中，这种传统骈文的特点很多。如其《上令狐相公状二》：

> 伏蒙仁恩，赐借太原日所著歌诗等。伏以四丈，翊戴大君，仪刑多士。郁为邦彦，早司国钧。盛烈殊勋，已光于帝载；徽音清论，复播于仁谣。尚或研美二《南》，留情四始，峻标格而山联太华，鼓洪涛而河到三门。望绝攀跻，理无揭厉。足使清风知愧，《白雪》怀羞。纵金悬而谁得求瑕，但纸贵而莫不传写。
>
> 某者顷虽有志，晚无成功。雅当画虎之讥，徒有登龙之忝。淮邸夙叨于词客，梁园早厕于文人。每至因事寄情，寓物成命，无不搦管兴叹，伏纸多惭。思迟已过于马卿，体弱复逾于王粲。岂可思当作赋，任窃言诗？空怀博我之恩，宁发启予之叹。谨当附于经史，置彼缣缃。永观大匠之宏规，长作私门之秘宝。惟特赐照察。③

文章对仗众多，多处用典，可以说是比较典型的骈文作品。第一段中就有多处运用到《诗经》中的典故，据刘学锴、余恕诚《李商隐文编年校注》所列，有下列这些与《诗经》相关的典故：

> 《诗·大雅·文王》：“仪刑文王，万邦作孚。”又：“济济多士，文王以宁。”
>
> 《诗·郑风·羔裘》：“彼其之子，邦兮彦兮。”
>
> 《诗·小雅·节南山》：“尹氏大师，维周之氐。秉国之均，四方是维。”
>
> 《诗·邶风·匏有苦叶》：“深则厉，浅则揭。”
>
> 《诗·大雅·烝民》：“吉甫作诵，穆如清风。”④

此外，“二《南》”、“四始”明显与《诗经》有关。一百多字的一段文章中就有与《诗经》相关的典故七处之多，显见其用典之繁复。另，其中的“白雪”、“纸贵”等也都是明显用典之处。从对仗方面看，本文的对仗也十分工整，而且对仗的形式十分丰富，如“盛烈殊勋，已光于帝载；徽音清论，复播于仁谣”，这是隔句对，“研美二《南》，留情四始”，这是工对，运用的典故都出于

---

① 孙梅《四六丛话》，商务印书馆1937年版，第595页。

② 宋祁、欧阳修《新唐书》，中华书局1975年版，第5793页。

③ 李商隐《上令狐相公状二》，刘学锴、余恕诚《李商隐文编年校注》，中华书局2002年版，第11—12页。

④ 刘学锴、余恕诚《李商隐文编年校注》，中华书局2002年版，第12—13页。

同一典籍，且有数字对，颇合骈文辞藻华丽之特点。虽然有多种句式，但仍以四字句居多，体现了四六的基本特点。本文为李商隐求令狐楚援引之文，按刘学锴、余恕诚《李商隐文编年校注》，本文当作于大和七年(833)七月至八年(834)正月之前[①]，此时李商隐尚未入华州幕府，他渴望能得到令狐楚的推荐。文章对令狐楚先作了一番称颂，对其所"赐借太原日所著歌诗"加以赞赏，接着叙述自己"虽有志，晚无成功"，希望能得到令狐楚的"特赐照察"。此文因有求于人，故不免有阿谀之嫌。令狐楚的诗文在唐代并不算优秀，李商隐以为其"纵金悬而谁得求瑕，但纸贵而莫不传写"，不免有所夸大，这段文字所抒发的感情不免造作。而求令狐楚援引，则是其内心所愿，故求取一段文字的感情则较真实，他说自己是"思迟已过于马卿，体弱复逾于王粲"，确实是他自己的真实写照。

这类文章在李商隐的《樊南甲乙集》中很多，在给其师令狐楚的信中多用对句，这恐怕是因为令狐楚教其作"今体"(四六文)之故。在为其他人代笔的文章中，李商隐充分体现出四六文的典重华丽的特点，符合官方对四六文章的要求。如《为安平公兖州谢上表》称"臣自承明诏，移镇东藩，望阙而雪涕以辞，戒途而星奔不息"[②]，《为安平公赴兖海在道进贺端午马状》称"臣伏以浴兰令节，采艾嘉辰，百辟合祝于尧年，万方亦修于禹贡"[③]。

李商隐的代笔之作也不都是严格的四六程式，在其《为濮阳公与刘稹书》中，体现出另一种风范。这篇文章是李商隐代王茂元劝诫刘稹的书信，作于会昌三年(843)。刘稹是昭义节度使刘从谏之侄。会昌三年(843)四月，刘从谏病卒，刘稹用昭义兵马使郭谊的建议，秘不发丧，自领军务。并且上书言宦官仇士良之恶，不敢归朝。李商隐遂代王茂元作此文，劝其归降。文章从祸与福两方面来说明事理，对刘稹心中存在的侥幸心理一一破除。其中一段可谓正言厉色，极具威慑：

> 倘尚淹归款，未整来轩，戎臣鼓勇以争先，天子赫斯而降怒，金玦一受，牙璋四驰。魏、卫压其东南，晋、赵出其西北。拔距投石者，数逾万计；科头戟手者，动以千群。兼驱扼虎之材官，仍率射雕之都督。感义则日月能驻，拗愤则沙石可吞，使兵用火焚，城将水灌。魏趣邢郡，赵出洺州，介二大都之间，是古平原之地，车甲尽输于此境，糗粮反聚于他人。恃河北而河北无储，倚山东而山东不守。以数州之残殍，抗百道之奇兵，比累卵而未危，寄孤根于何所？则老夫不佞，亦有志焉。愿驱敢死之徒，以从诸侯之末，下飞狐之口，入天井之关，巨浪难防，长飙易扇。此际必当惊地底之鼓角，骇楼上之梯冲。丧贝跻陵，飞走之期既绝；投戈散地，灰钉之望斯穷。自然麾下平生，尽忘旧爱，帐中亲信，即起他谋，辱先祖之神灵，为明时之戮笑。静言其渐，良以惊魂。

河北三镇靠不住，所据之地无粮食，部下也会起来反叛，不归顺朝廷，难有出路。文章基本为骈体，其中却不乏散句，如"丁宁恳款，至于再三者，诚以某与先太傅相国，俱沐天光，并为藩后"，骈中带散，前三句可算散句，后二句为对句，上引一段中的"则老夫不佞，亦有志焉"、"此际必当惊地底之鼓角，骇楼上之梯冲"，虽有对的成分，却是散的形式。其他如"赏罚得以相

① 刘学锴、余恕诚《李商隐文编年校注》，中华书局2002年版，第12页。

② 李商隐《为安平公兖州谢上表》，刘学锴、余恕诚《李商隐文编年校注》，中华书局2002年版，第64页。

③ 李商隐《为安平公赴兖海在道进贺端午马状》，刘学锴、余恕诚《李商隐文编年校注》，中华书局2002年版，第61页。

参，恩威得以相抗，义显事顺，故朝廷推而与之”，“又计足下，未必不恃太傅之好贤下士，重义轻财”，“李相国奉讨逆之命，为勤王之师，义著而诚顺故也”[①]等，都是骈散结合。因是写给刘稹的，故文章写得比较浅显，与其他代笔作品颇不相同。这也是李商隐文章的高明之处，说明其骈体之中具有散体的韵味。

这些文章毕竟是代笔性质的，文章感情抒发往往是替他人所作，不见得有多少真情实感。他对这些文章并不是很看重，在《樊南乙集序》中说，“此事非平生所尊尚，应求备卒，不足以为名”[②]，可看出其态度。

从李商隐的表状启牒看，这些文章确实有着非常明显的传统骈文的特点，然其文章虽以四六为主，亦不乏骈散结合之作，这也是李商隐之所以成为晚唐骈文大家的主要原因。

三

李商隐的文章并非一味延续传统四六，而是在区分骈散的同时，“骈中运散”，注重对传统四六文的改革。其骈散兼容质量很高，一些文章甚至可以说是对传统骈文脱胎换骨的改造。

首先，李商隐有意识地区分骈散，有意识地将骈散加以对立。他的骈文集用散体文作序。其《樊南甲集》、《樊南乙集》的序言都是用散体创作的。这让人有点意外。作为特定文体的序言，当时很多人在创作这类文体时都喜欢采用骈体。不过，自韩柳以来，序文也多有用散体的，“凡序文籍，当序作者之意；如赠送燕集等作，又当随事以序其实也”，“当取法昌黎韩子诸作，庶为有得古人赠言之义”[③]，说的是赠送之序，亦可同于序文之作。李商隐受韩愈影响至深，应对这种文体深为了解[④]。在李商隐所处的时代，骈体无疑仍占据着主导的地位。即使是五代时期文人作序，也喜欢用骈体，如欧阳炯《花间集叙》：

> 镂玉雕琼，拟化工而回巧；裁花剪叶，夺春艳以争鲜。是以唱云谣则金母词清，挹霞醴则穆王心醉。名高白雪，声声而自合鸾歌；响遏行云，字字而偏谐凤律。杨柳大堤之句，乐府相传；芙蓉曲渚之篇，豪家自制。莫不争高门下，三千玳瑁之簪；竞富樽前，数十珊瑚之树。则有绮筵公子，绣幌佳人，递叶叶之花笺，文抽丽锦；举纤纤之玉指，拍按香檀。不无清绝之辞，用助娇娆之态。……因集近来诗客曲子词五百首，分为十卷。以炯粗预知音，辱请命题，仍为序引。昔郢人有歌阳春者，号为绝唱，乃命之曰花间集。庶使西园英哲，用资羽盖之欢；南国婵娟，休唱莲舟之引。[⑤]

文章以对句为基本句型，一开始就是一个标准的四六对句。其中夹杂七言、八言句式，在后面的叙事部分还采用了一些散体的形式。总的来看，文章还是以骈体为主。这种情况代表

① 李商隐《为濮阳公与刘稹书》，刘学锴、余恕诚《李商隐文编年校注》，中华书局 2002 年版，第 646—651 页。

② 李商隐《樊南乙集序》，刘学锴、余恕诚《李商隐文编年校注》，中华书局 2002 年版，第 2177 页。

③ 吴纳撰，于北山校点《文章辨体序说》，人民文学出版社 1962 年版，第 42 页。

④ 李商隐受韩愈之影响，刘学锴《李商隐传论》中有所涉及，详见《李商隐传论》上编第三章“幼年与少年”之第三节“佣书贩舂与从叔求学”，安徽大学出版社 2002 年版，第 48 页。

⑤ 赵崇祚辑，李一氓校《花间集校》，人民文学出版社 1958 年版。

了当时书序的基本形式。李商隐为他人所作的序中,也有很明显的骈体倾向,如《容州经略使元结文集后序》:

次山有《文编》,有《诗集》,有《元子》,三书皆自为之序。次山见举于弱夫苏氏,始有名;见取于公浚杨公,始得进士第;见憎于第五琦、元载,故其将兵不得授,作官不至达。母老不得尽其养,母丧不得终其哀,间二十年。其文危苦激切,悲忧酸伤于性命之际。自《占心经》已下若干篇,是外曾孙辽东李恽辞收得之,聚为《元文后编》。

次山之作,其绵远长大,以自然为祖,元气为根,变化移易之。太虚无状,大贲无色,寒暑攸出,鬼神有职。南斗北斗,东龙西虎,方向物色,欻何从生?哑钟复鸣,黄雉变雄,山相朝捧,水信潮汐。若大压然,不觉其兴;若大醉然,不觉其醒。其疾怒急击,快利劲果,出行万里,不见其敌。高歌酣颜,入饮于朝,断章摘句,如娠始生。狼子豹孙,竞于跳走,翦馀斩残,程露血脉。其详缓柔润,压抑趋儒,如以一国买人一笑,如以万世换人一朝。重屋深宫,但见其脊;牵绋长河,不知其载。死而更生,夜而更明。衣裳钟石,雅在宫藏。其正听严毅,不滓不浊,如坐正人,照彼佞者。子从其翁,妇从其姑。竖麾为门,悬木为牙,张盖乘车,屹不敢入;将刑断死,帝不得赦。其碎细分擘,切截纤颗,如坠地碎,若大咽馀。锯取朽蠹,栎蟒出毒,刺眼楚齿,不见可视。顾颠踣错杂,汙潴伤损,如在危处,如出梦中。其总旨会源,条纲正目,若国大治,若年大熟。若君君尧、舜,人人羲皇。上之视下,不知有尊,下之望上,不知有篡。辫头凿齿,扶服臣仆,融风彩露,飘零委落。耋老者在,童龀者蕃,邪人佞夫,指之触之,熏熏熙熙,不识其故。吁,不得尽其极也。①

前一段基本用散体,后一段句式基本是四言,整齐严谨。其中对句不少,可以说是比较严谨的骈体文章。显然,李商隐作序也有采用比较整齐的骈体形式。值得关注的是,元结本为古文运动的先驱之一,李商隐为其文集作序,采用的却是骈体。给骈文作序,则用散体,给古文作序,则用骈体,这可以说也是李商隐的"破体"。总之,其所作序言,就是要与文集的形式不一致,体现出变化。李商隐还有一些书序是不用骈体的,或者是把骈体和散体结合在一起,交替运用。如其《太尉卫公会昌一品集序》一文采用的就是骈散结合的形式。从这些现象看,李商隐用骈体或散体作序都存在可能。为自己的四六集作序用散体,明显是有意为之。这既可以与集子中的文章相区别开,又可以体现出他在古文方面的造诣,可谓一举两得。正如李商隐自己所说,他最初学习的是古文,后来只是因为要在政治上有所作为而从令狐楚学习"今体",但他骨子里对古文一直是喜爱的。用古文形式为骈文集子作序正是满足自己这一心理需要的直接表现。

其次,李商隐的骈文注重抒情性,改变过去骈文矫情的特点,继承了六朝时期徐庾骈文和韩柳古文的抒情传统,抒发真情,注重"写心"。骈文在南北朝达到鼎盛,形成非常讲究外在形式的文体,以致在上世纪被呼为形式主义文体。文体外在特征也使许多人以为骈文不宜抒情,所抒之情也往往矫揉造作,不能体现作者的真情实感。因为形式限制了作家的思维,形式禁锢了作家的思想,因此,骈文成为抒写虚情假意文章的代名词。

---

① 李商隐《容州经略使元结文集后序》,刘学锴、余恕诚《李商隐文编年校注》,中华书局2002年版,第2256—2257页。

骈文曾被视为矫情之作，但李商隐骈文在抒情上达到很高成就，其骈文直抒胸臆，情感真挚。其《祭小侄女寄寄文》哀婉深切，情义深长：

> 正月二十五日，伯伯以果子弄物，招送寄寄体魂，归大茔之旁。哀哉！
>
> 尔生四年，方复本族，既复数月，奄然归无。于鞠育而未申，结悲伤而何极！来也何故，去也何缘？念当稚戏之辰，孰测死生之位？
>
> 时吾赴调京下，移家关中。事故纷纶，光阴迁贸。寄瘗尔骨，五年于兹。白草枯荄，荒涂古陌。朝饥谁饱，夜渴谁怜？尔之栖栖，吾有罪矣。
>
> 今吾仲姊，返葬有期。遂迁尔灵，来复先域。平原卜穴，刊石书铭。明知过礼之文，何忍深情所属！
>
> 自尔殁后，侄辈数人，竹马玉环，绣襜文褓，堂前阶下，日里风中，弄药争花，纷吾左右。独尔精诚，不知何之。况吾别娶已来，胤绪未立，犹子之谊，倍切他人。念往抚存，五情空热。
>
> 呜呼！荥水之上，檀山之侧，汝乃曾乃祖，松槚森行。伯姑仲姑，冢坟相接。汝来往于此，勿怖勿惊。华彩衣裳，甘香饮食，汝来受此，无少无多。汝伯祭汝，汝父哭汝，哀哀寄寄，汝知之耶！①

文章一改以往祭文过于强调死者身世的特点，通过对日常生活中的琐事的描述，体现了作者对于侄女的深深怀念之情。本文笔随意走，不刻意为文，与韩愈《祭十二郎文》有类似之处，但两篇文章一骈一散，风格迥异。本文起笔叙述自己以果物招魂，对寄寄侄女死后不能归葬深感不安。同时，叙述在子侄辈中最喜欢的就是侄女，想起昔日的情状，不免伤心。最后告诉侄女，新坟所在之地，尽有家人，不会再如过去那样受惊吓了，也不会挨饿受冻了。虽尽为家常事物，却体现出李义山对其侄女的深厚感情。本文在艺术上与李商隐其他文章亦有不同之处。在句式上，尽管全文的主体仍然是以四六句式为主，但是这些句式并不一定都是对句，多是前后承接的叙述性语言。全文句式能成为对句的仅仅四句，这就并不能算是严格的骈文了。“骈”的意思本来就是“驾二马”，含有对偶的意思。而本文在这方面几乎完全没有，确实不能算是严谨的四六。在典故的运用上，全文也是几乎不用典故。每句话都是平平叙述，似在与侄女交谈，语言简洁明了，毫无晦涩难懂之处。把祭文写得犹如交谈，在文体上可谓一种创新。李商隐幼习古文，对韩愈当非常熟悉，本文写作在精神上与韩愈之祭文相似，可以说是李商隐“骈中运散”的体现，是李商隐将韩柳古文与骈文相结合的产物，是李商隐对传统骈文脱胎换骨的改造。

李商隐这类文章的特点和古文比较接近。韩柳以来之古文，在句式上刻意追求不对仗，使用散句，寻求形式上的不对称。由于传统阅读习惯的原因，韩柳古文被时人目为“佶屈聱牙”②，难以卒读。李商隐吸取了韩柳的经验，在句式上仍以四六出之，在具体的内容上，则改变四六的对仗模式和用典风气。李商隐文章的骈散结合是形式上的骈和内容上的散，表面看仍然是四六，实质上已经和四六有了明显的区别。正因李商隐的文章达到如此境界，所以清代孙梅在评价李商隐文章时称：“樊南甲乙，则今体之金绳，章奏之玉律也。循讽终篇，其

① 李商隐《祭小侄女寄寄文》，刘学锴、余恕诚《李商隐文编年校注》，中华书局2002年版，第830—831页。

② 韩愈《韩昌黎全集》，中国书店1991年版，第187页。

声切无一字之謦曲，其抽对无一语之偏枯，才敛而不肆，体超而不空。”①

李商隐为自己亲人所撰写的祭文往往能抒发真情，体现散文抒情的特点。这些文章在形式上与传统的四六文有较大区别。这主要是李商隐在这类文章中往往以情导引，强调自己感情的抒发。在句式上，一改四六过于强调对仗的特点，注重形式上的相似，改变实质内容在表现上的不同。再如《祭裴氏姊文》：

> 某年方就傅，家难旋臻，躬奉板舆，以引丹旐。四海无可归之地，九族无可倚之亲。既祔故邱，便同逋骇。生人穷困，闻见所无。及衣裳外除，旨甘是急。乃占数东甸，佣书贩舂。日就月将，渐立门构。清白之训，幸无辱焉。既登太常之第，复忝天官之选。免迹县正，刊上秘丘。荣养之志才通，启动之期有渐。而天神降罚，艰棘再丁。弱弟幼妹，未笄未冠。胤绪犹阙，家徒屡空。载惟家长之寄，偷存晷刻之命。号天叫地，五内崩摧。然亦以灵寓殡获嘉，向经三纪，归祔之礼，阙然未修。是冀苟全，得终前限。属刘孽叛换，逼近怀城，惧罹焚发之灾，永抱幽明之累。遂以前月初吉，摄缞告灵，号步东郊，访诸耆旧。孤魂何托？旅榇奚依？垂兴欲堕之悲，几有将平之恨。断手解体，何痛如之！洒血荒墟，飞走同感。伏惟朝夕二奠，不敢久离，遂遣羲叟一人，主张启奉。抱头拊背，戒以信诚，附身附棺，庶无遗阙。檀山荥水，实惟我家。灵其永归，无或栖寓。呜呼哀哉！②

作者表达了自己对亡姊深切的哀思。由于李商隐早年丧父，其姊与其年龄相差甚大，在其幼年时，当多得照顾。祭文写得情真意切，充满了悲痛的情绪。文章以叙述性的语言，展示了作者一段悲伤的历史。全文尽管以四六句式为主，对句并不多，不符合四六相对的特点，倒与散体相似。但是在关键的地方出以对句，却又更具有震撼人心的力量。如“四海无可归之地，九族无可倚之亲”，通过这个工整的对句，写出了自己在父亲去世后与寡母扶柩回到家乡时的凄惨景象，更增添了祭文的伤感情怀。全文以散体的行文，骈体的句式，构成全篇，可谓骈散互融的典范之作。

李商隐在非代笔的文章中，尽管四六句式运用较多，但是对句较少。尤其是在这些抒情性极强的祭文中，更是以“写心”为主，全然一副“文从字顺”的姿态。李商隐之所以对四六不以为然，很大程度上是因为四六在他看来不过是仕途上的一个工具。为自己亲人作祭文，完全不用考虑官场的种种规矩，只需把自己的“真心”写出即可。从这个意义上看，李商隐部分四六实在是他自己内心的直接反映，他考虑的是如何更好地抒发自己的感情，而不是如何符合四六的程式。这也正是后来北宋诗文革新所强调的“文从字顺”。

四

晚唐骈文复兴，重新占据文坛主导地位，这与李商隐不无关系。以骈文著称者还有温庭筠与段成式，二人与李商隐号“三十六”。

温庭筠是晚唐一位全才作家，在诗歌、文章、小说以及词上都很有成就。其创作上颇有

① 孙梅《四六丛话》，商务印书馆1937年版，第595页。

② 李商隐《祭裴氏姊文》，刘学锴、余恕诚《李商隐文编年校注》，中华书局2002年版，第814—815页。

特点，史书称："文思清丽，庭筠过之。"[①]温庭筠骈文现存32篇，其中有8篇为他与段成式之间的往来书信，亦多为骋才之作。如其中一篇称：

> 即日僮干至，奉披荣诲，蒙赍易州墨一挺。竹山奇制，上蔡轻烟，色夺紫帷，香含漆筒。虽复三台故物，贵重相传；五两新胶，干轻入用。犹恐于潜旷远，建业尫羸。韦曜名方，即求鸡木；傅玄佳致，别染《龟铭》。恩加于兰省郎官，礼备于松根介妇。汲妻衡弟，所未窥观；《广记》、《汉仪》，何尝著列。矧又玄洲(阙)上苑，青琐西垣，雠字犹新，疑签尚整。帐中女史，犹袭青香；架上仙人，常持缥帙。得于华近，辱在庸虚。岂知夜鹤频惊，殊惭志业；秋虫屡绾，不称精研。惟忧瘠物虚投，蜡盘空设。晋陵虽坏，正握铜兵；王诏徒深，谁磨石砚？捧受荣荷，不任下情。[②]

文章一开始说得墨之事，接着就以大量典故来描述墨、砚之事，确实是非常典型的传统骈文。这类文章也只能是文士之间斗才的文字游戏，不能算是很好的文章。这样的文章过于讲究典故辞藻，没有体现出中唐以来骈文的变化。倒是他一些求取援引的文章，能体现出清新之气。如《上裴相公启》称：

> 既而羁齿侯门，旅游淮上，投书自达，怀刺求知。岂期杜挚相倾，臧仓见嫉。守土者以忘情积恶，当权者以承意中伤。直视孤危，横相陵阻。绝飞驰之路，塞饮啄之涂。射血有冤，叫天无路。[③]

叙述自己的困顿，自己的遭遇，感情非常真挚，悲切之情溢于言表。文章的对仗非常工整，用典不多，与史书所称的"清丽"吻合。不过，文章的句式倒是非常整齐的对句，与李商隐的骈散融合不一样。而且，李商隐文章用典较多，句式上虽也以对句为主，但多用虚词连接，温庭筠的文章则没有这样的情况。这可以说是温李的差别。

中唐古文运动带来了新的文章形式，这种文章形式尽管没有能在晚唐占据主导，但也不乏继承者。晚唐小品文的兴起，很大程度上就是在中唐古文运动的影响下发展起来的。孙樵与皮日休即为其中代表。这可以说是在晚唐李商隐四六笼罩下古文的抗争。

孙樵文章受韩愈影响，他自己就曾经说过："尝得为文之道于来公无择，来公无择得之皇甫持正，皇甫持正得之韩先生退之。"[④]所以，在文章创作上，他主张："古今所谓文者，辞必高然后为奇，意必深然后为工。焕然如日月之经天也，炳然如虎豹之异羊犬也。是故以之明道，则显而微；以之扬名，则久而传。"[⑤]辞之高深，目的还是在于"明道"。这种"文以明道"的思想，显然是韩愈以来古文运动所倡导的。其《自序》称：

> 樵家本关东，代袭簪缨。藏书五千卷，常以探讨。幼而工文，得之真诀。提笔入贡士列，于时以文学见称。大中九年，叨登上第。从军邠国，忝历华资，久居兰省。广明元

---

① 刘昫等《旧唐书》，中华书局1975年版，第5087页。
② 温庭筠《答段成式书七首》，刘学锴《温庭筠全集校注》，中华书局2007年版，第1053—1054页。
③ 温庭筠《上裴相公启》，刘学锴《温庭筠全集校注》，中华书局2007年版，第1102页。
④ 孙樵《与友人论文书》，董诰等《全唐文》，中华书局1983年版，第8326页。
⑤ 孙樵《与友人论文书》，董诰等《全唐文》，中华书局1983年版，第8325页。

年，狂寇犯阙，驾避岐陇，诏赴行在，迁职方郎中。[①]

叙述自己的生平仕履，时间顺序非常清楚，文章句式虽多四字句，但却都是散句，并无对仗，也无用典，颇为平实。

皮日休在文章创作上主张“穷理”，称“文贵穷理，理贵原情”[②]，这与韩愈略有不同。不过，从小品文的创作上看，皮日休还是以古文为其创作的基本形式。如其《春申君碑》：

> 士以知己委用于人，报其用者术。苟不王，要在强其国尊其君也。上可以霸略，次可以忠烈。无王术而有霸略者，可以胜人国。无霸略而有忠烈者，亦足以胜人国。春申君之道复何如哉？忧荆不胜，以身市奇计，不曰忠乎？荆太子既去，歇孤在秦，其俟刑待祸，若自屠以当馁虎，不曰烈乎？然徙都于寿春，失邓塞之固，去方城之险，舍江汉之利，其为谋已下矣，犹死以吴为宫室，以鲁为封疆，春申之力哉？当斯时也，苟任荀卿之儒术，广圣深道，用之期月，荆可王矣。然卒以猜去士，以谤免贤。于戏！儒术之道，其奥藏天地，其明烛鬼神。春申且不悟，况李园之阴谋，岂易悟载哉？岂易悟哉？[③]

这本来是一篇碑文，作者却借助春申君发表一通议论，在他人之作中很少见到。从皮日休现存的这类文章看，他是经常借助这样的形式发表一番评论的。作为晚唐小品文的代表，皮日休小品文虽有对句，但基本上是散句。本文中有少量对句，如“上可以霸略，次可以忠烈”、“其奥藏天地，其明烛鬼神”，这些句子并不是严谨的对句，只是比较整齐。文中还有一句俳句：“失邓塞之固，去方城之险，舍江汉之利。”其余则都是散句。

晚唐文章尽管存在着骈散两类文体，但是，骈文占据主导地位，骈文作家的成就及影响更大，则是不争之事实。无论孙樵还是皮日休，其文章均在一定程度上受到了骈体的影响。李商隐对晚唐文坛乃至宋初文坛的影响非常巨大，正因为他的作用，晚唐及宋代出现了四六兴盛的局面。

（作者单位：柳州师范高等专科学校）

① 孙樵《自序》，董诰等《全唐文》，中华书局1983年版，第8326页。
② 皮日休《文薮序》，董诰等《全唐文》，中华书局1983年版，第8353页。
③ 皮日休《春申君碑》，董诰等《全唐文》，中华书局1983年版，第8389页。

孙樵与晚唐古文的发展困境

刘曙初

一

韩愈、柳宗元逝世后，唐代古文运动虽然不乏后继者，但这些后继者都未能弘扬韩柳开创的伟业，既没有提出有效指导古文在晚唐的新形势下继续发展的理论主张，也没有创作出韩柳那样个性鲜明、成就卓著、足以转移一时风气的佳作。曾经被韩柳古文运动的宏大声势所压制的骈文卷土重来，大量出现在官方文牍和私人写作中，成为文坛的主流，涌现出了许多杰出的骈文能手，前有令狐楚，“每一篇成，人皆传讽”①，后有李商隐，被认为是唐代骈文的集大成者②。韩柳在世时身边吸引了很多才俊，尤其是韩愈，热心指点和提携后进，形成了号称“韩门弟子”的群体。韩柳去世后古文对士人的吸引力急剧下降，这样的古文创作群体再也不见了，很多士人没有学习古文的经历，还有的士人最初学习古文，后来改弦更张转而学习骈文，李商隐就是众所周知的例子。这些现象都标志着唐代古文运动陷入了低谷。

为什么唐代古文运动在取得辉煌的成就后未能扩大战果取得彻底的胜利，反而迅速陷入了低谷，甚至一蹶不振？综合孙昌武③、刘衍④、李道英⑤等先生的研究，主要是因为：在外因即社会环境和士人心态方面，晚唐社会病入膏肓，中唐就已存在的藩镇割据、朋党之争、宦官专权等问题不仅没有缓解，反而更加严峻，后来还爆发了黄巢领导的大规模的农民起义，加速了唐王朝的覆灭。如果说中唐韩柳的时代，国家的命运还在衰亡和中兴之间徘徊，给了士人改革的希望和热情，那么晚唐时国家就是无可挽回地踏上了覆灭的不归路。生活在这样的社会环境中，士人们连人身安全和生活出路都难以保障，于是普遍丧失了奋发作为以扭转乾坤的希望和热情，有的“追欢逐乐无闲时”⑥，在各种感官享受中陶醉；有的“刻意伤春复伤别”⑦，沉浸在无力回天的痛苦中难以自拔；有的“几年无事傍江湖”⑧，避世远隐，栖心林

① 欧阳修《新唐书》卷一六六《令狐楚传》，中华书局点校本。

② 刘麟生《中国骈文史》，商务印书馆 1998 年版，第 83 页。

③ 孙昌武《唐代古文运动通论》，百花文艺出版社 1984 年版，第 299—302 页。

④ 刘衍《中国古代散文史》，高等教育出版社 2004 年版，第 206 页。

⑤ 李道英《唐宋古文研究》（修订本），北京师范大学出版社 2005 年版，第 233—237 页。

⑥ 白居易撰，谢思炜校注《白居易诗集校注》卷三十四《追欢偶作》，中华书局 2006 年版。

⑦ 李商隐撰，刘学锴、余恕诚集解《李商隐诗歌集解·杜思勋》，中华书局 1988 年版，第 875 页。

⑧ 彭定求等《全唐诗》卷六二八陆龟蒙《和袭美春夕酒醒》，中华书局 1960 年版。

泉。因此，以思想革新为本质的唐代古文运动就失去了物质基础和心理动力，自然难以为继。在内因即古文运动自身方面，韩愈极力主张“文以明道”，有一定程度的轻视“文”的倾向，他的后继者中李翱更把文简单地看成是阐明道的工具，忽视文的独立价值，李翱的文风虽然平易，但常常流入枯燥乏味。韩愈在倡导古文的时候，为了提高古文的独创性，突出古文的不同流俗，强调要“词必己出”[①]，部分文章甚至“怪怪奇奇”[②]。他的后继者中皇甫湜等人就片面继承了这一点，为了追求艺术的创新，铤而走险，常常流入艰涩怪僻。此外韩柳之后的唐代古文作家才学不济，也影响了古文运动的发展。这些内外因的共同作用导致了古文运动在韩柳之后迅速衰落。

还需要补充的是，在国家制度方面，唐代的科举制度对骈、古文的兴衰嬗替发挥了关键性的作用。这一点以往的研究虽有涉及，但还需要深入的分析。唐代的科举制度与骈文关系密切。以最受当时重视的进士科为例，进士科在天宝以后主要考贴经、诗赋和策论。其中诗赋是指近体诗和律赋，在对仗、调声、用典、藻饰等很多方面与骈文的要求非常接近，策论大量采用排比、对仗等手法，骈化倾向也比较明显。通过进士科考试后，士子还要接受吏部的铨选，常规的铨选考察书、言、身、判四项内容，其中判文基本上是采用标准的骈文形式。唐代还有一种特殊的铨选制度科目选，科目选包括博学鸿词、书判拔萃、平判、三礼、三传、三史等科，其中博学宏词、书判拔萃和平判等科考察的内容含有骈文形式的判或与骈文的规则近似的近体诗和律赋[③]。此外，唐代还设有名目繁多的制科，其中如词标文苑、蓄文藻之思、文艺优长、藻思清华、文辞雅丽、文辞秀逸、词藻宏丽、文辞清丽等，从名目就可以看出主要是考察文辞是否精美，应试的作品必定是骈文或者与骈文的规则近似的近体诗和律赋。科举制度关系到士子的衣食利禄和人生前途，自然对士子的行为产生重大的影响。唐代的科举过程中频繁地采用骈文或与骈文的规则近似的近体诗和律赋，这就迫使士子勤奋地练习骈文，努力钻研骈文的写作技巧。唐代的科举制度促进了骈文的发展，是骈文的温床。韩愈在领导古文运动的时候，认识到了骈文背后的制度背景，大力抨击科场文风：“而方闻国家之仕进者，必举于州县，然后升于礼部、吏部，试之以绣绘雕琢之文，考之以声势之逆顺、章句之短长，中其程式者，然后得从下士之列。虽有化俗之方，安边之画，不由是而稍进，万不有一得焉。”[④]很轻蔑地表示那些科场文章“可无学而能”，读了自己那些参加科举考试的文章，觉得“类于俳优者之辞，颜忸怩而心不宁者数月”[⑤]。但是韩愈和柳宗元都没有机会革新科举制度，打破骈文的温床，只能鼓励士人要“务求诸道”[⑥]，努力追求圣人之道，要“无诱于势利”[⑦]，不被权势利益诱惑。对普通士人来说，这种纯粹的道德自律要求显然陈义过高，缺乏足够的吸引力。由此可见，唐代骈文的发展受到了科举制度的有力支持，因此能在一度受阻后卷土重来，而古文运动则因为没有获得制度方面的支持，所以在盛极一时之后难以持续发展。北

① 韩愈撰，马其昶校注《韩昌黎文集校注》卷七《南阳樊绍述墓志铭》，上海古籍出版社 1987 年版。

② 韩愈撰，马其昶校注《韩昌黎文集校注》卷八《送穷文》。

③ 王勋成《唐代铨选与文学》，中华书局 2001 年版，第 269—295 页。

④ 《韩昌黎文集校注》卷四《上宰相书》。

⑤ 《韩昌黎文集校注》卷三《答崔立之书》。

⑥ 柳宗元撰，吴文治点校《柳宗元集》卷三四《报崔黯秀才论文书》，中华书局 1979 年版。

⑦ 《韩昌黎文集校注》卷三《答李翱书》。

宋欧阳修领导诗文革新，大获成功，从此奠定了古文的正统地位，成功的原因很多，一个关键性的原因就是欧阳修改变科举衡文标准，大力整治科场文风。这从反面证明，唐代的科举制度是晚唐骈文复兴、古文衰落的一个关键性因素。

古文运动的衰落及其背后的原因，构成了晚唐古文发展的环境。每一个晚唐有志于古文的士人不得不面对这样严峻的环境，并在这样的环境中开展自身的活动。孙樵不幸生于这样的环境中，他有继承古文传统的坚定志向，专门从事古文创作，在当时也获得了隆重的声誉，被认为"有扬马之文"，与"有曾闵之行"的李潼和"有巢由之风"的司空图受到唐僖宗下诏褒奖，并称"行在三绝"[①]，堪称晚唐古文的代表作家。本文选择孙樵作为讨论的对象，一方面分析晚唐古文的环境如何影响孙樵的古文理论和创作，另一方面也考察孙樵在这样的环境中如何尝试突围，从而展现时代与个人的互动过程。

二

孙樵对晚唐文风非常不满，抨击说："彼巧在文，摘奇搴新。辖字束句，稽程合度。磨韵调声，决浊流清。雕枝镂英，花斗窠明。至有破经碎史，稽古倒置。大类于俳，观者启齿。下醨沈谢，上残骚雅。取媚於时，古风不归。"[②]又说："凡为文章，拈新摘芳，鼓势求知，取媚一时"[③]、"至有破句读以为工，摘俚句以为奇。"[④]认为当时的作者过度追新逐奇，采用各种手法摘章绘句，甚至破坏正常的语法结构，采用俚俗的词句，颠三倒四地运用典故，华靡浮艳，破碎细巧，极力趋时附俗。

针对这种不健康的文坛风气，孙樵在《与王霖秀才书》等文中系统地阐述了自己的文学思想。在审美理想方面，孙樵认为："鸾凤之音必倾听，雷霆之声必骇心。龙章虎皮，是何等物，日月五星，是何等象。"[⑤]真正杰出的作品必定会强烈地震撼人的心灵，并产生巨大的吸引力，他称赞王霖的《雷赋》："如观骇涛于重溟，徒知褫魄眙目，莫得畔岸，诚谓足下怪于文。"可见，孙樵推崇充满力量、具有强烈刺激性和震撼性的崇高之美。此外，孙樵也欣赏简练含蓄的风格，他称赞高锡望"尝序义复冈及乐武事，其说要害，在樵宜一二百言者，足下能数十字辄尽情状。及意穷事际，反若有千百言在笔下"[⑥]。

在创作方法方面，孙樵提出："储思必深，摛词必高。道人之所不道，到人之所不到，趋怪走奇，中病归正。"[⑦]也即思维深刻，语言高妙，要远迈流俗，追求一种怪奇而守正的风格。意深词高是孙樵反复强调的创作要旨，在《与贾希逸书》中，他称赞对方"立言必奇，摭意必深"。在《与友人论文书》中，他又说："古今所谓文者，辞必高然后为奇，意必深然后为工。"在《寓居对》中，他形容自己的写作："摭言必高，储思必深。"走奇归正是孙樵创作方法论的另一个重

① 孙樵《孙樵集·自序》，《四部丛刊》本。
② 孙樵《孙樵集》卷七《乞巧对》。
③ 孙樵《孙樵集》卷十《骂僮志》。
④ 孙樵《孙樵集》卷二《与友人论文书》。
⑤ 孙樵《孙樵集》卷二《与王霖秀才书》。
⑥ 孙樵《孙樵集》卷二《与高锡望书》。
⑦ 孙樵《孙樵集》卷二《与王霖秀才书》。

点。提倡怪奇的风格，是古文运动中韩愈、皇甫湜等人的重要主张。孙樵受此影响，突出强调了怪奇的风格追求。他称赞友人"立言必奇"①、"怪于文"②，形容自己的文风"句句淡涩，读不可入，徒乖于众"③。孙樵主张怪奇，与他批评"摘奇搴新"、"拈新摘芳"等片面追新逐奇的文坛风气并不矛盾，因为他不仅主张奇，还要求正，即既新奇又典雅。他批评当时的文坛片面地追求语言形式的新奇，认为这是逐奇而失正。为了纠正此类现象，孙樵提出"归正"的要求，要求"字字典要"④。他批评当时的文坛："人人矜执，自大所得，故其习于易者，则斥艰涩之辞。攻于难者，则鄙平淡之言。"羡慕元和、长庆间，文风"薰然归正"⑤。这是以"正"作为最高的标准，超越难与易、艰涩与平淡的纷争。意深词高、走奇归正，都需要通过艰苦的运思活动和遣词造句，独立创新，抛弃庸常俗套的思路和语言，孙樵极力反对庸俗，批评友人"至于发论，尚往往为时俗所拘"⑥、"哺粕啜醨，以苟其合耶"⑦。因此，孙樵的创作方法论包含着强烈的反抗流俗的精神，体现了他对文坛现状的强烈不满。

在实践典范方面，司马迁、司马相如、扬雄和韩愈是孙樵推崇的楷模。在《与高锡望书》中，他说："到司马子长之地，千载独闻得扬子云。唐朝以文索士，二百年间，作者数十辈，独高韩吏部。"这虽然是论史，但也可与论文相通。在《与友人论文书》中，他说："古人所称工而奇者，莫如扬、马。"孙樵还特别标举了四篇杰作，作为理想的典范："玉川子《月蚀诗》、杨司城《华山赋》、韩吏部《进学解》、冯常侍《清河壁记》，莫不拔地倚天，句句欲活。读之如赤手捕长蛇，不施控骑生马，急不得暇，莫可捉搦。又似远人入太兴城，茫然自失。讵比十家县，足未及东郭，目已极西郭耶？"⑧孙樵选择的这些典范性的作家和作品，在一定程度上反映了他倡导的审美理想和创作方法。此外，孙樵对骈文也并非一概排斥，曾赞扬康镣："尤攻四六文章，援毫立成，清媚新峭，学者无能如。"⑨

在创作目的方面，孙樵在《与王霖秀才书》和《与友人论文书》中都提到，是为了"明道"和"扬名"。为了达到这样的目的，孙樵在写作时极其严肃辛苦，"言念每岁，徂春背暑。洗剔精魂，澄拓襟虑。晓窗夜烛，上下雕斫。摭言必高，储思必深。字字磨校，以牢知音"⑩。希望能达到古人的境界，对现实有所裨益："必摆落尖新，期到古人，上规时政，下达民病。"⑪但是孙樵倡导的古文并不被科场的考官认可，以致他"十试泽宫，十黜有司。……一入长安，十年屡

① 孙樵《孙樵集》卷二《与贾希逸书》。
② 孙樵《孙樵集》卷二《与王霖秀才书》。
③ 孙樵《孙樵集》卷十《骂僮志》。
④ 孙樵《孙樵集》卷二《与高锡望书》。
⑤ 《孙樵集》卷二《与友人论文书》。
⑥ 《孙樵集》卷二《与友人论文书》。
⑦ 《孙樵集》卷二《与王霖秀才书》。
⑧ 玉川子指卢仝，杨司城指杨敬之，韩吏部指韩愈。冯常侍，高步瀛《唐宋文举要》卷五（上海古籍出版社 1982 年版）认为是冯宿，王运熙、杨明《中国文学批评通史·隋唐五代卷》认为是冯定。按：二人为兄弟，都有文名，也都曾任散骑常侍，因此尚难断定。
⑨ 《孙樵集》卷八《唐故仓部郎中康公墓志铭并序》。按《目录》作《康镣墓志铭并序》，《唐郎官石柱题名考》卷十七又作康僚、康璙。
⑩ 《孙樵集》卷七《寓居对》。
⑪ 《孙樵集》卷七《乞巧对》。

穷。"[①]他的友人虽然"立言必奇,摭意必深,抉精剔华,期到圣人"[②],但也同样穷困不遇。在《与贾希逸书》中,孙樵历数自古以来文人的困厄,认为他们都是因为文章写得太好,所以遭到惩罚:"物之精华,天地所秘惜,故蒙金以沙,锢玉以璞。珊瑚之丛,必藏重溟,夜光之珠,必颔骊龙。抉而不知已,积而不知止。不穷则祸,天地仇也。文章亦然,所取者廉,其得必多。所取者深,其身必穷。"面对这样的现实,孙樵勉励自己"吾守吾拙"[③],也勉励友人"爵禄不动于心,穷达与时上下,成一家书,自期不朽"[④],而坚决拒绝与世俗同流合污。

孙樵的文学思想有一个特别之处,就是把文和史紧密联系起来,认为史对文的要求很高,是文的最高的境界。在《与高锡望书》中,他说"文章如面,史才最难",只有司马迁和扬雄擅长此道,连韩愈都有所不逮。孙樵提出著史要"字字典要"、"直书一时制度"、"存警训",这些要求是如此严格,他坦承自己也达不到:"樵虽承史法于师,又尝熟司马迁、扬子云书,然才韵枯梗,文过乎质。尝序庐江何易于,首末千言。贵文则丧质,近质则太秃,刮垢磨痕,卒不能到史。"据孙樵《孙氏西斋录》记载,他还从事过著史的工作,从文中所引的文字来看,风格简古,在叙事中寄托微言大义,"以示惩劝",显然是模拟《春秋》。对史的高度重视使得孙樵很强调史官的责任,认为:"宰相升沈人于数十年间,史官出没人于千百岁后,是史官与宰相分挈死生权也。为史官者,不能扞忠骨于枯坟,斎谄魄于下泉,磨毫黩札,丛阁饱帙,岂国家任史官意耶?"[⑤]由于认为文史相通,并对史极为推崇,孙樵有时候以史官自任,如在叙述了何易于的事迹后,他就说"使何易于不有得于生,必有得于死者,有史官在"[⑥],流露出了明显的史官意识。有鉴于此,丁恩全先生提出:"史官意识和史学思想是孙樵散文的精神实质。"[⑦]在晚唐的乱世中,把史视为文的最高境界,反复强调史学惩恶劝善的功能,这种理论主张表现出孙樵强烈的淑世情怀。

三

孙樵不仅对古文的发展提出了系统的理论主张,而且专心地投入古文的写作实践。他的散文关注社会政治、抒发寒士悲鸣、描绘山川自然,文风兼具平易与奇崛两个方面,在晚唐卓然成家。

社会政治是孙樵古文关注的焦点。他强烈批评社会政治中的某些弊政乱象,如唐宣宗的崇佛。唐朝佛教兴盛,占有大量的财产和人口,在晚唐国力衰微的时候明显地危害了国家的利益,唐武宗下诏灭佛,既是出于自己的宗教偏见,也是为了维护国家的统治,宣宗即位后却大力恢复佛教。对此孙樵先后写了《复佛寺奏》、《与李谏议行方书》,反对宣宗的行为。与韩愈为了维护儒家文化的正统地位,主要从思想文化的角度反对佛教不同,孙樵主要是从政

① 《孙樵集》卷七《寓居对》。
② 《孙樵集》卷二《与贾希逸书》。
③ 《孙樵集》卷七《寓居对》。
④ 《孙樵集》卷二《与贾希逸书》。
⑤ 《孙樵集》卷五《孙氏西斋录》。
⑥ 《孙樵集》卷三《书何易于》。
⑦ 丁恩全《孙樵的史学思想及其散文的精神实质》,《河南大学学报》2009年第2期。

治经济的角度反对佛教，详细地阐述了佛教对国家和百姓的危害。又如军人跋扈是晚唐的常见现象，很多人敢怒不敢言，孙樵《寓汴观察判官书》中对此进行了深刻的揭露，描写汴州的军人骄横霸道，官员和百姓都深受其害，希望李胤能帮助卢钧削弱军人的权力，打击军人的气焰，恢复地方的稳定。在《乞巧文》中，孙樵还对"巧于言"、"巧于文"、"巧于官"、"巧于工"等社会的不良风气进行了批判。对那些能在晚唐混乱腐败的时局中，恪尽职责、造福百姓的官员，孙樵满怀敬意，忠实地记录了他们的美政，体现了褒善贬恶的史家意识。如《书何易于》就刻画了一个尽职爱民的循吏形象，并为这样的官员在国家考核制度中得不到好评叫屈。又如《梓潼移江记》，叙述郑涯为消除水患设法开辟河道，却因为没有事先上报，事成后反而受到惩罚。此外如《复昭堰籍》、《兴元路记》等，都是赞美官吏造福一方的功绩。在关注社会政治的时候，孙樵特别重视皇帝的作为，在《迎春奏》中极力渲染帝王对天下的作用，批评说"顾陛下左右皆春，天下病悴者众也。陛下肘腋皆热，中国病冻者众也。岂陛下用心有颇焉"，希望君王"能平其心，虽泽不周，惠不均，天下无恨言。不然，天将视陛下心而燠寒也"。在《武皇遗剑录》中，他歌颂武宗的功勋，希望宣宗能继承武宗，以仁义礼智信对待百姓。

抒发寒士悲鸣是孙樵古文的另一个重要主题[①]。孙樵科场蹭蹬，长期穷困潦倒，在《寓居对》中他描述在长安应试时的悲惨经历："十试泽宫，十黜有司。知己日懈，朋徒分离。矧远来关东，橐装销空。一入长安，十年屡穷。长日猛赤，饿肠火迫。满眼花黑，晡西方食。暮雪严冽，入夜断骨。穴衾败褐，到晓方活。"在《骂僮志》中，他借童仆之口，把自己和俗众进行了一系列的对比，既抨击了污浊不堪的社会风气，也表现了自己的落魄不偶和傲岸孤高，同时也说明正由于社会风气的污浊不堪，才导致了像自己这样傲岸孤高的人落魄不偶。在《与贾希逸书》中，孙樵对困窘的友人非常同情，为友人的怀才不遇深感不平，进而历数古来文人"相望于穷"的事实，怀疑是天命的安排。在文章的结尾，孙樵很沉痛地说："呜呼！孤进患心不苦，及其苦，知者何人！古人抱玉而泣，樵捧足下文，能不濡睫？"在为友人流下的泪水中，也包含着对包括自己在内的古往今来所有寒士的同情。不过，在孙樵看来，尽管落魄潦倒，还是要坚持道德理想，所以他以古圣往贤勉励自己和他人，在《寓居对》中，他对自己说："肥于貌，孰与肥其道？求于人，孰与求其身？"在《骂僮志》中，他又说："彼以其势，我专吾勤。彼以其力，我勤吾学。学之不修，骨肉如仇。学之苟修，四海何仇。"在《与贾希逸书》中，他希望友人："爵禄不动于心，穷达与时上下，成一家书，自期不朽。"这里分明可以看到孔子"君子固穷"、孟子"贫贱不能移"等儒家思想的影响。晚唐社会动荡，官府腐败，很多寒士找不到出路，孙樵抒发的不平之鸣，不仅是他个人命运的写照，也包含了对社会的批判。

孙樵还有些文章是以描绘山川自然见长。如《龙多山记》，按照爬山的路线描写沿途的风景，中间还插入盖罗飞仙的传说，把龙多山写得秀美神奇，如"澄泉传灵，别壑镜明。风间景清，寂寥无声。嘉木美竹，冈峦交植。风来怒黑，雷动崖谷。岩兽山禽，捷翔呀惊。晓吟暝啼，听之凄凄。回环下瞩，万类在目。因山带川，青萦碧联。莽苍际云，杳杳不分"，绘声绘色，生动逼真，读后让人如置身其间。又如《祭梓潼帝君文》描写自己两次经过七曲山梓潼帝君庙时的经历，颇具神幻色彩，也令人印象深刻。

---

① 王志昆《孙樵作品的思想内容和艺术特色初探》，《广西大学学报》1988 年第 1 期。

孙樵的部分文章是以人物为中心，或抒发情感，如《祭高谏议文》；或叙述事迹，如《唐故仓部郎郎中康公墓志铭并序》、《书何易于》；或评论功德，如《萧相国真赞》、《文贞公笏铭并序》、《刻武侯碑阴》。还有的文章谈文论史，阐述自己的理论思考，其中的主要观点上文已经分析过。

对孙樵的文风，普遍的看法是偏于奇崛一路，《四库全书总目》比较韩愈、皇甫湜和孙樵的文风说："韩愈包孕群言，自然高古。而皇甫湜稍有意为奇。樵则视湜益有努力为奇之态。"①刘芳琼先生对此进行了深入的分析，认为孙文的奇主要表现为："写作题材之奇"、"构思立意之奇"、"文体创新之奇"、"状物写景语言文字之奇"②。还需要补充的是，孙文的奇也表现在某些作品的艺术手法和章法上。在章法方面，如《书褒城驿》前半部分写号称天下第一的褒城驿站为什么如今破败不堪，是因为旅客暮来朝去，于是不爱惜驿站，恣意破坏，后半部分借老甿之口揭露"举今州县皆驿也"的现状，因为那些州县长官由于更换频繁，于是因循苟且，贪图享受。前半部分描写褒城驿的盛衰，紧紧扣题，看似是文章的中心，实则只是引子，后半部分揭露吏治混乱，看似是借题发挥，实则是全篇的中心。所以《古文渊鉴》说："前幅似主而实宾，后幅似宾而实主，此文家变化错综之法。"③在艺术手法方面，孙文借鉴汉大赋和骈文的某些特点创作古文，显得比较新奇。孙樵擅长作赋，现存有《大明宫赋》、《露台遗基赋》和《出蜀赋》，他的古文也采用了赋的艺术手法。巧设主客问答是汉大赋的一个重要特点，孙樵的很多文章都是采用这种方式串起全文，如《寓居对》、《书褒城驿》、《书田将军边事》、《逐痁鬼文》、《乞巧对》等。汉大赋还有一个重要特点就是韵散夹杂，孙樵的《龙多山记》也有这个特点，如："屹石巉巉，别为东岩。槎牙重复，争先角逐。若绝若裂，若缺若穴。突者虎怒，企者猿踞。横者木仆，挺者碑植。又有似乎飞檐连轩，栾栌交攒，欹撑兀柱，悬栋危础。殊状诡类，愕不得视。"此外《龙多山记》、《寓居对》、《乞巧对》、《骂僮志》、《梓潼帝君文》等，穿插了很多整齐的四字句，借鉴骈文的形式，形成外骈内散的特点。这种奇崛的风格继承了韩愈、皇甫湜等人的传统，实现了孙樵的趋怪走奇的理论主张。

也许是奇崛的风格比较引人注目，往往让人忽视了孙文中平易的一面。如《复佛寺奏》，通过一系列的数字计算，说明佛教是如何耗费国力，从而揭露佛教的危害，平正详实，不矜奇逞怪。又如《书何易于》详略剪裁得当，叙事简洁，议论深刻，条畅明白，不激不诡。孙樵还能把新颖的构思立意、巧妙的手法章法和顺畅朴实的语言结合起来，如前举《书褒城驿》，虽然结构巧妙，立意新奇，但文从字顺，并不艰险僻涩。陈衍认为《梓潼移江记》、《兴元路新记》在孙樵的文章中堪称最奇，但是"视樊宗师则平易甚，视皇甫持正亦差易也，大略可之之文，如赋铭碑对各体，多用僻字；余作记事论事者，往往似杜牧之，尚有数篇传作可观者"④。这应该是对孙樵文风比较全面的概括。

---

① 永瑢《四库全书总目》卷一百五十一，中华书局 1965 年版。

② 刘芳琼《评晚唐孙樵的散文》，《南京师大学报》1991 年第 1 期。

③ 清康熙《古文渊鉴》卷二十一，台湾商务印书馆《影印文渊阁四库全书》本。

④ 陈衍《石遗室论文》卷四，《历代文话》本，复旦大学出版社 2007 年版。

四

综观孙樵的理论和实践，批判精神和史官意识贯穿其中，构成了他文学活动的精神旨趣。孙樵不满晚唐浮艳细巧的文风，为此提出了包括审美理想、创作方法和理想典范在内的系统主张，揭露社会政治上的弊政乱象，锋芒所指连皇帝也不避忌。他视史为文的最高境界，在创作实践中以史官自任，不仅开展著史的工作，写有专门的史书，而且在写其他文章时也表现出史官的意识。孙樵特别看重史学“存警训”、“示惩劝”的功能，显然是针对晚唐动乱黑暗的状况，模仿孔子作《春秋》而使乱臣贼子惧，想以此端正世道人心。当时的国家已是危在旦夕，自己又长期落魄潦倒，倍受挫折，严重的危机感和挫折感使孙樵形成了愤激的心态，对从文风到政治的各种现实都强烈不满，常为文士怀才不遇、官员遭遇不公感到悲伤愤怒。储欣说：“可之之文，幽怀孤愤，章章激烈，生乎懿、僖，每念不忘贞观、开元之盛，其言不得不激，不得不愁。”[①]很准确地指出了孙樵的心态特征。由此可见，从表层的文论主张和创作实践，到内在的意趣心态，孙樵的古文活动都与现实环境存在密切的互动，都是对现实环境的呼应。

不过，正如历史所呈现的，孙樵并没有振兴古文，这一方面是因为社会形势、士人心态、科举制度等大环境不仅没有改善，反而继续恶化，另一方面也是因为孙樵的古文活动还存在一些不足：一，继承多，创新少，没有在前人的基础上取得显著的发展。孙樵的理论除了重视史学外，其余基本是重复前人。以最重要的文论著作《与王霖秀才书》为例，如：“鸾凤之音必倾听，雷霆之声必骇心。龙章虎皮，是何等物，日月五星，是何等象，储思必深，摛词必高。道人之所不道，到人之所不到，趋怪走奇，中病归正。”对照皇甫湜《答李生第一书》：“意新则异于常，异于常则怪矣；词高则处于众，出于众则奇矣。虎豹之文不得不炳乎犬羊；鸾凤之音不得不锵于乌鹊，金玉之光不得不炫于瓦石。”《答李生第二书》：“使文奇而理正，是尤难也。”从理论主张到意象语句都高度雷同。此外这篇文章还有很多语句与柳宗元的文章也很相似[②]。在创作方面，明显的例证有：《乞巧对》模仿柳宗元《乞巧文》，《寓居对》模仿韩愈《进学解》，《逐痁鬼文》模仿韩愈《送穷文》，《序陈生举进士》模仿韩愈《送孟东野序》等[③]。二，批评多，建设少，没有纠正古文运动的某些失误。孙樵对当时的文风进行了准确的批评，但是他的理论和创作都没有起到正面引导的作用。文以明道是韩柳古文运动的理论核心，孙樵对此没有足够的认识，对道的内涵、道的现实性和超越性、道与文的关系，都缺乏详细的阐述。孙樵把史看成是文的最高境界，这是他的特色，同时也是他的局限，因为文不仅可以记载历史以寓褒贬，还可以说理、抒情、写景，把史看成是文的最高要求，就忽略了文的多样性，反而会限制文的发展空间。孙樵的古文尽管有文从字顺的一面，但他有意追求的是怪奇的风格。怪奇是中唐古文运动中就存在的倾向，曾引起了裴度的批评。在韩愈那里怪奇的特征还不是特别明显，发展到樊宗师和皇甫湜就很突出了。过于追新逐奇，就会造成接受的困难，不利于

---

① 储欣《唐宋十大家全集录》卷二十三，《四库全书存目丛书》本，齐鲁书社 1995 年版。

② 王运熙、杨明《中国文学批评通史·隋唐五代卷》，上海古籍出版社 1996 年版，第 610 页。

③ 刘国盈《唐代古文运动论稿》，陕西人民出版社 1984 年版，第 318 页。

明道的根本目的。孙樵没有纠正这种倾向,反而大力提倡,这就选错了发展的方向。后来北宋古文家意识到这一点,转而继承韩愈、李翱等明白晓畅的风格,在此基础上形成各自的特点。三,孙樵似乎缺乏直面现实、坚持真理的足够勇气。当年韩愈、柳宗元为了倡导古文,积极指点后进,提携了一批人才。尤其是韩愈以改革文风为己任,不顾流俗,独抗颜而为师。孙樵似乎没有勇气振臂高呼,他在《与王霖书》中说:"樵未始与人言及文章,且惧得罪于时。今足下有意于此,而自疑尚多,其可无言乎?"看来他只在小范围内才会宣传自己的主张。孙樵的古文活动虽然与现实紧密相关,但现实中很多关键性的重大问题他却很少介入,刘国盈先生曾指出:"宦官专权、朋党之争、藩镇割据、民族纠纷、农民起义等问题……孙樵基本上都没有触及。"[①]回避这些现实中关键性的重大问题,就意味着退出公众视野的焦点,很难引起高度的关注。

在晚唐的古文环境中,孙樵虽卓尔成家,但是他并没有成功突围,转移时代的风气。他延续了古文运动中的怪奇倾向,但也结束了这种倾向,他没有改变古文在晚唐的发展困境,但为后来者暗示了另外的道路。刘熙载说:"文得昌黎之传者,李习之精于理,皇甫持正练于辞。习之一宗,直为北宋名家发源之始;而祖述持正者,则自孙可之后,已罕闻成家者矣。"[②]对孙樵的历史地位前人争论很多,我认为刘熙载的这段话最为公允。

(作者单位:福建师范大学文学院)

① 刘国盈《唐代古文运动论稿》,陕西人民出版社 1984 年版,第 317 页。

② 刘熙载著,袁津琥校注《艺概校注》卷一,中华书局 2009 年版。

横行四海，高步出群

——韩熙载《江北行止》析论

刘　心

大唐帝国覆灭之后的中原地区，历经了军阀混战、动荡不安的五代时期，“五代之乱也，礼乐皆坏，文献俱亡”，相对于礼崩乐坏、“圣王之大典，扫地尽矣”的北方，“儒衣书服，盛于南唐”①。“斯文未丧”的南唐，其疆域主要在今苏、赣、皖三省境内，鼎盛时期曾拓展至福建和两湖，“唐有江淮，比同时割据诸国，地大力强，人才众多，且据长江之险，隐然大邦也”②，是五代十国时期南方重要的文化、经济区，为后来的宋代南方地区文化崛起和经济繁荣奠定了坚实的基础。古今史学家对南唐的文化贡献尤为肯定：“南唐累世好儒，而儒者之盛，见于载藉，灿然可观。……江左三十年间，文物有元和之风。”③

言及南唐儒士，首推事江南三主的著名臣僚，时人谓之“神仙中人”的韩熙载。他在当时是有相当人格魅力名震南北的儒士，不仅音画绝佳才华横溢，而且生性孤傲风流倜傥：“（熙载）才气逸发，多艺能，善谈笑，衣冠常制新格，为当时风流之冠。”④然韩熙载名垂青史当拜顾闳中传世名画《韩熙载夜宴图》所赐，这也是其为后人以“荒淫不羁”、“纵情声色”诟病的最主要原因。今人关于韩熙载的研究，最多的是关于《韩熙载夜宴图》的艺术价值分析，其次是研究南唐文史、五代士风的时候略有涉及，而韩熙载往往是放荡浮薄的代表，对于他的政治思想、文学特色专题研究凤毛麟角。造成韩熙载这种恣意宴乐、不守名检的形象特点的原因有多种，现以其早年自荐之文《江北行止》为依据，结合他的其他作品及相关史实，探讨韩熙载被误读的缘由，分析他的政治观点及散文艺术特色，再现他早年胸怀宏伟之志、心存报国之心的积极奋发向上的形象，以期还原一个较为真实的“韩夫子”。

一

韩熙载（902—970），字叔言，原籍齐州（治所在今山东济南），马令《南唐书》卷一三本传、陆游《南唐书》卷一二本传、《十国春秋》卷二八本传、《资治通鉴》卷二七五、《郡斋读书志》卷四等皆称其为北海人。《全唐文》徐铉《唐故中书侍郎光政殿学士承旨昌黎韩公墓志铭》（下

---

①③　马令撰，李建国校点《南唐书》卷一三，傅璇琮主编《五代史书汇编》，杭州出版社2004年版，第5347页。

②　陆游撰，李建国校点《南唐书》卷二，傅璇琮主编《五代史书汇编》，杭州出版社2004年版，第5472页。

④　吴任臣撰，徐敏霞校点《十国春秋》卷二八，傅璇琮主编《五代史书汇编》，杭州出版社2004年版，第3785页。

文简称《墓志铭》）曰："考光嗣，秘书少监淄青观察支使，故又为齐人。"[①]盖因其父仕青州，上述史料又称北海（治所在今山东益都）人，今从韩熙载《江北行止》自述："本贯齐州。"[②]少隐嵩山，后唐明宗同光四年（926）擢进士第。同年其父因兵变为明宗所杀，遂伪装成商贾，南奔归吴，补校书郎，出为滁、和、常三州从事。南唐烈祖时，召为秘书郎。元宗嗣位，拜虞部员外郎、史官修撰，寻兼太常博士，权知制诰。因屡次直言朝弊，为宋齐丘、冯延巳党侧目排挤，诬以嗜酒猖狂，贬和州司士参军。后召为虞部员外郎，迁郎中、史官修撰，拜中书舍人，又以铁钱之议拜户部侍郎、充铸钱使。后主即位，改吏部侍郎，俄徙秘书监，旋复旧官。新钱既行，拜兵部尚书，充勤政殿学士承旨。后坐托疾不朝，谪授太子右庶子，分司南都。遂尽斥诸妓，上乞留表，后主复留为秘书监，俄复为兵部尚书，官终中书侍郎、充光政殿学士承旨。宋开宝三年（970）七月二十七日卒于官舍，赠右仆射、同平章事。有司考行，谥曰"文靖"，葬于梅颐岭谢安墓旁。

后主李煜痛惜韩熙载之才，令徐铉为之撰墓志铭、徐铉之弟徐锴集其遗文，编辑成册藏于书殿。《郡斋读书志》著录《韩熙载集》五卷，《直斋书录解题》著录《格言》五卷，顾櫰三《补五代史艺文志》又记其《格言后述》三卷、《拟议集》十五卷[③]、《定居集》二卷，今皆已佚。今《全唐诗》卷七三八存诗五首，《全唐诗补编·补逸》卷一六补录诗一首；《全唐文》卷八七七收文六篇，《唐文拾遗》卷四七补收二篇。生平事迹主要见徐铉《墓志铭》、马令《南唐书》卷一三本传、陆游《南唐书》卷一二本传、《宋史》卷四七八、《十国春秋》卷二八本传，散见《钓矶立谈》、《南唐野史》、《江南野录》、《南唐近事》、《南唐拾遗记》、《五代史补》卷五等史料。

从上述韩熙载文献与事迹著录可见，其诗存六首，文存八篇，现存的文学作品数量极其有限是对其文学成就研究匮乏的根本原因所在。而与之有关的史料，无论是正史、野史，还是笔记杂录，占据绝大部分篇幅的是他桀骜不屈的风流个性和帷薄不修之事，甚至在一些史料中，韩熙载被塑造成一位本性荒淫享乐、沉迷声色之徒，直接影响了后世对其品性的客观评论：

《南唐近事》卷二载："韩熙载放旷不羁，所得俸钱，即为诸姬分去，乃着衲衣负筐，命门生舒雅执手版，于诸姬院乞食，以为笑乐。"[④]

又："韩熙载北人，仕江南，致位通显，不防闲婢妾，有北齐徐之才风。侍儿往往私客，客赋诗有云'最是五更留不住，向人枕畔着衣裳'之句，熙载亦不介意。"[⑤]

马令《南唐书》："熙载来奔于吴。放荡嬉戏，不拘名节，里民赵氏女有美色，熙载娶为正室。"[⑥]

又："熙载畜女乐四十余人，不加检束，恣其出入，与宾客聚杂。"[⑦]

《清异录》卷下载："韩熙载家过纵姬侍，第侧建横窗，络以丝绳，为观觇之地。初惟市物，后或调戏赠与，所欲如意。时人目为'自在窗'。"[⑧]

---

① 董诰等编《全唐文》卷八八六，中华书局1983年版。

② 郑文宝撰，张剑光校点《江表志》卷中，傅璇琮主编《五代史书汇编》，杭州出版社2004年版，第5088页。

③ 《十国春秋》卷二八本传载五十卷，当误。

④⑤ 郑文宝撰，张剑光校点《南唐近事》卷二，傅璇琮主编《五代史书汇编》，杭州出版社2004年版，第5061页。

⑥⑦ 马令撰，李建国校点《南唐书》卷一三，傅璇琮主编《五代史书汇编》，杭州出版社2004年版，第5347页。

⑧ 陶穀撰《清异录》，中华书局1991年版。

故宫博物院所藏宋摹本《韩熙载夜宴图》拖尾有无名氏所书韩熙载小传:"(韩)熙载词学博赡,然率性自任,颇耽声色,不事名检。先主不加进擢,殆禅位,迁秘书郎,嗣主于东宫。……常与太常博士陈致雍、门生舒雅、紫威朱铣、状元郎粲、教坊副使李家明会饮。李之妹按胡琴,公为之击鼓,女妓王屋山舞六幺,屋山俊惠非常,二妓公最爱之幼。"

最让后人津津乐道的,当数后主命宫廷画师顾闳中潜入韩府绘夜宴图之事:"顾闳中,事元宗父子为待诏,善画人物。是时韩熙载好声伎,专为夜饮,宾客糅杂,无复拘制。后主惜其才,置不问,然欲见其尊俎镫烛间觥筹交错之态度,不可得,乃命闳中夜至其第窃窥之,目识心记,图绘以上,故世传有《韩熙载夜宴图》云。"①

这些记载除了娶赵氏女不可考外,其他均是其晚年行径,而史料在时间概念上有意无意的模棱两可,容易让后人误以为韩熙载一直过着奢靡宴享、纵家妓与宾客生旦杂处的混乱生活,忽略了韩熙载一生中心态的变化过程,忽视了他青年时期的远大抱负,由于其仕途坎坷、壮志未酬,向晚年悒郁无奈的转变。他的《江北行止》一文最能表明他早年积极进取、奋发向上的心迹。《江表志》卷中全文收录此文,后清人又收入《全唐文》卷八七七,题为《上睿帝行止状》。文末署顺义六年七月,即926年,时吴国乃烈祖李昪执掌大权,宋齐丘辅之。"宋子嵩(子嵩,宋齐丘字)初佐烈祖,招徕俊杰,布在班行,如孙晟、韩熙载等,皆有持操议论可听"②。又,"熙载奔吴,时吴顺义六年也,上状徐知诰③曰……"④"五代之乱,(韩熙载)渡江投先主"⑤。据此知韩熙载南奔后,最初乃为宋齐丘所赏识,举荐先主李昪,以《江北行止》为题上之,非为拜谒吴王睿帝杨溥所作,应以宋代《江表志》为是。

顺义六年韩熙载二十五岁,是年春新科登第,七月即南渡投吴,故《江北行止》通篇文采斐然、气势恢宏、一气呵成,带着少年得志的锐气和中原士人的傲气。文章开宗明义自报籍贯、出身,寥寥数字无一赘词,甚至投吴原因也仅用四字:"慕义来朝",不若徐铉《墓志铭》言之凿凿:"同光之乱,藩郡崩离,公以国难方兴,家艰仍构,瞻乌择木,杖策渡江。"⑥紧接着,笔锋一转,开始介绍自己的才学和政治理想。马令《南唐书·儒者传序》云:"南唐累世好儒,而儒者之盛,见于载藉,灿然可观。如韩熙载之不羁,江文蔚之高才,徐锴之典赡,高越之华藻,潘佑之清逸,皆能擅价于一时。"⑦在宋人眼里,韩熙载当为南唐大儒第一人,然其评价却是"不羁",相对于"高才"、"典赡"、"华藻"、"清逸"等,颇有争议之处。通过《江北行止》⑧中韩熙载有关自己的才学介绍,我们可以清楚地看到他恃才傲物的性格,是以与他同时期渡江投吴的众多南迁之士中,李昪擢用常梦锡、孙晟等人,却不重用声名蔼然的韩熙载之故,由此亦不难理解其"不羁"评价的由来。

韩熙载自幼勤学苦读,后又隐居中岳嵩山读书,二十岁左右游学于洛阳,二十五岁一举

① 吴任臣撰,徐敏霞校点《十国春秋》卷三一,傅璇琮主编《五代史书汇编》,杭州出版社2004年版,第3827页。

② 史温撰,吴爱芬校点《钓矶立谈》,傅璇琮主编《五代史书汇编》,杭州出版社2004年版,第4995页。

③ 徐知诰乃烈祖李昪原名。南唐昇元元年(937)三月,徐知诰改名为"徐诰";三年(939)二月,徐诰更名为"李昪"。

④ 俞正燮撰《癸巳类稿》第十五卷,上海古籍出版社1995年版。

⑤ 曾慥编,王汝涛等校《类说校注》,福建人民出版社1996年版。

⑥ 董诰等编《全唐文》卷八八六,中华书局1983年版。

⑦ 马令撰,李建国校点《南唐书》卷十三,傅璇琮主编《五代史书汇编》,杭州出版社2004年版,第5347页。

⑧ 下文中《江北行止》原文,均引自《江表志》卷中(郑文宝撰,张剑光校点,傅璇琮主编《五代史书汇编》,杭州出版社2004年版,第5071页),后不一一注明。

擢第。少年成名意气风发，认为自己天赋异秉，夙慧早成，“某爰思幼稚，便异凡童。竹马蒿弓，固罔亲于好弄；杏坛槐里，宁不倦于修身”。自诩幼年时便不同于一般儿童，不贪竹马蒿弓之戏，“但励志以为文，每栖心而学武”，志向在于读书习武，意指自己文韬武略，“争雄笔阵，决胜词锋”。接着畅述平生之志，尽展建功立业的宏伟抱负：“姓名遽列于烟霄，行止遂离于尘俗。且口有舌而手有笔，腰有剑而袖有锤。”感于时世而生报国之思，颇有陈子昂“感时思报国，拔剑起蒿莱”之志：“但攘袂叱咤，拔剑长嗟，不偶良时，孰能言志。既逢昭代，合展壮图。”韩文字里行间壮志满怀，并且自信出唐奔吴当得到重用：“派遥终赴于天池，星远须环于帝座。是携长策，来诣大朝。”

烈祖李昪建立南唐政权后，施行的是轻徭薄赋、与民休息的政策，多次下诏罢营造力役、岁贡瓜果，施行的是亲政爱民、仁厚宽简之政，拒绝献尊号和符瑞：“谴告在天，聪明自民，鲁以麟削，莽以符亡。常谨天戒，犹惧或失之，符瑞何为哉！皆抑而勿扬。”[①]而韩熙载在文中自比祥瑞：“况闻鸟有凤，鱼有龙，草有芝，泉有醴，斯皆嘉瑞，出应昌期。”这篇自我举荐的文章，丝毫没有卑谦祈求之态，反而带着北土士人和少年才俊的心理优越感，“以俊迈之气，高视名流”（徐铉《墓志铭》）[②]。韩熙载也表达了投奔的决心：“出青山而裹足，渡长淮而弃缥。派遥终赴于天池，星远须环于帝座。”同时不忘表明自己不仅身负盛名，而且是携治国良策而来：“是携长策，来诣大朝。”《十国春秋》认为韩熙载语词有夸大之嫌：“及至吴，自状云：‘得麟经于泗水，授豹略于邳圯。运陈平之六奇，飞鲁连之一箭。’又云：‘失范增而项氏不兴，得吕望而周朝遂霸。’语多涉夸大。”[③]其自认谋略出奇制胜，堪比作汉代陈平为高祖刘邦所谋划的六奇计、鲁仲连退敌百万兵的一箭书；自比有范增、吕望之旷世英才，欲成霸业，非我不可。

由上可见，韩熙载在文中直抒胸臆，表达了昂扬奋发的进取精神，作为积蓄力量亟需人才的李昪，在当时应该是会看中他的才华的。然而在目前掌握的史料中，都没有韩熙载在投吴之前担任过官职的任何记载。且依唐及第举子守选制，及第举子即使有了出身成为吏部选人，仍不能即刻为官，得先守选数年，五代贡举铨选基本沿袭唐制。据《登科记考》卷二五，韩熙载在后唐明宗同光四年（926）春进士及第，其年七月即出唐奔吴，当未及授予官职。如此，韩熙载在文中体现的自满自得，没有为官辅政经验却自以为“场中劲敌，不攻而自立降旗。天下鸿儒，遥望而尽摧坚垒”，自封“横行四海，高步出群”之辈，处处流露出自视甚高、傲视天下的心态，使得谨厚宽仁的李昪心存疑虑。“烈祖辅吴，方修明法令，熙载年少放荡，不拘名检”[④]，未能重用，只是先后充任滁、和、常三州从事。直至李昪建国称帝，才把韩熙载从外州召回都城金陵，授予秘书郎之职，掌太子东宫文翰，并不参与政务，主要陪侍辅佐太子李璟读书论道，实际上仍未得到充分的重视和赏拔。《十国春秋》还记载了李昪的想法：“以卿早奋名场，疏隽未更事，故使历州县之劳，行用卿矣，宜善自修饬，辅吾儿也。”可见谨慎简朴、不事张扬的李昪未重用韩熙载，就是认为其虽早登科场，却性格孤傲未经世事。《江北行止》在如虹气势之外显露的自视甚高非常之态，使他被视为年少不羁的狂妄不羁之徒，不被当权者擢用不难理解。

① 马令撰，李建国校点《南唐书》卷十三，傅璇琮主编《五代史书汇编》，杭州出版社2004年版，第5241页。

② 董诰等编《全唐文》，中华书局1983年版。

③④ 吴任臣撰，徐敏霞校点《十国春秋》卷二八，傅璇琮主编《五代史书汇编》，杭州出版社2004年，第3785页。

二

《江北行止》一文虽体现了韩熙载建功立业的远大志向、立志投吴的坚定信心，但也因“秉夙成之智，负不羁之才”(徐铉《墓志铭》)[①]，落得了少不更事、狂妄不羁的非议，故未能为当权者所及时重用。李昪对韩熙载的藏而不用，与对史虚白的置之不用是不同的态度，这也说明了《江北行止》中，韩熙载与李昪的政治观点有相契合之处。韩熙载在文中的政治理想，体现了其审时度势的非凡政治眼光。

1. 广纳贤才的人才观

《江北行止》是韩熙载献书当权者，希冀得到赏识与重用的文章，自然会浓墨重彩地强调人才的重要性，以及选贤用能对于经邦治乱的作用：“某闻钓巨鳌者，不投取鱼之饵；断长鲸者，非用割鸡之刀。是故有经邦治乱之才，可以践股肱辅弼之位。得之则佐时成绩，救万姓之焦熬；失之则遁世藏名，卧一山之苍翠。”人才对于振兴国家固然重要，礼贤待士的态度也应值得重视：“临广庭以待士，明上宫以礼贤。前席请论其韬钤，危坐愿闻于兴废。”指出当权者不但要重视人才，还要尊重人才。

烈主李昪辅吴时，求贤若渴广纳人才：“知诰(徐知诰，李昪即位前原名)于府署内立亭，号曰延宾，以待多士，命齐丘为之记，由是豪杰翕然归之。间因退休之暇，亲与宴饮，咨访缺失，问民疾苦，夜央而罢。是时中原多故，名贤耆旧皆拔身南来，知诰豫使人于淮上赀以厚币，既至，縻之爵禄，故北土士人闻风至者无虚日。”[②]马令《南唐书》卷一、《玉壶清话》卷九、《江南野史》卷一等均有相类记载。韩熙载在元宗、后主朝担任要职后，也是如他所言，广纳儒生、奖掖后进的。“(韩熙载)至诚奖进后辈，乃其天性。……是以一时豪杰，如萧俨、江文蔚、常梦锡、冯延巳、冯延鲁、徐铉、徐锴、潘佑、舒雅、张洎之徒，举集其门”[③]，其门下聚集了一大批才艺双全、博学多识的时彦才俊，传为美谈。两《南唐书》、《十国春秋》等本传均有相类记载。“性喜提奖后进，见文有可采者，手自缮写，仍为播其声名”[④]，韩熙载擅八分书，江南贵族、士人、僧道载金帛求其撰写碑碣缮写文字者不绝于道，甚至千金难求一字。提掖后进成为他的天性，不吝亲自缮写传播他们的诗文，颇具逢人说项之风。甚至用自己的月俸供养儒生，以至于入不敷出，向朝廷借钱度日，“广纳儒生，苟有才艺，必延至门下，以舒雅之徒为门生，高第凡数十辈。由是所用之资，月不入供”[⑤]。

韩熙载非常重视人才的发现与培养，以至于练就了令人叹服的识人之术，独具慧眼。韩熙载不但赏识张洎，甚至看出其日后能任中书舍人，不出十年张洎果然被韩熙载言中：“张洎计偕之岁，为润帅燕王冀所荐。首谒韩熙载，韩一见待之如故，谓曰：‘子好一中书舍人。’倾之韩主文，洎擢第，不十年果主纶闱之任。”[⑥]韩熙载不但能相中中书舍人，甚至北宋开国皇帝

① 董诰等编《全唐文》，中华书局 1983 年。
② 吴任臣撰，徐敏霞校点《十国春秋》卷一五，傅璇琮主编《五代史书汇编》，杭州出版社 2004 年版，第 3602 页。
③ 史温撰，吴爱芬校点《钓矶立谈》，傅璇琮主编《五代史书汇编》，杭州出版社 2004 年版，第 4995 页。
④ 吴任臣撰，徐敏霞校点《十国春秋》卷二八，傅璇琮主编《五代史书汇编》，杭州出版社 2004 年版，第 3785 页。
⑤ 陆游撰，李建国校点《南唐书》卷十三，傅璇琮主编《五代史书汇编》，杭州出版社 2004 年版，第 5562 页。
⑥ 郑文宝撰，张剑光校点《南唐近事》卷二，傅璇琮主编《五代史书汇编》，杭州出版社 2004 年，第 5061 页。

赵匡胤都被其注意，陆游《南唐书》和《十国春秋》本传都有韩熙载识赏宋太祖之事："熙载尝使周，及归，元宗历问周之将相，熙载曰：'赵点检顾视非常，殆难测也。'及太祖受禅，人服其识。"

2. 扩张北伐的对外政策

韩熙载经历大唐末世，出唐奔吴，遭受国破家亡、四处飘零之苦，深切体会到山河破碎的酸楚，一心希冀恢复中原，完成中原的统一，恢复太平盛世。因此，他在《江北行止》中明确地表达了自己扩张北伐的政治主张："邻邦接畛，敌境连封，一条之鸡犬相闻，两岸之马牛相望。彼则待之以力，数年而颇见倾亡。……修职贡以勤王，控临四海。率诸侯而定霸，弹压八方。"韩熙载并不认为北伐是当务之急，而应待以时日储备实力，再伺机而动，这一点是和李昪的想法相合的，但他对外扩张的观点却不能得到李昪的赞同。李昪的对外政策是结交邻邦，不兴干戈，不贪于邻国一城一地，积聚财富兵力，待中原有变再全力北伐。他在临终遗训中告诫太子李璟要做一个守成之君："德昌宫储戎器金帛七百余万，汝守成业，宜善交邻国，以保社稷。又云：不可袭炀皇之迹，恃食阻兵，自取亡覆。苟能守吾言，汝为孝子，百姓谓汝为贤君矣。"[①]而史虚白持当下即当北伐的政见，则不为李昪所用，最终归隐庐山，"虚白数为烈祖言中原方横流，独江淮阜，兵食俱足，当长驱以定大业，毋失事机，为他日悔。烈祖不能从"[②]。

韩熙载北伐的观点是对军事、外交形势清醒的分析，不是盲目的意气之举，是审时度势的，其后的政治表现也体现了这一点：946 年契丹灭亡后晋，中原人民积极反抗契丹，韩熙载上书元宗，要求把握机会北伐，收复中原："若戎主遁归，中原有主，则不可图矣。"[③]但彼时的南唐正陷入伐闽泥潭，无暇北顾，坐失良机。后周时期，中原社会安宁，生产恢复，韩熙载就明确表示反对北伐："北伐吾本意也，但今不可取耳。"[④]认为此时后周兵力强盛，边境稳固，我军妄动，将会引火上身。

3. 体恤农情的对内政策

"地方千里，示之以宽猛，化之以温恭。缮甲兵而耀武威，绥户口而恤农事。谩洒随车之雨，霑沃良田"。韩熙载认为对内要与民休息，发展生产，这样才能社会安定，民心归附，"贤豪向义以归心，奸宄望风而屏迹"。李昪治理政权，劝农桑施薄赋，积蓄财力，"主不欲黩武，专务安辑……戢兵薄赋，休养民力，山泽所产，公私同之"[⑤]，经过李昪的经营，"中外寝兵，耕织岁滋，文物彬焕，渐有中朝之风采"[⑥]。故李昪临终遗训，乃是要太子李璟做一位守成之君。韩熙载的对内政策是合理明智的，是适合当时历史环境的，符合社会发展的需要。

4. 兴学重教的教育观

"大吴肇基，聿修文教，联显懿于中土，走明恩于外夷"，"急贤共理，侔汉氏之县科；待旦旁求，类周人之设学"。"县科"当为"悬科"，即科举考试。韩熙载强调开科取士、兴学重教的

---

① 吴任臣撰，徐敏霞校点《十国春秋》卷一五，傅璇琮主编《五代史书汇编》，杭州出版社 2004 年版，第 3602 页。

② 陆游撰，李建国校点《南唐书》卷七，傅璇琮主编《五代史书汇编》，杭州出版社 2004 年版，第 5515 页。

③④ 陆游撰，李建国校点《南唐书》卷十二，傅璇琮主编《五代史书汇编》，杭州出版社 2004 年版，第 5557 页。

⑤ 文莹撰，郑世刚校点《玉壶清话》卷九，中华书局 1984 年版。

⑥ 史温撰，吴爱芬校点《钓矶立谈》，傅璇琮主编《五代史书汇编》，杭州出版社 2004 年版，第 4995 页。

重要性。“自唐末以来，所在学校废绝”[①]，封建时代凡有为君主欲振兴文化，无不以复兴学校为要，如南汉乾亨四年(920)设立学校，后蜀设立华阳(今四川成都)县学。烈祖建国的第二年即昇元二年(938)，南唐删定礼乐典章制度，设立太学，而后各级学校纷纷兴建，“南唐跨有江淮，鸠集坟典，特制学官，滨秦淮开国子监，复有‘庐山国学’，其徒各不下数百，所统州县往往有学”[②]。昇元四年(940)，“建学馆于白鹿洞，置田供给诸生，以李善道为洞主，掌其教，号曰‘庐山国学’”[③]。这就是所有学校中影响最为深远的“庐山国学”，是南唐儒学教育中心，白鹿洞书院后来成为宋代的全国四大书院之一，具有重要的文化传承作用。学校为南唐培养了大批人才，带动了南唐境内文化繁荣，促进了南方诸国文化交流。可以说，在这一点上，李昪与韩熙载是不谋而合的，这也是韩熙载政治前瞻性的表现之一。

重视发展和培养人才、扩张北伐恢复中原是韩熙载最重要的政治观点，也是贯穿其一生的政治理念。这两点重要的政治观，在《江北行止》中得到了充分的体现，可见其青年时期的理想抱负并非空谈，不是纸上谈兵，而是对时局的充分权衡全面把握的结果，体现了他长远的政治眼光和相当的治国才能。

(作者单位：福建师范大学文学院)

① 司马光编撰《资治通鉴》卷二九一，上海古籍出版社1995年版。

② 马令撰，李建国校点《南唐书》卷十三，傅璇琮主编《五代史书汇编》，杭州出版社2004年版，第5406页。

③ 吴任臣撰，徐敏霞校点《十国春秋》卷十五，傅璇琮主编《五代史书汇编》，杭州出版社2004年版，第3602页。

晚唐至北宋时期古文发展中“韩、李”并称的文化意蕴

李　伟

当前的大多数文学史中有关中唐古文运动的主要论述都是围绕“韩、柳”的创作而展开，这主要是由于在今人看来，韩愈和柳宗元作为当时最重要的两位古文家，他们所取得的成就不仅代表了当时古文创作的最高水平，而且自明清以来的文评中也一致认可了他们引导唐宋古文运动的历史功绩，因此“韩、柳”并称无疑就成为了中唐古文运动的代名词。然而这一在后世文学史上看似已成定论的并称，在晚唐五代时却没有如此的简单。检索晚唐五代至宋代时期有关当时古文发展的评论条目，在“韩、柳”并称之外另有为数不少的“韩、李”的提法，这里的“李”指的是韩愈的弟子李翱，这种以“韩、李”并称的认识并不仅是简单的古文家名称的调换，而是反映出晚唐五代古文发展的某些带有根本性的内在趋势，其中也隐含着影响北宋初年的古文发展的重要因素①。因此本文拟在清理晚唐五代至宋代的文评中的相关材料基础上，结合晚唐五代的古文发展和时代背景，深入探讨“韩、柳”与“韩、李”并称代表的文化意蕴。

一、问题的提出

中唐古文运动由于韩愈和柳宗元的成熟创作而臻于高潮，韩愈通过纯化儒道的方式而形成了道统的观念，并体现了从礼乐到道德的儒学内涵的思想转化，从而使文章创作观念突破了西晋以来所崇尚的以颂美正声和典谟训诰为文学最高理想的观念，并把抒发个人失意之感的“不平之鸣”纳入到文章之“道”的范围内，因此实现了儒道思想和文学领域的双重革新②。在具体的文章创作中，原本骈文一统天下的局面被打破，碑志、游记、祭铭等实用文体在韩愈和柳宗元的手中成为了抒情言志的载体，其中既有对墓主人物性格的细腻刻画，也有对美丽景致的精彩描绘，而单行散体的文体则方便了韩、柳等古文家在文章创作中的流畅抒情，成就了韩之碑铭中那些鲜活光彩的人物个性，以及柳宗元的山水游记中那意境清幽、缥缈悠远的风格展现。由于文章观念的变革和成熟创作的垂范，在韩、柳周围便聚集了一批

---

① 前代有关“韩、李”并称的研究较少，就目前的资料而言，孙昌武先生在《唐代古文运动通论》中曾有简要说明，其结论是宋人从道学角度肯定李翱的古文。本文在此基础上将对“韩、李”并称的出现及其代表的文化意义进行全面的研究和阐释。

② 参见葛晓音先生《汉唐文学的嬗变》(北京大学出版社 1990 年版)中的《论唐代的古文革新与儒道关系的演变》，第 156—179 页。

欣赏并致力于古文创作的作家，如张籍、裴度以及韩门弟子等人，其声势的高涨和影响的广泛，都使得古文创作在中唐文学的发展中必然占据着不可忽视的地位。因此在晚唐初期，提及文章创作的典范，韩愈和柳宗元就已经成为时人最先想到的代表人物，如杜牧在《冬至日寄小侄阿宜诗》："经书括根本，史书阅兴亡。高摘屈宋艳，浓薰班马香。李杜泛浩浩，韩柳摩苍苍。近者四君子，与古争强梁。"①虽然如前人那样继续强调经史之学和辞赋之作的重要意义，但杜牧在指导家中子侄学做文章时重点选取了盛唐的大诗人李、杜和中唐的古文大家韩、柳，认为这四位文学家的成就可与古人的不朽之作相媲美，足见韩、柳的古文创作在杜牧心中的崇高地位，更为值得注意的就是此处"韩、柳"并称在目前所见的材料中出现最早，且其强调的重点是韩、柳在文学方面的卓绝成就，将之与屈原、宋玉等辞赋作家联系起来就明显透露出肯定"韩、柳"的侧重之处，这说明在杜牧所生活的晚唐初期，韩、柳的文学地位就已得到时人的承认，并在后世的一些文章学评论中代指中唐古文创作的最高成就。

相对于这种因其文学成就而形成的"韩、柳"并称，晚唐五代时期还出现了以"韩、李"并称的说法，如五代后晋时期刘昫所作的《旧唐书·韩愈传》论中曰："韩、李二文公，于陵迟之末，遑遑仁义，有志于持世范，欲以人文化成，而道未果也。……赞曰：天地经纶，无出斯文。愈、翱挥翰，语切典坟。牺鸡断尾，害马败群。僻涂自噬，刘、柳诸君。"②在刘昫看来，作为韩门弟子的李翱真正继承了韩愈古文传统中以儒家道统在衰世之际能够"持世范"的特点，发挥古文所应有的激扬教化之用，即"欲以人文化成"，只是世事凌迟，"而道未果"，可见刘昫所认为的李翱与韩愈的一致之处即在道统的传承，以及这种儒道在衰世陵迟时起到的维系人心、教益万民的人文化成之效。同时刘昫更把韩愈与李翱的古文创作比作儒家的六经典坟，其地位之高无以复加。至于刘禹锡和柳宗元，则被刘昫视为古文运动中的"牺鸡断尾，害马败群"，根本不能如李翱那样将韩愈的古文传统发扬光大。因此刘昫的这一观念明显与杜牧的"韩、柳"并称针锋相对，不仅明确视柳宗元的创作完全背离了韩愈的古文传统，而且将李翱与韩愈并称体现的是中唐古文运动中道统方面的传承，而非文学意义的成功。

若仔细分析刘昫在《旧唐书》中的这番评论，在五代时期并非孤立，如生活于前蜀时代的牛希济在《文章论》曰："今朝廷思尧、舜治化之文，莫若退屈、宋、徐、庾之学，以通经之儒，居燮理之仕，以杨、孟为侍从之臣，使仁义治乱之道，日习于耳目，所谓观乎人文可以化成天下也。"③文章的极致是如尧、舜所代表的上古盛世的治化之文，具体到文本则是儒家经书的典范，其中所深含的"仁义治乱之道"正是牛希济最为肯定之处，希望帝王以孟子、扬雄等继承的儒道治理国家，从而达到"观乎人文可以化成天下"的效果，至于要反对的正是以屈原、宋玉等辞赋家所开启的淫靡风气，直至后来六朝时徐陵与庾信崇尚对偶骈俪的骈文，这种对儒道"人文化成"政教功用的重视以及反对辞赋传统的认识与刘昫之论不谋而合，因而刘昫总结的"韩、李"并称在晚唐五代时期出现决非偶然，继中唐之后，晚唐五代的社会矛盾进一步加深，宦官专权、藩镇割据和士人党争的问题日益剧烈，国势的衰颓已不可挽回，五代之时更

① 《全唐诗》卷五百二十，中华书局 1996 年版，第 5491 页。

② 刘昫《旧唐书》，中华书局 1975 年版，第 4215—4216 页。

③ 《全唐文》卷八百四十五，中华书局 1983 年版，第 8878 页。

是战乱频仍，政权更迭，政治社会形势更加恶化，受儒家思想熏染的士人处在军阀混战、世道凋零的局面之中，对当时的情势深表不满，所希望的只能是在衰弊的时代以儒学道统继续维持教化民心之用。

刘昫的这种认识在北宋时期引起了强烈的回应，如《郡斋读书志·李翱集十八卷》引苏舜钦序曰："唐之文章称韩、柳，翱文虽词不逮韩，而理过于柳。"①作为北宋前期古文创作的重要作家之一，苏舜钦认为前代虽有"韩、柳"合称的先例，但就对儒道的发展而言，李翱的成就应高于柳宗元，这里虽没有明确并称"韩、李"，但从儒道开拓的角度对"韩、柳"的说法提出了质疑。而此后的北宋古文大家欧阳修则将"韩、李"并称固定化，其《苏氏文集序》曰："韩、李之徒出，然后元和之文始复于古。"②他认为古文运动的成功即在于韩愈与李翱的出现使得时风转变，文章得以复古之貌。由于欧阳修是北宋古文运动中的领军人物，对古文继中唐以后能够在北宋中期再度兴盛贡献良多，其认识的权威性不言自明，因此有关"韩、李"并称的问题，明、清两代的文论家都是针对欧阳修的认识作出评判，足可见出欧阳修的"韩、李"并称在后世的影响之深，如明代的胡应麟在《题李习之集》曰："读翱集，斥异端崇圣道，词义凛如，在唐人茅靡仙佛中，可谓卓然不惑者，他文亦典实明健，一洗浮华。欧阳永叔至韩、李并称，而不及子厚，以其识也。……唐惟柳差可配韩，而欧公去取若是，盖一时论道之语，非定评也。"③虽然胡应麟并不同意欧阳修的认识，但他依然认为即使不能作为"定评"的欧氏之论也还是"一时论道之语"，代表了北宋时期的大多数意见，而方苞则在《答程夔州书》中曰："北宋文家，于唐多称韩、李，而不及柳氏也。"④这与胡应麟评价欧阳修认识中的"一时论道之语"如出一辙，都看到北宋时期的诸多文人以"韩、李"并称代表中晚唐的古文运动，可见欧氏之论足可代表北宋文家对唐代古文运动的总体观念。

南宋的范浚和理学大家朱熹则将欧阳修"韩、李"并称的观念从"道"的角度作了深入的发挥，范浚在《答徐提干书》中曰："翱从韩愈为文章，辞彩虽下愈，而议论浑厚，如《复性书》三篇，贯穿群经，根极理要，发明圣人微旨良多，疑愈所不逮。"⑤《朱子语类》卷一百三十七载："韩文公似只重皇甫湜，以墓志付之，李翱只令作行状。翱作得《行状》絮，但湜所作《墓志》又颠蹶。李翱却有些本领，如《复性书》有许多思量，欧阳公也只称韩、李。"⑥范浚看到了李翱在《复性书》中的论述比韩愈在《原道》等篇的认识更进一步，对于发明圣贤意旨助益良多，而朱熹也是赞同了李翱《复性书》的观念，强调李翱对"儒道"的思考是真正继承了韩愈创作的精神，而不像皇甫湜那样只是专注于文章局部艺术风格的写作，从范浚和朱熹的认识中可以明确看出"韩、李"并称是基于肯定李翱在儒道思想的开拓方面所作出的贡献，从而将之视为可以继承韩愈古文传统的古文作家。

将李翱明确视为韩愈之后对儒道发展做出重大贡献的古文家的同时，柳宗元也因其思想方面的儒释杂糅而被贬低，这显然也是从"道"的角度对柳宗元在古文运动发展过程中的

① 晁公武《郡斋读书志》，上海古籍出版社 1990 年版，第 886 页。
② 欧阳修《欧阳修全集》，中华书局 2001 年版，第 614 页。
③ 胡应麟《少室山房集》，上海古籍出版社 1993 年版，第 763 页。
④ 方苞《方望溪先生全集》，台湾文海出版社 1970 年版，第 357 页。
⑤ 范浚《香溪集》卷十八，上海商务印书馆 1935 年版，第 173 页。
⑥ 朱熹《朱子语类》卷一百三十七，中华书局 1986 年版，第 3275 页。

地位作出的评价，如果说前面所列有关以李翱作为韩愈古文道统真正继承人的材料是从正面的肯定，那么对柳宗元思想的批判则是从儒道混杂的方面所作的否定，而这一认识也是由刘昫在《旧唐书·韩愈传赞》中首先提出，此后在宋代得到回应。如宋初的道学家柳开在《东郊野夫传》曰："或问退之、子厚优劣，野夫曰：'文近而道不同。'或人不谕，野夫曰：'吾祖多释氏，于以不迨韩也。'"[①]文中以寓言的对话形式道出了柳开认为柳宗元不及韩愈之处即是在"道"的问题上，韩愈重新构建的儒学道统深为宋初道学家所欣赏，故称赞备至，而柳宗元的儒佛杂糅则被看作其思想境界远不及韩愈。《郡斋读书志》所引苏舜钦的观点也反映出以"儒道"的高下区分了李翱与柳宗元在思想方面的差别，内中显然隐含了视李翱为韩愈儒道成就的继承者的认识。欧阳修在确立"韩、李"并称的同时，也延续了柳开、苏舜钦以儒释杂糅批评柳宗元的观念，他在《集古录跋尾·唐柳宗元般舟和尚碑》中曰："子厚与退之皆以文章知名一时，而后世称为韩、柳者，盖流俗之相传也。其为道不同，尤夷夏也。然退之于文章，每极称子厚者，岂以其名并显于世，不欲有所贬毁，以避争名之嫌，而其为道不同，虽不言，顾后世当自知欤。不然，退之以力排释老为己任，于子厚不得无言也。"[②]另欧阳修在《唐南岳弥陀和尚碑》中曰："自唐以来，言文章者惟韩、柳，柳岂韩之徒哉，真韩门之罪人也。盖世俗不知其所学之非，第以当时辈流言之尔。"[③]将韩、柳在儒道思想上的差异理解成如夷夏之分一般相距悬殊，明确指出柳宗元不及韩愈的关键就在"为道不同"，并反对流俗中曾经出现的"韩、柳"并称的说法，这都表明欧阳修强调"韩李"并称是从理论层面总结了自晚唐五代以来对古文运动发展的认识，即不仅要辨清韩、柳之间儒道差异的根源，更要寻找出真正能继承韩愈古文道统的人选，那就是李翱。南宋时期，作为朱熹弟子的黄震在《黄氏日钞》卷六十中曰："愚于韩文无择，于柳不能无择焉。而非徒曰并称，然此犹以文论也。若以人品论，则欧阳子谓如夷夏之不同矣。"[④]其认识与柳开、苏舜钦和欧阳修一脉相承，都认为柳宗元的儒道思想无法继承韩愈的古文道统，这里的"人品"是指韩、柳在儒学思想方面的差异，柳的儒释杂糅不及韩愈的儒道精纯，并以此否定了两人的并称。

自五代刘昫开始以"韩、李"并称，到北宋初年的苏舜钦推崇李翱为文"理过于柳"，这逐渐明确了李翱的创作深化了韩愈古文中所孜孜追求的"道统"意义，从而才在欧阳修那里固定了"韩、李"并称的说法，南宋的理学也正是在这些前人认识的基础上进一步强调了古文"道统"的重要意义，称赞了李翱在《复性书》等篇目中所作出的对儒道思想的开拓。由此可见，"韩、李"并称所代表的文化内涵就是突出强调了韩愈古文中的"道统"因素，而此点也成为晚唐五代至宋代的士人重视李翱古文的主要原因。与此同时，以宋初道学家柳开为代表，他对柳宗元思想中儒释杂糅的批判，也从反面印证了李翱才是时人心目中韩愈古文道统的真正传人，"韩、李"并称的说法也因此成为晚唐五代至宋代古文发展中不断重视"道统"意义、纯化儒道的缩影。

---

① 柳开《河东先生集》，上海商务印书馆缩印旧钞本，第12页。

② 欧阳修《欧阳修全集》，中华书局2001年版，第2276页。

③ 欧阳修《欧阳修全集》，中华书局2001年版，第2278页。

④ 黄震《慈溪黄氏日抄分类》卷六十，清乾隆三十二年(1767)汪佩锷刻本，北京大学图书馆古籍特藏部藏，叶十八B。

二、韩愈、李翱古文思想的比较及其在北宋的延伸

既然自晚唐五代的士人到南宋的理学家多是以李翱作为韩愈古文道统的真正传人，那么李翱的创作必然包含着对儒道思想的开拓性认识，这也成为时人观念中“韩、李”可以并称的必要前提。虽然朱熹举出了李翱的《复性书》作为例证，并说明了李翱在其中“有许多思量”，范浚也在《答徐提干书》中称许：“翱从韩愈为文章，辞彩虽下愈，而议论浑厚，如《复性书》三篇，贯穿群经，根极理要，发明圣人微旨良多，疑愈所不逮。”但毕竟都语焉不详，李翱究竟在哪些方面继承并拓展了韩愈古文道统的价值和意义，还是一个需要认真总结的问题。

先看李翱和皇甫湜在韩愈之后对古文运动的发展所起到的不同作用，作为韩门弟子中的两个代表性文人，李翱与皇甫湜分别从两个不同的方向延续着古文运动，后世的评论中尤其是在明清两代屡有提及，如明代瞿佑在《归田诗话》卷上曰：“湜与李翱皆从公学文，翱得公之正，湜得公之奇。”①《四库全书总目·皇甫持正集六卷》载：“其文与李翱同出韩愈，翱得愈之醇，而湜得愈之奇崛。”②刘熙载在《艺概·文概》中曰：“文得昌黎之传者，李习之精于理，皇甫持正练于辞。”③瞿佑与四库馆臣的认识是着眼于古文作品的艺术风格，同是跟随韩愈学作古文，李翱之作趋于醇正，而皇甫湜之文则近于奇崛，至于刘熙载的评价，是从李、皇甫二人的古文内容方面作出判断，李翱的古文精通于道统的理论，皇甫湜的古文却更倾向于文辞的锤炼。不论分析的着眼点在哪里，李、皇甫二人在古文创作方面的差异是显而易见的，其艺术风格的醇正和奇崛并不是问题的关键，相较而言，他们在古文内容方面的区分更为重要。《朱子语类》卷一百三十七载：“韩文公似只重皇甫湜，以墓志付之，李翱只令作行状。翱作得《行状》絮，但湜所作《墓志》又颠蹶。李翱却有些本领，如《复性书》有许多思量，欧阳公也只称韩、李。”朱熹通过比较李翱为韩愈所作的《行状》和皇甫湜为韩愈所作的《墓志铭》，认为李翱对儒道的思考更值得称道，而皇甫湜的《韩文公墓志铭》则写得“颠蹶”，其中原因就是由于皇甫湜在评价韩愈的古文成就时主要关注其艺术风格的特点。

皇甫湜《韩文公墓志铭》载：“茹古涵今，无有端涯，浑浑灏灏，不可窥校。及其酣放，豪曲快字，凌纸怪发，鲸铿春丽，惊耀天下。然而栗密窈眇，章妥句适，精能之至，入神出天。呜呼极矣，后人无以加之矣，姬氏以来，一人而已矣！”④韩愈古文在艺术上的豪放之气得到皇甫湜的赞美，而“凌纸怪发，鲸铿春丽，惊耀天下”的怪奇特色则为皇甫湜所发扬，形成此后古文发展中的奇险一路。朱熹批评皇甫湜《墓志铭》的“颠蹶”正是不满于他只就韩愈古文的艺术特色谈论其成就，而没有发挥韩愈古文道统的意义。在儒道方面，李翱恰恰继承了韩愈的衣钵，不仅高度评价了韩愈古文道统的价值，如他在《祭吏部韩侍郎文》曰：“呜呼！孔氏云远，杨朱恣行。孟轲距之，乃坏于成。戎风混华，异学魁横。兄尝辩之，孔道益明。建武以还，文卑质丧。气萎体败，剽剥不让。俪花斗叶，颠倒相上。及兄之为，思动鬼神。拨去其华，得其本根。开合怪骇，驱涛涌云。包刘越嬴，并武同殷。六《经》之学，绝而复新。学者有归，大变

① 瞿佑《归田诗话》，上海商务印书馆 1936 年版，第 6 页。

② 《四库全书总目提要》，中华书局 1996 年版，第 2011 页。

③ 刘熙载《艺概》，上海古籍出版社 1978 年版，第 26 页。

④ 《全唐文》卷六百八十七，中华书局 1983 年版。第 7039—7040 页。

于文。”[①]李翱认为韩愈是继孔孟之后恢复儒道的第一人，其古文创作对世道人心的教化作用堪比六经，“拨去其华，得其本根”，因此韩愈的古文超越了秦汉的古文成就而与上古三代的盛世文章相媲美，即“包刘越嬴，并武同殷”。这一评价不可谓不高，其中紧扣韩愈古文中“孔道益明”的主题内容，确实道出了韩愈古文道统的意义所在。从皇甫湜和李翱对韩愈的评价中可以明显看出侧重点的差异，即皇甫湜更加偏爱韩愈古文艺术的怪奇风格，而李翱则是发挥了韩愈古文所代表的伦理教化意义以及对儒学道统的承前启后之功。更为难得的是，李翱在创作实践中继续推进了古文道统的思想，这表现在朱熹所举的李翱的《复性书》等文章中的儒道思想。

韩愈之所以在中唐古文运动中享有崇高地位，主要就是他能从根本上革新儒“道”的内涵[②]。具体说来，首先，韩愈是以一种从现实出发的态度对待儒道和经典，根据时代的发展趋势，对儒道的内涵作出了新的阐释，他在《原道》中提出了“足乎己，无待于外之谓德”和“正心诚意”等新的儒道观，从而把士人的“穷则独善其身”与儒道理想沟通起来，使那些身处穷泽荒野的士人依然坚守儒道的行为获得了济世的意义，这与此时儒道从礼乐理想转向道德性理的现实是一致的。其次，他倡导的师道明显是针对此时尊师传统的衰落而来的。这种师道的核心在于激发士子的向学之心，能够在学习的过程中不断取得创新，“弟子不必不如师，师不必贤于弟子”，一方面尊师的传统得以保留，更重要的是弟子能够在贤师的引导下通过解决现实问题而取得进步，这也是韩愈能在继承经典的基础上创新儒道的精神所在，其与现实紧密关联的特点和鼓励创立新说的认识反映出中唐时期学术思想活跃的一个侧面。再次，基于肯定师道、鼓励创变的观念，韩愈在《师说》、《答刘正夫书》等文章中形成了崭新的“圣贤观”，针对当时师道不存、儒学衰微的现实，并确立了“师”的职责是“传道授业解惑”，学者欲求道，必须从师受学的思想。以往的传统认识中，“圣贤”一直被视作具有生而知之的能力，因而也被当作儒学道统承传中的最高代表。而在韩愈看来，圣贤虽“出人也远”，但仍与凡人一样需要“从师而问”，另外圣贤的高明还在于学“无常师”，并以孔子问学为例来说明“弟子不必不如师，师不必贤于弟子”的道理，可见韩愈没有把圣贤之学作神秘化的解释，而是从师道继承的角度道出了圣贤何以成为圣贤的原因。他们纵然有些异于常人的天赋，但从师问学才是其成功的关键因素。同时在“师”与“弟子”的学问关系上，韩愈也持论通达，认为后学经过努力，可以超越前辈，这实际就取消了“圣贤”和“道统”之间的绝对联系，不再视之为不可超越的偶像，不必亦步亦趋地模仿圣贤之作，每位问学之人都可以凭借自身的努力得到“道”的真谛。在《答刘正夫书》中，韩愈讲述了如何写作古文的方法，指出了“师古圣贤人”的关键在于“师其意，不师其辞”，“圣人之道，不用文则已，用则必尚其能者，能者非他，能自树立，不因循者是也”。古圣贤人“辞皆不同”，但他们所作之文都是自己经过精深思考后的独立之见，“能自树立，不因循”决定了他们对“道”的把握面目各异，其中贯穿的个性精神却是一致的。因此韩愈所说的“师其意，不师其辞”不仅提醒后学学文要超越圣贤书的字句差异，而且还要对圣贤作文的精神有深入的体会，这种精神并不是指向“道”的最终形态，而

① 《全唐文》卷六百四十，中华书局 1983 年版。第 6466 页。

② 参见葛晓音先生《汉唐文学的嬗变》（北京大学出版社 1990 年版）中的《论唐代的古文革新与儒道关系的演变》，第 156—179 页。

是每位圣贤对“道”的那份独立思考。在这个意义上，韩愈对“圣贤”及其“道”的认识是基于“圣贤”并非“生而知之”者，同时圣贤之文与“道”是通过圣贤的个体感受联系，即“道”只能通过每位圣贤的主观体会才能转化为“文”，亦即韩愈在《原道》中所说的“道其所道”，因此“师其意”的“意”只能是圣贤在对“道”的独特体会中所具有的个性精神，韩愈在《答李翊书》曾言：“学之二十余年矣，始者非三代两汉之书不敢观，非圣人之志不敢存，处若忘、行若遗，俨乎其若思，茫乎其若迷，当其取于心而注于手也，惟陈言之务去，戛戛乎其难哉！”①根据自己的读书经验，韩愈总结的重点也是“取于心而注于手”，必须在读书的过程中形成自己的体会，下笔为文才能“惟陈言之务去”，用自己的文辞写出对圣贤之道的独立思考。

在韩愈之后，李翱充分发挥了古文道统的思想，根据时势的要求，在其《复性书》中对“圣贤”和“儒道”作出了新的阐释，确立了儒道的权威地位，并将其置于道德性理的层面，从而使个人在面对艰难的时势时能够心有所属，保证对儒道的完全信仰。而要确立儒道的权威，在李翱看来，则必须突出“圣贤”的作用，因此他在《复性书》中将“天地之性”专属于“圣人”：

> 人之所以为圣人者性也，人之所以惑其性者情也。……性者天之命也，圣人得之而不惑者也；情者性之动也，百姓溺之而不能知其本者也。圣人者岂其无情耶？圣人者，寂然不动，不往而到，不言而神，不耀而光，制作参乎天地，变化合乎阴阳，虽有情也，未尝有情也。然则百姓者，岂其无性耶？百姓之性与圣人之性弗差也，虽然，情之所昏，交相攻伐，未始有穷，故虽终身而不自睹其性焉。②

这段话中，一方面是“圣人”之性和“百姓”之情的截然分裂决定了两者之间的天壤之别，这就造成了“圣人”品格的神化，只有他们才可以代“道”立言，“百姓”要想得天地之大“道”，就必须以“圣人”为标准，另一方面，又为“百姓”与“圣人”之间的沟通提供哲学的基础，即“百姓之性与圣人之性弗差也”，这就又使得“百姓”达于“圣人”成为可能。而普通人若要成就圣贤的品格，则必须学习“圣人”所作的儒学经典来掌握“道”，如《复性书上》曰：

> 圣人知人之性皆善，可以循之不息而至于圣也，故制礼以节之，作乐以和之。安于和乐，乐之本也；动而中礼，礼之本也。故在车则闻鸾和之声，行步则闻佩玉之音，无故不废琴瑟，视听言行，循礼法而动，所以教人忘嗜欲而归性命之道也。道者至诚而不息者也，至诚而不息则虚，虚而不息则明，明而不息则照天地而无遗，非他也，此尽性命之道也。哀哉！人皆可以及乎此，莫之止而不为也，不亦惑耶？③

圣人以人性之善制礼作乐，而对普通人来说，文中所言之“教人忘嗜欲而归性命之道”的过程就是李翱在《复性书中》所言之“先觉觉后觉”的实质，使儒道的思想内化为普通人的道德才智，去“情”而返“性”，才能成就个人品德的高尚以达到“复性”的要求，这一哲学思想就将明“道”的关键与个人的心性联系起来，这一思想显然继承了韩愈《原道》中“足乎己，无待于外之谓德”的认识。

在此基础上，李翱在《答独孤舍人书》中借《士不遇赋》的探讨又进一步发挥了上述“足乎

---

① 韩愈撰，马其昶校注《韩昌黎文集校注》，上海古籍出版社 1986 年版。第 179 页。
② 《全唐文》卷六百三十七，中华书局 1983 年版。第 6433 页。
③ 《全唐文》卷六百三十七，中华书局 1983 年版。第 6434 页。

己,无待于外"的思想,《答独孤舍人书》曰:"凡人之蓄道德才智于身,以待时用,盖将以代天理物,非为衣服饮食之鲜肥而为也。董生道德备具,武帝不用为相,故汉德不如三代,而生人受其憔悴,于董生何苦,而为《士不遇》之词乎?仆意绪间自待甚厚,此身穷达,岂关仆之贵贱耶?虽终身如此,固无恨也。"①士人穷达贵贱需要有君臣相遇的机缘,有时非个人所能左右,而道德才智的修养则完全取决于个人对经典的学习,即使不能遭遇贤主而跻身仕途,只要自己"蓄道德才智于身","受其憔悴"也能安贫乐道,"虽终身如此,固无恨也",否则就是"为衣服饮食之鲜肥而为也"。李翱在此强调个人的贵贱取决于道德操守而非一己之穷达,道德备具的人能"自待甚厚",一己穷达是不能动摇儒道给予他的信念,至于能否得到时主的重用而有"立功"的机会,就显得不重要了。因此李翱从根本上解决了韩愈《原道》中"足乎己"的问题,即把儒道视为无可动摇的信仰,个人通过修身养性的过程而获得道德才智的锤炼,从而成就自己的完美人格。相比于此,得时而建功立业则退居次要位置,《答皇甫湜书》曰:"凡古贤圣得位于时,道行天下,皆不著书,以其事业存于制度,足以自见故也。其著书者,盖道德充积,阨摧于时,身卑处下,泽不能润物,耻灰泯而烬灭,又无圣人为之发明,故假空言,是非一代,以传无穷,而自光耀于后。故或往往有著书者。"②"道"的体现不仅有"得位于时"、"行于天下"的事业,而且"身卑处下,泽不能润物"的著书也能"是非一代,以传无穷,而自光耀于后",其关键在于个人品行的"道德充积",这就解决了士人在穷达之间如何明"道"的问题,不再是以往强调的"得位于时,道行天下"的建功立业的方式,而是更加注重在士人的心性方面坚持儒道理想的价值意义,在穷愁之际不废著述,在书中体现出儒道的理想,这才是决定儒道是否行于世的关键所在。《答皇甫湜书》曾曰:"富贵而功德不著者,未必声名于后,贫贱而道德全者,未必不烜赫于无穷。"③其中对"贫贱而道德全者"的肯定正是由于士人身处穷途而在心理上依然难能可贵地坚持儒道理想。

李翱将道德蕴于己心而不以外在得失为意的思想,在《寄从弟正辞书》中发挥得最为清楚,而且对古文中的文道关系也有独到理解:"凡人之穷达所遇,亦各有时尔,何独至于贤丈夫而反无其时哉,此非吾徒之所忧也。其所忧者何?畏吾之道未能到于古之人尔。其心既自以为到,且无谬,则吾何往而不得所乐,何必与夫时俗之人,同得失忧喜,而动于心乎。借如用汝之所知,分为十焉,用其九学圣人之道,而知其心,使有馀以与时世进退俯仰,如可求也,则不啻富且贵也,如非吾力也,虽尽用其十,袛益劳其心尔,安能有所得乎?汝勿信人号文章为一艺。夫所谓艺者,乃时世所好之文,或有盛名于近代者是也。其能到古人者,则仁义之辞也,恶得以一艺而名之哉?……夫性于仁义者,未见其无文也;有文而能到者,吾未见其不力于仁义也。由仁义而后文者性也,由文而后仁义者习也,犹诚明之必相依尔。贵与富,在乎外者也,吾不能知其有无也,非吾求而能至者也,吾何爱而屑屑于其间哉。仁义与文章,生乎内者也,吾知其有也,吾能求而充之者也,吾何惧而不为哉。汝虽性过于人,然而未能浩浩于其心,吾故书其所怀以张汝,且以乐言吾道云尔。"④决定个人行道的关键因素是在士人的心中始终坚持圣贤之道,而体现作者心灵世界的文章创作若能表现仁义之道,则代表

① 《全唐文》卷六百三十五,中华书局 1983 年版。第 6409 页。

② 《全唐文》卷六百三十五,中华书局 1983 年版。第 6410 页。

③ 《全唐文》卷六百三十五,中华书局 1983 年版。第 6410 页。

④ 《全唐文》卷六百三十六,中华书局 1983 年版。第 6421—6422 页。

了士人行道的最大努力，这明显不同于中唐古文中重视“辅时及物”的观念。继韩愈之后，李翱实际是要将“道统”的实践意义揭示出来，即解决士人如何行事才算真正躬行儒道思想的真谛，那就是只有当个人的心灵与圣贤之道完全合一时，才会将“何往而不得所乐”，而在此情况下，外在的得失忧喜根本不能动摇自己的道德信念。

中唐时期，韩愈在《原道》中强调的“正心诚意”，经过李翱对儒道的一番新阐释后，从个体思想道德的层面得到了落实，个人之所以能在“士不遇”的艰难困境中依然保持安贫乐道的状态，是因为儒家思想的道德理想给予的精神力量，所以作为个人安身立命根本的儒道成了失意士人心灵的最终依靠，这就是李翱继韩愈之后在儒道方面所作的开拓，正如明代的宋濂在《胡仲子文集序》中说：“韩退之抗颜师一世，自李习之以下，皆欲弟子临之，而习之謇然不甚相下，崇言正论，往往与退之角。其《复性》、《平赋》二书，修身治人之意，明白深切，得斯道之用。盖唐人之所仅有，而可与退之《原道》相表里者也。濂尝以为习之识高志伟，不在退之之下，遇可畏如退之而不屈，真豪杰之士哉！”[①]

到了北宋古文革新的时期，欧阳修在《读李翱文》中，借评述李翱的古文来表达了自己对当时古文发展的看法。北宋古文的曲折发展历经反对五代体、西昆体和太学体三个阶段，在欧阳修的倡导之下，在北宋中期逐渐汇聚成一股古文创作的高潮。在这一漫长的发展过程中，欧阳修《读李翱文》中的感慨针对的是由西昆体向太学体转变过程中出现的古文发展的弊端。太学体作为北宋古文的一个阶段，其代表作家石介、孙复等明确标榜儒道的复古思想，抨击西昆体在语言辞采方面的“穷妍极态”和“浮华篡组”，认为这一创作倾向有伤圣人之道。但从两者的内在思想而言，太学体依然是高倡儒家上古三代的雅颂理想，其复古的实质与西昆体讴歌太平气象的趋向无异，这导致太学体的文风反拨只局限于文章形式的差异。更为根本的是，太学体作家是从个人进身的角度宣扬儒学的圣贤之道，反映的是当时的寒士文人求名心切的态度。在这种士风的影响之下，一些士人频繁上书，要求举荐贤才，甚至为了显示自己与众不同的个性，他们鼓吹复古的目的无非是恢复雅颂之音，并以此偏激地反对西昆体时文，流露出浓重的躁进好名之态。针对这种弥漫成风的流弊，欧阳修从重塑士人的崭新人格切入，继承了中唐以来一直强调的理想士人的道德人格，将“道”的意义落实在士人的人生追求上，希望藉此能够塑造出一批真正具有忧世济民情怀的士人。他们无论是身处庙堂或草野，面对出处穷达的得意与失意，都不会动摇自己心中以天下为忧的社会责任感，而不是只顾个人的“光荣而饱”。《读李翱文》中的这一思想是欧阳修革新当时士风的一贯主张，他在《论凌景阳三人不宜与馆职奏状》中指出：“进一善人则天下劝，退一不肖则天下惧，用功至简，其益极多。……窃以累年以来，风教废坏，士无廉耻之节，官多冒滥之称。”这非常准确地切中士风之弊，用《论杨察请终丧制乞不夺情札子》的表述，就是“推禄利之小惠，废人臣之大节”。推究欧阳修如此重视士人人格理想的问题，正如他在《再论按察官吏状》中指出的：“今朝廷虽有号令之善者降出外方，若落四色冗官之手，则或施设乖方，不如朝廷本意，反为民害；……若外边去却冗官，尽得良吏，则朝廷所下之令，虽有乖错，彼亦自能回改，或执奏更易，终不至为大害，是民之得失，不独上赖朝廷，全系官吏善恶。”[②]

---

① 《宋濂全集》，浙江古籍出版社 1999 年版。第 1506 页。

② 欧阳修《欧阳修全集》，中华书局 2001 年版。第 1616 页。

既然官吏的品行如此重要，欧阳修就极为重视官吏选拔任用的问题。而官吏选拔与科举取士密切相关，因此欧阳修强烈要求革除士人科举中出现的弊端。他在《议学状》中指出："臣请详言方今之弊，既以文学取士，又欲以德行官人，且速取之欤，则真伪之情未辨，是朝廷本欲以学劝人修德行，而反以利诱人为矫伪，此其不可一。"[①]国家本欲兴学劝善，提高士人的品德修养，并以此作为选官的标准，但本末倒置的后果却是躁进的士人为了急求功名而刻意追求不同，逐渐形成虚伪的道德品行，欧阳修批评此种士风是"苟欲异众，则必为迂僻奇怪以取德行之名，而高谈虚论以求材识之誉"。针对这一"庆历之学"的弊端，欧阳修才不遗余力地呼吁士人要有高远的理想，不能只求自己的"光荣而饱"，这样行道才能以天下为忧，务实致用。同时，欧阳修又提出砥砺士人的德行要通过教育的方式潜移默化地逐步进行，不能鼓励士人的急功近利、躁激虚伪之风，"若夫设教，则以劝善兴化、尚贤励俗为事，其被于人者渐，则入于人也深，收其效者迟，则推其功也远，故常缓而不迫"，以这样的思想而使道德理想真正深入人心。正是有了这些认识的铺垫，《读李翱文》中的思想才显得非常重要，因此欧阳修从根本上修正了北宋古文发展中"太学体"文风的弊端，抓住了北宋古文革新的关键问题，确立了士人身怀道德理想、关心社会时政的用世精神后，才使得北宋古文走上了发展的坦途。

综上所述，最早真正从重"道"角度提出"韩、李"并称的是晚唐五代的刘昫，这反映出发展到晚唐之时，面对衰弊已极的浇薄世风，发挥古文道统所代表的人文教化功用，已与时人的危机意识相联系。至北宋中期，针对当时争论的士人道德人格问题，欧阳修在《读李翱文》中提出以"忧世之言"反对"光荣而饱"，这不仅继承了李翱古文中从士人的道德方面肯定儒道意义的认识，更是开拓了"韩、李"并称中"道"的文化内涵，使"道"落实在士人道德人格的重塑方面，这已明显不同于晚唐的人文教化意义。欧阳修正是通过这一转变，准确纠正了当时士风的不良倾向，最终推动了古文在北宋中期的复兴。

（作者单位：北京大学中文系）

① 欧阳修《欧阳修全集》，中华书局2001年版。第1673页。

语录体与宋代诗学

马自力

宋代是中国古代散文发展的重要阶段，也是中国诗学批评发展的关键时期。在宋代社会文化环境的影响下，语录体作为一种古老的散文文体，不仅焕发了新的活力，同时也对宋代诗学的发展做出了积极的贡献。本文即从语录体与宋代诗学的关系入手，探讨这一散文史上和诗学批评史上的独特现象，以期对相关问题得出一个基本的认知。

诗话中的语录体与宋代诗学

语录体作为一种记言的文体形式，诞生于先秦。在上古历史文献总集《尚书》中，有许多篇章是记录先民言论和上古帝王讲话的，如《盘庚》、《汤誓》等；而在春秋战国时期的诸子散文中，如《论语》、《孟子》、《庄子》等著作里面，有关诸子讲学、论辩等言论的记录，更是比比皆是。

在以上语录体散文或语录体文字中，涉及诗学批评内容的，也有不少，如《尚书·虞书·舜典》中记录帝舜所言"诗言志，歌永言，声依永，律和声"。这是就内容而言，从形式上看，语录体散文在行文中，还往往夹杂着对话的形式，如上引《舜典》那一段，就是帝舜和夔的对话记录，又如《论语·八佾》中，则记录了孔子与子夏关于"绘事后素"的对话。除了对话形式，比较多见的还有作者设为问答。其实，这也是一种特殊的对话形式。无论是对话还是设为问答，其效果都是营造或设定出一种讨论、讲学或论辩的场景和氛围，以便于引发或突显发言者的思想观点。关于这一点，《论语·八佾》对话结束时，孔子发了一通感慨，值得注意："起予者，商也，始可与言《诗》已矣！"这既是孔子对他与子夏的对话的小结，也是对这种"言说"形式有利于深入论《诗》的充分肯定。要之，以上材料说明了这样一个基本事实：语录体散文从它诞生的那一刻起，就以记录言谈议论的内容，以及对话或设为问答的文体形式，与中国诗学批评的理论形态和实践形式结下了不解之缘。

"诗话"作为一种诗学批评著作的文体形式，始见于宋代。按照它的本义："诗话者，辨句法，备古今，记盛德，录异事，正讹误也。"[①]其源头可以上溯至先秦，但是毕竟以"诗话"命名的诗学批评著作，还是出于北宋欧阳修之手——他的《六一诗话》最初即名为《诗话》。郭绍虞

---

① 许顗《许彦周诗话》，吴文治主编《宋诗话全编》第二册，江苏古籍出版社1998年版，第1392页。

先生断言："诗话之称，固始于欧阳修，即诗话之体亦可谓创自欧阳氏（亦可称欧氏）矣。"①实际上，欧阳修作此《诗话》二十八条的时候，并无意"创格"，但自《六一诗话》问世后，时人纷纷起而效法，终于使"诗话"这一独特的诗学批评形式在宋代蔚为大观。由于《六一诗话》开宗明义的"资闲谈"的性质，也就把语录体这种文体形式和"诗话"这种诗学批评形式紧密地联系在了一起。

首先，"诗话"的诞生与语录体在宋代的流行有十分密切的关系。

徐中玉先生曾经指出："诗话之称，其起源与流行于唐末宋初之'说话'即'平话'之风有关。"②徐先生是早期对诗话进行系统研究的现代学者，他敏锐地觉察到了诗话的兴起与唐末宋初的"说话"或"平话"存在着某种渊源关系。不过从内容上看，"说话"或"平话"历来分为"小说"、"说经"、"讲史"、"合声（生）"四家，讲的是烟粉、灵怪、传奇、公案以及佛经、历史等故事，即使存在《大唐三藏取经诗话》这样的说经故事，出现了"诗话"的名目，却只是在讲述取经故事时加入一些承上启下的诗歌而已，与后来专门记录诗歌创作本事、品评诗作优劣的"诗话"迥乎不同。而从形式和风格上看，诗话口语化、通俗化的文体特点倒是与"说话"、"平话"如出一辙：以欧阳修《六一诗话》、司马光《温公续诗话》、刘攽《中山诗话》、释惠洪《玉壶诗话》、魏泰《临汉隐居诗话》、赵令畤《侯鲭诗话》、陈师道《后山诗话》、蔡启《蔡宽夫诗话》、吴开《优古堂诗话》、蔡绦《西清诗话》、许顗《彦周诗话》等为代表的宋代诗话，其写作均以"闲谈"为宗，以"记事"为主，"往往写得娓娓动人，读来津津有味，风格与'轶事小说'十分相似"③。也就是说，就思维方式和表达方式而言，这类宋代诗话的体制的形成，的确是受到了"说话"、"平话"的某些影响。如欧阳修《六一诗话》共有二十八条，大都是"丛残小语"，正文前面的小序只有"居士退居汝阴，而集以资闲谈也"区区十三个字；司马光《温公续诗话》共三十一条，文前小序也只有二十七个字。这种情况，大体同小说在其发轫期的"街谈巷语，道听途说"、"近取譬论，以作短书，治身理家，有可观之辞"④等文体特点相一致；或者可以说，它们在写作动机上有某些相近之处。

但是，与诗话诞生关系更加直接的，恐怕还要算语录体。语录体这种文体形式，在宋代十分流行。仅从书籍名称上看，《四库全书》所收以"录"字命名的所有书籍，计有 215 种，其中宋代书籍就有 91 种（经部 1 种，史部 23 种，子部 63 种，集部 4 种），占 42%以上。其中以"语录"命名的宋代书籍，计有 5 种，为江端礼编徐积撰《节孝语录》，朱熹删定胡安国、曾恬所录谢良佐《上蔡语录》，龚昱编李衡撰《乐庵语录》，王崇庆解马永卿编《元城语录解》，陆持之编陆九渊撰《象山语录》；以"谈录"命名的宋代书籍，计有 2 种，为王钦臣《王氏谈录》、王辟之《渑水燕谈录》；以"漫录"命名的宋代书籍，计有 6 种，为吴曾《能改斋漫录》、张邦基《墨庄漫录》、张舜民《画墁录》、曾慥《高斋漫录》、陈世崇《随隐漫录》、史浩《鄮峰真隐漫录》；以"闻见

① 郭绍虞《宋诗话考》，中华书局 1979 年版，第 1 页。

② 徐中玉《诗话之起源及其发达》，《中山学报》一卷一期，1941 年 11 月。

③ 刘方《"闲话"与"独语"：宋代诗话的两种叙述话语类型——以〈六一诗话〉和〈沧浪诗话〉为例》，《文艺理论研究》2008 年第 1 期。

④ 班固《汉书·艺文志》："小说家者流盖出于稗官，街谈巷语道听途说者之所造也。"桓谭《新论》："若其小说家，合丛残小语，近取譬论，以作短书，治身治家，有可观之辞。"（《六臣注文选》卷三十一江淹《李都尉从军》李善注引）

录"命名的宋代书籍，计有两种，为绍伯温《闻见录》、叶绍翁《四朝闻见录》[1]。这里"录"的内容，无非包括事件和言论两类，而其中的"语录"和"谈录"就是专门记言的。所以，在语录体这种文体形式被当时文坛普遍采纳和接受的前提下，欧阳修在其致仕"退居汝阴"的晚年整理和编纂《六一诗话》，而"集以资闲谈也"，就成了顺势而为的自然而然之举。

另据郭绍虞先生《宋诗话考》，唐庚口述、强行父记录的《唐子西文录》，王若虚《滹南诗话》卷二对其进行评论时，称之为《唐子西语录》，这是"语录"最早用于诗话的记录，"是为语录通诗话之始"[2]。此外，宋人阮阅编辑的《诗话总龟》收诗话二百种，其中宋代语录就有《金陵语录》、《上蔡语录》、《三山语录》、《龟山语录》、《雪窦语录》、《元城语录》、《林和集(靖)语录》、《三山老人语录》等八种。可见只要是论诗语录，即被宋人归入诗话类著作的范畴之内。以上两点亦可说明，语录体在宋代的流行对于诗话的兴起，的确具有直接的影响。

其次，诗话中的这类语录体内容和文字，与传统的诗学理论著作相比，具有鲜明的文体特点。

宋代流传至今的许多笔记散文，都保留了语录体"直接记录讲学、论政，以及传教者的言谈口语"[3]的文体特征。而在上述"资闲谈"一类的诗话中，语录体的行文方式也得到了普遍的运用。如在《六一诗话》中，第十二条梅尧臣与欧阳修关于"诗家造语"的对话，第十五条梅尧臣关于"诗句义理虽通，语涉浅俗而可笑者，亦其病也"的议论，都是以记录有关诗歌评论的对话和言论为主的。

这些语录体诗话的文体特点可以概括为以下数端：

一是口语化，具有不避俚俗、通俗易懂的特点。语录体的内涵，即是指直接记录讲学、论政，以及传教者的言谈口语的一种文体。故而采用当时口语，以达到"资闲谈"，从而在轻松自由的氛围中品评诗歌的目的，是语录体诗话的一大特点。

二是生活化，具有形象生动的特点。语录体诗话可以将枯燥乏味的诗学理论问题，转变成生活化的事例而加以阐释。这里的关键是作者往往采用"戏剧化"的口吻，将批评对象置于某种具体的生活场景中，设喻取譬，褒贬品评。

三是个性化，具有较强的文学意味。在语录体诗话中，个性化显现了评论主体的语言风格和审美好尚的差异，比如司马光的严谨细密，当然会和欧阳修的雍容和缓不同，从而这种语录体诗话也就有了自己的文学风格特点。这一点，从司马光《温公续诗话》的小序中即可看出端倪："诗话尚有遗者，欧阳公文章名声虽不可及，然记事一也，故敢续书之。"[4]也就是说，二者的性质虽同，都是诗话，但个性不同，风格各异。

四是诙谐化，具有轻松幽默的特点。因为要"资闲谈"，即充当"闲谈"的话题和材料，所以故作轻松幽默，原本是诗话的先天特点，假如再加上语录体的口吻，其"喜剧"效果就会得到进一步的强化。如《六一诗话》第十五条记梅尧臣在发表关于"诗句义理虽通，语涉浅俗而可笑者，亦其病也"的议论后，举了两个例子："如有《赠渔父》一联云：'眼前不见市朝事，耳畔惟闻风水声。'说者云：'患肝肾风。'又有咏诗者云：'尽日觅不得，有时还自来。'本谓诗之好

① 以上数据根据《文渊阁四库全书》电子版统计。

② 郭绍虞《宋诗话考》，第45页。

③ 褚斌杰《中国古代文体概论》(增订本)，北京大学出版社1990年版，第468页。

④ 司马光《温公续诗话》，吴文治主编《宋诗话全编》第一册，江苏古籍出版社1998年版，第367页。

句难得耳,而说者云:'此是人家失却猫儿诗。'人皆以为笑也。"[①]其实诗作者未必有此意,读者开始也未必有此理解,但一经评诗者从旁点透,就难免令人不做此想,随即莞尔。

需要指出的是,语录体对于宋代诗学的发展固然有上述积极影响的一面,但是由于诗话与生俱来的"资闲谈"的特点,使得其自身天然地缺乏一以贯之的理论和严谨科学的结构,不可避免地存在着散漫、随意,甚至粗鄙的缺点。而这些弊端,正是需要由以严羽《沧浪诗话》为代表的另一类具有理论体系形态的诗话来纠正和弥补的。

杂记和笔记中的语录体与宋代诗学

广而言之,诗话也可以看作是关于"诗"的话题,因而一切论诗的著述或文字都应当包括在内。吴文治先生主编的《宋诗话全编》,其编纂方法即为搜罗宋代人所有的论诗文字,在作者的名字之后冠以"诗话"的名目。这种平添出许多新诗话的做法,固然有其历史依据:因为如果欧阳修不在他退居汝州之后,编纂和整理出他的创作诗歌、品评诗歌的心得,也就不会有中国的第一部诗话《六一诗话》的问世;而现行洪迈《容斋诗话》六卷,则是后人从《容斋五笔》中辑录其论诗之语编纂而成的,当时并没有《容斋诗话》其书,如此等等。

不过,笔者认为,就诗话别集而言,诗话之作毕竟和散见于各类著作中评诗论诗的只言片语不同,其本身似乎还应该存在着某种体系或结构方面的自足性因素。对此本文暂不置论,需要指出的是,除了历史上已经被命名为"诗话"的那些著作外,毕竟还是存在着许多并不以"诗话"命名、也不属于诗话范畴的杂记和笔记类著作。这些著作以记录各种史料和见闻为主,其中也加入了部分论诗评诗的内容。而以语录体行文的情况,在这些著作中并不乏见。

这里从撰述者的角度,把这些著作中的语录体文字分为两种情况加以讨论。

第一种情况,作者本身是文学家或文论家。比如石介、王安石、苏轼、黄庭坚等。撰述这类文字的主要目的,是表达作者个人的文学思想和见解主张,因而往往直奔主题,直接发表议论;即使采用语录体,也往往是设为问答,其目的是突出思想性。如石介《怪说中》开篇就提出问题:"或曰:天下不谓之怪,子谓之怪。今有子不谓怪,而天下谓之怪。请为子而言之,可乎?""曰:奚其为怪也?"接着,作者就对此发表议论:

> 曰:昔杨翰林欲以文章为宗于天下,忧天下未尽信己之道,于是盲天下人目,聋天下人耳,使天下目盲,不见周公、孔子、孟轲、扬雄、文中子、韩吏部之道;使天下耳聋,不闻有周公、孔子、孟轲、扬雄、文中子、韩吏部之道。俟周公、孔子、孟轲、扬雄、文中子、韩吏部之道灭,乃发其盲,开其聋,使天下唯见己之道,唯闻己之道,莫知有他。[②]

作者采用设为问答的方式,借他人之口("或曰"),辨析了世间所谓怪与不怪的本质区别,批评的矛头直指宋初以杨亿等馆阁文人为代表的形式主义文风,对其展开了猛烈的抨击。这在受西昆体影响积四十年,人们对形式主义文风已经见怪不怪的宋初时期,的确具有振聋发聩的作用。在此,设为问答的语录体言说方式,所起到的作用无疑是十分明显的:作者提出

---

① 欧阳修《六一诗话》,《六一诗话 白石诗说 滹南诗话》,人民文学出版社 1962 年版,第 11 页。

② 石介《徂徕石先生文集》卷五,中华书局 1984 年版,第 61—62 页。

的问题,就像文章的标题或纲目,使得作者议论的主题和指向更为集中,立论的气势和批驳的力度得到进一步的强化。

第二种情况,作者是诗评言论的记录者或者阐释者。如朱弁、李廌、庄绰等。由于只是充当诗评言论的记录者,所以与第一种情况不同,这类文字更着意于评诗论诗的场景的铺垫和言说效果的渲染。李廌《师友谈记》专记苏轼、苏辙、范祖禹及"苏门四学士"黄庭坚、秦观、晁补之、张耒等元祐名流和众师友的各类言谈,"多名言格论,非小说琐录所比"[①],故名《师友谈记》。作为师友言论的记录,其语录体的文体特征比较明显,如实的记录和必要的交待是其行文的基本法则。如"张文潜言说诗者妄为臆说"条[②],忠实地记录了张耒的诗论主张,完全是站在一个记录者的角度,没有加入作者的任何意见。同书"东坡先生言人君之学与臣庶异"条[③],则可以说是苏轼讲学的听课笔记:文中开始交待何月何日见东坡先生,随后就原原本本地记录了苏轼关于君王和士子之学的一段"高论"。

记录者之外,作者有时还充当阐释者的角色。像朱弁《曲洧旧闻》"参寥谓东坡天才无施不可"条[④],借僧道潜之口,对苏轼的诗法渊源进行了一番探究和考证。在这里,作者就不仅仅是诗评言论的记录者,而已经充当起诗论的阐释者的角色了。与此相近似的,还有陈鹄《西塘集耆旧续闻》"欧公荆公辩诗"。此段文字先是揭示作者的观点,即"后学读书未博,观人文字不可轻诋"[⑤],然后用大段的篇幅,生动地描述了欧阳修与王安石之间关于诗歌用典的一场争论,记录了相关的诗作背景材料,以印证自己的论点。

值得一提的是,由于这类著述的写作方式往往是史料记载与叙述描写结合,诗话文评与典故考证杂糅,所以《四库全书总目》一般把它们从其本来应该属于史部的杂史类挑捡出来,将它们归入子部杂家类杂说之属,或子部小说家类杂事之属。这样一来,就在有意无意之间造成了一种新的"景观":从目录学的角度看,这些语录体的杂著笔记类文字,已经赫然同那些道学语录和佛门禅语归并到一起,成为子部的组成部分了。

禅门语录、道学语录与宋代诗学

造成上述有意味的"景观"的原因,是多方面的,其中一个重要的方面当来自于文体因素。从思维方式和言说方式来看,佛经和理学著述比之诗话和杂记笔记类著作,显然距离语录体更近,采用语录体也更频繁。换句话说,如果要寻找同语录体关系更为直接的文字的话,那么它们无疑当属禅门语录和道学语录。

禅门语录是一种白话文体,主要记载禅师接引人的言语、行事。禅门接引人弘扬佛法,贵在使对象自觉自悟,所以,其言语尚活句而不尚死句,为使对象及早开悟,常常引诗为说。这些相关的言论记载下来,便成为所谓"灯录",也就是参禅谈禅时言行的如实记录。

《玉海》卷五十八《传灯录》条云:"三十七卷,僧道原纂,景德中诏翰林学士杨亿等刊定,

① 《四库全书总目提要》卷一二〇,《文渊阁四库全书》本。
② 《师友谈记》,《师友谈记　曲洧旧闻　西塘集耆旧续闻》,第 38 页。
③ 《师友谈记》,《师友谈记　曲洧旧闻　西塘集耆旧续闻》,第 11 页。
④ 《曲洧旧闻》卷九,《师友谈记　曲洧旧闻　西塘集耆旧续闻》,第 208 页。
⑤ 《西塘集耆旧续闻》卷一,《师友谈记　曲洧旧闻　西塘集耆旧续闻》,第 290—291 页。

自天竺七佛至达摩以来传至法眼，凡五十二世，一千七百人语录。”[①]这里的“传灯录”，指的是宋代景德元年(1004)释道原撰《景德传灯录》。书中的“录”，也就是“语录”的简称[②]。“灯录”的编写在宋代达到了高潮，为宋人接受禅学疏通了渠道，打开了方便之门。宋初西昆体代表人物杨亿，曾为宋代第一部“灯录”即《景德传灯录》作序。宋代的许多著名文人如欧阳修、苏轼、黄庭坚、朱熹等，与方外之人修颙、佛印、常总、祖心、道谦等往还密切，并以“居士”的身份载录于《居士分灯录》。而理学大师周敦颐也曾经从庐山东林常总禅师游，学习静坐之法，讨论性理之学。

从佛学的传播到理学的兴起，伴随着佛教这种外来宗教本土化和儒学化的过程。清人江藩指出：“儒生辟佛，其来久矣，至宋儒，辟之尤力。然禅门有《语录》，宋儒亦有《语录》；禅门《语录》用委巷语，宋儒《语录》亦有委巷语。夫既辟之而又效之，何也？盖宋儒言心性，禅门亦言心性，其言相似，易于浑同，儒者亦不自知而流入彼法矣。”[③]江氏注重挖掘宋儒与禅门在思维方式和言说方式的相通之处，所论极富启发意义。

道学语录是宋代理学最常见的理论表达方式。在南宋赵希弁编辑的《郡斋读书志》附志中，专立“语录类”一项，列宋代理学家语录著作二十余种[④]。通过这些语录体著作，可以窥见宋代理学家的诗学批评理论与实践之一斑。

禅门语录往往以其口语化、通俗化的言说方式，去追求直达本心、当下互动的效果。关于这一点，在刘善泽为《五灯会元》所作的跋语中，有生动的概括：“但禅门古德，问答机缘，有正说，有反说，有庄说，有谐说，有横说，有竖说，有显说，有密说。例如一棒打杀与狗子吃，者里有祖师么，唤来与我洗脚等语，贤者当守马援‘耳可得闻而口不可得言’之诫。苟神悟未契，徒逞舌锋隽利，尤而效之，则化醍醐为砒霜，变旃檀作棘刺矣。其可乎？”[⑤]这种口语化、通俗化的言说方式，在宋儒的道学语录中，也被普遍采用；而宋儒对直达本心、当下互动的言说效果的追求，则更加强烈。如在二程的理念中，“学诗妨事”、“作文害道”的思想是根深蒂固的，但在表达这种文道不能两立的观点时，他们并没有板起面孔发表长篇大论的说教，而是采用语录体，用文学化的言说方式展开：

> 或问：诗可学否？曰：既学时，须是用功方合诗人格。既用功，甚妨事。古人诗云：“吟成五个字，用破一生心。”又谓：“可惜一生心，用在五字上。”此言甚当。先生尝说：“王子真曾寄药来，某无以答他，某素不作诗，亦非是禁止不作，但不欲为此闲言语。且如今言诗无如杜甫，如云：‘穿花蛱蝶深深见，点水蜻蜓款款飞。’如此闲言语，道出做甚？某所以不常作诗。今寄谢王子真诗云：‘至诚通化药通神，远寄衰翁济病身。我亦有丹君信否？用时还解寿斯民。’……”[⑥]

二程并不反对学诗，在这里，他们之所以不厌其烦地列举关于诗歌炼字的一些言论，乃至具

① 王应麟《玉海》卷五十二，《文渊阁四库全书》本。

② 参见张伯伟《禅与诗学》，浙江人民出版社1992年版，第33页。

③ 江藩《国朝宋学渊源记·附记》，《国朝汉学师承记》(附《国朝经师经义目录》、《国朝宋学渊源记》)，中华书局1983年版，第190页。

④ 晁公武撰，孙猛校证《郡斋读书志校证》，上海古籍出版社1990年版。

⑤ 刘善泽《五灯会元》跋，《五灯会元》，中华书局1984年版，下册，第1400页。

⑥ 《河南程氏遗书》卷十八伊川先生语四，《二程集》，中华书局1981年版，第239页。

体的生活事例，其目的就是要说明“文”乃“道”之“器”，如果本末倒置，就会“学诗妨事”，乃至“作文害道”。《朱子语类》卷一三九记：

> 才卿问：“韩文《李汉序》头一句甚好。”曰：“公道好，某看来有病。”陈曰：“‘文者，贯道之器。’且如《六经》是文，其中所道皆是这道理，如何有病？”曰：“不然。这文皆是从道中流出，岂有文反能贯道之理？文是文，道是道，文只如吃饭时下饭耳。若以文贯道，却是把本为末。以末为本，可乎？其后作文者皆是如此。”因说：“苏文害正道，甚于老佛，且如《易》所谓‘义者利之和’，却解为义无利则不和，故必以利济义，然后合于人情。若如此，非惟失圣言之本指，又且陷溺其心。”先生正色曰：“某在当时，必与他辩。”却笑曰：“必被他无礼。”①

朱熹论文主张“道者文之根本，文者道之枝叶”②，这段语录体文字，如实地记载了朱熹与其门徒间关于“文”与“道”关系的讨论，生动地还原了当时的场景和氛围，使人读后如临其境。

简而言之，理学家的诗学理论与批评实践，常常借助语录体的形式展开。在这些道学语录中，不乏与今天所见诗话十分相近的诗论诗评的片段。在这些“诗话”片段中，语录体通俗生动、灵活多变的文体特征得到了充分的发挥。所以，道学语录和禅门语录一样，实际上是以其独特的方式，参与了中国诗学的批评实践。

综上所述，语录体对宋代诗学的影响，不外乎两点：一是语录体的流行促成了诗话的诞生；二是语录体的言说方式对于宋代诗学批评实践具有直接或间接的启发。总的看来，以上所探讨的在语录体影响下的宋代诗学，属于中国古代文学批评中诗文评点的体系，其随笔杂著式的写作和言说方式，构成了宋代诗学批评乃至中国古代诗学批评的一种独特风貌，是中国文学批评重视作品品评和史实考据传统的反映。这一传统下的文学批评，虽然与《文心雕龙》、《原诗》等理论体系完备之作相比，有其理论思维上的缺陷和空白，但它毕竟是一个具有悠久历史和强大生命力的存在，需要我们从各个方面去认识和发掘其内涵，对其意义和价值进行实事求是的判断。

（作者单位：首都师范大学中国散文研究中心）

① 《朱子语类》第八册，卷一三九，中华书局 1986 年版，第 3305—3306 页。
② 《朱子语类》第八册，卷一三九，第 3319 页。

宋代制文的文体特征和文学性

赵维江　徐海容

制是我国古代一种应用公文，其代行皇命，相当权威。蔡邕《独断》卷上："制者，王者之言，必为法制也。"两宋制文创作旺盛，据曾枣庄编《全宋文》所录，宋代作家撰写制文的篇数：王禹偁20，宋祁54，夏竦138，宋庠252，余靖101，韩琦23，刘敞49，刘攽327，欧阳修168，曾巩232，苏轼197，苏辙366，王安石223，苏颂321，王珪276，许翰123，范成大54，张孝祥45，周必大370，楼钥552，真德秀17，刘克庄642。而据董诰编《全唐文》统计，有唐一代，作制文上百篇者仅4人，即孙逖145篇，常衮166篇，元稹159篇，白居易310篇，其余作家如李峤44篇，杜牧78篇。可见制文在宋代的繁荣程度。有鉴于此，本文拟对宋代制文的形成过程、文体特征和文学性作初步探讨。

一、制文的流变及宋代制文的写作过程

制是中国古代常用的公文文体，由命发展而来。先秦时，命即帝王之命令。《尚书·尧典》："乃命羲和，钦若昊天。"段玉裁注《说文解字》："命令也，发号也，君事也，非君而口使之，亦是令也，故曰命者天子令也。"[①]命变为制，是在秦始皇统一六国后。《史记·秦始皇本纪》载：秦始皇统一六国后，令丞相御史议帝号"丞相绾、御史大夫劫、廷尉斯等皆曰：……'古有天皇，有地皇，有泰皇，泰皇最贵。臣等昧死上尊号，王为泰皇。命为制，令为诏，天子自称曰朕。'王曰：'去泰，著皇，采上古帝位号，号曰皇帝，他如议。'制曰：'可。'"[②]秦代改命为制，改令为诏，确立了制、诏的名称和使用范围，两种文体各司其用，此后历代因之。但在漫长的文体流变过程中，各朝代制文之形态和内涵自有其特色。

按《旧唐书》、《新唐书》、《唐会要》、《唐令拾遗》载，唐代制文形成固定的撰写制度，武则天时为忌名讳，"改诏书为制书"[③]，制诏合一。唐李肇《翰林志》："按六典，中书掌诏、旨、制、敕、玺、书、册、命，皆案典故起草进书。其禁有四：一曰漏泄，二曰稽缓，三曰遗失，四曰忘误。所以重王命也。"[④]徐师曾《文体明辨·制》："唐世，大赏罚、赦宥、虑囚及大除授，则用制书；其褒嘉赞劳，别有慰劳制书；余皆用敕。中书省掌之。宋承唐制，用以拜三公、三省等官，而罢

---

① 许慎撰，段玉裁注《说文解字》，上海古籍出版社1981年版，第57页。

② 司马迁《史记》第一册，中华书局1959年版，第236—237页。

③ 刘昫《旧唐书》卷六，中华书局1975年版，第120页。

④ 李肇《翰林志》，《文渊阁四库全书》第595册，台湾商务印书馆1986年版，第297页。

免大臣亦用之。”[1]

宋代制文沿袭唐制，但在用途和体式方面有所不同。宋代皇权高度集中，国家机构繁杂，其文秘工作比之前代更为细致，凡“掌进拟庶务，宣奉命令。……凡命令之体有七，曰册书，立后妃，封亲王、皇子、大长公主，拜三师、三公、三省长官，则用之。曰制书，处分国家大事，颁赦宥德音，命尚书左右仆射，开府仪同三司、节度使，凡告廷除授，则用之”[2]。

宋代制文的起草由翰林学士院和中书舍人院负责。前者称为内制，后者称为外制，合称两制，两制在宋代正式称为制度[3]。其中翰林学士院（先后设翰林学士承旨、翰林学士、直学士院、翰林权直、学士院权直等职）“掌制、诰、诏、令撰述之事，凡立后妃，封亲王，拜宰相、枢密使、三公、三少、除开府仪同三司、节度使，加封，加检校官，并用制”[4]。中书省下设舍人四至六人，称为中书舍人院，“掌行命令为制词，随房当制，事有失当及除授非其人，则论奏封还词头。国初，为所迁官，实不任职，复制知制诰及直舍人院，主行词令，与学士对掌内外制”[5]。宋代中书舍人分五案行事，其中制诰案“掌书录制词及试吏，校其功过”[6]。从行政级别和工作职能上说，内制负责事务比外制更为高级和重要。“凡拜相及事重者，晚漏上，天子御内东门小殿，宣召面谕，给笔札书所得旨。禀奏归院，内侍锁院门，禁止出入。夜漏尽，具词进入，迟明，白麻出，阁门使引授中书，中书授舍人宣读。其余除授并御札，但用御宝封，遣内使送学士院锁门而已。……凡撰述者皆写书进入，请印署而出”[7]。可见内制多负责有关任免宰相、颁布朝廷大政、批复高级官员的奏章及外事往来等重大文书；而外制则负责一般官员任免、普通政令等公文；再之，内制有令即行，往往连夜起草，工作比外制更为紧迫。如周辉《清波别志》卷三载“邓温伯（邓润甫）为内相，当元丰末建储，亲王及内外将相进恩，一夕独草二十二道，益敏而工，其有腹稿邪？”[8]

用纸方面，宋代内制制文用白麻纸，外制则用黄麻纸。书写一般用楷体真书。至于用纸尺寸，《庆元条法事类·卷十六》规定：“诸诏敕纸高一尺三寸，长二尺者，余官私纸高长不得至此。”并且“不得私造及卖，违者纸仍没官”。制文用纸是当时公文用纸的最大规格。

宋代制文的承办有严格的期限，凡接受皇帝给予的公文，给予一定的书写程限：急速限当日，满百纸一日，二百纸以上二日，非急速各加一日，制敕限一日，《庆元条法事类·卷十六》规定“所加虽多，制敕不得过五日”。

此外，宋代制文的重封、签署、缮写、律令等，均有严格规定[9]。

---

① 吴纳、徐师曾著《文章辨体序说·文体明辨序说》，人民文学出版社 1962 年版，第 114 页。

② 《宋史》职官一，元脱脱撰《宋史》第十二册，中华书局 1977 年版，第 3783 页。

③ 详见杨果《宋代两制概说》，《秘书之友》1989 年第 4 期。张祎《从“专行诰词”到“分押制敕”》，《北京大学学报》（社会科学版）2009 年第 2 期。

④ 《宋史》职官一，元脱脱撰《宋史》第十二册，中华书局 1977 年版，第 3811 页。

⑤ 《宋史》职官一，元脱脱撰《宋史》第十二册，中华书局 1977 年版，第 3785 页。

⑥ 《宋史》职官一，元脱脱撰《宋史》第十二册，中华书局 1977 年版，第 3785 页。

⑦ 《宋史》职官一，元脱脱撰《宋史》第十二册，中华书局 1977 年版，第 3812 页。

⑧ 曾枣庄《宋文纪事》上册，四川大学出版社 1995 年版，第 501 页。

⑨ 详见《中国古代制书研究》下，《山西档案》2009 年第 5 期。

二、宋代制文的文体特征

“制书，帝王制度之命也，其文曰制诰三公，敕令赎令之属是也”①。作为帝王法令性公文，制文的写作要求很严。《文心雕龙·诏策》：“夫王言崇秘，大观在上，所以百辟其刑，万邦作孚。故授官选贤，则义炳重离之辉；优文封策，则气含风雨之润；敕戒恒诰，则笔吐星汉之华；治戎燮伐，则声有洊雷之威；眚灾肆赦，则文有春露之滋；明罚敕法，则辞有秋霜之烈：此诏策之大略也。”对制文的气势、文辞、意蕴、声律等作了规定。元稹《制诰序》：“制诰本于《书》，《书》之诰命训誓，皆一时之约束也。自非训导职业，则必指言美德，以明诛赏之意焉。是以读《说命》，则知辅相之不易；读《胤征》，则知废怠之可诛。秦汉以来，未之或改。近世以科试取士文章，司言者苟务刓饰，不根事实；升之者美溢于词，而不知所以美之之谓；黜之者罪溢于纸，而不知所以罪之之来。而又拘以属对，局以圆方，类之赋判者流，先王之约束盖扫地矣。”②论述制诰与《尚书》的承继关系，指出其与赋文判文的区别，就制文文体形态作专门阐述。《唐令拾遗》收录制文样本：“门下，云云，主者施行。年月日。中书令具官封臣姓名宣。中书侍郎封臣姓名奉。中书舍人封臣姓名行。侍中具官封臣名。给事中封臣姓名等言。制书如右，请奉付外施行，谨言。”唐人如李峤、苏颋、常衮、元稹、白居易、杜牧等皆以此例写作，用语四字一句，形成固定的尚书体制文。

宋代制文虽沿袭唐制，但体例较唐代规范，其文体形态亦更独立和完备。王应麟《辞学指南》于此有详细说明，为便于分析，摘录如下：

> 制起须用四六联，不可用七字。制头四句说除授官职之职，其下散语一段略说除授之意。文臣自内出则说均劳佚之意。武臣宿卫则说忠孝拱扆之意，换镇则说易地之意。其余可以类推。……制头四句四六一联，散语四句或六句。具官某一段颂德，先需看题。文臣专用文臣语，武臣专用武臣、宗室语，不可互用。……一段说旧官……一段说新官……“于戏”用一联，或引故事，或说大意……后面或四句散语，结不须更作联，恐冗。制辞须用典重之语，仍须多用《诗》、《书》中语言及择汉以前文字中典雅者用，若晋宋间语及诗中语不典者不可用。魏晋以来文史中语间有似经语者亦可于制中用，但其间名臣，非人共知者不必称引以为故事。……除帅制“具官”后说新除处须略说地望，只须四句……建节不须说本镇地望。……官名须于《职官分纪》寻替换字。如尚书为中台，吏部为选部，礼部为仪曹，似此类须每件寻两三般，盖临时有声律虚实之不同也。……节镇须记地名，每镇须地名两三件，若止记一件，恐声律虚实不同，难作对也。③

宋代外制制书以“敕”字开头，下接具官及人名，起首两句切入正题，中间说明具官原因，再行警戒劝勉，最后以“可”字收尾。而内制制书起首则书“门下”二字，点明收文者；正文开头用四六骈句一联，概述新授官职，称为“制头”或“破题”，接叙授官的原因；中间交代被授予者的前任官衔及任职表现，再以“于戏”作停顿，例行勉励；最后以“主者施行”四字结束。因

① 蔡邕《独断》，《文津阁四库全书》，第二八〇册，商务印书馆2005年版，第478页。

② 《元稹集》上册，中华书局1982年版，第442页。

③ 《历代文话》第一册，复旦大学出版社2007年版，第930—932页。

内制事务较重要，特别是所授皆高级官员，书写繁富。兹各取一篇例证。

苏轼《谢卿材可陕西转运使》：

敕具官谢卿材：治边者不计财，惟边之所用。治财者不恤民，惟财之为富。此古今之通患也。朕知汝才知可倚，忠厚可信。故以西方之政，责成于汝。往与帅守者谋之，惟适厥中，以民为本。可。

王安石《韩琦加恩制》：

门下：朕祗率旧章，肇称吉礼。对越天地，具获明灵之歆；相维公卿，并膺休显之赐。其孚大号，以宠元勋。推诚保德崇仁守正协恭赞治亮节佐运翊戴功臣、淮南节度、扬州管内观察处置营田等使、开府仪同三司、守司徒、检校太师兼侍中、行扬州大都督府长史、上柱国、魏国公，食邑一万三千七百户，食实封五千户韩琦，躬受伟材，出陪熙运。保兹天子，进无浮实之名；正是国人，退有顾言之行。间朝廷之两社，揉方域之万邦。辰猷具臧，器宝加重。中辞机轴之要，外即蕃屏之安。衡纨纮綖，备三公服饰之盛；櫜兜戟纛，兼大将威仪之多。序绩既崇，修方弥谨。协成宗祈之礼，豫有显助之劳。肆衍本封，申加美称。于戏！恩典徽数，所以旌帝臣；明德茂功，所以奖王室。往惟励翼，服此褒嘉。可特授依前守司徒、检校太师兼侍中、行扬州大都督府长史、魏国公、充淮南节度、扬州管内观察处置营田等使，加食邑七百户，食实封四百户，仍赐推诚保德崇仁守正协恭赞治亮节佐运翊戴功臣散官勋封如故。主者施行。

除格式外，宋人作制文，也关注其内在的审美特质，重视其体性，追求制文应用性和文学性的统一。欧阳修《知制诰谢公墓志铭》赞谢绛"公于制诰，尤得其体"①。《集贤院学士刘公墓志铭》赞扬刘敞"立马却坐，一挥九制数千言，文辞典雅，各得其体"②。洪迈《容斋四六丛谈》亦云"四六骈俪，于文章家为至浅，然上自朝廷命令、诏册，下而缙绅之间笺书、祝疏，无所不用。则属辞比事，固宜警策精切，使人读之激卬，讽味不厌，乃为得体"③。纪昀《四库全书总目·曲阜集》赞扬宋人曾肇"其制诰亦尔雅典则，得训词之体。……而渊懿温纯，犹能不失家法"。这就涉及宋代制文的文学性，后文详叙。

三、宋代制文的文学性

有宋一代，很多文人都供职于两制，其制文情采飞扬，文辞优美，呈现出鲜明的文学性。这是文体流变自身的结果，也是时代文化风气的需要。宋初，人们就注意到制文文采的重要。苏颂《小畜外集序》云王禹偁"前后三直西掖，一入翰林。辞诰深纯，得裁成制置之体，册命庄重，兼典谟训诰之文"④。从内容的"深纯"和形式的"庄重"衡量制诰文的文学性，这和唐人将制文视为单纯应用公文的理念不同。以下从语句修辞、论辩精神、感情色彩三方面论

① 《欧阳修全集》第二册，中华书局2001年版，第406页。
② 《欧阳修全集》第二册，中华书局2001年版，第526页。
③ 《历代文话》第一册，复旦大学出版社2007年版，第49页。
④ 曾枣庄《宋文纪事》上册，四川大学出版社1995年版，第69页。

析之。

唐代盛行尚书体行制文，如前所述李峤、苏颋、常衮、元稹、白居易、杜牧等，皆此例。随着时代发展，此类制文渐趋落伍，其四字句行文，形式拘泥，影响到文章对偶、声律方面的美学追求，日见死板单调。正如杨囦道《云庄四六余话》所言"帝王之制，备载乎《书》，典谟训告誓命之文，多以四字为句，惟鲜对偶"①。元、白作制文，推崇浅白通俗，于典雅更渐行渐远。相比之下，承继六朝文风的宋人，作制文则追求文学审美之愉悦。杨万里《诚斋诗话》"本朝制诰表启用四六，自熙丰至今，此文愈甚"②。就文辞而言，宋人突破唐人的尚书体四字句，以成熟的骈体写制文，句式灵动变化，声律和谐自如，常四四、四五、四六、六六、七七句式互为对偶、和谐声律，并综合运用排比、比喻、反诘、呼告、用典等修辞手法，使之骈俪丰富，文采斐然，在气势、感情上较唐代更进一步。如：

学可从政，文能按章。干局并优，清勤咸著。丹樨持法，既伫良才。白简绳违，尤资器识。（李峤《授崔升等侍御史制》）

为人沉实，敏行寡言，粲然文藻，秀出于众。累升谏列，再秉史笔；洎掌功论，率以直闻。求之周行，不可多得。（白居易《独孤郁守本官知制诰制》）

匈奴犯塞，李广逢时。爪牙甚坚，翅翼颇健。任以汧陇，倚戎守封。当赐辄分，军租不入，士争为死，虏不敢犯。今以天水名郡，号为新都，用汝守之，期于镇静。（杜牧《薛逵除秦州刺史制》）

再看宋人作品：

器宏而厚，识粹而明。学得其方，通古今而知要。才周于物，适大小以惟宜。自奋发于声猷，早更扬于中外。居则参裨乎国论，出则宣畅乎皇威。（欧阳修《除文彦博易镇判大名府制》）

维乃烈考，相于昭陵。盖清净以宁民，亦劳谦而得士。凡我仪刑之老，多其宾客之馀。在武丁时，虽莫望于前烈。作召公考，固无易于象贤。（苏轼《除吕公著特授守司空同平章军国事加食邑实封馀如故封》）

以后家之洪支，为帝室之隆栋。入总营卫，则兵师无哗。出乘蕃维，则吏属不怠。近付京都之钥，外更方镇之旄。（王安石《李璋加恩制》）

宋代制文还有用散体写作的，颇显秦汉古文色彩。如苏轼《吕大临太学博士》：

敕具官吕大临。太学，礼义之所从出也。不择人以为法，而恃法以为治，可乎？汉之郭太、符融，唐之阳城、韩愈，士皆靡然化之，其贤于法远矣。朕方诏有司，疏理学政，而近侍之臣，言汝可用。必能于法禁之外，使士有所愧而不为，乃称朕意。可。

无论骈体散体，宋人都在追求制文的文学化、审美化，于其文辞有着更高要求。王应麟《辞学指南》认为制诰"是王言也，贵乎典雅温润，用字不可深僻，造语不可尖新。制词三处最要工：一曰破题，要包尽题目而不簏露……二曰叙新除处，欲其精当而忌语太繁……三曰戒

① 《历代文话》第一册，复旦大学出版社2007年版，第128页。

② 丁福保辑《历代诗话续编》上册，中华书局1983年版，第151页。

辞，'于戏'而下是也，用事欲其精切……三处乃一眼灯窗，平日用工先理会此等三处，场屋亦然。三处占工既多，则他处不逮无害，如三处弱，则他处有妙语无益"[①]。

唐人制文以叙述为体，宋人则在叙述的基础上议论说理，具有鲜明的思辨色彩，这是时代政治文化风气的映射。若唐宋诗之别，自不赘。宋人常借写制文臧否人物，评论时事，表达政见。像范仲淹、欧阳修、王安石、司马光、苏轼等，多在制文中展现才学议论，思辨说理，言事激烈，忧患国计民生，论说个人韬略。如欧阳修《马伸磨勘改官制》"自兵兴以来，天下重困，盗贼并起，狱讼繁多，为州县者，不亦劳乎？夫饥寒者未能衣食，而调敛者未能尽除。唯处之有方，则民不甚敝。赖夫勤敏，乃克济焉"，王安石《节度使加宣徽使制》："维塞路之要藩，实兵防之重寄。职而镇抚，纾予顾忧。盖爵赏之加，不遗乎近小，岂藩维之任，顾可以弭忘？"《翰林学士除三司使制》"夫聚天下之众者莫如财，理天下之财者莫如法，守天下之法着莫如吏。维予任汝，其听无疑"，司马光《殿前都指挥使节度使加宣徽南院使制》"国家选果毅之材，以守卫中禁；委谨信之士，以敷扬大猷。自非忠力冠伦，识略高世，折冲厌难；外可以任爪牙之官，谕志布和。内可以受腹心之寄，则何以克叶民望，无旷天公？在兹详求，固非轻受"等。较之与唐人制文如苏颋《授张廷圭黄门侍郎制》"堂堂乎貌，畅君子之风；谔谔其言，蕴大臣之节。故能书读万卷，文穷四始。高步登朝，平心待物"，元稹《杨汝士授右补缺》"文擅青华，言无枝叶。司谏署，以神明其耳目。凡在兹选，实难其人"，白居易《牛僧孺可户部侍郎制》"自举贤良，践台阁，秉润色笔，提纠缪纲，而书命无繁词，决事无留狱，受宠有忧色，纳忠多苦言"，风格迥然不同。

杨囦道《云庄四六余话》云："皇朝四六，荆公谨守法度，东坡雄深浩博，出于准绳之外，由是分为两派。近时汪浮溪、周益公诸人类荆公，孙仲益、杨诚斋诸人类东坡。大抵制诰笺表贵乎谨严，启疏杂著不妨宏肆，自各有体，非名世大手笔未易兼之。"[②]在宋代诸多作家中，苏轼的制文议论说理最强。其《王安石赠太傅制》以"将有非常之大事，必生希世之异人"开始，赞扬王安石"浮云何有，脱屣如遗。屡争席于渔樵，不乱群于麋鹿。进退之美，雍容可观"的人格魅力，以"岂谓告终之问，在予谅闇之中。胡不百年，为之一涕。於戏！死生用舍之际，孰能违天？赠赙哀荣之文，岂不在我"的感慨，阐明"政坛风雨、人生无常"哲理，展现其"不以个人恩怨定是非，不以成败论英雄"的思辨精神。宋代崇尚文治，士人普遍具有言政论事的热情，公文是社会生活中政治信息的重要载体，于是人们常借公文表达政治的艺术性，这就影响到制文的思辨精神。

制文本是为王者代言，和书写者个人情感无关。但因宋代复杂的政治生活，士人作文难免展现个体意识，导致主观情感浓郁，这在外制文上表现突出，因外制负责一般事务，起草制文时不必经过天子，由宰相召集中书舍人在外朝省中直接签发，特别是后来随着社会风气的变化，制文篇幅随所授官职的高低而变化，朱弁《曲洧旧闻》卷九"制词率用字数多寡为轻重，官愈尊则词愈多，且必过为称誉，反类启事"[③]，书写者有了较大个性发挥空间，更易展现情感和文采，如王珪《任布可赠太子太傅制》"忽闻讣音，良用震念。眷其台路之旧，遂以宫傅之

① 《历代文话》第一册，复旦大学出版社 2007 年版，第 942 页。

② 《历代文话》第一册，复旦大学出版社 2007 年版，第 119 页。

③ 孔凡礼点校《师友谈记·曲洧旧闻·西塘集耆旧续闻》，中华书局 2002 年版，第 216 页。

秩。营魂有知，歆我渥命”，刘敞《范仲淹赠礼部尚书制》“不幸早逝，栋折梁坏……伤之，至今不忘”，周必大《岳飞叙复元官制》“嗟夫，闻李牧之为人，殆将抚髀，关西平而未录，敢缓旌贤？如其有知，可以无憾”，《岳飞男云追复忠州防御使制》“汉李将军耻对刀笔之吏，宁就死焉，未几子敢亦罹非命。良将数奇，自古固然，朕未尝不拊膺而兴叹也”。

当然宋代制文的情感是多样的。陆游《老学庵笔记》卷十载：“谢任伯参政在西掖草蔡太师谪散官制，大为士大夫所称。其数京之罪曰：‘列圣诒谋之宪度，扫荡无余；一时异议之忠贤，耕锄略尽。’”[①]李心传《建炎以来系年要录》卷一二：“停官人崔穆复朝奉郎。穆，张阁子婿也。大观间，蔡京责太子少保，阁为翰林学士，草制词，明著其罪，京憾之。”[②]再如李心传《旧闻澄误》卷四载王曮：“权直禁林，草《秦会之加恩制》，取熊叔雅启一联入词中云：‘大风动地，不移存赵之心；白刃在前，独夺安刘之略。’翌日，即除礼部侍郎。”[③]至于文士借制文还击政敌，泄个人好恶之情者更多。彭元瑞《宋四六话》卷一：“王荆公草制，极丑诋范蜀公（范镇），公笑诵其辞曰：‘材无任职之能，某披襟当之，内有谋利之实，则夫子自道也。’”[④]杨万里《诚斋诗话》：“李纲罢相被谪，汪彦章行词云：‘朋党风上，有虞必去于驩兜；欺世盗名，孔子首诛乎正卯。’又云：‘专杀尚威，伤列圣好生之德；信谗喜佞，为一时君小之宗。’客有问彦章者曰：‘内翰顷有启贺伯纪拜相云：‘孤忠贯日，正二仪倾侧之中；凛气横秋，挥万骑笑谈之顷。’又云：‘‘士倾公冤，亟举幡而集阙下；帝从民望，令免胄以见国人。与今谪词抑何反也？’彦章曰：‘某此启自直一翰林学士，渠不用我，故以後词报之。’”[⑤]此处著名者当属苏轼《吕惠卿责授建宁节度副使本州安置不得签书公事制》：

> 敕：元凶在位，民不奠居；司寇失刑，士有异论。稍正滔天之罪，永为垂世之规。具官吕惠卿，以斗筲之才，挟穿窬之智，谄事宰辅，同升庙堂，乐祸而贪功，好兵而喜杀，以聚敛为仁义，以法律为诗书。首建青苗，次行助役，均轮之政，自同商贾；手实之祸，下及鸡豚。苟可蠹国以害民，率皆攘臂而称首。先皇帝求贤若不及，从善如转圜。始以帝尧之心，姑试伯鲧；终然孔子之圣，不信宰予。发其宿奸，谪之辅郡；尚疑改过，稍畀重权。复陈罔上之言，继有砀山之贬，反复教戒，恶心不悛；蹂轻矫诬，德音犹在。始与知已，共为欺君，喜则摩足以相欢，怒则反目以相噬。连起大狱，发其私书，党与交攻，几半天下，奸赃狼藉，横被江东。至其复用之年，始倡西戎之隙，妄出新意，变乱旧章。力引狂生之谋，驯至永乐之祸，兴言及此，流递何追。迨予践祚之初，首发安边之诏，假我号令，成汝诈谋。不图涣汗之文，止为款贼之具，迷国不道，从古罕闻。尚宽两观之诛，薄示三危之鼠。国有常典，朕不敢私。

吕惠卿位列《宋史·奸臣传》，其为人自不赘。苏轼此文用语犀利，感情激愤。借斥责吕惠卿，抒发着个人对朝廷党争教训和政治得失的深厚感叹，尽显其嫉恶好善、快意恩仇的品性。此制爱憎分明、激昂大义、轰动一时。潘永因《宋稗类钞》卷五：“吕惠卿之谪，词头始下，刘贡

① 陆游《老学庵笔记》，中华书局 1979 年版，第 133 页。

② 李心传《建炎以来系年要录》第一册，中华书局 1988 年版，第 265 页。

③ 李心传《旧闻澄误》，中华书局 1985 年版，第 48 页。

④ 曾枣庄《宋文纪事》上册，四川大学出版社 1995 年版，第 451—452 页。

⑤ 丁福保辑《历代诗话续编》，中华书局 1983 年版，第 155 页。

父当草制，东坡呼曰：‘贡父平日作劄子，今日才杀人也。’贡父引疾谒告。东坡一挥而就，传为都下，纸为之贵。”[①]陈长方《步里客谈》卷上：“元祐中，东坡行吕吉甫责词……既而语人云：‘三十年作刽子，今日方剐得一个有肉汉。’”[②]《宋史·吕惠卿传》也云：“中书舍人苏轼当制，备载其罪于训词，天下传诵称快焉。”[③]

综上所述，宋代制文虽承唐制，又有着独立的文体特征，其追求政治教化和审美愉悦的统一，以骈俪为文，文辞优美，议论说理，思辨深沉而情感浓郁，呈现出鲜明的文学性。欧阳修《谢知制诰表》：“伏以王者尊居万民之上，而诚意能与下通，奄有四海之大，而惠泽得以遍及者，得非号令告诏发挥而已哉！然其为文也，质而不文，则不足以行远而昭圣谟；丽而不典，则不足以示后而为世法。居是职者，古难其人。”[④]可谓宋代制文撰写的理论总纲，其中心即对“文质”“丽典”的追求。

（作者单位：暨南大学中文系）

① 曾枣庄《宋文纪事》上册，四川大学出版社 1995 年版，第 580 页。

② 周光培编《宋代笔记小说》第九册，河北教育出版社 1995 年版，第 109 页。

③ 《宋史》卷四百七十一奸臣一，《宋史》第三十九册，中华书局 1977 年版，第 13708 页。

④ 《欧阳修全集》第四册，中华书局 2001 年版，第 1319 页。

欧阳修记类文中以《易》立意举隅

李瑞卿

欧阳修的一些记类文是古代散文中的珍品，不可当作一般散体文字看待。其状物说理随性而至，可谓触处逢春，自然天成；其文本结构也是顺势而生，如水到渠成，宛转自由，又不蔓不枝。更重要的是，在其行文的闲雅中却蕴涵着常人难以窥见的深邃境界。这要得益于他在文章立意中对易理的运用。欧阳修在被贬夷陵时期，于困顿荒僻的处境中进行了政治和人生的反思，撰《易童子问》、《易或问》、《明用》，于易学方面达到很高的造诣，其易学思想不可避免地渗透到构思行文中。苏轼《居士集序》中说："其言简而明，信而通，引物连类，折之于至理，以服人心，故天下翕然师尊之。"[①]之所以能"折之于至理"，与其诗学中的理性精神有关，其中也包含着易学精神；主要表现为对物象变化的敏锐捕捉，对世界奥秘的精深揭示。不仅如此，在欧阳修的一些"记"文中，可以看到对卦象的直接借用，即在卦义的框架下写景抒情。这一现象无疑是奇特的，值得我们重视。

一

先看《醉翁亭记》。这是一篇在思理、辞藻、风格上均属上乘，可与《桃花源记》、《爱莲说》、《岳阳楼记》相媲美的传世名作。它为我们描绘的山水景致是灵心在自然中的感应，它所沉吟的"醉翁乐"处则是一个富有新意的道德境界。它不仅给人以审美享受，而且还提供了一种知识分子的道德生活范式，即注重涵养道德、任情自然、追求心性快乐，以及将这种快乐推之于民的人文情怀。文中的山水发现、独特的思致延展，与作者在思想和道德方面的发现不可分开，究其原因，该文的产生与欧阳修易学不无关系，文中隐含和渗透了《蒙》卦、《需》卦、《谦》卦、《同人》卦等的哲学理念。

因"张甥案"欧阳修遭受毁谤，被贬滁州，这是又一次的君子受困。欧阳修并未放弃君子之守，曾赋《憎蚊》以刺小人谗害君子。不过，欧阳修更多地游览山水，山水再一次抚慰他忧思的心灵，山水乐处也成了道之所在，正如富弼所云："醉翁醉道不醉酒。"[②]山水游乐与欧阳修的道德之途联系在一起。

文中巧妙地传达了养德观念。"畜"是欧阳修的修身之术，他主张善畜。"畜"常指畜德。

---

① 苏轼《居士集序》，《欧阳修全集》第六册附录卷五，中华书局2001年版，第2756页。

② 陈鹄《耆旧续闻》卷一〇，《四库全书》本。

欧阳修《醉翁亭记》中也蕴涵了这一观念，虽然文章中并未直接提及“畜德”，但所描述的泉水和宴饮则是一个耐人寻味的文化意象，与欧阳修易学思想相联系，这一意象与德行修养有关。《易童子问》曰：

> 童子问曰：“《象》曰‘山下出泉，《蒙》。君子以果行育德’，何谓也？”曰：“《蒙》者，未知所适之时也，处乎《蒙》者，果于自信其行以育德而已。《蒙》有时而发也，患乎不果于自修，以养其德而待也。”①
>
> 童子问曰：“《象》曰‘云上于天，《需》。君子以饮食宴乐’何谓也？”曰：“《需》，须也。事有期而时将至也。云已在天，泽将施也。君子之时将及矣，必待之焉。饮食以养其体，宴安和乐以养其志，有待之道也。”②

这是在说《蒙》卦和《需》卦，欧阳修借以发挥自己的思想，主张育德以待时，宴乐以养其志。《象》传中的山下出泉与君子宴乐之象，正好是《醉翁亭记》中所写的主要内容，即文中所写的“山行六七里，渐闻水声潺潺，而泻出于两峰之间者，酿泉也”，“临溪而渔，溪深而鱼肥，酿泉为酒，泉香而酒洌，山肴野蔌，杂然而前陈者，太守宴也”③。这是实在的生活，也是某种生命意义的象征，作者身处不用之时，饮食以养其体，面临逆境时，却一刻也忘不了修身逸情，这就是《醉翁亭记》的深意所在。作者将其易学思想赋予在山水中，并概括出山水、宴饮所蕴涵的文化意义和道德内涵，从而不着痕迹地给自然山水以理性与诗意的光辉。

值得注意的是“酿泉也”出现在《醉翁亭记》的通行本中，还有一些本子中为“让泉也”。两者中何者更为切近，需要斟酌。钱志熙先生根据《金石索》所载北宋苏唐卿书写的篆文《醉翁亭记》的印拓本，及《金石索》的作者张云鹏、张云鹓兄弟对碑中“让”字异文跋论，指出：“让泉也”更为妥帖，并讨论了《醉翁亭记》前实后虚的笔法，启人深思。张云鹏兄弟跋文说：“惟起处‘酿泉也’作‘让泉也’，较今本为优。让泉之取名既佳，又与后段酿泉不复。”④钱先生认为：“总之，前为‘让泉也’，后为‘酿泉为酒’，比之前为‘酿泉也’，后为‘酿泉为酒’，从修辞艺术来讲，的确要精彩得多。”⑤此论诚是。按：宋祝穆撰《方舆胜览》所引《醉翁亭记》，也是前为“让泉也”，后为“酿泉为酒”⑥。笔者也以为“让泉”是泉水实名，与亭名“醉翁”相映成趣，张云鹏兄弟所说“让泉之取名既佳”是有一定道理的，其佳处就在于有谦让之德，暗含“谦”之卦理。《谦》卦：“谦：亨。君子有终。”孔颖达疏：“‘谦’者，屈躬下物，先人后己，以此待物，则所在皆通，故曰‘亨’也。小人行谦则不能长久，唯‘君子有终’也。”这与欧阳修畜德思想并不相悖。我们可以大胆推测，“让泉”之名可以暗含“谦”卦之理，即君子以谦待物，那么，“让泉”也是一个文化意象。

《易或问》中欧阳修对《谦》卦《象传》有解释⑦，《易童子问》中则未涉及到《谦》卦，但按照

---

① 欧阳修《欧阳修全集》第三册卷七六，中华书局 2001 年版，第 1108 页。

② 欧阳修《欧阳修全集》第三册卷七六，中华书局 2001 年版，第 1108 页。

③ 欧阳修《欧阳修全集》第二册卷三九，中华书局 2001 年版，第 576 页。

④ 转引自钱志熙《〈醉翁亭记〉前实后虚笔法论——从苏唐卿篆书碑文的异文说起》，见《古典文学知识》2008 年第 1 期。

⑤ 钱志熙《〈醉翁亭记〉前实后虚笔法论——从苏唐卿篆书碑文的异文说起》，见《古典文学知识》2008 年第 1 期。

⑥ 祝穆撰，祝洙增订《方舆胜览》，中华书局 2003 年版，第 835—836 页。笔者未见原刻本。

⑦ 欧阳修《欧阳修全集》第三册卷六一，中华书局 2001 年版，第 878—879 页。

《易童子问》重视《象传》的惯例,《谦》之《象传》中的易理是应该重视的。《谦》卦《象》曰:“地中有山,谦。君子裒多益寡,称物平施。”“地中有山”首先是对“艮下坤上”这一卦象的描述,但也正与“环滁皆山也。其西南诸峰,林壑尤美,望之蔚然而深秀者,琅邪也”的地理形势相合,也与前文提到的“山下出泉,《蒙》”相应,而《谦》卦的象义也表明了君子无论多寡、高低,以谦让为美德,这也是《醉翁亭记》中的首要思想。综合来看,“地中有山”、“山下出泉”,分别是《谦》卦和《蒙》卦的《大象传》,也是欧阳修描述的地形情状,“让泉”也正存在于这样的环境中,“让泉”包含了太多的内容,它不是一般之泉,而被作者赋予了美德。欧阳修本意当为“让泉也”。

任情自然是欧阳修的道德之途,文中表达了应时而动,与自然和谐共处的山水观念,反映着欧阳修易学的自然观。其文曰:“若夫日出而林霏开,云归而岩穴暝,晦明变化者,山间之朝暮也。野芳发而幽香,佳木秀而繁阴,风霜高洁,水清而石出者,山间之四时也。朝而往,暮而归,四时之景不同,而乐亦无穷也。”①晦明变化、寒暑往来、日出日落,这是天时之动;伴随了宇宙的节奏,草有荣枯,月有圆缺,水有涨落,自然生命无不在变化中。但欧阳修的心中都充满着快乐,是无穷的乐,而非暂时的欢,那是心灵深处的宠辱不惊如光风霁月般的快乐。这种顺应自然、遵循宇宙节律的观念也来于易学思想。欧阳修《晦明说》曰:“藏精于晦则明,养神以静则安,晦所以畜用,静所以应动,善畜者不竭,善应者无穷,此君子修身治人之术。”②正是在这样的晦明和静动中,有着永不枯竭的生命之流,曲折赋形,应物而动,无论外界如何变动,不改内心之快乐。如果没有此种易理的渗入,《醉翁亭记》中的自然描写和心灵境界就不会那样精彩。

追求心性快乐并推之于民,也是欧阳修的道德境界和生活方式,这一思想与《同人》卦有相通之处。文中有一段话值得注意:“已而夕阳在山,人影散乱,太守归而宾客从也。树林阴翳,鸣声上下,游人去而禽鸟乐也。然而禽鸟知山林之乐,而不知人之乐,人知从太守游而乐,而不知太守之乐其乐也。醉能同其乐,醒能述以文者,太守也。太守谓谁?庐陵欧阳修也。”③夕阳即将落山,人影散乱,鸟鸣上下,空气中却充满了快乐。鸟儿因为人的离去而快乐,游人因为随从太守宴饮游玩而高兴,与自然和民众同乐的太守心中也充满了喜悦。是什么使世界同乐?我想,是太守找到了与自然和民众相协和的节拍。而这种理念又可以从欧阳修易学中发现:

> 童子问曰:“《同人》之《彖》曰‘唯君子为能通天下之志’,《象》又曰‘君子以类族辨物’,何谓也?”曰:“通天下之志者,同人也;类族辨物者,同物也。夫同天下者不可以一概,必使夫各得其同也。人睽其类而同其欲,则志通;物安其族而同其生,则各从其类。故君子于人则通其志,于物则类其族,使各得其同也。”④

君子能通天下之志,也能各类其族,使人与物各得其同,禽鸟可以鸣声上下,彼此酬答,同乐于山林,民众则前者呼后者应追随太守而乐,这就是古代君子理想的政治图景,这是各得其

① 欧阳修《欧阳修全集》第二册卷三九,中华书局 2001 年版,第 576 页。
② 欧阳修《欧阳修全集》第五册卷一三〇,中华书局 2001 年版,第 1984 页。
③ 欧阳修《欧阳修全集》第二册卷三九,中华书局 2001 年版,第 577 页。
④ 欧阳修《欧阳修全集》第三册卷七六,中华书局 2001 年版,第 1109 页。

位的和谐，也是"击石拊石，百兽率舞"的政治神话的实现，这种快乐中有着井然的秩序感。当然，各有各的快乐，这快乐里各有各的精神境界，人知从太守游而乐，而不知太守之乐其乐也。欧阳修快乐之由来，又是常人所难以窥见的，是属于他自己的一片自由的心灵空间。《醉翁亭记》是一篇记游类文字，其中的山水景致、人物风情都趣味盎然，由于易理的引入，这些形象同时又具有哲理意义，接近着"道"的境界，生成独特的审美意境。

二

在欧阳修其他"记"文中，也可以在立意上看到易理的渗透。《丰乐亭记》写于庆历六年(1046)，这一年六月欧阳修在丰山幽谷发现甘泉，"疏泉凿石，辟地以为亭"[①]。该文先写丰山之胜，泉水之甘，游人之乐，接着回顾历史，以滁州自五代以来乃"用武之地"[②]，接着盛赞宋帝功德："宋受天命，圣人出而四海一"；"今滁介于江、淮之间，舟车商贾、四方宾客之所不至，民生不见外事，而安于畎亩衣食，以乐生送死。而孰知上之功德，休养生息，涵煦百年之深也。"[③]最后写道："其民乐其岁物之丰成，而喜与予游也。"而作为地方官则是"宣上恩德，以与民共乐，刺史之事也"。这是一篇立意高远、曲折有致、境界豁达的文字，李耆卿《文章精义》说："欧阳永叔《丰乐亭记》之类，能画出太平气象。"但此太平气象从何而来，则是本文立意之关键。宋楼昉《崇古文诀》曰："不归功于己而归功于上，最为得体。叙干戈用武以至平定休息，施于滁，则又着题诗也，读之使人兴怀古之想。"[④]此论深得欧阳修之心，清代吴楚材、吴调侯《古文观止》也指出欧文立意所在："作记游文，却归到大宋功德修养生息所致，立言何等阔大。"[⑤]

写丰成之乐、颂大宋之德是《丰乐亭记》的题旨，这样的立意来于《丰》卦。《周易・丰》："亨，王假之。"王弼注："大而亨者，王之所至。"孔颖达疏："'王假之'者，假，至也，丰亨之道，王之所尚，非有王者之德，不能至之，故曰'王假之'也。"意思是说，丰盈通亨之道是王者的理想，没有王者之德，不能至于此"丰亨之道"。《丰乐亭记》中突出了这一思想，认为丰亨的社会局面来于涵煦百年、休养生息的"上之功德"。丰亨之后即是快乐，《周易・丰》曰："勿忧，宜日中。"孔颖达疏："王能至于丰亨，乃得无复忧虑，故曰'勿忧也'。用夫丰亨无忧之德，然后可以君临万国，遍照四方，如日中之时，遍照天下，故曰'宜日中'也。"这一思想在《丰乐亭记》中也有所表现，如"圣人出而四海一"，"宣上恩德，以与民共乐"，颂扬大宋和平安乐、君临四海的功德。

《有美堂记》是应江陵知府梅挚之请，为其在杭州所建的"有美堂"所作。"有美堂"之来历，陈岩肖《庚溪诗话》卷上有记载："嘉佑初，龙图阁直学士、尚书吏部郎中梅挚公仪，出守杭州，上特制诗以宠赐之。其首章曰：'地有吴山美，东南第一州。'梅既到杭，欲侈上之赐，遂建

① 欧阳修《丰乐亭记》，《欧阳修全集》第二册卷三九，中华书局2001年版，第575页。
② 欧阳修《丰乐亭记》，《欧阳修全集》第二册卷三九，中华书局2001年版，第575页。
③ 欧阳修《丰乐亭记》，《欧阳修全集》第二册卷三九，中华书局2001年版，第575页。
④ 楼昉编《崇古文诀》卷一九，《四库全书》本。
⑤ 吴楚材、吴调侯选《古文观止》下，中华书局1959年版，第446页。

堂山上，名曰‘有美’。欧阳修为记以述之，亦人臣之荣遇也。”①“有美堂”之名来于仁宗皇帝“地有吴山美，东南第一州”之句，而《有美堂记》则紧扣“有美”之意，同时高明地领会了仁宗诗旨。仁宗《赐梅挚知杭州》曰：“地有吴山美，东南第一州。剖符宣政化，持橐辍才流。暂出论思列，遥分旰昃忧。循良勤抚俗，来暮听歌讴。”②诗歌称赞杭州之美，但更有对臣子宣扬大宋教化，移易风俗的期待。欧阳修《有美堂记》一文，立意可谓高妙，将仁宗“第一”意转换为“聚”、“兼”之意，一方面承接了仁宗诗对杭州的称赞之意，另一方面则以“萃集”之意来观照杭州与“有美堂”。楼昉《崇古文诀》评曰：“将他州外郡宛转假借，比并形容，而钱塘之美自见，此别是一格。”③茅坤引荆川语云：“如累九层之台，一层高一层，真是奇绝。”④此两段评价文字各有侧重，但都指出了文章在题旨和结构上的层层递进和超拔出群。

作者先说“夫举天下之至美与其乐，有不得而兼焉多矣”⑤，览山水之美，必在宽闲之乡；看人物盛丽，必到通达之衢，前者是“放心于物外”，后者则是“娱意于繁华”，接着写金陵、钱塘可谓两者兼美，其文曰：“若乃四方之所聚，百货之所交，物盛人众，为一都会，而又能兼有山水之美，以资富贵之娱者，惟金陵、钱塘。”⑥不过作者指出，金陵江山虽在，只剩颓垣废址；钱塘却能“顿首请命，不烦干戈，今其民幸富完安乐”⑦。接着描写钱塘的景色之胜、风物之美，以及朝廷公卿和四方游士的相与游览之娱。文章不仅写美，写乐，更重要的是写山水通衢兼备之美，写公卿游士相与之乐，刻画出了宋王朝自然人文的盛况。

为什么要写兼聚之美？灵感极可能来于《萃》卦。《易童子问》：“‘《萃》，聚也’，其辞曰：‘王假有庙’；……王者富有九州四海，万物之象莫大于《萃》，可以有庙矣；功德流行达于天下，莫大于《涣》，可以有庙矣。”⑧王者海县清一、囊括万物的气象即可用萃聚之象来象征。《周易·萃》：“亨。王假有庙。”孔颖达疏：“‘萃’，卦名也，又萃聚也，聚集之义也。能招民聚物，使物归而聚己，故名为‘萃’也。亨者，通也。拥隔不通，无由得聚，聚之为事，其道必通，故云‘萃亨’。”“萃”有聚集之义，但依赖于打破彼此“拥隔”的通达之道。综观“萃”卦之义，也是彰明着一种王者之德。《有美堂记》中不仅写造化之美的自然钟会，也写王者“招民聚物”的功德，其文曰：“及宋受命，海内为一，金陵以后服见诛”，“独钱塘自五代时，知尊中国，效臣顺，及其亡也，顿首请命，不烦干戈，今其民幸富完安乐。”⑨从而将钱塘之兼美与圣宋功绩联系在一起，其立意正来于《萃》卦，写兼聚之美，就是赞宋朝之德。另一方面，钱塘不仅兼自然人文之美，又“兼有天下之美”，通过写钱塘，即可写整个天下。《周易·萃·彖传》：“观其所聚，而天地万物之情可见矣。”欧阳修在文中寄寓了这一思想，以写一地一堂之美，而写天下之美，四海之乐。总之，《萃》卦义理的进入使该文境界洞开，美善辉映，雍容典雅。

《海陵许氏南园记》作于庆历八年(1048)，虽然是为一小园作记，但境界深邃广大，非一

---

① 陈岩肖《庚溪诗话》卷上，《四库全书》本。
② 厉鹗《宋诗纪事》卷一，《四库全书》本。
③ 楼昉编《崇古文诀》卷一九，《四库全书》本。
④ 茅坤编《唐宋八大家文钞》卷四八，《四库全书》本。
⑤ 欧阳修《有美堂记》，《欧阳修全集》第二册卷四〇，中华书局 2001 年版，第 585 页。
⑥ 欧阳修《有美堂记》，《欧阳修全集》第二册卷四〇，中华书局 2001 年版，第 585 页。
⑦ 欧阳修《有美堂记》，《欧阳修全集》第二册卷四〇，中华书局 2001 年版，第 585 页。
⑧ 欧阳修《欧阳修全集》第三册卷七七，中华书局 2001 年版，第 1116 页。
⑨ 欧阳修《有美堂记》，《欧阳修全集》第二册卷四〇，中华书局 2001 年版，第 585 页。

般思力所及。文章的主旨之一:写许氏世有孝德,以至化及乡里,推之遥远。文中说“君本歙人,世有孝德”①;接着写南园主人许元事兄如父,与兄弟相让,抚侄如子等孝悌之行,而此种孝德波及教化,文章写到:“予见许氏孝悌著于三世矣。凡海陵之人过其园者,望其竹树,登其台榭,思其宗族少长相从愉愉而乐于此也。爱其人,化其善,自一家而形一乡,由一乡而推之无远迩。”②茅坤指出该文以“世孝”立意:“为《南园记》,而特本其世孝一节立论,此其文章一地位可法处。”③何焯也持同样观点:“从许氏世有孝德能化其乡意推而论之,非漫然翻案破坏记事文体。”④以世代孝悌为核心作“许氏南园记”,用意妥帖且寓意远大,毫无疑问,这是一篇立意新颖、用意深沉的文章。

由齐家而兼及天下,由一家而化及一乡,这是儒家常见的思想,以此立意,不可谓不高。但文章高妙之处还在于进一步说明孝悌之德使许元不劳而有余,也就是说,在“孝悌”之外尚遵循了“易简”之道,且这“易简”之道相对于作为伦理的孝悌之德更具有真理性质。清孙琮《山晓阁选宋大家欧阳庐陵全集》卷三评曰:“起手以许君之能治烦剧说入,末幅以草木禽鸟之感化收煞,尤觉波澜特妙。”⑤此评语有见地,点出了该文尚有一层意旨,那就是欧阳修重的“易简”之道。文章写道:“(许元)视江湖数千里之外如运诸其掌,能使人乐为而事集。”⑥能治繁杂事务,又能使人乐为,这样的论断,不仅在于欧阳修知人之深,还在于他的知“道”之深:“夫理繁而得其要则简,简则易行而不违,惟简与易,然后其力不劳而有余。”⑦许元之所以能“不劳而有余”,则在于通晓易简之道。欧阳修引入了《系辞》思想,他尽管怀疑《系辞》出自圣人之手,但这并不妨碍他吸收其中有用的思理。《周易·系辞上》:“乾以易知,坤以简能。易则易知,简则易从。易知则有亲,易从则有功。有亲则可久,有功则可大。可久则贤人之德,可大则贤人之业。”王弼注“易知则有亲,易从则有功”曰:“顺万物之情,故曰有亲。通天下之志,故曰有功。”孔颖达疏曰:“性意易知,心无险难,则相和亲,故云‘易知则有亲’也。”王弼注“有亲则可久,有功则可大”曰:“有易简之德,则能成可久可大之功。”孔颖达疏曰:“‘有亲则可久者’者,物既和亲,无相残害,故可久也。”可见,“简易”之道的核心是因为心中简易,所以能使万物各顺其亲,也能彼此和亲,共致永久。欧阳修写许氏“孝德”,一方面写伦理中的孝悌,另一方面,则突出“孝德”本身属于“易简”之道,它使兄弟亲和,少长愉愉,乃至“禽鸟之翔集于其间者,不争巢而栖,不择子而哺也”⑧。按:这种状况正是“易简而天下之理得矣”的现实证明⑨,因为行易简之化,而天下事物各得其宜。总之,由于易理的渗入,使文章肌理细致,曲尽幽微,而且有一种理性的力量。

---

① 欧阳修《海陵许氏南园记》,《欧阳修全集》第二册卷四〇,中华书局 2001 年版,第 580 页。
② 欧阳修《海陵许氏南园记》,《欧阳修全集》第二册卷四〇,中华书局 2001 年版,第 581 页。
③ 茅坤《唐宋八大家文钞》卷四八,《四库全书》本。
④ 何焯《义门读书记》卷三八,《四库全书》本。
⑤ 转引自刘德清《欧阳修纪年录》,上海古籍出版社 2006 年版,第 217 页。
⑥ 欧阳修《海陵许氏南园记》,《欧阳修全集》第二册卷四〇,中华书局 2001 年版,第 580 页。
⑦ 欧阳修《海陵许氏南园记》,《欧阳修全集》第二册卷四〇,中华书局 2001 年版,第 580 页。
⑧ 欧阳修《海陵许氏南园记》,《欧阳修全集》第二册卷四〇,中华书局 2001 年版,第 581 页。
⑨ 《周易·系辞上》。

三

文章固然记录事实，表达审美感情，但事实是作者眼中的事实，感情与作者倾向相关。因为有了作者的这一审美感性，文章中表达的现象和感情便以其独特的存在形式和情趣呈现，从而我们被作者独特的视角与才情吸引，并深受感动。不过，作者如何保证文章之美的普遍性呢？除了作者个人才情渗入其文，一定有普遍的理念贯注其中。当然，最真挚的感情，必然是普适的、理想的人类感情，不过，在审美过程中，自觉的创作者和理论家总是在避免个人情性不至于流于个人偏见，而倾向于捕捉到“神理”或达于“道”的境界，如叔本华所谓纯粹认识、邵雍所谓以物观物的主体，都是在摆脱个人偏见而进入普遍的美，似乎从古至今概莫能外。而文章的立意，一方面来于作者思虑所得，另一方面，也需要找到立意的普遍性或真理性。欧阳修的审美之眼中灌注了易学的理性精神，也进入到深情而又超越的审美境界；他的上述记类文，立意往往依赖于易理，近取诸物，叙写平常物事，从而深入到悠远精深、雍容华贵之境，这可以说是欧阳修在古文上的重要特征，当然也是绝无仅有的重大贡献。

（作者单位：北京第二外国语学院）

试析宋代散文对《春秋》义法的吸纳*

——以尹洙、欧阳修为例

李建军

北宋古文运动中，欧阳修是一位关键人物，尹洙也是一位中坚力量。两位健将的散文都颇得《春秋》之法，从某种意义上讲，《春秋》义法正是尹、欧二人进行古文创作、从事古文运动的思想资源之一。基于此，我们以尹洙、欧阳修为例，来探讨《春秋》义法对宋代散文创作的浸润，或者说宋代散文创作对《春秋》义法的吸纳。本文拟从三个方面来展开论述：首先追问这种吸纳是在什么背景下发生的，接着阐发这种吸纳有哪些征迹，最后论析这种吸纳又有什么意义。

一、背景：《春秋》义法从湮没到重显，由修史而撰文

五代之际，政权更替频繁，社会混乱，士气不振，伦理失序，纲常颓废。入宋以来，随着中央集权的重建，国家逐渐走上正轨。随后重建伦理纲常，使世道人心走上正轨，开始成为全社会的共识。于是，人们把目光重新投向儒学，力图从传统经典中获得重建伦理纲常和重振世道人心的思想资源。《春秋》涵蕴的微言大义刚好契合宋代加强中央集权、反对外族入侵和重建伦理纲常的时代需要，而《春秋》之学的经世特质也恰巧满足宋代士大夫明经治世的心理要求，于是宋代《春秋》学大盛。与之相随，《春秋》义法的精神质素也渗透到社会文化的多个领域。

那些节义甚高、是非严明的士大夫更是对《春秋》青眼有加，譬如尹洙和欧阳修，两人都曾用心研究过《春秋》并撰述相关文章。尹洙是北宋前期一位特色鲜明的古文名家，也是一位宁折不弯的忠义之士。韩琦称扬尹洙“临大节，断大事，则心如金石”，“如公挺然忘身以为国家者，天下不知有几人”①。欧阳修也是一位忠良节义之士，“天资刚劲，见义勇为，虽机阱在前，触发之不顾”，“以风节自持，既数被污蔑”，“放逐流离，至于再三，志气自若也”②。尹洙和欧阳修严明是非、风节自持，正是在践履包括他们自己在内的士人们所竭力提倡的儒家伦理道德，从某种意义上说，也就是在践履《春秋》大义，因为在一定程度上，《春秋》大义就是儒

---

* 本文系作者主持的国家社科基金项目“宋代浙东文派与中国文章学研究”(10CZW028)阶段成果。

① 韩琦《安阳集》卷四七《尹公墓表》，《北京图书馆古籍珍本丛刊》，书目文献出版社 1995 年版，第 85 册，第 479—480 页。

② 《宋史·欧阳修传》，中华书局 1985 年版，第 10380 页。

家伦理道德的代名词。尹、欧二人对儒家伦理道德的忠实践履，也为他们喜好《春秋》并进而涵化《春秋》大义以立身行事，运用《春秋》笔法以修史撰文奠定了心理基础。

《春秋》义法包含经法、史法、文法三种样态。经法是《春秋》义法的最初形态，史法作为第二种样态，实由汉代史学家司马迁在《史记》中的成功运用而形成，文法作为第三种样态，"从文体学的角度看，亦史亦文的笔记小说《世说新语》是较早成功运用'春秋笔法'的叙事文本"①。要言之，宋代之前，《春秋》义法已有史法、文法之样态，运用《春秋》义法修史撰文已有先例，但并不煊赫。到了宋代，吸纳《春秋》义法的史学著述比比皆是，"几乎所有有影响的史家史著，都与《春秋》经学有着内在的联系"，"甚至就连宋代的国史、实录，也有《春秋》义法的深深烙印，诚如宋人蔡绦所言，'国朝实录诸史，凡书事皆备《春秋》之义'"②。与此同时，涵化《春秋》义法的诗文也不断涌现。尹洙、欧阳修的贡献在于，他们引入《春秋》义法以修史撰文，运用更为纯熟，特色更为鲜明，成绩更为显著。尹洙作编年体《五代春秋》，始于后梁太祖开平元年甲子，终于后周显德七年正月甲辰，记五代大事，模仿《春秋》，文辞简略，《四库提要》赞其"笔削颇为不苟，多得谨严之遗意，知其《春秋》之学深矣"③。欧阳修自撰《五代史记》，又奉诏修《唐书》的纪、志、表，"法严词约，多取《春秋》遗旨"④，颇得后人好评。总之，尹洙和欧阳修熔铸《春秋》义法修撰的史书虽也有文辞过简、史料不丰、部分史事难明等缺陷，但大体上还是得到后世的认可和赞誉。

尹洙、欧阳修运用《春秋》义法以修史，既加深了他们对《春秋》义法的体认，也锤炼了他们运用此法的技能，这就为他们运用此法以撰文，积累了经验，打下了基础。实际上，尹洙步武《春秋》义法修撰的《五代春秋》，远不如他运用该法写作的古文，而欧阳修运用《春秋》义法修撰的《五代史记》和《新唐书》纪、表、志，也不如他涵化该法创作的散文，然椎轮大辂，良有渐也，运用《春秋》义法修史的实践正是他们涵化该法撰文的坚实台阶。

二、征迹：从尹洙的简而有法到欧阳修的深婉谨约

1. *尹洙简而有法的古文写作*

尹洙的古文，绝大多数篇幅不长，很少有超过五百字的，"词简而切旨"⑤，正如《春秋》，语言简洁而切中要害。比如《志古堂记》，全文不过三百来字，然而却透辟地论析了志古与文章功名的关系。《叙燕》开篇仅用百余字就勾勒了战国至五代燕地的情况，然后论述"胜败兵家常势"，也是简而切旨。《与邠州通判刘几太博书》仅五十一字，然而却言简意丰。《送浮图迴光》、《题祥符县尉厅壁》等，也是写得文短意长，耐人咀嚼。清代金之俊《读尹河南文集序》云："其文朴直紧严，果有当于简。即碑铭书疏，或详至数千百言之多，皆精于理，核于事，而

① 此处关于《春秋》义法的叙述，本于李洲良先生的《春秋笔法的内涵外延与本质特征》（《文学评论》，2006 年第 1 期）和《文章"义法"与"春秋笔法"关系考》（《国学研究》第 17 卷）。

② 王东《宋代史学与〈春秋〉经学——兼论宋代史学的理学化趋势》，《河北学刊》1988 年第 6 期。

③ 《四库全书总目·五代春秋提要》，《钦定四库全书总目》，中华书局 1997 年版，第 666 页。

④ 《宋史·欧阳修传》，第 10381 页。

⑤ 崔铣《洹词》卷十《校正尹师鲁文集序》语，《四库全书》，台湾商务印书馆 1986 年版，第 1267 册，第 585 页。

无靡词，无溢气，虽详而仍不害其为简也。”[①]尹文的简古质实、朴直紧严正是尹洙运用《春秋》义法的征迹。《春秋》文简而法严，其简略的言辞、严谨的法例传达出的却是丰富的意蕴。尹文语言简古，章法紧严，正是深于《春秋》的尹洙涵化《春秋》义法的结果。

尹洙的古文不但简古紧严，颇得《春秋》义法的简洁严谨之“法”，而且笔带褒贬，文寓爱憎，又得《春秋》义法的褒善贬恶之“义”。如《巩县孔子庙记》叙述河南巩县建孔庙之事，一路写来，从天子到郡国再到府县，章法谨严，同时也将自己对朝廷上下兴学重教的称扬表露了出来。《张氏会隐园记》载“河南张君清臣创园于某坊，其兄上党使君名曰‘会隐’”，文末卒章显志，写到“予既美清臣能享其乐，又嘉使君之有志于是也，故为之作记”，明确地表达出自己对清臣、使君二人的嘉美[②]。《乞坐范天章贬状》、《论朋党疏》，均是笔带感情、爱憎分明、正气凛然之作。

关于尹文的风格，欧阳修《尹师鲁墓志铭》云：“师鲁（尹洙字师鲁，引者注）为文章，简而有法。博学强记，通知今古，长于《春秋》。”[③]又《论尹师鲁墓志》云：“述其文，则曰简而有法。此一句，在孔子六经惟《春秋》可当之，其他经非孔子自作文章，故虽有法而不简也。”[④]欧阳修赞叹尹文“简而有法”，又说“此一句，在孔子六经惟《春秋》可当之”，实际上正是在称扬尹文得《春秋》之法。

尹洙涵化《春秋》义法创作的古文，虽然“卓然可以自传”[⑤]，但也有很大的缺憾，有学者认为其文“长于议论而短于抒情，文多致用而形象性较弱”，“缺少情辞兼美、有震撼力的艺术佳构”[⑥]。当然这一方面可能与尹洙纠正西昆浮靡文风而矫枉过正有关，另一方面也可能与他的才力不济有关，《神宗旧史·欧阳修传》云：“国朝接唐、五代末流，文章专以声病对偶为工，剽剥故事，雕刻破碎，甚者若俳优之辞……是时，尹洙与修亦皆以古文倡率学者，然洙材下，人莫之与。至修文一出，天下士皆向慕，为之犹恐不及。一时文章大变，庶几乎西汉之盛者，由修发之。”[⑦]

尹洙虽然才力不若欧公，但却是古文运动中承前启后的重要人物，是欧公古文写作的引路人之一，《四库全书总目·河南集提要》云：“盖有宋古文，修为巨擘，而洙实开其先，故所作具有原本。自修文盛行，洙名转为所掩。然洙文具在，亦乌可尽没其功也。”[⑧]实际上，换一个角度看，我们也可以这样说，同样深得《春秋》之法的尹文和欧文，前不如后，后胜于前，其实这正是《春秋》义法浸润宋代散文之历程中演进的辙迹。

2. 欧阳修深婉谨约的散文创作

欧阳修涵化《春秋》义法以修史撰文，显然受到了尹洙的启发，得到了尹洙的指点。欧阳修《与尹师鲁书》云：“师鲁素以史笔自负，果然。河东一传大妙，修本所取法此传。”[⑨]据陈光

---

① 金之俊《金文通公集》卷一《读尹河南文集序》，《四库存目丛书补编》第56册，第47页。

② 尹洙《河南先生文集》卷四《巩县孔子庙记》、《张氏会隐园记》，《四部丛刊初编》第178册，第17—18，19页。

③ 欧阳修《尹师鲁墓志铭》，《欧阳修全集》，中华书局2001年版，第432页。

④ 欧阳修《论尹师鲁墓志》，《欧阳修全集》，第1045页。

⑤ 《四库全书总目·河南集提要》语，《钦定四库全书总目》，第2041页。

⑥ 洪本健《论尹洙》，《井冈山师范学院学报》（哲社版）2001年第3期。

⑦ 《欧阳修全集》附录卷二《神宗旧史·欧阳修传》，第2676页。

⑧ 《四库全书总目·河南集提要》，《钦定四库全书总目》，第2041—2042页。

⑨ 欧阳修《与尹师鲁第二书》，《欧阳修全集》，第1000页。

崇先生的考证,“河东一传”指尹洙所修的《十国志》中的《刘旻传》,后来该传被欧阳修采纳,写入《五代史记·刘旻世家》[①]。欧阳修自称“修本所取法此传”,显然是指自己所撰的《五代史记》汲取了尹洙修史的经验。

欧阳修不仅在修史上受到了尹洙的启发,在古文写作上更是得到了尹洙的指点。据《宋稗类钞·文苑》记载,欧阳修在西京幕府之时,与谢希深、尹师鲁三人为钱惟演的临辕馆各撰一记,欧文尚“格弱字冗”,不如尹文“语简事备”、“典重有法”,但在尹洙的点拨下,欧阳修后出转精,“别作一记,更减师鲁文二十字而成之,尤完粹有法”[②]。于此,我们不仅可以看到欧阳修对尹洙的借镜,更可以看到欧对尹的超越,此正所谓青出于蓝而胜于蓝也。另外值得注意的是,材料提到,尹文“典重有法”,欧阳修在尹的点拨下重写的文章“完粹有法”,这个“法”字透露了尹、欧二人在古文写作上的一脉相承处,那么这个一脉相承处究竟是什么呢?笔者认为,那就是古文写作中对《春秋》义法的涵化。上文我们已经论述了尹文对《春秋》义法的运用,下面我们接着来分析欧文对《春秋》义法的吸纳。

(1) 意蕴:微而显——蕴蓄绵邈

《春秋》义法最基本的内涵是《春秋》五例,第一例“微而显”,意为“文见于此,而起义在彼”[③],就是要求表达不要直露,要有含蓄的意蕴。深于《春秋》的欧阳修对此颇有体认,其散文往往写得蕴蓄绵邈。曾巩《祭欧阳少师文》称赞欧阳修“文章逸发,醇深炳蔚”,“辞穷卷尽,含意未卒”[④],正是道出了欧文的这一特色。细读欧文,发现其酿造蕴蓄绵邈之意蕴的妙法至少有以下两种:以彼例此和以侧陪正。

① 以彼例此

运用此法最典型的是《岘山亭记》[⑤],该文先写羊祜登岘山,“以为此山常在,而前世之士皆已堙灭于无闻,因自顾而悲伤”,杜预“铭功于二石,一置兹山之上,一投汉水之渊”,接着委婉地讽谕二人“岂皆自喜其名之甚而过为无穷之虑欤”。然后写友人史中辉“以光禄卿来守襄阳”,“因亭之旧,广而新之”,因襄人“欲纪其事于石,以与叔子、元凯之名并传于久远”,“乃来以记属于余”。实际上,该文前面已对羊祜、杜预的好名作了委婉的讽谕,以彼例此,那么作者对史中辉求记以扬名之举,也就无需说破而讽谕之意自在其中了。该文以彼例此,正所谓“于将说未说处,吞吐抑扬作态,令人欲绝”[⑥]。清代魏禧赞叹欧文说:“欧文之妙,只是说而不说,说而又说,是以极吞吐、往复、参差、离合之致。”[⑦]魏氏可谓欧公知音也。

② 以侧陪正

运用此法最典型的是《送徐无党南归序》[⑧],关于此文,清人孙琮作了具体分析:“通篇大指,只是劝勉徐生修身立行,却不一语说破。起处提出修身、行事、立言三件,下文以立言、行事相较,驳去‘言’字;又以修身、行事相较,驳去‘事’字。驳去‘言’字,正见修身之可贵;驳去

① 陈光宗《尹洙与〈新五代史〉小议》,《辽宁大学学报》1991年第2期。

② 潘永因编《宋稗类钞》卷一八“文苑第三十一”,《四库全书》第1034册,第474—475页。

③ 《春秋左传正义》,李学勤主编标点本,北京大学出版社1999年版,第18页。

④ 《曾巩集》卷三八《祭欧阳少师文》,陈杏珍、晁继周点校,中华书局1984年版,第526页。

⑤ 《欧阳修全集》,第588—589页。

⑥ 姚范《援鹑堂笔记》卷四四《文史》,《续修四库全书》,上海古籍出版社2002年版,第1149册,第113页。

⑦ 魏禧《魏叔子日录》卷二《杂说》,《续修四库丛书》第1409册,第306页。

⑧ 《欧阳修全集》,第631—632页。

'事'字，亦是见修身之可贵。通篇劝勉修身，不曾一字实说，全在言外得之。"[①]孙氏之言，曲尽该文之妙。该文以行事"有得有不得"、立言"有能有不能"(侧面)来陪衬修身(正面)之可贵，通篇劝勉修身，却不曾一字实说，全在言外得之，大得以侧陪正之妙，诚如朱子所云："欧公不尽说，含蓄无尽。"[②]

(2) 用辞：志而晦——文简意深

《春秋》五例之二"志而晦"，意为"约言示制，推以知例"，"约言以记事，事叙而文微"[③]，就是要求用辞简约而含义深微。欧公对此颇有体悟，其散文大多不长，却文简意深。对此，茅坤曾大加赞美："欧阳公碑文正公，仅千四百言，而公之生平已尽。苏长公状司马温公，几万言而上，似犹有余旨。盖欧得史迁之髓，故于叙事处裁节有法，自不繁而体已完。苏则所长在策论纵横，于史家学或短，此两公互有短长，不可不知。"[④]茅坤将欧阳修与苏轼对比，称扬欧公"得史迁之髓，叙事处裁节有法，自不繁而体已完"，颇为有见。细读欧公之文，我们可以发现欧公文简意深的用辞之法至少有以下两点：语缓意切和言约意厚。

① 语缓意切

尹洙去世后，欧阳修为之作了一篇非常简劲的《尹师鲁墓志铭》(下简称《墓志铭》)。关于这篇墓志铭，当时就有人责之过简，欧公作《论尹师鲁墓志》(下简称《论》)辨论之，下面我们就以欧公自己的辨论来观其是怎样运用简笔的。《墓志铭》中的铭文仅用了十二个字，言辞虽简而含意深微，欧公《论》曰："《春秋》之义，痛之益至则其辞益深，'子般卒'是也。诗人之意，责之愈切则其言愈缓，'君子偕老'是也。不必号天叫屈，然后为师鲁称冤也。故于其铭文，但云'藏之深，固之密，石可朽，铭不灭'，意谓举世无可告语，但深藏牢埋此铭，使其不朽，则后世必有知师鲁者。其语愈缓，其意愈切，诗人之义也。"欧公所作的这十二字铭文，大有讲究，原来是要用"愈缓"的语来表达"愈切"的意。欧公在《论》中还特意提到了《墓志铭》"用意特深而语简"的原因："修见韩退之与孟郊联句，便似孟郊诗；与樊宗师作志，便似樊文。慕其如此，故师鲁之志用意特深而语简，盖为师鲁文简而意深。"[⑤]原来欧公是在师法墓主"文简而意深"。

② 言约意厚

欧公在《尹师鲁墓志铭》中评述尹洙文章，仅用了"简而有法"四字，其实这四字力重千钧，欧公《论尹师鲁墓志》曰："述其文，则曰简而有法。此一句，在孔子六经惟《春秋》可当之，其他经非孔子自作文章，故虽有法而不简也。修于师鲁之文不薄矣，而世之无识者，不考文之轻重，但责言之多少，云师鲁文章不合只著一句道了。"[⑥]欧公批评"世之无识者"，"不考文之轻重，但责言之多少"，正是在捍卫自己言约意厚的作法。又如《祭资政范公文》，述范仲淹的节操仅用了八个字"学古居今，持方入圆"，就把范公师法先贤、不逐世俗的人品描画了出来，语言简约而文意厚重；又述范公的才干，也笔墨省俭，而含意深厚，"先事而斥，群议众排。

---

① 孙琮《山晓阁选宋大家欧阳庐陵全集》卷三。

② 《朱子语类》卷一三九"论文上"，中华书局 1986 年版，第 3310 页。

③ 《春秋左传正义》，第 18、765 页。

④ 茅坤《唐宋八大家文钞》卷五一，《四库全书》第 1383 册，第 573 页。

⑤ 《论尹师鲁墓志》，《欧阳修全集》，第 1046 页。

⑥ 《论尹师鲁墓志》，《欧阳修全集》，第 1045—1046 页。

有事而思,虽仇谓材”[①],两句就把范公才能出众又因才遭嫉的情景刻绘了出来。

欧公在用辞上的文简意深,这是欧公在遣辞用字上师法《春秋》,反复锤炼的结果。朱熹云:“欧公文亦多是修改到妙处。顷有人买得他《醉翁亭记》稿,初说滁州四面有山,凡数十字,末后改定,只曰“环滁皆山也”五字而已。”[②]此则记载,正说明了欧公在用辞上的精心琢磨。当然,欧公的苦心孤诣没有白费,其锤炼出的那些文简意深的佳作已经成了中国散文史上的经典。

(3) 章法:婉而成章——纡徐婉曲

《春秋》五例之三“婉而成章”,杜预解释为“屈曲其辞,有所辟讳,以示大顺,而成篇章”[③],但后来该义例由经法渗透到文法时,侧重点已由“屈曲辟讳”之法流衍为“婉曲行文”之法。欧公之文,特别注意章法上的纡徐婉曲,深得《春秋》婉而成章之法。苏洵《上欧阳内翰书》称赞欧阳修文“纡余委备,往复百折,而条达舒畅,无所间断;气尽语极,急言竭论,而容与闲易,无艰难劳苦之态”[④],正是对欧文纡徐婉曲之肯定。细读欧文,我们可以发现其纡徐婉曲的章法至少有以下两点:古今相形和宾主相衬。

① 古今相形

运用此法最典型的是《丰乐亭记》[⑤]。该文吞吐抑扬,俯仰古今,欲扬今日的丰乐,先追述“五代干戈之际”,“海内分裂,豪杰并起而争”,滁州为“用武之地”的往事,然后用这种古代的“乱”来反衬今日“民生不见外事,而安于畎亩衣食,以乐生送死”的治,流露出珍惜太平的心情,文章写得深婉有致。陈衍对该文非重推崇:“《丰乐亭》为最完美。起一小段,已简括全亭风景,乃横插‘滁于五代干戈之际’二语,得势有力,然后说由乱到治与由治回想到乱,一波三折,将实事于虚空中摩荡盘旋。此欧公平生擅长之技,所谓风神也。”[⑥]所谓“将实事于虚空中摩荡盘旋”,非常生动地点出了欧文的婉曲特色。事实上,欧文的这种婉曲有很多时候都如《丰乐亭记》一样,是通过古今相形的方式打造出来的。林纾说:“欧公一生本领,无论何等文字,皆寓抚今追昔之感。”又说:“欧文之多神韵,盖得一‘追’字诀,追昔,追怀前事也……抚今追昔,俯仰沈吟,有令人涵咏不能自已者。”[⑦]林纾认为欧文的神韵,是由抚今追昔“追”出来的,可谓有见。

② 宾主相衬

《释秘演诗集序》[⑧]非常娴熟地运用了此法。该文写释秘演,却先从释秘演之友石曼卿落笔,然后通过曼卿来陪衬秘演。特别是写到秘演的诗,欧公云“夫曼卿诗辞清绝,尤称秘演之作,以为雅健有诗人之意”,非常明显地运用了宾主相衬之法。

欧公运用古今相形、宾主相衬等章法,把文章写得纡徐婉曲,酿造出一种独到的阴柔之美,在中国散文史上独树一帜。元代刘壎云:“欧公文体温润和平,虽无豪健劲峭之气,而于

① 《祭资政范公文》,《欧阳修全集》,第 697 页。

② 《朱子语类》卷一三九“论文上”,第 3308 页。

③ 《春秋左传正义》,第 765 页。

④ 《苏洵集》卷六《上欧阳内翰第一书》,《三苏全书》第 6 册,第 77 页。

⑤ 《欧阳修全集》,第 575—576 页。

⑥ 陈衍《石遗室论文》卷五。

⑦ 林纾《古文辞类纂选本》卷八。

⑧ 《欧阳修全集》,第 611 页。

人情物理,深婉至到,其味悠然以长,则非他人所及也。”[①]“无豪健劲峭之气”,说明欧文不属阳刚一路,“深婉至到”、“悠然以长”、“非他人所及”,正说明欧文独具阴柔之美。

(4) 文风:尽而不污——谨严信实

《春秋》五例之四“尽而不污”,意为“直书其事,具文见意”,“尽其事实,无所污曲”[②],要求书者客观地把事实记载下来。欧公之文,尤其是碑志文,文风谨严信实,大得《春秋》“尽而不汙”之法。细读欧公碑志文,我们可以发现其谨严信实不仅体现为内容上的纪事录实有稽据,也体现为方法上的纪大略小有侧重。

① 录实有据

欧公《代人上王枢密求先集序书》云:“某闻《传》曰:‘言之无文,行而不远。’君子之所学也,言以载事,而文以饰言,事信言文,乃能表见于后世。”欧公把“事信”放在“言文”之先,非常重视载事的信实。那么如何才能做到信实呢?欧公《再与杜䜣论祁公墓志书》云:“所纪事,皆录实,有稽据,皆大节与人之所难者。”[③]欧公提出纪事要“皆录实,有稽据”,其碑志文就是他这种主张的忠实体现,比如《尹师鲁墓志铭》。尹洙是11世纪上半叶较为知名的古文家,而且欧公也曾得到他的指点,但欧公在写《尹师鲁墓志铭》时,并不因私情而拔高尹洙古文的历史功绩,其《论尹师鲁墓志》云:“若作古文自师鲁始,则前有穆修、郑条辈,及有大宋先达甚多,不敢断自师鲁始也。”[④]正是欧公的这种审慎,才保证了《尹师鲁墓志铭》的信实。又如《文正范公神道碑铭》,该文记载了范仲淹与吕夷简结怨后解仇和好一事,范仲淹之子范纯仁曾对此“大以为不然,刻石时,辄削去此一节,云我父至死未尝解仇”[⑤]。那么此事欧阳修记载失实吗?非也。其实,欧公作此文是非常审慎的。范仲淹生前,欧公就曾以好友身份问过此事;范辞世后,欧公又细读范的文集,深究范所作《与吕丞相解仇书》。欧公是在掌握了确凿材料之后才写作此文此事的,事有稽据,并非失实,更非歪曲。我们也可从《涑水记闻》[⑥]、《龙川别志》[⑦]等宋代笔记所载范、吕解怨事证实这一点。其实,欧公这样写,也冒犯了当朝宰相吕夷简,但因其录实有稽据,最后还是被大家所信可[⑧]。至于范仲淹之子的“大以为不然”,那是他出于偏私的意气之见,并非公论。总之,欧公《文正范公神道碑铭》纪事录实有稽据,是可作为信史的。实际上,不独此文,欧公的其他碑志文也是非常信实的。欧公碑志文中的人物行事,凡史传有载的,两相对照,基本上没有什么大的出入。我们甚至还可以发现,有些史书比如《续资治通鉴长编》、《宋史》等记载北宋前期、中叶有些人物行事时,就是采用欧碑文字。

② 纪大略小

欧公的碑志文不仅信实,而且谨严,体现在对墓主事件的选择上,往往是略小事、拣大事予以忠实记载。关于此,欧公《与杜䜣论祁公墓志书》云:“修文字简略,止记大节,期于久

① 刘埙《隐居通议》卷十三,《四库全书》第866册,第124页。
② 《春秋左传正义》,第19、765页。
③ 欧阳修《代人上王枢密求先集序书》、《再与杜䜣论祁公墓志书》,《欧阳修全集》,第984、1021页。
④ 《论尹师鲁墓志》,《欧阳修全集》,第1046页。
⑤ 张邦基《墨庄漫录》卷八,《四库全书》第864册,第79页。
⑥ 司马光《涑水记闻》卷八,《四库全书》第1036册,第388页。
⑦ 苏辙《龙川别志》卷上,《三苏全书》第5册,第27页。
⑧ 张邦基《墨庄漫录》卷八:“公(欧阳修)亦叹曰:‘我亦得罪于吕丞相者,惟其言公,所以信于后世也。’”

远。”又云：“然能有意于传久，则须纪大而略小。”《代人上王枢密求先集序书》亦云：“事信矣，须文；文至矣，又系其恃之大小，以见其行远不远也。”又云：“故其言之所载者大且文，则其传也章；言之所载者不文而又小，则其传也不章。”[①]欧公的论述是在反复强调碑志要纪大略小。

欧公的碑志文，在纪大略小选大事时，往往侧重于那些最能反映墓主特征的典型事件。欧公写名臣贤能，往往侧重于选取墓主安邦治国、经世济民的奇谋良策、非凡之举，如写范仲淹的《文正范公神道碑铭》，写晏殊的《晏公神道碑铭》，写王旦的《王公神道碑铭》等等。欧公写文人学士，则往往颂美其道德，如《徂徕石先生墓志铭》颂美石介“徂徕之岩岩”与“汶水之汤汤”的道德；或者称扬其文章，如《故霸州文安县主苏君墓志铭》称扬苏洵“纵横上下，出入驰骤，必造于深微而后止”的文章；或者感慨其命运，如《湖州长史苏君墓志铭》感慨苏舜钦的身陷冤狱，《石曼卿墓表》惋惜石延年的怀才难遇。总之，欧公的碑志文因人命篇，各有侧重，绝非千篇一律之作。

(5) 取向：惩恶而劝善——期于有用

《春秋》五例之五“惩恶而劝善”，意为“善名必书，恶名不灭，所以为惩劝”[②]，亦即劝奖善行，惩创恶人，以励世道。《春秋》五例的前四例是载笔之体，这一例是载笔之用[③]，揭橥《春秋》的价值在于垂戒致用。深于《春秋》的欧阳修对此颇有体会，其修史撰文都非常注意有用于世。欧公在《荐苏洵布衣状》中称扬苏洵“文章不为空言而期于有用”，“非特能文之士”[④]，流露出欧公主张为文需有用的思想倾向，其实，这两句也正是欧公自己的真实写照。欧公之文，尤其是史论文和政论文，或“垂示劝戒”，或“救时行道”，都是在“期于有用”。

① 垂示劝戒

欧阳修批评五代所作《唐书》：“衰世之士气力卑弱，言浅意陋，不足以起其文。使明君贤臣隽功伟烈，与夫昏虐贼乱祸根罪首，皆不足暴其善恶，以动人耳目。诚不可以垂劝戒，示久远，甚可叹也。”[⑤]表达了他彰善瘅恶、垂示劝戒的修史主张。欧公所修《新唐书》纪、志、表，尤其是其自撰的《五代史记》非常注意总结历史教训以惩前毖后。欧公在《五代史记》中特别着力于各篇“序”与“论”的撰制，这些“序”、“论”有很多本身就是非常优秀的史论散文，比如《伶官传序》总结出“忧劳可以兴国，逸豫可以亡身”、“夫祸患常积于忽微，而智勇多困于所溺”的历史教训，具有很强的资鉴意义[⑥]。如果说《伶官传序》侧重于“戒”，那么《一行传序》则着眼于“劝”。欧公叹息“五代之乱极矣”，“当此之时，臣弑其君，子弑其父，而搢绅之士安其禄而立其朝，充然无复廉耻之色者皆是也”，于是力求“洁身自负之士”而扬之[⑦]。

② 救时行道

欧公的史论文意在“垂示劝戒”，其政论文则意在“救时行道”。苏轼《居士集序》称赞“自欧阳子出，天下争自濯磨，以通经学古为高，以救时行道为贤，以犯颜纳谏为忠”[⑧]，其实欧公

① 欧阳修《与杜䜣论祁公墓志书》、《代人上王枢密求先集序书》，《欧阳修全集》，第1020、984—985页。

② 《春秋左传正义》，第765页。

③ 详见钱钟书《管锥编》，中华书局1986年版，第1册，第162页。

④ 欧阳修《荐布衣苏洵状》，《欧阳修全集》，第1698页。

⑤ 《进新修唐书表》，《欧阳修全集》，第1341页。

⑥ 《新五代史·伶官传序》，中华书局1974年版，第397页。

⑦ 《新五代史·一行传序》，第369—370页。

⑧ 《欧阳修全集》附录卷五所附苏轼《居士集序》，第2756页。

的“救时行道”，在他的文章尤其是政论文中表现得非常充分。比如《朋党论》，写于朋党之议方炽之际，确有导引舆论、匡救时弊之功。欧公的其他政论文与《朋党论》一样，多是针砭时弊，有的放矢，如《原弊》反映农民所受之惨重侵害，指陈朝廷不知节用爱民之危机；《准诏言事上书》剖析时政，指出“三弊”、“五事”，提出系统的改革思路；《本论上》惩于朝政积弊，提出治国方略，建议“均财、节兵、立法、任贤、尊名”五者交相为用。总之，欧公的政论文，多切中时弊，有益于世。

综上所述，欧公的散文，在意蕴上融会《春秋》的“微而显”而蕴蓄绵邈，在用辞上师法《春秋》的“志而晦”而文简意深，在章法上涵化《春秋》的“婉而成章”而纡徐婉曲，在文风上步武《春秋》的“尽而不污”而谨严信实，在取向上学习《春秋》的“惩恶而劝善”而期于有用。基于上述分析，我们可以将欧文的风格一言以蔽之，曰“深婉谨约”，深指意蕴，婉指章法，谨指文风，约指用辞。笔者以为，深婉谨约这个词可以统摄欧文风格的多个层面，故而可以用来概括欧文的整体特征。

毋庸置疑，欧公涵化《春秋》义法而撰制的深婉谨约之文与尹洙融会《春秋》义法而写作的简而有法之文相较，欧文更优，这是不争的事实。实际上，从尹文到欧文，我们正可以看到宋代散文家对《春秋》义法体悟愈发深切和运用更为纯熟的嬗变轨辙，换句话说，从尹文到欧文，正可以折射出《春秋》义法浸润宋代散文的演进征迹。

三、意义：羽翼古文运动，催生六一风神

1. 重义：羽翼古文运动，拨正散文发展方向

尹洙的古文，师法《春秋》，既简古质实、朴直紧严，又笔带褒贬、文寓爱憎，形成了自己鲜明的特色。尹洙这种特色鲜明的古文创作，在北宋古文运动的浪潮中，为抗击西昆体的浮靡文风，是立了大功的。《四库全书总目·河南集提要》云：“洙为人内刚外和，能以义自守……所为文章，古峭劲洁，继柳开、穆修之后，一挽五季浮靡之习，尤卓然可以自传。”①

范仲淹《尹师鲁〈河南集〉序》云：

> 唐贞元、元和之间，韩退之主盟于文，而古道最盛。懿、僖以降，寖及五代，其体薄弱。皇朝柳仲涂起而麾之，髦俊率从焉。仲涂门人能师经探道，有文于天下者多矣。洎杨大年以应用之才，独步当世。学者刻辞镂意，以希仿佛，未暇及古也。其间甚者专事藻饰，破碎大雅，反谓古道不适于用，废而弗学者久之。洛阳尹师鲁，少有高识，不逐时辈，与穆伯长游，力为古文。而师鲁深于《春秋》，故其文谨严，辞约而理精，章奏疏议，大见风采，士林方耸慕焉。遽得欧阳永叔，从而大振之，由是天下之文一变而古，其深有功于道欤！②

范仲淹首先批评西昆文风“刻词镂意”、“专事藻饰，破碎大雅”，接着称扬尹洙“不逐时辈，与穆伯长游，力为古文”，然后说“师鲁深于《春秋》，故其文谨严”，“士林方耸慕焉”，最后讲“遽得欧阳永叔，从而大振之，由是天下之文一变而古，其深有功于道欤”。这段文字整个是在叙

---

① 《四库全书总目·河南集提要》，《钦定四库全书总目》，第2041页。

② 范仲淹《尹师鲁〈河南集〉序》，《范文正公文集》卷八，《范仲淹全集》，四川大学出版社2002年版，第183页。

述尹洙在古文运动中的功绩。联系这一语境，笔者认为，范仲淹文中“师鲁深于《春秋》”句，其实是在交代尹洙反对浮靡文风的战斗武器和从事古文运动的思想资源。从这则材料我们可以发现，尹洙的同时代人（如范仲淹）就已经看到了尹洙的“深于《春秋》”与他从事的古文运动的内在联系。又《宋史・尹洙传》云：“洙内刚外和，博学有识度，尤深于《春秋》。自唐末历五代，文格卑弱。至宋初，柳开始为古文，洙与穆修复振起之。其为文简而有法。”[①]《宋史》的这段记载重点讲尹洙的文，提到两点，一是“深于《春秋》”、“为文简而有法”，二是“洙与穆修复振”古文，也就是从事古文运动。《宋史》提到这两点，其实也应该是看到了这两点的内在联系，尹洙的“深于《春秋》”与他从事的古文运动血脉相连。

如果说尹洙的“长于《春秋》”，为他抗击西昆体之浮靡准备了战斗武器，那么欧阳修的“得《春秋》之法”，则为他既反西昆体之浮靡，又排太学体之险奇提供了思想资源。《春秋》朴质，可以之反浮靡，《春秋》婉约平正，又可以之反险怪奇涩。苏轼《谢欧阳内翰书》云：

> 天下之事，难于改为。自昔五代之余，文教衰落，风俗靡靡，日以涂地。圣上慨然太息，思有以澄其源，疏其流，明诏天下，晓谕厥旨。于是招来雄俊魁伟敦厚朴直之士，罢去浮巧轻媚丛错采绣之文，将以追两汉之余，而渐复三代之故。士大夫不深明天子之心，用意过当，求深者或至于迂，务奇者怪僻而不可读，余风未殄，新弊复作。大者镂之金石，以传久远；小者转相摹写，号称古文。纷纷肆行，莫之或禁……伏惟内翰执事，天之所付以收拾先王之遗文，天下之所待以觉悟学者，恭承王命，亲执文柄，意其必得天下之奇士，以塞明诏。[②]

苏轼所云“文教衰落，风俗靡靡”，“浮巧轻媚丛错采绣之文”，既指宋初的五代余弊，也指随后衍生的西昆之弊。所谓“圣上慨然太息”，“明诏天下”，乃指宋仁宗天圣七年、明道二年两次下诏申戒浮文。仁宗下诏之后，时文转衰，而“余风未殄”，古文渐盛，然又“新弊复作”，产生了古文写作“求深者或至于迂，务奇者怪僻而不可读”的“新弊”。接着苏轼褒扬欧阳修乃“天之所付以收拾先王之遗文，天下之所待以觉悟学者”，正是对欧公矫正时文浮靡“余风”和古文险怪“新弊”的深深赞许。欧阳修投身于古文运动，既反西昆旧病，又反险怪“新弊”（即所谓“太学体”），但主要功绩在后者。《宋史・欧阳修传》云：“知嘉祐二年贡举。时士子尚为险怪奇涩之文，号‘太学体’，修痛排抑之，凡如是者辄黜。毕事，向之嚣薄者伺修出，聚噪于马首，街逻不能制；然场屋之习，从是遂变。”[③]欧公利用知贡举的机会排抑险怪奇涩的“太学体”，使“场屋之习，从是遂变”。显然，欧公利用其知贡举的“特权”排抑太学体，成绩显著，但要真正击败太学体，还是要靠拿出平易畅达的散文作品使太学体的险怪奇涩相形见绌。这一点，欧公也做到了。欧公的散文，深得《春秋》义法精髓，既深婉谨约，又平易畅达，与太学体一比，高下立判。欧公击败太学体，使古文运动重新走上了健康发展的正道，功不可没。其实，推原这份功劳，欧公的散文实绩才是根本原因，而《春秋》义法又是欧公散文创作的思想资源之一，从这个意义上讲，《春秋》义法对欧公散文的浸润与欧公从事的古文运动还是颇有关系的。

---

① 《宋史・尹洙传》，第 9838 页。

② 《苏轼文集》卷四四《谢欧阳内翰书》，《三苏全书》第 12 册，第 362 页。

③ 《宋史・欧阳修传》，第 10378 页。

总之，尹洙、欧阳修作为北宋古文运动的健将和中坚，他们涵化《春秋》义法而写作的或简而有法或深婉谨约的散文，重视大义存焉，强调文以明道，在运动中或为力挽西昆体的浮靡，或为排抑太学体的险怪，确立了用以纠偏的矩矱，树起了赖以矫枉的标本。从此种意义上讲，《春秋》义法正是尹、欧二人进行古文创作、从事古文运动的思想资源之一，战斗武器之一，《春秋》义法羽翼了古文运动。而古文运动的成功，又为中国古代散文的发展拨正了方向。联系这一宏阔背景，我们可以更加清晰地看到，宋代散文对《春秋》义法的吸纳在中国散文史上是值得一书的。

2. 尚法：催生六一风神，确立散文艺术高标

"风神"最早是魏晋时期用来品评人物的术语，到了唐朝开始用来指艺术作品的文采神韵，到了韩愈，开始用风神来评论诗歌，于是"风神"衍变为一个文论术语。南宋的姜夔是风神理论发展史上的重要人物，他的《续书谱》专门有"风神"一章，系统论述风神的涵蕴。到了明代，宋濂开始用风神来评论散文，而茅坤则开始把风神与欧阳修散文联系起来。降及清代，以"风神"评欧文渐成大势。如桐城派初祖方苞说："永叔摹《史记》之格调，而曲得其风神。"桐城派第二代领袖人物刘大櫆评《五代史记·一行传序》说"慨叹淋漓，风神萧飒"，评《河南府司录张君墓表》说"俯仰身世，感叹淋漓，风神遒逸"，评《五代史记·伶官传序》说"跌宕遒逸，风神绝似史迁"。到了清代陈衍，在前人以风神许欧文的基础上，发明了"六一风神"这个术语来专指欧文，自此"六一风神"成了欧文审美特质、艺术成就的代名词①。

关于"六一风神"的源泉，洪本健先生认为："政治家面对国家内外交困的现状而产生的忧患意识，史学家回顾历代兴亡盛衰的教训而引发的深沉思考，文学家以全部身心投入创作而起伏的情感波澜，赋予六一居士的作品以巨大的能量，这正是他的众多篇章中深永而感人的艺术魅力的泉源。"②马茂军先生则认为："六一居士的人格是六一风神的内在主体精神，春秋笔法影响了六一风神的行文风格，而庐陵史学与六一风神之人物形象塑造有密切关系，庐陵学之'人情说'则铸成了六一风神抒发郁愤的情感内核。"③马先生提到"春秋笔法影响了六一风神的行文风格"，诚为有见，惜论析欠详，本文试申述之。

笔者认为，形成"六一风神"的质素诚如洪、马二先生所论，有欧公生平行事、人格性情、学术背景等多方面的原因，但这些是"六一风神"的心理基础、思想源泉和学术源泉，而非艺术源泉。其实，《春秋》义法、史迁笔法才是"六一风神"在艺术上的源头活水。关于这一点，我们可以从欧公学韩(韩愈)而变韩得到启示。苏轼《居士集序》云："愈之后二百有余年而后得欧阳子，其学推韩愈、孟子以达于孔子，著礼乐仁义之实，以合于大道……士无贤不肖不谋而同曰：'欧阳子，今之韩愈也。'"④欧公学韩，开始时既学其道，又学其文。但后来欧公的文却与韩公的文大异其趣，"韩文偏于阳刚之美，而欧文则偏于阴柔之美；韩文深厚雄博，欧文和婉曲折"⑤。那么欧文是怎样形成"和婉曲折"的"阴柔之美"的呢？其艺术源头又在哪里

---

① 此段探究风神的源流，参考了周明《论"六一风神"——欧阳修散文的审美特质》(《江苏教育学院学报》1999年第3期)，马茂军《庐陵学与六一风神》(《东南大学学报》2004年第4期)。

② 洪本健《略论"六一风神"》，《文学遗产》1996年第1期。

③ 马茂军《庐陵学与六一风神》，《东南大学学报》2004年第4期。

④ 《欧阳修全集》附录卷五所附苏轼《居士集序》，第2578页。

⑤ 程千帆、吴新雷《两宋文学史》，上海古籍出版社1991年版，第51页。

呢？早在苏轼，就已经发现了欧公“记事似司马迁”[①]，明代茅坤《唐宋八大家文钞·庐陵文钞引》论之更详：“西京以来，独称太史公迁，以其驰骤跌宕，悲慨呜咽，而风神所注，往往于点缀指次，独得妙解……（欧阳修）序、记、书、论，虽多得之昌黎，而其姿态横生，别为韵折，令人读之，一唱三叹，余音不绝。予所以独爱其文，妄谓世之文人学士得太史公之逸者，独欧阳子一人而已。”明白无误地说明了欧公之风格源于对史迁之“逸”的承继。茅坤又称扬欧公“得史迁之髓，故于叙事处，裁节有法，自不繁而体已完”[②]。显而易见，茅坤所云欧公所得的“太史公之逸”与“史迁之髓”，均指史迁笔法，而史迁笔法又与《春秋》义法渊源有自[③]。

《宋史·欧阳修传》赞欧公修史云：“奉诏修《唐书》纪、志、表，自撰《五代史记》，法严词约，多取《春秋》遗旨。”[④]其实，对欧公而言，“取《春秋》遗旨”的又何止是史传史书，其文章著述也莫不如此。苏轼《居士集序》云“其言简而明，信而通，引物连类，折之于至理，以服人心，故天下翕然师尊之”[⑤]，所谓“简而明，信而通，引物连类”，其实正是《春秋》义法浸润的结果。《春秋》义法浸润下的欧公散文，“天下翕然师尊之”，成为散文史上的杰作。追根究底，是欧公对《春秋》义法的涵化成就了欧文的深婉谨约，并最终赢得了“六一风神”的美誉，从这个意义上讲，《春秋》义法对宋代散文的浸润，又催生了“六一风神”。

欧公既主张文以明道，又强调文道并重。前者的践履使其文具有渊深的思想内涵，而后者的落实又使其文具有精湛的艺术造诣。其实，欧公的这两点都与其对《春秋》义法的涵化息息相关。《春秋》义法乃是《春秋》大义与笔法的融合，对《春秋》义法的深切体悟和整体运用的完美结果应该是既重“义”又尚“法”，既崇尚充实的思想大义，又追求高超的艺术手法。无疑，欧公做到了这一点，“义”、“法”并重，写出了众多思想精深、艺术精湛的古文佳作，确立了“六一风神”这一中国散文艺术的高标。联系这一语境，我们不得不说，宋代散文对《春秋》义法的吸纳在中国散文史上是值得大书的。稍感惋惜的是，学界对此语焉不详、论之欠深，此笔者有所憾而此文所以作也。

（作者单位：浙江大学古籍所　台州学院中文系）

① 《欧阳修全集》附录卷五所附苏轼《居士集序》，第2578页。

② 茅坤《唐宋八大家文钞》，《四库全书》第1383册，第324、573页。

③ 关于史迁笔法与《春秋》义法的关系，详见张高评《〈史记〉笔法与〈春秋〉书法》，载《〈春秋〉书法与〈左传〉学史》，上海古籍出版社2005年版，第61—118页。

④ 《宋史·欧阳修传》，第10381页。

⑤ 《欧阳修全集》附录卷五所附苏轼《居士集序》，第2756页。

宋代散文与小说关系论略

凌郁之

一

散文与小说的关系是微妙的，虽然分属两种文体，但就文字表达方式看，小说也是散文体，这就决定了两者的不解之缘。特别是以"某某传"、"某某记"命篇的小说(传奇体)，与古文关系最为切近。唐宋古文的复兴与小说关系，学者已多有论列，或以为唐传奇促进了古文，或以为古文促进了传奇。要之，两者相辅相成，自是文学史的事实。

从源头上看，小说滥觞于先秦诸子散文及史传散文，而唐宋古文所追步的楷模也正是先秦散文，所以小说与古文可以说是同源而异派的。虽然说是异派，但此二体时时相侵，出现河水井水互渗的现象。主要表现在，一是小说家假散文之体以叙事，二是古文家借小说为寓言。这种情况不是从唐宋开始的，而是古已有之。就唐宋小说与古文关系而言，我们发现所谓古文八大家都不能完全摆脱与小说的瓜葛，而韩愈、柳宗元实开其端。我们看韩、柳的文字，如《刘叟传》、《宋清传》、《梓人传》、《李赤传》、《河间传》、《圬者王承福传》、《种树者郭橐驼传》等，或近志怪，或类传奇。李剑国先生《唐代志怪传奇叙录》就将《李赤传》、《河间传》等当作小说著录。关于韩柳古文运动与唐传奇的关系，学者已有论述，尽管见仁见智，但两者确实存在有机联系，是不容置疑的。即在唐代，李汉编集韩愈文，也是以《何蕃传》入杂著，《毛颖传》入杂文，而不入正传[①]。而"杂著"、"杂文"类，也成为后来宋人文集的常规编制，专收那些与正统古文面貌有异而有小说"嫌疑"的作品。姚铉《唐文粹》卷九九、卷一百为"传录"、"记事"，所收内容在杂记小说之间。此种现象是《文选》所没有的[②]。这些都表明韩、柳以后所谓古文与小说的关系比较微妙，尤其是"古文写生逼肖处，最易涉小说家数"[③]。

宋代文人开始公然阅读小说，甚至像欣赏雅文学一样地看待小说，品评其文法，欣赏其风味，他们认为唐传奇"文备众体，可以见史才、诗笔、议论"[④]。这标志着宋代文人对传奇小说的兴趣所在，他们不仅在小说的层面上读小说，更把小说当文章来读。甚而至于，传奇体浸润到古文的写作中。王景文在《夷坚别志序》中也认为小说与文章之道相通。陆游则认为

---

① 参章学诚《文史通义·传记》，《文史通义新编》，上海古籍出版社 1993 年版，第 194 页。

② 参钱穆《中国学术思想史论丛》卷四，安徽教育出版社 2004 年版，第 81 页。

③ 平步青《霞外捃屑》卷七下《小说不可用》，上海古籍出版社 1982 年版，第 559 页。

④ 赵彦卫《云麓漫钞》卷八，中华书局 1996 年版，第 135 页。

《夷坚志》这样的志怪小说"笔近《反离骚》,书非《支诺皋》。岂惟堪史补,端足擅文豪"①。这都是宋代文学的新现象。

但是,也正是宋人开始把古文与小说严判为两途。台静农说:"宋朝人不愿将小说体的古文与韩愈一派古文,看作同等的价值,乃以志异者为传奇,载道者为古文,传奇遂为唐人小说的通称了。其实,同一来源,同是单篇古文,两者表现的手法又极相似,只有内容不同而已。"②这话有一定道理。这种区别到后来被愈加强调。清代桐城派古文家即严判古文与小说之分际,方苞说:"南宋元明以来,古文义法不讲久矣。吴越间遗老尤放恣,或杂小说,或沿翰林旧体,无一雅洁者。"③吴德旋也说:"古文之体忌小说、忌语录、忌诗话、忌时文、忌尺牍。此五者不去,非古文也。"④但于此也可窥见古文与小说长期以来纠缠不清的状况。

二

宋人古文其实未能尽避小说手法,欧、苏文章都是不避小说,甚至援小说入文章。欧阳修年轻时期的文风就尚奇好异,杂有小说气。其天圣元年参加随州解试,试题《左氏失之诬论》,文中有"石言于宋,神降于莘。外蛇斗而内蛇伤,新鬼大而故鬼小"⑤之语,奇怪如小说。当时文坛风气好尚如此。如天圣七年仁宗下《贡举诏》曰:"比来流风之弊,至于荟萃小说,磔裂前言,竞为浮夸靡蔓之文,无益治道。"⑥而欧阳修的《左氏失之诬论》正是所谓"荟萃小说,磔裂前言"的。欧阳修此文"大传于时",但后来"集中无此论"⑦,说明欧阳修已将其删去了,因为毕竟失于险怪;也说明欧阳修领导诗文革新前后宋代文风的微妙变化。苏东坡《刑赏忠厚之至论》一文,曾受梅尧臣、欧阳修的赞赏,而所谓"皋陶曰杀之三,尧曰宥之三",实际乃小说虚构,欧、梅对苏文中虚构的皋尧问答感兴趣,就颇有意味地反映了当时的文风⑧。

范仲淹《岳阳楼记》"用对语说时景"的语言风格,被尹洙笑为"传奇体"。至于所谓"传奇

---

① 《剑南诗稿》卷三七《题夷坚志后》,《景印文渊阁四库》本。

② 《论碑传文及传奇文》,台静农《龙坡论学集》,辽宁教育出版社 2000 年版,第 54 页。

③ 沈庭芳《隐拙轩文钞》卷四《方望溪先生传》所附自记引方苞语。

④ 《初月楼古文绪论》。《论文偶记·初月楼古文绪论·春觉斋论文》,人民文学出版社 1959 年版,第 19 页。

⑤ 魏泰《东轩笔录》卷一二,中华书局 1983 年版,第 138 页。

⑥ 《续资治通鉴长编》卷一〇八,《景印文渊阁四库全书》本。

⑦ 《东轩笔录》卷一二,中华书局 1983 年版,第 138 页。

⑧ 《石林燕语》卷八:"苏子瞻自在场屋,笔力豪骋,不能曲折于作赋。省试时,欧阳文忠公锐意欲革文弊,初未之识。梅圣俞作考官,得其《刑赏忠厚之至论》,以为似《孟子》。然中引皋陶曰'杀之三',尧曰'宥之三'事,不见所据,亟以示文忠,大喜。往取其赋,则已为他考官所落矣,即擢第二。及放榜,圣俞终以前所引为疑,遂以问之。子瞻徐曰:'想当然耳,何必须要有出处?'圣俞大骇,然人已无不服其雄俊。"(中华书局 1984 年版,第 115 页)《诚斋诗话》:"欧阳修作省试知举,得东坡之文惊喜,欲取为第一人,又疑其是门人曾子固之文,恐招物议,抑为第二。坡来谢,欧阳问坡所作《刑赏忠厚之至论》,有'皋陶曰杀之三,尧曰宥之三',此见何书,坡曰:'事在《三国志·孔融传注》。'欧退而阅之,无有。他日再问东坡,坡云:'曹操灭袁绍,以袁熙妻赐其子丕。孔融曰:"昔武王伐纣,以妲己赐周公。"操惊问何经见,融曰:"以今日之事观之,意其如此。"尧、皋陶之事,某亦意其如此。'欧退而大惊曰:'此人可谓善读书,善用事,他日文章,必独步天下。'然予尝思之,《礼记》云:'狱成,有司告于王。王曰宥之,有司曰在辟。王又曰宥之,有司又曰在辟。三宥不对,走出,致刑于甸人。'坡虽用孔融意,然亦用《礼记》故事,其称王谓王三皆然,安知此典故不出于尧。"(《历代诗话续编》,中华书局 1983 年版,第 148 页)《老学庵笔记》卷八亦记此事。

体”究属何意，以及《岳阳楼记》与“传奇体”究为何种关系，学者尚有不同意见[①]。笔者以为，“传奇体”应指“用对语说时景”的一种语言特征，而不必坐实为专指裴铏的《传奇》之体。因为恰在“对语时景”上，《岳阳楼记》与“传奇体”存在共同点；也正是在这一点上，时人病其词气近小说家。

《岳阳楼记》（《范文正集》卷七）中用大量的“对语”来写“时景”，如：

> 予观夫巴陵胜状，在洞庭一湖，衔远山，吞长江，浩浩汤汤，横无际涯，朝晖夕阴，气象万千，此则岳阳楼之大观也。
>
> 若夫霪雨霏霏，连月不开。阴风怒号，浊浪排空。日星隐曜，山岳潜形。商旅不行，樯倾楫摧。薄暮冥冥，虎啸猿啼。
>
> 至若春和景明，波澜不惊，上下天光，一碧万顷，沙鸥翔集，锦鳞游泳，岸芷汀兰，郁郁青青；而或长烟一空，皓月千里，浮光跃金，静影沉璧，渔歌互答，此乐何极。

这些“时景对语”，不正是“传奇体”吗？唐传奇如裴铏《传奇》之善用骈偶写景，固不待言；即如宋代通俗传奇，也无不如是，如《青琐高议》、《云斋广录》等书所收的一些通俗传奇，一涉描写处，即多为四言骈偶之句。试举《青琐高议》（据上海古籍出版社 1983 年版）：

> 不久春晚，友人强邀游西池。波澄万顷寒碧，桥飞千尺长虹，水殿澄澄，彩舟泛泛。士人和会，箫鼓沸溢，憧憧往来，莫知其数。（《青琐高议》前集卷二《慈云记》）
>
> 于时穷秋木脱，水落湖平，溶溶若万顷寒玉。（《青琐高议》前集卷五《远烟记》）
>
> 每江上春和，湖边风软，翠浪无声，画桥烟白。（《青琐高议》前集卷五《长桥怨》）
>
> 于时小雨初霁，清无纤尘，水面翠光，花梢红粉，望外楼台，疑中箫管，春意和煦，思生其间。（《青琐高议》别集卷一《西湖春游记》）
>
> 蓝波烟浪，潋滟万顷。珠楼玉阁，玲珑千叠。（《青琐高议》补遗《贤鸡君传》）

以上与《岳阳楼记》中写景语句确实相似，所以“对语时景”的语言风格，应是尹师鲁所谓“传

---

① 毕仲询《幕府燕闲录》：“范文正公作《岳阳楼记》，为世所贵。尹师鲁读之，曰：‘此传奇体也。’”陈师道《后山诗话》：“范文正公为《岳阳楼记》，用对语说时景，世以为奇，尹师鲁读之曰：‘传奇体耳。’《传奇》，唐裴铏所著小说也。”陈振孙《直斋书录解题》卷一一小说类裴铏《传奇》叙曰：“尹师鲁初见范文正《岳阳楼记》曰：‘《传奇》体尔。’然文体随笔，要之理胜为贵。文正岂可与《传奇》同日语哉，盖一时戏笑之谈耳。”周绍良先生以为，尹师鲁所说《岳阳楼记》是“传奇体”不是指裴铏之《传奇》，而是指元稹之《传奇》。裴之《传奇》书名乃袭元之《传奇》篇名，认为“对于‘传奇’的起源，也应该归之于元稹，不能再算是裴铏的了”（参周绍良《〈传奇〉笺证》，《绍良丛稿》，齐鲁书社 1984 年版，第 167—170 页）。李剑国先生则认为“北宋尹师鲁以范仲淹《岳阳楼记》用对语说时景，而谓之《传奇》体，正以（裴）铏书叙事状物着意装点，且时用骈俪耳”（参《唐五代志怪传奇叙录》，第 873 页）。李先生对此还有详细辨析，认为南宋初的王铚、赵德麟、曾慥都曾把元稹《莺莺传》称为《传奇》，有人据而断言《莺莺传》的原题即为《传奇》，这是不对的。他认为其实这是宋人的改称（《唐五代志怪传奇叙录》，第 8 页），“唐人单篇传奇传一人之事者，大抵以其人名号为题，而《传奇》乃传述奇事之谓，加之他事皆可，不宜为一传之题，元稹必不作此泛称以晦其事。稹后裴铏撰有《传奇》，乃多篇丛集，总名《传奇》则甚宜。若前果有元稹《传奇》，予谓铏未必肯以不同性质之书袭其题也”。“宋人遂渐以‘传奇’为小说通名，正犹唐人因六朝小说多以‘志怪’为名，遂目为志怪小说然。……（王性之）《传奇辨正》又云‘所谓《传奇》者’，《商调蝶恋花》云‘夫《传奇》者’，则又以小说通名为专名矣”（《唐五代志怪传奇叙录》，第 313 页）。笔者非常赞成李先生观点。杜贵晨先生认为，唐代有两“传奇”作品（裴铏《传奇》、元稹《传奇》即《莺莺传》），“对语”，即对偶骈俪之语，两种《传奇》都有；“时景”，“指当时事、目前景，具现实的品格，却只有本名或又名《传奇》的《莺莺传》纯是如此”，并且《莺莺传》为宋士夫所乐道，所以杜先生认为尹师鲁说的“传奇体”指的是《莺莺传》，而不可能是人神杂糅的裴铏《传奇》，并认为“陈师道悬拟妄猜，以裴铏《传奇》实之作为比附是错误的”（参杜贵晨《“传奇”名义及文言小说的分类》，载其《传统文化与古典小说》，河北大学出版社 2001 年版，第 113—115 页）。

奇体"的本意。这也表明宋人视"用对语说时景"为传奇体的语言特征。而从尹师鲁言词之间所透露的不屑之意,反映出"传奇体"已不受习尚古文之士的欢迎。可见,文章趣味的转变影响了一种文体的继续流行。唐传奇体在宋代的遭遇,正是传奇与古文关系消长的体现。

虽然"传奇体"是传奇影响古文的一个显例,但此种文风并不能成为宋代主流的散文风尚。随着欧阳修领导的诗文革新运动的成功,古文的纯粹性得到了强化,文夹骈偶的传奇习气才基本被革除了。而尹洙对《岳阳楼记》的"传奇体"的微辞,实际已透露了宋代古文家认为古文与传奇体不能兼融的态度。

总之,唐传奇那种"著文章之美"的"文章美"(主要是文兼骈散的文字特征),在宋代并没有得到普遍的、特别是主流文人的认同。宋文主导风尚是追求平易为文,与唐人刻意奇美的文风颇异其趣。所以,我们认为,唐传奇体在宋代的"衰落",从文学发展内部来看,实际上根源于散文语言审美趣味的转移。宋代散文文风的嬗变是导致唐传奇体衰替的主因。

三

我们检视苏轼等宋人文集,会发现其中有一些文章乃介于散文与小说之间,具有小说色彩,甚或可径视之为小说。如《东坡续集》卷一二"记"有《应梦罗汉记》、《赵先生舍利记》、《子姑神记》、《天篆记》等,即应视之为传记小说,后来《剪灯丛话》即收入《子姑神记》,吴曾祺《旧小说》也收入《子姑神记》、《天篆记》等篇;同卷"传"类又有《僧圆泽传》[①]、《杜处士传》、《万石君罗文传》、《江瑶柱传》、《黄甘陆吉传》、《叶嘉传》、《温陶君传》等,这些传记殆类寓言小说。此类文字虽未标明为小说,但实质与小说差近;所不同者,东坡此类文字,事简而论多而已。其他如《书刘庭式事》、《书狄武襄事》(《经进东坡文集事略》卷六〇"杂著")、《率子廉传》(《东坡后集》卷一六)等,所记奇事逸闻,也都有小说之趣。张耒《张右史文集》卷五〇《记》(传附)有《记异》、《任青传》二篇,《记异》涉怪异,《任青传》近传奇;卷四七有《书司马槱事》[②],与秦观《录龙井辩才事》(《淮海后集》卷六)一样,也属于志异小说。其他如苏轼《方山子传》(《东坡全集》卷三九);苏辙《孟德传》、《丐者赵生传》(《栾城集》卷二五);秦观《魏景传》、《眇倡传》(《淮海集》卷二五);汪藻《郭永传》(《浮溪集》卷二〇);陆游《姚平仲小传》(《渭南文集》卷二三)等,所记皆奇人奇事,有传奇体色彩。

而一些小说性质更加明显突出的作品,文人一般是不敢收入文集的。如苏舜钦《爱爱歌》,文集不载;曾巩《纪梦》,见《云斋广录》、《冷斋夜话》,而其文集亦不载;苏辙《梦仙记》,见《夷坚支癸》卷七《苏文定梦游仙》,《栾城集》未收[③];黄庭坚有传奇《李氏女》、《尼法悟》二篇,《山谷集》不载[④];赵鼎《林灵蘁传》,不见于作者文集;黄裳《燕华仙传》[⑤],其《演山集》不载。

---

① 《僧圆泽传》末自注云:"此出袁郊所作《甘泽谣》,以其天竺故事,故书以遗寺僧,旧文烦冗,颇为删改。"

② 《张右史文集》卷四七总题为《题跋》,将《书司马槱事》置于本卷似乎不妥,可见编者对于此类文章的归属颇以为难。

③ 《夷坚支癸》卷七《苏文定梦游仙》,末云:"或谓苏公借梦以成文章,未必有实,予窃爱其语而书之。"《五朝小说·宋人百家小说》据以辑入,题作《游仙梦记》,李剑国《宋代传奇集》题作《梦仙记》,中华书局2001年版,第195页。

④ 王明清《投辖录》录之,篇末原云:"右二事黄太史鲁直手书云尔,不改易也。真迹在周渤惟深家,绍兴初献于御府。"

⑤ 章炳文《搜神秘览》卷下《燕华仙》:"黄裳为《燕华仙传》,因书其大略曰(略)。"

这种情形与元稹文集不收《莺莺传》是一样的。当然，宋人也有突破狭隘认识而径以小说入集的。如沈辽所作传奇文《任社娘传》，即见收于其集《云巢编》卷八，程毅中说："《任社娘传》和其他文章一起收入沈辽的文集，并没有视之为小道而列入另册，这在当时也还是一种大胆的举动。"[①]崔公度的《金华神记》收入作者文集《曲辕集》，并且曾被选入《圣宋文选》[②]。这可谓是宋代文学的新现象。

宋人文集多有寓言，其实亦小说之流。从韩柳以来，寓言渐成散文之一体，但寓言实与小说相通相近，而小说也往往含有寓言性质，如洪迈所说："逮干宝之《搜神》、奇章公之《玄怪》、谷神子之《博异》、《河东》之记，《宣室》之志、《稽神》之录，皆不能无寓言于其间。"(《夷坚乙志》序)而寓言往往也可以视为小说。文人以文为戏而作的带有寓言性质的文字，从韩愈《毛颖传》始，传承不绝。洪迈说："《毛颖传》初成，世人多笑其怪，虽裴晋公亦不以为可，惟柳子独爱之。韩子以文为戏，本一篇耳，妄人既附以《革华传》。至于近时，罗文、江瑶、叶嘉、陆吉诸传，纷纭杂沓，皆托以为东坡，大可笑也。"[③]赵与时说："寓言以贻训诫，若柳子厚《三戒》、《鞭贾》之类，颇似以文为戏，然亦不无补于世道。吾阅近世文集，得二文焉，朱希真敦儒《东方智士说》、萧东夫德藻《吴五百》是也。"[④]其他如南宋赵彦成《飞猴传》(《夷坚志补》卷二二《侯将军》)，亦"似有寓意"，有隐射秦桧专权之意，"攻击权奸的寓言性作品"，"颇见幻设之趣"[⑤]。薛季宣《志过》，也是"假小说以见意"[⑥]。岳珂《义騟传》，载于《桯史》(卷五)，而其文集不载，其中亦有作者"不平之鸣"[⑦]。康与之《昨梦录》中《西京隐乡》，何光《异闻》之《兜离国》，都是寓言小说，而王禹偁《小畜集》卷一四《录海人书》，与它们也非常近似。

宋人碑状墓志、家传行状之属，多记轶事，有夸张虚饰成分。在这一点上，碑传文与传奇小说又是相通的。不过，以往人们还没有以小说的眼光来审视唐宋碑传。台静农说："有史才的文士以史笔为人写碑传文，同时有史才而不受正统思想所羁绊者，乃以史笔创作小说；是由史笔这一渊源，分为两大支流，一是碑传文，一是传奇文；传奇文重创造不重写实，碑传文则重写实不重创造。但事实并不如此，碑传文除了碑主的郡望官秩生卒尚可征信外，其品德行为没有不被加以藻饰夸张的。"[⑧]碑传、行状、家传及其他杂传等方面，这些本来属于"史"的范畴，但都存在着虚饰的因素，并往往被小说家所搜采敷演，已与小说具有事实上的联系。

宋人文集中，有大量的庙记、庵记、法堂记、禅院记、佛殿记、戒坛记、瑞应记等，庶几自成一类，其中裹挟着大量的佛道及民间信仰的信息，自然也不乏小说的意味。如欧阳修《樊侯神像灾记》(《古今图书集成》神异典卷四七，册四九)、张商英《重建关圣帝庙记》(《古今图书集成》神异典卷三七，册四九)、王安石《庐山文殊像现瑞记》(《临川先生文集》卷八三)，秦观《芝室记》、《祖氏先茔芝记》(《淮海集》卷三八)等，皆事涉怪异，虽为记体，实为古文别派，旁通佛老与小说。

---

① 《宋元小说研究》，江苏古籍出版社 1998 年版，第 17 页。

② 《墨庄漫录》卷一〇，中华书局 2002 年版，第 259 页。

③ 《容斋随笔》卷七《七发》，上海古籍出版社 1978 年版，第 88 页。

④ 《宾退录》卷六，上海古籍出版社 1983 年版，第 73 页。

⑤ 李剑国《宋代志怪传奇叙录》，南开大学出版社 1997 年版，第 277 页。

⑥ 李剑国《宋代志怪传奇叙录》，南开大学出版社 1997 年版，第 304 页。

⑦ 李剑国《宋代志怪传奇叙录》，南开大学出版社 1997 年版，第 360 页。

⑧ 台静农《龙坡论学集》，辽宁教育出版社 2000 年版，第 55 页。

另如张君房《辟支佛记》、宋如璋《龙泉梦记》、蒲咸临《荆山梦记》(载《新编分门古今类事》卷八)等,似为报赛还愿之辞,并曾刻石或书壁,足见其重视程度。这类文字在宋代是极其普遍的,《夷坚志》中就记载了许多诸如余嗣《出神记》(《夷坚乙志》卷五《司命真君》)、魏良臣《黄法师醮记》(《夷坚丙志》卷一〇《黄法师醮》)之类的传或记。此类文字的文体属性如何判定,到底算作小说抑或古文?我们现在一般已视之为小说了,但其实质是记事散文。宋人也可能是将它们视为古文的,而像舒亶《天宫院记》(张邦基《墨庄漫录》卷三),本来也是庙记之属,但小说研究者一般则将它视为小说了[①]。

宋代文人从不称自己的传奇小说作品为"传奇",而只称之为"传记"。我们如果尊重历史真实的话,就必须尊重宋人的这一称法。他们也称唐传奇为"传记",从这一称法可以看到宋人对唐传奇的认同;也可以看到,唐宋传奇即便存在风格差异,但在"传记"这一称法上,仍昭显出其共通的一面。而一旦传奇作品被称为"传记",或按照"传记"来写作,则其"传奇性"也即小说性必然式微,而其散文的属性就会得到强化。

(作者单位:苏州科技学院中文系)

① 李剑国《宋代志怪传奇叙录》,第202—204页。

北宋碑记文的发展

——以欧、苏为讨论中心

王基伦

碑记文，指的是以记事为主要目的一种记叙文章，通常出现于修造宫室、祠堂、厅壁、亭台楼阁记这类作品。这类作品源自有刻石习惯的碑文体，其目的是记录实情，以示不忘。衍变至宋代，有的刻石，有的不刻石；亦即在写作方法上，有的遵守传统规范，有的不遵守传统规范。于是北宋时期大量的古文家作品，就具有承先启后的重要意义。

有待讨论的是，碑记文在唐代开始兴盛，被称为“正体”。到了北宋以后，是否真的大量出现了“变体”之作？如果“正体”之作代表一种文体规范的呈现，那么“变体”之作又如何能受到后人的肯定？北宋文人对于碑记文的文体写作，又有何具体的贡献可说呢？本文拟经由重要作家的作品的讨论过程，爬梳剔抉，参互考寻，阐明北宋碑记文的价值。

一、碑记文的定义及其特质

清姚鼐（1731—1815）《古文辞类纂》首先提出“杂记”之名，且将碑记文归入杂记类，而非碑志类。姚氏此书前有序，对每类文体皆叙述其源流及选文标准，他说：

> 杂记类者，亦碑文之属。碑主于称颂功德，记则所纪大小事殊，取义各异。故有作序与铭诗全用碑文体者，又有为纪事而不以刻石者。[①]

姚鼐所谓杂记类的文章，指的就是以“记叙”为主要目的，不论篇幅长短、记事大小，不限题材，记人、叙事或写景无事不可书的文章。这类文章的源流，实由秦汉时期的碑文而来，但又与碑文性质不同。碑文具有“刻石”、“称颂功德”两个重点，因此以称颂人物为主要目的的刻石文章称之为碑志类；其他另有以记事或写景为主的文章，属于杂记类。其中有的序文与铭诗全用碑文体，大多刻石；另有些不用碑文体写作，也不刻石。

二、北宋以前碑记文的发展

南宋真德秀（1178—1235）《文章正宗·纲目》将文章分为辞命、议论、叙事与诗赋四类，在叙事类中提及“记”：

---

① 姚鼐辑，王文濡评注《评注古文辞类纂》序目，华正书局2004年版，第11页。

记以善叙事为主。《禹贡》、《顾命》，乃记之祖。后人作记，未免杂以议论。

他又说：

按叙事起于史官，其体有二：有纪一代之始终者，《书》之《尧典》、《舜典》，与《春秋》之经是也；后世本纪似之。有纪一事之始终者，《禹贡》、《武成》、《金縢》、《顾命》是也；后世志、记之属似之。又有纪一人之始终者，则先秦盖未之有，而于汉司马氏；后之碑志事状之属似之。①

记以叙事为主，记录一件事情的终始本末，这个观念为后代文体学家沿用。真德秀将叙事文章依所记内容分为“纪一代之始终者”、“纪一事之始终者”、“纪一人之始终者”三类，其中“纪一代之始终者”、“纪一人之始终者”，与史书“本纪”及“列传”、古文中的传状碑志类文章关系密切，都是以记人为主；只有“纪一事之始终”这一类后来独立为杂记类。

明吴讷(1372—1457)《文章辨体·序说》在解释“记”文体时说：

记之名，始于《戴记》、《学记》等篇。记之文，《文选》弗载。后之作者，固以韩退之《画记》、柳子厚游山诸记为体之正。然观韩之《燕喜亭记》，亦微载议论于中；至柳之记新堂、铁炉步，则议论之辞多矣。迨至欧、苏而后，始专有以论议为记者，宜乎后山诸老以是为言也。大抵记者，盖所以备不忘，如记营建，当记月日之久近，工费之多少，主佐之姓名，叙事之后，略作议论以结之，此正体；至若范文正公之记严祠、欧阳文忠公之记昼锦堂、苏东坡之记山房藏书、张文潜之记进学斋、晦翁之作《婺源书阁记》，虽专尚议论，然其言足以垂世而立教，弗害其为体之变也。学者以是求之，则必有以得之矣。②

这里指出唐代之前，记体文甚少；唐代韩、柳之后，确立了记体文的写作规范。从文章体式看来，韩愈《画记》记画，柳宗元《永州八记》记山水，还有许多记营建的记，大抵以叙事为主，略作议论以结之者，如韩愈《燕喜亭记》，吴讷都称之为“正体”。《永州新堂记》有议论成分，《永州铁炉步志》藉此地原有“为铁炉者”居之，而今名不符实，也引出一番议论；吴讷认为这些作品造成北宋欧阳修(永叔，文忠，庐陵，1007—1072)、苏轼(子瞻，文忠，长公，1037—1101)之后记体文“专尚议论”，“变体”因此产生。这说法与前引真德秀之言，叙事之作源自《尚书》，但是“后人作记，难免杂以议论”的看法相当一致。徐师曾《文体明辨·序说》亦阐明“记”的性质及其递变：

其文以叙事为主，后人不知其体，顾以议论杂之。故陈师道云：“韩退之作记，记其事耳，今之记乃论也。”盖亦有感于此矣。然观《燕喜亭记》已涉议论，而欧、苏以下，议论寖多，则记体之变，岂一朝一夕之故哉？③

杂记在唐代成为新兴文体，自韩、柳开始，杂记已染上议论色彩，其功用也由原本纯实用性的

---

① 真德秀编《文章正宗》，《景印文渊阁四库全书》本，第1355册，台湾商务印书馆1983年版，第6页。

② 吴讷《文章辨体序说》，台北泰顺书局1973年版，第41—42页。按，冯书耕《古文通论》也说：“杂记之作，亦重在叙事；叙事之后，略作议论以结之，此为正体。在唐时作者，多能如此。间有如韩退之《新修滕王阁记》，及柳子厚之记新堂，志铁炉步，则以议论为多。欧、苏而后，多专用议论，要皆谓之变体。”此意与吴讷相同，而举例多出韩愈《新修滕王阁记》一篇。参见冯书耕、金仞千《古文通论》，台北“国立”编译馆中华丛书编审委员会1979年版，第805页。

③ 徐师曾《文体明辨·序说》，台北泰顺书局，1973年版，第145页。

"所以备不忘",渐渐转变成文人书写情志、议论事理的工具。北宋欧、苏以后,记体文更朝向求新求变的路途迈进,这是一段渐进的过程。

碑记文的功用原在于"盖所以备不忘",不过,记营建之类的篇章,吴讷说:"叙事之后,略作议论以结之,此为正体。"这表明了碑记文不是不可以议论,而是须以记叙手法为主体。大约在中唐韩、柳之时,记体文(尤其是碑记文)的文体规范意义已经几乎确立了。后来徐师曾《文体明辨·序说》因此提出"记"有三品的说法:

其主于叙事者曰正体,主于议论者曰变体,叙事而参之以议论者曰变而不失其正。

又有托物以寓意者(如王绩《醉乡记》是也),有首之以序而以韵语为记者(如韩愈《汴州东西水门记》是也),有篇末系以诗歌者(如范仲淹《桐庐严先生祠堂记》之类是也),皆为别体。今并列于三品之末,仍分三体,庶得以尽其变云。①

这两则数据,不仅解析了文体正、变的关系,而且看出文体发展的轨迹。很显然的,碑记文终究从碑文体独立出来,这是唐人的一大贡献。钱穆认为韩愈、柳宗元开创新"记"体居功尤伟:

……故韩、柳之大贡献,乃在于短篇散文中再创新体,如赠序,如杂记,如杂说,此等文体,乃绝不为题材所限,有题等如无题,可以纯随作者称心所欲,恣意为之。……故短篇散文之确能获得其在文学上之真地位与真价值,则必自韩、柳二公始。②

实则,在韩愈、柳宗元同时或稍后不久,还有些作家创作碑记体文章,如白居易(772—846)《庐山草堂记》、杜牧(803—853)《杭州新造南亭子记》(约847年作)等,③只因为韩、柳二家作品较多,成绩较佳,在众人推波助澜下,造成古文运动的兴起。

三、北宋碑记文的写作流变

北宋初年,李昉编定《文苑英华》,首先将"记"列为独立文体,其中有宫殿、厅壁、公署、馆驿、楼、阁、城、城门、水门、桥、井、河渠、祠庙、祈祷、学校、文章、释氏、观、宴游、纪事、刻候、歌乐、图书、灾祥、质疑、寓言、杂记27个子目;姚铉(986—1020)编《唐文粹》也有"记"类,包括古迹、陵庙、水石、岩穴、外物、府署、堂楼亭阁、兴利、卜胜、馆舍、桥梁、井、浮图、灾沴、议会、燕犒、书画、琴古物、种植等19个子目。大抵而言,与建筑物相关的类别多于其他子类,除常见的厅壁、亭、台、堂、楼、阁题材之外,城门、井、河堤、寺院、园林等,也都属于建物范围。从此,碑记文渐渐增多,蔚为大宗。以下我们择取重要的作家欧阳修和苏轼的作品说明如次:

(一)欧阳修

欧阳修的记体文,大都是关于建筑物的碑记,罕见单纯的山水游记。当我们依写作时间

---

① 徐师曾《文体明辨·序说》,台北泰顺书局1973年版,第144、145页。

② 钱穆《杂论唐代古文运动》,《中国学术思想史论丛》(四),台北东大图书公司1978年版,第54页。

③ 参见何寄澎《唐文新变论稿(一)——记体的成立与开展》,《台大中文学报》第28期(2008年6月),第69—92页。

浏览一番后，会发觉他有过特别的发展：

较早的《丛翠亭记》(1032年作)，文中交代命名的来由："取其苍翠丛列之状"，也写明亭子坐落的地点、景色。这是欧阳修初学作古文时，遵循传统碑记写法的试验之作，难得的是："丛翠亭是一个普通园亭，其主人亦非作者同道，题目较难敷衍，文章结合洛阳雄伟的山川入手，写得生动有气势，已见出构思运笔的才能。"[①]这一年，另有《非非堂记》，先讲明"非非"的意义，第二段才写明"非非堂"的建筑经过，也能遵循传统碑记的写法，是一篇富含哲理的小品文。

欧阳修的《李秀才东园记》(1034年作)，很有结构。一开始"修友李公佐，有亭在其居之东园，今年春，以书抵洛，命修志之"短短几句话，交代了人物、时间、地点和写作缘由。接续下文两大段，分写真州的历史环境、地理样貌，最后再写自己不能忘记与当地的情感作结。全文有传统碑记文的写法，又有浓厚的抒情意味，这已经开启了后来欧阳文的写作特色。

欧阳贬官夷陵(今湖北省宜昌市)期间，先后写出《夷陵县至喜堂记》(1036年作)、《峡州至喜亭记》(1037年作)二文。前者是当地长官朱庆基同情欧阳修贬官到此地，"择其厅事之东以作斯堂，度其疏洁高明，而日居之以休其心。堂成，又与宾客偕至而落之"。对此深表感激的欧阳修，开始欣赏体会夷陵之美，敞开心怀，乐观旷达地过日子。这篇文章兼具叙事、写景，而且抒写怀抱。后一篇是因为峡州治所在夷陵，这里位在湖北西境长江三峡东口，"江出峡，始漫为平流"。文中先着力描写恶水怒状，再写道"舟人至此者，必沥酒再拜相贺，以为更生"。以"至喜"名亭，正是为了"志夫天下之大险，至此而始平夷，以为行人之喜幸"。作者反映了特殊的题材，题义也写得清清楚楚。

欧阳修贬官滁州(今安徽省滁州市)期间，更写出两篇传世不朽的名作:《丰乐亭记》与《醉翁亭记》(都作于1046年)。《丰乐亭记》写于初到贬官之地以后，收拾好心情，探访山水之乐。文章先述建亭的缘由，交代其位置、景色，接着由今日滁州之安定，想起五代时期这里是兵连祸结的用武之地，而今"民生不见外事，安于畎亩衣食"，这之间的转变，得力于宋太祖的圣德，真有说不尽的感念。末段环绕这份心情，见"四时之景无不可爱"，愿意"与民共乐"，亭名为"丰乐"，即有深刻纪念的含义。值得注意的是，这篇亭记，虽然保有碑记的某些形式，譬如交代亭名的由来，但是全文由景入情，游赏的心情表露无遗，称得上是一篇游记。换言之，欧阳修模糊了祠堂厅壁亭台记和游览山水记之间的界线，但又不是纯粹的山水游记。吴楚材《古文观止》卷十评本篇："作记游文，却归到大宋功德、休养生息所致，立言何等阔大。其俯仰今昔，感慨系之，又增无数烟波。较之柳州诸记，是为过之。"民国陈衍(1856—1937)《石遗室论文》卷五也说："永叔文以序跋、杂记为最长，杂记尤以《丰乐亭》为最完美。起一小段，已简括全亭风景，乃横插'滁于五代干戈之际'二语，得势有力。然后说由乱到治与由治回想到乱，一波三折，将实事于虚空中摩荡盘旋，此欧公平生擅长之技，所谓风神也。"[②]

如同范仲淹《岳阳楼记》有盛名之累，《醉翁亭记》这篇文章也引发了许多人从文体角度提出异议。全文段落清楚，叙事层次井然有序，对句优美，读来节奏轻快自然，颇获好评。然而，陈师道《后山诗话》说："少游(秦观，1049—1100)谓《醉翁亭记》，亦用赋体。"朱弁(1085—

① 陈新、杜维沫选注《欧阳修选集》,《丛翠亭记》评语，上海古籍出版社1986年版，第264页。

② 陈衍《石遗室论文》，收入陈步编《陈石遗集》下册，福建人民出版社2001年版，第1623页。

1144)《曲洧旧闻》卷三也说:“《醉翁亭记》初成,天下莫不传诵,家至户到,当时为之纸贵。宋子京(祁,998—1061)得其本,读之数过,曰:‘只目为《醉翁亭赋》,有何不可?’”南宋张表臣《珊瑚钩诗话》卷一云:“《醉翁亭记》步骤类《阿房宫赋》,《昼锦堂记》议论似《盘谷序》。”南宋陈鹄《西塘集耆旧续闻》卷十也说:“余谓文忠公此记之作,语意新奇,一时脍炙人口,莫不传诵,盖用杜牧(803—853)《阿房赋》体,游戏于文者也,但以记号‘醉翁’之故耳。富文忠公(弼,1004—1083)尝寄公诗云:‘滁州太守文章公,谪官来此称醉翁。醉翁醉道不醉酒,陶然岂有迁客容?公年四十号翁早,有德亦与耆年同。’又云:‘意古直出茫昧始,气豪一吐阊阖风。’盖公寓意于此,故以为出茫昧始,前此未有此作也。不然,公岂不知记体耶?”上述有关《醉翁亭记》用赋体的质疑,可能有两种解释:第一种可能与读范仲淹《岳阳楼记》的感受相似,文中写景状物,骈散并用,美则美矣,却缺少一分古文的质朴感;第二种可能是“步骤类《阿房宫赋》”,从远处缓缓说起,写静态景物,再写动态的人群生活,最后才点明主题。把重要的题旨用一种类似游戏的手法写出,从茫昧不明写到豪气干云,杜牧赋、欧阳文之间可能有某种程度的关联。仔细思量,这些批评不必全作负面解读。

金王若虚(1174—1243)《滹南遗老集》卷三十六《文辨三》说:“宋人多讥病《醉翁亭记》,此盖以文滑稽。曰:‘何害为佳?但不可为法耳。’”又说:“荆公(王安石,介甫,临川,1021—1086)谓王元之《竹楼记》胜欧阳修《醉翁亭记》,鲁直(黄庭坚,1045—1105)亦以为然,曰:‘荆公论文,常先体制而后辞之工拙。’[①]予谓《醉翁亭记》虽浅玩易,然条达逃快,如肺肝中流出,自是好文章。《竹楼记》虽复得体,岂足置欧文之上哉!”他也认同《醉翁亭记》有游戏的手法,但是肯定本文流畅自然,出自真性情,是篇好文章。后来明代张鼒《评选古文正宗》卷九引元代虞集(1272—1348)语:“此篇是记体,欧阳以前无之。或曰赋体,非也。逐篇叙事,无韵不排,只是记体。第三段叙景物,忽然铺叙,记中多有。”同书卷九引焦□□云:“欧公此记,非独句句合体,且是和平深厚,得文章正气。”此意与罗大经《鹤林玉露》丙编卷二引杨东山之言:“欧公文,非特事事合体,且是和平深厚,得文章正气。”极为相似。这些人都肯定欧阳修文章合乎体制,给予极高的评价。

清代已还,更多人肯定《醉翁亭记》的艺术价值。林云铭《古文析义》卷五说:“亭在滁州西南两峰之间、酿泉之上,自当从滁州说起,层层入题。其作亭之故,亦因彼地有山水佳胜,记虽为亭而作,亦当细写山水。既写山水,自不得不记游宴之乐,此皆作文不易之定体也。但其中点染、穿插、布置、呼应,各极自然之妙,非人所及。至于亭作自僧,太守、宾客、滁人游,皆有分,何故独以己号‘醉翁’为亭之名?盖以太守治滁,滁民咸知有生之乐,故能同作山水之游。即太守亦以民生既遂,无吏事之烦,方能常为宴酣之乐。其所号‘醉翁’,亦从山水之间而得,原非己之旧号。是醉翁大有关于是亭,亭之作始为不虚。夫然,则全滁皆莫能争是亭,而醉翁得专名焉。……句句是记山水,却句句是记亭,句句是记太守。读之惟见当年雍熙气象,故称绝构。”这是从文章作法角度,肯定此记的内容安排,指出题名的书写十分恰当,也合乎碑记文体制。大概因为游览旧建物的碑记文日渐增多,新建物的碑记文相对减

① 黄庭坚《豫章黄先生文集》卷二十六《书王元之竹楼记后引》载:“或传王荆公称《竹楼记》胜欧阳公《醉翁亭记》,或曰:‘此非荆公之言也。’某以谓荆公出此言未失也。荆公评文章,常先体制而后文之工拙。盖尝观苏子瞻《醉白堂记》,戏曰:‘文辞虽极工,然不是《醉白堂记》,乃是韩白优劣论耳。’以此考之,优《竹楼记》而劣《醉翁亭记》,是荆公之言不疑也。”

少，衍变至清代，不太有传统碑记写法的坚持，评点家转而从写作观点进行讨论，从而给予肯定[①]。余诚《古文释义》卷八也说："记亭所以名醉翁，及醉翁所以醉处，俱隐然有'乐民之乐'意在，而却又未尝着迹，立言更极得体。彼谓似赋体者，固未足与言文。"李扶九《古文笔法百篇》卷六也说："过珙曰：'从山作泉，从亭出人，从人出名'，此明明是记，后人即谓之赋体，想读'山间之朝暮也'数段以为类赋耳。不知得此数句节节倒转，便是记体。"愈到近代，愈多人从记体文章的角度肯定此文，也认为"赋体"的批评不足取。

另有《真州东园记》(1051 年作)，文中提出地方官应使"上下给足"，百姓"无辛苦愁怨之声"，"然后休其余闲，又与四方之贤士大夫共乐于此"，这些观点，与《丰乐亭记》、《醉翁亭记》相似。作者未去过真州(今江苏省仪征市)，未见过东园，只根据一张"东园示意图"及对方口述内容而作文，故在谋篇构思方面须另辟蹊径。此记有大段文字描写东园景色，以丰富的联想力，赋体文字的铺叙方式，铺排成篇。值得注意的是，其子欧阳发(1040—1085)撰其父《事迹》云："公之文，备尽众体，变化开阖，因物命意，各极其工，或过退之。如《醉翁亭记》、《真州东园记》，创意立法，前世未有其体。"这么高的评价，意谓欧阳家族对于文体的变化、文意内容的创新，抱持乐观其成的态度。沈德潜《唐宋八家文读本》卷十二说："韩公《新修滕王阁记》，绝不着景，一则己未及游，一则备见于前人赋、记、序中也。此于图画中，已尝写景，然只就子春语指点物象，故面目各异，而神理自合，此谓善学前人。"清初和硕亲王辑《古文约选·欧文约选》载方苞曰："范文正公《岳阳楼记》，欧公病其词气近小说家，与尹师鲁所议不约而同。欧公诸记不少秾丽语，而体制自别，其辨甚微，治古文者最宜研究。"姚鼐《古文辞类纂》卷五十四引刘海峰(大櫆，1698—1780)曰："柳州记山水，从实处写景；欧公记园亭，从虚处生情。柳州山水以幽冷奇峭胜，欧公园亭以敷娱都雅胜。此篇铺叙今日为园之美，一一倒追未有之荒芜，更有情韵意态。"上述三家说法，有待深入剖析。一是韩公《新修滕王阁记》已有生情作态的写法，欧公更推进了一步。欧阳修未尝到该地，于文章之中仍可描写当地景致，这是韩愈、柳宗元未曾有过的作法。不过有个前提是，欧阳修凭借相关材料进行创作，换言之，绝非空穴来风，凭空设想。正因为如此，范仲淹未曾到该地点，却又凭空想出岳阳楼阴晴不同的景色描写，被视为小说家虚构之言。方苞和刘海峰多多少少承认了欧公诸记带有"赋体"风格，但是仍然给予欧公正面评价。至于欧阳修从虚处生情的笔法，比起柳宗元从实处写景的笔法，亦不逊色。

欧阳修《相州昼锦堂记》(1065 年作)，是他晚年的作品。当时声誉崇隆的大丞相魏国公韩琦(1008—1075)荣归故里，建堂以自戒。而欧阳修此记，开头不叙明堂址，不说明兴建过程，也没有描绘昼锦堂的外观和内部陈设，乃引用苏秦、朱买臣的典故，穷形尽相的描绘世俗阿谀谄媚、嫌贫爱富的丑陋样貌。这些铺陈，为下文赞颂韩琦的高尚人格作了对比。文末才点出作此记的用意，乃是向世人称道韩公。全文的前半，出于苦心的安排，后半才更能看出议论的旨趣。茅坤《唐宋八大家文钞·欧阳文忠公文钞》卷二十评本文："以史迁之烟波，行宋人之格调。昼锦堂本一俗见，而欧阳公却于中寻出第一层议论发明，古之文章家，地步如此。"说得是不直接入题，却将叙事文写出议论来的效果。作者未到过相州，文中这种避实就虚的写法出现过许多次，后人转相学习，被称之为"宋调"。

---

① 浦起龙《古文眉诠》卷五十九合评《丰乐亭记》与《醉翁亭记》道："两亭两记，似散非散，似骈非骈，文家之创调也。"

欧阳修尚有《樊侯庙灾记》(约1034年作),也是从记事入手,意在破除迷信,引发出层层反驳、一再诘问的议论主题;《河南府重修使院记》,由建筑过程思考为政之本;"制作虽壮,不逾距;官司虽冗,执其方。君子谓是举也,得为政之本焉。乌有端其本而末不正者哉!"这是从叙事转为议论的实例。刘少雄(1959—)说:"欧阳修杂记文的另一项特色,就是借题寓慨,好发议论,以抒其情志胸怀。如《相州昼锦堂记》,本'富贵不归故乡,如衣锦夜行'(《汉书·项籍传》)之意,引申论辩……又如《御书阁记》之议佛老……都是以论为记的篇章。"[①]

此外,欧阳修《画舫斋记》(1042年作)、《偃虹堤记》(1046年作)、《岘山亭记》(1070年作),或即事穷理,或即景抒情,形成自家写作风格。在欧阳修笔下,传统以建筑物为主的碑记写法,与山水游记的界限日趋模糊,因此有些学者将山水游记范围扩大,纳入欧阳修《丰乐亭记》、《醉翁亭记》、《浮槎山水记》、《岘山亭记》等作品[②]。其实,欧阳修书写这些文章,如《泗州先春亭记》记亭子地理位置"乃筑州署之东城上,为先春亭,以临淮水,而望西山",《游儵亭记》记命名缘由,《河南府重修净垢院记》详记修建费用与工程大小,《湘潭县药师院佛殿记》记当地商人李迁捐钱新修佛殿的来龙去脉,皆记录建筑物命名及其过程,也记录建筑时间、主事者姓名,都保有碑记文的尺度在心,他的碑记文大多不宜归入山水游记。

(二)苏轼

到了北宋中期的苏轼,由于在野时间长,游走各地机会多,加上自身文名崇高,碑记文大量增加。先是,任凤翔府签书判官时,作《喜雨亭记》(1062年作)。这年当地久旱之后,连下三场雨,作者便用"喜雨"名亭,抒写"久旱逢甘霖"的喜悦,说尽无雨之忧和有雨之乐。然而全文未对亭子进行直接的记述和描绘,倒是"举酒于亭上以属客"那一段,语气活泼,喜气洋洋;最后一段以歌词作结。金圣叹《天下才子必读书》卷十五说:"此是特称出以雨名亭妙理,非故涉笔为戏论也。"浦起龙《古文眉诠》卷六十九也说:"志不忘,是名亭主意,即是通篇命意。"

次年,苏轼应凤翔知府陈希亮之请作《凌虚台记》(1063年作)。文章先交代建筑凌虚台的起因,再写筑台经过,因台上所见风景隐约而奇幻,故取名"凌虚"。最后以登高怀古,论古今物之废兴成毁与人事之得丧无常,抒发感慨,论定"台犹不足恃以长久,盖世有足恃者"的结论;然而作者不说出"足恃者"为何,使不尽之意见于笔外。全文虚实相生,却又富有哲理。

苏轼《超然台记》(1075年作),也是一篇富有哲理的作品。此文一开始就从议论入手,先明"超然"之理;再记述他初到密州的生活,陈述他恬淡自适、超然物外则无往不乐的心境,写"超然"之人;最后再写到修葺城墙陋台的经过,以及登台游赏之乐,点出"超然"之台名。沈德潜《唐宋八家文读本》卷二十三说:"通篇含'超然'意,末路点题,亦是一法。"然而本文虚实相生的写法,与《凌虚台记》并无二致,故方苞《方望溪先生全集》卷五十六说:"子瞻记二台,皆以东西南北点缀,颇觉肤套,此类蹊径,乃欧、王所不肯蹈。"其实这话也可以反过来说,正因欧、王等人未如此写过,苏轼为求创新,于是另辟蹊径而有此作。

苏轼《放鹤亭记》(1078年作),也是一篇佳构。此记先写筑亭的经过;又有二只鹤,驯服

① 刘少雄《欧阳修杂记文的思想内涵与表现特色》,《中国文学研究》创刊号,1987年,第141页。

② 参见梅新林、俞樟华《中国游记文学史》,学林出版社2004年版,第31页。

善飞，常于亭上朝西山之口放飞，故名“放鹤亭”。较特殊的是，文中以赋体主客问答的形式，讨论隐士的情怀和君王的志趣问题，认为隐士可以纵情适意，君王不可玩物丧志，从而肯定隐居之乐无穷。最后以《放鹤》、《招鹤》歌结尾，书写放鹤的逸趣，有仙鹤飘逸之姿。孙琮《山晓阁选苏东坡全集》卷六说：“前幅叙事错落，是记之正体。后幅因好鹤而及好酒，而以南面之君，来与山林之士相形，见山人隐居之为乐。稍涉议论，是记之变体。一篇之中，正变错出，真如野鹤高迁，令人攀援无际。”这里对苏轼文法多变作出了形容。

综观苏轼的碑记文，叙事、描写、议论与问答手法，不但广泛运用，且有单用、混用的现象，如全篇议论的《醉白堂记》[①]，先议论后叙事的《三槐堂记》，先叙事、中议论、后抒情的《眉州远景楼记》，先写景、中叙事、后议论、再抒情的《灵壁张氏园亭记》等。即使其他不属于碑记的记体文，如《石钟山记》(1084年作)，浦起龙《古文眉诠》卷六十九评道：“以辨体为记体，当作翻案观。”他如《稼说》(约1076年末—1077年初)、《日喻》(1078年作)、《记承天寺夜游》(1083年作)，一直到他晚年的《潮州韩文公庙碑》(1092年作)，皆可见苏轼常常变换文法，以议论手法写入记叙文类，创新不少体制。杨庆存说：

> 亭台堂阁记是记体散文最习见的体式，也是宋人最擅长的体式……对亭轩记的发展作出了重要贡献的当推苏轼。……苏轼之后，此类体式……南宋诸人也未能越此规范。[②]

从碑记文的写法丰富多变化，看出苏轼是影响至南宋最重要的作家之一。

四、北宋碑记文的文体开创意义

经由上述讨论，我们可以分从写法演变、内容演变、形式演变三方面，说明北宋碑记文与前人不同之处：

首先就写法演变来说。如吴讷《文章辨体》所说，记营建之文，“当记月日之久近，工费之多少，主佐之姓名”。这是传统以来的写作基本规范，但不是每篇文章都要写成流水账，唐人已非如此写。而碑记文(属杂记类)来自碑文体(属碑志类)，另有韵语作结的形式传统，这也会在许多作品中表现出来。这般界限，在宋初王禹偁身上就已经产生了微妙的变化。他的《待漏院记》很像“箴体”，这当是来自碑铭的写法，不足为奇；而他的《黄州新建小竹楼记》，却由于不刻石之故，写得颇似柳宗元的山水游记。后来我们看到欧阳修《丰乐亭记》、《醉翁亭记》之类的许多作品，一方面保留传统进行释名、记述过程的工作，一方面又写得很像游记；而到了苏辙《武昌九曲亭记》、《黄州快哉亭记》，就写成完全是游记的风貌了。这一文体写作方式改变的过程，是宋人的一大开创。

宋人对于碑记文写法的求新求变也颇感到自豪，叶适(1150—1223)《习学记言》说：

> 韩愈以来，相承以碑、志、序、记为文章家大典册；而记，虽愈与宗元犹未能擅所长也，至欧、曾、王、苏，始尽其变态，如《吉州学》、《丰乐亭》、《拟岘台》、《道州山亭》、《信州

① 参见谢敏玲《苏轼〈醉白堂记〉之“以论为记”试探》，《淡江人文社会学刊》2006年第26期。

② 杨庆存《宋代散文体裁样式的开拓与创新》，《中国社会科学》1995年第6期。

> 兴造》、《桂州新城》，后鲜过之矣。若《超然台》、《放鹤亭》、《篔筜偃竹》、《石钟山》，奔放四出，其锋不可当，又关纽绳约之不能齐，而欧、曾不逮也。[①]

从韩愈到欧阳修到苏轼，的确有一文章演变的进程。韩愈《燕喜亭记》微载议论于文中，到了欧、苏以后，专有以论议为记者，然而立言足以垂范后世，学者尚能接受。韩文"结局处特高"，或是未到其地亦能写出碑记的写法，欧阳修也有所继承。而欧公缓缓从远处说起，形成虚笔写法，被人目之为"回环作态"；到了苏轼更是架空立论，求新求变，文章写法变化多端。即使部分作品被批评为"宋调"，但不得不说宋人有其自家面目，从中可以看出宋人的努力成绩。

其次就内容演变来说。唐代韩愈等人的碑记文只有少量议论的现象，被称为"正体"，影响到了北宋变成大量由记叙转为议论的现象，被称为"变体"；引发陈师道等人对此严加批评。然而，北宋碑记文并非大量为"变体"之作，观察司马光等人作品可知。有些"变体"之作，虽然加入议论的内容，但是立言正大，有垂范后世的意味，如范仲淹《岳阳楼记》、欧阳修《丰乐亭记》与《醉翁亭记》等，仍然能被世人接受，给予极高的评价。

此外，唐人以"物"为主的作品内容，至宋代转而成为以"人"的思想情感为主；欧、苏碑记文更大的发挥重点，是把"记"写成抒情性质很浓的文章，这在唐人是罕见的。清末民初章廷华《论文琐言》说："欧文说到穷极处，每参以身世兴衰之感，《岘山亭碑》、《丰乐亭记》诸作均如此。"[②]他所说的，正是北宋碑记文的一大特色。

最后就形式演变来说：

（一）北宋碑记文大多数遵守传统写作规范，记命名缘由、修建过程，以及让后人评断是非曲直的"题名记"作法，都保有碑记文的尺度在心，因此碑记文与山水游记不相混淆。

（二）北宋有些碑记文以歌作结，这应该是来自两汉碑文体最后以铭文韵语作结的形式，范仲淹《严先生祠堂记》、苏轼《喜雨亭记》、《放鹤亭记》可为代表。

（三）北宋有些早期碑记文作品，沿袭五代风气，讲究形式与音韵之美，造成"记体"似"赋体"的现象，范仲淹《岳阳楼记》、欧阳修《真州东园记》、《醉翁亭记》可为代表。

（四）北宋碑记文数量远胜于唐代，题材也较唐代更为开阔，尤其扩展了"学记"的题材。

（作者单位：台湾师范大学国文系）

① 叶适《习学记言·序目》，《景印文渊阁四库全书》本，第 849 册，卷四十九皇朝文鉴三，台湾商务印书馆 1983 年版，第 794 页下。

② 转引自洪本健《欧阳修资料汇编》下册，中华书局 1995 年版，第 1341 页。

北宋文坛对“元和、长庆风格”之接受及其意义

陈元锋

“贞元、元和之风”亦可表述为“贞元、长庆之风”、“元和、长庆之风”或径称为“元和之风”。将某一特定时段的文学风尚概括为某种具有特定内涵的美学范畴，文学史上以“建安风骨”与“盛唐气象”最为流行，而“贞元、元和风格”极少被人提及，事实上，这是宋代文坛极为流行的文学批评话语。“中唐”时期以元白、韩柳为代表的诗文风格构成这一概念的基本内涵，在北宋诗文经典选择的语境里，进入文学传播流程，经太宗、真宗、仁宗三朝的流衍，相继成为北宋文学的典范，“贞元、元和风格”的传播与接受促进了唐宋之际文学转型的完成。

中唐：“元和体”与“元和、长庆风格”

李肇《唐国史补》曾从世风、文风交替的角度描述大历、贞元、元和文学之渐变，并提出“元和体”的概念：“元和已后，为文笔则学奇诡于韩愈，学苦涩于樊宗师，歌行则学流荡于张籍，诗章则学矫激于孟郊，学浅切于白居易，学淫靡于元稹，俱名为元和体。大抵天宝之风尚党，大历之风尚浮，贞元之风尚荡，元和之风尚怪也。”[①]以“时”命“体”，实是一个包括当时文坛流行之古文、古诗、歌行等各类文体、多种风格与流派的总汇，反映了元和文坛名家争驰、异彩纷呈的繁荣局面。狭义的“元和体”则与以“人”而称的“元白体”同指元白诗文。按白居易于元和二年至六年任翰林学士，长庆元年迁中书舍人，元稹同年迁中书舍人、翰林承旨学士。中书舍人之职尤为唐人所重，被视为“文士之极任”[②]。元白不仅以歌诗唱和著称于时，而且以其策问制诏文章称名文坛，故白居易长庆三年时所作《余思未尽，加为六韵，重寄微之》诗中说：“遥知独对封章草，忽忆同为献纳臣。走笔往来盈卷轴，除官递互掌丝纶。制从长庆辞高古，诗到元和体变新。”所谓“元和变体”之“新”，并非李肇所谓“浅切淫靡”，而是其时“众称元白为千字律诗，或称元和格（自注）”。二人同掌丝纶，且互撰除授制词：“予（白居易）除中书舍人，微之撰制词；微之除翰林学士，予撰制词（自注）。”所谓“长庆制辞”之“古”，指“微之长庆初知制诰，文格高古，始变俗体，继者效之也（自注）”。一为诗“格”，一为“文格”，均为元白二人“变新”之自觉追求。元稹《制诰序》交代了长庆制辞复古的背景：“近世以科试取士文章，司言者苟务刓饰，不根事实……而又拘以属对，跼以圆方，类之于赋判者流，

---

① 李肇《唐国史补》卷下，《唐五代笔记小说大观》，上海古籍出版社 2003 年版，第 194 页。

② 《文献通考》卷五一，中华书局 1986 年版，第 465 页。

先王之约束盖扫地矣。元和十五年,余始以祠部郎中知制诰,初约束不暇,及后累月,辄以古道干丞相,丞相信然之。又明年,召入禁林,专掌内命,上好文,一日从容议及此。上曰:'通事舍人不知书,便其宜,宣赞之外无不可。'自是司言之臣皆得追用古道,不从中覆。然而余所宣行者,文不能自足,其意率皆浅近,无以变例。追而序之,盖所以表明天子之复古,而张后来者之趣尚耳。"他在《白氏长庆集序》中指出白氏之制诰的特点:"碑记、叙事、制诰长于实。"白居易则称元稹制诰"能芟繁词,划弊句,使吾文章言语,与三代同风"[①]。又说:"制诰,王言也,近代相沿,多失于巧俗。自公下笔,俗一变至于雅,三变至于典谟,时谓得人。"[②]值得注意的是,《白氏长庆集》所收"中书制诰"作者明确标注"旧体"、"新体"各三卷。"旧体"犹"古体",是散文化了的骈体文;"新体"即"今体",是标准的骈体制诏[③]。由此可见,元和至长庆初,元白作为词臣掌诰期间,在制诰文写作的理论和实践上,也在自觉地追求"复古""变俗",这与同时韩柳倡导的"古文"有着某种程度的呼应。元白制诰文的特点是追踪《尚书》以来诰命训誓的"高古"典雅文风,变革通行骈体制诰文浮华不实、拘以偶对的"巧俗"之弊,确立了词臣制诰文的"元和、长庆风格",但在当代除了在学士院作为范本[④],文坛似乎并没有给予更多的关注。如晚唐韩门弟子孙樵云:"当元和、长庆之间,达官以文驰名者接武于朝,皆开设户牖主张后进,以磨定文章,故天下之文熏然归正。"[⑤]亦以韩愈为依归,而非指元白而言。

五代:"元和、长庆风格"之滥觞

五代时期,文坛开始流行"贞元、元和之风"的说法。马令《南唐书》卷十三《儒者传上》载:"南唐累世好儒,而儒者之盛见于载籍,灿然可观。如韩熙载之不羁,江文蔚之高才,徐锴之典赡,高越之华藻,潘佑之清逸,皆能擅价于一时。而徐铉、汤悦、张洎之徒,又足以争名于天下,其余落落不可胜数。故曰:江左三十年间,文物有元和之风,岂虚言乎!""元和之风",陈彭年《江南别录》作"贞元、元和之风"。同书《韩熙载传》:"制诰典雅,有元和之风。"吴任臣《十国春秋》卷二十八《韩熙载等传论》:"韩熙载制诰有元和风,而议论宏正,淹洽体要,洵经国之华也。"同书卷九五《黄滔传》:"滔文赡蔚典则,诗清淳丰润,有贞元、长庆风。"

五代对"元和之风"的接受以南唐为中心,它继承了元和的文化艺术精神,造就了南唐王朝的"文物"成就,而使斯文不坠。所谓贞元、元和以至长庆之风,均是以"时"论而非以"人"称,但首次以"制诰典雅"将文体与风格联系为一体,其指向显而易见,即贞元至长庆间先后担任翰林学士与中书舍人的元、白、陆贽等文章名家。后晋史臣所著《旧唐书》对元稹、白居易等人的中书、翰苑制草给予极高的评价,透露了晚唐五代以来骈体文复炽、古文渐衰的文

① 《元稹除中书舍人翰林学士赐紫金鱼袋制》,《白居易集笺校》卷五十,上海古籍出版社2003年版,第2954页。

② 《唐故武昌军节度处置等使元公墓志铭》,《白居易集笺校》卷七十,第3735页。

③ 参见尹占华《白居易制诰文中的"新体"与"旧体"之辩》,《甘肃广播电视大学学报》2007年第6期。按《旧唐书》卷一百六十《刘禹锡传》载:"禹锡精于古文,善五言诗,今体文章复多才丽。"(中华书局1986年版,第4210页)卷一百九十《李商隐传》:"商隐能为古文,不喜偶对,从事令狐楚幕,楚能章奏,遂以其道授商隐,自是始为今体章奏。"(第5078页)均以"古文"与"今体文章"、"今体章奏"相对而称,可为参证。

④ 参见元稹《酬乐天余思不尽加为六韵之作》诗及自注。

⑤ 《与友人论文书》,《全唐文》卷七九四,上海古籍出版社1995年版,第3690页。

场消长消息。其评元、白云:“元和主盟,微之、乐天而已。臣观元之制策、白之奏议,极文章之壸奥,尽治乱之根荄。”①而其评韩愈则褒贬相参:“愈所为文务反近体,抒意立言,自成一家新语,后学之士取为师法,当时作者甚众,无以过之,故世称韩文焉。然时有恃才肆意,亦有盩孔孟之旨。”②以古文著称的韩愈的地位既不如“元和主盟”的元白,亦不如其侪辈刘禹锡与柳宗元:“史臣曰:贞元、太和之间,以文学耸动搢绅之伍者,宗元、禹锡而已,其巧丽渊博,属辞比事,诚一代之宏才,如俾之咏歌帝载,黼藻王言,足以平揖古贤,气吞时辈。”③尊白抑韩、重骈轻散是唐文在五代传播、接受的新特点。

前引史籍所述南唐著名文士徐铉、汤悦、张洎、韩熙载均为江东著名文士,且都曾任中书舍人知制诰。除韩熙载外,其余三人又都由南唐入宋,于太宗朝继任直舍人院(张洎)、直学士院(徐铉、汤悦)和翰林学士(张洎),他们以其宗师地位与师友传习,将南唐对“元和之风”的接受带到了中朝文坛。

宋初:“元和、长庆风格”之流行

北宋太宗、真宗两朝,“元和、长庆风格”成为文坛最流行的批评话语,形成宋代对唐代文学接受的第一个高潮。

太宗端拱、淳化以来,几度出入掖垣、翰苑的词臣王禹偁,在其文章中开始屡屡标榜“元和、长庆风格”。他是把元和、长庆作为唐代文学全盛时代给予高度评价的:“(李唐)三百年间圣贤相会,事业之大者,贞观、开元;文章之盛者,贞元、长庆而已。咸通而下,不足征也。”④“文章之盛”包含了古文、辞赋与四六制诰文。如《再答张扶书》:“唐初之文有六朝淫风,有四子艳格,至贞元、元和间,吏部首唱古道。”⑤《送李巽序》:“君尤善辞赋,得贞元、长庆时风格。”⑥尤为引人注目的是,贞元至长庆制诰文章一时成为经典文本。《谢除刑部郎中知制诰启》:“乏梦中之白凤,深愧演纶。敢不考三代两汉之典章,取贞元、长庆之风格。”⑦《谢除翰林学士启》:“自非枚马渊云之述作,常杨元白之才名,则何以塞清问于论思,润皇猷于典诰?”⑧常衮、杨炎于代宗朝任翰林学士及中书舍人知制诰,《旧唐书》卷一一八《杨炎传》:“与常衮并掌纶诰,衮长于除书,炎善为德音,自开元已来,言诏制之美者,时称常、杨炎焉。”禹偁《贺柴舍人(成务)新入西掖》诗:“好继忠州文最盛,应嫌长庆格犹卑。”自注:“舍人尝与余评前贤诏诰。若《奉天罪己诏》,元白之徒,可坐在庑下。”陆贽为德宗朝著名翰林学士,尤长于制诰奏议,著有《翰苑集》,《旧唐书》卷一三九《陆贽传》评其草诏“莫不曲尽事情,中于机会”。建中四年德宗播迁于奉天,“所下书诏,虽武夫悍卒,无不挥涕感激,多贽所为也”。王禹偁认为以文格而论,陆贽尤高于元白。显然,“贞元、长庆风格”并非只是行文的虚词套语,而是对元、

---

① 《旧唐书》卷一六六《白居易传》,第4360页。
② 《旧唐书》卷一百六十《韩愈传》,第4204页。
③ 《旧唐书》韩愈等传论,第4215页。
④ 《东观集序》,《全宋文》,巴蜀书社、上海辞书出版社2006年版,第8册,第17页。
⑤ 《全宋文》第7册,第397页。
⑥ 《全宋文》第7册,第430页。
⑦ 《全宋文》第7册,第407页
⑧ 《全宋文》第7册,第405页。

白、陆贽等人制诏文章认真研读揣摩后的选择。《丁晋公谈录》亦载:“王二丈禹偁忽一日阁中商较元和、长庆中名贤所行诏诰,有胜于《尚书》者,众皆惊而请益之,曰:‘只如元稹行牛元翼制云:杀人盈城,汝当深诫;孥戮尔众,朕不忍闻。且《尚书》云:不用命戮于社。又云:予则孥戮汝。以此方之,《书》不如矣。’其阅览精详也如此,众皆伏之。”[①]王禹偁《寄献鄜州行军司马宋侍郎(白)》诗云:“制诰复西汉,碑板揭东岱。金銮赴夜召,顾问及远大。白麻几千纸,意出元白外。”他的观点颇有代表性。如田锡亦认为:“迨至有唐贞元、长庆间,儒雅大备,洋洋乎可以兼周汉也。帝王好文,士君子以名节文藻相乐于升平之世,斯实天地会通之运也。”[②]《寄宋白拾遗》云:“严吾侍从臣,元白才名子。……不日演丝纶,鳌宫承帝旨。”[③]宋白于太宗、真宗朝两入翰苑达20年之久,王禹偁、田锡、胡旦、苏易简、李宗谔等两制词臣皆出其门下,堪称一代文坛宗主,可见,宋白、王禹偁等两制师友确实自觉以元和、长庆制诏为范本,切磋模拟,以提高写作水平。

北宋时期,中书舍人与翰林学士成为朝廷中枢执掌词命的两制词臣,帝王优宠,文人趋奉,地位清要。不过太祖朝词臣基本由五代旧臣构成,如两位任职时间最长者翰林学士承旨陶谷(任职11年)“自五代至国初,文翰为一时之冠”,但太祖依然有“依样画葫芦”之嘲讽[④];欧阳迥(任职7年)“掌诰命亦非所长”[⑤]。至太宗朝,新朝学士逐渐取代旧朝词臣,但文教初兴,一般文士仍缺乏丰厚的文化积累与文学素养,因此词臣的写作水平总体上仍然不够高。其表现之一是不得制诰体写作体要,如苏易简才思敏赡,长于诗赋,但“由知制诰入为学士,年未满三十,属文初不达体要”[⑥]。韩丕有诗名,亦不长于应用文章,“属思艰涩,及典书命,伤于稽缓”[⑦]。又如两位知制诰,赵邻几为文“属对精切,致意缜密,时辈咸推服之。及掌诰命,颇繁富冗长,不达体要,无称职之誉”[⑧];和蒙为文“殊少警策,每草制,必精思讨索而后成,拘于引类偶对,颇失典诰之体”[⑨]。表现之二是拘于偶对俳俪,流于浮华,卑弱不振。因此,如何提高制诰文的质量,变革文风,就成为迫切需要解决的课题。在这种背景下,宋初朝廷不仅沿承了唐开元以后形成的翰林学士与中书舍人对掌纶诰的中枢秘书制度,而且也必然在前朝的档案库里寻找可资借鉴的文本,陆贽撰写的《备举文言》、白居易撰写的《白朴》[⑩]由此成为翰苑应用文章的入门读物和习作蓝本。一个不可忽视的现象是,太宗朝翰林学士由清一色的“白体”诗人组成,他们对白居易诗歌与文章风格有着自觉的趋同和选择,而《白氏长庆集》的朝野流传[⑪],则扩大了白体的传播与接受渠道。因此,“元和、长庆风格”在太宗朝几乎成为元白制诏的同义语。

---

① 《说郛》卷十六下引,上海古籍出版社1987年《影印文渊阁四库全书》本。

② 《答胡旦书》,《咸平集》卷三,巴蜀书社2008年版,第41页。

③ 《咸平集》卷十七,第166页。

④ 《东轩笔录》卷一,中华书局1997年,第5页。

⑤ 《宋史》卷四七九《西蜀孟氏世家》,中华书局1985年版,第13894页。

⑥ 《宋史》卷二六六《苏易简传》,第9173页。

⑦ 《宋史》卷二九六《韩丕传》,第9860页。

⑧ 《宋史》卷四三九《文苑传》,第13009页。

⑨ 《宋史》卷四三九《文苑传》,第13015页。

⑩ 参见傅璇琮《唐翰林学士传论》,辽海出版社2005年版,第303、448页。

⑪ 释智圆《读白乐天集》:“所以《长庆集》,于今满朝野。”《全宋诗》卷一三九。

追踪“元和、长庆风格”的成效至太宗朝后期逐步显示出来，杨亿撰《李公（沆）墓志铭》称：“五代已来文体一变，至于雅诰殊未复古。公之书命也，启迪前训，润色鸿业，善为辞令，长于除书，考三代之质文，取两汉之标格，使国朝谟训与元和、长庆同风者，繄公之故也。”[①]李沆于端拱、淳化时任知制诰、翰林学士。太宗朝后期，更出现了王禹偁这样既倡导韩柳古文、又“精于四六”[②]的文章名家，以“古雅简淡”、“宏丽典赡”[③]的风格允称一时作手。

真宗朝前期，诗坛“白体”与“昆体”递嬗之际，馆阁翰苑仍流行“贞元、元和风格”的话语，是太宗朝这一话语的延续和总结。宋白本系“白体”诗人，他在真宗朝继任学士承旨11年，曾献《拟陆贽榜子集》献上，钱易亦在景德中拟白居易《策林》十篇上之，召赴中书试六论[④]。这说明贞元、长庆应用文章（而非韩柳古文）在真宗朝初年仍有相当的影响力。有趣的是，“白体”与“昆体”的交替正是在王禹偁与杨亿之间渐次完成的。杨亿于太宗朝以神童入馆阁，真宗景德中由知制诰迁学士，因《西昆酬唱集》而成为“昆体”的代表，但他与“白体”诗人王禹偁、宋白两位文学前辈交谊颇深，其文学思想与王、宋之间的渊源亦有迹可寻。王禹偁曾作《送史馆学士杨亿闽中迎侍》、《送正言杨学士亿之任缙云》诗，杨亿则曾为宋白作《广平公唱和集序》[⑤]，为王禹偁作挽歌五首[⑥]。他既写过《读史效白体》，而在制诰骈文的写作上，也曾极力推重“元和、长庆风格”，除前引《李沆墓志铭》外，又如《与薛舍人启》：“固汤诰、禹谟之可复，岂元和、长庆之足云。”（《武夷新集》卷十九）[⑦]又曾评晁迥“所作书命无过褒，得代言之体”[⑧]。晁迥为白体诗人，少从学于王禹偁，其制诰当亦近元和、长庆风格。

除了作家代群的新旧交替外，帝王的好尚也是一个重要因素。真宗崇尚文学，礼遇祠臣，对馆阁翰苑的文学动向也颇为关注，时有批评。他对“贞元、元和风格”的提倡和对西昆体的贬抑，就试图干预景德、祥符间文学风尚的迁变。《东都事略》卷四十七《杨亿传》载：“真宗常谓王旦：‘亿词学无比，后学多所法则，如刘筠、宋绶、晏殊而下，比比相继，文章有正（贞）元、元和风格，自亿始也。’旦曰：‘后进皆师慕亿，惟李宗谔久与之游，终不能得其鳞甲，盖李昉词体弱，不宗尚经典故也。”[⑨]王旦为咸平间学士，景德中拜相，与杨亿交谊甚深，真宗屡屡与其谈论翰苑文章。但景德至祥符初，西昆酬唱已经完成，杨亿、刘筠、晏殊等相继入翰苑，其制诰写作亦形成典赡精工的昆体四六，“本朝四六，以刘筠、杨大年为体，必谨四字、六字律令”（邵博《邵氏闻见后录》卷一六）。乃是樊南四六一路，按李商隐少年时习为古文，其从令狐楚学习“今体章奏”乃在大和初[⑩]，并不属“贞元、元和风格”范畴，然则在真宗与王旦关于杨亿有“贞元、元和风格”的对话中，其内涵如何？仁宗朝翰林学士宋祁在为石中立所作墓志铭

① 《全宋文》第15册，第64页。

② 朱胜非《绀珠集》卷十二，《文渊阁四库全书》本。

③ 《四库全书总目提要》卷一百二，中华书局1965年版，第1307页。

④ 王应麟《玉海》卷六一，《文渊阁四库全书》本。

⑤ 《全宋文》第14册，第384页。

⑥ 《全宋诗》，北京大学出版社1998年版，第3册，第1390页。

⑦ 《全宋文》第14册，第332页。

⑧ 《宋史》卷三百五《晁迥传》，第10087页。

⑨ 《长编》卷八五系此事于大中祥符八年八月庚寅，《宋大事记讲义》卷七系于大中祥符六年六月，均以“贞元元和风格自亿始”记为宰相王旦语。元不著撰人《氏族大全》卷十一载：“王旦云：‘刘筠、宋绶相继，翰苑属文有贞元、元和风格。’”同书卷十七载：“王旦曰：‘刘筠、宋绶、晏殊属文有贞元、元和风格。’”

⑩ 参见傅璇琮、吴在庆《唐五代文学编年史·晚唐卷》，辽海出版社1998年版，第44页。

和行状中对杨亿文章的评价极为确当，可移为其“贞元、元和风格”的注脚：“天子好文学，而虢略杨亿以雄浑奥衍革五代之弊，公（石中立）与中山刘筠、颍川陈越推而肆之，故天下靡然变风。”[①]“亿工文章，采缛闳肆，汇类古今气象，魁然如贞元、元和，以此倡天下而为之师。公（石中立）与刘、陈数公，推毂趣和之，既乃大变。景德、祥符间号令彬彬，谓之尔雅，而五代之气尽矣。”[②]“雄浑奥衍”、“采缛闳肆”可以说准确地概括了杨亿等人所创昆体四六制诰的新特点，这一特点显示了真宗朝学士普遍博学，自觉追求奥雅文风的趋尚。宋祁评为“魁然如贞元、元和”，恐怕是采用了来自真宗与王旦的定评。事实上，昆体四六较之元白制诰的简明切当、温雅平实，更为典丽、赡博、精工。耐人寻味的是，王旦指出与杨亿同在翰苑并参与过西昆酬唱的李宗谔“不能得其鳞甲”，原因则在于浸淫其父李昉为文词气“平弱”、“不宗尚经典”之故，而李昉恰是五代至宋初“宗白”作家和翰苑掌诰的代表人物。

由此可见，真宗以“贞元、元和风格”评价杨亿等翰苑词臣的文章，似乎忽视了杨刘等人自觉取法晚唐李商隐而变两禁文章之体的事实。考察一下真宗在景德、祥符间发表的一系列针对文学、文风问题的言论，如景德四年（1007）六月，枢密直学士刘总出镇并门，两制、馆阁赋诗饮饯，“时方竞务西昆体，磔裂雕篆，亲以御笔选其平淡者，止得八联”[③]。大中祥符二年（1009）正月，王钦若等诬告杨亿、刘筠、钱惟演唱和《宣曲诗》，事涉掖廷、词涉浮华，真宗责备曰：“‘词臣，学者宗师也，安可不戒其流宕？’乃下诏风励学者，如自今有属词浮靡，不遵典式者，当加严谴。”[④]大中祥符三年（1010）真宗对王旦说：“今文章体格与近代不同，馆阁中颇勤职业，每览歌颂，皆以典雅相尚。”[⑤]莫不彰显出真宗的审美取向，即倡导以元白为代表的“平淡”而“典雅”的“贞元、元和风格”，而祥符戒浮靡诏虽亦针对昆体而发，但其背后掺杂着政治因素。总体上来看，真宗对杨亿及其后学，褒多于贬。从文风变革的角度看，以王禹偁为代表的“白体”与杨亿为首的“昆体”在革除五代之弊方面师友传承，前后相继，虽有沿革，但又都未脱“唐体”，因此，广义上皆可纳入“贞元、元和风格”范畴，况且昆体所取法的李商隐是一位身处晚唐衰落时世、“官不挂朝籍而死”[⑥]、被目为“无持操，恃才诡激”[⑦]的轻薄落拓文人，也不宜被当代台阁作家引以为喻。只是，在“白体”与“昆体”交替的进程中，元白的“贞元、元和风格”已逐渐淡出其作为文学典范的接受视野而被杨刘的昆体四六所取代。

北宋中叶：“贞元、元和风格”之转换

随着接受视野的开阔，“元和、长庆风格”的提法在宋仁宗朝以后发生了转换。一般来说，不再笼络地以“风格”论“元和、长庆”文学。最显著的变化是，韩愈取代了白居易的中心地位，经过宋初以来文人的宣传，韩愈古文终于全面地进入北宋文人的接受视野。刘弇《上

① 《石太傅墓志铭》，《全宋文》第25册，第131页。
② 《石少师（中立）行状》，《全宋文》第25册，第70页。
③ 释文莹《玉壶清话》卷一，中华书局1984年版，第2页。
④ 《长编》卷七一“大中祥符二年正月庚午”条，中华书局2004年版，第1589页。
⑤ 《长编》卷七三“大中祥符三年五月丁未”条，第1673页。
⑥ 陆龟蒙《书李贺小传后》，《全唐文》卷八〇〇，第3731页。
⑦ 《旧唐书》卷一百九十，第5078页。

曾子固先生书》云:“二汉而下,独唐元和、长庆间文章,号有前代气骨,何则?知变而然也。”[①]他所极力推崇的是韩愈、柳宗元之文,同时论列的时辈有李翱、皇甫湜、吕温、刘禹锡、权德舆诸人而无元白之文,诸人各擅其美而皆有所不足。南宋章如愚《群书考索续集》卷十五引林少颖亦云:“惟正元、元和之后,承三变之余,有二汉述作之风,自韩愈作《顺宗实录》,当时以为颇有风骨,故元和诸公皆能著述。”以“气骨”或“风骨”替换“风格”,正是韩子之文冠乎群伦之处,是庆历以来儒学复古、士风与文风变革背景下的新发现。第二个明显的变化是以韩柳古文作为元和文学的代表,并将其视为由唐转宋文学复古进程中的重要转捩点。欧阳修与宋祁所修《新唐书》对韩愈、元白的评价推翻了不同五代《旧唐书》的价值观。如《新唐书》评元稹制诏:“变诏书体,务纯厚明切,盛传一时。”(《元稹传》)但认为:“居易在元和、长庆时,与元稹俱有名,最长于诗,它文未能称是也。”(《白居易传》)对其文章成就一笔带过。对韩愈则大加赞扬:“至贞元、元和间,愈遂以六经之文为诸儒倡,障堤末流,反刓以朴,刬伪以真,然愈之才自视司马迁、扬雄至班固以下不论也。当其所得,粹然一出于正,刊落陈言,横骛别驱,汪洋大肆,要之无抵牾圣人者。”(《韩愈传》)

对韩愈古文的传播与接受,构成了韩柳欧苏文脉相续的百年历程,也给制诰应用文体带来了变革。庆历、嘉祐以来的文章名家,开始检讨四六制诰文体本身的缺陷。如欧阳修康定元年(1040)《答陕西安抚使范龙图(仲淹)辞辟命书》曰:“今世人所谓四六者,非修所好,少为进士时不免作之,自及第,遂弃不复作。在西京佐三相幕府,于职当作,亦不为作。”[②]庆历三年(1043)《论李淑奸邪札子》中提出:“朝廷诏敕之词,直书王言,以示天下,尤足以敦复古朴之美,不必雕刻之华。”[③]《内制集序》论学士文章说:“制诏取便于宣读,常拘以世俗所谓四六之文,其类多如此。然则果可谓之文章者欤!……予在翰林六年……其屑屑应用,拘牵常格,卑弱不振,宜可羞也。”[④]治平四年(1067)司马光甚至以“臣不能四六”为由固辞翰林学士之职,神宗特许其“如两汉制诏可也”[⑤],即允许其使用散体。四六制诰的写作打破常规,风气为之一变,由“唐体”转向更为自由多样的“宋体”。欧阳修“既典制诰,尤务敦大体。初作《劝农敕》,既出,天下翕然,人人传诵,王言之体,远复前古”[⑥]。司马光制诰其实仍有骈体,“但语自质实,不以骈俪为工耳”[⑦]。王安石则对诏诰文字做了大刀阔斧的简化,如将常用的磨勘制辞简化为17字的固定格式:“朕录尔劳,序进厥位,往率职事,服朕命,钦哉!”[⑧]宋人概括说:“国初士大夫例能四六,然用散语与故事尔。杨文公刀笔豪赡,体亦多变,而不脱唐末与五代之气,又喜用古语,以切对为工,乃进士赋体尔。欧阳少师始以文体为对属,又善叙事,不用故事陈言而文益高,次退之云。”[⑨]“四六偶丽之文,起于齐梁,历隋唐之世,表章、诏诰多用之。然令狐楚、李商隐之流号为能者,殊不工也。本朝杨、刘诸名公,犹未变唐体。至欧、苏始以

① 《全宋文》第118册,第250页。
② 《欧阳修全集》卷四七,中华书局2001年版,第662页。
③ 《长编》卷一四三“庆历三年九月丙子”条。
④ 《欧阳修全集》卷四一,第598页。
⑤ 《长编》卷二百九“治平四年闰三月甲辰”条,第5088页。
⑥ 欧阳发《先公事迹》,《欧阳修全集》附录卷二,第2632页。
⑦ 《四库全书总目提要》卷一五二,第1315页。
⑧ 《长编》卷二二〇“熙宁四年二月辛酉”条,第5341页。
⑨ 《后山诗话》,何文焕辑《历代诗话》本,中华书局1977年版,第310页。

博学富文为大篇长句，叙事达意，无艰难牵强之态。”[①]经欧苏等人的努力，宋四六的特色至此确立。

在振兴古文、批评时文浮华风气的语境下，以常、杨、元、白为标尺的“贞元、元和风格”不再是舍人院与学士院的权威范本。曾巩《辞中书舍人状》云：“唐之文章尝盛矣。当时之士，若常衮、杨炎、元稹之属，号能为训辞。今其文尚存，亦未有远过人者。”[②]欧阳修《谢公（绛）墓志铭》云：“三代以来，文章盛者称西汉，公于制诰，尤得其体，世所谓常、杨、元、白，不足多也。”[③]颇有意味的是，天圣中仁宗曾与宰相王曾讨论史籍说：“两《汉书》文辞温雅，《唐书》殆不能及也。”[④]贬抑《旧唐书》文辞，这与嘉祐年间完成的《新唐书》对白居易文章的评价是否有某种微妙的联系？苏轼《张文定公墓志铭》记神宗亲赐张方平手札云：“卿文章典雅，焕然有三代之风，《书》之典诰，无以加焉，西汉所不及也。”[⑤]欧阳修《答王内翰范舍人》：“白麻诏令追三代，青史文章自一家。”[⑥]梅尧臣《依韵和胡舍人见咭》：“西垣阁老号文雄，辞体能兼两汉风。”[⑦]可见，从太宗朝王禹偁，经真宗朝杨、刘，到仁宗朝以后欧阳、司马、王、苏、张等人，两制词臣更自觉地以三代两汉标榜制诰之辞，而以超越常、杨、元、白为理所当然之事。这在某种程度上对元白之文的传播也产生了影响，如宣和年间刘麟《元氏长庆集原序》云：“元微之有盛名于元和、长庆间，观其所论奏，莫不切当时务，诏诰歌词，自成一家，非大手笔曷臻是哉？其文虽盛传一时，厥后浸亦不显，唯嗜书者时时传录，不亦甚可惜乎？仆之先子尤爱其文，尝手自抄写，晓夕玩味，称叹不已，盖惜其文之工而传之不久且远也。”[⑧]可见其时元稹之文已不甚流传。

“元和、长庆风格”的文学史意义

从以元白为标志的骈体应用文，到以韩柳为代表的秦汉散体文，“元和、长庆风格”这一话语在北宋文坛的流行与演变，反映了宋人对唐代文学经典的阅读和接受进程，对促进唐宋之际的文学嬗变具有重要意义。

意义之一，是以贞元、元和、长庆等时间单元为独立的文学时段，突出了后世文学分期中的“中唐”在唐宋文学承继转捩进程中所具有的独特地位。“元和”是这一接受视野中的聚焦点，也是由唐到宋的重大关节点，元白、韩柳则始终是关注的中心。对贞元、元和、长庆文学全盛的评说，涵盖其时各体（文体）、各家（体派），显示了“中唐”在宋人的关注度上总体上超过“盛唐”，除了李白、杜甫两大诗人外，其他时段的唐代文学名家较少进入宋人的“经典”视野。这一文学史观对后世“三元说”、“三关说”应有理论启示意义。

意义之二，是将“元和、长庆”视为唐代“文章之盛”的高峰，显示了中唐文学繁荣的特点，

① 《直斋书录解题》卷一八《（汪藻）浮溪集解题》，上海古籍出版社 1987 年版，第 526 页。
② 《曾巩集》卷三四，中华书局 1984 年版，第 495 页。
③ 《欧阳修全集》卷二六，第 408 页。
④ 《长编》卷十七“天圣七年三月壬午”条，第 2504 页。
⑤ 《苏轼文集》，中华书局 1986 年版，第 457 页。
⑥ 《欧阳修全集》卷一二，第 208 页。
⑦ 《梅尧臣集编年校注》卷二一，上海古籍出版社 1980 年，第 576 页。
⑧ 《元氏长庆集》，《文渊阁四库全书》本。

即文体的多样化，这一接受视域体现了宋人博学多闻的知识结构和诗文兼擅的文学素养。姚铉于大中祥符四年(1011)所编的《唐文粹》虽然不收“时文”，但对唐文成就做了较为全面的总结：“有唐三百年，用文治天下。陈子昂起于庯蜀，始振风雅。繇是沈、宋嗣兴，李、杜杰出，六义四始，一变至道。洎张燕公以辅相之才，专撰述之任，雄辞逸气，耸动群听。苏许公继以宏丽，丕变习俗，而后萧、李以二‘雅’之辞本述作，常、杨以三‘盘’之体演丝纶，郁郁之文，于是乎在。惟韩吏部超卓群流，独高邃古，以二帝、三王为根本，以六经、四教为宗师，凭陵辚轹，首唱古文，遏横流于昏垫，辟正道于夷坦。于是柳子厚、李元宾、李翱、皇甫湜又从而和之，则我先圣孔子之道，炳然悬诸日月。故论者以退之之文，可继杨、孟，斯得之矣。至于贾常侍至、李补阙翰、元容州结、独孤常州及、吕衡州温、梁补阙肃、权文公德舆、刘宾客禹锡、白尚书居易、元江夏稹，皆文之雄杰者欤。世谓贞元、元和之间，辞人咳唾，皆成珠玉，岂诬也哉！”[①]姚铉所述除沈、宋、李、杜外，皆为文章家，“常、杨”以下又均为中唐作家。有以韩柳为首之古文作家群，又有燕许、常杨、元白等朝廷应用文章的撰述高手，贞元、元和之间尤其是“文之雄杰者”辈出的极盛时期，其时作家不同于宋人鄙薄的“僻固而狭陋”[②]、“作诗之外他无所知的”[③]一般唐代诗人，故较易进入宋人的接受视野。

意义之三，是体现了宋人骈、散并行不悖的文章观念。宋人较之唐人更重骈文，骈文应用尤为广泛，不仅两制词臣熟习此类文体，即一般文臣及士人之官私文书往来，亦习用四六体，“上自朝廷命令诏册，下而缙绅之间笺书祝疏，无所不用”[④]。骈、散两体在宋人的观念中偶有对立(如石介)，但总体上并不互相排斥。唐人优秀的制诰撰述也往往成为以文章进身的士子阅读、揣摩的文本，“元和、长庆风格”由此成为早期词臣写作的典范。韩柳、欧苏固然构成唐宋古文一脉相承的文学谱系，元白、李商隐、王禹偁、杨刘、欧苏在四六发展史上也沿革有绪，故杨刘昆体四六在宋文嬗变的进程中构成不可缺少的重要一环，获得相当高的评价。对此，仁宗朝文臣学士已能给予较为客观公允的评价，如田况与范仲淹均指出其既革五代卑下率易之弊，又过于雕琢破碎的不足：“洎杨大年以应用之才独步当世，学者刻辞镂意，有希仿佛，未暇及古也。其间甚者专事藻饰，破碎大雅，反谓古道，不适于用，废而弗学者久之。”[⑤]“杨亿在两禁变文章之体，刘筠、钱惟演辈皆从而效之，时号杨刘。……其他赋颂章奏，虽颇伤于雕摘，然五代以来芜鄙之气由兹尽矣。”[⑥]欧苏等人既能以散语及大篇长句改造骈四俪六的制诰文，又能将骈体文的声韵辞采之美融入古文，从而使宋文形成独特的艺术风貌，其总体成就亦超越唐人。

（作者单位：山东师范大学）

---

① 《唐文粹序》，《全宋文》第13册，第282页。

② 欧阳修《梅圣俞墓志铭》，《欧阳修全集》卷三三，第497页。

③ 徐度《却扫编》卷中，《文渊阁四库全书》本。

④ 《容斋三笔》卷八，上海古籍出版社1978年版，第505页。

⑤ 《尹师鲁河南集序》，《全宋文》第18册，第392页。

⑥ 《儒林公议》，《文渊阁四库全书》本。

《岳阳楼记》的政治文化背景

李　强

《岳阳楼记》是范仲淹的一篇名记，它不仅是中国旅游文学的典范之作，更因其高扬“先天下之忧而忧，后天下之乐而乐”的士大夫淑世情怀，凝入中国传统文人精神世界和政治文化理念。笔者曾选取自宋至清末十五个较为流行的古文选本[①]，考察《岳阳楼记》的入选情况，发现在其中十个选取范文的选本，都把《岳阳楼记》当作必选之文。范仲淹不以文名，这样的入选比例足以说明《岳阳楼记》在文学传播以及在范仲淹作品中的地位。本文并不打算再次对这篇名文的艺术特色作进一步的阐述，这方面的研究成果汗牛充栋。在此笔者尝试对《岳阳楼记》的政治文化背景作一番考察，探讨与岳阳楼密切相关的“滕子京事件”，以及这样的事件对中国文人政治文化产生的影响。

一

《岳阳楼记》开篇即云“庆历四年春，滕子京谪守巴陵郡”，让“滕子京”这个名字从此与这篇名文一起万古流芳。滕宗谅(约991—1047)，字子京，宋河南府人，真宗大中祥符八年进士，与范仲淹同年。宋代官僚中同年关系是比较值得重视的，甚至在宋代司法制度有关回避的规定中，也强调同年同科及第的官员必须回避。真宗景德二年九月诏：“应差推勘、录问官，除同年同科目及第依元敕回避外，其同年不同科目者不得更有辞避。”[②]虽然这之中也出现过同年之间的争斗，前如寇准之于王旦，后如董士廉之于尹洙，但同年之间互相提携，保持良好的交游关系确是封建官僚政治的常态，范、滕交游即是如此。范仲淹在给滕子京的一首赠诗里写道：“风波岂不恶，忠信天所扶。相见乃大笑，命歌倒金壶。同年三百人，太半空名呼。没者草自绿，存者颜无朱。”[③]宋代进士科取士，人数较多，但命运无常，能够共同奋斗到一个较高的位置，并能一直保持诚挚的同年之谊，也确实不容易。

滕子京仕履是比较闪光的，他曾多次直言上疏，赢得最高统治者赏识和士林称誉。早在

---

① 这十五个古文选本分别是：《文章轨范》、《古文举例》、《古文赏音》、《古文析义》、《古文观止》、《详订古文评注全集》、《重订古文释义新编》、《唐宋文醇》、《古文集宜》、《古文辞类纂》、《古文笔法百篇》、《古文关键》、《古文约选》、《唐宋文举要》、《古文选读初编》，除数本为中华书局和上海古籍出版社的排印本外，其他均取自华东师大图书馆古籍阅览室。这样的一个统计工作虽然粗糙，但是能基本反映《岳阳楼记》九百年的传播情况。

② 《宋会要·刑法》三之五五。

③ 《滕子京魏介之二同年相访丹阳郡》，《范仲淹全集》，四川大学出版社2002年版。

明道元年，身为殿中丞的滕子京就上封事，请刘太后还政，这样的举动自然在富有心计的仁宗心目中留下深刻的印象。不到两年，景祐元年正月滕子京就被迁为右正言。但是到了当年八月，此公疏谏内宠，语太直切，与庞籍并坐言禁事不实贬官，滕子京贬知信州。次年二月，庞籍因劾范讽不实被贬，不知为何，滕子京也连带被贬，由知信州贬为监饶州税。滕子京前面的几次被贬，均是公罪，这样的贬斥实际上并不为庆历士人所畏惧，反而会成为其仕途的一种资本。滕子京后来的政治命运确实与范仲淹的推荐有很大关系，自从他被范举荐为方面之帅时，一些问题便开始出现了。给他带来无穷麻烦的是其知泾州时的一次壮举，“葛怀敏军败于定川，诸郡震恐，宗谅顾城中兵少，乃集农民数千戎服乘城，又募勇敢，谍知寇远近及其形势，檄报旁郡使为备。会范仲淹自环庆引蕃汉兵来援，时天阴晦十余日，人情忧沮，宗谅乃大设牛酒迎犒士卒；又籍定川战没者于佛寺祭酹之，厚抚其孥，使各得所，于是边民稍安”①。在非常时期，滕子京表现出一定的胆略，然而他的这次豪举，却也成了其日后经济问题暴露出来的主要把柄。

庆历三年是北宋政坛颇不平静的一年。这年四月，朝廷以韩琦、范仲淹并为枢密副使，郑戬代其原职，驻军泾州。这样，郑戬就成了滕子京的顶头上司。上任没几天的郑戬注意到滕子京在泾州枉费公用钱的事，其中有十六万缗的公使钱去向不明。监察御史梁坚亦劾奏滕子京不法。朝廷命田况代滕子京权知庆州，而滕权知凤翔府。范仲淹上书为滕子京辩：“梁坚奏宗谅于泾州贱买人户牛驴，犒设军士。臣窃见去年葛怀敏败后，向西州军官员惊忧，计无所出。泾州无兵，贼已到渭州，宗谅起遣人户强壮数千人入城防守，时直苦寒，军情愁惨，得宗谅管设环庆路节次策应军马，酒食薪柴并足，众心大喜。虽未有大功，显是急难可用之人，所以举知庆州。仓卒收买牛驴犒军，纵有亏价，情亦可恕。今一旦逐之如一小吏，后来主帅，岂敢便宜行事！欲乞朝廷指挥，宗谅止在任句当，委范宗杰在邠州一面勘鞫。如宗谅显有欺隐入己及乖违大过，臣甘与宗谅同行贬黜。”范仲淹对“台谏官风闻未实，朝廷即便施行。臣目击非虚，而未蒙朝廷听纳”深表遗憾，希望“取到庆州钱帛文帐磨勘”，“候勘得滕宗谅、张亢却有大段乖违过犯及欺隐入已，仰台谏官便更弹劾，臣甘与二人同行贬黜”②。而当时的实际情况，也并非尽如范仲淹所言，《宋史》滕宗谅传这样写道：“御史梁坚劾奏宗谅前在泾州费公钱十六万贯，及遣中使检视，乃始至部，日以故事犒赉诸部属羌，又间以馈遗游士故人。宗谅恐连逮者众，因焚其籍以灭姓名。”这至少说明滕宗谅的经济并非清清楚楚，所谓“枉费”并非空穴来风。

庆历四年正月，朝廷从范仲淹之言，滕宗谅、张亢之狱未具而降之。范仲淹对宗谅、亢之罪多有回护，至言“将臣与韩琦用钱事状，并张亢所奏二事，一处定断，以正典刑”。但这个处理显然不能说是一个公正的解决方法，以自身的宰执之尊，数次要求和有贪污嫌疑的被劾官员并案处理，这往往会被理解成对皇帝的要挟。而作为以防朋党如御外寇的最高统治者，也极易产生臣下结党的怀疑。当月，王拱辰、李京劾滕宗谅，认为“赏罚者，朝廷之所以令天下也。此柄一失，则善恶不足以惩劝”。王拱辰甚至以辞职相威胁。值得注意的是，王拱辰与范仲淹都曾以辞职来表明自己的坚决态度，但在范仲淹有回护同年之嫌，而对王拱辰而言则

① 脱脱等《宋史》卷三〇三，中华书局1977年版。

② 《范文正公政府奏议》卷下。

为“振职”，是台臣对相权的独立，这一点也是仁宗朝政治特点。朝廷最终还是采纳王拱辰之言，徙滕宗谅知岳州，仁宗还专门对王拱辰说：“言事官第自振职，勿以朝廷未行为沮已，而辄请解去以取直名。自今有当言者，宜力陈无避。”可以说在这个事件中，郑戬是首发其难者，案件的最终处理并不是取决于朝廷中的大臣，也不是取决于边帅，而是御史台官员们不屈不挠地坚持，前有梁坚，后有王拱辰、李京。如果我们跳出保守、改革的阵营划分，以及对范仲淹人格的当然尊崇，以平等的眼光看待当时参与纷争的士人，会发现这次争论也是庆历士风高涨的体现，其意义并不亚于“争水洛城事”[①]。

朝廷专门派大臣追查这几件边臣的经济案件，由于牵连甚广，使大量边将不自安，这时身为谏官的欧阳修才接连上言：“近来传闻燕度勘鞫滕宗谅事，枝蔓句追，囚系满狱，人人嗟怨，自狄青、种世衡等，并皆解体。乞告谕边臣以不枝蔓句追之意，兼令今后用钱，但不入己处，任从便宜，不须畏避，庶使安心用命立功。”“臣风闻边臣张亢，近为过使公用钱，见在陕西置院根勘，干连甚众。亦闻狄青曾随亢入界，见已句追照对。臣伏见兵兴以来，所得边将，惟狄青、种世衡二人，其忠勇材武，不可与张亢、滕宗谅一例待之。且青本武人，不知法律，纵有过使公用钱，必非故意偷谩，不过失于点检，乞特与免勘。”[②]当时还在知渭州任上的尹洙亦言：“青于公用钱物，无毫分私用，不可以细微诖误，令其畏惧。望特旨谕青，庶安心专虑边事。”[③]欧阳修的奏章希望朝廷不对涉案边将刨根问底，未言及对滕子京的处理，但“不可一例待之”云云，实际上也透露了对滕子京不妨严查的态度。尹洙为狄青的辩护也是对人不对事。范仲淹力辩宗谅、亢等非有大过乞免下狱，现在又说：“燕度勘到滕宗谅所用钱数分明，并无侵欺入己。张亢借公用钱买物，事未发前，已还纳讫。又因移任借却公用银，却留钱物准还，皆无欺隐之情。”[④]宗谅及亢由是得免重劾。这已经和范仲淹最初为滕子京、张亢等的辩白有了质的不同。其中最可疑的一点是，在账簿既毁的情况下，如何能够勘到“钱数分明”？燕度之勘的结果究竟如何，我们缺乏直接的资料说明，但是可以肯定的是，范仲淹在这篇奏章中作了有利于当事人的解释，在情法天平上，他急遽地偏向情的一面，而这样的“情”，与其说顾及国体或儒家政治传统，毋宁说更多地混合了个人情感因素。

倒是苏舜钦《与欧阳公书》中的一段论说值得注意：“近者葛宗古、滕宗谅、张亢所用官钱巨万，复有入己，惟范公横身挡之，皆得末减。”[⑤]对于滕宗谅事件的判断，这封私人书信，恐怕更能说明滕子京事件的真相。特别值得况味的是“横身挡之”一词，可以使我们想见当时的激烈争论，而且至少在苏舜钦看来，这样的争论是超越政治伦理之上的，他也为自己没有得到时宰杜衍类似的保护，产生了不平衡的心理。由此可见，滕子京事件对庆历士风的影响绝非正向，它使文人澄净的政治天空，产生了一丝不和谐的色调，虽然这对中国封建官僚政治而言，并非什么新鲜的内容，但是把它放到庆历年间这个文人意气风发的年代，则更多象征意味，它暗示了文人自身难以突破的局限。

---

① 参见拙文《“争水洛城事”与庆历士风》，《江淮论坛》2005 年第 4 期。

② 李焘《续资治通鉴长编》卷一四四，中华书局 1985 年版。

③ 《续资治通鉴长编》卷一四四。

④ 《续资治通鉴长编》卷一四六。

⑤ 苏舜钦《苏舜钦集编年校注》卷九，巴蜀书社 1991 年版。

二

“滕子京事件”并不是一个孤立的现象，可以说只是宋朝腐败军制问题冰山的一角。同时的知渭州张亢，也是因为经济问题被郑戬拉了下来。“知州张亢与郑戬议不合，戬发张亢过用公使钱。监察御史梁坚劾奏张亢用库银市易自入，亢竟坐夺官。”[①]而且和滕子京案时间上很接近，可以说是同一时期暴露出来的问题。不仅仅是知州，其下属各级也有不少经济问题暴露。在滕子京的案子中有两点需要注意，其一是军队回易，其二是公使钱。这是宋代经济史上比较特殊的现象。那么所谓的“公使钱”到底是怎么回事？

宋代公用钱制度始于太祖朝。《挥麈后录》卷一中说：“太祖既废藩镇，命士人典州，天下忻便，于是置公使库。”范仲淹在《答窃议》中也引用宋太祖的话：“安边御众，须是得人心。优恤其家，厚其爵禄，多与公用钱及属州课利，使之回图，特免税算。听其召募骁勇，以为爪牙。苟财用丰盈，必能集事。朕虽减后宫之数，极于俭约，以备边费，亦无辞也。”太祖“命将帅李汉超等十三人分守西北诸州，家族在京者，抚之甚厚。凡军中事，悉听便宜”，因此，“边臣率富于财，得以养士用间，洞见蕃夷情状。每戎狄入寇，必能先知，预为之备，设伏掩击，多至克捷，二十年间，无西北之忧。故兵力雄厚，武功盖世，由此而致也”[②]。在范仲淹看来，要在与西夏的交战中取得更大的胜算，边帅一定要有相当的财权，而这里的财用不是一般意义上的军费，而是所谓的“养士用间”。应该说范仲淹的看法是有一定见地的，这显然与他具有多年的对西夏作战经验有关。在冷兵器时代，军事间谍的作用举足轻重，夏竦《谨边防奏》：“臣闻防边捍寇，其要有四：远烽候、明约束、谨关梁、慎间谍。”[③]这里他也提出了“间谍”的作用。这篇奏章的“慎”字，结合夏竦下文的阐述，并不是被动的小心谨慎意思，而是主动通过周密计划来使用间谍的方法，探知敌方的虚实。这种间谍战术，不仅为夏竦所推崇，范仲淹也是这一方面的专家，可以说，宋夏战争的间谍战是个很有意思的军事史话题，宋人笔记中多有记载。不仅边帅可支配大量公使钱，作为一方行政首脑的文臣也有公使钱，数量上虽然有一定之规，但是可以因人而异，皇帝也不时直接赐予公使钱，动辄几十万乃至上百万，类似的事例在真宗朝尤其多见。在和平时代，这样的钱总是用来歌舞升平的，只要不是“自入”，基本上都是合法的。尹洙在《论雪部署狄青回易公使钱状》，认为“公使钱”大都等同“己物”[④]，这样的说法实际上有很大的漏洞，在公使钱的使用上，宋朝虽然缺乏有效的监督手段，但还是有原则可循。

“公使钱”制度之存在，虽然有其合理性，并且亦有其历史渊源，但因缺乏有效的财政监督，也确实会造成一些问题。虽然有一定的审计手段，但对公使钱是否“过用”存在较大的感性判断空间。而且就实际情况而言，这种制度也确实是造成官员贪污的温床。有不少宋代官员在公使钱的使用上出了问题，如宋祁也曾遭到这样的非议：“右司谏吴及尝言祁在定州不治，纵家人贷公使钱数千缗，在蜀奢侈过度。既而御史中丞包拯亦言祁益部多游燕，且其

---

① 《续资治通鉴长编》卷一四四。

② 《答窃议》，《范文正公文集》卷七。

③ 曾枣庄、刘琳主编《全宋文》卷三四七，上海辞书出版社、安徽教育出版社2006年版。

④ 《全宋文》卷五八二。

兄方执政，不可任三司。”[①]尹洙最后一次被贬，也是公使钱惹的祸：“洙以部将孙用由军校补边，自京师贷息钱到官，亡以偿。洙惜其才可用，恐以犯法罢去，尝假公使钱为偿之，又以为尝自贷，坐贬崇信军节度副使，天下莫不以为(刘)湜文致之也。”[②]滕子京知泾州前也在公使钱的使用上引起同僚的怀疑，如果不是其后任胡宿的姑息遮掩，可能早就被弹劾了，胡宿“知湖州，前守滕宗谅大兴学校，费钱数十万。宗谅去，通判、僚吏皆疑以为欺，不肯书历。宿诮之曰：‘君辈佐滕侯久矣，苟有过，盍不早正？乃阴拱以观，俟其去而非之，岂昔人分谤之意乎？’坐者大惭谢。其后湖学为东南最，宿之力为多”[③]。这里虽然用了一个“疑”字，但考察滕子京后来的作为，其“疑”也绝非空穴来风。赵概曾自己出钱为前任知州弥补过使公使钱的亏空：“为郓州时，吏按前守冯浩侵公使钱三十万，当以职田租偿。概知其贫，为代以己奉。”[④]这样的行为是符合当时的行政道德，也反映了宋代政治原本尚“宽厚”的一面。公使钱的不法使用，以上之北宋能臣干吏尚且不免，一般平庸之辈的过使问题更可想见。

利用公使钱进行回易，也是宋朝军队的一个传统。单从制度本身来看，一个制度的产生都有其合理性，如上所述，北宋名臣范仲淹就大力推崇这一制度。但同时的包拯则极力反对。他在《请罢天下公用回易等》中认为：“臣窃见天下州军公用钱，自降指挥，许令回易之后，诸路尤被其苦，而河北之害尤甚。”除此之外，公用钱的使用也多有不当，“其互以公用酒食及匹帛之类往往相馈遗者，并望严赐止绝”。宋廷在嘉祐三年十月，采纳了包拯的建议，“权停”了部分地区的“回易”[⑤]。他认为回易不能解决经济问题，“首先，官府或军队总是利用权力将货物强行以高价抑配给百姓，这是对百姓的残酷剥削，使百姓生活愈益困苦。其次，抑配货物的做法是对普通商人的不公平竞争，侵夺了普通商人的利益，激化了商人阶层的不满情绪。再次，由于回易阻碍了正常的商业贸易活动，导致商税收入大量减损，而且从事回易必然需要本钱，从而挤占了大量公用钱，所以回易实际上并不能解决财政困难的问题”[⑥]。仁宗采纳了包拯的意见，曾一度下令若干地区的军队停止回易，但显然并没有坚持下去。包拯对回易弊端的分析虽然颇具说服力，并且也很受古代经济史研究者的重视，但在笔者看来，包拯的建议并没有切中回易问题的关键，在文人官僚政治体制下，关键是人事而不是制度本身。实际上，范仲淹和包拯看问题的角度不一样，在以人治为行政基础的中国封建时代，尤其对于宋代这样文人政治发达的时期，制度本身往往留有很大的阐释空间，制度使用者的心态才更直接地决定制度实施的成本与效益。在监督机制和人的心理素质没有完全提高的情况下，回易确实是腐败问题产生的一个大温床。李京也曾为此弹劾过滕子京：“滕宗谅在庆州所为不法，而朝廷只降一官，移知虢州。近闻兴元府西县又奏，宗谅差兵士百八十七人，以驴车四十辆，载茶三百余笼出引，逐处不得收税。宗谅职在近侍，而乱法太甚，仍虑昨来推劾状中，犹未及贩茶之事，宜夺天章阁待制，以惩贪墨之人。”[⑦]

---

① 《宋史》卷二八四。
② 《宋史》卷二九五。
③ 《宋史》卷三一八。
④ 《宋史》卷三一八。
⑤ 《再请移那河北兵马及罢公用回易》，《包拯集校注》卷四。
⑥ 黄茂生、洪学伙《论包拯的商业思想》，《安徽广播电视大学学报》1999 年第 2 期。
⑦ 《续资治通鉴长编》卷一四六。

三

就“滕子京事件”本身而言，虽然材料的缺失和当事者的纷纭之论，使我们不可能彻底追问事件的真相，但是可以肯定的是，当时正处在庆历革新浪尖上的范仲淹在这一事件中，声誉和地位确实受到了影响。但如果把此事看作保守派对革新派的攻击，则稍嫌欠妥，尽管这样的判断仍为宋代文史学界的主流看法。笔者认为，即使“滕子京事件”对庆历新政有影响，这样的影响只是一个历史的偶然，尚不能看作保守派有预谋的主动出击。

重新审视这一几成历史常识的政治事件，有此两端历来为人们所忽视：其一，滕子京，包括张亢的经济问题，最初都是郑戬提出来的。关于郑戬的为人，我们应该有个基本判断。郑戬在北宋历史上并不是一个太出名的人物。但我们并不能因此而忽略他的价值。他早年名列文坛盟主杨亿门下，“以属辞知名”，后中进士。宝元二年因权知开封府胥偃病故，当年六月郑戬权发遣开封府事①。上任不久的郑戬就严治冯士元狱，事牵大臣，盛度、程琳、孔道辅、庞籍等一日而罢，吕公绰、吕公弼受罚，当时吕夷简不在朝，仁宗恐伤夷简意，专门赐诏慰抚。仁宗认为“所决冯士元之狱，如闻颇惬中外之论”，“大抵法令必行，邪正有别。则朝纲举矣”，诏所贬大臣如有章表，所在毋得受。并下诏曝盛度、程琳、孔道辅之罪。侍御史王素与孔道辅联姻，孔荐举王素为台官而未上闻其为姻亲，故是月亦贬王素。仁宗因此下诏，如果御史缺官，“朕自择观令举人”。由此可见郑戬治冯士元一案巨大的政治影响。在这个案件的处理中，郑戬可谓真正的无所畏避，其无所党同、激浊扬清的风范可以说是庆历士风的重要组成元素。因此单就个人士节而言，是无愧于庆历诸贤的，宋史里说他“敏强善听决，喜出不意，独假贷细民，即豪宗大姓，绳治益急，政有能迹”。至于他和范仲淹的关系也值得关注。范仲淹与郑戬是“僚婿”，私交也很好，他们的友谊始终如一，我们没有理由怀疑郑戬是出于打击范仲淹的目的而追究滕子京。他之所以引起后人的些许不满，主要是在“水洛城之争”中，站在北宋名臣韩琦和著名文人尹洙的对立面，并直接导致尹洙的不幸遭遇。但是，他和尹洙的矛盾其来有自，但均为公事，不杂一点私心。尹洙斥其为“奸人”，并说他交接内臣，但是文学的传播却剥夺了郑戬的话语权，我们不能据政见不同者的一己之言，就否定郑戬的人格②。

其二，“滕子京事件”后期的主要当事人是王拱辰。王拱辰、李京弹劾滕子京，措辞十分严厉，王拱辰甚至以辞职相威胁，逼迫宋仁宗在这一事件上表态。以王拱辰为主的台臣对滕子京锲而不舍地攻击，是出于攻击范仲淹，进而达到打击革新者的目的吗？笔者认为这也是不合情理的推测。台臣李京也是王拱臣推荐的，庆历三年十一月，欧阳修建言重定举官之法，台官有阙，只令中丞举人，或特选举主，举人以贤，复置里行，为贤能而资浅的士人提供了展现才能的机会。欧阳修的建议很快有了回应，就在这个月，当时的御史中丞王拱辰荐李京、包拯并为监察御史里行。李京虽然后来也参与了对尹洙的弹劾，但其品行是颇为高洁的，其风仪应该是庆历士风的重要组成部分。李京曾多次上书言事，完全承继了台官的传

① 《续资治通鉴长编》卷一二三。

② 郑戬交接内臣事，又见于署名梅尧臣的《碧云騢》，但此书内容多出人意，多有名臣不免其指摘，似不能据此否定郑戬人格。关于“水洛城之争”的来龙去脉，笔者有系列论文发表，请参阅。

统，所言之事范围很广，并非针对范仲淹。庆历之际的政坛上，李京也是光明磊落之士，他论滕子京持议平允，并不为过分。弹劾尹洙，也是自身职责所在。王拱辰、李京所坚持的只是台臣在政权中的异质传统，而这种异质因素是当时政治制度重要的批判因子和纯净剂，其对官僚行政行为的校正，在文人官僚政治初期还是十分重要的，其异质性和独立性是庆历士风得以张扬的保证。庆历四年三月，范仲淹等意欲复古劝学，数言兴学校，本行实，诏近臣议。于是宋祁、王拱辰、张方平、欧阳修等八人合奏曰："教不本于学校，士不察于乡里，则不能核名实。有司束以声病，学者专于记诵，则不足尽人材。谨参考众说，择其便于今者，莫若使士皆土著而教之于学校，然后州县察其履行，学者自皆修饬矣。"朝廷很快下诏令州县皆立学。范仲淹革新最大的成就在教育上，我们不难看出，其教育方针的提出和实现，明显少不了王、张等人的支持。而此事发生在弹劾滕子京之后的两个月，如果把王拱辰对滕子京的弹劾看作保守派的反击，显然与史实不符。关于"滕子京事件"的来龙去脉，以往人们多根据范仲淹一系"君子党"的言说系统做判断，实际上我们不妨从王拱辰的角度来看看这一案子的发生，北宋安焘为王拱辰写的墓志铭里写滕子京在庆州挥霍无度，"人情怨愤，无敢言者"，王拱辰了解到此事后，"遂具劾奏。朝廷方遣使薄责，而宗谅尽火其籍以自盖。公论奏益急。时执政大臣有欲薄其罪者，乃止削官、降虢州。公奏不已，又贬岳州"。墓志铭中干扰司法公正的"时执政大臣"，就是范仲淹。由于"君子党"的文学话语遮蔽，我们在历史上是很难听到王拱辰发出的声音的。

"滕子京事件"确实对庆历新政造成一定的影响，虽然这个影响只是间接的，但它还是拷问了封建士大夫的理性精神，成为当年重要的政治事件。王拱辰对滕子京问题穷追不舍，恰巧发生在范仲淹新政期间，巧合的因素多于必然，后人把二事强拉到一起来看，一方面可能受党派思维影响，另一方面没有仔细梳理历史。庆历精神越来越被抽象成简单的"改革"与"保守"之争，一些丰富多彩、值得回味的细节被遮蔽掉了。

《岳阳楼记》背后的滕子京事件的发生、发展及最终结果，是庆历士风中并不和谐的声音，这个声音似乎也可以成为知秋之一叶，我们可以从中读出美好的文人理想政治是怎样开始自内部产生异化的力量。这样的歪变不一定有必然规律，但是在文人官僚政治体制下却总是难免。岳阳楼落成的时候，幕僚们夸赞知州滕子京完成了这件盛事，滕子京没好气地回答："落甚成，只待凭栏大恸数场！"他的这种反应甚至引起了南宋周辉的轻视："闵已伤志，固君子所不免，亦岂至是哉！"[①]据刘永翔先生在《清波杂志校注》里所作的考证，范仲淹为滕子京所作的墓志言其知岳州时"知命乐职"，"则恐为谀墓之辞"。同注中还引用了范公偁《过庭录》，说明《岳阳楼记》中暗含对滕子京劝勉之意[②]。《岳阳楼记》在近千年的正向解读中，已经被塑造成中国传统文人精神中闪光的部分，北宋庆历之际高扬的士人风节是我们民族宝贵的精神财富，对其中的细节进行历史审视，并非对优秀传统的颠覆与质疑，而是更深刻的反思文人政治的历史。

（作者单位：上海商学院）

① 《清波杂志》卷四。

② 《清波杂志》卷四，"逐客"条之注。

欧阳修史学的宋代评价

洪本健

欧阳修的史学成就主要体现在《新五代史》的独撰、《新唐书》的与人合撰和以《正统论》为代表的史论创作上。欧阳修逝世后，欧阳发这样称颂其父的史学成就：

> 先公既奉敕撰《唐书》纪、志、表，又自撰《五代史》七十四卷。其作本纪，用《春秋》之法，虽司马迁、班固皆不及也。其于《唐书·礼乐志》，发明礼乐之本，言前世治出于一，而后世礼乐为空名。《五行志》不书事应，悉坏汉儒灾异附会之说。皆出前人之所未至。其于《五代史》，尤所留心，褒贬善恶，为法精密，发论必以"呜呼"，曰："此乱世之书也。"其论曰："昔孔子作《春秋》，因乱世而立治法；余述本纪，以治法而正乱君。"此其志也。书成，减旧史之半，而事迹添数倍，文省而事备。其所辨正前史之失甚多。[①]

以上文字虽出于子嗣之手，难免有溢美之处，但总的看，还比较客观，能抓住要点。吴充《欧阳公行状》大致本此，关于《唐书》，称"其为纪，一用《春秋》法"，而未取"司马迁、班固皆不及"的溢美之辞；关于《新五代史》，则概括为"辞约而事备，及正前史之失为多"。余皆与欧阳发所述同。苏辙《欧阳文忠公神道碑》称："二书本纪，法严而辞约，多取《春秋》遗意，其表、状、志、考，与迁、固相上下。"王偁《东都事略》与此同。韩琦《欧阳公墓志铭》未专门言及史学，叶涛《重修实录本传》朱本亦是，而墨本曰："至修作《唐书·志》、《五代史》，叙事不愧刘向、班固也。"降及南宋，淳熙间所进《四朝国史本传》曰："奉诏修《唐书》纪、志、表，自撰《五代史记》，法严词约，多取《春秋》遗旨，殆与《史》、《汉》相上下。"

综上所述，不管亲友所作行实、碑铭，抑或官修之实录、国史，对欧阳修的史学成就都有相当高的评价。简而言之，公认欧阳修学《春秋》，法严辞约，可追踪班固、史迁等。欧阳修为文坛领袖、一代宗师，当世与近世的人，鉴于其卓绝的成就和崇高的威望，纯述其撰史之贡献与成绩，未言及些许缺点。且以上评论由于出自碑铭传记之类，总体上对一代文宗皆偏于褒奖。这些都是可以理解的。

当然，我们也看到，在两宋一些史学、目录学和笔记类的著述中，就有较为客观的一分为二的分析。清四库馆臣指出：

> 欧阳修文章远出居正等上，其笔削体例亦特谨严。然自宋时论二史者，即互有所主。司马光作《通鉴》，胡三省作《通鉴注》，皆专据薛史而不取欧史。沈括、洪迈、王应麟

① 欧阳发《事迹》，见《欧阳文忠公文集·附录》卷五，《四部丛刊》本。

辈为一代博洽之士，其所著述，于薛、欧二史亦多兼采，而未尝有所轩轾。盖修所作皆刊削旧史之文，意主断制，不肯以记载之丛碎自贬其体，故其词极工，而于情事或不能详备。①

正是由于欧史工于修辞而不详于叙事，故分别作于北宋中期和南宋末至元初期的《资治通鉴》及《通鉴注》都喜从薛居正的《旧五代史》中取材。沈括、洪迈、王应麟等，也从薛史中采纳了不少历史资料。以洪迈为例，《容斋三笔》卷七"五代滥刑"条，载石敬瑭滥杀无辜的幼童，曰"此事见《旧五代史》，新书去之"。卷十"朱梁轻赋"条云："朱梁之恶，最为欧阳公《五代史记》所斥詈。然轻赋一事，旧史取之，而新书不为拈出。"精于文辞而务为简约，意主断制而略于事实，确是欧史的一大缺陷。

南宋前期的晁公武在《郡斋读书志》中言及《新唐书》，曰："议者颇谓永叔学《春秋》，每务褒贬；子京通小学，唯刻意文章；采杂说既多，往往牴牾，有失实之叹焉。"②言及《五代史记》，云："国史称其可以继班固、刘向，人不以为过。特恨其《晋出帝论》，以为因濮园议而发也。"褒贬皆有，评论客观。

南宋末期的陈振孙在《直斋书录解题》中比较《新唐书》与《旧唐书》曰：

旧史成于五代文气卑陋之时，纪次无法，详略失中，论赞多用俪语，固不足传世。而新书不出一手，亦未得为全善。本纪用《春秋》例，削去诏令，虽太略，犹不失简古。至列传，用字多奇涩，殆类虬户铣溪体，识者病之。③

陈氏又评《新五代史》曰：

诸臣只事一朝，曰某臣传；其更事历代者，曰杂传，尤足以为世训。然不为韩瞠眼立传，识者有以见作史之难。案韩通之死，太祖犹未践极也，其当在《周臣传》明矣。④

此两处评语亦据实而发，褒贬适当。可见，《新唐书》与《新五代史》固然成书不易，成绩不能低估，但也明显地存在许多不足。

欧阳修的史论以《正统论》三篇为代表。南宋周必大组织编纂的《欧阳文忠公文集·居士集》卷十末丁朝佐校语云："考《正统论》，初有《原正统》、《明正统》、秦、魏、东晋、后魏、梁论凡七篇，又有《正统后论》二篇、《或问》一篇、《魏梁解》一篇、《正统辨》二篇，当编定《居士集》时，删《原正统》等论为上、下篇，而继以《或问》、《魏梁解》，余篇虽削去，而传于世，今附《外集》。"丁氏介绍了欧阳修史论之著述及删订的情况，见欧公为文之认真严谨，此外，还可看出欧对"正统论"这一命题的高度重视。欧的《正统论》在两宋及后世产生了巨大的影响，各种观点展开热烈的争鸣。以宋世而论，苏轼、司马光、朱熹等皆参与其中，从仁宗朝一直争议至南宋之末。

---

① 纪昀《四库全书总目》卷四十六《旧五代史》提要，中华书局 1965 年版。

② 晁公武《郡斋读书志》卷二上"《新唐书》二百二十五卷"条，上海古籍出版社 1990 年版。

③ 陈振孙《直斋书录解题》卷四"《新唐书》二百二十五卷"条，武英殿聚珍版丛书本。

④ 陈振孙《直斋书录解题》卷四"新五代史七十四卷"条。

一、宋人眼中的《新唐书》

赵与时《宾退录》卷五有疑问云：

欧阳文忠公著《五代史记》,《梁太祖本纪》初称温,赐名后称全忠,封王后称王,至即位始称皇帝。徐无党注曰:"始而称名,既而称爵,既而称帝,渐也。爵至王而后称,著其逼者。"末帝而下,迄于汉、周诸帝皆然。而《新唐书》本纪,高祖之生,即称高祖。太宗方四岁,已书太宗。二书出一手,而书法不同如此,未详其旨。

二书不同的原因很清楚:《新五代史》是个人创作,而《新唐书》以"官高者"欧阳修领衔,实际上是集体创作。宋敏求详记《新唐书》的编写经过,颇有微词:

庆历四年,贾魏公建议修《唐书》,始令在馆学士人供《唐书》外故事二件。积累既多,乃请曾鲁公掌侍郎,唐卿分釐,附于本传。五年夏,命四判馆、二修撰刊修。时王文安、宋景文、杨宣懿、今赵少师判馆阁,张尚书、余尚书安道为修撰。又命编修官六人,曾鲁公、赵龙阁周翰、何密直公南、范侍郎景仁、邵龙阁不疑与予,而魏公为提举。魏公罢相,陈恭公不肯领,次当宋元献,而以景文为嫌。乃用丁文简。丁公薨,刘丞相代之。刘公罢相,王文安代之。王公薨,曾鲁公代之,遂成书。初,景文修《庆历编敕》,未暇到局,而赵少师请守苏州,王文安丁母忧,张、杨皆出外,后遂景文独下笔。久之,欧少师领刊修,遂分作纪、志。鲁公始亦以编敕不入局。周翰亦未尝至,后辞之。公南过开封幕,不疑以目疾辞去,遂命王忠简景彝补其缺。顷之,吕缙叔入局,刘仲更始修《天文》、《历志》,后充编修官。将卒业,而梅圣俞入局,修《方镇》、《百官表》。嘉祐五年六月成书,鲁公以提举日浅,自辞赏典,唯赐器币。欧、宋二公,范、王与余,皆迁一官。缙叔值秘阁。仲更崇文院检讨,未谢而卒。圣俞先一月馀卒,诏官其一子。初,编修官作志草,而景彝分《礼仪》与《兵志》,探讨唐事甚详,而卒不用。后求其本不获。缙叔欲作《释音补》,少遗逸事,亦不能成。①

这是一个旷日持久的过程,主持者不断变换,编写者进进出出的人事更迭,不能不对《新唐书》的编纂造成不利的影响,体例不一、文风迥异等情况难免出现。由前引晁公武评《新唐书》语可知,宋祁、欧阳修特长与兴趣不同,所主导的纪、志与列传,风格自然大相径庭。

关于《新唐书》的事增文省之说,宋人颇有异议。洪迈云:"欧阳公《进〈新唐书〉表》曰:'其事则增于前,其文则省于旧。'文贵于达而已,繁与省各有当也。"②《容斋续笔》卷十六"高德儒"条云:

唐高祖起兵太原,使子建成、世民将兵击西河郡,执郡丞高德儒,世民数之曰:"汝指野鸟为鸾,以欺人主取高官,吾兴义兵,正为诛佞人耳。"遂斩之,自馀不戮一人……按隋大业十一年,有二孔雀飞集宝城朝堂前,亲卫校尉高德儒等十馀人见之,奏以为鸾,时孔雀已飞去,无可得验。诏以德儒诚心冥会,肇见嘉祥,擢拜朝散大夫,馀人皆赐束帛,仍

① 宋敏求《清明退朝录》卷下,中华书局1980年版。

② 洪迈《容斋随笔》卷一《文繁简有当》,上海古籍出版社1978年版。

于其地造仪鸾殿……《新唐书·太宗纪》但书云:"率兵徇西河,斩其郡丞高德儒。"尤为简略,赖《通鉴》尽记其详。

《容斋五笔》卷二"唐史省文之失"条亦举二例说明新书省去一字而影响了文意的表达:

杨虞卿兄弟怙李宗闵势,为人所奔向。当时为之语曰:"欲入举场,先问苏、张,苏、张尚可,三杨杀我。"而《新唐书》减去"先"字。李德裕《赐河北三镇诏》曰:"勿为子孙之谋,欲存辅车之势。"《新书》减去"欲"字。遂使两者意义为不铿锵激越,此务省文之失也。

黄震也指出:"《新唐书》好简略,事多郁而不明。"[①]显然,一味为求简而简,以致记事太略,或"郁而不明",甚至造成文意的偏差,是《新唐书》存在的一个重要问题。

《新唐书》与《新五代史》编成不久,吴缜即著有专书《〈新唐书〉纠谬》与《〈五代史记〉纂误》,多方面指出其中的错误。王明清曰:

嘉祐中,诏宋景文、欧阳文忠诸公重修《唐书》。时有蜀人吴缜者,初登第,因范景仁而请于文忠,愿预官属之末,上书文忠,言甚恳切,文忠以其年少轻佻距之,缜鞅鞅而去。逮夫新书之成,乃从其间指摘瑕疵,为《纠谬》一书。至元祐中,缜游宦蹉跎,老为郡守,与《五代史纂误》俱刊行之。绍兴中,福唐吴仲实元美为湖州教授,复刻于郡庠,且作后序,以谓针膏肓、起废疾,杜预实为左氏之忠臣。然不知缜著书之本意也。[②]

其实,我们不必过多留意吴缜是否出于心怀不满而对二书加以"纠谬"与"纂误",关键是看他是否确实发现了错误,指出了问题。

吴缜列出《新唐书》之谬误,一曰以无为有,二曰似实而虚,三曰书事失实,四曰自相违舛,五曰年月时世差互,六曰官爵姓名谬误,七曰世系乡里无法,八曰尊敬君亲不严,九曰纪志表传不相符合,十曰一事两见异同不完,十一曰载述脱误,十二曰事状丛复,十三曰宜削而反存,十四曰当书而反阙,十五曰义例不明,十六曰先后失序,十七曰编次未当,十八曰与夺不常,十九曰事有可疑,二十曰字书非是[③]。详查《新唐书》,上述问题确实存在。

因欧阳修主要负责纪、志、表,下面,也多从该部分来看看《新唐书》是否有"谬"需"纠":

《纠谬》卷三"节愍太子诛武三思事"条云:

《中宗本纪》:"景龙元年七月辛丑,皇太子以羽林千骑兵诛武三思,不克,死之。"今按节愍太子及武三思传,其三思父子皆已为节愍所诛,止是太子之众自溃,故太子被害耳,不得谓之诛武三思不克也,当云:"以羽林千骑兵诛武三思,已而众溃死之。"如此,乃尽其实。

查《新唐书》卷八十一《节愍太子传》,节愍太子重俊率李多祚等杀武三思及其子崇训并其党十余人,斩关入索韦后。后挟帝升玄武门,多祚兵不得进,于是士倒戈,斩多祚,余党溃。重俊亡入终南山,后为左右所杀。吴缜纠谬无误。

---

① 黄震《黄氏日钞》卷四十四,耕馀楼刊本。

② 王明清《挥麈录》后录卷二"吴缜著《唐史纠谬》《五代史纂误》之因"条,中华书局1961年版。

③ 见吴缜《新唐书纠谬》目录,《四库全书》本。

卷四"《穆宗纪》始封与《宪宗纪》异"条云：

> 《穆宗纪》云："始封建安郡王，进遂王。"今按《宪宗纪》，元和元年八月丁卯，进封子延安郡王宥为遂王。《穆宗纪》以为建安，《宪宗纪》以为延安，二者必有一误。

宥即穆宗，查《新唐书》卷八《穆宗纪》，载穆宗"始封建安郡王，进封遂王"，吴缜所言属实，两纪必有一处错误。

卷六"范云仙等官误"条云：

> 《武后本纪》云：长寿二年一月，杀内常侍范云仙，三月杀白润府果毅薛大信。今按《后妃传》则云：监门卫大将军范云仙、白润府果毅薛大信，未知孰是。

查《新唐书》卷一百九十一《安金藏传》与卷二百零九《来俊臣传》称范云仙"中官"、"内侍"，与《武后纪》称"内常侍"一致，则"监门卫大将军"之称有误。此为纪是而传(《后妃传》)非。

卷六"仇甫姓不同"条云：

> 《艺文志·杂史类》中郑言平《剡录》一卷，注云"裘甫事"。今按本纪咸通元年正月，浙东人仇甫反，命安南经略使王式为浙江东道观察使以讨之。八月己卯，仇甫伏诛。《王式传》亦作仇甫。唯《艺文志》作裘甫，未知孰是。

今查《旧唐书》，多处皆称"浙东草贼仇甫"。唐裴庭裕《东观奏记》，宋王谠《唐语林》亦称"越人仇甫"，则当以"裘甫"为误。此则为纪是而志非。

卷九"乾符五年五月风雹事纪志各有不同"条云：

> 《五行志》第二十六卷："乾符六年五月丁酉，宣授宰臣豆卢瑑、崔沆制，殿庭氛雾四塞。及百官班贺于政事堂，雨雹如凫卵，大风雷雨拔木。"今按……本纪表、传及《五行志》第二十五卷，皆以为乾符五年五月丁酉，独《五行志》二十六卷以为六年，则误也。

查《新唐书》相关纪、表、传、志，如吴缜所言，《五行志》卷二十六云"六年"为误。又，同卷"武德时地震纪志日不同"条云："《高祖纪》：'武德二年九月己未，京师地震。'今按《五行志》乃十月乙未，未知孰是。"查《旧唐书·高祖纪》亦书"九月"，应是纪是而志非。

从以上所举各例看来，《新唐书》确实存在诸多瑕疵，吴缜经过相当仔细的排查、比对，发现了体例混乱、前后不一等问题。造成全书的缺憾，虽有客观原因，但欧阳修和宋祁毕竟署名负领导之责，而纪、志、表的差误，当由欧独自承担①。清四库馆臣评《新唐书》云："书甫颁行，吴缜《纠谬》即踵之而出，其所攻驳亦未尝不切中其失。然一代史书网罗浩博，门分类别，端绪纷拏，出一手则精力难周，出众手则体裁互异。爰从三史以逮八书，牴牾参差，均所不免，不独此书为然……吴缜所纠，存备考证则可，因是以病新书，则一隅之见矣。"②此评倾向于体谅编纂大型史书之难，不加苛责，从今天看来，书一问世，就能发现存在的问题，便于修订，未尝不是一件好事。

---

① 《宋史·吕夏卿传》称夏卿"通谱学，创为世系诸表，于《新唐书》最有功"，前引宋敏求《清明退朝录》称刘彝叟"修《天文》、《历志》"，梅尧臣"修《方镇》、《百官表》"，则《新唐书》志、表为多人共同编写，但欧阳修、宋祁既然有分工，列传题宋名，本纪、志、表题欧名，理当各负其责。

② 纪昀《四库全书总目》卷四十六，中华书局1965年版。

二、宋人眼中的《新五代史》

《新五代史》系欧阳修独自编纂，由于欧早年贬夷陵时曾约尹洙合编[1]，后虽未果，仍有人对欧之独撰持怀疑的态度。邵伯温曰："(欧)公与师鲁于文虽不同，公为古文，则居师鲁后也。如《五代史》，公尝与师鲁约分撰……其后师鲁死，无子。今欧阳公《五代史》，颁之学官，盛行于世，内果有师鲁之文乎？抑欧阳公尽为之也？"[2]邵伯温并没有提出任何可靠的证据，而众所周知，欧的文才史笔均非尹洙能比。叶涛《重修实录本传》(朱本)云："尹洙与修亦皆以古文倡率学者，然洙材下，人莫之与。"这是客观的评价。《河南先生文集》有尹洙所著《五代春秋》，欧当有所取法[3]，但怀疑《新五代史》内有"师鲁之文"，于坦荡无私、光明磊落的欧阳修而言，就显得极不公正了。王辟之讲得很清楚："欧阳文忠公与尹师鲁议分撰，后师鲁别为《五代春秋》，止四千余言，简有史法。而文忠卒重修《五代》，文约而事详，褒贬去取，得《春秋》之法，迁、固之流。"[4]

《新五代史》作为欧阳修独撰的史书，尚未公开之时，学富五车、眼界甚高的刘敞即给予好评，《观永叔〈五代史〉》诗云：

> 陵夷九易姓，祸乱森如蝟。儒术骇中绝，斯民迟攸塈。纷纭混朱紫，清浊谁泾渭？龙飞真人出，虎变斯文蔚。天意晚有属，先生拨乎汇。是非原正始，简古斥辞费。衰善伤获麟，疾邪记有蜚。处心必至公，拨乱岂多讳？[5]

这里，前半说五代实属乱世，后半赞欧史勇断是非，简约古雅，爱憎分明，有拨乱反正之功。王平甫也由衷地钦佩欧的史学造诣。吴坰《五总志》载："王介甫意轻《五代史》，一日，因平甫案间有之，遂问曰：'此书何如？'平甫曰：'以明白易晓之言，叙扰攘难尽之事，未易议也。'始诚其言，以为切当。"

员兴宗，南宋孝宗时人，他对欧史中"杂传"与"传"的分类以及关于冯道的评价有所质疑，书之于科考策问中，向考生求解，但对这部巨著亦大加褒扬："史之录，实录也。过实则诬，失实则漫，吾不知其为史也。左氏简以法，迁、固虽有法而不简也。迁、固以次，吾无得焉。独欧阳文忠之史，史之巨擘者也。观其序云，自开平终显德凡几年，自河北放江南凡几国，自梁祖至周帝凡几战，及其言贯而不乱，盖其实录也。"[6]他佩服欧阳修的史才，认为欧史能将纷扰不已的五代乱世井井有条地真实地加以记叙，"言贯而不乱"，实为"史之巨擘"，与王平甫表达的是相同的意思。

晁公武评语已见前述，其中"国史称其可以继班固、刘向，人不以为过"的论断，反映出宋人对欧史学术地位的高度认可。与晁氏憾欧因濮议而于《晋出帝纪》中发慨一样，叶梦得也

---

① 见欧阳修《欧阳文忠公文集·居士外集》卷十七《与尹师鲁第二书》，《四部丛刊》本。

② 邵伯温《邵氏闻见录》卷十五，中华书局 1983 年版。

③ 见欧阳修《欧阳文忠公文集·居士外集》卷十七《与尹师鲁第二书》，《四部丛刊》本。

④ 王辟之《渑水燕谈录》卷六，中华书局 1981 年版。

⑤ 载《公是集》卷九，《武英殿聚珍版丛书》本。

⑥ 员兴宗《九华集》卷八《策问二道》，《四库全书珍本初集》本。

发现欧史创作中的这种情感指向，以为议濮王称号时，台谏“皆谓宜称皇伯，此固显然不可。欧阳永叔为参政，尤诋之。《五代史》书追尊皇伯宗儒为宋州刺史，所以深著其说。”①其实《唐六臣传论》也有同样问题，只是因存有庆历党争的心结，就在篇中大发关于朋党的感慨，此不可取，因为史书撰写理应客观，主观感情倾向过于强烈是不合适的。

欧史一个重大的遗憾是未能为韩通立传。韩通是反对赵匡胤陈桥兵变黄袍加身的后周将领，被赵匡胤手下的人杀害。但欧阳修作为大宋臣子，不得不为开国皇帝讳，在《新五代史》中只字未书韩通事迹。欧自有其苦衷，但作为信史来说，韩通是绕不过的人。南宋周南所著《山房集》卷八载：“（焦）千之学于六一先生，千之一日造公是刘贡父，公是问：‘永叔《五代史》成书耶？’千之对：‘书将脱稿矣。’公是问：‘为韩瞠眼立传乎？’千之默然。公是笑谓千之：‘如此，亦是第二等文字耳。’按国史，韩通为周朝亲将，尽节于所事，俗号韩瞠眼。”周南与陆游为同时人，云“公是刘贡父”误，贡父号公非。王应麟于《困学纪闻》卷十四，周密于《齐东野语》卷十三中，亦载此事。前文所引陈振孙评《新五代史》语谓“韩通之死。太祖犹未践极也，其当在《周臣传》明矣”，显然暗讽欧明明可列韩通于《周臣传》，因“作史之难”而不为。

欧阳修以一代文宗参与修史，其高超的文字功力令人称赏，南宋诸家尤为钦佩。张镃云：“人言欧公《五代史》其间议论多感叹，又多设疑，盖感叹则动人，设疑则意广，此作文之法也。”②周必大云：“昔公尝自云喜传人事，尤爱司马迁善传奇伟，使人喜读，欲学其作。厥后著《五代史》，辞气遂与迁相上下。若予者，爱公之文，如公爱迁书也。”③林之奇云：“《五代史记》事记简而包括甚广，如《安重诲传》数句是一个议论；又载李克用临终以三矢授庄宗，才数语尔，包尽多少事！如此等叙事，东坡以下未必能之。”④罗大经《鹤林玉露》甲编卷一云：“《五代史》：汉王章不喜文士，尝语人曰：‘此辈与一把筭子，未知颠倒，何益于国！’筭子，本俗语，欧公据其言书之，殊有古意。温公《通鉴》改作‘授之握筭，不知纵横’，不如欧史矣。”又云：“《五代史》：汉刘铢恶史弘肇、杨邠，于是李业谮二人于帝而杀之。铢喜，谓业曰：‘君可谓偻罗儿矣。’偻罗，俗言狡猾也。欧史间书俗语，甚奇。”遣词用语的通俗、流畅、生动，自然为欧史之所追求，不管是叙事，是议论，还是抒发感慨，一代文宗都是游刃有馀的。

诚如清四库馆臣所指出，《新五代史》“褒贬祖《春秋》，故义例谨严；叙述祖《史记》，故文章高简，而事实则不甚经意。”⑤王应麟云：“欧阳子谓五代礼坏，寒食野祭而焚纸钱。按纸钱始于开元二十六年，王屿为祠祭使，祈祷或焚烧纸钱，类巫觋，非自五代始也。古不墓祭，汉明帝以后，有上陵之礼，蔡邕议以为礼有烦而不可省者。《旧唐书·元宗本纪》：‘开元二十年，寒食上墓，编入五礼，永为常式。’寒食野祭，盖起于此。”⑥欧阳修在古时风俗、典章制度的考证方面较为生疏，故刘敞有“可惜欧九不读书之诮”⑦。叶梦得亦谓欧“多问《春秋》于原甫”⑧。吴缜对欧史中因“不甚经意”而出现的错误集中整理，成《五代史记纂误》一书，凡三

① 叶梦得《石林燕语》卷一，中华书局1984年版。

② 张镃《仕学规范》卷三十五，《四库全书》本。

③ 周必大《庐陵周益国文忠公集·平园续稿》卷三十五《彭孝子墓表》，清道光二十八年瀛塘别墅刊本。

④ 林之奇《拙斋文集》卷一，《四库全书》本。

⑤ 纪昀《四库全书总目》卷四十六《新五代史记》提要，中华书局1965年版。

⑥ 王应麟《困学纪闻》卷十四“五代时寒食野祭”条，商务印书馆1959年版。

⑦ 见叶适《习学纪言》卷四十九《吕氏文鉴》，《四库全书》本。

⑧ 叶梦得《避暑录话》卷上，《学津讨原》本。

卷。清四库馆臣评曰：

> 欧阳修《五代史》义存褒贬，而考证则往往疏舛。如司马光《通鉴考异》所辨晋王三矢付庄宗等事，洪迈《容斋三笔》所摘失载朱梁轻赋等事，皆讹漏之甚者。至徐无党注，不知参核事迹，寥寥数语，尤属简陋。缜一一抉其阙误，无不疏通剖析，切中症结，故宋代颇推重之。[①]

吴缜记欧史讹误疏漏甚多，以下谨按事实误、时间误、人名误等摘载《纂误》的若干内容并加评说：

事实误　《纂误》卷上《唐本纪》“明宗九事”条，先载欧史：“（天成元年三月）甲寅，军变，嗣源入于魏，与在礼合，夕出，止魏县。”后加按语：“《霍彦威传》云：‘明宗入城，与在礼置酒大会，而部兵在外者闻明宗反，皆溃去，独彦威所将五千人营城西北隅不动。居二日，明宗复出，得彦威兵，乃之魏县。’今此乃云，甲寅军变，与魏叛兵合，夕出魏县。二说不同，未知孰是。”查《新五代史》卷六《唐明宗纪》与卷四十六《霍彦威传》，所载各异属实，二说必有一误。又，《纂误》卷下《杂传》“王峻一事”条云：“汉宗室蔡王信在许州，澶州军变，太祖入京师，峻遣马铎率兵之许州伺变，遂杀信。今按《汉家人传》云信‘自杀’，与《信传》不同，疑《家人传》误也。”此条按语前乃引述《王峻传》的有关内容，见《新五代史》卷五十，说明蔡王信被王峻派遣的马铎所杀，只是《信传》误，当作《峻传》。而卷十八《蔡王信传》云：“王峻遣前申州刺史马铎以兵巡检许州，信乃自杀。”一为他杀，一为自杀，未知孰是。

时间误　《纂误》卷上《唐本纪》“废帝五事”条云：“‘（清泰三年）三月，河东节度使石敬瑭反。夏五月乙卯，建雄军节度使张敬达为太原四面都招讨使。’今按《晋高祖纪》云，天福元年即清泰三年也，‘五月，徙镇天平，敬瑭果不受命。’今此乃书敬瑭反于三月马胤孙为平章事之下，然后书五月乙卯命张敬达讨之。此二纪不同，必有误者。”查《新五代史》卷八《晋高祖纪》，石敬瑭不受命是在五月，且“上表论废帝不当立，请立许王从益为明宗嗣”。“石敬瑭反”的时间，《唐废帝纪》与《晋高祖纪》显然不一，必有一处为误。又，《纂误》卷中《唐臣传》“周德威一事”条云：“天祐七年秋，梁遣王景仁击赵。今按天祐七年即梁开平四年也。以《梁太祖纪》、《唐庄宗纪》、《王景仁》、《王镕传》校之，皆是开平四年冬十一月，独此传以为秋，误也。”查《新五代史》梁、唐二纪及《王镕传》，王景仁击赵皆在天祐七年（或称开平四年）冬（或称冬十一月），《王景仁传》载交战在次年（乾化元年）正月，《纂误》所云“皆是开平四年冬十一月”，亦不严谨，然而指出“天祐七年秋”之误，无疑是正确的。

人名误　《纂误》卷下《杂传》“王环一事”条云：“‘孟昶遣其秦州节度使高处俦以兵援环。’今按本史世家止有高彦俦，无处俦。《王环传》数处皆误也。”所言甚是。今中华书局校点本《新五代史·王环传》“高处俦”下注云：“本史卷六十四《后蜀世家》、《九国志》卷七《后蜀臣传》、《通鉴》卷二百九十二及《宋史》卷四百七十九《西蜀世家》皆作‘高彦俦’。”又，卷下《后蜀世家》“孟昶一事”条云：“李昊云：‘唐德宗皇子评，生四岁而卒，赠扬州大都督，封肃王，此故事也。’今按唐肃王名详，非‘评’字也。此盖李昊以犯知祥嫌名，故易之为‘评’耳，今《（五代）史记》不明述其因，而注者又不解之，读者何从而知也。”查《新五代史·后蜀世家》，称“唐

① 纪昀《四库全书总目》卷四十六《五代史记纂误》提要。

德宗皇子评”,而《新唐书·德宗纪》建中三年有“子肃王详薨”的记载。同书卷八十二有《肃王详传》。可知《纂误》言之有理,言之有据。

尚有称谓误者,如《南唐世家》“李景二事”条云:“楚王马希广为其弟希萼所弑,希萼自立。”《纂误》按云:“《马希广世家》,希萼乃希广之兄也。”查《新五代史·楚世家》云:“(拓拔)常数劝希广以位奉其兄希萼,希广不从。”同书中二人,孰为兄,孰为弟,莫知所从。至于其他失误甚多,不一一列举。

当然,《纂误》本身也有一些错误,即所指出的差失,欧史并不存在。如卷中《义儿传》“存孝二事”条,称“李斥威”误,当作“李匡威”。今检欧史,实作“匡”,非“斥”也。又,卷下《杂传》“冯晖一事”条,指欧史有“是时隐帝昏乱”之语,“隐帝”为“出帝”之误。今检欧史,乃称“出帝”而非“隐帝”。如此无中生有,是吴缜使用的版本有问题,还是有其他原因,就不得而知了。总的看来,尽管存在这些缺陷,《纂误》一书还是指出了欧史不少的疏忽错谬之处,应该是值得肯定的。

三、关于《正统论》的争论

欧阳修《正统论》是一篇十分著名的史论,在问世后就产生很大的反响。章望之著《明统论》表示异议,苏轼有《正统辩论》为欧公辩护,司马光认为章望之言“霸统”不无道理。陈师道也写了《正统论》,畅抒己见。直至宋末,周密亦著有《正闰》一文,阐述自己的观点。

欧阳发在《事迹》中概述乃父观点曰:

> 《正统论》破以秦为伪闰,或以功德,或以国地不相臣属,则必推一姓以为主之说。以为正者,正天下之不正;统者,统一天下之不一。至于各据地而称帝,正朔不相加,则为绝统。惟今天下于一者为正统。统或绝或续,而正统之说遂定焉。

《正统论》作于康定元年(1040),时欧阳修虽官职未显,但在政坛、尤其是文坛,相当知名,到庆历时,欧已被视为文坛盟主,故《正统论》有不小的影响,当然也引起不小的争论。章望之,字表民,以伯父章得象荫为秘书省校书郎,欧阳修为之字表民,作《章望之字序》,时为庆历三年。此后,望之仕宦蹉跎,嘉祐五年(1060),欧又推举其充馆职。章望之好议论,尝撰文与多位学者辩论,对欧阳修以魏、梁为正统亦著文表示不同的见解。司马光《传家集》卷六十一有《答郭纯长官书》,据编排,约作于熙宁、元丰间,云:

> 光学疏识浅,于正闰之际尤所未达,故于所修《通鉴》,叙前世帝王,但以授受相承,借其年以记事尔,亦非有所取舍抑扬也……夫正闰之论诚为难晓,近世欧阳公作《正统论》七篇以断之,自谓无以易矣。有章表民者,作《明统论》三篇以难之,则欧阳公之论,似或有所未尽也。欧阳公谓正统不必长相继,有时而绝,斯则善矣。然谓秦得天下,无异禹、汤;又谓始皇如桀、纣,不废夏、商之统,又以魏居汉、晋之间,推之本末,进而正之,此则有以来章子之疑矣。章子补欧阳公思虑之所未至,谓秦、晋、隋不得与二帝三王并为正统,魏不能兼天下,当为无统,斯则善矣。

司马光称“《正统论》七篇”,当指欧康定时之所作,欧晚年编定《居士集》时,将《正统论》定为上下两篇。故章望之著《明统论》质疑欧阳修,当在欧编定《居士集》前。以其好辩论的个性,在《正统论》问世后，即会有所质疑，则《明统论》之作当离康定之世不远。苏轼《正统辨论》作于至和二年(1055)。由此大致可以推断，《正统论》讨论之热持续了相当长的时间。

司马光之“尤所未达”、“诚为难晓”，实际上暗示他对“正闰之论”并不赞成。他重视功业，强调应依功业而作客观的评判。他在《资治通鉴》中说：“正闰之际非所敢知，但据其功业之实而言之。”[①]应该说，这比一味学《春秋》之褒贬而定“正闰”更为科学。司马光赞同欧阳修关于正统有绝有续，“不必长相继”的观点，自然也是从功业着眼。但他支持章望之“秦、晋、隋不得与二帝三王并为正统”的看法，则有道德上的考量，似与其甚重功业有异，而与章氏“霸统”之说同调。章氏云：

> 予今分统为二名，曰正统、霸统。以功德而得天下者，其得者正统也，尧、舜、夏、商、周、汉、唐、我宋其君也；得天下而无功德者，强而已矣，其得者霸统也，秦、晋、隋其君也。[②]

章氏对欧阳修认定“得天下而无功德者，强而已矣”的秦、晋、隋为“正统”，持强烈异议。苏轼为欧阳修辩护曰：

> 正统之论，起于欧阳子；而霸统之说，起于章子。二子之论，吾与欧阳子，故不得不与章子辩，以全欧阳子之说。欧阳子之说全而吾之说又因以明。章子之说曰，进秦、梁，失而未善也；进魏，非也。是章子未知夫名实之所在也。夫所谓正统者，犹曰有天下云尔。正统者果名也，又焉实之知？视天下之所同，君而加之，又焉知其他？……圣人得天下，篡君亦得天下，顾其势不得不与之同名，圣人何耻耶？吾将以圣人耻乎篡君，而篡君又恶能耻圣人哉？章子曰，君子大居正，而以不正人居之，是正不正之相去，未能相远也。且章子之所谓正者，何也？以一身之正为正耶？以天下有君为正耶？一身之正，是天下之私正也。天下有君，是天下之公正也。吾无取私正也。天下无君，篡君出而制天下，汤、武既没，吾安所取正哉？故篡君者，亦当时之正而已。[③]

通过上述的论辩，对立双方的观点已很清楚。欧阳修认为“惟今天下于一者为正统”，换言之，能统一天下就是正统。秦统一天下，故不能“以秦为伪闰”，因为就得天下而言，秦与夏、商无异。始皇与桀、纣一样有天下，岂可称伪称闰？在正统的问题上，欧阳修虽然下了“正者，所以正天下之不正也；统者，所以合天下之不一也”的定义[④]，但他更看重的不是居天下之正，而是合天下于一。不以秦为伪闰，就是明证。鉴于“五代之得国者，皆贼乱之君”，但这不妨碍他们得国为君，欧阳修强烈反对“独伪梁而黜之”[⑤]，也是看重合天下于一的功业的明证。“正天下”者，道德也；“合天下”者，事功也。道德、事功，二者合一，自然最好，但往往难以兼全。道德，属于个人的范畴；事功，关乎天下之太平。欧阳修在道德、事功难以两全的情况下，更看重天下一统的事功，而非得国者个人的道德。所以，苏轼对欧说的阐发，深得其精髓，即“正统者，犹曰有天下云尔”。“圣人得天下，篡君亦得天下”，以“得天下”言之，一也。

---

① 《资治通鉴》卷六十八《魏纪》一，《四库全书》本。

② 章望之《明统论》语，引自郎晔编《经进东坡文集事略》卷十一《正统辨论中》，《四部丛刊》本。

③ 苏轼《正统辨论中》，见上。

④ 《欧阳文忠公文集·居士集》卷十六《正统论上》，《四部丛刊》本。

⑤ 《欧阳文忠公文集·居士集》卷十六《正统论下》。

就正统而言，“以天下有君为正”，远比“一身之正为正”来得重要。司马光虽然认为章望之区分正统与霸统，谓“秦、晋、隋不得与二帝三王并为正统”，斥责了“得天下而无功德者”，可“补欧阳公思虑之所未至”，但实际上，也是看重事功的，他说：“臣愚诚不足以识前代之正闰，窃以为苟不能使九州合为一统，皆有天子之名而无其实也”①。欧阳修与司马光皆为北宋名臣与史学家，生活于政治较为昌明和稳定的北宋中期，欣喜于国家的一统，期盼于国家的强盛，着眼点自然在“九州合为一统”了。

陈师道云：

> 统者，一也。一天下而君之，王事也，君子之所贵也……夫正者以有贰也，非谓得之有正与否也。夫天下有贰，君子择而与之，所以致一也。不一则无君，无君则人道尽矣。②

此与苏轼“天下有君，是天下之公正也”异曲同工，与欧阳修的“合天下之不一”毫无二致。所谓“天下有贰，君子择而取之”，说的是有所比较取正于天下的意思。师道又云：“以秦之暴，疾之可也，而不谓天下为秦，可乎？夺其统，其谁与哉？”③此大抵沿袭了欧阳修反对“以秦为伪闰”的观点。师道还举三国为例阐述其正统观：

> 汉，中邦之旧也，刘葛之所造也，君子之所向也，而地则四隅也。德远而功迩，君子不得而私焉。吴、魏皆有志于天下，又皆功于民，而魏则中国也，于是与之，其得已乎！此曹魏之辨也。”④

刘备虽“德远”，但功不及居“中国”之曹魏，故正统不得已而与曹魏了。师道之立论大抵亦虑及从“中国”起家的大宋王朝，并未出欧、苏之藩篱。

到了南宋，随着宋室的衰微与偏安一隅以及理学的兴盛，正统观有所变化，代表人物自然是大儒朱熹。他编有《资治通鉴纲目》，以其理学所主导的正统观，即以所谓“天理人心”衡断历史，评判人物，自然，一切以“天理人心”为旨归而合于“王道”。南宋遂昌人尹起莘为《通鉴纲目》作《发明》，其序云：“是书之作，其大经大法，如尊君父而讨乱贼，崇正统而抑僭伪，褒名节而黜邪佞，贵中国而贱夷狄，莫不有系于三纲五常之大真，所谓为天地立心，为生民立极，为先圣继绝学，为后世开太平者也。”以“贵中国而贱夷狄”言之，夷夏之大防一旦融入关于正统的思考，南宋的正统论自然以“攘夷”为重点，与欧阳修兼重道德、事功而尤强调后者不同，与司马光“不得不取魏、宋、齐、梁、陈、后梁、后唐、后晋、后汉、后周年号，以记诸国之事，非尊此而卑彼”⑤也不同。

周密《癸辛杂识》后集有《正闰》一文云：

> 正闰之说尚矣。欧公作《正统论》，章望之著《明统论》以非之。温公作《通鉴》，则朱晦庵作《纲目》以纠之。张敬夫亦著《经世纪年》，直以蜀先主上继汉献帝。其后，庐陵萧

① 司马光《资治通鉴》卷六十九，《四库全书》本。
② 陈师道《后山集》卷十三《正统论》，《四库全书》本。
③ 陈师道《后山集》卷十三《正统论》，《四库全书》本。
④ 陈师道《后山集》卷十三《正统论》，《四库全书》本。
⑤ 《资治通鉴》卷六十九，《四库全书》本。

常著《后汉书》,起昭烈章武元年辛丑,尽后主炎兴元年癸未,又为《吴魏载记》。近世如郑雄飞亦著为《续后汉书》,不过踵常之故步。最后,翁再又作《蜀汉书》,此又不过拾萧、郑弃之竹马耳。

周密从欧公作《正统论》,直说到南宋多位学者著书以蜀汉为正统之事。正统是十分敏感的话题,牵涉到对历代颇有争议的政权的看法,这自然与这些作者身处南宋王朝有关。南宋士人在宋金对峙的压抑的氛围中,基于对南侵夷敌的憎恨,尊蜀汉而贬曹魏,是可以理解的。"攘夷"的正统论自然与欧阳修"居正"、"合一"的正统观大相径庭了。

以上为欧阳修史学成就宋代评价的概括论述。简而言之,无论是从史书的编纂,还是从史论的构建看来,欧阳修在宋代的影响是巨大的,宋人对他的建树有颇高的评价。今天他被公认为宋代著名的政治家、杰出的文学家和史学家,应该说是当之无愧的。

(作者单位:华东师范大学中文系)

欧阳修“人情说”与平易文风

刘德清

作为唐宋八大家之一，欧阳修文学成就首屈一指的是散文。他的文章诚如吴充《欧阳公行状》所说的“文备众体”、“各极其工”，对此就连他的政敌也表示钦敬。欧阳修散文无论何种题材，都注重语言、结构等技法，在平易中呈现婉曲之美。这种文风的形成与作者的“人情说”密不可分。本文试就二者关系略作探讨，以祈正于方家。

一

在欧阳修文章中，“人情”一词的使用频率比较高，粗略统计《四库全书》中的欧阳修著述，该词总共使用182次，其中《欧阳文忠公集》78次，《新唐书》54次，《诗本义》21次，《新五代史》17次。这种看似遣词造句的语言现象，实质反映作者思想观念的“人情说”。

关于“人情”的含义，《汉语大词典》主要列举了“人的感情”、“人之常情”和“人心，众人的情绪、愿望”等义项，实际上这三者之间存在着密切联系，而从“人情说”观念层面考察其内涵，应是以上三义项的综合融贯。在儒家经典“十三经”中，《礼记·礼运》曾对“人情”作出诠释：“何谓人情？喜怒哀惧爱恶欲，七者，弗学而能。”指的就是天然自生的“人的感情”。古往今来，人同此心，心同此理，这种人们通常具有的情理就是“人之常情”。欧阳修《诗本义》卷六云：“古今人情，一也。”他又对“人之常情”作过各种阐述，如《祭蔡端明文》云：“生为可乐而死为可哀，人之常情也。”《与石推官第一书》云：“凡人之相亲者，居则握手共席道欢欣，既别则问疾病起居以相为忧者，常人之情尔。”《欧阳氏谱图》云：“凡远者疏者略之，近者亲者详之，此人情之常也。”在人类社会中，人情的集结就是人心所向，也就是“众人的情绪、愿望”。欧阳修《论贾昌朝除枢密使札子》云：“近降制书除贾昌朝为枢密使，旬日以来，中外人情莫不疑惧，缙绅公议，渐以沸腾。”此“人情”显然指的是社会舆论与众望所归。《三国志·吴志》卷一二裴松之注引《会稽典录》云：“上穷阴阳之奥秘，下摅人情之归极。”欧阳修《石鹢论》亦云“上揆之天意，下质诸人情，推至隐以探万事之元，垂将来以立一王之法者，莫近于《春秋》矣”。可见自古以来“人之常情”就是人世间约定俗成的事理标准。

宋儒以“人情”阐释儒家经典，始自欧阳修《诗本义》与《易童子问》等著述，而欧阳修标举“人情”，循依的正是圣王之教。《礼记·礼运》云：“故圣王修义之柄、礼之序，以治人情。故人情者，圣王之田也。修礼以耕之，陈义以种之，讲学以耨之，本仁以聚之，播乐以安之。”“人情”被圣王视为耕种礼义仁乐的田地，揭示了礼义仁乐基于“人情”的道理。陈晓芬教授《宋六家"人情"观念及其散文走向》一文，认为"《礼记》是六家确立人情观念的思想源泉。"(《华东师范大学学报》2004 年第 3 期)当为确论，自古圣王重"人情"，"人情"为圣王制礼之本，欧阳修"人情说"的立论基础就在于此。他的《为后或问》上、下篇云："此人情之所不忍者，圣人亦所不为也。""圣人以人情而制礼者也。"在欧阳修看来，圣人之道与人之常情并不矛盾，二者相互统一，彼此糅合，借用"人情"可以推求人事之理。他的《易童子问》卷一指出："圣人，人也，知人而已。天地鬼神不可知。故推其迹，人可知也。故直言其情，以人之情，而推天地鬼神之迹，无以异也。"卷三亦云："以常人之情而推圣人，可以知之矣。"在《答宋咸书》中又称"圣人之言，在人情不远"。欧阳修认为圣人之道必定符合人情常理，凡乖违人之常情者，决非圣人之道。正是基于这种"圣道"与"人情"关系的认识，欧阳修自觉遵奉"人情说"，注重以人情推求圣道，进而推究天理，为人处世讲究人之常情、事之常理。

基于"人情说"，欧阳修表现出对现实生活的热切关注。他视"人情"为人的天然属性，将人生价值定位于生存常态。在他的心目中，人情与现实生活密切关联，重视人情，就是重视现实人生。欧阳修积极关注"人情"，而对理学家津津乐道的"人性"则不感兴趣。其《答李诩第二书》云："六经之所载，皆人事之切于世者，是以言之甚详。至于性也，百不一二言之。""修患世之学者多言性，故常为说曰，'夫性，非学者之所急，而圣人之所罕言也。'"他认为人性本身并无善恶可言，纠缠于"性善"、"性恶"的争执，而忽视影响性之善恶的现实人事，是"执后儒之偏说，事无用之空言"。又指出："为君子者，修身治人而已，性之善恶不必究也。"他的《与张秀才第二书》，也有意避开孟子"性善说"，强调孟子"其事乃世人之甚易知而近者，盖切于事实而已"。把关注的目光从抽象空幻的"人性"善恶之争，转向普世人情。当然，欧阳修心目中的"人情"也是一分为二的。他一方面憎恶人世间的"不情"言行，常以"非人情"驳论立说，以是否符合人的思维和行为的常理判断是非曲直。其《祭资政范公文》云："好死恶生，殆非人情。"《易童子问》卷三揭示《文言》当中关于"《乾》之四德"的矛盾说法："谓此二说出于一人乎，则殆非人情也。"《为后或问下》指出立为皇嗣而改称生父为皇伯，"是非人情也"。可见其论事"质诸人情"，说理以"人情"为圭臬。另一方面，欧阳修认为人情好恶有其真伪是非之别，顾及"人情"有肯定性顾及，也有否定性顾及。在他的诗文中，就有不少涉及理应否定的庸俗"人情"。如其诗《奉答子华学士安抚江南见寄之作》云："天下久无事，人情贵因循。"《双井茶》云："争新弃旧世人情，岂知君子有常德。"其文《易童子问》卷二曰："人情处危则虑深，居安则意怠，而患常生于怠忽也。"《新五代史·张居翰传序》曰："人情处安乐，自非圣哲，不能久而无骄怠。"对于诸如此类应当否定的"人情"，欧阳修主张不徇不恤。景祐三年的《与高司谏书》，他指斥高若讷"身惜官位，惧饥寒而顾利禄，不敢一忤宰相以近刑祸，此乃庸人之常情"。庆历三年的《论禁止无名子伤毁近臣状》，他赞赏王尧臣为政不恤人情："如尧臣者，领职以来，未及一月，自副使以下不才者悉请换易，足见其不避嫌怨，不徇人情，竭力救时，以身当事。"《论吕夷简仆人受官札子》也批评官府"为陛下守法者，不思国体，但徇人情"。无论是肯定性还是否定性的顾及"人情"，都表现主人公对社会和人生的深切关怀。

基于"人情说"，欧阳修表现出强烈的辟怪安常意识。他辟佛斥老，质疑仙道怪诞，《问进士策四首》其二有云："子不语怪，著之前说，以其无益于事而有惑于人也。"《仙草》诗云："世说有仙草，得之能隐身。仙书已怪妄，此事况无文。"《鬼车》诗亦云："我思天地何茫茫，百物巨细理莫详。吉凶在人不在物，一蛇两头反为祥。"他主张平易为人，反对以怪辟言行博取名声。其《议学状》说:“夫人之材行,若不因临事而见,则守常循理,无异众人。苟欲异众,则必为迂僻奇怪,以取德行之名;而高谈虚论,以求才识之誉。”在他看来,正人君子、仁人志士在正常的社会环境里,只能像普通人那样生活,无需高谈阔论、标新立异,以显示其才识;更不能违情背理、惊世骇俗,以标榜其德行。否则,便有以“怪”取名,求为人知之嫌。他主张人生要安常守常。其《红鹦鹉赋》云:“物既贱多而贵少兮,世亦安常而骇异。”书简《与丁学士》云:“古之君子之所以异于常人者,能安常人之所不能安也。”在欧阳修心目中,安常守常是君子的言行准则,而人情作为人性的本真反映,它体现的正是人之常态;只有事物在失常失真状态下才需要匡正纠谬,而这种匡纠就是创新。如果一个人刻意追新逐奇,就难免违背本真,饰伪矫情。他的《纵囚论》非议唐太宗矫情而为政失常,说:“若夫纵而来归而赦之,可偶一为之耳,若屡为之,则杀人者皆不死,是可为天下之常法乎?不可为常者,其圣人之法乎?”文章的结论是:“尧、舜、三王之治,必本于人情,不立异以为高,不逆情以干誉。”《南阳县君谢氏墓志铭》称赏梅尧臣夫人“治其家,有常法”,他自述《易童子问》的研究思路为“以常人之情而推圣人,可以知之矣”。因此他质疑“河图”、“洛书”,批评谶纬之学,排斥“五德”及五行灾祥之说,摒弃汉唐注疏中的各种奇谈怪论。嘉祐年间,他向仁宗奏呈《论删去九经正义中谶纬札子》,主张删除充斥在九经注疏中的谶纬之术和怪异之说。欧阳修一生坚持以“人之常情”会通圣人乃至天地鬼神,表现出辟怪安常的平易意识。

二

欧阳修基于“人情说”,以平实的眼光、平和的心态审视社会人生,由此决定其文章语言的平易。欧文是在同典雅华贵的“西昆体”及险僻生涩的“太学体”作斗争中确立起来的,它虽然渊源于韩文,却在语言风格上别树一帜。韩愈为文标榜“文从字顺”(《南阳樊绍述墓志铭》),同时又强调“词必己出”(《南阳樊绍述墓志铭》)、“唯陈言之务去”(《答李翊书》),这就难免尚奇好险。欧阳修针对韩文奇险的弊病,呼吁“勿用造语”、“取其自然”(曾巩《与王介甫第一书》),并在创作实践中身体力行。对于备受韩愈推崇而为文诡怪险僻的樊宗师,他的《集古录跋尾·唐樊宗师绛守居园池记》感慨兴叹:“呜呼!元和之际,文章之盛极矣,其怪奇至于如此!”欧文平易自然,力摒险怪艰涩,就是曾巩评述的“绝去刀尺,浑然天质”(《祭欧阳少师文》),苏轼所说的“其言简而明,信而通”(《居士集叙》),以及苏洵说的“容与闲易,无艰难劳苦之态”(《上欧阳内翰第一书》)。《醉翁亭记》历来被誉为“欧阳绝作”(《唐宋文醇》卷二六),它着笔于记“亭”,着力于表现“醉翁”心态,以物美人乐为中心,展示一幅风光绮丽的画卷,表现作者寄情山水、与民同乐的思想。全文的写景、叙事,甚或议论,都措词平易自然,文笔从容流转。虚词的使用尤为传神,二十一组“也”字句贯彻首尾,强化了文章咏叹调,既琅琅上口,又情韵绵邈。这种平易文风被朱熹称赞为“十分好”,并指出“欧公文章及三苏文好处,只是平易说道理,初不曾使差异底字,换却那寻常底字”(《朱子语类》卷一三九)。罗大经《鹤林玉露》丙篇卷二也记载杨东山对欧阳修平易文风的肯定,欧文被喻为吃而不餍的饭中正味,云:“欧公文非特事事合体,且是和平深厚,得文章正气。盖读他人好文章如吃饭。八珍虽美而易厌,至于饭,一日不可无,一生吃不厌。盖八珍乃奇味,饭乃正味也。”

欧阳修基于“人情说”,为人处世宽厚,追求人情所安,由此决定其文章说理的平易。《与高司谏书》素来被认为是欧文最接近韩愈雄放风格的作品，还是深深地打上了平易说理的风格烙印。作者执笔时虽然义愤填膺、怒不可遏，却坚持从容说理。文章开笔于遥远的十四年前，用了三个层次，徐徐回顾对高若讷品质的认识过程，充分揭示高若讷的卑劣人格。进入正题后，也没有顺理成章地严辞怒斥，而是以退为进，挤陷高氏于无可辩解的两难境地，还其“君子之贼”的本色。只是在文章最后，才义正辞严地痛斥高氏“不复知人间有羞耻事”，“他日为朝廷羞者，足下也”。通览全文，文章以平易的语言、纡徐的说理，体观欧阳修散文的主体风格。正因此，清人姚鼐《复鲁絜非书》称本文为“偏于柔之美者也”。

欧阳修散文力求创新，却反对刻意标新立异。对于乖违人情物理、尚奇好怪之人，无论是古哲还是今贤，他都不放过。《集古录跋尾·唐韦维善政论》批评元结、樊宗师等人：“余尝患文士不能有所发明，以警未悟，而好为新奇以自异，欲以怪而取名，如元结之徒是也。至于樊宗师，遂不胜其弊矣。”《绛守居园池》诗指斥樊宗师好奇而难免剽窃：“异哉樊子怪可吁，心欲独出无古初。穷荒搜幽入有无，一语诘曲百盘纡。孰云已出不剽袭，句断欲学《盘庚》书。”与他同时代的石介，志行狷介，为人迂腐，平日常以怪僻自异于大众。景祐二年欧阳修《与石推官第一书》，批评石氏文章“自许太高，诋时异以取高”、“昂然自异，以惊世人”。石介不服气，回书强辩。欧氏《与石推官第二书》当理不让，坚持申说自己的观点，批评石氏“近怪自异以惑后生”。庆历后，担任太学教官的石介、孙复、胡瑗等人，在反对西昆派“靡丽浮艳”文风的过程中，受复古思潮的影响，倡导一种内容迂阔矫激、文辞艰涩怪僻的“太学体”古文。欧阳修利用嘉祐二年知贡举的机会，采取断然措施，痛抑“太学体”。这一榜将行文怪僻者统统黜落，又依据“平淡典要”的标准，将文风平易者拔在高第。他借助行政力量，打击怪僻文风，促使一代平易流畅新文风最终形成。就像吴充《欧阳公行状》所说的：“嘉祐初，公知贡举。时举者为文，以新奇相尚，文体大坏。公深革其弊，前以怪僻在高第者，黜之几尽。务求平淡典要。……已而文格遂变而复正者，公之力也。”

欧阳修基于“人情说”，倡导平易文风，却不排斥语言的峻洁和结构的婉曲。他的《与渑池徐宰书》论及文章要“精择”、“峻洁”，但是“不必勉强”，“须待自然之至”，其《梅圣俞诗集序》又主张“写人情之难言”，倡导平易自然而又婉曲多致的文风。人情本是一种微妙的现象，它有其真实自然的本色特征，又有丰富多变的特性。它发自人的内心，又随物而感，变化万端，深微曲折。欧阳修《为后或问下》说“夫惟仁义能曲尽人情”，“仁义相为用，以曲尽人情”，揭示的正是人情深曲难状的特点。文章要“写人情之难言”，语言与结构自然婉曲多变。《樊侯庙灾记》就是一篇跌宕起伏，富于层次的作品，唐顺之评之为“文不过三百，而十余转折，愈出愈奇，文之最妙者也”。《读李翱文》也是一篇语言朴实而结构婉曲的代表作。作者在贬官夷陵、身受不公平待遇的时刻写作此文，引李翱为同道，抒发忧国忧政之情，表达对朝廷忠奸不辨、是非不分的不满。全文不足四百字，文字本色，不事雕饰，却七折八转，翻转跌宕，行文大开大合，于平易中见精巧。林云铭《古文析义》卷十四评点此文说：“文之曲折感怆，能令古今来误国庸臣无地生活。”也正是出于此，前人誉称欧阳修散文“善用纡徐”，“来得柔婉”（刘熙载《艺概》卷一）。

三

欧阳修“人情说”与平易文风的产生，与宋代开明宽松的政治环境有关系。在中国封建社会里，宋朝算是少有的政治开明时期。宋太祖开国之初，承五代乱离之后，为着休养生息、巩固政权，以笃厚之姿御世，制定“兴文教，抑武事”(《续资治通鉴长编》卷十八)的“恢儒右文”(《宋史·选举志三》)基本国策。相对中国历代别的封建王朝，宋朝虽也是强化高度中央集权的专制统治，但是文人地位尊贵，士大夫待遇优厚，思想文化政策宽松。尤其是宋太祖建国之初确立“不得杀士大夫及上书言事人”(陆游《避暑漫钞》引《秘史》)的传统，士大夫敢于言事之风贯穿王朝始末。三百余年宋朝统治中，从来没有出现过全国性的大规模长时间的农民起义，没有出现过宦官专政、外戚弄权、藩镇割据等政治局面，也没有出现过真正意义上的暴君虐政，就是其开明宽松政治的明证。

宋代开明宽松的政治氛围，培育了一代宽厚世风。有宋立国以来，从君主、朝臣到民间，一片宽厚之风。《宋史·本纪》称仁宗“天性仁孝宽裕，喜愠不形于色”。《宋史·刑法》称高宗“性仁柔，其于用法，每从宽厚，罪有过贷，而未尝过杀”。在《宋史·列传》当中，朝廷大臣被誉为“宽厚”者比比皆是。仅以欧阳修之前的人物为例，赵元份被誉为“宽厚，言动中礼”；王溥“溥性宽厚，美风度，好汲引后进，其所荐至显位者甚众”；王全斌“宽厚容众，军旅乐为之用”；刘廷翰“宽厚容众，虽不事威严，而长于御下”；李穆“尤宽厚，家人未尝见其喜愠”；王化基“宽厚有容，喜愠不形，僚佐有相凌慢者，辄优容之”；张廷翰“为政宽厚简易，民甚爱之”；张平“时人称其宽厚”；吕端“宽厚多恕，善谈谑，意豁如也”；陈尧佐“世以宽厚长者称之”；赵稹“为人诚质宽厚”；李若谷“性资端重，在政府，论议常近宽厚”；张士逊“以宽厚得民”等。在开明宽松的思想文化政策下，宋代文人受限制较少，心情舒畅，思想活跃，大胆开拓，勇于创新，有比较充分的言论和文学创作自由，能比较充分地施展自己的聪明才智。在中国古代历史上，宋代文人之间的学术争鸣风气，可与春秋战国“百家争鸣”相媲美。正是在这种特定的历史条件下，涌现出一大批闻名千古的文化精英，创造了灿烂辉煌的宋型文化。

欧阳修“人情说”与平易文风的产生，与他的家庭教育、本人个性有关系。欧阳修《泷冈阡表》，称颂父亲心地厚道、天性仁孝，曾于灯下批阅案卷，多次停下来，叹息说：“此死狱也，我求其生不得尔。”逢年过节举行祭祀时，一定泣涕而言：“祭之丰不如养之薄也。”又记载母亲郑氏夫人谆谆教诲：“利虽不得博于物，要其心之厚于仁。吾不能教汝，此汝父之志也。”正是源于这种传统的儒家仁爱思想，兼而发自本身刚正耿直的个性，形成欧阳修坦易磊落、宽宏敦厚的襟怀。欧阳修死后，他的朋友、门生，无不称颂其坦率与宽厚。韩琦称他“襟怀洞然，无有城府。常以平心为难，故未尝挟私以为喜怒”(《欧阳公墓志铭》)。曾巩感叹说：“维公平生，恺悌忠实。内外洞彻，初终若一。”(《祭欧阳文忠公文》)

欧阳修“人情说”与平易文风的产生，与其治学之道也有关系。欧阳修立身治学笃守中庸之道。《礼记·中庸》将中庸之道作为人生道德修养与处理事物的基本原则和方法，主张为人处事保持中正，不偏向任何极端，所谓“执其两端，用其中于民”。程颐、程颢进而解释为：“不偏之谓中，不易之谓庸。中者，天下之正道；庸者，天下之定理。”(《二程遗书》卷七)在欧阳修看来，中庸就是人之常情、物之常理。创“新”而走向极端就是怪僻，是“过”，过犹不及，不合中庸之道，应予排斥。他的《与石推官第一书》在批评石介的同时，开导对方“履中道，秉常德”，“就之于中庸”。《张秀才第二书》在批评张棐“务高言而鲜事实”的同时，奉劝其“无过不及，而一本乎大中”，“宜少下其高而近其远，以及乎中，则庶乎至矣”。欧阳修坚守儒家道统的同时，立身治学亦持老庄之道。他遵奉儒家“达则兼济天下，穷则独善一身”的古训,“兼济”时多守儒道,“独善”时多行老庄。他自号“无仙子”(《删正黄庭经序》),力斥道、佛二教为儒家死敌,但认为二者对社会的危害轻重有别。其《御书阁记》云:“佛能钳人情而鼓以祸福,人之趣者常众而炽,老氏独好言清净远去、灵仙飞化之术,其事冥深,不可质究,则其为常以淡泊无为为务。”在他看来,如果没有帝王的特殊倡导,道教很难形成社会祸害。欧阳修仕宦生涯中三次贬官,在外谪的十余年里,他身处逆境,随遇而安,以顺处逆,乐观旷达,公事之余,吟赏山水,自得其乐,所持的大抵是老庄之道。他的《亳州乞致仕第一表》云:“知足不辱者,道家之明戒。”《笔说·老氏说》云:“老子为书,比其余诸子已为简要也,其于核见人情,尤为精尔,非庄周、慎道之伦可拟。其言虽若虚无,而于治人之术至矣。”《试笔·琴枕说》亦云:“老庄之徒,多寓物以尽人情。信有以也哉!”正是基于这种对老庄之学蕴含一定合理性的认识,他的人生旅途中,不时发出“郡斋政成罇俎乐,高谈日接无俗情”(《送京西提点刑狱张驾部》)、“一瓢固不羡五鼎,万事适情为可喜”(《初食鸡头有感》)的歌唱,展示道家知足常乐的坦荡情怀。

(作者单位:井冈山大学人文学院)

浅谈欧阳修文论的兼容性

袁晓薇

作为北宋中期的文坛领袖，欧阳修的文学创作成就斐然，文、诗、词皆具极高造诣。然而，其独特的文学主张和美学思想对宋代文学发展也产生了积极作用和深远影响。欧阳修的古文理论散见于其诗文创作中，主要体现在一些书函杂札中。欧阳修的文论突出地呈现出一种指向创新的兼容性，这种不褊狭、不极端，而是富有调和性、包容性的理论显然更易于接受，也更为合理，正体现出宋代文学面临前代丰厚成果，努力寻求突破的积极姿态。

一、文道结合

古文之"道"与"文"的现代意义上近于文学的"内容"与"形式"。在文学的内容和形式之间，欧阳修肯定了思想内容的第一性，认为："大抵道胜者文不难而自至也。""若道之充焉，虽行乎天地，入于渊泉，无不之也。"而"道未足而强言"，则会导致"愈力愈勤而愈不至"[①]。然而欧阳修之重"道"，既不同于韩愈笼统地宣扬儒家道统，也非理学家崇尚天理心性之空谈。欧阳修在《答李翊第二书》中指出："六经之所载，皆人事之切于世者，是以言之甚详。至于性也，百不一二言之，或因言而及焉，非为性而言也，故虽言而不究。"[②]可见，欧阳修强调"道"的经世致用，使得"道"不再是仅出于维护封建统治的空洞说教，而是系于"百事"之中，赋予"道"以新意，在《答吴充秀才书》中，欧阳修批评了溺于文字、忽视现实的倾向："夫学者未始不为道，而至者鲜焉。非道之于人远也，学者有所溺焉尔。盖文之为言，难工而可喜，易悦而自足。世之学者往往溺之，一有工焉，则曰：'吾学足矣。'甚者至弃百事不关于心，曰：'吾文士也，职于文而已。'此其所以至之鲜也。"在这封信中，欧阳修把"百事"也看作是"道"的内容，通过教导后学提倡为文者要关心国计民生和社会现实，文学创作要深入生活实际，因此，欧阳修"道胜文至"之论实际上是对文学创作者的胸襟、学养和精神境界提出了很高的要求。在宋初文坛延续五代以来气格狭小、雕琢浮靡之风的背景之下，这一主张尤其具有积极的现实意义。宋代古文运动既是散体行文的形式变革，亦是儒学思潮的复兴。北宋仁宗朝时，以范仲淹、欧阳修为代表的新一代进士们以复兴儒学，改革政治为己任，奋厉当世，挺立士风。

---

① 欧阳修《答吴充秀才书》，李逸安点校《欧阳修全集》卷四十七，中华书局2001年版，第664页。本文所引欧阳修诗文均出此集，以下仅注卷数、页码。

② 欧阳修《答李翊第二书》卷四十七，第669页。

作为亲受欧阳修提携的继起者，苏轼切实地感受到欧阳修对塑造和培养士人品格和精神境界的重视，在《六一居士集叙》中回忆："宋兴七十余年，民不知兵，富而教之，至天圣、景祐极矣，而斯文终有愧于古。士亦因陋守旧，论卑而气弱。自欧阳子出，天下争自濯磨，以通经学古为高，以救时行道为贤，以犯颜纳说为忠。长育成就，至嘉祐末，号称多士，欧阳子之功为多。"①苏轼的评价客观地反映出欧阳修领导北宋诗文革新运动时在塑造新型士风方面所作的努力。

欧阳修在重视"道"的同时，又不轻视"文"。首先是充分注意到了"文"和"道"的区别，如《送徐无党南归序》中欧阳修分别论述了"修之于身，施之于事，见之于言"的"三不朽"。认为注重修身而有道的人，不一定都是擅长于做文章的："自《诗》、《书》、《史记》所传，其人岂必皆能言之士哉？"②这就明确将"道"和"文"相区别，"道"不能代替"文"。如"古人之学者非一家，其为道虽同，言语文章未尝相似③。在《薛简肃公文集序》中详细分析了"立功"与"立言"常常不能兼得的原因④，实际上否定了将文章视为"末事"的看法，与此同时也就肯定了文学作品有自身的独立性。据说欧阳修还曾以"精金美玉，市有定价"⑤来比喻文学作品作为艺术的独立价值。在《代人上王枢密求先集序书》中，欧阳修重申了孔子所谓"言之无文行而不远"的论点："君子之所学也，言以载事，而文以饰言，事信言文，乃能表见于后世。……故其言之所载者大且文，则其传也章，言之所载者不文而又小，则其传也不章。"⑥更是把文章的形式技巧提高到了决定文章能否传之久远的高度，予以高度重视。欧阳修与宋祁合撰《新唐书》，在《艺文志》中首次出现"诗文评"类，在风格的辨析、体式的追求等方面，都更加细致，体现出鲜明的文学创作意识，体现出古代文艺思想对艺术美本质认识的重大进步。

在充分认识到"文"之价值的基础上，欧阳修提出文道结合的主张："道纯则充于中者实，中充实则发为文者辉光。"⑦把文学的艺术形式和思想内容结合起来。其著名的"诗穷而后工"⑧之论实际上是对影响文学创作因素的探讨，同时也是欧阳修对他人和自己创作实践经验的总结。"穷而后工"之"工"，指诗歌艺术成就卓著，包括作品感发人心的力量和审美价值。由此可见欧阳修对于文学创作艺术的追求，对文学独立价值的肯定。另一方面，"诗穷而后工"的理论基点是对生活之于文学创作影响的重视，又体现出欧阳修"文道结合"的思想核心：将文学创作与"百事"即社会现实和日常生活紧密联系起来。"文道结合"是贯穿于欧阳修人格理想、学术追求和文学观念的核心。这一观念既赋予"道"以新意，也重新阐释了"文士"的定义与责任。反映到文学创作中，就是强调了文学的现实观照。曾巩称赞欧阳修"蓄道德而能文章"⑨，"道德文章"正是"文道结合"的具体说明，欧阳修正是以其"道德文章"

---

① 苏轼《六一居士集叙》，孔凡礼点校《苏轼文集》卷十，中华书局1996年版，第316页。

② 欧阳修《送徐无党南归序》卷四十四，第631页。

③ 欧阳修《与乐秀才第一书》卷七十，第1023页。

④ 欧阳修《薛简肃公文集序》卷四十三，第618页。

⑤ 苏轼《与谢民师推官书》引欧阳修之语，孔凡礼点校《苏轼文集》卷四十九，中华书局1996年版，第1418页。

⑥ 欧阳修《代人上王枢密求先集序书》卷六十八，第984—985页。

⑦ 欧阳修《答祖择之书》卷六十九，第1010页。

⑧ "诗穷而后工"的命题在欧阳修的《梅圣俞诗集序》、《薛简肃公文集序》等文中有集中而详细的论述，《六一诗话》又作了进一步的深化和补充。

⑨ 曾巩《寄欧阳舍人书》，《南丰先生元丰类稿》，《四部丛刊》本。

的巨大号召力，推动了宋代诗文的创作。较之前代，宋代诗文的题材内容有了极大扩展，琐屑、平凡的日常生活被大量写入诗中。然而，由于作者广博的见识、丰厚的学养、充盈的精神境界，宋代文学并未因此而显得气格狭小、局促，而是闪耀着独特的理性光辉，透露出精深的艺术思维，呈现出独特的艺术风貌。这一成就的取得很大程度上得力于欧阳修独特的文道观。

二、骈散融通

古文运动的兴起伴随着骈散的斗争，在欧阳修之前，二者关系似乎是完全对立的。中唐韩愈、柳宗元复兴儒学，倡导古文，以六朝以来的骈文为批判对象。韩柳的古文虽然取得很大成就，但后继乏人，骈文在晚唐又出现了再次兴盛的局面。北宋初期，柳开、穆修等人继承韩愈复兴儒学的传统，提倡古文，再次对骈文进行强烈抨击，然而由于未能取得相应的创作实绩，也就没有得到当时文坛的普遍响应。在这样的背景之下，欧阳修领导了北宋诗文革新运动，并且取得了最终的胜利。这其中的原因固然是多方面的，然而欧阳修对待骈散的新型态度无疑是一个重要因素。

欧阳修虽然继承了韩柳的古文传统，但是在对待古文与骈文的态度上却与之不同。欧阳修并不完全否定骈文，而是主张兼收并蓄，在一定程度上肯定了骈文的价值，这从他对宋初“西昆体”的评价可以明显见出。欧阳修倡导的北宋诗文革新运动虽然主要是以注重骈俪的西昆体为革新对象的，但欧阳修并未彻底否定西昆体的文辞华丽，曾说：“先朝杨、刘风采耸动天下，至今使人倾想。”①他尊西昆派首领杨亿“以文章擅天下”②、“一代之文豪”，“吾始未识子，但闻杨公贤。”③肯定了西昆派在当时的价值。而且善于发现西昆体的艺术优长，在其《归田录》中对杨亿作文之法颇为赞赏：“杨大年每欲作文，则与门人宾客饮、博、投壶、弈棋，语笑喧哗，而不妨构思。以小方纸细书，挥翰如飞，文不加点，每盈一幅则命门人传录，门人疲于应命，顷刻之际，成数千言，真一代之文豪也。”④对杨亿作文能边玩边构思且“文不加点”，颇有“对客挥毫”之风津津乐道。

作为古文的倡导者，欧阳修对骈文弊端当然有着比较清醒的认识：“往时作四六者多用古人语，及广引故事，以炫博学，而不思述事不畅。”⑤指出四六的弊病在于“用古人语”和“广引故事”，目的在于炫耀自己的才学，并不考虑文章的叙事是否顺畅。其《六一诗话》谈到了西昆派的弊病：“先生老辈，患其（指西昆体）多用故事，至于语僻难晓。殊不知自是学者之弊。”⑥杨亿、钱惟演等人作文多用典故，走向了“语僻难晓”，使人难于读懂。这既是所谓的“学者之弊”，也正是骈文的弊病所在。由于认识到骈文的价值和弊病，欧阳修主张在创作中对骈散进行融通兼顾。从现存欧阳修作品看，四六在欧阳修的文集中也占据大量篇幅，而他

① 刘克庄《后村诗话》卷二，王秀梅点校，中华书局1983年版，第22页。
② 欧阳修《归田录》卷一，《欧阳修全集》卷一百二十六，第1914页。
③ 欧阳修《送孔秀才游河北》卷一，第20页。
④ 欧阳修《归田录》卷一，《欧阳修全集》卷一百二十六，第1923页。
⑤ 欧阳修《苏氏四六》卷一百三十，第1983页。
⑥ 欧阳修《六一诗话》，《欧阳修全集》卷一百二十八，第1955页。

的不少文章，骈散结合，很难说到底是骈文还是古文，如散文名篇《醉翁亭记》："似散非散，似排非排，文家之创调也。"①欧阳修的骈文运以散体之法，单行之气，不求工对，力去陈言，变浮靡堆砌为清新平易，从而一变其格，成为对骈文的根本性变革。在骈散融通的观念下，欧阳修也成功打通文和赋，开创文赋一体。其《醉翁亭记》在当时就被称为《醉翁亭赋》（宋祁语，朱弁《曲洧旧闻》卷三引）。《秋声赋》更是文赋的成熟之作。

三、用奇得常

平易自然是欧阳修对古文创作的至高追求。欧阳修为文复古，其文风趋向平易和畅。以"古淡"、"真味"、"平易自然"为文格之高。欧阳修谈论诗文创作时也曾多次提到文出自然，要求文章平易流畅，反对艰涩奇险；文章要文简意深，反对华而不实。因此，以古文创作扫除西昆体的不良影响，知贡举时，痛诋务为险怪之语的"太学体"。欧阳修又十分强调文学创作的创新意识，因此对质陋浅易，庸常无奇也甚为不满，在《六一诗话》中借引述梅尧臣的诗论来表达对浅俗率易之语的批评：

> 圣俞尝云："诗句义理虽通，语涉浅俗而可笑者，亦其病也。如有《赠渔父》一联云：'眼前不见市朝事，耳畔惟闻风水声'说者云：'患肝肾风。'又有咏诗者云：'尽日觅不得，有时还自来。'本谓诗之好句难得尔，而说者云：'此是人家失却猫儿诗。'人皆以为笑也。"②

有感于宋初文学创作中或失之浅俗率易，或流于险怪艰涩，或伤于深密整饬的弊病，欧阳修充分发扬了传统文艺理论中的辨正思维，认为平淡出于精思，朴素源于雕琢。因此，欧阳修既有"文出自然"的创作标准，又有"意新语工"的艺术追求。在《六一诗话》中，欧阳修借梅圣俞之口阐发了"意新语工"的观点：

> 圣俞尝语余曰："诗家虽率意，而造语亦难。若意新语工，得前人所未道者，斯为善也。必能状难写之景，如在目前，含不尽之意，见于言外，然后为至矣。贾岛云：'竹笼拾山果，瓦瓶担石泉。'姚合云'马随山鹿放，鸡逐野禽栖。'等是山邑荒僻，官况萧条，不如'县古槐根出，官清马骨高'为工也。"余曰："语之工者固如是。状难写之景，含不尽之意，何诗为然？"圣俞曰："作者得于心，览者会以意，殆难指陈以言也。虽然，亦可略道其仿佛，若严维'柳塘春水慢，花坞夕阳迟'，则天容时态，融和骀荡，岂不如在目前乎？又若温庭筠'鸡声茅店月，人迹板桥霜'，贾岛'怪禽啼旷野，落日恐行人'，则道路辛苦，羁愁旅思，岂不见于言外乎？"③

由上可见，所谓"意新"指诗作所表现的思想内容是"前人所未道者"。所谓"语工"是通过艰苦的"造语"过程写出巧夺天工的诗句。这里强调了是文学创作中构思想象的重要作

① 吴楚材、吴调侯《古文观止》卷十，引自朱一清主编《古文观止鉴赏集评》，安徽文艺出版社 1997 年版，第 46 页。

② 欧阳修《六一诗话》，《欧阳修全集》卷一百二十八，第 1953 页。

③ 欧阳修《六一诗话》，《欧阳修全集》卷一百二十八，第 1952 页。

用。欧阳修还多次提到“苦心危虑”、“极于精思”[1]。其亲密挚友梅尧臣认为诗歌创作中一时的“随意”，是平时苦思的结果，朴素自然的风格产生在千锤百炼之后。《读邵不疑诗卷》云：“作诗无古今，唯造平淡难。”[2]欧阳修完全赞同梅尧臣的说法，并且通过梅尧臣的创作实践说明了“覃思精微”和“深远闲淡”之间的辩证关系：“圣俞平生苦于吟咏，以闲远古淡为意，故其构思极艰。”[3]指出梅诗中那种闲远古淡的风格是诗人平素苦吟的产物。

值得注意的是，虽然欧阳修把“工”与“精”也纳入自己的古文理论，但是由于他对于“道”的理解，故其所谓的“精”、“工”就不是好奇务怪，也不是仅着眼于艺术技巧层面的雕琢。而是能够选择适合的方式，将对现实人生的感受切实地表达出来。欧阳修以平澹造理为文格要旨，与其“道”趋于平实是相一致的。苏轼在《六一居士集序》中评价欧阳修的创作是“其言简而明，信而通，引物连类，折之于至理，以服人心，故天下翕然师尊之”[4]。指出欧文的平易风格与“理辞”之间的关联。欧阳修也明确提出“简而有法”[5]的创作原则。欧阳修之“简而有法”，是文章内容和形式两者的统一。“简”决非浅易粗陋，不等于文章没有情韵，不具形式技巧。然而“简”也有个“度”的问题，过简则不利于“道”的传达。“简而有法”之论开后世“义法说”的先声，清代古文“桐城派”既注重内容的醇正又讲文辞雅洁，以“义法”论文纲领，就是对欧阳修的倡导“简而有法”的继承。

综观欧阳修的相关论述，可见出欧阳修对于古文创作方法的基本看法是用奇得常，即由锻炼而入于平淡的路径。既不赞成过于率易浅俗，又不主张太艰涩难懂以至怪怪奇奇。他提倡刻苦构思，不废苦吟，同时又主张雕琢至至，复归于平淡，总体达到平易自然的最高境界。

总之，欧阳修以全面而辩证的思维，广泛吸取了前人文艺思想的精华，加以发展，建构了更为合理完善的古文理论，体现出富有调和性和包容性的文艺思想，较之前人，这种思想总体指向更为合理。欧阳修也因此得以成功领导北宋诗文革新，取得历史性的胜利。在其开启之下，宋代文论对文艺创作的独特性也有了更为本质的认识。

（作者单位：合肥师范学院中文系）

---

① 欧阳修《薛简肃公文集序》卷四十三，第618页。

② 梅尧臣《读邵不疑诗卷》，朱东润校注《梅尧臣集编年校注》卷二十六，上海古籍出版社2006年版，第845页。

③ 欧阳修《六一诗话》，《欧阳修全集》卷一百二十八，第1950页。

④ 苏轼《六一居士集序》，孔凡礼点校，《苏轼文集》卷十，中华书局1996年版，第316页。

⑤ 欧阳修《尹师鲁墓铭》卷二十八，第432页。

欧阳修的六一风神与为政风流

裘新江

宋真宗景德四年丁未(1007),农历六月二十一日寅时,一代文豪欧阳修诞生在四川绵阳,迄今已有一千年。欧公祖居庐陵,初仕洛阳,初贬夷陵,再贬滁州,退休颍州,葬在新郑,一生辗转各地,官高官低,曲折坎坷,而最终都给当地百姓留下较好的口碑,增添了地方文化的魅力。因此,当欧公千年诞辰日到来之际,许多留下欧公重要遗迹的地方,都要纷纷举办规模不等的纪念活动,或集体祭奠,或征文评奖,或拍摄电视,或发行邮票,或学术研讨,或艺术演出,或书画展览,或开辟公园等等,以各种形式寄托对欧公的仰慕之情。然而,文化若只是停留在形式上,那是难以获得永久魅力的。我们今天之所以要强调研究欧阳修,就是因为欧阳修作为中国传统知识分子的典范,其身上所表现出的可贵品格和道德风范,至今还值得我们发扬光大。

欧阳修四岁丧父,家境贫寒,母以荻画地,教以书字。修无钱买书,则向人家借书抄诵,破筐偶见韩愈残卷,便爱不释手,心仪韩愈古文,为他后来成为北宋诗文革新运动的领袖埋下了种子。他勤奋好学,三试而中第,从此步入仕途。其间虽经历了诸多风风雨雨,但最终还是以三朝元老、太子少师较高身份退休,结庐颍州西湖之滨,可谓是功成名就后的自然隐退,实践了一个传统知识分子“达则兼济天下,穷则独善其身”的人生理想。欧公退休后,其学生纷纷有贺诗贺启寄赠,如苏轼云:“全德难名,巨才不器,事业三朝之望,文章百世之师。功存社稷,而人不知;躬履艰难,而节乃见。”苏辙云:“道德在人,术学盖世。”曾巩云:“四海文章伯,三朝社稷臣。功名垂竹帛,风义动簪绅。”韩琦云:“独步文章世孰先,直声孤节亦无前。”郑侠云:“少师之道,进以为时,退以全终。”[①]王安石与欧阳修晚年政见不合,但在欧公死后所撰《祭欧阳文忠公文》中,也高度赞扬了欧公的人生境界,云:“功名成就,不居而去,其出处进退,又庶乎英魄灵气,不随异物腐散,而长在乎箕山之侧与颍水之湄。”[②]所有这些评价绝非需言,实际上概况了欧公所能达到的崇高人生境界,即儒家所倡导的立功、立言、立德“三不朽”的境界,体现着穷独达兼的人生哲学。这种人生哲学深深地影响了封建时代一代又一代的知识分子,甚至转化为知识分子一种较普遍的人格心理和文化心态,吸引着无数人为之奋斗。不过,历史上真正能够将为官为人统一起来而实现了人生“三不朽”理想的人微乎其微,欧阳修似乎是个例外。撇开欧公身上固有的封建因素,仅从其把积极进取、有所作为与

---

① 均转自刘德清著《欧阳修传》,哈尔滨出版社 1995 年版,第 585 页。

② 引自李逸安点校《欧阳修全集》第六册附录,中华书局 2001 年版,第 2686 页。

人格独立、心理平衡相结合的人生价值观上看，还是有它积极的现实意义，也是欧阳修之所以还能吸引当下人的重要内因。

欧阳修的创作境界与道德境界，其核心的内容就是为后人津津乐道的“六一风神”和“为政风流”。“六一风神”在当今学界常被人用来形容欧阳修散文的主体风格——平易晓畅，真率自然，纡余委备，委婉含情。然而“风格即人”，“六一风神”实际上也是欧公内在主体精神的集中体现。欧公晚年思退，作《六一居士传》以明心志，并改号“六一居士”。所谓“六一”，即“吾家藏书一万卷，集录三代以来金石遗文一千卷，有琴一张，有棋一局，而常置酒一壶。”再加上“以吾一翁，老于此五物之间”。爱读书学习，拥琴棋书画，并寄意于酒，是古代文人真性情的反映。欧公一生为官，奔走各地，却始终没有丢掉作为文人的真性情，不因依傍政治而忘记圣贤的教导，泯灭做人的良知，丧失作文的真心。而当功成名就后，欲完全回归本身自我的心情自然就更迫切。

单从作文角度看，标志着欧公“六一风神”成熟的代表作就是《醉翁亭记》。因庆历新政失败，欧阳修于庆历五年(1045)八月二十一日被除河北都转运按察使、龙图阁直学士，以知制诰知滁州，于这年十月二十二日抵达“舟车商贾四方宾客之所不至”的偏僻滁州山城。这是欧阳修踏入仕途后的第二次被贬，与景祐三年(1036)首次被贬湖北夷陵不同。欧阳修被贬夷陵时，虽然也是由于支持范仲淹献“百官图”反对权相吕夷简遭贬，但欧公心里总的看来还比较坦然。因为替范仲淹鸣冤，完全出于公心与义愤，所以才要写下著名的《与高司谏书》，痛斥谏官高若讷诋毁范仲淹，说他“不复知人间有羞耻事耳”。结果，高司谏将书信转呈给仁宗而导致贬官。然而，欧公此时年方三十，锐气未减，所以能很快从郁闷中解脱出来，仍对未来充满自信，勤于政事，刻苦文字，保持了比较平和乐观的心态，所谓“残雪压枝犹有桔，冻雷惊笋欲抽芽。”(《戏答元珍》)而这次被贬不仅仅由于政治上的打击，更增添了来自人格上的受辱与家庭变故所带来的愤懑感与人生沧桑感。从家庭来说，庆历五年这一年夏末秋初，欧阳修心爱的八岁长女欧阳师不幸病故，更使得欧阳修承受着国难家忧的双重煎熬，他为爱女写下了声泪俱下的《哭女师》辞，后又在一首《白发丧女师作》诗中写到“吾年未四十，三断哭子肠”，说自己“泪多血已竭，毛肤冷无光。自然须与鬓，未老先苍苍”①。的确，欧阳修年未四十，就有了痛失一子二女的经历，使得本当盛年的他，早早的就是一副两鬓苍苍、未老先衰的形象。加上这次被贬滁州，距被贬夷陵又过去了九年的时间，原本政治上的是非沉浮已让他心生倦意，感到壮志难酬，而又在人格上招致极大的侮辱，这对恪守传统儒家道德的欧阳修来说是最难容忍的。说到这，我们再回头来看看欧阳修赴滁途中所作的一首诗《自河北贬滁州初入汴河闻雁》：“阳城淀里新来雁，趁伴南飞逐越船。野岸柳黄霜正白，五更惊破客愁眠。”②作品以雁叫、野岸、柳黄、霜白这些凄清萧索的意象，衬托出诗人沉重而无法排解的客愁，显然已不是一般的客愁，而是纠缠着诸多复杂感情成份的人生体验。

毫无疑问，欧阳修是怀着相当郁闷的感情来到滁州的，但滁州秀美的山水、淳朴的民风，很快就抚慰了他内心的伤痛，重新唤醒了他久违的文人性情。由于为政宽简、事多闲暇，欧公得以优游山水，访古探奇，吟诗作文。先是在琅琊寺惠觉方丈指点下见到唐代大书法家李

---

① 李逸安点校《欧阳修全集》第一册，中华书局2001年版，第39页。

② 李逸安点校《欧阳修全集》第二册，中华书局2001年版，第180页。

阳冰篆书的庶子泉铭，并另发现阳冰别篆十余字，这对酷爱金石之学的欧阳修来说，无疑是令人振奋的事，归来撰《石篆诗》寄给好友苏舜钦、梅尧臣报喜。后来他又拜谒了宋初名臣，昔日滁州太守王禹偁的祠，题写了《书王元之画像侧》诗，暗暗决心以王禹偁为榜样，踏实为滁州百姓做一些事情。当年冬天滁州还下了一场几十年未遇的大雪，欧阳修作《永阳大雪》一诗，祈盼来年的丰收，百姓的安乐。由于丰山脚下环境优美，欧阳修又有感于滁州百姓难得享有这丰年之乐，于是凿石疏泉，于泉边修建了丰乐亭。没过多久，又在让泉边上修起了醉翁亭。后人将丰乐亭、醉翁亭称作"姊妹亭"，"幽谷泉"和"让泉"当然也就成了"姊妹泉"。其实，离丰乐亭不远的山坡上，还有一座欧阳修亲自策划建造并命名的亭子，叫醒心亭，取韩愈《奉和虢州刘给事使君三堂新题二十一咏并序·北湖》诗"应留醒心处，准拟醉时来"句意①。醒心亭与丰乐亭、醉翁亭构成了名副其实的"三姊妹"，只是小妹醒心亭未能留下欧公的雄文，且"亡故"较早，而不被后人重视，希望今天能让她"重生"。欧公之所以要建造醒心亭，并将写作亭记的重任交给专门来滁州拜谒自己的二十几岁的弟子曾巩，一方面当然是为了奖掖后进，另一方面从著文角度看，他也不便通过写《醒心亭记》，将他在《醉翁亭记》、《丰乐亭记》中表现的复杂情绪表露出来，交给他人代写就可避免这种写作上的尴尬，也不致于破坏读者在审美上的阅读乐趣。不过，曾巩最终也是没有辜负欧公的重托，于八月十五日中秋节那天交上了一篇令人满意的答卷。《醒心亭记》成为我们理解其他二亭记的重要注脚。当然，最出名的还是《醉翁亭记》了。

《醉翁亭记》与醉翁亭缘何有这么大的文化魅力呢？就在于它们集中表现了一个正直传统知识分子的人格美与精神美，在于它们集中体现了中华传统文化的博大精深。《醉翁亭记》的创作主旨，后人虽有不同阐释，但并非难解。其实，欧阳修所命名的三座亭子已透露了他融注在《醉翁亭记》中的复杂情感，我将之概括为"三亭三乐"。丰乐亭侧重暗示的是丰乐，也就是丰年之乐，民以食为天，只有解决了温饱问题才有可能谈得上快乐，谈得上"与民共乐"。醉翁亭侧重暗示的是醉乐，也就是醉心山水之乐，这在《醉翁亭记》中说得很明白："醉翁之意不在酒，在乎山水之间也；山水之乐，得之心而寓之酒也。"当然，若仅仅是山水之乐，则醉翁可能会被人误认为是在消极避世或寄愤懑于山水之中，而山水之乐要变成"乐亦无穷也"，则必须来自内心的醒乐，"得之心"就是得之醒心，于是欧阳修又建造了醒心亭。一篇《醉翁亭记》"醉"字"乐"字满眼，六个"醉"字，十个"乐"字，最终归到一个"醒"字上。因醉而乐，因醒更乐。特别是最后一段议论，针对"与民同乐"的画面而发，由禽鸟乐（知山林之乐），到乡人乐（从太守游而乐），最后到太守乐（乐其乐），其最终是表达作者内心的极乐。太守之乐不同于禽鸟之乐、游人之乐，就在于禽鸟和游人是各得其乐而不懂太守心情之乐，而太守之乐不仅"醉能同其乐"，更为"醒能述以文"，去充分表现自然美景与太平盛景完美融合而在内心感到的无上快乐（至乐）。当然，所以能获得如此的快乐，前提是必须远离朝廷是非之地而抱有让的情怀。

欧阳修通过《醉翁亭记》获得了他的人生归宿感，他认同"古之君子所以异乎常人者，能安常人之所不能安"，"自古贤达之士，固常有所屈伸"等观念，以退为进，以让为乐，以醉为醒，在兼济和独善之间寻找心理上的平衡点，从而以更加乐观开朗的人生态度待世待己，去

① 钱仲联集释《韩昌黎诗系年集释》下册，上海古籍出版社 1984 年版，第 892 页。

获得精神上的极大快乐，并成全了他深受后代为官者羡慕的“为政风流”。

明代文人苏茂相在醉翁亭旁留有题诗碑，诗云：“为政风流乐岁丰，每将公事了亭中。泉香鸟语还依旧，太守何人似醉翁？”①“为政风流”的第一层内涵是欧公身为地方官，仍心系天下百姓，崇尚儒家“弦歌为政”的仁政理想，反对繁政、暴政、苛政，倡导一种宽简爱民的政风，所谓“乐岁丰”、“了亭中”。欧公安于穷乡僻州，曾言“小邦为政期年，粗有所成，固知古人不忽小官，有以也”(《与梅圣俞》)②。第二层内涵就是指保持传统文人的本真性情。所谓“香泉鸟语”代表自然的美景，也暗扣欧公《醉翁亭记》中“泉香而酒洌”和名诗《啼鸟》中“花开鸟语辄自醉”句意。的确，身为文学家的欧公，原在朝廷为官时，繁务缠身，又身陷政治风波，多受拘束，少有闲暇去亲近自然，优游山水，搜寻胜迹，专注文学创作。贬滁后，欧公渐渐磨灭的文人本色被恢复，既是陶醉山水之乐，又有任情恣性的行文之乐(如《亭记》中 21 个“也”字)，还有满足文人性情需求的琴酒之乐，故尔在滁“愈久愈乐，不独为学之外，有山水琴酒之适而已”(《与梅圣俞》)。“为政风流”的最后一层内涵是指欧公的为官之道，堪称楷模，却又极难仿效。儒家所说的人生境界三不朽，一般人很难占全，而欧公在偏僻的滁州竟将三者完美地统一起来，既成为当地百姓拥戴的清廉刚正的父母官，又成全了其文学家的性情，形成了创作上令人称道的“六一风神”，进而成为扭转北宋一代文风的领军人物，这又焉何不堪称“风流”？古代士人讲究“文行出处”的人生理想，没想到在滁州变成了现实，这怎么不让欧公“乐亦无穷”呢？欧公在《醉翁亭记》中“乐”字、“醉”字满篇，并自号为“醉翁”，便是其人生情结得以舒展的真实写照。欧公起号“醉翁”，并非要逃避现实，也没有纵酒浇愁之意，而是一个迈入不惑之年的人以不惑姿态感悟人生后的潇洒自喻。“饮既不多缘何能醉，年犹未迈奚自称翁”(醉翁亭联)。富弼诗说得好：“滁州太守文章公，谪官来此称醉翁。醉翁醉道不醉酒，陶然岂有迁客容。公年四十号翁早，有德亦与耆年同。意古直出茫昧始，气豪一吐阊阖风。”③欧公自己亦言“四十未为老，醉翁偶题篇。醉中遗万物，岂复记吾年”④(《题滁州醉翁亭》)，又云“我时四十犹强力，自号醉翁聊戏客”⑤(《赠沈遵》)。在欧公看来，与其卷入朝廷无谓的纷争，倒不如在地方为百姓踏实做些工作。醉心山水而又心系百姓，独善其身而又心怀天下，醉中能醒，醉中寄托着高尚的人格与道德风范，是《醉翁亭记》的精神实质。而这并不违背儒家有关进退出处的处世原则，故曾巩赞己恩师欧公说：“所要在道德，不愧丘与回。”(《游琅琊山》)在这个意义上，《醉翁亭记》不仅是一篇美文，更是一篇道德文章，它凝聚着中国传统正直知识分子的精神美。

仰慕六一风神，弘扬醉翁文化。我们今天纪念研究欧阳修，就是要把欧公精神继承下来，让它融入我们新时代的文化之中。我们今天强调构建和谐的社会，其实《醉翁亭记》中就充满着和谐的思想。“禽鸟只知山林之乐”，这是大自然自足自在自乐的和谐境界，也就是曾巩在《醒心亭记》中所讲的“夷狄鸟兽草木之生者，皆得其宜，公乐也”。用今天的话说就是重视环境保护。而醉翁亭更是凝聚着中国亭文化的精髓，犹如苏东坡所说“江山无限景，都聚

---

① 琅琊山志编撰委员会编《琅琊山志》，黄山书社 1989 年版，第 221 页。

② 李逸安点校《欧阳修全集》第六册，中华书局 2001 年版，第 2454 页。

③ 陈鹄《耆旧续闻》卷十。

④ 李逸安点校《欧阳修全集》第三册，中华书局 2001 年版，第 756 页。

⑤ 李逸安点校《欧阳修全集》第一册，中华书局 2001 年版，第 94 页。

一亭中”,这是对自然的宁静观照中去达到的一种人与自然和谐相处的天人合一的和谐境界。至于欧公描写的“与民同乐”的生活画面,则更是人与自然之间、人与人之间、官民上下之间和谐相处的理想和谐社会境界。当然,《醉翁亭记》最大的和谐还是来自欧公心灵深处的和谐。人生不会一帆风顺,关键是要获得内心的一份宁静与平和。

(作者单位:滁州学院中文系)

欧阳修《与高司谏书》发覆

胡　旭

欧阳修是中国历史上极负盛名的文人学者，除了文学、史学、经学等方面取得的杰出成就之外，他的疾恶如仇和正直敢言，也受到后人的无限景仰。最能体现他这一品质的，通常认为是他的名文《与高司谏书》。但历史常常是被尘封的，真相每与事实有一定的出入。人们多因《与高司谏书》一文中欧阳修的正气凛然，反推出高若讷的委琐奸佞。这种非此即彼的简单判断，不仅对历史人物的评价有失客观、公正，而且掩盖了一些起码的事实真相。有鉴于此，对《与高司谏书》一文作符合实际的解读与评价，显得非常必要。

一、高若讷不是奸佞之徒

《与高司谏书》有数处直接为高若讷定性的话，如"知足下非君子也"、"君子之贼也"、"足下不复知人间有羞耻事"等，语近谩骂，盛气凌人。高若讷的为人究竟如何，不能光凭欧阳修一个人宣判，应该结合他一生的主要行事，进行综合的、全面的评价。

高若讷字敏之，十岁丧父，勤学自励，进士及第。历官著作佐郎、太常博士、左司谏、起居舍人知谏院、天章阁待制、河东路都转运使、龙图阁直学士、右谏议大夫权御史中丞、参知政事、枢密使等。高若讷一生，可观其品节的，除了在吕范之争中不置一辞而遭欧阳修痛责外，尚有若干事，兹择要论之。

一是奏抑王蒙正。《宋史·高若讷传》云王蒙正知蔡州时，高若讷上疏云："蒙正起裨贩，因缘戚里得官。向徙郴州，物论犹不平，今予之大州，可乎？"这个奏疏被宋仁宗压下了，不予理会。王蒙正是什么人？宋人王明清《挥尘后录》卷二云：

> 昭陵聘后蜀中。有王氏女，姿色冠世，入京备选。章献一见以为妖艳太甚，恐不利于少主，乃以嫁其侄从德，而择郭后位中宫，上终不乐之。王氏之父蒙正，由刘氏姻党，屡典名藩。未几，从德卒，至是，中批王氏封遂国夫人，许入禁中。

王蒙正是一个靠裙带关系而得典州郡的平庸小人，诸史关于其凭借与章献太后的姻亲关系而横行不法的记载很多。高若讷明知王蒙正的关系背景①，却敢上疏奏请贬抑，可见他不是没有正义感的，而且也有一定的胆识。

---

① 王百川《太平治迹统类》卷二十九、李幼武《宋名臣言行录·后集》卷二、徐乾学《资治通鉴后编》卷四十九皆云王蒙正之女（即刘德从之妻）常出入于宫廷，得幸于仁宗。

二是奏出阎文应。《宋史·高若讷传》云阎文应为入内都知,高若讷言其肆横不法,请出之,遂出文应为相州兵马钤辖。阎文应是仁宗近侍,与吕夷简关系密切。此人屡屡参与宫廷斗争,后妃废立,每上下其手,做了不少坏事。高若讷谏出此人,是需要一定勇气的,因为这在一定程度上等于从宫中赶走了吕夷简的耳目。欧阳修说高若讷阿附吕夷简,至少在这一件事上是无法解释的。还有一事值得注意,范仲淹为开封府尹时,因阎文应涉嫌谋害郭后,亦上书劾奏,流阎文应于岭南,死于道。就此事来看,高若讷与范仲淹并非事事掣肘,也有一致的地方。

三是奏罢贾昌朝和吴育。《东都事略》卷六十三、《宋史·高若讷传》云贾昌朝为宰相,吴育为参知政事,二人不协,常于朝廷论争,各不相让,群臣失色。后大旱,御史中丞高若讷上奏:"大臣喧争为不肃,故雨不时若。"于是二人皆罢。贾、吴二人之所以敢在朝廷有恃无恐地争吵,显然是各有所倚的。高若讷并没有倾向于哪一方,可见他并不骑墙。敢于奏罢宰相、副宰相,可见其不畏权势[①]。特别值得一提的是,贾昌朝在范仲淹新政失败后,落井下石,成为迫害范仲淹和革新派的主要人物。高若讷奏罢贾昌朝,而不与其沆瀣一气,可见他人格上是值得钦佩的。

四是议讨王则及杀张得一。《宋通鉴长编纪事本末》卷四十九、《宋史·高若讷传》皆云王则据贝州为乱时,官军讨逾月未下。或议招降,若讷言:"河朔重兵所积,今释不讨,后且启乱阶。"及破城,知州张得一送御史台劾治,朝议免死,若讷谓:"守臣不死,自当诛,况为贼屈?"得一遂弃市。高若讷反对招降王则,可以看出他的政治远见。坚持诛杀张得一,可见他很有原则,决不徇情枉法。

高若讷的为人如何,通过以上四事大致可以看得清楚。总的说来,这还是一个有见识、有胆量、有正义感、不阿附权贵的官员,绝对不是奸佞小人。

当然,高若讷也不是完美的人,史载其任枢密使时出行,头前开路者曾殴打路人至死,为御史奏弹罢相。也就是说,他有御下不严的问题。枢密使是宋代实职官员的最高等级,出行时扈从之多、仪仗之盛,是不言而喻的。其中不免有骄横跋扈之徒,做出为非作歹之事。高若讷本是"畏惕少过"[②]的谦谦君子,大约随着权位日盛,年龄老迈,自律大不如前了。此类情形,史不鲜见,张居正早年力戒奢华,何等风操,拜相后却坐着三十二人抬着的豪华大轿,千里招摇。时位之移人,大抵如此。

二、高若讷与景祐革新党人的关系

欧阳修对高若讷的抨击,非常尖锐,甚至刻薄。出发点有二,一是范仲淹被贬时,身为谏官的高若讷没有出言相救。二是高若讷不仅不明别是非,而且还在背后诋诮范仲淹。这两点其实都站不住脚。

欧阳修的重要失误,是他和当时的很多人一样,不知道范仲淹被贬官的真正原因。而

---

① 王称《东都事略》卷六十三、《宋史·高若讷传》皆云高若讷奏罢吴育,遂代吴育为枢密副使,时论非之。按,高若讷奏罢贾、吴二人,未必有意谋取自代。《东都事略》凡谈及高若讷,多有贬词,《宋史》采择其中材料,难免有因袭之处。

② 《宋史·高若讷传》。

且,他对范仲淹与吕夷简之间那种时而冲突时而合作的关系,也不十分理解。

范仲淹和吕夷简的矛盾,表现在三个层面。第一,景祐三年(1036)他绘制了一张百官图,呈上宋仁宗,对宰相吕夷简的用人制度,提出尖锐的批评,吕夷简因此恼怒。第二,宋仁宗是一个颇想作为的君主,他觉得都城汴梁无险可守,于是范仲淹力主建洛阳为陪都,吕夷简认为此论迂阔,建议以大名为陪都,二人你来我往,唇枪舌剑,各不相让。第三,范仲淹在与吕夷简的斗争中,言语十分极端,他将吕夷简比作西汉末促成王莽乱政的张禹,认为吕夷简也会败坏赵宋王朝的家法。吕夷简则让侍御史韩渎将范仲淹的朋党姓名全部列出,张布于朝堂。范仲淹也以更加尖锐的言辞回击。后代史书言及以上三事,多站在范仲淹的立场上。但客观而言,吕、范之争,是非并不像后人想象的那么简单。在这些斗争中,范仲淹大多是进攻者,吕夷简是防御者。范仲淹的某些攻击,如果得到宋仁宗认可,都足以致吕夷简死命。但是,宋仁宗将范仲淹贬为饶州知州。

范仲淹被贬的原因,显然与吕夷简斗争失败有关,却不是主要原因。虽然敕词中说他自结朋党,妄为荐引,但真正的原因不好公开,宋仁宗数年后才私下道出。《宋史·范仲淹传》记其事云:

> 仲淹既去,士大夫为论荐者不已。仁宗谓宰相张士逊曰:"向贬仲淹,为其密请建立皇太弟故也。今朋党称荐,如此奈何?"

如果把宋仁宗看作一个完全任权臣摆布的君主,这是一个十足的错误。范仲淹实在太过忠于赵宋王朝的帝统,而不顾及宋仁宗没有子嗣的尴尬,他秘密请立"皇太弟"的行为,刺伤了时年四十六岁的宋仁宗的自尊心。范仲淹显然知道自己被贬的症结所在,所以并不多怪吕夷简。若干年后,范仲淹为龙图阁直学士,吕夷简仍为宰相,宋仁宗欲使他们冰释前嫌,范仲淹说得非常爽快:"臣向论盖国家事,与夷简无憾也。"[①]这句话里是有深意的,他并不认为吕夷简是他贬官的主要原因。而更说明问题的,是吕夷简死后,范仲淹为他写的祭文:

> 呜呼,富贵之位,进退惟艰;君臣之际,始终尤难。公觏昌辰,宰予庶揆,保辅两宫,讦谋二纪,云龙协心,股肱同体,万国久宁,雍容道行。四鄙多故,忧劳疾生,辞去台衡,命登公衮,以养高年,如处嘉遁。呜呼,日月迭来,数不可回,两楹告兆,万乘兴哀,某素游大钧,猥居近辅,得公遗书,适在边土,就哭不逮,追想无穷,心存目断,千里悲风。尚飨!

吕夷简死时,范仲淹在边地戍守,不写这篇祭文,是完全可以的。但他写了,而且给予吕夷简足够伟大的评价,甚至不惜颠覆自己当年坚持的一些观点。可见,范、吕之间的分歧,是君子之争,并没有太多地伤害彼此感情。

由于范仲淹请立皇太弟一事是秘密进行的,因而他被贬官的真正原因,革新派同党并不清楚。由于理解的错误,他们觉得范仲淹受了委屈,试图要为他讨回公道。第一个挺身而出的是余靖,他上疏云:"仲淹以刺讥大臣重加谴谪,倘其言未合圣虑,在陛下听与不听耳,安可以为罪乎?汲黯在廷,以平津为多诈;张昭论将,以鲁肃为粗疏。汉皇、吴主熟闻訾毁,两用

① 邵经邦《弘简录》卷一百四。

无猜，岂损令德。陛下自亲政以来，屡逐言事者，恐钳天下口，不可。”[1]此疏情绪激动，措辞严厉，加上不明就里，使气任性，余靖立刻被贬外放。其次出面的是尹洙，他上疏云：“仲淹若以他事被谴，臣固无预，今睹敕意，乃以朋比得罪，臣与仲淹义分既厚，纵不被荐论，犹当从坐，况如众论？”虽然十分谦恭，却依然不明圣心，于是亦被贬官外放。

余靖挑皇帝的错，尹洙自我检讨，结果殊途同归。欧阳修勃然大怒，但他把一腔怒火发在左司谏高若讷身上，认为他阿附吕夷简，不敢主持正义。其实欧阳修与高若讷是通过尹洙、余靖，才有一点交往，但谈不上相知。尹洙、余靖和高若讷皆同年及第，相知较深。欧阳修向尹洙了解高若讷时，他的评价是“正直有学问，君子人也”。正因为与余靖、尹洙常相交往，高若讷才在他们面前把自己对范仲淹的不满表达出来。尹、余二人并没有对高若讷的言辞作出什么特别的反应，可能在他们看来，无非是政见不同而已。范仲淹颇具纵横家气质，婞直躁竞的倾向很明显，相对而言，高若讷更像一个醇儒，有板有眼、一丝不苟。高若讷不为范仲淹说话，却诋诮范仲淹，大约确实反对范仲淹的一些做法，本不应引起欧阳修的愤怒。因而，当欧阳修对他大张挞伐的时候，高若讷显然没有思想准备，反应也显得过激，他将《与高司谏书》上呈宋仁宗，欧阳修被贬遂成为必然。经过这样一番闹腾，朝野议论纷纷，年轻气盛的蔡襄写了《四贤一不肖》诗，谓范仲淹、余靖、尹洙、欧阳修为四贤，高若讷为不肖。此诗适应了当时社会气氛，流传甚广，但要说蔡襄怎么正义在身，可能也不不客观。他的行为，相当程度上是为欧阳修打抱不平，他们同科及第，此时又同为馆阁校勘，声气相应，是可以理解的。蔡襄的诗是私下流传的，后来有泗州通判陈恢觉得此诗是赤裸裸的人身攻击，上书请求根究作诗者，时任右司谏的韩琦弹劾陈恢越职言事，蔡襄之事才作罢。韩琦与蔡襄皆闽人，关系甚密，韩琦本人实际也是范仲淹的革新派成员，故关键时刻出手相救。

高若讷与景祐革新党人的关系比较复杂。他与范仲淹政见不同，对范仲淹的思想、行为亦不认同，认为范仲淹被贬为饶州知州，是适度的惩罚。但他并没有在背后做什么动作，他的官太小，介入此事的实际能力很有限。说他阿附吕夷简，只不过是欧阳修的猜测而已，并没有任何实质根据。高若讷与余靖、尹洙关系密切，私下往来很多，可以推心置腹地交流时事。他们政治观点、立场虽未必一致，但不影响彼此的友谊。余、尹二人在为范仲淹喊冤时，也没有牵扯上高若讷，他们也知道，问题的症结不在高若讷身上。高若讷与欧阳修交情很浅，是因为尹洙和余靖的关系，才有了一点交往。以欧阳修愤激、疏狂的个性，和平稳、谨慎的高若讷，应该是素不相能的。欧阳修和蔡襄不向皇帝宣战，不向宰相宣战，而把火力集中向官仅七品的左司谏高若讷，实在是瞄错了目标。他们的目的，可能就是要出一口恶气而已，高若讷不幸成为他们的出气筒。

三、北宋著名官员眼中的高若讷

范仲淹的思想、行为虽时有矫激，但他确实是胸怀宽广、处世灵活的人。他不仅能正确

---

① 《宋史·余靖传》。

看待吕夷简[①],也不计较高若讷当年与他的政见分歧,关于当年欧阳修痛责高若讷而导致二人失和一事,他后来是这样评价的:

往者缘臣之罪,有黩朝听,盖本人素好议论,闻于缙绅,只如臣为谏官之初,杜衍任中丞之日,修皆曾移书责臣等缄默无执,非独有高若讷之让也。以此明之,实非朋党。若讷知其无他,亦常追悔。[②]

这是范仲淹想提拔欧阳修到自己跟前做官的奏疏,言辞很值得玩味。云"缘臣之罪",等于承认自己当年错了。云"有黩朝听",无异于说欧阳修的《与高司谏书》影响恶劣。而且,范仲淹把欧阳修对高若讷的攻击等同于对自己和杜衍的批评,认为这是他好议论的性格所致。最后一句特别关键,说高若讷最终也知道欧阳修是个什么样的人,常常为自己把欧阳修攻击自己的《与高司谏书》上交给宋仁宗导致后者被贬而后悔。

范仲淹本欲举荐欧阳修,可他一不小心把当年事件做了一个评价,欧阳修成了一个爱冲动、好议论的愣头青,高若讷则成了一个为人厚道、常怀恻隐之心的君子。这个评价并不是范仲淹这封荐书的主题,但对当年事件的评价态度,令欧阳修非常尴尬,他拒绝了范仲淹的举荐。范仲淹与吕夷简后来和好,一定程度上是对欧阳修当年冲动行为的否定,这也是欧阳修长久不能释怀之事。

与高若讷同时的北宋著名官员中,对高若讷有好感的正直之士并不鲜见。如宋祁在北宋官员中声望甚高,与范仲淹为至交,与欧阳修同修《新唐书》,关系也非常密切[③]。然而,庆历年间宋祁由龙图阁直学士升任翰林学士时,按照规定,可以举一人自代,宋祁就举了高若讷。他的《授翰林学士举高若讷自代状》云:

右臣蒙恩,除授翰林学士,准敕举官自代者。窃见前天章阁待制高若讷,资性谨厚,文词淹敏,值物照理,物无廋情。与臣偕第同班,稔其履尚,若擢置近署,足润大猷,愿回新命,以光清授。[④]

宋祁对高若讷的评价很高,认为他厚重谨慎,才高学博,精于典章,明于事理。尤其值得注意的是,宋祁和吕夷简矛盾甚深,吕夷简曾指责宋祁、范仲淹结为朋党。如果高若讷像欧阳修所说的那样阿附吕夷简,宋祁能举他自代吗?高若讷死后,宋祁为他写了墓志铭,更是对他的一生,作了高度的褒扬。

韩维在北宋士林中有很好的口碑,为官亦清正。高若讷死后,韩维写了三首诗悼念他,第一首云:

群经分上下,大节凛终初。国仰谟猷在,人传论议余。藏家惟古器,纳圹或奇书。儒者哀荣极,临觞降玉舆。[⑤]

---

① 庆历年间,范仲淹戍守边关时,有若干篇《上吕相公书》,甚为诚恳。然吕夷简气量亦大,以国事为重,未斤斤于个人恩怨。

② 范仲淹《举欧阳修充经略掌书记状》,《范文正集》卷十八,《文渊阁四库全书》本。

③ 欧阳修与宋祁不仅合作修撰《新唐书》,生活中也互相卫护。宋祁晚年知益州,奢华过度,为包拯所劾,欧阳修为此还作《论包拯除三司使上书》批评包拯。

④ 宋祁《景文集》卷三十,《武英殿聚珍版丛书》本。

⑤ 韩维《仆射高文庄挽辞三首》,《南阳集》卷十二。

这首诗对高若讷的评价非常高。首联说高若讷深通儒学，品节高尚且始终如一。颔联云高若讷的治国方略和上书言事为人景仰，让人传诵。颈联云高若讷情趣高雅，酷爱古玩奇书。尾联云高若讷死后备极哀荣，皇帝也亲临祭奠。另外两首比起这一首来，书面的表彰少一些，然怀念之情更切。显然，在韩维看来，高若讷在名节、学问、际遇等方面，都是士人的表率。

颇为吊诡的是，韩维是欧阳修非常赏识的人，他在庆历年间知太常礼院，就是欧阳修推荐的。这也许更能说明，《与高司谏书》对高若讷的抨击，是不客观的。

苏颂是北宋一位非常正直而又极讲原则的官员，无论在当时，还是后世，都有良好的口碑。高若讷死后的谥号，就是苏颂的建议。在《赠右仆射高若讷谥文庄》一文中，他对高若讷给予了极高的评价：

> 仆射纯学懿行，着于州里，显于朝廷，而称于士大夫。……谥法曰："博闻多见曰文，履正志和曰庄。"若夫学通古今，而长于辩论，是为博闻；识造贤达，而明治要，是为多见；值贵幸之势，而抗议毋挠，是为履正；当功名之途，而处之不争，是为志和。以一惠之大，配二字之美，诔兹遗德，实惟至公，请谥曰文庄。①

"文庄"这一谥号，是从才学和品德两方面作出的评价②。文中还列举了不少依据，限于篇幅，此处不赘。高若讷究竟是个什么样的人，从中不难得出答案。

除了欧阳修和蔡襄在景祐年间痛骂高若讷外，现存典籍中很难找到北宋士人恶评高若讷的文字。唯一的记载是王曾评价当时的奏疏云："向来如高若讷辈多是择利，范希文亦未免近名，要须纯意于国家事尔。"③这话带有批评的色彩，把高若讷和范仲淹都带上了。王曾平素沉默寡言，望重当时，他的话应该是可信的。

四、欧阳修的家庭不幸与《与高司谏书》

读《与高司谏书》一文，可以看出欧阳修写此文时性情狂躁，言辞激烈，欠缺涵养。须知，范仲淹并没有被杀头，仅仅是贬为饶州知州，当事人很平静，犯得着欧阳修发这么大的肝火吗？有没有政治之外的原因呢？回答是肯定的。

作《与高司谏书》前二三年来，是欧阳修一生中家庭生活最为不幸的时期。明道二年(1033)正月，欧阳修因公务至京，顺便南下随州，看望叔父，三月方归来。在此期间，家中发生了一些大事，先是妻子胥氏生子，接着妻子去世。欧阳修到家时，听闻一片哭声。此事对他的打击很大，可能不只是伤心，更多是悔愧。欧阳修一家，到他这一代时，因父亲早逝，门庭孤单。有同父异母兄一，年岁长欧阳修甚多，居荆州，或云其母为出妇④。同母兄一，未卒

① 苏颂《苏魏公集》卷二十，《文渊阁四库全书》本。

② 南宋魏了翁《奏乞早定周程三先生谥议》列举两宋时期谥号之名实不符者，高若讷亦在其中。此皆欧阳修《与高司谏书》影响所致，不足为据。

③ 王岩叟《忠献韩魏王家传》卷一。

④ 刘德清《欧阳修纪年录》，上海古籍出版社 2006 年版，第 7 页。

岁而亡[1]。有妹一人,已嫁人。也就是说,年仅十七岁的胥氏分娩前后,家中只有老母亲一人照应。这样的时候,欧阳修本不应该在外地流连。胥氏产后致疾,固然有多重原因,但人手不足,家中没有主心骨,当是不容忽视的因素,欧阳修本人难辞其咎。他有一首《绿竹堂独饮》,其中有云:

忆予驱马别家去,去时柳陌东风高。楚乡留滞一千里,归来落尽李与桃。残花不共一日看,东风送哭声嗷嗷。洛池不见青春色,白杨但有风萧萧。……愁填胸中若山积,虽欲强饮如沃焦。乃判自古英壮气,不有此恨如何消。

懊恼抑郁,块垒山积,欧阳修因此借酒浇愁。这样一段时间后,又因伤致疾,心情十分晦暗。他的《暇日雨后绿竹堂独居兼简府中诸僚》云:"骑省悼亡后,漳滨多病身,南窗若可傲,方事陶潜巾。"激昂如欧阳修者,居然有归隐之意,可见妻丧对他的打击是很大的。

当然,欧阳修没有归隐,景祐元年(1034)十二月,欧阳修又续娶了杨氏。然而,仅仅过了半年相对平静的生活后,家庭再起变故。景祐二年(1035)七月,欧阳修同母妹之夫张龟正病故,妹与龟正前妻所生女孤独无依,凄惶而归。九月,杨氏去世,年仅十八。欧阳修有《送张屯田归洛歌》云:"季秋九月予丧妇,十月厌厌成病躯。端居移病新城下,日不出门无过者。独行时欲强高歌,一曲未终双涕洒。"心情衰飒颓丧,可想而知。

欧阳修在多重家庭变故的打击下,身心俱伤,胸中郁结的一股股不平之气,时时寻找着突破口。杨氏丧后两个月,朝廷诏录五代及诸国后,时御史台辟石介为主簿,介未至,即作《论朱梁刘汉不当求其后裔》。时御史中丞为杜衍,见石介未之官即轻发议论,遂将其罢免。石介和蔡襄一样,与欧阳修同科及第,气性相类,个性极端,取名"石介",名实相副。欧阳修一见石介被罢,非常愤怒,上书杜衍云:"主簿于台中,非言事官。介足未履台门之阈,已用言事见罢,可谓正直刚明不畏避矣。度介之才,不止为主簿,直可为御史。今黜介而他举,亦必择贤。夫贤者固好辨,又有言则,又黜而他举乎?如此则必得愚暗懦默者而后止也。"杜衍在年龄上是欧阳修的前辈,在官职上是欧阳修的上级,连范仲淹都对杜衍尊敬有加,常"以父事衍"[2]。可是欧阳修却冲这么一个德高望重的人发泄不满,言辞极端。杜衍当然不为所动,但此人气量甚大,并没有跟欧阳修过不去,这在一定程度上纵容了他遇事便发、轻肆直言、以下犯上的毛病。

石介之事让欧阳修碰了一鼻子灰,心情越发郁闷。次年即发生了范仲淹贬饶州知州一事,欧阳修再也无法容忍,冲天怨气喷薄而出。《与高司谏书》意气之劲,文笔之锐,在北宋之文中,几无能出其右者。许多研究者把欧阳修切责高若讷的行为,归结为个性刚正,这显然有一定的道理,但丧妻以及其他方面的失意,使欧阳修本来就偏于矫激的思想更加极端,这是此文成因中不可忽略的因素。

五、晚年欧阳修不以《与高司谏书》为荣

如果不考虑事实本身,单纯从文学的角度来看,《与高司谏书》确实气势逼人,酣畅淋漓,

---

① 孔平仲《谈苑》卷三:"永叔尝自言,上有一兄,未晬而卒。"《四库全书》本。

② 陈均《宋九朝编年备要·皇朝编年备要》卷十二。

极具感染力。后人多被此文吸引，如宋黄庭坚云：“观欧阳文忠公在馆阁时《与高司谏书》，语气可以折冲万里。”[①]清陆继辂书欧阳公《与高司谏书》后，云：“愿录此文一通，烧灰和酒饮之，名曰‘刚肠散’。”[②]今人于此文，更是仰之弥高，奉为经典，颂扬之语，难以尽述。

然而，欧阳修自己生前编定的文集《居士集》[③]中并没有收录《与高司谏书》。这是什么原因呢？晚年欧阳修不以此文为荣，对当年攻击高若讷的行为，思想认识上已经有了很大变化。极其崇拜欧阳修的吴充，在为他作《行状》[④]时，在长达4500余字的篇幅中，于此事寥寥数字，一带而过，不事臧否，这或许是能说明问题的。

更能说明问题的是，欧阳修为蔡襄所作的《端明殿学士蔡公墓志铭》[⑤]中，绝口不提他与自己共同攻击高若讷时作《四贤一不肖诗》之事。而且，宋人所见蔡襄《端明集》中，也不收《四贤一不肖诗》。王十朋云：“某初见其诗于张唐英撰《仁宗政要》，甚歆慕之。其后见公文集，乃没而不载，窃以为恨。”《四库全书总目提要》谈及早期《端明集》不收蔡襄《四贤一不肖诗》等五篇作品时，是这样分析的：

> 宋代之制，虽小臣亦得上书，襄既以朝廷赏罚为不公，何难稽首青蒲，正言悟主？乃仅作为歌诗，使万口流传，贻侮邻国，于事理尤为不宜。襄平生著作，确有可传，惟此五篇，不可为训。欧阳修作襄《墓志》，削此一事不书，其自编《居士集》，亦削去《与高司谏书》不载，岂非晚年客气渐平，知其过当欤！

四库馆臣的议论，今天看来虽略显迂阔，但还是说到了问题的本质，即晚年的欧阳修和蔡襄，生活逐渐平静，家庭也已安稳，修养越来越深，那种慷慨激昂、气冲斗牛的血气也渐渐消弭。静心回首往事，当意识到自己的所作所为过为已甚、有失客观时，难免生出一二惭愧之意和后悔之心，编集时排除此类文章，是完全可以理解的。

然而，更重要的原因可能还是爱惜自己的羽毛。欧阳修一直以儒者自居，以韩愈为表率，韩愈则把孟子的养气传统进行了发扬光大。很显然，年轻时期的欧阳修，非常冲动，过于好辩，言行每违儒家宗旨。《与高司谏书》就是此类言行的典型代表，如果流传后世，不免为人所讥，破坏自己的形象。清王元启论韩愈《送陆歙州》一文言辞优雅从容时，顺便评价欧阳修之文云：

> 此等处极为可法，后惟欧公深得此旨。如《岘山亭记》、《辞范龙图辟命》、《与乐秀才》、《答宋咸》诸书，竟体温和含蓄，无一语触戾。他如范司谏、高若讷、石推官诸书，集中皆删去，盖自以所养未粹故也，后人知此意者鲜矣。[⑥]

这个评价是比较中肯的。不可否认，随着年龄的增长和阅历的加深，加上个人有意识的追求，欧阳修的价值观念和处世方式都在变化，儒家温柔敦厚的传统观念在他晚年的生活中占

---

① 黄庭坚《跋欧阳公红梨花诗》，《豫章黄先生文集》卷三十。

② 陆继辂《刚肠散》，《合肥学舍札记》卷二。

③ 《四库全书总目提要·文忠集》云：“《宋史·艺文志》载修所著《文集》五十卷、《别集》二十卷、《六一集》七卷、《奏议》十八卷、《内外制集》十一卷、《从谏集》八卷，诸集之中惟《居士集》为修晚年所自编，其余皆出后人裒辑，各自流传。”

④ 《文忠集·附录》。

⑤ 《文忠集》卷三十五。

⑥ 王元启《读韩记疑》卷六。

有越来越重要的地位。正因为如此,《与高司谏书》不仅不能让他引以为荣,相反会让他觉得羞惭,所以他并不愿意将其收入亲手所编的文集中。

欧阳修的文学成就极高,在后世名声越来越大,作品备受关注。著名选本如明代的王顺之的《文编》、茅坤的《唐宋八大家文钞》、清《御选唐宋文醇》皆从文章学角度选录《与高司谏书》,此文影响遂越来越大。高若讷则因此文的广泛传播,演变成一个反面文学形象,遭人唾骂。个中是非,令人嗟叹。

(作者单位:厦门大学中文系)

论苏轼史论散文的文化价值

关四平

近年来，关于苏轼文学创作的研究进入了一个新时期，成就可观，前景喜人。但同时也应该看到，在苏轼各种文体的研究中，词居首，诗次之，文又次之。已有人指出：苏轼“散文研究仍是薄弱环节”[①]。仅就散文研究领域看，其记叙文、抒情文、杂记等类别，比较受关注，成果较集中，相比之下，史论散文方面，则又相对沉寂，成果有限，尚有拓展的空间。目前，学界专论苏轼史论散文的学术论文，有的从艺术方面立论，其中不乏评价到位的见解[②]；有的从人格层面考察，切入角度较新[③]；有的对其史论散文作阶段性评析，这可与作者的仕途遭际结合起来，评价更易中肯[④]。此外，还有专门研究苏轼史论散文的专著出版[⑤]。本文拟在学界研究成果的基础上，着重从文化层面着眼，关注苏轼在历史人物评价中体现出来的独到见识，探讨苏轼评价历史人物的标准、评判角度、思维方式、立论重点等问题，挖掘其中深蕴的文化价值。若立足当代文化层面观照，苏轼的这些评价标准与远见卓识在今天仍具有重要的认识意义与参考价值。

一、评价人物标准：道德与功业孰重？

从一般意义上说，史家撰写历史著作，既要坚守“秉笔直书”的历史评价原则，也要体现“寓褒贬、别善恶”的道德评价目的。二者的关系是历史评价第一，道德评价第二。相比之下，文学家笔下的历史人物评价，往往是倒过来的，即道德评价第一，历史评价第二。那么，苏轼又是如何确立评价历史人物标准的呢？笔者认为，作为一位文学大家，他评价历史人物，也主要是遵循道德评价第一、历史评价第二的原则。在历史人物的道德与功业二者之间，他坚持把道德评价置于首位。

《秦始皇帝论》就是以道德评价第一的标准来为秦始皇作历史定位的一篇好文章。贯穿

---

① 饶学刚，朱靖华《二十世纪苏轼文学研究述略》，《黄冈师范学院学报》2003年第4期。

② 何玉兰《略论苏洵、苏轼史论散文的艺术特色及价值》，《乐山师范学院学报》2006年第2期。严澜《论苏轼史论散文的艺术特色》，《南方论坛》2006年第11期。

③ 陈晓芬《苏轼史论散文的人格思考》，《吉安师专学报》2000年第1期。

④ 韩国强《评苏轼的海外史论》，见《中国苏轼研究》第二辑，中国人民大学中文系主办，学苑出版社2005年版，第332—340页。

⑤ 如：谢敏玲《苏轼史论散文研究》，厦门外图台湾书店有限公司2000年版。

全文的观点即是：秦始皇“以诈力而并诸侯”，“不耻于无礼，决坏圣人之藩墙，而以利器明示天下”①。本文启人深思的深刻之处有三：第一，苏轼从人性与道德的矛盾统一角度阐发了“礼”对社会的不可或缺。古代如此，苏轼生活的宋代如此，当代仍然如此。苏轼明确指出：作为人类社会道德总和的“礼”，其作用主要在于“使民自尊而不轻为奸”。同时他也清醒地看到：“礼之近于人情者，非其至也。”第二，苏轼痛心疾首地点出“秦之祸”在于破坏了道德藩篱，从而使天下人“凡可以得生者无所不为矣”，即不以无礼为无耻，没有了羞耻之心，那就可以为了达到个人目的而不择手段。更令苏轼扼腕而痛的是“秦之祸，所以至今而未息”。这个论断还可以延伸至今，这就是苏轼见识的过人之处，是当下研究其史论散文的文化价值之一。第三，苏轼以文字为例，批判了“贵于速成，而从其易”的治国思想，进而放眼明天，对后世的治天下者提出警告。苏轼所言的这个后世就包括我们生活的社会现实，苏轼所深恶痛绝的“求便利”、“诈伪”等社会现象，现在仍然充斥在社会各个层面上，这也是当代人应该痛心疾首的了。

关于秦始皇的评价，从古至今一直是个有争议的大问题。从道德角度批判秦始皇及秦王朝，总结其短命而亡的原因，自然非从苏轼始，紧接秦王朝的汉代的文化精英如贾谊(《过秦论》)等人就已经全面认真的总结过了。当代也有人总是以对秦始皇历史功绩的肯定去回护其道德上的缺失，“劝君莫骂秦始皇，焚坑是非待商量”就是当代如此评价的一个代表。这说明不仅宋代，即使到了当代，评价秦始皇的问题仍然没有解决。苏轼文章的新意，不是去总结秦王朝的灭亡原因，而是从其对社会道德规范的破坏角度着眼，从其唤醒了人性恶的层面立论，从其久远的难以消除的社会危害后果上警示，这就突破了前人，别出新意，具有了超时空的认识价值。当然，苏轼以秦代的隶书取代篆书作为例证，的确不大恰当，有些武断，但是这在本文中，并非主体，我们还是应该看其主导面。

《宋襄公论》又是道德评价为主而新意别出的一篇文章。关于宋襄公的评论，当代仍然有“蠢猪式的仁义”等蔑视性评语。此评语是在抨击儒家的仁义不管用。苏轼的观点是：宋襄公之败，非仁义之过，而是假仁义之过也。苏轼在文中层层剥笋，鞭辟入里，剖析得淋漓尽致。苏轼一针见血地指出：“宋襄公非独行仁义而不终者也。以不仁之资，盗仁者之名尔。”其“不仁之资”的证据是什么呢？作者以齐宣王不忍杀牛为比，指出：“宋公戕一国君若犬豕然，此而忍为之，天下孰有不忍者耶！”然后作者又将宋襄公与王莽对比：“宋襄公，王莽之流。襄公以诸侯为可以名得，王莽以天下为可以文取也。其得丧小大不同，其不能欺天下则同也。其不鼓不成列，不能损襄公之虐。其抱孺子而泣，不能盖王莽之篡。使莽无成则宋襄公。使襄公之得志，亦一莽也。”这是发前人所未发之新见解。最后，作者将其归于失道之君中道德最差者：“自古失道之君，如是者多矣，死而论定。未有如宋襄公之欺于后世者也。”这充分表达出苏轼对无德君主的深恶痛绝之文化心态。

《汉武帝唐太宗优劣》是一篇只有125字的奇文。从题目看，这是一篇大文章。作者欲对汉武帝与唐太宗这两个功业盖世的帝王作跨时代的比较研究，其中该有多少事可以写啊！若非大手笔，真不知从何处下手。可苏轼却大题小作，管中窥豹，运斤成风，寥寥数语便解决

① 《苏轼文集》，孔凡礼点校，中华书局1986年版，第80页。以下文本引文均出此版本，除有异文者外，不再一一注出。

战斗。兹引原文于此：

> 轼以谓古之贤君，知直臣之难得，忠言之难闻，故生尽其用，殁思其言，想见其人，形于梦寐，亦可谓乐贤好德之主矣。汉武帝雄材大略，不减太宗。汲黯之贤，过虞世南。世南已死，太宗思之。汲黯尚存，而武帝厌之。故太宗之治，几至刑措，而武帝之政，盗贼半天下，由此也夫！[①]

作者主要是从君王道德层面来区分二者之高下。开篇先立起贤君的道德标准：这集中在“乐贤好德”四字上。比较研究的难点，关键在于比较基点的择取，这需要管中窥豹的见识，需要力透纸背的眼光，需要四两拨千斤的气魄。苏轼当然具备这些杰出素质，他把笔墨便集中到道德层面的“乐贤好德”这关键之点上了。那么，怎么证明其优劣呢？这也是非常之难的。苏轼从汉唐两朝人才辈出、名臣无数的朝臣中各举出一位贤才——汲黯与虞世南，看帝王对二人的态度差别，看同样是贤才的不同命运。二人才能一高一下，一生一死，帝王的态度却截然相反，一虽死而思之，一虽生而厌之。这样两位雄才大略皇帝的君德便不言自明，一位是“乐贤好德”，君臣情深；一位是刻薄寡恩，厌弃贤才。仁与暴，对比鲜明，优与劣，判然分明；高与低，于此可见。文末苏轼又由君德推广开去，拓展至君德对国计民生的巨大影响：“太宗之治，几至刑措，而武帝之政，盗贼半天下。”一治一乱，清浊分明；民心向背，判然有别。文章至此戛然而止，言有尽而意味无穷，发人深省。

苏轼这一系列论文启发我们，对历史人物的评价，尤其是对掌握重权的历史人物，道德评价是非常重要的一个方面，不能也不应该用某些历史人物的所谓历史功绩掩盖或取代对其恶德的批判。道德与功业二者当中，还是应该以道德为重。当然，仅从道德层面评价还不够，还要有理有据，足以服人，逻辑严谨，无懈可击，这方面，苏轼显示出其过人的才华与写作水平，读之不能不令人叹服。

二、历史轨迹走向：主观与客观孰先？

作为史论文，在评价历史人物时是应该侧重主观方面，还是倾向客观原因呢？这也是一个不容忽视的问题。如果过分强调客观原因，会成为开脱历史人物责任的借口。如把本来是人祸的责任推给所谓的天灾，就恰恰违背了实事求是的原则。这无疑造成了历史人物评价的混乱。苏轼的历史人物评论给当今提供了一种很好的参照系统，值得深思玩味。苏轼的思维方式与评价倾向是注重强调历史人物的主观因素在历史轨迹走向中的特殊作用。

《魏武帝论》对曹操功业成败的评价，没有铺叙汉末天下大事的复杂情态，而是将其集中到曹操主观方面的因素：“魏武长于料事，而不长于料人。是故有所重发而丧其功，有所轻为而至于败。”这是属于才智构成方面的特点。由此带来了他未能统一天下的遗憾，历史因此而改变了运行的轨迹。这种论断，又置于曹操与刘备、孙权的性格分析与相互碰撞中，因而显得颇有说服力。作者针对“刘备有盖世之才，而无应卒之机”来立论，又针对“孙权勇而有谋，此不可以声势恐喝取也”的特点，具体分析战略得失问题，最后得出结论：“魏武重发于刘

---

① 《汉武帝唐太宗优劣》一文在《四库全书》中的题目为《唐太宗梦虞世南》，本文引用的文字据孔凡礼点校的《苏轼文集》，中华书局 1986 年版，第 198 页。

备而丧其功，轻为于孙权而至于败。”这就不仅仅是曹操主观上的问题，还涉及到当事人——曹、刘、孙三位掌舵人的主观方面因素的相互作用而改变历史航向的问题。这样就使问题的分析又深入了一步，可以作为一家之言而占有一席之地。在启发后人在史论文章中，如何突破众说纷纭的各种说法，而能独树一帜，论出新意。

《贾谊论》对当事人主观方面因素的强调，更为突出。贾谊怀才不遇的人生悲剧，在中国古代士林中是颇具典型性的。其同中之异的个性特点在于：他身处明君汉文帝时期却不得重用，这就比处昏君时的怀才不遇更加可悲。一般认为贾谊的悲剧主要在于帝王不用贤才的客观因素，李商隐笔下悲悯贾谊的诗句虽然有其个人遭际的寄托在内，但也代表着士林与时人的主流观点[①]。而苏轼则跳开传统说法，由客观转向主观，关注贾谊主观因素在其人生悲剧中的主导作用。苏轼首先提出“自用才”的命题：“非才之难，所以自用者实难。惜乎贾生王者之佐，而不能自用其才也。”这个命题很有新意，值得士人反思。这里边应该有苏轼自己的人生感悟在内。由此推之，苏轼进而切入到贾谊与汉文帝的关系，这是无可回避的关键问题。对此，苏轼又语出惊人：“若贾生者，非汉文之不用生，生之不能用汉文也。”何出此言呢？作者在开篇就正面阐述明白了：“夫君子之所取者远，则必有所待；所就者大，则必有所忍。古之贤人，皆有可致之才，而卒不能行其万一者，未必皆其时君之罪，或者其自取也。”贾谊的问题就是未做到“有所忍”，“不善处穷”，“谋之一不见用，安知终不复用也？不知默默以待其变，而自残至此。呜呼，贾生志大而量小，才有余而识不足也”。“一不见用，则忧伤病沮，不能复振”，所以说他的悲剧是“自取也”。苏轼因为“深悲贾生之志，故备论之”，他注重挖掘贾谊人生悲剧的内在原因，并非为汉文帝开拓，并非借此赞誉汉文帝，而是深爱士林人才的动情表现。他以睿智的头脑与超前的清醒眼光，看到在封建专制体制当中，士人不可能改变体制，不可能改变君王，那么，如果想要干成大事，如果想要自保，就只能忍，只能等待，或许“不过十年，可以得志”。从中可见苏轼的可爱、可敬与可佩！

《留侯论》是苏轼史论的名篇，多有学者论及之。与《贾谊论》相比较，如果说贾谊是士人入仕失败的例证，那么，张良就是士人入仕成功的典型；贾谊失败的原因苏轼归之于贾谊不能忍，张良成功的原因苏轼则归之于张良能忍，而且张良还经历了由不能忍到能忍的转变之后方取得了前无古人的成功。二文所写的二人，相反相成，共同说明着功业的成败皆由主观因素起决定作用，且集中在一个“忍”字上。苏轼这样重视“忍”字，是有源头出处的，孔子云：“小不忍，则乱大谋。”[②]孔子以“小忍”成“大谋”的辩证思维，对包括苏轼在内的士林影响甚大。以此衡之，在苏轼眼里，张良早年的“不忍忿忿之心，以匹夫之力，而逞于一击之间”，就是不值得的。因此，“圯上之老人所为深惜者也。是故倨傲鲜腆而深折之。彼其能有所忍也，然后可以就大事”。这样，张良就完成了由不忍到能忍的过渡，因此才成就了千秋伟业。论至此，文意已明，但苏轼仍然意犹未尽，又将其意扩而大之，推广到刘邦与项羽争天下胜败的大事上，将楚汉之争这样重大历史事件的成败也归于一个“忍”字上：“高祖之所以胜，而项籍之所以败者，在能忍与不能忍之间而已矣。项籍唯不能忍，是以百战百胜而轻用其锋。高祖忍之，养其全锋而待其弊。此子房教之也。当淮阴破齐而欲自王，高祖发怒，见于词色。

① 李商隐《贾生》诗曰：“宣室求贤访逐臣，贾生才调更绝伦。可怜夜半虚前席，不问苍生问鬼神。”

② 《论语·卫灵公》，《论语译注》，杨伯峻译注，中华书局1980年版，第167页。

由此观之,犹有刚强不忍之气,非子房其谁全之?”不但论点鲜明而且论据充分,言简意赅,让人不能不信服。王水照先生就曾以《留侯论》为例论证了“苏轼政论、史论文纵横捭阖、汪洋恣肆的总特点”①,评价切实而到位。

比较以上临近而相互对比的两篇文章,探求苏轼寄寓其中的深层心态,可以概括为三点。第一,这是对孔子人生哲学的继承和阐发。第二,个中有苏轼自己的宦海沉浮的苦衷在内,当年在他科举得中之时,皇帝高兴地说他为儿孙选中了两个宰相(包括苏辙),但是苏轼一生也没有做到宰相,并且屡遭贬谪,几乎丢了脑袋,其中的关键所在,就是苏轼不能忍,往往仗义直言,得罪权贵,为此他吃尽了苦头,由此他有感而发地总结出“忍”与功业的密切关系。第三,作为一位先知先觉者,苏轼具有超前的思维与深刻的洞察力和预见性。他深刻地看到了社会体制的痼疾,又清醒地认识到士人无法改变之,因此,处于对士林的爱护,出于对功业的渴望,他只能选择“忍”,不然,不仅功业无成,甚至性命难保。所以,这种“忍”的选择,也是无可奈何的选择,也是不得不如此!

三、立论重点所在:历史与当下孰优?

中华民族是一个重史的民族,在中国漫长的历史长河中,史籍汗牛充栋,代不缺史,这是任何民族所无法比拟的。昨天的人物相对于今天来说,就已经成为了历史。重视历史的根本原因还是为了以古鉴今。一部《资治通鉴》的编写宗旨,就是古为今用。那么,在评价历史人物的过程当中,苏轼是如何对待历史与当下之关系的呢?应该说,他评判历史人物、历史事件的目的,是为了警醒时人,批判当下社会存在的诸多弊端,给他所生活的时代提供借鉴,同时也是为子孙后代提供历史经验,以为鉴戒。

《孙武论上》是评论古代著名军事家孙武军事思想的文章,但作者最后的落脚点还是在当下,讲古还是为了鉴今。他说:“今夫世俗之论则不然,曰:‘兵者,诡道也。非贪无以取,非勇无以得,非诈无以成。廉静而信者,无用于兵者也。’嗟夫,世俗之说行,则天下纷纷乎如鸟兽之相搏,婴儿之相击,强者伤,弱者废,而天下之乱何从而已乎!”这与《秦始皇帝论》相呼应,进一步指出,如果以“诈”、“贪”等观念来治兵,不讲“廉”、“信”,则人就会倒退为“鸟兽”,天下就会陷入大乱之中,百姓将会遭殃。这是多么可怕的社会图景啊。由此可见苏轼的忧国忧民情怀与他所追求的高远境界。

苏轼言古事而意在今,尤其是论古代之弊,用心乃在改革当下之弊。其论及风俗时亦如是。他在《西汉风俗谄媚》一文中,在题目上即表明了其观点——西汉风俗谄媚。这是宏观上着眼,意在评论整个时代的风俗,而不在评论某一人也。但是着笔还是要以人论事,管中窥豹,借人观风。苏轼在这里举出两个人,一正一反,相互衬托,凸现己见。正面的例证是先立起汲长孺为楷模,其可敬可钦可佩之处就在于不为流俗所移,即不谄媚,能够保持士人的骨气与人格,而且是整个西汉时代仅此一人。由此可见苏轼对汲黯之贤的由衷赞叹。这与《汉武帝唐太宗优劣论》一文的观点遥相呼应,也可见苏轼对汉武帝的反感与批判。前者是通过对汲黯这样贤才态度批判之,此文是通过一个时代的谄媚风俗批判之。相比之下,此文

① 王水照《论苏轼散文的艺术美》,《社会科学战线》1985 年第 3 期。

的批判力度更大，思想更为深刻。那么，西汉时代的谄媚之风俗是如何造成的呢？总体而言，当然是封建专制体制与帝王的暴政造成的，鲁迅先生在探究中国人"奴化"心态产生的原因时曾经深刻地论述了这个问题①。帝王的言出法随，伴君如伴虎的臣子悲剧地位，因言得祸的无数先例，造成了士人的噤若寒蝉，战战兢兢，如履薄冰。但是仅看到此点共性，显然是片面的，不然何以理解唐太宗与魏征的关系呢？这又说明，帝王本人的主观原因，也是不可小觑，而且可能是更为重要的个性化原因。苏轼从其中拈出汉唐盛世中最为兴盛的汉武帝时代来论述，可见其用意之深。

反面的例子是司马迁。苏轼评价司马迁的性格时，以"至伉简"高度赞誉之。然后笔锋一转，也举了他两个谄媚的例子：一是"作《卫青传》，不名青，但谓之大将军"。这是为贤者讳，为何如此谄媚卫青，因为卫青乃汉武帝妻弟也，所以谄媚卫青是谄媚汉武帝也。二是举出《史记》中贾谊"爱幸于河南太守吴公"之语剖析之。苏轼认为，"贾谊何等人也"，其地位声誉远远高于河南太守吴公，所以，苏轼甚为反感，掩饰不住地评论道："此等语甚可鄙，而迁不知，习俗使然也。"前一句表达其对谄媚习俗的厌恶之情，后一句则宕开去，意味深长地解除了司马迁的个人责任，而将其归之于习俗，认为是习俗造成了司马迁的"不知"。那么若深入追问一句，这个谄媚的习俗又是如何造成的呢？不言自明，罪在汉武帝的专制霸道。司马迁深受汉武帝的打击折磨，结果使如此"至伉简"之人，也自觉不自觉地谄媚起来，这是士林精英与整个社会多么可悲的严重后果啊。苏轼的言外之意在于，连"至伉简"的司马迁尚且难免谄媚，那么其他人就更可想而知了。

若深入一层论之，苏轼论西汉风俗的深远用意乃在于当下，他毫不避讳地指出了这一点："本朝太宗时，士大夫亦有此风，至今未衰。"这可从两层论之，一则，指出北宋的谄媚之风同于西汉，而始作俑者乃在于宋太宗赵光义。也就是说，宋太宗的功业不如汉武帝，但其专制霸道则毫不逊色，同样造成了当时士大夫的谄媚之风。二则，苏轼当时的皇帝——宋仁宗是宋代较仁慈的皇帝，苏轼对他多有褒扬之辞，但即使这样，耿直公正的苏轼还是毫不留情的指出当下社会中的谄媚之风"至今未衰"。这是警诫士大夫要引以为戒，也是告诫皇帝应引起警惕。同时也说明营造士林风气的重要与艰难，无论好坏，皆会延续相当长的历史阶段，故不能等闲视之。最后几句，似乎是闲笔，其实寓意深远，绵里藏针。这可从两个层面观照之：第一，士林层面。苏轼曰："吾尝发策学士院，问两汉所以亡者，难易相反，意在此也。而答者不能尽。"这既表明他的深远用意并未为士林精英所理解，所重视，不能不令他深感失望；也说明了他一直在警告士林中的佼佼者关注这个问题，希望士林引以为戒，可见其良苦用心。第二，君主层面。"吾亦尝于上前论之"一句，说明他曾经当面提醒皇帝注意时代风气这一问题。由此可见其骨鲠人格之可贵，可敬！由此引申开去，不禁联想到龚自珍对"万马齐喑究可哀"的封建末世时代风气的感叹，那固然揭露了封建专制高压政策下的可悲现实，但比较而言，社会士林的谄媚应该比沉默更为"可鄙"，更加可怕！龚自珍的思想固然深刻，故为人所熟知，容易理解，容易接受，而苏轼的这个思想则更为深刻，更为含蓄，更为深远，更值得珍视，但却知之甚少，弘扬不够，故笔者在此特别强调其文化价值，以引起学界的关注。

苏轼不仅仅从政治层面侧重研究历史人物的当下认识意义，还关注学界的风气，士林的

① 鲁迅《坟·灯下漫笔》，人民文学出版社1956年版，第158页。

追求,因为这决定着未来官吏队伍的素质,所以说也是政治问题。试举《送人叙》为例论之。苏轼采用层层剥笋的论证方法,逐步揭示问题的深层原因,以透过现象看本质。苏轼由士林起笔,提出其关注的重点在于士林;士林存在的问题在于“不能自成”,这是士林不能创新的关键问题;“不能自成”的原因在于“俗学”;“俗学”对士林造成的危害在于“枉人之材,窒人之耳目”。然后又拓展开去,谈古人“所以学”、“所以言”的目的,立起评判的标准。又笔锋一转,回到现实学界,集中火力,批判“王氏之学”的弊端,正在于“案其形模而出之”这个关键问题上。毫无个性可言,更遑论创新。若与开头联系起来看,在苏轼眼中,王学即是“俗学”。可见其为文的立足点在于当下的学界学风,目的是解决现实问题。其现实的针对性,立论的目的性,论述的深刻性,由此可见一斑。可以说,苏轼当年的精辟见解,对当下的人才培养、学风建设等重要问题,仍有着特殊的认识价值与警醒作用。

(作者单位:哈尔滨师范大学文学院)

关于苏轼的两篇佚文

——兼论《重编东坡先生外集》对苏文研究的价值

江　枰

一

明万历戊申(三十六年,1608)刻本《重编东坡先生外集》(以下简称《外集》)卷十六有《上好礼则民易使》和《〈周礼〉法〈周官〉论》两文,不见于目前收苏文最全的《苏轼文集》(孔凡礼点校),也不见于曾枣庄等主编的《三苏全书》;且二书关于两文也无任何相关说明,应是遗漏使然。为便于行文,先录之如下:

上好礼则民易使

为国无难,而莫难于役人。人不可役,则尊者不得安于尊,卑者不得安于卑;则君子小人,其体相抗而劳佚之事遂至乎无分。故圣人常患天下无君子莫治,无小人莫养。君子故为礼以定其志,而有尊卑贵贱之辨,使君子劳心于上而安于乐逸,享天下之奉而不为泰;小人尽力于下而安于劳苦,应无穷之役而不为恤,然后君子不失其养,而小人不失其所始安。

夫贵贱尊卑之理而谓其分之所当然,此圣人立礼之大凡也。虽然,天下之至愚,进退周旋,未必皆中其节文,强而使之入吾教法,则必潜紊等差,而孰为之服从?必上之有所仪刑,使之入而不自知其驱率之力,可易而无难。故孔子曰:上好礼则民易使也。谓其只逊之心生其中而非出于勉强者也。夫上好则下必有甚焉,岂有此不先率而彼必乐从者也?古之王者未始区区求民之从我而惟患我之不能自好。吾能尽心于礼让,则天下之人所自必于服从,不待人人提谕而后知之也。苟惟自蹈之不能而必责人之不出乎节制之外,虽鞭笞捶击,而望其无逾,吾知其不能为也。今有人不知父兄之奉而见慢于嗣子,不咎己之不奉父兄而反咎嗣子之不能尽孝于我,是亦惑也。苟知彼之不易使,则莫若先招之;能自必于此,则彼不待教而自至也。故王者欲使民为礼,无以异于是也。

《周礼》法《周官》论

郑康成注《周礼》曰:"六官之属三百六十……天道备矣。前此者成王作《周官》,其志有述天授位之义,故周公摄官分职以法之。"愚尝推考载籍,判别真伪,窃未以斯言为得也。何者?成王嗣位,年甫幼冲,三监兆乱,天下荡摇。周公念王业之艰难,虑有危于基构，摄行王事，负黼扆以朝诸侯；制礼乐，颁度量而服天下；诞保文武之受命，七年而归政成王，《召（洛）诰》曰“复子明辟”，《立政》曰“嗣天子王矣”，是周公之八年，成王之元年也。于是召公为左右，淮夷及奄于是叛，周公亲征而灭之，五月乃还，而作《多方》。越明年而巡行侯甸，归于宗周。董正治官，而《周官》之篇作矣。即周公之九年，成王之二年也。而云“冢宰掌邦治”，天官也；“司徒掌邦教”，地官也；“宗伯掌邦礼”，春官也；“司马掌邦政”，夏官也；“司寇掌邦禁”，秋官也；“司空掌邦事（土）”，冬官也；“六卿分职……以倡九牧”，乃《周礼》之六官也。然则皆袭周公所制旧典礼经矣。又曰：“仰惟前代时若，训迪厥官。”由此明之：周公制礼，非惟始于摄位之时，盖在武王拨乱之后，成王未立之时。损益四代以为己制，亦已备矣。故《武成》云：“列爵为（惟）五，分土为（惟）三，建官惟贤，位事惟能……垂拱而天下治。”倘制作未备，典法未行，能如是耶？岂成王始有作之之意，周公反奉而成之者哉？然则成王乃上智之主，材器德业，当处周公之右，岂得谓之中人耶？且较之前籍，篇第明彻，自《召诰》而下凡七篇，皆作于周公反政之后，岂惟《周官》乎？盖《周官》既作而公旦已没，又不闻其始制礼也。言之不核，何乃至是？又云“乃立三公，论道经邦”，即《周礼》之任也，则知《周官》之所以申命百僚，使遵守周公之旧章，修方效职而已。康成乃谓“述天授位，《周礼》之法”，甚无谓也。夫以通儒之才，经传洽熟，闻见杂博，犹有谬论，以至取讥后学，惜乎！

“上好礼，则民易使也”见《论语·宪问》，孔子认为如果为政者崇尚礼仪教化，百姓就会乐于效命。孔子还有“上好礼，则民莫敢不敬”（《论语·子路》）、“君子学道则爱人，小人学道则易使”（《论语·阳货》）等相近的表述，都是强调“礼”的以上化下的教化功能。《上好礼则民易使》从治国之难“莫难于役人”入手，指出圣人制礼以定贵贱尊卑使上下各安其位的目的。但这种目的不能强制达成，必须由在上位者率先垂范，百姓才会心悦诚服地接受“礼”的规定，安心于下位，故孔子有此论。又从不同角度进一步申说王者欲治民必先治己和以身作则的重要性，但文中要求为政者的已不是抽象的“好礼”，而是具有普世价值的道德规范和实践。

《〈周礼〉法〈周官〉论》以郑玄对《周礼》卷三“以官府之六属举邦治”以下经文的注释为驳难对象，利用史实及《尚书·周书》中的《武成》、《周官》等内容为论据反复辩驳，证明《周礼》在前，《周官》在后，是《周官》法《周礼》，而不是《周礼》法《周官》。结尾语带锋芒，并为郑玄出现这样明显的错误惋惜。

这两篇文章应该是苏轼的作品，主要从以下几方面来判断：

首先，从文章风格来看，二文事证、理证，俱随手拈来，文理清晰紧凑，文风轻松自如。论大道理举重若轻，深入浅出；讨论学术问题逻辑严密，论据充分，又明白简练，正所谓有“文理自然，姿态横生”[①]的境界，一如苏轼其他论说文的风格。

其次，苏轼文集中还有相关的其他论说文章，如《礼以养人为本论》、《礼论》、《周公论》等，这些文字虽然与上二文内容上没有直接的联系，但可以证明苏轼关注过类似问题，有写这些文章的可能性。《上好礼则民易使》中作者认为劳心者应“享天下之奉而不为泰”，《续欧阳子〈朋党论〉》中云“愚以谓治道去泰甚耳”[②]，前句的“泰”字是“骄纵、傲慢”之意，后句之“泰

① 《与谢民师推官书》，《苏轼文集》，中华书局1999年版，第1418页。

② 《苏轼文集》，第129页。

甚”指豪强势力或造乱的首恶分子，自“泰”字“骄纵、傲慢”意引申而来，可以看作用字相同的证例。《上好礼则民易使》首句“为国无难，而莫难于役人”，口气也颇似“愚以谓治道去泰甚耳”这样的句子。

再次，其源书《重编东坡先生外集》具有一定权威性。该书原编于南宋前期，郎晔编选《经进东坡文集事略》时即有所参考。据保存于《外集》卷首的原编者序云：“今将如上诸集，详加校定。其文既出他集者，所不敢取（如《碧云》、《三酌赋》、《睡乡记》之类，凡数百篇，具见卷末须知中）；其疑非先生文而未见孰可者，亦未敢删削（如《莱羹赋》、《静常》、《醉乡》等记凡十余篇）。凡以先生出处，一认次序，间不可考，辄以类附，合为一编，目曰《外集》。逾百亲迹，出于先生孙子与凡当时故家者皆在，庶几观是集者并前、后二集，则先生之文无复逸遗之憾，而如上诸集皆可废也。”可见其编者应是在南宋初苏文刚解禁时，对之进行了较大规模的抢救性搜集整理，以便和苏轼《前集》、《后集》一起，构成苏轼的全集。元、明时《外集》虽不见于著录，但明初杨士奇即手抄过《外集》卷二十五至卷九十①，明代后期焦竑也收藏该书，为茅维编订苏轼文集提供了重要参考②。两年后康丕扬命其属吏毛九苞校订重编，刊刻出版。由此，基本可以肯定这两篇文章是苏轼所作。

因为《外集》篇幅浩大，检索非易，利用时难保全面充分，茅维以重编前的《外集》作参考编集苏文全集，即有所遗漏。孔凡礼以茅本为底本点校《苏轼文集》，又从《外集》中辑录了《乞致仕状》等十余篇文章编入《苏轼佚文汇编》，但仍有遗落。《外集》卷十六共有《续欧阳子〈朋党论〉》、《儒者可与守成论》、《好德锡之福》、《物不可以苟合》、《上好礼则民易使》和《周礼法周官论》六篇文字。其目录中，前四篇排于左页末，后二篇排在反面的页首，接排第十七卷标识目录，因此后二文极易漏掉。

相对于苏文4000余篇的数量和为数众多的杰作来说，这两篇文字算不得特出之作；即使在苏轼的论说文中，它们也不如《易论》、《诗论》等因对经典的解读而引人注目，不如《正统论》、《思治论》那样事关根本，也不如不少历史人物论那样善于翻空出奇、引人入胜，但二文也不是可有可无。就《上好礼则民易使》而言，是直接对经典文句的发挥，这在苏轼的论说文中并不多见，可以和《论孔子》等对读；苏轼的驳论文不少，如《屈到嗜芰论》就是对柳宗元论点的驳难，但《〈周礼〉法〈周官〉论》是对前人关于经典文献注释的纠错，其论据也以文献材料为主，近似一篇规范的学术论文，在苏轼文集中也很少。

二

在《外集》为茅维和孔凡礼等人集中利用之后，仍能从中找到以上两篇不曾被发现的文字，可见《外集》在苏轼作品辑佚方面的作用。对于《外集》的价值，刘尚荣先生《〈东坡外集〉杂考》一文已从“补众本之遗缺”、“校诸本之疏误”和“提供编年之助”三个方面作了论述③。但刘先生论述时侧重于苏诗方面的例证，较少涉及苏文，下文即着重介绍《外集》在苏文整理

① 杨士奇《东里续集》卷十八《苏东坡文》，《影印文渊阁四库全书》本。

② 茅维《宋苏文忠公全集叙》，《苏轼文集》，中华书局1999年版，第2390页。

③ 刘尚荣《苏轼著作版本论丛》，巴蜀书社1988年版，第124—129页。

研究方面除辑佚以外的其他价值。

首先，相对于苏诗和苏词来说，《外集》在苏文方面的价值最大。《外集》前十卷收苏诗394首，占苏诗总数的十分之一；《外集》卷八十二至卷八十五收苏词162首，不到全部苏词的一半；收苏文七十一卷2039篇，超过全部苏文的二分之一。较之于苏诗、苏词，《外集》中所收苏文数量最多，比例最大，其可资利用的内容无疑更多。这些文章中，又以题跋、杂记和书简居多，从卷三十七至卷八十一，共四十五卷。这些文字大多隽妙活泼，最能体现苏轼的个性才情，在明代后期获得了众多读者的喜爱，并促进了晚明小品文的繁荣。

其次，除了对苏文辑佚方面的价值外，《外集》的校勘正误作用突出。由于《外集》的编者去东坡的时代不远，和后来者相比，原编者有得天独厚的优势条件：很多材料都还保存完好，尤其是从东坡孙子和故交手中得到的百多篇真迹，其权威性非其他间接所得可比。苏文中许多不见于别处的篇章都得以为该书收存，有的虽然别书也有保留，但一般以《外集》中文字最胜。加之编者力图全面地收集东坡存世作品，以及其卓有成效的校定工作，保证了《外集》所收文章的可信度和权威性，可以用来订正别本的讹误。如茅维《苏文忠公全集》卷七十《题凤翔东院王画壁》："嘉祐癸卯上元夜，来观王维摩诘笔。时夜已阑，残灯耿然，画僧踽踽欲动，恍然久之。"《外集》的目录里作《题凤翔东院王维画壁》，有一"维"字，当更合理。茅维本卷六十八《读文宗诗句》："'人皆苦炎热，我爱夏日长。薰风自南来，殿阁生微凉。'世未有续之者。予亦有诗云：'卧闻疏响梧桐雨，独咏微凉殿阁风。'"《外集》卷四十五此文标题作《续文宗诗句》，从内容判断，"续"字为正。茅本卷六十五《渊明无弦琴》："……其《自祭文》出妙语于纩息之余，岂死生之流乎？但恨其犹以生为寓，以死为真。嗟夫，先生岂真死独非寓乎？"结尾句和前文文意不顺，《外集》卷三十八该文作《书渊明〈自祭文〉后》，结尾句为："嗟夫，生岂非真，死独非寓乎？"从上下文判断，应以《外集》的内容为是。茅本卷一《六事廉为本赋》"法焉不能守节，辨焉不能明嫌"。《外集》卷十一"明嫌"为"明贤"，"明贤"与"守节"对举，字顺义通，孔凡礼先生就据《外集》改定。其实，查《苏轼文集》，孔凡礼先生据《外集》校改茅本的例子不少，列出《外集》中与茅本异文之处更是不胜枚举，这些异文都值得研究者仔细参考。

其三，《外集》在苏文编年方面的价值也不小。《外集》原序云："凡以先生出处，一认次序"，可见为苏轼作品编年本是原编者所用力的一个方面。且他当时所见《南行集》、《坡（岐）梁集》、《钱塘集》、《超然集》、《黄楼集》、《眉山集》、《武功集》、《雪堂集》、《黄冈小集》等都是东坡不同时期所作诗文的分别编集，本就具有编年的性质，可作全集编年的依据。很多杂记、题跋、尺牍，东坡往往署有年月，编年就更为方便。《外集》中诗歌和小简就按写作时间先后编排，为研究者提供了难得的资料。刘尚荣先生即认为"今后如有人为苏文编年，恐怕也离不开《外集》的资料"①。

以下以《与朱康叔》为例，比较《外集》编年的优势。《外集》卷六十五有《与朱康叔》（黄州十三首），卷六十七有《答朱康叔》（八首），也作于黄州时。既然都作于黄州，《外集》还是将这二十一首分为两处，一方面是使东坡主动写给朱康叔的信和回复朱康叔的信有所分别，另一方面这些信的先后也不是随意排列的。茅维将它们合编为一处（见卷五十九），统为《与朱康

---

① 《苏轼著作版本论丛》，巴蜀书社1988年版，第129页。

叔二十首》，在题下注云“以下俱黄州”，除了茅本第十首不见《外集》外，其他都见于茅本，只是各有分合。但在茅本中这些信件的顺序已经发生了明显的改变，也导致有些内容的前后矛盾。《外集》卷六十七《答朱康叔》第五首为：“今日偶读国史，见杜羔一事，颇与公相类。嗟叹不足，故书以奉寄，然幸勿示人，恐有嫌者……”第八首提到此事，问对方是否收悉：“……前曾录《国史补》一纸，不知到否？因书，略示谕……”先后关系至为分明。但茅维所收则颠倒过来，前一首排在第十八，后一首排在第十五，就有些不伦不类。

其四，在编排体例上，《外集》也有更胜一筹的地方。一般来说，不能编年者，按类编排是较为合理的。苏文中大量的题跋大多不能编年，《外集》按这一原则分类，对同一人的同类作品题跋则前后相连。如题跋（诗词类），《外集》卷四十一《书太白〈广武战场〉诗》和《书李白十咏》、《书李白集》、《记太白诗二首》等编在一处，卷四十二《书退之诗二首》、《书李主诗》、《书李主词》、《记乐天诗〈西掖通东省〉》、《书乐天〈香山寺〉诗》等都在一起，但茅本分置于不同卷，对读者来说，反不甚便。卷三十七题跋（杂文类）《书渊明〈归去来序〉》、《书渊明〈述史章〉后》、《书渊明〈孟府君传〉后》、《书渊明〈自祭文〉后》，都列在一处，茅本不只分开编列，《书渊明〈自祭文〉后》的标题成了《渊明无弦琴》，被归入史评类。再如《书相如〈大人赋〉后》茅本名为《臞仙贴》，《书相如〈长门赋〉后》茅本名为《相如〈长门赋〉》，《书相如〈谕蜀文〉后》茅本分成《司马相如创开西南夷路》和《司马相如之谄死而不已》两文，都被茅维归入史评卷。

不过，茅维所见之《外集》是毛九苞整理之前的版本，这些文章题目的差别究竟是怎么产生的，到底经毛九苞整理过后的《外集》与茅维所见之《外集》有多大的不同，已经不容易弄清了。但上举诸例已可证明，《外集》在苏文整理和研究方面的价值确实很大，还有待于进一步的充分利用。当然《外集》也有不足，刘尚荣先生《〈东坡外集〉杂考》已述及[①]，此不赘。

（作者单位：江西财经大学人文学院）

① 《苏轼著作版本论丛》，巴蜀书社1988年版，第129—131页。

正名·谏诤·德音

——苏轼《石钟山记》之山岳巡礼与困境隐喻

许东海

一、绪论:山岳游记与诗狱余悸

苏轼《自题金山画像》谓“问汝平生功业,黄州惠州儋州”,然则肇端于黄州的谪宦生涯,对于以兼济天下为旨的士臣“功业”而言,显然是一种自我嘲解,但若转从文学业绩观照,则无疑是苏轼在文学史上树立其千古风流典范的重要依据。其中尤为关键者,乃是发轫于黄州的谪宦文学著作。不仅成为苏轼文学事业攀登高峰、更上层楼的首要转捩,同时在诗、文等各类文体上写下不少经典之作。诸如《赤壁赋》前后篇、与仕宦人生顿挫的首页隐喻符码,同时又是他藉由丰富文学书写缔创“平生功业”的关键里程碑。

苏轼谪迁及其为中心人生困境的丰富诗文篇章,固然会依随文体之各自特性,以彼我竞合的书写脉动,展现纷呈斑斓的文类风情,适如苏轼笔下的庐山面目:“横看成岭侧成峰,远近高低各不同。”[①]面向固自不同,但就其情志、特质而言,基本上皆得略窥苏轼的困境指涉及其人生沉思,尤其是在山水空间巡礼的作品中,皆不难从其或显或隐的书写文字里,抽思剥茧地洞烛其中作者所寄寓的困境观照及其生命启悟。由是观之,作为苏轼黄州困境关照的经典之作《赤壁赋》两篇,固然无待赘言;相对而言,象征苏轼告别黄州谪迁生涯的《石钟山记》,长久以来被视为一篇单纯展现苏轼精于思辨的翻案之作[②],似乎文中并无涉于作者的黄州困境及其人生沉思,若如是观,则不仅失诸表象,难以管窥旨奥,并且也间接地指涉苏轼对于黄州谪迁憾事的顿然灰飞烟灭,殆尽消解,此则与历史事实违舛,不免启人疑窦;反之,若还原并结合撰写此文的主要作者背景,乃源自于宋神宗手诏苏轼由黄州团练副使量移汝州团练副使此一重要史实关键,则或许得以重新审视。作者告别黄州迁谪时撰写的《石钟山记》,古人所谓“以辩体作记体”的“翻案”之作,其实适成平生精于思辩的苏轼,却始终难以面对乌台诗案及黄州迁谪无力为自己“翻案”的精神焦虑及其困境隐喻。因此藉由《石钟山记》山岳巡礼书写表象及其文本的深入剖析,与相关史料文献的辅助,从而结合苏轼关涉乌台诗案与黄州迁谪之各类文体的丰富篇章,应有助于揭开《石钟山记》作为苏轼告别黄州之际重

---

① 苏轼《题西林壁》,参见王文诰辑注,孔凡礼点校《苏轼诗集》卷二十三,庄严出版社,第1219页。

② 参见浦起龙《古文眉诠》卷六十九,曾枣庄等编《苏文汇评》,台北文史哲出版社1998年版,第230页,谓“以辩体为记体,当作翻案观。李勃翻道元之案,坡老翻李勃之案”。

要代表文本，其中藉由黄州量移汝州之仕途移动象征的石钟山，所展开的山岳巡礼及其空间凝视，从而寄寓的宦海沉浮及其历史回眸。由是观之，《石钟山记》于物色辩证的书写表象及其主要旨趣之下，往往潜藏另一面与攸关困境隐喻的自我凝视及其情志写真，从而形成一篇以"山岳巡礼"与"诗狱余悸"表里映契，互涉为书写主轴的山水游记，成为苏轼藉由山水游记见证黄州心灵世界及其真象的另一重要文学书写，从而得以与《赤壁赋》前后篇，形成以竞合之姿，深刻记寓其黄州心灵脉动的山水文学铁三角。

本文即据上述说明，藉由苏轼《石钟山记》山岳巡礼书写表象底下，所蕴涵的"思辨"与"翻案"旨趣，尝试以《石钟山记》文本为经，以乌台诗案及其黄州谪迁为纬，回归"知人论世"的传统学术观照，勾勒其中的主要书写脉络：正名、谏诤、德音，作为上述考察的主轴，重新检视此文在苏轼所谓"平生功业"首驿之黄州的书写及其文学坐标位置，及其中深刻潜藏的文化脚注及其内在依据。

二、山岳与正名：苏轼《石钟山记》之山岳巡礼与名实论述

以山岳游记为题旨的《石钟山记》，最令古今学者留下鲜明深刻阅读印象者，应属苏轼考察石钟山的正名之旅及其书写旨趣。

《石钟山记》首段乃作者苏轼自叙于元丰七年访察石钟山的主要动机，缘自北魏郦道元《水经注》的"水石相搏，声名洪钟"[①]，与唐代李渤"得双石于潭上，扣而聆之……自以为得之矣"，前后异说纷纭的疑惑，从而展开"石之铿然有声音，所在皆是也，而此独以钟名，何哉"的思辨历程及其正名之旅。并中藉由此年之月"余自齐安舟行适临汝，而长子迈将赴饶之德兴尉，送之至湖口"的因缘际会，"因得观所谓石钟者"，以重新考察并审视石钟山得名之实。由此观之苏轼《石钟山记》的创作缘起，固然肇始于古今诸说的纷纭疑似与莫衷一是，但其中的书写旨趣则应源自作者藉由一场以名实对应为中心的山岳巡礼，所铺陈的学术思辨与文化正名，于是《石钟山记》遂作者如是精神观照，提供一则书写隐喻与文学见证。

从苏轼《石钟山记》终结于"事不目见耳闻，而臆断其有无，可乎？"的实证精神及其正名旨趣而言，这篇山岳游记要书写理趣，乃是具体而微地藉由石钟山之案例考察，"名"与"实"二者间之异同离合，作为其正名要义，并透过以北魏郦道元《水经注》与唐李渤迄至当代僧童纷纭众说，从而重新厘清古往今来此山"独以钟名"的原委真相，据作者文中自述，终以郦道元之说为可信，所谓"古之人不余欺也"。唯其说美中不足处，则在"言之不详"。至于尽管苏轼此一自豪自得山岳正名新说，在后代学者眼中未必真是千古不易之定论，然而归旨于名实互证的"正名"旨奥，诚乃作者念兹在兹的首要观照。然则此一以名、实相符为中心的正名论述，并非源自于苏轼游石钟山的一时偶然意兴，而是苏轼平生政治理念与学术论述中屡见阐释的重要命题。

（一）正名与学术

正名一词，源出《论语·雍也》孔子回答弟子子路之论为政首要当务之急：

---

① 以下本文所引《石钟山记》的诸段文本，出处皆同，兹不复一一注明。苏轼《石钟山记》，见孔凡礼点校《苏轼文集》卷十一，中华书局1999年版，第370—371页。

子路曰:"卫君待子而为政,子将奚先?"子曰:"必也正名乎?"子路曰:"有是哉,子之迂也!奚其正?"子曰:"野哉,由也!……名不正,则言不顺;言不顺,则事不成;事不成,则礼乐不兴;礼乐不兴,则刑罚不中;刑罚不中,则民无所措手足。故君子名之必可言也,言之必可行也。君子于其言,无所苟而已矣。"①

据此,孔子"正名"之说固然发轫于《论语》之论述,而且据今苏轼传世的文集篇章亦不乏相关阐释:

昔者子路问孔子所以为政之先?子曰:"必也正名乎!"故《春秋》之法,尤谨于正名,至于一鼎之微而不敢忽焉,圣人之用意盖深如此。②

苏轼据《论语》孔子"正名",申明《春秋》经书义法、"尤谨于正名",此外,强调儒家"正名"之义,重在名实之间的严正辨明③:

孔子曰:"必也正名乎!"儒者之患,患在于名实之不正。故亦有以文王为称王者,是以圣人为后世之僭君急于为王者也。天下虽乱,有王者在,而己自王,虽胜人不能以服天下。④

由是观之,以名实为纲要的正名旨趣,诚为苏轼诠释并认识圣人孔子为政必先正名的主要意涵所在,然则撰于他告别黄州之际的《石钟山记》,其中孜孜于名、实互证的山岳正名书写,不宜忽略其平生渊源于孔子视"正名"为治道要旨的儒家根底,并且据苏轼自述其贬谪黄州期间,颇致力于《论语》、《易》、《书》等等儒学经典的诠释与撰述。例如他在写给滕达道、王定国等人的书信中,即论及此事:

某闲废无所用心,专治经书。一二年间,欲了却《论语》、《书》、《易》,舍弟已了却《春秋》、《诗》。虽拙学,然自谓颇正古今之误,粗有益于世,瞑目无憾也。又往往自笑不会取快活,真是措大余业。⑤

由是观之,苏轼《石钟山记》以山岳正名之旅为中心的叙写主轴,诚然与其黄州时期以沉潜专注于《论语说》等儒学旨奥诠解的学术事实互为表里,并且相得益彰。此外宜复与苏轼向来治学论证的重要学术精神及其文化积淀息息相关。

(二)正名与治道

苏轼黄州时期倾注心力的《论语说》等儒学义解撰述,固然具体而微地印证他以名实论述阐释孔子"必也正名乎"的为政首善纲目,从而揭示"儒者之患,患在于名实之不正"的学术忧思及其治道关键,然则早在苏轼遭遇黄州谪迁之前的作品,即已颇不乏相关的叙写与论述,尤其是他在熙宁年间如火如荼展开变法革新之际,上奏宋神宗之万言书里,除期期不可

---

① 参见潘重规校注《论语注》,台北里仁书局。

② 《论取部大鼎于宋》,孔凡礼点校《苏轼文集》卷三,中华书局1999年版,第68页。

③ 案据《论语·雍也》所载孔子"正名"之原始论述,或未必涉及后世儒家如《荀子》等书所谓名实之辨。然后世儒者正名之论,常以名、实为说,故迄至宋代苏轼亦力申名实之辨。

④ 苏轼《周公论》,孔凡礼点校《苏轼文集》卷三,第85页。

⑤ 苏轼《与滕达道书六十八首·其二十一》,《苏轼文集·尺牍》卷五十一,第1482页。

地力申新政之弊，又以知无不言、言无不尽的老臣忠谏之姿，揭橥当世治道要务，宜先在“结人心、厚风俗、存纪纲”三大要事①。此篇奏议首论“结人心”之义，即具体藉由新政中“制置三司条例司”为例，论述名实不一，有以导致人心之不悦，并从而揭示其违背孔子以“正名”为治道当急之务：

孔子曰：“工欲善其事，必先利其器。”又曰：“必也正名乎。”今陛下操其器而讳其事，有其名而辞其意，虽家置一喙以自解，市列千金以购人，人必不信，谤亦不止。夫制置三司条例司，求利之名也。六七少年与使者四十余辈，求利之器也。驱鹰犬而赴林薮，语人曰：“我非猎也。”不如放鹰犬而兽自驯。操网罟而入江湖，语人曰：“我非渔也。”不如捐网罟而人自信。故臣以为消谗匿以召和气，复人心而安国本，则莫若罢置三司条例司。夫陛下之所以创此司也，不过以兴利除害也。……罢之而天下悦，人心安，兴利除害，无所不可，则何苦而不罢。陛下欲去积弊而立法，必使宰相熟议而后行，事若不由中书，则是乱世之法，圣君贤相，夫岂其然。……则此司之设，无乃冗长而无名。②

由是观之，苏轼熙宁四年《上神宗皇帝书》的万言治道论述，固然针对变法新政而发，然则其中指陈利弊得失的学术依据，则屡见归旨于以名实为经纬的“正名”观照及其圣人治道宗旨，然则苏轼于告别黄州量移汝州之际所撰之《石钟山记》其中藉由身体践履所大肆展开的山岳正名之旅及其名实论述，显然绝非出之于一时偶然兴致，其中诚攸关平日治学论政之沉淀。

（三）名实与诗案

苏轼黄州贬谪诚然缘自乌台之诗案之余绪，惟对此一人生空前顿挫，对于一位素以儒家道统文化承担及其弘毅自任的士臣而言，遽然身陷于君子名节，仰愧圣贤的耻辱沉渊及其生命困境，诚如他在元丰四年谪迁黄州期间写给文彦博的书牍所叙③：

轼始得罪，仓皇出狱，死生未分，六亲不相保。然私念所及，不暇及他，但愿平生所存，名义至重，不知今日所犯，为已见绝于圣贤，不得复为君子乎？抑虽有罪不可赦，而犹可改也？伏念五六日，终莫能决。辄复强颜忍耻，饰鄙陋之词，以卜于左右。④

由是观之，遽遭乌台诗狱之困的苏轼对于随之临诸其身的罪名，诚然耿耿于怀，挥之不去，然而若此一源自文学贾祸的乌台诗案，仍是“诗”出有名，其乃罪证确凿，百口莫辩的话，想必即使雄辩如苏轼，亦将心悦诚服，虚心拜受。然而从历史文献所揭示的诗案真相观之，期间是非名实，显然有待商榷。

据《续资治通鉴》所载当时御史舒亶之奏疏，指名苏轼之主要罪状乃在“讥讽朝政文字”

① 参见苏轼《上神宗皇帝书》，《苏轼文集·奏议》卷二十五，第729页。东坡谓：“乃者，臣亦知天下之事，有大于买灯者矣，而独区区以此为先者，盖未信而谏，圣人不与，交浅言深，君子所戒，是以试论其小者，而其大者固将有待而后言。今陛下果赦而不诛，则是既已许之矣，许而不言，臣则有罪，是以怨终言之。臣之所欲言者三，愿陛下结人心、厚风格、存纪纲而已。”

② 同前注，卷二十五，第731页。

③ 参见黄启方《从东波书牍认识东坡——以黄州、惠州、儋州时期书牍为主》，《东坡的心灵世界》，台北学生书局2002年版，第31—33页。

④ 苏轼《黄洲上文潞公书》，孔凡礼点校《苏轼文集》卷四十八，第1379—1380页。

与"怨望、诋讪君父"[①],唯稽考史实,谓其以诗"讥讽朝政"固然事出有因,而御史李定、舒亶等人之攻讦,亦全非无的放矢,但以诗托讽,固为苏轼忠君体国实现利济元元理想的另一论政形态,故苏辙《亡兄子瞻端明墓志铭》谓:

> 徒知湖州,以表谢上。言事者擿其语以为谤,遣官逮付御史狱。初公既补外,见事有不便于民者,不敢言,亦不敢漠视也,缘诗人之义,托事以讽,庶几有补于国。言者从而媒糵之。上出薄其过,而浸润不止,是以不得已而从其请。既付狱,吏必欲置之死,锻炼久之不决。上终怜之,促具狱,以黄州团练副使安置。[②]

据此可见苏轼诗作固不无以诗托讽之意,故正当乌台诗案危急之秋,苏辙所撰《为兄轼下狱上书》,亦不讳言苏轼不免有"托事以讽"之诗,所谓"兄轼所犯,若显有文字,必不敢拒抗不承认,以重得罪"[③]。然则若非"显有文字者",又何可逼迫就范,强加其罪?由是观之,苏轼、苏辙兄弟显然对于舒、李等当朝言事者,不得不指涉其人欲加之罪,何患无辞的名实不一,乃至于违反圣人"正名"垂训。苏轼乌台诗狱虽得力于太后与群臣张方平、王安礼等人延引古圣"诗人之义",及其弟苏辙上书力救,终免狱死不测之祸,但将苏轼诗中"指斥当世之事,语涉谤黩不慕"文字,捕风捉影地过度引申为"怨望诋讪君父"的昊天罔极罪名,亦无怪乎苏轼于此始终余悸犹存,阴霾不散。例如他在与《石钟山记》同于元丰七年春夏之际的《答李昭玘书》,即历历如绘地重提此事:

> 轼所以得罪,正坐名实过荦。年大以来,平日所爱恶忧畏皆衰矣,独畏过实之名如畏虎也。[④]

由是观之,当时亟思罗织苏轼诗狱之言事群体,无不殚思竭虑,意图在其诗中巧构形似之言,庶几置其必死之域,唯其见猎心喜,妄顾实情的深文周纳,虽未得竟其全功,然"过实之名",对于苏轼而言,毕竟是一场擦身而过死里逃生的仕宦梦魇,几乎与其黄州贬谪相互始终,因此攸关生死存亡之名实命题。余悸犹存地同时浮现在作者元丰七年告别黄州之际的《答李昭玘书》与《石钟山记》等文中,固非一时偶合;据此可见撰写于告别黄州之际的《石钟山记》,其文末归旨于"事不目见耳闻,而臆断其有无,可乎?"的名实旨趣,遂适成苏轼乌台诗狱到黄州贬谪内在映现及其困境隐喻。故其于黄州之所以宣称"不复作诗与文字",推其缘由固肇端于"名过其实"的诗狱余悸[⑤]。

由上述苏轼撰述于黄州前后不同文体与相关诗文之考察,大体可以重新揭示《石钟山记》正名书写及其名实论述之下,攸关作者平日治学、论政之宗旨要义;乃至于自我面对乌台诗案与黄州谪贬的情志底蕴等等,及其隐微细腻却又丰富深刻的多面向文化底蕴。

---

① 参见毕沅《续资治通鉴·宋纪·神宗元丰二年》卷七十四,台北文光出版社1974年版,第1867页。

② 苏辙撰,陈宏天点校《苏辙集·栾城后集》卷二十二,中华书局1999年版,第1117页。

③ 苏辙《为兄轼下狱上书》,《苏辙集·栾城集》卷三十五,第621页。

④ 苏轼《答李昭玘书》,《苏轼文集》卷四十九,第1439页。

⑤ 参见苏轼《与陈朝请书》,《苏轼文集》卷五十七,第1709页。文谓:"某自窜逐以来,不复作诗与文字。所谕四望起废,顾宿志所愿。但多难畏人,遂不敢尔。其中虽无所云,而好事者巧以酝酿,便生出无穷事也。"据此,则知名过其"实"诚为当时舒、李等好事者的兴谤本质。

三、石钟与谏诤:《石钟山记》之钟音叙写及其君国讽谕

《石钟山记》以山岳正名为书写旨趣,并主要藉由名实论述加以体现,然则苏轼之辨明名实往往见诸其奏疏表状,并主要针对君国治道所发,例如论述当代天下政治忧患之《策略》即谓:

臣闻天下治乱,皆有常势。……天下之患,莫大于不知其然而然。……国家无大兵革,几百年矣。天下有治平之实,而无治平之实。……此臣所以大惑也。①

圣人知其然,是以去苛礼而务至诚,黜虚名而求实效,不爱高位重禄以致山林之士,而欲闻切真不隐之言者,凡皆以通上下之情也。……非有文采缘饰,而开心见诚,有以入人之深者,此英主之奇术,御天下之大权也。②

由是观之,苏轼除以名实作为经纬君国治道之重要纲领,同时又极力阐扬北宋太祖、太宗在位期间,广开言路之英主风范,作为献策神宗皇帝的治道要旨:

方今治平之日久矣,臣愚以为宜日新盛德,以鼓动天下久安怠惰之气,故陈其五事以备采择。其一曰:将相之臣,天子所恃以为治者,宜日夜召论天下之大计,且以熟观其为人。其二曰:太守刺史,天子所寄以远方之民者,其罢归,皆当问其所以为政,民情风俗之所安。……其三曰:左右扈从侍读侍讲之人,本以论说古今兴衰之大要,非以应故事备数而已。……其四曰:吏民上书,苟小有可观者,宜皆召问优慰,以养其敢言之气。……使天下习知天子乐善亲贤恤民之心孜孜不倦如此。……有以大慰天下之心焉耳。③

苏轼之言路倡议,固然往溯宋太祖、太宗开国以来所树立的治道典范,实际上苏轼乌台诗案之终告量移黄州副使,亦攸关广开言路之商榷,故史载神宗初不欲深治苏轼诗案,其中主要理由固然亦如王安礼所谓"自古大度之君,不以语言谪人"的历史殷监外,宜其乃在"特欲申言者路耳"④,故当苏轼初下诗狱之际,张方平上书救之,乃力申此义:

臣不详轼之所坐,而早尝识其为人,其文学实天下奇才,向学制策高等,而犹碌碌无以易于流辈。陛下振拔,特加眷奖,轼自谓知明主,亦慨然有报上之心。但其性资疏率,阙于慎重,出位多言,以速尤悔。顷年以来,闻轼屡有封章,特为陛下优容,四方闻之,莫不感叹圣明宽大之德。今其得罪,必缘故态。……自夫子删诗,取诸讽刺,以为言之者足以戒;故诗人之作,其甚者以致指斥当世之事,语涉谤黜之不恭,亦未闻见收而下狱也。⑤

据上述史载文献可以略见苏轼乌台诗案及其黄州之谪,显然攸关当时朝廷之言路政策,而苏

① 苏轼《策略一》,同前注,卷八,第226页。
② 苏轼《策略一》,同前注,卷八,第239页。
③ 苏轼《策略一》,同前注,卷人,第239—240页。
④ 毕浣撰《新校续资治通鉴》卷七十四,第1868—1869页。
⑤ 毕浣撰《新校续资治通鉴》卷七十四,第1868页。

轼亦恃此屡上奏议，谏诤时政可知，故其本人商榷新政之《上神宗皇帝书》亦申明源自当时朝廷言路风气，故每每奋志谏诤，作意铿锵噌吰，真似钟磬之洪声：

熙宁四年二月□日，殿中丞直史馆判官告院权开封府推官苏轼……臣近者不度愚贱，辄上封章言买灯事。自知渎犯天威，罪在不赦，席私室，以待斧钺之诛；而侧听逾旬，威命不至。……乃知陛下不惟赦之，又能听之。惊喜过望，以至感泣。何者？改过不吝，从善如流，此尧舜禹汤之所勉强而力行，秦汉以来之所绝无而仅有。……有君如此，其忍负之！惟当披露腹心，捐弃肝脑，尽力所至，不知其他。……盖未信而谏，圣人不与；交浅言深，君子所戒。是以试论其小者，而其大者故将有待而后言。今陛下果赦而不诛，则是既已许之矣，许而不言，臣则有罪；是以愿终言之。①

基于如是之言路风气及其当代背景，苏轼遂知无不言，言无不尽地勇于弹奏新政变法之弊患，诚如他于奏文自叙：

臣非敢历诋新政，苟为异论。……然而臣之为计，可谓愚矣，以蝼蚁之命，试雷霆之威，积其狂愚，岂可数赦，大则身首异处，破坏家门；小则削籍投荒，流离道路。虽然，陛下必不为此。何也？臣天赋至愚，笃于自信。向者与议学校贡举，首违大臣本意，已期窜逐，敢意自全。而陛下独然其言，曲赐召对，从容久之，至谓臣曰："方今政令得失安在？虽朕过失，指陈可也。"臣即对曰："但患求治太速，进人太锐，听言太广。"……臣之狂愚，非独今日，陛下容之久矣。岂其容之于始，而不赦之于终？恃此而言，所以不惧。臣之所惧者，讥刺既众，怨仇实多，必将诋臣以深文，中臣以危法，使陛下虽欲赦臣而不得，岂不殆哉。死亡不辞，但恐天下以臣为戒，无复言者。②

由是观之，苏轼于熙宁初年所撰《上神宗皇帝书》，以深患朝廷当权政要深文周纳，入其于罪，显亦不无先见之明，惟苏轼当时似仍笃于自信，如前述张方平上书所指"阙于慎重"，以至于遭罹乌台困境及其黄州贬谪。然而自另一面而言，以果毅刚直自任的苏轼，亦复深刻感受广开言路的神宗对他的赏识信任，于此君臣遇合之际，如闻金石礼乐之盛，故其元丰三年黄州期间，追忆与省思当时情景，乃谓：

私自念言，我今惟有，无始已来，结习口业，妄言绮语，论说古今，是非成败。以是业故，所出言语，犹如钟磬，黼黻文章，悦可耳目。如人善博，日胜日贫，自云是巧，不知是业。今舍此业，作宝藏偈。愿我今世，作是偈已，尽未来世，永断诸业，客尘妄想，及事理障。一切世间，无取无舍，无憎无爱，无可无不可。③

苏轼居黄州期间，以佛禅自我省悟，然则文中所指钟磬之声及其业障之喻，显然指涉获罪之前热衷于君国谏诤与治道献策的自我士臣身影，其中作者颇以钟磬之声自喻口业的旨奥，可谓跃然纸上，然则夙昔好以诗人之旨讽喻谏诤自任的苏轼，既如钟磬金石，欲以振聋发聩，利安元元，却也同时结下口舌之祸，其中犹可深堪玩味者，复可远溯早年以"直言极谏"至策科

---

① 苏轼《上神宗皇帝书》，卷二十五，第 729 页。

② 苏轼《上神宗皇帝书》，卷二十五，第 741—742 页。

③ 苏轼《胜相院藏经记》，《苏轼文集》卷十二，第 389 页。

举的名实旨趣：

> 轼少年时，读书作文，专为应举而已。既及进士第，贪得不已，又举制策，其实何所有。而其科号为直言极谏，故每纷然诵说古今，考论是非，以应其名耳。人苦不自知，既以此得，因以为实能之，故哓哓至今，坐此得罪几死。所谓齐虏以口舌得官，真可笑也。然世人遂以轼为欲立异同，则过矣。妄论利害，搀说得失，此正制科人习气。譬之候虫时鸟，自鸣自已，何足为损益？轼每怪时人待轼过重，而足下又复称说如此，愈非其实。……谪居无事，默自观省，回视三十年以来所为，多其病者。足下所见皆故我，非今我也。无乃闻其声不考其情，取其华而遗其实乎？①

由是观之，苏轼同撰于黄州时期的《胜相院藏经记》与《答李端叔书》虽文体取向与书写目的迥然互异，然则两者之旨趣相契，彼此对读，适得以洞察苏轼撰于告别黄州之际的《石钟山记》中的石钟及其窾坎镗鞳的噌吰发声书写背后，宜其深刻寄寓苏轼过往好作议论，热衷谏诤的士臣身影，同时亦复涉及前此以“直言极谏”制策科举的名实大纛，从而映现《石钟山记》作者另一面向的士臣情志及其文化意蕴。

四、德音与魅影：《石钟山记》之声色转换及其困境跨越

苏轼撰写于告别黄州谪贬与量移汝洲之际的《石钟山记》藉由山岳巡礼所展现的多面向丰富文化意蕴，其中除前文所叙山岳正名之旅，所演绎的名实论述，诚可体现作者治学论政之儒家文化观照，及其以“学而优则仕”的士人兼济理想，跨足于道统与政统间彼此一贯的学术旨谛；此外，若自苏轼平生仕宦积极上书建言所展现的刚直谏诤的论政风格，及其绍承古诗人讽谕之旨的文化承传取向而言，《石钟山记》里如作金石之声的铿锵噌吰的叙写，俨然亦复深切刻划出作者所以深陷于乌台诗案与黄州谪宦困境之一重要症结及其历史缘由。由此观之上述种种根据苏轼平生治学与论政风格的具体考察，固然有助于解读《石钟山记》里苏轼面对告别乌台诗狱迄至黄州谪宦困境的回首与省思，诚如在黄州期间他屡屡于诗文书写或书信往返之际所流露的感慨系之及其内在情志。然而上述层面的心灵真相诚然得以有资洞烛苏轼面对空前平生挫折与首要困境的重要情志脉络，惟《石钟山记》之撰写动机其历史背景之主要关键，复在此元丰七年初春辛酉宋神宗终究敕下手谕将以攸关北宋治道之“人才难得”理由，将苏轼谪贬于黄州多年之量移调职于汝州：

> 诏黄州团练副使苏轼移汝州。帝每怜轼才，尝语辅臣曰：“国史大事，朕意欲俾苏轼成之。”辅臣有难色，帝曰：“非轼则用曾巩。”其后巩亦不复上意，帝复有旨起轼，以本官知江州。蔡确、张璪受命，王珪独以为不可。明日，改江州太平观，又明日，命格不下。于是卒出手札，徙汝州，有“苏轼黜居思咎，阅岁滋深，人才实难，不忍终弃”之语。②

由是观之，苏轼由黄州团练副史量移汝州，固然源自宋神宗对他“人才实难”的洞烛与赏识，但也同时具体而微地见证朝廷新党权要视苏轼之如芒刺，即使神宗皇帝有意将其调返京师，

---

① 苏轼《答李端叔书》，《苏轼文集》卷四十九，第1432—1433页。

② 毕沅：《新校续资治通鉴·宋纪》卷七十七，第1944页。

仍不遗余力意图加以阻挠摒斥，据此可知，无论溯及乌台诗案，亦或黄州谪贬，乃至于量移汝州之际，对于苏轼而言，如是之阴影与焦虑依旧始终不渝地如影随形，挥之不去；换言之，自乌台诗案发生以来，尽管神宗皇帝念兹在兹地深以"人才实难"为怀，意欲以薄惩宽宥其过愆，纵然苏轼千钧一发地死里逃生，但却也让他历历如绘地体验其中如天风海雨逼人的宦海险恶，并且其中所映现的政治梦魇显然并未随着苏轼前后经历五年左右的黄州贬谪，云散月明，廓然一清；反之，从上述元丰七年神宗皇帝力图以编辑史录等职务为由，让苏轼重返朝都的意图与倡议，仍见百般阻挠及肆意摧折的历史事实观之，其中辗转益形反复地凸显苏轼此起彼落且更迭互见的仕宦梦魇，及其中宋神宗因赏识好人才，并屡屡恩深义重地对他曲宥宽赦与沃宠优礼，于是始得以通变之道手谕苏轼量移汝州，从而深切地映视其始自于乌台，历经黄州，并臻至量移汝州的空前困境中，游移于魅影与德音二者，彼我竞合与角力拔河的困境本质，诚如他在元丰七年孟春奉悉诰命后所撰《谢量移汝州表》自述：

伏奉正月二十五日诰命，特授臣汝州团练副使本州安置不得佥书公事者。稍从内迁，示不终弃。罪已甘于万死，恩实出于再生。祗服训词，惟知感涕。臣轼诚惶诚恐，顿首顿首。……而以重罪，当膏于斧钺。虽蒙恩贷，有愧平生。只影自怜，命寄江湖之上；惊魂未定，梦游缧绁之中。憔悴非人，章狂失志。妻孥之所窃笑，亲友至于绝交。疾病连年，人皆相传为已死；饥寒并日，臣亦自厌其余生。岂谓草芥之贱微，尚烦朝廷之纪录。开其悯悔，许以甄收。此盖伏遇皇帝陛下，汤德日新，尧仁天覆。①

所谓"只影自怜，命寄江湖之上；惊魂未定，梦游缧绁之中"，缘由"而以重罪，当膏于斧钺"，迄至"虽蒙恩贷，有愧平生"。其中乌台与黄州之前后困境指涉乃昭然若揭，甚至于幸获量移汝州之君王恩泽，亦谓"尚烦朝廷之纪录。开其悯悔，许以甄收"。固亦同样源自神宗皇帝"不忍人才"之德音复制，对照于前述《续资治通鉴》所载史实，则其中政治魅影显然前后如出一辙，可见所谓"德音与魅影"诚为苏轼乌台、黄州迄至量移汝州时期不可忽视情志脉络及其本质。《谢量移汝州表》既历历如绘地勾勒出苏轼以黄州谪宦为中心的重要情志脉络及其困境底蕴，然则据此对照于同样撰于从黄州量移汝州之际的《石钟山记》，其中亦寓寄类似的书写旨奥，为同中有异者乃在别于奏表疏状等一类应用文书之明白切割，而代之以夜访石钟山所历经的一段声色光影书写，及其前后跌宕而出的情志隐喻：

至暮夜月明，独与迈乘小舟至绝壁下。大石侧立千仞，如猛兽奇鬼，森然欲搏人。而山上栖鹘，闻人声发亦惊起，磔磔云霄间，又有若老人欬且笑于山谷中者，或曰此鹳鹤也。余方心动欲还，而大声发于水上，噌吰如钟不绝，舟人大恐。②

如是夜泊石钟山下。藉由苏轼浮想联翩的山岳叙写，显然揭橥夜探山岳之初的魅影及其惊悸，诚颇然与《谢量移汝州表》所谓"命寄江湖之上；惊魂未定"的"梦游缧绁之中"的谪囚余悸彼相符契；易言之，《石钟山记》藉由山岳的声色光影隐喻，实一一化身为其处身黄州始终难以挥别的诗狱余悸与黄州谪贬之仕宦魅影隐喻；并且在此之中，石钟山俨然化身为朝廷的文学隐喻，其中以山境隐喻朝廷的书写范式，在东坡阅读及效摹唐代前贤李白诗歌中已然可见

① 苏轼《谢量移汝州表》，《苏轼文集》卷二十三，第 656 页。

② 苏轼《石钟山记》，《苏轼文集》卷十一，第 371 页。

其例[①]。因此藉由山岳隐喻朝廷固然不必肇始于苏轼,然而在其诗文中却也不乏出现以山岳神指涉朝中群邪的书写例证:

> 析尘妙质本来空,更积微阳一线功。照夜一灯长耿耿,闭门千息自蒙蒙。养成丹灶无烟火,点尽人间有晕铜。寄语山神停伎俩,不闻不见我何穷。[②]

按此诗虽作于贬谪惠州次年十一月,但苏轼此诗实藉由山神之变幻无常,暗喻朝廷当权者,骋其伎俩,对其兄弟二人施展迫害之灾,故诗欲与子由互勉[③]。由是观之,苏轼《石钟山记》的山岳书写,不仅攸关平生治学论政之精神旨趣,乃至其谏诤君国的士臣形象,并且亦应藉此作为京城朝廷指涉之隐喻,于是夜访石钟山闻见之魅影笑声,不仅令其"心动欲返",乃至于出现"舟人大恐"的惊悸场景,其中大肆铺陈的山岳幽黯狰狞意象,诚与其同时而撰之《谢量移汝州表》所谓"惊魂未定,梦游缧绁之中"的黄州余悸及其谪贬阴影互为表里。

其次,无论从乌台诗案致命危机,迄至黄州谪贬的死里逃生;抑或量移汝州过程的曲折嬗变,皆一致映现两者始于惊涛裂岸,终告云散月明的振荡起伏历程,及其终得尘埃落定地藉由神宗皇帝的德音护持,摆脱汲汲营营欲置之死地而后快的当朝权要魅影。然则此一攸关苏轼黄州谪贬与量移汝州之困境际遇的转折历程,本质上即为一场从魅影到德音的苏轼困境隐喻,因此,反观《石钟山记》苏轼父子始于"余方心动欲返"与"舟人大恐"的魅影惊魂,倏然变调为德音召唤的声影叙写:

> 余方心动欲还,而大声发于水上,噌吰如钟鼓不绝。……徐而察之,则山下皆石穴罅,不知其浅深,微波入焉,涵澹澎湃而为此也。舟回至两山间,将入港口,有大石当中流,可坐百人,空中而多窍,与风水相吞吐,有窾坎镗鞳之声,与向之噌吰者相应,如乐作焉。[④]

由此观之,苏轼笔下的石钟山夜访,俨然化身为其宦海顿挫深系的京城朝廷指涉,同时适为黄州困境度提供一则刻骨铭心的文学隐喻,从而深邃幽微地见证其生命场景中尤关首要的幽黯国度。其中堪玩味者,尤在苏轼不仅勾勒出"窾坎镗鞳"与"噌吰"相应下有如金石之乐的石钟山雅音世界,并且进一步意有所指的铺陈其油然触发作者的古代礼乐文化想象:

> 因笑谓迈曰:"汝识之乎?噌窾者,周景王之无射也;窾坎镗鞳者,魏庄子之歌钟也。"[⑤]

其中高揭石钟山的金石乐音,既可与中国礼乐文化历史典范的周代无射之钟模拟,同时亦复重新勾起春秋之际,晋侯将郑国进献的两套编钟分赏于魏庄子的古代君臣嘉话。据此可知苏轼《石钟山记》的金石乐声观照,无不处处寓托于京都朝廷及其社稷君国相关意蕴,然则撰

---

① 李白《梦游天姥吟留别》,据安旗主编《李白全集编年注释》,巴蜀书社1990 版,第769页,谓:"诗以天姥仙境喻朝廷宫阙,以梦游喻其人仕翰林,宣泄诗志去朝之情。"

② 苏轼《十一月九日,夜梦与人论神仙道术,因作一诗八句。既觉颇寄其语,录呈子由弟。后四句不甚明了,今足成之耳》,《苏轼诗集》卷三十九。

③ 参见黄启方《古今如梦,何曾梦觉——东坡的梦里乾坤》,《东坡的心灵世界》,台北学生书局2002年版,第175页。

④ 苏轼《石钟山记》,《苏轼文集》卷十一,第371页。

⑤ 苏轼《石钟山记》,《苏轼文集》卷十一,第372页。

写于即将告别黄州贬谪，终获神宗皇帝德音召唤，前往汝州中途的苏轼，在石钟山的乐音世界里，诚然不免触动往日君臣遇合之京华追忆，及其重见天日之指日可待，于是以京城朝廷为隐喻的山岳书写，及其藉由君国指涉之金石乐声回应量移汝州之神宗德音，不亦适切体贴而又深中款隙的文学能事，及其中运用赋家“体物写志”手法之文赋合流取向。至于文中固然以古代君臣之礼乐事典为喻，指涉神宗赏爱人才的仁风德音，及其感戴恩义并亟思报效的情志脉动，唯就此宋当代史实而言，朝廷诚亦屡见礼乐典则更修之治道倡举，例如宋神宗朝即亦颇载述依据唐代开元礼则，商榷治国礼乐①。其中固亦不乏论述乐音典律，例如神宗元丰三年秘书丞、同知礼院之杨杰即谓：

十二者，律之本声也；四者，律之应声也。本声重大，应声应轻；本声为君父，应声为臣子，故其四声或曰清声。自景佑中李照议乐以来，钟磬簴始不用四声，是有本而无应，有倡而无和，八音何从而谐也。②

而在当时秘书监致仕刘几亦论议钟磬乐律之义谓：

太常太乐钟磬凡三等：王朴乐一也，李照乐二也，胡瑗、阮逸乐三也。王朴之乐，其声太高，此太祖皇帝所尝言，不俟论而后明。仁宗景佑中，命李照定乐，乃下律法以取黄钟之声；是时人习旧听，疑其太重，李照之乐由是不用。至皇佑中，胡瑗、阮逸再定大乐，比王朴乐微下，而声律相近，及铸大钟，或讥其声弇郁，因亦不用。于是郊庙依旧用王朴乐。乐工等自陈，若用王朴乐，钟磬即清声难依，如改制下律，钟磬清声乃可用。……圣人作乐以纪中和之声，所以导中和之气，清不可太高，重不可太下，使八音协谐，歌者从容而能永其言，乃中和之谓也。臣等因请择李照编钟、编磬十二参于律者，增以王朴无射、应钟及黄钟、大吕清声……中和之声，可以考矣。③

由此可知，北宋开国以来，至少历经太祖、仁宗、神宗三朝，攸关郊庙礼乐的钟磬乐律音调，屡见商榷，显然成为北宋礼乐文治的重大议题，并且迄至元丰三年苏轼谪贬黄州之际，仍然余波荡漾，则此事对于一心深系君国治道的苏轼，诚当洞悉熟谙，更何况其平生深笃儒家经典，宜其重视礼乐之学，并且屡见论述，例如：

夫子伤周道之残缺，而礼乐文章之坏也。故区区焉掇拾其遗亡，以为其全不可得而见矣，得其一二可也。④

先儒之论，或曰鲁郊僭也，《春秋》讥焉，非也。鲁郊僭也，而春秋之所讥者，当其罪也。赐鲁以天子之礼乐者，成王也。受天子之礼乐者，伯禽也。《春秋》之讥鲁郊也，上则讥成王，次则讥伯禽。⑤

故即使苏轼谪贬黄州期间，所潜心研读撰写的《论语说》，自今人集佚的残篇观之，其中亦不乏礼乐文化之论述，例如：

① 参见毕沅撰《新校续资治通鉴》卷七十四，第1854—1855；卷七十五，第1873—1876页。

② 参见毕沅撰《新校续资治通鉴》卷七十五，第1880页。

③ 参见毕沅撰《新校续资治通鉴》卷七十五，第1881—1882页。

④ 苏轼《论闰月不告朔犹朝于庙》，《苏轼文集》卷三，第72页。

⑤ 苏轼《论用郊》，《苏轼文集》卷三，第73页。

孔子之世，其诸侯卿大夫视先王之礼乐，犹方圆冰炭之不相入也。进而先之以礼乐，其不合必矣。是人也，以道言之，则圣人；以世言之，则野人矣。若夫君子之急于有功者则不然，其未合也，先之以世俗之所好，而其既合也，则既以先王之礼乐。其心则然，然其进不正，未有能继以正者。故孔子不从。①

然则苏轼《石钟山记》周景王与魏庄子等古代金石礼乐之遥想与召唤，其中诚宜深切攸关北宋当代的礼乐文治，而他在黄州为古代编钟所撰述之题跋文字，亦归旨于此文化底蕴：

黄州西北百余里，有欧阳院。院僧畜一古编钟，云得之耕者。发其地，得四钟，斫破其二，一为铸铜者取去，独一在此耳。其声空笼，然颇有古意，虽不见韶濩之音，犹可想见其仿佛也。②

据此题跋可知苏轼量移汝州途中所撰《石钟山记》之前的黄州时期，以步伐古钟及乐声的具体相关书写，并且从中兴发仙王礼乐之思，与日后《石钟山记》有关周景王、魏庄子等古代钟乐雅音关照，可谓相得益彰、前后辉映。

由是观之，苏轼《石钟山记》沾沾自喜地对其子苏迈论述古代礼乐雅音之旨谛，不仅缘于他历经乌台诗狱及黄州谪贬的困境，欣然听见远自君王的德音召唤，从而象征跨越生命的幽谷，重建天口的天籁序曲；此外，藉由石钟金石噌吰镗鞳的牵引，俨然触发苏轼盛世礼乐与君臣遇合的士臣追忆及其未来前景；换言之，苏轼笔下的石钟山诚然映现深刻而丰富的多面向文化意蕴，适与他屡见于钟磬古塔铭记的书写旨趣相互映证：

清而直，朴而一。虽有郑魏，无自而入。以托于君子之堂。③

薄则播，厚则石，侈则哆，弇则郁，长甬则震。无此五疾，则鸣而中律，是谓号钟之实。④

钓鱼得九州之璜，避纣得九州之王，湮沉乎射鲋之谷，委蛇乎凤凰之堂。其音不爽，惟德之常。⑤

据此可知苏轼《石钟山记》藉由山水天籁的浮想联翩，从而深寓其君子德音与礼乐观照等多元文化意蕴，故非出自一时偶兴，乃是发轫于长久之积淀与锻炼，其中固有上述诸多远因近缘，然则《石钟山记》涵摄道统与政统的丰富文化底蕴，对于苏轼而言，诚乃水到渠成，绝非一时作意好奇。

五、结论：《石钟山记》——苏轼黄州困境及其士臣身影之山岳隐喻

在苏轼晚年自许的平生功业三部曲里，黄州时期的创作光芒应该是他傲视宋代、立足文学史的首要凭借，若自其书写文体观之，不仅跨足诗、词、文、赋等等重要传统文类，而且佳作

① 苏轼《论语说·先进篇第十一》卷下，第217页。
② 苏轼《书黄州古编钟》，《苏轼文集》卷七十一，第2251页。
③ 苏轼《杨次公家浮庆铭》，《苏轼文集》卷十九，第561页。
④ 苏轼《十二琴铭号锺》，《苏轼文集》卷十九，第559页。
⑤ 苏轼《九州岛璜》，《苏轼文集》卷十九，第560页。

名篇，层出不穷，从而成为后世士人阅读东坡，想慕一代文豪风范的主要载体。其中又以黄州的词篇与文赋最受注目，例如《念奴娇》、《水调歌头》、《定风波》、《后赤壁赋》等篇皆被视为经典，相形之下，他撰写于告别黄州之际的《石钟山记》虽别具特色，却远不及前述名篇备受关注，其中缘由固然不一而足，例如从文采与情志的角度观之，诚然未能如前述经典名篇淋漓尽致地展现苏轼在后代士人心目中，以潇洒旷达的姿态一起超越人生困境的主要风范，然而职是之故，《石钟山记》却别辟蹊径地藉由山岳正名之旅的书写隐喻，深刻演绎前后《赤壁赋》与《念奴娇》、《定风波》等经典名篇中，若隐若现，欲言又止的乌台诗狱及其黄州困境焦虑，乃至于回首当年君臣遇合与其刚直诤谏的情志掩饰，凡诸如是种种皆在宋神宗作意坚持的量移汝洲圣裁下，遂乃一一喷薄而出，云散月明，从而成为弥缝苏轼在《赤壁赋》等等经典名篇，难以置换代言的黄州困境及其深层焦虑的另一重要面向。

至于其中动见观瞻的名实论述，不仅屡见于居京迄至黄州的学术论述里，而且攸关苏轼当代论政旨趣，更进一步成为他深陷乌台诗狱与黄州谪贬困境的重要关键；其次，对于苏轼而言，也不乏以钟磬之音具体自喻的士臣诤谏身影；再者，《石钟山记》另一殊墨于《赤壁赋》等篇名的重要意涵，乃在写作时间正处于告别黄州及量移汝洲之际，于是藉由石钟雅乐之铺陈，及其先王礼乐想象，乃化身为苏轼听见久违的神宗德音召唤之最佳脚注，从而触发北宋礼乐文治的圣朝图景。由是观之，苏轼此起彼落大肆铺陈于诗文书写的“人生如梦”重要情志基调，遂俨然翻转为“人生如梦”的生命新轨，适如他在《谢量移汝洲表》所谓“伏遇皇帝陛下，汤德日新，尧仁天覆。……百废具兴，多士爰集。弹冠结绶，共欣千载之逢”。然则，苏轼谢表终篇归旨于“顾惟效死之无门，杀身何益；更欲呼天而自列，尚口乃穷。徒有此心，期于异日”，宜其诚可视为《石钟山记》君王德音召唤与圣朝礼乐文治等相关书写隐喻的不二诠释。由是观之，作为苏轼黄州困境书写的《石钟山记》，其实不仅在书写策略上藉由山岳正名及其文化巡礼，明显与《赤壁赋》等经典名篇明显区隔；并且又更在婉转细腻的隐喻书写下，洞烛并弥缝苏轼在其他黄州名篇中闪躲掩抑的困境魅影及其精神焦虑，因此，从苏轼肇始乌台诗狱，历经黄州谪贬，终获量移汝洲的黄州文学“功业”而言，其实别具丰富而完整的心路历程及其情志脉动书写建构，因此，就以文学审美价值取向的阅读者而言，《石钟山记》诚然难以取代前后《赤壁赋》、《念奴娇》、《水调歌头》等苏轼黄州经典地位，然则若从“知人论世”的阅读面向而言，《石钟山记》应可弥补上述诸篇中苏轼黄州困境及其主流情志之书写局限，从而在“各照隅隙”的经典名篇之外，提供另一扇可资相辅相成与互为表里之阅读窗口。

（作者单位：台湾政治大学）

行云流水

——苏轼《与谢民师推官书》的散文与书法艺术

衣若芬

一、前　　言

北宋哲宗元符三年(1100),苏轼自海南北归,(农历)十月间,晚辈友人谢民师到广州与东坡相见,并出示所作诗文请东坡指教。十一月间,东坡到了峡山寺①,回信给谢民师,答复他有关文章写作的观念和方法。第二年七月,东坡病逝于常州。《与谢民师推官书》②可谓东坡一生对散文写作的总结,尤其是强调"辞达"的主张,已成为后人认识东坡文学理论的重要依据。

此外,《与谢民师推官书》的书迹,现藏上海博物馆,是存世四十余件题名东坡所书的作品中年代较晚、笔法老练成熟的代表。

过去学者讨论《与谢民师推官书》,皆从文字文本谈苏轼的文学观,成果斐然③,对于此信之收件人谢民师罕见关注④。本文首先探讨苏轼与谢民师之交游,继而从"原则论"、"方法论"、"文体论"及"风格论"等方面分析《与谢民师推官书》中的散文艺术观。最后研究《与谢民师推官书》的书法与题跋。

二、苏轼与谢民师

谢民师为江西新淦人,名举廉,神宗元丰八年(1085)登进士第⑤。元祐三年(1088)为吉

---

① 即广庆寺,在今广东省清远市清远峡。

② 本文又题《答谢民师书》,见郎晔选注,庞石帚校订《经进东坡文集事略》卷四六,香港中华书局1979年版,第779—781页。由于苏轼另有两封给谢民师的书信存世,为有所区别,本文依孔凡礼点校《苏轼文集》卷四九,北京中华书局1990年版,第1418—1419页。

③ 如孙民《关于苏轼的"辞达"说》,《沈阳教育学院学报》1999年第1期。王启鹏《论苏轼的"辞达"创作理论》,《绍兴文理学院学报》2003年第3期。

④ 可参看谢燕颉《苏轼〈答谢民师论文帖〉考析》(http://www.chinaxieshi.cn/Article/xswh/200810/1448.html)。

⑤ 《临江四谢》:"临江谢氏世以儒鸣,元丰八年有名懋者及其弟岐、其子举廉、世充同登进士第,连标之盛,侈于一时,时人谓之'临江四谢'。举廉字民师,东坡尝以书与之论文,今载集中。"见岳珂《桯史》卷一一,台湾商务印书馆1983年《文渊阁四库全书》本,第14页。

州司法参军[①]。哲宗元符三年(1100),为广州推官,往见苏轼。曾敏行《独醒杂志》记曰:

谢民师名举廉,新淦人。博学工词章,远从之者尝数百人。民师于其家置讲席,每日登座,讲书一通,既毕,诸生各以所疑来问,民师随问应答,未尝少倦。日办时果两盘,讲罢诸生啜食果而退。东坡自岭南归,民师袖书及旧作遮谒,东坡览之,大见称赏,谓民师曰:"子之文,正如上等紫磨黄金,须还子十七贯五百。"遂留语终日。民师著作极多,今其族摘坡语名曰《上金集》者,盖其一也。[②]

东坡有诗赠谢民师,题为《往年宿瓜州梦中得小绝录示谢民师》:

吴塞蒹葭空碧海,隋宫杨柳只金堤。春风自恨无情水,吹得东流竟日西。[③]

除了《与谢民师推官书》之外,东坡文集中还有两封书信给谢民师,时间大约都在元符三年十月和十一月左右,其中一封提及谢民师和东坡幼子苏过(1072—1123)交往,东坡云:"儿子辈并沐宠问,及览所赐过诗,何以克当。然句法有以启发小子矣。"[④]苏过有《次韵谢民师》诗:

老鹤过海仍将雏,澹然如将没齿疏。人生如寄何足道,富贵贫贱隙白驹。飘流仅以虞夫子,饥坐弦歌古儋耳。不堪秦岭望家山,敢有玉关生入理。广文才名三十年,困穷直到寒无毡。将军夜行遭醉尉,曲逆解衣尝刺船。岂知雷雨来说渥,归路江山宛如昨。饥人但觉粃糠美,忧患始知田舍乐。梦中犹记鱼相濡,庄叟屡困监河枯。[⑤]

苏过在诗中表达了追随父亲渡海,在海南时深感人生如寄,不敢奢望北归的心情。他将东坡比喻为郑虔(685—764),李广和陈平,即使困厄潦倒,依然坚定不移;在失势途穷之际,也能含苦隐忍。郑虔在安史之乱后,因为搜集记录当朝异闻,被诬告私撰国史,被贬谪台州。在荒芜的台州,郑虔设帐授徒,弦歌不辍。西汉大将军李广曾经纵横沙场,叱咤风云;退役后一日醉饮晚归,过了宵禁时分,至霸陵亭,被霸陵亭尉呵止。陈平为了逃命,解衣帮助船夫撑船,以证明自己并没有金玉宝器随身。历经忧患生活,更能体悟庄子"相濡以沫"、"相忘江湖"的说法。谢民师和苏家父子的情谊,有如及时甘泉,给予心灵无上的滋润,这也正是东坡在《与谢民师推官书》中开篇所言的:"东坡受性刚简,学迂材下,坐废累年,不敢复齿缙绅。自还海北,见平生亲旧,惘然如隔世人,况与左右无一日之雅,而敢求交乎?数赐见临,倾盖如故,幸甚过望,不可言也。"

东坡与谢民师的交往时间很短,在写《与谢民师推官书》时,两人还没见过面,然而谢民师请东坡赐教的作品,却得到了东坡极力的推崇盛赞:"所示书教及诗赋杂文,观之熟矣。大略如行云流水,初无定质,但常行于所当行,常止于所不可不止,文理自然,姿态横生。"谢民师的《上金集》和《蓝溪集》都已亡佚不传,目前仅见三首诗和两则断句。例如《苕溪渔隐丛话》引《漫叟诗话》云谢民师有《西捷口号》诗:

① 刘弇《诸公纪赠四谢诗序》,《龙云集》卷二四,台湾商务印书馆1983年《文渊阁四库全书》本,第13页。
② 曾敏行《独醒杂志》卷一,台湾商务印书馆1983年《文渊阁四库全书》本,第9页。
③ 王文诰辑注,孔凡礼点校《苏轼诗集》卷四四,中华书局1982年版,第2392页。
④ 《与谢民师二首》之二,《苏轼文集》卷五六,第1679页。
⑤ 北京大学古文献研究所编《全宋诗》卷一三五二,北京大学出版社1991年版,第15471页。

圣明陛下如先帝，辟国谋臣似召公。不遣毛嫱嫔漠北，只将魏尚守云中。百年境土逡巡复，万里窠巢指顾空。今日版图非昔日，玉关西有岭名葱。①

诗中高扬北宋哲宗元符元年(1098)与西夏在平夏城(今宁夏固原西南)战役大获全胜的振奋激昂，歌颂谋臣如周武王之弟召康公，名将如西汉守云中的魏尚。经过这次战役，北宋收复了部分失土，扩大了版图。

在南宋孙绍远编的题画诗选集《声画集》中，有谢民师《戏题指纹斗牛图》诗：

左者前其角，右者后其足。浼君双指螺，战此两觳觫。草长水远日悠悠，不向桑间自在休。蜗头尚可屠蛮触，壁上从今斗二牛。②

此诗生动描述了两牛相斗的形象，乍看之下，以为是实景，后来才知是画家用指头作的画。《庄子·则阳》云蜗牛头上两角，一为蛮国，一为触国，蛮触尚且相争，壁上的两牛缠斗也始终不休了。

再如《浴日亭》诗：

煌煌太阳精，浴以沧溟水。光润无纤滓，畏爱从此始。③

浴日亭在广州附近，苏轼也写过《浴日亭》：

剑气峥嵘夜插天，瑞光明灭到黄湾。坐看旸谷浮金晕，遥想钱塘涌雪山。已觉苍凉苏病骨，更烦沆瀣洗衰颜。忽惊鸟动行人起，飞上千峰紫翠间。④

还有刘弇的《题广州浴日亭》：

谁识咸池万顷中，源流穷处与天通。气蒸古木千岩晓，浪拍扶桑四远红。焰焰骊珠初出海，腾腾乌翼渐摩空。不须更问乘槎客，只此波间是月宫。⑤

比较谢民师和苏轼、刘弇的同题之作，可得见不如后二者壮丽宏阔，纯粹以白描的笔法，缺乏丰富的想象。因此，从这三首谢民师的诗作判断，所谓"大略如行云流水，初无定质，但常行于所当行，常止于所不可不止，文理自然，姿态横生"等等的形容，不能不说是苏轼对谢民师的溢美之词。

三、《与谢民师推官书》的散文艺术观

苏轼的溢美，与其说是为了提高谢民师的文学评价，不如说是借着答复谢民师关于文学写作的疑问，抒发个人的看法。配合苏轼的其他作品，方能展现《与谢民师推官书》中的散文艺术观，以下分为四个层次试加析论。

① 胡仔《苕溪渔隐丛话》前集卷五四，《全宋诗》卷一一五〇，第12981页。

② 孙绍远《声画集》卷七，台湾商务印书馆1983年《文渊阁四库全书》本，第21页。《全宋诗》卷一一五〇，第12981页。

③ 《全宋诗》卷一一五〇，第12982页。

④ 《苏轼诗集》卷三八，第2067—2068页。

⑤ 刘弇《龙云集》卷八，第20a页。

(一) 原则论

苏轼认为文章的基本原则,便是“辞达”。《与谢民师推官书》云:

> 孔子曰:“言之不文,行而不远。”又曰:“辞,达而已矣。”夫言止于达意,即疑若不文,是大不然。

“辞,达而已矣”语出《论语·卫灵公》,西汉孔安国注曰:“凡事莫过于实,辞达则足矣,不烦文艳之辞。”后来解释和引述孔子这句话者,皆强调文辞的简朴直白,不必华章丽藻,例如司马光云:“孔子曰:‘辞,达而已矣。’明其足以通意斯止矣,无事于华藻宏辩也。”[①]朱熹云:“辞取达意而止,不以富丽为工。”[②]苏轼在绍圣三年(1096)《与王庠书》也说:“孔子曰:‘辞,达而已矣。’辞至于达,止矣,不可以有加矣。”[③]

然而,必须注意的是,在《与谢民师推官书》中,苏轼在重提孔子的“辞达”说之前,还加上了一段孔子对“文”的看法,此说见于《左传·襄公二十五年》:“仲尼曰:‘志有之:言以足志,文以足言。不言,谁知其志? 言之无文,行而不远。’”苏轼指出:“夫言止于达意,即疑若不文,是大不然。”也就是说,“辞达”还必须配合文饰。这一点苏轼和王安石的见解不同,王安石认为:“所谓文者,务为有补于世而已矣。所谓辞者,犹器之有刻镂绘画也。诚使巧且华,不必适用;诚使适用,亦不必巧且华。要之以适用为本,以刻镂绘画为之容而已。”[④]对苏轼而言,“辞”是工具,使用工具必须有技能、有方法,乃至于有技巧,“文”是“辞”的修饰,“不文”则失去“辞”的作用。相对的,王安石站在实用的立场,“文”是工具,“辞”则是“文”的修饰,“文”的目的达到了,是否有“巧且华”的“辞”便不重要。

此外,苏轼还补充了“辞达”说的“达”之终极目标,即“达意”。《韵语阳秋》记载东坡教人作文之法:

> 儋州虽数百家之聚,州人之所须,取之市而足,然不可徒得也,必有一物以摄之,然后为己用;所谓一物者,钱是也。作文亦然:天下之事,散在经子史中,不可徒使,必得一物以摄之,然后为己用;所谓一物者,意是也。不得钱不可以取物;不得意不可以明事,此作文之要也。[⑤]

作者“得意”,则“辞”便是将所得之“意”传达出的媒介。“尚意”、“写意”的观点盛行于北宋的诗文理论和书画品评,此不赘言[⑥]。至于“意”如何能“达”,苏轼在绍圣元年(1094)《答虔倅俞括》里提出了要掌握物之“理”,口与手皆能明确传达:

> 孔子曰:“辞达而已矣。”物固有是理,患不知之,知之患不能达之于口与手,所谓文

---

① 司马光《答孔司户文仲书》,《传家集》卷六〇,台湾商务印书馆1983年《文渊阁四库全书》本,第3页。

② 朱熹《论语集注》卷八,台湾商务印书馆1983年《文渊阁四库全书》本,第8页。

③ 《苏轼文集》卷四九,第1422页。

④ 王安石《上人书》,《临川文集》卷七七,台湾商务印书馆1983年《文渊阁四库全书》本,第3页。

⑤ 葛立方《韵语阳秋》,何文焕编订《历代诗话》卷三,台北艺文印书馆1983年版,第311页。

⑥ 可参看谢佩芬《北宋诗学中“写意”课题研究》,台湾大学出版委员会1998年版,第266—292页。衣若芬《写真与写意:从唐至北宋题画诗的发展论宋人审美意识的形成》,《观看·叙述·审美——唐宋题画文学论集》,台北“中央研究院”中国文哲研究所2004年版,第90—139页。

者，能达是而已。[①]

（二）方法论

在《与谢民师推官书》中，苏轼把掌握物之理形容为"求物之妙"：

> 求物之妙，如系风捕影，能使是物了然于心者，盖千万人而不一遇也。而况能使了然于口与手者乎？是之谓辞达。辞至于能达，则文不可胜用矣。

所谓"求物之妙"，即是寻求物之妙意和妙理。笔者曾经研究发现："万物有常理"是北宋文人一致的看法[②]，而苏轼早在嘉祐六年（1061）的《上曾丞相书》里，便自觉"通万物之理"的重要性：

> 轼不佞，自为学至今十有五年，以为凡学之难者，难于无私；无私之难者，难于通万物之理。故不通乎万物之理，虽欲无私，不可得也。已好则好之，已恶则恶之，以是自信则惑也。是故幽居默处而观万物之变，尽其自然之理，而断之于中。其所不然者，虽古之所谓贤人之说，亦有所不取。[③]

"通万物之理"的途径之一，是从"形"上探求，重视即使"无常形"之物，也有不变的"常理"。熙宁三年（1070）苏轼于京师净因院为文同所绘的竹梢枯木图作记云：

> 余尝论画，以为人禽宫室器用皆有常形。至于山石竹木，水波烟云，虽无常形，而有常理。常形之失，人皆知之，常理之不当，虽晓画者有所不知，故凡可以欺世而取名者，必托于无常形者也。虽然，常形之失，止于所失，而不能病其全，若常理之不当，则举废之矣。以其形之无常，是以其理不可不谨也。世之工人，或能曲尽其形，至于其理，非高人逸才不能辨。[④]

到了元丰二年（1079）的《文与可贫筜谷偃竹记》，苏轼进一步由个人向文同学画竹而不能得心应手的经验，说明如何明了"常理"，继而呈现"常理"：

> 故画竹必先得成竹于胸中，执笔熟视，乃见其所欲画者，急起从之，振笔直遂，以追其所见，如兔起鹘落，少纵即逝矣。与可之教予如此，予不能然也，而心识其所以然。夫既心识其所以然，而不能然者，内外不一，心手不相应，不学之过也。[⑤]

"胸有成竹"，即《与谢民师推官书》所说的"使是物了然于心"。观察穷究物之"常理"，内化为审美对象之"理"，此审美对象之"理"，经过创作者主体心灵的蕴酿，成为"所欲画者"，即所欲达之"意"。"意"是否得以被口与手具现表达，便有赖于学习。苏轼一再感到从认知到表现

---

① 《苏轼文集》卷五九，第1793页。

② 衣若芬《苏轼题画文学研究》，台北文津出版社1999年版，第106—130页。

③ 《苏轼文集》卷四八，第1379页。

④ 《净因院画记》，《苏轼文集》卷一一，第367页。

⑤ 《文与可贫筜谷偃竹记》，《苏轼文集》卷一一，第356页。

之间的迫切，有诗云："清吟杂梦寐，得句旋已忘"①；"作诗火急追亡逋，清景一失后难摹。"②

至于从认知到表现之间的落差，苏轼认为是"艺"不纯熟之故："虽然有道有艺，有道而不艺，则物虽形于心，不形于手。"③技艺精湛方能臻于"道"，届时，"辞达"者顺理成章，亦即"辞至于能达，则文不可胜用矣。"作为"辞"之修饰的"文"，可以信手拈来，各种技艺和修辞方法任凭采用。

（三）文体论

虽然苏轼在论"辞达"的原则性问题加上了"文"的概念，他并不欣赏刻意雕琢的文词，甚至大为排斥，对于扬雄的反感，便是一例。《与谢民师推官书》云：

> 扬雄好为艰深之词，以文浅易之说，若正言之，则人人知之矣。此正所谓雕虫篆刻者，其《太玄》、《法言》皆是类也。而独悔于赋，何哉？终身雕虫，而独变其音节，便谓之经，可乎？屈原作《离骚经》，盖风雅之再变者，虽与日月争光可也。可以其似赋而谓之雕虫乎？使贾谊见孔子，升堂有余矣。而乃以赋鄙之，至与司马相如同科。雄之陋，如此比者甚众。可与知者道，难与俗人言也。

有别于柳开、石介、曾巩、王安石、司马光和父亲苏洵推崇扬雄的观点④，苏轼屡次批评扬雄，指责他好为异说，如：

> 夫子既没，诸子之欲为书以传于后世者，其意皆存乎为文，汲汲乎惟恐其汩没而莫吾知也。是故皆喜立论，论立而争起，自孟子之后，至于荀卿、扬雄，皆务为相攻之说，其余不足数者，纷纭于天下。……为论不求其精，而务以为异于人，则纷纷之说，未可以知其所止。⑤

苏轼反对扬雄"允哲尧儃舜之重，则不轻于由矣"⑥的解释，坚信尧曾经想禅让给许由，禅让并非轻率的想法与举措，作《巢由不可废》以明之⑦。又有《扬雄论》⑧，推重韩愈，贬抑扬雄。

扬雄好为异说，文词也故意写得艰涩难懂，《与谢民师推官书》除了延续苏轼对于扬雄的批评，并由此引申出关于赋的见解。扬雄说赋乃童子雕虫篆刻，壮夫不为⑨，连带地使后人产生对于赋的轻视态度，苏轼颇不以为然，他在《复改科赋》一文中，便主张以赋取士，反对经义策论：

> 赋之兴也，本于两京之世。迤逦陈、齐之代，绵邈隋、唐之裔。故道人狥路，为察治

---

① 《湖上夜归》，《苏轼诗集》卷九，第440页。

② 《腊日游孤山访惠勤惠思二僧》，《苏轼诗集》卷七，第316页。

③ 《书李伯时山庄图后》，《苏轼文集》卷七〇，第2211页。

④ 许外芳《略谈苏轼"辞达"说的学术背景》，《古籍整理研究学刊》2008年第1期。

⑤ 《子思论》，《苏轼文集》卷三，第94页。

⑥ 扬雄撰，李轨、柳宗元注，宋咸、吴秘、司马光重添注《扬子法言》卷五《问明》，台湾商务印书馆1983年《文渊阁四库全书》本，第8页。

⑦ 《苏轼文集》卷六五，第1997—1998页。本文《经进东坡文集事略》卷五七题作《辩扬雄说》。

⑧ 《苏轼文集》卷四，第110—111页。

⑨ 《扬子法言》卷二《吾子》，第1页。

之本；历代用之为取士之制。追古不易，高风未替。祖宗百年而用此，号曰得人。①

苏轼认为以赋取士的标准明确，可以判断应试者的思想和文采，不应该被扬雄褊狭的说法影响：

议夫赋曷可已，义何足非。彼文辞泛滥也，无所统纪；此声律切当也，有所指归。巧拙由一字之可见，美恶混千人而莫违。正方圆者必藉于绳墨，定橜括者必在于枢机。所以不用孔门，惜扬雄之未达；其逢汉帝，嘉司马之知微。②

因此，文章优劣宜取决于内容，而非文体。屈原的《离骚》似赋，不损其成为经典的地位；扬雄的《太玄》和《法言》不是赋体，即使作者有继承经典之志，其诘屈聱牙的写作笔法，仍然不能登儒家之大堂。

（四）风格论

诚如葛立方（？—1164）指出的："东坡喜奖与后进，有一言之善，则极口褒赏，使其有闻于世而后已。"③苏轼称美谢民师的文字"如行云流水，初无定质，但常行于所当行，常止于所不可不止，文理自然，姿态横生"，很容易令人联想苏轼对自己文章的形容：

吾文如万斛泉源，不择地皆可出，在平地滔滔汩汩，虽一日千里无难。及其与石山曲折，随物赋形，而不可知也。所可知者，常行于所当行，常止于不可不止，如是而已矣，其他虽吾亦不能知也。④

王水照先生认为苏轼以行云流水论文，可能是受到宋初田锡的影响⑤，田锡尝曰：

若使援毫之际，属思之时，以情合于性，以性合于道，如天地生于道也，万物生于天地也。随其运用而得性；任其方圆而寓理，亦犹微风动水，了无定文，太虚浮云，莫有常态，则文章之有声气也，不亦宜哉。⑥

而在苏洵的文论中，则有以风与水相激，自然成文的看法：

故曰："风行水上涣。"此亦天下之至文也。然而此二物者岂有求乎文哉？无意乎相求，不期而相遭，而文生焉。是其为文也，非水之文也；非风之文也，二物者非能为文，而不能不为文也。物之相使而文出于其间也，故曰：此天下之至文也。⑦

总之，从风、云、水等自然现象体会为文之道，便是重视文章自然不矫揉造作，没有事先的拘束——"初无定质"，"不择地而出"，在创作时"随物赋形"，舒放和收结都能自如。创作的过程如此，作品也就表现出合乎常理，传情达意的自然风格。

① 《苏轼文集》卷一，第 29 页。
② 《苏轼文集》卷一，第 29 页。又参廖志超《苏轼辞赋理论及其创作之研究》，台北花木兰文化出版社 2007 年版。
③ 葛立方《韵语阳秋》，何文焕编订《历代诗话》卷一，第 295 页。
④ 《自评文》，《苏轼文集》卷六六，第 2069 页。本文《经进东坡文集事略》卷五七题作《文说》。
⑤ 王水照选注《苏轼选集》，台北群玉堂出版事业股份有限公司 1991 年版，第 421 页。
⑥ 田锡《咸平集》卷二《贻宋小著书》，台湾商务印书馆 1983 年《文渊阁四库全书》本，第 11 页。
⑦ 曾枣庄、金成礼笺注《嘉佑集笺注》卷一五《仲兄字文甫说》，上海古籍出版社 2001 年版，第 412—413 页。

四、“答谢民师帖卷”书迹及题跋

存世的《答谢民师推官书》书迹，依所藏地上海博物馆之著录，题为“行书答谢民师帖卷”。全帖为纸本，纵 27 厘米，横长 96.5 厘米，首行为“轼启是文之意疑若”，帖末“轼顿首再拜民师帐句推官阁下十一月五日”，均不见于《经进东坡文集事略》。与《经进东坡文集事略》版本全文相比对，共缺 148 字。篇首脱佚的十数行，在帖后题跋部分由明代书法家娄坚依当时的收藏者王衡（1564—1607）之请托，模仿苏轼书体补写而成[①]。

“答谢民师帖卷”上较早的收藏印，是南宋“绍兴”官印。其后则为万历年间大学士王锡爵之子王衡（字辰玉）。娄坚书于万历三十五年（1607）的题跋云：

> 坡公书肉丰而骨劲，态浓而意澹，藏巧于拙，特为淳古。公诗有云：“守骏莫如跛。”盖言其所自得于书者如此。此卷为北归时答谢书，予所见公遗迹，独“楚颂帖”用笔与此相类，彼似少纵而此则稳重，皆可想见纯绵裹铁也。

娄坚提到的“楚颂帖”，又称“种橘帖”、“买田阳羡帖”，原帖真迹早已毁灭，现仅存后人摹刻[②]。“楚颂帖”作于元丰七年（1084），为苏轼离开黄州之后途经宜兴时所写，内容表达了他想归老于此的心愿：

> 吾来阳羡，船入荆溪，意思豁然，如惬生之欲。逝将归老，殆是前缘，王逸少云：“我卒当乐死。”殆非虚言。吾性好种植，能手自接果木，好栽橘，阳羡在洞庭上，柑橘栽之易得，当买一小园，种柑橘三百本。屈原作《橘颂》，吾园若成，当作一亭，名之曰“楚颂”。

娄坚之后，是陈继儒的题跋：

> 东坡碑版照四裔，不如尺牍书天真烂熳，所谓吾写字觉元气十指间拂拂飞出，此卷等是也。……

而后有董其昌的题跋：

> 东坡书学徐季海、王僧虔，间为李北海、颜鲁公，皆奇崛萧踈。……

冯铨（1595—1672）于清顺治八年（1651）题曰：

> 世人得东坡尺牍，数行便为拱璧，此民师卷凡三十三行三百六十字，笔法古健……

由钤印得知，“答谢民师帖卷”的收藏者还有清道光间人程桢义、缪曰藻（1682—1761）。过云楼主人顾文彬（1811—1889）[③]曾将此帖刻入《过云楼帖》，清同治十二年（1873）题写云：

> 右苏文忠公与民师书，不见昔贤著录，近时上海徐渭仁刻入春晖堂帖，黄文节云：“东坡书真行相半，便觉羊欣、薄绍之不远。”王履道云：“东坡尺牍狎书，姿态横生，不矜

---

① 《北宋苏轼答谢民师论文帖》，北京文物出版社 1981 年版。《宋苏轼行书答谢民师帖卷》，上海书画出版社 2003 年版。

② 张俊之《苏东坡和楚颂帖》，《书法艺术》1996 年第 3 期。

③ 顾文彬，字蔚如，号子山、紫珊，晚号艮庵。清道光进士。

而妍，不束而严，不轶而豪。”二公之言，足以为此卷之定评。……

徐渭仁乃清嘉庆至咸丰时上海人，字文台，号紫珊、子山、不寐居士。顾文彬举了黄庭坚（文节）和王安中（1075—1134）[①]对于苏轼书法的品评，黄庭坚认为苏轼的书法兼有楷书和行书笔意，接近羊欣（359—432）[②]和薄绍之[③]。王安中则欣赏苏轼书法的姿态变化，妍媚中带有豪情。

和同时期的苏轼书迹，例如现藏台北“故宫博物院”的“渡海帖”相比，“答谢民师帖卷”具有苏轼一贯的字体向右上欹侧的特色，但全篇文气较为沉稳持重。“渡海帖”为致赵梦得的尺牍，据周必大《二老堂诗话》，苏轼在海南时，赵梦得曾经为他奔走中州探望家属。元符三年（1100），苏轼被诏徙廉州（今广西合浦），即将离开海南，路过澄迈（今海南澄迈）时未遇赵梦得，于是留下书札给赵梦得的儿子。全文为：

轼将渡海，宿澄迈。承令子见访，知从者未归。又云：恐已到桂府。若果尔，庶几得于海康相遇。不尔，则未知后会之期也。区区无他祷，惟晚景宜倍万自爱耳。匆匆留此帋，令子处更不重封。不罪不罪。轼顿首。梦得秘校阁下。六月十三日。手启梦得秘校。

“渡海帖”的笔势较为纵横，不遇故人，后会难期的心情流露笔端，因此结体也不如“答谢民师帖卷”整齐平顺。苏轼自称文章“随物赋形”，观其书艺，也有随事、随理、随情而形态各异的表现。

结　语

本文从苏轼与谢民师的交往考察，得知谢民师为苏轼晚年结识的后生文友。存世的谢民师诗作，未必如苏轼所激赏的“文理自然，姿态横生”，苏轼仅为奖掖鼓励晚辈而发此语。

《与谢民师推官书》论写作原则，主文辞达意。论文章方法，强调探求物之妙理妙意，心、口、手相应。论文体，不受扬雄影响，肯定赋之价值。论风格，推重自然之道，收放自如。

“答谢民师帖卷”纵使为残本，仍不失为苏轼晚年的代表书迹。明清收藏者和题咏者皆指出其沉稳持重、笔力老健之特征。与同时期的书迹“渡海帖”相较，“答谢民师帖卷”颇有长者对后起之秀谆谆教诲之意，结体平均，行气一如，是为苏轼毕生文学创作经验之精华总结。

（作者单位：新加坡南洋理工大学中文系）

① 王安中，字履道，号初寮，中山阳曲（今山西太原）人。年青时曾从师苏轼、晁说之。北宋哲宗元符三年（1100）进士。

② 羊欣，王献之之外甥，晋朝至南朝宋书法家。

③ 薄绍之，字敬叔，南朝宋丹阳人（今安徽当涂东），善行书及草书，与羊欣并称“羊薄”。

黄庭坚散文创作方法论

徐建平

黄庭坚(1045—1105)不仅是江西诗派领袖、宋代四大书法家之一，而且是优秀的散文家和古代散文理论的探索者。黄庭坚散文为北宋后期散文创作的优秀代表。现存最早的宋人编选本朝文集总集《宋文选》，收录欧阳修、司马光、范仲淹、王安石、曾巩、黄庭坚等北宋之文14家。未收当时严禁的三苏文字。南宋吕祖谦所编《宋文鉴》(赐名为《皇朝文鉴》)是最有影响的宋代诗文总集，所收黄庭坚散文与张耒同为19篇，位居苏轼、欧阳修、王安石、曾巩、刘敞和司马光之后。今人整理校点的《黄庭坚全集》(四川大学出版社2001年版)所收散文近2900篇，远超其所存近1900首诗。与唐宋八大家相比，黄庭坚散文数量仅次于苏轼。苏轼《举黄鲁直自代状》云："伏见某官黄某，孝友之行，追配古人；瑰玮之文，妙绝当世。举以自代，实允公议。"[①]苏辙《答黄庭坚书》云："读君之文，诵其诗，愿一见者久矣。"[②]对黄庭坚散文的评价，北宋以降逐渐减少，这与其诗名盖过文名有关。黄庭坚善于进行理论思考，好为人师，讲学不倦，尤其是在贬谪后深刻反思了自己的文学创作，散见在其书简、序、跋中论文颇多。《王直方诗话》、《冷斋夜话》等同代人著述所记黄庭坚论文也不少。朱熹云："山谷好说文章。"[③]刘辰翁云："柳子厚、黄鲁直说文最上。"[④]黄庭坚讲究作文为世人所认同，其散文理念颇有影响。明何良俊《四友斋丛说》云："苏东坡才气浩瀚，固百代文人之雄。然黄山谷之文，蕴藉有趣味，时出魏晋人语，便可与坡老并驾。而其论读书作文，又诸公所未到。"[⑤]今人也有如此评价。郭预衡云："庭坚学问文章，曾经甚得时誉。……庭坚文章成就虽不及诗，但他平生论文，颇多见解。"[⑥]黄庭坚的"诗法"已被后人广泛深入系统地研究，而其"文法"阙如，往往被混淆在"诗法"中。近年来这一现象有所改观。本文结合黄庭坚丰富多彩的散文创作实践，试析其别具一格的散文创作方法论。

一

唐代古文运动确立了古文的正宗地位，散文创作在北宋古文运动中达到了高潮，对散文

① 《苏轼文集》，中华书局1986年版，第714页。
② 《苏辙集》，中华书局1990年版，第391页。
③ 黎靖德编《朱子语类》，中华书局1994年版，第3334页。
④ 刘辰翁《须溪集》卷四，《四部丛刊》本。
⑤ 何良俊《四友斋丛说》，中华书局1959年版，第206页。
⑥ 郭预衡《中国散文史》，上海古籍出版社2000年版，第545页。

理论的探讨逐步深入。"古文研究与批评之真正成为一门学科，即文章学之成立，殆在宋代。其主要标志在于专论文章的独立著作开始涌现，且著作体裁完备，几已囊括后世文论著作的各种类型。"①南宋是"专论文章的独立著作开始涌现"并留存下来的时期。黄庭坚的散文理论自成体系②，其散文理论重在养心治性，主张师古独创，讲究散文创作的技巧与手法。元符三年作《杨子建通神论序》云："至于文章之工，难矣，而有左氏、庄周、董仲舒、司马迁、相如、刘向、扬雄、韩愈、柳宗元，及今世欧阳修、曾巩、苏轼、秦观之作，篇籍具在，法度粲然，可讲而学也。"黄庭坚的"文法"与"诗法"一样，切实可行，行之有效。黄庭坚主张以正体为本，破体为文，自然法度行乎其间。元祐馆阁间作《书王元之竹楼记后》，云：

> 或传王荆公称《竹楼记》胜欧阳公《醉翁亭记》，或曰引非荆公之言也。某以谓荆公出此言未失也。荆公评文章，常先体制，而后文之工拙。盖尝观苏子瞻《醉白堂记》，戏曰："文词虽极式，然不是《醉白堂记》，乃是《韩白优劣论》耳。"以此考之，优《竹楼记》而劣《醉翁亭记》，是荆公之言不疑也。③

杂记文由唐韩愈、柳宗元传承和发展，在宋代发生了根本性的变化，达到了发展高潮。宋文大家欧阳修、曾巩、王安石和苏轼进行了创新，杂记文成为北宋主要的分体散文之一。黄庭坚赞同王安石的观点，力主尊体，重视散文的本体特色。作为黄庭坚的门人，陈师道赞同黄庭坚的主张，其《后山诗话》引用黄庭坚之语："诗文各有体，韩以文为诗，杜以诗为文，故不工尔。"④北宋文坛有为文"常先体制，而后文之工拙"，也有不顾体制而"破体为文"的两种潮流，反映了宋文尚理的倾向，呈现出宋文创作的繁荣。吕祖谦《古文关键》开启古文评点之先河，云："学文须熟看韩、柳、欧、苏，先见文字体式，然后遍考古人用意下句处。苏文当用其意，若用其文恐易。"⑤吕祖谦所提出的学文"先见文字体式"，即与黄庭坚所主张的以正体为本一脉相承，另一方面是为了切合当时社会科举考试的实际。黄庭坚的辞赋创作深得好评。在创作实践中，黄庭坚提出"赋欲宏丽"的理念，强调了赋的本体论，突出赋的鲜明特色，同时在创作中要求不拘泥于古，力求变化、勇于创新。元祐间作《题苏子由黄楼赋草》云：

> 铭欲顿挫崛奇，赋欲宏丽。故子瞻作诸物铭，光怪百出。子由作赋，纡徐而尽变。二公已老，而秦少游、张文潜、晁无咎、陈无己方驾于翰墨之场，亦望而可畏者也。

"赋欲宏丽"，意谓作赋要气势宏大、文采优美。这是对曹丕《典论·论文》主张"诗赋欲丽"、陆机《文赋》主张"赋体物而浏亮"的发展。曹丕着眼于诗赋之"华丽"，而陆机则要求赋"描摹事物清亮"。黄庭坚则继承楚辞传统，突出辞赋的宏大气势。苏辙赋"纡徐而尽变"，则是作赋的一种风格，是对赋的变革和创新。元丰间作《答淮海居士书》云：

> 参寥至京，久而复见，自言与足下游最旧。一日，出足下所为诗并杂文，读之，其辞

① 参见王水照《历代文话序》，王水照编《历代文话》，复旦大学出版社2007年版，第2页。

② 参见徐建平《黄庭坚散文理论管窥——以〈答洪驹父书〉为例》，《古代文学理论研究》第二十四辑，华东师范大学出版社2006年版。

③ 本文所引黄庭坚散文来自于刘琳、李勇先、王蓉贵校点的《黄庭坚全集》，四川大学出版社2001年版。

④ 何文焕辑《历代诗话》，中华书局1981年版，第303页。

⑤ 王水照编《历代文话》，第233页。

雄伟宏丽，言近旨远，有骚人之风，且诵且叹，欣然如获明珠大璧。

黄庭坚初时并未在意秦观，直至后来阅读了秦观的诗文，才被吸引和打动，喻为“明珠大璧”。“雄伟宏丽”成为“骚人之风”的重要特征。黄庭坚“丁母安康郡太君忧，归分宁”，作有《江西道院赋》，感叹家乡风气的可喜变化。赋开篇赞美家乡，回顾家乡民风的纯朴，给人以宏大气势的感受。饱含炽热的情感，倡导移风易俗和教化之道。故乡“细民”“以终讼为能”，黄庭坚称赞“却诉讼之气”。此赋历史与现实相交叉，由远而近，由近及远，虚实相间，浑然一体，紧扣“江西道院”，既是赞美，又是期待。刘埙评价道：“直至李泰伯《长江赋》、黄庭坚《江西道院赋》出，而后以高古之文，变艳丽之格，六朝赋体，风斯下矣。”①黄庭坚以骚赋创作著称。作为宋代新兴的赋体文赋，后人评价不一。《文体明辨序说》云：“文赋尚理，而失于辞，故读之者无咏歌之遗音，不可以言丽矣。”②赋应缘情美文，有感而发。

二

黄庭坚倡导散文创作以理为主，理得而辞顺。南宋陈善《扪虱新话》云：“唐文章三变，本朝文章亦三变，荆公以经术，东坡以议论，程氏以性理，三者要各自立门户，不相蹈袭。”③作为苏轼的门人，黄庭坚散文不以议论为长，也不与性理为伍，将经术、议论和性理融为一体，形成了自己散文创作的“别是一家”。元符三年(1100)《与王观复书》云：

> 南阳刘勰尝论文章之难云：“意翻空而易奇，文徵实而难工。”此语亦是沈、谢为儒林宗主时，好作奇语，故后生立论如此。好作奇语自是文章病，但当以理为主。理得而辞顺，文章自然出群拔萃。观杜子美到夔州后诗，韩退之自潮州后文章，皆不烦绳削而自合矣。……文章盖自建安以来，好作奇语，故其气象衰薾，其病至今犹在。唯陈伯玉、韩退之、李习之，近世欧阳永叔、王介甫、苏子瞻、秦少游乃无此病耳。

黄庭坚受元祐党争的牵连，被贬谪后对文学发展历史和自己的创作进行了反省。他反对空洞的一味雕琢，强调丰富饱满的生活内容，强调文学创作内容与形式的有机结合。黄庭坚对魏晋南北朝以来的文学历史进行了总结，抨击了横行文坛的骈丽矫艳文风。他对初唐标举诗歌革新的陈子昂，开启唐宋古文运动的韩愈以及韩愈古文主要继承者李翱，与自己同时代的欧阳修、王安石、苏轼和秦观给予充分肯定。他赞美欧阳修对有宋一代自然平易文风的开拓之功。“以理为主”中的“理”，主要是指义理和思想内容，“主张在文章写作中，带有规律法则意味的理必须和具有个性特征以及生命动感的气相结合。这与理学家用道德性理抑制个性感情欲望的主张是背道而驰的”④。清刘熙载《艺概·文概》云：“长于理则言有物，长于法则言有序。”⑤郭预衡云：“庭坚论文，言‘理’而不言‘道’。这一点和前辈作者不同。”⑥黄庭坚

① 刘埙《隐居通议》卷五，《四库全书》本。
② 徐师曾《文体明辨序说》，王水照编《历代文话》，第2073页。
③ 陈善《扪虱新话》上集卷三，《丛书集成》本。
④ 张毅《宋代文学思想史》，中华书局1995年版，第115页。
⑤ 刘熙载《艺概》，上海古籍出版社1978年版，第41页。
⑥ 郭预衡《中国散文史》，第546页。

在其散文创作中注重“以理为主”。16岁时所作《溪上吟》，通常被认为是黄庭坚创作的第一首诗，其序则是一篇结构完整的散文，是目前所知黄庭坚创作最早的散文。序云：

春山鸟啼，新雨天霁。汀草怒长，竹筱交阴。黄子观渔于塘下，寻春于小桃源，从以溪童、稚子、畦丁三四辈。茶鼎酒瓢，渊明诗编，虽不命戒，未尝不取诸左右。临沧波，拂白石，咏渊明诗数篇，清风为我吹衣，好鸟为我劝饮。当其谬然无所拘系，而依依规矩准绳之间，自有佳处。乃知白莲社中人，不达渊明诗意者多矣。过酒肆则饮，亦无量也，然未始甚醉。盖其所寓与毕卓、刘伶辈同，而自谓所得与二子异，人亦殊不能知之也。酒酣，得纸书之，为《溪上吟》。

此序叙述了作者观渔塘下，寻春桃源，酒酣作诗的经历。抒发了纵情山水、旷达自放的情怀。有感而发、理实情真，富有审美价值。作为苏门四学士之首的黄庭坚和文豪苏轼交往密切，不仅在元祐馆阁间，而且终其一生，诗文往来，相互酬唱，留下不少载入文学史的篇章。作于元祐三年(1088)《苏李画枯木道士赋》，云：

东坡先生佩玉而心若槁木，立朝而意在东山。其商略终古，盖流俗不得而言。其于文事，补衮则华虫黼黻，医国则雷扁和秦。虎豹之有美，不雕而常自然。至于恢诡谲，滑稽于秋免之颖，尤以酒而能神。故其觞次滴沥，醉馀颦申。取诸造物之炉锤，尽用文章之斧斤。寒烟淡墨，权奇轮囷。挟风霜而不栗，听万物之皆春。

全文行散相间，用典用事，义理交融。藉物怀人，意韵深长。黄庭坚着力于苏轼的人格和文学魅力的描绘，涉及书画仅寥寥数语，重在“超佚绝尘”之意。刘埙评价道：“山谷先生作《枯木道士赋》，深得庄列旨趣，自书之，笔力奇健，刻石豫章。”[①]黄庭坚元祐六年(1091)所作的《伯夷叔齐庙记》，围绕伯夷、叔齐的传说，以孔孟之说反驳司马迁、韩愈的观点。云：

谨按：伯夷、叔齐，有国君之二子，逃其国而不有者也。予尝求其说。伯夷之不得立也，其过与国人必有不说者矣；叔齐之立也，其宗与国人必有不说者矣。于是时，纣又在上，虐用诸侯，则二子之去，亦以避纣邪？二子虽去其国，其社稷必血食如初也；虽不经见，以曹子臧、吴季札之传考之，意其若是也。故孔子以为“不降其志，不辱其身”，“身中清，废中权”；“求仁而得仁，又何怨”？又曰：“齐景公有马千驷，死之日，民无德而称焉。伯夷、叔齐饿死于首阳之下，民到于今称之。”孟子以为“非其君不事，非其民不使”，“不立于恶人之朝，不与恶人言”，“故闻伯夷之风者，贪夫廉，懦夫有立志”。此则二子之行也。至于谏武王，不用，去而饿死，则予疑之。阳夏谢景平曰：“二子之事，凡孔子、孟子之所不言，可无信也。”

黄庭坚信奉儒家之说，不满所崇敬的庄周、司马迁和韩愈空言成实的三家之论。《伯夷叔齐庙记》对寺庙历史和建筑的叙述描写三言两语，却对历史人物长篇大论，尽显建造庙宇的深远意义。这比传统的庙记更有意味。北宋士大夫有参禅学佛的喜好，黄庭坚较为突出，其散文创作中以“禅理为文”，与众不同，别具特色。元符间在戎州时作《幽芳亭记》，云：

兰生深林，不以无人而不芳；道人住山，不以无人而不禅。兰虽有香，不遇清风不

---

① 刘埙《隐居通议》卷五。

发;棒虽有眼,不是本色人不打。且道这香从甚处来?

以论为记,阐发义理,发人深思。黄庭坚以平常心为道,突出"惟心所现"之人生哲理。此记简短精炼,意味深长。郭预衡认为,"以禅理为文,虽然不自庭坚始,但这样的文章,在前辈古文家的文字中确是很少见的。庭坚写作这样的文章,不是偶然的。这和他晚年倾心佛法颇有关系。"①

三

黄庭坚提出散文创作"必谨布置",表现出对艺术结构的高度重视。与苏轼随物赋形、行云流水的才气创作不同,黄庭坚作文反复推敲,从立意至结构布局,都提出了更为细致、具体的要求。宋人范温《潜溪诗眼》云:"山谷言文章必谨布置,每见后学,多告以《原道》命意曲折。后予以此概考古人法度。"②"布置"即立意谋篇,涉及到布局结构。黄庭坚以韩愈的《原道》为例,强调"命意曲折",并以此作为"法度"。韩愈力排佛老,独尊儒家,强调儒家的仁义道德。《原道》为韩愈论述社会政治伦理的力作,变化诡谲,波澜壮阔,义正而辞严。黄庭坚认为散文创作首先要考虑立意,主题要和艺术表现有机结合;其次要善于构思布局,服务于命意,形式为内容服务,求得形式与内容的有机结合。《文心雕龙》云:"何谓附会?谓总文理,统首尾,定与夺,合涯际,弥纶一篇,使杂而不越者也。若筑室之须基构,裁衣之待缝缉矣。"③"附会"即附辞会义,指诗文"结构"。黄庭坚深化了散文创作谋篇布局的理念,强调散文创作的"布置"。

黄庭坚对宋文大家有过悉心探究。元符间所作《跋子瞻木山诗》,回忆了早年对苏洵散文的研究,对"作文关纽"进行了探讨。云:

往尝观明允《木假山记》,以为文章气旨似庄周、韩非,恨不得趋拜其履舄间,请问作文关纽。及元祐中,乃拜子瞻于都下,实闻所未闻。

此跋是对父子两人文学创作继承与才华的评价。苏洵《木假山记》为宋人"以论为记"的代表作之一,以议论说理贯穿全文,讲木材幸与不幸,亦谐亦庄,借以喻人,实为自况。黄庭坚绍圣二年(1095)作《与明叔少府书》之七云:"经宿,伏想寝膳安宜,试更追韵作二颂,此亦曩时得之圣俞、东坡斧斤耳。欲知文章夺其关键而自为主出,其无穷如此也。"可见,黄庭坚很早就对文章的"斧斤"、"关键"非常重视。作于绍圣四年(1097)《答洪驹父书》之二云:

诸文亦皆好,但少古人绳墨耳。可更熟读司马子长、韩退之文章。凡作一文,皆须有宗有趣,终始关键,有开有阖,如四渎虽纳百川,或汇而为广泽,汪洋千里,要自发源注海耳。老夫绍圣以前,不知作文章斧斤,取旧所读之。皆可笑。

"终始关键,有开有阖",强调了散文创作整体性和有机性的结合。黄庭坚认为散文创作要有整体性,散文浑然一体的完整性是创作的法度。建中靖国元年(1101)作《答王子飞书》云:

① 郭预衡《中国散文史》,第548页。
② 郭绍虞《宋诗话辑佚》,中华书局1980年版,第323页。
③ 王运熙、周锋《文心雕龙译注》,上海古籍出版社2000年版,第379页。

> 陈履常正字，天下士也。读书如禹之治水，知天下之络脉，有开有塞，而至于九川涤源、四海会同者也。其作诗渊源，得老杜句法，今之诗人不能当也。至于作文，深知古人之关键。其论事救首救尾，如常山之蛇，时辈未见其比。公有意于学者，不可不往扫斯人之门。古人云："读书十年，不如一诣习主簿。"端有此理。

黄庭坚称赞陈师道善于学习，善于抓住作文的"关键"。他肯定作文"救首救尾"，即强调作文的整体性。"常山之蛇"譬喻形象有力，其源自《孙子兵法》，指首尾相应，以此形容散文创作要灵活机智，协调一致。黄庭坚重视作文结构的完整性，以此作为布局的首要条件。郭预衡云："庭坚讲究'作文'，且讲文章'关键'，这一点与欧、苏皆不同。欧、苏论文，都是不讲'作'的。"①

黄庭坚推崇文坛大家苏轼，写给苏轼的第一封书简《上苏子瞻书》作于元丰元年(1078)。围绕师从苏轼的渴望心理，表达了结交的强烈愿望。黄庭坚精心构思，巧妙布局结构。其时黄庭坚任北京国子监教授，而苏轼知徐州。此书简标志了有宋一代两大文学家的结交：

> 庭坚齿少且贱，又不肖，无一可以事君子，故常望见眉宇于众人之中，而终不得备使令于前后。伏惟阁下学问文章度越前辈，大雅恺弟约博后来。立朝以直言见排，退补郡辄上课，最可谓声实相当，内外称职。凡此数者，在人为难兼，而阁下所蕴，海涵地负，特所见于一州一国者耳。惟阁下之渊源如此，而晚学之士，不愿亲炙光烈，以增益其所不能，则非人之情也。使有之，彼非用心于富贵荣辱，顾日暮计功，道不同不相为谋，则浅漏自是，已无好学之志，"訑訑予既已知之"者耳。

在文坛上崭露头角的黄庭坚，言辞恳切地向文坛领袖苏轼表达了敬仰之意、崇敬之情，接着委婉地点出了此简的主旨：渴望结交，拜其为师。然后，宕开一笔，赞赏苏轼的才华。通过与苏轼的比较对照，突出自己的"齿少且贱"，深化了结交的原因。黄庭坚对苏轼的人格和文学才华给予高度赞赏。对苏轼作为朝廷官员的刚正不阿气概，尤为赞叹。在书简的下半部分，黄庭坚进一步表达了自己渴望结交的心情。

> 庭坚天幸，早有闻于父兄师友，已立乎二累之外。然独未尝得望履幕下，则以齿少且贱，又不肖耳。知学以来，又为禄仕所縻，闻阁下之风，乐承教而未得者也。今日窃食于魏，会阁下开幕府在彭门，传音相闻，阁下又不以未尝及门，过誉斗筲，使有黄钟大吕之重。盖心亲则千里晤对，情异则连屋不相往来，是理之必然者也，故敢坐通书于下执事。夫以少事长，士交于大夫，不肖承贤，礼故有数，似不当如此。恭惟古之贤者，有以国士期人，略去势位，许通草书，故窃取焉。非阁下之岂悌素处，何特不可，直不敢也。仰冀知察，故又作古风诗二章，赋诸从者。……

黄庭坚前后两次自称为"齿少且贱"，有机地串联起全文，铺叙次弟，相互呼应，情感真挚。全文层层深入，由衷地表达了结交的强烈愿望。随此信附上的是诗二首。黄庭坚围绕主旨，言语恳切，字斟句酌。做到首尾呼应，体现了其"终始关键"的布局结构的表达技巧，期盼自己能够得到苏轼的认同而求师问道。元胡祗遹《跋山谷书稿》云："修辞立其诚，下笔无草草。

① 郭预衡《中国散文史》，第545页。

尺牍亦细事，谨密犹起稿。后人何荒唐，万言一挥扫。"①

四

黄庭坚散文创作崇曲忌直，曲折生姿，所创作的散文力求篇篇不同，自成面目。黄庭坚讲究作文的错落有致，善于变化，富有审美效果。黄庭坚注重作文的立意，要求作文"曲折三致"。元祐三年(1088)作《书枯木道士赋后》，强调作文"致意曲折"，云：

> 闲居当熟读《左传》、《国语》、《楚词》、《庄周》、《韩非》。欲下笔，略体古人致意曲折处，久之乃能自铸伟词，虽屈、宋亦不能超此步骤也。

元符间作《论诗作文》云：

> 作文字须摹古人，百工之技亦无有不法而成者也。但始学诗，要须每作一篇，辄须立一大意，长篇须曲折三致焉，乃为成章耳。

黄庭坚师范古人，要求熟读古典文学作品，对历史散文、诸子散文和楚辞了然于胸，学习优秀散文的立意构思、谋篇布局，不断锤炼，达到"自铸伟词"的境界。黄庭坚强调诗文创作的法度。学诗如此，作文也是如此。"曲折三致"为黄庭坚所欣赏而倡导的一种布局结构。黄庭坚认为立意为诗文结构的根本，而"曲折"涉及散文的章法，章法即结构，"成章"则是指向散文结构的完整性。黄庭坚认为散文创作不仅要有整体性，也应具备有机性。在散文创作中要围绕主题，善于构思结构，巧妙布局。其散文创作以意谋篇，贵在曲折，深曲拗折，通脱自然，错综变化，以使散文的主题深刻突出、富有意蕴。

清方东树《昭昧詹言》云："黄庭坚之妙，起无端，接无端，大笔如椽，转折如龙虎，扫弃一切，独提精要之语。每每承接处，中亘万里，不相联属，非寻常意计所及。此小家何由知之，亦无此力，故作家不易得也。奇思，奇句，奇气。"②黄庭坚散文也有其诗之妙，破除绳墨，敢于创新。黄庭坚散文"起无端"在创作中有充分的表现。元祐八年(1093)所作《洪州分宁县藏书阁铭》，开篇为"凡治有条，如机于纺。经经纬纬，积寸成两"，不以藏书阁说事，而以纺机作喻，突出藏书阁的重要作用。接着议论庙学、华阁，赞美家乡"山川之美，郁秀于民"，可作为精要之语。末尾点出作藏书阁铭的意义："世得材用，我培其根。"此铭属于"起无端"之作，毫无平直拖沓之弊。元符间作《自评元祐间字》，云：

> 往时王定国道余书不工。书工不工，是不足计较事，然余未尝心服。由今日观之，定国之言诚不谬，盖用笔不知禽纵，故字中无笔耳。字中有笔，如禅家句中有眼，非深解宗趣，岂易言哉！

黄庭坚以友人以往对自己书法的批评，引出日后自己的感悟，以此强调书法须"字中有笔"，并以禅家所谓"句中有眼"作譬喻。"字中有笔"、"句中有眼"为"奇思、奇句、奇气"。

"结无端"同样是表明了黄庭坚散文创作的变化无穷，富有意味。元祐间作《杨大年砚

① 胡祗遹《紫山大全集》卷二，《四库全书》本。
② 方东树《昭昧詹言》，中华书局1961年版，第314页。

铭》,曰:“公无恙时,于此翰墨。其作也,万物受泽;其不作也,群公动色。”杨忆是宋初文臣和文学家,为西昆派的中坚,书法也是享有声誉的。其“作”与“不作”,都是令人关注的。“人言杨公不如石之寿,我谓石朽而公不朽”。由物及人,由砚自然转入杨忆书法,然后再描写人物本身,有力地突出“公不朽”的主题。“结无端”的“人言杨公不如石之寿,我谓石朽而公不朽”,可谓奇特。黄庭坚注重作文中的“转折”和“承接”之处,和“起”、“结”一起构成了富有活力的章法。王力道是黄庭坚童年的朋友,少年聪慧老成,成年后穷困潦倒。作于熙宁十年(1077)的《王力道墓志铭》,云:

以两孺子同学问相爱,故两家亲亦相爱。力道长予二岁,而少成独立,无儿子气,食饮卧起,与书史笔墨俱。

黄庭坚截取王力道的人生时间节点,重点抓住其动作特点,突出其性格特征,以表现其生活之曲折:“后七年,比岁以乡举士俱集京师,甲辰、丁未岁相从也。力道此时律身甚严,而与人极恺悌。于书无不观。”“熙宁癸酉(应为癸丑),邂逅夜语于西平客舍,谨厚而文。”“又二年,客自齐来,乃言力道与往时大异,沈浮闾井间,得酒不择处所,遇屠贩如衣冠。”此处突然转折,前后对比,突出人物命运的大起大落。“大异”两字蕴含黄庭坚内心的痛惜之情。“如是三年,终以酒死,得年三十有五。无子,有遗文未辑”,生动描绘了前后判若两人的形象,令人婉惜。

黄庭坚散文创作方法论的根本在于文学创作独创性的自觉意识,正如《王定国诗集序》云:“其作诗及它文章,不守近世师儒绳尺,规摹远大,必有为而后作,欲以长雄一世,虽未尽如意,要不随人后。至其合处,便不减古人。”此文作于元丰六年(1083),黄庭坚向来就有文学创作独创性的强烈意识。“不随人后”,体现出求新求变的思想。其在文论方面颇具影响力的“点铁成金”之说,务去陈言,化腐朽为神奇,根本点也在于“自作语”。

黄庭坚的散文创作方法论影响了后人对散文理论的深入研究。南宋出现的大量文章评点选本,对文章技法进行了具体研究,对文体、源流、命意、结构、句法、字法多有阐释。黄庭坚讲究作文为世人所认同,为同代人所不及。“黄庭坚将他倡导的‘诗法’移植为文章作法,首次提出了文章‘脉络’、‘关键’、‘开阖’等概念,认为作文章也有‘斧斤’即方法。这些都是评点家常用的词语,特别是‘关键’一语,虽并不起源于山谷,但用以评文,却以他为早,后来吕祖谦著《古文关键》,盖即受此启发”[①]。黄庭坚散文创作倡导正体为本,以理为主,必谨布置,其散文创作方法论将北宋散文创作进一步提升到了理论高度,是北宋散文理论的宝贵财富,具有开拓性的意义。

(作者单位:华东师范大学宣传部)

① 参见祝尚书《宋代科举与文学考论》,大象出版社2006年版,第295页。

叶梦得与福州

潘殊闲

叶梦得(1077—1148),字少蕴,苏州长洲(今苏州市)人,自号石林居士,绍圣四年(1097)登进士第,调丹徒尉。官至尚书左丞。绍兴十六年(1146)拜崇信军节度使致仕,十八年卒于湖州,赠检校少保。

叶梦得从绍圣四年进士及第至绍兴十六年拜崇信军节度使致仕,其政治生命长达半个世纪。历神、哲、徽、钦、高宗五朝,仕哲、徽、钦、高宗四朝,故有"出入四纪更宠荣"之誉。特别是南渡之后,作为数朝元老,受到高宗倚重,为南宋政权建立,稳定南渡局势,开创新的局面,作出过重要贡献。绍兴十二年(1142)十二月至十四年(1144)十二月,江南东路安抚制置大使、兼知建康府、兼行宫留守司公事叶梦得以66岁高龄奉命移帅福州,担任福建路安抚使,开始了人生仕履中的最后一站。叶梦得在福州任上刚好三年,作为一方长官,叶梦得为福建的社会治安、经济发展、民生幸福和文化建设作出了重要贡献,为其仕途之旅画上了圆满的句号。本文拟对这一段文史佳话作一梳理。

一、弭盗平寇,确保一方平安祥和

宋室南渡之后,政府忙于政权整固和国家安危,无暇顾及社会治安,一时间,福建、江西、广东等地治安形势严峻,百姓怨声载道。《建炎以来系年要录》卷一百一云:"(绍兴六年五月)甲午殿中侍御史周秘言:'今虏贼未能殄灭,而闽贼遁于广南,出没海上,窥伺间隙,此尤可忧,望严饬闽、广二帅,早为销弭讨治之策,勿使滋蔓。"[①]为平定这里的乱局,高宗下决心将自己的得力干将江南东路安抚制置大使、兼知建康府、兼行宫留守司公事叶梦得派往福建,希望叶梦得用强有力手段处置盗贼,尽快稳定这一路的形势。关于福建路当时的形势,叶梦得在其奏札子中曾云:"契勘本路汀、漳、泉、剑四州,最是盗贼渊薮,往来出没去处。建州亦上流重地,守臣皆是文吏,平时既无方略,缓急传警,便辄惊扰。或失机会,致有猖獗;或探报不审,轻有张皇,却使居人不安生事。"[②]对此,叶梦得到任后积极措画弭盗之事,采取了系列措施,包括招降、逮捕、诱之相戕等,平寇五十余群,使沿海五十多座城镇恢复安宁[③]。当时这

① 李心传撰《建炎以来系年要录》卷一百一,《文渊阁四库全书》本。

② 叶梦得《奏乞分近上兵官于汀漳泉建剑州驻扎札子》,《石林奏议》卷十四,《续修四库全书》史部奏议类,上海古籍出版社2002年版,第478页。

③ 脱脱等《宋史》卷四百四十五《叶梦得传》,中华书局1999年版,第10221页。

一举措并非没有杂音，但叶梦得顶住了压力，使弭盗工作做得非常扎实平稳，相关史书多有记载，如《建炎以来系年要录》云：

> （绍兴十三年二月）己卯，宰执奏福建安抚使叶梦得措画弭盗之事。上曰："盗之窃发，多缘守令，非人掊克所致，宜令帅、司条具，凡有害于民者除之。"自此梦得或招、或捕、或诱之相戕，三策并用。然颇与监司相异，至交奏其事。监司谓盗魁林元仲必不可致，既而梦得遂招致之。又谓俞彻明必再叛，万少佺必大炽，而梦得处之皆定，异议遂息。①

类似的记载，在宋熊克《中兴小纪》卷三十一、宋李幼武《宋名臣言行录·别集上》卷四、明彭大翼《山堂肆考》卷六十八等书中都有。

叶梦得在其奏议中对其经历的这一段历史有详细记录，如《奏将带高举官兵取径路之任状》、《奏乞遇本路讨贼权令江西广东官吏听节制劄子》、《奏见留南剑州措置讨荡刘大小老状》、《奏措置投降盗贼押赴江上诸军等事状》、《奏本路讨捕盗贼略尽乞下江西广东帅司提刑司乘时措置劄子》、《乞团结汀漳泉建剑五州民兵仍令长吏衔内带总辖民兵措置盗贼》、《奏措置分捕过盗贼火数官兵各已回军状》等②。这些奏札，因为是向皇帝呈报的，不敢虚言浮夸，故对我们今天了解那一段历史真相提供了极为难得的第一手资料，有的甚至弥足珍贵，如：

> 臣契勘本路自来盗贼之弊，皆是急于招安，以幸无事，或驱逐出界，姑务塞责。招安之后，首领既贷其罪，又复补以名目，其徒党一例就给公据，径行放散。江西、广东别路凶恶侵犯本界，一意虏劫，充足所欲，却还乡里。州县但以兵护送，令得走透，不□□□栏截。以此上下容养，根本不除，散者复集，去者复来，窥伺间隙，无有宁岁。今臣遵奉朝廷累降指挥，管内盗贼□责付诸将，须管围守掩捕，必于破灭。日近以次杀捕，渐可平静。缘其间却有败散馀党，或尝欲结集，未及作过之人，若不许其自首，或官军追袭，穷蹙之际，悔过投降，即难尽加以大兵，徒淹岁月，重困良民。若遂招安，纵令幸免，即不免复仍前日旧弊。窃见江上御前驻扎诸军多有阙额，常是捉拽强刺平人填补，民以为害。欲乞今后本路盗贼应结集自首或穷蹙投降，并许州县及军前接受。除妇女老弱许给公据释放外，其首领并管押前来本司，申解赴枢密院听取朝廷处分。其馀强壮徒党，本司量人数多寡，番次管押赴江上诸军，以充阙额。既籍队伍，防守严密，即与配隶他州军分，旋即逃亡，利害不同。所有日前已经招安放散，或于保内有犯情理豪横，或曾经断配外州、思乡逃归人，并具申本司酌情处断，亦分送诸州军。昔苗民三叛，尧、禹治之，末惟分北迁于三危。周公绝商顽民，亦徙之洛邑，殊厥井里，用变旧俗。帝王销弭奸猾之术，不过如此。诛之既不可胜诛，容之而使不去巢穴，稔于污俗，终必不悛。欲望圣慈特赐详酌施行。③

叶梦得对危害公众利益者，不留余情，欲斩草除根，确保一方长治久安。这是对老百姓负责的表现，其上奏方案，针对性强，切实可行，一举两得。如果说叶梦得对危害公众利益者不留

① 李心传撰《建炎以来系年要录》卷一百四十八，《文渊阁四库全书》本。

② 《石林奏议》卷十四。

③ 《奏措置投降盗贼押赴江上诸军等事状》，《石林奏议》卷一四，第479页。

情面的话，那叶梦得对受害群众则充满了怜恤之情，祈求减免其税赋，让他们多休养生息。《奏乞将残破州县今年税赋量行蠲减状》就将这种思想表现得非常充分：

臣契勘本路自去年以来，相继有盗贼吴阙四等二十馀火，侵犯汀、漳、泉、剑四州一十三县管下，往来焚劫，杀人作过。民被驱虏，或遭杀戮，或有逃散，缘此田地抛荒。兼以会合诸头项大军防守讨捕，所用钱粮万数浩瀚，州县应办不前，不无科借于民，内汀、漳二州尤甚。日近并已讨捕破灭。节次据广东总管韩京、统制高举并本司属官彭世范申，提领军马自入汀州上杭县界，田地抛荒，不住据税户陈乞蠲减税赋等。检会绍兴元年三月内贼□□为作过之后，本路安抚使程迈被奉下诏，条具便民利物事，内一项，残破州县人民乞量行放免税租。奉圣旨，令转运、提刑司体究，委经残破州县，与将今年夏秋二税减免三分。又绍兴十一年七月内，权知汀州张宪代札子，为上杭、武平两县累因兵火，民力凋瘵，乞权免上供钱物、军器、物料等。奉圣旨，武平、上杭两县合起上供钱银物与免二年，其上供军器、物料等令转运司相度减免。今来汀、漳等州管下委是去年以来累经盗贼焚劫，频经科借，人户重困，深可矜悯。欲望圣慈特降睿旨下转运、提刑司，于逐州屯驻人兵县分，实经残破、乡民失业去处，许依前例，将合输纳今年夏秋二税并上供钱银、军器、物料等，特与量行蠲减。庶使幽远凋瘵之民，得霑朝廷实惠，免致失所。①

关心民瘼，以历史为镜，有理有据，客观实在，真诚感人。在申请减免灾民税赋的同时，叶梦得还在考虑如何在盗贼频发地区建立长效的制约监控机制，使这些地区保持长治久安，于是，相关的奏札体现了叶梦得的深谋远虑：

契勘本路自来盗贼窃发，多在汀、漳，次则南剑、泉四州。汀州上杭、武平、莲城，漳州龙岩、漳浦五县，并与江西、广东虔、循、□□□□皆是险阻瘴恶之地，其民凭恃险阻，内外连结，更相往来，无岁不啸聚作过。其次汀州宁化、清流、长汀、漳州龙溪、泉州永春、安溪、德化、南剑州尤溪、沙县九县，亦皆地分比近，贼徒乘间冲突出没之处。各去本州三五程，帅司十程以上，缓急难以救应，以此奸猾无所畏惮，公肆猖獗。惟藉知县、巡尉得人，究心职事，平时备御有方，缓急随宜措画，乃可防弭后患，不失机会。窃缘其地多是水土恶弱，官吏不肯注授，纵有到任，寻亦托故要去。若非增立赏典，重行劝诱，终难责办。伏见祖宗旧制，南恩州阳春县令任满，与改合入官。漳州龙岩、漳浦、汀州上杭、武平、莲城五县任满，有改官举主二员，与改合入官；无举主，循一资，占射差遣一次；簿尉不该改官人循一资。今来龙岩、漳浦、上杭、武平、莲城五县亦系素多瘴疠，盗贼巢穴，与阳春县事体略同，欲望朝廷详酌，特命有司参定先次将前件县分并别立选格。知县注曾更历民事、无私罪人，每月更给茶汤钱，仍递增赏典。内龙岩、漳浦、上杭、武平、莲城五县任满无私罪，与依阳春县例，县令改合入官，其京朝官与转一官。宁化、清流、长汀、龙溪四县令，却依龙岩旧法，有改官举主二员或三员，与改官。永春、安溪、德化、尤溪、沙县五县，即县令人与循一资，占射差遣，改官人减二年磨勘。巡尉依逐县知□比类降等施行。庶几人知激励，皆肯乐从，本司亦可督责委办职事。②

---

① 《石林奏议》卷十五，第480—481页。
② 《石林奏议》卷十五，第481—482页。

相关的奏札还有《申枢密院五州民兵乞约束守将仍委提点刑狱官每岁躬行点检状》，这是将民兵发动起来，形成社会治安综合治理的立体格局：

> 契勘本路汀、漳等州，江西、广东，皆是山林不通人马之地，以此顽民凭恃险阻，世习为盗。秦汉以来，号为南越，屡服屡叛，汉武帝至尽迁其人于江淮，以空其地。后虽平荡，建立州县，至于今日久，而犷悍之俗终不尽革，盖缘地势使然。大兵不知乡导，兼水土恶弱，难以久留。既不可穷追深入，惟有各逐土地联比其民，使无事则家自为守，有警则人自为战，庶几可以逆折奸萌，无所幸容，此实久长远策。……惟是欲要守令得人，将佐协心，常切选择，教习所部，更相维持，无或搔扰，徒为文具。则良民知所凭恃，可保无虞；奸民知动则必擒，无所容肆，虽有山林以为巢穴，既不敢离，坐守无益。五七年间，必可渐变旧俗。①

而《申枢密院坐下提刑司札子令与提刑李宝文同共措置民兵状》、《申枢密院乞将明溪为镇置监镇巡检状》、《申枢密院乞改明溪巡检为清流等三县巡检状》、《申枢密院乞下浙西沿海州县权暂禁止贩米以绝朱明粮食状》、《奏乞移提刑司漳州置司状》、《申尚书省枢密院乞拨禁军阙额钱应副水军钱粮状》等，均是有关改进福建治安状况，增强社会治安综合治理的科学性、实效性、长效性的具体措施，很有分量，操作性强，对认识当时的社会经济、民风民俗、吏情法制等，有相当大的助益，也从中可以感受到叶梦得政论性散文的风采。

二、致力福州城市文化景观建设

叶梦得作为一个文人，虽掌管一路帅印，有繁重的政治任务和紧迫的治安环境治理，但在紧张之余，仍不忘城市文化建设，特别是城市景观文化建设。结合叶梦得之前的仕履可知，叶梦得对城市环境的改造和文化景观建设相当在行，无论是许昌的西湖，还是南京的行宫、似庵、西斋、忠烈庙、细书阁、府学、芙蓉堂、东园草堂，抑或是蔡州的不惑堂等②，都能看到叶梦得孜孜以求的城市品味和文化追求。作为其人生仕履的最后一站，叶梦得在福州也为世人留下了几处城市建筑文化遗产，据现有文献可知，包括福州万象亭、福州怀隐庵、福州普光明庵、柳塘云观等。

福州万象亭。绍兴十四年(1144)建于福州安民堂府治燕寝(堂)后(北)。万象亭建成之后，叶梦得的学生韩元吉作了《万象亭赋》纪之。为全面了解当时的盛况，兹将全文抄录如下：

> 绍兴十有三年，石林先生自建康留钥，移帅长乐。惟公以文章道学伯天下，推其绪余，见于政事。时闽人岁饥，余盗且扰，曾未易岁。既怀且威，仓廪羡赢；野无燧烟，民饱而歌。乃辟府治燕寝后筑台建亭，尽揽四山之胜，字曰“万象”。公时以宴闲临之，命宾客觞酒赋诗，以纪一时之盛。某适以旧契之末，获拜公于庭。知邦人之德公，而公之能与共乐也。退而为之《赋》，其词曰：

① 《石林奏议》卷十五，第482页。

② 参见潘殊闲《叶梦得研究》，巴蜀书社2007年版，第342—344页。

石林先生治闽之初，邦人咏歌。延览登眺，临城之阿。面长江之回旋，俯重峤之嵯峨；剪凡草于荆杞，发层台之新基。收揽宇宙，以"万象"而目之。先生曰："天地之内，所谓景与物者，不可以既也。方其交干吾前，而其象无穷；触于吾心，而其意无穷。惟达者可以道会，而不可以知通矣。"斯亭也，处于户庭重复之末，而出于阛阓胶扰之中。危梯直上十寻。倚空窥井邑之鳞次，张九衢之飞尘。嚣声四起，人烟缤纷。励丝竹之余响，郁椒兰之清芬。当其连山如环，秀色四出，林峦郁其映带，烟云度而仿佛。阴晴变态，所获非一。极东南而凝睇，莽游目于穷发。海波荡漾，蛟龙惊獝。粲朝日之初升，数山川于异域。飓风角于天际，卷千帆之飘忽。或一瞬而千里，或穷年于咫尺。瞻云鹏之独运，哀斥鷃之短翼；天池倏其九万，羌决起于蒿藾；白鸥去而西飞，澹长烟之远没。田畴俯见，禾黍如绩。耕夫耦而长谣，牛羊散于砂碛。余霞被于林杪，明月皎其东壁。挂北斗于栏楯，泻银汉于雉堞。披风露之冷爽，想飞仙之来接。听鸡犬于云中，奏笙簧之激越。叹佳赏之奚尽，虽妙意其莫述。惟吾兴之所寓，与彼物而所得。故可以追阆风之游，而谢华胥之国也。客有闻而叹曰："嗟嗟！先生百代之英，玉堂金马，载蜚厥声。厌帝所之钧天，敛光芒于一藩。而余风所被，犹足以息潢池之盗，而庆高廪之丰年矣。今夫此邦之形势，最于八州。缭周垣其百里，渺澄澜而为沟。三峰峙而鼎足，盖有类夫蓬莱与瀛洲。自无诸迄今，千有余载。中更王氏，穷侈自泰。异时离宫别馆，乘山瞰海。而今之所存，大则浮屠、老氏之室，小则公卿、大夫之庐。鸣钟相闻，择胜以居。飞栏危榭，往往而在。倚岩壑之幽清，翳松桧其晻蔼。虽一斑之或见，曾未若斯亭之宏大。碧油画戟，来藩此府。往贤近臣，盖已百数。慨登临之遗迹，咸褊陋而无取。独先生至而有之。舞山光于帘幕，冯地势之襟带。杂支离之万种，烂锦幄其旆旆。荐醽醁于樽俎，剥珍错之螺贝。发角征之清唱，挽行云于天外。使邦人聚观，白首惊拜，岂吾先生浩然之气。六合为隘蟠，万象于胸中。耿星辰而不寐，遇至美而一发。借佳名以自快，而景物之来，适际其会。彼千古而莫识，信一时之有待者耶。"于是先生闻之，辴然而笑，众宾避席，迭起为寿。①

由韩元吉赋之序文可以读出这样的信息：第一，叶梦得本以"文章道学伯天下"，而政事为其"绪余"；第二，叶梦得到福州之后，针对海盗猖獗之形势，措画弥盗之事，颇为成功。天下太平之后，"民饱而歌"，乃用"仓廪羡赢"，在府治燕寝后筑台建亭，名曰万象亭。第三，叶梦得于该亭常置酒邀客，赋诗吟诵。邦人乐其治，而叶梦得也备享这种同乐之趣。从这三点，可以看出当时叶梦得在文人心目中的地位和影响。而赋之正文，则把万象亭的雄奇壮伟和站在万象亭上俯瞰四周的美景胜迹以及由此而来的联翩浮想作了淋漓尽致的描绘抒写，同时对四朝元老叶梦得的功名盛誉也作了形象的刻画。作为一路之最高帅臣，叶梦得修建万象亭对促进福州的文化事业作出了重要贡献。因为万象亭的挺拔俊秀，客观上激发文人的创作灵感，使万象亭成为文人骚客登览的胜地，描摹的重点。富直柔有《题万象亭并序》，也对当时的情况有记载：

燕堂后本登览胜处，窘于短垣丛薄中，未见识拔。观文叶公政成之暇，命凿垣筑台，

① 韩元吉《南涧甲乙稿》卷一，《文渊阁四库全书》本。

建亭其上，遂为一府面势殊特之观。落成有日，谨赋拙诗，少见欣快之意：

堂后山川面面通，向来奇观窘蒿蓬。元戎小试经纶手，万象都归指顾中。雨罢卷帘凭爽气，酒酣极目送飞鸿。明年凤阁鸾台上，好寄新诗下北风。①

此诗与序可与韩元吉的赋参看，其“一府面势殊特之观”的概称，相当到位。

毋庸讳言，此万象亭已成为福州市内的一大著名景观，几十年来，福州守臣先后在万象亭附近，不断增益完善相关建筑，使这一地区成为福州市内景观汇聚之地，堪称福州市政中心公园。七十二年后的卫泾在《福州屏山亭题识》中有这样的叙述：“古语云：‘君子之居，一日必葺。’郡圃累政葺治，稍觉成趣。参政何公广旷，宜创越山洞天；尚书叶公，辟柳塘云观；侍郎蔡公，重修蕃宣楼，属以修廊。予丙子初夏视事，登览楼观。燕堂后有万象亭，石林叶公所建。危峙城上，楼观相望。亭之外，瓦砾芜秽，雨辄不可往来。遂续行庑复阁。凡至怡山间，不论雨晴，公余可以纵步，极暑夜坐，露气袭人。城隅有站台，就址结亭，以四山环绕如屏，名曰屏山洞天。略高，其楹名曰……”②由这段题识可知，叶梦得在福州尚建有“柳塘云观”，然不详何处。又有福州怀隐庵。据宋梁克家《淳熙三山志》卷七云：“怀隐庵，和乐堂之后，州宅墙之南。绍兴十四年，叶观文梦得创。沈括有《怀隐集》，载居山之式，后归休于梦溪。叶公慕之，以名庵。自题云：‘春风的的为谁来，绕舍闲花亦谩栽。庵内不知庵外事，夜来微雨小桃开。”和乐堂，据该书所载，在福州府治燕堂之西南，雅歌堂之北。因万象亭在燕堂之北，可知怀隐庵在万象亭附近。在怀隐庵东西两侧还各有一个小亭，“庵东小亭曰归意”，“西小亭曰柏悦”③。还有福州普光明庵。绍兴十三年(1143)叶梦得建于福州城西最高处，汪藻、吕本中等都有贺诗④。

三、文坛盟主，激活福州文学生态

作为四朝元老，正如韩元吉所说，“公(叶梦得)以文章道学伯天下”，其社会影响力和美誉度都不言而喻。叶梦得本人不仅是杰出的政治家，其文学创作和学术研究，在南北宋交，亦卓然挺立，享有“翰林风度”、“石林风范”、“南北宋间巨擘”等美誉。

在福州的三年时间里，叶梦得一方面致力于福州的社会治安和经济发展，另一方面，又以文人特有的爱好和境界，致力于福州的文化事业发展。前面所述叶梦得在福州打造的文化景观，可看作是其文化建设的一个部分。由于有这些胜景，特别是由于有叶梦得的感召力和影响力，在他的身边，聚集了一群文学贤达和青年士子，如张元干、吕本中、韩元吉、李弥逊等。他们在叶梦得的麾下，诗酒酬唱，共享和谐安宁的城市文明和精神投契的心灵激荡。

这是一种中国式的文学创作氛围，它俨然已经成为新的文学增长点。概而述之，可细分为以下三种情景：

首先，新的文化景观的落成，特别是叶梦得主持的文化景观落成，往往成为士人争相吟

---

① 傅璇琮等主编《全宋诗》卷一六三〇，北京大学出版社1998年版，第18284页。

② 卫泾撰《后乐集》卷十九，《文渊阁四库全书》本。

③ 梁克家《淳熙三山志》卷七，《文渊阁四库全书》本。

④ 参见汪藻撰《浮溪集》卷二十九《题叶尚书普光明庵》，吕本中《东莱诗集》卷十九《叶尚书普光明庵》。

咏的对象。由于叶梦得《石林总集》散佚,相关吟咏,只有在他人文集中寻觅,如前面所述万象亭的落成,韩元吉作有《万象亭赋》,富直柔作有《题万象亭并序》。

在相当长一段时间里,万象亭已成为文人聚会歌咏的重点对象,相关诗文不胜枚举。比如李弥逊有四首有关万象亭的诗作,分别是:《题薛直老府园万象亭》、《次韵薛帅万象亭》、《次韵道夫待制万象亭》、《次韵季申枢密万象亭》,四诗从不同角度对万象亭的高耸挺拔,一览无余的壮伟奇景作了讴歌,如:"不见三秋若望霓,寒亭今得共攀跻。眼中远树两行直,脚底孤烟百尺低。幻出璜台辉旧观,旋安银榜快新题。细听屋角风云聚,谁谓天高不可梯。"①戴复古有诗云:"万象亭前月,今宵为我明。"②宋薛嵎《万象亭》云:"年年此地驻吟鞍,十万人家指掌宽。天上星辰依旧远,山中松桂不知寒。月生沧海一轮静,云泊阑干片影残。见说亭基从古在,拟将图志试寻看。"③辛弃疾甚至在《西江月·三山作》词中也有万象亭意象,曰:"贪数明朝重九,不知过了中秋。人生有得许多愁,只有黄花如旧。　万象亭中殢酒,九仙阁上扶头。城鸦唤我醉归休,细雨斜风时候。"④

福州怀隐庵落成后,又成为文人歌咏的对象。当时叶梦得作有《虞美人》词,李弥逊有次韵:"方壶小有人谁到。底事春知早。使君和气粲成花。更筑百花深处、驻春华。　云关远枕苕溪浅。未放归怀展。看残红紫绿阴斜。鸾凤干霄却上、玉皇家。"⑤

福州普光明庵建成后,汪藻、吕本中等人亦有赋诗。汪诗云:

> 长乐七闽会,山川富登临。重城十万家,间以烟树林。何许肆遐瞩,城西最高岑。主人厌直归,与世相浮沈。三宿得胜地,八还见初心。明窗一蒲团,宴坐依横参。面面来远色,层层列清阴。闲翻贝叶书,静听频迦音。万法照了处,人居两幽深。嗟予晚闻道,况迫桑榆侵。如何结保社,去脱头上簪。从公刮眼膜,傥借篦千金。⑥

由"明窗一蒲团,宴坐依横参。面面来远色,层层列清阴。闲翻贝叶书,静听频迦音。万法照了处,人居两幽深",可以看到叶梦得所建普光明庵的静谧幽雅;由"从公刮眼膜",可以看到汪藻对叶梦得的景仰。除此之外,吕本中还有一首《叶尚书普光明庵》:

> 日月岂不明,明乃有昏昼。四时所出火,更自表新旧。宁知普光明,亘古不传授。独照万物表,不见所成就。远乃包须弥,近不间圭窦。茫茫浊水源,我此明亦透。尚书所居庵,草木甚癯瘦。收藏万丈光,敛退著怀袖。至宝久不耀,却立万夫后。我愿从公游,昏病方待救。先持此微言,远寄为公寿。⑦

由这首诗可知,叶梦得在福州时,尝居住在此庵之中。从"先持此微言,远寄为公寿",可知吕本中当时尚未与叶梦得相见,而是以诗寄赠。在南渡文人中,吕本中被称为"最具有强烈的

① 《次韵道夫待制万象亭》,《全宋诗》卷一七一四,第19313页。
② 戴复古撰《石屏诗集》卷三《访苍山曾子实》,《四部丛刊续编》本。
③ 《全宋诗》卷三三三九,第39896页。
④ 徐汉明校勘《辛弃疾全集》,四川文艺出版社1994年版,第200页。
⑤ 李弥逊《虞美人·次韵叶少蕴怀隐庵作》,唐圭璋编《全宋词》,中华书局1965年版,第1055页。
⑥ 汪藻撰《浮溪集》卷二十九《题叶尚书普光明庵》,《四部丛刊初编》本。
⑦ 《全宋诗》卷一六二三,第18218页。

领袖意识"[①],是江西诗派的扛旗人物,他也声称"我愿从公游",而且是"昏病方待救",足见叶梦得在他心中的地位。不仅如此,吕本中还有几首次韵叶梦得的诗,称赞叶梦得"更喜此邦贤太守,乐为诗颂教诸生"、"清诗洗病目,鄙陋知不称"[②]。

其次,叶梦得因为生辰、节庆、游览等,与群贤雅集,于是赋诗作文,成为文学的一道独特风景。绍兴十三年(1143)和十四年,叶梦得在福州过67、68岁生日,一群文人相邀,共祝太守(叶梦得)大寿,张元干即是其中一位。张元干为福建长乐人。靖康初为李纲属官。南渡后,因耻与奸佞同朝,弃官归乡。在家乡,张元干也成为叶梦得麾下的文字友,曾先后写了四首祝寿诗,表达心中对叶梦得的崇敬和感激之情。其中一首七言古诗可以说对叶梦得的一生进行了高度概括:

> 先生早贵当天升,文章尔雅传六经。腹包万卷书纵横,玉堂草制群公惊。绣鞯绿发趋承明,意气已向沙堤行。出入四纪更宠荣,声华摩空郁峥嵘。坐啸十郡历九卿,视公进退为重轻。圣神天子开延英,丞辖政地思仪型。中开香火祠殊庭,石林高卧忧苍生。五载管钥司陪京,貔貅百万环屯营。大江千里依长城,控制勍敌坚其盟。诏书移镇来旆旌,山川草木知威名。潢池桴鼓令不鸣,尽归戏下息斗争。维师鹰扬宇宙清,指顾号令驱风霆。小试擒纵孰敢撄,部曲爱戴如父兄。太阿龙泉发新硎,逆顺之势如建瓴。纶巾羽扇宽作程,韬略堂堂时俗评。乞师未用牛酒迎,胸次自有堂上兵。奸宄革面输忠诚,碧海不复鳄鲵腥。细数前辈存典刑,烂烂伴月唯长庚。岁时建巳岳降灵,三奇天运乙丙丁。良辰乐事非难并,香凝燕寝合鼓笙。舞翻流雪歌啭莺,儿孙绕膝奉兕觥。安舆彩服寿且宁,五福共应南极星。庞眉鹤骨超钱铿,清都绛阙吞蓬瀛。明年正拜居阿衡,炉锤造化推至诚。黼藻王度重丹青,云龙会遇真千龄。羲和日驭无亏盈,永佐火德辉炎精。[③]

从政治到军事,从文学到生活,可谓面面俱到,褒扬不断。从中也可以看到,叶梦得作为饱经风霜的长者,在张元干眼中的地位和影响。事实上在叶梦得刚到福州履新之后,张元干即作有《贺福帅启》。信中对帅守叶梦得礼赞有加,其欲结识帅守的愿望十分迫切:"钦奉俞音,曲从避牍。择刚辰而命帅,诞孚号以扬庭。作屏行宫,乃眷全闽之盛;虚班宥府,允符分陕之雄。自顾郊居,罕窥邸报。逮传闻于父老,均欢喜于儿童。恭惟某官,躬文武之兼资,系安危而独任。望隆廊庙,勋著旗常。被遇一人,蚤拥节旄之重;咨询四岳,爰加茅土之封。位尝冠于西枢,道已尊于亚傅。宜赤舄而备五福,果黑头而为三公。苍佩奉觞,比上东朝之寿;黄堂坐啸,更宽南顾之忧。崇体貌以偃藩,闵勤劳而息驾。聊烦共理,迎皂盖以班春;伫复畴庸,锡介圭而入觐。姑览海山之形胜,必携樽俎以登临。某久处丘园,愿见元戎之小队;窃观衮绣,似是平生之故人。敢希解榻之情文,第讲维桑之礼数。凝严适序,跋履遵涂。冀妙护于鼎茵,副具瞻于岩石。永言欣幸,实倍等夷。"[④]由是观之,叶梦得凭借其资历和影响贡献,执帅福州,主盟福州文坛,实有赖于其德隆望尊的社会美誉度,令人信服和景仰。

张元干还有一首《水调歌头》词,自注云:"陪福帅燕集,口占以授官奴。"这里的福帅即叶

① 王兆鹏《宋南渡词人的诗社唱和》,《湖北大学学报》1992年第2期。
② 吕本中《次叶守喜雨》、《次韵叶守》,《全宋诗》卷一六二二、卷一六二三,第18205、18207页。
③ 张元幹《叶少蕴生朝》,《全宋诗》卷一七八四,第19898页。
④ 张元幹《芦川归来集》卷八,《文渊阁四库全书》本。

梦得，事仍为叶梦得的生日宴集，词云：

> 缥缈九仙阁，壮观在人间。凉飙乍起，四围晴黛入阑干。已过中秋时候。便是菊花重九。为寿一樽欢。今古登高意，玉帐正清闲。　引三巴，连五岭，控百蛮。元戎小队，旧游曾记并龙山。闽峤尤宽南顾。闻道天边雨露。持橐诏新颁。且拥笙歌醉，廊庙更徐还。①

可知叶梦得生辰宴饮，张元干不仅作诗，还现场填词，并授官奴倚声演唱。

再次，叶梦得与其文人群友之间相互文字往来，次韵酬唱，以文学为戏，戏为文学，成为文学创作的兴奋剂和催化剂。苏轼主盟的元祐诗坛，“以交际为诗、以游戏为诗、以竞技为诗、以出奇为诗、以雅玩为诗、以禅趣为诗”成为一种时代风尚②，此风延至南宋，更加风靡。叶梦得在福州期间，这种文学群体的创作特点，也相当突出。

比如，绍兴十四年(1044)春，李弥逊由漳州到福州拜访叶梦得，叶梦得陪他游览福州鼓山、贤沙凤池、灵源桃花二洞等，叶梦得有诗纪之，而李弥逊则有次韵。李弥逊现存文集中尚有多首次韵诗作，如《次韵叶观文游鼓山》、《次韵叶观文游贤沙凤池安国之作》、《次韵叶观文再赋游灵源桃花二洞之作》等。而《次韵叶观文东禅开堂》中之“东禅(院、寺、堂?)”，不知位居何处③。

再如，叶梦得曾和程进道梅花词，李弥逊参与进来，次韵一首：“断桥缺月。点点枝头雪。画角吹残声未歇。早是一年春别。　寿阳弄粉成妆。柔肠结结丁香。可怕真梅轻妒，游蜂说与何妨。”④李弥逊还有一首次韵叶梦得惜春之词：“试问花枝余几许，卷帘细雨随人。风光犹恋苦吟身。海棠浑怯冷，为我强留春。　细听惜花歌白雪，不知盏面生尘。吹开吹谢漫惊频。少陵真有味，爱酒觅南邻。”⑤

此外，李弥逊还有《次韵叶观文送杏花》诗，中有“长檠照席语倾座，一笑转我苍颜赪”⑥之句，可以看出叶梦得的威望。

当然，以上三种情况，仅是相对而言。事实上，三者常常相互交叉重叠。如果说叶梦得为福州留下的文化遗迹是平台的话，叶梦得则是这一平台的灵魂，其身边的文字友则构成了一个具有生机与活力的文学生态群落，共同活跃和推动着福州文化事业的发展。

（作者单位：西华大学人文学院）

---

① 《全宋词》，第 1077 页。
② 周裕锴《元祐诗风的趋同性及其文化意义》，《新宋学》(第一辑)，上海辞书出版社 2001 年版。
③ 李弥逊《筠溪集》卷十二，《文渊阁四库全书》本。
④ 李弥逊《清平乐·次韵叶少蕴和程进道梅花》，《全宋词》，第 1058 页。
⑤ 《全宋词》，第 1057 页。
⑥ 李弥逊《筠溪集》卷十三，《文渊阁四库全书》本。

李弥逊在闽宦迹略考

——以《筠溪集》中之散文为考察中心

李　弢

有宋一代抗金名臣李弥逊(1089—1153)[①]，字似之，自号筠溪直隐、筠溪子，谥忠肃，连江人[②]，宋徽宗大观三年(1109)以上舍魁登第，累官户部侍郎。以争和议，忤秦桧，乞归。绍兴九年(1139)二月以徽猷阁直学士出知筠州，改知漳州，绍兴十年十二月归隐连江西山以终。著有《筠溪集》二十四卷及《乐府》一卷并附其孙李珏撰《筠溪李公家传》，存于《四库全书》[③]，属于散文范畴的，计有奏议三卷，外制两卷，表一卷，状、书、启一卷，议古三卷，杂著、题跋一卷，铭、赞、序、记一卷，祭文一卷，墓志铭、塔铭一卷，共计十四卷二百五十余篇。拙文拟就李弥逊《筠溪集》中之散文为中心，考察其在闽之宦迹，以求教于大方之家。

一、在漳宦迹

(一) 移州学复旧址并扩建事

《筠溪集》卷二十二《福州连江县新学记》云：

> 噫！学校，王政之本也。视其废兴，治乱之所系焉。余之出守也，自北而南，至延平，延平之学成；至温陵，温陵之学成；至漳，漳之士子有移学之请，余从而移之。

由是观之，李弥逊为官延平、温陵、漳州诸州郡，皆有兴学之盛事。

李弥逊在漳州"移学"事，《筠溪李公家传》云：

---

① 李弥逊生年有两说，另一说为1085年。此据《福河李氏宗谱》，明洪武十九年初修、李阿山整理，稿本，复印本。另，据陈庆元《福建文学发展史》(福建教育出版社1996年版，第137页注释②)知，王兆鹏先生亦持此说(详见其《张元干年谱》，南京出版社1989年版)。

② 李弥逊之籍贯，《宋史》本传以为苏州吴县。乃因弥逊之祖父李处常曾为官平江府吴县，而弥逊之父亦生活于吴县，李弥逊亦生于斯长于斯之故。而实则李弥逊之族源，其先为李唐王室诸王曹李明之后，世居陈留，至八代祖李澄为温州永嘉令，遂迁于闽，居福州连江县治务后街，后又迁居珠浦村(今连江县鳌江镇浦下村)，而弥逊晚年又归隐连江西山。故而李弥逊之籍贯当为连江。详见拙文《李弥逊家族在闽宦迹及其影响》(《闽台文化交流》2010年第3期)。又宋人杨时《龟山集》中有为李弥逊之父李撰所作的《李子约墓志铭》云："公讳撰，字子约，姓李氏，本唐诸王苗裔。其先恭王明，以太宗子国于曹……世居陈留，至公之七世祖澄为温州永嘉令，始迁居福州之连江。"见曾枣庄、刘琳编《全宋文》第125册，上海辞书出版社、安徽教育出版社2006年版，第46页。

③ 清永瑢等修撰《四库全书》，上海古籍出版社1987年影印本。

公不鄙远郡，修崇儒化，新作乡校，至今漳人绘祠于学。

《福河李氏宗谱》附录《兴修福河李氏宗祠碑记》[①]云：

李弥逊……屡疏力抵和议，忤秦桧，遂以徽猷阁直学士出知漳州，至即兴修州学，政暇与诸生讲学，一时风化丕振。

《福河李氏宗谱》载之稍详云：

（李弥逊）绍兴九年出知漳州府[②]，寻复文庙旧址，建大成殿，塑圣像，改棂星等门，凿泮池，建瑞荷、先春等亭、尊道堂、左右十斋。越壬戌，漳之登科者五人，颜定肃公预焉。人以为验，士人相与建崇学祠生祠公于郡庠之西。[③]

今存《永乐大典》第三册卷七二三七有宋龙溪人杨汝南所撰《漳州新学有贤堂记》[④]亦云：

（李弥逊）绍兴己未来守是邦，尊贤礼士，移创泮宫，以就吉壤，润饬尊仪而乐于教育。漳人德之，故生祠于当时，名其堂曰“有贤”，取人乐有贤父兄之义也。

光绪丁丑《漳州府志·卷七·学校》详载弥逊“兴修州学”云：

漳州府儒学，在府治东南。宋为州学，庆历四年建于州治巽隅，水自丁入。大观中增广生员，以迎恩驿，为四斋。政和二年，移学于州左，绍兴九年，诸生以科第不利，乃请李守弥逊复旧址。前建棂星门，次建仪门，中列戟门，东西两庑，庑上为阁，东曰“御书”，西曰“经史”。中建大成殿，奉先圣像，以兖、邹二国公像配。旁列十哲，位于两庑。设诸子及先贤位殿后。凿泮池，中建亭曰“瑞荷”，上接讲堂，分列十斋。学正、学录位在讲堂西，直学位在学门左右，经谕位在东南隅，学官直舍在讲堂后东北。水仍自丁入。十一年学成。明年壬戌登科者五人，颜定肃公与焉。人以为验。

综上可知，李弥逊之“移州学复旧址并扩建事”乃由于诸生之请求，而弥逊乃复州学于庆历四年（1044）始建之旧址，并扩大州学规模，完善设施。建有棂星门、仪门，仪门内立戟门。建东西两庑，漳地俗称过水，庑上建藏书阁以藏图书。两庑之间建大成殿，殿中供奉孔子塑像，以兖国公颜回、邹国公孟子陪配。两庑分列十位哲人，为孔子弟子闵损、冉耕、冉雍、冉求、端木赐、仲由、宰予、言偃、卜商、曾参。殿后设有诸子及先贤神位。学前凿泮池，池中建瑞荷亭，与讲堂相对。教室由原来的“四斋”增加到“十斋”。对州学的学官及职事的办公处均予妥善安置。经这一番经营，漳州州学达到了“规制甚备”[⑤]，政暇之时，弥逊复与诸生讲学。绍兴十二年（1142）壬戌科陈诚之榜下，漳人颜师鲁、蔡晟、王羽仪、林观国四人登第，盛况前所未有。其中定肃公颜师鲁，《宋史》有传[⑥]，为一代名臣。据光绪丁丑《漳州府志》记载，在李弥逊知漳

① 明洪武十九年初修、李阿山整理《福河李氏宗谱》，稿本，复印本。

② 按：谱误。宋时漳州称州。漳州称府，始于明太祖洪武元年（1368）。

③ 见《福河李氏宗谱》中李弥逊之小传。

④ 转引自宋林孝泽撰、李竹深辑佚《关于〈清漳志〉的辑佚·二、〈永乐大典〉辑佚之〈清漳集〉》，中国人民政治协商会议漳州市芗城区委员会编《漳州芗城文史资料》合订本第六卷，第4202页。笔者此段引文之标点与之不同，略有改动。

⑤ 光绪丁丑《漳州府志》卷二十四《宦绩》，王君定抄《宓庵手抄漳州府志》，漳州市图书馆2005年出版。

⑥ 元脱脱等《宋史》卷三八九，中华书局1985年版，第11931—11933页。

之前，绍兴五年，漳人仅一人登第，绍兴九年更是全部落第，而移学之后连续几科，情况都很好[①]。士民感戴弥逊德泽，相与建崇学祠生祀之于州学之西。

《筠溪集》卷二十一有《漳州移学上梁文》，此文乃州学新建大成殿上梁之时弥逊所作，以为赞祝上梁之用，兹全文过录如下：

> 漳溪古郡，闽岭名区。万井鳞鳞，揽江山朝揖之秀；多士济济，喧邹鲁弦诵之声。操觚待试者逾二十人，抠衣善问者几三百辈。家皆有塾，锄或带经。诗书贵甚于籯金，青紫信同于地芥。惟此民风之厚，率由士气之淳。
>
> 旧有学官，旁连州治甲庚。先次土木浸隳，缘相治之不工，致藏修之弗利。乃复文明之位，载新轮奂之规。诸福咸宜，群情胥悦。抡材累土，悉从士子之经营；荷锸挥斤，不假县官之饷给。云生百堵，虹架修梁。敢动里巷之欢谣，来相乡间之盛事。
>
> 儿郎伟，抛梁东，偃武修文万宇通。声教本无南北异，薰然洙泗与同风。儿郎伟，抛梁西，榕影歌栏晚色低。一似孔林残照里，十围樗木作榱题。儿郎伟，抛梁南，望外仙山秀出蓝。剩辟轩楹照爽气，云车风马晓相参。儿郎伟，抛梁北，泮水无风净如拭。夜潮来往接天池，会见抟空起鹏翼。儿郎伟，抛梁上，殿角三阶明两两。但令郡国广贤居，从此太平知有象。儿郎伟，抛梁下，岂但崇高居可诧。百川学海要必东，九仞及泉戒多暇。
>
> 伏望上梁之后，青衿日盛，绛帐常开。闻礼闻诗，列圣门之高选；拔翘拔楚，作王室之良材。士与学而并进，善将福以偕来。

第一段主要讲述的是漳州民风之厚，乃缘于漳州士气之淳，意即漳州之士子崇儒向学养成整个社会民间的向学之风。第二段主要讲述庆历四年始建旧州学所在及其毁坏情况和移学扩建的情形。第三段为诗人仿民间歌谣的体制创作了一首歌谣，以唱赞新州学落成之盛事。第四段为诗人对新学落成后漳州科举之兴盛的美好祝愿。从上引光绪丁丑《漳州府志》卷七《学校》关于李弥逊移学的记载可知，弥逊的美好祝愿基本都实现了。

其中值得注意者为第一段。首先是介绍了有“海滨邹鲁”美名的漳州的地理位置、自然风光和教育的发达。尤可注意者为“家皆有塾，锄或带经。诗书贵甚于籯金，青紫信同于地芥”，这几句说明了漳州民间私塾教育的普及程度之高，一般民众从事田间劳动都不忘读经，亦可见其崇儒向学风气之浓厚。而这背后，有着漳州人“诗书籯金青紫地芥”的重文轻利、崇儒尚文的思想观念和文化心理为支撑。而“操觚待试者逾二十人，抠衣善问者几三百辈”讲的是绍兴十年，漳州的士子有二十几人通过州一级的选举考试“取解试”，准备参加礼部的进士科考试“省试”。而当时的州学规模有生员近三百名，这正是移学扩建增大办学规模的结果，更是这种思想观念文化心理巨大作用的结果。

《筠溪李公家传》说朱熹撰文祭弥逊曰：“绍兴之初，公在迩列。力辟和议，见忌权臣。出守此邦，治行亦著。竟以谗口，去郡卧家。人怀其忠，建此遗烈。”光绪丁丑《漳州府志》卷二十四《宦绩》也说：“绍熙中朱文公守漳，尝为文谒其祠曰：‘惟此庙学，实公所迁。人到于今，追颂劳烈。矧惟忠虑，抑有前闻。’”对弥逊之品行及重振州学之功德亦颇为景仰，与漳城士

① 光绪丁丑《漳州府志》卷十六《选举》，王君定抄《宓庵手抄漳州府志》，漳州市图书馆 2005 年 8 月出版。

民可谓同声相和，同气相求是也[①]。

（二）抵御“寇攘”事

弥逊知漳，其抵御“寇攘”事，正史和方志未见一言记之，史官之失也。兹据其散文及其他相关资料尝试勾沉一番。

今存《永乐大典》第三册有卷七二三七录绍兴十二年（1142）漳州州学教授邓文饶《有贤堂记》[②]，叙述漳州州学移学扩建事时云：

> 兹学营始于己未初冬。殆庚申夏，虏寇侵境。虽军兴扰扰而督役不少驰，每朔必躬视学。若他人，则刺头羽檄，缭意调度，于此盖有所未暇。公渠渠乐育，虽贤父兄之诏子弟，曾无异也。

此记原意在叙弥逊移学之事，而顺及“庚申夏，虏寇侵境”事，乃为说明是役之不易也。然可明确“虏寇侵境”事发生在庚申年（1140）夏天。

《筠溪集》卷二十二《祭漳倅宗周宾学士文》亦言及此事：

> 日者寇攘，骤犯吾圉。凶焰西来，剧于豺虎。躬督战士，进逼贼营。授指方略，克日徂征。既病且亟，瞑目语难，毅然不回。男儿死耳，宁死于国？誓无生还，必破此贼！

由此可知，绍兴九年上任的漳州通判宗庠是带病领兵征讨侵入漳境的虏寇，且光荣殉职。

《筠溪集》卷三《漳州乞宫观状》再次言及此次“寇攘”事件而尤详：

> 臣自到郡，至今一年有馀，力求民瘼，仰副陛下仁民爱物之意。偶自今春以来，虏寇犯境，千里骚然。臣种种备御，仅保城邑。今则远去，州界人民各已安业。而臣任非其才，劳而无效，心神衰耗，疾病日增，深恐妨废职事。

从中我们可以明确知道，“寇攘”事件发生在弥逊到漳后一年多之后的绍兴十年春天，且对漳州造成相当程度上的侵扰。李弥逊采取种种防御手段，力保漳城安定，使人民复得安居乐业。弥逊绍兴十年十二月归隐连江，则此状必作于十二月归隐之前。窃以为，“寇攘”之时间当以弥逊自述为准。换言之，“寇攘”事件大致从绍兴十年春开始，最晚一直持续到弥逊作乞归状之前，约半年时间。

然而，所谓“虏寇侵境”“寇攘”者，何也？《筠溪李公家传》有云：“（绍兴十年）五月，金乌珠（金兀术）渝（逾）盟，举国中之兵分四道入寇。”然而金兀术寇犯宋国，并没有到达福建境内。且若真是金兀术进犯漳州，就算《宋史》失载，漳州方志亦无失载之理，故此“虏寇”当不是指金兵。宋代官僚机构旁大，官俸优厚，加之为支付对夏辽金蒙战争军费或议和纳贡，田赋繁重，经总制线的名目繁多，农民不堪重负，贼盗不绝，起义发生。再联系《有贤堂记》、《祭漳倅宗周宾学士文》、《漳州乞宫观状》原文语境，“寇”、“虏寇”很有可能是指从西边进犯漳州

---

① 关于李弥逊在漳期间的“移州学复旧址并扩建事”，可详参拙文《李弥逊在漳州》，《闽台文化交流》2009年第3期。

② 转引自宋林孝泽撰、李竹深辑佚：《关于〈清漳志〉的辑佚·二、〈永乐大典〉辑佚之〈清漳集〉》，中国人民政治协商会议漳州市芗城区委员会编《漳州芗城文史资料》合订本第六卷，第4202—4203页。笔者此段引文之文字、标点与之不同，略有更正改动。

的贼盗团伙或是农民起义队伍[①]。

(三) 久旱为民祈雨事

《筠溪集》卷二十一有《祈雨祝文》二篇,其一云:

> 维绍兴九年岁次已未八月戊申朔,初四日辛亥,具位李某谨以请酌庶羞之奠,敢昭告于英烈忠泽显祐。公维神聪明正直,惠此一方,千里之人颂神之庥如一口,所以奉神者惟恐其后也。今旱既太甚,苗将尽枯槁,老稚悉叹之声闻于阡陌,奔走致告凡九日矣,神尚坐视不一垂手救之乎?惟守与神实被其责,谨率郡僚叩谒祠下,神其不待转晷,上叩帝阍,俾丰隆阿香骏奔就职,霈为三日之霖,庶垂死之根获更生赐,以慰千里云霓之望,则神之德益彰,守亦依神得以逃责,不然守且失职而神于斯民亦有负矣。尚飨!

其二云:

> 维绍兴九年岁次已未八月戊申朔,十一日戊午,具位李某谨以清酌庶馐之奠,敢告于英烈显祐:公漳居山陬,负贩者不至,食齿之众,仰以给,一有水旱,则为患滋甚。绍兴己未秋不雨,民有忧色。守曰:"吁!兹其敢遑?乃帅郡执事遍走郡祀者十日,八月辛亥告于某神,请不停晷为霖三日以苏民忧。护萧酌醴,裸而降正,昼日赤赫,微云兴焉。有顷,雷动风行,若翻江河而下,一郡大骇且喜。明日又大雨,又明日亦雨,如约而止。呜呼!守与神语,若钟应,若响合,若叩门而求水火然,神之依人未有如是昭昭然者也。守则不德,顾何以得神之休?神其曰:千里之人德我,我岂负千里之人哉!惟神佐佐斯民,其终庇之,有求必应,有受必除,勿替自今之惠,守尚能白神之功登于闻,侈神之灵诏于后,以永神无穷之闻。尚飨!

从二祈雨祝文中知,绍兴九年己未秋天久不雨,大旱,稻苗将尽枯死,老百姓满脸忧色,哀叹声遍野,且纷纷奔走于各神灵庙宇间祈神求雨。弥逊身为知州,深感责任重大,于秋八月间率领州中执事到民间查访灾情,并于八月十一日具清酌庶馐为民祈雨,而天亦遂人愿,果真连续三天大降甘霖,漳城百姓既感惊骇,又欢喜感激上苍。虽然祈雨得雨之叙述稍显夸张,但其中可见李弥逊心系黎民、忠尽职守的高大形象。

(四) 请岳公和尚临法会

《筠溪集》卷二十一有《请岳老住漳州净众疏》,文云:

> 达摩半渡念稍转,即差如来一指禅。不言已喻欲明真,实事要识向上机。何须把缆放船,正好逢场作戏。岳公和尚,先登彼岸,亲到别峰,承圜悟之祖风,正云门之宗派。桃花开后,笑面难回;梅子熟时,酸心未改。惟丹霞首顾于庞老,方建塔有待于戒公。愿启净居,来临法会,鸣钟击鼓,大开福地之门庭;挥麈谈经,一洗昏衢之眼目。

文中可知,弥逊知漳时曾向朝廷疏奏,请岳公和尚到漳州住持净众寺,宣讲佛经弘扬佛法。

---

① 关于李弥逊在漳期间"抵御'寇攘'事",可详参拙文《李弥逊在漳州》。

从"惟丹霞首顾于庞老,方建塔有待于戒公"句看,弥逊是以丹霞山的南山寺[①]也请高僧住持以为对比,以显出请岳公和尚住持净众寺的重要与必要。而在唐宋时期,"漳州南山寺也是闽南禅宗的一大基地"[②]。从"承圜悟之祖风,正云门之宗派"一句可知,岳公和尚乃是禅宗六祖惠能的南禅之云门宗[③]的高僧,却又得承临济宗杨岐派高僧圜悟禅师[④]祖风。由是观之,则岳公和尚之法脉不甚明了,或谓其亦是走兼而有之的综合的路子。

麻天祥《中国禅宗思想发展史》云:"有宋一代佛教炽如烈火,禅宗更是争奇斗研,色影纷呈。"并列举了九个方面的表现,其中,"三是敕建寺院与赐敕匾额,而敕差住持寺院者尤以禅宗为盛","禅宗五家演为七宗,临济、云门为盛"[⑤]。这在净众寺亦体现得淋漓尽致。嘉靖乙未《龙溪县志》卷二《公署·寺观》载:"净众寺,在城东北隅,苗米一千三百五十五石二斗七升四合一勺。"又乾隆《龙溪县志》卷十一《古迹》云:"万寿保福净众禅寺在县治西北,左枕日华峰,右挹满月池,石壁洞当其前,保福山障其后,梁贞明二年州刺史王延钰建为祝圣道场,初名保福寺,后并净众入焉。元至正间重修。旧有御书阁,藏宋太宗皇帝御书经疏一百二十卷,御书《逍遥咏》、《青龙疏》、《阮琴歌》、《皇宋皈依忏》,文俱八分书,《圣教序》,双钩体,《帝释字》,颠草书;又仁宗皇帝赐妙空长老佛天龙神字二轴,梵书,赐僧端式回山歌十章,俱飞白体;又有紫芝草二十一本,乘以木笥,亦太宗赐也。今俱散失,惟佛光屏犹宋时物。内有王审知祠、三教堂。"而《宓庵手抄漳州府志》卷四十《古迹·寺院》(即光绪丁丑《漳州府志》)所载较为简略而略有差异云:"净众寺,在府治西北,寺殿东向,左枕日华峰,右挹满月池,后倚保福山,前望石壁洞。梁贞明三年建,为祝圣道场,寺旧有宋御书阁在佛殿东南隅,藏大中祥符御书,今废,惟佛光屏犹宋制云。内有三教堂,又有王审知祠,具子姓时修而致祠焉。"从中可见净众寺的建立从一开始就有官方背景,宋太宗与宋仁宗曾赐御书经疏、诗文及书法作品并建阁庋藏,并灵芝等物件,足见朝廷的大力支持。到明代依然有广大的田产,亦可想见在官方的支持下,净众寺的发达程度了。

(五) 小结

《筠溪集》卷六《漳州谢表》云:

备官二省,曾蔑效于涓尘;假守一麾,亦滥于民社。恩隆莫避,感激难名。中谢。

---

① 嘉靖乙未《龙溪县志》卷一《疆域》云:"丹霞峰在南厢。土石皆赤,晨夕映日,色若丹霞然。下有南山寺。"又康熙丁酉《龙溪县治》卷十一《古迹·寺观》:"南山寺在通津桥南之右,唐建,宋乾德六年刺史陈文颢重修。初名报名劬,后改崇福。郡守章大任匾曰'南州法崛',明改为南山寺。"

② 参阅林枫、范正义《闽南文化述论》,中国社会科学出版社 2008 年版,第 219 页。

③ 参阅林枫、范正义《闽南文化述论》,第 219 页。而云门宗之传衍关系大致如下:六祖惠能传行思,行思传希迁,希迁传道悟,道悟传崇信,崇信传宣鉴,宣鉴传义存,义存传文偃,始开云门宗。"云门宗风,孤危险峻,而简洁明快。"参见颜尚文著《隋唐佛教宗派研究》,台北新文丰出版公司 1980 年版,第 67、69 页。

④ 《禅宗讲述》云:"圆悟克勤(1063—113)俗姓骆,彭州崇宁(崇宁现划归郫县)人。出家后依止法演,蒙其印证,与佛鉴慧勤,佛眼清远齐名,被誉为'丛林三杰'。政和初年至荆州,当世名士张无尽礼谒之与之谈论'华严要旨'及'禅门宗趣'。复受沣州刺史之请,住夹山灵泉禅院。时因枢密院邓子常之奏请,敕赐紫服及'佛果禅师'之号。政和末年,奉诏移住金陵蒋山,大振宗风。后居金山,高宗幸扬州时,诏其入对,赐号'圜悟',世称圜悟克勤。后归成都昭觉寺,示寂后谥'真觉禅师'。弟子有大慧宗杲、虎丘绍隆等禅门龙象。圆悟克勤著有《岩录》及《击节录》,记录了禅宗公案,逐句加以评论、注解,可以说是他对禅宗的最大贡献,《碧岩录》被称之为禅门第一书。"(英武、正信著,巴蜀书社 2004 年版,第122 页)

⑤ 麻天祥《中国禅宗思想发展史》,湖南教育出版社 1997 年版,第 50—51 页。

伏念臣志与齿衰，材非时急，蒙知特达，受任超逾。方当驰骛有为之秋，殆非贪冒养疴之所。仰圣明之从欲，揣愚戆以知难。自谋谓何，敢薄淮阳之诏；引分而往，岂厌神明之游。震惧方深，宠绥不替。

此盖伏遇皇帝陛下，用人惟已以道观能。怜臣日奉内朝，虽乏献纳论思之效；察臣老谙民事，庶消叹息愁恨之声。赐以延阁之荣，付以外藩之便。载循忝切，愈积凌兢。臣敢不尽布宽条，少俾愿治。长于为郡，谅惭前志之称；远不忘君，誓殚晚节之报。

此《表》中虽满是客套的奉承与自贬自谦的语词，但从中亦可知，李弥逊之后在漳州任上所作所为，正如其表中所言："载循忝切，愈积凌兢。臣敢不尽布宽条，少俾愿治。长于为郡，谅惭前志之称；远不忘君，誓殚晚节之报。"因而，某种程度上正可以作为其知漳期间的自我鞭策，亦可视为其在漳治绩的总结。

二、仕宦延平温陵的旁证

《宋史》、万历《泉州府志》、嘉靖《延平府志》等史志，均尚未见李弥逊仕宦温陵、延平的记载。此又史志之失也。而《筠溪集》卷十九有七绝《道游武夷遇雨既渡复回明日竟游九曲而行因留》二首云："人间何地寄衰翁，偶到神山一苇中。可是仙君谢逋客，船头无处避刚风？""渡口回舟未忍移，净坊听雨坐题诗。馀龄倘有寻真路，试与披云问凤儿。"此二绝明确是写游武夷九曲胜境事。清人郑方坤《全闽诗话》引《宋诗纪事》，诗题作《宿观妙堂遇雨，既度复回，一日竟游九曲而行，赋诗二首》，且云："朱子跋云：'观妙堂东楹，李公侍郎遗墨，语意清婉，字画端劲。至其下，辄讽玩不能去，然岁久剥裂，又适当供帐处，后十数年，当不复可读矣！别为模刻，授道士使陷置壁间，庶几来者得以想见前辈风度。李公讳某，时以力抵和议，出守临漳云。庆元乙卯正月，新安朱某谨奉书。'"[①]由此可知，此二绝乃题留于武夷山冲佑观观妙堂内东楹。《筠溪集》卷十九还有七绝《过南泉长桥》诗云："矫矫长虹枕海腰，波臣守护敢倾摇。东西地尽惟逢水，早晚人归不碍潮。静夜鱼龙出宫阙，清江游女上云霄。"此诗当是写泉州五里长桥安平桥[②]。诸诗能否作为弥逊官彼二州的旁证呢？

（作者单位：漳州师范学院闽台文化研究所）

① 清郑方坤编，刘大治、陈节点校《全闽诗话》，福建人民出版社2006年版，第166页。

② 乾隆乙酉《晋江县志》卷二《规制志·桥渡》云："八都安海港有安平桥。晋江南安之界。旧以舟渡。宋绍兴八年僧祖派始筑石桥未就，二十一年守赵令衿成之。酾水三百六十二道，长八百十有一丈，广一丈六尺。"

论刘子翚对孔孟民生思想的继承与发展

杨国学

刘子翚(1101—1147)字彦冲,自号屏山病翁,崇安(今福建武夷山市五夫镇)人。出生于其父刘韐任所熙州狄道(今甘肃临洮县)。少年时曾游太学,服膺二程之学。初以父荫补承务郎,辟真定(今河北正定县)幕府。南渡后,通判兴化军(今福建莆田市),秩满,诏留任,以疾辞。筑室屏山,与胡宪、刘勉之共同执教讲学。朱熹曾从之受业。绍兴十七年(1147)卒,年四十七。谥文靖。有《屏山集》二十卷,其生前好友胡宪作《序》,高足朱熹作《跋》。《四库全书总目提要》称其"集中谈理之文,辨析明快,曲折尽意,无南宋人语录之习。论事之文,洞悉时势,亦无迂阔之见。"①

《屏山集》中的政论散文分《圣传论》和《维民论》(上、中、下)等共 13 篇。由于刘子翚归隐崇安五夫后,长期与闾里平民百姓接触往来,相互了解,所以他能体会到百姓的疾苦,同情百姓,关心百姓。在感情上与百姓的距离相当接近。因此,他的政论散文从百姓的角度出发,将当时百姓所受的痛苦与压迫如感同身受般和盘托出,既表现出他对民生的关切,同时也劝诫统治者以人为本,关注民生。

何谓"民生"?"民生"一词最早出现在《左传·宣公十二年》,晋大夫栾武子评论楚国"其君无日不讨国人而训之,于民生之不易,祸至之无日",并引箴曰"民生在勤,勤则不匮"②。这里的"民生"有百姓休养生息的意味。而《辞海》中对于"民生"的解释是"人民的生计"。显然,"民生"是一个带有人本思想和人文关怀的词语,话语语境中显然渗透着一种大众情怀。因此"民生"是指人民的生计。对民生的重视与否,关乎国家的稳定与兴衰。因此,关注民生是统治者治理国家的根本大计。刘子翚的政论散文《维民论》的"维民"就是要保障人民的生存、生活、生产条件。

一、君民相资、民归国固的理想

政治理想有大有小,上至国家,下至百姓。国家的政治理想反映一国的政治方向,而百姓最基本的政治理想就是希冀社会清平,国泰民安,劳有所得,生计无虞。因此,一个国家要保障"民生",就必须明确政治目标,把百姓的政治理想上升为国家的政治方略,这样,民生思

---

① 纪昀《四库全书总目提要·别集》,河北人民出版社,2000 年版。

② 《左传·宣公十二年》,杜预《春秋经传集解》,上海古籍出版社 1997 年版,第 486 页。

想的实现就有了保证。

刘子翚心系屏山，与百姓的交流甚多，能够亲眼看到南北宋交替时期百姓生活的艰难、困苦，因此，他同情百姓，提出自己的政治理想，以警示统治者。他生活在南北宋之交，国家政权，势若累卵。南宋政权初建时，朝廷所面临的局势远比北宋严峻。在这种情势下，刘子翚认为君主和百姓应互相扶持，相互依靠，让民心依附国家，这样国家才可以减少动乱，得以巩固。他在《维民论上》中说：

> 古无自固之国，若有维民之道。有国之大，犹人之形，神其君也，气其民也。神气相资，形乃生焉；君民相资，国乃固焉。相资之道，必先有与也。神与气，气乃与神，君与民，民乃与君。盖上者下之唱，本者末之附也。民有骇乱离析，与民者之过也；气有乖戾泮涣，与气者之过也。是以神存其气，则气盛而形充；君维其民，则民归而国固。①

刘子翚用生命体中神与气的辩证关系，比喻君与民相辅相成的关系。在封建时代，国君不仅是最高统治者，同时也是国家的代表。无君，民之精神无所依托；无民，国家政权无存在价值，诚所谓“苟无民，何以有君！”②因此，君与民，不可或缺。这样的认识，比起“天不可一日无日，国不可一日无君”的封建信条来，显然要进步得多。

从古至今，我们可以看到凡是实行暴政的统治者，其政权都不会长久。而在一定程度上实行仁政的统治者，国家都会相当强盛，经济相当繁荣，社会相当稳定，人民的满意度相当高。如进入封建社会的西汉文景之治，唐初的贞观之治，盛唐的开元盛世，一直为史家所称道，一直为正直士大夫所追求，一直为广大老百姓所向往。刘子翚从历史的经验教训中，认识到实行仁政的无比重要。他指出：“自古及今，天下之民，必有所属。尧、舜之民，禹维之，桀解其维而夏亡。商之民，文、武维之，幽、厉解其维而周亡。自秦汉以来，或解或维，此治乱兴亡循环不已也。”③刘子翚对不同时期的统治者是维民（行仁政）还是解民（施暴政）所造成国家的兴还是亡进行对比，来劝诫宋朝的统治者应以史为鉴，关注民生，施行仁政。他说：

> “自昔观我政于庙堂之间，得民情于肝膈之内，有要道矣。政苛与，刑酷与，赋敛重与，徭役数与，有是四者，民必不乐其生，不待闻其怨嗟之声，见其蹙额之色，时虽幸安，民必叛己。无是四者，时虽甚危，民必附己，不待走闾巷，访鳏独，而知其必乐其生矣。夫民之乐不乐，其事至微，何规规察察而欲知之耶？盖不乐之意，郁于胸中，亦不能自制也。积而为怨，怨极则怒，怒之心蓄而未发，甚于敌国之兵戈，过于天灾之水旱，不见其形，莫知警惧。……故有国者兢兢业业，不敢自安，思有以维之也。”④

从这段文字可以看出，刘子翚所主张的仁政指的是废苛政，省刑法，薄赋敛，减徭役等具体内容及其意义。追本溯源，刘子翚的维民思想，源于原始儒学的“民本”思想，脱胎于孔子的“仁”说、“德政”和孟子的“仁政”学说。《论语·颜渊》记云：“樊迟问仁。子曰：‘爱人’。”⑤孔

---

① 刘子翚《维民论》，《全宋文》第193册，上海辞书出版社、安徽教育出版社2006年版，第176页。

② 《战国策·赵威后问齐使》，朱东润《中国历代文学作品选》（上编），上海古籍出版社1979年版，第122页。

③ 刘子翚《维民论》，《全宋文》第193册，上海辞书出版社、安徽教育出版社2006年版，第177页。

④ 刘子翚《维民论》，《全宋文》第193册，上海辞书出版社、安徽教育出版社2006年版，第176—177页。

⑤ 《论语·颜渊》，杨伯峻《论语译注》，中华书局1960年版，第131页。

子还认为，“为政以德，譬如北辰，居其所而众星共之”①。意思是只要实行“德政”，为政者就可以无所动作而感化百姓，无所言语而取得百姓的信任，无所作为而有所成功。他把“修己以安百姓”①看成是统治者执政应该达到的终极目的。

孔子的“仁”说、“德政”，被孟子发展为“仁政”学说。他认为“人皆有不忍人之心。先王有不忍人之心，斯有不忍人之政矣。以不忍人之心，行不忍人之政，治天下可运之掌上”②。这里所谓的“不忍人之政”就是“仁政”。只要从不忍人之心出发，实行仁政，天下就像握在自己手掌里一样，很容易得到人民的拥护。这是“王道之始也”。孟子认为，“仁政”是最理想的政治，“王如施仁政于民，省刑法，薄赋敛，深耕易耨；壮者以暇日修其孝弟忠信，入以事其父兄，出以事其长上，可使制梃以挞秦楚之坚甲利兵矣”。“故曰：‘仁者无敌。’”③就是说，如果统治者实行仁政，就可以得到人民的衷心拥护而无敌于天下；反之，如果不顾人民的死活，推行虐政，就会造成“庖有肥肉，厩有肥马，民有饥色，野有饿殍”④的严重恶果，这样的统治者，简直就是“率兽而食人也，恶在其为民父母也”⑤。其结果，将会变成独夫民贼而彻底失去民心，被人民推翻。

孟子提出“仁政”学说是基于其“民贵君轻”的思想。孟子清醒地认识到了人民力量的强大，因此提出了“民为贵，社稷次之，君为轻”⑥的观点。战国中期的孟子能有这样的认识水平，实在是难能可贵。刘子翚所主张的仁政，正是继承吸取了孟子学说中这一最光辉的思想。

二、整饬吏治，减负宽民的设想

国家要实现其政治理想必须有一定的经济基础，经济上实行什么样的措施，会直接影响到民生问题乃至政治制度的推行。可见经济措施对一个国家的长足发展至关重要，它是民生得以稳定的基石。

两宋时期，由于战争频繁，国库亏空，国家要通过向百姓征收赋税来填充国库。南宋初期以秦桧为首的主和派奸佞，和北宋末的王黼、蔡京等权奸一样，结党营私，横行无忌，层层盘剥，百姓困苦不堪。由于吏治腐败而又不加整饬，致使“贪者自遂，暴者肆情，惰者日偷，恬然无所忌惮，而洁白公正之吏立己则见尤，守法则获谤，抗上则招戾，往往变节忍诟，以谋苟安，千里之内，皆化而为不良之吏矣”⑦。朝廷稽考官员政绩，不论贤与不肖，而只看经济指标，“故赋敛急则守令才，赋敛宽则守令贤，守令贤则民宽，守令才则民扰，由上使之也”⑧。

在上上下下虎狼之吏的压榨逼迫下，此伏彼起的民变、兵变乃至较大规模的农民起义便是必然的了。但是统治者不但不反躬自省，反而变本加厉，激化矛盾。正如刘子翚指出的那

① 《论语・为政》，杨伯峻《论语译注》，中华书局1960年版，第159页。
② 《孟子・公孙丑上》，杨伯峻《孟子译注》，中华书局1960年版，第79页。
③ 《孟子・梁惠王上》，杨伯峻《孟子译注》，中华书局1960年版，第10页。
④ 《孟子・梁惠王上》，杨伯峻《孟子译注》，中华书局1960年版，第9页。
⑤ 《孟子・梁惠王上》，杨伯峻《孟子译注》，中华书局1960年版，第9页。
⑥ 《孟子・尽心下》，杨伯峻《孟子译注》，中华书局1960年版，第328页。
⑦ 刘子翚《维民论》，《全宋文》第193册，上海辞书出版社、安徽教育出版社2006年版，第181页。
⑧ 刘子翚《维民论》，《全宋文》第193册，上海辞书出版社、安徽教育出版社2006年版，第181页。

样:“方其为民也,官诛求,吏掊克,视之如草芥,不知人心之已解。及其既叛也,急追捕,肆屠戮,视之如禽兽,不虑邦本之益危,岂不殆哉?”[①]那些贪官暴吏视安分守己之民如草芥,视被逼得铤而走险的反叛之民如禽兽,心中全无民生之念,更遑论“维民”、“为民”,以民为本了。如此的恶性循环,国家怎能长治久安!那么,如何整饬地方吏治呢?刘子翚提出:“守将重寄也,有七不可除:姻娅勿除,勋劳勿除,私昵勿除,祈闲均逸勿除,告衰引疾勿除,被劾左迁勿除,便私养了婚嫁勿除。”[②]虽然刘子翚的主张实出以公心,可惜他身处风雨飘摇中偏安一隅的南宋,不独非门生、故旧、姻亲不用的秦桧集团,就是整个封建社会,都不会按刘子翚这样的思路去管理官员。所以,刘屏山整饬吏治的思路只不过是一个美好的愿望而已。

但是,书生气十足的刘子翚并没有意识到他的主张的不可能实现,他在《维民论中》一起头就开宗明义地提出:“维民之道,莫先于轻赋敛。”[③]指出保障人民生计的第一措施就是希望整饬吏治,减轻赋税,减少聚敛。他愤怒地揭露了贪官豪吏狼狈为奸、巧立名目、枉法弄权、搜刮百姓,且官官相通、贿赂公行的种种罪恶行径:“今朝廷少有科敷,州县必曾其数,其说谓细民逃户,无可供输,按产而均,或致乏事,善良畏惮奔奏,豪猾巨捍迁延,吏缘为奸,权宜纵舍,则民已倍费矣。受纳之间,巧弊百出,执役掌事,皆老奸宿狯,视吾民犹家鸡圈豕,惟所咀啖焉。权衡斗尺,邦有定制。一摇手则变多为寡,一谬言则指精为粗。事例縻费既不可缺,阴期尽攫,纷然其间,愚民眩恍惊骇,不知所措,则又倍费矣。”以致“一檄经过,千家搔扰”。“故官非其人则官为蠹,官无其术则下为蠹”[④]。他提出应整饬吏治,革除弊政,希望“郡县皆选清廉强力之士主之,振职者有赏有陟,否则有罚有愆”[⑤]。针对“郡县已并旋复,员阙可减复增”的现象,主张裁撤冗员,减负宽民。

“莫先于轻赋敛”的观点,显然与孟子“使民有恒产”的主张是一脉相承的,即“明君制民之产,必使仰足以事父母,俯足以畜妻子,乐岁终生饱,凶年免于死亡,然后驱而之善,故民之从也轻”[⑥]。认为国家在减轻赋税的同时,还要重视发展多样化的农业生产,保护生产力,做到不失时机地、有计划地安排多种生产活动,做到“不违农时,谷不可胜食也;数罟不入洿池,鱼鳖不可胜用也;斧斤以时入山林,材木不可胜用也。谷与鱼鳖不可胜食,材木不可胜用,是使民养生丧死无憾也。养生丧死无憾,王道之始也”[⑦]。

刘子翚还认为,民宽则国富,但国家富有不应建立在对资源进行掠夺性开发上,而应坚持适度原则。他还从管理机制上提出了理财之道:“术之大要有二,一曰讲经制之道,二曰革科纳之弊,皆所以足国宽民也。何谓讲经制之道?财欲丰而散,不欲丰而聚,散则足,聚则竭,所以丰之有源也。今山泽之利,搜求窍穴,毫发无遗。关市之征,束薪把菜,亦有所取,利源至多至烦,而用犹不足者,窃意本之过也。”[⑧]刘子翚指出掠夺性开发虽然可以迅速增加国家的财政收入,但是一味地掠夺性开发,只会让资源不断地受到破坏,久而久之,势必使资源

① 刘子翚《维民论》,《全宋文》第193册,上海辞书出版社、安徽教育出版社2006年版,第180页。
② 刘子翚《维民论》,《全宋文》第193册,上海辞书出版社、安徽教育出版社2006年版,第181页。
③ 刘子翚《维民论》,《全宋文》第193册,上海辞书出版社、安徽教育出版社2006年版,第178页。
④ 刘子翚《维民论》,《全宋文》第193册,上海辞书出版社、安徽教育出版社2006年版,第179页。
⑤ 刘子翚《维民论》,《全宋文》第193册,上海辞书出版社、安徽教育出版社2006年版,第17页。
⑥ 《孟子·梁惠王上》,杨伯峻《孟子译注》,中华书局1960年版,第17页。
⑦ 《孟子·梁惠王上》,杨伯峻《孟子译注》,中华书局1960年版,第5页。
⑧ 刘子翚《维民论》,《全宋文》第193册,上海辞书出版社、安徽教育出版社2006年版,第178页。

枯竭，一旦国家真正需要这些资源时却不知从哪开发了，所以在用资源时要有度有节。值得特别注意的是，刘子翚在这里通过辨析富、贫（“欲丰”、“不欲丰”）、聚、散、足、竭的辩证关系，提出了一套具有重大战略意义的强国理论，那就是“开源节流，藏富于民以富国强本”的观点。这一观点，不仅在古代闪耀着辩证法的光辉，即使在今天，也不失其积极意义。

每个朝代，国库的储备主要取之于民。刘子翚认为：“维民之道非他。要在安之富之而已，非谓人人慰劳抚摩之也，勿扰之斯安矣。非谓人人丰殖赡给之也，勿穷之斯富矣。民心一固，推之不舍，逐之不离，彼其附上，非上人连比胶结之也，富之安之，民自相维矣。”[①]意思是说，在经济上国家应该先让百姓安居乐业，富裕起来，百姓在生活上有了保障，国家的经济来源也才能够有保证。如果各级官吏“取民之赋如出其橐，自然群蠹屏缩，斯民稍宽矣。经制之道既尽，科纳之弊又革，则国用足而民安富矣”[②]。这样的思想，不要说在封建社会是颇具战略眼光的，就是用于今天改善民生的某些方面，也有一定程度的借鉴价值。

三、关心民瘼，取信于民的主张

刘子翚在《维民论下》中总结说：“无苛政，无暴刑，无重役，无厚敛，维民之道尽矣。”[③]那么，如何实现这“四无”呢？刘子翚认为必须提高对民生与社稷存亡关系的认识，从思想上重视，从制度上保证维民之道的实施。

1. 提倡了解民意，体恤民情。刘子翚认为只要君主能与天下之民共其乐，想人民所想，急人民所急，就必然能称王天下。他说：“夫民之乐不乐，其事至微，何规规查查而欲知之耶？盖不乐之意，郁于胸中，亦不能自制也。积而为怨，怨极则怒，怒之心蓄而未发，甚于敌国之兵戈，过于天灾水旱，不见其形，莫知警惧。彼其疾上如仇雠，伺有衅隙，与之偕亡，而为上者方且偃然抚之，曰：‘此吾赤子也。’尤木蠹于中，鱼溃于腹，一旦破坏，其可支哉？民心无常如此，去就之端难查如此，故有国者兢兢业业，不敢自安，思有以维之也。”[④]意思是百姓快不快乐，虽然微不足道，但统治者必须认真体察。否则，民怨、民怒之威力，“甚于敌国之兵戈，过于天灾水旱”之灾祸。所以，体恤民情，了解民意，是统治者必须高度重视的重大问题。

为了在政治上得到人民的拥护，孟子也特别强调君主要与民同乐：“乐民之乐者，民亦乐其乐；忧民之忧者，民亦忧其忧。乐以天下，忧以天下，然而不王者，未之有也。”[⑤]要做到这一点并不难，只要君主按照人民的意愿行事，就能达到目的，即“所欲之聚之，所恶勿施”。即百姓想要的要尽量满足他们，不希望有的就不能强加予他们，所以民生关怀应该以老百姓生产、生活的需求为出发点，而不是相反。

2. 提倡关心民瘼，视民如伤。从古至今，统治者做任何事情都应该考虑百姓的力量和能力，应以宽和之心对待百姓，这样百姓便会依附于国家的统治而无骚动之心。刘子翚在《圣传论·禹》中，通过分析大禹公而忘私，视民如子的事迹，表达了他对统治者“维民”的

① 刘子翚《维民论》，《全宋文》第193册，上海辞书出版社、安徽教育出版社2006年版，第180页。
② 刘子翚《维民论》，《全宋文》第193册，上海辞书出版社、安徽教育出版社2006年版，第179页。
③ 刘子翚《维民论》，《全宋文》第193册，上海辞书出版社、安徽教育出版社2006年版，第180页。
④ 刘子翚《维民论》，《全宋文》第193册，上海辞书出版社、安徽教育出版社2006年版，第177页。
⑤ 《孟子·梁惠王下》，杨伯峻《孟子译注》，中华书局1960年版，第33页。

希望：

圣人宅心广大，一视同仁，羸衣枵腹食如己饫，温萎膏馈醒如己苏，决非强为博爱之名也。有生之类，实同体耳。禹视天下之溺犹己溺之，何其责己太深切哉？滔淫之害，天实为之，恻然不忍斯民葬鱼腹中，极力牵援，此仁心之常也。若曰昏垫万灵，如己所致，焦心劳思，胼手胝足，逆旅其家，惟爱人利物是图，无乃差过乎？然而万世无异词，圣贤共推尊者，岂不以伟人所行无可拟议，理当然耶？因知泣辜祝网，惠困思饥，视民如伤，无异骨肉者，圣人之心不约而同也。[①]

刘子翚认为，维民之道，“要之皆以宽厚为治”[②]，“惟勤恤元元是先”，“求民之瘼，施恩弗恩，维民之道，轻敛为急”，而“深镌痛削，民不堪命，亦将怨叛”。这里是说，统治者食于民就应尽心为民做事，而不是一味苛责百姓，无止境地压榨百姓，从百姓身上得到更多东西。和孔、孟一样，刘子翚认为人都有善心，统治者的残暴并不是天生的，只要他认识到百姓力量的强大，考虑到得民心的重要性，就会收起他们的残暴之行，对百姓持宽和态度。

3. 提倡诚信为民，取信于民。社会要发展，国家要进步，就应该多听取百姓的意见，做到取信于民。在孔子的思想体系中，取信于民是从政者的首要任务，“言而无信，不知其可也”[③]。由于孔子思想对中国文化的深远影响，做人要守信用，为政要取信于民，在中国传统的政治道德和伦理道德中始终占有极其重要的地位。刘子翚从了解民意、关心民瘼、提倡诚信这三个方面论述了取信于民，为民服务的重要性。而这三个方面是在政治制度与经济措施相对完善的基础上才能够建立起来的，这是民生思想不断发展的结果。

综上所述，刘子翚关于维护民生的一系列主张和设想，实际上从社会的各个方面反映了南宋政权在体制上的种种弊端，他希望通过他的思想反映百姓的愿望，让统治者关注民生、关怀民生。这些思想虽有不可避免的时代局限，但仍不失为中国传统文化中颇具理论意义和实践价值的思想精华之一，在今天仍有积极意义。当今社会要建立社会主义和谐社会，必须坚持以人为本，始终把最广大人民的根本利益作为一切工作的出发点和落脚点。正确处理好新形势下的人民内部矛盾，认真解决人民群众最关心、最直接、最现实的利益问题，把民生问题作为重中之重，国家才能长治久安，社会才能和谐发展。

（作者单位：武夷学院人文与教师教育学院）

① 刘子翚《圣传论·禹》，《全宋文》第193册，上海辞书出版社、安徽教育出版社2006年版，第160页。

② 刘子翚《维民论》，《全宋文》第193册，上海辞书出版社、安徽教育出版社2006年版，第177页。

③ 《论语·为政》，杨伯峻《论语译注》，中华书局1960年版，第21页。

读《渭南文集》表笺文札记

朱迎平

一

《渭南文集》五十卷，为陆游幼子陆子遹在其父逝世十年后的嘉定十三年（1220）刊于溧阳学宫，其序文称：

> 遗文自先太史未病时故已编辑，而名以《渭南》矣。第学者多未之见，今别为五十卷，凡命名及次第之旨，皆出遗意，今不敢紊。乃锓梓溧阳学宫，以广其传。"渭南"者，晚封渭南伯，因自号为陆渭南。尝谓子遹曰："《剑南》乃诗家事，不可施于文，故别名《渭南》。如《入蜀记》、《牡丹谱》、乐府词，本当别行，而异时或至散失，宜用庐陵所刊《欧阳公集》例，附于集后。"此皆子遹尝有疑而请问者，故备著于此。[①]

从这一序文可知，《渭南文集》为陆游亲手编成，命名、次第、体例均其自定，且陆游认为，"诗家事"与"文章事"有别，故诗、文不宜合刊。宋人文集大多为诗、文合编，也有仅存诗，或仅存文的，像陆游这样诗文分编、各自命名的情况极为少见。这反映了作者认为自己的诗、文各有其独立的价值，不应相淆。这是读《渭南文集》之时应该仔细领会的。

《渭南文集》所收文体的排列顺序依次为：表笺、札子、奏状、启、书、序、碑、记、铭、赞、记事、传、青词、疏文、祝文、劝农文、杂书、跋、墓志铭、墓表、圹记、塔铭、祭文、哀辞、致语，另附《牡丹谱》、《入蜀记》和词。这里明显将上行公文列于前，个人著述列于后；而上行公文中，又将直接呈递朝廷称贺陈谢的表笺文置于首位，从中可体会陆游的苦心所在。陆游生前官位不高，在朝廷任职时间更短，他对自己政治生涯中的这点记录还是十分珍视的。这是读《渭南文集》表笺文之时应该仔细领会的。

表笺文是上行公文中的两类。徐师曾《文体明辨》云："古者献言于君，皆称上书。汉定礼仪，乃有四品，其三曰表，然但用以陈请而已。后世因之，其用寖广。于是有论谏。有请劝，有陈乞，有进献，有推荐，有庆贺，有慰安，有辞解，有陈谢，有讼理，有弹劾，所施既殊，故其词亦异。至论其体，则汉晋多用散文，唐宋多用四六。"又云："古者君臣同书，至东汉始用笺记，公府奏记，郡将奏笺。……是时太子诸王大臣皆得称笺，后世专以上皇后、太子，于是

① 《中华再造善本》影印嘉定十三年溧阳学宫刊本《渭南文集》卷首。

天子称表，皇后、太子称笺，而其他不得用矣。”[①]这已将表笺文的文体功能和用法说明得十分清楚。

《渭南文集》卷一包括表文20首和笺文7首，卷二为南宫表笺，包括表文13首、笺文6首和疏文6首。两卷总计52首。以文章性质分，则包括贺表17首、谢表13首、请（劝）表4首、贺笺12首、奏疏6首。而卷二所谓“南宫表笺”，是指陆游淳熙十六年在礼部郎中任上，代丞相所拟写之作。南宫即尚书省，属礼部。《宋史·职官志》：“（礼部郎中）凡庆会若谢，掌撰表文。”[②]因此，卷一为陆游以自己名义所撰之文，而卷二则为代拟之作。相比而言，卷一的研究价值应更大一些。

二

《渭南文集》中的文章，有一些在文中注明撰写日期，这在序记文、题跋文中尤为常见，但大部分文章未标明作年，须结合文章内容和写作背景仔细考辨。系统进行过陆游诗文编年工作的是欧小牧先生，其《陆游年谱》（人民文学出版社1981年版，以下简称《欧谱》）后附《陆放翁先生著作系年》，对陆游的大部分诗文作品予以编年分列，也有未能考定作年的，当然编年中也有疏误之处。

表笺文两卷52篇文章，均未标明作年，但卷二“南宫表笺”均作于淳熙十六年礼部郎中任上，这应该是没有疑议的。卷一的27篇文章，《欧谱》的编年大多可以信从，但也有可以商榷之处。

《光宗册宝贺表》和《光宗册宝贺太皇太后笺》应是同时之作，其背景均是“光宗册宝”。《欧谱》系于庆元六年，有误。考《宋史》卷三七载，光宗卒于庆元六年八月，十一月上谥号为宪仁圣哲慈孝皇帝，庙号光宗。又卷三八：“（嘉泰三年）十一月壬申，上光宗册、宝于太庙。”[③]册宝，指册书和宝玺。宋代为皇帝或太后等上尊号，常奉上册宝，册为条玉，以金填字，以红线相联，可卷舒；宝为印章。因此，庆元六年（1200）为上谥号、庙号之时，而册宝在嘉泰三年（1203）十一月，故上述二文应作于嘉泰三年十一月。

《谢致仕表》《欧谱》系于庆元五年，有误。庆元五年（1199）陆游75岁，不复请祠禄，于五月致仕。但这是陆游第一次致仕，因为三年后的嘉泰二年（1202）五月，他又奉召以元官提举佑神观兼实录院同修撰兼同修国史，参与两朝实录的编修。在一年多时间内先后除秘书监、宝谟阁待制、提举江州太平兴国宫，转太中大夫。《渭南文集》卷五有《乞致仕札子》，自注：甲子（即嘉泰四年）；而卷二十作于嘉泰四年三月的《常州奔牛闸记》文末系衔为“太中大夫充宝谟阁待制致仕山阴县开国子食邑五百户赐紫金鱼袋”，可见陆游再次被准致仕在嘉泰四年初。《谢致仕表》编排于《除宝谟阁待制谢表》和《转太中大夫谢表》（均作于嘉泰三年）之后，当作于嘉泰四年（1204）初陆游第二次致仕之时，时年80岁。

《皇帝御正殿贺表》、《皇帝御正殿贺皇后笺》和《皇帝御正殿贺皇太子笺》一组文章，《欧

① 徐师曾《文体明辨序说》，人民文学出版社1982年版，第122—123页。

② 《宋史》卷一六三《职官志》，中华书局点校本，第3853页。

③ 《宋史》卷三八《宁宗纪》，中华书局点校本，第727页。

谱》系于致仕后，未有明确时间。这里的皇帝“御正殿”相对于“避正殿”而言。古代国家有灾异急难之事，皇帝避离正殿，表示自我贬责，以期消灾弥难。灾后复临朝听政，称“御正殿”。如嘉泰四年三月宁宗因临安大火，乙巳日避正殿，庚寅日复御正殿；开禧二年二月寿慈宫火灾，乙卯日避正殿，己卯日复御正殿等。此次“御正殿”的缘由尚待考，但皇太子赵询立于开禧三年(1207)十一月，则笺文当作于其后；又文中称“臣农畴齿髦”，亦可证为80岁以后所作。综合这些材料，这组文章的撰写时间应在嘉定元、二年间(1208—1209)。

《皇太子受册贺表》、《皇太子受册贺皇后笺》和《贺皇太子受册笺》一组文章，《欧谱》同样系于致仕后，未有明确时间。此处“皇太子”指宁宗所立太子赵询，《宋史》卷三八：“(开禧三年十一月)丁亥，诏立皇子荣王曮为皇太子，更名帱。”又卷三九：“(嘉定二年八月)甲戌，册皇太子。丁丑，皇太子谒于太庙。戊寅，诏皇太子更名询。”①皇太子受册在嘉定二年(1209)八月，因此陆游的这组贺表、贺笺当作于此时，而距其去世仅四月，文中所谓“颓龄耄矣”、“垂及九龄”之语也可作为佐证。

有学者认为“由于编纂的时间比较仓促，渭南文集中难免有所疏误”，“体例有不严谨处”的例证即是卷一表笺文②。但经逐篇考定后，笔者发现卷一的27篇文章编排体例十分严谨，并无“疏误”。表文以题材分类，《天申节贺表》以下七首为一组，《贺明堂表》以下五首为一组，《福建到任谢表》以下七首为一组，《逆曦授首称贺表》一首为一组；笺文《光宗册宝贺太皇太后笺》以下五首为一组，《逆曦授首贺太皇太后笺》以下二首为一组。每组内严格按时间先后顺序排列，绝无紊乱之例，可见陆游亲自编定的文集体例是严谨的，对表笺类上行公文的态度尤为严肃恭谨，今人不作详考，轻易地判定“仓促”、“不严谨”是不妥当的。

三

在文学史研究者的眼里，表笺属于应用性公文，尤其是称贺陈谢的表笺文，更是歌功颂德、感恩戴德的官样文章，内容上既不足取，艺术上也属陈词滥调。这种看法有其道理，但过于绝对和片面。与今天文学研究者的观念不同，对于古代作家来说，这类应用性公文，被看作是“经国之大业，不朽之盛事”，并直接关系到自己的进退出处，直至身家性命，因而撰写态度严肃恭谨，使用文辞字斟句酌，绝不敢懈怠和敷衍。尤其是有定评的大作家，其“官样文字”同样具有不可忽视的价值。以陆游的表笺文为例，从思想内容着眼，其值得注意的地方至少有三方面：

一是到任、离职谢表，包括《福建到任谢表》、《江西到任谢表》、《严州到任谢表》、《除宝谟阁待制谢表》、《转太中大夫谢表》、《谢致仕表》和《落职谢表》共七首。这些表文与作者的生平出处直接相关。

陆游仕途坎坷，半生飘零，成就了“放翁”的诗名，但抗金报国无门，他淳熙五年由蜀地奉召东归时，已是54岁。《福建到任谢表》称：“侵寻半世，转徙两川，三为别乘之行，再忝专城之寄。五十之年已过，非复壮心；八千之路来归，恍如昨梦。”将蜀中八年的奔波生涯和内心

① 《宋史》卷三九《宁宗纪》，中华书局点校本，第735页。

② 蒋方《渭南文集的编纂与流传》，《江汉大学学报》2004年第2期。

世界，浓缩在短短几联对句中，无限感慨，无比辛酸。在长期归隐故里之后，78岁的陆游获得了复出修史的机会。“昨被出纶之命，起参载笔之游，强眊昏废忘之余，均笔削讨论之责。食常忘事，但忧尸素之当诛；成本因人，乃以汗青而受宠。”（《转太中大夫谢表》）记录了这位耄耋老人奇迹般的经历和思想。然而残酷的政治斗争并未放过这位垂垂老者，随着开禧北伐的失败和韩侂胄的被诛，抗战派的力量受到了沉重打击，终身力主抗金的陆游也受到株连，于嘉定元年初被劾落宝谟阁待制。《落职谢表》中表达了陆游此时惶恐不安之内心：“命之多艰，动辄为累，强起仅余于数月，退归又阅于六年。齿豁头童，心剿形瘵。叫阍请命，蒙恩久许其乞骸；饰巾待终，视世已同于逆旅。敢谓宽平之邦宪，尚令澌尽于里居……虽名薄责，益示殊私。臣敢不祗诵训词，痛惩宿负。尸居余气，永无再瞻轩陛之期；老生常谈，莫叙仰戴丘山之意。”总之，这组谢表中诚然少不了感恩戴德、尽忠报国的表态，但细读表文，不少地方确还是陆游在特定背景下真情实感的流露，它们应是考察陆游生平和心路历程的重要第一手资料。

陆游这组谢表的另一特色，是每每提及自己的家世出身。如《福建到任谢表》：“臣幺然薄命，起自穷阎，偶以元祐之党家，获与绍兴之朝士。”《除宝谟阁待制谢表》：“臣材非异禀，家本至寒。《苍》《雅》遗书，守先臣之孤学；《庄》《骚》奇作，诵诸老之旧闻。”《转太中大夫谢表》：“臣身出穷阎，家承孤学。”《谢致仕表》：“臣家本穷阎，世承孤学。”《落职谢表》：“臣本出故家，初无他技，每自求于远宦，岂有意于虚名？”联系到《渭南文集》中还有陆游为陆氏族人撰写的多首墓表、墓志、题跋等，并另撰有《家世旧闻》百余则，专记家族轶闻，可见陆游有强烈的“家世情结”，因而每有机会，都会提及此点。“元祐党家”、“先臣孤学”，凸显出陆氏自北宋陆轸以来的政治、学术和文学传统，这是陆游引以为自豪的立身根基，也是陆游高尚的人格风范形成的重要渊源，值得在陆游研究中引起进一步关注。

二是“逆曦授首”的贺表贺笺，包括《逆曦授首称贺表》、《逆曦授首贺太皇太后笺》和《逆曦授首和皇后笺》三首。抗金复国是陆游毕生坚守、至死不渝的信念，即使至耄耋之年，仍念念不忘。早在蜀中，他就不满于吴璘之子吴挺“代掌兵，颇骄恣”，“就令有功，愈不可驾驭”，可惜意见未被重视[①]。吴氏三代拥兵镇蜀，野心渐萌，陆游早有察觉，及至吴曦在开禧北伐的关键时刻公然叛国投敌，僭位蜀王，正验证了陆游当年的预言。因此，当宋将“共诛吴曦，传首诣行在，献于庙社，枭三日，四川平”[②]的消息传来，时刻关注着北伐动向的陆游欣喜万分，向宁宗、太皇太后（孝宗谢皇后）、皇后（宁宗杨皇后）同时发出了贺表贺笺。贺表中称颂宁宗“览图籍而动容，每念两京之未复；奉庙祧而贯涕，不忘九世之深仇”，实际也公开重申了自己抗金复国的信念。表中称逆曦“蠢兹雏卵之微，自投鼎镬之地。人情共愤，天讨遂加。菹醢以赐诸侯，虽特宽于汉法；头颅之行万里，已大震于戎心。遥知群丑宵遁之余，无复并塞秋防之警”，表达了对逆曦的无比义愤和对叛贼授首的无比欢欣。

三是最后三年间的表笺。统计卷一中陆游所撰表笺文，作于淳熙年间的共十一首，嘉泰年间复出前后的共六首，而从开禧三年至嘉定二年陆游生命的最后三年中所撰的达十首。这十首表笺文中，三首是为“逆曦授首”而作，一首为《落职谢表》，三首为“皇帝御正殿”而作，

① 《宋史》卷三九五《陆游传》，中华书局点校本，第12058页。

② 《宋史》卷三八《宁宗纪》，中华书局点校本，第744页。

三首为“皇太子受册”而作，末三首更作于嘉定二年八月，此时距陆游逝世仅四月。所上十首表笺文的对象，宁宗四首，皇后（宁宗杨皇后）三首，太皇太后（孝宗谢皇后）一首，皇太子三首。这一组数据颇值得深思：如果说，陆游淳熙、嘉泰年间撰写表笺是因为职务在身，那么，再次退休后的陆游为何要如此频繁地奏上表笺呢？如果说，称贺“逆曦授首”是表达由衷的欢欣，那么，遭受“落职”处分的陆游为何直至去世前夕还要反复表达“区区犬马之心”（《贺皇太子受册笺》）呢？陆游生命中的最后三年，虽然仍住在平静的镜湖边，但激荡的时代风云同样冲击着这位垂暮老人的精神世界。他终身坚守的信念没有动摇，但对现实的担忧似乎愈加强烈，以致用不断的、多方向的奏上表笺来减轻心理上的压力。今人所撰的陆游传记，大多从《剑南诗稿》中寻绎陆游的人生轨迹和心路历程，《渭南文集》中的相关材料关注得不够。作为诗人的陆游是感性的，是理想化的，但作为现实中的承担多重人生角色的陆游或许更为理性，更为实际，而这一面或许更多地表现在他的文章中。因此，用“文集中的陆游”来补充“诗稿中的陆游”，是否能使陆游的内心世界多层次、多侧面地得到呈现？陆游最后三年间的表笺文值得我们作进一步的解读和探讨。

四

表笺文至唐宋，基本上全用四六，成为四六文的重要文体。孙梅《四六丛话》卷十《序表》阐述表文写作的态度和要求称：

> 夫人臣沥悃闻天，积诚寤主。进伏蒲以敷奏，退削稿以陈词。质而无华，不免周勃之木强；文而失实，是犹舍人之俳词。诚荣辱之枢机，从违所倚伏，封囊搢笏，罔勿兢兢。必且熟精经子，导礼教之深源；流览史书，究古今之大体。《鹿鸣》、《天保》，一唱而叩心；石室《金縢》，三复而流涕。忠孝之情，郁于中而发作于外；诗书之气，相其质而旁达其华。自然匡、刘经术，左右逢源；扬、马才情，驰驱合范。由是屏营斋沐，仰干咫尺之颜；濡染淋漓，备用三千之牍。使温恭之美，著于黼裳；笃棐之忱，形诸简墨。以之陈谢，则句随寸草偕春；以之请乞，则字与倾葵共转；以之荐达，则“好贤如缁衣”，不啻口出；以之进奉，则宫廷绘无逸，曲牖渊衷。义等格心，功同造膝矣。①

表文写作至宋代甚至成为一种专业，宋代科举考试中设立“词科”，专门选拔为朝廷撰写各类公文的人才，词科考试规定的十二种文体中，“表”居其一。王应麟所撰专门指导词科考试的著作《辞学指南》卷三列举了各类表文的体式、范文，并称：“大抵表文以简洁精致为先，用事不要深僻，造语不可尖新，铺叙不要繁冗。此表之大纲也。”②可见表文撰写在当时的专业化程度。

陆游未曾考过词科，他任职朝廷的时间也不长，因而所撰表笺文并不算多，但《四六丛话》卷三十三仍将他列入“宋四六诸家”的行列，说明他的这类四六作品还是能自成一家（陆游所撰启文达七卷115首，也是其四六文的重要组成部分，另外还有一些其他体裁的四六文）。

---

① 《四六丛话》卷十，《历代文话》第五册，复旦大学出版社，第4446页。

② 《辞学指南》卷三，《历代文话》第一册，复旦大学出版社，第971页。

表笺文是上奏皇帝、皇后、太子等的上行文书，第一要义是得体。首先要区分对象：同一人物，当皇帝和当太上皇时有所不同；同一事件，上奏皇帝和皇后时也有所不同。这些在陆游的文章中都有体现，典型的如淳熙十六年立光宗李皇后时代丞相所拟的五首贺表贺笺，其对象分别为寿皇（孝宗）、皇帝（光宗）、皇太后（高宗吴皇后）、寿成皇后（孝宗谢皇后）和皇后（光宗李皇后）。这是最高统治集团内部权力的一次大调整。由于光宗的即位乃孝宗禅让，李氏为皇后也是孝宗所诏立，因此《贺寿皇表》称诵其"茂建壸则，所以垂万世之典常；大明人伦，所以移四方之风俗"，而《贺皇帝表》则强调"兹正中宫之位号，实出寿皇之训谟"，"故当天临之初，务先坤载之厚"；《贺皇太后笺》渲染所谓"唐虞盛际，乃出一家父子之亲；任姒徽音，仍见三朝妇姑之法"（父子，喻孝宗、光宗；三朝妇姑，喻高宗、孝宗、光宗三朝皇后），《贺寿成皇后笺》则称道其"妇功饬备，母道含洪，躬老氏之俭慈，享周家之福禄"，而《贺皇后笺》则强调"寿皇所以亲发于德音，圣主所以深资于内助，副笄奉三殿之养，大练受六宫之朝"。细读这五首表笺，在一派称贺颂德声中，可以隐隐窥见这次权力交替中的各方关系。陆游代拟的这组文章，对象错综复杂，但他处理得各有侧重，使其各得其所，极为得体，可谓大手笔。"得体"的关键还在于措辞。如前引《落职谢表》，在垂暮之年还要遭受牵连被落职，落职了还要谢恩，这确实令人不平，难以落笔。陆游的表文在强调自己"齿豁头童，心劓形瘵"，晚景凄凉、内心惶恐的同时，却并无认罪乞求之词，末尾"尸居余气，永无再瞻轩陛之期；老生常谈，莫叙仰戴丘山之意"一联，包含有与朝廷决绝告别之意，也保留了一份自尊和执着。全文态度不卑不亢，措辞委婉有力，体现了另一种"得体"。古代公文讲究的这种"得体"在今天或许已无实际意义，但它对文章写作还有启迪作用。

陆游的表笺文的总体风格，以上引《辞学指南》所论"简洁精致"为特色。与苏轼等北宋作家相比，陆游表笺文的程式化倾向更为明显，这也是南宋时期的普遍趋势。以节庆类贺表为例，常以一、二联对句领起并点题；"中贺"以下用"恭惟陛下"云云表达称颂，一般也是二至三联对句；最后以"臣"领起二联对句表达恭贺、忠诚之意作结。这类贺表不事铺排，但达意表情到位，体现了简洁明了的特点。至于如"逆曦授首"的几首贺表（笺）则略作铺叙，以抒写由衷的喜悦之情；同样的还有多首任职谢表，往往联系身世表达感激之情。当然，这些铺叙仍是适量有度的，不显繁冗，同时用典、造语平实，总体仍是简洁明了。此外，在大量称颂陈谢的套语中，陆游十分注意锤炼独创性的对句，以表情达意。如前引《福建到任谢表》中"侵寻半世"二联，不但高度概括了蜀中八年的生涯，而且准确表达了此时此刻"恍如昨梦"的无限感慨。又如《严州到任谢表》末表达谢恩的一联："憩棠阴而听治，期无坠于家声；及瓜戍而代归，尚少酬于君赐"，用《史记》和《左传》中的两个典故，准确表达了认真任职、维护家声，（陆游高祖陆轸曾任新定太守）、报答君恩的态度，尤显巧妙而精致。陆游的散文，总体上呈现出一种自然稳健、秀雅凝练的风格，而其表笺文简洁精致的特色，可谓与散文一脉相承。骈散的融合，在陆游的全部文章（包括散文和四六）中，得到了很好的体现，这是阅读《渭南文集》时值得仔细玩味的。

（作者单位：上海财经大学人文学院）

《观澜文集》及其对唐宋派形成的影响

杜海军

《观澜文集》，南宋福州人林之奇编纂，对其后的文学史走向特别是唐宋派的形成产生了一定的影响，这应该引起文学史研究者的注意。要研究《观澜文集》，先需对林之奇有所了解。

林之奇（1112—1177），字少颖，自号拙斋，天下学者称三山先生。福州侯官（今属福建）人，《闽中理学渊源考》卷七《文昭林拙斋先生之奇》称其卒年六十五岁。谥号文昭，《宋史》卷四百三十三《儒林三》有传。南宋理学家、文学家、史学家吕祖谦是其嫡传。

林之奇生性勤学，其好友张孝祥《赠江清卿》说："吾友林少颖，读书不计屋。抄书手生茧，照书眼如烛。往时群玉府，上直对床宿。夜半闻吾伊，我睡已再熟。此君抱高节，雪柏映霜竹。造物乃儿戏，卧病在空谷。尚能作手书，寄我成一束。我懒更愧渠，终岁不报复。"[①]林之奇著作甚丰，《直斋书录解题》卷一八著录有《拙斋集》二十二卷。另外，据《宋史》艺文志、《福建通志》艺文志等记载有《尚书集解》五十八卷，《春秋讲义》十卷，《周礼讲义》四十九卷，《论语讲义》十二卷，《论语注》一卷，《孟子讲义》七卷，《杨子解义》二卷。《宋史》卷二百九《艺文志》记载《观澜文集》六十三卷。

林之奇是吕本中的得意门生。吕本中在《送林之奇少颖秀才往行朝》中称赞林之奇人品文章："我为福堂游，破屋占城市。城中几万户，所识一林子。蓊然众木中，见此真杞梓。未为栋梁具，且映风日美。子之于为学，其志盖未已。上欲穷经书，下考百代美。发而为文词，一一当俊伟。"[②]《别林氏兄弟》又说："二年住闽岭，所阅足青紫。那知万众中，得此数君子。相从不我厌，但觉岁月驶。高论脱时俗，如风濯烦暑。出处虽未同，气味固相似。人生有离合，所畏为物使。要当啜英华，不必计渣滓。他年肯相寻，在彼不在此。"[③]因此，林之奇一生受吕本中影响最大，《拙斋集》二十二卷有两卷为记载吕本中言论。

吕本中在宋代是著名的理学家，文学家。林之奇在追随吕本中的过程中，受到了吕本中的理学思想的影响，成为一个很有影响的学者，有《尚书集解》五十八卷，在当时即以《尚书》研究著称，朱熹说《书》便时常称引林之奇，如门人问"然而无有乎尔则亦无有乎尔"，朱熹曰"惟三山林少颖向某说得最好"等[④]。金人王若虚说："宋人解书者惟林少颖眼目最高，既不若

---

① 张孝祥《于湖集》卷三，上海古籍出版社《文渊阁四库全书》影印本。

② 吕本中《东莱诗集》卷十四，《文渊阁四库全书》影印本。

③ 吕本中《东莱诗集》卷十五，《文渊阁四库全书》影印本。

④ 黎靖德编《朱子语类》卷六十一，中华书局 1994 年版。

先儒之窒，又不为近代之凿，当为古今第一。而迩来学者，但知有夏僎，盖未见林氏本，故耳夏解妙处，大抵皆出于少颖，其以新意胜之者有数也。”①

林之奇受吕本中文学熏陶，也取得了一定的文学成就，在当时同样以文名著称。史浩《鄮峰真隐漫录》卷三十一《辞两王府教授上宰执札子》将林之奇与虞允文、王淮、洪迈等并称，赞林之奇以“操履端方、辞华绚采，则有正字林之奇”②。清四库馆臣赏林之奇文，又将其诗与苏、黄并论，说：“吕氏之学颇杂佛理，故之奇持论亦在儒释之间。吕氏虽谈经义，而不薄文章，故之奇注释《尚书》，究心训诂，而此集（《拙斋集》）所载诸篇，皆明白畅达，不事勾棘，亦无语录粗鄙之气。其诗尤具有高韵，如《江月图》、《早春偶题》诸篇，置之苏、黄集中，不甚可辨也。”③对林之奇的诗歌成就评价也甚高。

林之奇讲究文学十分明确，甚至评价人才将文采作为第一条标准，他说：“人才有三：一曰文采华丽，二曰持身谨密，三曰沉实有用。”④就充分反映了林之奇重视文学的一面。林之奇还以文说经学，而且藉以突出文学：“某尝学诗于三百篇，披之、味之、习之、熟之、咏之、歌之，窃以谓无如《卫风·淇奥》之诗为最美最善也……是诗也美武公之德也，有文章，又能听其规谏，以礼自防故能入相于周，美而作是诗……武公之所以入相于周者，其德有三焉：有词章一也；能听规谏二也；以礼自防三也。三德而有一于此。已足优于天下矣，而况卫国乎？此序诗者之所以为善学诗也。今推序之所明以求于诗，盖有可得而言者。‘瞻彼淇奥，绿竹如箦。有匪君子，如切如磋，如琢如磨，如金如锡，如圭如璧’。盖所谓有词章也。‘匪’者，词章之可见者也。他人之文章能取况于一物，已彬彬然而可观，武公兼是数者而有之，美孰加于此乎？”⑤

《观澜文集》是他亲手选编的文章选集，最能看出林之奇的文学思想。但是，长时期以来，由于林之奇文名为经学名声所掩，《观澜文集》也就少有人提及，其实，《观澜文集》的确是值得研究的一部文章选集。《观澜文集》上承《文选》、《文粹》，下启《皇朝文鉴》、《古文关键》，有明确的编选思想，选文也多有独到之处，对后人重视唐宋文学的倾向发挥了的作用可称滥觞。

一、《观澜文集》的编定

《观澜文集》，《宋史》艺文志著录六十三卷，未见。今存本有两个系统：一是宛委别藏影宋刻本，存三十二集，甲集二十五集，乙集七集，此本最为流行，有台湾商务印书馆影印本、江苏古籍出版社影印本。二是光绪十年巴陵方功惠碧琳琅馆影宋翻刻本，共三集七十卷，甲集二十五卷，乙集二十五卷，丙集二十卷，原藏浙江省义乌图书馆，是今见的唯一全本，黄灵庚先生整理《吕祖谦全集》时发现并整理入集⑥。两个系统存本称《东莱集注类编观澜文集》或

① 王若虚《滹南集》卷三十一，《文渊阁四库全书》影印本。

② 史浩《鄮峰真隐漫录》卷三十一，《文渊阁四库全书》影印本。

③ 永瑢等撰《四库全书总目》，中华书局 1965 年版，第 1366 页。

④ 姚同著《行实》，《拙斋文集·附录》，《文渊阁四库全书》影印本。

⑤ 林之奇《上王参政》，《拙斋文集》卷八，《文渊阁四库全书》影印本。

⑥ 黄灵庚主编《吕祖谦全集》，浙江古籍出版社 2008 年版。

《东莱集注观澜文集》，皆系其门人南宋学术大家吕祖谦集注本。所选包括从先秦到南北宋之交的各种文体，如赋、诗、歌、行、引、颂、书、碑、铭、箴、赞、哀辞、表、论、序、记、疏、辞、杂文等。这部选集体现林之奇文学观念的同时，也是研究宋代文学观念的一个重要的视角。

《观澜文集》是林之奇为自己教学需要而编的文学选本。林之奇在当时的福州是一个很有成就的老师，姚同著林之奇《行实》说："先生西上，日夕以膝下温凊为念。行至北津驿，慨然作诗，有'耿耿一寸心，不能去庭闱'之句，遂改辕以归。先生爱亲之心，重于利禄，非学识过人畴克尔。先生声名由此益重，士类归仰如水赴壑"。贺孙记录朱熹语录有说："有少年试教官，先生曰，公如何须要去试，教官如今最没道理……如福州，便教林少颖这般人做，士子也归心，他教也必不苟。"[①]所以，在林之奇门下生徒颇多，也培养出了一些很有成就的学者，比如刘世南、林謩、吕祖谦等，皆有著作传世，特别是吕祖谦更为一代名贤，后世推尊。《观澜文集》就是应其教学之需而编纂。林之奇比较突出文学教育，古文教授生徒是他教育的一项重要内容。姚同著林之奇《行实》特别提到林之奇以古文授徒说："吕紫微犹子仓部公莅宪幕时，成公未冠，以子职侍行，闻先生得西垣真传，乃从先生游。先生尝语诸生，以为若年浸长矣，宜以古文洗濯胸次，扫其煤尘，则晶明日生。成公受教作文，主以古意而润色之，先生每读必击节赏叹，知其远且大。"[②]林之奇《观澜集后序》也说自己以《观澜文集》教人："余之为是集也，以为至游真乐之纯全在焉，则固朝夕不庸释也。且将独处，则终日自诵而玩味之，群居则与人同诵而商论，厌倦则使人旁诵而谛听之，习熟则教人遍传之，藏于斯修于斯息于斯游于斯，以饮其酎啜其醨含其英咀其华，庶或有其人之曳缣浩歌因商颂而有得以光大乎斯文者出焉，是则观澜之本志也。"[③]这段文字清楚地说出了林之奇编纂《观澜文集》的教学目的，实际情况在教学的过程中，林之奇也是充分地利用了《观澜文集》，《观澜文集》成为林之奇教授生徒的一个重要文本。姚同描述林之奇以《观澜文集》授课很是形象，说："先生时乘竹舆至群居之所，诸生列左右致敬。先生有喜色，或命诸生讲《论》、《孟》，是则首肯而笑，否即令再讲；或令诵先生所编《观澜集》而听之，倦则啜茗归卧，率以为常。"[④]又见出林之奇以《观澜文集》授课的自得之态。

宣传文章之道是林之奇编纂《观澜文集》的又一个重要原因，当然，这也与教学之道是密切相关的，因为当时教学的一个重要目的是适用科举，写文章自然是第一。然而当时教授文章的教材因人们已经厌弃萧统的《文选》而改推崇苏轼文章，如宋陆游撰《老学庵笔记》卷八所说："国初尚《文选》，当时文人专意此书，故草必称王孙，梅必称驿使，月必称望舒，山水必称清晖，至庆历后恶其陈腐，诸作者始一洗之。方其盛时士子至为之语曰'《文选》烂，秀才半'，建炎以来尚苏氏文章，学者翕然从之，而蜀士尤盛，亦有语曰：'苏文熟，吃羊肉；苏文生，吃菜羹。'"苏轼《仇池笔记》卷上也批评《文选》"其编次无法，去取失当，齐梁文字衰陋，萧统尤为卑弱，如李陵五言皆伪"等。林之奇也以为《文选》有不足之处，他的《观澜集后序》说："夫《文选》不收《兰亭记》，《文粹》不收《长恨歌》，识者于今以为二书之遗恨，由其所取乎斯文者以为尽于其书，故其所遗者人得而恨之。余方收《选》《粹》之所遗，其敢自谓无所阙轶乎？"

① 黎靖德编《朱子语类》卷一百九，中华书局1994年版。
② 姚同著《行实》，《拙斋文集·附录》，《文渊阁四库全书》影印本。
③ 林之奇《拙斋文集》卷十六，《文渊阁四库全书》影印本。
④ 姚同著《行实》，《拙斋文集·附录》，《文渊阁四库全书》影印本。

面对浩瀚的文章渊薮，学子学习并无合适选本，林之奇《观澜集前序》说编纂之缘由："言可闻而不可殚，书可观而不可尽。人之以其蕞尔之闻见，而对万古浩博之书，言将以穷其无穷、极其无极，虽末世穷年曾不足以究马体之毫末，而毫及之矣。此《观澜》之编所由作也。"[①]

二、《观澜文集》的文学思想

《观澜文集》是林之奇文学思想的集中体现，鲁迅曾对选集发表过这样的意见："凡是对于文术，自有主张的作家，他所赖以发表和流布自己的主张的手段，倒并不在作文心、文则、诗品、诗话，而在出选本。选本可以借古人的文章，寓自己的意见。博览群籍，采其合于自己意见的为一集，一法也，如《文选》是。择取一书，删其不合于自己意见的为一新书，又一法也，如《唐人万首绝句选》是。如此，则读者虽读古人书，却得了选者之意，意见也就逐渐和选者接近，终于'就范'了。读者的读选本，自以为是由此得了古人文笔的精华的，殊不知却被选者缩小了眼界，即以《文选》为例罢，没有嵇康《家诫》，使读者只觉得他是一个愤世嫉俗，好像无端活得不快活的怪人；不收陶潜《闲情赋》，掩去了他也是一个既取民间《子夜歌》意，而又拒以圣道的迂士。选本既经选者所滤过，就总只能吃他所给与的糟或醨。况且有时还加以批评，提醒了他之以为然，而默杀了他之以为不然处。纵使选者非常胡涂，如《儒林外史》所写的马二先生，游西湖漫无准备，须问路人，吃点心又不知选择，要每样都买一点，由此可见其衡文之毫无把握罢，然而他是处州人，一定要吃'处片'，又可见虽是马二先生，也自有其'处片'式的标准了。评选的本子，影响于后来的文章的力量是不小的，恐怕还远在名家的专集之上，我想，这许是研究中国文学史的人们也该留意的罢。"[②]这意见道出了选家"借古人的文章，寓自己的意见"的主观批评意图和客观的批评效果，让世人明白了选集的批评作用之大。

《观澜文集》的文学批评意识是非常明显的，我们对三集的所选作者及其作品做一个统计就可见一斑，唐前：屈平1、宋玉1、左传1、贾谊2、司马迁2、杨子云2、班孟坚5、张衡1、王仲宣1、蔡伯喈1、古诗十九首1、汉乐府上1、诸葛孔明1、李令伯1、魏文帝1、嵇叔夜1、陆士衡1、潘安仁2、王褒1、刘伯伦1、夏侯孝1、谢灵运3、谢惠连3、王羲之1、卫欢1、陶渊明3、谢玄晖1、谢宣远1、江文通1、谢惠连1、谢希逸1、梁昭明太子1。除去佚名者有30人。

唐代：韩愈23、杜甫14、杜牧11、柳宗元11、白居易9、李白4、元结3、皮日休3、孙樵3、舒元舆3、李德裕3、刘禹锡2、陆龟蒙2、李翱2、房千里2、郑愚2、卢仝2、司空图2、元稹2、吕温2、陆贽2、梁肃2、程晏2、贾至2，陈子昂1、释子兰1、释贯休1、姚合1、聂夷中1、宋之问1、曹邺1、杨赍1、李贺1、李峤1、李阳冰1、李汉1、顾况1、皇甫湜1、沈光1、韦端符1、刘蜕1、张蕴古1、古之奇1、李华4、王义方1、柳伉1、高迈1、罗隐1、高迈1、刘禹锡1、段文昌1、罗衮1、韦渠牟1、裴炎1、孙朴1。55人

宋代：苏子瞻38、曾巩10、苏子由9、司马光8、王荆公7、石介6、马存6、欧阳修5、张横渠2、吕舆叔2、秦观1、吕紫薇1、姚铉1、范文正公1、张右史2、刘斯立1、王元之2、蔡君谟1、苏

① 林之奇《拙斋文集》卷十六，《影印文渊阁四库全书》本。

② 鲁迅《集外集·选本》，《鲁迅全集》第七卷，人民文学出版社1981年版，第136—137页。

洵 2、谢显道 1、程伊川 1、裴休 1、刘子翚 1、黄庭坚 4、梁周翰 1、杨亿 1、晏殊 1、程伯淳 1、程正叔 1、邵雍 1、梅圣俞 1、宋祁 1、王逢原 1。33 人。

这个选本从先秦选自北宋末年，若以屈原说起，到北宋末年时，几近一千五百年，时间很长，作者甚多，但所选作者仅有 118 人，是比较集中的。而且在 118 人中，多数是仅选一篇，文章选取又集中在几个作家身上，唐前的情况尚不明显，在唐宋两代可以看得十分清楚，如唐代的韩愈 23、杜甫 14、杜牧 11、柳宗元 11、白居易 9、李白 4。宋代的苏子瞻 38、曾巩 10、苏子由 9、司马光 8、王荆公 7、石介 6、马存 6、欧阳修 5。这些作家除去宋代的石介、马存，在今天看来都可谓是文学大家、名家，如屈原、宋玉、司马迁、班固、韩愈、柳宗元、杜甫、李白、杜牧、白居易、苏轼、曾巩、苏辙、司马光、王安石、欧阳修等。从这个作者的统计可以看出，以今日的眼光，此选重视文学人物是很明显的，这是林之奇文学理念彰显的一个重要方面。

从《观澜文集》所选作品看，所选极大多数是典型的文学名篇，或专论文章之道，如曹丕的《典论・论文》，陆机的《文赋》，姚铉的《文粹序》，李汉的《唐韩愈文集序》等；或以篇章的文笔优美入选，如屈原的《离骚》，宋玉的《风赋》，陶渊明的《归去来辞》、《桃花源记》，李密的《陈情表》，欧阳修的《秋声赋》，苏轼的前后《赤壁赋》等，这些作品文学倾向都是很清楚而且非常强烈的。如果将《观澜文集》所选与其他文章选集所选做比较，林之奇的文学倾向就更为明显。比如《文选》不收王羲之的《兰亭记》、陶渊明的《闲情赋》，《文粹》不收《长恨歌》等，《观澜文集》皆收入集中，尤其如《闲情赋》类文章，能入一个经学家眼，不能不说是文学倾向的主导。

《观澜文集》的文学倾向性从整体上说大概在以下四个方面：

其一，文从经来。前面我们已经说过林之奇的以《书》学而知名，所以，经学是林之奇的学术基础，他在《记闻》中记述了自己的闻说："少蓬曾竦身问文定曰：这个是甚底？文定曰，此便是本。曾仲躬见子韶请教，因论文曰：文章须从经中来，不然，纵使尽力道只道得一概。"①又说："六经《论语》发明中实之道，以稽古为本，庄周高而不中，寓而不实，其言可喜悦，而实则诞幻，尚不如《老子》之有益于世，况可比吾教之中道乎？"②又说："夫子之言性与天道不可得而闻，盖文章可以耳闻，而性与天道要在以心闻，而不可以耳闻也。此是子贡指众人而言天道即天理也。"③皆是从经学的角度论文，所以，在《观澜文集》中，林之奇时时选入一些典型的讲学家，如二程、邵雍等人的作品，或讲学的诗文，如张载的《西铭》、《东铭》，更是理学家的眼中的经典。又如吕舆叔的《克己铭》，还有《克己诗》"克己工夫未肯加，吝骄封闭缩如蜗。试于清夜深思省，剖破藩篱即大家"等，纯粹是讲理，更无丝毫文学意味，也当是受其经学思想而至。但林之奇毕竟看到了文学与经学的不同，如说"庄周高而不中，寓而不实，其言可喜悦，而实则诞幻"，"文章可以耳闻，而性与天道要在以心闻，而不可以耳闻也"等。

其二，尚史家文笔。在林之奇看来，史家文章最为上乘，他的"记闻"有这样的记载："毕仲游尝有书与郓相请为文简公墓碑，有云文人之文如绘形，史家之文如绘神，绘形甚易，而绘神甚难。"并说："某尝读班孟坚所作赵充国传，如与充国语；及观公所为李天章传，便若与天

① 林之奇《拙斋文集》卷一，《影印文渊阁四库全书》本。
② 林之奇《拙斋文集》卷二，《影印文渊阁四库全书》本。
③ 林之奇《拙斋文集》卷一，《影印文渊阁四库全书》本。

章对语。"[1]还称赞"《五代史》记事记简而包括甚广，如安重诲传数句是一个议论，又载李克用临终以三矢授庄宗，才数语尔，包尽多少事。如此等叙事东坡以下未必能之"[2]。《观澜文集》入选《左传》的《吕相绝秦书》，《史记》的《乐毅遗燕惠王书》，《汉书》的《武五子赞》、《西域传赞》、《公孙弘传赞》，《新唐书》的宋祁《唐藩镇传序》、司马迁《报任安书》等文章即是。

其三，强调文章创新。比如林之奇《拙斋集》对李白和梅圣俞作品整体评价都不高，入选的诗文数量不突出，但也有这样的肯定："朱汉章云少时尝问其父，云或见王充《论衡》云；不见异人必得异书，今观其书亦无甚高远之见乃云尔，何也？其父曰，汝看是时有释氏也未？余因语此。刘夷叔云人多议李太白、梅圣俞诗未善，曾不知太白以前无如此诗，梅圣俞亦然。当七国五代文弊之后做出这诗来，亦自可服后来，虽有作者亦推明广大之尔。"[3]又如选《吕相绝秦书》，《古文集成》卷十五引东莱评语云："东莱曰吕相绝秦，魏锜封于吕邑，故称吕相。晋欲伐秦，故先数秦之罪，后世檄书盖自此始。观此书亦见得风声气习之变，春秋以前辞命未尝有不著实者，到后来以虚言相诬，亦自此始。"《观澜文集》能入选李白、梅圣俞的作品，入选《吕相绝秦书》都在于这些人这些文某方面的领风气之先。

其四，注重文章章法。林之奇于此表述得最为清楚、明白、具体。林之奇《观澜集前序》有说明："观水有术，必观其澜，澜活水也。水惟其活，是以智者得师焉。文乎文乎，澹泊而有遗味，发越而有遗音者，非活不能也。余之于斯文是之取尔，视其所视而遗其所不视，庶几得之。"《观澜集后序》又说："右《观澜集》所编百二十有九篇，皆澜之动也。余于是观焉，亦聊足以称是区区闻见之所及者，发吾管蠡之陋识，作吾金鼓之懦气也。……余之观澜非曰能之，亦徒为过屠之嚼，望洋之叹耳。"[4]林之奇所谓的"观澜"即是观文章的行文章法。如《观澜文集》选取曾巩的《苏明允哀辞》，《拙斋文集》载有对此文的评语，可以作为选择此文的原因注脚："曾子固老苏《哀词》云：侈能尽之约，远能见之近，大能见之小，微能使之著，烦能不乱，肆能不流，最形容得妙处出。"[5]对曾巩的《苏明允哀辞》的文学成就予以高度的评价。林之奇在《观澜文集》中虽然没能篇篇都如此地讲明择文的原因，但他的门生吕祖谦在《东莱集注类编观澜文集》的注释中却有部分的解释，也多从文章的创作手法或文章成就讲起，如引他人语评注陆机《文赋》说："机字士衡。天才秀逸，辞藻宏丽。张华尝谓之曰：'人之为文，常恨才少，而子常患其多。'葛洪称机文'宏丽妍赡，英锐飘逸，亦一代之绝乎'。吕居仁云：'陆士衡《文赋》云：立片言以居要，乃一篇之警策。'此要论也。文章无警策则不足以传世，盖不能竦动世人，如老杜及唐人诸诗，无不如此。但晋宋间专致力于此，故失于绮靡，而无高古气味。"杜诗云："'语不惊人死不休。'所为惊人，即警策也。"[6]这里既说到了文章的立言遣词，也说到了文章的风格。虽然不是林之奇自己亲笔，因为是门生所注，相信在一定程度上是可以代表林之奇选文观点的。

当然，《观澜文集》的文学价值可注意处还有很多，比如首选屈原的《离骚》，且将其人

---

① 林之奇《拙斋文集》卷一，《影印文渊阁四库全书》本。
② 林之奇《拙斋文集》卷一，《影印文渊阁四库全书》本。
③ 林之奇《拙斋文集》卷一，《影印文渊阁四库全书》本。
④ 林之奇《拙斋文集》卷十六，《影印文渊阁四库全书》本。
⑤ 林之奇《拙斋文集》卷一，《影印文渊阁四库全书》本。
⑥ 吕祖谦著，黄灵庚点校《东莱集注观澜文集》甲集，《吕祖谦全集》第十册，浙江古籍出版社 2008 年版，第21页。

"赋"类文体，重视杜甫，轻视李白，重视石介、马存、曾巩等，这些都在一定程度上反映了南宋人的宋代文学观念，要认识宋代文学，这是很好的切入点。

三、《观澜文集》对唐宋派形成的影响

《观澜文集》明显推重唐宋文章。在《观澜文集》中，所选文章范围跨度时间在一千五百年之多，而唐前有近千年，唐至北宋末概在五百年。唐前近千年时间入选人数仅占所有入选人数的不到三分之一，而唐宋五百年的时间入选人数已占总入选人数的三分之二还要强，应该说是凸显了林之奇重视唐宋、也就是重视近代文章的一面。就国人的尚古之习而言，这是一种颇具发展性的文学观念，也可以说是进步的文学观念，对后人重视唐宋文章或说唐宋派的形成有一定的影响，这种影响可从其门人吕祖谦说起。

《观澜文集》首先影响到其门人吕祖谦。吕祖谦接受林之奇的影响非常自觉，他在《祭林宗丞文》中说："某未冠缀弟子之末行，期待之厚，独出于千百人之右。顾谫薄安所取？此实惟我西垣公之故施及其后人，培植湔祓，闵闵焉如农夫之望岁也。齿发日衰，业弗加修，愚不自惜，大惧先生之功力为虚施，每腼然惭惕然恐也。"[①]林之奇编《观澜文集》，吕祖谦为《观澜文集》集注是吕祖谦接受林之奇影响的显证。《观澜文集》注重唐宋文章的思想在吕祖谦编纂《皇朝文鉴》与《古文关键》时得到发扬。《皇朝文鉴》与《古文关键》被接受，特别是《古文关键》的普及，直接推动了唐宋八大家文章地位的形成。唐宋八大家文章地位的形成，主要体现在吕祖谦后文章选集的编纂方面。吕祖谦弟子楼昉所编《崇古文诀》首传薪火。陈振孙《直斋书录解题》说它"大略如吕氏《关键》"。《四库全书总目》称《崇古文诀》"盖昉受业于吕祖谦，故因其师说，推阐加密，未可以因其习见而忽之矣"。其他南宋的主要文章选本也受《古文关键》的影响。张云章作《古文关键·序》说："观其(《古文关键》)标抹评释……西山(真德秀)、叠山(谢枋得)、迂斋(楼昉)，皆似得此意而通之者。"[②]这是说除楼昉《崇古文诀》外，真德秀《文章正宗》、谢枋得《文章轨范》也都是得《古文关键》启发而成。王霆震编《古文集成》引用吕祖谦论唐宋文语也颇多，看他们各自所选文章，这一点不难理解。明人朱右承《古文关键》意，继编《六先生文集》或称《六家文衡》、《八先生文集》。朱右以后，唐顺之有《文编》，茅坤继唐顺之意，编八大家文，直接题名《唐宋八大家文钞》。因此，我们可以说，吕祖谦编纂《皇朝文鉴》和《古文关键》体现了注重唐宋文章的观念，又通过《皇朝文鉴》和《古文关键》的推广，形成了明清时代唐宋文派而影响至今[③]，但要进一步推溯其渊源，就必然要说到《观澜文集》了。

(作者单位：广西师范大学文学院)

① 吕祖谦著《东莱集》卷八，《影印文渊阁四库全书》本。

② 吕祖谦编《古文关键》，日本文化元年刻本。

③ 参见杜海军《吕祖谦与唐宋八大家》，《广西师范大学学报》2006年第1期。

浅论周必大散文“雄深博雅”的主体风格特征

郭玉杰　李精耕

周必大(1126—1204),字子充,初字洪道,号省斋居士、青原野夫,晚年自号平原老叟。吉州庐陵人(今江西吉安)。祖籍郑州管城(今属河南),后徙居庐陵。南宋绍兴二十一年(1151)中进士,绍兴二十七年,举博学宏词科,工文词。历官权给事中、中书舍人,言事不避权贵。任枢密使,创诸军点试法,整肃军政。孝宗淳熙年间拜左丞相。后为谏官所劾,出判潭州。宁宗初致仕。官至右丞相,光宗时封益国公,致仕赠太师,谥号文忠。周必大著作繁富,有:《省斋集》、《近体乐府》、《玉堂类稿》、《二老堂诗话》等81种,后人汇编为《庐陵周益国文忠公集》二百卷。“清代,庐陵人欧阳棨感念必大刊其先祖(欧阳修)文集之德,始编校、刻录周必大全集”[①],欧阳棨刊本,是通行的善本。

周必大在南宋中期的文坛有一定地位,清人王赠芳评其文:“为文雄深博雅,制草尤典则,为南宋冠。”[②]本文将从以下两个方面探讨周必大散文“雄深博雅”的风格特征。

一

从内容上看周必大的散文:行文有理有据,苍劲有力,有“雄深”风貌;内容广博、文体多样,有“博雅”之风。

(一) 行文有理有据,慷慨激昂,苍劲有力

清人王赠芳评周必大之文曰:“今读其奏札,慷慨激发,与忠简文山所上书疏相似,至若草两朝内禅之制,及臣僚除授之文雍容都雅,则于欧阳子为近。”[③]周必大亦主张:“且人主之职,以道出治,形而为文,尧、舜、禹、汤是也。若所好者文,由文合道,则必深明统纪,洞见本末,使浅知狭好无所行于其间,然后能有助于治,乃侍从之臣相与论思之力也。”[④]“由文合道,

---

① 《庐陵周益国文忠公集》卷首吴洪泽序,舒大刚主编,四川大学古籍所编《宋集珍本丛刊》,成都线装书局2004年版。

② 《庐陵周益国文忠公集》卷首吴洪泽序,舒大刚主编,四川大学古籍所编《宋集珍本丛刊》,成都线装书局2004年版。

③ 《庐陵周益国文忠公集》卷首吴洪泽序,舒大刚主编,四川大学古籍所编《宋集珍本丛刊》,成都线装书局2004年版。

④ 王水照《历代文话》第一册,复旦大学出版社2007年版,第244页。

洞见本末”，则需有理有据，苍劲有力，方能有“雄深”风貌。

周必大是“事功派”的代表人物，“事功派”主张抗金复国，关心现实社会[①]，他的言事论政之文《论久任边帅札子》：“臣闻怀远图者不可要近效，立大功者不可守常格。窃见陛下自临御以来，宸心之所经度，谋臣之所计虑，常以两淮为急。然岁月浸久，欲固垒则垒未固，欲屯田则田为辟，版曹有馈边之费，边民无定居之心，其故非它，特在于要近效，守常格太过耳。盖要近效，则悠久之计有不暇为；守常格，则远大之谋有不容施。今陛下以郭棣守维扬，郭刚守历阳，殆将专付阃外之事，稍革二者之弊也。”[②]此札子，对频繁调动官吏指出其弊端，希望朝廷能做一些改革，有理有据，苍劲有力，有“雄深”风貌。

（二）内容广博，文体多样

周必大试馆时，高宗览其策，称其为“掌制手”。他的文章内容包括军事、经济、外交、科举、政治等方面。如在军事上，周必大在《试馆职策一道》中提到士兵在精不在多，士兵虽多，但不能冗兵：“兵寡可也，寡而不精则不可也。兵多冗则不可也。”在政治上，周必大作为朝廷高官，常常为国家举荐人才，如他在《举杨万里自代状》中曰：“臣伏睹承议郎、新差权发遣常州军州、主管学事、兼管内权农事杨万里，居家孝谨，从事廉方。富于艺文，可备西清之访；邃于经术，无渐重席之荣。臣实不如，举以自代。”[③]这篇文章，周必大举荐杨万里，赞其“孝谨”、“富于艺文”，在文末，表明态度“臣实不如，举以自代”。若国家重臣，均有这种爱才之心，荐才之举，何患国无人才？

其次，周必大散文的文体多样，广涉日记体、表奏体、哀祭体、书信体、序跋体、赠序体等。如游记文《庐山录》、《石钟山记》、《西山录》等，这些游记都属于日记体游记，作者常常细心地记下一路所见的文物古迹，显露出作者对此行的内容和兴趣。我们还可以看到当时的民俗物产，具有一定的史料价值。再如，碑记文《史馆吏部赠通议大夫朱松神道碑》、《资政殿大学士赠银青光禄大夫范公成大神道碑》，作者在文中记载了墓主一生的主要活动、思想言论和政治功绩。朱松是朱熹的父亲，这篇文章对了解朱熹的家世、家学渊源以及南宋的社会政治状况有一定的史料价值。而范成大是南宋“中兴四大诗人”之一，他以诗名世，政治上也较有作为，周必大的这篇墓志铭，对了解范成大的政治活动有史料价值。此外，周必大还有序跋、奏议等文体，都有“博雅”之风。

周必大以词臣入仕，作为南宋的台阁重臣，他不仅有广博的学识，而且他的文章，行文有理有据、苍劲有力；内容广博、文体多样，堪称“雄深博雅”。

二

从手法上看，周必大的散文用典繁密；文笔简练、语言流畅。典故的运用，使文章“博雅”；语言流畅，浑融贯通，自得“雄深”之旨。

---

① 马茂军《宋代散文史论》，中华书局 2008 年版，第 338 页。

② 曾枣庄、刘琳主编《全宋文》第 228 册，卷五〇六〇，上海辞书出版社、安徽教育出版社 2006 年版，第22 页。

③ 曾枣庄、刘琳主编《全宋文》第 227 册，卷五〇四五，上海辞书出版社、安徽教育出版社 2006 年版，第 233 页。

(一) 用典繁密

周必大以词臣入仕,高宗称他为"掌制手",楼钥称其为"翰林才",赞他的文章"文辞精博"。徐谊曰:"今观遗稿,贯穿驰骋,雍容而典雅,体正而气和,使人味之,肃然起敬,如严立于彤庭广厦之中,黄钟大吕,忽振心目。考其渊源,雍容而典雅,盖有自来。"[①]周必大的散文用典繁密,铺张宏伟,其所用典故,均有来处。

如作者在《杨景雄转官制》中引用诗经的名句:"'靡室靡家,猃狁之故。'此非文武之时乎?"[②]大敌当前,正是提拔文武的时机。这个典故,浅显明白,使文章增色三分,有了"博雅"之味。

再如在《宋文纪事》中载:"周益公《谢祠表》曰:'介竹无功,恳辞良郡;负兹有疾,愿备祠官。'人谓误写,不知公自注云:'出《公羊·威公十六年》"属负兹"注。属,托也。诸侯疾称负兹,大夫称犬马;士称负薪。'此言托疾也。"[③]这一则典故是后人颇难理解的,这虽能说明作者有广博的学识,读书甚多,文章有"博雅"之风,但这种"无一句无来处"的学究气,也禁锢了其散文的自然美。

(二) 文笔简练,语言流畅

周必大的散文文笔简练,语言流畅,浑融贯通,有"雄深"风貌。如作者在《泛舟游山录》中记载石钟山:"闻水涯尚有一响石,而线路临深潭,蔓草蔽之,予步往,几坠不测,当咋齿镌铭以为戒。山陬地稍平处,前临江湖,面对庐阜,左映井邑,右带淘河洲。若创一亭,当为湖口绝景。江行望上、下钟石,皆截嵲数十丈,及游其间,则有岩穴,亦有幽邃处。"[④]作者几笔勾勒出石钟山的位置,然后带出所感,提出建亭以作湖口的建议,笔法简练,读之朗朗上口,有"雄深"风貌。

综上所述,周必大散文"雄深博雅"的风格特征,不仅表现在其散文内容广博、文体多样;行文有理有据、慷慨激昂、苍劲有力;还得力于其散文的表现手法,比如用典繁密、文笔简练等方面。前人赞周必大的文章有"雄深博雅"的风格特征,非溢美之辞。周必大散文的这种风格特征,对后世散文创作有积极作用。

(作者单位:南昌大学人文学院中文系)

① 曾枣庄《宋文纪事》,四川大学出版社 1995 年版,第 1180 页。

② 曾枣庄、刘琳主编《全宋文》第 226 册,卷五〇一六,上海辞书出版社、安徽教育出版社 2006 年版,第61 页。

③ 曾枣庄《宋文纪事》,四川大学出版社 1995 年版,第 1185 页。

④ 曾枣庄、刘琳主编《全宋文》第 232 册,卷五一五九,上海辞书出版社、安徽教育出版社 2006 年版,第 5 页。

试论骈文对宋代慢词的沾溉

郑虹霓

一、问题的提出

一种新文体往往是由两种或两种以上不同文体之间的交叉渗透而产生的，是多种文体规范之间的对话、交流、相互妥协和相互征服的结果[①]。词体文学当然也不例外。历来论者对词与其他文体的关系研究比较多的是诗词之间的借鉴，也有一些学者撰文研究辞赋与词的关系，但是关于骈文对词体文学的渗透之功似尚未引起重视。

骈文这种形式虽出现于六朝，但是“骈文”一词的使用却至清代才有，与之相对的是“散文”或“散体”。“骈文”概念的形成经历了一个过程：中唐柳宗元以“骈四俪六”来概括骈文的特征，晚唐李商隐的《樊南四六》率先以“四六”作为骈文专集之名。在宋代，“四六文”是相对于散文的名词，北宋欧阳修、夏竦等人亦将其所作骈文列为专集以“四六”名之。尽管四六文并不完全等于骈文，但是与骈文有密切关系。六朝前期，骈文多用四言单句对；梁陈以后，多用四六言隔句对。陈振孙云：“四六偶丽之文，起于齐梁，历隋唐之世，表章、诏诰多用之。然令狐楚、李商隐号为能者，殊不工也。本朝杨刘诸名公，犹未变唐体，至欧苏始以博学富文，为大篇长句，叙事达意，无艰难牵强之态。而王荆公尤深厚尔雅，俪语之工，昔所未有。绍圣后，置词科，习者益众，格律精严，一字不苟，措若浮溪，尤其集大成者也。”[②]

关于骈文与诗词间的关系问题，余恕诚先生以李商隐为个案所作的探讨对我们不无启发。余恕诚先生指出：“李商隐以骈文为诗，把骈文的因素带进诗歌，讲究诗歌的词采、对偶、用典、虚字，以及表达上的委婉含蓄，给诗歌再次带来新的变化。”[③]李商隐诗歌在意境与遣词造句上实际已具备了词体文学的多方面因素，而他的诗歌创作上的经验必然也对后世词体文学的创作形成了深远的影响。

二、骈文对宋代慢词沾溉的具体表现

骈文讲求辞句的对偶、藻饰的华丽、典故的运用、声律的和谐，在对偶、用典、虚字、句法

---

① 参陶东风《文体演变及其文化意味》，云南人民出版社 1994 年版。

② 陈振孙《直斋书录解题》卷十八汪藻《浮溪集》解题，上海古籍出版社 1987 年版，第 526 页。

③ 余恕诚《樊南文与玉溪诗——论李商隐四六文对其诗歌的影响》，《文学遗产》2003 年第 4 期。

等形式技巧上的探索为词体文学，尤其是慢词的创作提供了很多创作经验。历代词话常称颂周邦彦慢词风格典雅、沉郁顿挫，这除了音律上的抑扬有致外，应该还与周词的对偶、炼字以及用典有关。而对偶、炼字以及典故的运用正是骈文的典型特点。

(一) 对偶的精工

中国文学的发展似乎有这样一种模式，不管什么文体，最初都是朴素少雕琢的，渐渐就会追求骈偶，字斟句酌，日趋于精致，日趋文人化。文章是如此，开始皆为单行散体，骈句只是偶一为之，但东汉以后骈体成分增多，至南北朝，骈体竟一跃而成文章的主要形式。词亦是如此，词人在填词时，除按词谱要求在某些地方用对仗外，一般不刻意追求对仗。但随着填词技巧的不断提高，对偶之处就慢慢多了。到了周邦彦笔下，几乎到了逢双必对的程度。《玉楼春》(桃溪不作从容住)竟然全用对偶，过片"烟中列岫青无数，雁背夕阳红欲暮"寄情于景，尤其出色，成为经典名句。再如《过秦楼》、《风流子》等几乎通篇对句。名篇《兰陵王·柳》之"酒趁哀弦，灯照离席"、"一箭风快，半篙波暖"、"别浦萦回，津堠岑寂"、"月榭携手，露桥闻笛"皆是精美的对句。《清真集》中用的最多的词调《浣溪沙》，过片基本都用了对句。至于清真自己的创调，如《解连环》、《忆旧游》、《绕佛阁》等，都多对句。沈雄说："对句易于言景，难于言情。"清真对句，情语亦好。

周词的对偶不仅多，而且花样很多，据赵仁珪先生统计，周词的对偶除了一般的正对，还有鼎足对、扇面对、搓挪对、添字对、人名对等。如果说一般的正对或有近于诗者，特别是七字句、五字句，那么这后面的几种对偶显然就是带有辞赋的特色了。

如果说清真词中的对偶在抒情上得心应手，那么苏轼词的对偶则在议论上运用自如。如《沁园春·赴密州马上寄子由》：

> 孤馆灯青，野店鸡号，旅枕梦残。渐月华收练，晨霜耿耿，云山摛锦，朝露漙漙。世路无穷，劳生有限，似此区区常鲜欢。微吟罢，凭征鞍无语，往事千端。　　当时共客长安。似二陆初来俱少年。有笔头千字，胸中万卷，致君尧舜，此事何难。用舍由时，行藏在我，袖手何妨闲处看。身长健，但优游卒岁，且斗尊前。①

词中不仅在描写客路风光，抒写羁旅愁思时运用对偶，在下片的议论也连用了对偶。有意思的是，在苏轼之前的作者选用《沁园春》这个词牌时并不大讲究句式的美观，张先、韦骧的《沁园春》在组织词句时，只遵循音律、表情达意而已。苏轼此作以鼎足对起，接着"渐月华收练，晨霜耿耿，云山摛锦，朝露漙漙"用一字逗领起的是个扇面对，而扇面对正是骈文中所常见。自苏轼之后，加以苏门的发扬广大，豪放词人每喜用《沁园春》这个词牌，且写作时也渐渐追求对仗、勾勒等技巧，在四字句中每以对偶为常例。

(二) 典故的使用

谈对偶很自然要涉及到用典，其中人名对最见用典功夫。之所以如此，乃是因为在对偶中一向以事对为难，正如余恕诚先生所说：

---

① 苏轼著，薛瑞生笺证《东坡词编年笺证》，三秦出版社 1998 年版，第 132 页。

一般言语的词汇量，比事典的词汇量大得多。言对从众多词语中，选择一个可以形成对偶的词语较为容易；事对在少量词语中寻找对偶则相当困难。一般词语通过组合变化去适应对偶的要求相对容易，事典受原来事件、人物、背景的限制，在词语上伸缩变化，适应对偶，无疑较难。典故是一种暗示，由今日之情之事之理，求以古代某事把它暗示出来，甚至要求比直说更深刻透辟，更具有感染力和启示性，决非轻而易举。四六文和诗歌，都要求有韵味，且受字数音律的限制。使用典故，不能像散文那样放手叙述，没有节制。须将一些事典诗化、简约化，使之成为能用少量词语提示的意象，以适应诗歌语言在字数音律方面的限制。①

宋词中善于将事典与对偶巧妙结合的可以周邦彦为代表，周邦彦的用典在宋代词家中是相当突出者，刘肃《周邦彦词注序》说："周美成以旁搜远绍之才，寄情长短句，缜密典丽，流风可仰。其征辞引类，推古夸今，真足冠冕词林。"②试以他的《西平乐》为例：

稚柳苏晴，故溪歇雨，川迥未觉春赊。驼褐寒侵，正怜初日，轻阴抵死须遮。叹事逐孤鸿尽去，身与塘蒲共晚，争知向此，征途迢递，伫立尘沙。追念朱颜翠发，曾到处、故地使人嗟。　　道连三楚，天低四野，乔木依前，临路敧斜。重慕想、东陵晦迹，彭泽归来，左右琴书自乐，松菊相依，何况风流鬓未华。多谢故人，亲驰郑驿，时倒融尊，劝此淹留，共过芳时，翻令倦客思家。

这首词的对偶很多，其中"东陵晦迹，彭泽归来"、"亲驰郑驿，时倒融尊"都是人名对，依次用了汉东陵侯邵平种瓜长安东门、晋陶渊明隐居浔阳柴桑、汉景帝时郑当时于长安四郊置驿马以存问宾客，东汉时孔融以"座上客常满，尊中酒不空"为乐四个典故。而且这两句都是从事典提炼词语，得骈文创作之妙诀。

（三）结构安排与虚字转换

蔡嵩云对北宋慢词的章法颇为关注，指出，"屯田为北宋创调名家，所为词，得失参半。其倡楼信笔之作，每以俳体为世诟病，万不可学。至其佳词，则章法精严，极离合顺逆贯串映带之妙，下开清真、梦窗词法。而描写景物，亦极工丽"；"清真慢词，沉郁顿挫处最难学，须有雄健之笔以举之"。其实，这种精严的章法也是来自骈文与辞赋的涵养。试以清真名作《兰陵王・柳》为例，《白雨斋词话》卷一评：

美成词极其感慨，而无处不郁，令人不能遽窥其旨。如《兰陵王・柳》云："登临望故国，谁识京华倦客"二语，是一篇之主。上有"隋堤上，曾见几番，拂水飘绵送行色"之句，暗伏倦客之根，是其法密处。故下接云："长亭路，年去岁来，应折柔条过千尺。"久客淹留之感，和盘托出。他手至此，以下便直抒愤懑矣，美成则不然。"闲寻旧踪迹"二叠，无一语不吞吐。只就眼前景物，约略点缀，更不写淹留之故，却无处非淹留之苦。直至收笔云："沉思前事，似梦里、泪暗滴。"遥遥挽合，妙在才欲说破，便自咽住，其味正自无穷。

然而，这种迂曲往复，不直接道出之法，并非清真首创，秦少游的词中已经初具形制。他的代

---

① 余恕诚《樊南文与玉溪诗——论李商隐四六文对其诗歌的影响》，《文学遗产》2003年第4期。

② 王鹏运《四印斋所刻词》，上海古籍出版社1989年版，第624页。

表作《满庭芳》中先是描写景物“山抹微云，天连衰草”，再是写离别“暂停征棹，聊共引离尊”，在酒席宴前，兴感无端，似乎应该展开长篇叙述，却只以“多少蓬莱旧事，空回首、烟霭纷纷”轻轻带过，随即转入远景的渲染：“斜阳外，寒鸦万点，流水绕孤村。”过片“销魂，当此际，香囊暗解，罗带轻分，谩赢得、青楼薄幸名存”方才落实到情景的刻画，但又很快由眼前推开，遥想未来“此去何时见也”一句问醒，“襟袖上、空惹啼痕”是一处顿挫。感情的潮水正要奔涌，但又立即收束到景色“伤情处，高城望断，灯火已黄昏”，留有不尽之余味。这种写法，在少游是有意识的。他在赋论中对此有具体的表述。李廌《师友谈记》记秦观论赋第一则云：

> 凡小赋如人之元首，而破题二句乃其眉，惟贵气貌有以动人。故先择事之至精至当者先用之，使观之便知妙用。然后第二韵探原题意之所从来，须便用议论。第三韵方立议论，明其旨趣。第四韵结断其说，以明题意思全备。第五韵或引事，或反说。第七韵反说，或要终立义。第八韵卒章，尤要好意思尔。①

在后面的第十则中秦观还启发李廌得出了“作赋正如填歌曲”，可见在他心目中词与赋的创作是相通的。因此，上述关于赋的创作理论，我们也可以拿来用在词的写作上。“破题二句乃其眉，惟贵气貌有以动人。故先择事之至精至当者先用之，使观之便知妙用。”也就是说，词的开头很重要，要给人震撼感，上引《满庭芳》显然是做到了。“第二韵探原题意之所从来”，也就是要进入正体之意，中间几韵，作赋与填词自然不可能完全对应，但是章法之正说、反说，用典与深化命题，还是一致的。张炎《词源》中著名的论断“作慢词，看是甚题目。先择曲名，然后命意。命意既了，思其头何如起，尾何如结。然后选韵，然后述曲。最是过变，不要断了曲意，须要承上接下……一段意思，全在结句，斯为绝妙”或许正是受了少游论赋的启发。少游所论虽为辞赋，但由于宋代辞赋与骈文有着密切的关系（对此我们下文还要谈到），这里引用他的言论也不无道理。

与骈文在结构安排上对词体文学的渗透相联系的，还有虚字的运用。对此，龙榆生先生的一段话给我们以明确的提示，他说道：

> 我觉得柳永的特殊贡献，还在他所写的慢词长调，体会了唱曲换气的精神，在许多转折地方，安排一些强有力的单字，用来承上转下，作成许多关纽，把整个作品像珠子一般连贯起来，使人感觉它的潜气内转。摇曳生姿。这一套法宝，该是从魏晋间骈文得到启示，把它运用到体势开拓的长调慢词上来，使这个特种诗歌形式，由于音乐的陶冶，赋予了生命力，而筋摇骨转，竟体空灵，恰与人们起伏变化的感情相应。②

柳永不仅将六朝以来的辞赋骈文那种“铺采摛文”，讲究丽辞、对偶、铺叙、音律等的美文技巧，创造性地应用于词作之中，而且在慢词中的虚字使用上也有开拓之功。

三、骈文对宋代慢词的沾溉之文化意蕴

通过对骈文的借鉴，慢词逐渐走向成熟，这种现象何以在彼时出现还是有些必然性值得

① 秦观著，徐培均笺注《淮海集笺注》，上海古籍出版社 1994 年版，第 1830 页。

② 龙榆生《宋词发展的几个阶段》，《词学研究论文集》，华东师大中文系古典文学研究室编，上海古籍出版社 1982 年版，第 176 页。

探讨的。

首先,宋代的社会文化背景,宋代对诗赋取士虽经过几次变更,但总体来说对诗赋还是重视的。为应付进士科举,诗赋写作成为读书人的基本功。宋代进士科考试承唐制要求作律赋,而唐宋律赋实由六朝骈赋演变而成,骈赋又是一种特殊的骈文。

其次,唐宋以来侧重选拔文艺辞藻之才的博学宏词科的设置应该引起我们注意。博学宏词科唐代要考诗赋,宋代考四六文。

宋代四六文应用颇为广泛,即使是倡导古文的欧阳修为皇帝起草诏书也是用四六,他自己解释这种矛盾说,"取便于宣读,常拘于世俗所谓四六之文"。可见,讲究形式音韵的四六文充分展示了汉字音节的和谐流畅之美,读来朗朗上口。写作四六文的训练强化了文人的对偶技巧,宋代词人每以对句的精巧而邀赏。如《雨村词话》卷三曾作《梅溪摘句图》说:"史达祖《梅溪词》最为白石所赏,炼句清新,得未曾有,不独《双双燕》一阕也。"史梅溪的《齐天乐》"画里移舟,诗边就梦",《八归》"秋江带雨,寒沙索水"等对句,都具有生动的形象性和高度的概括力。元代陆行直在《词旨》中拈出"史梅溪之句法"肯定了史达祖在遣词造句上的突出的成就,《词旨》还摘录了许多警句,所举侧重南宋,尤多张炎的词句,这些词句又多为对句。

再次,从整个宋代文学发展的特征来看,正如王水照主编的《宋代文学通论》所说:"在两宋文坛上,'破体为文'的种种尝试,如以文为诗、以赋为诗、以古入律、以诗为词、以文为词、以赋为文、以文为赋、以文为四六等,令人目不暇接,其风气日益炽盛,越来越影响到宋代文学的面貌和发展趋向"[①]。宋学的兼容并蓄精神使宋代文人敢于打破文体间的壁垒,援骈文的技巧入词不过是诸多"破体为文"作法中的一种。

第四,从词本身的发展来看,骈文对宋代慢词的沾溉体现了词的文人化的发展趋势。慢词兴起后,由于词体自身发展的要求以及士大夫审美的需要,词境逐渐扩大,但应歌仍然是词的主要功能。北宋中叶以后,随着词与士大夫日常生活关系日益密切,对词的创作也提出了更高要求。词必须既可唱,又可读;既娱宾遣兴,又抒情言志;既主声,又主文。由主声向主文逐渐演化,成为案头文学。而案头文学就会凸现文学创作的特色,注重文雅典重,讲究技巧和功底。南宋之后,慢词中对偶和用典技巧的讲求恰与六朝骈文的贵族化、文人化相近。

总之,骈文在对偶、用典、虚字、句法等形式技巧上的探索为慢词的创作提供了很多创作经验,促进了词体文学的成熟。这种文学现象是北宋文化发展的必然要求,也体现了词体文学样式雅化的总趋势。

(作者单位:阜阳师范学院文学院)

① 王水照《宋代文学通论》,河南大学出版社 1997 年版,第 67 页。

金朝“借才异代”期的散文创作

王　永

金太祖戎马一生，创立基业，然未暇偃武修文。太宗“既灭辽举宋，即议礼制度，治历明时，缵以武功，述以文事，经国规模，至是始定”①。熙宗少年时期就向慕华风，以燕人韩昉为老师，学习汉族文化，并能自为诗赋。他继承太宗朝的文治政策，推进女真族的文化进步，在兴学、科举等方面都有新的成绩。可惜晚年嗜酒妄杀，朝廷一片风声鹤唳，文事也萧条沉潜。海陵王虽然是用血腥的手段杀害了熙宗登上皇位，并为了保住地位大肆屠戮宗室，但是在推进女真汉化、发展文教事业上与熙宗并无二样，金代中期文坛主要力量大都是在海陵王时期登科进入仕途的，并且海陵王本身就是一位出色的诗词作家。他于公元1153年将京城从上京（今黑龙江省阿城市南白城子）迁至燕京（今北京），这对中国文化的南北合流和向北延伸都是有重要意义的。

一、概　说

金太祖完颜阿骨打收国元年（1115）到海陵王正隆六年（1161）是金代散文发展的第一期。“借才异代”这个说法来自于《金文雅》序文。这个时期的散文在文体上以国书、诏令、上表等外交内政文章为主，其主名虽多为女真王室，实际上主笔作家多为辽、宋入金的文人。《金史·文艺传》云：“太祖既兴，得辽旧人用之，使介往复，其言已文。太宗继统，乃行选举之法，及伐宋，取汴京籍图，宋士多归之。”②在发展历程上，对照四朝的诏令等作，太祖朝文风简朴，不假修饰；而太宗、熙宗、海陵王朝则有所注重文采，修辞排事，行文间或骈俪。于此亦可见辽、宋文士逐渐被收用。

金初由辽入金的文人代表是降臣韩昉、虞仲文、左企弓等人，朝廷诏令典章多赖其手。

虞仲文久在翰院，是现在可知金代知制诰之第一人，清代金门诏《补三史艺文志》将他列在经术文章之首。韩企先太宗朝官至宰辅，当时正值朝廷各项制度创立之时，企先博通经史，多有建树，史称贤相。韩昉居《金史·文艺传》之首，史称他：“善属文，最长于诏册，作《太祖睿德神功碑》，当世称之。”③他降于太祖攻取燕京之时，太宗天会年间，韩昉已经开始执掌

---

① 脱脱《金史》卷三，中华书局1975年版，第66页。

② 脱脱《金史》卷一二五，中华书局1975年版，第2713页。

③ 脱脱《金史》卷一二五，中华书局1975年版，第2715页。

朝廷重大诏册的撰写。程寀也是以辽国进士入金为臣的，曾任史馆修撰，观其《请肃禁御、增谥号、正风俗、立纲纪、戒妒忌、严宫卫疏》一文，其对朝政的关心，对熙宗的忠爱，是宋国降臣所无的。金灭辽后，辽国臣民对金的认同是迅速的，这一方面是旧国已经不存在了，另一方面与其民族观念中没有宋国“华夷之辨”那种强烈的正统意识有关。辽国的左企弓在降金后，马上就力劝太祖撕毁和宋国的和约：“君王莫听捐燕记，一寸山河一寸金。”他很快成为西路统帅宗翰(粘罕)的得力助手。

金朝十分重视对汉族文化的学习，统治阶级在攻伐的同时不仅注意收罗宋朝的典籍文物，对宋朝的文士也十分留意。由宋入金文士中最著名的是宇文虚中、高士谈、蔡松年、施宜生等人。如果说由辽入金的文士在政坛得到了朝廷的充分信任和重用，其作品多为应用文字；那么由宋入金的文士则最终成为把持文坛的主导力量，并有文艺性篇章流传。金初还有一些在朝或在野的汉族文人以文章名世。代表作家有杨伯仁、王庭直、马定国等人。

总体而言，金代初期由宋入金的文士其处境远不如由辽入金的文士，蔡松年尽管被抬到高位，但是实际上也是朝廷为了耸动南宋朝臣心理而作的诱饵。综观文坛的几桩不明不白的公案就可明白。一是宇文虚中、高士谈莫名其妙地被杀，二是施宜生出使宋朝被告以泄密，受到杖责(一说被烹死)。这些都反映了女真和汉族两个民族关系的微妙和紧张，朝廷是既离不开汉族文人又不能信任他们。皇统九年(1149)发生的一个事件更足以令文士们胆寒。翰林学士张钧为熙宗起草《罪己诏》，有“惟德弗类，上干天威”、“顾兹寡昧，眇予小子”的字样，参知政事奚(原属辽地的一个民族)人萧肄译奏道：“‘弗类’是大无道，‘寡’者孤独无亲，‘昧’则于人事弗晓，‘眇’则物无所见，‘小子’婴孩之称，此汉人托文字以詈主上也。”[①]这本是萧肄的挟私构陷，后来他也受到了篡位的海陵王的惩处。但是当时熙宗闻奏大怒，用残忍的手段杀害了张钧。这一方面有嗜酒妄杀的熙宗当时已经心理失衡的原因，但也与女真统治者和汉族文人的民族隔阂有关。实际上这份《罪己诏》的内容也是此类文体常用的套语。从这件事中，当时辽、宋文臣与女真朝廷的关系可见一斑。这件事对当时的文人不可能没有震动，对文章创作的影响也一定不小。

中原的山川地理和文人情致也影响到女真族的将领，比如完颜没里也写于皇统七年(1147)的《仰天山记》，里面对山水的热爱以及“功名富贵，有不与焉”的感受体现了一种跨越民族和文化的共通。

以上是对金代初年辽、宋入金及女真本族文士散文创作的概括介绍，下文将对几个文坛领袖的散文创作分别做一些详细的论述。

二、韩　昉

大金建国之初，武力雄劲，女真将帅人才辈出，然而由于本族的文教尚未形成规模，因此文治方面正是人才匮乏时期。金太祖阿骨打任用渤海部降臣杨朴，杨朴熟悉汉族礼制，伐辽时的文书、制度多赖其才。然而随着国力的强盛和疆域的扩大，朝廷对文学之士的需求日益迫切，天辅二年(1118)，诏博学能文之士赴阙，并广泛地网罗和任用辽、宋文臣为己所用，开

---

① 脱脱《金史》卷一二九，中华书局1975年版，第2780页。

始了“借才异代”的时期。自辽入金的韩昉是金初太宗、熙宗时期的文苑重臣，为金初文苑词臣之首。

（一）生平仕历

韩昉，字公美，出身于燕京（今北京）大族，祖上累世通显。他五岁丧父，但勤学苦读，中辽天祚皇帝天庆二年（1112）状元，补右拾遗转史馆修撰，累迁少府少监、乾文阁待制知制诰等职。意气风发的韩昉入仕后却正值辽国内忧外患、风雨飘摇的衰世。作为末世文臣，韩昉虽不能为国家出生入死，力挽狂澜，但是也曾为朝廷出使邻国，纵横驰说。在女真军队的进逼之下，辽国决定向宋称臣以谋求援助。南宋曾敏行《独醒杂志》载：“契丹为金人攻击，穷蹙无计，萧后遣韩昉来见童贯、蔡攸于军中，愿除岁币，复结和亲。且言女真蚕食种类五六十国，今若大辽不存，则必为南朝忧，唇亡齿寒，不可不虑。贯与攸叱出之。昉大言于庭曰：‘辽、宋结好百年，誓书俱存，汝能欺国，独能欺天耶？’贯亦不以闻于朝。辽已亡，金人果背约。”①

韩昉入金后的第一件政绩就是代表朝廷出使高丽国，获得外交上的胜利。高丽是金朝皇室的父母之邦，两族通好已久，太宗天会年间，高丽已经许诺向强大起来的大金国奉表称藩，但是誓表迟迟不肯进纳，几次派人索取也是毫无结果。韩昉出使高丽索取誓表，以渊深的学识和出色的辩才成功地完成了使命。皇室宗干非常高兴，说：“非卿谁能办此！”②这件事展现了韩昉在外交上的出色才能。他成为宗干的养子合剌——也就是继太宗位的熙宗的老师，应该就是始于此时，他的表现也坚定了金朝从辽、宋两国招揽文士的方针。

出使高丽的第二年，韩昉进入了金朝政治的核心圈，官至礼部尚书、翰林学士等职，开始草创大金的各项文化事业。

韩昉在太宗朝做的第二件大事便是代表朝廷册封刘豫为大齐皇帝。金太宗天会八年（1130），韩昉以知制诰身份与大同尹高庆裔奉表册刘豫为皇帝，国号大齐，都大名府，这是金初政治上的一件大事，是大金以南治南国策的又一次施行（前次为册立张邦昌为伪楚皇帝），韩昉出色地完成了册封仪式的整个过程，体现了他的忠心和能力，也反映了金廷对他的倚重和信任。

熙宗继位后，对于这位通晓汉族文化的老师更是加以信任和重用。熙宗即位后的天眷元年（1138）即命韩昉等编修国史，并诏封韩昉为翰林学士。皇统年间韩昉长期任参知政事，熙宗不时咨以史事。

早在太宗时代，韩昉就很注意文学之士的提拔。作为两朝重臣，他极力为金朝笼络人才。先是接纳宇文虚中与其共掌辞命，宇文虚中受官后，荐举来使的宋朝学者洪皓，金太宗遂以翰林直学士留之，结果洪皓抗节不屈，暗中有逃归之意，遂向韩昉请求归养大名、真定等地。韩昉岂能不明，于是大怒，奏请朝廷免去要封赠给洪皓的官职，又叫他去云中评改进士考卷。洪皓认为这是陷害他，就称病不从，韩昉最终也拿洪皓没有办法。后来朝廷大赦，洪皓和另一位被扣留多年的使者朱弁才最终被放还南宋。另外，胡砺、王竞等新的进士都得到

① 曾敏行《独醒杂志》卷八，《四库全书》本。

② 脱脱《金史》卷一二五，中华书局1975年版，第2714页。

过他的指导。

(二)作品考辨

韩昉的作品以实用性的文字为主,曾有文集传世,但当朝已经不存,其原因可能是海陵王篡位导致的皇室斗争,也可能是后来由宋入金的文士占据上风,或者是金初文教的不发达,难以论定。

《太祖睿德神功碑》是韩昉最为世人称道的一篇雄文。“昉善属文,最长于诏册,作《太祖睿德神功碑》,当世称之”[①]。《睿德神功碑》又称《平辽碑》,碑石是熙宗天会十三年(1135)在燕京城南所建,碑文为宇文虚中书写。元代纳延《读金太祖武元皇帝平辽碑诗颂》云:“十丈丰碑势倚空,风云犹忆下辽东,百年功业秦皇帝,一代文章太史公。”[②]太祖功业雄豪,碑文有史迁之神,这是诗人的观感。此碑金元之际尚在,后不知毁于何时,其内容是赞颂太祖阿骨打威武神奇的一生,可惜文章不存,我们只能从其他材料中寻找韩昉的文章。

今人阎凤梧等编《全辽金文》是目前收罗辽金散文作品最全面丰富的文章总集,该书以年代为序、以作者为单位编排作品,较之清人所编《金文最》和《金文雅》等书更便于了解辽金散文的发展历程。然近读其收在书末无名氏名下的文章,发现其中有两篇是有史料证明其为金初文坛领袖韩昉所作的,现考证如下,以资参考。

《全辽金文》第3810页收《诛宗盘等诏》:

> 周行管叔之诛,汉致燕王之辟,兹惟无赦,古不为非。不图骨肉之间,有怀蜂虿之毒,欲申三宥,公议岂容?不顿一兵,群凶悉殄。

文末注出处为“《大金国志》(熙宗孝成皇帝二)”,其实查阅该出处,上述引文后紧接着就已经直接注明:“翰林韩昉作也。”[③]其全文即《全辽金文》第3812页《诛宋兖诸王诏》。此篇文末注出处为“《松漠纪闻》、《北盟会编》”。查宋洪皓撰《松漠纪闻》卷二,其中不仅收有此文,而且已注明“宋、兖诸王之诛,韩昉作诏”云云[④]。

《松漠纪闻》卷二还收有标明“韩昉撰诏书”的另一篇诏令,此文亦被《全辽金文》收在第3811页无名氏名下,题名《更定管制诏》,这也是漏考的。

《松漠纪闻》是洪皓出使金国时的见闻纪录,是《金史》编纂者参考的重要文献。洪皓学识渊博,对金朝文章特别留意,使金时韩昉正任翰林制诰,所录两文是可以采信的。

《全辽金文》第3917页无名氏卷中还收有《立刘豫策文》,末注采自《北盟会编》、《建炎以来系年要录》、《大金国志》、《大金吊伐录》、《伪齐录》。据李心传《建炎以来系年要录》载:“韩昉册命中奉大夫、知东平府、充京东西淮南安抚使、节制河南诸州刘豫为皇帝,国号大齐,都大名府。其册文略曰:‘咨尔刘豫,素怀济世之才,夙擅直言之誉。百里虽智,亦奚补于虞亡;三仁至高,或愿从于周仕。当奸贼扰攘之际,愚氓去就之间,举郡来王,奋然独断。宜即始归之地,以昭建业之元。是用册尔为皇帝,国号大齐,都大名府。世修子礼,永贡虔诚,付尔封

---

① 脱脱《金史》卷一二五,中华书局1975年版,第2715页。

② 纳延著《金台集》卷二,《四库全书》本。

③ 宇文懋昭著,崔文印校证《大金国志》卷十,中华书局1986年版,第151页。

④ 洪皓《松漠记闻》,《丛书集成初编》影印《古今逸史》本。

疆，并同楚旧。'昉有文学，仕辽为知制诰，金主因而用之，凡大诏令多昉所草也。"[①]其余出处也多有类似记载，则此文为韩昉所作之意已经不言自明。

在入金后几十年的文学活动中，韩昉执掌辞命、创革礼制、编修国史、奉使邻国、拔擢士人，是金代文化制度创建者、金初文章的奠基者，《全辽金文》中所收无名氏金初诏令文章中应该还有多篇韩昉的作品，然已无从确考，上述几篇则不当再被忽视为是。

三、宇文虚中

宇文虚中，字叔通，成都广都人，在宋时即有文名，曾为徽宗草《罪己诏》。其为人有慷慨之气，金兵围困汴京时曾多次出使金营，为迎回作为人质的康王赵构立下功劳，他也因此为金朝所熟悉。建炎二年(1128)，他以资政殿大学士使金，祈请被俘虏的徽、钦二帝还京，惜事情不成，被留在金朝，后与韩昉同掌词命，负责朝廷重要文件的撰写，仕为翰林学士承旨，金人称其为国师。

宇文虚中是金代文坛第一位盟主，金代中期以后诸大家多执此论。赵秉文《中大夫翰林学士承旨文献党公神道碑》云："本朝百余年间，以文章见称者，皇统间宇文公，大定间无可蔡公，明昌间则党公。"[②]刘祁《归潜志》亦云："国初宇文太学叔通主文盟。"[③]虚中本有文集流传，天眷年间，李初道编订的宇文虚中文集和朱弁的文集合刻为《云馆二星集》。其文集也另有单行本，只可惜均不存。

宇文虚中在金朝为各项文化制度的创立作过不少工作。根据王庆生的考证，其留存者主要有《增上太祖尊谥册文》、《命宋康王为皇帝册文》和《时立爱神道碑》几篇文章[④]。这些金石文字保持了金初实用文字固有的强悍雄豪之气，又富于典赡的辞采，对金代散文的发展有着一定的典范意义。

《宋代蜀文辑存》中存有虚中十二篇文章(包括在宋时所作)。三篇简短的家书是较能反映其处境和心情的文字，三篇家书文字情真意切，有屈原《离骚》之幽愤，赤子之心令人感动。这样直抒胸臆的文字和同样是降金的蔡松年之蕴蓄吞吐形成对照，两人一个被处死，一个做到高官的命运则是两人性格的不同使然。据《中州集》作者小传记载，宇文虚中在金朝颇恃才傲物，经常斥责女真人"犷卤"，因此才受到陷害，含冤而死。从这几封家书来看，当时的民族矛盾确实比较尖锐，虚中"恃才傲物"未必尽然，但是忠直之气一定是难以掩抑的，在北宋末群臣缩颈的时刻他能主动请缨出使金朝就可见一斑。"宇文"是北方少数民族的姓氏，金代文学专家周惠泉先生认为其性格与血统大有关系。联系到唐代李白的胡人血统和豪放诗风以及金亡后文坛泰斗元好问的鲜卑族血统及其雄丽的文风，可见周先生的说法很有道理，少数民族文人性格对华夏文学发展的推动意义深远。

---

① 李心传《建炎以来系年要录》卷三五，上海古籍出版社 1992 年版，第 522 页。

② 赵秉文《闲闲老人滏水文集》卷一一，《丛书集成初编》排印《畿辅丛书》本，第 164 页。

③ 刘祁《归潜志》卷八，中华书局 1983 年版，第 83 页。

④ 王庆生《金代文学家年谱》，凤凰出版社 2005 年版，第 27 页。

四、蔡松年

蔡松年(1107—1159),字伯坚,自号萧闲老人,长于汴京,官于真定。仕至尚书右丞相,金代初年著名的词臣。他诗文兼擅,而尤以词著称于世,与另一位由宋入金的著名作家吴激齐名,号称“吴蔡体”。

蔡松年写词特别注重序言的构撰。《金文最》所收其十二首各调词序都是篇幅可观、首尾俱足、文笔清丽的散文佳作。由于金代散文散佚严重,所存者多为诏令、册文等实用性文字,能见性情的文学散文极少见到,因此这十几篇文字颇值得注意。通读这些作品,不难发觉,这里面讲的几乎都是一个主题:归隐。念念不忘的归隐情结是蔡松年在词序中反复申说的,其十二篇文字中直接提到这个主题的就有九篇,还有一篇《满江红词序·遣意》是婉曲地表达了这层意思的。

这种归隐山林的思想是贯穿在松年整个仕宦历程中一个挥不开的情结。这在他的《水龙吟词序·赠杨德茂》中有完整的追溯和抒发。尽管他从青年时代起就着意“求田问舍”,但中年以后便在宦海中沉浮,不得遂愿,至晚年忽然又得到金朝的重用,而不敢急于去职,终于在备极荣宠中遗憾地死去,念念不忘的归隐,只好在作品中向后世诉说。上面的文字就清晰地展现了他一生寻求归隐而不得的心路历程。

那么,形成其词序中归隐主题的原因何在呢?这首先是基于他个人的性格特征。

> 仆自幼刻意林壑,不耐俗事,懒慢之癖,殆与性成,每加责励,不能自克。志复疏怯,嗜酒好睡。遇乘高履危,动辄有畏。道逢达官稠人,则便欲退缩。其与人交,无贤不肖,往往率情任实,不留机心。自惟至熟,使之久与世接,所谓不有外难,当有内病,故谋为早退闲居之乐。长大以来,遭时多故,一行作吏,从事于簿书鞍马间,违己交病,不堪其忧。(《雨中花》词序)①

“刻意林壑”、“不耐俗事”可以说是他性格的核心,这使得他在宦海中有如同陶渊明一般“违己交病”的感慨,正是他追求退隐的内在动因。

但更为主要的,是当时的朝政背景对蔡松年个人命运的影响。有人因为松年一生官运亨通,就认为松年在词序中所抒发的退隐思想是虚伪的,其实并非如此。蔡松年的父亲蔡靖本为宋臣,宣和末年镇守燕山。松年随从父亲在军前任职,管勾机宜文字。金朝统帅斡离不(宗望)大败宋朝边帅郭药师军,蔡靖无奈降金,松年开始辗转在各个元帅手下任职。由于金朝初年缺少文学之士,松年在军队里也颇受重用。在跟随宗弼(兀术)伐宋的过程中,松年受命兼总军中六部事。南北讲和后,宋向金称臣,宗弼入朝为左丞相,荐松年为刑部员外郎。

表面上看,松年此时尽管还未平步青云,但也是仕途通畅,步步高升,没有归隐的理由。但殊不知其内心着实是抱着一种得过且过的念头的。作于天会九年(1131)的《满江红词序·遣意》云:“去家六年,对花无好情悰,然得流坎有命,无不可者。古人谓人生安乐,孰知其他。屡诵此语,良用慨叹。”②表达了他的无奈心绪。

---

① 张金吾《金文最》卷三九,中华书局1990年版,第538页。

② 张金吾《金文最》卷三九,中华书局1990年版,第541页。

熙宗朝文坛上的惨祸令人触目惊心。皇统六年(1146),同样是由宋入金的文坛大家宇文虚中、高士谈无辜被害,不能不令敏感的松年为之胆寒。宗弼当国,松年迁左司员外郎。在这样一个危机四伏的朝政背景下,文人的命运是莫测的,对此松年有着切身的体验,他在《念奴娇》后序中说:“而当衰世颓俗,力不可为,不能远引辞世,黾勉高位,颠危之祸,卒与晋俱为千古名士之恨。”[①]这篇词序是元好问编《中州集》时全文收在蔡松年小传中的。在按语中元好问认为这首词可以作为蔡松年的生平写照,全词含蕴着的忧闷是与前面的词序一致的。

松年尽管投降金朝,但汉人的血统和儒家思想的影响不可能不在他身上发生作用,他在异族统治的金朝很难有强烈的功业追求。虽然他自己无求,历史的机缘却将他推到了前台。弑兄篡位的海陵王曾与松年一起在兀术军中任职,因此有过交情,海陵谋伐宋,以松年家世仕宋,故亟擢显位以耸南人视听,遂以松年为贺宋正旦使,使还改吏部尚书,寻拜参知政事。是年,自崇德大夫进银青光禄大夫,迁尚书右丞。未几,为左丞,封郜国公。松年此时可谓官位显赫,这是整个金朝文人所担任的最高职位。然而实际上他只是金朝为了引诱宋朝官员投降的一个活诱饵而已。金朝从来都是武人治国,文人只是点缀而已,不仅如此,海陵朝朝臣所受的精神恐惧较前朝更深了。“初,海陵爱宋使人山呼声,使神卫军习之。及孙道夫贺正隆三年(1158)正旦,入见,山呼声不类往年来者。道夫退,海陵谓宰臣曰:‘宋人知我使神卫军习其声,此必蔡松年、胡砺泄之。’松年惶恐对曰:‘臣若怀此心,便当族灭。’”[②]这个发生在蔡松年自身的事件足以说明他所受的猜忌和内心的惶惶不可终日之感。

为官如履薄冰,退隐唯恐获罪,松年在这样一种矛盾痛苦的心情中度过仕宦生涯,所有的牢骚都化作对归隐的执着向往,在与友人的赠答中不断抒发。《水龙吟词序·自警》云:“晚雨新晴,江月迥然,秋涛有声,如万松哀鸣涧壑。时去中秋不数日,方惶惶于道路,游宦漂泊。节物如驰,此生余岁春秋,而所谓乐以酬身者乃如此,谋生之拙,可不哀哉!”这是他的自宽自警之作,心境与晚景相融,悲苦与松涛相合,可谓天成。魏晋风流是松年归隐之情的精神归宿,他在作品中多有提到。这体现了两个相似的社会背景下文人心态的暗合与沟通。

他归隐的理想处所往往是林壑优美之处,在他的叙述中,为官生活是战战兢兢的一种状态。而他所向往的“乐”,都是在退隐之后,因为他一生并没有最终获得归隐,所以就把对这种“乐”的向往经常向友人表达。正是这种主题的引导,才驱使他有意把序拉长,而不是简单地交待应酬的情况。这是散文创作动因研究的一个很好的例证。

总之,金代初期的散文创作体现出辽、宋、金三朝各族文化的熔铸,总体上以实用文字为主,书、诏、册文等体裁为大宗,风格质朴劲健,气势咄咄逼人。这些作品显耀了大金的武力,佐助了正面的攻伐战争,逐步完善着金朝的政治统治。一些由宋入金文人的咏怀之作则表现了他们的坎坷境遇与深沉忧思,构成文坛理不当少的另一道风景。

(作者单位:中国传媒大学文学院)

① 张金吾《金文最》卷三九,中华书局1990年版,第538页。

② 脱脱《金史》卷一二五,中华书局1975年版,第2716页。

金元碑志体散文的文化价值考察

——以道教人事为中心

蒋振华

自明清王世贞、黄宗羲对金元散文几乎持否定、漠视之态以迄于今,学界仍然没有对金元散文的诸多成就予以足够的重视和研究。我们在这里不必要去清理对于金元散文成就的研究存在哪些方面的缺失,只拟从金元散文作家关于道教人事的碑志体散文所蕴含的文化价值方面来揭橥金元散文的历史意义,以弥补学界的研究空缺。

一

金元散文在文体发展上,无论是宗唐派也好,宗宋派也好,就单个文体的写作规模来看,许多散文作家擅长某体,其作品数量,丝毫不在唐宋此种散文之下,从而构成了金元散文的一大胜景。其中尤以碑志墓表体散文之写作成为引领金元散文盛况的主力军。在金文六大家中[①],大多以碑志墓表为多,如党怀英所有散文作品共 13 篇,其中碑表 11 篇,赵秉文 17 篇,王若虚 11 篇,而散文大家元好问《遗山先生文集》中各种文体共 40 卷,碑志墓表就有 16 卷 97 篇[②],李慈铭说元好问"其文碑志居十之八,多可参见史事",足见斯言之不诬。在元代散文创作中,这种情况依然保存不变,举其要者来看,"姚燧以散文见称……现存姚文大部分是碑铭诏诰等应用文,抒情写景之作很少"[③]。在 30 卷《牧庵文集》中,碑志最多,共 20 卷;在虞集《道园学古录》所有 38 卷散文中,碑志墓表几近 16 卷,正如《元史》本传所云"平生为文万篇,稿存者十二三",大多为"宗庙朝廷之典册,公卿大夫之碑版"。此外,元代散文大家还有赵孟頫、袁桷、黄溍、柳贯、揭傒斯,据何贞立为赵孟頫文集所作序言看,在赵孟頫的各类文体中,碑志之体的创作规模在数量上仅次于制诰而位居第二。袁桷为文多宗宋代欧阳修、王安石,所写文章多为应用体,其中尤以"朝廷制册,勋臣碑铭"居多。有"黄柳"之称的黄溍和柳贯,散文亦多为墓铭碑表。而《揭傒斯全集》中文集 9 卷,其中碑志墓铭之体 2 卷 35 篇,《元史》本传称"朝廷大典册及元勋茂德当得铭辞者,必以命焉。殊方绝域,咸慕其名,得其文者,莫不以为荣云"。

---

① 此据郭预衡先生说,他将金大定、明昌之际和金贞祐南渡之后散文代表作家取定为六家,即王寂、党怀英、赵秉文、李纯甫、王若虚、元好问。这是符合金代散文创作实际的。

② 统计结果以《全辽金文》(山西古籍出版社 2001 年版)为依据。

③ 邓绍基《元代文学史》,人民文学出版社 1991 年版,第 384 页。

碑志之体在金元如此创作繁荣，我们以“空前”来形容也并不为过，其所作对象多为“勋臣”、“元勋茂德”者。但是，我们在检核金元文章所有碑志之体时发现，散文家对于此时道教人事自觉地不遗余力地进行颂赞碑写，这些碑志墓铭并不是奉上之诏而为“勋臣茂德”者的谀奉之作，说明道教在金、元两代具有广泛而深远的影响。

金元全真道对于金元文学的各种体式，诸如诗歌、散文、散曲、杂剧乃至小说产生了决定性的影响。其他道教门派对于文人文学的影响力也并不逊于全真道，这些都是中国文学史、中国道教史、金元社会历史发展中不争的事实。在各种文学史专著的撰写中，只有邓绍基先生主编的《元代文学史》立专节论述全真道对文学的影响，足见道教对于文学的意义。而以此时文人为金元道教人事所作碑志墓铭来看，则文人与道教发生的密切深远的关系，无疑是金元文学和金元道教发展的重要原因。粗略地统计表明，对于道教人物尤其是影响深远的道教领袖人物和道教宫观楼阁所作的墓表碑铭，几乎伴随着这两个王朝的兴衰成败而显示出道教在此时的起伏沉浮。写过此类碑志之体的散文名家包括金代的王若虚、王鹗、元好问，元代的王恽、郝经、刘因、姚燧、赵孟頫、程钜夫、吴澄、袁桷、虞集、杨载、范梈、揭傒斯、欧阳玄、黄溍、柳贯、田璞、商挺、徐琰、王磐、马祖常……至于明编《正统道藏》所收元李道谦辑《甘水仙源录》中金元一般文人所作道教人事碑志之体则更多。这些文人主要有金源琫、刘祖谦、张子翼、王利用、陈时可、秦志安、杨奂、张邦直、李谦、李道谦、宋子贞、孟祺、赵九渊、杜仁杰、李鼎、赵著、高鸣、李国维、陈楚望、张好古、张子献、俞应卯、麻九畴、赵复、张本、辛愿、王真、王粹、李邦献、李冶仁、王赟等等。

二

金元文化发展中的一个重要内容就是宗教文化的继续发展。而此时尤以本土宗教文化即道教文化的繁盛成为宗教文化的主要内容。金元道教发展的一个重要现象或重要的文化特征就是道教的多元化、多门派化。金元时期上述文人碑志墓表正是记载和反映此时道教发展历史的非常重要的文献。通过对这些文献的考查研究，我们认为，正是这些文献揭示了道教发展的历史规律，反映了道教思想和道教信仰对于金元社会发展产生了重要的历史作用。

全真教的创立，最根本最直接的原因是创始人王喆的汉族地主阶级知识分子身份不满于金兵犯宋、兴汉复宋的反金心理之表现，当其仕途失望、反金无路时便想通过宗教组织去求得理想的实现。因此，在一个偶尔的机会，创立宗教组织的想法和行动便产生了，对这一深层的历史时代背景和建教契机，金源琫的《全真教祖碑》进行了客观朴实的描述：“真人名喆，字知明……弱冠，修进士举业，籍京兆府学，又善武略。圣朝天眷间，收复陕西，英豪获用，真人于是捐文场，应武举，易名德威，字世雄，其志足可以知。还被道炁充馀，善根积著，天遣文武之进，两无成焉，于是慨然入道。”[①]文略武功的失意，反映了王喆在金人统治下汉族地主阶级知识分子遭受排挤而前途无望，于是“慨然入道”。其间偶尔的契机则是：“正隆己

① 李道谦辑《甘水仙源录》卷一，《道藏》第19册，文物出版社、上海书店、天津古籍出版社1992年影印本，第723页。下引同，只注明册数和页数。

卯夏既望，于甘河镇醉中啖肉，有两衣毡者继至途肆中，其二人形质亦同。……遂授以口诀。"[①]王喆巧遇奇人神仙"授以口诀"，于是得道成仙，接着收徒入弟，马钰、谭处端、丘处机、王处一、刘处玄、郝大通、孙不二相继成为道徒，全真教正式创立并流行于金。金源璹的这篇《全真教祖碑》，足可视为全真教产生、形成之历史的珍贵文献。

全真教的出现，不但是中国传统科举事业或者说科举文化对于知识分子"压迫"催生的结果，而且从政治文化的角度看，也是民族之间政治权力之争引发的结果。这一点从全真教在金对宋的战争(军事战争是政治战争的延续)中的表现上可以发现。当时金对宋的战争既残酷又惨烈，元好问在《怀州清真观记》中对之记载为"乃至王伯而降至于为兵、为火、为血、为肉"[②]。全真教领袖之一的丘处机亦有诗为证："无限苍生临白刃，几多茅屋变青灰。""十年兵火万民愁，百万中无一二留。"[③]尤其是金王朝"贞祐南迁"事件，更是全真道能够在战火中发展的重要契机。从情理上说，大河南北、全国社会在穷途暮日里，黑暗的政治气氛，沉重的战争烟火，萌发了人类对于生命的关爱，也孕育着对于宗教的需求，对此，王恽在《胙城县灵虚观碑》中有最为深刻的揭示：

> 贞祐初，金驾南迁，竟河为界，建帅府，宿重兵，系浮梁，陁为汴京北门。岁壬辰(1232)，金人撤守，天兵(指蒙古兵——引者注)徇取之。明年，京城大饥，人相食，出逃死北渡者，日不下千数。既抵河津，人利其财贿，率不时济。殍死风雪间，及已济而沉溺者，亦无虑千百数。时全真教大行，所在翕然成风。虽虎苛狼戾，性于嗜杀之徒，率受法号，名会首者皆是也。[④]

"贞祐南迁"，生灵逃死不及，却能"翕然成风"而加入全真道，政治压迫、军事战争挤压着人们投入宗教的空间。更重要的是，道教领袖们，这些把持宗教话语权的引导者们在战乱中教人改恶从善，积功积德，这种教化实际上起到了拯救社会、消弭战争的救赎作用，因此，也迎合非常时期人类的求生心理，所以，全真教能够在金兵乱世的空隙中发展。王恽的《胙城县灵虚观碑》所反映的全真道"大行"天下的原因，客观上讲是政治和战争文化造成的，但从人类主观心理因素来看，也不妨视为一种心理救赎对于社会的需要，更重要的是，以全真道士李志远为领袖的宣教者主张从仁善角度挽救衰亡，体现了以因果报应为主旨的化恶从善理念，所以，王恽在碑文中尤其强调仁善对于救赎的重要意义："(李志远)曰：'将以此为道场(贞祐之乱，生民渡河逃生，李志常于河口建道观收民。——引者注)，为设教张本。'……于是仁风一扇，比屋回心，贪残狼戾，化而柔良。津人跋俗悔祸，缴福于门者，肩相摩而踵相接矣。"[⑤]以传统儒学标榜的"仁"作为救赎的良方，明显地体现了糅合道家思想和儒家学说作为全真教纳信吸徒的宗教生存发展策略，这又反映了金代道教发展的儒道思想文化的融合趋势。

更能体现全真教在教旨上把儒道思想文化融合起来的最为敏感的话题，则是对于"全真"教名的阐释。对于教名之阐释，金元许多文人都曾努力地进行了多种尝试，其中包括金

---

① 《甘水仙源录》卷一，《道藏》第19册，第723页。
② 元好问《遗山先生文集》卷三十五，《四部丛刊》本。
③ 李志常《长春真人西游记》卷上，《道藏》第34册，第483页。
④ 王恽《秋涧集》卷五十三，《四部丛刊》本。
⑤ 王恽《秋涧集》卷五十三。

代散文巨擘元好问，他的《紫微观记》一方面记载了全真教在金代发展得如火如荼的情景，另一方面也把全真教的名义、教义、作用等进行了全面的图解。但最富说服力和见血性的诠释则是元代徐琰的《郝宗师道行碑》，其中有云：

> 金季重阳真君不阶师友，一悟绝人，殆若天授，起于终南，达于昆仑，招其同类而开导之，锻炼之，建立一家之教，曰全真。其修持大略，以识心见性，除情去欲，忍耻含垢，苦已利人为之宗。老氏所谓知其雄守其雌，知其白守其黑，知其荣守其辱，为道日损，损之又损，以至无为。庄生所谓游心于淡，合气于漠，纯纯常常，乃比于狂。外天地，遗万物，深根宁极，才全而德不形者，全真有之。[①]

在这里，徐琰用南宋理学家的心性修养与老庄无为去欲的养生理论对"全真"进行教义和概念诠释，明显体现了金元思想文化中儒道融合的发展趋势。宋金对峙时期，理学已在北方传播，《金史·隐逸传》载杜时升"隐居嵩洛山中，从学者甚众，大抵以伊洛之学教人，自时升始"，又载高仲振"尤深《易》、《皇极经世》学"。作为儒世地主阶级出身的王喆，以其北方出生的儒学身世、染儒环境与老庄道学结合起来组成一个宗教集团和组织，都是顺理成章的。到了元代，程朱理学成为元代的官方学术，定程朱理学为一宗，这就使丘处机领导的全真教更具有了道家与儒学相融合的大背景，同时，当元世祖向丘诏问治国之方时，丘便乘机把全真教的宗旨作一宣传，其中也正是强调了这个宗教组织与儒学的相濡以沫的关系。因此，在元世祖的认可之下，全真教在元代得到了蓬勃的发展。关于这一点，作为元代集散文家与理学家身份于一身的虞集在他为道教人事所立《河图仙坛之碑》中有极其精妙的阐述，其中有云：

> 全真之教，叙其祖传，有所谓《玄风庆会录》者。大德中，常使人译之，而莫达其意。有旨命公（指吴全节——引者注）论定，公曰："丘真人之所以告太祖皇帝者，其大概不过以取天下之要在乎不杀，治天下之要在乎任贤，修身之要在乎清心寡欲，炼神致虚则与天地相为长久矣。"译者如其言奏之，上大感悦。不惟丘公之心事明白而太祖皇帝圣学之渊微亦从可窥其万一。[②]

作为全真教领袖的丘处机，其治教治国治身之道，正是儒家的修身齐家思想与道家的养生养身思想的融合。而太祖皇帝（成吉思汗）"圣学渊微"也是想把儒道糅合成一炉以作为统领万民的良方。这种儒道融合基本上成为元蒙统治者和全真教教主们的统治思想模式，所以元代统治集团与全真教宗教集团才能各得其所，各自找到了相同的发展路径。

虞集的《河图仙坛之碑》不仅是在宣传一种统治阶级需要的思想模式，其实也是在劝勉告诫元代上层必需运用这种思想文化模式，这种观点主要体现在他对于碑主集儒道思想于一体的定论上，因此，这篇碑文其实又是理学家的虞集对于儒道融合的一种提倡，其价值不容忽视。他说：

> 公（指碑主吴全节——引者注）博览群书，遍察群艺，而于道德性命之要，粹如也。尝作环枢之堂，画先天诸图于壁，以玩心中神明。有诗曰："要知颜子如愚处，正是羲皇未画前。"其所造盖如此，故其述作，光明痛快，足以见太平盛事而深存忠厚于人伦有所

① 《道藏》第19册，第740页。

② 虞集《道园学古录》卷二十五，《四部丛刊》本。

感发，自幼至老，尤好吟咏，皆出其天性之自然而非有所勉强。[①]

“道德性命之要”，正是宋代理学道问学与尊德性的重要内容，作为全真教重要传人的吴全节信守儒家道德仁义之学、忠厚人伦之理而融通老庄的天性自然之道。虞集作为理学家，看重的正是儒家的经典仁义学说，所以他在仁宗初年国家推行科举考试时，向仁宗提出裁定儒学经籍为考试内容，从而奠定了儒学的官学地位，他说：“群经、四书之说，自朱子折衷论定，学者传之，我国家尊信共学，而讲诵接受，必以是为则，而天下之学皆朱子之书。”[②]又说：“朱氏诸书，定为国是，学者尊信，无敢疑二。”[③]朱氏之学，就是儒家之学，确立朱氏学说就是确立儒家思想的统治地位，因此，虞集对于融合儒道作为全真教教旨的吴全节的言行甚表钦佩，故而为他树碑立传歌颂之，此见元代儒学与宗教学相需为用的思想文化特色。这种特色的载体主要是为全真教人事而写的碑志之体。

从金元文人的碑志之体考察其所表现的金元文化尤其是道教文化的价值，除了上述主要的儒道思想融合的文化内涵之外，有些文人的碑志之体则反映了此时宗教文化自身内在冲突和斗争。这主要表现在佛教与道教的矛盾冲突上，就道教方面而言，仍然是占主流地位的全真道与佛教的矛盾冲突。反映这对矛盾和冲突的文人碑志主要有赵孟頫的《玄教大宗师张公碑铭》、袁桷《玄教大宗师张公家碑》、虞集《张宗师墓志铭》等。

元代的佛道之争一并出现了两次，分别是宪宗八年(1258)和世祖至元十八年(1281)。争论的形式主要是佛道双方大辩论，辩论的焦点仍然是早在南北朝就出现的关于老子化胡的旧案。这两次论争都非常激烈紧张。第一次论争，双方参与的人数都极多，佛教方面300余人，道教方面(以全真教为主体)200余人，另有儒士200多人参加“证义”。由于元蒙统治者对佛教的扶植也越来越重视，加之佛教阵容占压倒优势，因此最后以道教的败北而告结束，朝廷宣判将17位道士削发为僧，焚烧道教伪经45部，归还抢占的佛寺237所[④]。

第二次论争围绕老子化胡带来的伪道藏经余下的部分没有继续焚毁的问题展开争论。结果仍然是以全真教为主体的道教一方败北，焚毁了更多的道教伪经。

这两次佛道之争的文献记载情况，无疑是胜出者一方以优越之感而记载了下来，今存明《正统道藏》则付之阙如，个中原因是不言而喻的。但弥足珍贵的是，当时很多关心道教、与道教人士关系密切的大文章家都以委婉隐晦的方式记下了这两次论争的一些情况，上述三位散文家写的张宗师碑记就属此例。他们都记载了两次辩论中玄教大师张留孙从中调解和斡旋双方的情形。这些碑志一方面反映了道教人士对自身发展情景的担忧和希望，另一方面体现了作者对道教的关怀，因此具有重大的文献意义和维护本土宗教的思想意义。赵孟頫《玄教大宗师张公碑铭》中有云：“或以道家书当焚。上(指元世祖——引者注)既允其奏，裕宗(指世祖皇太子——引者注)以公(指张宗师张留孙——引者注)言请曰：‘黄老之言，治国家有不可废者。’上始悔悟。集儒家臣论定当所传者，俾天下复崇其教。”[⑤]元世祖参与的佛道之争，由于他对佛教的崇信过于道教，因而在皇太子的进言之下才改变其对道教的冷漠，

① 虞集《道园学古录》卷二十五。

② 虞集《道园学古录》卷三十六。

③ 虞集《道园学古录》卷四十。

④ 《焚毁诸路伪道藏经之碑》，《大正藏》卷五十二，第776页。

⑤ 《道家金石略》，文物出版社1988年版，第912页。

而这又归功于张宗师在其中的调和。赵孟頫作此碑铭，当然是表扬张宗师对于道教的保护，尤其是对于道教思想精华部分的重视。赵氏的思想信仰，是以儒道并重为倾向的，作为宋室的后裔，浸染儒学之家教；又笃信道家道教，自号松雪道人，故以赞颂之态张显宗师在此次佛道争论中的功绩是可以理解的。袁桷、虞集的碑文所记与赵氏大体相同，张文云："有献言者：'道藏经多淆杂，宜焚去不录。'(张公)遂密启裕宗：'黄老书，汉帝遵守清静，尝以治天下，非臣敢私言，愿殿下敷奏。'后上大悟。召翰林集贤议定上章祠祭等仪注，讫行于世。"[①]袁桷博学多闻，推崇程朱理学，于道家学说时有己见，此文赞张宗师在此次辩论中为道家道教挽回了一些面子。虞文有云："上用言者焚道家经，裕皇以公(指张宗师——引者注)言入告，上为集廷臣议，存其不当焚者，而醮祈禁祝亦不废。"[②]虞集极崇理学，为元代三大理学家之一，在元代广受理学影响的社会背景下，散文领域尤其受其影响最深。虞集作为被黄宗羲推许的元代两大散文家之一，其散文所宣传的理学思想最著。但同时他又推重道家学说，与道教界人士来往密切，考元代文人与道教界的关系，虞集是最广为结交道人的文人。因此，他的许多碑文专为道教人事而作，故其道教文化内涵丰富，史料性极强。其道教题材的碑志之文除上述两篇外，尚有《孙德彧墓志铭》、《紫虚观记》、《岳公之碑》、《陈真人道行碑》、《仙都山新作玉虚宫碑》等数十种，足见其对道教人事的谙熟。职是之故，此类碑志之体是我们研究元代道教和学术思想文化的珍贵文献，必须引起足够的重视。

两次佛道之争以道教的失败而告终后，道教曾在元朝一度处于发展的低谷，结束了他发展的鼎盛时期，一直到成宗即位(1295)才摆脱困境进入复苏阶段，但这时全真教已是强弩之末了。形成这种颓败并最终衰落的重要原因就是全真教领导阶层的蜕变，作风的官僚化、思想上的堕落腐化。对全真教这种思想文化之阴暗面进行揭露的，仍然是元代文人为全真教人事所撰写的碑记墓志之文。

由于朝廷对全真教部分掌教者的恩宠，他们便开始蜕变为道士官僚，雕梁画栋的豪华宫室代替了曾经远离尘嚣的茅庵环堵；与豪华显贵的往返交接取代了清闲道流之间的淡水之交；山珍海味取代了清茶淡饭……对此，王磐《创建常真观记》深刻指出：

> 夫道官之有别院，非以增添栋宇也，非以崇饰壮丽也，非以丰阜财产也，非以资助游观也。贤者怀高世之情，抗遗俗之志，道尊而物附，德盛而人归，盖欲高举远行而不可得遂焉。故即此近便之地，闲旷之墟，以暂寄其山林栖遁之情耳。《南华》有言："圣人鹑居而鷇食。"夫鹑居者，居无定处也；鷇食者，食不自营也。今也掌玄教者，盖与古人不相侔矣。居京师，住持皇家香火，焚修宫观，徒众千百，崇墉华栋，连亘街衢，京师居人数十万户，斋醮祈禳之事，日来而无穷。通显士大夫，洎豪家富室，庆吊问遗，往来之礼，水流而不尽，而又天下州郡黄冠羽士之流，岁时参请堂下者，踵相接而未尝绝也。……道官虽名为闲静清高之地，而实与繁剧大官府无异焉。……若夫计地产之肥硗，校栋宇之多寡，如豪家大族增置财产，以厚自封殖而务致富强，则非贤者之用心矣。[③]

针对这种腐化堕落的思想行为，虞集也进行了尖锐地揭露，他的《紫虚观记》云：

---

① 袁桷《清容居士集》卷三十四，《四部丛刊》本。

② 虞集《道园学古录》卷五十。

③ 《甘水仙源录》卷九，《道藏》第十九册，第802—803页。

今为道家之教者，为官殿楼观门垣，各务极其宏丽，象设其所事神明而奉祠之，其言曰为天子致福延寿，故法制无所禁，惟其意所欲为。自京师至外郡邑，有为是者多以来告而求识焉，大抵侈国家宗尚赋予之盛，及其土木营缮之劳而已。盖尝执笔而叹曰：世俗之卑隘沉溺甚矣，安得遗世独立奇倜之士，可以发予言哉！[①]

道教自身尚且这样违背自己的老祖宗而行腐败享乐之风以致行业黑暗、堕落腐朽，则元代世俗社会有过之而无不及，元代其他文学样式如杂剧等所揭露的社会的黑暗残酷，我们可确信无疑了。虞集对于道教内部的这种堕落的来源进行了追溯，他在《孙德彧墓志铭》中认为自孙德彧执掌全真教以来开始失却道教本色而走上“贵盛”至于堕落的道路了[②]。不管怎样，事物都有积极消极的两个方面，赵孟頫等散文家的碑记文体对于道教内部黑暗现象的真实反映，我们只能视之为道教文化的负面。但是这些文体的暴露作用，对于全真教发展末路的史料价值却是不容忽视的。

结　语

全真教是金元道教的主流教派，金元散文家的碑志墓表是反映全真教在金元之发展历史的重要文献。科举文化的负作用是全真教产生的社会历史土壤，政治斗争和战乱是全真教救赎社会和获得信众的直接推动力；理学在金元的发展并成为官学是使全真教援儒入道、援理入道的思想学术文化背景，因此也促成了儒道融合的全真道教文化的核心内容；元代的两次佛道之争体现了外来文化与本土文化的激荡，也反映了文化斗争的一个侧面而并能展示出各自的优缺点；全真教告负的结局表明，道教自身的堕落腐败，已暗示道教存在许多严重的先天性的缺陷，也预示着道教在未来尤其在明清时期真正走到了它的末日，正像封建社会的末日到来了一样。上述种种，就是金元散文碑志之体蕴含的丰富的文化价值，尤其是它的道教文化价值。这是一个值得我们进一步研究的学术问题，而这些文体无疑应该成为金元散文研究的一个重要对象。

（作者单位：湖南师范大学文学院）

① 虞集《道园学古录》卷四十六。
② 虞集《道园学古录》卷五十。

元代文章家姚燧的人品与文品

查洪德

姚燧是元代最具代表性的文章家。近些年陆续有几篇研究姚燧文章的论文发表，但对其文章总体成就和特点的认识，似乎还远不到位。本人在长期整理和研读姚燧文集的同时，也对其文章成就及特色，及其在文学史上的地位，作了一些思考。

姚燧（1238—1313），字端甫，号牧庵，洛阳（今属河南）人。三岁而孤，由伯父姚枢养育成人。从元初大儒许衡学。世祖至元中，许衡为国子祭酒，召燧至京师，后被荐为秦王府文学。未几，授奉议大夫，兼提举陕西、四川、中兴等路学校。仕至集贤大学士、翰林学士承旨、知制诰、同修国史。卒谥文。其仕履中不载于史传而见于其他文献的，有监察御史、左丞二职。姚燧虽为理学家许衡弟子，但却以文章著称。今存《牧庵集》三十六卷。

自元至清，人们对姚燧的人品与文品都很推崇。"拟诸唐之昌黎、宋之庐陵"[①]。元末吴善《牧庵集序》如此说：

> 文章有一代之宗工。其出也，秉山川之灵，关天地之运，所谓百年几见者也。汉四百年，惟司马迁父子、扬雄、班固四人；两晋、魏、隋之间，则无闻矣；唐三百年，惟韩愈、柳宗元二人；宋三百年，惟欧阳修、苏轼二人。……即我朝国初，最号多贤，而文章众称一代之宗工者，惟牧庵姚公一人耳。

可见他在元代文人心目中的地位。如果诚如吴善所言，则姚燧当是中国文学史上屈指可数的一流文章巨匠，这恐怕难说是客观评价。近代文学史家钱基博对姚燧则大加贬斥，但其贬斥的原因，并不在于文章，而在民族感情：姚燧为众多元之勋臣撰写碑传墓志，遭他痛斥："认贼作父，歌功颂德，如不容口，而不知其颡之有泚焉。"[②]处在特定时期，知识分子的民族感情可以理解，但怒骂不是文学评价。

清代四库馆臣对姚燧的评价，应该说是较为冷静客观的，在为姚燧《牧庵集》写的提要中，先引元人张养浩、柳贯两人极端推尊之辞，但不作评价之依据，另引明初所修《元史》与清初黄宗羲《明文案序》之评，以之为"异代定论"。其评价是很高的。按黄宗羲的评价，姚燧之文，高居元之一代，下掩有明三百年。我们看黄氏的具体说法：

> 明之文莫盛于国初，再盛于嘉靖，三盛于崇祯。……某尝标其中十人为甲案，然较

---

① 顾嗣立《元诗选》姚燧小传，中华书局 1987 年版。

② 钱基博《中国文学史》，中华书局 1993 年版本，第 757 页。

> 之唐之韩杜，宋之欧苏，金之遗山，元之牧庵、道园，尚有所未逮。盖以一章一体论之，则有明未尝无韩、杜、欧、苏、遗山、牧庵、道园之文，若成就以名一家，则如韩、杜、欧、苏、遗山、牧庵、道园之家，有明固未尝有其一人也。①

明代辑录《中州名贤文表》的刘昌将姚燧与宋代宋祁比较，认为文辞风格近于宋祁，而融会理道，高于宋祁②。姚燧在元代文章史上的位置，多数人都以为与元中期南方的虞集并称，代表元代文章的最高成就。清人李祖陶《金元明八大家文选·牧庵文选》题辞以为姚燧文与前遗山(元好问)后道园(虞集)鼎足而三，"以前后诸家比之，其神检不如遗山之贵，而意蕴较深；其气韵不如道园之超，而规模更古"③。总之，他是元代成就最高的文章家之一。

姚燧在中国文学史上的地位如何呢？这应看人们对元代文章的总体评价。按黄宗羲之说，元文远高于明代文章。清嘉庆时杨复吉编有《元文选》，其书不传，蒋光煦《东湖丛记》卷二录有其序，序中对元代文章有宏观评价，说元文"或苍茫浑灏，或渟泓演迤，或崛强可喜，或潇洒不群，实足嗣响唐宋卑视有明"④。清人持此论者不少。即使不说"卑视有明"，也应不低于明代。又有将元代文章与此前之唐与南宋相比者，清魏源《元史新编》卷四十七《姚燧传》对姚燧文章作了这样的评价：

> 燧学出许衡，而辞章英挺，则有天授。宋末文士，皆宗欧、苏，其敝也冗沓平易。至燧，始宗韩、柳，以绍秦、汉，不屑欧、苏以下，雄视元初，遂开一代风气。故元代古文，远出南宋之上。⑤

在清代不少学者看来，元代文章成就既高于前之南宋，又胜过后之有明。姚燧是元代代表性文章家，则其在中国文章史上的地位，可以大致论定。

姚燧是一个独特的文章家，他的价值就体现在他的独特性。他的人格光辉赢得当时文坛普遍的仰慕与赞颂；他以信史之笔为我们展示宋元之际的历史图卷；他以学资文，其学者之文颇具特色；在唐宋古文诸大家之后，古文各体体式已基本定型，他尝试突破文体定式，破体为文，以求新变；他以传奇手法写传记，描摹人物性情与风神；作为儒者，他追求文章立论之正，又能在正中见奇，使其文章不乏深致与妙趣。所有这些，都使得他在中国文章中上展示出独特的个性和价值。

一、人格光芒与文章光辉

论姚燧文先要论其人。姚燧的人格光辉，更胜于其文章光芒。他立身处世之不折不挠，他只向高尚者致敬、不向权贵者低头的人格精神，历代文人，少有其比。在中国文学史上，人格高大者不乏其人，但如姚燧既人格超绝又未遭受人身打击者，就难找了。他能如此，与他特殊的出身、教养和人生经历有关。

---

① 黄宗羲《南雷文定前后三四集·南雷文定》卷一《明文案序上》，清康熙刊本。

② 刘昌《中州名贤文表》卷十四跋，《北京图书馆古籍珍本丛刊》影印明嘉靖刊本。

③ 李祖陶《金元明八大家文选·牧庵文选》卷首，清道光乙巳年刻本。

④ 蒋光煦《东湖丛记》卷二《元文选序》，清光绪九年缪氏刻《云自在龛丛书》本。

⑤ 魏源《元史新编》卷四十七《姚燧传》，江苏广陵古籍刻印社影印清光绪三十一年湖南邵阳魏氏慎初堂刊本。

在姚燧一生中，对其人格和人生有重大影响的人有两位，一是其伯父姚枢，一是其业师许衡。

伯父姚枢在元初具有崇高地位和极大影响，官至中书左丞、翰林学士承旨。早在窝阔台时，就曾从王子阔出伐宋，拔宋儒赵复于死俘中，携之北归，在北方传播程朱理学，由此姚枢在北方文人心目中享有极高地位。后入忽必烈潜邸幕府，成为忽必烈最重要的谋臣之一。为忽必烈规划大政、谋划大事。“世祖奇其才，动必召问，且使授世子经”(《元史·姚枢传》)，受到忽必烈的特别信任，并与忽必烈家族建立了密切关系。姚枢特殊的地位和影响，为姚燧的政治生涯提供了坚实的基础和丰厚的人际资源。

姚燧 18 岁入大儒许衡之门。许衡是姚枢的同道和好友，姚燧又成为许衡最得意的门生。许衡也为姚燧留下了丰厚的政治资源。许衡为元朝开国大儒，元人推尊之，以为“不世出之臣”。许衡执教国子学，弟子中多蒙古亲贵子弟，后多居要职。许衡的汉人和色目人弟子，也多在朝中有重要地位。姚燧与他们同门，是同门中之佼佼者，自然与他们有着非同一般的关系。《宋元学案》黄百家按语谓许衡：“数十年彬彬号称名卿材大夫者，皆其门人。”①这些人都是姚燧的同门之友，这是多么丰厚的人际和政治资源。姚燧本人是有明确的许门群体意识的，他夸耀师门之盛说：“继司鼎铉者将十人，卿曹风纪二千石使，棋错中外者，又十此焉。”(《牧庵集》卷四《送姚嗣辉序》。以下凡引此书，只括注卷次与文章名)在这一群体中，姚燧以名高一世为翘楚，是核心人物之一。

正是这独特的政治背景，使他能够不屈下于人，直言方行，无所畏惧，且能完身终老，没有遭受前代直言之士那样的打击。

应该说，在专制时代的中国，作为一个文人，不说违心话又能自保，是极为罕见的。在强权面前，要么依附权势而自毁人格，要么坚持人格而招致人身迫害。既保全人格又保全人身，几乎是不可能的。正是对中国文人的两难处境有着深刻的认识，深谙历史的许衡当年就坚决反对姚燧写作文章。他告诫姚燧，以文章名世，“非周身斯世之道也”(卷四《送畅纯甫序》)。所谓“周身”，即保全自身。前代文人总要在保全人格和保全人身之间做出痛苦而无奈的选择。保全人格，多一生坎坷，甚至有性命之虞；放弃人格，又取“文人无行”之千古骂名。清人顾炎武对许衡之论很是认同，并加以发挥，以汉马融、晋徐广、宋陆游的人生遭际加以论证②。姚燧的难能可贵处在于，绝不做违心文字，在权势面前，志不为屈，气不为挠，以此博得一代文人的尊敬与赞扬。秉笔直书，不隐恶，不溢美，有良史之风，赢得一代人的信任。《元史》本传云：

> 当时孝子顺孙，欲发挥其先德，必得燧文，始可传信；其不得者，每为愧耻。故三十年间，国朝名臣世勋、显行盛德，皆燧所书。每来谒文，必其行业可嘉，然后许可，辞无溢美。

当然，他也有不得已而作的文章，如奉皇帝、后妃、太子之命而作。但在这些文章中，他决不隐瞒自己的观点，当扬当抑，一断之以是非之公，决不曲笔以媚人。在任何时候，任何情景下，姚燧都不作曲论以迎合他人。

---

① 黄宗羲等《宋元学案》卷九十一《静修学案》，中华书局 1986 年版。

② 顾炎武《日知录》卷十九《文非其人》，上海古籍出版社 2009 年版。

在中国文章史上，姚燧文气之盛，难有其比。时人刘将孙对此深有所感，《与姚牧庵参政书》具体分析了姚燧文气之所以昌的原因，集中表述为“文章门第，为天下第一，以真儒位参预”，因而能够不“怵于势利而失其所从”，作为文章，“不慑不疑，不胶不挠”。姚燧文章，确实如此。当说当言，无所避忌。在《董文忠神道碑》中，以至于写了“圣主”忽必烈荒唐之处。在《中书左丞姚文献公神道碑》中，直指雄踞山东的汉族世侯严忠济为“强横难制”(均卷十五)，在《南京路总管张公墓志铭》中有对中书左丞相、同知枢密院事、元军渡江作战总帅伯颜的指名批评(卷二十八)。笔锋所指，从无畏惧。这类横笔直书的文字，我们读了感到吃惊，但在姚燧文章中却时时而有，不为鲜见。

姚燧不做人情文章。古人很多文章，是受人请托而作。主人请名家作一篇记、序，是为了风光。一般文章家都深明此道，不过说说好话，作个人情，博主人高兴，大家欢喜而已。但姚燧却不入此道，有人请他写文章，他却在文章中把人家批一通。其《王宪副母夫人九十诗后序》(卷三)一文，是受王宪副请托而作，王宪副母亲九十寿辰，请一帮诗人写了些赞颂、祝福的诗，请姚燧写一篇序，为了更增光彩。没想到姚燧看了这些人的诗，不仅没说好话，还说这些诗写得荒唐，大悖于理把那些拍马屁的人骂了一通。其意大约有二：一是有人为颂扬夫人，说当年其丈夫有关一城守与降之关键决断，乃取决于夫人之一言。姚燧认为，果真如此，那是女人干预外事，非夫人之德，反有悖妇德。丈夫听命于妇人，也有损大丈夫之“雄烈识度”。二是大约有人说夫人九十高寿，乃上天报夫人之德。姚燧说，天意幽邈难知，这话是瞎说。下文又说：“诗中或有赞夫人能诵浮屠书者”，意在说明夫人之善良。姚燧素不喜佛，竟然从剖析信佛者的心理入手，说信佛者要么愚蠢，要么贪婪。这篇序十足表现了姚燧的人品和文品，正如他在文章中所说：“余之斯言，虽足取愠一世，而世之人以为知言者多矣。”如此写作，虽未必“取愠一世”，但取愠主人一家是必然的。这样的文章家，在中国文章史上极其少见。姚燧的可贵处正在于，他从来不迎合他人，永远要真实地表达自己的观点。姚燧这类文章还有不少，如《崇阳学记》，作学记而骂学官，揭发学官之奸诈贪墨，种种丑行，反映当时现实，极具批判力量。姚燧也明白，如此作文会开罪于人，“或曰：‘人之言曰：“发有疾，帻则冒之；手有疾，袂则蔽之。”子而记学，不谆谆乎教养之道，而惟历发职学之慝，非长者也。’曰：上之膏泽斯士也如何，而不善其职者屯之，事有急此乎？”(卷五)揭露这些弊端引起关注并加以治理，比“谆谆乎教养之道”更为迫切。至于学官们是不是高兴，在他是置之度外了。

姚燧是个说实话而不求合于时宜的人。其不合时宜不止于以上所举，那只是小不合时宜，排佛才是大不合时宜。在元代，佛教据有特殊地位。宋儒以佛老为异端，周张二程，都致力于批佛老，以为异端不息，圣学不明。但到元代，由于朝廷对佛教的特殊保护，元代文人，包括理学家，几乎无人排佛。不合时宜依然高张排佛旗帜的，只有姚燧这样的人了。他屡屡开罪于佛徒：奉太子命作《储宫赐龙兴寺永业田记》，他竟在记文中声明自己是“以压于储皇之命，不敢礼辞”(卷九)。在《重建南泉山大慈化禅寺碑》中，更是引韩愈的话表达自己的强烈不满：“余儒者也……韩子尝曰：‘如欲闻浮屠之说，当自就其师而问之，何故谒吾徒而来请？’”(卷十)屡屡如此，终于招来不小的麻烦。据刘时中编姚燧《年谱》记载，武宗至大四年(1311)，姚燧奉皇帝之命撰《南寺碑》。寺僧在姚燧所作碑文中极力吹求，罗织罪名，攻击姚燧，以至于皇后召集有关人廷辩。姚燧因文字而遭致的诽谤和攻击应该不少，只是少见于文献记载，张养浩祭文讥讽一些人“面誉其削镰，背非其覆瓿”，柳贯所作《姚燧谥文》也作愤愤之言："排沮诋訾不一二，而家传人颂已十百。虽欲掩之，孰得掩之哉？"都传达了这方面的信息。

姚燧以难以"周身斯世"的文章为业，虽屡遭诽谤，但始终没有受到大的打击，他得以全身以终，人格、人身两全，这历代文人难以达到的境界，姚燧达到了。家教和师教，养成了他直道而行的高尚人格，家门与师门又留给他特殊的政治资源、人脉关系，成为他护身的法宝，也给了他特殊的、同时代甚至中国文章史上少有其比的气节和胆量。他不仅以文章，更以人格为世景仰。元代文人，不管南方北方，不管为文主张是否相合，都对他表示极大敬意。如"元诗四大家"之一的杨载有《寿姚承旨》诗云："皇猷资黼黻，大笔主文章。""硕望高天下，荣光近日傍。""旧族名先著，高门庆甚长。"此在生前。在其死后，元末文人危素《姚文公庐山牧庵》诗说："昔公参行省，于此驻旌旄。至今读书堂，名配匡庐高。"[①]甚至以生祭文天祥而知名当世的王炎午，也对姚燧表达了崇高敬意[②]。张养浩对姚燧的人格光辉特加推崇，以为有如此人格才有如此文章：

> 其尤可伟者，不权之阿，弗势而移。遇有论著，屹无诡随。或竹帛之揭，或金石之垂。褒其贤，则贱者尊而死者昭于后；诛其佞，则荣者辱而生者冥于时。古所谓良董迁者复奚愿？而观夫灵明之境，湛乎其不波；含宏之度，廓乎其无篱。隆于风节，粹于伦彝。芥功名而无意于屑屑，尘富贵而惟道之怡。[③]

"不权之阿，弗势而移。遇有论著，屹无诡随"，道出了姚燧为人、为文之真精神与不可及之处。与之相较，元代很多文章家都不能不黯然失色。元末孔齐的笔记《至正直记》就直指当时文章家的虚妄："非好礼之家，家或不正，且富从不义而得，爵从非礼而受，往往托名公为文，称好善乐义，有功立勋，及节妇贞烈之门。"这样的文章，都是"文人才士虚诞言辞不可信"的，进而抨击当时"翰林诸公所为皆不可取，徒以其名增价，为乡里讥诮耳"，且明指当时文章大家"虞、黄、张、贡，皆妄诞不实"[④]。虞、黄、张、贡，除张不详其确指外，其他三人为虞集、黄溍、贡师泰，均为元代一流文章家。尽管不能据此判定三人文章多虚妄，但毕竟相对于姚燧的"不权之阿，弗势而移"形成了极大落差，更衬托了姚燧人格之光辉与文章之光芒。姚燧有散曲【中吕】《阳春曲》云："金鱼玉带罗袍就，皂盖朱幡赛五侯。山河判断笔尖头，得志秋，分破帝王忧。""笔头风月时时过，眼底儿曹渐渐多。有人问我事如何，人海阔，无日不风波。"在对姚燧有了上述了解后，再读此曲，当有更直观、更客观的理解。

我们仰慕姚燧的文章气节，仰慕他所达到的人格、人身两全的境界。人格的光辉，增强了他文章的光芒。由此我们才能深刻认识姚燧在中国文学史上的独特价值。

二、以信史之笔展示宋元之际历史图卷

姚燧文章的价值和成就，首先体现为，他以信史之笔为后世展示了宋元之际宏阔而真实

---

① 杨载《杨仲弘集》卷四，《四部丛刊》影明嘉靖本；危素《危学士全集》卷十四，清乾隆刻本。

② 王炎午《生祭文丞相》文，载其《吾汶稿》卷四。王有《上参政姚牧庵》、《拟再上参政姚牧庵》，推崇姚燧，以为"一代之兴，必有一代之文运"，姚燧正是应运而生的"大人君子"。载其《吾汶稿》卷一，《四部丛刊》三编影明钞本。

③ 张养浩《归田类稿》卷七《祭姚牧庵先生文》，《文渊阁四库全书》本。

④ 孔齐《至正直记》卷二《文章设问》，上海古籍出版社 1987 年版。

的历史图卷。

宋元之际以及整个元代的历史，在过去相当长的时期，都是最惹动中国文人情绪的。在20世纪写作的宋元史和宋元文学史中，大部分是宋人视角。由于元代文献远不及宋人文献完备，即使读古代文献，也多宋人视角而少元人视角，客观反映那个时代的文献不多。姚燧是元代文章家，其文集中有大量宋元之际重要历史人物的碑铭墓志。姚燧文章，自然是元人视角。但难能可贵的是，他不仅有客观写实的胆量，而且有信史传世的明确意识。他在《玉阳体玄广度真人王宗师道行碑并序》中说：

> 燧由职史馆以来，尝思古者史臣，不要死者之或知，不必生者之见求。于德于功，于事于言，见书见而闻书闻，信传信而疑传疑。实录直致，俾观者自判是非于千载下。[①]

具有如此明确的意识十分可贵，践行这种理论更是难能。难能可贵，姚燧都做到了。姚燧文章，由此能够成为那个时代很具客观性的文献。比如说，在《少中大夫静江路总管王公神道碑》中，姚燧很形象、很生动地描写了宋亡后静江宋将娄钤辖率领250人拒不投降、集体殉难的壮烈，至今读之，仍震撼人心，为他们的大节大义而感动，而起敬：

> 始是郡由抗王师，拔而坑之，官寺民庐，一炬尽毁。惟娄钤辖将所部二百五十人壁月城，丞相小之，而多其忠，曰："是何必加攻，抽兵卫之，视其终何为也。"逾旬，娄奋身前行，曰："吾甚欲降，如苦饥何？苟惠赐之食，惟命。"乃遗牛数头，米数斛壁下，一部将开门取归，复阖。吾兵自上瞰之。其曹分米，炊不待熟；生脔牛，噉之立尽。饬其曹，人拥一火炮，坐然之，声发，如合数百疾雷为一，城土震落，烟焰蔽空，吾兵有惊死者。火灭骨尽，无圭撮遗，亦死事之奇哉！（卷二十一）

《宋史·忠义传》等文献，显然都是依据该文记载而转述，生动形象则不及原文。他还多次写到蒙古军在灭宋战争中屠城之残忍恐怖。还有《平章政事徐国公神道碑》揭露元朝官员为政之酷，刑罚之滥，以及逼民为盗，都让人触目惊心。《中书左丞姚文献公神道碑》中记姚枢向忽必烈谈元军早期在河南、四川的军事行动，批评说"将惟利剽杀，子女玉帛，悉归其家。城无居民，野皆榛莽"，后来的渡江作战，虽有忽必烈不杀之严令，但军官们并不执行：

> 由陛下降不杀虏之诏，伯颜济江，兵不逾时，西起蜀川，东薄海隅，降城三十，户逾百万。自古平南，未若有此之神捷者。然自夏徂秋，一城不降，皆由军官不思国之大计，不体陛下之深仁，利财剽杀是致。降城四壁之外，县邑丘虚，旷土无民，国将安用？（卷十五）

"四壁之外，县邑丘虚，旷土无民"，十二字写照，才是元灭宋战争的真实。我们再读其《荣禄大夫福建等处行中书省平章政事大司农史公神道碑》，其间写到墓主史耀在浙江平叛的一段经历说："从浙省臣破贼柳分司众七千括苍，又破吕成、娄蒙才众十万，斩其尤猖獗建黄屋、署官至平章者杨镇龙及厉制置，皆于东阳玉山，擢俞高五百余人绍兴，又斩詹老鹞、林雄、刘甲一、潘正，皆有众万余自王于温、处间者。"（卷一六）这似乎极简单的几句话，涉及的是13万多人的命运。这13万多人，按照当时的情况，或被杀，或被掳为奴，一般是包括妻女全家为

① 李道谦《甘水仙源录》卷二，明《正统道藏》本。《牧庵集》失收。

奴。这绝不是主观揣度，姚燧在另一篇文章中为我们提供了依据，其《转运盐使曹公神道碑》说："凡民为群盗钟明亮劫胁污染，进讨将士取而奴者，无虑千人，皆汰之"（卷二十四）。连与反叛者有关系的百姓，军人们都"取而为奴"，反叛之众及其妻儿子女，除被杀与为奴外，还有其他出路吗？特别有趣的是，姚燧常常在表彰一人时，揭露整个时代、整个官场的黑暗与混乱。"今中书省右丞相伯颜……尝语人曰：诸将渡江，无有不荒贪，独予与国宝清慎自持"（卷二十八《南京路总管张公墓志铭》）。"他道为使，惟知徼宠专利，贼下罔上以自私，盈路怨咨，莫之省恤。独公轸岁旱荒，发庾下估，市粟以济其饥"（卷二十三《有元故少中大夫淮安路总管兼府尹兼管内劝农事高公神道碑》）。上例骂倒了几乎全部渡江作战的元军军官，后一例则揭露出元代政治的一片黑暗，骂倒了几乎全部的地方官吏。

从蒙古灭金前后到元灭宋统一全国，是中国历史上一个很特别的时期。不管是灭金前后的北方，还是灭宋前后的南方，中国历史都呈现出异常复杂的局面，各种矛盾都充分地暴露出来，形势又往往瞬息变化，旧的社会秩序被打乱而新的秩序未能建立，形形色色的人物在社会上进行着各种表演。这种纷乱，姚燧以他的信史之笔客观真实并深刻地揭示出来。比如他多次写到河北史氏与武仙的争夺，几次反复，且有藁城董氏的介入。其中所表现的历史的复杂程度，绝对不是后世史学家那种或带民族情感或作道德评判的思维所能解释的。历史学家发明的种种理论，可能引导我们从纷繁的历史事件中理出头绪、认识本质或发现规律，但也可能将我们导入陷阱，诱导我们以先验的理论眼光去看待历史。被理论过滤了的历史，失去了复杂性，也失去了丰富性，也在很大程度上失去了真实性。姚燧文章对当时历史相对较为客观的呈现，倒能使我们放下各种理论眼光，以一种虽朴素但更能接近真实的眼光去审视这一时期的历史。在这样的特殊时期，很多矛盾的走向，带有很大的偶然性，很多人物的命运，也极具戏剧性。《河东检察李公墓志铭》，就表现了在山西榆次、太原等地的战乱中，墓主李懋时命运偶然性和戏剧性的变化：

> 太祖剿金之十年，略地太原。太原城守不即下，属县榆次，其令不敢仍居平土，徙其民依险逃兵县东北四十里韩村砦。公为民，与母夫人及其季皆在逃中。闻拔太原，令恐，策无所出，即说公曰："金主弃河北与河东，播汴者五年，天方北顾如是，马足所及，无不靡灭。太原，河东巨镇，犹不能支，吾侪偃蹇此方，因谓之固，一日移兵，势如崩山之压卵，必无幸矣。观公美而长身，胆膂拔类，乡里归心，有长者称。袒而一呼，树旗出降，民无有不听命者。愿公急赴是功，虽吾亦恣公使之，不敢越公令也。"公曰："令自为之，何至授人？"令曰："吾力绵才薄，图生斯人，狙黠之徒，或忿曰：'金臣敢然？'以义罪余，事未集而已蹈祸，彼得以为名，无益也。吾所以急子者，子而为是，必不祸余。当是人自为谋之时，一为狙黠所先，忌汝才而并除之，如汝母氏、二季何？"公感其言，曰："如教。"乃往见太师国王木华黎……即以公与太原帅攸兴同议军事。（卷二十八）

就这样，原本一介小民的李懋时，被推到了历史的前台。而榆次一城的战与降，其决定的作出，好像并不取决于所谓的大节大义，也不取决于保全生灵的仁人之心。进一步还揭示出，时局如此，历史的真实是"人自为谋"，大节大义不仅不是众生们作出重大选择的根据，还可能是阴谋家得以逞志的招牌。姚燧的叙述，可能很让历史学家们失望，但真实的历史往往就是如此。

但另一方面，姚燧则通过一些具体人物遭际的叙写，让读者感受到历史发展的大势。宋之将亡，上下暌离，同列猜忌，已成分崩离析之势。有才者不为所容，有志者报国无门，有人被逼走投无路，只好投敌。这样一个政权，在元军的进攻面前土崩瓦解，是必然的。姚燧《邓州长官赵公神道碑》所记赵祥的遭遇和最终降元，可见一斑：金之末年，蒙古军围金主于蔡州。赵祥因善射且体力过人，招义兵数千，发平舆富室藏粟，疾战入蔡州城进献，又突围而出，为金保平舆。金亡，赵祥率部下至襄阳投宋。宋襄阳守将竟"欲致尽坑之"，在人劝阻下，才委派赵祥率军去守邓州，但又不放心，"别遣路钤呼延实，将若干千人为监来戍"，结果是两军互不相信，由不信而不容。赵祥本以蒙古为仇敌，为求生路而降宋的，在宋将逼迫走投无路时，只好反而以邓州降元。襄阳是宋元之战的关键之地，襄阳之争宋元双方都倾尽心力数年经营，襄阳失则长江失，长江失则宋无险可守，灭亡在即。邓州是襄阳的重要屏障。在如此关键的地方和如此关键时候，犯了这样关键性的错误，原因何在？姚燧在事件的叙述中，揭示了事件发展的必然。而这一具体事件的必然性，又影射出宋元之际历史发展的必然性。姚燧以一个具体人物在宋元对峙的历史关键时刻的遭遇和由此促成的人生选择，昭示了宋元双方力量彼此消长的所以然，由此让后世读者了解那个时代历史发展的必然走向。

姚燧以信史之笔为我们记录了那个时代的历史。但由于种种原因，在很长的历史时期中，这些珍贵文献不为研究者重视，或者不愿意承认其客观性。今天我们应该以冷静的思维，珍视这些文献。

三、学以资文

姚燧文章属学者之文。他是大儒许衡弟子，《宋元学案》为许衡立鲁斋学案，姚燧则是鲁斋之学最重要的传人。故《元史·姚燧传》说："燧之学有得于许衡，由穷理致知，反躬实践，为世名儒。……盖自延祐以前，文章大匠，莫能先之。"以世名儒而为文章大匠，未能传其师之学而以文章名世，以其学问为文章之资。这种认识应该本自柳贯《姚燧谥文》，柳文云：

> 先正魏国许文正公之在吾元，实当世祖皇帝恢拓基图之始，倡明道宗，振起来学，一时及门之士，独称集贤大学士姚公燧为能式纂厥绪，以大其承。然观公之言，而考夫文正之学，则其机钥之相须，殆不啻山鸣而谷应，云起而龙翔也。①

《四库全书总目》提要说："燧虽受学于许衡，而文章则过衡远甚。"此评仅说明了一个事实：姚燧是许衡的学生，但文章超越了老师。柳贯之说则揭明了两个问题：其一，姚燧文章乃许衡之学的发扬，姚之"言"出自许之"学"；其二，姚之"言"与许之"学"前后相继，影响着一个时代。概括这些文献，可以得出这样的认识：人们论姚燧之文，都是由学及文；姚燧文章成就，得力于学问功力。这也是当时和后世不少评论者的共同看法。在其生前，就有近似之评，宋遗民王炎午《上参政姚牧庵》就说："伏惟大参相公牧庵先生，北方奥学，先秦古文，内直玉堂，外参大政。"②与姚燧同时稍后的文章家袁桷的评论更明确，其《书姚牧庵赠播州杨安抚汉英乐府》说：

---

① 柳贯《柳待制集》卷八，《四部丛刊》本。

② 王炎午《吾汶稿》卷一。《四部丛刊》三编影明钞本。

> 大德末年，桷以史属预修《成宗实录》，于时承旨姚先生实领史事，见其涂抹详定，若不经意，而一受润色，即粲然与班马并。此殆其天资学力，相须以成者。①

在袁桷看来，姚燧文章成就，主要不是得力于文字功夫，而是学问功力。姚燧以学问功力为文章之资，可以从清人《金元明八大家文选·牧庵文选》的评点中，得到具体认识。李祖陶评《汴梁庙学记》："首纠司马迁《世家》、《列传》，次枚举今制崇奉之失，皆胸中素有所见，借题以发挥之……识解既高，笔力亦古，于前贤名作外，另树一帜。"②姚燧《汴梁庙学记》一文，用大量篇幅批评司马迁《史记》中《孔子世家》、《孔子弟子列传》有关错误，如齐人阚止字子我，孔子弟子宰予也字子我，《史记》竟"以阚止子我为宰予"③；又述七十二弟子，有父子同为孔子弟子者，其排序竟有先子而后父等一系列乖谬，又详述当时庙学从祀孔子诸人位序之不当甚至荒唐处。

就文风说，学者之文大不同于文士之文。关于姚燧文风的描述，影响最大的是张养浩《牧庵姚文公文集序》，其说颇为后来研究者引用，作为说明姚燧文章风格最为重要的依据。他说：

> 走年二十四见公于京师，时公直学士院，每有所述，于燕酣后岸然瞑坐，词致砰隐，书者或不能供。章成，则雄刚古邃，读者或不能句。尤能约要于繁，出奇于腐。江海驶而蛟龙拏，风霆薄而元气溢。森乎其芒寒，皜乎其辉煜。一时名胜无不鳃鳃焉自阏所有，伏避其路。④

读张养浩之描述，觉姚燧之文当如大江巨浸，有波涛汹涌之壮；如长天昊空，有风起云涌之势。所谓"江海驶而蛟龙拏，风霆薄而元气溢"。近似描述，有元明之际王祎之评，说："姚公之文，如泰山之云，触石而起，层出迭见，蓊郁叆叇，而震雷掣电助其威声，曾不崇朝，雨及天下，万物被其润泽者，莫不昭苏而发育焉。"⑤可我们读姚燧文章，类似的感觉不能说完全没有，但不突出，不能形成主体印象。

比较符合姚燧文风的描述，是柳贯《姚燧谥文》言其"典册之雅奥，诏令之深醇"，"铭志箴诵之雄伟光洁"，和《元史·姚燧传》"闳肆该洽，豪而不宕，刚而不厉，舂容盛大"，明刘昌《中州名贤文表跋》说："文公之文，如朝绅引班，气肃色正，步趋有序，佩玉锵鸣；又如战阵相持，纪律不紊，雄威远被，坐慑万人"。这些描述，体现了姚燧文章的内在精神。还有清李祖陶《金元明八大家文选·牧庵文选》题辞之评："序记刊落陈言，独写心得，既已高古雄羿，郁为巨观；而碑志之文则皆当时大人物，其叙述赡而不秽，详而有体，雄深伟岸，与昌黎之过于镵削者又自不同。"其评具体而贴切。这些评论，或就叙事言，或就议论言，但偏重于议论。姚燧学以资文，也突出地表现在议论中。由于他以深厚的学养为根基，不管叙和论，都能款款道来，却又举重若轻，用简洁而明畅的语言，将极难表达的问题，说得清清楚楚。我们随便举

---

① 袁桷《清容居士集》卷四十九，《四部丛刊》影元本。

② 李祖陶《金元明八大家文选·牧庵文选》卷一，清道光乙巳年刻本。

③ 清赵翼《陔余丛考》卷五《宰我与田常作乱之误》（清乾隆五十五年湛贻堂刻本）对此有考证。但学者不了解，早于赵翼五百年的姚燧已经指出此误。

④ 张养浩《归田类稿》卷三，《文渊阁四库全书》本。

⑤ 王祎《王忠文集》卷二十《文评》，《文渊阁四库全书》本。

一例来看，如《送姚嗣辉序》：

取士以文，始于隋而盛于唐。其法：有司择学修其家、名闻其乡者，歌《鹿鸣》而进之朝，谓之“贡”。至则试之以声律之文，中程度者谓之“选”。犹未即得仕，必待有位者之举，犹视举主何人，或众且贤，以断其人之材否，始授之官。胜国因之而小变焉：选即官之，惟不使得为令，必制置、提刑、转运诸司五人者举，始用为令。令而上，郡牧、侍从、五府之官，无不能至者。（卷四）

姚燧文章大多如此。读此文，感觉柳贯、刘昌之评符合姚燧文章的基本特点，也可以说是很准确的。《元史》所谓“豪而不宕，刚而不厉”之评，与张养浩之说大相径庭，从姚燧文章验证，《元史》之评为是。姚燧文章中有很多驳斥性、批判性文章，虽极具征服力而不见其声色俱厉。还以《送姚嗣辉序》为例，他批评当时求仕者轻视甚至厌弃学职，说：“凡今仕者，闻职乎民，以有治赋听讼之事为，莫不色喜。闻职乎士，则以无有贡选利禄之望，人怠于学，虚师席而夏楚不试，卒不怪乎其中。”不仅具有很高概括力，而且极具批判的力度。但其锋芒却隐而不露。此即“豪而不宕，刚而不厉”。

张养浩与王祎之评，描述的是姚燧文章的外在气势；以《元史》为代表的评论，则注重其内在蕴含。细读姚燧文章，总体感觉还是属于学者之文而非才士之笔，内在蕴含胜过外在气势。虽不乏批判的锋芒，但更让人心服的是不为外力所夺不为强势所移的内在气骨。

学者之文以学资文，最容易流于以学问为文章，掉书袋，艰涩难读。人们对姚燧文章的批评，实包含这层意思。不少文章，如上引《送姚嗣辉序》，则无此病。

四、破体求新

张养浩《牧庵姚文公文集序》评姚燧文章说：“盖常人之文，多剽陈袭故，窘趣弗克振拔。惟公才驱气驾，纵横开阖，纪律惟意。”其意是说，姚燧与其他文章家的一大不同，是敢于打破成规，自创新格。对此，清人李祖陶选《金元明八大家文选・牧庵文选》在多篇文章的评论中都有具体说明，如评《汴梁庙学记》，所写多“非记学正文。正文仅结处一段”，以为如此写法乃“于前贤名作外，另树一帜”。又评《江州庐山太平兴国宫改为九天采访应元保运妙化助顺真君殿碑》说：“先生为文，每触类引伸”，“真所谓黄河之水，鱼龙百怪，与泥沙土石而俱下者也”，说那些拘于文体与题目要求者见之，“必舌挢而不能下矣”[①]。这些评论都指出了姚燧作文的一大特点：惟意所之，不拘文法。他为什么不守文章成法呢？李祖陶在《崇阳学记》的文末评中这样解释：“两宋诸先生学记，于化民成俗之道，言之备已。剿袭言之，非陈即腐。作者词必己出，故前汴梁篇，明古制之非，此篇论今职之失，皆所谓崭新日月也。”[②]姚燧文章，既不拘于体，也不拘于题，多借题发挥，如《戍守邓州千户杨公神道碑》，文章写碑主的内容很少，而用不少篇幅写碑主之子，李祖陶评：“杨千户事迹无多，只前半幅已尽，因其子有光前烈，不觉兴来，虽并珪（杨千户之子）战功，一齐阑入。重波迭浪，不顾尾大于身。唐宋诸大

① 李祖陶《金元明八大家文选・牧庵文选》卷二，清道光乙巳年刻本。

② 李祖陶《金元明八大家文选・牧庵文选》卷一，清道光乙巳年刻本。

家，无是格也。”[1]更奇特的是《浏阳县尉阎君墓志铭》，简直就是一篇奇特的小品文。既不述家世，也不写墓主生平，只是借县尉生发议论：作县尉之难与易：“盖尉有难为有利为。江南大县，户动十万，一尉兵额，止于数十，而押纲卫使，恒抽其半，又其身有疾疢、丧婚之请，其直司日不盈三二十辈。盗逐不得，必尉焉罪，小则辍禄，大而夺官，是不谅其力少不足以制奸，而惟责其专印不职也。是其所难。”忠于职守则难为，显示元代官制之弊与官场生态之恶劣。“其利为者，必求为盗，罪不抵死，尝墨其肌肉，呈身有司者，署使伺盗……彼方困拘罪籍，一朝得交平民出入，惟求图报，虽身为盗，将不避为。况囊橐他盗，颐指富室，惟所便取，坐受其有。盗得其粗，我得其细，择世所共宝不可形迹败者，归之尉。……盗为伺盗忠臣，伺盗为尉忠臣。”官而为盗，官为盗首，戕害百姓，中饱私囊则易为。不仅如此，尉之为害，更甚于盗，“又其巧者，与邻尉交欢，私要言曰：‘吾得盗，必使诬汝县富室，曰尝巢窟焉，曰屡资给焉！幸罗之狱，足吾欲纵之，民惟知德吾耳。汝得盗，亦如是取偿吾县。易地为之，胥相益也。’”官已与盗一体，兵已无须逋盗，于是私下将兵放归，县尉又向其家收佣工之钱。

> 凡是数事，今之尉者，十出其半。又闻一尉始至，子尝借衣尉兵，其无可知也。比满，积楮缗十五万，岁入稻万石，而不知何术取之也。或曰：是由贼不急其期日，民贷其家，责券数月，子与母侔，无则入其田屋，今埒封君，不思仕矣！呜呼，尉乎！御盗欤？师盗欤？（卷二十九）

不可思议的是，在姚燧笔下，墓志铭竟然可以这样写。这是历来死守文章体制作法的人不可梦见的。李祖陶《金元明八大家文选·牧庵文选》对此文有绝好评语：“读此令人发指，而文则谈笑出之，绝不动气，所以为高。”“此一极小题，而于此中分出难为、利为两层，又于各层中细细批驳，如抽茧丝，而文自纡徐有度，毫不伤雅，是真绝特之文。”[2]真是一篇妙不可思的奇绝文字。

如何认识姚燧的不守成法呢？古文自唐代韩愈倡导，经宋代诸大家发扬，文章体制及人们对体制的认识，已大体定型。与姚燧大致同时的卢挚作《文章宗旨》，详论记、叙、碑、铭、行实、跋等文体写法，表现出元初文章家文体意识的成熟且定型[3]。姚燧对此，自应详熟。他之不守文法，并非不知各种文体写作的一般要求，而是着意破体求新：古文各体，宋诸大家后已有成法。正如李祖陶所言，遵体而作，难免“剿袭言之，非陈即腐”；破体求变，以图展现“崭新日月”。是他文章求新的一种尝试。应该说，他的尝试，多有成功范例。

五、以传奇为传记

元代传记文章与宋以前相比，有一个显著变化：受传奇小说影响，以传奇笔法写传记，写奇人奇事，有的甚至荒诞不经。鲁迅《中国小说史略》第二十二篇《清之拟晋唐小说及其支流》曾说，在明清之际，“文人虽素与小说无缘者，亦每为异人侠客童奴以至虎狗虫蚁作传，置

---

① 李祖陶《金元明八大家文选·牧庵文选》卷四，清道光乙巳年刻本。

② 李祖陶《金元明八大家文选·牧庵文选》卷五，清道光乙巳年刻本。

③ 陶宗仪《南村辍耕录》卷之九，中华书局 1959 年版。

之集中。盖传奇风韵,明末实弥漫天下,至易代不改也"[1]。其实这种风气,元代已盛。姚燧文章有信史之称,固然不写荒诞不经之事,但运用传奇笔法写人,写出奇人之奇节异行,这样的文章还是不少的。如《南京路总管张公墓志铭》,就颇具传奇风致。姚燧用墓主张国宝一生中的四件事,凸现了张国宝的奇人风貌,传奇人生。这四件事,又两详两略,交叉写来。第一件事,写墓主出使安南征服安南君臣,详写:

(至元)六年,授朝列大夫,佩金符,责贡安南。时已征天下兵数十万围襄阳,实为蹶宋起本。……公至其国,王立受诏,公诘曰:"王行非止违命干礼,于利害且不熟知。揆此邦人民土地,不当天朝一总管治。皇帝不欲郡县王地,版籍王民,听其称藩。遣使谕旨,德至渥也。且王以与宋辑睦,缓急为援。今百万之师,长围襄阳,鸟飞路绝,朝夕将拔。席卷渡江,覆其国都,易如振槁。王犹倔岸海徼,恃为唇齿,自矜尊高。事且上闻,天威小震,无烦远召中国,云南十万之师,再月可至,则丘墟王庙,草棘王庭者,将不难为。其审策之。"王屈,降拜,益惭愤,将以兵恐公,使力士白刃环卫。公乃示怠弛,袒寝一室,尽掷所悬箭弓,刀槊付卫士,听汝何为。天暑渴甚,每取江水以进,皆温恶不可饮食。及索井汲,不许,曰:"吾俗不相悦者,多投毒井中杀人。"公曰:"自我所求,毒死不恨。"终汲饮食,自是安南君臣多畏公者。八年,会公以安南贡至,襄阳犹未拔,即授行省郎中。

先几笔简明交代张国宝使安南的背景形势(元大军威压南宋),然后写与其国君臣的第一次交锋。"王立受诏",即不拜受诏,表示不听命于元。接下来主客之间的大事小情,一切略去,只详述张国宝对安南君臣的一番话。这段话中,将大小国之礼一句带过,而晓以利害,威以形势。"王屈",一转;"益惭愤,将以兵恐公",突然又转,对张国宝先以威逼,继以软困,企图征服使者为摆脱困局寻找出路。但张国宝以超人的坦然与镇定,征服了安南君臣,圆满完成了这次特殊使命。一段文字,详略有致,曲折生动。张国宝的形象,已经在读者心中站立起来。第二件,母丧,弃官归,略写:"丁内艰。时军兴法:闻丧,不得辄行。乞奔赴,不报。公愿还所受制书为民,行省知不可夺,归之。旋舻枵然,金玉美色皆无有,惟文书幞被而已。"这节看似写张国宝因母丧与上司的冲突,实际上写他在礼与利、节孝大义与个人前途利害之间的选择。张国宝不屈于压力,不眷恋官位,毅然弃官奔丧。文章表彰的是孝义,但赞颂的是张国宝不为强力所移的坚定个性。这与出使安南一节,在表现人物性格方面具有一贯性。第三件事,发假控鹤者之奸,详写:

十九年,以才起复,仍故官嘉议大夫、南京路总管,兼开封府尹。至治之初,见星而出,见星而归,凡前政积事留狱,旬月剖摘皆出,尤善发奸伏。有控鹤十余辈,比公至,僦大第,聚居二年,黄金横带,出入饮食,街陌纵横,人谓其真也。公曰:"控鹤役在京师,久此不行,必剧贼也。"密喻有司以意,期三日尽致其党。索赃以来,得金帛、宝玉、服玩、典质券契盈室。鞫之,皆款服,物则椎埋所获,妻妾仆使,皆掠民子女或娼妓。明日,告晓市中,皆杖死,民骇其神捷。

这件事表现了张国宝的睿智以及建立在智慧和准确判断基础上的勇气,堪称大智大勇。与

[1] 鲁迅《中国小说史略》,人民文学出版社1973年版,第178页。

前两件事相比，更具传奇性。这种智慧和勇气，在民生艰难时，表现为拯救生民的大义担当精神，此即第四件所写：违令济灾民渡河。在大灾面前果敢行事："阖境乏食，已闻未报，辄止税勿输。明年，河北大旱，民流徙就饶及河朔数万人。郡县畏损户罪，謾以逃闻。省部遣使分道邀之，许发仓，人给三月食还所籍。民聚谋曰：'吾得食三月，负难归，重难胜，鬻将何啖？且各卖质田庐而南，至家何为？'愁叹无聊，若出一喙。公谓其使曰：'斯民非贼，河南非别界，皆圣上民社也。非不知奉命，不辄济，可以无罪，诚不忍老稚顿踣吾治。甘受祸以活此民。'则下令诸津急济。果有以专行上告者。事下御史大夫，即治廉之境，民皆曰：'吾侯贤牧，其为开封，明断不阿，可当今代包拯。'大夫察其无他，薄责而归，奏寝不下。"（卷二十八）这一节先用十三个字写了他为救民饥"辄止税勿输"的一贯作风，为具体写这次抗命救民作铺垫，然后写这一事件的经过。这一段有二百多字，之所以还称之为略写，是因为这一事件极其复杂，用二百字首尾完整地写出，不仅文字简洁，且见出张国宝在此事件中的坚定，绝不犹豫，毫无个人得失之虑。"甘受祸以活此民"，多么可敬的胸襟和境界。这样的文章，如果删去墓志铭必写的内容，简直就可作传奇小说读。

《太华真隐褚君传》一篇，写人则形神具妙，写景则可媲美唐宋大家。如写牛心谷："谷南直中，方入行二里许，深林奇石，泉溅溅鸣其下。垦地盈亩，构室延袤不足寻丈，环莳佳花美箭。人之来者，始则爱其萧爽，不自知置身尘埃之外。居不昃晷，既已欠伸弛然而思去矣。"文字质朴平实，却很会心，很耐读。文章对太华真隐褚君这位奇人的描写是很成功的，写褚君主持云台宫因而居云台山，云台上方乃"天下之绝险"，"非恃铁絙，不得缘坠上下"，"将至其颠，下临壑谷，深数里，盲烟幕翳其中，非神完气劲，鲜不视眩而魄震"。这些文字，极写云台乃人不可暂居之绝境，都是为写太华真隐这一奇人之奇作铺垫。太华真隐一人独处如此险恶山中，却能自适自得，才显示其为绝对奇人："君负食上下自给，如由室适奥，嬉然不为艰。薄寒，则上下负食益勤，为御冬备。一岁偶未集，冰雪塞山门，计廪才得当冬之半，始服气减食为胎息，远则数日一炊。明年，山门开，弟子往哭求其尸，见步履话言，不衰他时，方神其为非庸人。"在以极端反衬之笔揭示其为奇人之后，再用日常生活细节详述其奇人行迹：

> 日食数龠，饮酒未醺而止，不尽醉也。人家得名酒，争携饷之。至则沉罂泉中，时依林坐石，引瓢独酌。日入则入室而休。或坐罢寝觉，起行庭中。一夕，如闻林间行声戛戛，君则曰："兽也。虽不得其名，可试而知。"引石投之，曰："麋鹿哉，将惊而奔；或止而不去者，虎耳。"果止听不去。明旦视樊垣外，虎迹纵横。再夜，起行如前夕，不以自戒而止。闻而谈者神明之。亦有他士、樵人、猎夫之适山，初未闻君为孰何人，责之具炊，寝则假榻，甚者易而诟之随之，益勤以安，无难色忿言其外，若职宜然者。去，或问姓名，惟他语，不告。（卷三十）

太华真隐的奇行奇趣，以奇险之云台山为背景，以恶劣严酷的生活条件为衬托，使人确信其为天地间一奇人，且有高深莫测之感，深信其必有过人之处。而"神其为非庸人"，激发人们了解他的欲望。对他日常生活的描述，则活脱出一位林间高士的形象。投石试兽的细节，更显示了真隐对山间生活的细微体察和过人智慧。这些给人留下深刻的印象，深服作者为写人之大手笔。情节之叙述，人物之描写，都借助了传奇笔法，甚至也有传奇小说那种超现实的情节。

六、正中见奇

姚燧不仅为大儒许衡弟子，他本人也"由穷理致知，反躬实践，为世名儒"(《元史》)。名儒为文，自然力求立意之正。所以，立意醇正，成为姚燧文章的一大特点，《元史》"春容盛大"之评，近乎此意。但姚燧文章，又能于正中见深，正中见奇，在习以为常中见出常人见不到之理，更具有服人的力量。今人或认为元代文章缺乏新意，典雅醇正，甚至指为迂腐。批评"元代散文的基本思想内容，不出濂洛关闽"①。先要说明，就有元一代文章说，立论并非醇正，而恰恰是驳杂。姚燧文章立意求正，在元代属少数。进一步说，正未必腐，立论之正并不妨碍思想的深刻性，正的立论也不乏惊人之思，姚燧文章可以给我们作出有力证明。我们以姚燧《遐观堂记》一文为例作具体说明。文章紧扣"遐观"二字立论，但却变换出意想不到的深情远思。作者从"遐观"即由遐观堂远望所见写起：

> 长安城西二途：西北通咸阳，王公之开府于此，与西、南、北三陲之使，冠盖之去来，樽俎之候饯者所出，行旅之伙，不列也。西南入鄠，抵山，无所适贵，乃令承余，则田夫、樵妇，与城居有墅于郊者所出，斯固已可为倦游而休仕者所托庐矣：二途同出，其相远无几何，而喧寂异然，亦可见利势之在与所无也。鄠途之北，距城不数里，则宣慰张公之别业。规园其中，筑台为堂，崇袤寻丈，纵广十辙，清风之朝，长日之夕，四方胜概，极目千里。凡秦、汉、隋、唐之陵庙池籞，由人力以废兴，可吊而游，可登而览者，在所不取。其高上如华阳、终南、太白、嵯峨、吴岳、岐梁之奇峰绝巘，为三辅之镇，穷古而有者，皆环列乎轩户之外，而卧对之几席之上。

此一节，"遐观"已经有多重含义：目之遐观(远望)所见：长安城西二途(两条路)，此二途"喧寂异然，亦可见利势之在与所无也"。此空间之"遐观"。由空间遐观"四方胜概，极目千里。凡秦、汉、隋、唐之陵庙池籞，由人力以废兴，可吊而游，可登而览者"，远见历史陈迹，引申至时间之遐观。此为两种"遐观"。此段中还隐含了另一"遐观"：即人生远见。"长安城西二途"象征着两种生活方式，也是两种不同人生道路(二途)，选择"喧"还是选择"寂"，显示了人有无"遐观"(远见)。此一层意，只作伏笔，并不揭明，待读至文末，再来回味，恍然而悟，方首肯心许，更叹服作者笔意之深密。此一节三重"遐观"之意，惟空间之遐观为表层和直观，人生远见之"遐观"与时间(历史)之"遐观"，一是象征，一是引申，但却是"遐观"的深层义。由"遐观"这两种含义，引导文章进入关于人生与历史的思考，说人面对生死考验，即"遇存亡危急之会"，当然应该"守节仗义、杀身成仁"，但无谓的牺牲是不值得的。人生未必都会面对生死抉择的考验，所以更多的是要看人能否坚持"道义"，作"道义之臣"。"揆道而归义"与"志富贵"就是开头所说的"二涂"。在姚燧看来，"揆道而归义"是"遐观"(有远见)者，"志富贵"者反是。但"今之仕者，吾不知孰为道义之臣，能志功名者亦鲜矣。志富贵私身以毒世，卒离尤而蹈祸者，骈首接踵也。是于计功谋利之间，且有不能，况揆道而归义乎哉"？"揆道而归义"者少而"志富贵"者多。不能"遐观"即无远见是很危险的，所以出仕为官者"离尤而蹈祸

① 郭预衡《中国散文史》(中)，上海古籍出版社1993年版，第710、712页。

者，骈首接踵也。”第三层“遐观”之意，至此方明。最后，他用一个寓言式的情节结束全文：

> 盖天下之事，观遐则先识，先识则几矣。雉兔之不能搏人，谁不知之？突起道左，或失声辟易，而丧其常守，以其卒然遇之也。使前见于数百步之外，无曰雉兔，虽虎兕之暴，人得以为备，将不患矣。斯不亦吾堂言外之微意乎？（卷六）

这真是中国散文史上少见的好文章，有深意，有妙趣，真堪击节赏叹。文章宗旨，乃在于揭示其“言外微意”，发人深省。立论虽正，议论则常出人意表。这篇文章告诉我们：立论正也一样能写出超绝的好文章。

以上从六个方面讨论了姚燧之人品与文品。这六个方面，显示了姚燧作为文章家的独特性。正因为他是独特的，所以才是有价值的，也是有魅力的。

（作者单位：南开大学文学院）

明代学记文的集体形态及其超稳定性特征

张德建

文体的话语体式和结构方式①有其自身发生、演变的内在因素,也与社会历史文化情境和现实需求有关,由此形成了文体研究的两种方法:内部研究将作家为构造特定的文本结构而选择的一切语言手段都划入文体研究的范围,而将心理、文化、历史、政治等角度的研究划入外部研究。但如果绝对地将二者分开,必将割裂甚至歪曲文体研究。本文认为文体的结构方式既是特定文体规范下的产物,也是个体独特创造的产物;既是作家个体精神、思想的产物,也是时代文化、学术思想和政治制度的产物。内部研究和外部研究无法截然分开,时代文化、学术思想、政治制度决定了某种文体的文化、社会空间,同时也影响到作家的精神、思想,形成特定思维方式,进而影响到文体的结构方式。如何将内部和外部研究结合起来或超越这种研究模式呢?中国古代文体大多具有实用功能,并在具体的语境中存在,因此,功能研究是有效切入点。郭英德先生指出:中国古代文体的定名,多是从"行为方式"入手的,"由行为方式向文体方式的变迁,文体分类的社会特征深深地蕴藏于文体的文本方式之中"②。黄卓越教授进一步提出"文体或散文体式的形成是社会活动方式的一种延伸。这些活动有政治、军事、经济、日常交往等,由此而使中国古代散文的各种文类体制都紧密地与社会活动的相应特征胶着在一起,由于社会行为所发出的指令总是会以思想观念(或意识形态)的方式传递的,因此我们也可以将这种现象看作是散文文本体式与泛义而言的思想史之间的关系"③。但在长期的流变过程中,由于语境的变化,文体的实用功能逐渐消失,致使今天的文体研究中存在着或多或少的误解。

在一种文体中,由于功能的需要,在特定的场合和文化语境中,个体的表现退居次要,集体意识占据主导,"文体形态是依照某种集体的特定的美学趣味建立起来的具有一定规则和灵活性的语言系统的语言规则"④。"集体的特定的审美趣味"在不同文体中有不同的存在方式,有的是显性的,有的是隐性的。这是本文探讨文体变迁的一个出发点,而切入点则选择由文体功能入手,研究政治制度是如何塑造这种"集体的特定的审美趣味"的。政治制度是

---

① "文体就是文学作品的语言体式,是文体的结构方式。"陶东风《文体演变及其文化意味》,云南人民出版社 1999 年版,第 2 页。

② 《中国古代文体学论稿》"前言",北京大学出版社 2005 年版,第 3 页。

③ 《书写、体式与社会指令——对中国古代散文研究进路的思考》,《北京大学学报》2010 年第3 期。

④ 吴承学《中国古代文体形态研究》,中山大学出版社 2000 年版,第 2—3 页。

塑造文体集体形态的一个重要因素，具有政治功能的文体，在体制、结构、风格以及修辞上整体上趋于一致，并且很难被打破。因此，文体一旦形成便具有较强的稳定性，“文本诸要素在相互作用中形成相对稳定的特殊关系，从而构成了某一体裁的独特审美规范”。辨体意识的增强便是对规范的强调，但文体的变易又是常态，各种文体因素的兴替、转换、交叉，进行新样态的组合。这便是古人所说的正体、变体，正变之间并没有绝对的差别，只是文体因素重点的转移。因而就总体而言，某些文体具有超稳定性。传统文体自宋明以来基本定型，少有全新文体出现，而是表现为分类更加细密，即同一种文体按功能（或主题）分为多类。某种类型的文体因其适于政治体制、文化情境的要求而长期存在，且呈现为结构、风格、修辞的固定，即我们这里所说的超稳定性，特别是与政治制度相关的文体。但并不意味着文体的集体形态和超稳定性是永久不变的，学术思想和社会的变化会引起“破体”的冲动，个体意识的强化也会引起某些文化要素的调整和突破。而从功能的角度看，一旦社会制度所赋与的实用功能、学术功能减弱和消失，则文体趋于解体。

学记文就是在集体的审美趣味中形成并具有超稳定性特征的一种特定文体，而这种审美趣味更多地源于政治制度的要求，并与特定的思想文化背景有密切关系。黄宗羲《明文海》共收记文五十九卷，分居室、纪事、游览、古迹、学校、书院、祠庙、寺观、考古、图画、清玩、功绩、名号、兴造、纪行十类。何乔远《皇明文征》则分为楼殿、名迹、学宫、官署、祠庙（昔贤、今贤、贞女）、斋舍、画像、考载、会聚、游览、书事十一类。属于学记文的是学校、书院、学宫三类，学宫即学校，因此，明代学记文主要是两种：学校记和书院记。明人学记文中也称学校为庙学，庙学即学校，又由于地方官学体制一般具有教学、祭祀、收藏、住宿四大要素，学记文也包括祀庙记、藏经阁记、明伦堂记、斋舍记。为维持学校的运行，皆为学校置田，故学田记亦为记学之文。

一

明代负责教育的主要是提调官和提学官。提调官的职责可分为教养两方面：“时廪饩，蠲户役，其养也；课文艺，惩游惰，其教也。”[①]修建、修复、重建学校自然是其职责所在。提学使又称督学是专司各布政司学校教育的官员，《明史》：“提学之职，专督学校。”[②]修建学校是提学使、御史、按察使职责之一，《明会典》：“凡学内殿堂斋房等屋损坏，即办料量工修理。若恃有提学宪职，将学校中一切合行之事，推故不行用心整理者，量加决罚惩戒。”[③]官员考课制度也督促主管官员以修建学校为己任，李时勉《江浦县学重修大成殿碑阴记》：“学校育贤之地，实有司之首务，所当尽心者也。有司不尽其心，而典教者不加之意焉，则教化陵夷，风俗颓败，而贤才萎靡不振，宜也。”[④]凡兴建学宫必有文记其事，故明代学记文盛行。学校修建是

① 《阳武县志》卷七，清康熙刻本，《稀见中国地方志汇刊》第 34 册，中国书店 1992 年版。“今之邑令，其在学称提调官。”

② 《明史》卷六九《选举志》一，第 1688 页。王云凤《陕西提学题名记》：“正统初又设提学之官，官学之政皆统焉。”《博趣斋稿》卷十四，明刻本。

③ 《明会典》（万历朝重修本）卷七八，《礼部·学校·儒学·风宪官提督》，中华书局 2007 年版，第 454 页。

④ 《古廉文集》卷二，《文渊阁四库全书》本。

国家根本大计,黄衷《三水县修学记》:"春秋之法常事不书,国朝以六事察守令,而学校其首者,不可谓常,故必书之。"①对地方和地方官而言,修建学校是一项荣耀的工作,一项关乎长久的工作,故需以记文诏示后人。而官员考核制度决定了负责教育的官员必须以修建学校为己任,而为了使考核有据可依,并宣传自己的政绩,于是就在修建完成后请人写学记以便宣扬,这是学记文盛行于官场的主要原因。

明前期,学校一归政府,少有书院,钱德洪《修复慈湖书院记》:"明兴,议革天下山长,归学徒于县学。"②这种现象非常普遍,是明前期书院不行的主要原因。有的虽称书院,实则属家塾。至弘治间,书院仍然不许修建,余继登《典故纪闻》记:"弘治初,吏部郎中周木言:'常熟旧有学道书院祠言偃者,今废,讫为修建。'孝宗以本朝无书院之制,不许。"③至王学兴起,书院始兴:"明初,书院无额设。自武宗朝,王守仁倡良知之学,东南景附,书院颇盛。"④嘉靖三年,王艮、南大吉重葺稽山书院,次年邹守益建复初书院,此后书院讲学成为王阳明及其门人讲学的主要模式⑤。其间的转移有非常复杂的原因,但一以概之,如王阳明所说"匡翼夫学校之不逮也"⑥,明人多持此说以证明书院修建的合理性,如陈九川《临汝书院记》⑦、胡直《端溪书院记》⑧、欧阳德《复儒林书院记》⑨、程文德《复古书院记》⑩诸文。《明史》云:"正、嘉之际,王守仁聚徒于军旅之中,徐阶讲学于端揆之日,流风所被,倾动朝野。于是搢绅之士,遗佚之老,联讲会,立书院。"⑪在这种情形下,各级官员也都增辟场所,提倡讲学。这表明,嘉靖间讲学活动的主要推动者是各省的提学官,因此,修建书院,倡导讲学在一定时期内便成为这些提学使工作的一部分。于是,书院记大量出现。

贺复征《文章辨体汇选》将记文分为正体、变体,以记叙为正体,以议论为变体。文中先引吴讷曰:"大抵记者盖所以备不忘,如记营建,当记日月之久近,工费之多少,主佐之姓名。叙事之后,略作议论以结之,此为正体。至若范文正公之记严祠,欧阳文忠之记昼锦堂,苏东坡之记山房藏书,张文潜之记进学篇,晦翁之作婺源书阁记,虽专为议论,然其言足以垂世而立教,弗害其为体之变也。"复征按语曰:"记如丝之有纪,谓编事实以备遗忘也。按记有序事,有兼杂议论,今列为二体。外有排体、韵文体、律体、托物寓意体,皆为别体。"⑫如果我们以正变二体来论述明代的学校记和书院记的话,正可以学校记为正体,书院记为变体。有明一代学记文,亦随着学校、书院的递盛而总体呈现为正变二体的互兴。早期学校记多以记叙为主,书院兴起以后,学记文多以议论取胜。早期学校记如崔诜《丰润县儒学射圃记》、何景明《略阳县迁建庙学记》收入《文章辨体汇选》时被分隶于叙事体下,后期的邹元标《太平府重

① 《皇明文范》卷三十四,万历刻本。
② 《钱德洪语录诗文辑佚》,《阳明后学丛书·徐爱钱德洪董沄集》,凤凰出版社2007年版,第171页。
③ 《典故纪闻》卷十六,中华书局1997年版,第281页。
④ 《明会要》卷二十六《学校下·书院》,中华书局1998年版,第416页。
⑤ 陈时龙《明代中晚期讲学运动》,复旦大学出版社2007年版,第49页。
⑥ 《王阳明全集》卷七《文录》四《万松书院记》,上海古籍出版社1992年版,第252—253页。
⑦ 《明水陈先生文集》卷二,清钞本。
⑧ 《衡庐精舍藏稿》卷十二,《文渊阁四库全书》本。
⑨ 《欧阳德集》卷八,《阳明后学丛书·欧阳德集》,凤凰出版社2007年版,第250页。
⑩ 《程文恭公遗稿》卷十,万历十二年程光裕刻本。
⑪ 《明史》卷二三一《王阳明传》,第6053页。
⑫ 《文章辨体汇选》卷五百六十《记一》,《文渊阁四库全书》本。

修儒学记》、顾宪成《长治县改建学宫记》被收入何乔远《皇明文征》[①]，显然以议论为主。

本文约略按时代将明代学记文分为前后两期，前期学记文以记述为主，为正体，后期学记文以议论为主，为变体。正体指明代学记文在创作过程中形成的文体规范，这套规范是在官学化理学思想影响下形成的教育思想、儒学文治思想、教化思想为意识形态，并具有绝对权威，作为信仰的集体形态是正体保持长期稳定性的根本。同时，正体的文体规定还受到政治、教育制度的限定，从而决定了正体长期以记叙为主，进而形成公文化的趋向。相应地，从文体结构方式至修辞手法、文章风格也都较为固定，即以平实严整的方式叙述，文风平易质朴。从正体到变体，表面上是两种表述方式的变化，实质上是制度趋于崩坏及思想文化的变革引发的，思想文化的变革导致思维方式的变化，对于事物的关注点也相应变化，即学术思想的变化，这才是引发由正而变的根本原因。由此，早期形成的文体规定性，也即以集体形态呈现的超稳定性文体规范被打破。王学思想在当时面临着官方化的程朱理学的强大压力，书院是抗拒这一压力的手段和传播方式。因此书院记作为学记文的变体便应运而生，面对官学化的理学及其影响下形成的正体，只有采取新的表述方式，于是变体出现。采用议论手法将王学思想辨析清楚，表述明白，对理学思想的反击和对心学概念、观念的分析便十分重要。在此，记叙的功能便不那么重要了，只需要简单的交待。于是，便形成了书院记辞旨醇正、议论宏大、结构严谨、逻辑严密新文风，在修辞上往往长于铺叙，整齐之中寓有变化，却无雕凿痕迹。另外，由于心学讲求深造自得，讲求个人对道的体悟领会，前期学记文充满集体形态，少有个体意识表达的局面便被打破了。当然这里所谓个体意识并非指个性，它仍然附属于心学思想体系之中。于是，便出现一批以学记文见长的作家，并形成独特的文章风格。当然，由记体向论体的转变，并非只体现在学校记向书院记的转变，心学流行之后，相当数量的学校记也向论体转变。

二

以记述为主的学校记有稳定的文体结构，是一种典型的超稳定型文体，文中绝少有个人性情的表现，而更多地表现为理学官方化后的集体意识形态。由于意识形态的固化，导致这类文章结构的固定，主要是记叙，包括以下几个方面的内容：学校修建原因、过程、参与主持人员、土地及资金来源、写作缘起、学校建筑描述等。正如吴讷所言："记营建，当记日月之久近，工费之多少，主佐之姓名。叙事之后，略作议论以结之，此为正体。"

1. 修建原因

（1）明初普遍新建学校，但当时条件有限，学校建筑比较简陋，明中期新建学校主要是边卫及偏远地区。时间既久，学校颓圯废坏，或由于自然灾害，或由于战乱冲突毁坏，不得不重新修建。这在学记文中都有详尽的交待，如梁潜《灵山县改建儒学碑记》："时旧学宫颓圯，殿廷惟绹茀，黝垩漫漶，圯隘而恶且西向，非尊素王制。"[②]

（2）学校在乡会试中的录取比例是官员考核升迁的依据，龙文彬："二十六年，定学官考

---

① 《皇明文征》卷五十二，崇祯四年自刻本。

② 《泊庵集》卷四，《文渊阁四库全书》本。

课法,专以科举为殿、最。九年任满,覈其中式举人,府九人,州六人,县三人,为最。举人少者为平等。至少、全无者为殿。"[①]故学校修建、迁改往往与此有关。赵南星《赞皇县迁学记》:"夫邑之士所为必欲迁学,何也?两生曰:科第久乏人。"[②]

(3)学校的修复重建与形家之言有关。冯琦《临朐县文昌阁记》:"张君来典邑庠,谓间者科目晨星,以堪舆之说建高阁于东门故址,为学宫左护,因以奉文昌之祠。"[③]形家之言的地位与儒学不可同日而语,早已边缘化为一般知识,由此我们正可以看出历代儒学思想影响下的社会文化之复杂性,即使是这些深受儒家思想教育的士大夫也深信不疑。

2. 土地来源。修建学校的土地或来源于道观、佛寺,显示以官方权力剥夺佛、道二教是一种普遍的做法,如田汝成《邵武学宫记》:"而郡城有九龙观者,形胜巨丽,宜作黉宫以群俊秀,而嚣然为黄冠之居,邦人惜之。"[④]除此之外,新建学校往往通过新购置土地兴建,也有由旧书院改造而成。

3. 修建费用。梁潜《灵山县改建儒学碑记》:"初不敢以是重困其民,乃往谋之于邑文学林某,某力赞之。谋之诸父老,乐而助之赀。则又进诸生勉之,诸生咸躍然喜。于是梁柱之材出自生徒,僦工之费则损己俸。视民有余力者役之,民咸忘其劳。"[⑤]显示开办教育已带有一定的全民参与性质。

4. 主持和参与修建人员。杨荣《建宁府学记》:"洪武辛巳夏毁于火,永乐癸未冬有司上其事,诏命择胜地而新之。于时郡守宣城芮麟、教授姑苏张信锐意斯事。……凡蕃宪兵卫官僚与夫使命之臣躬临奖励而建之人士亦皆捐赀乐助,以相其成。未几,郡守刘敬继至,命检校李新专董其役。经始于乙酉春二月,讫工于丙戌冬十二月。"[⑥]

5. 文章写作缘由。学校记的写作是一件非常重要的事情,一般都要请名流、名家来写,或上级主管官员来写。王直《安庆府重修庙学记》:"王侯以书来京师……敢请文以刻诸石,使后之人知是役之所由成,且俾学者思自勉以称令之意。"[⑦]

6. 对学校建筑的描述、介绍也是不可缺少的一项内容。但有简有繁,有的只是简单的交待,有的则描写比较详尽,如陈献章《程乡县儒学记》:

> 凡学宫之设,有文庙,有明伦堂,前后位置,所具皆同。……庙前树杏为坛,夹以两庑,戟门之东祠乡贤,西祠后土。……堂之东西偏为两斋,为诸生号舍。道义门与儒学门相望,东庑之上神库,西斋之上神厨。庙与堂之间,会馔堂居之,北列廨宇。[⑧]

论述部分比较简略,一般都是简论学校教育的功能、意义。丘濬《梧州府县学庙学记》:

> 学校者,文德之所从出也,于此明伦,于此讲道,于此同风俗,于此造人才,出征则于此受成,振旅则于此献馘,乡则于此饮酒,射则于此比耦,与凡岁时礼节帅民读法之类,

① 《明会要》卷二十五《学校上·府州县学》,第410页。
② 《明文海》卷三六五,第3762页。
③ 《文章辨体汇选》卷五百九十。
④ 《明文海》卷三六五,第3751页。
⑤ 《泊庵集》卷四,《文渊阁四库全书》本。
⑥ 《文敏集》卷九,《文渊阁四库全书》本。
⑦ 《抑庵文集》卷一,《文渊阁四库全书》本。
⑧ 《陈献章集》卷一,中华书局1987年版,第29页。

咸于此焉行之，开人心忠孝之天，立国家纪纲之地，扶世教于不坠，广材用于无穷，此先王立教之大端也。[1]

由以上材料可以看出，明代前期的学校记是学记文的正体，全文以记述为主，议论为辅。基本是一种两段式结构，一般记述在前，议论在后。记述部分行文方式与语言表述虽有所不同，但内容一致。交待清楚相关事项之后，便是议论部分，只有个别文章议论部分放在开篇。思想主旨都严格保持与朱元璋所定学校宗旨的高度一致，相关论述下文展开，此处不具论。可以看出，前期学记文的各项写作内容都是教育思想和教育制度作用下的结果，这也就造成了学校记的集体形态和超稳定性。因而大量的学校记都比较僵硬死板，不仅缺乏行文变化，更缺少思想的深度。对理学特别是朱学的尊崇以及对官方教育思想的认同和严格遵循，使得学记文的写作不敢越雷池一步，严格意识形态化的结果是学校记的公文化。杨一清《重修阳武县庙学记》："予往年提学陕西，僚友宪副阳武马公汝霖尝以其邑庙学重修记见属。余辞之曰：近世求记修学者，率多虚文，无实事，徒以为博士弟子取悦有司之地，吾不能为也。"[2]就已经对严重程式化的学校记表示不满，盖以其"多虚文，无事实"，徒为取悦有司之用。

三

议论为主的书院记也有较为稳定的结构，但个体色彩加重，个人的学养、体悟都能充分体现在文章中，在三方面打破了学校记的集体形态和超稳定性：一是由以记叙为主变为以论述为主，二是作者对道的体悟有了充分的表现空间，三是以学术传承意识强烈，欲以学术改造人心。就文体结构而言，书院记记述功能的减退主要表现在文字比例上，其基本记述功能仍有保留。但不再是公文式的记述，而是围绕着讲学这一中心展开。

王守仁的文章在明代就大受推崇，他最著名的记文是《稽山书院尊经阁记》，茅坤《唐宋八大家文钞论引》："八大家而下，予于本朝独爱王文成公论学诸书及记、学记《尊经阁》等文。"[3]文章以"命"、"性"、"心"为道之所存，应感而生"恻隐"、"羞恶"、"辞让"、"是非"之心，见之于事，则为"父子"、"君臣"、"夫妇"、"长幼"、朋友"五伦"，然后论证"六经者，非他，吾心之常道也"[4]的观点。这篇文章是他晚年所作，心学体系已经形成，不仅观点鲜明，而且逻辑严密。随着嘉靖间王学书院的广泛兴建，书院记的创作也很兴盛，又以王门后学所作比较突出。如欧阳德《九华山阳明书院记》、《维扬书院记》、《汀州府崇正书院记》，除了简单纪事之外，主要围绕着良知学的一些核心观念展开论述，逻辑严密，但行文质朴，有似于论学语录。他的学校记不复有前期学校记的僵化，也围绕着良知学的阐释展开，如《英山县重修儒学记》《泰兴县重修儒学记》、《乐昌县迁复儒学记》。罗洪先的学记文承王阳明六经为吾心之记籍的观点展开，一方面以阐释良知学为中心，另一方面，为了强调良知学的意义，又多了世俗批判色彩，如《雪峰书院记》[5]。陈九川《宁都县学明伦堂记》、《临汝书院记》，聂豹《重修养正书

---

① 《重编琼台稿》卷十六，《文渊阁四库全书》本。

② 《阳武县志》卷七。

③ 《唐宋八大家文钞·论例》，《文渊阁四库全书》本。

④ 《王阳明全集》卷七，第254页。

⑤ 《罗洪先集》卷四，《阳明后学丛书》，凤凰出版社2007年版，第119—120页。

院记》、《复古书院记》都对良知学有深入阐释。但阳明后学的书院记对良知学概念的阐释不遗余力，逻辑严密，但总体上缺乏文字表现力量。

最有代表性的作家是王慎中，《明伦堂记》是其代表作，文章从尧舜说，以孟子独知圣人指归，盖明人伦也，圣人之教在于"其迹可守而其妙不可为，其形可名而其精不可言，其通于天谓之命，出乎命谓之性，凝神于不见不闻之表，默化于无声无臭之中，形器俱泯而思为无所，日改月新而知其所以然"①。辞旨醇正，一以圣人为指归。文章通篇是议，逻辑严密，又长于铺叙，整齐之中寓有变化，却无雕凿痕迹。王慎中之学记以议论见长，其论皆深自有得，非套语浅见者可比。王慎中的学校记仍大体保持前期学校记的格局与规模，如《夏津县学记》、《松溪县改建儒学记》前面一段叙述学校兴建始末就与一般学记文相同，然就全篇比例来看，论述部分占大部分。由于写作性质仍属于体制内的，故其体式仍保持学校的要求，但立论核心思想已完全超越了正统的教化说。其核心思想是"自得"：

> 先王之为此，凡以禁过御淫，去昏撤蔽使人自得其心，是以由其法者，诵说讽咏则焕然博其理义之趣，击戛拊奏，升隆俯仰，莫不油然长其庄敬欢爱之情。盖其不虑之知，无体之中，无声之和，有以自得而然也。②

从"著"与"微"入手来解释教育对人的改造，提出"自得"之义，"不虑之知，无体之中，无声之和"，全用心学概念作为阐释立论之依据。《龙溪县修学记》、《长汀县学记》、《松溪县改建儒学记》亦皆不同于前期学校记的程式化，而深自有得，亦多以心学思想为论述中心，如《松溪县改建儒学记》："先王设为学校，聚天下之士教于其中，将以使之自觉，内得于心以成其性，而有以为天下国家。""自觉"、"心"、"性"均为心学核心命题。王、唐二人所写名文仍为学校记，但在他们手中学校记已不复前期的僵化，思理疏浅，而以对心学概念的阐释为中心，以逻辑严密、思理深邃著称。"其为文也，长于持论，而不尚雕绘，原本六经，采摭七略，综括九流，至下笔特创新意，罕袭陈言。追忆古昔，较若目前；逆策来兹，信如左券。事有明征，语无牵合，非博极能然哉！"其文亦颇长于铺叙排比，"云蒸霞郁，变幻百端，河决川流，一泻千里"③。

东林党人亦承讲学之风，大力讲学。然所讲与心学家不同，主于修持，重视道德，所论与前期学校记中的一归于教化不同，教化是自上而下的，修持则建立在个体自觉的基础上，源自个体的修为，并有着强烈的现实针对性和责任感。因此，也采用的是论述手法。如高攀龙《兴让堂记》先提出"礼"作为讨论对象，由"礼"之重开始，层层推进，以辞让之心为礼之端，让乃礼之用。文章不再是对圣人之道的再述和道德律令的重复，而有着自觉的道德理性精神和承担天下的高度责任感。并将外在的"礼"上升为内在之性，由无争而无欲、无我④。论述严密，行文端谨，个体的内在自觉形于文字之中，气势饱满，一片昂扬之气。顾宪成的书院记也是如此，他所关注的是书院所承担的"斯文命脉"，将这样一种高度的理性自觉和家国天下的使命感树起一面生命的旗帜："自有一段精光灼烁于人心，不容灭没"，"必有日忘食、夜忘

---

① 《遵岩集》卷八，《文渊阁四库全书》本。《与李中溪书一》自称："曾录寄武进唐应德兄，并与书云：此文乃明道之文，非徒词章而已，其义则有宋大儒所未及发，其文则曾南丰《筠州》、《宜黄》二学记文也。"同上，卷二十二。

② 《遵岩集》卷八《夏津县儒学记》。

③ 皇甫汸《遵岩先生文集后序》，《皇甫司勋集》卷三十七，《文渊阁四库全书》本。

④ 《高子遗书》卷十，《文渊阁四库全书》本。

寝之真精神焉，是必有独立不惧之真力量焉，是必有行一不义、杀一不辜而得天下不为之真操概焉，是必有遁世无闷、不见是而无闷之真胸次焉，是必有殀寿不二之真骨格焉，是必有为天地立心、生民立命、为往圣继绝学、为万世开群蒙之真气魄焉。”[①]东林讲学宗旨与心学不同，为揭出本旨，顾宪成之文多两端对待，在辨难中阐释由重悟到重修的转变。如《虎林书院记》就阳明学四无四有之说论起，提出重修持之旨。《日新书院记》论朱学与王学之异，指出二者皆为救弊而起，不得不异。主张二者虽“统于同，同而异”，但可以“一者有两者，递为操纵”。

书院记多是二段式结构，先之以议论，继之以记述，或先之以记述，再进入议论。但相对全文而言，记述部分都很简略。也有三段式结构，先之以议论，继之以记述，再续之以议论，如唐顺之《重修宜兴县学记》、胡直《果州正学书院记》论述部分是主体，且阐释深入，逻辑性强。书院记不同前期学校记，用王慎中的话来说是“明道之文”，而不是程式化的公文。欲明道于儒道迷濛之时，非论不可。前期学校记一般不对相关的儒学概念进行阐释，因为政教化的理学观念在他们看来是不需要证明的，而心学作为新兴学术，欲使人接受，则须展开论述。至此，前期学记文的集体形态和超稳定性结构开始被打破，论述要素占据主导，记述功能退居其次。特别是集体形态被彻底打破，而代之以对心性的体悟和个体的自觉。书院记的写作不再是行政行为，不必作为政绩考核的指标，而是发自内心的学术传播和改造人心的愿望。

四

前期学校记中最突出的就是教化思想。教化有两方面的作用：一是使士人由此知人伦等级之别，二是由此体悟义理。仁义礼智与君臣父子夫妇长幼朋友是理与器的关系，只有通过六经，明于仁义礼智之理，以充于身，积累、扩充，履践于实际，将五伦原则贯穿于社会，以礼治国，形成一个等级严密的社会。这是明初教化思想的核心，前期学校记中教化思想一直占主导地位，这是明初以来君权和国家的绝对权威的表现。个体的情感、体验与经历都必须统一在这体系下，个体必须服从来自统治者的安排，并以心性的自觉承担起这个使命。因此，在这个知识与权力合一的时代，知识与精神的独立性被限制了，逐渐衰落，没有合法的表达空间。正是在这个意义，我们看到学校记在思想上与国家哲学的高度一致，面对新时代也仍然以老路径来回应，没有思想的创见与深度，一直沉浸在教化说的老路上。学校记的文本僵硬、缺乏变化也是正是这一思想背景所决定的。

唐顺之《重修泾阳县学记》指出：“王教兴则道德礼乐经术之寄在庠序，而师道为公；王教废则道德礼乐经术之寄在山泽，而师道为私。”有明一代虽然“国家建学偏宇内，蛮陬海徼，莫不有学”，但“所习者不过章句占毕，所志者不过乎声利荣名，其所谓高等者亦惟骛文词之博，而祇以为溺心灭质之资，矜廉隅之饰，而祇以成诡激矫诞之习”。于是“豪杰之士往往病之，而相与修身治心咏诗习礼考业讲德于岩居燕处之间，先王之礼乐经术亦稍稍赖以不坠。然

① 《泾皋藏稿》卷十《虞山书院记》，《文渊阁四库全书》本。

庠序为虚器，而师弟子为特效私名，论世者亦太息于斯焉”[①]。指出了明代教育由“公”而“私”，即由学校教育向书院教育转变的重大变化。钱穆先生认为明代书院兴起乃由于“由政府来提倡学术，培植教育，其最高意义总不免偏重于政治。此已不能满足在野学术界之理想要求”[②]。指出了书院所重在学术与学校教育所重在政治，王阳明“匡夫学校所不逮”可以在这个意义上理解。这种认识明儒就已阐明，冯从吾《郑溪书院志序》云：“或曰：今学宫遍天下，不翅足矣。又恶庸骈指为？余曰：学宫博士有专责，子弟有定员，岂人人可升堂入室者？且朝廷设官分职，其权孰得而侵之？书院之设，见任搢绅，固可拥比，而林下韦布亦可登坛。余向谓交与一人，不可妄讲学，无人不可容，正为此也。学宫作养有限，书院教思无穷，此正补学宫所不及者，安得骈指视之！”[③]学校是官办，其权不得侵用，而书院讲学则上自缙绅，下自韦布皆可与于其中。这是明代学校教育向书院教育转变所带来的一大变局，也是屡次遭禁的根本原因。

国家控制教育权力并以儒学为中心建立起一套意识形态以为统治服务，是明代国家教育的本质属性。但还有另一种力量试图改变这种状态，这就是儒学。胡居仁早就说过：“古之学校，所系甚重。……盖以政由教出，治以道明，士之所学者，无非修身致治之道，上之所行者，无非学校所穷之理也。……至宋之时，安定胡先生能知乎此，故立经义斋、治事斋以教学者。……其后关洛诸公继出，故格物穷理之学，修身治世之道，焕然如出三代之上。”[④]钱穆先生称此篇“见解极高，议论极大”，“主张政以教出，治以明道，学校与政府，期能密切联成一体，而学校职责，犹在政府之上。不仅作育人才，以供政府之任使，尤在讲明治道，以备政府之遵循。”[⑤]王畿提出：“良知致，则好恶公而刑罚当，学也而政在其中矣。”[⑥]政治包含在学术之中，正是阳明学与官学化理学的最大不同。书院兴起以来，学术的意义也发生重大变化，学术不同于官学，官学重在以国家哲学统一学术，带有强制性，而学术则重在重建人心，刘宗周《重修绍兴府儒学记》：“世道之坏也，人心受其病，而人心之病首中于学术。”[⑦]嘉靖以来书院之兴的根本乃由学术思想的建设入手重建人心，尽管不同学术思想存在着较大差异。

国家化的理学及其相关机构无法承担起改变这种现象的重任，只有从根本上对这一学说进行新创，于是心学诞生也就有其必然性。学记文也由以记叙为主的学校记一变而为以论述为主的书院记，学校记的集体形态和超稳定性被逐渐打破。但由于阳明心学作为儒家思想的特殊形态仍不离儒家入世精神，尽管强调个体的体悟，但仍不离入世学说的根本，心学也并不排斥教化，只不过达到这一目的的方式与理学化的国家哲学不同。又由于特定的写作对象，学记文是集体意识和思想的反映，个体的情感和意识可以忽略不计，因而我们说学记文是社会文化集体形态的反映。由于社会形态的稳固，作为集体形态思想、意识反映的文体便具有了超稳定性，很难突破。书院记开始注重个体的体悟，个体的因素增加了，然重

① 《重刊荆川先生文集》卷十二，《四部丛刊》本。

② 《国史新论·中国教育制度与教育思想》，生活·读书·新知三联书店 2001 年版，第 258 页。

③ 《少墟集》卷十三，《文渊阁四库全书》本。

④ 《胡文敬集》卷一《奉夏宪副》，《文渊阁四库全书》本。

⑤ 《明初朱子学流衍考》，《中国学术思想史论丛》卷七，安徽教育出版社 2004 年版，第 8 页。

⑥ 《王畿集》卷八《政学合一说》，《阳明后学文献丛书》，凤凰出版社 2007 年版，第 196 页。

⑦ 《刘蕺山集》卷十，《文渊阁四库全书》本。

体悟，是体悟心性的畅达与超然，而不是一般的个体情感，而是以儒家学术思想的传播为主。前期的国家主义意识形态被打破，然个体在这样的文体中仍然是没有位置的。我们之所以说学记文是一种具有超稳定性特征的文体，是由于尽管书院记的论述模式、结构与学校记有较大差异，但主要是通过表述方式的不同实现的，一以记述为主，一以论述为主；一为正体，一为变体。总体而言，学记文的两种基本文体结构方式一直是比较稳定的，前者是政府制度和政治文化的产物，是儒学教化思想和理学思想官学化控制和影响下的结果，代表着官方思想；后者则是阳明心学传播的产物和重建以朱学思想为核心的东林讲学活动的产物。两种不同的思想及其思维方式的差异造成了文体表现的巨大差别，二者之间的差异主要表现在文体因素在写作中的运用，而没有根本性变化。

（作者单位：北京语言大学人文学院）

八股文名目论考

——关于“时文”、“前场”与“入口气”

马琳萍

一、八股文之名“时文”考

“时文”，顾名思义，即时下流行之文，通常指科举应试之文。因考试内容不同，不同朝代所指也不同。唐代指律赋，宋代指律赋、论策或经义①。明清则指四书义、五经义，即今天我们所说的八股文。

商衍鎏《清代科举考试述录》云：“八股文即制义，或曰时艺、时文、八比文，又有称之为四书文者，以题目取于四书也。”②但是，由于八股文在明清文化中的特殊地位，明清时人在以“时文”指称八股时却有着与唐宋不同的各种特殊含义。所以，在使用时就需作深入具体的辨析。笔者在对明清八股文资料进行广泛考察的基础上发现，明清人以时文指称八股通常有以下三种不同的含义：

1. 取其与时推移变化迅速之义。戴名世《宋嵩南制义序》云：“制义者，与时为推移，故曰时文。使之所趋，遂成风气，而士子之奉以为楷模者胥会于一。然而势有所止，情有所厌，思有所穷，运有所转。于是乎数十年而变，或数年而变。或变而胜，或变而衰，往往相为倚伏。”③袁宏道《时文序》云：“举业之用，在乎得隽。不时则不隽，不穷新而极变，则不时。是故虽三令五督，而文之趋不可止也。”④梁杰《四书文渊流考》云：“时文之道与他著述异。……时文者既以逢时，时过则菁华既竭，褰裳去之，而新科墨刻且汗牛充栋，而来与之代兴矣。”

这个意义多出现在论及八股文创作的语境中，反映出其求新、求变的突出特点，言其必与时俱进，与时势、时情、时风、时运相转移。

2. 取其与古文相对之意。卢前《八股文小史》：“称之为时文者，与古文对待言也。”⑤李

---

① 袁枚《与俌之秀才第二书》云：“昌黎所称下笔大惭者，诗赋也，唐之时文也。文文山《跋李龙庚墓志》云：‘今虽圣贤不能不为时文，然非其心之所安，故苟足以讫实则已矣。’此策论也，宋之时文也。”（《小仓山房诗文集》卷三十一，上海古籍出版社1988年版，第1861页）又《唐书》中有《时文释钞》四卷，《宋书》中有《儒林精选时文》一六卷，均记录当时的科举文集抄。

② 商衍鎏《清代科举考试述录》，生活·读书·新知三联书店1983年版，第227页。

③ 梁章钜《制艺丛话》卷六，咸丰己未重刊本。

④ 梁章钜《制艺丛话》卷六。

⑤ 卢前《八股文小史》，商务印书馆1937年版。

赘《时文后序》:"时文者,今时取士之文也,非古也。"[①]刘大櫆《汪在湘文集序》"熙甫求为进士而不得,劳其心于八比之时文,而遗其余力作为古文,故其置身不及唐以上。"[②]这里,古文指一般意义上的散文,"时文"一经出现,无论有无"古文"二字随之均与古文相对特指八股文,这在明清已经形成一种约定俗成。

3. 取看轻之意。杨文荪《制义丛话·序二》:"设科取士之法五百年相沿未改。重之者曰制义,代圣人立言,因文见道,非诗赋浮华可比。……轻之者曰时文,全属空言,毫无实用。甚至揣摩坊刻,束书不观。竟有不知史册名目,朝代先后,字数偏旁者。故列史艺文志,制义从未著录。"[③]此种用法触及到八股文作为"敲门砖"的本质功用。反映出其在明清士人心目中的微妙处境。

二、八股文考试之称"前场"考

明清科举考试分乡试、会试、殿试三级进行。乡、会试均分三场,每场三天[④]。洪武十七年(1384)朝廷颁布的《科举成式》规定:第一场试四书义三道,经义四道;第二场试论一道,判语五条,诏、诰、表内科一道;第三场试经史策五道。

在明清约定俗成的语境下,此三场还有一种特殊的分法即"前场"、"后场"。

邱浚在成书于成化二十三年(1487)的《大学衍义补》中论及当时八股文出题的弊端时说:"近年以来,典文者设心欲窘举子,以所不知,用显己能。其初场了经书题,往往深求隐僻,强截句读,破碎经文。……学者竭精神,穷目力,有所不能给。故于策场所谓古今制度……有不暇致力焉者……策学殆废,间有一二有策学者,又以前场不称,略不经目。人才所以不及前者,岂不以是哉!"[⑤]徐渭在《南词叙录》中论及嘉靖后期戏曲创作"以时文为南曲"潮流的表现时说"无一句非前场语,无一处无故事","南戏之厄,莫甚于今"[⑥]。崇祯三年礼科给事中凌义渠在《正文体疏》中说:"迩来士子全副精神,只寄初场,至于后场,不过临时䂬砌。一切世务,原无讲究。主司鲜能留意真才。前场取中,始觅后场。前场偶落,后场即有董、贾之才,何由物色?"[⑦]

这种用法在清代官方的文件中使用也极为普遍。据商衍鎏《清代科举考试述录》记,清顺治十六年礼部覆准:"司试各官分别三场,遍阅合订……若首场工而后场不称,黜不与选。"雍正六年礼部亦覆准:"不得专重首场,忽略后场。"[⑧]

那么,在三场中究竟何者为前场何者为后场?

---

① 梁章钜《制艺丛话》卷六。

② 刘大櫆《刘海峰文集》,同治刻本。

③ 梁章钜《制艺丛话》序二。

④ 乡试又称乡闱、秋闱,每三年一次,于子、卯、午、酉年进行,三场的时间分别是八月初九、十二、十五日。会试又称礼闱、春闱,在乡试的第二年,即丑、辰、未、戌年举行,三场的时间分别是二月初九、十二、十五日。

⑤ 邱浚《大学衍义补》卷九,万历三十四年刻本。

⑥ 徐渭《南词叙录》,《中国古典戏曲论著集成》(三),中国戏剧出版社1959版,第243页。

⑦ 孙承泽《春明梦余录》卷四十,台湾商务印书馆1986年据文渊阁本影印。

⑧ 商衍鎏《清代科举考试述录》,第62页。

陆士仪《甲申臆仪》在谈及三场的时候说：试官阅卷，"止阅前场，又止阅书义"①。第一场既考四书义，又考五经义，故"止阅前场"之"前场"当指第一场无疑。唐彪《读书作文谱》卷十一有《后场体式》，列"策体"、"策问"、"经论体裁"、"诸论体总法"、"表"、"判"诸名目，联系前边所说三场的考试内容，不难看出，这些均是第二、三场要考的题目，所以此"后场"就是二场、三场的合称。另外，商衍鎏《清代科举考试述录》在讲到清代乡试之磨勘制度时说："嗣磨勘举子试卷，前场文字以明理会心、不愧先程者为合式，后场以出经入史、条对详明者为合式。"②很显然，"明理会心、不愧先程"是针对第一场四书义、五经义说的。而"后场"也应是并指二场、三场，而非单指其中的某一场。因为：一，从上下文的语境上看，商衍鎏的这段话是在列举清代磨勘举子试卷时判定合式与否的标准。三场中论了首场，后两场断无只论某一场的道理。二，从前边所列二场、三场的考试内容看，论题主要出自《孝经》、《性理》等经③，要求围绕题目来印证经文和史实。策题一般是四道，除去时务之外，经史亦是其中一项主要内容。要求考生根据所问题目，逐条回答，称为"条对"。所以"出经入史、条对详明"的要求正与论、策的考试内容相吻合。

所以前场就是八股文专场，内容为七篇八股文④。后场则并指论场、策场。

这种划分方法本身就包含着一种价值判断：重前场而轻后场。它揭示出八股文在明清科举考试中的特殊地位。

明中期八股大家王鏊(1450—1524)说："今科场虽兼策论，而百年之间，主司所重，惟在经义；士子所习，亦惟经义，以为经义既通，则策论可无俟乎习矣。"⑤顾炎武也说："明初三场之制，虽有先后，而无轻重。乃士子之精力多专于一经，略于考古，主司阅卷，复护初场之卷，而不深求其二三场。"⑥钱大昕所说更为直接：明代"乡会试虽分三场，实止一场。试子所诵习，主司所鉴别，不过四书文而已"⑦。以至于有"七篇出身"之说。梁章钜《制义丛话》卷一曰："前明科举，初场试四书文三篇，五经义四篇，故而有七篇出身之目。"⑧

这表明，在所有考试科目中，统治者真正重视的是八股文。考科举就是在考前场。"前场"已经成为八股的代名词，甚至成为科举考试的代名词。我们知道，在明清历史上，八股文是作为统治者向天下士人灌输程朱理学的主要载体登上历史舞台的。程朱理学与八股文是八股其形、理学其实、互为表里的一体关系。这样，朝廷用程朱理学来武装士人，士人靠程朱理学来赢得科举，用八股文这条与士人休戚相关的"生命线"，最高统治者把理学与士人紧紧捆绑在了一起。

---

① 陆世仪《陆桴亭先生遗书二十二种》第十九册《甲申臆仪》，太仓唐受祺清光绪刻本。

② 商衍鎏《清代科举考试述录》，第 91 页。

③ 顺治十六年规定："考官于论题间出《孝经》，以励士尚。"康熙二十九年(1690)以后论题多出自《孝经》、《性理》，此出题方法一直延续至清末。见《钦定大清会典事例》卷三百三十一《礼部・贡举・命题规则》。

④ 狭义的八股文专指四书义，商衍鎏《清代科举考试述录》："又称四书文者，以题目取之于四书也。乡会试三场之五经文，亦用八股式，但其从出亦从四书文而来。"广义的八股文则包括五经义。《明史・选举志一》："科目者，沿唐宋之旧，而稍变其试士之法。专取'四子书'及《易》、《书》、《诗》、《春秋》、《礼记》五经命题试士。盖太祖与刘基所定，其文略仿宋经义，然代古人语气为之，体用排偶，谓之八股。通谓之制义。"

⑤ 孙承泽《春明梦余录》卷四十

⑥ 顾炎武《日知录》卷十六，黄汝成集释，栾保群、吕宗力校点，花山文艺出版社 1990 年版。

⑦ 顾炎武《日知录》卷十六，钱大昕注。

⑧ 梁章钜《制艺丛话》卷一。

三、八股文写作“入口气”之辨伪

“入口气”即代言，又称“代圣人立言”，是八股文的基本特征之一。《明史·选举志》对八股文基本特征的界定包括三方面：“略仿宋经义”，“代古人语气为之”，“体用排偶”①。“代古人语气为之”即代言，是就八股文的说理方式而言。如《制义丛话》卷一李光地所言：“作时文要讲口气，口气不差，道理亦不差也。解经便是如此，若口气错，道理都错矣。”②

在研究八股文代言的过程中笔者发现目前学界对八股文代言的理解存在若干误区，故在此一一为辨。

首先，并非所有的八股文都要用到代言。一方面，有些八股题目根本无法入口气。出自《论语》、《孟子》的题目，因其全部是语录体，故可入口气，而出自《大学》、《中庸》的一些题目，因其不是语录体，故根本无法入口气。另一方面，有些八股题目无需入口气。如典实题、记事题等。所以，在题型上专门用“口气题”加以区分。而且，即便是口气题也不是全篇用代言。一般说来，破题、承题之后，起讲用“若曰”、“意谓”、“且夫”、“今夫”等字面开始入口气，模仿说此话的圣贤口吻展开论述，其后是提比、中比、后比、束比，这四比是八股文的主体，均为代言。至篇末大结，要再回到作者口气，自说自话，称为“清口气”。如清代陆陇其所云：“八股之体，中间皆代圣贤口气，而前之破承，后之大结，则作文者自己口气。盖中间虽与论体不同，而两头则仍是论体。”③

其次，八股文虽然被称作“代圣人立言”，但并非所有的代言对象都是圣人。商衍鎏《清代科举考试述录》说：“圣贤而为孔子、曾子、子思、孟子、及孔门之弟子等，尚可也，倘题目非圣贤语，而为阳虎、孺子、齐人妻妾，与夫权臣、倖臣、狂士、隐士之流，亦须设身处地，如我身实为此人，肖其口吻以为文。不可不谓为文之创体也。”④

可以说，只要是出现在“四书五经”中的人物，均有可能成为八股的代言对象。

第三，代言的最高境界并不是惟妙惟肖、越像越好。八股文的代言过程可具体分成三个步骤：第一步是根据题目来设定代言对象。关键是联想上下文语境，认清题目语气出自谁人之口。第二步是设身处地体认彼时彼地经传之义理。《读书作文谱》卷六引杜静台言曰：“文无他诀，惟贵体认。体认者，谓设以身，处其地，处其时，而体认其理也。理之体认既真，则经书非先圣先贤之言，乃我身真实固有之理。由是发为文章，句句皆真诠真谛，格自然佳，词自然畅，气自然顺矣。”⑤第三步是设身处地地敷衍、阐发这些义理，这便是肖题。刘熙载《艺概·经义概》说：“肖题者，无所不肖也。肖其神，肖其气，肖其声，肖其貌。有题字处切以肖之，无题字处补以肖之。”⑥

具体说来，肖其心、肖其神即“我之心即千古圣贤之心，我于圣贤之言一一体会于心，想

---

① 《明史》卷七十，中华书局 1974 年版，第 1693 页。

② 梁章钜《制艺丛话》卷一。

③ 高嵣《论文集钞》上卷《陆稼书论文·论大结》，乾隆五十一年刻本。

④ 商衍鎏《清代科举考试述录》，第 91 页。

⑤ 唐彪《读书作文谱》卷六，岳麓书社 1989 年版。

⑥ 刘熙载《艺概》卷六，上海古籍出版社 1978 年版，第 173 页。

其光景，玩其趣味，务得其所以然之故”[①]。“作文需设以身，处其地，目击其事，体贴一段精神出来。如告君父，须写出忠剀意思；如论事势，须写出利害意思；如论小人，须写出巧媚隐伏意思；论君子，须写出平易坦实意思”[②]。肖其声貌即“有缓颊者，有急口者，嬉者笑者，怒者骂者，冷眼而刺者，正色而谈者，欲吐还吞者，痴子之或喜或骂或呆，或强作解事者。……解事者要需设以身，揣其事，想见当时心目间神情光景，代为曲曲描出，总不走却些子题气，方称酷肖”[③]。

在设身处地体认肖题之后，最终要达于出神入化境地。《读书作文谱》引梁素治言曰：“凡代一人说话，即欲肖一人口吻。如圣人，贤人，狂士，隐士，权臣，佞臣，其口吻各有不同，作此题文即欲设身处地，如我身实为此人。由此发为文字，无不入神入化矣。”[④]

出神入化，这已经向着八股文代言所追求的最高境界迈进了。刘大櫆《海峰文集》卷四《徐笠山时文序》说：“立乎千载之下，追古圣之心思于千百载之上而从之，圣人愉，则吾亦与之为愉焉。圣人戚，则吾亦与之为戚焉。圣人之所以窈然而深怀，翛然而远志者，则吾亦与之窈然而深怀，翛然而远志焉。如闻其声，如见其形。来如风雨，动中规矩。”[⑤]

可以说，“来如风雨，动中规矩”正是八股文代言的最佳之境。既要似，如风如雨，灵动鲜活，“以俳优之道，抉择圣人之心”[⑥]，形神兼备，无所不肖；又要不似，中规中矩，保持八股文作为载道之体的清真雅正之格，保持先圣先贤的正大博通之气。持此两端，才算入得好口气。方苞在《钦定本朝四书文》卷四中评张玉书《点尔何如一节》时说：“不独暮春数语与圣心契合也，曾氏言外之意，孔子喟叹之情，最难体认。惟此篇一一清出，各有着落，义理既得，而风致悠扬，耐人寻觅。”[⑦]既与圣心契合，又能情真意切，风致悠扬，最为难得。所以钱钟书有言：“窃谓欲揣摩孔孟情事，须从明清两代佳八股文求之，直能栩栩欲活，汉宋人四书注疏，清陶世徵《活孔子》，皆不足道尔。”[⑧]

在此两端中，最重要的是规矩。高塘《论文集钞》下卷《题体类说·口气题》说“入不得好口气的八股文‘失之俳’”，“只卖弄些小聪明，竟有流为传奇声口而不觉者”[⑨]。法式善《与徐尚之论文书》亦云：“余独怪今之为文，致饰于外。如俳优登场，衣冠笑貌，进退俯仰，一一曲肖。旁观者未尝不感愤激昂，欲歌欲泣。殆夫境过情迁，渺不知其为何事，犹自矜绝技，以为不如是，不足以取炫流俗也。”[⑩]

可见，在八股时人眼中，入不得好口气的末流之作的表现是“流为传奇声口”，“如俳优登场一一曲肖”。在他们看来，圣贤虽然也是人，有喜怒哀乐诸般情态，但毕竟不能等同于生活中人。出之八股，必须保持一个由下观上，崇敬仰视的心理视角和一个存在于千百年前圣经

① 李栻《困学纂言》卷六，《四库全书存目丛书》子部杂家类，齐鲁书社1995年版。

② 高嵣《论文集钞》载《沈虹台论文·文要模写》。

③ 高嵣《论文集钞》下卷《题体类说·口气题》所载《张太史塾课》。

④ 唐彪《读书作文谱》卷六。

⑤ 刘大櫆《刘海峰文集》卷四。

⑥ 钱钟书《谈艺录》，中华书局1996年补订本，第32页。

⑦ 方苞《钦定四书文》卷四，《四库全书》，台湾商务印书馆1986年据文渊阁本影印。

⑧ 钱钟书《谈艺录》，第32页。

⑨ 高嵣《国朝文钞》所附《论文集钞》，乾隆五十一年刻本。

⑩ 法式善《存素堂文集》卷三，嘉庆扬州程氏刻本。

之中而非生活实际的时空差距。而当行本色的“传奇声口”恰恰要求消除此距离，“出于幻域，顿入人间”[①]，完全下到饮食男女的生活层面上零距离的塑造人物。所以，在八股文代言中，规矩是最重要的，要在清真雅正之格、正大博通之气这个气格之上去肖题，决不是惟妙惟肖，越像越好，否则就会“流于传奇声口”，浸染匹夫匹妇俗人之态。

妙在似与不似之间，这正是八股文入口气的最高格。这一点经常被用来衡定八股文的优劣。如方苞《钦定四书文》评陈际泰《昔者禹抑洪水而天下平一节》曰：“孟子发语时，本有振衣千仞，濯足万里意象。惟作者胸襟能体会，笔力能发挥，故雅与相称。”[②]袁顾亭《桐城方氏时文全稿·方椒塗稿》评方苞之弟方林《孟子致为臣而归》曰：“形容庸主情态与孟子岩岩气象，皆能曲尽。”[③]

只有当表达方式与表现主体内在精神气象最大程度的相称相合时，才算进入到八股文代言所追求的最高之境。

（作者单位：石家庄学院文学与传媒学院）

① 鲁迅《中国小说史略》，上海古籍出版社2001年版，第147页。

② 方苞《钦定四书文》卷四。

③ 袁顾亭《桐城方氏时文全稿》卷八，湖南会友书局光绪十四年刻本。

《蒋务本先生墓志铭》的文学史料价值

何宗美

学术研究有不少问题之所以未能取得根本的突破，常有的一个原因是由于新材料一直不被发现。新材料有时并不存在于稀见文献，而是浩如烟海的图书往往会将许多有价值的东西淹没于其中。作为对明代文学史研究有重要价值的《蒋务本先生墓志铭》其情况即如此。该文为文学家倪谦所作，收入《倪文僖集》卷二九，见于《四库全书》明人别集中，却从未引起关注，而事实上它对于解决明代文学史中长期悬而未决的问题有不可忽视的作用。现将全文主要内容摘录如下：

先生讳主孝，姓蒋氏，人以其所居斋名称之，曰务本先生，自号樵林居士。其先魏州人。五世祖安中，金国子助教，以直谏不听弃官，隐居扬州之仪真，明医道，以传子孙。高祖野山处士，曾祖静隐公，元扬州路医学教授。祖伯雝，元进士，入国朝用荐为翰林修撰，辞以疾，出为阳丞。考用文，徙居句容龙潭。妣王氏。用文累官太医院判，遂家南京，以文学德行历事三朝，卒赠院使，谥恭靖。恭靖生四子：长主善，太医院使，次主敏，次即先生，次主忠。

先生世其家学，以儒医鸣。凡抱奇疾莫能识者，经先生胗视，无不愈。急于救人，有求辄赴，虽雪夜灾天不辞，而亦不责其报。有疾之家，必以先生为归。活人不可胜纪。

先生性敏质淳，好学不倦，博通儒书，故于医为精以内经，乃先秦以上之文，辞理古奥，疏其义以示学者。或劝之仕，曰："仕者将行道以济时也，非吾所能。吾虽业医，庶德可以济人，奚必仕为？"

喜吟咏，祖杜少陵、虞邵庵，气迈神壮，每酒酣，辄诵杨铁《八阵图》、《斩蛇剑》二赋，击缶为节以自适。正统初，与苏雪溪、刘草窗、沈崆峒、王金粟及弟主忠结为诗社。后诸公沦谢，复与贺存诚、张友菊诸君子相唱和。所著有《务本斋诗卷》及《樵林摘稿》若干卷，藏于家。爱临古帖，得李邕、赵孟頫笔意。尤精鉴古，凡彝鼎图书，皆能别其时代久近真赝，多蓄为玩而亦不留意焉。

笃于友爱，上事兄姊，下抚子侄，曲尽恩情，家庭之间怡怡如也。理家惟尚质素。男婚女嫁，悉有定规；坟茔祭器，无不周备。房帏整洁，绝无华饰，曰："我等不耕蚕而得饱暖，可不为天地节无益之费乎？"至遇孤贫，则周恤无所惜，沐其恩者甚众。襟度洒落，于夕必焚香鼓琴，作文王楚歌之曲一再行，音韵激烈，闻者感怆。自制有《樵林操》，人多传习之。子谊，有异姿，年少能文章。先生训使先本后末，曰："本不立，文虽工不取也。"后谊举进士，授杭州府推官，贻书戒之以俭，曰："不俭则不能廉，试看贪官皆由不俭故也。"

又曰："昔范文正、韩魏公、赵清献、吕夷简，皆尝为是官，尽心刑狱，后皆以名节显，汝宜效之。"故谊居官有廉能名。成化壬辰八月十四日以疾卒，享年七十有六，生于洪武丁丑三月十五日……①

这篇文章记载了"景泰十子"之一蒋主孝的生平及文学事迹，包括其家世、家学渊源、思想特点、为人气性、文学活动、艺术兴趣及才能等，无疑为明代作家研究提供了较为详实的珍贵资料，可以弥补钱谦益《列朝诗集小传》、陈田《明诗纪事》等文献记载的不足。但它最为重要的文学史料价值究尚不在此。那究竟体现在哪里呢？这还须从郭绍虞先生提出的问题说起。郭先生《明代的文人集团》一文曾留下一个迄今为止仍未能给出答案的疑问：

（六）景泰十子社。景泰十才子，本是品目之语，不指结社。但《明史·文苑·刘溥传》谓："刘溥字原博，长洲人。其诗初学西昆，后更奇纵，与汤胤勣、苏平、苏正、沈愚、王淮、晏铎、邹亮、蒋忠、王贞庆，号景泰十才子。溥为主盟。"既称主盟，则似十子之名，不仅系月旦之评。但因可发生疑窦者，即十才子中如苏平兄弟、沈愚、王淮、蒋忠、王贞庆诸人，均布衣不仕，里籍不一，似乎无从结合。主盟云者亦只是为首之意，不必定有结盟形式。现在于此问题，只能存疑。②

郭先生《明代的文人集团》一文，原载1948年《文艺复兴·中国文学研究号》（上），收录于《照隅室古典文学论集》上编，当时他依据的文献材料仅有《明史》和钱谦益《列朝诗集小传》，故对"景泰十子"相关问题未作落实。具体来说，问题主要有：其一，"景泰十子"是不是一个相互间有密切关系的文学团体？郭文以为"里籍不一，似乎无从结合"，因此或只是景泰间以刘溥为代表的十位出色文学家而已，即所谓"月旦之评"的名目；其二，"景泰十子"是否有过结社？郭文认为刘溥等人"不必定有结盟形式"，但又惑于《明史》所载，以为"既称主盟，则似十子之名，不仅系月旦之评"。可以看出，郭先生表达的意思明显模棱两可，自相矛盾，而且最终只能说"现在于此问题，只能存疑"。问题到今天虽已过了半个多世纪，但仍无人对此作出回答。而对明代文学史来说，"景泰十子"关系到从台阁体到茶陵派之间一个重要的环节，今天人们对正统以后、成化以前那段文学史十分模糊，实与对"景泰十子"的研究和了解不够深入不无关系，现所见中国古代文学通史和明代文学断代史皆很少涉及"景泰十子"以及正统至天顺这几十年间的文学发展状貌，这不能不是文学史研究有待填补的一段空白。

《蒋务本先生墓志铭》的发现对"景泰十子"的研究是十分有益的。这表现在：

首先，文章证实了"景泰十子"确为一个关系密切的文学团体，并组成过相互唱酬的诗社。文中所载与蒋主孝结社的苏雪溪即苏平，刘草窗即刘溥，沈崆峒即沈愚，王金粟即王贞庆，另有其弟蒋主忠，都是"景泰十子"中的人物③。刘溥结诗社还见于《草窗集》上卷《送陈宗

① 倪谦《倪文僖集》卷二九，《四库明人文集丛刊》本，第559—560页。

② 郭绍虞《照隅室古典文学论集》上编，上海古籍出版社1983年版，第537—538页。

③ 按，关于"景泰十子"所指，钱谦益《列朝诗集小传》提出了异说，除刘溥、汤胤绩、沈愚、苏平、苏正、晏铎、王淮七人外，另如蒋忠、蒋孝兄弟、王贞庆、徐震以及邹亮五人入其列，其中对蒋忠、王贞庆二人，钱氏作了考证，排除了疑议。另如，《千顷堂书目》卷一九云："自刘溥以下称'景泰十才子'，而苏直不与焉，或又以晏铎亦在其列。"十人者为刘溥、汤胤绩、苏平、苏正、蒋主忠、蒋主孝、沈愚、邹亮、王淮、王贞庆。《历代诗话》卷七五云："吴下刘原博溥、中都汤公让胤绩、昆山沈通理愚、海昌苏秉衡平、苏秉貞正、西蜀晏振之铎、四明王栢原淮、吴下邹克明亮、淮南蒋主忠忠、戚里王善甫贞庆，時称'景泰十才子'。或云洞庭徐德重霆亦在十子之列。"

理赴任湖广按察司照磨》，诗曰："忆昔吴城结诗社，社中诸友皆兰荪。"[①]这就说明郭绍虞先生"景泰十才子，本是品目之语，不指结社"、"主盟云者亦只是为首之意，不必定有结盟形式"的说法无疑是错误的，"十才子中如苏平兄弟、沈愚、王淮、蒋忠、王贞庆诸人，均布衣不仕，里籍不一，似乎无从结合"也纯属主观推测的不实之辞。给"景泰十子"之一蒋主孝作墓志铭的倪谦，字克让，正统四年(1439)探花，官至南京礼部尚书，卒于成化十五年(1479)[②]。他是"景泰十子"大体同时的文学家，又与蒋氏兄弟为同乡，与刘溥为好友。刘溥《草窗集》上卷有诗《送倪侍讲克让归省》[③]，倪谦景泰间官侍讲学士[④]，诗作于此际。由此看来，倪谦对"景泰十子"是熟悉的，他为在文中提供的材料对我们研究"景泰十子"最有史料价值，同时可证《明史·文苑传》"(刘)溥为主盟"指的就是诗社之盟主，而非"只是为首之意"，这也使《明史》此段记载有了切实的注脚。

其次，"景泰十子"不仅是成员间关系密切的一个文学团体，而且就其成员构成来说它又是一个性质特殊的文学团体。《铭》文告诉我们，蒋氏世代业医，从蒋主孝五世祖蒋安中在金代"明医道，以传子孙"，到蒋主孝已属第六代，其曾祖、祖、父及兄皆以医获官。亦医亦文，是这个家族的一个重要特点。蒋主孝四兄弟中，除蒋主敏的情况未详，其他三人皆为文学家，入"景泰十子"的二人不说，蒋主善亦有文名，同时也是刘溥文学集团中的成员之一。《草窗集》下卷有《谢蒋主善重阳后四日雨中惠菊花》、《送蒋院使主善外甥顾显还南京》可证。明代医官或医士善文者不乏其人，参加文人结社者亦属多见，如湖州苕溪诗社中有医官李昂、医士王杰参加[⑤]，夏县十老会中有医官王淳[⑥]，还有无锡施彦清召入京为太医，与京中名流结社唱和，程敏政《赠无锡医学训科施君克文序》谓其"在京师益相还往，以为清才妙思，固文苑诗社之英"[⑦]，李东阳《施医官挽诗》云："三十年前烂漫游，酒筵诗社忆风流。"[⑧]可见，明代医者在文坛的活跃是值得关注的一种现象，而这一方面又尤以"景泰十子"为突出。除蒋氏兄弟外，"景泰十子"盟主刘溥亦为当时名医，并入太医院为官。《姑苏志》卷五四《人物十三·儒林》载：

> 刘溥，字原博，长洲人。祖彦敬，事太宗于潜邸，为良医。父士宾，太医院判，见《艺术传》。溥夙敏悟，侍亲游学两京，研覃载籍，尤精于天文、律历之学，有志用世。宣德初，以文学征，有言其善医者，遂以为惠民局副使。己巳之变，知者交荐，不报。满秩，调太医院吏目，非其志也。其医通内外科，然耻以自名。虽官为医，而日惟以咏诗为事，风致甚高。善接纳，无所择，文武雅俗，各得其欢，广坐中谈辩风生，听者倾耳。其诗初喜西昆，所拟辄似，晚益奇纵。自经时变，悲愁叹愤，一寓于诗。当时有晏铎、王淮、汤胤绩、苏平诸人以诗自豪，号'十才子'，每推溥为盟主云。溥所著有《草窗集》若干卷。[⑨]

① 刘溥《草窗集》上卷，《四库全书存目丛书》本，集部第32册，第371页。
② 李东阳《怀麓堂集》卷四二《倪文僖公诔》，《四库明人文集丛刊》本，第451页。
③ 刘溥《草窗集》上卷，《四库全书存目丛书》本，集部第32册，第356页。
④ 陈田《明诗纪事》乙签卷一七"倪谦"，上海古籍出版社1993年版，第839页。
⑤ 张睿卿《岘山志》卷四，《四库全书存目丛书》本，史部第234册，第78页。
⑥ 郑相、黄虎臣《嘉靖夏邑县志》卷七，嘉靖刻本。
⑦ 程敏政《篁墩文集》卷二六，《四库明人文集丛刊》本，第453页。
⑧ 李东阳《李东阳集》第一卷，岳麓书社1984年版，第275页。
⑨ 王鏊《姑苏志》卷五四，《四库全书》本，第493册，第1032—1033页。

再据钱谦益《列朝诗集小传》,“十子”中还有沈愚“业医授徒,以终其身”[①]。在一个十来人的小小文学集团中就聚集了当时的四位名医,这不能不说是“景泰十子”的特别之处。至此,郭绍虞所说的“因可发生疑窦者,即十才子中如苏平兄弟、沈愚、王淮、蒋忠、王贞庆诸人,均布衣不仕,里籍不一,似乎无从结合”的问题就有了重要的线索:一是“十子”中业医或通医者有刘溥、蒋主孝、蒋主忠、沈愚四人;二是士与医、官与医交往密切。这样,他们自然就有了结合的条件,何况论籍里诸人多为苏州及附近地区人,后来又或为官,或行医,或客游,皆聚于京师[②]。所以说“无从结合”是完全没有根据的。

再者,“景泰十子”文学活动的时间不限于景泰年间。据《铭》文,蒋主孝生于洪武三十年(1397),卒于成化八年(1472),那么他主要的文学活动应在永乐后期至成化前期,中经洪熙、宣德、正统、景泰、天顺数朝。“景泰十子”的兴盛期则当属正统、景泰之际,且主要是正统间,文章讲数人结社就是在“正统初”。据姚绶《草窗集序》,刘溥卒于景泰四年(1453)[③],也说明以刘溥为首的这一文学团体的高峰期并不在景泰,而是在正统或更早。今所见“景泰十子”之称谓始于清初钱谦益《列朝诗集小传》,此前王鏊《姑苏志》只有“十才子”名号,并不曾加“景泰”以限定。或许诸人景泰年间聚首京师才有此称,不过“景泰十子”的说法究其事实却不太合乎情理,因为到景泰间诸人大多年岁已高,且刘溥只在景泰四年就去世了。明白了“景泰十子”的活动时间,对建立明代文学史的完整链条是有重要意义的,因为作为台阁体代表作家的“三杨”在正统五年(1440)到十一年(1446)先后离世,作为茶陵派代表作家的李东阳在天顺八年(1464)甲申科中脱颖而出,并在文学上振起于成化年间,“景泰十子”则恰处两个时间点之间,成为明代文学从台阁体到茶陵派过渡的一个中间环节,这样我们对明代文学史演进的内在逻辑也就有了更加确切的认识。

总之,倪谦的《蒋务本先生墓志铭》对我们了解“景泰十子”所提供的信息是极有裨益的,不仅很好地落实了郭绍虞先生未曾解决的疑问,而且弥补了此前明代文学史研究的一些不足。当然,对“景泰十子”的深入把握仅凭此文是远远不够的,研究还有待不断拓展和推进。

(作者单位:西南大学文学院)

① 钱谦益《列朝诗集小集》乙集“沈倥侗愚”,上海古籍出版社 1983 年版,第 212 页。

② 参钱谦益《列朝诗集小集》乙集从“刘御医溥”到“徐处士震”,上海古籍出版社 1983 年版,第 209—215 页。

③ 刘溥《草窗集》卷首,《四库全书存目丛书》本,集部第 32 册,第 322 页。

罗念庵文章观初论

陈　斌

一、论题之引出

罗洪先(1504—1564)字达夫，号念庵，嘉靖八年(1529)举进士第一，江西吉水人。按黄宗羲《明儒学案》的地域划分，罗念庵乃"江右王学"后劲，梨洲"罗念庵之主静，此真阳明之的传"之论，影响至今。本文借助学界对念庵的研究成果[①]，拈出罗念庵之文章观一题，主要基于如下考虑：

关于唐宋派研究，正如有学者指出，被公认的代表人物只有王慎中、唐顺之、茅坤、归有光，除此以外的其他预事者几乎未曾被学术界加以有心地发掘，认为其时与王、唐诸人旨趣相近者大有人在，如洪朝选、蔡汝楠、莫如忠、胡宗宪等皆属唐宋派系脉[②]。准此以观，以心学家著称后世的念庵，对文章的表述仅零散片段，罕有专论，与唐顺之、王慎中、茅坤等唐宋派文家系统表述相比，确难引人关注。然念庵与唐顺之、王慎中问学往来堪为同道，且受荆川启发，其文论均建立在心性论思想基础上，有着相近的理论视点，应属同一系脉。嘉靖朝知识层对心性之学的穷力研讨，为明中后期思想界之大变局，引发士人对生命的崭新体认、对文学意义的重新思考，唐、王派文章家由七子派重词章，转而重义理，非仅表面由宗秦汉转唐宋那么简单，背后涌动着思想史的潮汐[③]，那么，我们在清理这段文学思想时，理应注意心学作为其时读书人的热衷话题与知识信仰，在一般知识人，均可能存在着向文学领域或深或浅的投射，学界研究唐宋派以唐、王这样的领军人物为标志，无疑更有说服力，但若放宽视野，以罗念庵这样的同调为考察对象，实可获得更广阔的语境背景。此其一。

其二，按念庵高足胡直(1517—1585，字正甫，号庐山)的说法，念庵文章观因其学术旨趣的变化而相应调整，基本趋向是放弃追随七子派词章之学，而转入阳明心学，并由此确立以心为本位的文论视点，此与嘉靖初文坛唐荆川诸人仿佛，当然因经历及气质差异，他们各自的关注点仍有差异须辨明。念庵为学以无欲主静、收摄保聚为鲜明特征，一生艰行苦志、自

---

① 参吴震《聂豹罗洪先评传》(南京大学出版社 2001 年版)、张卫红《罗念庵的生命历程与思想世界》(生活·读书·新知三联书店 2008 年版)等。

② 参黄卓越《明中后期文学思想研究》，北京大学出版社 2005 年版，第 165 页、第 204 页。

③ 正、嘉间，不少人均有早年追随七子词章之学，继而脱离转向心性之学的经历，详参黄卓越《明永乐至嘉靖初诗文观研究》之《前七子后期思想转换与理学思潮》一章，北京师范大学出版社 2001 年版。

治甚勇，及于文章，话题明显偏重于作家的心性本体问题，虽每引而辄止不作反复宏议，仍较有特点值得留意。念庵留下了大量与诸贤门生的论学酬答，其游记尤为时人瞩目。今存文集中的《冬游记》、《夏游记》、《甲寅夏游记》融论学、游览与哲思为一体，记录当时学人辨析切劘的鲜活历史场景，及自己证悟良知的真切体会，颇能引起同道共鸣。如嘉靖四十三年(1564)胡松《念庵罗先生文集叙》称“往年山中见罗子冬夏两游诸记”，唐顺之对《夏游记》、耿定向对冬夏二游记皆有评述，可见一斑。特别是《冬游记》，反映念庵中年时期对止欲主静之生命境界的探讨，将同道讲会之晤谈、山水胜景之清赏、内心虚静之辨察，三者交织而呈现出一种特殊的文字境界，颇可玩味，本文对此尚无暇详述，拟对念庵之文章观先作探析，以献方家。

二、“学凡三变，文亦因之”与唐顺之之关系

关于念庵“为学三变”与文章观之关系，较早为胡直在《念庵文集原序》中提出：

> 自弘治、正德以前，栋道之儒不娴于文，柄文之士不究于道，盖以不免于交万之失，唯白沙、阳明二公之为道也，肖然独得于本心之微……念庵先生生兼江陕之秀，挺出二公之后，年甫十三，已慕为古文，比十五，遂慭然以斯道为任。方良知之学之既流也，高者凭几寂照，而曰在是矣；其次则或认识解气机为良知之流行。先生始尝惑之，既而悔曰：惟无欲而后入微，惟微而后知无不良。今皆以欲机合微体，将求道心不可得也。故既壮之后，其学一主无欲，所举主静归寂，辩答数千言，要皆不逾其旨。力践之二十余年，然后廓然大悟，沛然真得，始自信于不惑之地……久之，德与年偕迈矣，则曰：是未始有夫存与不存，又焉有夫动静之有无、寂感之先后？盖致微而一，上达天德，非肤学者能测也。尝试窥之，先生之学凡三变，而文亦因之。先生少学文仿李空同，弃之曰：是未见端委者。即入官寮，又与唐荆川、赵浚谷相讲磨，大放于文。久之语直曰：吾无意为之矣。移答友人，取辟于水曰：古之人能之者，必其中有自得，实见斯道之流行，无所不在，虽欲不为波涛湍澜之类，不可得也。以是知先生之于文，所谓一以贯之者也。[①]

胡直对念庵为学“三变”的概括大体得到后世认同，即早期服膺王畿“见在良知”的现成具足，中期持“无欲主静”纠正阳明后学忽略工夫之弊，晚臻“收摄保聚”、内外寂感合一的体仁之境，至于各期时段未详，学者亦各有说法[②]。若依吴震观点，即以1526年至1537年为早期(23岁至34岁)，1537年至1554年左右为中期(34岁至51岁)，1554年后为晚期。那么三阶段中，文章“因之”的情形又如何？

关于念庵十三岁学古文辞，“文仿李空同”的记载，如《明儒学案》称“十一岁读古文，慨然慕罗一峰之为人，即有志于圣学”[③]。可见他少年时亦已通过乡贤罗伦而接触理学。十五岁(1518)闻阳明讲学于江西赣州虔台，辄欲往学，被父阻止，同年获阳明弟子薛中离所编《传习

① 《念庵文集》卷首，《文渊阁四库全书》本。

② 可参吴震《聂豹罗洪先评传》，南京大学出版社2001年版，第183、184页。

③ 黄宗羲《明儒学案》，中华书局1985年版，第386页。

录》,"奔假手抄,玩读忘寝"。由此可知,念庵少年至青年时代,至少在23岁师事李谷平前,为学兴趣即自词章偏向学术,至举进士前后,更是陆续接触阳明弟子。1532年服除补原职翰林院修撰,于京师讲学活动中折服王畿辨才无碍,"遂托以身,不之疑",此后三十年学术往来密切。其时,唐顺之亦慕王畿风采而对心学产生兴趣。值得注意的是,王阳明的为学道路,也当对他们有所示范。王畿《曾瞬徵别言》称:"弘、正间,京师倡为词章之学,李、何擅其宗,先师(按,王阳明)更相倡和。既而弃去,社中人相与惜之。先师笑曰:'使学如韩、柳,不过为文人,辞如李、杜,不过为诗人,果有志于心性之学,以颜、闵为期,非第一等德业乎?'就论立言,亦须一一从圆明窍中流出,盖天盖地,始是大丈夫所为,傍人门户,比量揣拟,皆小技也。"所述阳明文章观,对当时一般向慕阳明学者,当深有启迪。

胡直认为,念庵与唐顺之、赵时春宦游京师时,遂"大放于文",时间是1540年,正好在上述"中期"的范围内。然史料中念庵与荆川论文的情形,几难看到。倒是1539年念庵赴赞善经筵讲官,途经南京,未得与唐顺之会合同舟北上,期间却巧遇王慎中,同游报恩寺之夜,两人相谈甚洽,遵岩戒云:"念头断去不得,止是一任他过,便要如何斩除,恐更多事,此吾小歇脚法也。"遵岩此语,乃针对念庵当时苦于欲根荫翳心体而言,其间论及诗文,龙溪从旁云:"荆川近弃得下,纵彼终日执笔,总是轻;念庵终年不作,总是重。"①念庵"初不肯服,已而自察,果然。"该如何理解龙溪的评定?

就学术进程看,在1539、1540年前后,念庵沉浸心学已数年,并开始接受聂豹归寂说,而荆川尚徘徊于朱王之间,处于学术蜕变中。荆川总结自己为学历程:"尝从诸友学为古文诗歌,追逐刻镂,亦且数年。然材既不近,又牵于多病,遂不成而罢去。及屏居山林,自幸尚有余日,将以游心六籍,究圣贤之述作,鉴古今之沿革,以进其识而淑诸身。又牵于多变,辄复罢去。既无一成,则惟欲逃虚息影,以从事于庄生所谓堕形黜体聪,以为世间一支离之人,耕食凿坎以毕此生,而不敢有觊乎其外。盖所自量者审也。又何敢以求知于左右也哉?"②有学者据此将荆川的人生经历分三期:早期追随七子派"学为古诗文"、中期(1533年至1546年)会合朱王与崇尚唐宋古文、四十岁(1546年)后完全转入心学③。

但在文章观上,此时荆川不仅舍弃七子之学,且已有新的取向。他于1536年移家阳羡,曾向友人称:"仆自别后携家至阳羡,谢去人事牵缠,时时闭门默坐,始知平日没于多歧……怃然大悔者","诗文与记诵,便可一切罢去。"④所谓"闭门默坐"就是反求本心,即便"不得已作应酬文字","其为诗,率意信口,不格不调","其于文,大率所谓宋头巾气习,求一秦字汉语,了不可得,凡此皆不为好古之士所喜"⑤,反对七子的"文必秦汉"观,同时在王慎中的影响下转尚唐宋文。梨洲《明儒学案》云:"荆川初喜空同诗文,篇篇成诵,下笔即刻画之。王道思见而叹曰:'文章自有正法眼藏,奈何袭其皮毛哉!'自此幡然取道欧、曾,得史迁神理,久之从

① 《念庵文集》卷五《冬游记》,《文渊阁四库全书》本。
② 《荆川文集》卷五《顾东桥少宰》,《文渊阁四库全书》本。
③ 参左东岭《王学与中晚明士人心态》,人民文学出版社2000年版,第442、448页。
④ 《荆川文集》卷四《与田柜山提学书》,《文渊阁四库全书》本。
⑤ 《荆川文集》卷四《答皇甫百泉郎中书》,《文渊阁四库全书》本。

广大胸中随地涌出，无意为文而文自至。较之道思，尚是有意欲为好文者也。”[①]荆川、道思与念庵皆嘉靖八年进士，学习唐宋古文尤其是理学家之文，在这批士人中渐见明显，并确立一种“无意为文而文自至”的写作态度。

上述龙溪比较念庵、荆川为文状态，所谓荆川“弃得下，纵彼终日执笔，总是轻”，乃是信笔自放、“率意信口”使然，亦即荆川自称“以应酬之故，亦时不免于文，每一抽思了了见古人为文之意，乃知千古作家，别自有正法眼藏在，盖其首尾节奏天然之度，自不可察，而得意于笔墨蹊径之外，则惟神解者而后可以语此。近时文人说班说马，多是寝语耳”[②]。“念庵终年不作，总是重”，表明念庵此时不仅为学尚为习心、闻见所牵，移之于文，亦未臻“自信”之境，故而笔“重”。对龙溪评价与善意鞭策，念庵欣然接受，此乃他日后对荆川文章留意、鉴取的重要契机。又1546年，念庵送季弟入南雍应试，过毗陵访荆川，聚处二月余。时荆川“年及四十”，仍深自愧悔“少不知学，而溺志于文词之习”，“反之于心，既非蓄德之资；求之于身，又非所以为养生之地”[③]，遂改为专研理学，反省苦修，而念庵“遭家多难，于此（按，主静工夫）颇有锻炼，稍知进步”[④]，两人可谓同调契心，揆以常情，念庵之无欲主静工夫恰为荆川所须，荆川的诗文观岂不影响念庵？故胡直谓念庵1540年与荆川游处而“大放于文”，从这些事实中约略可以验证。另一方面，念庵每谦称自己“不工于文”，主要精力用于治学，恐怕这也是他终未成为荆川唐宋派得力羽翼的一个原因[⑤]。

胡直1547年从念庵受学（1556年举进士），久之亲闻念庵“吾无意为之（按，文章）”，具体何年恐难确定，但念庵无意为文的态度在进入1550年代之后愈益坚定。其中一个原因，是念庵觉得为文妨道，词章技艺与身心性命无关，遂愈不措意。1551年，杨生某自宜春问学于念庵，此人多文墨之好，念庵劝之曰：“此余之夙证也。当少年时，精神无所收拾，逐物移好，今衰矣，一艺无所成名，始知悔焉，即使艺有成，于衰何补哉！夫玩物丧志，自养德言之，养身在其中矣。神不两用，物不两大，吾与若皆病身也，而方逐逐，可无惧哉！”[⑥]1559年，念庵为周七泉遗稿作序，自称“余衰矣，文字之好日益浅，而为学之志日惴惴焉”[⑦]。当然，这只是一方面，念庵“无意为文”，还出于他对为文有更深的理解，那就是为文是人格境界澄明的呈现，来不得丝毫敷衍凑合，浮文浪墨，不过“祗益覆瓯”而已。故1563年胡松拟刻念庵文集，念庵并不赞同：“不肖素不善文，所作多觉腐烂，不欲示人”、“（荆川）欲尽选入梓，不肖应曰：何得辱公，避不复出。每自谓人品稍有见地，即庸言碎语，人自与传；若人品卑下，纵连卷累册，祗益覆瓯。”显然，念庵自称“不善文”，并非婉拒的真正理由，而是对为文有极高的道德要求与

① 钱谦益《列朝诗集小传》：“道思在郎署，与一时名士所谓八才子者，切劘为诗文，自汉以下，无取焉。再起留曹，肆力问学，始尽弃其少作，一意为曾王之文，演迤详赡，蔚为文宗。唐应德初见之，议论不相下，已遂舍所学从之。尝谓李中麓曰：公但服敬荆川，不知荆川得我之绪余耳。”“（荆川）为文始尊秦汉，颇效空同，已而闻王道思之论，洒然大悟，尽改其少作。其语详载文集序中。”上海古籍出版社2008年版，第374、375页。

② 《荆川文集》卷四《与陈两湖主事》，《文渊阁四库全书》本。

③ 《荆川文集》卷六《与刘寒泉通府》，《文渊阁四库全书》本。

④ 《念庵文集》卷三《与刘龙山》，《文渊阁四库全书》本。

⑤ 钱谦益《列朝诗集小传》评念庵诗文：“取材不远，而托寄可观，时人谓其早经废弃，久处民间，往往深于致情，易于兴感，殆亦近于言志者也。”（上海古籍出版社2008年版，第375页）这一评价，不甚了然。盖念庵以去欲为切己工夫，“深于致情，易于感兴”似非的论。

⑥ 《念庵文集》卷八《示杨生》，《文渊阁四库全书》本。

⑦ 《念庵文集》卷十一《七泉遗稿序》，《文渊阁四库全书》本。

自我期许,此正如他一生苦修,至晚年方体悟"世上那有现成良知!良知非万死工夫,断不能生"一样,文章亦是人品"磨�至极"之结果,有境界方出好文章,故念庵反倒责问胡松"试观一峰先生集,岂尽班马韩苏耶?"[①]言下之意,像罗伦那样醇厚的道德文章,岂可拘于文字皮相。这或许正是胡直引念庵移答友人所云"古之人能之者,必其中有自得,实见斯道之流行,无所不在,虽欲不为波涛湍澜之类,不可得也"的另一种表达吧,我们权且作为念庵为文之晚境的表征。

三、念庵文章观之心学视点

表面看,念庵似乎并不能划进唐宋派一系,从他所推重的文集看,除文天祥外,罗伦、周七泉等皆当代人,颇与荆川等不同。从上文念庵反问胡松"试观一峰先生集,岂尽班马韩苏耶",亦可说明,念庵不仅不羡"秦字汉语",甚至连"韩苏"也未必迷信,似乎彻底要从"自心自性"的完善上去成就文字的力量。1559年,念庵撰《七泉遗稿序》称七泉:

> 所学既渐有见,则一寓之于文字之间,而其言又足以表见己意,于是四方谈学之士,又莫不知七泉之文。盖其文始而取之濂洛,已而取之名家,虽未知其与古之作者法度若何,至其纵恣奇崛,主于表见己意,而无有艰深迂滞之病,能使读者泠然如闻其面谈,晓然如扣其心绪,则固所长也。

念庵弱冠与表叔周七泉同师李谷平,序文称七泉为文"始而取之濂洛",准则于北宋理学家文章,所谓"已而取之名家",似乎指唐宋大家。据念庵《与刘龙山》"今春游昆陵,得与荆川、七泉二三君子聚处",1546年念庵访荆川,周七泉亦陪同,至少表明他不乏被荆川诱以学唐宋文的机会。而最令念庵折服的是,七泉虽学唐宋名家,可贵的是,不停留于对"古之作者法度"的因袭摹仿,不被其牵缚手脚,而能"主于表见己意",学古而不溺于艰深迂滞,以平易近人的文字,娓娓而谈、给人切理餍心之感。虽然念庵未明说,但显然,七泉的这类文章能"令读者泠然如闻其面谈,晓然如扣其心绪",恐与学习欧、曾文章大有关系。由此亦可揣知,念庵虽未在文字间,留下尊唐祧宋之口实,但仍相当认同。

念庵文章观,集中体现于《重刻一峰集序》与《重刻文山集序》两文[②],核心是从一个心学家追求纯然不杂的良知全体的角度,反对文章掺杂"情识"的"凭气"而为,强调出于圆明全体之"真心",才能克服"不醇不该"之病。不同于王慎中对曾巩文章的经典化解读,念庵通过对文天祥、罗伦文集的体会,提出上述主张。

1559年,曾师事湛若水的何迁来抚江右,为表彰列郡先哲,以厉士人,遂命郡守张公重刻文天祥集,《重刻文山集序》即出自念庵之手。念庵对这位乡贤极为景仰,曾为其祠堂作记[③]。在这篇序中,念庵站在心学的角度揭示《文山集》的精神真谛:

> 余观其文辞,矫乎如云鸿之出风尘,泛乎如渚鸥之忘机械,凛乎如匣剑之蕴锋芒,至

---

① 《念庵文集》卷四《与胡柏泉》,《文渊阁四库全书》本。

② 《念庵文集》卷十一,《文渊阁四库全书》本。

③ 《念庵罗先生集》卷五《富田文山祠堂记》,《四库全书存目丛书》本。

> 于陈告敷宣，肝胆毕露，旁引广喻，曲至事情，则又沛乎如长江大河，百折东下，莫有当其腾迅者，此岂一朝一夕之故偶得之者哉？及其洒泣入冲，捐家饷军，流离颠顿，出万死一生以图兴复，力既不支，犹以拘囚之余，从容燕市，收三百年养士之功。迹愈久而声光不灭，使天下后世，晓然知有人臣之义，莫不以为处死之难，古今未若是烈者，不知其屡罢而不悔，诚有以为之也。使幸而不值其变，则处死者，人必不闻，不幸而闻于人，人且叹其难矣，或拟之凭气，而莫能原其所以为心，使先生平生所养，卒不能暴白于天下，后世是尚为知人论世矣乎？

上述文字，首先从修辞风格层面，称道文天祥的文字极有变化、气势不凡，或夭矫、或清泛、或严凛，透过念庵这段迅捷的拟语，即不难想见那种慷慨淋漓的阅读感受。但念庵指出，文山"沛乎若长江大河"的气魄，绝非出自一时意气，即所谓"凭气"，指习心所染之情识所激，它掺和了功利、欲求、习心等杂质。而是出自无欲全粹之心体，故遇事酬物，则体现为："人之遭蹉跎者，往往回顾而改步，三已不愠，古人难之，（文山）今罢而仕、仕而复罢，经历摧创，至于六七，志愈坚，气愈烈，曾一不以自悔，此其中必有为之所者！""知其不免而不为之动，古人知所养者盖如此"，此处的"其中必有为之者"、"所养者"，皆指纯粹的良知本体，而不是把某一时刻的心态"情识"冒作本体！所以念庵的意思很清楚，一时意气的行为，与出于浩然之气的行为，气象截然不同，后人读文山之作，若"拟之凭气，而莫能原其所以为心"，那真是辜负先贤。王阳明亦曾撰《文山别集序》，称文天祥"忠于其君也，蕲尽其心焉，以自慊而已，亦岂屑屑言之，以蕲知于世"[①]！念庵此序当受阳明启发。

同样的意思，也出现在念庵的《重刻一峰集序》中。念庵少年时即慨慕乡贤罗一峰之高节。罗伦（1430—1478），字应魁，一字彝正，号一峰，成化二年（1466）举进士第一，为人刚介绝俗，与陈白沙称石交。白沙超悟神知，一峰谨守朱子途辙，虽非白沙之学，而皭然尘垢之外。《明儒学案》有传。后人将罗伦、罗洪先、罗大纮并称"吉安三罗"。念庵归田后，适张言为永丰令，为风厉诸生，请聂豹搜辑编次一峰文集，念庵撰序：

> 天地有气义……孟子曰：我善养吾浩然之气，先立乎其大者，则小者不能夺也。呜呼！若吾罗文毅公，其将庶几乎？……公冻馁几于死亡，而一无足以动其中，他尚何有哉！名位不能使之荣，摈斥不能使之辱，功能不能使之乐，祸患不能使之忧，言论不能使之惑，意气不能使之改，所谓浩然而刚大者，性成然也，非有事于勉强者也。吾独怪夫学者之为言也，或病其僻，或疑其矫，骊骊乎听之非不和且平也，语其平生虽丝发之微，亦足以动心而变色，而犹自以为知道，岂非世教之虑哉？洪先幼闻公于人，辄有不获执鞭之叹，且欲以身私淑之，然止叹其难能耳，固亦未知求所得也。二三年来渐悔其谬，于是再读所谓一峰集者，不牵章句，不涉蹊径，不执意象，不事雕镵，慨乎其于辞，沛乎其于气，而皎乎其于先得之心，出之言，懦者惭，鄙者惧，然后乃知孟氏之学至公一明，其言实天地义气之所发也，而乌可视以空文？

从少年懵懂时的景仰，到此时的重温，念庵俨然已有全新的理解，那就是一峰不为"冻饥"、"名位"、"祸乐"、"言论"、"意气"等所蔽，乃是"先立乎大本"（良知），所谓"浩然而刚大者，性

---

① 钱仲联主编《历代别集序跋综录》，江苏教育出版社 2005 年版，第 602 页。

成然也”，相比之下，那些看似“和平”之言，却在丝发小事上“动心变色”露出真相，只不过是欺世盗名而已，于良知本体，岂止相隔天壤！所以，念庵嗟叹“有欲知吾之浩然者，观于是集，将不为濯热之清风，苏蛰之迅雷也夫?”真有震撼人心、考问灵魂的力量。在念庵，读这样的文字，“不牵章句，不涉蹊径，不执意象，不事雕镵，慨乎其于辞，沛乎其于气，而皎乎其于先得之心”，又岂能斤斤计较于“班马韩苏”？文、罗二贤之文，让念庵“深有感于养气之说”，亦深信道德之全粹对为文何其重要。此乃念庵文章观关键所在。

综念庵一生的为学经历，如何去欲根、情识、习气之牵绕，收敛提撕，证悟纯粹良知本体，始终是他毕生艰行苦志的目标。兹举一例说明。1540 年，念庵与唐荆川、赵时春因嘉靖帝常称疾不视朝，上疏忤旨，三人均被除籍。此后数年念庵不断反思当年之举，得出结论是，彼时不过是“任气而未得于心，动于意兴安排，而未达其道”[①]，1542 年念庵致书戚南玄，称“弟近时与人言只辨存心，心存者时时是吾本来，不以议论、意兴、气魄搀和”[②]，又致书湛甘泉：“吾儒自有正脉，一涉搀和，皆非无欲之体，白沙先生所谓致虚立本之说，真若再生我者，方从静嘿，愿与之游衍。”[③]皆为此事之连锁反应。1543 年，念庵致书赵时春：“静中回视往日，诚有心粗气扬之病，若古人镇静舒徐，不动声色，不骋材气，事自立办，深用疚心。吾兄于此当便得力否？此处关系非轻，学问未入细，宜不达此，未可各安所至，遂尔自足也。”[④]1549 年复致书：“毁誉一著，自来在好名上起因。三十年前却不自解。所赖归田以后，处家庭多故，颇为锻炼，极受苦困，今稍略轻。然自验得惟于未发之中安顿得下，便觉一切嗜欲俱轻，精神自然恬静。”[⑤]皆包含对当年的反省。甚至 1550 年，唐顺之复出平倭，深知其禀性的念庵就担心“应德之学，不患不实，所患者恐非本心流通耳”[⑥]。惟恐荆川未能从纯粹的良知全体出发，还处于理欲混杂，意气未除的“气节”阶段，反而为事所转。那么，如何摆脱念虑缠绕上升到全然不杂的良知全体？念庵为此屏居静修、“切己刮磨”，付出一生努力，通过默坐澄心，朝夕砥砺，日渐月磨地消退种种欲根与习心，最终“诸念皆泯，(心体)炯然中存”。正如他自己体悟的那样：“在复古书院当大众中，忽省吾人当自立身，放在天地间公共地步，一毫私己著不得，方是立志，只为平日有惯习处，软熟滑浏，易于因仍，今当一切斩然，只是不容放过，时时刻刻须此物出头作主，更无纤微旧习在身，方是工夫，方是立命，此意须常提醒，不尔，又只是一时意气兴废也。”[⑦]在晚年，终于彻悟“孟子指点真心示人，正以未有纳交、要誉、恶声之念，无三念处，始是真心，其后扩充，正欲时时是此心，时时无杂念，方可与尧舜相对”[⑧]。明乎此，念庵评述文山、一峰文章的心学视点当不难理解，而当时一般心学家的文章观，亦可窥见一斑。

（作者单位：福建师范大学文学院）

① 《石莲洞罗先生文集》卷十《与黄万厓年兄》，万历刊本。
② 《念庵文集》卷二《答戚南玄》，《文渊阁四库全书》本。
③ 《念庵文集》卷二《答湛甘泉》，《文渊阁四库全书》本。
④ 《念庵罗先生集》卷一《答赵浚谷》，《四库全书存目丛书》本。
⑤ 《石莲洞罗先生文集》卷八《寄赵浚谷》，万历刊本。
⑥ 《念庵文集》卷二《与唐荆川》，《文渊阁四库全书》本。
⑦ 《念庵文集》卷八《日札》，《文渊阁四库全书》本。
⑧ 《念庵文集》卷八《松原志晤》，《文渊阁四库全书》本。

论王士性散文的时空形态*

何方形

好自然而乐于自适是中国文化的一贯传统，王士性可以说是其中别有钟情者之属，一生"青山绿水恣行游"(《赋得大江行》)。当时全国分为两京(南直隶、北直隶)十三省。王士性到过除福建外的两京十二省，稍后的徐霞客可与之媲美。王士性并不是如一般旅游者那样持观赏的态度浮光掠影，而是访奇览胜，山情水系了然于胸，静心观察、思考，然后走笔为记，字锤句炼，凝结为成熟的文化精髓。山水文学是文化与文学有机融合的艺术结晶，王士性散文在这方面具有典范意义。王士性为中国山水文学倾注全部心力，有《五岳游草》、《广志绎》、《广游志》等。

由于历史原因，王士性文名并不彰显，但王文多因真情至性的投入而堪称性情之文，又能以理驭情，情理结合，堪称完璧。作家描述名山大川，记叙自然风物，坦言山水萦怀与人生感悟，不以古人格套为自我束缚，显示出随意自然的风采，艺术上作了多方探索，并不丧失自然本性，是传统文化领域一道独特而迷人的景观，有深厚久远的魅力，经得起时间考验。正如冯甦《重刻五岳游草序》所推崇的："王太初先生夙负隽才，于书无所不读，以名进士历官数十年，宦辙所至遍五岳，因得登峰造极，各穷其奥。作《五岳游草》，大而蟠厚地、矗苍昊，奇而擘巨灵、铲六甲，秀而降帝子、梦朝云，幽而藏仙都、营佛窟。一经点染，觉神工鬼斧，玲珑嵌空，悉奔凑于毫楮。是岳渎神灵即先生精魄，而先生是集，莫非岳渎英华供其挥洒而纵横也。先生之游诚壮矣哉。……先生当日萃天地之大文章，堪与五岳并寿。"①其中在时空形态方面即有所成。古人山水散文创作对时空艺术有所探索，如柳宗元《游黄溪记》开头部分："北之晋，西适豳，东极吴，南至楚越之交，其间名山水而州者以百数，永最善。环永之治百里，北至于浯溪，西至于湘之源，南至于泷泉，东至于黄溪东屯，其间名山水而村者以百数，黄溪最善。"②在比较中称善永州之黄溪。王安石《鄞县经游记》则以时间为主轴介绍经游之所："庆历七年十一月丁丑余自县出，属民使浚渠川，至万灵乡之左界，宿慈福院。戊寅，升鸡山，观碶凿石，遂入育王山，宿广利寺，雨不止。辛巳，下灵岩，浮石秋之壑以望海，而谋作斗门于海滨，宿灵岩之旌教院。癸未，至芦江，临决渠之口，转以入于瑞岩之开善院，遂宿。甲申，游天童山，宿景德寺。质明，与其长老瑞新上石望玲珑岩，须猿吟者久之，而还食寺之西堂，遂行，

---

* 本文为2007年度浙江文化研究工程《浙江山水文学史》阶段性成果之一。项目编号:07WHZT046Z

① 王士性著，周振鹤编校《王士性地理书三种》，上海古籍出版社1993年版，第24页。以下王士性散文原文都出自该书，不再一一出注。

② 郭预衡主编《唐宋八大家散文总集》卷一，河北人民出版社1995年版，第524页。

至东吴，具舟以西。质明，泊舟堰下，食大梅山之保福寺庄，过五峰，行十里许，复以西，至小溪以夜中。质明，观新渠及洪水湾，还食普宁。日下昃，如林村。夜未中，至资寿院……”[①]王士性在前人基础上作了较大程度的开拓，打破传统题材的一些既定手法，实现现实时空和历史时空有机融汇，内蕴无穷，神韵流动。为叙述方便，特将王士性散文在时空形态方面所取得的成就分时间回溯、空间拓展与时空综合展开三个部分，但这三者也不是截然分开，一些地方有所叠合。

一、时间回溯

“览胜纪游，乐焉忘死。”(《桂海志续》)王士性一生南北西东之旅与一般的山水之好不同，而是放情山水之胜不忘“登高望远，考古准今”(《留都述游》)的理想。所以，在写作上采用时间回溯法颇为常见，也往往能超越历史与现实之间的距离。如《游峨眉山记》：“山后岷山万重，僧一一指之，近瓦屋，远晒经，侧为青城、玉垒，又缥缈中指火焰、葱岭，余不能悉。余山则皆累累砂塍也，所谓旷然天游者非耶？已而暝色至，复篝灯，与元承露座台上。因思吾家右军动称峩山伯仲昆仑，而竟乏足迹；杜陵诗篇满巴、蜀，而未识嘉州，名山福地故有缘矣。”表面上显得松散随意，实际上是通过对久远历史的追寻，让人走进历史的情景中去感受散文家的“福”与“缘”。作者从游峨眉之乐，到对王羲之、杜甫足迹不至的慨叹，回归到自己与名山福地故之缘，似疏实密，抒情天地得以极大扩展。《游西山记》：“夫西山首太行尾居庸而朝于京师，其山水所会既非偶然。且也逼近都城，中贵人富而黠者，往往散赀造寺，倚为乐丘，动以十数万计，故香山、碧云，巨丽咸甲于海内，然此地没于金、元，蒙垢百年，余一旦获生清时，得随兹游以与诸君子之后，良厚奎(达)也。昔宋室望祭恒山，尚不得过真定，何论士大夫游屐哉。”《游西山记》的抒情立足点有所改变，从胜地之游发历史之叹，一论一叹之中渗透作者的感受：宋室孱弱，燕云不复，西山何得一游？宋恭帝德祐二年(1276)，元军攻取临安(今杭州)。文天祥起义兵抗元，从元营脱身后曾一度寓于台州仙岩(在今三门县)，后人建有文信国祠，遗迹犹存。王士性《台中山水可游者记》对此有所记述，先写实，后述史，便有无限感慨寓于其中：“仙岩去城东百里，滨海一巨石如屏，下有窍，可建五丈旗，坐千人。宋文信国航海卜宿焉，遂俎豆于中。”

王士性散文从具体物象加以展开，把情思引向现实时空之外。《五岳游草》卷五《入蜀记上》：“盘尽为鸡头关，一石如鸡冠，起逼汉，下俯江水，出白石盆，两崖突兀，为出栈最奇处。郑子真耕焉，称郑谷也。”从蜀地现实场景引出归耕之思，情韵无限，但只是对隐士郑朴昔日情事点到为止，并无着意展开，不致冗沓。赵翼《瓯北诗话》卷十：“诗写性情，原不专恃数典，然古事已成典故，则一典已自有一意，作诗者借彼之意，写我之情，自然倍觉深厚，此后代诗人不得不用书卷也。”[②]王士性在这里找到历史的契合点，从眼前实景回想往昔发生的事情，自然畅达。《入天台山志》写到伯夷、叔齐像也属于这样的构想：“又数里上桐柏岭，始入山。岭峻可十里，宫其上，豁然夷旷。环以九峰，玉女、玉泉、华琳、玉霄、紫霄、卧龙、莲花、翠微

① 郭预衡主编《唐宋八大家散文总集》卷五，河北人民出版社 1995 年版，第 3577 页。

② 赵翼《瓯北诗话》，人民文学出版社 1963 年版，第 160 页。

也。道书七十二福地之一，谓王子晋治之。又云伯夷、叔齐为九天仆射，治桐柏宫。今宫有二子像，玉石铿然，非山所产也。”文章一路上都是写景，渲染台岳的神圣，后面则就伯夷、叔齐像略作发挥，认为由“玉石铿然”，可推知非本地所出产。《徐霞客游记》中《游天台山日记后》的内容与写法与此有一定关联：“五里，上桐柏山。越岭而北，得平畴一围，群峰环绕，若另辟一天。桐柏宫正当其中，惟中殿仅存，夷、齐二石像尚在右室，雕琢甚古，唐以前物也。”[①]在王士性记述的基础上，徐霞客则作出“雕琢甚古，唐以前物也”这样的判断。可惜伯夷、叔齐像后被毁。

二、空间拓展

散点透视。王士性散文往往在写景的时候以放眼远望的众山河川为扩大描写的对象。如《岱游记》：“又右为孔子崖，复升为玉皇殿。殿前磐石轮囷擎突，如戴切云之崔嵬者，岳顶也。虚其顶四望，无所不际天。为筑甃半覆之，立石上诵杜陵‘齐鲁青未了’，因令黄冠一一指之。白云东来，群峰尽失，非烟非雾，隐隐荡潏在云下者，大海影也。西南涒邻如缕，乍明乍灭者，汶、洸诸水也，徂徕素称宾于岱，至此亦拱状如儿孙。其他垤敦满地，烟火聚落，目力所不能竭者，龟蒙、凫、峄诸山也。”文章描写和叙述相交织，自然联想杜甫《望岳》诗，最后直写至“力所不能竭”处，凸显“青未了”的气象。再如《华游记》：“又转而上为仰天池，池边有摘星石。吴伯与旧题‘太华绝顶’字，余又为题缥缈巅。其祠全天像希夷处，为校大夫毁之去。至此披襟振衣，万里无云，回峦四合，尽簇拥以朝三峰，而三峰崚嶒如削，屹踞天表。余以藐然稊米，卓立南巅，北望秦川，黄沙蔽野，泾渭如毫末。南俯少华三峰，张拱肩腋，三神碑岜客当前，鬼工天巧，种种眩目。适其时金飙荐凉，衣袂尽举，真自绝粒烟火，飘飘欲仙矣。”以仰天池为中心，铺写在西岳之巅极目四望的山水胜景。又如《再出清波门至六和塔望潮记》在介绍六和塔的相关情况以后，接着指出六和塔特殊的地理位置与地形特征，有渡江、溯流、入海之便，描写渗透在叙述之中：“绝江横渡，则入会稽，溯流上，则登严陵钓台，顺而入海，则龛山、赭山如浮烟雨点，承目出入。”台州临山濒海，又有灵江横贯。《台中山水可游者记》：“西上五里，三峰岧然，名望海尖。又十里至九龙，一穴暖气，亘四时不断。又攀藤上峻坂五里，接苍山为道者基，蔡、李二仙人修真地也。有鳅，时以风雨至听法焉。二仙以杖画地而分其潭，浊者鳅居，清者人汲，至今祷旱辄应也。此地九月即雪封山。东望郡城，仅蕞尔一聚落。西北指天台、括苍，乃挥手可招。”文章以临海城之小，衬托道者基之高，并指出其与天台山、括苍山并肩屹立。最后一部分从灵江中下游开始，直写到江海交汇处已不是眺望者目力所及的奇异景象，惊叹其为“山海伟观”，增强山水情韵，境界博大开阔：“涌泉者，灵江东去五十里，谷中天柱屹立，前有泉焉，四时涌不竭，则比丘怀玉所卓锡而成者。楼石岩，俯江之汜，与涌泉对，山顶怪石磥砢阑干，如架重楼，可望而不可陟。海幢庵者，江海交处，两石崖天然束之为海门，左崖有石阙焉结屠苏，以两崖如幢而名也。坐庵中看大海，漭漾天际，不知孰为天为海也。惟日轮初出水，隐约辨别之……”

胜地类比。《五岳游草》卷一《嵩游记》：“江北多土山童峙，有河渎而无涧溪，独此石栈峡

---

① 徐弘祖著，朱惠荣校注《徐霞客游记校注》(上)，云南人民出版社1985年版，第91页。

持而剑立，草木离披，萦溪水其下，恍惚如行天姥岭，亦嵩山首途一胜也。”作者写眼前景，忽接以“恍惚如行天姥岭”，通过空间转换，道出翠峦层迭的嵩岳与北地群山的不同，而与南国山水神似。下文写黄盖峰下的卢岩瀑布，则称：“（岳）庙在黄盖峰下，仰视东峰凹处是称嵩门。乃由黄盖峰下，挹卢岩瀑布，不啻龙湫。”也把卢岩瀑布与南国雁荡山龙湫瀑进行比拟，进一步强化嵩岳山水的特异。《游雁宕（荡）记》则把雁荡山的五老峰与庐山的著名景点略加对比：“五老峰者，洞前五石相撑。为人立而肩摩者，似庐山而小。”《华游记》在展现西岳山崖峭立与自我惊心动魄的历险情景后，其中一段也是这样的写法：“茶罢南向行，两山夹涧以入，如屏复如幛，后山未尽，前山复迎马头，仿佛余所居桃源，遂脉然有季鹰秋风之想。”作者游华山，却将笔锋钩回，与天台山的桃源胜景来比照。《恒游记》：“夜阑下禅榻宿，忽梦南天开霁，见连山玉尘皑皑，此非五台雪乎？则翼飞而趋中台，有沙弥耆腊者当道止余登，余强之。”突破空间悬隔的制约，从恒山直跳到五台山。《白岳游记》在与武当、雁荡等名山的比较中突出白岳的奇异之处，称赏“白岳尤胜”：“山高不及武当十之二，而黄冠羽士，埒黄金以云集乎四方之士女者同。袤不及雁荡十之三，而奇峰怪石种种刻画肖形，以甲胜于宇内者同。曲不及武夷十之五，而凭高临水，舣棹看山，既兼舟舆，复当传舍，如青楼临广陌，以邀赏于往来之游人者同。”《广游志》卷下《楼阁》对天下名楼作了对比分析，最后得出岳阳楼为最的结论：“自古有名者仲宣楼，在荆州城上，所见惟平楚，亦非其旧址也。太白楼在济宁州城上，济汶、泗水横络其前，帆樯千百，过酒楼下，时有胜致。及登南昌滕王阁，章、贡大水西来注北，阁与水称，杰然大观。然不若武昌黄鹤楼，虽水与滕王来去不殊，而楼制工巧奇丽，立黄鹄矶上，且三面临水，又西对晴川楼、汉阳城为佳。总之又不若岳州岳阳楼，君山一发，洞庭万顷，水天一色，杳无际涯，非若滕王、黄鹤眼界可指，故其胜为最。三楼皆西向，岳阳更雄。”《广志绎》卷五阐释四川内江、富顺情况，以浙江余姚、慈溪相类比：“内江、富顺虽分辖两府，然壤接境连，实系片地，故声名文物相埒，不相上下，犹余姚、慈溪之在浙东也。”

科学分析。王士性散文在空间展开的过程中，对某一现象进行深度探析，以期得出科学结论。如《衡游记》：“晨起复凌风上观日台，见东海金缕万条，捧员魄上，大奇。然天台华顶、岱宗日观余皆假宿，观出日比衡岳较大数倍。岂衡去海而遥乎？”作者认为同是高山观日出，感觉却是不一，推想应该与距海之远近有关。王士性曾经多次到过天台山，自称：“自余为桃源主人，结庐洞口，不啻数十至矣。”（《入天台山志》）看华顶日出，赏石梁飞瀑。《广志绎》卷四中，王士性分析浙江三处石梁的不同之处，揭示了大自然的美妙和生命力：“浙有三石梁，南明山石梁蜿蜒卧地，雁荡石梁斜飞倚天，天台石梁则龟脊横空，深壑无底，奔雷飞瀑，惊目骇魂，非修观遗生者莫能度。”这一切都可见作者的视野之阔。

行止自如。与前举的穷形尽相与充分展开有所不同，王士性一些散文则是直写眼前所见，对于实际没有抵达的地方多用特定词语标出，既符合当时游览实情，又表现出一种机智，留有余韵。如《恒游记》：“有通玄洞、集仙洞、白云洞、紫芝峪、石脂图、白龙洞俱未至，冀与五台为它日之游。”之所以不去这些地方，是因为希望下一次与五台山之游合并考虑。《太和山游记》：“然宫外古道甚治，余仍由官道，掠三公、五老诸峰，过榔梅祠，回望北壁，嵌岩秀柱，恍若蓬壶，问之南岩也。然余欲登顶急，舍之去。”这一次则是因为急于登顶的缘故，舍弃了一些相对不重要的景点。《庐山游记》：“五老南下有狮子峰，其东北有九叠屏，屏下有三叠水，以日落远未能至，宿洞中。……独渊明醉石与栗里、柴桑、康王谷、陆羽泉在锦涧桥西，未至也。”《桂海志续》：“洞有玄风弹丸，为左右翼，余未暇去。”《游雁宕（荡）记》：“旧有白云庵，嘉靖间五台二僧来居之。元孝光所谓：‘望见永嘉城下大江，如牵一线白，东面海气苍苍如夜色，山上无膏烛，烧木叶苇竹为明，山鼠来与人相向坐，如狐狸大者是。’然余迷道不得上，意甚恨之。”这些都属于时间不够、中途迷路等客观原因所造成的。《游九华山以望后十日》：“池缘翠微堤，三里为齐山，山高不及九华然秀壑多奇石，如妙空岩、石鼓洞、仙人桥，皆都人不绝游，故其名与九华埒，余乃未至。”这属于简单交代。王士性之前，少有人采取这样的方式，一般都是直叙自己行迹，至于未到达、所未经的地方则不专门提及。如苏轼《记游白水岩》（一名《佛迹》）：“循山而东，少北，有悬水百仞。山八九折，折处辄为潭。深者缒石五丈，不得其所止，雪溅雷怒，可喜可畏。山悬有巨人迹数十，所谓佛迹也。暮归，倒行，观山烧壮甚。俯仰度数谷。至江上月出，击汰中流，掬弄珠璧。”[①]文章叙写游踪，稍加点染。王士性行止自如技法对以后徐霞客的游记写作有较大影响。如《徐霞客游记》中的《游天台山日记后》：“天台之溪，余所见者：正东为水母溪；察岭东北，华顶之南，有分水岭，不甚高；西流为石梁，东流过天封，绕摘星岭而东，出松门岭，由宁海而注于海。正南为寒风阙之溪，下至国清寺，会寺东佛陇之水，由城西而入大溪者也。国清之东为螺溪，发源于仙人鞋，下坠为螺蛳潭，出与幽溪会，由城东而入大溪者也。又东有楢溪诸水，余屐未经。国清之西，其大者为瀑布水，水从龙王堂西流，过桐柏为女梭溪，前经三潭，坠为瀑布，则清溪之源也；又西为琼台、双阙之水，其源当发于万年寺东南，东过罗汉岭，下深坑而汇为百丈崖之龙潭，绕琼台而出，会于青溪者也；又西为桃源之水，其上流有重瀑，东西交注，其源当出通元左右，未能穷也；又西为秀溪之水，其源出万年寺之岭，西下为龙潭瀑布，西流为九里坑，出秀溪东南而去。诸溪自青溪以西，俱东南流入大溪。又正西有关岭、王渡诸溪，余屐亦未经；从此再北有会墅岭诸流，亦正西之水，西北注于新昌；再北有福溪、罗木溪，皆出天台阴，而西为新昌大溪，亦余屐未经者矣。”[②]三次交代“余屐未经”，仍然显得干净利索，绝无拖泥带水之感。

三、时空综合展开

《入天台山志》时空综合，结构全文，其中一段运用比较典型的移步换形之法，笔致深幽，酿出一种诗的意境：“……别一岐而东行，既逾岭，折而西北数里，两崖如阙，巨石踞其表，罡风蓬蓬起，驱石如舞，人行不成步，即六月披裘而栗，名寒风阙。过阙数里为龙王堂，西岐乃去石梁，东则上华顶。东上华顶，经察岭，乱石飞翥，在所成趣。石有峡焉，为书‘留云’，汉征君高察隐居也。又数里，下双溪，上天柱峰，磴道逼仄，下舆拾级而上。十里至竹院，佛弟子真清兴教源，丛林精舍，经声喃喃，足称婆娑净土。转峰左侧路三里许，上下二深池绾谷口，沦漪破绿，金鱼数千头，最为高山之胜。池中为驰道，度莲花峰下，为华顶禅林。出其左三里，逾岭有王右军墨池焉。上为太白堂，堂废池存。余为建三楹，貌二公于中，颜以‘万八千丈峰头’。再上二里，则绝顶也，知（智）大师于此降魔，旧有塔与礼经台。”又如《五岳游草》卷一《衡游记》中间一段准确介绍南岳诸峰的地理方位及相隔距离，给人以远近不同的层次感，

① 郭预衡主编《唐宋八大家散文总集》卷六，河北人民出版社 1995 年版，第 4798 页。

② 徐弘祖著，朱惠荣校注《徐霞客游记校注》（上），云南人民出版社 1985 年版，第 93—94 页。

富有辽阔的时空美感："从山房上十余里，为半山寺。入寺过雨，新凉生微风，吹片云坠峰腰，渐露其顶。左翼一高峰，笼烟雾如隔绛纱，为芙蓉峰。东南一峰，新翠欲滴，为紫盖峰。右翼一峰，屹立无云，乃为烟霞峰。西南一峰，高与紫盖并，为天柱峰。四峰据前山，为半山四隅。半山前一峰造寺膝，为香炉峰。道人又指西南孤石矗天，如苍囷然，为石廪。傍为赤帝，岚光乍开，游云复来据之，不甚了了。"《游雁宕(荡)记》："说者谓春游石梁，秋游雁宕，盖谓春夏多雾雨，篁竹青草长没人，又多马蜞云。然天台春夏时，山蒸湿固亦如之，大都东南地气，不甚相远也。余家海上，南趋雁宕，北走天台，咸百里而遥，二山故余家物也。余于华顶桃源，一再结庐，而独雁宕欲蕞芮于岩隈，久而未就，山灵有知，得毋移余以北山之文哉！"从春、秋两个时节，石梁、雁宕两处景致，南趋、北走不同的方位作较为全面的探讨；又以屡次结庐华顶桃源而于雁山无缘，祈望山灵有知，毋怪作者之无情无义，反用孔稚圭《北山移文》文意，格调轻快，诙谐轻松。《广志绎》卷五："松潘有铁索桥，河水险恶，不可用舟，又不能成梁，乃以铁索引之，铺板于上，人行板上，遇风则摆荡不住，胆怯者坐而待其定方敢过。余在滇中见漾濞江、怒江亦有此桥，皆云诸葛孔明所造也。"从四川松潘铁索桥，引出云南等地相关景象以证之，再引用历史材料略加说明，显得自然恰当。

《游武林湖山六记序》是作者在时空艺术方面达到极致之一的作品，景摹四时，追求在有限的篇幅中廓张艺术容量，层次丰富而又多变，神完气足："余自青衿结发，肄业武林，洎乎宦游于四方，几三十年，出必假道，过必浪游，晴雨雪月，无不宜者。语云人知其乐，而不知其所以乐也，余则能言，请尝试之。当其暖风徐来，微波如玉，桃柳遍堤，丹青炫目；妖童艳姬，声色杂陈，尔我相觑，不避游人。余时把酒临风，其喜则洋洋然，故曰：宜晴。及夫白云出岫，山雨满楼，红裙不来，绿衣佐酒；推蓬烟里，忽遇归舟，有叟披蓑，钓得鲢头。余俟酒醒，山青则归，雨细风斜则否。故曰：宜雨。抑或琼岛银河，枯槎迷路，山椒转处，半露楼台，天风吹雪，堕我酒杯；偶过孤山，疑为落梅。余时四顾无人，则浮大白，和雪咽之，向逋仙墓而吊焉。故曰：宜雪。若其晴空万里，朗月照人；秋风白苎，露下满襟；离鸿惊起，疏钟清听。有客酬客，无客顾影，此于湖心亭佳，而散步六桥，兴复不减。故曰：宜月……"

一切社会生活都有足以用散文表现的因素，是散文滋生的土壤。王士性寻觅千山万水，深切体会各自不同的风貌，而后形于笔下，从不同的时空角度，来刻画各异的自然风光，避免重复芜杂。这不是随意和偶然，而是构思宏大，独具深意，在柳宗元、王安石、苏轼等前人的基础上进一步提升山水散文品格，呈现出丰富多变的艺术风貌。这是全面而真实地描绘大自然山容水态的客观需要，而大自然的山山水水也由于作者精美文字的渲染而增辉。王士性有很强的感悟力和表现力，属于为中国山川引重的人物之一。

（作者单位：台州学院）

九仙山麓数片石　绿玉斋中万卷书

——徐熥《绿玉斋记》略论

于莉莉

韦力先生《书楼寻踪》(河北教育出版社 2005 年版),是傅璇琮和徐雁先生主编“书林清话库”中的一种,文字清雅,读后增添了许多藏书家和藏书楼古今变迁的知识。作者足履,主要在江浙,而以江苏(南京、苏州、常熟、镇江)为详,兼及湖南、广东、山东,明清及民初以来中国东部和南部的主要藏书楼大都进入作者的视野。小有遗憾的是,安徽、福建等地,也有一些藏书楼,作者尚未寻及。明代闽中,曹学佺的石仓园,徐熥、徐㶿兄弟的红雨楼、绿玉斋,以及徐熥去之后曹学佺为徐㶿建造成的宛羽楼,藏书都非常丰富,且多善本、秘本。本文描述的对象是徐熥、徐㶿兄弟的绿玉斋,而写法与韦先生稍有不同,先述论徐熥的小品《绿玉斋记》,然后述论绿玉斋的社集和藏书诸事。

徐熥(1561—1599),字惟和,闽县(今福州)人,万历十六年(1588)举人。父徐㮚,永宁令,有《徐永宁集》。十年中,徐熥三上春官,不第。万历中与邓原岳、谢肇淛等重振闽中风雅,曹学佺、徐㶿继之,称一时之盛,有《晋安风雅》、《幔亭集》等。徐㮚喜藏书,建红雨楼贮之。万历十七年(1589),徐熥、徐㶿兄弟在红雨楼之南建绿玉斋。绿玉斋,又称绿玉山房,徐氏兄弟的不少藏书都钤有“绿玉山房”的印章;绿玉斋也是徐氏的藏书斋。徐熥作《绿玉斋记》、徐㶿作《绿玉斋叙》。徐熥《绿玉斋记》云:

> 余家九仙山之麓,寝室后有楼三楹,颜曰“红雨”。楼之南有园半亩,园中有小阜,家大人旧结茅于上,仅遮雨露,而苦于不便卧起,且无以置笔砚、书画之属。岁己丑,余下第还山,乃易构小斋于山之坪。
>
> 由园入斋,石磴数十级,曲折逶迤。列种�竹斋前隙地,护以短墙,羃以萝蔓。墙下艺兰数本,置石数片。斋傍灌木环匝,下置石几一,石榻二。夏月坐阴中,鸟语间关,蝉声上下,足当诗肠鼓吹。斋止三楹,以前后为向背,中以延客。左右二楹,差可容膝,余兄弟读书其中。无长物,但贮所蓄书数千卷而已。山中树木虽富,惟竹最繁,素笋彤竿,扶疏掩映。窗扉不扃,枕簟皆绿,清风时至,天籁自鸣,故名以“绿玉斋”云。
>
> 小山仅同蚁垤,然视郭中民居,已高数丈。每一流览,万井千村,群峰列岫,吞吐且八九矣。昔人有言轩冕之乐,造物于人不甚惜,独一邱一壑,未尝轻以与人。吾斋无壮丽之观,无奇珍之玩,四壁萧然,仅蔽风雨。然市声不入耳,俗轨不至门,焚香煮茗,摊书

搦管，则邱壑之怀于焉而寄。即有轩冕，吾不与易矣。[1]

徐熥、徐𤊹兄弟家在九仙山。九仙山又称于山。是福州三山之一(另两座是乌山和屏山)。明代，九仙山在福州城南，是一座海拔只有四五十米的小山。传说上古有何氏兄弟九人修炼于此，成仙，故称。山顶形状如鳌，称鳌峰或鳌峰顶(徐𤊹集名《鳌峰集》，即得名于此)。唐朝王逵诗云："眼看沧海近，身与白云高。回影连三岛，盘根压六鳌。"[2]从唐代到明代，福州城建筑物不高，站立在于山顶上，有一种临近沧海，身与云齐的感觉。《绿玉斋记》先介绍红雨楼的位置，是在九仙山之麓，带出新建绿玉斋的地点和地盘的大小：在红雨楼之南，园仅半亩；原徐棉建有小屋，过于局促，笔砚、书画都很难容置，因此徐氏兄弟想到将它改建。改建的时间是万历十七年己丑(1589)。"己丑下第"的"下第"二字，应当特别注意。"处囊壮士犹潜颖，落魄王孙未筑坛"[3]，建绿玉斋其实也是下第之后的一种精神寄托。文末的情趣和议论都是从这两个字而来。这一小段还介绍绿玉斋建造的由来及建造成的时间。

其次，是绿玉斋的小环境、结构、功用及斋名"绿玉"的由来。这一段重点写竹。走进小园登石阶数十级，曲径通幽，穿过竹林，便是绿玉斋。斋前隙地，"列种�竹"，"列种"是排列、经过设计、细心经营之意，并非随意种植。这一段还写到短墙、灌木、石几、石榻、鸟语、蝉声，环境幽雅。绿玉斋规模不大，徐熥落第，归家已经五月中旬。友朋到绿玉斋的活动，可考的最早时间是八月，斋当落成在八月之前，也可能斋初具规模时，此文已经写就。文章只写到夏天为止，秋天尚未到来，所以也就没有山斋四时的逐一描写。而且，叶影婆娑，坐纳清凉，这是一年之中绿竹最好的时节，无需再费笔墨写春写秋。"斋止三楹"，"左右二楹，差可容膝"，蓄书数千，"但贮"、"而已"，形容绿玉斋之小，可以延客，兄弟可以读书其中，这就够了。这是斋的功用。最后是山斋的得名，山中树木繁多，据徐熥、徐𤊹兄弟其他诗文，还有荔枝、龙眼等。荔枝是佳果，太艳；龙眼，可食可入药，欠缺的是雅致。"惟竹最繁"，回应"列种竹筠"。"窗扉不扃"，满眼无非是君；"枕簟皆绿"，竹笋自来亲人。竹绿笋素，素白如玉，故以"绿玉"名斋。短墙、灌木、石几、石榻，只是陪衬而已，绿竹成林，所以绿玉斋又称"竹林"。见曹学佺《陈孺人墓志铭》："竹林者，所称'绿玉斋'也。"[4]斋名绿玉，与楼名红雨，两相映衬，红雨绿玉，成为古今藏书斋楼难得的一对美称。作者文字虽然没有明说，但是读者心中自然明白，这也是绿玉斋得名的另一妙处。

最后是绿玉斋中的观与感。山不在高，市井千村，群峰列岫，流眄顾盼，已可吞吐八九，泰岳衡山，层云荡入胸中，故是一种怀抱。一丘一壑，亦可自得其乐。此处自然引出轩冕之乐与丘壑之乐的命题，轩冕之乐是人为的，很多人可以获得此乐；而造化并不轻易将丘壑之乐轻易与人。更重要的是，你虽然有一丘一壑，但未必有"丘壑之怀"。"丘壑之怀"这四个字很重要，"丘壑之怀"是与"轩冕之乐"相对立的，有"轩冕之乐"，就不会有"丘壑之怀"；有"丘壑之怀"，就有丘壑之乐，就自然去卑视那个"轩冕之乐"。所以，作者说，你要把你那个"轩冕之乐"来换我这个"丘壑之怀"和丘壑之乐，我才不换呢！归结到本文的作意，即下第之后的

① 《幔亭集》卷十七，万历刻本。

② 《大明一统志》卷七十四引。

③ 《下第呈孙子乐省元》，《幔亭集》卷七，万历刻本。

④ 《石仓文稿》，《石仓全集》本，藏日本内阁文库。

心理自我调节，自我排遣。

徐𤊹也有一篇小品是写绿玉斋的，即《绿玉斋叙》，栖迟衡门一段，他是这样写的："危峰对耸，旗丘石鼓争雄；秀色可餐，金粟莲花映发。残山剩水，每从天末献奇；返照归云，常在眼前幻景。万竿密筱，依曲径以凌霄；半夜疏枝，当虚窗而乱月。昼长门掩，真似小年；山静人稀，元同太古。科头兀坐，窥人学张廌之风；把臂入林，命驾动王猷之想。听处却疑舞凤，曳来娇若游龙，何可一日无君，不问林中是尹。四檐绿荫，一榻青来，兴至则恬咏南楼，醉后犹开樽北海。生平无长物，满壁琴书；半岭有余音，数部鼓吹。此正宜置丘壑之中，栖迟衡门之下者也。"[①]徐𤊹写这篇骈体文，只有二十岁，文字也很优美，不过，此文不太能写出绿玉斋的特色(后半部分也如此)，更没有参加过京考的兄长徐熥对轩冕之乐与丘壑之怀分野的体会。当然，两篇文章的文体也不同，一篇是"记"，必须有些实的部分，如建绿玉斋的缘由、时间、地点、得名、功用等，"叙"则可能写得稍稍虚一点。尽管如此，我们仍然可以把徐𤊹《绿玉斋叙》当作《绿玉斋记》一文的补充来阅读，以加深对《绿玉斋记》的理解。

徐熥友人写的其他诗文，也同样可以加深对此文的理解。谢肇淛《饮徐惟和绿玉斋得喧字》："绿玉斋头酒一尊，桃花疑是武陵源。飞云片片时留榻，山色青青半在门。海国秋风闻落叶，鳌峰凉雨送黄昏。沧洲白眼愁看汝，若个于今可避喧。"[②]此诗作于绿玉斋刚刚落成不久，谢肇淛和下面提到的邓原岳，都是万历中重振闽中风雅的重要人物。徐熥此次赴京考，与同乡谢肇淛同行，又一起落第，所以谢肇淛很能体会绿玉斋是避世避喧之地。邓原岳《与惟(原作唯)和兄弟》："不佞万里风尘，神骨俱俗，然每憩绿玉斋如华胥之国，君家兄弟风流尔雅，人士所宗，以不佞参之，则臭味矣。"[③]邓原岳，万历二十年(1592)进士，此封书信写于登第之后，所以他说自己神骨俱俗，参与绿玉斋的活动，不免辱没了徐氏兄弟的风流尔雅。

就藏书楼记的文体而言，《绿玉斋记》似乎不是一篇好的专写藏书的藏书楼记，它虽然具备了藏书楼记的基本要素(建造由来，时间、地点、得名、功用)，但给我们这座藏书楼或藏书斋的相关信息太少，徐熥也没有提出关于藏书方面的任何独特见解。徐熥去世后的第三年，即三十年(1602)，弟徐𤊹盘点父兄加上自己所积书，已经达到五万多卷，又过了三十多年，积书越来越多，两座旧楼已经不能满足他藏书的需求。崇祯七年(1634)，曹学佺为徐𤊹建了一座新的藏书楼，名宛羽楼，地点仍然是在九仙山。不久，曹学佺作《宛羽楼记》。这篇藏书楼记引经据典，首先介绍此楼得名的由来，次叙楼主的积书和学问，引出自己编撰"儒藏"的打算，叙述自己与楼主撰作和图籍的往来，并提出一个很重要的观点："善积者流通之难也……如吾友兴公徐氏，之所以乐与同志者流通之之意，则于古风犹庶几犹存，而足以愧夫自私不广者矣。"[④]善于积书者，还必须善于流通自己的书籍，与同志者共享。最后，这篇藏书楼记才简略交代此楼建造的地点和规模。总之，曹学佺《宛羽楼记》还带有一定学术论文的色彩。因为曹学佺《宛羽楼记》对与徐𤊹交往过程有较多的叙述和交代，又带有一定论文的色彩，有叙述和论述而无描绘，更无抒情，所以它不像是一篇小品美文；徐熥的《绿玉斋记》几乎没有叙述藏书的过程，也没有理论色彩，有较多的描绘甚至情感的抒发，文字优美，所以它虽然不

① 《红雨楼集·鳌峰文集》册一，《上海图书馆未刊古籍稿本》第42册，复旦大学出版社2009年版。
② 《小草斋集》卷十八，天启刻本。
③ 《西楼集》卷十八，万历刻本。
④ 《西峰六四文》，《石仓四稿》，《石仓全集》本，藏日本内阁文库。

是专写藏书的好藏楼记，却是一篇晚明小品美文。

徐熥谈到绿玉斋的功用，主要有二，首先是延客，其次是蓄书。下面我们对这两点作些补充。无论是徐熥在世之时，还是徐熥过世之后，这里都是徐氏延客之处。徐氏兄弟之客，多数是诗友，因此这里又是徐氏兄弟甚至子弟与"客"倡酬之地，或者是社集之地。万历二十三年(1595)，徐熥再次下第，作《秋日陈汝大邓汝高陈振狂陈子卿陈幼孺袁无竞兴公弟集绿玉斋时余子卿幼孺下第归自长安汝高将使浙中兴公将游白下》[①]，在绿玉斋雅集的有陈椿(汝大)、邓原岳(汝高)、陈宏已(振狂)、陈翰臣(子卿)、陈荐夫(幼儒)、袁敬烈(无竞)、徐熥本人及弟徐𤊹，共八人。徐熥、邓原岳、陈荐夫、徐𤊹诗今并存。天启四年(1624)，漳州张燮过省城，作《徐兴公招同崔征仲陈泰始集绿玉斋垒儿偕赋用平字》："护径青岚帚，高低屐转清。忽疑披小酉，兼许及长庚。烧叶山炉沸，编荷野制成。惭无机石至，何以问君平。"[②]参与者除了徐𤊹和张燮，还有世召(征仲)、陈一元(泰始)和张燮之子张于垒(凯甫)。此时距绿玉斋落成已经三十多年，绿玉斋的环境好像没有太大的变化，雅集赋诗还是热热闹闹的。天启七年(1627)，曹学佺过访绿玉斋，徐𤊹外出，其幼子徐存永(时年十五)出面延客，曹学佺作《徐兴公绿玉斋少坐喜其幼郎存颖》，称誉"承家真有季方贤"[③]，存颖即存永，诗以季方谕存永，徐氏后继有人矣。崇祯五年(1632)，曹学佺和一帮朋友在绿玉斋社集，徐𤊹客古田，幼子存永和长孙徐钟震(长子徐陆之子，比存永大四岁)出面延客，曹学佺作《同周爰粲周方叔薛当世林恬生诸子过绿玉斋时兴公客古田未返其子存颖孙器之陪侍》："客到偶成社，梅开仅一枝……儿孙能好事，不令叹凄其。"[④]崇祯十五年(1642)七月初二，徐𤊹七十三岁初度，曹学佺、陈衎等来绿玉斋祝寿，曹学佺作《寿徐兴公》、《绿玉斋早秋同陈叔度》[⑤]，陈衎画竹。这次集会，大概也是徐𤊹生前在绿玉斋最后的与诗人们兴会，数月之后，徐𤊹病逝。徐𤊹卒后，随着数年之后的改朝换代，绿玉斋也失去了它昔日的光彩。

徐熥写此文时二十九岁，绿玉斋的藏书数千卷。万历三十年(1602)，徐𤊹合父兄所藏书已有五万多卷，万历二十七年(1599)徐熥去世，徐熥个人所积之书，当在两万卷左右。今天我们还可以看到少量的绿玉斋藏本，如《洪武正韵十六卷》，万历三年刻本，钤有"徐氏惟穌"、"绿玉山房"章；《皇极经世》十卷外编二卷，宋邵雍撰，明刻本，钤有"徐熥赏"、"绿玉山房"；《子汇》(二十二种)，明周子义释辑，明万历五年刻钤有"晋安徐兴公家藏书"、"闽中徐惟起藏书印"、"绿玉山房"章。这几部图书先后归注韩居、大通楼藏，现藏于福建省图书馆。徐熥对自己所藏之书，还加以保护，有时还写题跋。高瀔(1505—1555)有《敦义编》，徐熥重加装订，并作序，略云："吾乡高宗吕先生取其生平所交游姓名、及赠答诗文汇为《敦义编》。书法遒古，疑宗吕手录者。宗吕工诗、善画，翩然名家。追宗于郑、比肩于傅，真一代伟人……重订而藏之。我子孙勿谓此他人点鬼簿何预吾事，任其饱蠹也。大明万历丁酉四月十八夜雨中书于鳌峰绿玉斋。徐熥。"[⑥]入清之后，此本为高瀔族孙高兆所得，乾隆间蔡容、晚清谢章铤等

① 《幔亭集》卷八，万历刻本。

② 《群玉楼集》卷十，崇祯刻本。

③ 《更生篇》上，《石仓诗稿》卷三十，康熙刻本。

④ 《西峰集》下，《石仓诗稿》卷三十二，康熙刻本。

⑤ 《西峰六九集·诗》，《石仓六稿》。

⑥ 谢章铤《课余续录》卷四"敦义编"条。

有跋语，藏家无不视之如珍宝。

绿玉斋在九仙山麓，这是没问题的，确切地点在何处呢？清李家瑞说："明徐惟和兄弟读书处在吾闽于山麓，今郭氏天开图画楼，疑即其故址，绿玉斋在鳌峰坊。"[①]郭柏苍说："兴公所居红雨楼、绿玉斋、汗竹巢皆在郡治九仙山麓。道光十九年，苍得明郑述天开图画楼并兴公汗竹巢地，花木皆备，补之以蕉，曰'补蕉山馆'。"[②]今天，红雨楼、绿玉斋甚至连遗址也找不到了。韦力先生在江浙能寻觅、探访到那么多的旧书楼，令人羡慕。

（作者单位：福建师范大学文学院）

① 《停云阁诗话》卷十二。

② 《柳湄诗传》，《全闽明诗传》卷四十。

徐𤊹《荔奴述》与林古度《荔奴传》*

陈庆元

晚明文化人的藏书楼、斋轩的命名多能反映出一位藏书家、文学家的学养，有时还能见出他们的性情、兴致、趣味和个性。徐𤊹(1570—1642)，字惟起，一字兴公，闽县(今福建福州)人。徐𤊹父徐棉(1513—1591)、兄徐熥(1561—1599)多有藏书，父兄卒后，藏书归徐𤊹所有，加上徐𤊹自己所积之书，所藏多达数万卷之巨，且多善本、秘本，其藏书楼有“红雨”与“宛羽”之名，斋则有“绿玉”之称。红雨楼系徐𤊹之父徐棉所建，在福州九仙山(即于山)之麓、徐氏寝楼之后，楼计三楹。绿玉斋系𤊹兄徐熥万历十七年(1589)下第时所构。徐熥《绿玉斋记》：“山中树木虽富，惟竹最繁，素笋彤竿，扶疏掩映。窗扉不扃，枕簟皆绿；清风时至，天籁自鸣，故名以‘绿玉斋’云。”山中多竹树，而以竹居多，有如绿玉，故名。“斋止三楹，以前后为向背，中以延客，左右二楹，差可容膝。余兄弟读书其中。无长物，但贮所蓄书数千卷而已。”①绿玉斋可蓄书，可供兄弟读书，亦可用以会客。徐棉、徐熥卒后，红雨楼、绿玉斋归徐𤊹所有。随着积书的增加，红雨楼、绿玉斋日显局促。曹学佺是徐𤊹书楼的常客，曹学佺著述甚富，颇得力于徐𤊹的藏书，崇祯七年(1634)，曹学佺为之建宛羽楼以贮书。徐𤊹《答陈宗九乙亥》：“不肖世居鳌峰之麓，积书颇多，无处堪藏，近曹能始捐赀为弟构一危楼，题曰‘宛羽’，取‘宛委羽陵’之义。”②曹学佺为之作《宛羽楼记》，云：“楼凡二层，累若干尺，以楹计者三十，以户计者四方，而九仙台观、两峰浮屠则在目前云。”③诸诗友纷纷赋诗纪其事，亦晚明中国东南藏书一盛事也。

万历三十五年(1607)，徐𤊹为长子徐陆(1590—1616)置汗竹轩，其《题儿陆书轩》“置小斋，名汗竹”，可以为证，时徐陆仅十八岁。万历四十年(1612)，徐陆二十三岁入棘，不第，𤊹为构小轩。《亡儿行状》：“壬子，入棘，不第。予构小轩于荔枝树下，儿闭户下键，伊吾不辍，期一得当而后为快。”四十三年(1615)，徐陆又不第；次年二月，徐𤊹沉疴，卧于山斋。庸医误投药，死而复苏者四。“予病卧山斋，儿病卧房闼，相隔仅百余武。儿虽伏枕，朝夕但以予为虑，不自觉其病入膏肓也。越四朝，忽支床而起，即奄奄气绝。弟侄亲友辈，咸以予病尚在危疑之际，不令予知。”④三月，徐陆病卒，年二十七；时徐陆子钟震七岁。据此，徐陆孩童时斋名

---

* 基金项目：国家社会科学基金项《明代闽海作家群研究》(078Z0042)。

① 《幔亭集》卷十七，日本内阁文库藏万历刻本。

② 《红雨楼集·鳌峰文集》册三，《上海图书馆未刊古籍稿本》第42册，复旦大学出版社2009年版，第73页。

③ 《西峰六四文》，《石仓四稿》，日本内阁文库藏崇祯刻本。

④ 钞本《荆山徐氏谱·诗文集》，藏福建图书馆。

为“汗竹”，入棘不第后又有一小轩。小轩距徐𤊹住所还有百余武之遥，故徐陆卒时，家人瞒着徐𤊹，不让他知晓。壬子所置轩，轩名不知。徐陆卒后，亲友有诗文吊之。陈仲溱《挽徐存羽茂才》二首，其一："荔奴轩里收书蠹，且待徐卿七岁儿。"郑邦祥《吊徐存羽茂才》三首其二："荔奴轩里帙，那得到重拈。"(《荆山徐氏谱》)"徐卿七岁儿"，指钟震。据此二诗，壬子所构之轩当名"荔奴"。

有没有"荔奴轩"其他记载呢？回答是有的。徐𤊹《茗谭》一文的落款："万历癸丑暮春，徐𤊹兴公书于荔奴轩。"[①]万历四十一年癸丑(1613)，即为徐陆置轩的次年。又《南中丞为汪明生书诗卷》落款："天启乙丑朱明之月，三山徐𤊹书于荔奴轩。"天启五年乙丑(1625)，时徐陆已经过世十年。那么，徐𤊹为什么要以"荔奴"名轩呢？"荔奴"又是什么意思？数年前，有一篇文章做了如此描述："那么汗竹斋何以又叫荔轩或荔奴轩？徐𤊹在为徐陆作的《亡儿行状》中的一句话可揭开谜底。这句话为：'予构小轩于荔枝树下，儿闭户下键，伊吾不缀，期一得当而后快。'徐𤊹极好荔枝，不仅著有《荔枝谱》，还常在荔红之时宴客作诗，真可称荔奴也。书房在荔树之下，自然可称荔轩了。"[②]把汗竹轩与荔奴轩混为一谈，已如前述。按照作者的说法，一是荔奴轩得名，是因为轩构于荔枝树下；二是徐𤊹喜爱荔枝有加，又是撰谱，又是宴客作诗，故称荔枝之奴。笔者认为，这样的解释明显望文生义。

荔奴，龙眼的别称，又称龙目。明末漳州人张燮《李于鸿廷尉过集二首》其一："笑来龙目好，不作荔奴看。"[③]龙眼是生长于亚热带、气候偏温和无严重霜冻地区的一种水果，主要产于中国两广、台湾、福建；海南、四川、云南和贵州也有小规模栽培。龙眼，是一个很好听的名字，为什么又叫荔奴呢？徐𤊹《荔奴述》："福州荔枝种类、品目最多，而龙眼后于荔枝，古人目之曰'奴'，谓其殿也。"[④]后于荔枝，是后于荔枝成熟的意思。谚语"莆阳五月荔枝天"，说的是到了农历五月莆田的荔枝已经熟，莆田的地气暖于福州，但是到了五月，福州的荔枝也成熟了，徐𤊹和谢肇淛曾组织一个餐荔会，谢肇淛有《五月十日初尝火山荔支大仅如栗而味亦不甚酢每十枚三钱同陈惟秦徐兴公郑孟麟赋》[⑤]，足见自五月上旬起，福州的文人便大啖荔枝不止。啖荔，一直持续到七月。而龙眼，则迟至八月间才得以采摘上市，故曰"后于荔枝"。龙眼成熟于桂花开的时节，故又有"桂圆"之称。

龙眼、桂圆的名字虽然好听，耳熟能详，以此名轩反而显得有点俗气。"荔奴"，虽然有一个"奴"字，看似更俗，但以此名轩却颇透露出文人的机敏和诙谐之趣。你看，不是还有不少读书人尚不知道"荔奴"为何物吗？再说，柑橘树，自三国时起就被戏称为"木奴"[⑥]。"木奴"与"荔奴"，"奴"，以俗为雅，变俗为雅。徐𤊹以荔奴名轩还有他特别的理由：

予家在鳌峰之麓，有龙眼四株，经百年，皆野逻种。予构屋其下，颜曰"荔奴轩"。客

---

① 《茶书全集》，万历四十年刻本。

② 《明代藏书家、文学家徐𤊹事略考证》，《福建师范大学学报》2001年第1期。

③ 《群玉楼集》卷十二，崇祯刻本。

④ 《红雨楼集·鳌峰文集》册十二，《上海图书馆未刊古籍稿本》第45册，复旦大学出版，2009年版，第368页。

⑤ 《小草斋集》卷五，崇祯刻本。

⑥ 《三国志·吴志·三嗣主孙休传》裴松之注引《襄阳记》："(李)衡每欲治家，妻既不听。后密遣客十人于武陵龙阳汜州上作宅，种甘橘千株。临死，敕儿曰：'汝母恶我治家，故穷如是。然吾州里有千头木奴，不责汝衣食，岁上一匹绢，亦可足用耳。'"中华书局1959年版，第1156—1157页。

有讽予曰："何不截去枝梢，而接以宝圆，尚亦有利哉？"予笑曰："吾之所取于荔奴者，爱其年久有美阴，暑则蔽日，乘其凉；寒则蔽风，受其燠。且枝叶槎枒，纠结可以娱玩；根株盘屈，轮囷可以安生。初不计其结实之大小，享其利为有德也。"客惭而退。

惟是荔枝品目之殊，而风韵自胜。龙眼一味，甘和无色香夺目，殊乏佳致。是以古今人赋荔枝者数千万言，谱之又谱，不一而足。至于龙眼，殆寥寥无观焉。何以故婢作夫人，态终不能及，目之为奴，宜忍受之。予之以"荔奴"名轩者，其亦思狂狷之意乎！

这是徐𤊹《荔奴述》一文的最后两段。原来，以荔奴名轩，是因为鳌峰之麓有四株龙眼，构屋其下，因取以为名，合情作理。现在我们可回过头来审视钞本《亡儿行状》"构小轩于荔枝树下""荔枝树"三字的准确性。荔奴是龙眼不是荔枝，没有构屋于荔枝树下而名其轩为荔奴（龙眼）的道理，此一；有没有同一个园子里既种荔枝又种龙眼的可能？回答是否定的。《荔奴述》说："荔枝、龙眼不共园而种也。"此二。此外，徐𤊹《曹能始捐资助予构书楼颜曰宛羽取宛羽委陵藏书之义落成日感而答之》其一："旧种荔奴争掩映，新分竹祖待扶疏。巢由岂必寻山隐，人境从来可结庐。"[①]也说明其宅有旧种的龙眼树。笔者推断，既然研究者都不定能弄清楚"荔奴"为何物，而要求《荆山徐氏谱》的钞手一定要知道何物是"荔奴"，未免就有点苛求了。因此，"构小轩于荔枝树下"，或当作"构小轩于荔奴下"[②]，方与《荔奴述》所记契合，方于"荔奴轩"的内涵吻合。

以上引文是《荔奴述》后半部分，约占整篇文章的五分之二。《荔奴述》前半，先介绍荔奴的得名，次叙龙眼品目不多，只有宝圆、野逻、胡椒三种。宝圆品是经嫁接的品种，种植可获利，野逻和胡椒都是自生自结，无利可图。再次叙采摘、烘焙，最后交待荔枝树与龙眼树外观的同与异。经过铺垫，然后引入荔奴轩。轩前的四株龙眼，都是野逻种，无利可享，但是夏可蔽日、冬可蔽风，枝叶可以娱玩、根株可以安生，人生有如野逻，一切顺应自然。和荔枝比较，荔奴风韵既不如，色香亦欠佳，古今赋荔枝者多矣，为其作谱者多矣，可是，又有几个人欣赏、关注你这"荔奴"？婢子就是婢子，不必强作夫人之态；"奴"就奴吧，又何妨呢！以"荔奴"名轩，这或许就是一种狂狷者的行为吧！徐𤊹生当明季，早岁参加童子试，见唱名拥挤，遂弃举子业。二十五岁时，兄徐熥在金陵为徐𤊹刻《红雨楼集稿》，𤊹颇悔其少作[③]。徐熥卒后，徐𤊹承担一个家庭生活的重担，有时甚至到了借贷、或不得已鬻书过日子的地步。一介布衣，虽然满腹诗书、工书善画，为生存计，常常不得已寄人篱下，万历间是明代修志书甚热的时期，徐𤊹今年替这个府修府志、明年到那个县修县志，疲于奔命。《闽南唐雅》、《闽中海错疏》、《茶书全集》等著作，徐𤊹出力尤多，而刊刻时著作署名则只剩下官员朋友的名字[④]。至于衷仲孺的《武夷山志》（崇祯刻本）绝大多数原始素材，则可能来自于徐𤊹多年的积累。"目之为奴，宜忍受之"，又不得不忍受之。"荔奴"之"奴"，不知是否带有一点自我解嘲之意？

徐𤊹的友人林古度也有一篇以荔奴为题材的散文小品，题为《荔奴传》。林古度（1580—

① 钞本《鳌峰集》，藏福建师范大学图书馆。

② 钞本《荆山徐氏谱》在流传过程中讹误颇多，如记徐𤊹卒于崇祯十二年（1639）便是一例。

③ 徐𤊹《答王元祯》："《红雨楼稿》，是甲午岁先伯兄梓之白门。皆联冠时所作，十分乳臭。门下何从得之？子云悔少作，即此稿之谓也。子云悔少作，即此稿之谓也。"（《红雨楼集·鳌峰文集》册六，《上海图书馆未刊古籍稿本》第43册，复旦大学出版社，2009年版，第308页。）

④ 详陈庆元《徐𤊹著述编年考证》，《文献》2007年第4期。

1666)，福建福清人，自幼随父生活于金陵，偶亦还乡祭祖。与乡人徐𤊹、曹学佺、张燮等多有倡酬往来。徐𤊹《荔奴述》见稿本《红雨楼集·鳌峰文集》，已经影印出版，而林古度的《荔奴传》见《林茂之文集》；《林茂之文集》仅无锡市图书馆有藏，未见其他图书馆著录，为叙述的方便，钞录于次：

荔奴，姓龙，名目，字宝圆。以其生来泽满，眼珠圆明，又别号圆眼。先皇以龙纪官，后著为氏。分一枝闽粤间，至汉遂折其房，衍族派于蚕丛鱼凫之墟，独闽之福、兴、漳、泉四郡最著，各居山村，林樾相望，子孙累累不可胜谱，其实与荔子同乡共贯，并呈繁华，第以得子稍迟，且零落花荡，因殿于荔，弗克与之趋炎附热耳。

荔自奔竞宫庭，取媚贵妃，得名状元，益矜朱颜鲜贵，倍恃恩宠，携十八娘遨游上方，辙迹所届，人马僵毙。奴辄丑之，即时为佑，绲载行装，附于舟车之末，未免紥隘，或敝裂其衣，又以远离家乡，形容干枯，肌肉薄缩，面色黄瘦如土。人不察奴之内柔外刚，本自木强，未尝甘居人下，世以其迹呼之曰“奴”，荔实未敢奴之也。况其前名重三都，左思赠之以《赋》，谓其“桯生无有旁侧”，有司曾选之贡于朝，以备席珍。汉武帝用以遣赍于单于；魏文帝诏群臣石蜜等衡于优劣。未几，因临武令唐羌恶荔子一味以颜色自媒，不欲其远道同受跋涉之苦，上书奏免。由是安于时命，纵有官姉之名，不与荔子共进矣。

龙氏苗裔虽自坠落，颇能圆转，常遇王侯贵富家七夕、中秋之际，津津然为佐茶酒，入为藏蓄，出为生财，有馈遗远，将奴给筐篚，婚嫁礼仪，奴为合成。奴性怖寒每伤，冒风雨颤摇欲陨。主家赖其生财，赐以焙室火笼，始得无恙，得称温饱。以不逢时，混寄市肆，牙狯之家欲自昂其声价，尝与林鸟山猿、儿童女子抛弄弹丸，共相调戏。曾见美少年潘安仁，辄与侪辈跃入其车中，载去忘返，品似近于轻佻。然究其为用，实大有功德于世。亦似曾读书，知《神农本草》、《黄帝素问》者，见人有病，心血枯竭，智慧短少，奴向医家引药以益之。偶值俭年，人有饥，奴核其实，磨粉为饼饵以食之，虽身入汤火不避也。于是人皆嘉之，而愿其有结果。奴则自叹秋风萧摵，荣瘁递迁，人皆呼我以奴，果岂为奴？我且托奴隐矣焉。用文之故，文人墨士亦稀弘奖，罕为提拔，奴自若也。长林子感而为传。

赞曰：世之所谓奴者良多，钱奴守钱，官奴入官，花奴打曲，水奴射利，狂奴时露故态，匈奴无敢敌之。奴之种种不可胜纪，未若荔奴如珠，圆活守分，自甘济人饥病，可谓奇而侠者也。岂不超出诸奴之上哉？虽暂屈于时，未能表见君子，惜之！宜为立传以谢世之妄加奴名者，亦一快事也。

第一段，交代传主荔奴的姓名及别名、族派、聚居地，说荔奴与“荔子同乡共贯”，而得子稍迟，故殿于荔枝之后。第二段，叙其历史经历，以为荔奴本不甘居人后，荔实亦无奴之之意，而自唐代杨贵妃恩宠之后，荔奴渐被冷落。第三段，为了温饱，荔奴颇为圆转，偶亦混寄市肆，或流于轻佻，而究其本质，则有德于世，一曰可以入药，二曰灾年其核磨成粉可以充饥。“人皆呼我以奴”，其实是“且托奴隐”，作者感而为之作传。第四段，赞语，重申“为立传以谢世之妄加奴名”。作者认为，“荔奴”的品格，一是“弗克与之(荔枝)趋炎附热”；二是“内柔外刚，本自木强”；三是“有功德于世”，“虽身入汤火不避也”。既然，“人皆嘉之，而愿其有结果”，龙眼，不应呼其奴。林古度为之立传，就是为了了推翻其“奴”名。

从目前掌握的资料来看，这两篇散文暂时无法确定作年，也很难断定孰前孰后，或者有没有可能是同时所作的作品。即便如此，似也不大影响我们对这两篇文章的分析和研究。徐𤊹的《荔奴述》，以荔奴自况，自生自结，不与荔枝争先后，不求胜与不胜，不在乎立身于世是否光彩夺目，只是安生乐命而已，虽有自嘲而无怨怒。因为是自况，龙眼种种佳品质或品格，无论是内在的或者外在的，一概不记述，一概不赞赏，最后归结到以"荔奴"名轩的主旨，颇得诗人温良忠厚之旨。

林古度是名孝廉林章之子。林章，字初文，曾愤南曹曲法枉断，攘臂直折；又屡上书论时政，止矿税，被逮下狱，暴病卒。林章鲠直不屈的性格或许影响到林古度。徐𤊹为林章作传，徐𤊹略去与下狱事件相关的四明相公沈一贯的姓名，而古度却忌恶太过，以至刊刻时强行列入，引起徐𤊹的不满（详下文）。林古度生性可能比较桀骜不羁①，入清之后，始终于手臂系一枚万历钱，或许也是一个证明。我们说《荔奴述》，徐𤊹以荔奴自况，以荔奴名轩；但是我们却不能说《荔奴传》也是林古度的自传或自况，《荔奴传》只是一篇寓言。但是，《荔奴传》却颇能见到林章或者是林古度个性的影子：不愿趋炎附势，刚强，入汤火不避，济人之困，奇而侠。徐𤊹笔下的荔奴是不与荔枝争先后的，甚至为"奴"，而心能忍受之。而林古度则认为荔枝与龙眼，"同乡共贯，并呈繁华"，又有种种荔枝没有的功用和品质，只是外观略逊而已，为什么要称"奴"！称"奴"，是世人妄加之辞，写这篇传记，他把推倒妄加于龙眼的"奴"称作为一大快事来对待，真是好开心！这就是林古度的性情。

《荔奴述》与《荔奴传》是两种不同的文体。前者是"述"，即记述、叙述，载述、记述与荔奴有关的事。徐𤊹是一位博物家，其著述的范围很广，茶、荔枝、蜂、海错、岁时、堪舆都有著作，古今书写龙眼的作品太少，不能成谱，否则他说不定也会写一部《龙眼谱》或《荔奴谱》的。徐𤊹这篇《荔奴述》只记述荔奴的得名、品种、采摘烘焙、荔奴轩四件事，前三事为荔奴轩铺垫，只是客观叙述，荔奴轩一事才稍稍注入作者的情感。《荔奴传》是一篇传记。传记的基本要素至少有：传主姓名、籍贯、生活和活动的地域，宗族史及衍派的状况、传主的主要经历、性格特征和趣闻趣事。这篇传记又和历史人物或当代人物不同，"荔奴"是物，不是人，物而可以作传，当然只能是一篇寓言式的传记，有类于韩愈的《毛颖传》。既然是传记，《荔奴传》必须有真实的部分，如名籍和生长地域，历代典籍的记载；由于是寓言，又有更多的文学色彩。烘焙，徐𤊹的《荔奴述》是作为一种生产技艺来叙述的，近于科技的说明文字；《荔奴传》则用"奴性怖寒每伤，冒风雨颤摇欲陨。主家赖其生财，赐以焙室火笼，始得无恙，得称温饱"，加以夸饰描绘，纯系文学手法。又如掷果潘岳，史籍和笔记都没有掷龙眼的记载，掷龙眼是作者的想象和发挥。"儿童女子抛弄弹丸，共相调戏"，就我个人的亲历所见，闽地儿童女子确有以龙眼子核为弹丸作游戏的好尚，而从典籍这方面看，林古度之前，似没有这样的描述或记载，所以说，既是写实，又是一种文学描写。《荔奴述》前半记实，只用平淡的文字加以叙述，转入"荔奴轩"之后，则以诙谐语出之，最后以自嘲作结。如果没有"轩"的描写，这篇"述"可能成

① 林古度似乎比较有个性。林古度与钟惺友善超过常人，钟惺卒林古度祭之。谭元春《与林茂之书》曰："兄祭伯敬与地下人，琐琐恩怨，弟不敢以为厚。私为兄忏悔之，庶令生友不疑畏兄耳。"（《谭元春集》卷三十二）祭文有"琐琐恩怨语"，谭元春以为不够忠厚。又徐𤊹《寄邓道协》："为林孝廉骂人辨冤，作文当如是乎？徒知一腔愤徼，而不顾载笔者有浑厚隐衷也。"（《红雨楼集·鳌峰文集》册七，《上海图书馆未刊古籍稿本》第44册，复旦大学出版社2009年版，第263页。）文章不够"浑厚隐衷"，亦可见其个性一斑。

了说明文，而不是文学味道很浓厚的作品了；但是，如果没有前半“述”的铺垫，只是一味的诙谐，很可能就成了一篇寓言，而不是记叙文了。亦庄亦谐，《荔奴述》安排得恰到好处。《荔奴传》本来就是一篇寓言体的传记，尽可能的诙谐又何妨？但是既然是传记，典籍一段的载述，则使“传”增加了可信度。《荔奴述》，徐𤊹用的是自嘲的口吻。《荔奴传》，林古度似乎带有一点自我调侃的口气。“轻佻”一段的描写，很容易为不熟悉林古度生平的读者所忽略。金陵脂粉地，林古度游冶过于繁，徐𤊹曾致书力劝[①]。由于受限于当时的社会条件，文学作品传播途径的不够宽广，有些作品的最初的传播往往是书写之后首先在亲友中寄赠的，凭借徐𤊹与林古度的交谊，他们有的作品、特别是比较得意的作品，先送对方阅读是很正常的，例如林古度的《白免赋》，徐𤊹就是先睹者之一。所以“轻佻”一段，很可能是写给徐𤊹看的。毕竟，自我调侃，要比正面回应徐𤊹之劝，要少一点尴尬。

写到这里，本文可以做一个小结了。

文学家的创作，选择没有人写过或很少人写过的题材，常常能写出新意。荔枝与龙眼，都是无患子种植物。外观、口感，荔枝优于龙眼；而药用方面，龙眼优于荔枝。对荔枝和龙眼的研究，本属于植物学家的事。唐明皇为了迎合杨贵妃的嗜好，千里快马递送荔枝，杜牧有“一骑红尘妃子笑，无人知是荔枝来”的诗句，几乎家喻户晓。北宋之初，蔡襄著《荔枝谱》对荔枝加以渲染，至明末赋荔枝者数十万言，而且《荔枝谱》一修再修（徐𤊹本人也修有《荔枝谱》）。比较而言，结果实的时间晚于荔枝的龙眼，寒酸多了，不仅赋者寥寥，而且落了一个“荔奴”的俗称和陋称。徐𤊹的《荔奴述》和林古度的《荔奴传》，不避俗陋，化俗气为高雅，化丑陋为美丽，写出很有新意的两篇散文小品，鹤立于荔枝诗文之中，显得特别新颖。

《荔奴述》和《荔奴传》的作者都很机敏，他们都巧妙地利用作为龙眼别称的“荔奴”这个词做文章。龙眼是物，而把“荔奴”这个词拆开，“奴”却又成了“奴隶”的“奴”或“奴仆”的“奴”，是人而不是物了。《荔枝述》基本上是写实，前面几段都是实写龙眼，直到篇末“目之为奴，宜忍受之”，才由物转化为人。《荔奴传》为荔奴立传，传主是拟人的人而不再是物，然而“荔奴”又是龙眼的别称，秉性和特征又不能离开龙眼的物性，通篇虚实相间，故事都是龙眼的故事，完全是作为植物的龙眼的故事，而“荔奴”则又是活生生的人，是一个很有个性的不甘屈辱、不甘为奴的人。

相同或相近的题材，不同的作者根据自己的需要，采用不同的文体进行创作，很可能写出各自的特色。中国古代的文体，文多用铺叙，诗重比兴；诗和词，诗庄重一些，而词偏于柔媚。同样都是文，昭明太子萧统又把它分成三十多类。不同的文体，都有不同的特质。徐𤊹是晚明很重视文体的一个作家，上文我们说过，他为林古度之父林章作传，古度爱父心切，多有改动。徐𤊹致书曰：“惟是作传之体，与行状稍有繁简之别，弟向日一篇，虽椎鲁不文，而摹写尊公大节，有关生平者，笔之细行，琐屑悉略弗书。非故阙也。参以细行，则大节为其所掩耳。见惠数帙，分之□□友，皆云幼年作对、作联等语太多，至于尊公冤抑一事，弟已隐说时相之不怜才矣。今直斥四明相公之名而不避讳，在兄自作《行状》，则不妨为亲昭雪；在弟作《传》者，何可乃尔……《谢在杭行状》、《志铭》附览。《行状》要详，而《志铭》颇略，此足以见文

---

① 万历四十三年，徐𤊹《寄林茂之》：“林夷侯归，知足下善病。少年人何乃婴痼疾委顿若此？当加调摄，毋恋恋帷房间也。”（《红雨楼集·鳌峰文集》册六，《上海图书馆未刊古籍稿本》第43册，复旦大学出版社2009年版，第447页。）

体矣。"[1]徐㶿《寄邓道协》又略云:"传体与状体不同,未免冗复,且文中多直书沈四明名字,岂宜后辈所当指摘哉?虽曰作传,其实似辩诬揭帖也。"[2]很细心地比较了"行状"与"传","行状"与"墓志铭"两对相近的文体的异同,认为由于文体不同,有些话、有些事,这种文体可以说,而另一种文体却不可以说。他认为林古度擅自增饰林章的传记并非于文不究其心,而是当局者迷之故。细心的读者可以发现,《荔奴述》介绍、叙述了荔奴即龙眼的名目、采摘、烘焙写了以"荔奴"名轩的缘由,是一篇"述"体,而不是"记"体的《荔奴轩记》。如果是一篇"记"体,题为《荔奴轩记》,那么除了说明此轩的缘故,可能还得写及与轩相关的人和事,如归有光的《项脊轩记》。徐㶿称道古度的诗赋比文写得好,却不大看好他的"行状"、"传记"、"墓记铭"一类的文章。前者是文学性较强的文体,后者是文学性相对较弱的文体,也就是说林古度的文学创作优于应用类文章的写作。《荔奴传》虽然也是"传",却是寓言体的"传",是文学性很强的寓言体的"传",正可以发挥他的所长。

在既不知道"荔奴"为何物,又未曾读过徐㶿《荔奴述》和林古度《荔奴传》的情况下,以为此轩建于荔树之下、徐㶿好荔枝既著《荔枝谱》,又尝于荔枝树下宴客作诗,"真可称荔奴",轩因此而得名"荔奴"。望文生义,既失去以荔奴名轩的文人高雅兴致,又有失科学研究的严肃。《荆山徐氏谱》一类的钞本有很多值得重视的资料,我本人在研究过程中得益不少,但是,既然学者可能误读"荔奴",钞手在辗转钞摘的过程中,自作聪明,随意改动,有时也很难免,研究者使用时应特别小心。《荔奴述》和《荔奴传》,前者是徐㶿稿本,后者是明清之际传世极少的刻本,在中国古代文学和文献学的研究过程中,使用可靠的版本,是研究的重要前提之一。《荔奴述》见于稿本《红雨楼集·鳌峰文集》;《荔奴传》见于稀见刻本《林茂之文集》。稿本《红雨楼集·鳌峰文集》刚刚影印出版,《林茂之文集》仅见无锡市图书馆著录,《荔奴述》、《荔奴传》似尚未引起研究晚明散文小品者的关注。我本人认为,这两篇文章,都是值得重视的很有特色的晚明散文小品。

(作者单位:福建师范大学文学院)

① 《寄林茂之》,《红雨楼集·鳌峰文集》册七,《上海图书馆未刊古籍稿本》第44册,复旦大学出版社2009年版,第264—265页。

② 《红雨楼集·鳌峰文集》册七,《上海图书馆未刊古籍稿本》第44册,复旦大学出版社2009年版,第262页。

法与神:唐宋派古文理论的两个重要范畴

刘尊举

"法"和"神"是唐宋派论文最常用的两个术语。在其理论体系中,"法"的重要性自不必言,"神"同样是一个至关重要的范畴。郭绍虞先生概括唐宋派的古文思想,称其"所重在神明;神明亦不可见,于是于开阖顺逆求之,于经纬错综求之,由有定以进窥无定,于是可以出新意于绳墨之馀"①。此诚确见卓识。然尚需进一步详尽辨析,才能对其所谓"法"与"神"有真切感受,并窥见其古文思想之进路。

一

王慎中论文平实,多论"义法"而鲜言"神"。

王慎中之所以对曾巩的文章情有独钟,固然是由于他认为曾文能"发挥乎道德"而"道其中之所欲言";而从文章自身特征的角度而言,最能吸引他的,则是曾氏雅正、醇厚的文风及其不背于古人的创作法度。义、法并重,正是王慎中古文理论最突出的特征。其于《与李溪书》中论其文曰:"其义则有宋大儒所未及发,其文则曾南丰筠州、黄宜二学记文也。"②又于《与汪直斋》中称曾巩之文"文词、义理并胜"③。均是同时强调义理内容与表现形式对于文学创作的重要性。王慎中论"神",主要是就心神、心性而言。其于《与道原弟书》中论道:"还须养得气厚些,方成一有力量文字。大抵气厚要神完,神完要心纯。诸子之病总是心不专精,故精神散越而气不得厚。中间有厚者又属之所禀矣。今既禀不及人,便当存心养性以充之耳。"④显然,其所谓"神",是指作家的心性修养及精神状态,是创作主体的素养问题,而非文章风格问题。

王慎中对唐宋古文的具体评论散见于茅坤编著的《唐宋八大家文钞》中,虽数量不多,却能够鲜明地体现出其文论特点。他评论曾巩《熙宁转对疏》一文道:"董仲舒、刘向、扬雄之文不过如此。若论结构法则,汉犹有所未备;而其气厚质醇,曾远不迨董、刘矣。"⑤王慎中认为,

---

① 郭绍虞《中国文学批评史》下卷,百花文艺出版社 1999 年版,第 207 页。

② 王慎中《遵岩集》卷二十二,《文渊阁四库全书》本。

③ 王慎中《遵岩集》卷二十二,《文渊阁四库全书》本。

④ 王慎中《遵岩集》卷二十四,《文渊阁四库全书》本。

⑤ 《唐宋八大家文钞》卷九十七,《文渊阁四库全书》本。按:以下引文,凡出自《唐宋八大家文钞》者,只注篇目,版本同此。

就文风之醇厚而言,曾巩不及董、刘;而其法度、结构,较之后者却是有过之而无不及,故其文章可与之相提并论。这种对比,正体现出王慎中对醇厚文风与创作法度的并重。而所谓"结构法则,汉犹有所未备",表明在王慎中看来,结构布置之法也正是唐、宋文章的优势之所在。那么他究竟要从曾巩的文章中学习什么样的法则呢?从有限的材料中,我们可以发现其两种比较明确的主张。一是强调措词、造语必须慎重,以求表达之稳妥。比如,他评论曾巩《礼阁新仪目录序》道:"此类文,皆一一有法,无一字苟。观者不可忽此。"在《答邹一山书》中亦称古人文章"徐究细玩,乃无一语为恨",皆为此意。另一个重要主张是针对诗文序的创作而发,强调此类文章须于考订次第的基础上有所发明,有所议论。比如他在对曾巩《列女传目录序》的评论中谈到:"宋人叙古人集及古人所著书,往往有此家数。然多以考订次第为一篇之文而已,不能如先生更有一大段议论以成其篇也。"王慎中要求序文要生发"议论",亦非泛泛而言,而是有着比较明确的风格指向。其于《范贯之奏议集序》的评语中论曰:"沉着顿挫,光采自露。且序人奏议,发明直气切谏,而能形容盛朝之气象,治世之精华,真大家数手段。苏公序田锡奏议亦有此意,然其文词过于俊爽而气轻味促。"可见,遵岩所要追求的是一种厚重而内敛的文风;而在他看来,苏轼之文则不免失之"气轻味促"。其评《强几圣文集序》则云:"此序虽不立意发论,而颇有逸气。盖少出于经而入于史氏之体,故亦有纵步。若王氏兄弟之序,则绳趋窘武,蹜蹜乎如有循矣。"由此看来,对于序文的创作,王慎中的主导倾向是重"经"而轻"史",即重议论而轻叙事的。而且,王慎中也将这种主张很好地贯彻于其散文创作中。遵岩作文,必有一论。或为事而设论,或由事而生论。全文即围绕此论展开,或层层推进,或突作转折,很少会游离于主题之外而旁生枝节。故其文章大都层次分明,无杂乱、繁冗之弊。通常来说,由事而生论,更能令读者有所感触;而为事而设论,往往使得结构精巧,却难免会有些牵合的痕迹。遵岩之文,多有此弊。其实,叙事与议论脱节的弊端,自曾巩即已有之。唐顺之论其文曰:"南丰之文,大抵入事以后与前半议论照应不甚谨严。"[1]大约即是就此而言。而曾巩的行文往往比较平直,尚无明显的构造痕迹,只是娓娓道来,所以令人感觉质朴而醇厚。而遵岩之文,大都结构精巧,故于醇厚之风远逊于南丰。王世贞论遵岩文章,称其"开阖既古,步骤多赘,能大而不能小,所以逊于曾氏也"[2],一语道破其弊病。

二

唐顺之论文强调"神明变化",于"法"亦独有所得。

唐顺之的"本色论"有明显的颠覆法度的倾向,但事实上他却是极其重视文章法度的。其于《文编序》中论道:"然则不能无文,而文不能无法。是编者,文之工匠而法之至也。圣人以神明而达之于文,文士研精于文以窥神明之奥。其窥之也,有偏有全,有小有大,有驳有醇,而皆有得也。而神明未尝不在焉。所谓法者,神明之变化也。易曰刚柔交错天文也,文明以止人文也,学者观之可以知所谓法矣。"[3]这段文字无疑是在强调法度对于文章创作的重

① 《送丁琰序》,《唐宋八大家文钞》卷一百零二,《文渊阁四库全书》本。

② 王世贞《艺苑卮言》卷五,丁福保辑,《历代诗话续编》,中华书局1983年版,第1025页。

③ 《文编序》,《文渊阁四库全书》本。

要性。但历来对“法者，神明之变化也”的理解似乎存在着一些问题。有的学者据此认为唐顺之能够灵活地看待法度，“言法而不泥于法”[①]；甚至将其理解为“‘法’不过是为表达作者思想精神而产生”[②]。这都是十分善意的理解，却并不符合唐顺之的本意。“神明”一词，显然是承上文“圣人以神明而达之于文”而来，的确是思想内容的意思；但所谓“法者，神明之变化”，其对“法”的解释，重心却在“变化”一词上。“法”是思想表达方式的变化形式，而不是表达的内容或结果。用原文中的话来解释，“法”是“刚柔交错”、“文明以止”之形式，而不是“天文”、“人文”的内容本身。因此，不应该将其与思想内容过多地联系起来。唐顺之对“变化”的强调也是别有用意的，但并不是为了说明法度是可以灵活变通的，而是说文章的表述方式应该是错综变化、周匝曲折的，而不要过于平直简单。这在其具体的文章评论中得到了充分的体现。当然，唐顺之反复使用“神明”二字，亦非全无用意。其论“法”而强调“神”，是追求文章法度之化境，即力求在文章创作中有法而无迹。他在《董中峰侍郎文集序》中的一段议论可以充分地说明这一点：“汉以前之文，未尝无法而未尝有法。法寓于无法之中，故其为法也密而不可窥。唐与近代之文，不能无法而能毫厘不失乎法，以有法为法，故其为法也严而不可犯。密则疑于无所谓法，严则疑于有法而可窥。然而文之必有法出乎自然而不可易者，则不容异也……中峰先生之文，未尝言秦与汉，而能尽其才之所近。其守绳墨谨而不肆，时出新意于绳墨之余，盖其所自得，而未尝离乎法。”[③]唐顺之认为，汉以前文章看似无法，其实只是由于其法度过于严密而不可窥知；但无论可知与否，法的存在都是确定无疑的。唐顺之赞赏董中峰之文能够自得新意，但同时又强调其虽有自得却“未尝离乎法”。可见，唐顺之论法乃“神明之变化”，其实只是希望能够纯熟地运用法度而了无痕迹，并没有摆脱或超越法度的意思。这一点同样鲜明地体现于其具体的文章批评中。

茅坤《唐宋八大家文钞》辑入唐顺之评语一百二十二条，体现出其鲜明的批评特色。所有这些批评，大约涉及四个方面的内容：结构论、叙事法、文体论和文风论。以下一一论述之。

唐顺之论文章结构，最大的特点是强调篇章布局要富于变化。所谓变化，即是要避免平铺直叙，务必使得文章层次分明、有立体感。比如，其论韩愈《赠张童子序》云：“只是科举常事，而叙得何等顿挫。”是说即便是寻常事，也要说得有起伏、有层次。其所论结构层次，其中大约又包含两个方面：一是就段落的承接、转换而言，二是就不同事件的交错陈述而言。关于段落的布置，比如其论欧阳修《有美堂记》云：“如累九层之台，一层高一层，真是奇绝！”是论层次之推进；论其《樊侯庙灾记》则云：“文不过三百字，而十余转折，愈出愈奇，文之最妙者也。”是讲行文之转折。由此亦可知，在篇章布局的安排上，唐顺之追求一种奇特、新鲜的效果。其论苏辙《民政策四》更能体现出此一特点：“首尾俱是戍兵，中间咤出土兵一段，甚是跌宕。若使他人为之，则必说了罢戍兵，而后言土兵之可用，则便是成格眼套子矣。”这表明唐顺之力求在文章的结构布置上突破陈格，有所创新。但这并不是不要安排，而是要巧妙安排。关于事件的交错陈述，比如其论苏辙《民政策论六》云：“此篇之妙，全在说国病与农病二

① 参见郭绍虞主编《中国历代文论选》第三册，上海古籍出版社1980年版，第74页。

② 参见熊礼汇《明清散文流派论》，武汉大学出版社2003年版，第303页。

③ 唐顺之《荆川集》卷十，《四部丛刊初编》本。

者夹杂浑融。”再如，其论苏轼《贾谊论》云：“不能深交绛灌，不知默默自待，本是两柱，而文字浑融，不见踪迹。”当然，在唐顺之看来，更高明的文章，应该兼具以上两种结构特征。比如，其论欧阳修《王彦章书像记》云：“此文凡五段，一段是总叙其略，二段是言其能全节，三段是辨其事，四段是言其善出奇策，五段是寺中画像之事。而通篇以忠节、善战分作两项，然不见痕迹。”还有一段评论与此如出一辙，其论曾巩《抚州颜鲁公祠堂记》云：“此文三段，第一段、第二段议论，第三段叙立祠之事。叙事、议论处皆以捍贼、忤奸分作两项，混成一片，绝无痕迹。此是可法处。”在以上评语中，唐顺之屡屡强调“浑融”、“绝无痕迹”，说明他虽然主张要有多线索的叙述结构，却不希望这些线索截然分明或交杂错乱，而是要将它们组成一个圆融的有机整体。这主要是针对“交错陈述”而言。而对于段落、层次之间的关联，唐顺之则强调其务必连贯、圆转。比如，其论韩愈《答李翊书》云：“此文当看抑扬转换处，累累然如贯珠，其文之谓乎！”再如，论其《送浮屠文畅师序》云：“开闭圆转，真如走盘之珠，此天地间有数文字。通篇一直说下，而前后照应在其中。”其实，欲求得此圆转的行文效果，关键就是做到前后照应。其所谓“首尾分应有力，自班马中来”、“此文入题以后照应独为谨密”、“此文前后各自为议论，暗相照应甚密”，等等，皆是论此。可知，唐顺之在文章的结构上，既要求层次分明、富于变化，又追求圆转、连贯、浑然一体；而落实在创作方法上，则既要求错综立论，又要前后照应。“前后照应而错综变化”一语，大概最能概括他在文章结构问题上的创作主张。必须强调的是，尽管唐顺之追求圆融、浑成的行文效果，却是以精妙法度为前提的。因此，绝不能据此认为唐顺之是超越于法度的。

相对而言，结构之法较为抽象，而唐顺之对叙事法的论述则要形象得多，也更易于为初学文章者所把握。其中，最基本的一种叙事法即是叙述的逻辑顺序。这与结构法比较相似，只是要结合具体的叙述内容而论。比如，其论欧阳修《李秀才东园亭记》云：“此文直说下去，入题处不用收拾，为人作一园记，直从郡国说起，是何等布置！”是讨论叙事的入手处。论苏轼《鲁隐公论一》云：“先作定论，后说原由。”论其《决壅蔽》则云：“前半言壅蔽之当决，后言所以决之之道。”皆是就叙述的先后顺序而论。另一种叙事法其实是一种叙述策略，即通过反复致意，达到一种一唱三叹的效果。比如，其论苏洵《上韩昭文论山陵书》“一事反复议论”，论苏轼《刑赏忠厚之至》“一意翻作数段”，论苏辙《君术策四》“古今说两遍”，皆是此意。第三种叙事法，也是唐顺之最重要的叙事法，主张详略、虚实相衬托，或借题立论、有所阐发。比如，其论欧阳修《泗州先春亭记》云：“此作虽亭记，而记堤为详，重其大者也。作亭既不详，故不解先春之意。”是为突出主题而转移叙述重心。其论曾巩《抚州颜鲁公祠堂记》则云：“欧阳公于王彦章之忠则略之，而独言其善出奇；曾子固于颜鲁公之捍贼则略之，而独言忤奸而不悔。此是文之微显阐幽处。”以上是唐顺之论详略取舍处。他还提出一种避实就虚的叙述方法。比如，其论欧阳修《北海郡君王氏墓志铭》云：“此铭与前作皆是善生发处，此是作女人文字之法也。”所谓“善生发处”，即是避实就虚，无中生有的意思。其论苏轼《子思论》云：“借客形主，转丸于千仞之上。”茅坤则评之曰：“虽非知思孟之学者而其文自圆。”此亦避实就虚、扬长避短之法，是苏轼的聪明处。与此相关，唐顺之还指出一种借题发挥的叙述方法。比如，其论王安石《桂州新城记》云：“但为筑城作记，而归之根本上说，此是大议论。”又论苏轼《王君宝绘堂记》曰：“《墨宝堂》与此二篇，皆小题从大处起议论，有箴规之意焉。”皆是取其借题发挥之意。在这一点上，唐顺之与王慎中的主张是完全一致的。

唐顺之论文体，主要包括三个层面的问题：一是论文体渊源，二是辨体，三是论体格。唐顺之时常论及前后文章在体式或体貌的渊源关系。比如，其论韩愈《伯夷颂》云："昌黎此文分明自孟子中脱出来。"论其《殿中少监马君墓志铭》则云："此欧文黄梦升、张应之诸作之祖。"既论述了韩文的渊源所自，又论述了其对后世的影响。这也比较符合唐宋派的"文统"思想。唐顺之《文编》即是分体编纂，体现了其明确的文体意识。而他对所谓"变体"问题的讨论，则更突出地体现了这一点。比如，其论苏辙《民政策三》云："此等文体在论与奏议之间。"从文体上对文章作出甄别，认为该文介乎两种文体之间，即包含了"变体"的意思。论苏辙《唐太宗论》云："篇中整段抄故事，而断语全少，盖论之一体也。"提出这是论文中特殊的体例，其意略同于前例。其论韩愈《蓝田县丞厅壁记》云："此但说斯立不得尽职，更不说起记壁之意，亦变体也。"认为此文与正统的记文有较大区别，明确提出"变体"的概念。"变体"概念的提出，一方面表现了唐顺之文体辨别之细致，另一方面也体现了其通达的文体观。更多的情况下，唐顺之论体主要是就体格而言，讨论文章具体的论述方式，与前之所谓结构法与叙事法无异。比如，其论欧阳修《相州昼锦堂记》云："前一段依题说起，后乃归之于正，此反题格也。"论其《夷陵县至喜堂记》云："前段言风不美而太守能变其俗，后段言仕宦得善地，前后不用照应是一格。"其实只是论结构。其论欧阳修《岘山亭记》云："此篇与《东园记》同体，皆引故事，略用自语点化。"论苏轼《扬雄论》云："题是扬雄，而事辨韩愈，亦一体也。"论其《策略五》云："此文论时弊处皆借古为谕，亦一体也。"其实就是论叙事之法。所有这些关于体格的讨论，表明唐顺之是从实际创作的需要来辨别文体的。

无论是结构论、叙事法还是文体论，主要都是从形式技巧的角度来认识文章的。在此基础上，唐顺之还有一些对行文风格或气势的评论。其实，唐顺之在结构论中对连贯、圆转、浑然天成的艺术效果的论述，本身即体现了其对行文风格的追求方向之一。此外，他还有一些评论专就文风而发。比如，其论韩愈《送孟东野序》云："将牵合入天成，乃是笔力神巧，与《毛颖传》同，而雄迈过之。"论欧阳修《菱溪石记》云："行文委曲幽妙，零零碎碎作文。"论曾巩《上欧蔡书》云："叙论纡徐有味。"论苏洵《上田枢密书》称其"文字峻绝豪迈不羁"。论苏轼《司马温公神道碑》则云："长江一泻万里，而波澜曲折自有妍姿，真文人之豪也！"而且，唐顺之又能通过比较指出各家之长。比如，其评韩愈《送杨少尹序》云："前后照应，而错综变化不可言，此等文字苏、曾、王集内无之。"比较欧、王文风则云："欧公上范司谏书婉而切，荆公与田正言书直而劲。"论苏轼《南安军学记》云："苏文本尚驰骋，而此作尤涣散不肯受约束。然惟长公可耳，欧、曾集内无此也。"论苏辙之文则云："平正通达，不求为奇，而势如长江大河，是小苏之所长也。"由此可见，唐顺之虽然对法度要求极其精细，但他并没有将文章创作转变为一种纯粹的形式技巧，而是从审美感受的角度来体验与把握其行文风格。而所有这些风格，显然都与其所论述的法度有密切的关系。这说明，唐顺之重法度的创作主张，既是实用的，又是审美的；不单是文章观，也是文学观。

三

茅坤论文喜谈法，而"神理"、"神解"、"风神"诸语则最能体现其古文思想的特色。

茅坤论文强调"求其神理"，其于《与郁秀才书》中论道："大都近代以来，缙绅先生好摹画

《史记》、《汉书》为文章。而于公卿士庶志铭传记,特借《史》、《汉》之肤发以为工。而于斯人之神理,或杳焉而未之及。……仆尝览中峰禅师所为对镜而像而自为赞,二百年来,犹令人神思飞越,若睹如来者。仆拊掌大笑曰:'世之学士作志传,恐亦须如是,始得其解也。'不审兄谓然否?①"茅坤首先批评了那些摹画《史》、《汉》,"以肤发为工"的创作行为。认为他们的志、铭、传、记,虽然在形貌上与《史》、《汉》有几分相似,却无法刻画出人物真切而生动的形象与神态,即不能"得其神理"。欲得"斯人之神理",首先要对其人履历、性情及言行有真切而细致的体会;而在具体的写作过程中,还要对已经掌握的材料进行适当的择汰与剪裁,只有把握住那些最有特点的事件,及其最生动的言行与神态,才能刻画出鲜明的人物形象来,才能令读者"神思飞越"、如睹其面。能够领会这样的创作原则,茅坤称之为"得其解";其所能达到的艺术效果,则谓之"神动天解"。茅坤在《史记评林序》中论司马迁道:"盖天地间,万物之情各有其至。而太史公之才,天固纵之以虬龙杳幻之怪、骤袅超逸之姿,于六艺百家之书无所不读,独能抽其隽而得其解。……要之,其所独得其解处,譬之云汉之蔚而为象,风雷之触而成声,天动神解,洞窍擢髓,孔氏没而上下二千年来,此其风骚之极者已。"②在茅坤看来,司马迁就是一个"得其解"的人,所以他的文章能有"天动神解"的艺术效果。何谓"天动神解"?茅坤在《白坪先生诗序》中说:"曩之所谓'神动天解',令人读之而欢者鼓舞,悲者欷歔……"③简单地说,就是能够打动人心。结合其所谓"神思飞越"、"虬龙杳幻之怪"、"骤袅超逸之姿",以及"云汉之蔚而为象,风雷之触而成声",可知茅坤所谓"得其神理",实则包涵着对一种神采飞扬、遒劲俊逸、极富感染力的艺术风格的追求。而且,它体现了一种近乎纯粹的文学审美意识。茅坤并非认识不到《史记》的缺点,他认为由于时代久远,司马迁对历史的描述难免会有失实之外,故"班氏父子或不能无讥"。但这只是《史记》作为历史典籍所存在的问题,而茅坤真正关注的却是作为文学文本的《史记》,及其"天动神解,洞窍擢髓"的艺术效果。

茅坤此种古文思想同样体现于具体的文章批评中。大量引述唐顺之的观点以表达其批评意见,这种行为本身即可说明茅坤对唐顺之文学思想的积极接受。而且,茅坤本人也在《唐宋八大家文钞》中作出了很多类似于唐顺之的评语。这表明,至少在创作法度问题上,茅坤基本上与唐顺之持相同态度。在此基础上,其文章批评又别具特色,主要表现为其对审美风格的格外关注。上文谈到,唐顺之在强调法度的前提下,对文章的行文风格或气势也有较多的论述。但这些风格的形成,大都与文章的结构布局或行文方式密切相关,而与文章的内容并没有多大关系。茅坤则不同,他往往能从整体上感受文章的风神、韵致。就像欣赏美人,唐顺之多从体态、举止处观察,茅坤更醉心于其神情、气质。比如,同样是评论苏轼的《眉州远景楼记》,唐顺之论道:"此文造意亦奇,更不在作楼与远景上说。"显然是就叙事法立论;茅坤则论曰:"迁客思故乡,风致婉然。"是就其情感韵致而论。茅坤通将文章的审美韵味称之为"风神",那么其所谓"风神"究竟是指什么呢?他在《唐宋八大家文钞论例》中论欧阳修云:"一切结构裁剪有法,而中多感慨、俊逸处,予故往往心醉。"④此言大约最能概括其完整的

① 张大芝、张梦新点校《茅坤集》,浙江古籍出版社 1993 年版,第 286 页。
② 张大芝、张梦新点校《茅坤集》,浙江古籍出版社 1993 年版,第 477、478 页。
③ 张大芝、张梦新点校《茅坤集》,浙江古籍出版社 1993 年版,第 497 页。
④ 张大芝、张梦新点校《茅坤集》,浙江古籍出版社 1993 年版,第 832 页。

文章观。“一切结构裁剪有法”，是论法度，即上文所论结构论、叙事法等。“感慨”、“俊逸”，即是茅坤所谓“风神”的具体内容。“感慨”，主要是指叙事中流露出的悲愤、慷慨或沧桑的情感特征；“俊逸”的重心乃在“逸”字上，是指洒脱、飘逸、奔放不羁的文章风格。在《唐宋八大家文钞》中茅坤的评语中，“感慨”、“悲慨”、“慷慨”、“澹宕”、“跌宕”、“遒宕”、“逸宕”、“遒逸”、“俊逸”、“疏逸”、“逸调”、“逸兴”、“逸韵”等术语，俯仰皆是，是他最鲜明的批评特点。茅坤这种审美风格的主张，源于其对司马迁艺术成就的领略与赞叹。他在《庐陵文钞引》中称：“西京以来，独称太史公迁，以其驰骤跌宕，悲慨呜咽，而风神所注，往往于点缀指次外，独得妙解。”评论欧阳修《唐书艺文志论》，则称其“序事中带感慨，悲吊以发议论，其机轴自史迁来。”两汉、唐、宋作家中，茅坤最为推重的是司马迁和欧阳修。至此可知，茅坤之所以会如此这般推崇他们，是因为其文章既能裁剪有法，又能抒发个人情怀，更有一番风神令人神往。

综上所述，在唐宋派诸人的批评话语中，“法”与“神”的内涵是不尽相同的。王慎中言“义法”，极力推崇曾巩，是因为曾文既能“发挥乎道德”，又具有雅正、醇厚之文风，并且有着严整、稳实的行文法度。唐顺之言“无法之法”，言“神明变化”，推许韩、柳、欧、苏，主要是看重其错综变化而浑然天成的行文风格。茅坤言“神理”，言“风神”，最推崇司马迁和欧阳修，是因为在茅坤看来，只有他们二人的文章，既能裁剪得法，又有慷慨、俊逸之风神。这种变化鲜明地体现了唐宋派文学思想从“重道”到“重文”的整体演变过程；同时也表明，唐宋派作家对古文的体认，从内容到法度，再到艺术风格，经历了一个逐层深入的过程。其中，他们的“法度”理论，以及大量细致而精到的评点文字，表明明清时期的古文理论正不断向着精细化的方向发展，为桐城派高度细密的文法理论的形成作好充分的准备。

（作者单位：首都师范大学中国散文研究中心）

屠隆《婆罗馆清言》禅之观照简论

张　宏

屠隆，明代戏曲家、文学家。字长卿，又字纬真，号赤水，别号由拳山人、一衲道人，蓬莱仙客。万历五年进士，曾任颍上知县和青浦令，后迁礼部主事、郎中。为官清正，关心民瘼。为人豪放，纵情诗酒，所结交者多海内名士。屠隆很早就受到佛道思想的浸染，走上仕宦之途后，因为人生的矛盾使其多方面寻求解决的途径，逐渐加深了对佛教的理解。万历十二年蒙诬罢官后，遂遨游吴越间，寻山访道，谈空说玄，以卖文为生。万历二十八年作《婆罗馆清言》。

清言，“又称清语、清话、冰言、韵语、冷语、隽语、嘉言、警语、法语、格言、语录等”[①]。在屠隆之前已有人写作清言，但是使这种文体形成特色，则是以屠隆《婆罗馆清言》(以下简称《清言》)为标志。屠隆自称：“有客清言，无客独往。人世隔绝，神冥太虚。一事关心，焚香展书。”[②]说明清言成为其闲适生活中必不可少的内容。在屠隆《清言》影响下，一大批文人开始欣赏、创作清言。屠隆评价其友柴仲初“其为人简远标韵多趣，善清言鼓吹泠泠，人爱昵而就之”[③]；写吕龄“面带烟霞相合贫，布袍桐帽无风尘；更有清言堪绝倒，高谈挥麈空四邻”[④]。可见在屠隆周围形成了清言创作群落。

一、自释：禅思以排遣

《清言》既以婆罗为名，表达的当是以禅释怀之意；既名清言，就摆脱了六经话语入世救世的沉重，表达的多是作者自适自娱的小趣味。对于一心救世怀才不遇的屠隆，清言的创作是消遣也是排遣。屠隆在《清言叙》中说：“夫掩室摩诘，杜口毗耶，不二法门，从无言入。”清楚地表明他写作清言的禅思心理背景。在《清言》更是大量地出现“大雄氏”、“谈禅”、“达摩”等语。

《清言》第一则即抒发了屠隆对有“才”无“命”的悲愤与无奈：“子房虎啸，安期生豹隐于海滨；药师龙骧，魏先生蠖屈于岩穴。繄岂异才，实命不同。”张良和李靖得时奋起，如虎啸龙腾，而安期生和魏仲先不得其时，只能隐居伏处远害全身。空怀壮志而不得“时”，是古今才

---

① 欧明俊《论晚明人的“小品”观》，《文学遗产》1999年第5期。

② 屠隆《白榆集》文卷十九《适志》。

③ 屠隆《栖典馆集》卷十一《柴仲初自娱集叙》。

④ 屠隆《白榆集》诗卷三《赠吴山人吕龄》。

人共有之感慨，屠隆为官清正，却遭馋削官，精神陷入了极大的痛苦，灵魂极度的苦闷压抑。此则清言，可谓借他人酒杯，浇自己块垒。

在这种情绪的主导下，《清言》中充满人生如梦的感叹："三九大老，紫绶貂冠，得意哉，黄粱公案；二八佳人，翠眉蝉鬓，销魂也，白骨生涯。""甜苦齐尝好丢手，世味浑如嚼蜡；生死事大急回头，年光疾于跳丸。"在年光疾如跳丸的观照下，人只不过是万物之逆旅中的过客，转瞬即逝，"大臣赫赫，甫丘墓便已就荒；文士沾沾，问姓名多云不识。名利至此，使人心灰。"人生走到尽头，终须醒来，念此情何以堪！"美人傅粉涂香，终沦于粪土；猛士格虎刲象，死制于蝼蚁。古簇绣刀，旧日战争之地；蚀钗灰袄，昔时歌舞之场。"真是于热闹中突下一冷语，顿使"热夫就凉"[①]。

人生苦短，那么如何解脱这种苦恼？对于自然人生的思考不得其解时，人往往求救赎于宗教。屠隆在颍上即已对佛教发生兴趣，削籍后更是专意于佛。因此在《清言》中，屠隆指出："饧粘油腻，牵缠最是爱河；瞎引盲移，展转投于苦海。非大雄氏，谁能救之？"章载道《清言叙》云："用以化诱愚俗，何须万论千经；若夫指点沉沦，只取单词只语。此纬真先生《清言》所由作也。"明确指出了屠隆劝人修禅习佛，以摆脱六道轮回之苦的用意。

其劝人劝世更是劝己，是愤懑情怀的自我释放。屠隆遭谗削官后，内心陷入极大的痛苦，入世求仕既不可得，于是退求自身内心世界的宁静。中国知识分子一向崇尚以儒治世、以道修身、以禅安心的生活态度。当入世追求与现实发生矛盾，屠隆和无数中国传统知识分子一样，进入"入仕——遇挫——出世"的人生模式，退而逃禅。清人朱锡绶曾言："谈禅不是好佛，只以空我天怀；谈玄不是羡老，只以贞我内养。"[②]此言亦可移作对屠隆谈禅的认识。屠隆对佛教也并不是虔诚的信仰，而只是作为精神上的排遣和寄托，是对愤懑的释怀、是澡雪精神、是诗意的栖居。

屠隆指出，人们可以在自然与日常生活之中妙悟禅理，而不一定是蒲团苦参。"修净土者，自净其心，方寸居然莲界；学坐禅者，达禅之理，大地尽作蒲团。""净心"、"坐忘"之后哪里都可以是修行的所在。"山河大地，咸见真如；瓦砾泥沙，并存佛性。"禅的精义是超出言之外的，对于悟禅之人来说，时时处处无不体现着道，观之万物皆可见出佛的痕迹，宇宙中的一切都可以让人类开悟，"雨过天晴，会妙用之无碍；鸟来云去，得自性之真如。""草色花香，游人赏其有趣；桃开梅谢，达士悟其无常。"风花雪月、百姓日用都蕴藏着修行之道，关键在于拥有一颗超脱的能参透迷悟之晶莹本心。

屠隆《清言》之所以能引起晚明文人的共鸣，原因是多方面的。其中突出的一点是《清言》的感叹中除了个人情绪外，也饱含历史因素。在屠隆生活的隆万时代，封建社会已经呈现衰败趋势，末世文人尽管无法自觉意识到衰败的根由，却能感受到"悲凉之雾，遍布华林"[③]。由"风流得意之事，一过辄生悲凉"产生幻灭感，从而意识到"那热闹局就是冷淡的根芽"[④]。正是由于作品意蕴的多重性丰富性，屠隆《清言》才会引起读者对历史、人生的思索和联想，使作品具有普遍性的意义。

---

① 屠隆《婆罗馆清言序》。

② 朱锡绶《幽梦续影》。

③ 鲁迅《中国小说史略》卷九，人民文学出版社2006年版，第231页。

④ 孔尚任《桃花扇》第十出《修札》。

二、自娱:禅趣以消遣

屠隆生活的时代,文人普遍重视对自我价值的体认,注重抒写个人生命独特体验,著文自娱成了主流的文艺观。创作过程便是自娱过程,如李贽宣称:“大凡我书,皆是求以快乐自己”①。这样写作就脱离了六经话语文以载道的沉重,作品的文学性得以增强。《清言》不仅在思想意蕴上与禅宗密不可分,在文体形式、语言上更是受到禅宗语录的影响。禅讲究明心见性,心与物遇,表现在创作中就是“无意得文”,因此清言的文体形式几乎是没有限制的,可骈可散。又禅宗语录多用方言俗语,表现在《清言》中即语言亦雅亦俗。《清言》善于用概括性的语言表达丰富深刻的审美意象,这种“小中见大”、“尺幅神遥”的艺术特色恰恰也是禅宗语录的特点。

关于清言的文字形式,《四库全书总目》卷一二五这样评价:“每条俱一偶语联比成文,类似格言而多杂以委巷之语。”可谓一语破的。《清言》中多以对偶的形式连缀成文,采用骈文的写法,如:“临池独照,喜看鱼子跳波;绕径闲行,忽见兰芽出土。”“楼前桐叶,散为一院清阴;枕上鸟声,唤起半窗红日。”“茶熟香清,有客到门可喜;鸟啼花落,无人亦是悠然。”也有的对偶不那么严格,如:“竹风一阵,飘扬茶灶疏烟;梅月半弯,掩映书窗残雪。真使人心骨俱冷,体气欲仙。”“登华子岗,月夜犬声若豹;游赤壁矶,秋江鹤影如人。但想前贤,神明开涤。”这种骈散兼行的笔法,融合了骈文之韵和散文之气,使清言将性灵的曲线活泼泼地展现出来,风格更为自然清新、流畅自由,读起来如行云流水,自如无碍。

除了骈散结合的写法之外,《清言》中几则甚至像《世说新语》一样纯用散体。如:“竹几当窗拥万卷,列百城,南面王不与易此;蒲团藉地,结双趺空万有,西方圣立证于兹。”“方外偶过僧道,倒双屣,急开竹户迎来;座中傥及市朝,掩两耳,辄敕松风吹去。”总之,清言小品在形式上没有格套,无需苦心经营,只是信手写来,风行水上,自然成文,随意而发,随意而止,是真正的性灵文字。

清言既然在形式上随意自由,无需为“文”的起承转合、篇章法度,那么在某种程度上必然需要极富表现力和内在张力的语“言”。如:“杨柳岸,芦苇汀,池边须有野鸟,方称幽居;香积饭,水田衣,斋头才著比丘,便成幽趣。”简炼而深刻的语言造就了诗的意境,显得隽永而精美,令人回味无穷。“水色澄鲜,鱼排荇而径度;林光澹荡,鸟拂阁以低飞。曲径烟深,路接杏花酒舍;澄江日落,门通杨柳渔家。”无论是自然景观还是文人的生活情景,都被赋予了强烈的诗意。还有的清言虽然语言凝练,但一样含义深远,像“春衣杜陵,急管平乐,真称名士之风流;雨中山果,灯下草虫,想见高人之胸次”。寥寥数字就勾勒出两个典型的活动场景,描述出名士的风流、高人的胸次,简约中见出人物的风神。

《四库全书总目》评价清言“多杂以委巷之语”,这种文白并用,雅俗相兼的风格在屠隆《清言》中也得以体现,如:“若想钱而钱来,何故不想;若愁米而米至,人固当愁。晓起依旧贫穷,夜来徒多烦恼。”“张三不是他,李四亦不是他,总认邮亭为本宅;长卿不是我,纬真亦不是我,莫把并州作故乡。”不登大雅之堂的乡间俚语的使用,令没有多少文学修养储备的普通民

① 李贽《续焚书》卷一《与袁石浦》。

众阅读起来也没什么障碍，在一定程度上扩大了阅读对象，将受众群体扩展至草根阶层，实现了精英文学和市井文学的交融，显示了雅俗两种审美观念的合流。

清言和禅宗小品相似，都是缩龙成寸式的文字，极小的篇幅饱含极大的容量，除了使用富有表现力的语言之外，用典也是重要的一个方面。如："铄金玷玉，从来不乏彼谗人；沉垢索瘢，尤好求多于佳士。止作疾风过耳，何妨微云点空。""微云点空"典出自《世说新语·言语九八》："司马太傅斋中夜坐，于时天月明净，都无纤翳。太傅叹以为佳。谢景重在坐，答曰：'意谓乃不如微云点缀。'太傅因戏谢曰：'卿居心不净，乃复强欲滓秽太清邪？'"如把"微云点空"解作"微云点缀天空"，此则清言表达的是"谗人妄语只是天空中点缀的微云，完全可以不必在意"。这样也不影响对整体的理解，可是对此则清言的意蕴的多重丰富性就有了差异。

除文学典故外，屠隆对佛教的寓言大量运用，如："天上两轮逐电，昼夜不休；人间二鼠啮藤，刹那欲断。"二鼠啮藤（树根）是佛教的一个经典比喻，完整的故事载于《宾头卢土为优陀延土说法经》。讲的是一个人在旷野中被大象追杀，手攀树根躲入井中，井下有二条毒龙、井边有四条毒蛇。此时又有黑、白二鼠啃啮着树根，这个人已经摇摇欲坠。摇晃的身子晃落了树上蜂巢里的五滴蜜汁，恰好滴于口中，此人刚刚尝到一丝甜意，却不想蜂巢中的毒蜂又开始对他攻击，最后野火又烧着了枯树……寓言中的树根是生命之根，黑白二鼠指昼夜交替代表时间，其他各种事物也皆有所喻，总体上就是形容人生的悲剧性。

典故的运用使作品言简意丰，极简形式却容纳了极丰盈的内容。"纳须弥于芥子"，构成了极微与极著间的独特调和，达到了"片语亦重九鼎"的艺术效果。这正是禅宗思想推重的"粒沙而具万相，滴水可味大海"，所谓："一花一世界，一叶一菩提。"

（作者单位：山东师范大学文学院）

袁宗道的小品艺术特征论析

邢 满

公安派是明代后期崛起的以湖北公安人袁氏三兄弟（袁宗道，字伯修；袁宏道，字中郎；袁中道，字小修）为领袖的一个文学流派。作为三袁之长，袁宗道虽然没有两个弟弟声名显著，却是他最先在浓重的壁障中，以锐利的目光识出陈弊之所在，并以微弱之力与时俗对抗，提倡文学革新，开启了文学理论和文学创作的一个新的阶段，做了名副其实的先锋角色。正如钱谦益在《列朝诗集小传》中对袁宗道所作的评价："其才或不逮二仲，而公安一脉，实自伯修始之。"[①]袁宗道的小品，可以说是他的文学理论的创作实践。袁宗道的创作就其对后世的影响而言，散文小品要比诗歌重要。袁宗道的小品文，大多都是以一组的形式出现，所以每篇篇幅较短小，风格独特。下文试就袁宗道小品的艺术特征作些分析，以观其在公安派文学创作中的特殊风格。

一、崇识尚理、翻出新见

三袁之中，袁宗道在生活与创作中都比较强调理性，而且也表现出较强的理性精神。明末，针对当时文坛模拟剽窃、言之无物的风气，不少有识之士重新强调作家的识见，认为作家当错综博学，强调学识实为一个作家所应具备的才能和追求。袁宗道在《论文下》中说："有一派学问，则酿出一种意见；有一种意见，则创出一般言语。无意见则虚浮，虚浮则雷同矣。今之文士浮浮泛泛，原不曾的然做一项学问，叩其心中亦茫然不曾具一丝意见。……其病源则不在模拟，而在无识。"[②]在此，袁宗道一针见血地指出七子复古派"其病源则不在模拟，而在无识"。袁宗道在《士先器识而后文艺》中把唐代裴行俭的观点作为一个命题来加以阐述和补充。他说"故君子者，口不言文艺，而先植其本"，视学养、器识为本。这里所说的器识，是指作家渊博的学识基础和自出手眼的真知灼见。袁宗道认为"器识"是一个作家的"运才之本"，本立而文生，"故学者诚能从学生理，从理生文"[③]，强调了学问道理、人格素养对文学创作的积极作用。袁宗道从创作主体挖掘模拟的根源，以"识"作为创作的起点，强调创作之"识"的价值，为创作主体性的发挥奠定了坚实基础，至今仍有启迪意义。这一文学理论也具

---

① 孟祥荣《袁宗道集笺校》，湖北人民出版社 2003 年版，第 369 页。

② 袁宗道《白苏斋类集》，上海古籍出版社 1989 年版，第 285 页。

③ 袁宗道《白苏斋类集》，上海古籍出版社 1989 年版，第 92 页。

体体现于他的小品创作之中。

袁宗道的小品重视理性精神，崇识尚理，作者像一个哲人，思考着古今人生、社会历史。袁宗道所长在于论说文。首先，袁宗道的论说文逻辑严密，结构严谨，品评褒贬，肯綮中的，颇受时人称道。如在《救荒奇策何如》，袁宗道先直陈时弊："日者天灾频仍，万口嗷嗷，东南苦于天吴，西北困于旱魃。"然后条分缕析救荒之道："蠲之策一，善行其蠲之策三；贩之策一，善行其贩之策六。"①文章有破有立，情理相谐，表现其忧国忧民的心志。又如在社会与个人关系问题上，袁宗道显示出其稳重缜密的个性，在《又答同社》中他提出如下处理方式："不佞窃谓礼者，世界所赖安立，何可易谈。且就兄所称戏剧喻之：扮生者自宜和雅，外自宜老成，官净自宜雄壮整肃，丑末自宜跳跶诙谐。此戏之礼，不可假借。籍令一场戏中，皆傅墨施粉，踉跄而叫笑，不令观者厌呕乎？然使作戏者真认己为某官某夫人，而忘却本来姓氏，则亦愚之甚矣。"②袁宗道认为礼是个体对社会秩序的自觉认同，乃维系社会稳定之手段与原则，个体在社会中应按礼之规定说话行事，并以演戏为喻，演员在戏中需根据自己的角色特征表演，而在现实中不可忘记自己本来面目，否则亦是愚蠢之举，由此表达入仕则应该在其位谋其政，出世则可放达自由的观点。袁宗道在自己的工作岗位上，一直就是恪尽职守、兢兢业业。袁中道曾在《石浦先生传》中详细地记叙他的这位大哥的工作态度："自丁酉充东宫讲官，鸡鸣而入，寒暑不辍。庚子秋，偶有微恙，强起入值，体经病后，风色甚厉，归而病始甚。明日，复力疾入讲，竟以惫极而卒。"③袁宗道本人在工作中克己奉公、忠于职守也正说明了文如其人，这与他上述的主张也是一脉相承的。

其次，袁宗道的论说文往往见解独到，翻出新见，启人心智。钱伯城先生在《白苏斋类集》的前言中对袁氏兄弟如此评价："而求新创新，不袭陈言，不落旧套，又是他们（三袁）共同追求的目标。"④袁宗道对历史人物的品评往往能不袭陈言，不落旧套，翻出新见。如历代文人多赞颂陶渊明孤洁清高、"不为五斗米折腰"的高风亮节。袁宗道的《读渊明传》⑤却不墨守陈说，读出新意，给人以新的启发。他说："口于味，四肢于安逸，性也。""人固好逸，亦复恶饥"是常人的本能，而陶渊明三次出仕，皆为满足口腹之欲，与其他求官的并没有什么区别。所以他接着说："渊明岂以藜藿为清，恶肉食而逃之哉？疏粗之骨，不堪拜起；慵懒之性，不惯簿书。虽欲不归而贫，贫而饿，不可得也。"袁宗道认为陶渊明之所以辞官不是因为洁身自好、不爱富贵，是为了追求安逸而不堪礼法的束缚。官场长期紧张的生活会有生命之虞，而辞官"尚可植杖耘丘，持钵乞食，不至有性命之忧"。这种对陶渊明的重新阐释和评价，反映了晚明文人迥异于传统的人生观和价值观。在他们看来，每个人都应该从自己的感情和欲望出发，任情适性，追求现世的自由和快乐，而不必像传统士人那样压抑个性，追求道德完善。在其他的一些文章如《范增论》、《论谢安矫情》中，袁宗道对历史人物有了新的解读，体现了鲜明的时代特色。

袁宗道的山水游记也常常表现出其崇尚理识的倾向，在描绘绝胜的大自然景观的同时，

① 袁宗道《白苏斋类集》，上海古籍出版社 1989 年版，第 89 页。
② 袁宗道《白苏斋类集》，上海古籍出版社 1989 年版，第 225 页。
③ 袁中道《珂雪斋集》，上海古籍出版社 1989 年版，第 710 页。
④ 袁宗道《白苏斋类集》，上海古籍出版社 1989 年版，第 6 页。
⑤ 袁宗道《白苏斋类集》，上海古籍出版社 1989 年版，第 292 页。

往往渗透着他对人生的感悟。万历二十一年,宗道回到家乡,常常漫步江边,有感于长江屡遭水患,他在《江上游记》中不禁大发感慨:“更历十余年,宁复知有孱陵城者乎?嗟夫!知今日之陵,必他日之谷,即知今日之身,他日之尘与土也。世之忙忙为千岁之忧者,见此迁换之城郭,与夫代谢之流水,忧得不少廖舆?”[①]在此,袁宗道由大自然山川河谷的变迁,感到人在大自然面前的渺小,人生苦短、富贵无常之感油然而生。又如《大别山》一文,描摹山水,却以识见胜。作者先写江汉会合处山川开阔壮丽的景象,接着品评人物,反驳时人对有才小人和无才君子的极端态度,其见解切中时弊。袁宗道的同年好友嘉鱼李沂,因上书揭露太监张鲸罪行而受到廷杖,被斥为庶民。袁宗道在《嘉鱼纪游》中因此发表了一段关于“人才”问题的精彩论述:“人才吾不能知,第有一切喻:仙鹤能为台榭点缀光景,然决不能耕田负重;猫能护衣簏,隼能致野味,然不能禁其食腥啖膻。通此,则满世界皆人才矣。”[②]袁宗道因为好友的遭遇而针对当时朝政用人的问题发表了精辟见解。可见,即使在平常琐论之中,袁宗道也常常表现出其崇识尚理的倾向,这种鲜明的理性精神,贯穿于各类小品之中。

二、简洁精粹、平实流畅

公安派文人对文学语言的要求是提倡语言本色自然,反对陈词滥调。袁宗道在《论文上》中云:“口舌代心者也,文章又代口舌者也。……故孔子论文曰:‘辞达而已。’”[③]指出语言是表达思想感情的,文学语言应白话化、通俗化,以现代的语言写现代的文章,力求“辞达而已”。袁宗道创作的小品从内容到谋篇布局及至语言表达都毫无奇崛惊异之处,无论是叙事、议论、抒情,总是尽可能三言两语就能表达出作者的意旨,不拘任何形式,篇幅短小精炼,剪裁自如,随情致运笔,干脆利落。这一特点主要体现于袁宗道的山水游记中。袁氏兄弟钟情于山水,纵情山水真正构成了他们生活和抒发心情的一部分。他们在山水漫游中,心灵得到净化,境界得到提升,获得极大的审美愉悦。

首先,袁宗道善于细腻地观察生活对象,精选一些能够激发人们审美感受的独特景观做集中重点的介绍,抓住对象的传神特征进行形象勾勒,读后有身临其境之感。古代画论所倡导的笔愈减而神愈全的创作技巧,袁宗道的小品创作深知三昧。比如他拜访李贽后写的《龙湖》:

> 龙湖一云龙潭,去麻城三十里,万山瀑流,雷奔而下,与溪中石骨相触,水力不胜石,激而为潭。潭深十余丈,望之深青,如有龙眠。而土之附石者,因而夤缘得存,突兀一拳,中央峙立,青树红阁,隐见其上,亦奇观也。潭右为李宏甫精舍,佛殿始落成,倚山临水,每一纵目,则光黄诸山,森然屏列,不知几万重。[④]

这篇文章注意抓住描写对象的富有特征的关键之处,着重写了潭中、潭右,其余的一概省去。虽然用了白描的手法,笔墨简略,但层次井然,所描写的对象给人留下清晰的印象,富有神

① 袁宗道《白苏斋类集》,上海古籍出版社 1989 年版,第 196 页。
② 袁宗道《白苏斋类集》,上海古籍出版社 1989 年版,第 195 页。
③ 袁宗道《白苏斋类集》,上海古籍出版社 1989 年版,第 283 页。
④ 孟祥荣《袁宗道集笺校》,湖北人民出版社 2003 年版,第 243 页。

韵。其中“倚山临水，每一纵目，则光黄诸山，森然屏列，不知几万重”，寥寥数句，用语简省，却给读者留下无限遐思。类似这样绝妙、传神的描写和渲染，在袁宗道的小品中随处可见。又如在《三忠祠纪游》中，袁宗道用洗练而又极有表现力的语言为我们描绘了一幅风景画：“出崇文门二里许，为大同桥。水从玉河中出，桥下水飞珠溅玉，若松梢夜声。林间桔槔相续，大类山庄。二三园亭，依涧临水，小刀从几案间过。”①作者在此只是选取了水乡代表性的景物“小桥”、“流水”、“园亭”，寥寥数笔就勾勒出北京京郊的一幅水乡图景。“桥下水飞珠溅玉，若松梢夜声”的点化，则说明当时郊外幽林的静谧，在短小的篇幅里营造出富有诗情画意的氛围。

其次，袁宗道巧妙搭配色彩性词汇，运用较为逼真的比喻，形成富有张力的语境，激发读者想象的余地。如“松身鲜翠嫩黄，班驳若大鱼鳞”；“壁陡起百余丈，缝间松翠丛生，若翠屏”；“白练千匹，微风行水上，若罗纹纸”②。这些句子既注意色彩的相映配置，展现出富有生气的空间，又以生动的比喻加以点拨，动静结合，使描写对象形态宛然、栩栩如生。又如《锦石滩》：“余家江上，江心涌出一洲，长可五七里，满洲皆五色石子。或洁白如玉，或红黄透明如玛瑙。如今时所重六合石子，千钱一枚者，不可胜计。余屡同友人泛舟登焉。净练外绕，花绣内攒。列坐其上，似在瑶岛中。余尝拾取数枚归，一类雀卵，中分玄黄二色。一类圭，正青色，红纹数道，如秋天晚霞。又一枚，黑地布金彩，大约如小李将军山水人物。”③在此，袁宗道像一个聪慧的孩子，用充满童趣的目光审视着身边的景致，在不经意中发现着自然界的美。在他的眼里，锦石滩上的石子或洁白如玉，或色彩斑斓，锦石洲仿佛是一个世外桃源般的仙境。袁宗道以清新流畅之笔，生动地描绘刻画了令人神往的美丽景色。

袁宗道崇尚简洁与其推崇白、苏亦有其思想渊源。晚明文人推重白居易、苏轼，正如钱谦益所云：“万历之季，海内皆诋訾王、李，以乐天、子瞻为宗。”“(伯修)于唐好香山(白居易)，于宋好眉山(苏轼)，名其斋曰白苏，所以自别于时流也。”④所以，袁宗道仅见传世的文集即为《白苏斋类集》。白居易、苏轼都嗜好平淡的风格，他们的不少作品都是略去形似、追求神似的精品，对袁宗道的创作产生了深远的影响。正如袁中道《白苏斋记》所言：“《诗》云：‘惟其有之，是以似之。’予谓惟其似之，是以好之也。……予游天下多矣，若诗律之脱而当，文字之简而有致，亦未能有胜伯修者。”⑤在此，袁中道对其兄的评价甚为公允。

三、风趣和雅、含蓄隽永

钱伯城先生在《白苏斋类集》的前言对三袁兄弟的作品风格如此评价：“如果说中郎的特色是清新，有如夏日清晨的露珠；小修的特色是奇诡，有如秋日蓝空的白云；那么，伯修的特色是温雅，有如春日拂面的轻风，同时有一种雍容和平的气度。”⑥

---

① 袁宗道《白苏斋类集》，上海古籍出版社1989年版，第193页。

② 袁宗道《白苏斋类集》，上海古籍出版社1989年版，第237页。

③ 袁宗道《白苏斋类集》，上海古籍出版社1989年版，第194页。

④ 孟祥荣《袁宗道集笺校》，湖北人民出版社2003年版，第369页。

⑤ 熊礼汇《公安三袁》，岳麓书社2000年版，第334页。

⑥ 袁宗道《白苏斋类集》，上海古籍出版社1989年版，第6页。

袁中道的一则祝寿文章表现了袁宗道天真谐趣的一面:“伯修喜谈说古今事,姊喜听,唯恐语止,自煮茶饷之。伯修复说鬼神奇怪事,缘饰之以相恐吓。姊与予皆胆薄,灯火明灭,风吹纸窗,真如有物至,大骇啼而走。伯修拊掌大笑为乐。”①的确,袁宗道的作品中在平实流畅中不乏诙谐风趣。这一特点体现在他的一些游记中,袁宗道不但生动地描绘刻画了令人神往的美丽景色,而且他善于用调侃、揶揄之笔调描神摹态,随意画出了栩栩如生的众生相,把人事物情写得饶有风趣。如在《游西山·四》中:“玉泉山距都门可三十里许……又有石洞在山腰,若鼠穴,道甚险。一樵指曰:‘此洞有八百岁老僧。’从者弃行李,争往观,呵之不能止。及返,余问:‘果有老僧否?’曰:‘僧有之,然年止四五十。’乃知樵儿妄语耳。”②文中写到樵夫讹传洞中有八百岁老僧,大家争先恐后去观看,“呵之不能止”,但观者回来却说“僧有之,然年止四五十”,语言虽平淡,读后却令人莞尔。

在《小西天》(一)中,袁宗道让读者领略到在旅途中的烦琐小事的盎然乐趣:“风吹惨凄,夜不能寐,余出一令,每人说一鬼一虎,须一二年间新事,不得引古书中所载。不能者罚巨觥。一客谈虎,旋撰说不成章,满座皆绝倒。”③语言幽默风趣,读者读之不禁哑然失笑。又如他同黄辉一同游山,晚上歇于寺庙,他记道:“夜宿喜庵方丈,共榻者王则之、黄昭素也。昭素鼻息如雷,予一夜不得眠。”④文末写与昭素共榻同眠,被他的如雷鼾声吵得一夜难眠。游记至此,戛然而止,不拘格套,且行文中略带调侃之气,读来却俏皮可喜,令人相顾而笑,洋溢着由慧心灵气而制造的谐趣。从这几则小事便看出袁宗道为人之雅趣,反映在作品中呈现出风趣和雅之特色。

赠序、祭文、尺牍在袁宗道作品中占有相当分量,在这类作品中,他或叙写朋友的逸事,或追念逝者的恩德,以寻常琐事入文,文字活泼,不拘一格,更善于传情达意,抒写性灵。诚如姚士麟在《白苏斋类集》序中所云:“笔之快于言,言之快于情”,“提人新情,换人新眼。”⑤

《唐医序》是袁宗道写给治好他重病的唐医生的一篇赠序。文中写到:“唐生为人,短小精悍,髯如戟,雅善滑稽,而于理无不晓。谈空,唐生则谈空;谈玄,唐生则谈玄;谈米盐,唐生则谈米盐。人人为唐生已昵。吾族诸伯兄弟多富人,好酣饮狂歌,呼五白,掷六赤,为欢笑,非唐生则不畅。”⑥袁宗道以诙谐风趣的笔调,描述了唐医生的言行品貌,他不但医术高明、与人为善,而且性情豪爽随和,字里行间流露出宗道对他的感激和赞赏之情,洋溢着生动的谐趣,富有感染力。又如《祭外大母赵夫人文》:“忆甥十五失母,外大母见甥辄涔涔泪下,问儿饥否,拊背曰:‘将无寒那?’辄取衣食之。一日,将取寒具畷甥,而甥适去,念之不置,至丙夜不垂睫云。夫女之爱子,谁能不爱,即未有若余外大母之甚者,而今何在也?哀哉,哀哉!”⑦作者从小事处略加点染,娓娓道来,一位慈祥老母便跃然纸上。虽措语平淡,却语语沉痛,笔法略近于唐韩愈《祭十二郎文》、明归有光《项脊轩志》,读来令人潸然泪下。

---

① 熊礼汇《公安三袁》,岳麓书社 2000 年版,第 308 页。

② 袁宗道《白苏斋类集》,上海古籍出版社 1989 年版,第 183 页。

③ 袁宗道《白苏斋类集》,上海古籍出版社 1989 年版,第 188 页。

④ 袁宗道《白苏斋类集》,上海古籍出版社 1989 年版,第 187 页。

⑤ 袁宗道《白苏斋类集》,上海古籍出版社 1989 年版,第 1 页。

⑥ 袁宗道《白苏斋类集》,上海古籍出版社 1989 年版,第 116 页。

⑦ 孟祥荣《袁宗道集笺校》,湖北人民出版社 2003 年版,第 205 页。

袁宗道的尺牍小品看似信笔写出，却内蕴充盈。在这些作品中，宗道或以小见大，笔致委宛；或淡中见意，语意真挚，言有尽而意无穷。如他的《寄三弟》："信陵知终不可用，故以酒色送其余年，陈思王绝自试之路，始作平乐之游耳。弟事业无涯，其路未塞。……昨又闻吾弟作敦仁会，率诸友讲学，甚善，甚善！"[①]文中以长兄的仁慈与宽厚，充满了对三弟科名不遂的苦闷心情的真切理解和深切同情，又谆谆善诱，加以鞭策和鼓励，又引信陵君、陈思王的历史典故为证，指出其放浪诗酒颓唐行径的不可为，表达了他作为长兄对三弟中道的亲切关怀，其殷殷之情，有感人至深的魅力。尤其是他与好友陶望龄的多通尺牍，或谈禅论学、或记述游踪、或品文论事，自由灵活，而又简洁凝练，很有特色。如在《答陶石篑》中所叙："弟今春移居焦漪园房子，庭上花正开。忽二舍弟至，遂坐花下剧谈至三更，强半是说陶石赞同游西湖事。此时月照李花，清瘦冷淡，恰似以对石篑面孔也。"[②]这里记载了袁氏兄弟相聚焦氏故宅的情形，宗道用寥寥数语描写了月下清幽淡雅的景色，如此之景，被"恰似对石篑面孔也"一句点出神韵，在对往事的回忆中传达对老友的绵绵思念之情，令人读后有情深韵长、意犹未尽之感。

一个作家的作品与其人格、生活态度、审美情趣都有密切关系。袁宗道始终以自己的向内静思修行的方式，追求一种中和达观、平淡自然的生命境界。综观袁宗道的小品，无论是游记、尺牍、日记还是题跋、随笔，或抒情，或议论，或叙事，都写得挥洒自如，而又简洁凝练，都体现了公安派所倡导的"独抒性灵，不拘格套"[③]的文学主张，在小品的思想内容和艺术风格上都有新的探索。袁宗道的小品创作实践丰富了公安派文学的色彩，对推动晚明小品文勃兴和持续发展具有一定的促进作用。

（作者单位：琼台师范高等专科学校中文系）

---

① 袁宗道《白苏斋类集》，上海古籍出版社 1989 年版，第 232 页。

② 袁宗道《白苏斋类集》，上海古籍出版社 1989 年版，第 234 页。

③ 钱伯诚《袁宏道集笺校》，上海古籍出版社 1981 年版，第 188 页。

汤显祖的散文理论与创作

邹自振

明末著名学者沈际飞、钱谦益一再提醒世人注意，汤显祖除戏曲外，同时还是一位颇具成就的散文大家。沈际飞《玉茗堂文集题词》说："若士积精焦志于韵语（指其戏曲创作），而竟不自知其古文之到家。"①钱谦益《玉茗堂文集序》说："世但赏其词曲而已"，"嗟乎！义仍诗赋与词曲，世或阳浮慕之，能知其古文者或寡矣。"②显然，汤显祖戏曲创作的成就，掩盖了他散文创作的成就。

汤显祖为文坚持走自己的路。他在《与陆景邺》中曾回忆过自己习文的经历："仆少读西山《正宗》，因好为古文诗，未知其法。弱冠，始读《文选》，辄以六朝情寄声色为好，亦无从受其法也。规模步趋，久而思路若有通焉，年已三十四矣。前以数不第，展转顿挫，气力已减，乃求为南署郎，得稍读二氏之书，从方外游。因取六大家文更读之，宋文则汉文也。气骨代降，而精气满劲，行其法而通其机，一也。则益好而规模步趋之，思路若有能焉，亦已五十矣。学道无成，而学为文；学文无成，而学诗赋；学诗赋无成，而学小词；学小词无成，且转而学道，犹未能忘情于所习也。"③可见，六朝文和宋代欧阳修、王安石、曾巩、三苏（苏洵、苏轼、苏辙）等"六家"的古文对汤显祖的深刻影响；而他认为"宋文则汉文"，为宋文正名，与"前后七子"等复古派"大历以后书勿读"的主张显然是格格不入的。

自然，汤显祖读六朝文和宋文，并非真的"规模步趋"，否则，其文也仅仅是增减六朝、宋文字面处，同样会掉进拟古主义的窠臼。事实上，汤显祖才情卓绝，其文于前人多所吸收，不在"字面"，而在通其"思路"，最终要超越前人。正如沈际飞在《玉茗堂文集题词》中所说："何必汉、宋，亦何必不汉、宋。""临川无所不足，故一篇之中，写理入微，援情穷变，涕泗歌舞，有并时而集，异时而擅者，真也，有馀也，非汉、宋字句之谓也。"沈际飞嘲笑那些"后生学人，优孟于汉、宋字句，而是汉非宋，或易宋难汉，且不知有宋龙门（濂），亦何知临川之所以临川哉！知临川真与有馀之解，可以言文，可以言临川之文"④。

但汤显祖的文学主张，是偏重于才的，说"灵性"，讲"才士"。他在《张元长嘘云轩文字序》中论述才士之文与灵性时曾说："天下大致，十人中三四有灵性。能为伎巧文章，竟伯什人乃至千人无名能为者，则乃其性少灵者与？……盖十馀年间，而天下始好为才士之文，然

---

① 沈际飞《玉茗堂文集题词》，毛效同《汤显祖研究资料汇编》，上海古籍出版社 1986 年版，第 429 页。

② 钱谦益《玉茗堂文集序》，毛效同《汤显祖研究资料汇编》，上海古籍出版社 1986 年版，第 472 页。

③ 汤显祖《与陆景邺》，徐朔方笺校《汤显祖全集》，北京古籍出版社 1999 年版，第 1436 页。

④ 沈际飞《玉茗堂文集题词》，毛效同《汤显祖研究资料汇编》，上海古籍出版社 1986 年版，第 429 页。

恒为世所疑异。曰:乌用是决裂为,文故有体。嗟!谁谓文无体耶?观物之动者,自龙至极微,莫不有体,文之大小类是,独有灵性者自为龙耳。"

汤显祖论文,有时又讲"生气",讲"心灵"。他在《序丘毛伯稿》一文中说:"天下文章所以有生气者,全在奇士。士奇则心灵,心灵则能飞动,能飞动则下上天地,来去古今,可以屈伸长短生灭如意,如意则可以无所不如。彼言天地古今之义而不能皆如者,不能自如其意者也。"①

汤显祖有时又讲"自然灵气"。他在《合奇序》中说:"世间惟拘儒老生不可与言文。耳多未闻,目多未见,而出其鄙委牵拘之识,相天下文章,宁复有文章乎?予谓文章之妙,不在步趋形似之间,自然灵气,恍惚而来,不思而至,怪怪奇奇,莫可名状,非物寻常得以合之。苏子瞻画枯株竹石,绝异古今画格,乃愈奇妙。若以画格程之,几不入格。米家山水人物,不多用意,略施数笔,形象宛然。正使有意为之,亦复不佳。故夫笔墨小技,可以入神而证圣,自非通人,谁与解此!"②

以上所论,都兼制义而言,至于古文诗赋,汤显祖也曾一再言及。他在《孙鹏初遂初堂集序》、《答王澹生》和《复费文孙》等文中对于当代诸家之文,多所评论,也曾激烈地批判"前后七子"的复古之弊。他在《答王澹生》中说:"弟少年无识,尝与友人论文,以为汉、宋文章,各极其趣者,非可易而学也。学宋文不成,不失类鹜;学汉文不成,不止不成虎也。因于敝乡帅膳郎舍论李献吉,于历城赵仪郎舍论李于鳞,于金坛邓孺孝馆中论元美,各标其文赋中用事出处,及增减汉史唐诗字面处,见此道神情声色,已尽于昔人,今人更无可雄,妙者称能而已。然此其大致,未能深论文心之一二。而已有传于司寇公之座者,公微笑曰:'随之。汤生标涂吾文,他日有涂汤生文者。'弟闻之,怃然曰:'王公达人,吾愧之矣。'"③王澹生,名士骐,王世贞长子。汤显祖对他讲出这一段故事,再一次表达了他对于当代"学汉文"、"学宋文"的看法。汤显祖认为宋代文章比秦汉文章更适于作为学习对象,这种观点与以王慎中、唐顺之、茅坤、归有光为代表的唐宋派无二,也正反映了明代文人学习古文的实际情况。他对于李梦阳、李攀龙都有批评,对于王世贞不肯依附,此皆缘于个性,并非宗派之争。后来他任南京太常寺博士时,王世贞、王世懋兄弟也在南京,王世贞任刑部侍郎,王世懋任太常寺少卿,但汤显祖就是不肯与之交往。

汤显祖所处的时代,文坛为拟古思潮所左右,"前后七子"的势力仍然很大,"后七子"正继"前七子"而为文坛霸主。"后七子"首领李攀龙已死,另一首领王世贞"独操柄二十年",鼓吹"文必秦汉,诗必盛唐"的复古主义诗文理论。一时间,"士大夫及山人、词客、衲子、羽流,莫不奔走门下",得其"片言褒赏",即可"声价骤起"。汤显祖却在《答费学卿》中公开声称,"无与北地诸君(李梦阳、何景明)接逐之意,北地诸君,亦何足接逐也"④,表现出独立的人品和文品。钱谦益在《汤遂昌显祖小传》中说:"自王、李之兴,百有余年。义仍当雾茅充塞之时,穿穴其间,力为解驳。归太仆之后,一人而已。"⑤肯定了汤显祖在明代反对复古主义文学

① 汤显祖《序丘毛伯稿》,徐朔方笺校《汤显祖全集》,北京古籍出版社 1999 年版,第 1140 页。
② 汤显祖《合奇序》,徐朔方笺校《汤显祖全集》,北京古籍出版社 1999 年版,第 1138 页。
③ 汤显祖《答王澹生》,徐朔方笺校《汤显祖全集》,北京古籍出版社 1999 年版,第 1303 页。
④ 汤显祖《答费学卿》,徐朔方笺校《汤显祖全集》,北京古籍出版社 1999 年版,第 1412 页。
⑤ 钱谦益《汤遂昌显祖小传》,毛效同《汤显祖研究资料汇编》,上海古籍出版社 1986 年版,第 87 页。

运动中承前启后的历史地位。

清人查继佐《汤显祖传》说："海若为文，大率工于纤丽，无关实务。然其遣思入神，往往破古。"[①]这是对于其文学创作的总评价。汤显祖的传奇创作千古流芳，"玉茗堂文"成就虽不如其戏曲，但也可称别具一格。《汤显祖集》中的散文分为"玉茗堂文"与"玉茗堂尺牍"二部分。在"玉茗堂文"中，最具有价值的是其序、记之文和题词。

序文中，《合奇序》、《耳伯麻姑游诗序》、《王季重小题文字序》等，都堪称名篇佳作。汤显祖的序、记之文，多为有感而发，有为而作。如沈际飞在《玉茗堂集叙》中所说："殆怀诚慕义，强执孤行，而踯躅不进，思穷力蹙，故大放厥词。欢欣悲叹，法戒作止，莫不假是以托情，缘情而著体。非了然于中者勿言，非诚有于己者勿述。"[②]其中写真我、叙真情的篇目，让人们读其文，如见其人。如《遂昌县灭虎祠记》，从百姓灭虎之事，可见他对民生疾苦的关切之情。《喜奇赋序》、《哀伟朋赋序》、《赴帅生梦作序》、《哭丁元礼十二绝序》，可见他与朋友间的款款深情。至于《续栖贤莲社求友文》、《诀世语七首序》等，则更可见晚年汤显祖的真实心情。

汤显祖序、记之文中那些记人叙事的篇目，也多有以己之"真情语"写他人之"真情事"的杰作，穷态极妍，委曲生动。如《张氏纪略序》，是作者在闻张大复去世后"悱恻慨叹，一月而神弗怡"的心境下，和泪写成的，动人心魄，催人泪下。《蕲水朱康侯行义记》，对朱康侯侠义行世事迹的生动描写，如在目前，维妙维肖。《宣城令姜公去思记》、《芜湖张令公给由北上序》、《滕赵仲一生祠记序》、《赵仲一乡行录序》等，更是以满腔热情，歌颂了那些爱民如子、两袖清风的清官。这些文字，无不是现实中真人、真事、真语、真情的真实写照，无不明快畅达、真实感人。

汤显祖题词中比较出色的是一批关于戏剧作品的题词，如《旗亭记题词》、《玉合记题词》、《紫钗记题词》、《邯郸梦记题词》、《南柯梦记题词》等等，叙缘起，阐义理，揭情思，均直抒胸臆，快人耳目。著名的《牡丹亭记题词》，阐明了他的创作动机和作品思想，在当时有惊天动地的意义：

> 天下女子有情，宁有如杜丽娘者乎？梦其人即病，病即弥连。至手画形容，传于世而后死。死三年矣，复能溟莫中求得其所梦者而生。如丽娘者，乃可谓之有情人耳。情不知所起，一往而深。生者可以死，死可以生。生而不可与死，死而不可复生者，皆非情之至也。梦中之情，何必非真？天下岂少梦中之人耶？必因荐枕而成亲，待挂冠而为密者，皆形骸之论也……嗟夫！人世之事，非人世所可尽。自非通人，恒以理相格耳。第云理之所必无，安知情之所必有耶？[③]

剧作家的重情言情，导致作品人物杜丽娘为情而生，为情而死，这与"饿死事极小，失节事极大"形成了尖锐的冲突，对摧毁传统礼教对人的愚弄，起到石破天惊的作用。《牡丹亭记题词》和传奇《牡丹亭还魂记》都是中国古代文化遗产中的瑰宝，都闪耀着"资本主义萌芽时代"的对于人的价值重新认识的思想光辉，和西方莎士比亚的剧作的人文主义思想，东西互为映衬，不约而同，堪称奇迹。

---

① 查继佐《汤显祖传》，毛效同《汤显祖研究资料汇编》，上海古籍出版社 1986 年版，第 88 页。

② 沈际飞《玉茗堂集叙》，毛效同《汤显祖研究资料汇编》，上海古籍出版社 1986 年版，第 378 页。

③ 汤显祖《牡丹亭记题词》，徐朔方笺校《汤显祖全集》，北京古籍出版社 1999 年版，第 1153 页。

汤显祖最为后人看重的是锋芒犀利、掷地有声、振憾朝野的《论辅臣科臣疏》。《论辅臣科臣疏》先引邸报所载“圣谕”，而后说“南都诸臣，捧读之余，不知所以”，于是列举辅臣科臣罪状，最后结论说：

> 失此不治，臣谓皇上可惜者有四：爵禄者，皇上之雨露也，今乃为私门蔓桃李耳，其实公家之荆棘也。皇上之爵禄可惜，一也。若群臣风靡，皆知受辅臣恩，不知受皇上恩，岂复有人品在其中乎？皇上之人才可惜，二也。辅臣不破法与人富贵，不见为恩。皇上之法度可惜，三也。陛下经营天下二十年于兹矣。前十年之政，张居正刚而有欲，以群私人嚣然坏之。后十年之政，时行柔而有欲，又以群私人靡然坏之。皇上大有为之时可惜，四也。臣为四可惜，钦承圣谕，少效愚忱。①

此疏作于万历十九年(1591)，汤显祖在南京礼部祠祭司主事任上，居然敢于把皇帝经营的二十年一笔抹杀，结果受到贬谪广东徐闻任典史的严厉惩罚。这篇政论文指责时政，历数弊端，有理有据，可谓痛快淋漓，大胆尖锐，不啻是一声春雷，具有震聋发聩的作用，为历代政论文中不可多得的名篇。清人修《明史》，于汤显祖不入“文苑”，而于传中专载此疏要点，可见其为世人所重。

汤显祖之文，除了为世称道的《论辅臣科臣疏》和《牡丹亭记题词》等文之外，最富个性特色的文章，就是那些“随人酬答，独摅素心”的尺牍了。

明人沈际飞于汤显祖之文独推其尺牍。其《玉茗堂尺牍题词》说：“汤临川才无不可，尺牍数卷尤压倒流辈。盖其随人酬答，独摅素心，而颂不忘规，辞文旨远。于国家利病处，骊骊详言，使人读未卒篇，辄憬然于忠孝廉节。不则惝怳序沉漻，泊然于白衣苍狗之故，而形神欲换也。又若隽冷欲绝，方驾晋魏，然无其简率。而六朝以还，议论滋多，不复明短长之致，则又非临川氏之所与也。”②今人石衣《校注玉茗堂尺牍·小引》也说：“汤临川以其四梦见大才情，真气飒然。四百余年来，令人倾折不已。发为小函，亦笼盖流辈。或从容千言，笔酣墨饱，时见波浪，或寂寥数字，隽冷欲绝，直驾晋人。乃是其个人交游、政治生涯，艺术活动的实录。其文之髓，则由吮啜《文选》而致。”③

的确，“玉茗堂尺牍”展现了汤显祖的胸襟和个性，是我们认识汤显祖的最直接的资料。汤显祖之子汤开远《玉茗堂尺牍序》云，这些尺牍，“或微语而见天心，或极言而尽人事，或仁贤之进退于是乎关，或文章之真伪于是乎辨……至其与朝言朝，与野言野，则又周行之宗，而正直之好也”④。朱廷诲《玉茗堂尺牍序》亦云，“每爱人以德，而自写其真”⑤，故在当时被看成“压倒流辈”之作。

汤显祖《答余中宇先生》云：“某少有伉壮不阿之气，为秀才业所消，复为屡上春官所消。然终不能消此真气。”⑥此数语确是汤显祖品格的真实写照。“真气”是汤显祖性格最为可贵

① 汤显祖《论辅臣科臣疏》，徐朔方笺校《汤显祖全集》，北京古籍出版社1999年版，第1278页。
② 沈际飞《玉茗堂尺牍题词》，毛效同《汤显祖研究资料汇编》，上海古籍出版社1986年版，第445页。
③ 石衣《校注玉茗堂尺牍·小引》，石衣编注《玉茗堂尺牍》，上海远东出版社1996年版，第1页。
④ 汤开远《玉茗堂尺牍序》，徐朔方笺校《汤显祖全集》，北京古籍出版社1999年版，第356页。
⑤ 朱廷诲《玉茗堂尺牍序》，徐朔方笺校《汤显祖全集》，北京古籍出版社1999年版，第358页。
⑥ 汤显祖《答余中宇先生》，徐朔方笺校《汤显祖全集》，北京古籍出版社1999年版，第1320页。

之处，为了保持“真气”，他一再触忤时相，弹劾大臣，屡屡吃尽苦头。万历十三年(1585)，他的座师司汝霖写信劝他与执政搞好关系，可调回北京任吏部主事。他写了《与司吏部》一信婉拒，信中叙述五条不想去北京的原因，如家庭、费用、身体、气候、水土等，其实都是托词，真正的原因是他对于官场尤其像北京这种权势中心的厌恶，他说：“长安道上，大有其人，无假于仆，此直可为知者道也。”他的愿望是：“依秣陵佳气，与通人秀生，相与徵酒课诗，满俸而出，岂失坐啸画诺耶？”[①]表现出对于利禄的鄙视和个性自由的追求。

汤显祖的尺牍一般都是篇幅很小的短简，三言两语，潇洒自如，而其中大有意趣。汤显祖在《与刘君东》一信中提到：“屠长卿曾以数千言投弟，弟以八行报之，渠颇为怪。弟云，古人书上云‘长相思’，下云‘加餐饭’足矣。”[②]“八行”，原泛指尺牍，但在此文中之意，“八行”应是指短简。他认为短简足以表达深挚的感情。汤显祖的《答陆学博》一信，全文只有四句：“文字谀死佞生，须昏夜为之。方命(意为“违命”)，奈何？”[③]沈际飞在《玉茗堂尺牍评语》里评前二句说：“数字银钩铁画。”[④]历来碑志墓铭之类，不少是奉承死者，以达到讨好生者的目的，而富有“真气”的汤显祖对此是无法接受的。他说，这些文字，只能黑夜里写，昧着良心去作，而他则是万万难以从命的。文章虽然委婉，意思却是截铁斩钉。而此尺牍如此之短，其实也表示了无须多言的轻蔑态度。

汤显祖的尺牍，尤其是晚年的尺牍写得如行云流水，舒卷自如，而颇有意趣。如他在万历三十七年(1609)六十岁家居时写的《与丁长孺》一札：

> 弟传奇多梦语，那堪与兄醒眼人着目。兄今知命，天下事知之而已，命之而已。弟今耳顺，天下事耳之而已，顺之而已。吾辈得白头为佳，无须过量。长兴饶山水，盘阿寤言，绰有余思。视今闭门作阁部，不得去，不得死，何如也。[⑤]

全文老笔颓放，诙谐而又无所顾忌，从心所欲而不逾矩，真是大家手笔。信中对于“梦语”和“醒眼”的对称，诙谐而不失风度；对于“知命”与“耳顺”的近乎文字游戏的解释，巧妙又有深意。丁长孺曾任中书舍人，后以言事忤首辅王锡爵而落职，而此时汤显祖也辞职家居。大概丁长孺仍想再涉仕途，故汤显祖信末以回归大自然的舒适生活与那种“不得去，不得死”的官场生活作对比，言外似有规劝丁长孺之意。丁长孺与汤显祖志同道合，多共同言语，故书札之间多情语，沈演《玉茗堂尺牍原序》云不仅“率意之中，乃见名语”[⑥]而已。

汤显祖晚年远离官场，仍关心时局。他虽研禅学庄，但对于现实还是相当关切的。他曾在《答牛春宇中丞》信中说：“天下忘吾属易，吾属忘天下难也。”[⑦]汤显祖的尺牍对于当时社会亦有深刻批判，如《答马心易》：“三惠良书，阙然不报。此时男子多化为妇人，侧行俯立，好语巧笑，乃得立一于时。不然，则如海母目虾，随人浮沉，都无眉目，方称盛德。想自古如斯，非

① 汤显祖《与司吏部》，徐朔方笺校《汤显祖全集》，北京古籍出版社1999年版，第1290页。
② 汤显祖《与刘君东》，徐朔方笺校《汤显祖全集》，北京古籍出版社1999年版，第1482页。
③ 汤显祖《答陆学博》，徐朔方笺校《汤显祖全集》，北京古籍出版社1999年版，第1434页。
④ 沈际飞《玉茗堂尺牍评语》，毛效同《汤显祖研究资料汇编》，上海古籍出版社1986年版，第450页。
⑤ 汤显祖《与丁长孺》，徐朔方笺校《汤显祖全集》，北京古籍出版社1999年版，第1395页。
⑥ 沈演《玉茗堂尺牍原序》，毛效同《汤显祖研究资料汇编》，上海古籍出版社1986年版，第355页。
⑦ 汤显祖《答牛春宇中丞》，徐朔方笺校《汤显祖全集》，北京古籍出版社1999年版，第1469页。

今独抚膺矣。"[1]自古以来,在专制社会里,那些"立于时"或"称威德"的人,往往是那些奴颜婢膝、唯唯喏喏的奴才;或者是那些毫无独立见解,随人浮沉的庸才。"男子多化妇人",这是一种多么可悲的现象!汤显祖的揭露太深刻了,他把官场上人比喻为"妇人",借指那种向权贵献媚,以作为进身之阶的官吏或士人。在社会生活、政治生活中"男子多化为妇人"是一种相当可悲而且难以医治的病态社会现象,这种社会现象是封建集权政治所造成的不治之症。

汤显祖的尺牍,清丽雅致,隽永飘逸,文采飞扬,在语言形式上非常讲究,作者尤其喜欢简洁高雅的表达方式,如下数则:

门下竟尔高蹈耶?莼鲈适口,采吴江于季鹰;花鸟关心,写辋川于摩诘。进退维谷,屈伸有时。倘门下重兴四岳之云,在不佞庶借三江之水。芳讯时通,惟益深隆养,以重苍生。[2]

弟受性疏梗,户外都无长者车来。而丈俨然临之,信宿之间,三顾白屋。日月过而幽草回,风雷至而慵鱼动矣。两受良书,优渥满纸。承谕榷事已定,有仁人长者覆露在上,纵不尽鹰化为鸠,或可日损以月耶。弟书生,何足仰赞万一。[3]

目中如门下,零露蔓草,未足拟其清扬,秋水霜蒹,差以慰其游溯。鸣琴山水,太冲深招隐之情;迟暮佳人,惠休拟碧云之咏。倏焉别去,渺矣伊人。再觏无从,怅伫何及。[4]

从以上作品看来,汤显祖尺牍吸收了六朝骈文小品之精华,而达到颇高的艺术水平。他的高妙之处在于用骈文句式把复杂的人事和感情表达得如此生动流畅,这也是一种非同寻常的文字功夫。沈际飞评其尺牍"隽泠欲绝,方驾晋魏"并非虚语。汤显祖的尺牍虽以文雅为主,当然有时也写得相当通俗,如《与宜伶罗章二》:

章二等安否,近来生理何如?《牡丹亭记》,要依我原本,其吕家改的,切不可从。虽是增减一二字以便俗唱,却与我原做的意趣大不同了。往人家搬演,俱宜守分,莫因人家爱我的戏,便过求他酒食钱物。如今世事总难认真,而况戏乎?若认真,并酒食钱物也不可久。我平时只为认真,所以做官做家,都不起耳。《庙记》可觅好手镌之。[5]

信是写给当时普通的宜黄腔戏曲艺人,故汤显祖用日常口语来写,把自己的主张表述得通俗晓畅,明白无误。不过这种风格在玉茗堂尺牍之中,所占的比例是较少的。

汤显祖的一些尺牍小品,多闲适之作,显示了他的小品世界的另一种色彩,如《与岳石梁》:

石梁过我,风雨黯然。酒频温而易寒,烛累明而似暗。二十余年昆弟道义骨肉之爱,半宵倾尽。明日送之郡西章渡,险而汔济,两岸相看,三顾而别。知九月当更尽龙沙之概,见石梁如见石帆,终不能了我见石帆之愿也。[6]

---

① 汤显祖《答马心易》,徐朔方笺校《汤显祖全集》,北京古籍出版社 1999 年版,第 1356 页。
② 汤显祖《寄董思白》,徐朔方笺校《汤显祖全集》,北京古籍出版社 1999 年版,第 1440 页。
③ 汤显祖《答汪云阳大参》,徐朔方笺校《汤显祖全集》,北京古籍出版社 1999 年版,第 1501 页。
④ 汤显祖《寄左沧屿》,徐朔方笺校《汤显祖全集》,北京古籍出版社 1999 年版,第 1527 页。
⑤ 汤显祖《与宜伶罗章二》,徐朔方笺校《汤显祖全集》,北京古籍出版社 1999 年版,第 1519 页。
⑥ 汤显祖《与岳石梁》,徐朔方笺校《汤显祖全集》,北京古籍出版社 1999 年版,第 1335 页。

与之相关的《答岳石帆》、《答王宇泰》、《青莲阁记》等篇，或叙情谊，或道人情，均富有特色。

读汤显祖的小品文所能深刻感觉到的，是有一股"灵气"充溢其间。沈际飞在《玉茗堂文集题词》中这样评价汤文："秾纤修短，都有矩矱。机以神行，法随力满。言一事，极一事之意趣神色而止；言一人，极一人之意趣神色而止。"①的确，汤显祖正是以其"至灵""飞动"之笔，写出了作为至"灵"之物的人的真情。试举《赴帅生梦作序》一例：

> 丁亥十二月，予以太常上计过家。先一日，帅惟审梦予来，相喜慰曰："帅生微瘦乎？"则止。予以冠带就饮，帅生别取山巾着予，甚适予首。叹曰："人言我两人同心，止各一头，然也。"
>
> 嗟乎！梦生于情，情生于适。郡中人适予者，帅生无如矣。乃即留酌，果取巾相易，不差分毫，旁客骇叹。记之。②

如此灵动洒脱的短文仅百字，却已将挚友间的深情表露无遗。

小品文与那些长篇大论、高头文章的重要区别，就在于有"灵气"、有"生气"，"灵活"、"灵便"、"屈伸长短、生灭如意"；或简明生动地叙事记人，或深入浅出地讲一些道理，真有点"随心所欲"的意味。当时"前后七子"的拟古之作，缺少的就是"灵气"、"灵性"。当然，"随心所欲"并不是没有"矩矱"。上文也提及，汤显祖在《张元长嘘云轩文字序》中曾说："嗟！谁谓文无体耶？观物之动者，自龙至极微，莫不有体。文之大小类是，独有灵性者自为龙耳。"③在汤显祖看来，有"灵性"者才是"大"文，小品文只要有"灵气"，自然能成为文中之"龙"。

汤显祖在《答张梦泽》中谈到自己的文章时说："弟平生学为古人文字，不满百首，要不足行于世。"自谓"长行文字不足行"，"小文"亦不足行，只有"韵语"，"自谓积精焦志"，但行否也"未可知"④。

汤显祖的散文内容广泛，形式多样。当友人想把他的文章结集刊行时，他在《答张梦泽》中说，自己的文章少"馆阁典制著记"，而多为"小文"，"用以自嬉"，每有所作，"辄不自惜，多随手散去"⑤。

的确，在汤显祖现存文章中，除了那篇曾经引来麻烦的《论辅臣科臣疏》外，没有"馆阁典制"之类的御用文字，有的是叙事记人、抒情写性、说艺论文的文艺性散文，有的是如沈际飞《玉茗堂尺牍题词》所云亲友间"裁书叙心，舂容千言，寂寥数字，挥毫辄就，开函如谭"⑥的尺牍。正是这些所谓的"小文"，却胜过"馆阁典制"多矣。

世人对汤显祖之文，早有评论。钱谦益在《汤遂昌显祖小传》中说："义仍少熟《文选》，中攻声律。四十以后，诗变而之香山（白居易）、眉山（苏轼），文变而之南丰（曾巩）、临川（王安石）。"⑦又在《玉茗堂文集原序》中说："义仍少刻画为六朝，长而湛思道术，熟于人世情伪，与

① 沈际飞《玉茗堂文集题词》，毛效同《汤显祖研究资料汇编》，上海古籍出版社 1986 年版，第 429 页。
② 汤显祖《赴帅生梦作序》，徐朔方笺校《汤显祖全集》，北京古籍出版社 1999 年版，第 262 页。
③ 汤显祖《张元长嘘云轩文字序》，徐朔方笺校《汤显祖全集》，北京古籍出版社 1999 年版，第 1139 页。
④ 汤显祖《答张梦泽》，徐朔方笺校《汤显祖全集》，北京古籍出版社 1999 年版，第 1451 页。
⑤ 汤显祖《答张梦泽》，徐朔方笺校《汤显祖全集》，北京古籍出版社 1999 年版，第 1451 页。
⑥ 沈际飞《玉茗堂尺牍题词》，毛效同《汤显祖研究资料汇编》，上海古籍出版社 1986 年版，第 445 页。
⑦ 钱谦益在《汤遂昌显祖小传》，毛效同《汤显祖研究资料汇编》，上海古籍出版社 1986 年版，第 87 页。

夫文章之流别。凡序记志传之文，出于曾、王者为多。”[①]陆云龙《皇明十六家小品》为汤显祖小品所作的弁言中赞道：“其思玄，其学富，其才宏，似欲翻高深峻洁之窠臼，另以博大瑰丽名。彭蠡之涛，风雷奋而天在浮；匡庐之瀑，珠玑喷而瑶玫落。句饶蕖艳，字带兰芬，不又舍欧阳、曾、王，别树一帜哉？”[②]

综上所述，汤显祖虽然以“四梦”名天下，但文章无疑属于大手笔。其文识高而思奇，情深而趣永，潇洒中见嵚崎之象，藻丽中显遒劲之骨，在明代散文史上占有重要一席。在中晚明散文发展史上，汤显祖是从徐渭、李贽到以袁宏道为首的公安派，以钟惺、谭元春为代表的竟陵派之间的重要人物。汤显祖的创作实践不仅拓展了小品文的艺术空间，而且他那无所拘束地表现自我的创作主张，无疑是个性解放的时代思潮的反映，并对公安派倡导的“不拘格套，独抒性灵”之说产生了极大的影响，透露了晚明新文艺和小品文勃兴的曦微之光。

（作者单位：闽江学院中文系）

① 钱谦益《玉茗堂文集原序》，毛效同《汤显祖研究资料汇编》，上海古籍出版社 1986 年版，第 472 页。

② 陆云龙《皇明十六家小品》，明崇祯刻本《翠娱阁评选诸名家小品》。

开中西合璧的寓言创作之路

——谈李世熊的《物感》

陈蒲清

在中国寓言发展历史上，中西合璧的寓言创作之路的开辟者是福建宁化人李世熊。

中国传统寓言与西欧传统寓言，在题材与手法上存在明显差别。中国古代传统寓言，在题材上以人物故事为主。如：先秦时期的《韩非子》中有400则寓言，其中拟人化动物故事仅有2则。中国自古以农立国，在上古时代即已经脱离畜牧业而附着在土地上进行平凡的农业劳动，养成了不重幻想的早熟的民族心理；儒家又提倡实践理性精神，“不语怪力乱神”。所以，寓言很少有披着神话外衣的拟人化的动物故事。而且，中华民族自古重视血缘关系，重视历史，重视人事，寓言作家为了说服人，所以多采用人物故事，特别是历史故事。

西欧传统寓言则与中国不同。其奠基之作伊索寓言在艺术上最大的特色是使用拟人化手法描写动物生活，并用以影射社会生活。罗念生等译的《伊索寓言》(人民文学出版社1981年版)，共有330则，其中有动物寓言231则(如果包括有动物参与的寓言，则有259则)，共出现73种动物形象(兽类26种，禽类24种，虫鱼23种)；还有植物寓言12则，无生物寓言5则，身体器官寓言2则。这些寓言大都采用了拟人化手法。

明末清初是西学东渐的时代。西方文学中最早传入中国的是寓言。明万历三十六年(1608)，意大利传教士利玛窦(1552—1610)著《畸人十篇》，由我国著名政治家徐光启(1562—1633)笔述。全书介绍西方古典哲学和基督教义，也介绍了伊索寓言，如“肚胀的狐狸”、“孔雀足丑”、“两只狗”、“狮子和狐狸”、“两棵树”、“马和鹿”等。明天启五年(1625)，西安刊行了伊索寓言的第一个汉语选译本《况义》，共收寓言22则，“况”指作比况的故事，“义”指点题的话，即寓意。此书指由法国传教士金尼阁(1577—1628)口述，福建泉州人张赓笔传。

中华民族是善于接受外来文化的民族，在寓言创作方面也是如此。《况义》出版不久，我国便出现了模仿它的寓言集《物感》。

《物感》的作者是李世熊(1602—1686)，字元仲，号寒支，福建宁化人。他是明末清初的一位颇有气节的学者。《清史稿·遗佚二》记载了他的事迹，称赞他“少负奇气，植大节，更危险死生不渝”。李世熊著作丰富，《物感》是他的寓言作品集，在题材和手法方面都有意学习《况义》。李世熊与张赓都是福建人，福建是当时接受西方文化的前沿地区。李世熊在《物感·蛙怖》中说：“西士曰：有生者，夫各有所制矣。”可见他接触过西方的学说。

《物感》有寓言20篇，包括缩蚓、蹇驴、旷猫、才狐、似凤、蝙蝠、效雕、肉影、佞狐、礼驴、蛙怖、老虫、佛猫等。这20篇寓言都是关于动物的寓言，描写了30多种动物形象。除“老虫”篇是引自江盈科的《雪涛小说》外，其余19篇都是模仿《况义》，采用了拟人化的手法，这是中国传统寓言以前没有出现过的新特点。如“佞狐”：

乌栖枝啄肉。

狐欲夺肉，诡谀乌曰：“人言黑如乌，乃濯濯而雪，是堪为百鸟王。但未闻声如何耳？”

乌大喜，“喈”然而鸣，肉下坠，狐遂得去。

文雉遇狐而叱之曰：“反黑为白，割肉之贼！”

孔雀遇乌而笑曰：“饱人之谀，咮不自濡。”

这篇“佞狐”故事是模仿《伊索寓言》中的《大鸦与狐狸》而创作的寓言。作者加进了两个评论事件的角色：野鸡与孔雀，并且通过这两个角色的口全面揭示寓意：既谴责进行诈骗的狡猾的狐狸，又批评爱奉承的愚蠢的乌鸦。

《物感》的可贵之处是，作者并不是亦步亦趋地模仿《况义》，而是立足于中国的现实生活与文化土壤。如“旷猫”：

猫职治鼠，故人皆珍畜之。

田舍翁恶鼠之害物也，得巨猫而喜。循其毛羽，饲以膏腴。命之曰：“有贪残不靖，害于予家者，汝若予治。”猫为环眼张牙，状甚武。主人益喜。

越数日，鼠害如故。主人迹之，猫则高坐唾脸，循厨灶舐唇熟睡而已。

于是，大鼠谓小鼠曰：“汝便捷多智，盍尝试之？”小鼠密过猫前，猫不为觉。小鼠奔谓大鼠曰：“此不过欲饱腹耳。吾辈远致珍馐事之，其口可钳也。”于是佥辇所得于猫。猫甘之，置群鼠不问。

后鼠益甚。主人怒，将执猫诛之。而猫逾他家，不顾旧主人矣。

这则寓言借鉴了伊索寓言的拟人化方法，但是，在情节、主旨诸方面则是完全独创的，反映的是中国当时的现实，表达的是中国知识分子对社会与人生的见解。“旷猫”，就是玩忽职守的猫。故事以旷猫影射明朝末年的一批无耻的官僚。这些人平日玩忽职守，养尊处优，而且贪污受贿，与坏人勾结；在国家危难时刻，则投奔新主子，毫无气节。

《物感》是中国人模仿西欧寓言而创作的第一本寓言集，标志着中国寓言创作的新的转折点。《物感》之后，特别是进入近现代之后，中国的寓言作家们基本上都是沿着中西合璧的寓言创作之路进行创作。

（作者单位：湖南师范大学文学院）

清初时文与古文的关系

张则桐

明清两代古文和八股文始终紧密纠结在一起，陈柱《中国散文史》以“以八股为文化时代之散文”来概括明清散文的总体特征，他说：“故明清两代，实可谓为以八股为文化之时代焉。此时代之古文，实受八股之影响不少；盖无人不浸淫渐渍于八股之中，自不能不深受其陶化也。”[①]朱自清先生也指出：“明清两代的古文大家几乎没有一个不是八股文出身的。”[②]他们的观点对当下从事明清散文研究仍有重要的借鉴意义。清初是散文创作十分繁荣、成就也很突出的时代，这个时期的古文与时文的格局发生了一些变化，古文与时文之间的互动关系朝有利于古文发展的方向倾斜，这是明清散文演变的重要环节。

一、清初对时文与古文关系的反思

以八股文为主要形式的科举制度在明代运行了二百多年，到了明末它的弊端已充分暴露。明清易代，掀起了一场批判八股科举的高潮。清初许多思想家、文学家都对八股科举进行了猛烈而尖锐地抨击，其中一个重要内容就是深刻揭示八股科举对明代古文的负面影响。这个话题一般都从评论归有光的古文开始，黄宗羲在《明文案序》指出：“议者以震川为明文第一，似矣。试除去其叙事之合作，时文境界间或阑入，较之宋景濂尚不能及。此无他，三百年人士之精神专注于场屋之业，割其余以为古文，其不能尽如前代之盛者，无足怪也。”[③]在这里，“时文”与“古文”显然成对立的态势，黄宗羲上述论断隐含着此消彼长的逻辑基础。方苞《书归震川文集后》说：“震川之文于所谓有序者，盖庶几矣；而有物者，则寡焉。又其辞号雅洁，仍有近俚而伤于繁者。岂于时文既竭其心力，故不能两而精与？抑所学专主于文，故其文亦至是而止与？”[④]黄、方二人立论的角度虽然不同，而立论的基础是一致的，即作为创作主体的作家只能以写作时文的余力来创作古文，精力的分散和时间投入的减少使一代文人的古文水平明显降低。邵长蘅曾痛切地指出：“古文之亡，帖括亡之也。”[⑤]

作为一种考试文体，八股文在内容和形式上都有非常严格的规定性。士人为博取功名，

---

① 陈柱《中国散文史》，东方出版社 1996 年版，第 279 页。

② 朱自清《经典常谈 · 文第十三》，北京出版社 2004 年版，第 136 页。

③ 《南雷文定》前集卷一，《续修四库全书》本。下文引用此书均为此版本。

④ 《方苞集》卷五，上海古籍出版社 1983 年版。下文引用此书均为此版本。

⑤ 《明十家文钞序》，《青门簏稿》卷七，《丛书集成续编》本。下文引用此书均为此版本。

长期浸淫于此，必然影响他们的知识结构和文化视野。而古文，无论以之载道或者经世，都需要作者广博的知识结构和宽阔的文化视野，这是时文与古文构成对立的关键所在。清初的一些士人对此有着明晰的认识，他们从这个角度来揭示时文对作者的负面影响。邵长蘅站在古文家的立场说："至明则不然，驱一世聪明材辩束之帖括之中，学者自四子一经外不敢旁骛一语。童而操觚，白首浸淫而不知所返，叩以古今则瞪目洮颒舌柱颚而不能对。嗟乎！读书之不知，奚有于文？"[①]方苞分析古文在明代衰落的原因："盖唐宋之学者，虽逐于诗赋论策之末，然所取尚博，故一旦去为古文，而力犹可及也。明之世，一于五经、四子之书，其号则正矣，而人占一经，自少而壮，英华果锐之气皆敝于时文，而后用其余以涉于古，则其不能自树立也宜矣。由是观之，文章之盛衰，一视乎上之所以教，下之所以学，各有由然，而非以时代为升降也。"[②]他在《与韩慕庐学士书》中也说："三数百年以来，古文之学，弛废陵夷而不振者，皆由科举之士力分功浅，末由穷其途径也。"[③]贺贻孙则从创作状态的角度来揭示时文对古文创作的影响："文章之道，譬之画家，气韵本之居体，神彩生于运笔，然而有得于居体运笔之先者矣。宋元君将画图，众史皆舐毫和墨，独一史后至，儃儃然不趋，受命不让，解衣盘礴，元君喜曰：'此真画图者也。'相文士者亦如是矣。熙朝以举业为时文，士子应举者，求于排比格律，而解衣盘礴之致始亡矣。其间或有不羁之士，以其才思，旁出于序记书论诸体，别其名曰古文，而科场事迫，岁月难给，父兄师友，动色相戒，以为舍本逐末，有妨进取。迨至登第服官以后，英华果锐，消磨已尽。然后勉强应酬，以充羔雁饩牵之具。而解衣盘礴之致又亡矣。"[④]

明清之际，时文选本盛行，士人趋之若鹜，正如顾炎武指出的那样："今以书坊所刻之义，谓之时文，舍圣人之经典，先儒之注疏与前代之史不读，而读其所谓时文。"[⑤]黄宗羲说："科举之弊，未有甚于今日矣。余见高曾以来，五经、《通鉴》、《左传》、《国语》、《战国策》、《庄子》、八大家此数书者，未有不读以资举业之用者也。自后则束之高阁，而钻研于蒙存浅达之讲章；又其后则以为泛滥而说约出焉；又以说约为冗，而主撮于低头四书之上，童而习之，至于解褐出示，未尝更见他书也。此外但取科举中选之文，讽诵摹仿，移前掇后，雷同下笔已耳。"[⑥]潘耒沉痛地指出："而今之士子保残守已，舍当读之书一切不读，而读场屋课试之文；当学之学一切不学，而学帖括之学。父以此勉其子，师以此劝其弟，有不出于此者，群相非笑之，士之陋至于斯极矣！"[⑦]邵长蘅认为："愚以为近日经生通患在不读书而相袭为空疏剽窃之学。"[⑧]这些都是针对士人沉溺于八股科举造成了知识浅薄、心胸狭隘而发的。八股科举影响了一代士风。

八股文作为明清科举考试的主要形式的事实使士人无法摆脱它的束缚，一些以古文著称于世的文人的经历和体验从一个侧面说明了时文对古文的纠结不清的影响。士人精力疲

---

① 《明十家文钞序》，《青门簏稿》卷七。

② 《赠淳安方文舟序》，《方苞集》卷七。

③ 《方苞集外文》卷五。

④ 《二周古文合刻序》，《国朝文录·水田居文录》卷一，《续修四库全书》本。

⑤ 《生员论中》，《亭林文集》卷一，中华书局1983年版。

⑥ 《科举》，《南雷文定》四集卷四。

⑦ 《送田纶霞水部督学江南序》，《遂初堂文集》卷九，《续修四库全书》本。

⑧ 《拟江西试策一·时文》，《青门簏稿》卷十六。

耗于八股制义，影响了他们进一步摄取知识和学习古文，清初士人的自述足使后人悲慨，姜宸英回顾自己写作古文的经历说："少年时科举辍其半，中年以后奔走疾患复辍其半，所涉猎经传窃取之以缘饰为文者特其稠杂中工夫，什百之一二耳。而贫贱也，俗下应酬之文字不能以无所为。"[①]他还说："仆于文无所谙识，兼屡为时义所窘，不得一意向古人书。"[②]他曾对方苞说过："吾自度尚有不止于是者，以溺于科举之学，东西奔迫，不能尽其才，今悔而无及也。"[③]储欣是清代前期以选编《唐宋十家文选》的古文名家，其子储芝说他"以时文名海内垂四十年，顾不自爱惜，自借刻房行稿外无只字之遗，独所为古文谓颇窥见古作者立言宗旨"[④]。他在文章中描述了自己学习时文、古文时所产生的矛盾状态，他先是学习时文，后转学古文，为了博取功名又不得不研习时文，在这个过程中，他感到："自是之后，茫无适从，志乱气靡，百累交集，读先辈则受累在先辈；读时文，即受累在时文，未得手而厌生，已改途而复忆。清平奇正，往往三年之文，若出数手，一年之作，亦分数体，此最可笑也。"[⑤]

二、时文与古文关系的倾斜

自明初始，时文与古文的关系一直偏向于时文方向，古文创作处于被压抑的状态。明清易代缓解了时文与古文之间的紧张状态，使之朝着有利于古文发展的方向倾斜，从而形成了清代前期古文创作的繁荣局面。

入清之后，许多坚持操守的士人放弃科举潜心从事学术研究和古文辞写作。他们从时文规范中解放出来，以手中的笔沉痛地抒写自己在易代之际的经历、感受和思考。黄宗羲、顾炎武、王夫之、傅山、周容、王猷定等遗民学者、作家是清初散文创作的主要力量，他们既重视文章的内容，也注意文章的形式和艺术，他们的作品思想深邃、情感沉痛，是清初散文的精华，也对清代文风的演变产生了重大的影响。

从晚明以来，一些有理性独立精神的士人就不愿受科举的束缚，主动放弃科举，专心从事自己喜爱的学术研究和文艺创作，如徐弘祖、张岱、谈迁等。清初的一些士人继承了晚明理性独立精神，不受世风所染，坚守自己的独立人格和学术精神，万斯同、刘献廷、王源、廖燕是其中突出的代表。他们是一批疏离八股文化的群体，古文也形成了鲜明的特色。廖燕认为："八股非书也。书盖文之总名，而八股特其一耳，故曰时艺，言其为艺仅可验于一时也。今天下士莫不以读书自居，及问其所读之书为何，则舍八股外无一知者。即间有之，亦千万中一二人，而文中之一二体而已，便谓之读书，可乎？"[⑥]他还说："尝以谓天下之乐，莫如读书。尽天下古今之书，皆予所当读者。尽天下古今之文，皆予所当作者。宁必八股云乎哉！予因弃八股而从事于诗古文词。"[⑦]

---

① 《复洪虞邻书》，《湛园集》卷三，《影印文渊阁四库全书》本。下文引用此书均为此版本。
② 《与友人书》，《湛园集》卷三。
③ 方苞《记姜西溟言》，《方苞集集外文》卷六。
④ 《在陆草堂文集跋》，《在陆草堂文集》，《四库存目丛刊》本。下文引用此书均为此版本。
⑤ 《答杨明扬书》，《在陆草堂文集》卷二。
⑥ 《习八股非读书说》，《二十七松堂文集》卷十一，上海远东出版社1999年版。下文引用此书均此版本。
⑦ 《作诗古文词说》，《二十七松堂文集》卷十一。

明代中期以来，环太湖周边的江南地区成为中国经济、文化最发达的区域，江南的苏、松、常、镇四府和浙江的杭、嘉、湖三府不仅市镇繁华，居民生活富庶，而且科举文化传统十分深厚，可以说是全国人才的渊薮。满洲人在征服江南的过程中，由于推行剃发令等民族歧视政策，遭到了江南士人顽强的抵抗。顺治年间，江南士人延续了明末以来的结社传统，文社活动仍然非常活跃，他们与南明政权、郑成功的抗清军队都有密切的联系，反清复明的情绪一触即发。自顺治十四年开始，满族的高层统治者怀着仇恨的情绪来报复江南的士绅。顺治朝先后兴起科场案、通海案、哭庙案，这些案件都株连甚广，一大批江南士人身首异处，妻子儿女流徙塞外。康熙即位初期，四大臣辅政，彻底改变了顺治皇帝重用汉人的政策，恢复了满洲的一些旧制，在朝的汉族官员多被闲置。顺治十八年清廷发起的奏销案使绝大多数江南士人受到不同程度的冲击，数以千计的江南士人因为絓误钱粮而被褫夺已有的身份沦为布衣，奏销案不仅使他们倾家荡产，而且断绝了他们参加科举考试博取功名的希望，这是最致命的打击。奏销案是由江南苏、松、常、镇四府和溧阳一县拖欠赋税引发的，江宁巡抚朱国治将赋税逋欠"归过于绅衿、衙役"①，于是"章下所司，部议不问大僚，不分多寡，在籍绅衿，按名黜革，现在缙绅，概行降调"②。"奏销一案，据参四府一县，共欠条银五万余两，黜革绅衿一万三千余人"③。孟森先生说："整理赋税，原属官吏职权，特当时以故明海上之师，积怒于南方人心之未尽帖服，假大狱以示威，又牵连逆案以成狱。"④这批士人失去了家产和仕进的希望之后不得不四方奔走，游幕授经。他们此时不需将主要精力用于揣摩八股制艺，于是转而致力于诗歌古文创作，希冀通过文字为自己留下名声。他们不幸的遭遇和丰富的阅历为他们的诗文创作提供了充实的素材。许多江南士人选择古文作为写作的主要方向，因为古文这种形式与现实联系得非常紧密，在古人的心目中，是可以传世的文字。江南士人的经历和写作转向给古文创作注入了生气和活力，推动了古文的繁荣。计东、邵长蘅等是清初遭受奏销案打击后转向古文写作而成就突出的代表，在四方奔走，授经游幕过程中他们开阔了眼界，加深了对社会和人生的认识，他们的古文创作有了坚实的生活基础，正如邵长蘅《青门旅稿自序》说："嗟乎！士负七尺躯，进不能有所竖立，退不能岩栖谷饮，垂老矣，溷姓名于不仕不隐间，为乡里所笑，行自惭也。不幸如昌黎所云，衣食于奔走，学殖日落，而犹欲以是詹詹者与立言之士争身后名于万一，又重自悲也。虽然，某于此亦有可以自信不为流俗毁誉非笑之所移者。"⑤

还有一个值得注意的因素，就是清廷在康熙二年八月废除乡、会试中的八股文，王士禛说："康熙二年，以八股制艺始于宋王安石，诏废不用，科举改三场为二场，首场策五道，二场《四书》、《五经》各论一道，表一道，判语五条，起甲辰会试迄丁未会试皆然。会左都御史王公熙疏请酌复旧章，予时为仪部员外郎，乃条上应复者八事，复三场旧制，其一也。尚书钱唐黄公机善之，而不能悉行，乃止请复三场及宽民间女子裹足之禁、教官会试五次不中者仍准会

① 叶梦珠《阅世编》卷六，中华书局2007年版。
② 叶梦珠《阅世编》卷六，中华书局2007年版。
③ 叶梦珠《阅世编》卷六，中华书局2007年版。
④ 《奏销案》，《明清史论着集刊》，中华书局1984年版，第434页。
⑤ 《青门旅稿》，《丛书集成续编》本。

试三事，皆得俞旨。”[①]据此可知康熙七年又恢复以八股文作为乡、会试头场的惯例。废除八股虽前后只有五年，却对士人写作取向影响极大，因为策、论、表等文体都属于古文的形式，士人的注意力就转移到古文上来。康熙初年在常州倡导古文之学的陈玉璂说：“尝慨制举业困人已久，聪明才辨之士皆束缚无所骋。八股既罢，士得奋迅古文之途。……不数年八股旋复，天下士又不谈古文。”[②]程世英在《学文堂文集序》中也指出：“今天下文治蒸蒸，一时公卿大夫以及韦布之士踊跃奋兴于古文，思以阐发经史扬扢忠孝，翕然而起，如钟鼓之相应，可称极盛。”[③]科举考试废除八股给古文发展带来较好的契机和空间，“毗陵四家”的古文活动就是在这样的背景下展开的。

三、时文与古文的沟通

时文既然成为官方规定的科举形式，士人必须长期学习揣摩。寻求时文与古文的沟通，消减二者的对立和紧张成为明中叶以来时文家和古文家共同努力的方向。吴伟业说：“三百年来以帖括为时文，人皆趋今而去古，间有援古以入今，古文时文或离或合，离者病于空疏，合者病于剽窃，彼其所谓古文，与时文对待而言者也。”[④]简要地勾勒出明代古文与时文的互动关系。明代中期唐宋派开始尝试在创作上沟通古文和时文，把古文之法运用到时文写作中并取得了一定的成功。艾南英明确提出了以古文为时文的主张，在明末清初的时文和古文界产生了巨大的影响。他认为：“制举业之道与古文常相表里，故学者之患，患不能以古文为时文。”[⑤]清初沟通时文与古文的进程并未停止。郑梁就时文与古文的关系说：“古文以明圣贤之道，时文以代圣贤之言，此如一父子，同原共本者也。”[⑥]时文与古文既然同原共本，沟通二者也就理所必然。贺贻孙认为：“制义犹古文也，其相题审脉，排比格调，虽有不同，然其正反开合往复转变者，法也，古文有之，制义亦有之也。其正反之相生，开合之递变，往复不测，转变之无迹者，巧也，古文有之，制义亦有之也。”[⑦]这是从写作技巧的角度指出时文和古文的相通之处。戴名世是清代前期主张以古文为时文的代表，他认为：“文章风气之衰也，由于区古文时文而二之也。”[⑧]时文与古文不应区分为二，在他的观念里，经义与策论都是“古文之派别”，必须以古文之法才能救时文“谬悠庸烂，浸淫蔓延”之敝。一些士人针对明末清初的时文的庸烂风气有意识地进行矫正，郑日奎说：“一二十年间不知谁创为墨体之说，群以肤饰为高华，以板滞模棱为浑厚典雅，以余视之，庸陋甚矣，彼且自命之曰：‘此应世体。’”[⑨]他在家乡与一些士人组织“汇征会”：“余丙申春入城读书，与同学诸子为汇征会，则江省庵先生实主之也。余辈联会后，乃力为复古之学以振之，每所课艺，皆排去墨体，自出新裁。理则原本

① 《八股》，《池北偶谈》卷三，齐鲁书社2005年版。
② 《盛珍示南芝堂稿序》，《学文堂文集》卷二，《丛书集成续编》本。
③ 《学文堂文集》卷首，《丛书集成续编》本。
④ 《古文汇钞序》，《吴梅村全集》卷第三十二，上海古籍出版社1999年版。
⑤ 《金正希稿序》，《天佣子集》卷三，《四库未收书辑刊》本。
⑥ 《万澹庵先生七旬寿序》，《寒村诗文选·寒村杂录》卷二，《四库存目丛刊》本。
⑦ 《与友人论文书三》，《国朝文录·水田居文集》卷二。
⑧ 《小学论选序》，《戴名世集》卷四，中华书局1986年版。
⑨ 《汇征会业序》，《郑静庵先生文集》卷六，《四库存目丛刊》本。

圣贤，法则神明先辈，要必以史汉诸大家之气行之八比排偶中。”[①]韩菼是清初扭转时文风气的重要人物，他在《进呈稿自序》中说：“菼自少为举子业，不从他师，侍先君子读书山中，日命抄录五经、《史记》、《汉书》、唐宋大家及弘永来先正诸名家小品，俾专心课诵，凡近科坊刻，屏弗令见也。”[②]在清代前期“以古文为时文”的进程中，储欣的功绩也引人注目，储欣一生教授生徒，时文和古文被弟子称誉为“两能其艺之至而法胥与道合”[③]，他的经历与归有光相似，志趣和事业也继承了归有光的衣钵，储大文说：“由安亭洎在陆且百三十年有奇，而古今文之道法始再合。”[④]时文风气变化很快，在“以古文为时文”的实践过程中，也出现一些偏差，王源《吴孝廉墓志铭》说：“盖自甲戌以后，文体大坏，以当事者欲变庸肤为高古而不得其道，凡遇支离谬戾不可解之文，即以为奇才而悉拔之前列，又择其尤不可解者以魁天下。于是天下习为荒经蔑礼无文义之体，以为科名快捷方式。而真才夙学不肯与时俯仰如吴君者，率颠仆困踬而不遇。”[⑤]甲戌为康熙三十三年(1694)，清廷急于改变时文风格，结果导致文体的败坏。

在以古文为时文逐渐付诸实践的同时，时文也对古文产生了巨大的影响，对于唐宋八大家的学习逐渐缩小范围，最后只剩下欧阳修一人，田雯说：“今人之作古文者，率学唐宋八家。然于八家中，断不学柳，直学欧曾，以其与时文相近也。以前后照映为篇法，以简少妥帖为尽美尽善。呜呼！文章丧矣，今日遭此一辈蒙面人。黄山谷云：古之能为文章者，真能陶冶万物，虽取古人之陈言入于篇幅，无不妍妙。至于推之使高，如泰山之崇奇，如垂天之云，作之雄壮，如沧江八月之涛，海运吞舟之鱼，又不可守绳墨令俭啬也。山谷之言如此，今之为古文者梦梦矣。”[⑥]在唐宋八家中独推欧阳修，是因为他的古文与时文最为接近。明代唐宋派古文逐渐向欧曾之文靠拢，取得了与时文的调和，代表了明清古文的演变趋势。这种风气在吴中地区最为突出，毛奇龄说：“往者云间与东乡论文，援大易修辞之旨，自六经诸子下及汉魏晋宋齐梁诸为文者各示体要，与以正的。东乡不能难而云间之说遂行天下。既则吴中耆旧自相操戈，第推庐陵为鼻祖，而濂溪震川诸先辈宗分派接，以次礿祔，一日制举家便之。”[⑦]储欣就清代前期学习古文发表了如下的意见：“且夫时文之美，鱼也肉也，宿昔之食耳。古文如谷种，其生不穷，食之岂有量哉？但今日未能去离时文，即所先置力者，必择其与时文不甚悬隔，而以己之材质参焉。”[⑧]在“与时文不甚悬隔”的标准下，平易演迤的欧曾之文自然得到古文家的青睐。阮元从文体演变的角度指出了这一趋势：“明人号唐宋八家为古文，为其别于四书文也，为其别于骈偶文也。然四书文之体，皆以比偶成文，不比不行，是以明人终日在偶中而不自觉也。且洪武、永乐时四书文甚短，两比四句，即宋四六之流派。弘治、正德以后气机始畅，篇幅始长，笔近八家，便于摹取。”[⑨]钱仲联先生指出：“明清古文理论家，有时不免用写作时文的一套理论来处理古文，写作上有时也不免沾上一些时文的气息。但是二者的循

---

① 《汇征会业序》，《郑静庵先生文集》卷六，《四库存目丛刊》本。
② 《有怀堂文稿》卷五，《四库存目丛刊》本。
③ 储大文《在陆先生传》，《在陆草堂文集》卷首。
④ 储大文《在陆先生传》，《在陆草堂文集》卷首。
⑤ 《居业堂文集》卷一七，《丛书集成初编》本。
⑥ 《作古文》，《古欢堂集》卷二十一，《影印文渊阁四库全书》本。
⑦ 《王西园偶言集序》，《西河集》卷三十五，《影印文渊阁四库全书》本。
⑧ 《答汪尊士书》，《在陆草堂文集》卷二。
⑨ 《书梁昭明太子文选序后》，《揅经室三集》卷一，《丛书集成初编》本。

环影响，主要却在于古文影响时文的一面。古文影响时文，所以提高时文的水准；而时文影响古文，则是降低古文的品格。”①

清代前期的古文家，基本上都精熟于八股制义，有的还以时文名家著称。侯方域自述学文经历：“余少游倪文正公之门，得闻制义绪论。公教余为文，必先驰骋纵横，穷尽其才而后轨于法。”②这里所说的“驰骋纵横”就是以时文之法写作古文。长期的时文训练会对作家写作古文产生负面影响，魏禧就说：“吾少工时文，遂术增熟，稍一放手，时弱之调，便凑笔下。”③魏禧的感受在清代前期具有普遍性，时文是代言体，要以圣贤的语气阐发题目，作者自己的思想才情无法充分地发挥。长期从事这样的练习会使作者形成某种思维定势，一旦放开束缚写作古文仍然不能摆脱已成为习惯的约束，笔下的古文不免呈现拘谨卑弱的气格，这在方苞的古文中表现得最为突出。方苞古文所追求的“雅洁”，正是时文境界阑入古文的结果。钱大昕认为：“予以为方所得者，古文之糟粕，非古文之神理也。王若霖言灵皋以古文为时文，却以时文为古文，方终身病之。若霖可谓洞中垣一方症结者矣。”④乾隆朝的四库馆臣也说：“然论八股而沿溯古文，为八比之正派；论古文专为八比设，则非古文之正派。”⑤在八股文化的影响之下，清代前期的古文发展的基本趋势是以归有光古文为中介，上溯至欧阳修的古文，再上溯至《左传》和《史记》，桐城派古文是这个趋势的集大成者。

（作者单位：漳州师范学院中文系）

① 《桐城派古文与时文的关系问题》，《梦苕庵清代文学论集》，齐鲁书社1983年版，第78—82页。
② 《倪函谷文序》，《壮悔堂文集》卷一，《续修四库全书》本。
③ 《与诸子世杰论文书》，《魏叔子文集外篇》卷六，中华书局2003年版。
④ 《与友人书》，《潜研堂文集》卷三十三，上海古籍出版社1985年版。
⑤ 《四库全书总目》卷一九〇，中华书局1998年版。

清代初前期文人对欧阳修古文的评价

——从艾南英到方苞

欧阳明亮

欧阳修的古文在明末清初以至清代前期受到了特别的推崇，尤其是艾南英、钱谦益等由明入清的易代文人对欧文的地位和成就给予了很高的评价，欧阳修古文甚至一度被视为唐宋八家之冠，独祧史迁。不过，在一片推崇声外，另一些文人对欧阳修的古文发表了不同意见，并对当时出现的盲目效仿欧文的现象予以了批评，而稍后的桐城派先驱戴名世、方苞等人也对欧文发表了自己的看法。可以说，欧阳修的古文在清代初前期成为的古文领域评论的焦点之一，而这些评论与当时的文坛风气与理论走向紧密相关。本文即对此一时期古文领域出现这一现象进行梳理，以期反映这些评价背后的深层原因及与清代散文发展的脉络关联。

自从明人以“唐宋古文八大家”的名号将韩柳欧苏曾王等人“捆绑”在一起之后，世人对欧阳修古文的评价，总是与对“八大家”的整体评价分不开，所谓一荣俱荣、一损俱损。而明末清初正是唐宋八家古文普遍流行的时期，可以说，当黄宗羲在《明文案序》中对明代散文作盖棺定论的时候，就显示出清代初期乃至有清一代散文发展的主流方向，那就是以韩、欧为代表的唐宋八家古文为创作嚆矢。因此，欧阳修的古文在明末清初以至清代前期受到人们的推崇并不让人感到特别奇怪。不过，如果我们对时人的相关评论进行具体的考察，就会发现，在那段时间里，尤其是在明清易代之际，不少人对欧阳修古文表示了一种极端的推崇，他们往往将欧阳修标举为八家之冠，独祧史迁，其中以艾南英、王夫之、钱谦益等著名文人为代表。

作为明末豫章社的领袖，艾南英揭橥唐宋八家，与主张复古的陈子龙反复辩难，争夺坛坫，而就具体的创作实绩而言，艾南英于八家之中，尤嗜欧文。在他的许多论述中，就包含了以欧阳修牢笼诸家的意思。如：

> 千古文章独一史迁，史迁而后，千有余年，能存史迁之神者独一欧公。[1]

又言：

> 文章大家，亦复无所不有，方为大家，古文中惟欧公足当之。欧公有《史记》文、有韩文、有柳文、又有六朝鲜藻文，而亦自具宋时同时之文，如苏、如王、如李纲奏议，皆若于

---

① 艾南英《天佣子集》卷五《再与周介生论文书》。

欧集先见之。此所以为大家。[①]

可见，在艾氏看来，欧阳修的文章集众妙于一身，可谓尽善尽美，欧文不但传承了司马迁、韩愈、柳宗元、六朝文等前辈文章的精髓，甚至连苏轼、王安石乃至李纲等后辈的文章风格，也为欧文所先占。由此可以进一步推论，只要学习欧文，便可兼备古今各家之长。艾南英的这种观点在当时并非只是个人见解，王夫之也曾发表过类似的看法，他将学习欧阳修与学习八家中其他诸家的利弊进行比较，得出的结论是：

学苏明允，猖狂谲躁，如健讼人强词夺理。学曾子固，如听村老判事，止此没要紧话，板今掉古，牵曳不休，令人不耐。学王介甫，如拙子弟效官腔，转折烦难，而精神不属。八家中，唯欧阳永叔无此三病。[②]

很明显，虽然王夫之的论调不像艾南英那样绝对和极端，但他同样认为欧阳修的古文在八大家中最为典范，无其他诸家之病。持同样观点的还有在明末清初引领风气的文坛领袖钱谦益，他对欧阳修在《五代史》中表现出的精妙绝伦的叙述手法作了高度评价，他称赞说："以欧阳氏之史法，考之迁、固，若合符节，而其文章之横发旁肆，与太史公掉鞅下上。"并认为："六经、史之祖也；左氏、太史公，继别之宗也；欧阳氏，继祢之小宗也。等而上之，先河后海，则以六经为原；等而下之，旁搜远绍，则以欧阳氏为止。"[③]虽然钱谦益在这里更多的是强调"史家之法"，但史法与文法本为一体，钱氏的这番评论同样流露欧阳修古文水平足以超越唐宋其他诸家，上溯史迁而导源六经的意思。

在这些著名文人的影响下，当时的文坛一度出现了独尊欧文、摹拟欧文的风气，与艾南英同时的李长祥曾言及"今之世，渐趋文；其趋文也，趋八大家；其趋八大家也，趋欧阳"的现象，并举例说"近一古文名家谓欧阳好过司马，数年前亦面与仆言，谓碑、志、铭、表总是欧阳好，而不满昌黎"[④]。应该说，这种极端推崇欧阳修古文的热潮给当时的文坛造成了一定的弊端，李长祥就明确批评了当时学欧之人：

皆不过以欧阳为欧阳。又不过貌似，如貌人者，然不过貌衣冠，是亦愚于貌人者矣。又有愚者，一襟一带之间貌之，而即以为貌彼人者，且竟以为貌彼人也。人有易冠者，断首以易之。夫冠易矣，丧首矣。人之为欧阳，奚异是？则其为欧阳也，贼欧阳者也，自贼者也。[⑤]

此外对欧阳修古文用力较深，自幼便好"欧阳修文"的汪琬也看出文坛中貌拟欧文，步趋欧文的弊病。他在《与梁曰缉论〈类稿〉书》中也指出："今之读某文者，不曰祖庐陵，即曰祢震川也。其未读某文者，亦附和云云。悠悠耳食之论，某闻之未尝心服而首肯也。何也，凡为文者，其始也必求其所从入，其既也必求其所从出。彼句剽字窃，步趋尺寸以言工者，皆能入而

① 艾南英《天佣子集》卷五《与温伯芳论大家书》。
② 王夫之《夕堂永日绪论》外篇。
③ 钱谦益《牧斋初学集》卷三十七《天启元年浙江乡试程录》。
④ 李长祥《天问阁文集》卷三《与龚介眉书》。
⑤ 李长祥《天问阁文集》卷三《与龚介眉书》。

不能出也。”[①]

有鉴于此，一些文人开始对欧阳修古文的地位和成就进行了重新的思考，他们并不否认欧阳修古文的艺术水平，但却不同意将欧文标举为尽善尽美的创作典范，尤其是在将其与韩愈文进行比较时，他们往往认为欧不及韩，甚至一意压低欧阳修。持这种观点的有冯班、钱陆灿等人。冯班虽是钱谦益的门人兼好友，但他对欧阳修古文的观点却与钱谦益有所不同。虽然冯氏对欧文在革除时弊，开辟新路方面的积极意义有所肯定，如称赞“欧阳公之文，创革杨、柳之浮华，首变唐人之艰涩，千古绝作也”[②]，但他在对欧阳修古文作具体的评价时，却多有负面的言论。比如对于钱谦益所称赞的欧阳修的史家笔法，冯班颇不以为然，他认为“欧公文甚高，然用心不平，作史论则不便”[③]。而且他还将欧阳修与韩愈进行专门比对，以见二人之高下：

> 韩子爱今文而古之，欧阳子爱古文而今之。古之弊有限，今之弊不可胜言，有心于古文者，能稍变今日之俗文，易之以古文则善。……韩吏部之文，古文也；欧文忠公只是今文，不如唐人四六尚有古意在。[④]

冯班此处指斥欧文全无古意，认为今文之俗，流弊正始于欧阳修。这种观点在钱谦益的族孙钱陆灿那里得到了响应，钱陆灿在《汇刻列朝诗集小传序》中也说了同样的话，认为：“韩昌黎，古文也；欧文，今文也；反不如唐人四六犹有古意、古字句。”[⑤]可见，在冯、钱二人眼里，欧阳修不但不是千余年来独得史迁风神的人，反而是“古文”沦为“今文”、“俗文”的始作俑者。

当然，无论是“惟欧阳为大家”的褒赞，还是“欧阳只是今文”的批评，都显得过于绝对而有失客观。于此二种态度之外，当时还是有一些人根据自己的体会和见识对欧阳修古文作出了较为平允客观的评价。他们并没有过度的拔高或有意的贬低欧阳修的古文，而实事求是地揭示出欧文的艺术特色、存在的问题以及容易产生的流弊，在与唐宋其他诸家的比较中，他们也能给予欧文客观的评价，而不作人为的轩轾。如方以智准确地揭示出欧阳修古文的艺术特色同是平易而不留痕迹，即“去其痕而一以平行之”，并强调“八家大同小异，要归雅驯”[⑥]。魏禧则表示，如果过于追求欧阳修古文的这种特色，便容易导致文章的平熟寡淡，所谓“学永叔易失之平”[⑦]。但是，由于他们对欧阳修古文的评价和认识未能形成系统，因而无法纠正当时文坛在对欧文的接受上所存在的种种偏执，文坛也因此出现了“五十年来，家诵欧、曾，人说归、王，文体寖趋于正；然而空疏浅薄之弊百出”[⑧]现象，文体“寖趋于正”与文法“空疏浅薄”的矛盾成为清初前期古文领域中的主要问题。

正因如此，不少文人出于扭转局面的目的，在评价欧阳修古文时，开始更多的从文法着眼。其中戴名世是一个典型。戴名世的文学思想受艾南英的影响很深，他在文章中曾反复

① 汪琬《尧峰文钞》卷三十二《与梁曰缉论〈类稿〉书》。
② 冯班《钝吟杂录》卷八《遗言》。
③ 冯班《钝吟杂录》卷四《读古浅说》。
④ 冯班《钝吟杂录》卷四《读古浅说》。
⑤ 钱陆灿《〈列朝诗集小传〉序》。
⑥ 方以智《通雅》卷三《文章薪火》。
⑦ 魏禧《魏叔子日录》卷二《杂说》
⑧ 潘耒《〈朴学斋稿〉序》。

言及艾南英的意义和贡献："余考艾氏之时，文妖叠起，而诸选家为之扬波助澜，以故文日益趋于衰坏。艾氏乃不顾时忌，昌言正论，崇雅点浮，而承学有志之士闻艾氏之风而兴起者，比肩接踵。"[①]同时，戴名世还以艾氏之文学理想作为自己的目标，表示"此艾氏之叹，亦余之志也"[②]。也正是因为受到艾南英的影响，戴名世对欧阳修古文非常推崇，他和艾氏一样，认为在八家之中，欧阳修是史迁的嫡传：

是故以司马氏、班氏、欧阳氏之为大匠良将，而《史记》，而《汉书》，而《五代史》可成也。《新唐书》非欧阳氏一手之所定，遂不能与《五代史》齐观，则夫史氏非专家之学不可以称其任，此亦可以见矣。夫所谓专家之学者，天下之才也。如曾巩氏之所谓"明足以周万事之理，道足以适天下之用，智足以通难知之意，文足以发难显之情"，如此而后可以为良史矣。而或谓史之难作如此，作史之又难其人如此，故安所得如司马氏、班氏、欧阳氏者出而任之？[③]

由于戴氏对欧阳修推崇备至，以至当他的学生尤云鹏为他的文集作跋时，直接套用了艾南英所谓"能存史迁之神者独一欧公"的说法来夸赞其师："昔人称文章之逸气，三代以后，司马子长得之，后惟欧阳永叔得之。余谓历南宋至元、明迄今日，惟先生得之。"[④]

更为重要的是，戴名世在评价欧阳修古文时，将其紧紧与"法"字联系在了一起，他在文章中反复强调"《史》、《汉》、欧、曾之法"，并认为"吾未闻文章之事而可废夫《史》、《汉》、欧、曾之法者"[⑤]。所谓"《史》、《汉》、欧、曾之法"，即戴氏自己所说"相题之要而提挈之，参伍错综，千变万化而不离其宗，以为此《史》、《汉》、欧、曾之法也"[⑥]。很显然，在这"《史》、《汉》、欧、曾之法"中，处于中心地位的应该是"《史》"和"欧"，班固与曾巩都处于附庸，故而他在《汪武曹稿序》中干脆简称"武曹古文辞深得司马、欧阳家法"[⑦]。可见，戴名世是用一个"法"字，将欧文与《史记》紧紧联在一起，借此表明对欧阳修古文的推崇也应该着重于对文法的探究，而不是仅仅在字面上"貌其衣冠"。

需要一提的是，虽然戴名世在文法的传承上，乃至在文统上将欧阳修几乎摆在了超越韩愈而直接史迁的地位，但涉及道统一脉之时，却断然将欧阳修排斥在外，这一点显示出戴名世与艾南英、钱谦益不同之处，他坚决主张将欧阳修剔除出从祀孔庙之列：

欧阳修文章风节固属名臣，而于道学实未有所发皇……世徒以欧阳子文章风节为一代名臣而不敢有异议，而吾以为在孔庙则言孔庙，在祀典则言祀典，修之经传不若后苍、伏胜之流，阐明道学不若程、朱诸贤，则修之祀当移于其乡，亦修之所心安于九原者也。[⑧]

---

① 戴名世《戴名世集》卷四《九科大题文序》。
② 戴名世《戴名世集》卷四《己卯行书小题序》。
③ 戴名世《戴名世集》卷十四《史论》。
④ 戴名世《戴名世集》附录《尤云鹗跋》。
⑤ 戴名世《戴名世集》卷四《丁丑房书序》。
⑥ 戴名世《戴名世集》卷四《丁丑房书序》。
⑦ 戴名世《戴名世集》卷四《汪武曹稿序》。
⑧ 戴名世《戴名世集》卷十五《孔庙从祀议》。

从这一段话中可以看出，作为桐城派先驱的戴名世，一方面有着弘扬文统的意愿，一方面又力图维护纯正的道统，初步反映出桐城文派在文统和道统上的追求。

不过，戴名世虽然提出"司马、欧阳家法"，但却并没有对这个"家法"作具体说明，因此虽然他试图从文法的角度去阐扬欧文，但并没有示人以清晰可寻的门径，因此也无法真正解决当时古文创作"空疏浅薄"的弊病。相较之下，大力提倡"义法"的方苞在论及欧文及其所展现的文法时，就显得更为具体而使人有"法"可依。他在论及《五代史冯道传》时说，"冯道事四姓十君，窃位固宠于篡弑武人之朝，其丑行秽言必多矣，欧公无一及焉，而转载其直言美行及所自述，与'当时士无贤愚皆喜为称善，至拟之于孔子'，是之谓妙远而不测"[①]，因此他曾感叹"欧公最为得《史记》法"[②]。在这一点上，方苞所言与戴氏标榜的"司马、欧阳家法"的说法较为接近。但值得注意的是，虽然方苞和戴名世一样强调欧阳修在文法上对司马迁多有继承，但他对这种继承的最终效果却并没有全盘肯定。具体而言，方苞一方面认为欧公最能得《史记》之"法"，一方面却指出欧阳修并未真正明了《史记》之"义"，所谓"未详其义而漫效焉"[③]，这显然与戴名世关于"司马、欧阳家法"的提法有一定的出入，也即欧阳修并没有真正学到《史记》的精髓。在方苞看来，唐宋八大家中，真正能得《史记》"义法"的是韩愈：

> 子厚以洁称太史，非独辞无芜累也，明于义法，而所载之事不杂，故其气体为最洁也。此意惟退之得之，欧、王以下，不能与于斯矣。[④]

方苞还将欧阳修与韩愈进行具体的比较，指出"欧阳公号为入韩子之奥窔，而以此类裁之，颇有不尽合者"[⑤]。这里所谓的"以此类裁之"，就是从"义法"的角度去衡量。方苞不但认为欧阳修在明于义法方面不及韩愈，甚至认为与王安石相比也有一定差距。他在评论友人的文章时说："此文乃用欧公法，若参以退之、介甫法，尚可损三之一，假而周、秦人为之，则存者十二三耳。"[⑥]可见在方苞眼中，与韩愈、王安石比较起来，欧公的文法距周秦古人更远，更缺乏古意了。

应该说，方苞的这种态度，是从理论上对明末清初以来文坛上出现的"知欧阳，不知昌黎"、"知欧阳，未知司马"这一现象进行反驳。这一点也可以从其对艾南英古文观点的批驳上看出。虽然戴名世对艾南英非常推崇，但方苞在这一点上却与他的这位至友大相径庭，方苞十分不满艾南英过于推崇以欧文风格为主导的宋文的做法，他批评道："夫秦、周以前，学者未尝言文，而文之义法无一之不备焉。唐、宋以后，步趋绳尺，犹不能无过差。东乡艾氏乃谓文之法，至宋而始备。所谓强不知以为知者邪？"[⑦]既然方苞认为整个唐宋之文在整体上是对周秦古文等而下之的步趋效仿，那么在唐宋八大家中，最能得周秦古文神貌的韩愈、王安石也就更显得"法"，而艾南英关于"能存史迁之神者独一欧公"的说法也就自然不能成立，因此可以说，方苞是从理论上对极端推崇欧文、盲目摹拟欧文的现象进行纠正，力图建立一个

---

① 方苞《方苞集》卷二《书王莽传后》。
② 方苞《方苞集》集外文卷四《古文约选序例》。
③ 方苞《方苞集》卷二《书五代史安重诲传后》。
④ 方苞《方苞集》集外文补遗卷二《史记评语》。
⑤ 方苞《方苞集》卷五《书韩退之平淮西碑后》。
⑥ 方苞《方苞集》卷六《与程若韩书》。
⑦ 方苞《方苞集》卷五《书韩退之平淮西碑后》。

既不全然复古，又不一味从俗的无懈可击的古文理论体系。

总而言之，古文思想在明末清初时期逐渐趋于统一，唐宋八家之文成为人们普遍学习宗尚的对象，而在八家之中，欧阳修的古文受到了特别的推崇与钟爱，被许多文人奉为楷模，风靡一时，乃至出现“知欧阳，不知昌黎”、“知欧阳，不知司马”的现象。这种对欧文的极端态度以及由此产生的对欧文亦步亦趋的摹拟效仿，给当时的古文创作造成了不利的影响，因此有人对此作出了批评，但却不免矫枉过正，乃至将今文之弊完全归咎于欧阳修，认为他的古文全无古意，开今文从俗卑下之绪。这种评价上的两极分化表明，虽然此时文坛已经确立了以唐宋古文为效法对象，但对唐宋古文的具体看法和认识还存在分歧，以致古文创作领域出现了“文体虽正而文法空疏”的现实矛盾。有鉴于此，戴名世、方苞开始强调“文法”，尤其是方苞提出了“义法”说，他以“义法”为衡量标准，指出欧阳修对古人文法的继承上所取得的成绩以及存在的不足，为欧阳修古文在自己初步构建的桐城文派理论体系中寻找到了一个相对合适的位置。

（作者单位：井冈山大学人文学院）

气与道俱　斯文斐然

——简论林雨化先生的古文观及其创作成就

林　怡

一、林雨化其人

林雨化(1744—1811)[①],字希五,一字于川,乾隆戊子年(1768)举人,福建福州螺洲人。祖父林中坚,父亲林国香,“两世皆名诸生。雨化承家业学,少刻苦,为文章本盲左,参以太史之洁,故其所著体格,于柳州为近”[②]。其诗文集共四册,号为“灯花窗藏板”,系清道光庚寅(1830)仲冬刊刻,主持刊刻者有雨化先生的学生林瑞春(嘉庆辛酉科进士,曾任内阁中书、汉票签行走、帮办汉本堂事务,癸酉顺天乡试同考官,国史馆分校)、学生兼女婿陈功(清道光朝御史)和儿子林金绒(道光乙酉副举人、道光己亥举人)等,其中《古文初集》一册,《时古诗初集》又称为《林希五先生诗集》或《灯花窗诗集》一册,《时文初集》又称作《希五先生时文外编》一册,《时文代讲》一册。据《清人别集总目》,南京图书馆、台湾大学图书馆、福建省图书馆、福建师大图书馆都藏有上述林雨化的著述[③]。2009年福建人民出版社出版了《林雨化诗文集》的点校本[④],下文引用林雨化的诗文皆据此点校本。

林雨化生性耿直刚烈,“天性过人,尝以古豪杰自命,志在植纲常,扶名教。中经患难,其视得丧荣辱蔑如也”[⑤]。他壮岁中举,任过惠安、南平、宁德等地的学官,但因在任宁德教谕时反对并揭露官商勾结鱼肉百姓而得罪当权上官,被罗织罪名构陷下狱,中年发配新疆,历经九死一生而获赦,回到家乡时已年近六十。流放新疆期间,他虽为戴罪之身,但当地官员知其蒙冤,且钦慕他的道德文章,就派他掌义学。他在新疆倡明儒学,“所作《中庸代讲文》,乌鲁木齐人习其书,闽南林夫子至今不忘也”[⑥]。从新疆回到福州后,他老当益壮,在福州开元寺等亲执教席,孜孜于培养青年才俊。雨化先生一生经历颇富传奇色彩,和闽中硕学显宦梁章钜、林则徐两人的父亲以及梁章钜的岳父、福州鳌峰书院山长郑光策等都是至交好友,时

---

① 此生卒年系笔者根据林雨化先生诗文推考而得。见林怡编撰《林雨化年谱与诗文系年》,《林雨化诗文集》,福建人民出版社2009年版,第160—161页。

② 明万历初年陈润编纂、清同治年间白花洲渔增修,林贻瑞点校《螺江志·人物》,海风出版社2004年版。

③ 李灵年、杨忠主编《清人别集总目》第二卷,安徽教育出版社2000年版,第1372页。

④ 林雨化《林雨化诗文集》,福建省文史研究馆编,林怡点校,福建人民出版社2009年版。

⑤ 林瑞春《灯花窗诗集题后》,《林雨化诗文集》,第101页。

⑥ 陈若霖《林希五先生文集序》,《林雨化诗文集》,第105页。

常一起析文论道，并慧眼识人，当螺洲乡人亲友如陈若霖（末代帝师陈宝琛的曾祖父，雨化先生的夫人是陈若霖的堂姐）、林瑞春等尚在年幼时，林希五先生就对他们赏勉有加。陈若霖说他和堂姐夫林希五“交相亲爱”；“门下士薰其德者多成伟器”[①]，梁章钜和林则徐也都以他的子侄辈自居，梁章钜为其诗集作序，云：“螺江林希五先生于余为父执。余少随先君子游学鹭门，始受知于先生，蒙器重焉。”[②]其道德文章对梁章钜和林则徐都有影响，对林则徐立身处世的影响尤为显著。他晚年请后辈林则徐为他的古文作《后序》，林则徐在《后序》中说自己在“年方冠”时就“敬慕”雨化先生，“以父执礼进谒”[③]，深受雨化公赏识。雨化的好友还有与他同年中举的乡人、清朝名宦龚景瀚（即龚海峰，晚清著名学者龚易图的祖上）等。他以道德文章著称其时，当时才俊或友或师，皆从其游，他对福建福州、惠安、南平、宁德甚至新疆等地的士风都产生过深远的影响，对诸地的文化建设功莫大焉。本文特评述其古文观和古文创作的成就，以期有助于对清代文学史的深入研究。

二、林雨化的古文观

林雨化家学渊源，青少年时期就以擅长作文闻名当地。乾隆二十五年（1760），他“年十七，试童子军，李太守拔奇之，置前茅”[④]。李太守即李拔，乾隆年间为政福州，对福州文化建设贡献颇多。乾隆二十七年（1762）五月至乾隆三十年（1765）八月，纪晓岚奉命督学福建，青年林雨化“受知于学使文达公”[⑤]。乾隆三十一年（1766）林雨化二十三岁，因过于刻苦问学、耽于诗文而患病，养病期间专注于古文创作。他在中晚年为挚友龚海峰的古文作序，说：“予少好古文，而功不能专。年廿三患病，缠绵两期，因尽弃举业，恣览古文，颇得其解，辄执笔仿为之，前后共数十篇。予之学古文于是始，而今文亦因以稍进焉。”据此自述，林雨化年二十三起好古文创作，这反过来对他的“今文”即八股时文的创作也有很大的促进。乾隆三十三年（1768）他中举后，因在古文创作和时文制作上颇有声名，一生多讲授古文和时文，并留下了《时文初集》（又称作《希五先生时文外编》）一册，《时文代讲》一册。

林雨化的古文观屡见于他自己的文章中。他古文观的核心是“真气”论。他认为：古文与时文的作法并无二致，都要求有“真气”流贯于全文之中。所谓“今文古文无异学，亦无异法，得其法则千篇一律”[⑥]。嘉庆二年（1797）他结束了流放新疆的生活，回乡途中又经平凉，在此入住好友龚海峰家，因龚海峰的儿子向他请教作文之要，他写下了《书答龚年侄读书作文之要》；同时，他应龚海峰之请，为龚的古文集写了序。他回忆和龚海峰同年中举时，读海峰的时文，感到“其文波澜汹涌，夭矫若云龙，知其源出古文”[⑦]。古文与时文，在常人看来，是不同的文体，正如诗歌与时文，在常人眼里，更是极不同的文体，但是，袁枚《随园诗话》卷六

① 陈若霖《林希五先生文集序》，《林雨化诗文集》，第105页。
② 梁章钜《林希五先生诗集序》，《林雨化诗文集》，第29页。
③ 林则徐《林希五先生文集后序》，《林雨化诗文集》，第110页。
④ 《螺江志·人物》，林贻瑞点校，海风出版社2004年版。
⑤ 《螺江志·人物》，林贻瑞点校，海风出版社2004年版。
⑥ 《林雨化诗文集·送许生池生归家序》，第123页。
⑦ 《林雨化诗文集·龚海峰古文集序》，第119页。

云:“时文之学,有害于诗,而暗中消息,又有一贯之理。”[①]连诗歌与时文,“暗中”都有“一贯之理”,更何况古文与时文呢?那么,这“一贯之理”是什么?是“气脉”。无论写诗、作古文还是时文,都需要充沛流贯的气脉勃郁其间。时文创作讲究逻辑严密,脉络清晰,所谓心细脉清,而这也正是古文的要求。袁枚与程鱼门论唐宋诗歌、古文与明清时文,袁问程曰:“古韩、柳、欧、苏,俱非为时文也,何以诗皆流贯?”程回答说:“韩、柳、欧、苏所为策论应试之文,即今之时文也。不曾从事于此,则心不细,而脉不清。”[②]钱钟书先生在《谈艺录》七十二条“诗与时文”中就此还引用了《池北偶谈》卷十三记载汪钝翁云“时文虽无与诗古文,然不解八股,即理路终不分明”,并总结说:“五七字工而气脉不贯者,知修辞学所谓句法,而不解其所谓章法也。”[③]知句法不解章法,往往导致诗或文有句无篇。林雨化所谓古文与时文的创作“无异法”,说的是二者在“章法”上都要求有真诚充沛的气脉张扬流贯于全文之中。他说:“凡天地间不可磨灭之物,莫非真气所成,而文章犹是也。杜工部尝自言其诗曰:‘读书破万卷,下笔如有神。’神即所谓真气也。”[④]“真气”必由衷而发,“必出以中心,其不由中者,虽一言不乐也”[⑤]。惟有“真气”即“真”的“气脉”流贯全文,文章才能流畅顺达。钱钟书先生在论及林纾的翻译时说,“古文”有两方面。一方面是“所谓的‘义法’,指‘开场’、‘伏脉’、‘接笋’、‘结穴’、‘开阖’等等——一句话,叙述和描写的技巧”[⑥]。“义法”就是“章法”,章法也是时文所要求的,时文讲究破承转合等等,这些“叙述和描写的技巧”都需要有“真”的“气脉”将它们连贯成一体,否则文章就无法浑然天成,顺达流畅。林雨化认为“真气”“出于中心”,自然天成,不可“迫促”。他高度推崇他的前辈师长、著名闽籍古文家朱仕琇(1715—1780),说自己曾“得闻先生绪论,以为行文之法,如天地元气,积渐推移,自然成序;若一迫促,则化机降息。微哉其论文也”[⑦]!朱仕琇认为,作文先须“养气”,“气宜清明和平,不过求紧健”,“大体知言、养气为立言之要”[⑧]。朱仕琇在乾隆十三年(1748)中进士,后主讲福州鳌峰书院十一年,陈寿祺称赞其文“足以雄视海内”[⑨]。林雨化、陈寿祺等福州后进学子都深受其影响。林雨化说“今文古文无异学,亦无异法”,其中“无异学”的内涵之一便直接关乎“养气”。无论做古文时文,都应尊儒教、养正气,立志立言都应旨在载道明道,以补世用。在《书答龚年侄问作文之要》中,林雨化劝勉龚海峰的儿子们学习他们父亲的作品就行了,他说:“尊人之为人,纯任天真,不雕不饰。其存心也宽以裕,其持己也严以正,其待人也仁以恕,其居家孝弟,其居官清勤,此尊人所以为读书作文之本也。”[⑩]显然,林雨化认为,为文与为人是一致的,学源儒教,文有儒风,文如其人,文格即人格,文品即人品。他并认为文、学和志是紧密相关

① 袁枚著,王英志校点《随园诗话》,凤凰出版社 2000 年版,第 148 页。
② 袁枚著,王英志校点《随园诗话》,凤凰出版社 2000 年版,第 149 页。
③ 钱钟书《谈艺录》(补订本),中华书局 1996 年版,第 243 页。
④ 《林雨化诗文集·连江陈克守诗序》,第 121 页。
⑤ 《林雨化诗文集·连江陈克守诗序》,第 121 页。
⑥ 钱钟书《七缀集》(修订本),上海古籍出版社 1994 年版,第 94 页。
⑦ 《林雨化诗文集·郑在谦文集序》,第 120 页。
⑧ 朱仕琇《复黄临皋书》,转引自陈庆元《福建文学发展史》,第 457 页。
⑨ 陈寿祺《答高雨农舍人书》,转引自陈庆元《福建文学发展史》,第 462 页。
⑩ 《林雨化诗文集·书答龚年侄问读书作文之要》,第 116 页。

联的，说："故学视乎志，文视夫学。其志高则其学高，其学高则其文高，自然之理也。"[①]文从学出，学因志成。他所倡导的"志"就是韩愈在《答李翊书》中所提倡的"毋望其速成，毋诱于势利"的"圣贤之志"。清初顾炎武、黄宗羲、王夫之等人的诗文都提倡"文须有益于天下"，林雨化对文以载道、文以明志的重视正是对顾炎武等人反对空谈心性、主张学以致用的学风文风的继承。

如果我们把"真气"理解为出自作者内心的、隐伏于古文章法中的内在的思想、情感——文气以一贯之——那么，诚如钱钟书先生所言："古文"还有另一面——语言。古文和时文一样，在运用语言时也有"清规戒律"[②]，这就是朱仕琇说的"古文之道，正大厚重"[③]，林纾所说的"古文则雅炼而庄严耳"[④]。与"真气"相应，林雨化认为：文章语言的风格不仅与作者的学问有关，更与作者的性灵有关。他说："文章，根柢于学问，而疏瀹于性灵。盖天人各居其半，而成于天者居多。"[⑤]即便司马迁、韩愈、欧阳修等名家，他们学习前人之文，但终成一家之文风，"均就其性之所近而已。故其性高明者，其文疏以达；其性沉潜者，其文深以曲。虽学焉以矫其所偏，而其所近者究不能尽易也"[⑥]。与出自"中心"的"自然"、"天真"、"朴诚"的心性相一致，文章的语言也应该恬淡、平和、雅正、醇粹、隽永(即"津津有味")，这样的语言风格才能与"出于中心"的"真气"——"真"的"文气"、"文脉"相表里，也只有这样，才能文以载道，有补于世，"公善于人"。他赞扬龚海峰的古文文如其人，"纯任天真，不雕不饰"，[⑦]"气疏以达，词典以赡"，"直抒怀抱，辅以卷轴。其传家事也，朴诚委折，谆恳往复，令人孝悌之意油然以生。其论民事也，利害洞彻，处置得宜，令人动色改容，帖然心服。其余各体，浓淡不一，要其大旨，皆欲扶世立教，公善于人。《易》所谓'立其诚'者，其庶几乎"[⑧]！他称赞建宁县官谢修堂"其文甚粹。凡其所言，自勖而勉人，皆古大儒明体达用之学。其言皆津津有味，出于中心而不同润饰者"[⑨]。他称道他的挚友郑在谦(朱仕琇的高足)的文风，说："其文皆由中而出，不为粉饰，而其恬淡纡徐之致，则如春云吐岫，秋水澄波，若无意于文者，岂非所谓循序自然，无有人之见者存乎！"[⑩]他赞美老友赵溥堂的古文"文词雅健深醇"，"称心而出，醇厚清粹，委折周详，今之欧阳永叔也"[⑪]。他对语言风格的如此追求正是他的"真气"观在作文中的具体实践。下面，我们可以援引数篇他的古文作品，来具体看他如何在创作实践中贯彻他本人的上述主张。

---

① 《林雨化诗文集·书答龚年侄问读书作文之要》，第116—117页。

② 钱钟书《七缀集》(修订本)，上海古籍出版社1994年版，第94页。

③ 转引自陈庆元《福建文学发展史》，第456页。

④ 林纾《畏庐论文·拼字法》，转引自钱钟书《七缀集》(修订本)，上海古籍出版社1994年版，第95页。

⑤ 《林雨化诗文集·跋赵溥堂文集》，第135页。

⑥ 《林雨化诗文集·跋赵溥堂文集》，第135页。

⑦ 《林雨化诗文集·书答龚年侄问读书作文之要》，第116页。

⑧ 《林雨化诗文集·龚海峰古文集序》，第119页。

⑨ 《林雨化诗文集·送谢修堂先生赴选序》，第125页。

⑩ 《林雨化诗文集·郑在谦文集序》，第120页。

⑪ 《林雨化诗文集·与赵溥堂书》，第135页。

三、林雨化的古文创作成就

嘉庆十一年(1806),林雨化63岁,“自订其稿,有古文集若干篇”①。今存林雨化古文初集分为上卷17篇,下卷25篇,外篇4篇,凡46篇。主要文体有:为友人诗文集作的序或“后”(即跋),赠别友人学生的序,致友人的书,祝寿的序,墓志铭,论时政的诫、书、策,论古议今的辨、论、对、赞,以及写景叙事的记、述等。这些文章一个显著的特点是:简洁明达——要言不烦、言简意赅。如下卷中的《先批陈太孺人行述》和外篇中的《拟平海策》、《恭送汪大中丞荣归序》等,已经算是其集内的长文,但都在1000字左右,最长的文字不过一千三四百字。其集中最短的文章是《勤耐堂题额》:

> 天下无难为之事,亦无易为之事。《说命》曰:“惟学孙志。务时敏,厥脩乃来。”时敏,勤也;孙志,耐也。孔孟论学,意不出此。耐而不勤,是谓游忽。勤而不耐,是谓躐等。蹈是二者,百事无成,而况学乎? 今某创是堂而揭以“勤耐”二字,其所以垂训者深矣。后之人能无仰是额而兴起乎?

此文只有103字,但引经据典,由堂号题额而论及孔孟之教,自然天成,回味无穷,无怪乎林雨化的朋友赵溥堂称赞“说命二语,天然证佐”;陈烺则称赞此文“味美于回”②。林雨化擅长于叙事中寓议论,以小事明大道理,如《园丁田意画说》:

> 静庵叔祖贰易之涞水,署后有地一区,傭工人田意者,种蔬以食,且供杂役。其人貌甚朴拙,而颇知画。余夙欲图所好,因授意使绘。既受命,索之再三,皆曰:“有待。未得闲也。”伺其闲索之,曰:“心未得清也。”余戏曰:“子殆不吾画耶? 画出于手,奚与于心耶?”意曰:“天下事孰非出于心者? 耳目手足,特心之役耳。心不清则耳不聪、目不明,手足皆顽钝而不灵。君知画之在手,而不知画之在心。手从心出也。故欲画者,必先清其心。心清则气定,气定则思精,思精则意到。故未手画,先心画,要使吾画历历在心,无形而若有形,无象而若有象,然后举笔追之,一挥而就。不如是,虽善画者不能也。小人虽不善画,然每成一画,必出于心之清。心常动于昼而静于夜,故吾画常得于夜,不得于一日夜,常得于数日夜。人知手画之易,而不知心画之难。手画者画之迹也,心画者画之神也。小人非敢不画也,有待焉而已。”余曰:“善哉! 岂独画然哉!”因志其说以为鉴云。

此文只有322字,但通过叙述作者向园丁田意索画及与田意的对话,指出无论是绘画还是做其他事,都“必出于心之清”,否则就画不好、做不好。如此小中见大,于叙事中娓娓道来大道理,使得文章不枯燥乏味。林雨化的朋友陈颖棠称赞说:“君真得神者,借画说以自见也。”其实园丁田意的“心画”论,正与林雨化所推崇的诗文创作应该出于“中心”论相一致。林则徐称赞林雨化的文章“理足词茂,叙事明洁而达于议论”③,诚为的评。

---

① 《螺江志·人物》,林贻瑞点校,海风出版社2004年版。

② 《林雨化诗文集》,第145页。

③ 《林雨化集》,第110页。

林雨化古文的另一个特点是虽简洁却不乏跌宕变化。如《书梁芷隣〈武夷记游〉册后》:

武夷,天下名胜,而崇为吾闽属邑。窃思生平足迹所经,远度沙碛,险涉重洋,而独于近地名山反遗涉览,岂非憾事?一夕,梁礼曹芷邻以《武夷记游》一册示予,亟挑灯读之,则自南浦登程,旅遇同游,以至山中游历,分日登记,备详且悉。余略览一遍,而全山胜概,如在目前。窃喜素所欲游未得者,今乃于此册遇之也。次晨盥罢,复披册细读,则见其沿途所经,或舆,或步,或舟,远眺近瞻,一丘一壑,无不体会入微,刻镂尽致,其景之殿最,意之详略,心之趣舍,具见笔端,使读者神往而不能自已。移时,一友人至,予问欲游武夷否?其人愕然,不知所谓。予出册示之,因复与朗诵一遍,则见其兴会所至,往复上下,恰与灵山曲折相赴,令人应接不暇,益快斯游之壮,而客亦喜得游其所未及游也!夫天下名山异景,岂能尽历?但得才人笔记,即亦不啻身历其地。忆在轮台,尝读岭南屈大均《游华山记》,洋洋数千言,刻画奇胜,穷工极巧,忽飘飘如置身玉女峰头,至今犹恍惚遇之。

此文只有333字,但却层层深入地揭评出梁章钜《武夷记游》真乃"才人笔记"。全文并没有太花笔墨详细引述梁文原文,只是先说某夜梁章钜送来《武夷记游》,自己挑灯夜读,"略览一遍","全山胜概"就已"如在目前",因此暗自高兴虽没有去过武夷山,但读梁文就如同身临其境了;紧接着作者写道:第二天一早盥洗罢,又"披册细读","则见其沿途所经,或舆,或步,或舟,远眺近瞻,一丘一壑,无不体会入微,刻镂尽致",自己因此"神往而不能自已"。作者并没有就此收笔,而是进一步写道:不一会儿,有朋友来,作者问朋友想游武夷山吗?朋友听了莫名其妙。作者于是拿出梁文给他看,并和朋友一起朗诵一遍,主客两人"兴会所至,恰与灵山曲折相赴,令人应接不暇",不但作者自己"益快斯游之壮",连客人也"喜得游其所未及游也"!如此声东击西、"淡宕"[①]的神来之笔,使文章在短短的篇幅中显得有声有色,波澜曲折,引人入胜。但作者还不善罢甘休,在水到渠成地总结出"夫天下名山异景,岂能尽历?但得才人笔记,即亦不啻身历其地"这个道理后,竟然又回忆起自己落难新疆时,读屈大均《游华山记》的感受:"洋洋数千言,刻画奇胜,穷工极巧,忽飘飘如置身玉女峰头,至今犹恍惚遇之。"如此置身于玉女峰头的"飘忽恍惚"之感,不仅完美地烘托出了梁章钜《武夷记游》的魅力,更使得全文尽处,余味无穷。

《入览园记》是林雨化留下的另一名篇,全文共431字:

人情习则相忘。杭西湖、苏虎丘,四方称胜,而生其地者,视之若无睹也,以习而忘之故也。螺之为洲,若浮槎然。洲外诸山环拱,若垂幔然。晦明晴雨,四时之景,无不可观。居是洲者,多习而忘之。若使异方之人骤而临此,其必怪诧惊喜,无异吾之望虎丘西湖可知也。余尝爱西湖山水,思欲屏居其地,以乐天年。徐而思之:苟以吾洲之胜,结庐江岸,垂钓著书,与鸥凫为侣,亦足乐矣!窃叹洲千余户,名缰利桿、役役终身者皆是。欲求解脱世俗,屏居半亩,以乐江山胜概,殆不数觏也。叔父助斋,尝客游江湖。业既成,乃筑室洲浒,颜曰"入览",以为晚年游息及子弟肄业之所。予尝假馆其中。读书之暇,凭阑四眺,则岫献于户,水出于篱,网集于潭,船回于岸,多可喜者。时而云兴雾敛,

① 林瑛评点此文"淡宕",见《林雨化集》,第139页。

潮平浪涌，月明沙白，霞落骛起，皆得之几席之近。苟一扫俗累，静领其趣，不特可以调适性情，即文章之大观，于是在焉。慎勿习而忘之也！抑予尤有感焉：古人寄迹之地，往往名天下而传后世，如孙登之隐苏门，王维之居辋川，至今诵其遗文，稽其故迹，不胜流连企慕，如履其地而接其人。何也？地因人重也！今吾族居于此，既得地，又能砥行励节，卓然有以自立，则螺之洲何遽让于苏门辋川？后之望今，亦何必不如今之望昔也哉！因记园而兼以示勖云。

林雨化的家乡螺洲，又称螺江，是镶嵌在闽江口的一颗明珠。这里，乌龙江浩浩汤汤，逶迤入海；五虎山隔岸横峙，威然屏案。这里，芳洲碧岸，地灵人杰。洲有螺女庙，世代供奉白水素女螺仙。这里，古榕苍遒，人烟千井，家弦户诵，人文昌盛。自宋明以来，林、吴、陈三姓渐次定居于螺洲。数百年间，三姓成进士者二十余人，中举者逾百人，名臣高士，义夫烈女，屡出其间，代不乏人。宋枢密院签判林文茂、明少司空吴复以及清朝名宦陈若霖、陈宝琛、民国名士林庚白、名将吴石、陈长捷等皆籍出于此。自宋以来，螺洲就因其灵山异水而蔚为螺江八景：平波澄练、远屿堆蓝、螺渚春烟、龙津夜月、秋江渔唱、雪屋书檠、春潮带雨、野渡横舟。历代文人墨客，都在此地流连盘桓，争相歌咏。明人陈勋题诗赞美螺洲道："依依岸草隐沙凫，枫叶芦花起钓徒。若使春深桃李艳，风流端不减西湖。螺女高飞去不远，空留秋草映江寒。滩汀鸥渚朝朝见，碧峤丹崖日日看。澜光树色不胜秋，隐隐歌声天际流。才子文章高士志，月明犹照读书楼。四十余年江上屐，风流水国沾清华。水绕山环数百家，分明世外住烟霞。"生于斯长于斯的林雨化，在这篇不到500字的短文里，"通篇以'习则相忘'为骨，结构亦密，末段归重地以人传，为勖勉语"[①]，极尽故乡山水之美并激发乡人砥行励节以卓然自立。他的挚友郑振图评点此文道："俗手只将螺洲景物尽写入览中，便谓工致极矣。此则词尚体要，不泛作铺排，视镂金剪彩者，自有雅俗之别也。地因人重，亦安在不因斯文而增重哉？"[②]赵溥堂则称赞此文"精心结撰，匹敌柳州。末幅地以人重一段，柳州诸记中尚少，此特见"[③]。

林则徐说林雨化的古文"大体出入唐宋诸家，而得力于柳州集者为多"；"盖先生之于柳州，惟其神似，故其文之得力者为多也"[④]。较之于唐宋八大家，林雨化的古文风格更呈多元，毫不逊色于前人。其《记事》一文写道：

乾隆岁庚子，予公车北上，附三制军装船，由衢至杭。有一仆守船。予偶问："大人几位少君？"答云："止一位，初生甫数月。"因述大人原有两儿。巡抚山西时，有县令出，适一骑前行，前导呵之，不下。令挥擒之。其人即抽佩刀以拒，刀为前导所夺。询之，则辖下武进士也。令将刀诬以犯上，遂论死。临刑，其魂即到抚军署内，大诟，满口称冤，扼杀长君。又欲杀其次。大人惧，恳曰："我为令误。何不仇令而仇我乎？"曰："令何能杀我？杀我者汝也！我必绝而嗣。"又扼杀之。曰："我今且杀令。"遂到令署，亦大诟称冤。谓令曰："汝冤杀我，我必杀汝。"令伏地乞命，久之乃已。无何，令以罪去官，遣回家眷，甫出郭门，令之妻女忽发狂，自褫其衣至尽，赤体呼冤，万众堵观。其为厉如此。其

① 郑光策如此评点此文，见《林雨化诗文集》，第146页。

② 《林雨化诗文集》，第146页。

③ 《林雨化诗文集》，第146页。

④ 《林雨化诗文集》，第110页。

谈虽若不经，然以《传》载伯有之事观之，亦非不可信也。予常述以戒人。

及在新疆，同事王君某，滁全椒人，有才学，与予同寓州学官舍，唱酬甚洽。谈次尝为述及此事，王独默然。后予又述其事于河南李君时景，李曰："汝未知乎？此即王某事也。"予挢舌久之，曰："甚哉！世路之仄也。予向固尝为王君言之。"噫！方予之闻是事也，固不知为谁何之人，而漫述之以为戒耳。孰知远对万里外邂逅相遇之人，偶述数十年前道路传闻之语，乃适亲为其事之人乎？益知事不可妄为，言不可妄发。王君之事往矣，而我乃面暴之以触其所讳。我述王君之事屡矣，乃适述之于王君而悔其所难追。甚矣！言行之不可不慎也！然非李君之言，则亦不知为王君之事矣，此中若有天焉——以戒王君，并以戒予也！

在这短短的五六百字中，作者叙事论事貌似淡定从容，其内里则波翻澜涌，梁章钜评论说："两层奇事，合成奇文。叙次论断，俱极惊心动魄。"赵溥堂称赞道："前半叙事有法，后半句句老洁，手笔直逼庐陵。"林瑞春则评点此文"涉笔成文，随事见理。前叙后断，《左》、《国》之遗"①。林雨化的古文创作，能够兼取《左传》、《国语》、《史记》和唐宋八大家等历代文风之长，其文"浑灏似韩，峭洁似柳，闲逸似欧，至其悲壮沉雄，则直造太史公堂奥"②。其《辨惑》一文尤可见其道德文章卓然于世：

余司教宁德，有门士林芳杰被饬，假手其妹婿陈永爵以释憾。余惧约束不行，而士习将日偷也，以诉县。不理，禀府，反屈讯。予不能平，乃上控藩司，并学宪吉。藩司仍行府讯，竟入予罪。两司会鞫，强取服供不得，遂收予狱。两院覆讯，既察其冤矣，亦莫为伸。被系三月，狱吏劝予输服，即可出狱。不然，罪恐不免。予益不服。乃令予父为具愿呈，予子代书甘结。又惧余之终不服也，必得手书乃可。予不能狗。人皆惑之，谓予久系狱中，罪方不测，今即服罪，不过罢职，孰与不测之危乎？且以微员而与上官抗，必无幸胜，毋非智者之所出乎？余曰：不然。外人之为予谋者，利害之见也。予之自为谋者，道义之守也。利害，吾不敢知。吾所知者，道义而已。使吾诚有罪也，而坚不服，以与上官抗，上官即未吾罪，吾罪则既重矣。若无罪而自诬服，以狥上官意，上官即见怜而宽吾罪，吾其何以自解乎？且其诚伪不难知也。彼诚肯宽吾罪，何必强吾之服而始宽之？必待吾服而宽其罪，则其无以入吾之罪而必欲入之也明矣。方求入吾罪而不得，谓既入之而又宽之，其谁信乎？且彼亦何爱于我而为是委曲以宽吾罪也？至以吾之不服，为与上官抗，而虑其重加罪者，亦非平情之论也。吾实有罪而强不服，斯为抗矣。吾实无罪而不服，乃大顺之情，何谓抗乎？彼上官者，亦人耳。其明知吾之无罪而必欲入之者，不过欲自覆其短耳。彼欲自覆其短，而以吾之不为任短为抗而重吾罪焉，则非人矣！不以人之道待上官，是慢也。恐重吾罪而甘为之任短，是愚也。慢则失人，愚则失己，故吾宁冒抗之名而不敢居慢与愚之实。况师生大分也！门士而凌师长，大恶也。今释门士而罪师长，灭伦枉法，其何以训？上诬吾罪，上之过也。吾以自诬，吾之过也。己自取过而又成人过，罪莫大焉。欲轻其罪而反以重罪，不亦悖乎？昔王阳明先生谪居龙场驿丞，大府吏横，驿民不平，诟辱之，大府不悦。或以利害劝谢大府，先生不可。其言以礼

① 梁章钜、赵溥堂、林瑞春的评点俱见《林雨化诗文集》，第141页。

② 赵士泉《林希五先生文集序》，《林雨化诗文集》，第108页。

> 义忠信为祸福利害，以意外祸害比之瘴疠毒蛇，诚达理之言也。后大府亦无加害之事。盖守道安命，君子所以立身。行险徼幸，有宁死而不为者，此吾所以自信也，何惑焉？是为辨。

从《辨惑》一文，足见以恬淡平和之笔抒写刚正磊落之气，这是林雨化古文创作的又一显著特征。林则徐称赞先生此文"指陈道义，炳若日星"，"然皆平心言事，绝未尝以进奸雄、退处士、崇势利、羞贫贱者为过激之论。其余传记诸作，亦皆恬淡有法，不蹈畸异，文之和平又如此也"[①]。陈烺评点此文道："折驳处短兵相接，神似《左》、《国》。"林瑞春则说："犹忆在书堂时，先生尝曰：'学先辨志。孟子愿学孔子，我辈当愿学孟子。'后以严严壁立，触怒权贵，闻者哗然，因作此篇，守道严而析义必精，可谓不负所志矣。而舌底翻澜，反复详尽，亦全从七篇得来。"赵溥堂更称赞道："其人有骨力，其文亦有骨力。当今谁是出群雄，不得不以此事推袁矣。"[②]林雨化的朋友、学生对他的古文创作成就推崇有加，或称其文"立言有据，其真挚处，合昌黎、永叔为一手"[③]，或称其文"朴实真挚，悱恻缠绵，固当为欧阳公集中极盛文字"[④]。我国古文的传统"一直以发扬六经之旨，维系世道人心为创作的最高思想境界"[⑤]，林雨化的古文创作就代表了这种传统。如果说"明体达用"、"公善于世"等"载道"的立意追求使得古文创作具有庄严雅正的"崇高感"，那么，恬淡平和、朴实真挚、简洁明达、跌宕俊逸的语言与章法又使得古文创作具有醇厚隽永的"优美感"。康德说："崇高感动人，而优美感则醉人。"[⑥]"优美和崇高两者是不同的，那区别就在于优美使人欢愉，而崇高使人敬畏。但是两者的关系却不是互相排斥的，而是互为补充、相反相成的。崇高如果没有优美来补充，就不可能持久；它会使人感到可敬而不可亲，会使人敬而远之而不是亲而近之。另一方面，优美如果不能升华为崇高则无由提高，因而就有陷入低级趣味的危险，虽则可爱但又不可敬了。一切真正的美，必须是既崇高而又优美，二者兼而有之，二者相颉颃而光辉。"[⑦]林雨化的古文创作正是致力于将崇高感和优美感融为一体。他的友人陈大煜为其古文作序，云："然则为文，非气无以配道，非道无以帅气，气与道俱，而文不可胜用矣。先生内行循洁处约，无营自徼，前后凡有著作，不苟为，炳炳烺烺，一洗模拟剽窃之陋，而严洁条达，要可垂教传后。如前所称，气盛道胜，先生实兼之，不朽之业于是乎著。"[⑧]所谓"气盛"，即是优美感之体现；所谓"道胜"，正是崇高感之表达。这些名士对林雨化古文创作成就的肯定，足以说明林雨化的道德文章对时人影响甚大。

四、结语：对中国传统古文的再认识

自清朝亡后，中国传统的古文创作也日渐式微。有论者指出：在过去的近一个世纪中，

---

① 林则徐《林希五先生文集后序》，《林雨化诗文集》，第110页。
② 陈烺、林瑞春、赵溥堂评点，语见《林雨化诗文集》，第157页。
③ 谢春兰评点，见《林雨化诗文集·先妣陈太孺人行述》，第151页。
④ 陈大煜评点，见《林雨化诗文集·先妣陈太孺人行述》，第151页。
⑤ 谢楚发《散文》，人民文学出版社1994年7月版，第6页。
⑥ 转引自何兆武《历史理性的重建》，北京大学出版社2005年版，第78页。
⑦ 何兆武《历史理性的重建》，北京大学出版社2005年版，第79页。
⑧ 陈大煜《林希五先生文集序》，《林希五诗文集》，第107页。

包括古文创作在内的“中国古代文章学”遭遇了“沉重的打击”，“清末民初一大批文话著作长期被冷落，造成中国古代文章学史学术链的断裂”①。其实，自白话文取代了文言文，成为创作的主流后，不仅清末民初，而是整个中国传统古文的创作都陷入了困境。造成这种困境的一个重要原因是：现当代学界往往认为中国传统古文的创作其辉煌期已结束于唐宋八大家，对明清的古文创作成就或视而不见或忽略不计。比如，由章培恒、骆玉明先生主编的、影响甚大的《中国文学史》就写道：“唐宋古文的传统，在明固已不振，在清更无进一步发展的可能。因为在政治与思想文化专制高度强化的情况下，以卫道自命的文人其实不过以此表现对统治力量的积极依附，而不可能真正具有以‘道统’自任的信心，也更难以在‘载道’文学的旗帜下发挥个人的才性。”②其实，明清文人学士中不乏对唐宋以来的古文创作博采众长推陈出新者，上述林雨化的古文创作可见一斑，他不仅“真正具有以‘道统’自任的信心”，而且能够“在‘载道’文学的旗帜下发挥个人的才性”。上述林雨化倡导作文应出于“中心”之“真气”的古文观以及他融崇高感与优美感为一体的创作实践都证明了中国优秀的古文传统迄清仍不乏传人。林雨化恬淡平和、朴真诚挚、简洁明达却又不乏俊逸跌宕的文风笔力即便对现代以白话为主流的散文创作依然有足资借鉴的意义。我们希冀通过对林雨化等清朝名士文人古文创作的研究，能更全面地把握我国传统古文创作的流变，更好地汲取我国古文创作中崇高与优美并重的精华，让新时代的文学创作真正能够推陈出新、缤纷多彩。

（作者单位：中共福建省委党校文史部）

① 王水照、朱刚《三个遮蔽中国古代文章学遭遇“五四”》，见《文学评论》2010年第4期。

② 章培恒、骆玉明主编《中国文学史》（下），复旦大学出版社2004年版，第437页。

学术与文学的共生

——论仪征派“文言说”的推阐与实践

曹　虹

阮元仕途通达，履迹所至，必以振兴文教为己任。刘毓崧概括其影响力为“主持风会五十余年，士林尊为山斗”①。阮元出生并世居扬州府郡城（今扬州市广陵区），占籍仪征县，侪辈惯于称他为仪征人②，后学有尊称为“仪征师”者③。阮元倡为“文言说”，回归六朝文学观念，壮大骈文声势，以至形成宗旨鲜明的“《文言》学”④，其立说方法与文学个性中蕴含扬州《文选》学积淀与汉学经诂成就。仪征文派之发足与享名，实与此学术根基深有冥契，有共生合抱之态。

一、《选》学资源与学派导向

阮元标举骈文为文学之正宗，正如钱基博《现代中国文学史》指出：“阮氏之学，本衍《文选》。”⑤阮元《书梁昭明太子文选序后》曰：“昭明所选，名之曰‘文’，盖必文而后选也，非文则不选也。”他赞赏《文选》“必沈思翰藻，始名之为文，始以入选”的编选方针，并将之上续孔子《易·文言》这一“万世文章之祖”。作为《选》学发祥地，扬州历史上《选》学家辈出，由隋入唐的曹宪邃于小学，撰《文选音义》，始以《文选》教授诸生，受业者至数百人，曹氏门生同郡魏模、公孙罗等人相继传授，其中李善尤为翘楚，作《文选注》六十卷，征引繁富，疏证详明，其教授《文选》时，诸生四远而至，后又传其业，号“《文选》学”。阮元宅地为扬州城文选巷旧址，即曹宪故里⑥，对此他颇为自豪，特制“家住扬州文选楼隋曹宪故里”之印⑦。阮元“幼时即为

---

① 刘毓崧《阮文达公传》（仪征县志稿），《通义堂文集》卷六，民国《求恕斋丛书》本。

② 王昶辑《湖海诗传》卷四十载：“阮元字伯元，号芸台，仪征人，乾隆五十四年进士，今官浙江巡抚。”清嘉庆八年刻本。

③ 张鉴《揅经室文集序》曰：“癸酉（嘉庆十八年，1813）夏四月，鉴谒仪征师于淮安……以《揅经室文初集》十八卷编刻初成，命志缘起。”《冬青馆集》甲集卷五，《续修四库全书》影印民国四年刘氏嘉业堂刻《吴兴丛书》本。

④ 钱基博《现代中国文学史》论刘师培曰：“凡所持论，见《文说》、《广文言说》、《文笔诗笔词笔考》。盖融合昭明《文选》、子玄《史通》以迄阮元、章学诚，兼纵博涉，而以自成一家言者也。于是仪征阮氏之《文言》学，得师培而门户益张，壁垒益固。”中国人民大学出版社2004年版，第105页。

⑤ 钱基博《现代中国文学史》，第105页。

⑥ 阮元《南宋淳熙贵池尤氏本文选序》曰：“元家居扬州旧城文楼巷，即隋曹宪故里，李崇贤所由传《文选》学而为《选》注者也。”《揅经室集》三集卷四，中华书局1993年版，第666页。

⑦ 《沈周野翁庄图卷》藏阮元此印，潘祖荫《滂喜斋藏书记》卷一经部史部《宋刻金石录十卷》后亦有此章。参钱宗武、陈树《阮元文选楼藏书考述》，《湖南城市学院学报》2007年第3期。

《文选》学”[①]，引导者有本地乔椿龄、胡廷森两先生[②]；比乔椿龄等“论文非汉魏不出诸口，作文非汉魏不安于心”之旨趣熏染更深的，是来自房师孙梅的影响。乾隆五十三年（1788），阮元为孙梅《四六丛话》写序称：“元才囿陋质，心好丽文，幸得师承，侧闻绪论。”[③]孙梅雅好骈文，其一生精力所萃之《四六丛话》因早亡而未能问世。嘉庆二年秋，阮元敦促孙梅之子刊刻该书，在他的资助下，这部集历代骈文批评之大成的著作于次年刊布。阮元此举固然是报知遇之恩，其中亦不乏张扬骈文的意味。序文辨“子家所谓以立意为宗不以能文为本者也”、“史家重于序事所谓传之简牍而事异篇章者也”，本《文选序》对“文”之义界已有限定；其对文章史统绪加以勾勒时，将唐宋古文置于“子史之正流”、“文章之别轨”。

乾嘉汉学的兴盛，本具有相当的文学导向功能。以阮元为首创的仪征文派，其实也与乾嘉学术格局中的扬州学派互有融摄，从而强化了具有地域底蕴的个性色彩，成为清中期骈文中兴的一支重要力量。扬州学派阮元、汪中、凌廷堪、焦循等人皆主为文须根柢经史，推重《文选》之学，其文学理念与其学术倾向有着内在联系。善学六朝的汪中[④]，在骈文创作上成就非凡，被同乡王引之称许为能“根柢经史，陶冶汉魏”[⑤]。凌廷堪长于骈文，喜作《选》体，被江藩评为“得魏晋之醇粹，有六朝之流美”[⑥]，他于乾隆四十三年（1778）撰《祀古辞人九歌》，旨在表明“论古文以《骚》、《选》为正宗”[⑦]，他对文章特征的描绘颇接近于齐梁时代的纯文学观：“炳炳者其泽，琅琅者其响，渺渺者其情，蓬蓬者其气，不欲陋而欲华，不取奇而取偶。”[⑧]乾隆四十九年（1784）凌廷堪在给翁方纲的信中概述了汪中的观点：“汪君则以为《周官》、《左传》本是经典，马《史》、班《书》亦归纪载，孟、荀之著述迥异于鸿篇，贾、孔之义疏不同于盛藻。所谓文者，屈宋之徒，爰肇其始，马扬崔蔡，实承其绪，建安而后，流风大畅，太清以前，正声未泯。是故萧统一序，已得其要领；刘勰数篇，尤征夫详备。唐之韩、柳，深谙斯理，降至修、轼，寖失其传。”[⑨]对于“所谓文者”义界的思考，已把萧统《文选序》当作理论纲维。凌廷堪在写于乾隆五十二年（1787）的《书唐文粹后》一文中，明确把韩愈“化偶为奇”的古文排除于“文章之

---

① 阮元《扬州隋文选楼记》曰：“元幼时即为《文选》学，既而为《经籍纂诂》二百十二卷，犹此志也。”《揅经室集》二集卷二，第389页。

② 阮元辑《淮海英灵集》甲集卷四载：“乔椿龄字书酉，祖籍山西襄陵，自前明来扬州业鹾，遂占籍甘泉，江都焦循撰墓志铭云：‘先生沈酣六艺之精，涉猎百家之颐，故其操笔为文，厚而不愚，朴而不陋，论文非汉魏不出诸口，作文非汉魏不安于心……仪征阁学士阮元幼尝从之游。’元作小传云：乔先生讳椿龄，字书酉，甘泉人，善属文，以汉魏为法……元幼受业于先生。”清嘉庆三年小琅嬛仙馆刻本。

③ 《四六丛话》卷首，人民文学出版社2010年版。

④ 包世臣《复李迈堂祖陶书》称许曰：“近代学六朝者，唯见汪容甫一人。”《艺舟双楫》卷三论文三，《包世臣全集》，黄山书社1993年版，第337页。

⑤ 《述学》附录，辽宁教育出版社2000年版。

⑥ 《汉学师承记》卷七，中华书局1983年版，第121页。

⑦ 张其锦编《凌次仲先生年谱》载本年“先生论古文以《骚》、《选》为正宗，于是作《祀古辞人九歌》”。《北京图书馆珍本年谱丛刊》本。

⑧ 《祀古辞人九歌》，《校礼堂文集》，中华书局1998年版，第44页。刘奕《清代中期的“文笔说”：产生、发展与演变》评释曰：“如此严格的对‘文’的界定，大概唯有梁元帝萧绎曾经在《金楼子·立言》中作过：‘至如文者，维须绮縠纷披，宫徵靡曼，唇吻遒会，情灵摇荡。’按照这样的标准，古文家们的创作几乎都不能被称作‘文章’了，一种中国的纯文学观，千年之后再次出现。”《天津社会科学》2006年第4期。

⑨ 《上洗马翁覃溪师书》，《校礼堂文集》，第195—196页。

正宗"之外:"然谓为文章之别派则可,谓为文章之正宗则不可也。"[①]这些文章统绪的认识对阮元提出新文统观产生启发。阮元赞同顾炎武"博学于文"的主张:"元尝谓学如相如、子云之为文,必先学许、郑、景纯之所以为学。非有根柢,不能文也!"[②]焦循亦强调"非深博不可为文,非深博不可论人之文"[③],他还归纳出扬州文学的积淀所在:"扬州文学,如曹、李之于《文选》、二徐之于《说文》,此二书为万古之精华,而扬州泄之,为天下学者之性命,而广陵兼之。"[④]自豪于隋唐之际曹宪、李善师徒开创《文选》学,以及五代北宋徐铉、徐锴兄弟精治《说文解字》。这一派蕴含扬州学术文化积淀的观点,也引发了反对者的议论,如姚鼐《与石甫侄孙莹》认为凌廷堪"至以《文选》为文家之正派,其可笑如此"[⑤],反映出扬州学派与桐城派在文统观上的对立。

嘉庆九年(1804),阮元在家庙西侧修建隋文选楼,次年落成,奉祀扬州《选》学开山人物曹宪,以公孙罗、魏模、景倩、李善、李邕、许淹配祀,阮元为之撰《扬州隋文选楼记》、《扬州隋文选楼铭》二文,重申继承"昭明《选》例以沈思翰藻为主"之原则,更对曹宪等《选》学家的训诂传统加以强调。焦循之子焦廷琥《文选楼赋并序》述及此举的承前启后性,即"前则尊师儒以重训诂之传,后则厉闾里以发文章之秘"[⑥];阮元弟子张鉴作《隋文选楼铭》云:"落成之日,奉曹氏以下七栗主于楼上。考隋唐之际,学者竞尚浮靡,而曹氏独述两汉鸿文,贯通六代,然后江都李善继之,开有唐一代词学之先,不可谓不盛也。"[⑦]传达了阮元将《选》学与汉学纳为一体的理念。此时阮元回顾数年前任浙江学政时,主持编纂训诂学的集成之作《经籍纂诂》,自谓"元幼时即为《文选》学,既而为《经籍纂诂》二百十二卷,犹此志也"[⑧]。嘉庆十二年(1807)十月,阮元得南宋淳熙贵池尤袤本《文选》,为当世所存最古之册,遂收藏于此楼,复绘像卷首,撰铭文题图,铭曰:"萧选曹注,学传扬州。贞观之后,是有选楼。贵池宋本,刊板始尤。海内罕觏,数帙仅留。雷塘庵主,楼居邗沟,锦缄展校,髹椟晒收。绘像卷首,一笠横秋。"[⑨]对"学传扬州"的主角,有意偏向于"曹注",体现出扬州学派重汉学之立场。阮元门人梁章钜在《归田琐记》亦释曰:"吾师(指阮元)撰铭,所谓'建隋文选楼,用别于梁者'是也。"[⑩]阮元自言:"余之学多在训诂。"[⑪]以训诂为门径[⑫],擅长以文字义训作为考定古代文化之依

① 《校礼堂文集》,第290页。

② 文廷式《纯常子枝语》卷三七,《续修四库全书》影印民国三十二年刻本。

③ 《文说》,《雕菰集》,商务印书馆1937年版,第152页。

④ 《复姚秋农先生书》,《雕菰集》,第210页。

⑤ 陈用光编《惜抱先生尺牍》卷八,清宣统元年小万柳堂刻本。

⑥ 焦廷琥《蜜梅花馆文录》,中华书局1985年版,第95页。

⑦ 《冬青馆集》乙集卷八。

⑧ 《扬州隋文选楼记》,《揅经室集》二集卷二,第389页。

⑨ 《南宋尤本文选卷首画象铭》,《揅经室集》四集卷二,第746页。

⑩ 《归田琐记》,中华书局1988年版,第4页。

⑪ 《雷塘庵主弟子记》卷六道光七年记"福尝蒙庭训云:余之学多在训诂,甘守卑近,不敢矜高以贤儒自命。"《续修四库全书》影印清琅嬛仙馆刻本。

⑫ 《拟国史儒林传序》曰:"综而论之,圣人之道,譬若宫墙,文字训诂,其门径也。门径苟误,跬步皆歧,安能升堂入室乎?学人求道太高,卑视章句,譬犹天际之翔,出于丰屋之上,高则高矣,户奥之间未实窥也。或者但求名物,不论圣道,又若终年寝馈于门庑之间,无复知有堂室矣。"《揅经室集》一集卷二,第37—38页。

据[①]。他推崇曹宪等师儒的“训诂之传”，借重汉学方法与思路，对考定古代文学义界不失为一种学术利器[②]。

与阮元所建隋文选楼入藏古本《文选》同一年，其《揅经室文集》刊行。阮元自编文集之例与过程也是对其文学观之印证，何以用“文集”命名？实开启他借“文”之义训而展开的独特文学观。《揅经室续集·自序》回顾曰：“元四十余岁已刻文集二三卷，心窃不安，曰：此可当古人所谓文乎？僭矣妄矣。一日读《周易·文言》，恍然曰：孔子所谓文者此也。著《文言说》，乃屏去先所刻之文，而以经、史、子区别之，曰：此古人所谓笔也，非文也。”《文言说》及此后持续展开的文笔之辨，是仪征文派成熟的理论标志。阮元自我形容为“恍然”而悟，背后作为地域文化支撑的，实不乏《选》学故里氛围陶铸、扬州学派师友呼应，并通过一系列对“文笔”、“集”等概念的训释分梳，推阐文学本意，另辟文统蹊径。刘毓崧《阮文达公传》罗举其善由训诂而“发明大义”诸项特识，就包括“说各经之精义如《周易·文言》”。阮元《文言说》发凡起例，指出“孔子于《乾》《坤》之言，自名曰‘文’，此千古文章之祖也。为文章者，不务协音以成韵，修词以达远，使人易诵易记，而惟以单行之语，纵横恣肆，动辄千言万字，不知此乃古人所谓直言之言、论难之语，非言之有文者也，非孔子之所谓文也”。其中迳引东汉许慎《说文解字》“直言曰言，论难曰语”，亦显示倚重“汉人之诂”的旨趣[③]。

二、诂经精舍与学海堂的文学教学

阮元将自己体悟发明的“文言说”视为“千年坠绪，无人敢言”[④]，除寄示学友寻求共赏外[⑤]，更依托兴办书院、聚集僚属、奖掖人才诸方式作大力推广[⑥]，从而在更大的范围内成为“主持风会”者。在阮元所处的文坛，汉学与骈文相辅相成已创出业绩，囿于理学的桐城派古文受到一定压抑，阮元乘势发出严峻质疑：“今人所作之古文，当名之为何？”在“申明文诂”的命义上，弃逐散体古文，也是在更内在的层次上，为汉学在文学领域争地位。乾隆中叶以来，汉学以“崇尚鸿博，繁称旁证”见长，在文体上难免遭人讥议“其为文尤芜杂寡要”[⑦]；而在汉学家本身，亦不免流露以学术消解文学之倾向，如孙星衍中年之后“一其志治经，取少作尽弃

---

① 陈东辉《试论阮元在训诂学上的贡献》曰：“阮元的训诂学得之于王念孙，而阐明义理，又与焦循相近。王氏乃其同郡前辈，焦氏则是他的族姊夫。阮元还将研究训诂之学与探求古代文化有机结合起来，并以文字古义作为考定古代文化的一个依据。”《古籍整理研究学刊》1997年第2期。

② 阮元表明：“元以为昭明不在扬州，扬州选楼因曹氏得名，当祀曹宪主，以魏模、公孙罗、李善、魏景倩、李邕配之。”(《扬州隋文选楼记》)对此亦有研究者拟议：“但是，昭明作为《文选》的编者，其栗主供奉在文选楼上也是名正言顺的事，只是因为他‘不在扬州’，将他拿掉，未免有些不近情理。”(穆克宏《阮元与〈文选〉学研究》，《福建师范大学学报》2007年第12期)似未能婉转体察阮元方法学深意。

③ 《西湖诂经精舍记》曰：“圣贤之道存于经，经非诂不明。汉人之诂，去圣贤为尤近，譬之越人之语言，吴人能辨之，楚人则否，高、曾之容体，祖、父及见之，云、仍则否。盖远者见闻终不若近者之实也。”《揅经室集》二集卷七，第547页。

④ 《与友人论古文书》，《揅经室集》三集卷二，第610页。

⑤ 据郝懿行《奉答阮云台书》，嘉庆十八年九月初八他收到阮元来函，随函有《文言说》一文见示。《晒书堂外集》卷上，《续修四库全书》影印清光绪十年刻本。

⑥ 梁启超评述阮元“学问不如戴东原，而推广力过之”。《儒家哲学》，《饮冰室合集》第12册，中华书局1989年版，第67页。

⑦ 曾国藩《欧阳生文集序》，《曾文正公诗文集》文集卷一，《四部丛刊初编》本。

之”[①]，阮元《阅问字堂集赠言》却寄望于他能坚持以学者擅骈文，“勿使后人谓贾许无文章，庾徐无实学也”[②]。阮元严分文笔的思路，客观上也解决了汉学家写作失于体类的困惑。

阮元于嘉庆二年(1797)督学浙江时，于杭州孤山南麓构筑了五十间房舍，组织人力编成《经籍籑诂》这一规模宏大的古汉语训诂资料汇编。至嘉庆五年，阮元奉调浙江巡抚，次年遂将这些房舍辟为书院，与王昶、孙星衍迭主教席，选拔两浙诸生好古嗜学者读书作文其中，奉祀郑玄、许慎，颜其额曰“诂经精舍”。据阮元《西湖诂经精舍记》，师生间文学旨趣较重赋体，追求文有其质，他提到：“汉之相如、子云文雄百代者，亦由《凡将》、《方言》贯通经诂，然则舍经而文，其文无质，舍诂求经，其经不实。为文者尚不可以昧经诂，况圣贤之道乎！”[③]此期虽然重在以“经诂”为文章之根柢，但在文学体制与形式的练习与考课上，给予辞赋骈文以较大空间。

刻于嘉庆六年的《诂经精舍文集》由阮元编订，正如许宗彦为该集撰序称：“所载于古今学术，洞悉本原，折衷无偏，实事求是，足以发明坠义，辅翼经史。其余诗古文，或咀六代之腴，或挹三唐之秀，风标竣上，神韵超然。”[④]以六朝三唐秀腴之风为标的，可见神符于“以沉思翰藻为文”的骈文传统，这里的“古文”特指深得六代三唐骈体“古”义之“文”。继阮元编订《诂经精舍文集》后，罗文俊于道光年间编订《续集》，同治年间俞樾等编订《三集》，又于光绪年间陆续编订刊行四至八集。这八部文集凡收经史、词赋之作两千余篇，体现了一以贯之的课艺方针。具有朴学特色的骈体文，最能从某些命题方式看出，如《续集》有《郑康成为经神赋》，誉经学家郑玄为经学之“神”；《五位相得而各有合赋》、《黄钟之宫为律本赋》等，昧于经诂者难可率然下笔。特别是俞樾掌教诂经精舍时，课试赋艺多就经学史掌故或训诂学知识为题，如《三集》有《河内女子坏老屋得大誓三篇赋》、《五经无双赋》、《叔孙通定朝仪赋》、《汉诸儒会白虎观议五经同异赋》等。俞樾自同治七年(1868)至光绪二十四年(1898)掌教诂经精舍达三十一年之久，其间他遴选诂经精舍课艺的标准是：“说经之文多宗古义，即诗赋亦古体居多，非欲求异时流，盖不敢失许、郑两先师之家法，而鳌文达建立精舍之本心也。”[⑤]他循“精舍体例”[⑥]，在经学与文学旨趣上不违阮元“建立精舍之本心”。当《诂经精舍文集四集》编订付梓时，梅启照序曰：“粤东有学海堂，西湖有诂经精舍，其程试之法，以经训为先，而诗歌、骈俪之文同时并课。盖韵语天籁，鼻祖牺经；偶对妍词，发源帝典；名为词章，无非经术也。”[⑦]对于阮元开创的经训与词章兼胜的书院教风，作了清晰概括。

学海堂的创建，缘于阮元督抚两广。嘉庆二十五年(1820)，阮元仿诂经精舍之例，在粤东创办学海堂。学海堂东楹悬有阮元亲撰楹联：“公羊传经，司马记史。白虎德论，雕龙文

① 吴鼒《问字堂集题辞》纪其事，《八家四六文钞》，清同治十年刊本。

② 孙星衍《问字堂集》卷首，中华书局1996年版。

③ 《揅经室集》二集卷七。

④ 《诂经精舍文集》卷首，清嘉庆六年刻本。

⑤ 俞樾《诂经精舍四集序》，《春在堂杂文》六编卷七，《续修四库全书》影印清光绪二十五年刻《春在堂全书》本。

⑥ 俞樾《诂经课艺五集序》曰：“诂经精舍则专课经义，即旁及词章，亦多收古体，不涉时趋。余频年执此以定月旦之评，选刻课艺亦存此意，非敢爱古而薄今，盖精舍体例然也。”《春在堂杂文》六编卷七。

⑦ 《诂经精舍文集四集》卷首，清光绪五年刻本。

心。”[①]较之于诂经精舍，这时期的学术主张上更具包容性[②]，不过文学氛围前后相贯，此处举示《文心雕龙》，即同《书梁昭明太子文选序后》所谓“彦和《雕龙》，渐开四六之体”，重在确立骈文之“文统不得谓之不正”。阮元亲以“文笔”策问课士，发起更为精深的文笔考证，其子阮福率先拟对，文中引《金楼子·立言篇》，案曰：“福读此篇，与梁《昭明文选序》相证无异，呈家大人，家大人甚喜，曰：‘此足以明六朝文笔之分，足以证《昭明序》经子史与文之分，而余平日著笔不敢名曰文之情益合矣。’”[③]以为可与《书文选序后》相发明，命附刻于《揅经室三集》之末，显示阮元对于延续文笔讨论的看重。其后诸生所答，以刘天惠、梁国珍、侯康、梁光钊四人最佳，收入阮元于道光四年(1824)所选刻的《学海堂初集》卷七。基于学海堂文笔考证的理论深度，阮元又命阮福将四人所答之文汇辑成《文笔考》专书。

在学海堂所刻书籍中，关系到文笔观念及阐扬骈文的，以《学海堂集》、《乐志堂文略》、《唐骈体文钞》等为著。学海堂不设山长，而是遴选八位学长，同司课事，协力启导，更便于“专勉实学”。创办者阮元期待在这样的学规下，“庶望人才日起”[④]。学海堂从创建之日至光绪二十三年(1897)最后一次招生，历道、咸、同、光，达七十余年，担任学长者五十多人，肄业生中人才辈出。《学海堂集》的编纂，即为收录学长们的示范之程作和肄业生课艺佳卷，体现“人才日起”，前后刊出四集共九十卷。初集阮元所选的十五卷刻于建堂第五年，阮元序云：“初集斯勒，四载以来，有笔有文，凡十五卷。”仍然保持谨于文笔之辨的意识。道光五年(1825)，为了解答阮福对《文选》中有不押韵之作的疑问，阮元撰写了《文韵说》，除重申前期对“文”的界定外，更对“文韵”作出了通融的解释，使其骈文理论更富逻辑性。在调任云贵总督一年后的道光七年(1827)，阮元著《塔性说》，庭训阮福云：“《塔性说》，此笔也，非文也，更非古文也，将来姑收入《续集》而已。”对于何者能入文集，颇有讲究。

阮元离任后，学海堂的文风得以延续与光大。道光十二年(1832)，程恩泽典试广东，赞扬学海堂促进粤省文风之盛，有诗句曰：“粤东风高不可攀，学希马郑文扬班。”[⑤]亦赏及学海堂贯彻的汉魏六朝文风路线。道光十四年(1834)，阮元门下弟子卢坤出任两广总督，在致学海堂学长的函札中强调保持阮元创下的传统，“遵照旧章，以劝古学”，其中就包括“赋或拟古赋，或出新题，俱用汉魏六朝唐人诸体”[⑥]，仍显示对骈文传统的重视。由阮元识拔的学海堂习业士子中，颇多骈文之才，尤以谭莹最著，此外知名者尚有张杓、黄子高、侯康、梁梅等人。

谭莹，号玉生，南海人。幼颖悟，长于词赋。阮元督两粤，往山寺见莹题壁诗文奇之，遂以县考第一入泮。道光初，阮元开学海堂于粤秀山，以经史诗赋课士，见莹所作《蒲涧修禊序》及《岭南荔枝词》百首，尤为激赏，自此文誉日噪。前后委管学海堂学长、粤秀越华端溪书院监院，其自著《乐志堂文略》多胎息六朝之作，收入《学海堂丛刻》第二函，刊于光绪十二年(1886)。

张杓，字庆璇，先世浙江绍兴人，父游幕广州，遂为番禺人。杓少聪悟，弱冠能为古今诗、

---

① 梁绍壬《两般秋雨盦随笔》卷一“学海堂”条，上海古籍出版社1982年版，第28页。
② 参刘玉才《清代书院与学术变迁研究》，北京大学出版社2008年版，第131页。
③ 阮元《学海堂文笔策对》，《揅经室集》三集卷五，第711—712页。
④ 瞿兑之《人物风俗制度丛谈》，山西古籍出版社1997年版，第102页。
⑤ 程恩泽《展重九日……》，《程侍郎遗集》卷四，清咸丰五年刻本。
⑥ 林伯桐编、陈澧续补《学海堂志》“文檄”，清光绪九年续刊本。

骈俪之文。四十岁后折节治经学。道光二年阮元开学海堂课士之际，以杓首选。后复延入署，课其子。

黄子高，字叔立，号石溪，番禺人。少以词章擅名，年二十补县生员，益留心掌故考证，金石藏书甚富。道光十年督学翁心存以《南海对》试诸生，子高立就千余言，督学惊异，谓足与扬州汪中《广陵对》并美。次年遂以优行贡太学，总督阮元重之，拔为学海堂学长。

侯康，字君模，其先江南无锡人，祖金铉迁广东，为番禺人。康幼孤好学，读南北朝诸史所载文章，好之为文，辄效其体。总督阮元赏其文，由此知名。后乃研精经学，时称经师焉。其史学于隋以前尤精熟，正史之外旁搜群籍，网罗放佚，考其同异，欲仿裴松之注《三国志》例尽注隋以前诸史。

梁梅，号子春，顺德人。少有至行，每得异书，母氏鬻钗珥购之，及母卒，哀恸几绝，年三十尚困童试，布政使南城曾燠试粤秀书院课，见所作赋数篇，大为惊赏。总督阮元开学海堂，见梅所作《咏莲须阁黄牡丹诗事歌》，结句云："可怜宾主皆奇节，独愧当年校艺人。"读之击节。既贡成均，学使翁心存携入征途，相与酬唱，所撰游草呈学长陈鸿墀、钱仪吉，甚获击赏。

阮元抚浙创诂经精舍、督粤办学海堂，提唱隽流，扇扬骈文，余韵流风，绵泽颇广①。由学海堂课业也培养了《选》学新秀，如钱仪吉《粤海堂诸子课业评》所评课业中就有许玉彬《文选摘华》②。嘉庆二十五年文坛上出现了数种弘扬骈文的选本，身在广东康绍镛幕府的李兆洛于本年十一月选定《骈体文钞》，次年刊行，颇享誉于世；身在广东阮元幕府的陈均于本年二月辑刊《唐骈体文钞》，进入学海堂刻书系列，于此亦可窥广东的骈文气氛。

三、阮元"文笔论"与晚清文学观论争

阮元遥承六朝之文笔说，开宗明义，作《文言说》、《文韵说》等文，强调文必有韵，文必尚偶，偶词韵语始可称"文"，散行之体只能称为"笔"。道光六年，时任江苏巡抚的贺长龄嘱魏源编《皇朝经世文编》一百二十卷，颁布江苏书院学习，此书学术部文学类收录阮元《文言说》，充分肯定此一主张有为而发，具经世意义。"文言说"及文笔之辨在晚清的追随者，尤以刘师培为著。刘师培出于仪征经学世家，其在学术上为扬州学派殿军，1904年二十岁时撰《甲辰年自述诗》称"我今论文主容甫，采藻秀出追齐梁"③，表明赞赏汪中等扬州先贤所体现的六朝骈文传统，认为"文章正轨，赖此仅存"。次年于《国粹学报发刊辞》表露撰文旨趣(撰文篇第五)："一为文人，固无足观。立言不朽，舍文曷传。古曰文言，出语有章。昭明《文选》，巨编煌煌。"实为归宗张大阮元文言说。在其《广阮元文言论》中，确认"骈文一体，实为文体之正宗"。发表于《国粹学报》第一年第一号的《文章源始》，以阮元关于偶语韵文"易于

① 陈康祺《郎潜纪闻》卷十四"阮文达识拔谭莹"条载："中兴已来，岭南人士咸推番禺陈征君澧、南海谭舍人莹为岿然鲁殿，盖皆阮文达公学海堂弟子也。征君所著丛书近已流播，朴茂精塙，学湛于经；舍人《乐志堂集》文诗略亦多胎息六朝之作，相传文达节制两粤，以生辰日避客屏驺从往来山寺，见舍人题壁诗文，大奇之，询寺僧，始知南海文童现应县考者。翼日南海令来谒，公谕之曰：'汝治下有博学童子，我不能告汝姓名，近于夺令长之权代人关说，汝自扪索可耳。'令归，加意物色，首拔舍人，自此文望日起矣。康祺按：文达抚浙刱诂经精舍、督粤刱学海堂，提唱隽流，扇扬雅道，余韵流风，到今未沫，比之文翁、常衮、尸祝，百世无少愧也。"中华书局1984年版，第297—298页。

② 钱仪吉《衎石斋记事续稿》卷十，清咸丰四年刻本。

③ 李妙根编《刘师培论学论政》，复旦大学出版社1990年版，第552页。

记诵”的观点，证明韵文的发展出于传播需要。其他印证疏释之处不一而足。他还援据阮元“惟俪词及韵语始得称文”之定义，自编考订之作为《左庵集》，“又裒集其俪语及韵语为《左庵文集》”[①]。

刘师培坚持骈文正宗观，因涉及到文学性质的独特理解，对于近代文学观念的发展，尤其是审美独立价值的觉醒，提供了本土传统的内在资源。这一文学观的抉择，也取决于他倡扬国粹的经世热情。1905年，他与邓实、黄节等人在上海成立国学保存会，创立《国粹学报》，寄托其保种爱国的热望。在《国粹学报》第1至第10期，他连续发表《论文杂记》等论著，进一步深化阮元以来的文笔之辨，在《国粹学报》第11至第14期，他又连续发表《文说》五篇，申明“观于‘文’字之故，可以识文章之正宗矣”，使用的是阮元以训诂证体制的方法，认为“由古迄今，文不一体，然循名责实，则经史诸子，体与文殊；唯偶词韵语，体与文合”。

晚清国粹潮中另一位代表人物章太炎，其在与刘师培订交的1903年之际，致书刘师培曰：“国粹日微，赖子提倡。”[②]不过，在文学观上，章太炎则另有见解，显出分歧。1906年他在东京国学讲习会上发表《论文学》之讲演，后增删成《文学论略》，发表于《国粹学报》（后又易名《文学总略》，收入《国故论衡》），提出“榷论文学，以文字为准，不以彣彰为准”；“有文字著于竹帛，故谓之文”。从经学背景看，章太炎有意与今文学家工华妙之辞相抗而提出文贵质朴[③]。论争的过程也积累了理性成果。

阮元等骈文派是靠推尊萧统《文选》而树立起来的。章太炎对此欲作破除，就从瓦解萧统《文选》宗旨入手。《文选》所重之“篇什”在于：“若其赞论之综辑辞采，序述之错比文华，事出于沉思，义归乎翰藻，故与夫篇什，杂而集之。”（《文选序》）这实际上是梁代文人讲究辞藻、声律、对偶的美文观之反映。章太炎却批评萧统编纂《文选》“以能文为本”，不录经、史、子的做法，并反证说子书中像《庄子》、《荀子》、《吕氏春秋》、《淮南子》之类也具有“沉思”、“翰藻”。看出了萧统立说的拘限，但客观上也并不推翻“沉思”、“翰藻”作为文学性特征的概括。

阮元、刘师培一系的骈文观，还借重孔子曾作《易传》中的《文言》。阮元《文言说》宣称：“千古之文，莫大于孔子之言《易》。孔子以用韵比偶之法，错综其言而自名曰‘文’。”刘师培作《广文言说》，以示对阮元之说的追随。章太炎在《文学论略》中却宁愿取梁武帝对“文言”的解释：“《易》所以有‘文言’者，梁武帝以为：‘文王作易，孔子遵而修之，故曰文言。’”刘勰《文心雕龙·原道》有“言之文也，天地之心哉”的提法，章太炎讲解《文心雕龙》时，也是如此解释：“《易》‘文言’，梁武帝解作‘文王之言’，是也。”文献或史料证据并不确凿。

论争双方在寻求理论支撑时，都还用到《文心雕龙》。《文心雕龙》的文学观念，其实较为复杂，一方面反对晋宋文章的“讹而新”，另一方面本身就用骈体写成；其创作理论主要是建立在诗赋骈文创作实践基础上，而文体论部分又论述了三十余种实用文体。正是因为其文学观念的复杂性，《文心雕龙》在清代中后期骈散文的交锋中往往为对立的各家提供理论资源。纪昀心中的文学范围，要比刘勰狭窄得多，对于刘勰广论各体文章，把二十四种杂文体纳入《书记》篇，他批评说是“笼统敷衍”；而骈文派阮元等人则从《文心雕龙·总术篇》寻找到

① 钱玄同《刘申叔先生遗书总目序》，《刘申叔遗书》卷首，江苏古籍出版社1997年版，第8页。

② 《与刘光汉四》，《章太炎书信集》，河北人民出版社2003年版，第78页。

③ 参胡适《五十年来中国之文学》，上海申报馆1924年版。

"文笔论"的理论支持；长于散文的后期桐城派往往乐于称道《文心雕龙》"文体论"部分[①]。章太炎为了建立"泛文学观"，也从中作出独特引证："《文心雕龙》于凡有字者，皆谓之文，故经、传、子、史、诗、赋、歌、谣，以至谐、隐，皆称谓文，唯分其工拙而已。此彦和之见高出于他人者也。""彦和以史传列诸文，是也。昭明以为非文，误矣。"章太炎借讲解《文心雕龙》，也非难阮元等人热衷讨论的"文笔说"："《文心雕龙》始言文、笔之分。盖文、笔之分，实始东汉。然此分之界限，亦各不同。在东汉以诗赋为文，奏札为笔。六朝人以有韵为文，无韵为笔。唐人又以诗歌为文，颂铭为笔（见《一切经音义》）。至于阮元之说（言骈体始可称文），更不足道。"[②]在中西文化碰撞的背景下，晚清国粹潮中的文学观之争所拓展的思维空间广泛而生动，难以用一时的是非作简单的判定。

（作者单位：南京大学文学院）

① 参周兴陆《章太炎讲解〈文心雕龙〉辨释》，《复旦大学学报》2003年第6期。

② 章太炎讲、朱逖先撰《文心雕龙札记》不分卷，民国间稿本。讲解时间应在1906至1910年间。

汉宋调和的学术背景对嘉道时期桐城派发展的影响

张　维

嘉道时期桐城派迅速流衍全国，这是姚门弟子遵循师道，传播桐城义法主观努力的结果，也得益于嘉庆以降日趋明显的汉宋调和的学术氛围①。以往我们只强调了主观因素的影响，而对客观环境的重要性认识不足。其实，姚鼐之所以确立桐城派，就与汉宋之争的学术背景有着密切联系②。姚鼐之后，其弟子、门人还不断地与汉学论辩，以维护作为立派之本的程朱理学。方东树撰写《汉学商兑》，就是这种论争最集中的表现③。

无论是汉宋之争或是汉宋调和，对桐城派都产生了重要的影响。而京城作为当时的学术中心，更是各方辩论的集中之区。清代学术和文学密不可分的特点，使桐城派这样一个文学流派，不得不卷入学术漩涡之中④。而随着汉宋之间微妙的学术变化，桐城派亦在进出京城之间，应时而动，占据最有利的天时、地利、人和之条件。

当年姚鼐因不满汉学，出走京城，返回江南进行书院讲学，确立桐城派。嘉道时期桐城派的兴盛局面，则是以梅曾亮为核心的京城古文群体的形成，耀人眼目，为人称道一时⑤。因

① 罗检秋《嘉庆以来汉学传统的衍变与传承》第一章第二节“嘉庆以来的汉宋调融”，中国人民大学出版社 2006 年版，第 51—84 页。

② 参见拙著《岭西五大家研究》第一章第二节“延续桐城派的尝试和方法”。另可参考王达敏《论姚鼐在四库馆汉宋之争中的立场、孤立及其告退主因》，胡睿主编《桐城派研究论文集》，中国文联出版社 2006 年版。

③ 梁启超《清代学术概论》：“鼐屡为文诋汉学破碎，而方东树著《汉学商兑》，遍诋阎、胡、惠、戴所学，不遗余力。自是两派始交恶。”但梁启超同时指出，方东树《汉学商兑》对于“汉宋调和”的学术局面的形成，起到了积极的作用：“方东树之《汉学商兑》，却为清代一极有价值之书。其书成于嘉庆年，正值正统派炙手可热之时，奋然与抗，亦一种革命事业也。其书为宋学辩护处，固多迂旧，其针砭汉学家处，却多切中其病，就中指斥方‘汉易’者之矫诬，及方典章制度之莫衷一是，尤为知言。后此治汉学者颇欲调和汉宋……”上海古籍出版社 1998 年版，第 68—69 页。实际上，姚鼐就已经有调和汉宋之意。参见拙文《试论姚鼐、章学诚对考据学的态度》，《广西社会科学》2004 年第 1 期。姚鼐的弟子、门人基本也是主汉宋调和的同时，又偏向宋学。如刘开《学论下》：“汉宋之学既不可偏废，而轻重先后之差，学者所以致力，可得闻乎？夫学者所以学，为人也，故曰学之为父子焉，学之为君臣焉，必明于伦纪之训，身心之则，始能践义理之安。宋儒之学一以是为宗，此初学之所宜急也。先其大者、急者以立其本，然后迩之事父，远之事君，庶几忝乎为人。而汉儒之博闻强记则多识之功也。其能兼治汉学者，可以为通儒，其不能多识者亦不失为正士。此宋学之所以异于汉，而后先轻重不辨自见矣。”《孟途文集》卷二，《续修四库全书》本。

④ 正因为这样，所以也有“桐城学派”一说。参见魏际昌《桐城古文学派小史》，河北教育出版社 1988 年版。

⑤ 此前，姚鼐及其弟子，以江浙一带为中心，开始传播桐城义法。如江西陈用光从学古文于姚鼐，吴德旋与广西吕璜商讨古文，传授桐城理论等。陈、吕等又分别回乡传播桐城古文，培养了陈溥、陈学受、吴嘉宾等江西桐城派成员，以及朱琦、龙启瑞、王拯、彭昱尧等广西桐城派力量。分散各地的桐城派骨干，又因缘际会，于道光年间聚集北京，成为梅曾亮京城古文群体的重要成员。因此，嘉道时期桐城派的传衍，大致经历了两个阶段，即嘉庆年间分布各地的桐城星火，以及道光年间各地桐城中坚汇集京城。而后一阶段，才是嘉道时期桐城派再次为人瞩目的兴盛之时。

汉学的坚实壁垒，姚鼐在江南寻求立足，开门立派；因汉宋调和之势，梅曾亮二次进京，久居待机，开创了桐城派的空前盛况①。在此背景下，梅曾亮顺应潮流，提出了"因时"的古文创作理论，唤醒"文人"经世意识等，都极大地消解了因学术门户之见产生的意气用事，成为网罗天下人才，兼容并蓄的一面大旗。京中的一时才彦俊士，无不趋从响应。因而，嘉道时期桐城派的主要古文家中，理学家与汉学家并存一处，不问出处，只论古文，正是汉宋调和学术背景下的独特之景。

当时梅曾亮古文群体中的主要成员，既有朱琦、邵懿辰、吴嘉宾等学宗程朱的理学派，也有张穆、冯志沂、刘传莹、龙启瑞等专治朴学的汉学派。他们能够共处一室，讨论古文，除梅曾亮适时调整桐城派古文理论之外，1840 年列强的坚枪利炮也将汉、宋两派从无休止的争论中轰醒。面对国家存亡的危难，他们之间不再是水火不容，针锋相对。惩弊图强的经世之感，超越了一切门派之见，关注现实、扭转乾坤成为共同的目标。汉宋融合，彼此交流，对推动桐城古文的创作有着积极的作用。姚鼐"义理"、"考据"、"辞章"三者合一的理想境界，在这个时候更为真实可感了。从这一群体中各人之间频繁的交往、相互的影响中，不难看出这一点②。

以梅曾亮为代表的嘉道桐城派，一秉姚鼐以来的汉宋兼采之路，论学、论文之间这一思想时有可见。对此，梅曾亮在《九经说书后》③有较全面的表述：

> 昔侍坐于姚姬传先生，言及于颜息斋、李刚主之非薄宋儒，先生曰：息斋犹能溪刻自处者也。若近世之士，乃以所得之训诂文字讪笑宋儒！夫程朱之称为儒者，岂以训诂文字哉？今无其躬行之难，而执其末以讥之，视息斋又何如也？因出《九经说》相授，曰：吾固不敢背宋儒，亦未尝薄汉儒。吾之经说，如是而已。
>
> 昔李文贞、方侍郎苞，以宋元诸儒讥论糅合汉儒，疏通经旨，惟取义合，不名专师，其间未尝无望文生义、揣合形似之说，而扶树道教，于人心治术有所裨益，使程朱之学远而益明，其解虽不必尽合于经，而不失圣人六经治世之意，则固可略小疵而尊大体，弃短取长，积义成章，治经之道固如是也。……先生（姚鼐）之学，其精博固远过乎文贞、侍郎矣，而亦不奴主同异，则是书也，兼其长而无其短者欤？

梅曾亮认为姚鼐治经精博，超乎前人，固然值得肯定，同时，梅曾亮指出姚鼐不偏不倚、不随流俗的治学态度，更应该受到重视。梅曾亮敬重的正是这样一些"雄俊特出、不惑于流俗之君子"④。汉宋兼采的学术思想必然反映到古文理论中，梅曾亮说："凡人长于考证记问者，其魄强也；长于文章义理者，其魂强也。"⑤他甚至认为治经与工文非为二事，实则一也："然汉世能治经者，莫如贾生、董仲舒、刘向、扬雄，而其文皆非后世能言者所可及。故班固传《汉书》也，无《文苑》，独《儒林》而已。至范蔚宗《后汉书》，始歧而二之，而史之例遂沿而不可止，不

① 梅曾亮 1832 年再次进京，直到 1840—1841 年古文群体的形成，期间蛰伏近十年。从这个特殊的时间点上看，嘉道时期桐城派的重振，不仅得益于日渐缓和的汉宋矛盾，而且还与时局剧变有着莫大的关系。参见魏泉《梅曾亮的京师交游与桐城古文的流衍全国》，《人文中国学报》第十辑，上海古籍出版社 2004 年版，第 221—268 页。

② 参见魏泉《梅曾亮的京师交游与桐城古文的流衍全国》相关论述。

③ 梅曾亮著，彭国忠、胡晓明校点《柏枧山房诗文集・文集》卷五，上海古籍出版社 2005 年版。

④ 梅曾亮著，彭国忠、胡晓明校点《柏枧山房诗文集・文集》卷四《春秋溯志序》。

⑤ 梅曾亮著，彭国忠、胡晓明校点《柏枧山房诗文集・文集》卷六《练伯颖遗书书后》。

亦惑乎！然此非独为史者失也，即世之文士，亦群囿乎其说而不能自拔。”梅曾亮极力融合考据、义理和文章，其意明显。

邵懿辰治学、为文取向，在他游学京中后，也发生了变化。曾国藩《仁和邵君墓志铭》说道：“位西之学，初以安溪李文贞公、桐城方侍郎为则，摈斥近世汉学家言。为文章务先义理，不事缛色繁声以追时好。厥后以举人仕京师，为内阁中书、刑部员外郎，入直军机处，与上元梅曾亮伯言、临桂朱琦伯韩数辈游处，博览朝章国故，其文益奥美盘折，亦颇采异己之说以自广。”①所谓“异己之说”，即是汉儒考据之学也。

而学本宗汉，又研讨桐城文法的作家，其思想也因人而异，各有不同程度的转变。冯志沂《授经台记》②中的一段描写，常被看作“汉学”与“桐城派”之间尚存间隙的证据。文中写道：

> 道光中，上元梅先生伯言以古文词提倡后学，一时京朝官如诸暨余小颇、桂林朱伯韩、新城陈懿叔、马平王定甫诸子，时时载酒从先生游。余亦厕其末，执后进礼。虽未正师弟子之称，而是正文字不少假借之名师弟子者，或不逮也。时平定张石州传亭林、潜邱之学，与余善。先生（梅曾亮）不喜汉学，石州亦不喜八家文。先生闻余交石州，第默默不置可否。石州闻余从先生治古文，辄不乐，或怒加诮让。然余往来于两家者如故。

笃志顾炎武、阎若璩考订实学的张穆似乎对桐城派仍视同水火，难消成见，所以才会有如此激烈之反映，甚至有点“老死不相往来”的味道。而事实上并非如此③。张穆《月斋诗集》第一首诗即是《丁酉人日，春海年丈约偕蔡友石年丈、吴荷屋中丞、梅伯言郎中同游海王村，阻雪不果，乃移尊龙树院登高赏雪，谈宴竟日，月午方归，诗以纪之，凡四十韵》④。这应该是梅、张的第一次相识，即道光十七年（1837）。此后，二人交往不断。张穆主持“顾祠修禊”亦邀请了梅曾亮参加⑤。道光二十六年（1846），邵懿辰招集同仁为黄庭坚生日祭奠宴会，梅、张二人均在其中⑥。道光二十八年（1848）年梅曾亮生日，张穆也参加了⑦。这一年，张穆离京回乡，友人为其《烟雨归耕图》题诗赠别，梅曾亮亦在其中⑧。这些都说明张穆与桐城派并非原来所认为的那样关系僵持。那么，冯志沂所记又如何解释呢？

其一，从冯志沂文中看，他向梅曾亮学习古文时，应在1841年左右。此时，梅、张虽已认识，但交往尚不多，了解亦不深。张穆初闻此事，即表现出强烈的门户之见，还算自然在理。

其二，张穆性格直率，见有不合，即坦言不讳。祁寯藻说道：“道光间有以文学名都下者，曰平定张石州先生。其为人豪放明锐……海内名俊咸想望风采，蹑屣纳刺，载酒问奇者，几

---

① 曾国藩《曾文正公文集》卷三，同治十三年传忠书局校刊本。

② 冯志沂《适适斋文集》卷二，《续修四库全书》本。

③ 参见魏泉《梅曾亮的京师交游与桐城古文的流衍全国》。

④ 张穆《月斋诗集》卷一，《续修四库全书》本。

⑤ 参见魏泉《梅曾亮的京师交游与桐城古文的流衍全国》。

⑥ 梅曾亮著，彭国忠、胡晓明校点《柏枧山房诗文集·诗集》卷八《六月十二日山谷生日，邵蕙西舍人招吴子叙编修、张石舟大令、朱伯韩侍御、赵伯厚赞善、曾滌生学士、冯鲁川主政、龙翰臣修撰、刘蕉云学正及曾亮凡十人集于寓斋，舍人有诗属和》，上海古籍出版社2005年版。从中可见张穆与梅曾亮等桐城派作家都有着密切的来往。

⑦ 冯志沂《微尚斋诗集》卷一《伯言先生生日，招石州、位西、愿船同集寓斋。即事有作，兼怀余小颇雅州》，《续修四库全书》本。

⑧ 梅曾亮著，彭国忠、胡晓明校点《柏枧山房诗文集·诗集》卷八《张石洲烟雨归耕图》。

无虚日。顾石州不自挠屈,有以所著书或诗古文辞进者,无问其人位望,有不可于意,即指疵颣,口龂龂辨,折角陷坚,不遗余力。以是慕名而来者,或稍稍引去。"①所以,他对冯志沂怒加斥责,也属个性使然。

但张穆后来与京中桐城派群体能够保持往来,说明他对桐城派还是有所认同的,起码在汉宋兼采方面,与张穆有不谋而合之处。其弟子冯志沂说:"古之学者一而已,后世之学何多歧也。昔孔子之门有德行、有言语、有政事、文学,有狂有狷,一皆奉圣人为依归。惟子夏、子游论议时不合,亦未尝著书相非也。后之学者何异是也?曰时无圣人,故学术莫能相一也。圣人没而遗言在于经,苟求诸经则亦何为其多歧也?曰不求诸经,而专己自是者之蔽也。世之公患在士大夫不悦学,而一二才俊之士又不惟经之是求,乃沾沾曰吾汉学、吾宋学也。百工技艺之人,术业各殊,其志于巧一也。学圣人者所从入各殊,其志于圣一也。吾未闻百工技艺者之相非也。今也志圣人之志,学圣人之学,而乃愤焉操同室之戈自为吾道树之敌,则经之不明,学之不振,非佛老杨墨所当任其咎矣。"②从冯志沂的治学观点不难看出,张穆非固守汉儒之徒可同日而语,他也主张变通、融合。

而嘉道时期桐城派中汉宋共存,归根到底,统一于"经世致用"之中。梅曾亮的"因时"文论,实则包含有经世之意。嘉道时期桐城派作家从做人、做事到作文,都突显其经世色彩。如邵懿辰特意从方氏家谱中抄出方苞的 19 篇奏议,作为方氏文集的重要补充,以为这些奏议"建白国家大计,忠君爱国之意,溢露言表,足以觇儒者之实用,胡可废止?"③其目的无非为了强调方苞亦有经世之文,以此说明桐城派一贯主张经世作文,真可谓用心良苦。他还编纂书目,尤其侧重那些"济于实用而不可阙者"的书籍,强调的是读书实用观,其本意亦是以经世致用为出发点的。在《检书图记》中,他说:"窃自维念经者,天地之心。史者,天地间簿籍也。必木板刻之精善者而究心焉。外此宋儒者言理道之书,乃经之支流,亦天地之心之所寄。韩欧以来之述作,言文而行远,乃释经作史之准的也,其书要不为多。惟近世掌故、经济之书,不能不多,备观轴焉。……使书皆有益于人,而人不至受役于书……"④龙启瑞也编过一个书目,即《经籍举要》,用以指导生员读书,培养有真材实学的人才⑤。而冯志沂对轻视经世的所谓"文人学士"进行了批评,他说:"夫文章、经济、道学之判而不复合也久矣。士大夫当随便平时,周旋台阁,以文雅相尚。遇小事变,辄缩手挢舌,莫能画一策、赞一词。又或薄涉先儒理学之书,即高自标置,视天下事为中足为。有以民生利病之说进者,率目为近功利而不可与入尧舜之道,宜乎?盗贼起,兵事委之椎鲁之夫,饷事委之贪猾之吏,文人学士皆为高阁无用之物,而天下事几至于不可为。"⑥这其实就是梅曾亮所倡导的以"经世"与"文章"合一的方式回归"文人"职责之本。正是由于"经世"的目标,无论宗汉或宗宋,都能在桐城派古文理论中,得以实现自身价值。

桐城派作家在与汉学派交往中,自身的经学修养得到了很大的提高,甚至影响到古文创

---

① 祁寯藻《肩斋文集序》,张穆《肩斋文集》前附,《续修四库全书》本。

② 冯志沂《适适斋文集》卷一《书致经堂记后》,《续修四库全书》本。

③ 邵懿辰《半岩庐遗集·钞方望溪奏议后序》,《续修四库全书》本。

④ 邵懿辰《半岩庐遗集·检书图记》。

⑤ 参看拙著《岭西五大家研究》,第 178—185 页。

⑥ 冯志沂《适适斋文集》卷二《吴桐云文序》。

作的风格。如龙启瑞对音韵学产生兴趣，源于京中与刘传莹交游的影响[①]。刘传莹，字蕉云，湖北汉阳人。他不仅精于音韵之学，而且家中藏书丰富，达数万卷之多，龙启瑞就经常向他借书。龙启瑞在刘传莹去世后，与其侄来往的信函中提到："遗嘱细阅一过，泪下不忍卒读。……阅至藏书不许借人出门一条，竦然汗下。尊府因某而破此例，恐逝者之意不以为然。窃念令叔在日，于某借书，殊无所吝。临殁手示，犹谓'兄所借书，吾皆有之，缓缓可向凤山转索'。因此不敢自外，且使某得稍有进益，亦茉云之志也。"[②]可见，龙启瑞不仅得到刘传莹的亲身传授，而且刘传莹尽自己所藏，向他提供各种珍贵的书籍，这是龙启瑞最终在音韵学上有所造诣的关键，也是龙启瑞的古文创作形成与众不同的内容和风格的原因[③]。

从以上可以看出，汉宋调和的学术氛围是嘉道时期桐城派得以壮大声势的重要背景。这种基于实学、致用的融合，使桐城派的古文理论和创作必然更趋于实用，也就是针贬时弊、提出良方的经世文章。而处于社会危机时刻不断蔓延的桐城派力量，虽然成功地摆脱了汉宋论争带来的窘境，但也因为这样的特殊背景，使其随时局的变化迅速兴起又迅速衰落。嘉道时期桐城派作家有不少还是当时政坛的主要力量，而且他们大都参与到救世挽颓的实践中去。当他们在"太平天国运动"中因极力维护朝廷利益而丧命殒身，嘉道时期桐城派之盛况亦随之戛然而止，令人唏嘘不已。

（作者单位：广西大学文学院）

---

① 参看拙著《岭西五大家研究》，第174—176页。

② 龙启瑞《经德堂文集》卷五《致刘凤山》，光绪四年(1878)京师刻本。

③ 参看拙著《岭西五大家研究》，第59—60页，第188—190页。

论《粤西文载》祠庙碑文

何婵娟

古代中国是推行宗法制的国家，宗族是社会结构的重要组成部分，无论国之大事还是百姓日常生活之事，宗族都在其中发挥着作用。绵延几千年的宗族文化在物质形态上则表现为宗族祠堂的普遍建立。早在战国时期，公卿士大夫就已建立祠堂，如屈原流放之时，看到了“楚有先王之庙及公卿祠堂”[①]。其后各代均有士人为其祖先建立祠堂。到南宋时期，朱熹撰《家礼》，确立了祠堂的规模制度及其祭祀礼仪，使其后宗族祠堂的建设有法度可循。明朝嘉靖皇帝采纳夏言的建议，推广礼制，在全国普建宗祠，此后祠堂的建设在明清两代蔚然成风，其纪念对象很早就突破了宗族范围，扩展至值得纪念之人或神。与此相应，出现了一批祠庙碑文。

清代汪森辑录的《粤西文载》收集了广西自秦汉至明末的各体文章七十五卷，内容极其丰富。汪森搜辑非常勤奋，“搜阅历代史及诸家文集并类书小说，不下二千余种”(《粤西文载》序)。该丛书把祠庙碑文辑成一类，共四卷，这些祠庙碑文不仅记载了古代广西诸多历史事件，反映了某些时期的民俗文化，具有很高的史学、民俗学价值，还因其创作者多是文人士大夫，而具有较高的文学价值。

一、思想内容

古人很早就把碑文当作散文的一种体裁，如曹丕《典论·论文》言碑文创作原则：“铭诔尚实。”祠庙碑文是碑文的一个分支，至今为止对其展开文学研究者甚少，本处试就《粤西文载》祠庙碑文进行探讨。

1. 赞良吏

从内容上看，这些祠庙碑文体现了古人重祭祀之风。中国古代上至天子下至普通百姓都非常重视祭祀，所谓“国之大事，唯祀与戎”，祭祀是古代政治生活中的大事件。祭祀又因其对象的不同，其仪制也不一样。《粤西文载》祠庙碑文所祭祀的对象一般为对当地有突出贡献的人物。如卢瑞《安远侯柳公祠碑》记载了柳公平定广西动乱之功，他和岑侯合作，改思恩为军民府，作者评价道：“今观柳公区画思恩之地，虽不穷兵黩武，而盗自息，民自安者，得

① 王逸《楚辞章句·卷三·天问》，《四库全书》本。

非由其仁以存心，义以制事。”[①]柳公因其治理思恩、宜山诸地有功，故后人为其建祠纪念。又如谭惟寅《容县思贤堂碑》记载了唐宋时治理容县有功的五位贤人：唐肃宗时元结，唐代宗时黄翃，唐德宗时戴叔伦，唐顺宗时韦丹，宋高宗时王次翁。该文概述了五人治理容县之功：“丹以训耕织，兴学校，贫民自鬻者悉赎归之。筑州城十有三里，开屯田二十有四，所见《循吏传》。结身谕蛮酋，绥定八州。翃殄贼寇悉复故地。叔伦招怀夷落，威名远扬。史臣大书不可磨也。次翁慕元结为人，取结在道州时乞免科率二奏刻之石。其言曰：庶不堕元子之政，志尚如此，治绩可想也。”[②]明孝宗弘治年间曾下令全国各地建立名宦乡贤祠，以纪念对各地有贡献的官吏。蒋冕《全州名宦乡贤祠碑》、伦诏《陆川名宦乡贤祠碑》等都是为有突出贡献的官吏而作，这体现了祠庙碑文“赞良吏”的特点。

2. 褒忠烈

苏浚《重建怀忠苏公祠碑》记载了世人入祠之标准：“按祀典，有功于民则祀，以死勤事则祀，能御大灾捍大患则祀。”[③]其中“以死勤事”者即壮烈牺牲者。后人为他们修祠纪念，体现了褒扬忠烈之风。

苏浚此文记载了其先祖苏缄在北宋熙宁年间任邕州知州，其时交趾入侵，苏缄带领军民抗击失败后，苏家三十六人壮烈殉国，“公举家三十六人俱自燔死”[④]。苏家的这一壮烈举动感动了百姓，“邕人感公义，无一从贼者”。这事在当时产生了很大的影响，《宋史·苏缄传》记载了宋神宗对此事的处理：“神宗闻缄死，嗟悼，赠奉国军节度使，谥曰忠勇，赐都城甲第五，乡里上田十顷，听其家自择，以子元为西头供奉官、阁门祗侯……改授殿中丞，通判邕州”，“邕人为缄立祠，元祐中赐额怀忠。”[⑤]从《宋史》这段记载来看，朝廷对苏家的抚恤非常丰厚。邕州人民则世代受其感化：“自怀忠公忠谊所激，士争向焉，迄于今，俊者娴于章，木者束于墨，道及忠魂义魄，且为抚膺而悲，覆面而涕，虽国家蒸蒸之范哉！”[⑥]

董传策《遗忠祠碑》、胡拱辰《忠烈祠碑》、赵天监《玉林节义祠碑》均赞扬了士大夫的“忠烈”精神。其中胡拱辰《忠烈祠碑》反复强调“忠烈”精神，“吾知邦人为父子者，益以忠烈为训；为朋友者，益以忠烈为劝；而在市在野，类以公为景星卿云而披仰，以新厥德”[⑦]。

3. 敬鬼神

城隍信仰由来已久，据王永谦《土地与城隍信仰》一书考证，鲧是“中国最原始、最早的第一位城隍神主”[⑧]。其后各地的“人鬼”逐渐演变为城隍神，即人死之后变为城隍神。从《粤西文载》祠庙碑文可窥其一斑。

李源深《于忠王庙碑》记载了唐朝于向殉国成神的过程，于向成为城隍神后，极其灵验。“厥后民间凡水旱灾疾，祷之无不立应”，宋军与元军血战之际，“民竭力血战，存旧庙，立赵氏，凡出兵破敌，未尝不祷于王之庙。王则衣红袍，乘白马，耀金甲，麾虎旗，阴助其势。军士

① 汪森《粤西文载》，广西人民出版社1990年版，第146页。下文引用此版本者，仅列篇目及页码。
② 《粤西文载》，第117页。
③ 《粤西文载》，第194页。
④ 《粤西文载》，第194页。
⑤ 脱脱《宋史》卷四四六，中华书局1977年版，第3158页。
⑥ 《粤西文载》，第194页。
⑦ 《粤西文载》，第142页。
⑧ 王永谦《土地与城隍信仰》，学苑出版社2000年版，第147页。

临阵尝见之。故两广之地,元兵不能下,归附最后"①。

城隍信仰由初期的民间信仰,逐渐发展至全国性、官方性的信仰,各地普遍修建城隍庙以祠城隍神。洪武二年(1369),朱元璋改正祀典,将城隍神引入国家正祀之中。其后官员上任之初,多要拜谒城隍神。关兴张《重建上林县城隍庙碑》言:"城隍有庙,胜国以前未闻,至我朝始著。自畿辅而藩服府州县,莫不咸建。有司岁时谒祭以为常。其初莅任,则奉牲帛致誓词,罔敢怠也。"②《粤西文载》祠庙碑文不仅反映了古人的城隍信仰,也体现了他们敬重其他鬼神的思想。

黄润玉《浔州思灵山李御史广祐庙碑》记载了李御史成神之后灵验莫测的故事,作者评价道:"则参将公今日隆显之意,非有以媚神,实所以檄福于斯民也。"③陆坚《横州慈感庙碑》以自己的亲身经历来叙述神之灵验。祝禹圭《全州柴侯庙碑》写了柴侯之神秘。这些文章都反映了作者对神鬼的信仰,而其庙主都是实有其人,死之后成为了神。无论是城隍神,还是其他神,这些祠庙碑文都体现了古人敬重鬼神的思想,对神的祭祀则是古代中国重要的政事。

二、艺术特征

《粤西文载》祠庙碑文虽由多人在不同时期创作,但因为其文体同一,而具有相似的艺术特征。

1. 结构简明

《粤西文载》祠庙碑文多数比较简短,从结构上来看,多采用三段式,或四段式,超过四段的文章不多。

韩愈《罗池庙碑》第一段写柳宗元治理之下,柳州人民安居乐业。第二段写了柳宗元废除卖人制,修建孔庙等功绩。第三段写柳宗元死后成神,极其灵验。最后附有一段铭文。庙文中附带的铭文,其文辞多为祭歌,即祭祀时所唱之歌。《粤西文载》中大部分祠庙文是没有铭文的。程廷珙《桂林城隍庙碑》也是采用三段式,第一段写重新城隍庙。第二段写城隍之作用。第三段写祠神之好处。

无论是采用怎样的结构,多数祠庙文都会记述修建的原因与经过,其中不少祠庙是由官员们自发捐建的,文章一般会记载这些。如黎淳《太平府城隍庙碑》第三段言:"于是合郡官僚,各捐俸赀,抡材琢石,运甓陶瓦,财罔民征。"祠庙碑文多会交代修建者,修建的原因,庙主的主要事迹。要在短短文章中交代清楚这些事情,也需作者之功力。

2. 叙述有法

祠庙碑文结构虽然简明,但叙事却颇有法度,且不拘一格。如郭见义《创建三元祠碑》以议论开头,讲述儒道之兴衰,进而论本朝进士之不易,以此衬托冯公之杰出;接着讲李公为冯公建祠;又评论建祠之作用,最后补充交待冯公之仕宦简历。文章比其他祠庙文长了点,但

① 《粤西文载》,第136页。
② 《粤西文载》,第188页。
③ 《粤西文载》,第138页。

行文有法，层层衬托，突出了冯京之优秀。

又如唐光《桂林胥泽祠碑》学欧阳修《醉翁亭记》之开头，写其周围环境："环邑皆山也！峭拔惟胥泽峰，峰之下有祠焉。"①他学欧却不拘泥，描绘了胥泽祠地理位置的特点后，又叙述山峰得名于陶公，此山之特点，祠神之灵验。既表达自己对祠神的感谢，又希望后来人敬重祠神。文章简短，却逻辑清楚，层层递进。既写出了胥泽祠神之灵验，又写出了山之灵异，兼以缅怀陶公，抒发己怀。在三百多字的篇幅中要写出如此丰富的内容，且要避免平铺直叙，作者之功力非同一般。

纵观《粤西文载》祠庙碑文，既有以议论开头的文章，又有以议论结尾的文章，更有夹叙夹议者。其叙事方法不拘一格，显现出这类文章写法灵活之特点。

3. 手法多样

祠庙碑文虽因其祠神与教化功能，内容上有相似性，但不同作家写来，却面貌不一，手法多样。

郭见义《创建三元祠碑》全文主要采用衬托手法，以进士之难登，衬托出冯京之杰出。韩愈《罗池庙碑》则开门见山，叙述柳侯之功。作者巧妙借百姓之口来赞颂柳宗元："吾等亦天氓，今天幸惠仁侯，若不化服我则非人。"②以百姓的赞语侧面写出了柳宗元极受柳州人民爱戴。林富《四贤祠碑》则分别从正面、侧面描写了王阳明、山公、舒公、刘公："惟阳明公，余尝接闻议论，奉以周旋，其辩博雄伟，识见超卓，龙乘风云，变化莫测者邪？山将军勇而正，舒方伯介而朴，余每闻人诵说，而想见其为人，山如深林巨谷中藏虎豹，舒如清冰出壑寒气逼人矣。东山在朝，余犹及睹其相貌，直而不挺，曲而不扰，譬之大钟就鼎，庙堂增重，青天白日，万民所望也。於乎！皆足以垂不朽矣！"③

祠庙碑文对人物的描写方法多样，对周边景物的描写也讲究技巧。如王沆《桂林显震庙碑》："县西三里许，石峰数十屹立对峙，如巨公重客，相与拱揖。有庙岿然其间。"④开头即写出了庙所在的自然环境，山峰形态奇异，在桂林这独特的山川环境里，此庙尤显突出。作者用比喻的方法写其泉水形态："汇为车轮，奔涌达于山下。"通过这些描写，作者写出了此处山川秀丽，充满灵杰之气。

《桂林五贤祠碑》则以山川之灵秀来衬托人物之俊杰，"桂山巍峨，漓水滢澈，实天地之正气流行滃蒸于其中，辉光秀发。小则泄之于庶物，大则泄之于贤才，其为物也珍，其为人也秀。"文章接着写韩愈对衡山的评价、张栻对桂林的评价，借此阐述了山川灵秀、人杰地灵的观点。此文以山水写人物，写法比较新颖。

4. 形象鲜明

《粤西文载》祠庙碑文虽然只辑录了四卷，数量不多，却取得了较高的艺术成就，具有不菲的价值。

这些碑文的作者有著名的文学家，如韩愈、柳宗元、黄庭坚、杨万里；有著名的思想家，如朱熹、张栻；所写文章涉及诸多著名的政治家，如韦丹、冯京、陈尧佐、王阳明等。碑文虽然简

① 《粤西文载》，第109页。
② 《粤西文载》，第99页。
③ 《粤西文载》，第195页。
④ 《粤西文载》，第111页。

短，却手法多样，叙事有法，塑造了众多的人物形象，反映了不同历史时期的社会特点。

祠庙纪念有功于国家、社稷、民生的人或神，作者在行文中都会特意对祠主或庙主展开描写，刻画其形象。碑文因其文体限制，不能如小说那般细腻刻画人物性格特征，却也人人有其特征，形象颇为鲜明。

苏浚《重建怀忠苏公祠碑》记载了苏缄一家殉国的故事，文章没有从正面描写战争如何激烈，而是写了苏缄与其儿子们诀别的场面："公叹曰：'封疆之臣有死无贯天之制也，吾之命已悬之天矣。'遂与家人决。诸子曰：'臣死忠，子死孝等耳。'公复顾长子子元曰：'若家督也，其守先人之祧'。复顾诸子子明、子正曰：'若其与我同穴。'遂促子元归。"①作者选取了苏家父子临终诀别场景，凸显出苏家为国尽忠的壮烈精神，以人物语言刻画人物形象，让读者去想象其悲壮惨烈的场景。

又如陈演《征蛮将军山公庙碑》记载了山公平定广西各地之功劳，文章以议论开头，评论良将要具备"才"与"仁"两个条件，接着从这两方面对山将军展开描写。山将军"衣服不尚华采，饮食不厌菲薄"，是个克己奉公的好官员。他治军有法，颇有贤才，"军民受其福矣"。山将军是个勇武而有谋略的人，他"每出征伐，预召诸将指授分击之处画，以奇策沉谋独断之，出如烛照龟卜而不惑。连岁亲征，虽深溪险峒所临无不克服"②。

苏缄是文官，作者着重写其言语，山将军为武将，陈演突出其战争才能，同时又写了几次战争之成果。两篇文章虽然都是写人，侧重点却不一样，所刻画出来的人物形象也不相同。祠庙碑文对祠主或庙主都有描写，祠主或庙主虽然都是祠庙中受人供奉的神祇，但在作家笔下却风貌各异，形象个个不同。祠庙碑文塑造了一批鲜活感人的人物形象，这些人备受当世及后人仰慕崇敬。

统治者提倡修建祠堂庙宇主要是为了弘扬节义，褒奖忠良，因而祠庙碑文往往也起到劝励风化的作用，但各时代士人思想不一样、文风不一样，使得这些祠庙碑文烙上了鲜明的时代印记。

5. 时代特色

一代有一代之文学，各时期文学都深受其时代社会政治等诸多因素影响，因而各时期文学各有特征。哪怕是同一种文体，不同时期不同作家创作出的作品也各有特点。就《粤西文载》祠庙碑文而言，其创作时间跨度大，历经唐、宋、元、明等王朝，将近千年。这么长时间内创作的同一文体，自然具有不同的时代特色。

按理说祠庙的功能很严肃，祠主庙主备受世人瞻仰，其碑文创作也应严肃拘谨，但宋人笔下的祠庙碑文却灵活自由、不拘一格。

杨万里《宜州黄太史祠堂碑略》面貌迥异于一般的祠庙碑文，作者通篇在批评迫害黄庭坚的奸臣，他愤愤不平地骂道："先生之贬得罪于时宰也，亦得罪于太守乎？鹿之肉人之食，君子之残小人之资也。"杨万里痛斥宜州太守为趋炎附势的"小人"，必将遗臭万年。他对黄庭坚充满同情，两百字的文章主要是骂小人，扬君子之风。文章短小精悍，寓意深刻，骂得痛快淋漓，为世人道出了孰是孰非。

---

① 《粤西文载》，第 194 页。

② 《粤西文载》，第 140 页。

朱熹《静江府虞帝庙碑铭》借机发挥，阐述其思想："天降生民，厥有常性，仁义礼智，父子君臣，爰及昆弟，夫妇朋友，是曰天叙，民所秉彝，失之毫分。穹壤易位，惟帝躬圣，诚明自然。慈孝于家，仁敬于邦。友弟刑妻，取人与善。从容巨细，各极其极，如规之圆，如矩之方。使凡天下后世之为人伦者，莫不取则。"①朱熹名义上在讲虞舜的表率之功，实际上是借题发挥，阐述自己的理学思想，论述君臣、父子、夫妻、兄弟之道。众所周知，朱熹是宋明理学的集大成者，也是著名的教育家。哪怕是一篇简短的庙文，他也不忘劝导、说理，这既体现了宋人为文好说理好议论的特点，也体现了朱子自身理学家的特色。该文同时又展现了宋儒为学严谨之风，如"既非文字形容所及，而传记所称，南巡不返，遂葬苍梧者，又非经言，无所考证，则皆罔敢知。"对于舜帝南巡死于苍梧之野这一说法，朱熹表现了严谨的态度，不轻信，不盲从，这体现了宋代学者为学严谨、事事求证据的精神。

又如张栻《昭州新立吏部侍郎邹公祠堂碑》深刻思考了宋代士人重气节的原因，其《三先生祠碑》则批评近世学者不纯，而大讲为学之道。宋人笔下的祠庙碑文灵活多变，立意自由，这缘于宋世自由的文坛氛围以及文人优越的处境。

明人笔下的祠庙碑文失去了宋人那番灵性，多板着面孔说教或严肃叙事。这与明代早中期政治环境及社会思潮关系极大。朱元璋推行"八股取士"，严格采用朱熹注释过的《四书》、《五经》等为考试样书，在制度及思想上对士人进行严格控制，导致早中期士人思想极其拘谨，这影响了祠庙碑文的创作。

胡拱辰《忠烈祠碑》开篇就大说"忠烈"，"忠烈，世道之大闲；表忠褒烈，政典之大要；享报忠烈，祀典之大瑞"②。董传策《遗忠祠碑》："故贞妇死适，士死志，王臣死职，守土之臣死封疆。"③这些句子为我们展示了明代早中期士人思想，他们深受理学影响，忠于王朝，忠于职守，女性则要为自己的丈夫坚守一辈子。也正因为这种社会思想的影响，明朝的烈女多过前代任何王朝，其时贞节牌坊遍布国中。

明朝中叶王阳明"致良知"之学盛行天下，明代士人深受影响。骆日升《少保张襄惠公祠堂碑》记载了王学流行情形："当是时，致良知之学满天下，学士大夫破旧闻而骤见本体，即以为解缚双脱矣。"④虽然王学满天下，张岳却极力袒护程朱之学："为程朱氏左袒者，惟公与太和整庵罗公两人而已。"这篇文章为我们展现了明代中期王学与朱学之争，表现了张岳自持己见，不趋附时流的精神。

《浔州重修刘侍御先生祠庙碑铭》主要写了张居正主政时期政治斗争之尖锐："诸君子为权臣所龋龁者，夕卧铁衣而陈补衮之箴，或昌言而搜凭城之慝，捐表树标。"⑤张居正虽然有功于大明王朝，但也树敌不少，这缘于他手腕强硬。本文庙主刘侍御就饱受张之打压以至于郁郁而终。

明代祠庙碑文多严肃说教或叙事，作者为文慎重，这也与统治者重视祠庙的教化作用有关。祠庙碑文是为了纪念前贤而作，目的是劝化后人，由于创作时代不同，其思想内容及艺

① 《粤西文载》，第115页。
② 《粤西文载》，第142页。
③ 《粤西文载》，第186页。
④ 《粤西文载》，第200页。
⑤ 《粤西文载》，第195页。

术风格也各不相同，具有鲜明的时代性。

《粤西文载》祠庙碑文虽然数量不多，却分量不轻。其中不少与唐宋时期著名的文人有关，既有碑文第一作者韩愈之作《罗池庙碑》，又有理学大家朱熹、张栻之作，名家名文，自古及今，颇受世人关注。

（作者单位：广西教育学院中文系）

汪琬《灌园图记》之伦理意涵*

毛文芳

一、缘起：李秋锦《灌园图》

清人陈康祺《郎潜纪闻四笔》曰：

> 康熙朝，海内老辈传有三图：一为朱竹垞《烟雨归耕图》，一为李秋锦《灌园图》，一为陈迦陵《填词图》。盖三君皆命世才，仗剑出门，穷老尽气，所交皆天下奇士，胸中郁律不可一世，一题一咏，其诗词尽古今之瓌宝也。①

文中所提三图之画迹存佚不一。嘉庆年间，顾修汇辑《读画斋偶辑》，刻印了包括上引朱彝尊、李良年、陈维崧等在内共计8位名士之画像11幅，以及文友们大量的题咏文字②，这些文士均活跃于康熙时期。上引陈康祺之文特别有意义，言画像："海内老辈传。"言像主："皆命世才。"言题者："皆天下奇士。"言题咏："尽古今之瓌宝。"还特别标出"康熙朝"作为时代印记。康熙时期扩大了文人写真的范围，顾修辑刻的画像深具代表性，8位像主根据心中理想模式入画，有的功业自颂，有的标榜家学传承，有的选在书斋亮相，有的雅会填词，有的躬耕垂钓，有的纵情酒乐，有的则恢宏地企图呈现一段生命史迹……画像/题咏之生产、传播与接受，适可与盛世氛围相互映照。

上文提及李秋锦《灌园图》。李秋锦(1635—1694)，名良年，字武曾，号秋锦，晚号芋田叟。浙江秀水人，嘉兴县诸生，少有隽才，髫龄能诗，下纸辄尽。与兄绳远寻壑、弟符耕客齐名，率皆器识雄迈，论议卓荦，江左言诗者称为"三李"。又与朱彝尊并称"朱李"。往来南北，游踪遍天下。康熙十七年荐征入京，召试博学鸿词科，归筑秋锦山房于长水上梅会里之漾葭湾，聚书三千卷，坐卧其中。邃于史学，徐尚书健庵开史局于洞庭西山，预分修之任。待朱彝尊移居梅里，建园林式住宅曝书亭后，与同乡诸友经常于朱氏曝书亭内谈诗论词，李氏卒，竹垞为作墓志铭。李良年于康熙七年戊申(1668)，委请长洲画家文点(1633—1704)绘《灌园

---

* 本文为笔者主持"国科会"专题计划之部分研究成果，"国科会"多年来给予笔者研究经费之大力支持，谨此志谢。

① 引自陈康祺著《郎潜纪闻四笔》卷六，"康熙朝三图"条，中华书局1997年版。

② 笔者于北大图书馆古籍特藏室搜阅顾修《读画斋偶辑》1函4册，附图，线条清晰，有鲍廷博前序与杨蟠后跋，鲍序约于嘉庆十五年庚午(1810)前后，杨跋纪年于嘉庆十四年己巳(1809)冬日。未见现代印本。该书共辑刻11幅国士画像及大量题咏。本文所引《灌园图》图版及诸家题咏文字，悉出于此本。

图》。画家文点，字与也，号南云山樵，长洲人，为吴派画家文彭玄孙，工诗善书，尤长于画，笔致细秀。绘制时间，据李兄绳远撰《秋锦山房集序》云"丁未(康熙六年，1667)客都下抵宣府历边徼"①，可知绘图之际，李氏34岁，正值壮年时期，适客都下并作北地之游。文点长秋锦2岁，时为36岁。

《灌园图》之流传，据画卷拖尾余霖跋文略知，嘉庆中犹存于李氏子孙之手。到了道光二年，郭麐观是卷时，已藏于海宁马洵五千卷室，光绪中归嘉善陈似帆，又藏于邓氏风雨楼，辛亥前后为嘉兴宋小霭所得，藏于抱经轩。时至21世纪之今日，此画透过文物拍卖又入私家购藏。原画画心21.5×60cm，设色绢本，手卷装帧，引首有"灌园图"三字，为刘体仁所题。另有隶书题款："灌园图，文点为武曾制。"拖尾有众多题咏胪列，题者包括：汪琬、王士禛、李因笃、刘体仁、龚鼎孳、王弘撰、纪映钟、王琴、汪楫、倪灿、周亮工、程可则、孙承泽、王崇简、曹申吉、朱彝尊等16位，汇聚了康熙朝诗坛、词坛、鉴藏界之佼佼大家。此幅画迹之绘者、像主与题者率皆荦荦名士，无怪乎誉为康熙朝海内三大名画之一。该卷末尾另有秦瀛、郭麐、余霖、曾熙等4家后代鉴藏名家题识②。

原画为设色手卷，目前藏于私家，无缘得见。笔者幸寻获顾修《图画斋偶辑》摹印之《灌园图》图版，图像可见一斑。画面采取左右延展的构图，近景为空阔的土坡，上有散列的菜蔬，一个比例偏小的写意人物正弯身把锄牦地，土坡之后为山石密林，右方为大树遮荫的竹篱茅舍两间。图后选录汪琬、王士禛、李因笃、刘体仁、王宏(按应系王弘撰，顾刻误植)、纪映钟、王珏(画迹作王琴)、汪楫、倪灿、王崇简、曹申吉、朱彝尊等12家题咏，1家题名掩去，经查应龚鼎孳。周亮工、程可则、孙承泽等3家题咏略去。晚清秦瀛、郭麐、余霖、曾熙等4题识尚未发生，顾刻自然不录。

二、"灌园"寄寓的情志及诸家题咏

《灌园图》为像主寄情寓志，又为题咏对象供作谈资。首先要问的是："灌园"寄寓什么情志？"灌园"于文化中有许多隐义，庄子引丈人抱瓮灌园不以机械以喻安于拙陋。春秋时期，赵良劝说商鞅急流涌退灌园于鄙；汉末刘皇叔为避免曹操猜忌，闭门灌园种菜；明清之际朱舜水避地日本，得半亩之地灌园自活。不同时代之灌园事迹，皆有韬光养晦的避世意涵。灌园种菜，不同于莳花与耕田，莳花为文人山居清课雅事，然无济于生计；而耕田则有胼手胝足、栉风沐雨之辛劳，唯灌园虽不雅致，却减少许多繁复的田耕过程，坡间隙地，满眼青翠，又可作盘餐清供，故西晋潘岳《闲居赋》言及灌园既能逍遥自得，又能供朝夕之膳，特别宜于追求淳朴生活的文人，视其为"拙者之为政"③。明弘治年间，进士御史王献臣弃官回吴，于唐代

① 李绳远《秋锦山房集序》，收在李良年撰《秋锦山房集》书前，收入《四库全书存目丛书》，第251册，台南庄严文化1997年版，第1页。

② 笔者四下搜寻，于上海崇源艺术品拍卖有限公司之拍卖讯息得知：李秋锦《灌园图》已于2004春季大型艺术品拍卖会中成交。关于该画卷之画心尺寸、流传经过、题咏概况以及嘉庆之后题咏诸家文字，悉得自于此。资料来源：http://pm.cangdian.com/Data/2004/PMH00374/CD000964/html/CD000964—1249.html(2010.08.09)

③ 关于莳花、耕田与灌园的比较，参见苏雪林《灌园生活的回忆》一文，收入氏著《归鸿集》，台北畅流半月刊社1955年版。

陆龟蒙故宅与元代大弘寺旧址处拓建园宅，取潘岳赋句为该园命名为“拙政园”，文征明应园主王献臣之请，作了《拙政园记》，并画《拙政园图》三十一图景与赋诗，名传千古。

“安于拙陋”、“避世以韬光养晦”、“拙者之为政”几组意象，为田夫种菜浇灌园圃的形象积淀而成的“灌园”义涵，为《灌园图》的阅读导入了丰实的理解基础。诸家题咏中，李氏知交朱彝尊题有《迈陂塘》一调，词曰：

护笆篱，几层茅屋，为园期占三亩。芦帘纸阁安排易，更要药炉茶臼。溪雨后，须记取、上番移竹春栽柳。扁舟计就。算夜韭辰瓜，白盐赤米，一饭尽糊口。　　高堂健，唉御潘舆永昼。好花随意簪首。疏泉帖石闲行处，种树奭僮都有。怅别久，对图画沉吟，转觉难分手。客来寻否？判踏也门前，系船渚尾，唤我做邻叟。

上片铺排物象：笆篱、茅屋、园亩、芦帘、纸阁、药炉、茶臼、竹柳等，细数《灌园图》之图像细节，刻画灌园夫具体营生之场景。下片为像主乡居养亲的生活营造一种舒闲雅致的气氛，并以末句“唤我做邻叟”引为知音。汪琬的几首绝句意境亦颇相类，引录如下：

白柄长镵手自携，露葵霜薤满霜畦。时时小摘供亲膳，也胜茅容度半鸡。

雨过篱落土膏肥，嫩绿藂（诗集作丛）生隙地稀。不用园官供菜把，浑家摘得满筐归。

菜畦新熟岁将除，老圃安闲乐有余。拟配香粳（诗集作秔）须底物，一年佳味在（诗集作是）冬菹。

谢却东华软土尘，揭来江畔斗闲身。闭门钼菜英雄事，不信菰芦有此人。

经营拟作汉阴人，笑汝家徒四壁贫。何不具舟淞水上，秋风随意采丝莼。

汪氏诗句紧扣着视觉图像而来：“白柄长镵手自携，露葵霜薤满霜畦”、“雨过篱落土膏肥，嫩绿藂生隙地稀”、“菜畦新熟”、“老圃安闲”、“江畔斗闲身”、“闭门钼菜”等。图面描摹之余，亦蕴含着汪琬对李良年安陋、守拙、避世、养晦等灌园的隐义。

文友如王士禛、李因笃等题诗大致不脱上引朱、汪二氏摹写景物、寄寓情志的范畴，即连王珏的《满江红》词句，亦洋溢着灌园隐义的氛围：

白木柄，青箬笠；茆檐下，荆篱侧。尽曳杖行吟，水南云北。三连苔深松菊好，一舠波稳莼鲈出。

余如“抱瓮观朝槿，挥弦送远鸿”（王弘撰），“几年萍上枕吾庐，种菜浇畦兴味踈”（刘体仁）、“锄云舒菜甲，凿石引山泉”（王崇简）等，莫不如此。

辛亥（康熙十年，1671，37岁）春，李良年从曹侍郎申吉入黔中，癸丑（康熙十二年，1673，39岁）秋，同弟李符分虎东归，李绳远对三兄弟不易聚首叹曰：“自是各为行客，归期往往相左。”唯癸丑之年，因母氏六十寿而返家团聚[①]。可能因为这个大好日子的来临，李良年在绘图5年后，作了酬和曹申吉之作，曹氏原诗为：《用苏子瞻题卢鸿草堂图韵题灌园图浚癸丑初夏七日时在黔署》曰，其大意谓：从前有个灌园叟，抱瓮而知足常乐，这位荷锄淡眉、笑容可掬的人是谁？他有著述传世的好兄弟……作者面对画中熟友侃侃而谈的写作口吻，使本诗读

① 李绳远《秋锦山房集序》。

来分外亲切。李氏的和作如下曰[1]：

我无遗世想，全家住林麓。日非麏麖姿，栖托岂云足。
写之密理绢，以慰远游目。旅仆笑愆期，一卷手频掬。
公诗若春风，活此画中木。永怀古石隐，良史或见录。
行制水田衣，敢望杂组束。先世本非农，堅茨媿村屋。
□□□□□，□□□□□。何用解吾嘲，风人美薖轴。[2]

李氏和作用了与曹诗相同的韵字：麓、足、目、掬、木、录、束、屋、轴，并在诗中置入了"林麓"、"水田衣"、"杂组束"、"堅茨村屋"等视觉鲜明的图像语汇。诗中一方面响应曹氏，赞赏曹诗一如春风拂过，可让画中林木鲜活；另一方面又不忘抒情表志，自谓本无遗世之想，又不具备麏麖高姿，岂能作一名栖霞托云的仙人。末句"风人美薖轴"或可略述其志，句义典故出于《诗经・卫风・考盘》篇，"考盘"乃架木为屋，"在涧"、"在阿"、"在陆"指依涧、依谷或于平原架屋。"宽"指屋宇宽广；"薖"，因阿而言窝，指其敛藏之处；"轴"引轴以运车取义盘旋于其中。篇旨为"诗人赞贤者隐居自矢，不求世用之诗"[3]。回到李氏诗文脉络，末两句曰："何用解吾嘲，风人美薖轴。"扦入了《考盘》文意，自剖其拟譬硕人敛藏于世的隐居深义。

三、汪琬《灌园图记》的写作因缘及释文

诸家题咏中，不约而同地托出"灌园"的另一重语义脉络，例如汪琬 6 首绝句之第 5 首诗曰：

夜来忽梦园居好，游子辞家鬓已丝。蓑笠桔槔抛却久，更无人乞草堂赀。（诗集缺此首）

诗中敷染辞家游子的思乡情愫。王珏题词曰："咄咄长贫且莫笑，承欢无策。……趁藿园，梧竹未全荒，思先泽。"则将该图的观看导向承欢奉亲的意蕴。其他文友题诗如："荷钼忘旦暮，得慰北堂萱。"（周亮工）"养母思为圃，高怀翰墨传。"（王崇简）"奉母高堂上，为园一水中。……春晖君自爱，再见古人风。"（王弘撰）诸句更明指养母高堂的意义。回到上引《闲居赋》的潘岳，除了"灌园鬻蔬"的《闲居赋》外，史传亦载有其辞官回乡、灌园养母的孝亲事迹，在古代《百孝图》之列拥有一席。文人之于李良年《灌园图》的观看思维，既溯援潘岳"灌园鬻蔬"的赋义，似乎又挪借了潘氏归乡养母的事例，这些题咏为李良年画像《灌园图》在"安于拙陋"、"避世以韬光养晦"、"拙者之为政"等隐义外，又赋予"归乡养母"的丰富意涵。众多文友对李良年《灌园图》的观看思维，在安陋、守拙、避世、养晦的文化脉络中，迭合了"孝亲"的隐义，将"灌园养母"创成一个共同对话的伦理议题。

在李良年《灌园图》诸多题作中，最具分量者的题家非汪琬（1624—1691）莫属。汪琬，字

① 按应为癸丑年作，该集同一卷稍前另有诗作:《癸丑元日》，第 67 页。中丞指曹申吉，同卷有许多和中丞之作。

② 采自李良年《秋锦山房集》卷四，第 70 页。本诗与曹诗于偶数句尾均用同一韵脚，惟李诗少两句，以韵脚比对，疑李诗刊印时漏去第 17、18 两句。

③ 《考盘》曰："考盘在涧，硕人之宽。独寐寤言，永矢弗谖。考盘在阿，硕人之薖。独寐寤歌，永矢弗过。考盘在陆，硕人之轴。独寐寤宿，永矢弗告。"文中释意，参见姚际恒《诗经通论》卷四，台北河洛出版社 1980 年版，第 82—83 页。

苕文，号钝翁，江苏长洲人。生于世宦之家，曾参与复社事。顺治十二年(1655)进士，历任户部主事、刑部郎中。与侯方域、魏禧合称明末清初散文“三大家”，学者称尧峰先生。汪琬长李良年 11 岁，汪氏曾有一文《别朱子锡鬯李子武曾序》[①]，提及汪琬与李良年、朱彝尊的友谊，又述及二子家乡与汪家相近，表明三人友谊之地缘关系。尤其与李良年特别熟悉，李良年与其相随之日，适与李绳远《秋锦山房集序》中言及“丁未年(康熙六年)客都下抵宣府历边徼，己酉年(康熙八年)偕汪户部于金陵复如京师”，时间点相互吻合。此时的李良年约 35 岁，汪氏约 46 岁。

李氏在康熙七年入京寻求进身的机会，距离康熙十八年开鸿博科考还有 10 年时间，这位来自江南的青年，喜获这位顺治进士的郎官前辈——汪琬赏识与厚爱。汪琬在彼此相从的 400 多个日子中，深谙李良年心迹，故能为《灌园图》题写多次，共计《图记》一篇(康熙七年冬十一月)、《诗序》一篇(详本文尾声)、七言绝句六首(戊申)、《灌园歌》长歌一篇(戊申)[②]、口占 1 首、又题诗 2 首(庚戌)[③]……等六种，不可谓不多，其中有韵诗，有散文。汪氏多次题写的诗文，时间大致分配在康熙六年至八间，莫不环绕着李氏怀才不遇、野逸闲趣与游子思乡等三个主题发挥旨意，与上述“灌园”的多重文化意涵颇能紧密呼应。

周亮工题识曰：“武曾年道兄灌园奉母，汪钝翁序之详矣。”[④]提到了汪琬在《灌园图》题咏诸什中十分重要的一篇散文《灌园图记》[⑤]，这是汪琬在画作同一年为这幅图画所写的一篇散文，汪文开门见山便直指《灌园图》的绘制动机：

> 嘉兴李子武曾，谋灌园长水之上，因乞其友文与也先为之图，且告之曰：“年非欲为名高者也。年母老矣，盖将归而求数亩之地，以遂吾养焉。”此图所以志也。

归乡求地，灌园以养母是李氏的愿望，故委请吴派画家文点为其绘制此图。文点为李良年的画像营造了一个灌园的场面。据李兄绳远为其弟诗作系年可知，李良年自丁未年客都下之后，直到癸丑冬返家后，始长住 5 年，可见得戊申年绘《灌园图》之际，距离其返乡归养的日程，尚待 5 年之久。再据图绘后半年汪琬题记可知，李良年“逗遛京师，欲求可灌之园未可得也”。因此这幅画像既非人物写真，亦非生活写实画，而是李良年孝亲理想愿望的一个心象。

在直叙良年绘画的动机后，汪琬《灌园图记》接着推演并阐论灌园养母的典故：

> 于是汪子闻而善之，以为虚名之不足恃也久矣。昔者当衰周之世，人人游说诸侯，思得其金玉锦绣。而陈仲子独辞三公，而灌园岂非高节之士善于立名者哉？然而以离母之故，则孟子为之深探其心而刺讥之。传曰：“孝始于事亲，中于事君。”又曰：“资父以事君而敬同，是则君亲一也。”

东周齐人陈仲子，楚王闻其贤欲以为相，遣使聘仲子，仲子尽弃金玉锦绣，独辞三公逃去，为

---

① 汪氏《别朱子锡鬯李子武曾序》，引自汪琬《钝翁前后类稿》卷二四，第 617—618 页。

② 《钝翁前后类稿》收《灌园歌》题下小字注曰：“赠李秀才良年。”按《钝翁前后类稿》“古今诗体”卷五，卷头下有小字注曰：“自戊申岁起至己酉岁止。”故可推知题作之年约为此间。

③ 汪氏《再题灌园图册二首》，在《读画斋偶辑》刻本中定题为《再作口号与武曾订后期一首》。

④ 周亮工题识，笔者乃摘引自同前注，上海崇源艺术品拍卖讯息。

⑤ 汪琬《灌园图记》一文，汪琬《尧峰文钞》及《钝翁前后类稿》、《续稿》三书均未收入，笔者乃参引自顾修《读画斋偶辑》刻本所录。

人灌园[①]。汪琬又引孟子曾与匡章就此论辩，质疑齐仲子离母去国的廉洁品性，并讥曰："仲子恶能廉，充仲子之操，则蚓而后可者也。"深探其心而刺讥之[②]。汪氏阐引上典，提出事亲与事君可视为同一的道理，汪琬以兹苛责近世士子：

> 比岁以来，中土内附士之自诩高节者盖不乏矣。夫所谓亡国之臣，感愤壮激，无所发舒，不得已而至于毁容变服，自窜寂寞无人之地，固其势尔也。若布衣韦带之人，无爵位于朝，无升斗之给于官，及一旦有事，顾亦舍其家室，诀绝其父母兄弟，而飘摇数千里之外，以明其高，吾不知其果何心也夫？亦曰："好名之过而已。"

汪琬针对前朝遗民提出大哉问，亡国之臣为王朝殉节，乃其势使然，若布衣韦带之人舍其家室，诀绝父母兄弟，以遗民自高，在汪琬看来，是欺世盗名的奸人了。汪氏以此回应首段李良年自谓："年非欲为名高者"：

> 独不观小雅之诗乎，北山之大夫，劳于行役，故其诗有曰："王事靡盬，忧我父母。"读其辞疑若怨且怼矣，然而先王许之，孔子删诗，则重有取焉。彼孔子奚取哉？取其犹知有母也。由此言之，虽有爵位于朝，有升斗之给于官，圣人犹不许其忘亲，况乎布衣韦带之人，顾可假高节以自诩，而视其母若行路乎？其不生先王之时者幸耳。使生于先王之时，必以为盗名而欺世，此奸人之尤也，欲求免于大戮难矣。

最后回到赞扬李良年灌园养母的孝亲心迹：

> 今武曾读书怀古，负其有为之才来游京师，而惓惓于家贫亲老，思以灌园为菽水之助。此其所事者与陈仲子同，而用心则异，吾故表而出之，以愧夫世之好名而不顾父母之养者。
>
> 汪琬将今日李良年与昔日东周陈仲子相较，事同而心异，汪氏贬陈而扬李，藉此抨击当世好名却弃养双亲者。

汪琬为古文巨匠，顺治十二年进士，康熙时任为翰林院编修，康熙曾赞曰："尝与近臣论本朝文学砥行之儒，首称数先生。"(李元度《国朝先正事略》)又为经学名师，吴派经学宗主惠栋尝师事之。此篇《灌园图记》，引经据诗，阐论高妙，斯为名作。

四、《灌园图记》主议论

李良年《灌园图》诸家题作中，诗词篇什多环绕着"画像"的视觉性展开书写与歌赞，唯汪氏的《图记》一文，除了首段叙明绘画动机外，则全为"议论"，此种写法在中国散文史之文体意义何在？《灌园图记》应归于"画记"一类。

专为图画而作的"记"类文字，一般称为"画记"(或"图记")，具有史家叙事具载之功能。"画记"的文体探析中，韩愈的《画记》是引发文体论辩的焦点。此文乃德宗贞元十一年(795)韩愈28岁由长安回到老家河阳后所作，前一年，他得到了一卷人物小画的摹本，后遇赵姓原

---

① 参见《史记・鲁仲连邹阳列传》。

② 参见《孟子・滕文公下》孟子与匡章就陈仲子廉洁之论。

摹者，便将画奉还，并撰写一篇《画记》，“记其人物之形状与数，而时观之，以自释焉”。画卷原是多段画面联缀而成，《画记》综合记述画中各类物象，包括：人、马、其他动物、车辆、兵器、用品、游具，除逐一统计数字外，对构成故事主体的人物与马匹，分别讲说各种不同姿态。韩愈一一详述图面诸种物象，就文体角度而言，继承并克守了“记”体的原则：“记者，所以叙事识物，以备不忘”，“记事物，具始末”。宋代以后，开始有人对《画记》的写作手法有所评议，东坡以为韩愈《画记》“仅似甲乙帐，了无可观”，东坡的不满，可能是因为见到了宋人多有“记”体议论的现象。北宋文人对《画记》一文的评议，大致显现了“记”体在作家叙事、议论两端手法间摆荡。

以“记”之文体论衡诸汪琬《灌园图记》一文，与作为正体的韩愈《画记》并置，既失去了叙事识物、具载始末的功能，亦未达茅坤赞赏韩文“该而不繁缛，详而有轨律”的水平。汪琬针对好友李良年画像《灌园图》，文风滔滔，抒发大义，若以“记”之变体观之，则摆脱了东坡“仅似甲乙帐”之讥，此亦符合汪琬作为一名清初经学散文家，文风疏畅条达，论文要求明于辞义，合乎经旨，论者以为其文深受欧阳修影响，效法北宋诸公“专尚议论”之风尚。汪氏喜以“记”、“序”发为议论，并非偶然。《尧峰文钞》卷二二至二三标为“记”类，便收有《尧峰山庄记》、《苕华书屋记》、《姜氏艺圃记》、《石坞山房记》，多为滔滔议论之作。而卷二四至二五“序”类，有《渔樵耕牧图序》、《五服图后序》，亦如《灌园图记》，前者“叶子子吉思念太夫人将以终养请告而归……”，后者为丧服考经据礼之论，同为图画所作之序文，亦以议论为主。

五、结　　论

汪氏《灌园图记》深阐孝义，既出于个人习经好古之性①，也是时代氛围所致。汪氏环绕着“好名”、“孝亲”、“资父”、“事君”等概念论辩，首先远举东周时的齐人陈仲子为例，其辞三公，离母去国，灌园度日，得名失孝，故引孟子深探其心而刺讥之，借以带出“孝始于事亲，中于事君”之君亲同一的道理。其真正用意在于评议近代士风，其中涉及了王道之论，对于前朝遗民感愤壮激，无所发舒之亡国殉节之举，乃势使然，无可厚非。然近世一干布衣韦带之士，既未出仕，非爵无禄，竟毁容变服，抛弃家室，诀绝父母兄弟，自窜寂寞无人之地，寻求游仙寄托，这便是“好名之过”，这恐系针对清初一股弃世逃禅之风的强烈抨击。汪琬题记之时为康熙七年(1668)冬十一月，满人入关已24年，距离清廷击溃南明已4年，藉此议题表明对于新政权的一种灵活心态。汪氏曾任职翰林院编修，康熙赞其：“尝与近臣论本朝文学砥行之儒，首称数先生。”(李元度《国朝先正事略》)其《灌园图记》不妨视其以儒臣言孝的口吻，呼应了清廷孝治天下的举措。

《灌园图》环绕着“孝养”论题展开对话的文人题咏工程，尤其汪琬采用宋人专尚议论手法的《灌园图记》，其毫不遮掩的訾议世人的论调，也呈现了一种由遗民情结转出的意识，用以表征伦理亲谊的意涵符应康熙朝之文化举措与盛世氛围。康熙国士多有画像，李良年除

① 《钝翁前后类稿》卷一四至一七，为“经解”。卷五一至五八为“古今五服考异”。《钝翁续稿》卷九至一一又为“经解”，卷三一至五五为“拟明史列传”，凡此可见汪氏对于经学史传之浓厚兴趣。

文点为绘《灌园图》之外，尚有俞体仁为其绘制小像[①]。汪琬亦有《焚香扫地图》、《捉笔图小像》等两幅画像[②]。然而这些符应个人情志的画像及题咏，毕竟不像《灌园图》背后所连结出来的意识：植根于传统守拙文化加以帝国伦理举措等多重义涵，尤其汪琬以其康熙朝鸿儒文臣之立场，撰写专尚议论之《灌园图记》，使此图成为一幅扣紧孝养思惟的世纪杰作，引导文人搭建起一个论议时代并反躬自省的对话平台。画卷拖尾有观画人郭麐跋识曰：

> 日月逾迈，须鬓沧浪，犹复栖栖不遑悠处。秋菘春韭，赤米白盐，念长芦之词语，媿尧峰之微辞，为之太息。

就算到了200年后之道光乙酉(1825)年间，朱彝尊的题词与汪琬的图记，仍让后代鉴藏家叹息不已。

汪琬《灌园图记》摆落韩愈《画记》"该而不繁缛，详而有轨律"之叙事手法，效习北宋诸公专尚议论之"记"体风格，又以儒臣评议世风的角度滔滔言孝，颇与清廷孝治天下的举措相呼应，于盛世氛围中具典范意义。

《灌园图》版画(嘉庆顾氏刻本)

(作者单位：台湾中正大学中国文学系)

① 李良年《俞体仁为予写照赠以诗》，引自《秋锦山房集》卷十，第141页。

② 李良年为汪琬《题汪钝翁焚香扫地图》，《秋锦山房集》卷三，第49页。汪琬针对此图亦有多首自题。

《金农行书尺牍册》考释

方盛良

民国二年(1913)葛氏刻本《爱日吟庐书画续录》卷五，收有金农行书尺牍一册，今为《续修四库全书》第1088册影印。作者葛嗣浵记曰："清金农行书尺牍册，笺纸本，凡十一通，附汪士慎、陈章各一通，高低阔狭不等。"金农(1687—1764)，字寿门，又字司农，号冬心先生等，浙江钱塘人，精于诗、画、书、印，为"扬州八怪"之一。凡十一通涉及金农的性格、生活、创作和交游，以前未见整理，今连同附录汪士慎、陈章各一通，初加点校考释如下。

第一通

竹田还杭，接诵手教兼颁白金一流，足荷古道殷笃之弗替也。谢谢。仆十六到双林，为一二故人小留，偶作僧伽桑下之寄。廿四五，换舟往吴门，便道还访高居，茶话虽半刻，箧中所携休公罗汉、香溪墨梅，尚欲共胜侣鉴别耳，南漪先生望以此意致之。邑长何所为？比日曾往复契洽否？中丞初旋戟辕，邑长定多趋应，未必在县斋抚弦理事耶，附言不尽。末友金农顿首印一金氏寿门朱文方印求是先生大雅凤鸣寺僧返桐乡，托其邮奉，匆迫中不及多语。四月十九日双林寄

按：

1. 汪庭坚，浙江桐乡人，字学山，书斋名求是，富收藏，精鉴赏，交友甚广。

2. 施安，字竹田，号石友等，浙江仁和人。与金农、厉鹗、张南漪均有交。《全浙诗话》曰："施安，字竹田，号石友，亦号南湖老渔，仁和国子生。有《旧雨斋诗》。"厉鹗《樊榭山房续集》卷三有《谷雨前一日同顾丈月田周少穆金寿门丁敬身施竹田吴敦复张南漪泛湖二首》。

3. 张熷，浙江仁和人，字曦亮，号南漪，与金农、厉鹗、施安均有交。乾隆十三年(1748)举人，长于史事。全祖望《鲒埼亭集》卷二十《张南漪墓志铭》曰："南漪读书极博，其说经皆有根据，必折衷于至是，而尤熟于史。"

第二通

弟旧有宋漆断纹圆架，托程振华兄带往扬州，今从扬州取回，不可不赏鉴也。意中与尊藏唐大中年间小磬相配，如相配则相赠耳。附闻不一。农顿首

按：

1. 程振华，江苏扬州人，与金农、厉鹗等交好。好古玩，精于收藏、鉴赏。《樊榭山房文集》卷二《汉印谱序》曰："甘泉程君振华多才艺，最精于鉴赏，尝藏弆汉官私印共八百余件，濡纸脱文，编排为谱，属予序其端。"卷五《程振华藏先秦货布记》曰："广陵友人程君振华好鉴古物，能识古文奇字。"

2. 此札未明收者，结合内容和前后札看，极可能是寄往汪庭坚。

第三通

不佞九月中旬卜宅于南城之隅，种竹艺梅，日与老妻盘桓其下，有时而墨突不黔，亦乐也。今附南漪先生之便，数行问候嘉祉，想安好多福，忻慰殊甚。秋间过访，辱承拯恤之诺。际此天寒岁暮，得邀垂睐，自后草堂饱食，叨君子良爱非浅矣。南漪归里，翘望德音是祷。农顿首印一金氏寿门朱文方印求是先生执事十一月十八日杭州寄

按：

1. 乾隆十三年(1748)，金农徙居杭州城南隅妹婿家何氏书堂，札中"卜宅于南城之隅"当指此事，该札或作于是年。

第四通

频日过从，情意笃厚，非特饮食之扰，登舟时再道谢也。前明墨三种奉贻清玩，质颇坚、色颇古，幸存之。令叔先生绢对缴还，昨诺斋对，即刻便写，与《困学纪闻》书面同送上耳。午前不得工夫来，旁午当来扰饭，借此再观一二件法书名画，一湔鄙俗也。午馀便拟解维，若待至晚际，天雨路黑，有许多不便处也。昨夜月饼白色者甚佳，奉乞三四枚，不必多惠，可作两早晨点心足矣。率渎勿哂。弟农白事印一金农之印白文方印求是主人有道十六日骑逢印一寿朱文方印

按：

1. 金农此时客居桐乡，距汪庭坚寓所甚近。

第五通

客冬小力还扬，荷承白金名饵之贻，殊多损于贤者也。二月之望，探梅邓尉，不觉留吴门旬日，遥睇烟波，弥增驰想。去秋舣舟相访，匆匆作文字书画，因缘未得快观所藏，至今耿耿耳。意欲买棹来此，漫为小住，不识桐华书塾中能待鄙人否？先遣奴子奉闻，即当鼓枻叩门也。薏田先生下帷几时矣？望示知。弟金农手简上印一冬心先生朱文方印求是先生尊次三月二日吴门旅舍

按：

1. 姚世钰，字玉裁，号薏田，浙江归安人。喜交游，长经史考订，好学深思，著有《孱守斋遗稿》四卷。与金农、陈章、汪士慎、全祖望等交好。全祖望《鲒埼亭集》卷二十有《姚薏田圹志铭》。

第六通

太夫人婺星之临，贱子一言上寿，聊以侑大年之觞也，隆仪珍味，稠叠宠施，谢谢。到郡中过访西冈明府，信宿官斋，盘桓数日，便返武林之櫂，但此来适当邑长疲烦之时，未能助我广陵行色，不得已，又遣小价叩潭以申去冬请诺，隃麋是弟心赏之物，其中有值一换者，有七就八就者不等，归之素好，归之鉴家，只取四就即不佞所购之原价也。泥沙倦翮，得此扶摇以行，所藉不浅。贫而累友，顾影亦惭然，取厌只此一回，自今以往，再不复作于思复来之咲资也，惟望周全，翘跂悚待之至。弟农顿首上求是先生尊次前明旧墨计重四十两，只取最贱之价，每两四就，共银十六两。

按：

1. 隃麋，地名，今陕西千阳县，富产墨，因以"隃麋"为墨之代称。

2. 鲍铃，字西冈、又字冠亭等，山西应州人。由贡生历官长兴知县、杭州海防、草塘通判。工诗，著有《道庚堂诗》等。

第七通

小僮还，接诵手教并雅贶白金。不惑之数，未免写经易缣者为过分也。吾家旧琴已置高斋，充清玩矣，何敢望复归旧处？今辱遣来，喜歉相半，当作一诗以记其事，报谢也。亭额，遵命写去，众妙斋墨，此时未便邮寄，弟新安归，即转相赠耳。诘朝，买舟出游，匆迫复书，不尽欲言。弟农顿首印一古杭金农朱文方印求是先生尊次九月十六日杭州寄

第八通

南漪先生赴馆，敬抒寸椷，附候绥福。弟春来心绪种种不佳，兼接天津远信，小女产亡，老妻决意南还。旬日之内，措设四五十金，颇难应手。里中诸同好各有所助，助亦弗辞。尊处屡蒙赠遗，此事此时何敢妄希垂念、再言假贷。今以拙书瘦笔小屏十二幅、髹漆小灯一对、书《论画诗》二十四首奉寄，聊博数金作遣入舟楫之费。想古道如足下，断不靳惜些须笔墨之酬也。二月初，往唔云亭明府，或道过桐乡，作半刻留，拜领雅贶，何如？冗次布渎，尚未罄怀。弟农顿首印一金农之印白文方印求是先生有道廿四日竹竿巷行骑逢印一金农之印白文方印

按：

1. 舒瞻，字云亭，号堃亩，辽阳人。客桐乡，扬州，好文墨。与金农、厉鹗、张南漪均有交。《桐乡县志·职官表》曰"乾隆十年知县，舒瞻"、"乾隆二十年知县，舒瞻署任"。《平湖县志·名宦传》曰："舒瞻，字云亭，号堃亩，满洲镶黄旗人，乾隆己未进士。十一年，由桐乡调知县事。"《国朝杭郡诗辑》曰："（施安）自序言云亭明府捐俸授梓。云亭者，辽阳舒瞻也。"《樊榭山房续集》卷六《送舒云亭明府还京二首》注曰："明府酷好古墨购数十笏以归。"

2. 第三通言金农于城南卜居处种竹画竹，"竹竿巷"即其居处。

3. 乾隆十六年(1751)除夕,金农作诗思念远在津门女儿家的老妻,详参《冬心先生三体诗》之《辛未除夕独酌苦吟忆老妻曲江江上》。乾隆十九年(1754),金农为卢雅雨作《金冬心花卉册》12 幅,第三幅题跋中曰:"此生不爱新结婚,乱发蓬头老瓦盆。莫道无人充供养,眼前香草是儿孙。"跋语表明其妻或已故去。因此,该札当作于 1751 年至 1754 年之间。

第九通

昨来省会,文酒之暇,言及买相宜示刻石为先生所得,毕竟名物归之名贤也。欣羡、欣羡！今乘陈殿兄之便,数行奉候,殿兄携载画卷最多,法鉴不同,定有所取。杭堇浦太史属笔相讯,并求尊锓《困学纪闻》,拙书《金刚经》梵本,以楠木面者为佳,奉乞三四册。堇浦乞之三年,颇尽勤拳,殿兄返棹付之,无虚望也。力疾,布渎不备。弟农顿首上援鹑先生有道吴先生乞叱名一候起居十月一日竹竿巷寓中寄

按:

1. 鲍廷博,字以文,号援鹑居士等,安徽歙县人,寓住浙江桐乡等地。富藏书,精校勘,刻《知不足斋丛书》。

2. 金农曾于乾隆十二年(1747)为援鹑居士写《金刚经》一卷,并刻之枣木,装成千本。从"堇浦乞三年",可知是札写作时间约为乾隆十五年(1750)。

3. 杭世骏,字大宗,号堇浦等,浙江仁和人,嗜学广博,工诗文,长经史,著有《道古堂集》等,一时名流多与其交好。

第十通

正遣奴叩高斋而侍史至,诸件收到,即奉报也。弟楷书用墨过重,不宜纸本,若换绢素,方称心手。今附还佳楮,莫相哄耳。农手疏上印一金农之印白文方印学山先生尊次十三日行

按:

1. 学山先生,结合汪士慎、陈章书札看,其生活在浙,喜诗画,但查相关文献,详细未明,待考。

第十一通

贵邑舒明府云亭先生,弟与有旧。春间,在省城极多往还,文酒之乐,无日无之。今特买舟访其官斋,天气炎热,只宜长林徜徉,尊居虽高爽便夏,未敢遽为借榻。往年,曾在凤鸣僧楼作数日之留,其地颇负嘉荫,况与高贤伊迩,稍领古欢,亦愉快也,寺中僧徒未必熟识重来镏郎,得台谕纪纲,向其言之,庶为妥协耳。恃爱冒渎,舟次翘望。弟农顿首上学山先生文席五月十九日

按:

1. 凤鸣寺,浙江桐乡之名寺。

汪士慎行书一通

寿门到邗，得悉先生动止安好为慰。仲秋一函，致谢高情，想投记室。遥思先生坐拥群编，闲吟朗诵，近来必多佳韵也。弟归卧一室，长衢曲陌，全无足迹，唯二三冷友以破岑寂耳。《韩柳年谱》已与秋玉要过，彼甚欣然。但向之送人者，皆欠一页，今已得之，正在补刊，仍容后寄。《金经》彼处已无，向亦偶得耳，蛮笺一束。《马氏祠记》乃振兄奉赠，皆其手刻，就正大雅也。《兰花》、《水仙》二稿，附上尊箑二柄，先致来，其余再容一一报命也。西唐新诗一卷呈阅。草此致问，余不备悉。弟慎顿首学山二先生兄长重阳后一日草草

按：

1. 汪士慎，字近人，号巢林，安徽歙县人，长期流寓扬州。擅长诗、书、画、印，为“扬州八怪”之一，与金农、高翔等过从甚密。著有《巢林集》七卷。

2. 高翔，字凤冈，号西唐。江苏甘泉人，长于诗、书、画、印，为“扬州八怪”之一，与金农、汪士慎等过从甚密。著有《西唐诗钞》。

3. 马曰琯，字秋玉，号嶰谷等。其弟马曰璐，字佩兮，号南斋等。马氏昆仲祖籍安徽祁门，承祖业业鹾于扬州。曾倾心藏书刻书，《韩柳年谱》即其于雍正七年(1729)合韩愈年谱和柳宗元年谱雕刻而成。光绪元年(1875)摹本《韩柳年谱》谱终钤印曰：“雍正己酉年八月小玲珑山馆仿宋本亥刊。”陈景云跋曰：“柳集久逸，年谱独存其序，广陵马君嶰谷涉江购韩谱后未久，复收宋椠版柳集残帙，其中年谱完好，乃诸本所无，因与韩谱同梓。”

4. 从内容看，“振兄”或为马曰璐子振伯。李斗《扬州画舫录》卷四曰：“马主政曰琯，字秋玉，号嶰谷。”“乾隆三十八年，奉旨采访遗书……其时主政已故，子振伯恭进藏书，可备采择者 776 种。”

陈章行书一通

纳交虽浅，气味殊弥。闻去岁在患难中，欲急了沈文贞刻稿一事，此即古人，不惟木虗翁感激，弟亦称叹无已。后悉尊累脱然，殊快人意。玉老中年失此贤女，恐生意俱尽，弟在远，甚念。渠大兄密迩，必当有以慰之。向日奉赠《圣教》临本，想澈几下，笔法不足观，以当相思命驾可耳。拙刻一纸附去，一时酒边游戏，非敢灾梨。为取索者多，以当钞写之劳耳。麦冷，万惟珍摄，不既。学弟陈章拜上学山大兄执事三月廿六日玲珑山馆发印一此物不识字白文方印

按：

1. 陈章，字授衣、竹町，号绂斋，钱塘人，长期客扬州。工诗，著有《孟晋斋集》二十四卷。与金农友善。

2. “玲珑山馆”即“小玲珑山馆”，为雍乾年间扬州著名的私家园林，系马曰琯、马曰璐兄弟所筑，富藏书，金农、陈章、厉鹗、高翔等常于此处文宴雅集。

册尾，葛嗣浵对金农及汪士慎、陈章书法略有评述，其曰：“(金农)书法从汉隶天玺得笔势，笔笔向左，末以重捺，向右镇压全势，虽粗细小大或不同，而行款间轻重不爽累黍，其曳脚

向左，下垂者即天玺之势，有足征矣……（汪、陈）书法多雅趣，均非时手所及。”这说明葛嗣浵所见《金农行书尺牍册》为金农书法之真迹。

今检金农《冬心先生集》、《续集》、《拾遗》、《三体诗》，汪士慎《巢林集》，陈章《孟晋斋集》，均不见与该册内容相关之记录，此册可补文献之阙。金农书札所涉，如曾寓住桐乡，与施安、程振华、汪庭坚过从甚密，除鬻画卖灯外还曾经营笔墨等，不见相关研究成果著录，这表明此十一通书札具有较高学术价值，可资对金农全面深入之研究。

（作者单位：福建师范大学文学院）

瞿鸿禨散文论略兼及古代某些散文文体的传承问题

谌东飚

瞿鸿禨曾是清代历史上一位举足轻重的人物。因其文集迄今尚未整理出来，恐多数人于其人其文尚感陌生。近年间，湖南在陆续出版《湖湘文库》，我担任《瞿鸿禨集》的整理任务，现谈谈我的初步研究心得，并兼及古代某些散文文体的传承问题。

一、瞿鸿禨生平

瞿鸿禨(1850—1918)字子玖，号止盦，晚号西岩老人，湖南善化县(今长沙)人。他自1901年开始任清廷军机大臣，长达七年，是晚清政坛的重要人物。

瞿家自鸿禨以上几代都是读书人，但通过科举取得功名，则始自鸿禨之父。鸿禨之父元霖，1851年中咸丰元年辛亥科举人，后官至刑部主事。1860年英法联军侵入北京城，"百官星散，先生(指瞿元霖)虽属下僚，感愤不已，触发肝炎，游至失明，弃官归田，一意以课子为务"(朱启钤撰《姨母瞿傅太夫人行述》)。他对儿子鸿禨要求极其严格，"遍课群书，必以成诵为程，小不当意，严谴随之。常以天晓为盥栉伏案之候，既有目眚，往往误以残月为曙光"(同前)，即将鸿禨叫起，责其读书。在父亲的严督之下，鸿禨学业长进很快，十七岁成秀才，二十一岁中举，二十二岁又中进士，改庶吉士，入翰林，时为同治十年辛未(1871)。再过四年，至光绪元年(1875)大考翰詹，瞿鸿禨考列一等第二名，擢侍讲学士。此后二十余年间，瞿鸿禨曾先后派充河南、福建乡试考官，先后担任河南、四川、浙江、江苏四省学政。在官场腐败的晚清，翰林以担任考官和学政为肥差，可以借此中饱私囊。但瞿鸿禨为官清廉，每到一处，都以选拔和培养人才为务，拒绝请客送礼，拒绝铺张浪费，严禁部下对地方的索扰。陈三立曾在其所撰瞿鸿禨墓志铭中，对此做过这样的描述："奉使按试，及五行省，所至以研经籍，通时务，课士得才为盛。而黜供张，绝请谒，严止胥役索扰……"正是由于瞿的廉洁，他在长沙老家为父亲守孝三年后，竟至卖掉房子，才有返回北京的路费；晚年蛰居上海时，也一直过着清贫的生活。

1900年义和团运动爆发，八国联军侵入北京，慈禧与光绪逃往西安。此时，瞿鸿禨正以礼部右侍郎任江苏学政，由于其"清德孤操称天下"，有人向慈禧、光绪荐举他，即被提拔为都察院左都御史，甫十日，又擢工部尚书，召赴西安。瞿鸿禨于1901年初到达西安，面见慈禧和光绪后，即被任命为军机大臣。自此至1907年瞿鸿禨被开缺回籍，任军机大臣长达七年。由于瞿鸿禨文笔极好，又深得慈禧、光绪信任，所以朝廷的重大诏旨、廷议等都由瞿鸿禨秉笔。1901年六月，清廷改总理各国事务衙门为外务部，列六部之首，瞿鸿禨又以军机大臣兼任外务部尚书。此后数年，瞿鸿禨主办过路矿，会同户部办理过财政。在日俄战争结束后，作为全权代表之一，主持对日交涉，为国家争回不少权利。1906年初，朝廷厘定官制，他又被命与大学士孙家鼐总司核定。据《清史稿》记载，瞿在任军机大臣期间，曾提出"以策论试士，开经济特科"，"裁汰内务府冗员，用节糜费"，"兴学、通商、劝工诸政"，"任民间自办"，禁止政府"苛派"等诸多建议，多被清廷采纳。在核定官制时，亦"颇有裁正"(《清史稿·瞿鸿禨传》)。特别值得一提的是，他在任军机大臣之初，为了收揽人才，以求国家的强盛，不顾慈禧的忌讳，曾三次向慈禧推荐康有为。幸亏那时他深得慈禧器重，未遭贬斥。

在1907年的所谓"丁未政潮"中，瞿鸿禨因与守旧贵族庆亲王奕劻、阴谋家袁世凯发生矛盾，又"因直言忤太后旨"(《清史稿·瞿鸿禨传》)，被开缺回原籍长沙。1911年10月辛亥革命爆发，几天后长沙也发生战乱，于是，瞿鸿禨举家流寓上海。

瞿鸿禨晚年在上海虽然生活清贫，但仍坚持操守，以清朝遗老自居，不愿与后来的政权合作。袁世凯曾先后两次派人拉拢瞿鸿禨，都遭到他的拒绝。特别是第二次，袁世凯更是派人携重金厚礼邀瞿鸿禨出任"资政"(其时袁世凯尚未称帝)，同时在报纸上发表了任命瞿鸿禨为资政的消息，瞿鸿禨也丝毫不给他面子，断然拒绝了他的任命。后来黎元洪继任大总统，也想聘任瞿鸿禨为"高等顾问"，同样遭到了瞿鸿禨的拒绝。

1918年3月，瞿鸿禨在贫病交困之中，溘然长逝于上海，享年六十九岁。宣统小朝廷倒也没有忘记瞿鸿禨的功劳和忠心，特谥"文慎"。

《清史稿》本传说瞿鸿禨"持躬清刻"，"锐于任事"。所谓"持躬清刻"，应是指他坚持原则，坚持操守，严于律己；所谓"锐于任事"，应是指他有敏锐的识见，且具有很强的从政能力。纵观瞿鸿禨的一生行事，这个评价应是公允的。

二、瞿鸿禨的散文

瞿鸿禨的散文现存数量不算很多，但所涵盖的文体范围却比较广，计有回忆录4篇，学术论文3篇，序跋20篇，寿序7篇，碑志11篇，记2篇，书信23篇，另有《使豫使闽日记》一册。

瞿鸿禨的散文最值得称道的是其史料价值。

他的四篇回忆录，即《圣德纪略》、《僇直纪略》、《恩遇纪略》、《旧闻纪略》，写成于他被罢官回籍，慈禧、光绪去世后不久，瞿鸿禨的门人吴士鉴说是为"怆怀知遇，追述恩荣"而作，实际上应主要是为保存史实而作。其中写到慈禧与光绪的关系，记载了慈禧的一段原话："外间疑我母子不如初乎？试思皇帝入承大统，本我亲侄，以外家言，又我亲妹妹之子，我岂有不爱怜者？皇帝抱入宫时才四岁，气体不充实，脐间常流湿不干，我每日亲与涤拭。昼间常卧我寝榻上，时其寒暖，加减衣衾，节其饮食。皇帝自在邸时，即胆怯畏闻声震，我皆亲护持之。我日书方纸，课皇帝识字，口授读《四书》、《诗经》。我爱怜惟恐不至，尚安有他？"这是前所未曾闻见之语，为我们研究二人的关系提供了新的史料。还有一段话写到慈禧的仁慈："钦圣(即慈禧)天性慈祥，仁民爱物，惟恐一民一物不遂其生。辛丑回銮，偶见道旁小民有冻馁之色，立沛恩施，日于乘舆中皮置碎银，随饬颁给。北地供差多以瘠马驾车，行或迟钝，痛加鞭捶。一日偶为钦圣所见,恻然不忍,传旨禁饬。各省奏报灾状,览之必为动容。发帑蠲租,厚加振恤。其有非常损斃多命者,言次甚至泣下。近畿偶旱,即于宫中亲行祈祷,减膳撤乐,得雨乃已。玉泉山水溉及民田,待泽之时,即命启放。叩阍人犯,每申谕不许凌虐。"这也让我们看到了慈禧性格的另一面,为我们研究慈禧这个人物性格的多重性,提供了第一手资料。特别是其中关于军机处的三个办公场所——大内军机处直庐、西苑军机处直庐、颐和园军机处直庐的办公环境、办事程序、慈禧与光绪的座向,臣子们朝见的礼仪;四时节气朝廷对臣工的赏赐制度,臣工何时该行三跪九叩之礼,何时只须三叩;平日奏折的撰写、呈递程序和礼仪,皇上诏敕的办理过程,等等,都有非常详细的记载。瞿鸿禨在清廷军机处任职七年,深谙清廷故实,且其为人严谨,故其所记,当是可靠的也是不可多得的第一手资料。

瞿鸿禨所作序跋、墓志、寿序、书信,多为清末民初名人而写,这些人中有郭嵩焘、左宗棠、王先谦、王闿运、黄自元、陈宝箴、翁同龢、周寿昌、黄体芳、卫荣光、李文田、杨彝珍、朱昌琳、张佩纶等,他们有的在政界,有的在军界,有的在外交界,有的在学术界,有的在书画界,有的在实业界都各具有重要的影响。瞿鸿禨的这些作品对研究这些人物的生平乃至研究整个近代史都有重要参考价值。

瞿鸿禨的《使豫使闽日记》中的《使豫日记》包括了两部分,一部分是1875年派充河南乡试考官,往返于北京与河南开封途中所记,还有一部分是1876奉命到河南任学政时,从北京到开封途中所记。《使闽日记》实际上也包括了两部分,一部分是1891年派充福建乡试考官,从北京到福建途中所记,还有一部分是福建乡试事毕后,奉命调往四川任学政,从福州经上海、武昌至成都途中所记。这两种日记都逐日记载了每日行程和天气变化,记载了沿途所见山川地理形势、文物古迹,记载了途中使用邮传、电报的情况,也有关于民风、民俗、方言、交通工具、灾异情况的记载。这对研究近代交通史、气象史、通讯史以及其他多种专门学问而言,都是重要的参考资料。《使闽日记》较《使豫日记》记得更为详细,因而价值也相对更大。

其次,瞿鸿禨的散文,也有不少篇章具有浓厚的文学色彩。

瞿鸿禨所作墓志、寿序,往往能刻画出生动的人物形象,如《俞霍高先生寿序》:"太母罗太夫人(俞霍高之母),春秋逾七十,先生奉盘进退,听于无声,恒有婴儿之色。先生鲜兄弟,惟有一姊,即鸿禨外姑也,从夫官河南,寡而无以自给,太母尤爱怜之。先生先意承志,迎姊来归,同居共财,缓急相保。时时与姊嬉戏中庭,牵衣索枣,或故相争夺欢呼,以取太夫人笑乐。"文中通过"奉盘进退,听于无声,恒有婴儿之色","时时与姊嬉戏中庭,牵衣索枣,或故相争夺欢呼,以取太夫人笑乐"等细节的描写,让我们看到了一个事母孝、与姐亲的活生生的人物形象。有时作者采用《史记》笔法,写人物儿时的轶事,为该人物的主要性格特征作铺垫,如《光禄大夫浙江巡抚聂公墓志铭》:"公少有至性,年十六,最录律案,好法家言。父与幕僚论疑狱,公侍侧,举律文相质证,一坐尽惊。"文中的"公"指墓主聂缉规,他后来历任江苏、安徽、浙江巡抚,在几次与外国人的纠葛中,他"专核名实","以礼所不可",据理力争,维护了国人的利益。作者写其儿时的这件轶事,就为其日后的作为埋下了伏笔。

瞿鸿禨的散文,亦不乏写景的妙笔,如《定香亭图记》:"暇日登楼以望,遥见湖上诸山,苍翠万状,如在几席。退而憩于亭,夫渠连陂,与水相鲜,澄怀独清,众芳不歇,徘徊而乐之,感盛衰之无端，想昔贤之遗风。”文字简洁生动，大有《岳阳楼记》之遗风。在其日记中，亦屡见优美的情景交融之作。如《使闽日记》七月初八日：“裘家堰一带，有村甚大，绿树回环。洲上白沙细石，就洲露坐。春岩船至，约与偕饮，对月举杯，灯烛尽灭，清风徐来，致有凉意。俄而密云西上，月光微掩，半天星河，荧荧如故，雨势不成，月亦还来。二更许回船便睡，微闻风声，他日追思此乐，不可得也。”写与同行者春岩露坐沙洲，对月饮酒的情景，有叙事，有写景，又有抒情，读来趣味盎然。有时，作者只用寥寥数语，就勾画出一幅美丽的图画，如《使闽日记》七月十六日：“昨夜行月明之中，山岚腾起，月为之晕，云开月朗，山泉淙淙，又一佳境也。”真可谓充满诗情画意。

三、古代某些散文文体的传承问题

前已提到，瞿鸿禨撰有7篇寿序。这7篇寿序所写人物为6人(其中有一人在七十、九十大寿时，瞿各写了一篇)。6人中有两人为名人，一个是清末民初大学者、诗人王先谦，一个是清末湖南首富、大慈善家朱昌琳，一人为名人之母，即书法家黄自元的母亲。6人中有3人为女性。瞿鸿禨对这些寿序的写作目的交代得很清楚，一是让受贺者“许为知言”，即让受贺者认为自己所写是能准确概括其平生行迹和内心世界的知音之语；二是“绍勉”受贺者子弟；三是“以风天下”，“使后之览者，将知所兴起焉”。为达到这些目的，瞿鸿禨在寿序中不仅“特著其大者”，即写出受贺者之主要业绩，也写他们的轶事，写他们的家庭生活，以表现他们的品德和心境。如《王益吾(先谦)阁学寿序》在写了王的学术成就和政绩后，说：“公今年七十，神观聪强，气和而志澹。所居葵园，水木清旷，与继室李夫人静好偕老，徜徉其中，时手一编，丹墨杂陈，援笔精思，无少倦。”读者由此可知，王先谦年至七十仍孜孜不倦于学术研究。《朱萱圃(昌琳)九十寿序》在写了朱赈灾救患之功以及于“国计民生之利，知无不为”的事迹后，说：“萱园者，公别业也，去城十里，园林绝胜，而公以公私之役往来不为疲，或劝公闭门静居，徜徉山水以自适。公喟然曰：‘吾岂忘之，顾吾一息肩，则向之倚我自存者，皆将安往？吾忍独温饱乎哉？’”这里写出了朱昌琳在八九十高龄时，仍坚持不懈地致力于公益事业。《俞霍高先生寿序》写其家庭和合融洽之貌：“入其家，父慈子顺，容穆而色柔，温温如也；昆季肩随，怡怡如也；妇孺熙熙如也。太和之气，暖然如春。”致女性的寿序，则或写事公婆之至孝，或相夫之至谨，或教子之至严，或表现其识见之不让须眉。这些材料，从史料学角度讲，既可补史传之不足，也可作为研究当时社会风尚的参考材料；从社会学角度讲，确是有利风化，促进社会和谐的。

我在读了这些寿序后想，这种文体是否可以继承下来，继续为今天使用？现在庆祝生日的风气很普遍，从五十岁开始满十(或进十)的生日，城乡都当作大事来办，有些地方甚至三十、四十岁都大肆操办。庆生之礼，大致起于六朝。其时正是人的生命意识觉醒的时候，庆祝生日就是对人的尊重、对生命的尊重。所以，生日的时候，亲戚、朋友、同事一起聚一聚，只要不过分铺张浪费，是无可厚非的。而现在庆生就是在一起吃一顿饭、喝一场酒，或者再卡拉OK一下。所以，我觉得提倡写寿序祝寿，可以提高庆生的文化品位。虽然寿序曾遭到古代一些学者的反对，如清方苞说：“其所称则男女之美行皆备，而不可缺一焉；而族姻子姓之琐琐者并著于篇。……其文无以信今而传后。”曾国藩也说：“而为此体者，又率称功颂德，累牍不休。”但是我们可以想一想，写寿序不是做鉴定，还要把缺点写进去吗？不称功颂德又写什么呢？自古以来，诗书所载，称功颂德之文还少吗？何独否定寿序呢？实际上，方、曾二位也同样写寿序，他们的这两段话就见于他们各自所写寿序，他们只不过是强调自己所写真实可信罢了。我们今天借鉴古代这种文体，既要强调实事求是，同时也要强调尽力把受贺者的善言美行、高尚品德发掘出来。这既可起到对受贺者的肯定和鞭策的作用，同时也可起到鼓励和教育他人的作用，对促进和谐社会的建设是大有裨益的。

寿序在明清时期非常流行，许多文人别集中都收有寿序；民国时期也比较流行，当时不少杂志还经常刊登寿序。建国后，公开出版的报刊罕见刊登寿序，民间也很少有人写作。近见刘梦溪先生在其博客中写有《季羡林先生九十寿序》，主要是就季羡林先生的学术源流、学术成就进行评述，内容很好，语言也很优美、典雅。此种文体倘能流行开来，长者、尊者、朋友及旬之生日，不必赴宴，也不必送礼，赠一篇寿序就是最好的礼物，这也就是老子所说的“君子赠人以言”。自己庆生，也可以不请客、不收礼，接受别人的寿序就行了。古代就有这种作法，归有光的《山斋先生六十寿序》，就是主人拒绝祝贺送礼的情况下写的。倘能做到这样，则对社会文明进步的作用就大了。

除了寿序今天还可以借鉴使用外，古代是否还有可资借鉴的文体呢？我认为“连珠”体，可为今天借鉴使用。现在，人们使用得最广泛的一种人际交流方式，就是手机短信。逢年过节，人们常用手机短信互致问候或祝福。手机短信一般不能超过70字，在70个字的篇幅内，要把文章做好，不是一件容易的事，所以，我们平时很难见到写得非常优美的短信。

“连珠”体之所以可以用来作为写手机短信的借鉴，主要是因为“连珠”体有如下特点：

一是篇幅短小。一般很少超过70个字，陆机的50首《演连珠》只有一首达到77字。以平均数计，大约在50字左右。

二是语言优美。连珠体开创初期的作品，像扬雄、班固等人所作，语言比较朴素、略嫌粗糙，到陆机、庾信等人的作品，就写得十分精美了，给人以高雅、凝练之感。

三是承载题材广泛。既可以用它来论政治、谈哲理，也可用来议人生、抒情感。

四是表达方式多样。从推理的类型看，可以使用演绎推理，也可以使用归纳推理、类比推理，而以类比推理，也就是“连类譬喻”比较常见；从语言表达看，可以使用叙述、议论、描写、抒情。由于常用“连类譬喻”以明理，故比喻的修辞手法使用得比较多。也因此而使连珠体文具有形象性，成为文学殿堂中的一员。

五是具有一定的程式性。一般一首连珠分两层：一层为主旨，一层为证明主旨的事实或比喻。其摆放顺序，可以主旨在前，事实或比喻在后，也可以反过来。在语言的使用上也有一定的格式，一般以“臣闻”或“盖闻”、“尝闻”开头，两层或三层之间用“是以”、“是故”等进行连结。

由于连珠体有上述诸多特点，操作起来也不复杂，所以我认为是可以将其作为写手机短信的借鉴的。当然提倡借鉴连珠体，并非要求所有手机短信都写成连珠体。手机短信应该也可以千姿百态，连珠体则可聊备其中一格。即使采用连珠体，也可以对其固定程式加以改造，特别是那些传统的开头语和连结词可以不用或换成别的词语。

不怕诸位笑话，现试以连珠体形式拟一则祝贺本届大会的手机短信如下：

尝闻花以丛开而悦目，木以群生而成林。是以认识因切磋而进步，学术因研讨而提升。祝2010武夷山·中国古代散文国际学术研讨会圆满成功！

（作者单位：长沙理工大学文法学院）

媒体文化与中国近代散文的新变

谢飘云

在近代，文学与媒体有着密切的关系。媒体既是近代社会变革的结果，又是时代发展的驱动力。媒体成为了文化和文明的一个不可分割的部分，进而生成一种独立的文化形态。较之作为技术工具的大众媒体而言，媒体文化对近代文学所起的作用则更为突出，它实际上已成为近现代文学变革的一种重要推动力。因此，在这种文化背景下应运而生的近代中国散文不可避免地存有媒体的深刻印记，其自身的某些特质须追溯到与媒体的复杂关联中才能够得到合理的阐释。在这一意义上，媒体就不应再被视为一种文学的外部影响因素，二者之间实际上存在三大关系，即：因果关系，依存关系和互动关系。媒体话语权对文学形态和文学生态的影响主要体现在它改变了文学诸要素的存在方式及其相互关系，从而使得文学的生产和消费形式也相应发生了变化。

从媒体的视角切入近代散文，我们会发现，到了近代，随着印刷技术的发展，与通俗文学具有内在一致性的平面媒体逐渐崛起，借助于这一新兴的传播方式，通俗文学方能流传到社会的各个阶层，并在种种新锐的文化思潮的推动下演化成为一种深具近代意味的文学形态。与之相反，传统的雅文学则因失去了媒体的支持而无可挽回地走向了衰落。这意味着，在一定程度上是媒体文化的兴起，推动了近代散文的变革。

新变一：媒体文化促进了报刊政论散文的萌生

报章体政论散文的萌生，与王韬关系非常密切。王韬是一位著名的政论家。他的散文创作是多方面的，大致可分为政论、史论、科学论文、游记、书信等几类，而以政论散文的成就最大。自 1874 年起在《循环日报》任主笔这一时期，是王韬散文创作的辉煌时期。“为政论文体发展作出重要贡献的，首推王韬主编的《循环日报》，王韬本人也因而成为我国历史上的第一个杰出的报刊政论家”①。“《循环日报》……有一特色，即冠首必有论文一篇，多出于王氏（韬）手笔。取西制合于我者，讽清廷以改革。《弢园文录外编》，即集该报论说精华成之。其学识之渊博，眼光之远大，一时无两”②。以这一时期所发表的政论散文结集的《弢园文录外编》和《弢园尺牍》，是我国历史上最早的报章政论散文集，开了报刊政论的先河。当然，王

① 方汉奇主编《中国新闻事业通史》第一卷，中国人民大学出版社 1992 年版，第 536 页。

② 戈公振《中国报学史》，生活·读书·新知三联书店 1955 年版，第 119 页。

韬在《循环日报》上发表的近800篇文章，选入《弢园文录外编》里的也只是其中一部分，但我们从这些文章中，可以看到王韬散文创作的思想和艺术特征。

王韬的报章政论散文，开创了中国知识分子在报刊上纵论天下大势、横议治国方略的先河。他的散文论题非常广泛，大凡内政改革、中外交流等等关系国计民生之大事，都在议论之列，且直抒胸臆，激情充沛，针砭时弊，有感而发，具有强烈的战斗性。他站在民族救亡的立场上，大胆、泼辣地议论敏感、紧要的政治问题，在以往的报章政论散文中是绝无仅有的。在写作上，王韬的政论散文笔调清新明快，不追求华丽的词藻，极少引经据典，不事雕琢，骈散自如，行文平易畅达，浅显易懂。他据实直书，以理服人，对一切传统的程式、规范、章法进行了大胆的改革。从内容和形式两个方面与盛行于清代的桐城派文风形成对立。报章政论与社会现实政治相联系，面向广大读者，要求经世致用，通俗晓畅。所以，王韬的政论散文的出现，对回光返照的桐城文风是一个冲击。他所撰写的政论文，不论在论点之阐明、论据之陈述、辩驳之展开，以至材料之安排、段落之衔接等方面，都严密有序，极富于逻辑力量。他写政论，首先强调的是"明理达意"，并不过多地着眼于文字之雅俗和写作技巧之工拙。这是和当时时文八股作者大相径庭的。王韬在报章政论文体上的改革给当时在时文严重统治下的文坛吹来一股清风。

作为一个报人散文家或散文家报人，王韬在晚清是一个具有普泛意义的典型。散文写作之于报人，实际上是报人职业份内的一项工作。我们可以说报纸是晚清散文的渊薮，究其原因是晚清的不少报纸从某种角度来看是散文家的报纸。王韬以外，康有为、梁启超、严复、谭嗣同以及后来的革命派章士钊、章太炎、秋瑾等也都是散文家报人。报纸往往设有社论或论说专栏，社论或论说又被视为报纸的灵魂，因此这类写作常常由主笔自己承当。晚清报纸的主笔，许多是启蒙主义思想家或具有启蒙主义思想倾向的人，具有这样的思想品质的报人，有一种通过言说而作思想启蒙的渴望。这样，论说性文体这种便于激扬文字、鼓吹思想的文体，就成为他们写作的首选，所以晚清的报章政论就显得特别繁富可观。晚清中国社会的特殊情形，需要或规定着作家的写作更多地求取现实的功利性。正是这样的历史语境，造就了人数可观的报人散文家队伍。

总之，在我国近代报章政论文体的发展进程中，王韬把散文文体的改革，在龚自珍、冯桂芬等前辈作家改革的基础上推进了一步，功不可没。尽管他还不能完全摆脱传统论辩文体的束缚，但他的报章政论散文在近代散文发展史上有着开拓性的贡献。他不仅在实践上为报章政论文体的改革作了不懈的努力，使它成为一种有影响的为世人所重视的文体，而且在理论上有所阐发，为这一文体的写作提供了写作原则。他说："文章所贵在乎纪事述情，自抒胸臆，俾人人知其命意之所在，而一如我怀之所欲吐，斯即佳文。至其工拙，抑末也。"[①]也即强调文章重在表达自己的思想见解，并使广大读者都能看懂。这实际上概括了报章政论文写作应遵循的基本原则。王韬报章政论散文的风格和他的创作主张，对以后的报章政论家郑观应、康有为、谭嗣同、梁启超等人，都产生了直接的影响。

---

① 王韬《弢园文录外编·自序》，《弢园文录外编》，中华书局1959年版，第3页。

新变二:媒体文化使“新文体”散文得到迅速发展

梁启超是近代“新文体”散文的杰出代表,是一位驰骋政坛的近代著名报刊活动家。他的散文创作的全盛期,大约起自《时务报》,迄至《新民丛报》中期,即从1896年至1904年间,梁启超自己则把这一时期称为“新文体”,以区别于当时占正统地位的桐城古文、骈文和时文八股等类“旧文体”。他曾说过:“我二十年来之生涯皆政治生涯也。吾自距今一年前,虽未尝一日立乎本朝,然与国中政治关系,殊未尝一日断。”(《国风报叙例》,《饮冰室合集·文集之二十五》)又说:“鄙人二十年来,固以报馆为生涯,自今以往,尤愿终身不离报馆之生涯者也。”(《吾今后所以报国者》,《饮冰室合集·文集之三十三》)他从1895年主持《中外纪闻》的“报馆生涯”开始,就把对散文的改革与政治活动紧密联系在一起。梁启超写作的新体报章散文,是以社会改革和国民思想启蒙工作为当务之急的,这就把新体散文的创作从书斋扩展到整个社会,形成了他创作新体散文有决定性影响的创作思想——“新民”思想。他在1898年11月在横滨创办《清议报》时,给该报所规定的“为国民之耳目,作维新之喉舌”(《清议报叙例》,《饮冰室合集·文集之二十五》)的性质便是这一思想的阐释。梁启超的文章则从体制、人的精神建构等层面选题论议,尤其是重视对“新民”的思考。在《新民说》的总题下,梁启超分别从“公德”、“国家思想”、“自由”、“私德”、“自尊”等具体的角度论说民何以“新”的道途。此外,他还针对国民中的“旁观派”、“浑沌派”、“为我派”、“呜呼派”、“笑骂派”、“暴弃派”、“待时派”等所表现出的精神状态作了批评。梁启超之所以亟亟于新民之说的设计,是因为在他看来“欲其国之安富尊荣,则新民之道不可不讲”(梁启超《新民说·叙论》)。“今日欲抵挡列强之民族帝国主义,以挽浩劫而拯生灵,惟有我行我民族主义之一策,而欲实行民族主义于中国,舍新民末由”(梁启超《新民说·论新民为今日中国第一急务》)。由此可见,在梁启超这里“新民”即是时代的“急务”。这种新体散文亦有别于中国近代早期维新派的散文,特别是在语言的革新上。而由此产生的结果是,不仅从根本上改变了散文的社会功能,提高了散文的社会地位,而且也极大地改变了散文本身的面貌,使他的新体散文呈现出鲜明的近代化特征。

晚清时期有为于政论的散文家为数不少。王韬、郑观应、谭嗣同诸人皆以政论写作名世,可以说他们这些政论作家是推动新文体发展的中坚力量。郑观应的政论文在一定程度上进行了创新和突破,表现出有别于前人与他人的独特风貌。首先,郑观应的政论散文有较紧迫的时代感和较功利的目的性,对时事世事的变化发展异常关心,对国家富强、民族存亡日夜担忧。翰林院编修蔡元培推崇《盛世危言》为“以西制为质,而集古籍及近世利病发挥之。时之言变法者,条目略具矣”①,这说明郑观应选择政论文主要是用来宣传自己的维新变法主张,以达到救世的目的,这与散文要反映社会现实为社会服务,与唐代白居易“文章合为时而著”、清初黄宗羲、顾炎武等人的“文须有益于天下”等文学主张一脉相承。郑观应在《易言》的自序中说:“不必谓言出于谁某,而但问合于时宜与否。应亦盛世所弗禁,大雅所不斥

---

① 转引自夏东元著《郑观应》,广东人民出版社1995年版,第92页。

也。”[①]这也就是说，只要言论能够切合当时的时宜，能够反映当时的社会状况，即使是“危言”也是可以被“盛世”所允许的。郑观应的政论文能够破中立新，一方面对旧有的封建秩序中不合理的地方大加抨击和鞭挞，另一方面构建了自己心目中理想的民族国家，在政治、经济、文化等诸方面都提出了自己的设想超越了前人。其次，郑观应的政论散文与报刊媒体有较强的互动性，体现了一定的创新性。报刊政论讲求时效性、针对性，在语言上追求通俗化，在写法上应时而发，篇幅短小灵活。如《申报》在第一期的《本馆告白》称其办报宗旨“务求其真实无妄，使观者明白晓畅”，上至“学士大夫”，“下及农工商贾”[②]，简要概括了报纸所登文章的要求及受众范围。郑观应的政论文带有明显的报刊政论的特点，这是因为郑观应亲自参与了近代上海早期报刊的创办和编辑，与新闻界保持着密切的联系，他的部分政论先后发表在上海的《申报》、香港的《华字日报》、《循环日报》和北京、上海两地出版的《中西闻见录》等。因为要发表于报刊，所以需要政论文有很强的时效性，需要作者密切注意时局的变化，这也是郑观应的政论文题材多关乎当时国计民生等大事的原因。报刊的阅读对象是普通读者，为了使受众能够看得明白，报刊政论对语言的通俗性要求更高，所以郑观应政论散文的语言力避晦涩，力争浅显。限于报刊篇幅，短小灵活的文章结构更适合发表，因此郑观应的政论散文没有长篇累牍式的长文章。谭嗣同的散文创作，最初学桐城派，后来受媒体文化的影响，他打破了桐城派古文的框架，创造了一种句法严谨、内容充实、语言简练的新体散文，并且极力推崇“报章文体”，为散文向通俗化、社会化发展做出了贡献。

而再往前检索，便可以发现冯桂芬无疑也是新文体萌生期的重要的奠基者之一。如冯桂芬《校邠庐抗议》凡 42 篇，每篇以“议”命题，所议无不有具体所指而又事关大局，《公黜陟议》、《汰冗员议》、《原养廉议》、《许自陈议》、《易胥吏议》等是有关吏治的论说；《变科举议》、《改会试议》、《广取士议》等是有关人才选拔的献计；《制洋器议》、《驭夷议》、《采西学议》涉及洋务西学。《盛世危言》取材视野较之于《校邠庐抗议》开阔，涉及“通论”、“礼政”、“吏政”、“刑政”、“户政”、“兵政”、“工政”等，作为近代重要的工商家，郑观应更多地关注“盐务”、“银行”、“商务”、“海防”、“边防”、“铁路”、“技艺”等有关强国卫国的具体事务，同时也有“道器”、“议院”、“日报”等篇，表达了他对中西文化的态度，对西方某种政治制度等推崇。对冯桂芬的散文业绩，梁启超也认为：“《校邠庐抗议》一书，虽于开新条理未尽周备，而于除弊之法，言之甚详，亦我国政论之稍佳者也。”[③]由此可见，从冯桂芬到王韬、郑观应，到梁启超，他们以觉世为旨的政论，其文脉是相通的，他们分别代表了晚清散文新文体演进过程中由起始——推进——发展的重要节点。

新变三：媒体文化催生了报告文学与新闻报道体式

报告文学与新闻报道体式的产生，是近代媒体文化催熟的两颗果实。黄小配、黄远生、邵飘萍等为中国近代散文体式的创造，作了不懈的努力。

黄小配的散文创作，主要是他的报告文学——《五日风声》。1911 年 4 月 27 日（农历三

---

① 夏东元编《郑观应集》上册，上海人民出版社 1982 年版，第 63 页。

② 《申报》第 1 号，1872 年 4 月 30 日。

③ 《中国近代史资料·戊戌变法》二，上海人民出版社 1957 年版。

月二十九日），资产阶级革命派在黄兴等的直接指挥下，在广州发动了一次规模较大的武装起义。这次起义虽然失败了，但它震撼全国，也敲响了清王朝彻底覆灭的丧钟。不久，反映这一事件的《五日风声》便在《南越报》上连载了（原件藏广州博物馆，油印本一册）。《五日风声》的问世，大大地鼓舞了革命党人的士气，同时也为中国近代文学在报告文学领域作了一次开拓性的可贵尝试。

黄远生的散文，主要是通讯报导作品，在《远生遗著》中共收文章二百三十多篇，其中通讯报导就有一百六十多篇。虽然，在黄远生之前，报纸上也曾出现过新闻通讯报导，但大多或转述外电新闻，或编造新闻，或长篇政论。而黄远生则是面对现实，把社会现实生活中发生的重大事件真实地报导出来，引起人们的关注。所以有人认为，“我国报纸之有通讯，实在是黄远生开始的”（宋云彬《民初名记者——黄远生》）；“自黄远生出，而新闻通讯放一异彩……为报界创一新局面”（黄天鹏《新闻文学概论》）。他的确是中国近代新闻通讯报导体式的开创者。黄远生的通讯报导，题材非常广泛。他的报导涉及面很广，有民初风云人物的记传，如《记太炎》、《王治馨》、《内务总长之研究》、《谒黎》等；有党争政争的纪实，如《最近之秘密政闻》、《新政府之人才评》、《报界之风潮》、《弹劾案与新内阁》、《枯窘可怜之政争》等；又有交通、司法、财政、教育、外交等各方面的情况实录，如《借款里面之秘密》、《外交总长宅中之茶会》等；还有揭示袁世凯、唐绍仪、梁士诒、熊希龄等政要人物之间的复杂关系的，如《政界内形记》等。他以访问纪实、文件转述、调查统计等形式，对民初纷繁复杂的各种斗争、变幻莫测的人物作了真实反映。他那记叙翔实、脉络清晰的一篇篇通讯报导，为我们展示了民国初年一幕幕有声有色的历史活剧。他还创造性地运用了多种形式，不拘一格、灵活多样。系列式是黄远生在报导重大题材时常常采用的一种形式。他善于把各方面的情况汇集在一起，经过综合分析，抓住要害，条晰而详述，把新旧远近的有关材料用一个中心贯穿起来。如对武昌起义后，袁世凯窃取了辛亥革命的胜利成果，于1912年8月15日枪杀了参加武昌起义的革命党人、前湖北军务司副司长张振武，制造了一起中外震骇的谋杀案件。对此，黄远生写了《张振武案始末记》、《张振武案一礼拜之经过》、《张振武案之研究》三篇通讯，忠实地记录了张振武被害的经过，各类人物对这一事件的态度，以及社会各界的反映。又如对袁世凯政府大借款一事，黄远生从1912年5月谈判开始到1913年2月借款失败，对其过程进行了系列报导，连续发表了《大借款波折详记》、《借款内脉之解剖》、《借款交涉之七零八落》、《断送蒙古声中的大借款》、《奈何桥上之大借款》、《最后借款之命运》等十几篇通讯。这一系列报导，记录了袁政府对内残酷镇压、对外屈膝投降，为了支撑摇摇欲坠的政府，不惜以国家领土主权作抵押向六国银行团进行数额巨大的借款的全过程，揭露了英、法、德、美、俄、日等帝国主义之间勾心斗角，共同对中国人民敲诈勒索的罪恶行径。除此之外，黄远生还常用漫谈式（如《新年闲话》、《岁暮馀闻》、《谈屑》、《围炉杂话》等均属这一类）、书信式（如《津门通信》、《北京通信》等）、日记式（如《三日观天记》等）进行通讯写作，特别是日记体的通讯，确是黄远生的一种创造，他以这种形式，自由自在地报导了纷纭多变的政局，引起广大读者的关注和兴趣。黄远生的通讯报导不少是用当时认为颇为通俗的半文半白的语言写成的，“流利、畅达、爽快、诚恳、幽默”[①]。他主张在文风上扫除晦涩深奥、矫揉造作，代之以新鲜活泼的

① 邹韬奋《经历》，生活·读书·新知三联书店1958年版，第18页。

生动的口语，如《遁甲术专门之袁总统》、《乔装打扮之内阁》、《闷葫芦之政局》、《虎头蛇尾之国税厅》、《蝉曳残声过别枝之弹劾案》、《摇落乎不摇落乎》等文章，仅从标题上看，就给人通俗、生动、新鲜之感，且庄谐并用，讽刺意味极浓。总之，黄远生的通讯报导熔中西文化于一炉，汇古文、口语于一体，没有装腔作势、佶屈聱牙之弊。他不用生僻字眼，也不用欧化长句，语言简捷、短促、整齐，读起来轻快流畅，节奏鲜明。同时还运用丰富多彩的表达方式，把叙述、描写、议论、抒情融为一体，使通讯报导这一体式初步趋于成熟，日益成为读者所喜闻乐见的形式。黄远生那浅显易懂、妙趣横生的文章，是文学革命的先导，在近代报章体散文由政论时代转入新闻时代这一转捩点上，起到了极其重要的作用。

邵飘萍也撰写了大量的政论、时评和随笔等散文，大张旗鼓地反对封建主义，宣传民主思想，对袁世凯进行了无情的鞭挞。他为京、沪、杭著名报纸写"东京特别通讯"，重点报道留日学生和爱国华侨在日本开展反袁运动的情况，揭露日本帝国主义侵华的野心。邵飘萍是我国民主革命时期文化战线上杰出的文化战士、著名的新闻作者、新闻学者以及新闻教育方面的拓荒者。他短暂的一生是为反帝反封建军阀的民主革命事业奋斗的一生。他曾参与主编《汉民日报》、《申报》、《时事新报》、《京报》等，发表过大量文笔犀利的报道和言论。1916—1918年，他又被《申报》聘为驻京特派记者，在此期间，他写了22余万字的"北京特别通信"并为该报拍发新闻专电。1918年，他个人独办大型日报《京报》，担任社长，亲自撰写评论、采访重要消息，这些在读者中受到了热烈欢迎。在近14年的新闻写作生涯中，邵飘萍写下了大量优秀的政论和新闻评论等散文，目前仅收录在《邵飘萍选集》的就有300多篇，共计50余万字。他所写的评论，紧贴时局，激昂文字，辛辣幽默，说理精辟常设伏笔，笔锋常带感情。他发表的《呜呼前清之资政院议员》、《加眼问题之东京消息》等，表现出作为一个善于观察、勤于思考、能纵观时局的新闻记者极高的爱国热情和新闻敏感。

以上这些在媒体文化兴起中产生的散文，我们可以称之媒体散文。鸦片战争以后，思想文化瞬息万变，带有强烈商业色彩与市民气息的城市文化迅速崛起，诸类报纸、杂志纷纷以嬗变的姿态成为中国近代媒体与公共空间拓展的重要范本，同时，媒体散文（报刊政论散文、"新文体"散文、报告文学、新闻报道、通讯、时评、随笔等）的文类也随之进入众人视野，成为我们无法掩目的文学潮流。近代的媒体将这种新的散文推向前台。近代媒体散文，随着城市的纸质媒体的发展，纸质报刊上大都开设了散文随笔栏目，副刊、生活杂志的专栏也都成为媒体散文迅速蔓延的载体。媒体散文的蓦然崛起以及它们的生存姿态引起了人们的关注。媒体散文的概念是在共时的创作实践与批评阐释中逐渐形成的，从这些散文所涉及的话题可知，这一类写作不是一般的文人写作，它并不指向纯粹的个人生活空间和泛化的人类生命景象，而是指向社会现实，言说的是公共题材，是社会成员所普遍关注的时务。晚清的时务是救亡图存、维新自强以及革命排满，近代散文作家大多是以这些时务为其写作题材的。他们的写作应于时势，着重于经世致用。"媒体"作为一个新兴的体式被植于文学命名之中，不仅显示了对于传统散文变革的一面，更重要的是，它成为近代散文向现代转换的重要界碑。

媒体散文是在商业化城市与科技文化相融合的语境下崛起的，它不仅证明了中国散文的自我调适与自我革新能力，也以其快捷姿态以及相对自由的形态展示了散文的未来指向。媒体散文冲破了传统散文的限制，带来了散文生存空间的拓展与文体的解放。媒体散文的生存空间与传统散文不同。传统散文受制于狭隘规范的限制，不仅受众面相对狭小，而且其一贯抒情载道的文学理念使得它往往成为少数人怡情养性的高雅文学，有些甚至只能成为束之高阁作者自娱自乐的把玩之物。相对于传统散文闭抑纯粹的生存空间，新媒体散文游走于纸质媒体的空间，相关内容总能及时传播，媒体散文的这种生存空间，使得它能以最敏感的姿态凸现社会世相千变万化的生态。从这个程度而言，媒体散文可以被称为“媒体中的散文”。

媒体散文的文体不同于传统散文的特点，就是有大量的作品都“法无定法”，而且勇于破体，即钟嵘《诗品》卷下所谓“有乖文体”。不少散文如报告文学、通讯报道、时评、随笔的文体体例，形式多变，相对于“文学散文”或传统意义上的“散文”概念而言，这种文体的出现无疑体现了媒体散文充满活力和具有包孕性的力量。新语词的出现不仅是形式的变迁，更是内质的反映，在新的语汇中，存在了新的价值观念、新的思维方式、新的生活旨趣。同时，媒体散文生存空间的更迭也生产了一批生存方式与传统散文作家迥异的写作主体，传统散文时代的写作主体一般是统治阶层的政客幕僚、政治家、革命家等，他们不是专职散文作者，自然地弥漫着浓重的精英气息与启蒙诉求；而媒体散文作家，多以新闻记者、报人等为主，这些作家给业已陈旧黯淡的文坛带来了清新健康的风貌。

从文学的生态意义而言，媒体散文是近代传媒迅速发展的硕果，是近代公共领域逐步形成的表征，也在某种程度上代表了近代中国散文新的发展方向。因此，我们在充分肯定媒体散文积极意义的同时，也要看到，在商业化浪潮与大众传媒的挟裹中，媒体散文还存在诸多不足，但是，媒体散文作为一种新的散文形式，它对于近代散文的意义，或许就在于确立了一种属于新世纪媒体时代的写作姿态，刷新了散文的传统面目，拓展我们对散文未来的思考空间。

综而言之，近代媒体对散文变革的影响是巨大的。近代散文在文体功能、语言体式和论述方式等方面的变革，媒体文化所起的作用是一个十分重要的因素。

（作者单位：华南师范大学文学院）

王国维“六代之骈语”析论*

吕双伟

清末民初王国维的治学方法和学术内容等都足以转移一时之风气，示来者以轨则。陈寅恪云：“自昔大师巨子，其关系于民族盛衰、学术兴废者，不仅在能承续先哲将坠之业，为其托命之人；而尤在能开拓学术之区宇，补前修所未逮。”[①]王国维就是这样的“大师巨子”。在文学上，王国维对历来备受鄙视的词、小说和戏曲都有深入研究，其成果引领一时风气，开拓来者门径。然而，对于古代多被轻视的骈文，王国维尽管不时创作，在著作中也几次提到，但却没有从骈文学的角度对之考镜源流，反而用了最不具备文体意义的“骈语”来代指乾嘉以来已经流传的“骈文”。这不仅让“六代之骈语”名不正从而实不归，没有促进学术界对六代骈文的研究，也让范围至今不定的“骈文”丧失了在大师手中深入研究的机会。

一、“六代之骈语”溯源

1912年，36岁的王国维在《宋元戏曲考》自序中云：

> 凡一代有一代之文学：楚之骚，汉之赋，六代之骈语，唐之诗，宋之词，元之曲，皆所谓一代之文学，而后世莫能继焉者也。[②]

与“一代有一代之文学”逻辑类似、含义相关的论述，自金元以来就不时出现，明清更是不绝如缕。该论所包含的文以代变、文学繁荣的原因、推崇戏曲的思想，推举一种文体而遮蔽同时代其他文体成就的弊端等，学术界已有深刻和充分论述[③]。本文从骈文的角度来分析其“六代之骈语”内涵及相关问题。“一代有一代之文学”以朝代为时间链，以文体代兴为文学发展的主流，和骚赋诗词曲一样，其中的“骈语”理所当然是指文体意义上的“骈文”。虽“一代有一代之文学”的理论渊源可追溯到金元，但王国维的最直接来源应是焦循。在《宋元戏曲考》中，他直接说：“焦氏谓一代有一代之所胜，欲自楚骚以下，撰为一集：汉则专取其赋，魏

---

* 教育部人文社科项目“汉宋之争视域中的乾嘉骈文”(10YJC751062)。

① 陈寅恪《王静安先生遗书序》，《王国维遗书》(一)，上海古籍书店1983年版。

② 王国维著，周锡山编校《王国维集》(第三册)，中国社会科学出版社2008年版，第3页。

③ 参蒋寅《一代有一代之文学——关于文学繁荣问题的思考》，《文学遗产》1994年第5期；齐森华等《“一代有一代之文学”论献疑》，《文艺理论研究》2004年第5期；沈松勤《“宋词一代之所胜说”释疑》，《浙江大学学报》2006年第1期等。

晋六朝至隋，则专录其五言诗，唐则专录其律诗，宋专录其词，元专录其曲。”[①]除了前提条件由“一代有一代之所胜”变成更为明确的文学观念“一代有一代之文学”外，王国维还将魏晋六朝和隋的五言诗换成了“六代之骈语”；唐代的律诗换成了“唐之诗”。“律诗”换成“诗”，只是内容的扩大，文体没有改变，也更符合唐诗繁荣的实际；而“五言诗”换成“骈语”，则是文体性质的根本改变，也是文学观念的重大转移。王国维为何以“骈语”取代“五言诗”呢？

从文体代兴的角度来立论，推崇各个时代的代表性文学，在王国维之前屡见不鲜，但都没有提到六朝骈文。金代刘祁从诗歌演变着手，视词和曲为诗之一体，侧重于诗在唐、宋、元时成就表现形式的不同，自然不提六朝文学。元代罗宗信也谈到世人共称唐诗、宋词、元乐府，没有涉及六朝。晚明王骥德云：“后三百篇而有楚之骚也，后骚而有汉之五言也，后五言而有唐之律也，后律而有宋之词也，后词而有元之曲也。代擅其至也，亦代相降也，至曲而降斯极矣。”[②]嘉道间焦循《易余籥录》在文体之链上增加了汉赋和明代八股文，但也没有提到六朝骈文。可以说，王国维以前，还没有以文学文体为前提，在文以代变的统序中，以四六或骈俪文作为六朝一代之文学。那么，“六代之骈语”是否完全由王国维独创呢？不是。尽管前人没有从文学文体的角度提出，但从文化的角度提出，晚明已经出现。不仅仅就诗词曲立论，而是将经史，甚至书法、清谈、理学等也纳入到这系统中来。元代虞集曾说：“一代之兴，必有一代之绝艺足称于后世者。汉之文章，唐之律诗，宋之道学，国朝之今乐府，亦开于气数、音律之盛。”[③]从“一代之绝艺”的角度标举汉代文章、唐代律诗、宋代道学、元代戏曲为一代之代表，对六朝略而不论。明代曹安的“汉文、唐诗、宋性理、元词曲”[④]和虞集一脉相承。明代茅一相则云：“春秋之辞命，战国之纵横，以至汉之文，晋之字，唐之诗，宋之词，元之曲，是皆独擅其美而不得相兼，垂之千古而不可泯灭者。”[⑤]在前人的基础上增加了春秋辞命、战国纵横，也无六代骈文。总之，以文化为前提，在一代有一代之所胜的统序话语中，六代骈文一般也没有出现在人们的评论视野中。据目前所见，晚明陈继儒（1558—1639）才明确将六朝四六文纳入到一代之所胜的评价体系：

> 先秦两汉，诗文具备，晋人清谈、书法，六朝人四六，唐人诗、小说，宋人诗余，元人画与南北剧，皆自独立一代。[⑥]

“六朝人四六”最接近王国维“六代之骈语”的叙述。但陈继儒的立论前提不是文体文学，而是文艺文化。所以既有诗文、四六、小说和戏曲，同时还有晋人清谈、书法和元代绘画。陈继儒以“六朝人四六”为独立一代的成就，这与晚明四六文的兴起和四六选本的兴盛有重大关系。此时四六选本也大量出现，如李日华《四六类编》、马朴《四六雕虫》及王志坚《四六法海》等。这是陈继儒——这个以编书印书为业的商人推崇六朝四六文的主要原因。“四六”为文

① 王国维著，周锡山编校《王国维集》（第三册），第78页。

② 王骥德《古杂剧序》，王骥德《古杂剧》，商务印书馆1958年影印《古本戏曲丛刊》本。

③ 孔齐《至正直记》卷三“虞邵庵论”条，上海古籍出版社1987年版，第96页。

④ 曹安《谰言长语》卷上，《文渊阁四库全书》本。

⑤ 茅一相《题词·评〈曲藻〉后》，王世贞《曲藻》，中国戏曲研究院编《中国古典戏曲论著集成》（第四册），中国戏剧出版社1959年版，第38页。

⑥ 陈继儒《太平清话》卷一，《丛书集成初编》本。

体名称到李商隐《樊南四六》时才开始确定。宋代制诰表启之类四六文发达，虽它们和六朝骈体文有对偶句式、隶事用典及藻饰程度的差别，但两者在以对偶句式行文这一根本特点上一致，所以晚明人多以“四六”称六朝和唐代的骈文。陈继儒以“六朝人四六”为“独立一代”的观点得到的响应和反馈很少。康熙时王之绩云：“世次云何？如昔人谓：‘先秦两汉，诗文具备，晋人清谈、书法，六朝人四六，唐人诗、小说，宋人诗余，元人画与南北剧，皆是独立一代。’”[①]这里的“昔人”，很明显就是陈继儒所论，内容完全由转引而来。这是迄今为止所发现的唯一一例。此外，康熙间顾彩为词集作序时云：“一代之兴，必有一代擅长之著作，如木火金水之递旺，于四序不可得兼也。古文莫盛于汉，骈俪莫盛于晋，诗律莫盛于唐，词莫盛于宋，曲莫盛于元。”[②]以“一代擅长之著作”，这里即为文学文体为立论前提，最接近于王国维“一代有一代之文学”；在“古文莫盛于汉”之后说“骈俪（文）莫盛丁晋”，然后再论诗词曲，是完整的文体代兴的统系。但晋代骈俪文成就和六朝相比要逊色得多，因而这一取舍得不到清人的普遍认同和理论延续。

总之，在理论上，王国维以“一代有一代之文学”为前提，不是将骈俪文局限于晋，而是将之扩大到六代；也不用“六朝人四六”，而是用“六代之骈语”来概括六朝一代之文学，体现了他自己独特的骈文思想。

二、王国维的骈文创作

对骈文的了解及亲自创作，也是王国维能够在“一代有一代之文学”的文体统序中提出“六代之骈语”的重要原因。因为文体的特殊性和宽泛性，和诗词曲相比较，王国维的宏富著作中对“骈文”的关注太少了。包括这里的“骈语”，出处总共有六：“（十六岁）时方治举子业，又以其闲学骈文、散文，用力不专，略能形似而已。”[③]为其三十岁自序年轻时学习经历而说，“略能形似”说明了他对骈文创作的熟悉。“《重进汴都赋表》，高华古质，语重味深，极似荆公制诰表启之文。末段仿退之《潮州谢上表》，在宋四六中，颇为罕觏。进《五礼新仪札子》，语尤简古，又与《重进赋表》同一机杼。”[④]则是在《清真先生遗事》中将“高华古质，语重味深”的周邦彦表文和札子放在宋四六文中加以观照，可见他对宋四六文特色的整体把握。“散文易学而难工，骈文难学而易工；近体诗易学而难工，古体诗难学而易工；小令易学而难工，长调难学而易工”[⑤]，则是在《人间词话未刊稿》中对散文和骈文创作难易程度的点评。在《人间词话删稿》中，王国维谈到宋人令节、朝贺、宴会、落成等场所用的“致语”（即乐语和念语）文格式时，云：“先‘教坊致语’（四六文），次‘口号’（诗），次‘勾合曲’（四六文），次‘勾小儿队’（四六文），次‘队名’（诗二句），次‘问小儿’、‘小儿致语’，次‘勾杂剧’（皆四六文），次‘放队’（或诗或四六文）。”[⑥]对致语文的语言特征，以“四六文”和“诗”加以说明。在《人间词话》中，王国

① 王之绩《铁立文起》，王水照编《历代文话》（第四册），复旦大学出版社 2007 年版，第 3651—3652 页。

② 顾彩《清涛词序》，清康熙四十五年（1706）刊本。

③ 王国维著，周锡山编校《王国维集》（第二册），第 295 页。

④ 王国维著，周锡山编校《王国维集》（第一册），第 52 页。

⑤ 王国维著，周锡山编校《王国维集》（第一册），第 227 页。

⑥ 王国维著，周锡山编校《王国维集》（第一册），第 237—238 页。

维也云:“近体诗体制,以五、七言绝句为最尊,律诗次之,排律最下。盖此体于寄兴言情,两无所当,殆有韵之骈体文耳。”[①]对排律十分轻视,认为排律比兴寄托和言情写意都不恰当,是“有韵之骈体文”。将对偶押韵的排律视为“有韵之骈体文”,虽符合骈体文对偶的句式特点,但在晚清诗文界限、区别已经十分明显,诗不再视为文章的时候,王国维仍有如此判断,可见其对骈体文的了解不深。

对于骈文创作,王国维并不陌生。在生命的不同时期写了数量不多的骈文。其真正行文以对偶句式为主的骈文,数量不到十篇。王国维青少年时就骈文、散文加以研习。其弟王国华说:“时先兄才十一耳。诗文时艺,早洛洛成诵。复令从同邑陈寿田先生读,月必课骈散文、古今体诗若干首,是为先兄治诗文之始。”[②]指出了王国维“月必课骈散文”的事实。王国维骈文完全是学者之文,特别喜欢在能体现学问水平的话题上采用骈体文形式,如《曲录》、《国学丛刊序》、《中国名画集序》,等等。对于西洋文学、美学和哲学内容,王国维是从来不用骈文的。其骈文内容上体现了浓厚的学术性和知识性,但不獭祭僻典,点鬼簿书;句式上,以工整的四六句式,包括四六单对和四六隔句对为主,基本不用宋四六文的长联对;情感上,因为身处改朝换代之际,国学式微,末世的悲凉加上对偶排比善于铺陈情感的特点,使得其骈文情感沉郁,甚至苍凉而又意味深长。1909 年,在《曲录》自序中,王国维用骈文记叙了戏曲学萌芽、发展的历史:

> 戏曲之兴,由来远矣。宣和之末,始见萌芽;乾、淳以还,渐多纂述。泗水潜夫,纪武林之杂剧;南村野叟,录金人之院本。丑斋《点鬼》,丹邱《正音》,著录斯开,搜罗尤盛。上自洪武诸王就国之装,下迄天、崇私家插架之轴,则有若章邱之李,临川之汤,黄州之刘,山阴之淡生,海虞之述古,富者千余,次亦百数。然中麓诸家,未传目录;《也是》一编,仅窥崖略,存什一于千百,或有录而无书。暨乎国朝,亦有撰著。然《传奇汇考》之作,仅见残钞;广陵进御之书,惟存《总目》。放失之厄,斯为甚矣!鄙薄之原,抑有由焉。粤自贸丝抱布,开叙事之端;织素裁衣,肇代言之体。追原戏曲之作,实亦古诗之流。[③]

尽管对象是本身没有情感的戏曲著述,但王国维仍然以渊博知识和流利骈句勾勒了戏曲学的发展历史;虽为骈文,但其中虚词和助词使用灵活,整中见散,文气流畅;对戏曲作品亡佚的痛惜之情也溢于言表:“放失之厄,斯为甚矣”,感慨遥深。又《中国名画集序》也是典型的骈文。其首曰:“绘画之事,由来古矣。六书之字,作始于象形;五服之章,辉煌于作会。楚壁神灵,发累臣之问;宋舍众史,受元君之图。汉代黄门,亦有画者,殷纣踞妲己之图,周公负成王之象,遂乃悬诸别殿,颁之重臣。魏晋以还,盛图故事;齐梁以降,兼写佛像。爰自开、天之际,实分南北之宗。王中允之清华,李将军之刻画,人物告退,而山水方滋。下至韩马、戴牛、张松、薛鹤,一物之工,兹焉托始。荆、关崛起,董、巨代兴。天水一朝,士夫工于画苑;有元四杰,气韵溢乎典型。胜国兴朝,代有作者,莫不家抱钟山之璧,人握赤水之珠,变化拟于鬼神,

① 王国维著,周锡山编校《王国维集》(第一册),第 223 页。

② 王国华《王国维遗书序》,《王国维遗书》(一),上海古籍书店 1983 年版。

③ 王国维著,周锡山编校《王国维集》(第三册),第 112 页。

矩矱通于造化。陈之列肆，非徒照乘之光；闼之巾箱，恒有冲天之气。”[①]以骈四俪六句式为主，但又杂以五言对甚至散句，同样善用虚词和助词，不用长联对，无凝滞呆板之病，显清刚简质之美。尽管是叙述中国绘画史，内容非常专业，但是因为以人物引线贯珠，以时间补充说明，所以即使对人物背景不太了解，也能理解其中的主要意思。之后王国维还对历代名画遭遇劫难的历史，以深情叹息的四六隔句对娓娓道来，舒缓中见悲愤；对收集、保存名画的行为加以赞赏。1914 年代罗振玉所作《国学丛刊序》也是工整的骈文，而且是学术性更强的骈文。开篇就追溯秦汉以来的学术发展演变史，句句骈偶，处处隶事；到叙述学术之盛时则间杂散句，以学行文，骈中有散而不是去骈用散，仍然保留了骈文的文体属性。“古文间出，绝学方兴。山岩甫出之书，遽登秘府；太常未立之学，或在民间。旋校中秘之文，并增博士之数，此一盛也。建武以降，群籍颇具。子春笃老，始通《周官》之读；康成晚出，爰综六艺之文。赵、张问难于生前，孙、王辨证于身后，此又一盛也。黄初君臣，雅擅词翰；正始贵胄，颇尚清谈。洎于六朝，此风犹盛，竭神思于五言，罄辨论于二氏。然而崔、皇特起于江南，徐、熊并驰于河北，二刘金声于隋代，孔、贾玉振于唐初。综七经而定正义，历两朝而著功令，此又一盛也”[②]。对国学三盛作了清晰明了的勾勒，虽为骈文但看不到骈文的晦涩。而“观往昔之隆污，抚今兹之际会，盛衰之数，盖可知矣。某爰始志学，颇识前闻。暨乎遁荒，益多暇日。思欲标艺林以寸草，助学海以涓流。乃因同气之求，重续春明之梦，尽发敝箧，幸求友声。聊供研悦之新知，并刊散亡之故籍。先民有作，同惊风雨之晨；来者方多，终冀昌明之日”[③]。则在对偶中叙事，在叙事中融情，对国学日益衰微表示忧虑，对来者昌明国学系于厚望，情感浓郁，境界深沉。对于多用骈文的墓碣铭，王国维虽写得不多，但也取得了很高的艺术成就，如《罗君楚妻汪孺人墓碣铭》。除了单篇骈文外，王国维在其他文体中也常常使用骈偶句式；在阅读中，遇到精美的骈文也爱不释手，甚至全文抄录。1907 年所写《清真先生遗事》为长篇传记文。说到周邦彦的《汴都赋》则曰：“壮采飞腾，奇文绮错。二刘博奥，乏此波澜；两苏汪洋，逊其典则，至令同时硕学，只诵偏旁；异世通儒，或穷音释。然在先生，犹为少作已！”[④]首先直接夸饰了该赋壮采奇文；接着用“二刘”和“两苏”典故，即隋经学家刘炫、刘焯学问的广博深奥，苏轼、苏辙文章的汪洋恣肆对比衬托《汴都赋》文意起伏而又典雅规范；最后用同时硕学和异代通儒都不能穷究文章内涵来进一步肯定《汴都赋》。三组骈句，单句对和隔句对交错，文意波澜起伏，为骈文章法的鲜明体现。可以说，从创作和个人情感上来说，王国维对骈文具有较强的倾向性和认可度，也喜欢这种运单成复、征实用典的文体。这也是其将“六代之骈语”视为一代之文学的主观动机和心理机制。

三、“骈语”代指骈文质疑

清人骈文崇尚“正宗”，一般以六朝骈文为正宗。总的来说，六朝骈文句式工整而不呆板，文气流转而不凝滞；题材广泛，内容丰富，描写、抒情和议论、叙事兼长；风格典雅雄浑、沉

① 王国维著，周锡山编校《王国维集》(第一册)，第 188 页。

② 王国维著，周锡山编校《王国维集》(第二册)，第 327 页。

③ 王国维著，周锡山编校《王国维集》(第二册)，第 328 页。

④ 王国维著，周锡山编校《王国维集》(第一册)，第 52 页。

博绝丽，多能做到于绮藻丰缛之中，存简质清刚之制。这种取向导致清人在评论当代骈文家时，多以六朝为尚；在编选当代骈文选本时，也以类似六朝作品风格为典范。在这种氛围之下，王国维才能顺势推出“六代之骈语”。然而，“骈语”代指骈文是否合适呢？

乾嘉时期，袁枚、刘开等人已反复将“骈文”和“散文”对举。1906年，罗惇曧在《国粹学报》上也已反复使用“骈文”这一概念。但1912年王国维在“一代有一代之文学”中却用“骈语”来代指已深入人心的“骈文”，和诗词曲等构成文以代兴的文体谱系。不用陈继儒的六朝人“四六”、顾彩的晋“骈俪”以及自己其他文章中使用过的“四六”、“四六文”、“骈体文”和“骈文”，却偏偏用了今天看来最不具文体意义的“骈语”来指代骈文。这是不合适的，缺乏代表性。古人的批评话语中，“骈语”多是指对偶句，极少用来指代“骈文”。南宋刘克庄就已提到“骈语”：“世谓堆故事、参骈语起于唐，不知自西京邹、扬辈已然，至唐尤甚尔。及韩、柳出，而后天下知有古文，然韩、柳能变文字之体制，而不能变科举之程度。”①这里的“骈语”明显是指骈偶，即对偶语言或对偶句式，没有文体指向。晚明游日章编《骈语雕龙》，全书分十七门、一百五十八子目，对每一子目都用骈语即对偶句式加以描绘铺陈，多类隶古事，组成文章片段，是典型的指导初学之作。这里的“骈语”也只是指对偶的句式而已。生活在康熙年间的李绂(1673—1750)，主张古文辞禁用“骈语”：“一禁用四六骈语。凡古文皆直书其事，直论其理，而骈体则皆饾饤浮词，骈句又伤文体。欧公‘竹簟’、‘暑风’之语，犹有议者，不知公乃为两制序文，故兼一二骈语耳，他文则从不相犯也。或谓经传亦有骈语，然皆四字短句，气质古健，若骈丽长句，则断然无有矣。”②其中几处用到“骈语”、“骈句”和“骈丽”，都很明显是指对偶句式，即对偶的句子；而其中的“骈体”则是与“古文”对举的文体学概念。两者区别非常明显。乾隆间，袁枚《与孙俌之秀才书》也从文体纯净和独立的角度出发，主张古文中不应有骈语：“奈数十年来，传诗者多，传文者少，传散文者尤少。所以然者，因此体最严，一切绮语、骈语、理学语、二氏语、尺牍词赋语、注疏考据语，俱不可以相侵。”③强调古文中不能有“绮语、骈语、理学语”等，都是很明显的修辞学含义，“骈语”指对偶句式也一目了然。乾隆间陈廷会为陆繁弨四六文作序曰：“汉魏以来，扬雄、司马之属，孟坚、平子之流，缀而为赋，天下靡然向风。虽间有他作，皆错综骈语，遂有所谓辞人之文，此其变也。浸淫以至六季，而其风盛行。”④“错综骈语”也是指对偶句式的隔行悬合或宛转相承，不是指文体。嘉庆二十三年，周池辑录《骈语类鉴》，其序有云：“尔乃剪叶裁花，堆成美锦；熏香摘艳，选就青钱。”⑤所谓“剪叶裁花”、“熏香摘艳”就是选择对偶句式分门别类，为不同场合的骈文创作提供成句或獭祭材料。可见，书名中的“骈语”也是指对偶句式。嘉道间刘开《与王子卿太守论骈体书》中和王泽讨论骈体文时，反复提到“骈语之采色”、“骈语之体制”，其中单独的“骈语”都是指对偶句，和上下文合言之才可以指骈体文；又该文标题和刘开的文集分别用“骈体”和“骈体文”，而不用“骈语”，本身就可看出其含义的不同。嘉道间，包世臣读韩愈赠序文，有云：“《送李愿归盘谷》摹写情

① 刘克庄《徐先辈集》，《后村先生大全集》卷九十六，四川大学出版社2008年版。

② 李绂《古文辞禁》，王水照编《历代文话》(第四册)，第4007—4009页。

③ 袁枚著，王英志校点《袁枚全集》(贰)，江苏古籍出版社1993年版，第642页。

④ 陈廷会《善卷堂四六序》，陆繁弨著，吴自高注《善卷堂四六》卷首，清乾隆木刻本。

⑤ 周池辑录《骈语类鉴》，清嘉庆二十三年(1818)光霁堂刻本。

状，间入骈语，缓漫乏气势。"[1]此中的"骈语"，也毫无疑问是指对偶的语句。包世臣认为这种对偶句有损文气，造成文章气势不畅，啴缓无力。为胡天游文集作序，包世臣有云："细绎机栝，在乎换成言，择字义，相类者更代以明新，于骈语习见者颠倒以示奇。"[2]其中的"骈语"也是指对偶句式，说胡天游在遣词造句上务去陈言，颠倒字句以见新奇。晚清陈衍有云"散文中杂以骈语，如阳湖派所为亦非体"[3]及"沈约《宋书·谢灵运传论》，全是骈语，本不必论；惟此篇乃借灵运列传为题，统论周秦以下文人之荦荦大者"[4]，其中的"骈语"都是指骈句，即对偶句式，即局部语言表达上的修辞特点；"全是骈语"才意味着该文为骈文，才具备文体上的含义。即"骈语"必须在特定的语言环境和上下文中，它才可代指"骈文"，但这种指代也很少见。道咸学者许梿评价徐陵、庾信骈文时云："骈语至徐庾，五色相宣，八音迭奏，可谓六朝之渤澥，唐代之津梁。……选声炼色，此造极巅，吾于子山无复遗恨矣。"[5]用"五色相宣，八音迭奏"，即从辞藻、声律等方面解释"骈语"内容，这样才具有骈文文体意义。"骈语"为对偶句式而不是文体，在朱光潜《诗论》，钱钟书《管锥编》等书中也指向明确。台湾张仁青没有详细考索，简单地认为"骈文"别称有二十多种，包括"骈语"、"偶语"、"俪语"等[6]，大陆绝大部分骈文研究者也如此认为。这是值得商榷的。其实骈语、偶语、俪语等性质相似，绝大部分是指向对偶句式，特别是单独使用时，更是指对偶语句，不具备文体意义上的骈文概念。只有"骈偶之文"、"骈俪之文"时候，或者"骈俪"、"骈偶"与"散体"、"古文"等对举的时候，才指文体意义上的骈文。

今天，作为一种文体的骈文学，其对象范畴、发展历史以及批评话语等都还没有被有效建构和系统梳理。从骈文史来看，六朝并无"骈俪"、"骈文"和"四六"等名，而是唐代"古文"之名出现之后，后人对六朝以对偶句式为主，讲求典故和藻饰，甚至追求声律的文章追加追授的，实质上是异代冠名。在六朝，只有"今文"、"今体"之称，它们具备唐宋元明文体意义上的"四六"之实和清人意义上的"骈体"、"骈文"之实。中唐称六朝之文为"骈俪"，更多的是偏重于骈四俪六的句式，以与当时的散句单行的古文对举，文体意义还不强。直到晚唐李商隐，才出现以骈俪文章为四六别集的情况，文体意义才明确。到宋代欧苏时代，古文大兴，骈俪文章渐渐被压缩到制诰表启等公牍应酬领域，且好剪裁成句，锤炼字词，喜用长联对，形成了不同于六朝体和唐体的风格，但根本特点，即以主要以对偶句式行文还是一致，故此种文章别集仍沿袭李商隐"四六"之名，且相关批评著作也以"四六"为名。这标志着骈俪文章在宋代的真正完全独立，成为一种具有自足性和兼容性的文体。

即使王国维用"骈文"替换"骈语"，将"六代之骈文"放在一代有一代之文学的文体谱系中，也不合适。因为文学史的发展表明：骈文其实是和散体文相对举的一种主要由对偶句组成的文章，是一种泛文体概念，而不是骚赋诗词曲赋那样的单类文体概念，两者不是一个文体层面上的文学实体。正如褚斌杰论骈体文所云："从实地看，它并不与诗歌、辞赋、小说、戏

---

① 包世臣《艺舟双楫·论文卷一》，王水照编《历代文话》（第六册），第5237页。

② 胡天游著，包世臣序《石笥山房集》，清咸丰二年（1852）刻本。

③ 钱钟书《石语》，中国社会科学出版社1996年版，第43页。

④ 陈衍《石遗室论文三》，王水照编《历代文话》（第七册），第6721页。

⑤ 许梿编选，黎经诰注《六朝文絜笺注》，清光绪十五年（1889）枕溢书屋刻本。

⑥ 张仁青《骈文学》，台湾文史哲出版社1984年版，第51—56页。

曲等一样是一种文学体裁，而是与散体文相区别的一种不同表达方式。但由于它本身具有一定的格式和特点，是中国文学中的一个重要现象，所以一般地也都把它看作是中国文学中的一种体类。”①将骈文和诗词曲赋并列，作为文体发展中的一环，实属不当。

（作者单位：湖南师范大学文学院）

① 褚斌杰《中国古代文体概论》(增订本)，北京大学出版社1990年版，第152页。

从《古文辞通义·总术篇》看前人治古文之学的方法和主要见解

熊礼汇

王葆心(1869—1944)先生的《古文辞通义》[①],是一本研究古文之学的入门书。书中讲古文之学的一般原理和基本知识,既探寻古文之"内律"而说其本体,又把握其"外象"而道其功用。其中《总术篇》[②]说的都是前人研究古代散文的"总要之术"(即从宏观角度揭示文之为文的关键,或从某一角度入手论述文之为文的特点),所用方法和相关见解对我们厘定古文之学、改进古代散文研究方法,以至构建古代散文批评话语系统都有重要意义。

合观书中所谈"总要之术",其设置实缘于著者对文学的三种基本认识,一即"区文之体,爰有三种;究文之用,亦有三类",所谓"三类"、"三种"(或称"三派"),指叙事、说理、述情三门;二即"文者,时与地与人三者相积而成也";三即"文之源有三:经、史、子三者"。由此出发,著者对前人治古文之学的方法作了分类式的介绍,现择其要以略论之。

一、"以最初之经典归宿文家之主旨"

前代古文家常用儒家元典术语概括古文创作的某些特征和基本要求,此即著者讲的"以最初之经典归宿文家之主旨"。典型的例子,如方望溪用《易》、《春秋》术语提出古文写作要领在于"义法",所谓"《春秋》之制义法……义即《易》所谓言有物也,法即所谓言有序也"。陈兰甫读《小雅》"有伦"、"有脊"之语,即谓"此即作文之法"。"伦者,今日老生常谈所谓层次也;脊者,所谓主意也"。曾文正则以《孟子》讲的"知言"、"养气"从古文写作者的必备修养讲到古文写作要求,所谓"惟其知言,故常有一二见道语","惟其养气,故无纤薄之响"。郝兰皋解释《荀子》"持之有故,言之成理"以论古文写作要求,谓"故者,资于故实之故,谓其持论有本也;成理,为其能成条理也"。李次青则认为《论语》中曾子所言"出辞气,斯远鄙倍","此不专为文言之,而文之病实尽于此也"。"然则远鄙、倍当奈何?太史公曰'择其言之尤雅者',雅则词远乎鄙矣;韩子曰'其皆醇也,而后肆之',醇则远倍矣"。其说本于李绂《秋山论文》所言"嘉靖以后,为古文者,非鄙即倍,故文事中绝。震川讥凤洲为妄庸,庸即鄙也,妄即倍也"。

前人用儒家元典术语归纳古文写作要领,多能触及古文内律、外象的本质特征,他们不断分析、归纳的过程,实际上就是对古文文体属性不断整合、规范的过程。前人取用儒家元

① 王葆心《古文辞通义》二十卷,熊礼汇标点,武汉大学出版社2008年版。

② 《古文辞通义》卷十三、十四、十五、十六皆为《总术篇》。除注明者外,文中引文均出自《古文辞通义·总术篇》。

典术语归纳古文写作要领，充分说明在古文的演进、变化中，继承和发扬儒家散文艺术传统起了多么重要的作用。因而我们今天研究古代散文，无论方法如何革新，都应顾及古文独具以儒学为本的艺术精神和深受儒家文学思想、审美观念、艺术经验浸润的特点。

二、“三种统系”说在古文研究中的应用

所谓“三种统系”说，即立纪事、说理、述情三派以统“古今文家之绪”。著者说以三种统系观察古典文学有多种看法：

一有“由完全三种统系可观历代之文派”。即认为西汉贾、马为叙事、纪事之文，董、刘为说理之文，马、枚为述情之文。此远古之文可以完全三派统之者。唐代王、杨之文有所沿，尚余情韵；韩、柳之文有所排，独抒闳议；燕、许本自玄宗好经术，故能索理致，是中古文家尚有完全三派之余波。北宋文亦三变，荆公以经术，东坡以议论，程氏以性理，述经术与性理，言理一派，议论则言事一派，所缺者述情一派。“宋逮元、明，文章之变，天下遂常少此一种文，而近古文之三派为不完全矣”。

二有“由不完全三种统系可观历代之文派”。即认为汉、唐、宋为平排（三派都存在）时期，唐、宋以后为侧注时代。具体说，东京至六朝，但传述情一派，而少叙事、说理二派，自宋逮雍、乾，但传说理一派，而少叙事、述情二派。

三有“由完全三种统系统合文家之时代”。如叶白湖谓“文章之道，三代主于明理，秦、汉以来主于切事情，六朝、三唐、北宋，主于谐声律而骋议论”。即综三代文纳入说理中，综秦、汉后文纳入叙事、述情中，综六朝、有唐文纳入述情之声律中，综北宋文纳入叙事之议论中。

上述三种看法，大都以汉、唐为文学发展之转关。其他学者同样论文以汉、唐为转关，并不尽以三种统系作论。如黄宗羲说：“唐以前句短，唐以后句长；唐以前字华，唐以后字质。唐以前为高山、深谷，唐以后为平原、旷野。”这是从字句、文境角度作区别。阮元则以华质、繁简、奇偶、有韵、无韵区别之。说唐以前文字句华丽、简略、偶对、有韵，唐以后文则字句质朴、繁芜、单行、无韵。唐顺之则以有法、无法区别汉、唐前后文，说：“汉以前之文，未尝无法而未尝有法，法寓于无法之中，故其为法也密而不窥。唐与近代之文，不能无法，而能毫厘不失乎法，以有法为法，故其为法也严而不可犯。”侯方域又以主骨、主气区别秦前汉后之文，说：“秦以前文主骨，汉以后文主气……如老、韩、诸子、《左传》、《战国策》、《国语》，皆敛气于骨者也。汉以后文，若《史》、若《汉》，若八家，最擅其能，皆运骨于气者也。”王葆心则认为“吾华之文，汉前后为一界限，唐前后又为一界限，观列代文家大势者，须从此参悟其消息也”。汉前汉后或唐前唐后，文风究竟有何不同，恐怕至今还是研究古代散文史的重要课题。

四有“由完全三种统系区别文家之家数”。认为“以三统家数源流正变言之，属三统之远源，则《易》为说理之祖，《诗》为述情之祖，《书》、《春秋》为叙事之祖。属三统之近宗，则庄周为说理之宗，屈原为述情之宗，左氏、马迁为叙事之宗”。“汉人沿之而鼎承三统，唐人沿之而略具三统，宋人沿之而略少一统，故列代家数遂有并衍、兼衍、一衍之分”。

五有“三种统系有归并于一人之时”。一人指韩愈。邓绎认为韩愈兼承三统，王葆心则说：“而其（指韩愈）自反，乃于马、扬述情一派谦让未遑，宜此一派垂绝于有唐以后也。”王氏意谓韩愈短于辞赋之作，故述情一派难以为继。

六有“三种统系有并见于一朝之局”。此指清代有方、姚诸家标举唐宋文于康、雍朝,阮、李诸家标举汉、魏文于乾、嘉朝,龚、魏诸人标举周、秦诸子文于道、咸朝。

七有“以三种统系总概文家之辑述”。讲的是按三种统系分类选编文集,如以言理为主,有真西山编的《文章正宗》;以通情为主,有张皋文编的《七十家赋抄》;以论事为主、合文于政治者,有贺耦耕编的《经世文编》;以文与史合谊,则有章实斋的《文史通义》;以文与史为表里,则有《文纪》、《汉魏六朝百三家集》、《唐文粹》、《宋文鉴》、《南宋文范》、《金文雅》、《元文类》、《明文在》。

从七种情况可知,前人是将古代散文和诗、赋等联系在一起考量其文学性质的,所谓三种统系是对所有古典文学功用、性质的概括。前人用三种统系同存、侧注或“并衍、兼衍、一衍”区别一家、一派、一时、一地的文学特性或总结整个文学史的发展规律,不失为一种宏观研究方法。若单从研究古代散文的角度看,实际上前人将散文只纳入叙事、说理两统系中。古代文学创作,述情主要是诗赋的任务,散文单一抒情者极少。但这并不是说古代散文中没有情的表述,古代散文中的情的表达是与叙事、说理联系在一起的。王次青即谓:“文之用有二:曰议论,曰叙事。议论以理胜,经与子之流也;叙事以情胜,史之流也。”此即合抒情于叙事。说理文中以气运词,实际上也是情在起作用,议论作愤激语或一唱三叹,委婉致意,都是述情。但这述情是借助说理、明道完成的。

三、“文之总以时世者”

此即联系时世特征研究古代散文发展规律。刘禹锡说过:“八音与时相通,文章与时高下。”散文发展与国家盛衰关系密切,朱熹即谓:“有治世之文,有乱世之文。六经,治世之文也。如《国语》委靡、繁絮,真衰世之文也。是时语言、议论如此,宜乎周之不能振起也。至于乱世之文,则《战国》是也,然有英伟之气,非衰世《国语》文之比也。楚、汉间文字,真是奇伟,岂易及也?”焦南浦《此木轩杂著》说:“盛世之言其气和,衰世之言其气葸,治世之言其气直,乱世之言其气猛。”

王葆心据以推论说:“国运盛则其文必胜,举证以示例,惟汉自开国后,以武帝时文最隆,宋仁宗时次之,东京之初,盛唐开元、元大德、明宣、正之时亦略有之。清康、乾时亦如之。”“国运衰,则其文必衰,举证以示例,惟宋、明季年之文最弱。……世既乱,则其文必乱,举证以示例,惟六朝、五季为最下。”

探讨原因,王葆心则谓:“盖时运之变迁,征诸人心;人心之隆污,形诸言论;言论之和平、噍厉,迎机互引。和平引和平,噍厉引噍厉,出于口为言论,笔于书为文章,所谓文以引声,声亦足以引文,故文者,人心之声也。”

但也有认为“世运降而文不与俱降”者,举例则言春秋时文莫盛于鲁而鲁国以削,战国之时文莫盛于楚而楚怀客死、顷襄东走于陈,汉文莫盛于孝武而海内虚耗,建安文盛而魏祚不永,唐文盛于元和而宪宗不得正其终,宋文盛于熙、丰之际而党禁遂起。还有认为“世运不降而文反降”者,举例言之,则谓永嘉以后,玄风既扇,词多平淡,文寡风力;赵宋以后理学迭昌,而文辞日退化。大抵学理愈纯粹,其文必务归平淡、质实,物理愈发明者,其空灵之文愈消灭。其迷信、偏僻之理及耗心形上之途者,其文必独能写出天然之妙。

诸说未必正确，但启发我们联系时运兴替、国家盛衰、社会治乱对散文特色成因和散文史的演变规律作深入思考和辨析。

四、“文之总以地域者”

近代学人有不少从地域文化角度研究古代文学的，刘师培就写过《南北文学不同论》[1]，几乎与刘氏同时，王葆心也“区南北以论文”，而且论述更为详细，不但从学派、绘画、书法、词曲、相墓之术以及释、道宗派分南北入手说南北文化之不同，还设专节以论周季、两汉、六朝、唐时、宋代、元代、明代、清代文家流衍之地域。值得注意的是王氏以地域文化论文，不单顾及土风民俗、传统习尚（如北人崇尚理致，南人喜好想象），还注意各地学风的特点。如言六朝文家流衍之地域，即谓“以吾观之，两派之文，虽各缘起流传之土风，而亦本自当时所讲之学术。当时南学喜新，故崇贵近代，辅嗣之《易》，元凯之《春秋》、梅赜之《书》，皆所肄习。北学喜旧，故崇贵较远之毛、郑、服虔。喜新则于前此必多所废弃，故其学简略而沈约竞病之新派因之以兴。喜旧则前此必多所收采，故其学深芜，而苏绰《周诰》之旧体因之以出。此南北文家与学术相为应和之一证也。然统前后列朝之文学比较之，其时文学究在浸衰之数，则又缘乎尔时学术亦较衰于列朝之故也。”

又王氏作论，不单说南北文风之不同，还试图探讨其规律。有谓：“吾观北人之文主理，南人之文主情，此其大都也。然南人主情之文，迄唐初而止；北人主理之文，至唐后而大炽于南方。叙事之文，在唐以前，亦北方为之宗主，南方为之附庸，唐以后南北皆互有名家。故三者之于南北，常有直接与循环两种之观焉。”此类言说，对我们从总体上考量古代散文发展史的规律也是有启发的（具体研究则还应像刘师培说的“不可为地理及时代之见所囿”）。事实上，《总术篇》中的“文之总以地域者”，即可称为从地域文化角度研究中国古代南北散文演变史的史论。

五、从人性角度论文

从人性角度论文，实可归纳为从创作主体特性入手论文。具体做法有：

（一）“文之总以地位者”

其说有二：一是以文能“应世”、“名世”、“传世”区分文家品位。属“应世”者语丽辞赡，属“名世”者识高志远，属“传世”者编之乎《诗》、《书》而不愧，措之乎天地而不疑。二是以居山林草野或朝廷台阁论其文风，言山林之文有山林、市井之分，馆阁之文有朝廷卿士、庙堂公辅之分。“居廊庙者长于台阁之文，守布素者长于山林之文，殆莫能相兼”。此外，尚有以人品核定各家之文者，魏禧《日录论文》云：“简劲明切，作家之文也；波澜激荡，才士之文也；纡徐敦厚，儒者之文也。”

---

① 刘师培《南北文学不同论》，《国粹学报》第九期。

（二）“文之总以人者”

本于言为心声，故由文可以知人，由人可以知文。刘熙载即谓“周秦诸子之文虽纯驳不同，皆有个自家在内”。冯时可则谓“永叔侃然而文温穆，子固介然而文典则，苏长公达而文遒畅，次公恬而文澄蓄，介甫矫厉而文简劲，文如其人哉”。此实联系作者个性特征考察其文风走向。论文而总以人，还有“作何人文即肖其人”之说。如司马迁作《长卿传》如长卿文，退之为《樊宗师墓志》似樊文，退之叙柳子厚似柳文，苏洵《上欧阳第一书》行文七曲八曲似摹欧阳子，欧公作《尹师鲁墓志》似尹文。作何人之文即肖其人之文，是古文家的习尚，其深层原因如何，值得深思。

（三）“文之总以气者”

从气的角度论文，所论有精粗之分。粗言者，从气在写作中的功用入手，所谓“文中雄奇，以行气为上，造句次之，选字又次之。然未有字不古雅而句能古雅、句不古雅而气能古雅者，亦未有字不雄奇而句能雄奇、句不雄奇而气能雄奇者”（曾国藩语）。所谓“气不可以不贯，不贯则虽有英词丽藻如编珠缀玉，不得为全璞之宝。鼓气以势壮为美，势不可以不息，不息则流荡忘返”（李德裕语）。所谓“文能养气，可以拓文之量，吐文之焰，极文之峻，涵文之深，穷文之变化，使吾文能随物赋形”（宋濂语）。精言者，言行气从本体入手，而归结为作者养气之功。说气为文之本，有谓“文章当以气为主”（柳冕语）。“文为气之所形，文不可以学而能，气可以养而至”（苏辙语）。说气如何构成文之本体，有说以志率其气者，所谓“文之体，正于此折中其是非。行吾学问之力、从吾制作之用者，志也。……大焉可使雷霆之奋、鼓舞万物；小焉可使如脉络之行、出入无间者，气也”（李方叔语）。有说以诚主其气者，所谓“文以气为主，气以诚为主”（李格非语）。有说以神为气之主者，所谓“行文之道，神为主，气辅之。……气随神转，神混则气灏，神远则气逸，神伟则气高，神变则气奇，神深则气静，故神为气之主”。“无神以辅气，则荡乎不知所归”（刘大櫆语）。有说气与才同时发挥作用的，所谓“必用之以才，主之以气，才以为之先驱，气以为之内卫，推而致之，一本于道”（王祎语）。此外，有说气与情同时发挥作用的，有说气与敬同时发挥作用的，有说气与声同时发挥作用的，有说气与意、词、法同时发挥作用的。王葆心归纳说：“然则气也者，必有志以率之，如李方叔之说；志率气又必本乎诚，如李格非之说。则所谓意、所谓情、所谓声、所谓敬、所谓神、所谓理、所谓词与法，自有殊条同贯之用，皆于本源一边论养气也。”王氏的归纳，不但告诉我们古文家养气说内涵的丰富，还启发我们如何探讨古文艺术结构的奥秘，以及如何把握古文的文学特征。

（四）“文之总以情者”

准确地说，所谓“文之总以情”，讲的是古文叙事、说理必注入情感，有代表性的论述，是黄宗羲《论文管见》说的：“文以理为主，然而情不至，则亦理之郛郭耳。庐陵之志交友，无不呜咽；子厚之言身世，莫不凄怆；郝陵川之处真州、戴剡原之入故都，其言皆能恻恻动人。古今自有一种文章不可磨灭，真是天若有情天亦老者。而世不乏堂堂之阵、正正之旗，皆以大文目之，顾其中无可移人者，所谓刳然无物者也。”这段话的关键语是“文以理为主，然而情不至"云云，强调的是情随理至，即前所言"叙事以情胜"。叙事，尤其是写人之文，或议论之文，情至而出以一唱三叹或俯仰感慨，往往能得事外远致，以成风神之美。又"文之总以情"之"情"，多为畏天、悯人之思引发的悲哀之情。刘熙载说"抗兵相加，哀者胜矣……欧阳永叔《五代史》传、赞，皆得此'哀'字诀者"[①]。凡古文言事、说理，出以哀婉之情，其艺术征服力往往胜过声色俱厉之作。

（五）"文之总以质者"

前人以"质"论文，所言"质"有多个义项。

一指文风质朴，所谓"大文弥朴"，并将质朴作为古文的主要风格取向，而以文风质朴为古文之妙。二指本色，所谓"质者即本色之谓"。古文本色缘于作者为人本色，出自古文写作的"信己心"，表现为意真情真，作者信手写出，天然无饰。三指合于古道的思想内容。说"质"即本色，实已涉及古文的精神内涵。曹谔庭所谓"古文之所以称古者，乃意义之古，非词句之古"。如此言古文之"质"，实是对古文艺术精神本源的揭示。

六、文之总以经、史、子者

"文之总以经者"，其说有二：一言"经之资于文"，意谓经术和圣人言行的纪述须借助于文。二言"文之资于经"，意谓文章源出五经，不但立论本出于经，而且机杼、物采、规模、制度均取于经。文之资于经，有融圣人之意而出之和引用经语的区别。

"文之总以史者"，亦有"史之资于文"、"文之资于史"两说。说"文之资于史"，有谓柳宗元文自"国语"中来，"韩、柳文有法《史记》处"(《林下偶谈》)，欧阳修文有效《史记》处，苏洵文类《战国策》，苏轼好引史以作论等。

"文之总以子者"，举例说元结文出自子书而文碎，苏轼文出《庄子》而得其善，苏辙喜颂《庄子·养生》一篇，欧阳修文体有出自《孔丛子》者。诸子思想非儒者多，风格亦迥然有异，文家取用子书总归于儒，如沈祥龙所言："九家之言，体诸六艺，后世文章日兴，大旨不越乎九家。……人之立言，固由乎性所各近，然必以儒家为指归。韩以名家、法家而归于儒，欧以杂家、辞赋家而归于儒，苏以道家、兵家、纵横家而归于儒。……舍儒言文，能不离经叛道乎?"王葆心说："此言文家资子而必归于儒，是又资于子者进退之方也。"古文家资于子而必归于儒，是古文家创造古文独特艺术品性(包括艺术精神、艺术风格)的原则和方法。古文家创作古文有可能取用子书的某些思想观念、某种思维方法、审美标准，以及修辞策略、艺术风格，但都是以我为主。和资于经、资于史一样，资于子也只是替培植古文作为"成体之文"找到一种营养剂。先唐任何著述散文(包括经书、史书、子书)都不是现成的古文，即如《孟子》，学者们也只是说"其书有笔法、局阵，直可作古文读"(唐浚《孟子文说序》)。所谓"直可作古文读"，实说《孟子》具备古文的某些文体要素，还不是完全符合韩、柳倡导的古文文体要求的文章。《孟子》如此，何况其他！实际上，古文家创作古文，不但资于经、资于史、资于子，还资于诗、资于赋，广泛吸纳众体之长、众家之长、众作之长，使之在创作中融为一体，应是古文家借

① 刘熙载《艺概·文概》，上海古籍出版社 1978 年版。

鉴古典文学艺术经验独造古文文境之美的基本方法。柳宗元即云："本之《书》以求其质，本之《书》以求其恒，本之《礼》以求其宜，本之《春秋》以求其断，本之《易》以求其动。""参之谷梁氏以厉其气，参之《孟》、《荀》以畅其支，参之《老》、《庄》以肆其端，参之《国语》以博其气，参之《离骚》以致其幽，参之太史公以著其洁。"[①]秦观也说："钩列、庄之微，挟苏、张之辩，摭班、马之实，猎屈、宋之英，本之以《诗》、《书》，折之以孔氏，此成体之文，韩愈之所作是也。"[②]据此，我们可以深入研究某家古文和经、史、子中某种著述散文的关系，甚至可以写成专论、专著，但有一点要注意，就是论述中千万不要忽略其他著述散文以及诗、赋等文学作品对他的影响，还要顾及作者所"资于文字之外者"（即特有的人生经历、学术修养、对人生、物态的独特认识等）。

《总术篇》讲前人论文的总要之术，还讲到文体分类的总要之术和"评论家之总术"，前者着重介绍真德秀、储欣、姚鼐、曾国藩将众多文体归为至简门类的做法，后者主要是讲如何用姚鼐的阳刚、阴柔说粗分古文的风格特征。

从上述内容可知，《古文辞通义·总术篇》既揭示古文文之为文的枢纽所在，又介绍前人治古文之学的方法和相关见解。前者自是我们今天研究古代散文、特别是研究古文的必备知识，后者对我们改进研究方法更有启发、借鉴作用。我们今天研究古代散文（包括古文）的最大毛病，就是脱离古文家创作、批评的实际自言自语，说得头头是道，实为不根之词。更有甚者，假借今人或洋人的某些批评术语硬性套论古文，出语千口一词，成文千篇一律，纵然作论有宏观、微观之分，均难免隔靴搔痒之弊。如何克服这些毛病，使我们对古代散文的研究既符合古人创作、批评的实际，又具有学术个性，总结和借鉴前人治古文之学的方法和相关观念，是有必要的。可能有人以为古人的做法和见解太陈旧、太不现代化，须知古文之学是国学，是吾国固有之学术，对吾国固有学术的研究，恐怕首先得从前人研究这一学术的固有方法、观念出发，经过提炼、整合，再使其上升为具有时代特色的批评术语。

（作者单位：武汉大学文学院）

① 柳宗元《答韦中立论师道书》，《柳宗元集》卷三十四，中华书局1979年版。
② 秦观《韩愈论》，《四部丛刊》本《淮海集》。

集句文初论

张明华

集句文是在集句诗、集句词的影响下产生的，但其发展的程度不高，历代的作品很少，保存到今天的更少，所以一直没有受到研究者的注意。现从功能的角度，依据现有的材料进行简单的分析。

一、《韩奕传》：早期集句文的游戏色彩

集句诗最早出现于西晋傅咸之手，集句词是北宋王安石开创的，而最早的集句文，据现有的材料看，应该是南宋郑持正的《韩奕传》，其题下标明“集毛诗句”。该文见于郑持正所作俳谐著作《文章善戏》，全文如下：

韩奕字祈父，雝之渭阳人也。其父骃祷于梁山得之，以《诗》之“奕奕梁山”，故命名焉。字以祈父，应祷之义也。奕少式微，贱寒几无衣。与同郡召旻负耒耜于宛丘之甫田，忽长发噫吁而叹曰：“大丈夫时迈弱冠，不能腾身于汉霄之上，徒此勤勤为农民，劳心于甫田十亩之间，虽遇终风、暴雨亦无休期，诚为抑郁。我将濯缨于扬之水，振衣于信南山。大展羽翰，乘晨风而直上，如九皋之鸣鹤，声闻于天，方快人意。”召旻子曰：“子之志甚武，然徒大叔于田，采苓采芑。载芟于大田，使桑苗盛茂，十月之交，纳稼登场，以享丰年，子之职分也，何至外此而他又有所哉？”奕素口（疑缺一字）小旻之志，乃曰：“鸱鸮焉知鸿雁之志耶？”遂释采于崇丘之间，披缁衣，蹑葛屦，由江汉趋溱洧，载驰载驱，就学于终南卢令。奕少小聪明，性禀有执。竞辰孜孜，每夜读书史至于鸡鸣，始乃就枕。不三年学成，遂与同年葛覃就举。二子乘舟，自扬之水，由淇澳迤逦，瞻彼洛矣。时值正月既往，摽有梅酿，白犹繁；园有夭桃，红微露。隰桑萌绿，苑柳回青。洛之士人，皆为采苹采藻之戏。忽睹汾沮洳之间，有柏舟出于蒹葭之浦，渐进泽陂，系缆于绿竹之下。奕与葛覃舍舟，如鹑之奔奔而前，共坐渐渐之石。载见舟中艳姝美姬，拥三女郎在焉。奕欲前询其为谁，则有胡疑之心。奕之狂态，虽如狼之跋前疐后，不果前进。须臾，有双鬟名小宛者登舟来，前揖奕曰：“君子行役至此，彼何人斯，左顾右盼如硕鼠焉？”奕曰：“舟中佳丽，谁家宅院？”小宛曰：“小娘子小字静女，未笄。事旄丘宝文王有声之子，名初，虞部员外郎是也。不幸虞部早卒，小娘子未从人。郎君此来，不由仪礼尚书闻之，加郎君以斯干旄钺之铢（疑应为诛），诚为非便。”奕曰：“仆实北山采薇饿夫之子，襟怀狂荡，少小无他思，文章盖一世，娘子请回步，仆吟小诗，烦答小娘子可乎？”遂呼狡童取五色绿笺，野

有蔓，际有杕之杜。奕班杜而坐，展绿笺，濡湘毫，思涌泉水，顷刻书成而授小宛。其诗曰：“春风微动采萍舟，何处仙游泛柏舟。我欲桑中恣狂荡，寸心安得话绸缪。”静女得诗，展读再三，乃猗嗟曰：“获此当十袭而宝之，岂止为口闲舒卷耶。彼诚非柞棫樸樕之材，若匪风流之士，词翰何得至此双美耶？当以上词报之。”用西河广幅帕子立成一词，名曰《减字木兰花》：“物华天作。泛彼柏舟聊取乐。君子阳阳，何事经行苇岸旁。这回瞻仰。娇小星眸劳远想。有客还知，欲学鸳鸯一处飞。”奕盘桓久之，俄见双鬟再至，且喜且惧。小宛曰：“小娘子情意尽写此词，非特简兮。”奕手玩其词，乃曰：“殊清人情意，安得睹芄兰之质，见皇皇者华，便下泉台亦无所憾。”小宛曰：“人生夤缘离合，维天之命。郎君若出车马，潜与妾同往舟次，即与郎君致殷勤，谋成约。”月出皎兮，逾墙有茨。登新台，入北门，得见丰度，因具小勺。既醉，于是卸素冠，解羔裘，相与褰，两情如燕燕于飞。静女曰：“芳心何彼秾矣。”奕曰：“极荷。闵予小子，唯是日月逾迈。”遂托将仲子为伐柯之举。后时及四月，遣候人聘及丝衣之礼。乃涓吉日，烹羔羊，往东门之池网。南有嘉鱼，酌维清酒。会宾之初筵，击鼓为乐，以谐君子偕老之愿。奕素力学该博，自生民以来未之有。名登仕版，都人争看绿衣郎之荣达。既宰沔水，遂有甘棠之爱。后因驾四牡，以大车攻东山立勋，朝廷赍赏甚厚，袭封卷柏，旌南山郡。静女封硕人，子孙绵绵，以寿终于家。①

此文借鉴正史中人物传记的写法，从主人公韩奕的籍贯、名字的来源，写到其家世、求学经历、就举、婚恋、仕宦、功业，乃至子孙后世，介绍得非常完整。可是换一个角度看，此文所写重点却非史书中侧重的功业、道德或者文学，而是就举途中发生的一场艳遇及其所带来的幸福婚姻。其中韩奕以诗调情、静女以词传情的做法，使其更像一篇小说，尤其是接近唐传奇那种小说。金程宇这样说：

本作品内容流于陈套，无甚精彩，尤其后半部分，颇似《游仙窟》之翻版。值得注意的倒是本作品的体式，即采用集句体以作俳谐小说，似可称之为创格，颇见巧思。②

《韩奕传》“内容流于陈套”并无足怪，因为作者创新的是“集句文”这一形式，而不是内容。其实，除了张鷟的《游仙窟》，这种诗词传情的手法与元稹的《会真记》也有类似之处，甚至后来明清时期的才子佳人小说也经常有这样的情节。

《韩奕传》最大的特色在于其初开集句文的面貌。所谓“集毛诗句”，也即是说全文是用《毛诗》（即今人所见的《诗经》传本）的诗句写成的，可是略加考察，就发现这个说法有很大的水分。

一方面，可以肯定地说，此文与《毛诗》关系非常密切：(1) 有些词语的确出自《毛诗》的原句或略加变化，如“九皋之鸣鹤，声闻于天”出自《鹤鸣》，原作“鹤鸣于九皋，声闻于天”；“十月之交”出自《十月之交》；“载驰载驱”出自《载驰》；“摽有梅酿”出自《摽有梅》，本无“酿”字；“如鹑之奔奔而前”出自《鹑之奔奔》，原本只有“鹑之奔奔”四字；“渐渐之石”出自《渐渐之石》；“跋

① 转引自金程宇《静嘉堂文库所藏〈文章善戏〉及其价值》，金程宇《稀见唐宋文献丛考》，中华书局 2009 年版，第 102—103 页。

② 《静嘉堂文库所藏〈文章善戏〉及其价值》，第 104 页。

前蠹后”出自《狼跋》,原作“狼跋其胡,载蠹其尾”;“君子行役”出自《君子行役》,“行”字本作“于”;“野有蔓”出自《野有蔓草》,后本有“草”字;“际有杕之杜”出自《杕杜》,前本无“际”字;“见皇皇者华”出自《皇皇者华》,前本无“见”字;“维天之命”出自《维天之命》;“月出皎兮”出自《月出》;“逾墙有茨”出自《墙有茨》,前本无“逾”字;“两情如燕燕于飞”出自《燕燕》,本无前三字;“闵予小子”出自《闵予小子》;“唯是日月逾迈”出自《蟋蟀》,本作“日月其迈”;“南有嘉鱼”出自《南有嘉鱼》;“会宾之初筵”出自《宾之初筵》,前本无“会”字;“后因驾四牡”出自《采薇》,本作“驾彼四牡”等等。这些诗句或者使用《毛诗》的原句,或者加以变化,是该文被作者称为“集毛诗句”的主要原因。(2)不少词语,如该文前面部分的“式微”、“无衣”、“长发”、“时迈”、“甫田”、“终风”、“扬之水”、“大叔于田”、“晨风”、“采芑”、“载芟”等等词语,都是《毛诗》中的标题。(3)更有趣的是,该文中所有的人名和地名,均出自《毛诗》。全文共有六个人物,名字全部出自《毛诗》的标题:韩奕字祈父,名和字分别出自《韩奕》和《祈父》;召旻,出自《召旻》;葛覃,出自《葛覃》;小宛,出自《小宛》;静女,出自《静女》;狡童,出自《狡童》。至于其中的地名,如渭阳、梁山、宛丘、扬之水、信南山、江汉、溱洧、终南、淇澳、新台、北门、东门、沔水、东山等等,也都是出自《毛诗》之中。

另一方面,作为最早的集句文,该文大量的句子(而非词语)并非直接出自《毛诗》,即使一些出自《毛诗》的句子,也有相当一部分被作者改动了。南宋时期,无论集句诗还是集句词的写作都已经非常规范了,可是集句文才刚刚出现,因此明显具有不成熟的特点。

集句乃文人游戏,以集句而作传奇本已非常奇特,用神圣的儒家经典《毛诗》的诗句去表现才子佳人的恋爱故事,更是非常有趣的游戏。《韩奕传》尽管在形式上不成熟,其所具有的游戏色彩却是非常值得注意的。

二、《香屑集序》:精工艳丽的四六美文

《韩奕传》之后,在很长的时间里,未见有集句文创作。直到清代的黄之隽为其所著集句诗集《香屑集》作了一篇四六长序,集句文才走向了成熟,显示出耀眼的光辉。《香屑集序》长2807字,全用唐人的文句写成。与《韩奕传》虽云“集毛诗句”而其文大量的句子并非出自其书不同,《香屑集序》所有的句子都出自原文,改动的地方很少。如开头一段:

> 脂粉简编,每讽词人之口;花钿侍从,终惭神女之工。为芳草以怨王孙,缘情不忍;执定镜而求西子,与影俱游。不吟纨扇之诗,自夺鸳衾之价。岂敢传诸作者,寻耻雕虫,殊不类其为人,希声刻鹄,则有长卿消渴、王霸幽居。庾子山之染翰,巧借丹青;嵇叔夜之鸣琴,会谐丝竹。惜流光之不驻,叹欢宴之难寻。求女娲炼石之方,肠回好系;是海燕窥梁之日,花怯愁当。于是仿佛烟光,依稀仙躅,千趣万态。①

根据诗后的注释和笔者的考察,这段话的出处如下:“脂粉简编”,出自李商隐《为举人上翰林萧侍郎启》;“每讽词人之口”,出自崔融《报三原李少府书》;“花钿侍从”,出自常衮《赠婕妤董氏墓志铭》;“终惭神女之工”,出自崔融《嵩山启母庙碑》;“为芳草以怨王孙”,出自李商隐《谢

① 清黄之隽著、陈邦直笺注《香屑集笺注》,新文丰出版公司1979年版,第5页。

河东公和诗启》;“缘情不忍”,出自皇甫湜《狠石铭》;“执定镜而求西子”,出自李商隐《谢河东公和诗启》;“与影俱游”,出自蒋至《罔雨赋》;“不吟纨扇之诗”,出自黄滔《汉宫人诵洞箫赋》;“自夺鸳衾之价”,出自张仲素《回文锦赋》,原作“贵以文自夺鸳衾之价赠乎远”;“岂敢传诸作者”,出自李白《大鹏赋序》;“寻耻雕虫”,出自温庭筠《上崔相公启》;“殊不类其为人”,出自皮日休《桃花赋》;“希声刻鹄”,出自骆宾王《上吏部侍郎帝京篇有启》,句前本有“非敢”二字;“则有长卿消渴”,出自张说《季春下旬诏宴薛王山池序》,句前本无“则有”二字;“王霸幽居”,出自王绩《游北山赋序》;“庾子山之染翰”出自顾云《投陆侍御启》;“巧借丹青”,出自顾云《投陆侍御启》;“嵇叔夜之鸣琴”,出自宋子问《三月三日奉使凉宫雨中褉饮序》;“会谐丝竹”,出自元结《箧中集序》;“惜流光之不驻”,出自吴筠《洗心赋》;“叹欢宴之难寻”,出自徐铉《木兰赋》;“求女娲炼石之方”,出自罗衮《谢诸知己第二启》;“肠回好系”,出自陆龟蒙《采药赋》;“是海燕窥梁之日”,出自罗隐《谢崔舍人启》;“花怯愁当”,出自陆龟蒙《春寒赋》;“于是仿佛烟光”,出自陈山甫《汉武帝重见李夫人赋》,本无“于是”二字;“依稀仙躅”,出自王绩《游北山赋》;“千趣万态”,出自欧阳詹《二公亭记泉州》。

从这些考察可以看出,虽有极个别的句子与原文略有区别,而其区别主要在于增加了一些连词,如“则有”、“于是”,同时又删除了一些字词,如“非敢”和“贵以文自夺鸳衾之价赠乎远”句中“自夺鸳衾之价”六字以外的词语。需要指出的是,这段话中使用了宋人徐铉的《木兰赋》中的“叹欢宴之难寻”一句。徐铉是从五代入宋的诗人,说其是五代人亦可。据传为金代元好问所编的《唐诗鼓吹》里收录了徐铉的诗歌,所以黄之隽把徐铉看作“唐人”也算是言之有据。《香屑集序》全部使用唐人的诗句,而且很少改动,代表着集句文已经走向了成熟。

《香屑集》是黄之隽所撰的集唐爱情诗集,也是清代入选《四库全书》的唯一一部集句诗集。陈邦直所为作跋云:

> 唐堂夫子,粹然儒者,而不讲学,尤不言禅悟。然当少壮时,沦落未遇,乃寓情《离骚》芳美以消块垒,仿王介甫、孔毅父体,拆截唐诗集为《香屑》,多至千首。其写艳,则帝天倩盼之说也;其叙欢,则宴尔同梦之说也;其怨别,则异室独旦之说也;其寄思,则虺隤反侧其灵其雨之说也。辞采于三唐,旨通于国风矣……①

陈邦直所说虽有拔高之嫌,然“旨通于国风”的说法的确有助于读者理解《香屑集》诗歌的特点。而《香屑集序》的特点与《香屑集》是一致的。前引《香屑集序》的开头一段已经体现了这样的特点,这里再举中间的一小段为例:

> 若夫春风昼荡,明月宵悬。珠网七重,近接天孙之馆;金釭二等,暂疑王母之台。弄药争花,家家并翠;佩兰荫竹,久久逾芳。鸟间关而共娇,鹊联翩而不定。既开瑶户,綷云霞于玉楼;即瞰铜街,饰琥珀于虹栋。原隰拥神仙之气,轩庭映梅柳之春。长庑生寒,玉烧不热;重扃驻燠,烛醉始酣。有美一人,是焉栖托。妍妆袨服,风符三月之春;丽质冶容,价夺十城之美。产耶溪而濯质,兰麝氛氲;觞瑶池以迭谣,绮罗回薄。曲眉丰颊,流月亭亭;鬒发绛唇,当闺脉脉。谁能攀撷,梦佳期于北方;岂让娉婷,赠灵修于南浦。又若侯家琐第,锦障如霞;戚里池台,美人似玉。东吴信妇,旁携绿鬓;南国妖姬,咸贮金

① 《香屑集笺注》,第355页。

屋。江女穿针之阁，季伦调伎之园。相如之宅，西子之里，无不修眉横波，纤指如画；霓裳凤髻，竞饰明珰；云帔花冠，来窥皎镜。焕烂而锦绣入玩，荧煌而户牖生春。伴秾李以表年，糅初梅而委色。篱边种菊，菊艳茗华；野外纫兰，兰仪蕙问。姹花袅竹，疑佚女之瑶台；长笛短箫，类群仙之广宴。金钗十二，巧笑工颦；牙管一双，能书善画。洗镜光于月夜，岂曰无娱；疑佩响于风馀，何能窃似。①

这段话主要表现生活环境的富贵华丽和女性的华美装饰，尤其是突出了其蕙质兰心、修眉娇波的特点。从艺术上说，这段文字全部由四字句和六字句组成，没有一处例外，是真正意义上的"四六文"；虽不讲究押韵，但对仗句贯穿全文，而且非常工整；句句出自他人，极其华美艳丽，却又驾轻就熟，如出自己一人之手。

《香屑集序》取得的成绩及其所具有的特点，既与作者的艰苦锻炼密切相关，也与作者的审美追求有关。为自己的集唐诗集写自序，并且全部使用唐代的文句，实在过于艰难了。正如黄之隽自己在《诗话》中所云：

黄子僻居华亭之陶宅，藜藿拄径，唯一二同学过从。集唐诗句秘不示人，既稍稍出之，同学谓："盍集唐人文句为骈体自序弁其首？"黄子欣然构思选辞，数日而无所就，则废然曰："是愚我也。十里布障，非游丝可织；五丈阿房，讵散木可构耶！"乃久之，忽然凑泊，得三千余言，以适同学。自谓庶几致光之序《香奁》，人谓突过孝穆之序《玉（原缺此字，《玉台新咏》有徐陵字孝穆序）台》也。今以冠于集之首。②

从此文可知，黄之隽对自己的自序非常得意，自谓可与韩偓（字致尧，一作致光）的《香奁集序》相比，又借他人的话说比徐陵的《玉台新咏序》水平更高。《香奁集》是唐代韩偓的爱情诗集，《玉台新咏》是南朝梁代徐陵编写的爱情诗歌总集，二书之序都是采用骈文形式写成的，而且都非常香艳。如《玉台新咏序》的第一段：

夫凌云概日，由余之所未窥；千门万户，张衡之所曾赋。周王璧台之上，汉帝金屋之中，玉树以珊瑚作枝，珠帘以玳瑁为押。其中有丽人焉，其人也，五陵豪族，充选掖庭；四姓良家，驰名永巷。亦有颍川新市，河间观津，本号娇娥，曾名巧笑。楚王宫里，无不推其细腰；卫国佳人，俱言讶其纤手。阅诗敦礼，岂东邻之自媒；婉约风流，异西施之被教。弟兄协律，生小学歌；少长河阳，由来能舞。琵琶新曲，无待石崇；箜篌杂引，非关曹植。传鼓瑟于杨家，得吹箫于秦女。③

韩偓作香奁诗，显然受到《玉台新咏》和徐陵序的影响，其《香奁集序》很短，但把这个问题说得很清楚：

遐思宫体，未敢信庾信工文；却诮《玉台》，何必倩徐陵作序。粗得捧心之态，幸无折齿之惭。柳巷青楼，未尝糠秕；金闺绣户，始预风流。咀五色之灵芝，香生九窍；咽三危之瑞露，春动七情。如有责其不经，亦望以功掩过。④

---

① 《香屑集笺注》，第5—6页。

② 《香屑集笺注》，第2页。

③ 梁徐陵编、吴兆宜注《玉台新咏》，成都古籍书店，未注出版年。

④ 《全唐文》第六册，山西教育出版社2002年版，第5145页。

考虑到徐陵《玉台新咏》、韩偓《香奁集序》都是通过自铸伟辞以取得成功，而《香屑集序》则全是用唐人文句而成，其难度不知大多少倍！而且该序与《香屑集》的内容和风格都是一致的，实在是画龙点睛之文。

作为一篇用集句四六完成的书序，《香屑集序》的成就是非常杰出的。在其之后，集句作序的情况时有出现。如清代齐图南曾集台州文人之句为所著《集杜诗钞》作序，又曾集唐宋八大家文为所著《遗珍集》作序。《清代杜诗学文献考》“齐图南《集杜诗钞》”条载：

> 齐图南，字培风，号鲲池，天台（今属浙江）人。齐召南之弟。才思清逸，诗文古今体兼善，累荐不售。所著有《野见集》十六卷、《鸣鹤堂诗汇编》十一卷、《皆梦斋时文之卷》、《杂著》一卷、《木屑集》一卷、《集杜诗钞》、《遗珍集》。生平事迹见《三台诗录》。《集杜诗钞》，周采泉《杜集书录》误将作者署为“齐召南”。《台州经籍志》卷三十三著录，并引《天台诗存》云：“尤喜集句，尝集葩经文为《韵谱辨异歌》，自然成诵。至作《集杜诗钞》，序集台华句；作《遗珍集》，序集唐宋八大家文，俱极工巧。”未见。①

可惜二文连同所序之集可能一起佚失了。又如沈寿榕（号意文）曾集陶句为何咸宜《集陶诗》二卷作序，今亦不知存亡。以集句文作书序是一件非常艰辛的工作，而且很容易吃力不讨好，所以历来作品并不多，写得好并且有幸保存到今天的更是难得。从这个意义上认识，黄之隽的《香屑集序》确实是一篇非常珍贵的集句美文。

三、《真州看山记》：集句文实用功能的拓展

除了用作书序，集句文在生活中的实用功能也逐渐得以拓展。比如说，可以用来写作游记。如近代刘师培的《真州看山记》：

> 真为州，当东南之水会，俯视大江，仰瞻陵阜。其西南诸峰，林壑尤美，出没隐见，若近若远。自下而望，众山逶迤。萦青缭白，外与天际，四望如一，出没于空旷有无之间。余无以穷其状，乃记之而去。噫！以兹地之胜，遭时清明，其江山之好，登望之乐，亦一时之盛哉。今其江山虽在，而颓垣废址，无余处者。相与逆数异时，于今五十余年矣。由此观之，邑之有观游，夫岂不以时乎哉？州之东，水行十里曰新城。去新城之北三十里，有二道至扬州。

此文很短，总共才167个字，然亦可谓句句皆有出处。署名“乘风扬帆”的作者近日在网上发表了《〈真州看山记〉，绝妙集句文》一文，对全文的出处逐一进行了考察：

> 欧阳修《真州东园记》“真为州，当东南之水会”（首句）；苏辙《武昌九曲亭记》“俯视大江，仰瞻陵阜”；欧阳修《醉翁亭记》“其西南诸峰，林壑尤美”；苏轼《超然台记》“出没隐见，若近若远”；柳宗元《永州崔中丞万石亭记》“自下而望”；欧阳修《丛翠亭记》“众山逶迤”；柳宗元《始得西山宴游记》“萦青缭白，外与天际，四望如一”；欧阳修《岘山亭记》“出没于空旷有无之间”；柳宗元《袁家渴记》“余无以穷其状”；柳宗元《至小丘西小石潭记》

① 孙微《清代杜诗学文献考》，凤凰出版社2007年版，第168页。

> “乃记之而去”；柳宗元《钴鉧潭西小丘记》“噫！以兹丘之胜”；欧阳修《仁宗御飞白记》“遭时清明”；韩愈《新修滕王阁记》“其江山之好，登望之乐”；欧阳修《菱溪石记》“亦一时之盛哉”；欧阳修《有美堂记》“今其江山虽在，而颓垣废址”；李格非《书洛阳名园记后》“无余处者”（矣）；欧阳修《李秀才东园序》“相与逆数昔时”；苏轼《灵璧张氏园亭记》“于今五十余年矣”；苏轼《醉白堂记》“由此观之”；柳宗元《零陵三亭记》“邑之有观游”（首句）；王安石《芝阁记》“夫岂不以时乎哉”；曾巩《越州鉴湖图序》“州之东”；柳宗元《袁家渴记》“水行十里”（首句）；曾巩《墨池记》“曰新城”；晁补之《新城游北山记》“去新城之北三十里”（首句）；柳宗元《小石城山记》“有二道”；李习之《来南录》“至扬州”。①

这里的考察不够严谨，如“由此观之”一句，乃古人常用之语，仅以唐代为例，就有骆宾王《应诘》、李白《明堂赋》、韩愈《论佛骨表》、柳宗元《与杨京兆凭书》、沈亚之《盩厔县丞厅记》、孙樵《乞巧对》等文用了此句，此处认定出自苏轼《醉白堂记》，显然过于武断。又如“州之东”，亦常用之语，仅以曾巩文为例，其《序越州鉴湖图》、《拟岘台记》、《阆州张侯庙记》三文均有此句，难以断定出自其中之一。至如“有二道”、“至扬州”这样的语句，亦复如是。尽管如此，通过如此认真的比对，我们仍可以看出其文全为集句所得，几无一词是自造的。

尽管《真州看山记》全由前人的文句剪裁而成，但在使用文句时，除了通常的做法外，或连续使用二句（7处），或连续使用三句（1处），都和一般人对集句文的理解不尽一致。如与黄之隽的《香屑集序》相比，其不足是明显的。笔者以为刘师培此文可能是一时兴起之作，而《香屑集序》乃是作者连续多日殚精竭虑的结果。然而，刘师培以集句文而为山水游记，发展了集句文的实用功能，仍然是值得称道的。

除了山水游记，清代还出现了以集句文写作书信的情况。如俞樟华、方梅《论古代集句》一文在谈到集句文的情况时曾这样说：

> 集句文是指作者进行写作时，完全采用其他作家已有的句子做成一篇文章来传达自己的思想。例如洪周（1774—1842）在《集八家文答仲》一文中便引用了七句欧阳修的文句，不过集句文还是比较少见。②

洪周集八大家的散文写作书信，也是有意义的探索。从文学发展的一般规律推断，实用功能的开发，有利于促进文学形式的进一步发展，可是集句文到清代才获得了一点点发展，艺术经验积累得太少；而晚清西方文化的影响越来越大，国内文风发生了巨大变化，从总体上也不适合集句文的发展。集句文就如一个先天发育不足的婴儿，出生后也没有得到足够的营养和适宜的生活环境，就那样半死不活地挣扎着。

无论是与文章的其他类别相比，还是与集句家族中的集句诗、集句词甚至集句对联相比，集句文都是发展得很不充分因而影响很小的一个分支。尽管历代集句文的作品不多，其所具有的一些特点，及其所具有的一些功能，如可以调笑、可以序书、可以纪游，仍然是值得探讨的。

（作者单位：阜阳师范学院）

① http://bbs.0514.net/ShowPost.asp?ThreadID=600214。

② 俞樟华、方梅《论古代集句》，《江苏社会科学》2007年4期。

《自由谈》拟体谐趣文与古代散文文体对照研究

杜新艳

一切文学体式和一切文字样式，都可能成为诙谐文学戏弄的对象和载体。将诙谐风趣的内容寄托在一本正经的文体上，以仿拟为艺术手法是谐文的一种主要类型。这种依赖内容与形式之间的不相称，通过对照造成错乱感而创作的一类谐文，可称为拟体谐趣文。从手法上讲，拟体谐文又可分为戏仿体和戏拟体。戏仿体指对标准文本的结构、章句进行直接的模仿，亦步亦趋。戏拟体则只是套用标准文体，对文体进行嘲弄的同时，还必须对具体内容进行虚构、拟设来产生诙谐趣味，即体裁与内容都是虚构的。

一

在晚清以前已经出现过的依托于各种传统文体而存在的谐文，以文集之谐文最为集中。至于其文体类别，可以参照几种谐文选集的文体使用情形。为此，本文特制了几种谐文选集[①]与古代影响较大的两种文学选集《文选》和《古文辞类纂》的文体对照表。

谐文选集与古文选集的文体对照表

来源	文选	古文辞类纂	文章游戏初编	二编	四编	天花乱坠初编	新天花乱坠	古今滑稽文选
编者	萧统	姚鼐	缪艮	缪艮	缪艮	钟骏文	汪庆祺	雷瑨
文体排列顺序	赋	论辨类	赋	赋	赋	论	论著类	传
	诗	序跋类	传	诗	诗	说	序跋类	记
	骚	奏议类	记	词	歌	解	赠序类	说
	七	书说类	述	歌	行	辨	书牍类	诏册
	诏	赠序类	说	传	吟	议	奏议类	表
	册	诏令类	论	记	嘲	策	诏令类	弹文

① 各总集版本如下：萧统编、李善等注《六臣注文选》，上海古籍出版社 1993 年版；姚鼐《古文辞类纂》、王先谦编《续古文辞类纂》合刊，浙江古籍出版社 1998 年影印；缪艮《文章游戏》四编，嘉庆二十三年(1818)纬文堂刻本；寅半生《天花乱坠》初编，杭州崇寔斋 1903 年；砚云居士《新天花乱坠》，1911 年；《古今滑稽文选》，北京出版社 1993 年版。

续表

来源	文选	古文辞类纂	文章游戏初编	二编	四编	天花乱坠初编	新天花乱坠	古今滑稽文选
文体排列顺序	令	传状类	评	序	谣	文	赞颂类	檄
	教	碑志类	序	辨	词	序	箴铭类	露布
	问	杂记类	书	论	传	传	哀祭类	控词
	表	箴铭类	疏	说	记	赞	传状类	供词
	上书	颂赞类	引	铭	序	记	碑志类	判词
	启	辞赋类	文	赞	跋	志	杂记类	铭
	弹事	哀祭类	制	叹	书后	铭	诗歌类	赞
	笺		檄	文	论	制	词赋类	疏
	奏记		判	书	问	示		书函
	书		状	启	文	札		祭文
	移		对	评	书	檄		杂文
	檄		答	嘲	启	疏		赋
	对问		赞	四六	赞	禀		诗
	设论		铭	拟卦	铭	书		词
	辞		语	拟诰	解	启		曲
	序		嘲	制艺	辨	契		道情
	颂		愿	判	说	时文		制义
	赞		卦	告示	对	赋		杂著
	符命		纪	曲	语	诗		
	史论		诰	弦索乐府	表	词		
	史赞		月令	谜	檄	歌		
	论		制艺	焰口经	状	谣		
	连珠		诗	集对	判	试帖		
	箴		歌		七	曲		
	诔		吟		曲	传奇		
	哀文		词		拟卦	楹联		
	哀册		曲		箴	章程		
	碑文		对					
	墓志							
	状							
	吊文							
	祭文							

可以发现，直到1914年雷瑨编辑《古今滑稽文选》时，文集中的各种谐文文体大致仍不出传统文体范围。在几种谐文选集中，汪庆祺《新天花乱坠》的编选体例，明显受《古文辞类纂》体例的影响。本文因关注由谐文所折射出的古文文体观念，所以，在论述过程中也希望借用《古文辞类纂》及《新天花乱坠》的分类方法，以与清代有影响的古文观念进行对话。《古文辞类纂》分古文为十三类，除辞赋外[①]，其他十二类依次为：论辨、序跋、奏议、书说、赠序、诏令、传状、碑志、杂记、箴铭、颂赞、哀祭。《新天花乱坠》则调整为：论著、序跋、赠序、书牍、奏议、诏令、赞颂、箴铭、哀祭、传状、碑志、杂记。

二

从谐文的角度看，最常见的体裁是传、记、书、说，大体相当于姚鼐概念中的传状、杂记、书说、论辨四类。《文章游戏》初编在"赋"之后，紧接着选入的就是"传"体和"记"体，很可能是出于"文章游戏"的考虑。而雷瑨在编辑《古今滑稽文选》时，他的文体排列顺序表面上看较随意，实际也有他对于滑稽文层次的考虑。总之，传、记二体作为古代最常见的文学体裁，在谐文中也占有非常重要的地位。

"传"体虽源于《史记》"列传"，却有不同的分流。姚鼐《〈古文辞类纂〉序目》曾说："传状类者，虽原于史氏，而义不同。刘先生云：'古之为达官名人传者，史官职之。文士作传，凡为圬者、种树之流而已；其人既稍显，为之行状，上史氏而已。'余谓先生之言是也。……昌黎《毛颖传》，嬉戏之文，其体传也。"[②]姚鼐已经讲到了传体的原本与枝桠，从史传发展出文人传，又产生了"滑稽传"，后两者是史传的"不忠"变形。特别是以韩愈《毛颖传》为代表的"嬉戏之文"，亦堪称一体，可见其影响力。《毛颖传》特色是以虚设手法为拟人之物毛笔立传，吴讷《文章辨体序说》也说："若退之《毛颖传》，迂斋谓以文滑稽，而又变体之变者乎！"[③]但传统上以滑稽为特色的传文，一般较喜欢用史传的套数，以表明对该文体的认同，因此并非都是文人传的变体，也有史传的变体。如《毛颖传》从"毛颖"的名姓、里籍、先世、生平事迹一路写来，最后附史赞。这种变体颇为不羁之才所喜爱，《古今滑稽文选》选入40篇"滑稽传"，其中大部分为名作，如《万石君罗文传》、《温陶君传》、《叶嘉传》、《江瑶柱传》、《楮先生传》、《舞阴侯传》、《雪衣女传》、《三友传》等。

《自由谈》中"传"体的出现频率较高。如1911年9月9日至10月3日间就出现了6篇，而1912年1月17日所登三篇均为"传"。不过，《自由谈》中的"传"，远不如古之"滑稽传"渊雅可诵。其在体制上多为小型传，内容或者说"传主"多是庸俗之物，如腐败官吏、专制太后、便宜先生、财奴、钱鬼、花虫、米蛀虫、饭桶等。且近代的"滑稽传"不再追求合于史传的郑重、深厚，而较为轻逸甚至轻佻。如《三先生合传》整体以教习、医生、妓女的比较来结构，没有"传主"形象，不合"合传"体例，而用语亦很刻薄："教习称先生，医生称先生，而沪上妓女亦称先生，其称呼无可别也。然则，教习赚钱用口，医生用手，妓女用斗，此三先生之艺术大有别

① 诗赋也是拟体谐趣文的仿拟对象，鉴于诗赋的特殊文体特征，本文暂不纳入讨论范围。

② 姚鼐《〈古文辞类纂〉序目》，《正续古文辞类纂》，浙江古籍出版社1998年影印本，第7页。

③ 吴讷《文章辨体序说·传》，《文章辨体序说 文体明辨序说》，第49页。

也。”[①]这一方面反映了报刊文艺已具有快餐文化的特征，另一方面也因为“传”体本身经文人的创造历练，形式丰富，可长可短，可叙事也可言志。戏仿类传体中出现了大量仿《五柳先生传》之作。这篇杰作之所以长盛不衰，既因其思想和情志之感人，也因为形式简洁可喜。此类易于把握的经典最为后人熟悉，因此也是戏仿类谐文所青睐的对象。如尘梦就注意到，“古人成调为人所常者，以《五柳先生传》……等为最”[②]。但一般来说，仿作只能应景，很难出色。更何况仿作只是借用形式的模子，全无经典本来面目。《五柳先生传》本是一种自我叙述，书写怀抱、抒发感慨。后世仿者不仅用于他意，且多是讽刺不堪之人物。与《五柳先生传》情况相近的是《陋室铭》。这两部作品，的确是最常被戏仿的对象。《陋室铭》仅八十一字，短小精悍。更重要的是，作者亦是借此表达个人情志，自负而不自谦，意气扬扬。但后世仿者也多用于讽刺污浊之事物。陶渊明和刘禹锡对此一定气愤不已。如此看来，戏仿类文章因为在形式上的模子过于紧严，所以在内容与题旨上就越发显得极为“不肖”了。

相比较而言，古文中另一常用文体“记”用作谐文的情形更为复杂。“记”兴于唐代，多为纪事之文，可以记人叙事，亦可模山范水，可以记述书画、器物、物品，亦可借题发挥、议论风生。因此，“记”用作谐文也较少形式限制，很少给人感觉它对“记”的文体本身构成了嘲谑。所以，它与传体的情况不同，应该属于内里体谐文。如前人之《醉乡记》、《睡乡记》、《饿乡记》、《温柔乡记》等，近似寓言小说。《自由谈》1911 年 9 月 17 日至 10 月 17 日间曾出现 7 篇“记”，频率也很高。其中不仅有寓言性质的，也有较为现实者，前如《天国筹赈大会记》、《醋海记》、《水族革命记》，后如《观夜乐园新焰口台记》、《尖先生妆阁记》等。试比较两篇同以睡乡为题的作品：

> 卧国之南，眠国之东，梦国之中，有睡乡焉。其土广博，其民众多，但君臣上下无一不好睡。入其境，如无一人焉，盖皆在春梦婆娑之中也。因此，有官若无官，有民若无民，有工若无工，有商若无商。[③]
>
> 昏然不生七情，茫然不交万事，荡然不知天地日月。不丝不谷，佚卧而自足；不车不舟，极意而远游。冬而絺，夏而纩，不知其有寒暑；得而悲，失而喜，不知其有利害。以为凡有目见者，皆妄也。[④]

一望可知，第一段为近代谐文，因为其过于直露的寓意，还因为直浅的文学风格。表面上看，似乎将中国喻为睡乡较宏阔，但此调在近代其实已很滥；而将人生中的混沌状态喻为睡乡，虽然走得不远，却自有深刻处。在笔法上，一直言无蓄，一摇曳多姿，其雅俗与工拙自不待言。近代作品的风格有明显的时代特色，加之文学商品化日益严重，同是批量生产，作家对于作品的要求就如匠人对于工艺一般。既然作为产品，因需而定，就要考虑对象的身份、能力以及喜好，浅露因之成为近代报刊谐文的一种主流特征。

书牍信函为应用文中自由灵活的文体，也颇受谐文作者欢迎。谐文可以借书函以传递信息、说服对方，并晓之以情、动之以理。其形式较自由灵活，少束缚及程式。如刘豁公说：

---

① 爱楼《三先生合传》，《申报・自由谈》1912 年 1 月 17 日。

② 尘梦《游戏文法指南》，《申报・自由谈》1916 年 8 月 28 日。

③ 爱楼《游睡乡记》，1911 年 9 月 29 日。

④ 苏轼《睡乡记》，雷瑨辑《古今滑稽文选》，北京出版社 1993 年版，第 102 页。

“书牍所以启事也，心有所欲言，则手笔之。”[①]另外，这里也有必要借用姚鼐的“书说”概念，因为“说”所蕴含的游说、说服之功能，在谐文中表现得比较突出。总体而言，书函体谐文是移置效果不大明显的应用文体。雷瑨《古今滑稽文选》就选入不少明人诙谐体书函，如张潮的《海棠上杜工部书》等。而近代此体更盛行，《自由谈》在创刊之初的第一个月中，就出现7篇“书函”体的谐文，为出现频率最高的一种文体形式。信函的表达方式常设身处地，拟想对话场境，并可论辩往还。在谐文中，“书说”的说者与被说者都是拟设的。大体看来，主要有两种拟设法：一种是以物拟人，一种是拟代人言。前面曾提到“辫子”问题，有一系列谐文以“书”的形式来表达，如《辫子留别眼耳鼻舌书》、《辫子致胡子眉毛书》、《胡子眉毛答辫子书》、《辫子谢钱业执事书》、《辫子与顶子书》。此类谐文即便不读文章，只想象各种事物拟人、寓言的形式，已产生了趣味，且比动物的拟人化更具滑稽性。此为第一种情形。至第二种情形，趣味性稍逊，而攻击性更强。最典型的是将袁世凯作为拟想的说者与被说者的作品，对袁氏极尽挖苦和奚落之能事。如《拟梅特涅致袁世凯书》借外国专制者劝说袁：“千刀刳王莽，万家烁蚩尤，恐受祸之惨，更将百倍于老夫也。”[②]还有一种情况，是将人拟为物，而后又以人的口吻言说。如王钝根的《鲥鳝会败事长致江皖哀鸿书》，就是将人物及事全改用动物语言，《百兽公致功狗书》亦为此类。

三

与书函信牍相近的文体，还有赠序、序跋、赞颂、哀祭、碑志等，都是言说对象明确，也有一定的形式特征，但又不是程式化的应用文，所以，此类文体用作谐文时效果不太明显。在姚鼐以前，赠序与序跋可综合而论。《古文辞类纂》作了区分，把师生、友朋和亲属离别时的赠文和寿序文汇聚为赠序类，而史序、诗文集序和书、文后的跋语汇聚为序跋类。大概因为赠序和寿序为感情之文或应酬之作，对于对象一般要唱赞辞，后人不大拿它来游戏。赠序文以韩愈的《送董邵南序》影响最大，《自由谈》中几篇赠序文便都以此为模本进行仿拟，如爱楼的《拟赠唐使绍怡回京序》，论及唐时说，“以子之鬼鬼祟祟，苟有专制魔想者，皆欢迎焉”，虽是游戏而涉攻击[③]。另外，记宴饮时的聚会之盛和饮酒作诗、高谈阔论之乐的序文，如王羲之的《兰亭集序》、王勃的《滕王阁序》、李白的《春夜宴从弟桃李园序》，都是谐文较多模仿的对象。

序跋类谐文在古今滑稽文中一直是弱项，唯有王安石的《读孟尝君传》因为简洁及层次分明，成为第三种最受欢迎的戏仿文本。序跋是对自家或别人论著的评论介绍，而人们大多视论著为立言大事，要“藏之名山，传之后世”，不该造次。所以，原文体本身的规定性会影响到谐文。序跋体谐文基本上也是针对诙谐文而作，而在论述诙谐文学时，作者的口吻一般也以揄扬为主。以此，雷瑨编辑《古今滑稽文选》时，根本就不录序跋文。《自由谈》中序跋类谐文也很少，如《狗屁集序》的有意滑稽，已很难得。

---

① 刘豁公《新尺牍》，《申报·自由谈》1912年3月17日。

② 项尾《拟梅特涅致袁世凯书》，《申报·自由谈》1912年1月30日。

③ 爱楼《拟赠唐使绍怡回京序》，《申报·自由谈》1912年1月11日。

至于赞颂、哀祭、碑志，其共通之处是易流于“谀”。《自由谈》的谐文中基本没有碑志体，赞颂类也极少，如仿刘伶《酒德颂》的《钱德颂》及《不倒翁赞》。唯哀祭类谐文较为发达。主要是因为此类文章有一定格式，能对文体进行调侃，如祭文开头多用惟某年某月某日，谨以某某一致祭于某某，最后以“伏维尚飨”结束。至于内容，可正作，亦可反作，并不难把握。

议论的文章可总称为论说文。姚鼐则将源于诸子、用于说理论道的文章，总括为论辨类。寅半生在编选《天花乱坠》时，曾提到其将论说类文放在篇首的原因是，“功令重策论，而轻词章，故是编首列论说”[①]。其实，作为游戏文而去强调“功令重策论”，显然有吊诡之处。更切实际的原因，可能是在近代报章中，论说文在报章文中居于首，其文体地位在一切报刊中空前高涨。古文论辨不仅包括推理论证之“论”（如贾谊《过秦论》）和解说明理之“说”（如韩愈《师说》），还包括推求本原之“原”（如韩愈《原道》）、辨析辩驳之“辨”（如柳宗元《桐叶封弟辨》）、解析疑难之“解”（如韩愈《获麟解》）等。但在报章文中，前两者的使用频率明显高于其他。因为报章的及时性，短、平、快的文章比深、厚、重的文章更易操作。所以，《新天花乱坠》便将“论辨”改作了“论著”；若改为“论说”，则更符合时代特色。其实，作为谐文体裁，论说文没有优势，因为在说理文中，调笑不易把握。并且，论说的主题基本上有所设定且较实在，不易凌空虚作。很大一部分论说文，其诙谐趣味的获得，主要依靠论题、事理及推理的荒谬性。综观《自由谈》几千篇谐文，以论说文的形式写就的，比例不大，且诙谐趣味不突出。依靠论题本身的荒谬性的，如瘦铁《人类进化新论》，从题目看一本正经，但论题却是“男体而化为女体，女体而化为男体”，“体具男女，介乎雄雌，此即进化之现象也”[②]。事理的滑稽荒诞，可举瘦蝶的《说声》为例，文章设计了众客交谈的情节，众人纷纷叙述各种“可喜、可乐、可哀、可痛、可惊、可愕、可怪、可爱、可笑、可鄙”的声音，之后，作者举出一种“实兼而有之”的声音，即“某会场女会员以纤掌击男会员之两颊”的声音，指的是当时议论纷纷的唐群英打宋教仁。读者此时已不禁会心而笑，不料作者又推出：“孙中山遭遇之济南省议会中之玻璃窗堕声，能使万众惊逃，尸骸践踏，盖世英雄为之失色，一震之威至于如此，可谓世界上最有势力之声矣！”烘托出孙中山在济南省议会遭遇玻璃裂碎、全场惊逃的搞笑事件[③]。此外就是由语言诙谐及逻辑悖论产生的幽默了。如剑秋《扑克解》将“扑克”解释为“扑去黄克强”、“扑去袁克定”等，就是靠语言制造理解的混乱[④]。而《人类进化新论》则使用了逻辑混乱：“今者男装如女，女装如男，骤见其衣，几不辨其身之为男为女；或用阳历，或用阴历，混淆新旧，全不明其用之宜阴宜阳也。有此不男不女之衣装，不阴不阳之正朔，乌得不出此不雄不雌之人耶？”[⑤]

---

① 寅半生《天花乱坠》初编，杭州崇寔斋1903年。

② 瘦铁《人类进化新论》，《申报·自由谈》1912年12月11日。

③ 瘦蝶《说声》，《申报·自由谈》1912年10月3日。

④ 剑秋《扑克解》，《申报·自由谈》1913年12月24日。

⑤ 瘦铁《人类进化新论》，《申报·自由谈》1912年12月11日。

四

由于姚鼐的分类主要是出于文学审美功能的考虑，或者说是美文的考虑，因此没有从应用文的角度去深入划分文体类别。但他还是特别列出了奏议和诏令两类，分别作为上行文与下行文最典型的实用文书。朝臣处理公务的实用文体，被用于表达滑稽事理，不仅是近代滑稽文最惯用的手法，也是移置效果最明显的谐文。

“奏”是上行于朝廷之文的一种统称。徐师曾也说：“奏御之文，其名不一，故以奏疏括之也。”[①]“奏”自汉以来，即是上行文主要的代称，至清雍正以后，奏本、奏折之用日广[②]。奏可以陈情，可以言事，作为上行于朝廷之文，最为庄重。因此在古代，它不大用于作诙谐文章。而由于皇权削弱，乃至帝制废除，《自由谈》便肆意将它用作谐文体裁，有《戏拟出使鬼国大臣奏报划界情形折》、《龙宫御史乌鲗鱼奏参乌龟折》等。试举《戏拟出使鬼国大臣奏报划界情形折》，以备与朝臣奏折体例相比较：

> 奏为微臣自请调出都，出使鬼国，划界竣事，合将前后情形恭折奏闻，仰祈明鉴事。
>
> 臣自七月初一日陛辞出都，道经登州。即乘搭海舶顺风号至阴阳河，由此登陆，乘马直达鬼门关。……臣愚以谓三百万之锡箔，易得数千万里之地，诚属宜之至。故电奏后，即蒙恩允。臣此次出使仰仗威灵，幸不辱使命，无非主上怀柔所致也。今将划界情形、理宜恭折驰呈，上慰宸廑。伏乞军机处即行代奏。臣谨奏。[③]

此文所奏内容清楚明晰，用语适宜，只是无法完全体现奏折的文体特征。因为奏折等体有严格的体式限制，比如固定版式（13版半）、固定行（每开左右共12行）、固定字数（足行12字，平行18字）等，还有更为繁琐的抬头、套语。甚至行文用语都有要求，如“长句不可长于十字，短句不能少于四字，句宜从双，字亦双”等[④]。可惜《自由谈》在编排此类奏章时没有采用，否则滑稽效果会更突出。

表作为一种常见的上奏体，吴讷《文章辨体》曾解释道：“韵书：‘表，明也，标也，标著事绪使之明白以告乎上也。’……盖用陈达情事，若孔明《前后出师》，李令伯《陈情》之类是也。”[⑤]《自由谈》中的“表”体大多是以《陈情表》和《出师表》为模范的戏仿之作，此外称作“表”的还有降表、人物表等，已不再奏议类之列。后世文人对于“疏”的熟悉程度似乎超过了“表”。“疏”之意在上书陈言并分析疏通。《自由谈》谐文中的“疏”体，以瘦蝶的《雷公电母奏玉帝疏》、剑秋的《臭虫纠参蚊虫疏》为代表。弹文作为弹劾官吏的奏疏，前人已颇喜用作谐文。如《古今滑稽文选》所列，自沈约《修竹弹甘蔗文》以下，有十篇经典之作，包括尤侗的《花神弹封姨文》、蒲松龄的《群卉揭乳香劄子》等。《申报》中的《扬仁风弹劾酷吏折》也是托物喻人，

---

① 徐师曾《文体明辨序说·奏疏》，《文章辨体序说 文体明辨序说》，第123页。

② 参阅许同莘《公牍学史》，档案出版社1989年版，第239页。

③ 爱楼《戏拟出使鬼国大臣奏报划界情形折》，《申报·自由谈》1911年8月29日。清军机处成立后，奏折改送军机处转奏，故云。“电奏”也是晚清的特色，此文大概是讽刺晚清出使大臣的，可与五大臣出使奏折相比较。

④ 周林兴、罗辉《清代奏折制度研究》，《常州工学院学报》（社科版）2005年3月。

⑤ 吴讷《文章辨体序说·表》，《文章辨体序说 文体明辨序说》，第37页。

并用拟人口吻:"酷吏产自炎荒,来从温带,素有热中之念,益以趋炎之心,乘我赤帝行权,黔黎慕化,因缘热宦,遭遇骄阳,乃竟得令当时,施威肆虐。"①

在上奏朝廷的疏章中,献计进策的"策"亦是一种重要的体裁,如汉贾让的《奏治河策》、隋文中子的《奏太平十二策》等。从献策这个角度讲,所论不一定为行政事务,献策者也不一定是公务人员,文体因而具有相对的开放性。特别是科举考试有策论一科,并且在晚清新政后成为取士标准,"策"之体就更为文人所熟悉了。在近代报刊中,"策"亦时常登场。《自由谈》谐文里,策是奏议类文体出现最频繁、也最具创造力的一种谐文体裁。如钝根戏拟的《处置闲兵策》、侬的《理财策》、超然的《减政清源策》、剑秋的《拟上财政部理财新策》、东埜的《丑富策拟上财政部》、北山的《最新发明富国策》等。其中颇有长篇巨制、洋洋洒洒者,而其提议的策略多滑稽无厘、荒诞不经。侬的《理财策》提出将粪渣、尿滴等收归国有,以从中取利;超然《减政清源策》建议男子去势以节省糜费;而东埜的建议是"行全国皆妓之制"②。关于解决财政危机的问题在当时引起了一系列争论,许多作者提出了纳税的方法,特别是剑秋的《为财政部代筹推广印花税法》,将税收的行为肆意漫延,亦多有奇思妙想③。

下行文在古文中主要是姚鼐所谓晓谕臣属、臣民的"谕下之辞"诏令类,包括诏、策、移、檄等文体。此类文体以上对下,姿态高,比较适于斥责、讨伐甚至谩骂,所以也常被用作谐文。如石史《驱蚊檄》、爱楼的《讨油煎活猻檄》、剑朴的《戏拟君主捕蛟虫诏》、了青的《讨活佛檄》等。如《讨油煎活猻檄》劈头即骂:"蠢尔么麽,藐兹小丑,优孟身材,衣冠禽兽。"④加上题目,主旨一望可知,实际就是讨伐袁世凯的檄文。《自由谈》中此类行文的数目总体来说不太高,月得不过一二篇,反不如前人擅长。像雷瑨的《古今滑稽文选》就选入了尤侗的5篇诏册和3篇檄文。近代社会变迁和文体变迁对于谐文的体裁已产生了潜在影响。此类旧式公牍文虽有很强的嘲弄滑稽效果,但写作起来,不如自由灵活、贴近现实生活、常见适用的文体来得更方便。

实际上,公务实用文的类别名目很多,凡官场所用说理论政之文均可包罗在内。不仅包括上行、平行、下行等行政公牍文,还应包括法律文书。在专制官僚体制下,行政公文与法律公文不分,由同一群人执掌,法政不分家。所以,判词就曾是唐代文官考试的重要科目。文人所作备考试所用的拟判就颇具文章游戏的精神,以致后来确实发展出了艳情题材的游戏判词。判词之外,民间所作用于控诉的状词、辩护所用的辩词等,也都是近代谐文中重要的应用文体。而到了民国,共和政体之下,法制的重要性更加凸显出来。法律文书的近代变革也成为一种重要的应用文体发展趋势,出现了宪法、法规、约法、条例等一系列法政文书新体。游戏文章也常拿这些新兴的严肃庄重的文体来戏谑。

(作者单位:华南师范大学文学院)

① 《扬仁风弹劾酷吏折》,《申报》1911年7月23日。
② 分别见《申报·自由谈》1912年11月24日,1913年9月30日,1913年12月26日。
③ 《申报·自由谈》1914年5月9日。
④ 爱楼《讨油煎活猻檄》,《申报·自由谈》1911年10月3日。

古代散文研究的当代传播境遇

阚文文

一、古代散文作品的传播困境

（一）狭窄的传播渠道与单一的媒介形式

众所周知，先秦之时的文史哲不分家，直到文学初具独立形态的魏晋南北朝之前，以散文和诗歌为代表的文学艺术形式都通过宫廷和学校两个系统进行组织传播，后来又有了文人清淡、文会①以及其他个人传播形式，一方面散文尤其是公文的主要应用领域在宫廷，另一方面个人抒怀的散文作品以文人、士大夫之间的酬唱交流为主，因此散文在学校教育之外无法到达基层民众。典谟训诰、表章奏疏等公文主要通过宫廷组织传播来完成，抒情性的作品比如《兰亭序》则是通过文人集会的个人传播来实现；而在文艺作品具备商品化特征的宋元之后，小说、戏曲主要通过图书、剧场来实现大众传播，只有散文依然脱离不了宫廷和学校这两个基本的传播渠道。这种局面一直持续到当代，古代散文仍然只在知识分子学术圈和学校教育两个渠道中传播。

较之小说、诗歌甚至戏曲，古代散文的口头传播在当世之时都难于实现，只能运用有形的书面传播，书面传播又仅限于公文传递、私人书信、学校教材、文集汇总，因此古代散文大众化的程度很低。艺术形式都需要到达观众/读者，艺术要靠时代和民众来检验，古代散文历经千百年的积淀却仍未得到当代读者的足够重视，原因决不在于作品本身，而在于未能或者无法利用大众传媒的传播威力到达大众。古代小说、诗歌、戏曲利用了印刷品、剧场、题壁，如今则利用了广播、电视、电影、网络等新兴媒介形式，只有古代散文不论古代还是当代都局限在手抄或书籍印刷的领域里，这是一个非常重要的技术原因。

在当代，古代小说、诗歌、戏曲可以充分利用的媒介形式至少包括歌曲 MV、电视诗歌、电视剧、电影、网络与多媒体，唯有古代散文无法有效运用之：中央电视台早在 2004 年《电视诗歌散文》栏目推出《古代散文名篇》系列，只运行了很短的数月时间便停播，原因在于古代

---

① 唐翼明《魏晋南北朝时代学术与文学传播的新方式》，中国古典文学研究会《文学与传播的关系》，台湾学生书局 1995 年版，第 3 页。

散文与现代媒介形式难以交融，缺少形象思维和想象力发挥的空间，严重脱离当代日常生活。

(二)“后现代”消费主义对作品传播的影响

当前社会在许多方面具备了后现代理论家们所宣称的“后现代”消费主义特征：由于生产力水平的提高，生产瓶颈得以消除，消费反过来制约着生产，甚至在某种意义上变成了生产行为①，消费社会大众化、媒介化、功利化、跨边界的几个特点在古代散文作品传播的层面上已经得到明确显现。

无疑，古代散文无论在当时还是现在都没能像白诗柳词那样被读者大众广为消费，诗词、小说、戏曲的传播领域绝不仅限于宫廷和学校②，而在当代，罗兰巴特之所以说作者已死，是因为读者起着“作者”的功能，读者可以再创作，读者决定着作品的受欢迎程度，读者的消费决定着作者的生产，文化产品的消费决定着文化产品的生产：当代有人参考、改编古体诗词创作流行音乐歌词，有人参考并改编古代小说和古代戏曲创作影视剧本，可古代散文不但缺少读者，还缺少读者的再创作，原因是随着时代变迁，古代散文所依托的传播载体：语言、语法、文字、韵律规范早已变化甚至消失，古代散文在一定程度上成了当代小众化的知识分子游戏，大多数普通读者并没有消费需求，而“20世纪初人们写的文章与公元前五六世纪的《论语》、《孟子》、《左传》、《战国策》等在用词、造句、语法等方面几乎没有区别。这种文言文至迟在南北朝时期已经脱离口语，大别于当时所谓‘通俗文’，以及唐宋语录、宋元白话”③。可见古代散文在传播载体方面与历代世俗社会的巨大隔阂导致大众无法对其持续保持热情，于是在消费主义至上的现代社会中，古代散文的价值自然不能体现为“受欢迎程度”和“被接受程度”，这是小众化的古代散文面临的第一难题。

第二，欧阳修的《醉翁亭记》之所以在创作完成之后便被广为传诵，一方面是作者的政治与文化地位较高，另一方面却缘于当时市场经济尤其是大众传播(印刷)的推波助澜。在当代，古代诗歌、戏曲、小说可以在功利化的经济、政治利益推动下，充分利用大众传播媒介的影响力转换成为现代意义上的诗歌、戏曲、小说甚至其他媒介文化形式，古代散文却只仅局限在由文言至白话的浅层次“外观”转换上。媒介社会、媒体文化是后现代社会的标志性符号，而“媒体文化的视觉和口头形式正在排挤书籍文化”④，古代散文显然是书籍文化最典型的代表，强调思辨、反对直观、歧视大众、难于口传，于是被当代媒介社会边缘化便不足为奇。

第三，虽说“散文可以吸收诗歌的韵律，可以采用小说中某些幻想和夸张手法，甚至可以有戏剧式的对话和动作表情描写。散文还可以灵活使用书信体、日记体、公牍体、哀祭体、论说体、戏谑体等体裁”⑤，但任何文学艺术形式都在互相吸收对方的创作手法，克里斯蒂瓦提出“文本间性”概念，意味着文类之间的模糊与跨边界，而古代散文在借鉴其他文类方面的跨边界工作自古以来所做极少。根据托多洛夫的定义，只有通过“历史性文类”(事实观察的作

---

① 道格拉斯·凯尔纳《波德里亚：一个批判性读本》，陈维振译，江苏人民出版社2008年版，第200页。

② 即便在学校古代散文也只被视为学生应考内容，在提高人文素质方面并不被认为与古代诗词地位相当。

③ 谭家健《中国古代散文若干焦点之探讨》，《淮阴师范学院学报》2004年第3期。

④ 道格拉斯·凯尔纳《媒体文化》，丁宁译，商务印书馆2004年版，第19页。

⑤ 谭家健《中国古代散文若干焦点之探讨》，《淮阴师范学院学报》2004年第3期。

品实践)对“理论性文类”(理论推导的文学规范)的不断冲击,才能导致文类本身的进步,古代散文不但不像古代小说、诗歌、戏曲那样不断推陈出新,相反,战国以降的历代文人在创作散文之时均以复古、拟古、师古为目标,作品从未试图冲击甚至瓦解过既定理论规范,这种反世俗、反大众的精英主义倒退思维造成了古代散文自身发展的停滞。

诚然,“古代散文的发展过程不同于古代的诗歌、小说,古代诗歌、小说的形式、技巧是经历过一个明显的发展过程之后,才逐渐达到顶峰的,而古代散文没有经过技巧的发展过程,在战国时期随着语言的发展就已经达到了一个高潮”[①]。这是古代散文发展反大众、反消费的历史原因,但在当代,消费主义意味着大众化、媒介化、跨边界,古代散文强调小众化、精英化、孤立化,所以古代散文在古代都没有完成“现”代转换,在当代完成转换更是难上加难[②]。

二、古代散文研究的传播困境

在散文占据正统地位的古代,散文理论显然较之诗词理论、小说理论、戏曲理论更加受人重视,而到了“五四”之后的现当代,这种等级关系彻底颠倒了,诗词、小说、戏曲由于其与时俱进的、大众化、媒介化的特色在文学艺术研究领域占据了显赫的地位,古代散文不得不且战且退、偏安一隅,原因在于:

(一) 缺少独立的研究范式

首先,古代散文研究存在被动性,无法抛弃作者与时代,离开作者和当时的历史便无法了解作品的价值,这是古代散文研究的被动之处。刘熙载《文概》将作家的思想道德性格气质与作品的内容与价值联系起来,说明散文研究难以独立完成,非常依赖于作家生平、社会风貌方面的历史考证工作。

但不管作者是谁,小说、戏曲、诗歌都可以独立完成审美过程,诗歌、小说、戏曲在现当代的变体之中有共时性的结构,比如意象,比如情节,比如人物,但散文只有历时性的脱离时代的语言,离开了时代和作家背景,若将陈旧的语言形式暂时搁置,散文被利用的元素其实只剩下修辞[③]、典故和伦理教化,可这些东西在其他艺术形式里同样找得到,散文与其他艺术相比较并不具备比较优势,所以散文不是一个完备的形式主义个体,与其他文学形式在学术对话层面上底气不足。

第二,古代散文研究存在孤立性,缺少与当代文论、西方文论的双向传播,主要是作品赏析和以人物为核心的社会学、历史学范式,尽管上世纪 60 年代已有学者认为形成《庄子》汪洋恣肆风格的最主要因素“是它的结构”,“《内篇》的结构不只是一个逻辑问题,它表现了庄子的复杂的艺术构思”[④]。可惜这种类似于结构主义分析的探索未能深入和延续。形成这种现状原因有二,一是西方一直没有独立的、与中国古代散文相对等的散文理论,有时甚至将

---

① 宁俊红《20 世纪古代散文批评范式的演变与反思》,《兰州大学学报》2003 年第 6 期。

② 当代唯一可以传播的古代散文形式恐怕是以《凤姐传》、《陈冠希列传》为代表的网络“文学”,但这是当代人的戏谑与反讽,绝不会因此而将古代散文带出传播困境。

③ 修辞学在西方即论辩术,亦非文学范畴。

④ 邹云鹤《试论〈庄子·内篇〉散文的艺术特征》,《江汉学报》1963 年第 2 期。

小说理论归到散文理论中来,比如什克洛夫斯基的《散文理论》。西方的文艺研究对象一般不包括散文[①],导致我国研究者难以直接借鉴;二是我国古代研究散文的学者对散文的分类动辄十几种,几十种甚至一百几十种,这种经验式的、汇总式的分类方法早已丧失了“分类”的意义,理论化首先应当是一个简化、提升、抽象的过程。既然前人为后人提供的理论工具如此纷繁复杂,后人又习惯于纠缠前人概念定义和分类标准的分寸得失,所以当前研究者难以提出适用的研究范式。

第三,古代散文自身存在功能与目的上的双重自反性导致自古以来研究理念冲突不断。南宋真德秀的《文章正宗》将文章分为辞命、叙事、议论、诗赋四大类,虽然饱受批评,但这已经是我国古代散文研究方面相当有见地的理论思辨。辞命和议论大致相当于典谟训诰、表章奏疏等应用文、公文,也就是现代意义上的“古代散文”,主要强调逻辑性和应用性;其作用更接近于在应用的基础上表现政治抱负、道德理想和文艺修养,因此大多数古代散文并不是“文学之文”(陈独秀),这种“应用”和“艺术”功能上的自反性影响了古代散文的广泛传播:重应用便需弱化艺术性,重艺术往往弱化应用效果。

另一方面,当代意义上的艺术作品生产目的是为了大众传播,但以应用为主要目的的古代散文或者注重私人情感(书信),或者注重政治道德(表章),其作品的生产目的显然不同于诗歌、小说、戏曲。作为古代散文主体的应用文,既要纵向传播(上司与帝王)也要横向传播(同僚与士林),纵向传播希望得到积极的信息反馈,横向传播却不希望得到消极的信息反馈,在实际操作中,往往是反对消极反馈的同时把积极反馈也予以堵塞,谢绝论争,反对商榷,因此,这种蕴含在同一篇文章中的自相矛盾的传播目的自反性既影响了作者表达,也让读者无所适从,研究古代散文在相当程度上是今人为前人按图索骥,用现代的眼光来判断当时的思想,用个人爱好代替理性判断,扬此抑彼,进而导致研究理念冲突不断。

(二)古代散文概念的滑动导致对外学术传播效果弱化

直到如今,学界尚未在“古代散文”的内涵和外延上统一口径,古代散文与古文、散文和骈文之间的关系仍有诸多可商榷之处:强调形式区别时,散文与韵文相对;强调内容高于形式,立意优于手法之时,散文与骈文相对;强调为道统、政统服务之时,散文与诗歌、小说、戏曲相对——古代散文本身就是一个不断“滑动”的概念,研究范围难以明确划定,于是导致古代散文研究与小说、戏曲、诗歌研究相比较,在当代的学术力量分散,传播效果被弱化,骈文研究、古文研究、汉赋研究、小品文研究各自为战,未能形成合力。在“当当网”上以“古代散文”作为书名关键词进行搜索,只有73种出版物,这其中从事“古代散文”研究的著作不到10部,绝大多数是散文赏析、散文选集和中学教辅读物。而以“骈文”为书名的研究著作有9部,“汉赋”12部,“辞赋”16部。在中国期刊网上以“古代散文”和“古典散文”作为题名关键词搜索,自1980年7月到2010年7月,30年时间,共有231篇研究文章,而与此同时“骈文”313篇,“汉赋”405篇,“辞赋”391篇,“古代小说”有828篇,“古代戏曲”尚有282篇。这不能不说是古代散文研究的尴尬。

再比如说,相当一部分学者将数句可成段的甲骨卜辞当作散文或者萌芽状态的散文。

---

① 虽有随笔 essay,但充满争议,至于 essay 和 prose 与中国散文的关系至今仍无定论。

本文认为，首先，散文史不是文字史，散文固然属于无韵之文，但并非所有无韵之文均可归入散文，并非所有记叙之文都有文学性，也并非所有精简的文字表达都属于文学，“文约为美”并非成为散文的必要条件，所以这是一个逻辑错误，散文不应当是一个“除……之外”的容器概念[①]，古代散文研究的传播影响力不能仅凭极少数专业研究者把玩来制造；其次，古代散文的概念是一种意识形态而非科学判断，由于许多前辈大师（刘师培、陈柱、郁达夫、叶圣陶、王运熙、郭预衡等）如此定义，后辈学者便不敢越雷池半步，反而谭家健先生指出古代散文研究应该“有别于语言学之重训释、哲学之重义理、史学之重考证”，“散文研究的对象是具有艺术审美作用的文章，它属于文学，而不同于其他社会科学”[②]——甲骨卜辞研究显然属于历史学、人类学的社会科学范畴，绝不因其文辞简约便划入文学艺术的范畴。阿尔都塞曾说：“把意识形态作为一种行为手段或一种工具使用的人们，在其使用过程中，陷进了意识形态之中并被它所包围，而人们还以为是意识形态的无条件的主人。”[③]一些后辈学者已经陷入百余年以来散文概念的意识形态包围之中，缺少反思精神，思路局限在训诂、义理、考证上，这种非文学甚至反文学的思维有时严重阻碍着古代散文研究影响力在广义古典文学研究领域中的传播扩散。

三、古代散文发展展望——反对结构主义式的本体—认识论

必须承认，散文是一个认识论的工具，个人意见仅仅是意识形态的传声筒，一定在作品当中有一个明确的、必须表达的主题隐藏在深层结构中，大赋、骈文、“杨朔体”无不如此，于是，散文成了表达某种外在的、独立本质的附属物。虽然艺术并不是完全为了游戏而游戏，艺术总归有目的，但散文外在的、追求教化、弘道复古的目的势必影响它在民间的传播效果，韩柳、唐宋、桐城都以精英主义的姿势指点江山，反对任何“反对意见”，单方面说教和灌输难以得到积极的传播反馈。

“同古代诗歌、小说不同，古代散文是封建文人的专利，是文人表达自我、参与政治生活以及同社会交流的重要工具，而且古代散文的发展，始终与政治、学术等有密切关系”[④]。古代散文总在追求某种结构主义式、二元对立且某一元高于另一元的本质规律，这种本质性、占主体优势地位的“道”、“德”、“政”必然是反对形式主义的另一元，即韵律、文字、修辞等等，因为古代散文大家们都相信，一定有一种本质的、正确的东西供文章反映，一定要把这种本质的东西反映出来，才是文章，故曰“经国之大业”。

古代散文创作看似松散自由，实则戴着镣铐跳舞，骈文竞一韵之奇，争一字之巧，实乃审美的胜利，以韩愈为代表的古文家却极力反对之，他们认为这将影响意识形态和实用目的的表达，刘熙载“扫去陈言”和韩“陈言务去”一样都是修辞意义上的，不是文学本体意义上的，所以古文运动并非文学运动，法古、师古都是政治借口，类似于20世纪初的白话文运动，将文学当作政治运动或思想运动的工具。

---

① 没有边界的、可容纳任何杂物的容器，忆明珠称之为“破罐”，见《作家》1988年第1期。

② 谭家健《六十年来中国古代散文研究之一瞥》，《江西师范大学学报》2009年第3期。

③ 阿尔都塞《保卫马克思》，顾良译，商务印书馆1984年版，第204页。

④ 宁俊红《20世纪古代散文批评范式的演变与反思》，《兰州大学学报》2003年第6期。

在现代主义者看来，实用性、功利性最终会损害艺术存在的价值，但在后现代主义者看来，任何审美都是功利的，因为人本身是功利的，纯粹的客观美、不依赖于人的审美是不存在的，所以用福柯的观点看来：文学尤其是散文充当意识形态工具是不可避免的，每个人都是意识形态的言说工具，都是权力的话筒，古代散文是封建社会意识形态的表象，当代艺术形式是当代社会意识形态的外化，认清这种关系，放弃二元对立的、认识论的思维模式，古代散文研究才不至于同现代文艺研究相抵触。

最后，小说、戏剧本身就来自下层，天生具备市场属性。诗词来自知识分子阶层、统治阶级。散文与诗词来源类似，但诗词有韵，易于入乐传诵，散文只适合朗读，最初的散文诞生并辉煌于文史哲不分家的先秦，而历史、哲学靠的是思辨不是传诵，一贯追求复古的古代散文自然体现了它思辨的力量，有韵无韵虽不影响其论辩的逻辑性，但一定会影响它在普通民众中的传播效果。故而，从市场的角度，从传播技巧与接受的角度，从普通民众的角度研究古代散文的传播效果是有积极意义的。

（作者单位：山东农业大学中文系）

金门古代散文文献整理与研究

——以金门碑刻为例

叶钧培

一、前　　言

对于金门文献的整理,金门县文化局相当地重视,除了不断地鼓励研究者出版书籍,今年更编列一笔经费来收集金门古典文献,由其企划的内容来看,其主要的收集对象为图书馆的藏书及私人的私藏书籍,而留在金门的石碑并没有列入其中,故本文拟以金门现存的古石碑为对象,收集民国以前的石碑,并对石碑的内容做分类整理。

二、金门现存石碑状况

据笔者近年的收集,金门清朝以前的石碑分别有宋代 2 方,元代 1 方,明代 52 方,清朝 55 方,依其年代分最早为宋朝嘉泰甲子年的题词碑,最迟为清宣统三年间的重兴官澳杨氏祖庙记。

金门古碑的分布地点,金门五乡镇各有分布,而立碑所在地,有摩崖石刻,有立于寺庙内壁或寺庙外墙,有立于室外,分布的地方以显眼的地方为大宗。

三、金门石碑的分类

金门的碑碣,依其内容,可分为题词类、诗词类及散文类,其中题词类的碑碣宋朝有 2 方、明朝 19 方及清朝 4 方,共有 25 方。其中诗词类的碑碣有明朝 8 方,而散文类的最多,元朝 1 方、明朝 25 方及清朝 51 方,共有 77 方。

类别/朝代	题词类	诗词类	散文类							总计
			功德碑	示禁碑	捐献碑	记事碑	墓志铭	墓道碑	风水碑	
宋　朝	2									2
元　朝						1				1
明　朝	19	8	3			7	3	12		52
清　朝	4		3	11	8	25		3	1	55
总　计	25	8	6	11	8	33	3	15	1	110

四、散文类中的分类

散文类的石碑在金门现存的碑碣所占比例最高，可细分为功德碑、示禁碑、捐献题名碑、记事碑、墓志铭、墓道碑及风水碑等，其中功德碑在明朝及清朝各有3方，共有6方；示禁碑在清朝有11方，共有11方；捐献碑在清朝有8方，共有8方；记事碑在元朝有1方、明朝有7方，清朝有25方，共有33方；墓志铭在明朝有3方，共有3方；墓道碑在明朝有12方，清朝有3方，共有15方；风水碑在清朝有1方，共有1方，现依其分类列表如下：

表一　金门现存石碑散文类一览表

类别	碑　名	朝代	年　代	乡镇	行政村	地　点
功德碑	都督俞公生祠碑	明朝	明嘉靖四十三年岁次甲子(1564)	金城镇	西门里	金门县文化局
功德碑	参阃胡公功德碑	明朝	明万历四十四年(1616)六月	金城镇	西门里	金门县文化局
功德碑	总兵纪公德政碑	明朝	明万历四十六年(1618)	金城镇	西门里	金门县文化局
功德碑	钦命金门总镇大元勋陈公功德纪	清朝	康熙二十六年岁次丁卯(1687)腊月	金湖镇	太武山	太武山颠
功德碑	程煜德政碑	清朝	清高宗乾隆三十五年庚寅(1770)	金城镇	西门里	金门县文化局
功德碑	马公去思碑(马永寿德政去思碑记)	清朝	清同治七年戊辰(1868)四月穀旦	金城镇	西门里	金门县文化局
示禁碑	奉宪勒石(渡船归民示谕碑记)	清朝	清雍正六年(1728)	金城镇	西门里	金门县文化局
示禁碑	严禁山岗采药滋事碑记	清朝	清乾隆十三年(1748)五月	金湖镇	琼林里	琼林村入口
示禁碑	奉宪示禁碑	清朝	清乾隆十六年(1751)四月	金城镇	西门里	金门县文化局
示禁碑	严禁屿内外不许设立缯棚	清朝	清乾隆二十年(1755)	金湖镇	料罗里	顺济宫
示禁碑	奉宪永禁(严禁妄报官牙垄断市集碑记)	清朝	清高宗乾隆四十六年辛丑(1781)	金城镇	东门里	金门县文化局
示禁碑	严禁戕损占耕邱良功母封茔碑记	清朝	清嘉庆十八年(1813)十一月	金湖镇	莲庵里	孚济庙
示禁碑	金门颜氏祖祖龙脉示禁碑	清朝	清咸丰七年(1857)十月初十日	金城镇	西门里	金门县文化局
示禁碑	严禁渔网陋规碑记	清朝	清同治九年(1870)二月	金湖镇	溪湖里	顺济宫庙前
示禁碑	严禁争占许氏渡船世业碑记	清朝	清同治九年(1870)	金城镇	南门里	许氏家庙

续 表

类别	碑 名	朝代	年 代	乡镇	行政村	地 点
示禁碑	严禁伤碍邱良功母牌坊碑记	清朝	清光绪十三年(1887)十二月	金城镇	东门里	金城镇莒光路二段49号前
示禁碑	示禁碑	清朝	清光绪三十年(1904)十二月	金城镇	东门里	贞节牌坊旁
捐献碑	捐充膏火题名碑	清朝	清道光十八年(1838)花月	金城镇	西门里	浯江书院
捐献碑	浯江书院膏火碑记	清朝	清道光十八年(1838)花月	金城镇	西门里	浯江书院
捐献碑	捐题重兴恩主庙	清朝	清道光二十三年(1843)阳月	金城镇	贤庵里	牧马侯祠
捐献碑	重修大道宫捐题碑记	清朝	清同治十二年(1873)季夏	金城镇	珠沙里	大道宫
捐献碑	城隍庙捐题翻盖芳名(2-2)	清朝	清光绪十二年(1886)桂月	金城镇	西门里	城隍庙
捐献碑	重修庙宇捐题芳名	清朝	清光绪三十年岁次甲辰(1904)仲冬	烈屿乡	西口村	释迦佛祖玄天上帝庙
捐献碑	重修武庙题名碑记	清朝	清光绪三十一年(1905)	金城镇	金水里	关帝庙
捐献碑	捐题翻盖芳名	清朝	清宣统元年(1909)十月	金城镇	贤庵里	牧马侯祠
记事碑	浯洲场筑寨砌路记事碑	元朝	元至正二十三年(1363)	金湖镇	太武山	摩崖石刻
记事碑	牧马侯祠碑	明朝	明永乐十五年(1417)	金城镇	贤庵里	牧马侯祠
记事碑	明金门所镇抚解智孚济庙记	明朝	明朝永乐十五年(1417)	金城镇	贤庵里	牧马侯祠
记事碑	后乐亭记(杨弘举修亭记)	明朝	明嘉靖四十二年癸亥(1563)首春	金城镇	古城里	虚江啸卧碣旁
记事碑	李氏荡记	明朝	明崇祯四年(1631)	金宁乡	古宁头	真武殿
记事碑	牧马侯祠碑	明朝	南明永历十五年(1661)	金城镇	贤庵里	牧马侯祠
记事碑	明卢若剩重建太武寺碑记	明朝	南明永历年间(1647—1663)	金湖镇	太武山	太武山海印寺
记事碑	募建太武岩寺序	明朝	南明永历年间(1647—1663)	金湖镇	太武山	庙前
记事碑	鼎建关帝庙碑	清朝	清康熙二十八年己巳(1689)	金城镇	金水里	关帝庙
记事碑	重建祖祠记略	清朝	清乾隆八年岁次癸亥(1743)仲夏立	金城镇	金水里	黄氏大宗祠
记事碑	副总府朱公重修庙碑	清朝	清乾隆二十八年桂月(1763)	金城镇	金水里	关帝庙
记事碑	王忻去思碑文	清朝	乾隆三十二年丁亥(1767)六月	金城镇	西门里	清县丞署前
记事碑	续建祖祠记	清朝	清乾隆四十年岁次乙未年(1775)	金城镇	金水里	黄氏大宗祠

续 表

类别	碑 名	朝代	年 代	乡镇	行政村	地 点
记事碑	筑堤修冢记	清朝	清嘉庆十一年(1806)四月	金城镇	西门里	金门县文化局
记事碑	创建金门昭忠祠记	清朝	清嘉庆十四年(1809)九月	金城镇	西门里	金门县文化局
记事碑	重建城隍庙记	清朝	清嘉庆十八年癸酉(1813)荔月谷旦	金城镇	西门里	城隍庙
记事碑	邱良功墓前石坊横坊	清朝	嘉庆二十四年己卯(1819)十一月	金湖镇	琼林里	
记事碑	圣旨	清朝	清嘉庆二十四年(1819)	金湖镇	琼林里	邱良功坟墓左侧亭
记事碑	邱良功旌功碑记(圣旨)	清朝	清嘉庆二十四年(1819)	金湖镇	琼林里	邱良功坟墓右侧亭
记事碑	邱良功旌功碑记(圣旨)	清朝	嘉庆二十四年(1819)	金湖镇	琼林里	
记事碑	金门昭忠祠记	清朝	清道光四年(1824)二月	金城镇	西门里	金门县文化局
记事碑	清杨秉均重建金山书院碑记	清朝	清道光十五年(1835)	金沙镇	汶沙里	
记事碑	明监国鲁王碑阴记	清朝	清道光十六年(1836)孟夏	金城镇	古城里	鲁亭左侧
记事碑	清巡道周凯浯江书院碑记	清朝	清道光十六年(1836)	金城镇	西门里	
记事碑	孚济(重建孚济庙牌记)	清朝	清道光二十三年癸卯(1843)秋仲吉旦	金城镇	贤庵里	牧马侯祠
记事碑	琼林新仓上二房十一世宗祠记	清朝	清道光二十三年(1843)	金湖镇	琼林里	琼林街13号十一世宗祠
记事碑	重建武庙	清朝	清道光三十年(1850)八月	金城镇	西门里	武庙
记事碑	建造金门石桥碑	清朝	清光绪七年(1881)	金城镇	西门里	金门县文化局
记事碑	重修仰双岩碑记	清朝	清光绪二十年岁次甲午(1894)仲冬	金城镇	古城里	仰双岩
记事碑	附录海珠堂匾记	清朝	光绪二十六年庚子(1900)仲冬	金沙镇	三山里	民俗村海珠堂
记事碑	重兴官澳杨氏祖庙记	清朝	宣统三年(1911)秋	金沙镇	官澳里	左壁
记事碑	明卢若腾节烈祠碑记	清朝	清康熙年间(1662—1722)	金湖镇	太武山	
记事碑	古谶石	清朝	疑清朝	金城镇	古城里	
墓志铭	蔡中溪夫妇墓表	明朝	明万历三十三年(1605)五月	金城镇	贤庵里	金城镇贤庵村庵前37-1号
墓志铭	皇明监国鲁王圹志	明朝	南明永历十六年(1662)	金城镇	古城里	献台山下

续　表

类别	碑　名	朝代	年　代	乡镇	行政村	地　点
墓志铭	皇明石井郑氏祖坟志铭	明朝	明朝	金城镇	贤庵里	墓前右侧
墓道碑	诰赠中大夫贵州布政司左参政安所蔡公配淑人吕氏墓道	明朝	明万历二十二年甲午(1594)春三月	金湖镇	琼林里	古道上
墓道碑	蔡中溪夫妇神道碑	明朝	明万历二十八年(1600)	金城镇	西门里	金门县文化局
墓道碑	皇明万历辛酉科会元文林郎许獬墓道	明朝	明万历三十四年(1606)	金城镇	贤庵里	贤庵国小
墓道碑	江西九江府知府李公墓道碑	明朝	明隆庆年间(1567—1572)	金城镇	西门里	金门县文化局
墓道碑	皇明通奉大夫云南布政使司布政使发吾蔡公墓道	明朝	明万历中期(1573—1619)	金湖镇	琼林里	古道上
墓道碑	大明中顺大夫松江府致仕知府黄公安人陈氏墓道	明朝	明	金沙镇	何斗里	黄伟神道碑
墓道碑	皇明赐进士西浦许公暨孺人陈氏墓道	明朝	明嘉靖(1522—1566)末年	金城镇	贤庵里	村郊
墓道碑	皇明邵朴庵墓道	明朝	明	金城镇	古城里	东门附近路畔
墓道碑	洪鸣阳碑夫妇墓道碑	明朝	明	烈屿乡	上岐村	路途中
墓道碑	诰赠南京通政使司嘉议大夫通政使张益初淑人林氏神道碑	明朝	明	金沙镇	官澳里	村后
墓道碑	蔡安所墓道碑	明朝	明	金湖镇	太武山	
墓道碑	皇明本轩许公暨陈氏蔡氏墓	明朝	明	金城镇	东门里	古官道上
墓道碑	奉直大夫三任知州南海墓道	清朝	清雍正四年(1726)	金湖镇	成功里	大石头上
墓道碑	邱良功夫妇墓道碑	清朝	清嘉庆二十四年(1819)	金湖镇	琼林里	邱良功墓
墓道碑	皇清诰封武略尉朴王公墓道	清朝	清	金城镇	东门里	莒光发电厂右后方
风水碑	黄诚圃墓铭	清朝	清嘉庆十五年(1810)八月	金城镇	北门里	总兵署内

五、以散文类中的石碑研究后浦的管辖问题

各种不同类型的碑碣，刻立在不同的处所，传达着不同的立碑旨意。示禁类的碑碣主要将禁制的事项公告民众周知，约束民众遵循，以达到禁制的效果，由于其示禁事项及其对象不同，因此刊立在与发生禁制事项有关的处所，但仍属众人出入明显易见之地点，如交通要道、宗祠、衙署、寺庙等等。下文拟以数方碑，来说明后浦港的管辖问题。

后浦港作为后浦以及整个金门岛的门户，清以前为后浦许氏专有自无疑义，但清以后的情形又是如何？紧接着我们可用以下几项史料说明。

水师设于后浦，后浦港自然成为水师兵船的港口，原为许氏所营管的后浦港，自然收归军管，作为营渡，由于民人过渡的不便，才有陈情回归百姓的事情，此一石碑即为渡船归民的告示。

（一）渡船归民示谕碑[①]

泉州府同安县为详请渡船归民等事。

蒙本府正堂张牌、承准署金门镇朱照会、承总督部院高批；本镇详金岛后浦原设同、厦二处营渡，现在撤回归；…………金门同设二渡□□设立□船，配兵驾渡以来，百弊丛生。凡民人过渡…………照行泉州府同安县□议定□□□□勒石………。

本府正堂□蒙、布政司宪牌奉，总督部院高……………。

雍正陆年捌月……。

渡船归民石碑

本碑文多已模糊不清。仅开头数行尚可辨认，似为官署处理人民陈情，同意渡船权利归

① 本碑原立于同安渡头，现移入金门县文化局碑林。

属事件的告示。

(二) 严禁争占许氏渡船世业碑[①]

严禁争占许氏渡船世业碑(右)

钦加六品□□□□□□□□□□□□□□□□□□□□□□□□□□□□□□不准□□,缘以后浦民妇许谢氏呈请:"氏夫嘉会□□□□□□□□□□□□□□□□□□□□□□□□□□□□□□□□□□大宗祭赀,世承驾驶无异,上年忽被房亲许孝□□□□□□□□□□□□□□□□□□□□启□□□□迭次争占"等情,请究,经本分县先后在案□许□□□□□□□□□□□□□□□□□□□□□族长许公澜等饬其和处,以期□□。旋据生员许□□□□□□□□□□□□□□□□□□□□□□□□□□□□许孝等□□□抄约呈请息案立案等情前来,除将公约□□□□□□□□□外,合行示禁。

为此,示仰许族人等知悉:□□渡船为许□世守之业,以后同族及亲房等不准□□□□□□□□□□□□□□□呈请,或以家法处治,或鸣官请究,以期永保孤寡,永息争端,立石祖庙,以垂永远。各宜凛遵,毋违!特示。

同治玖年捌月　日给,告示发许氏宗祠立石晓谕。

本碑系清同治九年(1870)许氏族人呈请官方给予告示,碑文迄今已有一百四十年,有三分之一的字迹已无从辨认。惟就立碑性质及可辨字迹,略知是同治九年后浦许氏族人为平息渡船世业祖产的纷争,而呈请树立的告示。

碑文斑剥不清,但是有关事件的来龙去脉可由一份许氏珍藏的同治间古文书得窥全文[②]:

仝立约字人合族房长公澜允馨 公眉允议嘉绶等,缘西宅房思谦公向大宗给去渡头整驾,乌旗渡船牌名许时新,思谦公派下分为五房,分爨之时,约拈渡船者,出银壹佰伍拾大元充公,

① 本碑立于许氏珠浦家庙,珠浦许氏为后浦的大姓宗族。

② 后浦许氏家庙左侧的二方石碑,除了"严禁争占后浦许姓渡头世业碑记"外,另外一方石碑的内容即为本文书的相关内容,大意为"严禁争占许氏渡船世业"。

时被第五房超舍拈着现交壹佰员，其余伍拾员配在渡船，定约每年应出壹拾仟文以作祭费，前因第五房乏人撑驾，暂由二四两房接掌，兹超舍曾孙万捷，经已长成，二四两房自应遵祖宗遗训归还万捷驾驶，乃许孝、许启、许化另驾船只分占乌旗，经万捷呈控，蒙　分县主批饬族长绅衿等理处，澜等以为均属宗亲，不忍坐视，爰集祖庙内调和公断，以船既万曾祖阄拈，自应万掌管，其祭费拾仟文及大宗牌金等项悉归支理，不得推诿，所有许化承继之母，昔万父嘉会幼孤蒙其抚育，乌旗渡船蒙其丈夫天井叔税船撑驾，保此名目以留归万，是有造于万，今已年老，公议万每月贴钱壹仟文以为天井婶养老之资，待至百岁后方止，至许启附籍，许孝更不相干，自应守分不得任意纵横，更不藉端争占，如违即听鸣众公诛，此系合族房长绅士等公同议定，以保万寡母孤儿，自今以后，不特他房不得混争，即万亲房亦不得藉占，各遵祖训，以息争端，因仝立公约六纸一样，万亲五房，各执一纸存照，另一纸粘附和息呈存案，以杜后患以垂久远岂不懿哉

公眉

允馨

同治玖年肆月日仝立约字人五房长　公澜

允议

嘉绶

知见人　公龙

允锦

建侯

献侯

代书人兼知见　公伟

分县郭批

乌旗渡船　断归许万

守祖世业　谁得争占

立此公约　永杜后患

五房各执　备一存案

后若更争　呈官究办

后之君子　祈照此判

直到民国二十六年(1937)，日军进入金门以前，这项“各渡头尤为许姓各房自行置船管驾”的事实依然不变，以本件所指的许氏西宅房为例，清康、雍年间许思谦①“向大宗给去渡头整驾”，牌名依然延用“许时新”，渡船以“黑旗”为号，由于旧时约定，以其中“伍拾员配在渡船，定约每年应出壹拾仟文以作祭费”，证诸许氏西宅桥仔头，发现1937年以前，每年每次(约十次)大祖祭祀日，均尚按“口灶份”发放五角至三角的祭费，对当时贫乏的社会环境下，听说每“口灶”备办祭品所需绰绰有余。

① 《金门珠浦许氏族谱》谱系，载“许思谦生康熙丙申年(1716)…卒乾隆甲午年(1774)”，第964页。

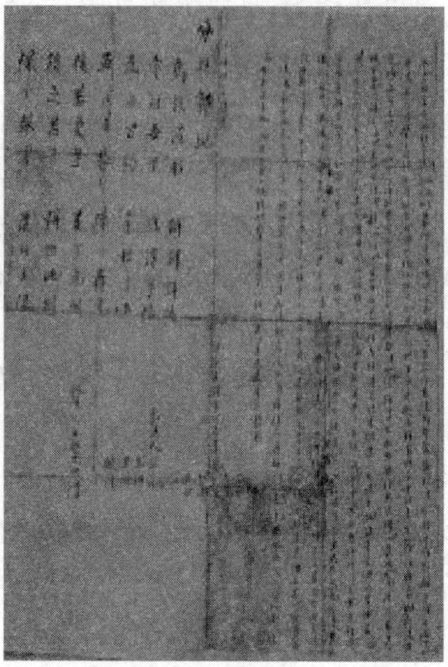

厦门渡争讼判示文书

(三) 禁争占后浦许姓渡头示禁碑[①]

代理金门粮捕海防分县刘，为勒石示禁事。

案奉兴泉永道原论，开据许耀杰、许赞虞、许焕文、许熏、许评等状称："伊等承先世遗业，世管金门后浦港内之海埕埭塭，向种蛎蝗；因水势涨落无定，恐妨碍船只进出，故设为漳码、同、厦三处渡头，各整船运俌客货往来。自宋、元、明、清，岁纳地丁、海米、渡饷，计四户，粮串可据。漳码渡，曾经许经邦控奉清闽督何臬司鹿，会同咨部有案。同安渡又经清马巷厅丁，着令许心等备契价，向石浔吴姓赎回有案。厦门渡许万因争涉讼，经前分县郭出示勒碑，均历历可稽。惟民国成立，人心难测，恐有刁狡妄思串夺，呈乞谕饬查案录覆等因。奉此，经郑前分县查覆，金门管辖之漳码、同、厦三渡，均系许姓先世遗业。其同安渡税海米户系挂许兴宅名下，厦门渡税海米系挂许时新名下，漳码渡税海米户系挂许兴宗名下，海埭地丁户亦挂许大宗名下"等情，呈情立案。又蒙批："履勘具报，再行立案"等示。

本分县抵任准交，即遵札亲诣该海地及渡头，勘明确系许姓遗业；覆本毫无疑议，勘毕绘图、注说声明。东至许大宗海埭，西至港边，南至董屿后与洪姓交界，北至抛礁与杨姓交界，缴图具文呈请批准立案出示。复蒙道批："仰候照准立案"等因。

奉此，合行通告。为此，通告合金商民、船户、各界人等一体知悉；尔等须知后浦港内一带海地及渡头，久为许姓纳粮世守之业；而现在各渡头尤为许姓各房自行置船管驾，历久无异。此后无论何姓，一概不准妄串争俌客货，致生事端。倘敢故违，一经告发，定即严提惩办。合令勒石祖祠侧，以垂永远。其各凛遵！特此通告。

中华民国元年玖月拾叁号，发立许姓祖祠侧晓谕。

---

① 此碑立于金门珠浦许氏家庙外。

严禁争占许氏渡船世业碑(左)

本碑是民国元年(1912),后浦许氏族人鉴于政权递嬗,“惟民国成立,人心难测,恐有刁狡妄思串夺”,免其海埭渡头被歹人所夺,民国元年至三年沿用清制,呈请当时代理金门粮捕海防分县给立告示,首先载明后浦港中辟为漳码、同安、厦门三处渡头,并且载明许氏海界四至“东至许大宗海埭,西至港边,南至董屿后与洪姓交界,北至抛礁与杨姓交界”的资料,尤其说明后浦港中,漳码渡、同安渡、厦门渡历来岁纳记事,“自宋、元、明、清,岁纳地丁、海米、渡饷,计四户,粮串可据”,以及完税户名,分别为“同安渡税海米户系挂许兴宅名下,厦门渡税海米系挂许时新名下,漳码渡税海米户系挂许兴宗名下,海埭地丁户亦挂许大宗名下”的事实,可以佐证后浦港历来确为许姓世业。

六、结　　论

石碑因为立碑时间的久远,可谓是第一手史料,其碑文大都属散文类,其种类多,内容丰,是值得进一步研究的课题。以文献资料的角度来说,许多石碑被忽略而未重视,散落各地,任由风吹雨打而自然损毁或人为伤害,实为可惜,藉由本文的调查,把民国前的金门古碑做一番整理,对金门的文献提供原始资料的留存。

石碑数据的呈现最简单的是用摄影留存,一般人用笔抄录下来,而最可靠且最真实是用拓印的方式把碑文的内容留下来,本文研究之后,已把金门古石碑做了影像的记录,有些字迹不清楚的石碑,将来拟向文化单位申请拓碑,以期保存最原始的石碑史料。

(作者单位:金门县采风文化发展协会)

近十年古文在马来西亚的传播与研究概况

曾维龙

马来西亚是个多元种族、多元文化的国度。在这块土壤上，华人社会是其中一块重要的组成部分。远自18世纪末，大批的华人便从中国大陆南部一带的区域移民至此。他们基于各种的理由，包括经济的、政治的和个人的因素，大批地来到了南洋岛屿扎根，并带来了中国传统文化和教育。及至今日，在马来西亚生活的华人占有总人口约20%，他们大都已经是这里的第二、或第三代人民了。

在这长局久安的过程中，华文教育从1815年的槟城五福书院开始，直到目前1284间华文小学、60间华文独立中学，以及7所国立和私立大专成立了中文系或中文组[①]。扎根近百年的华文教育(以下简称"华教")在历经不同历史发展阶段的过程中，承担着维持与维护华人社会固有传统文化的重要角色。中华文化的传统典籍，不管是诸子散文、两汉诗赋、或是唐诗宋词、元明清小说等，在马来西亚的土壤上尤其极力保存在以上华文教育机构之中。中小学以古文教导学生上古汉语，大专则承担研究和发扬传统文学典籍的价值和意义。本文仅就近十年来中学课本至大专院校的发展，以及从2004年起由各大专院校轮办的马来西亚传统汉学研讨会中窥探古文在马来西亚的传播途径和趋向。

一

"古文"可有以下两种理解：(1) 上古的文字。泛指甲骨文、金文、籀文和战国时通行于六国的文字，即许慎《说文解字·序》中"宣王太史籀箸大篆十五篇，与古或异"；或特指秦以前的字体叫古文，即许慎《说文解字》里的古文。(2) 指"五四"以前的文言文的统称，一般不包括"骈文"。本文要阐述的是后者，即广义上的古典散文在马来西亚华文教育体系中所发挥的作用。这里特别强调教育体系的作用，主要是因为文学的传播有赖于教育机构的功能发挥。尤其回顾扎根在马来半岛上的华文教育的发展过程，从初期私塾教育的儒家经典，直到现代教育的华文课程的教学，都在尝试以古文作为重要的教学内容，教导学生如何习得中文这一古老的语文，进而传承文化[②]。

---

① 目前在马来西亚有设立中文系或中文组的大专院校有新纪元学院、南方学院、韩江学院、拉曼大学、马来亚大学、布特拉大学和苏丹依德利斯教育大学，后三所大学为国立大学，其余者为私立高等院校。

② 见拙作《马来西亚中学华文课本中的古文教学概况——工具的解读与文化的承传：矛盾与局限》，《中国古代散文研究学会简报》(第十期)，北京中国古代散文学会秘书处2005年，第39—49页。

事实上，诚如文化研究者佛克马和蚁布思所指出，传统的西方对于文学典范的要求主要体现在教育的领域里。中世纪的欧洲，教育或学术只存在于教会和高贵的贵族统治阶层之中。这个时期的文学更多的是今天广义的人文学科这么一个概念。“……现在的文学概念只涵盖了中世纪属于学校经典的，包括文学、历史、教学法、宗教以及学术著作在内的这种广泛的大杂烩中的一小部分”[①]。中世纪结束后，从文艺复兴直到近代的西方工业大革命，世界知识和语言知识的膨胀促使西方社会对文学经典的期待也起了不同阶段的变化。在这个过程中，“各门学科——神学、法学和医学——确立了各自的传统而且不同于文学和哲学教师的老师来教授”[②]。中国传统古典散文从南朝萧统的《昭明文选》，及至清吴楚材、吴调侯的《古文观止》，历代文章的选读基本上都在遵循上作为经典阅读的需求，同时兼顾各个时代的文体、审美观，以及文章内容的思想性。因此，从传统教育过渡至新式教育的阶段中，古文的篇选在中、小学教育体制中成为“国语”（后来成为“华文”）学科的主要内容之一，成为中国古典散文传播的主要方式之一。

古文教学不仅仅只是教导学生语文技能的目的，同时也涉及传统文化如何重新诠释和重整的问题。大专院校的层次主要在于经典深入的教授、研究和阐述。在马来西亚建国历史的特殊语境中，在大学体系里的中文系还承担着培训中、小学华文老师，以及保存和传播中国传统原典的场所。因此，回顾马来亚大学中文系的创立，其背后的历程可以清楚看到许多政治议程实际上也在严重干扰着中文系上述的使命[③]。及至马来西亚 1997 年私立大专学院法令的出现，开放私人大专教育领域，立志成为东南亚区域的教育中心，及中国大陆自 1980 年代的经济开放，市场上对于中文的需求和传统中华文化的学习蓦然呈现一片欣荣的局面。在这背景下，马来西亚作为一个非汉语文化为国家主轴建设的国家，理论上比较起东南亚国家，或是世界各个华人社会更有优势习得中文，或各种文学典籍至少在学术研究的层次上显得更为优越。然而事实上却是步履艰辛，百废待举。

二

马来西亚或许在文化的保存和习得这一角度来说，确实比起其他东南亚国家的华人社群来得更为完整。撇开早期华人先贤有先见之明，甚至愿意毁家兴学（如陈嘉庚）的主观因素外，同时也和英殖民政府所采取的殖民政策有关。1920 年，英殖民政府为规范和管制华

---

① 佛克马、蚁布思《文学研究与文化参与》，北京大学出版社 1996 年版，第 40 页。

② 佛克马、蚁布思《文学研究与文化参与》，第 42 页。

③ 马来亚大学原是一所以前殖民地时代遗留下来的英国式大学，于 1949 年在新加坡创办。成立不久后即开始筹备中文系。1957 年马来亚大学在吉隆坡设立分校，两三年后另筹备开办一个中文系。1963 年马来西亚宣布成立，吉隆坡的分校成为马大的本校，新加坡的分校则改为新加坡大学。马大中文系的早期的创办基本上承接西方的汉学系传统。何丙郁教授是第一任的中文系主任，主要的领域是中国科技史专业。师资整容包括专长于明史的汉学家傅吾康、国学大师王叔岷、钱穆、文字学专家陈铁凡、郑良树等，在不同领域中各具专长。然而 1970 年以后，“国族建构”(nationbuilding)议程围绕着马来民族文化为中心，不管是国内和校内公文、会议，和授课语言都改用马来语，仅有中文系可以用中文和英文系某些课程可以用英文。何丙郁教授退休后，随着马大的人事变动、政策改变和权力斗争，后来的马大中文系更是无法继承这一批汉学家的学术传统。从何丙郁撰写的回忆文章《回首当年：马大中文系初期》可以看到早期传统知识分子的使命和艰辛。参阅何丙郁《回首当年：马大中文系初期》，收录于《洪天赐教授七秩华诞纪念论文集》，马来亚大学中文系毕业生协会(PEJATI)，2006 年版，第 13—44 页。

文学校的发展，出台了一系列政策法令，也含有压抑从中国大陆传播而来的政治意识形态的滥觞。但英殖民政府并没采取强硬的民族同化政策，将华教连根拔起。“二战”以后，在马来半岛争取独立的过程中，英政府作为宗主国，除了忌讳当时的冷战局势，防止世界共产主义逐步侵蚀东南亚以外，也同时让民主选举制度和君主立宪制度扎根在马来半岛之中。因此，华、巫、印三族必须遵守民主选举制度，华族在林连玉的领导下，凝聚起来展开诸多诉求。华文教育从“二战”直到马来半岛独立以后，政局虽然动荡，但依然屹立不倒。华校和淡米尔文学校在小学阶段得以保留各自的族群语言作为主要媒介语，但中学阶段则要求必须以国家语言（即马来语）为教学和行政的主要媒介语。但华文学校可以选择以自立的方式，独立在国家教育体系以外继续经营中学部，或接受国家的津贴，成为国民学校，跟从国家教育政策的步伐。

1953 年南洋大学的创办，更是将华文教育体系完善起来。然而在 1957 年新加坡从马来西亚脱离出来，自立成为一个独立的新兴国家以后，南洋大学也随之与马来西亚本土华文教育分割。易言之，从 18 世纪末开始在马来半岛扎根的华文教育体系，好不容易才开始努力建设的华文学科建制过程，却充满着许多波折。如果以 1906 年新式教育的出现算起，马来半岛上的华教体系最高等次仅为师训班和高中班。以下是笔者根据华文学科的建制过程，勾勒出来的各个时期的发展阶段：

第一阶段：1904 年以前，以私塾模式为主，教授传统的中华典籍。

第二阶段：1904—1947 年，在康有为等人的提倡下，新式的教育模式开始出现。学校课程的设置和定位也开始多样化，然而华文学科基本上是面向中国传统文化认同模式，但在内容上开始融入部分的本土文化、社会有关的篇章文选。

第三阶段：1948—1960 年，华文学校虽然还在维持着独立前的局面，然而另一方面也同时面对主流政治的重新编制、吸纳，甚至是排斥。这包括英殖民政府在“二战”以后重新接管马来亚半岛时，所尝试进行的教育体制改革。因此，“1948 年至 1955 年之间，英殖民地政府依据前面所述及的报告建议书，有意改变母语源流教育的特质，进而建立以英文教育为主的学校体制”①。即使在 1957 年马来亚独立以后，以国族建构（nation-building）为主要政治议程的教育体制改革脚步没有放慢下来。相反地，当权者根据《1956 年拉萨报告书》的建议，以马来文化、马来语言为主的国家教育改革工程开始启动了。

第四阶段：1961—1989 年，国家教育的编制化工程进入紧凑的政治日程当中。根据《1961 年教育法令》，政府的教育政策必须有效贯彻《1956 年拉萨报告书》中所提出的“一种语文，一种源流”的最终目标，使国家教育制度“逐步发展成为一个以国语（马来文）为主要教学媒介语的教育制度”。另一方面，华校面对改制选择。首先必须将小学部和中学部分为两个行政单位，小学由国家的教育部管辖，依然可以保留各自的母语教学，但课程纲领则必须由国家统一规划。其次，中学部必须选择接受完全改制融入国民教育体制，成为国民学校的一部分；或继续成为独立自资的华文中学（马来西亚华文媒体一般简称为“独中”）。选择成

① 莫顺生在此处所指的报告书包括《芝士曼计划》（Cheeseman Plan，1946）、《巴恩报告书》（Barnes Report）、《芬吴报告书》（Fenn-Wu Report，1951）、《1952 年教育法令》以及《1954 年教育白皮书》。见莫顺生《马来西亚教育史》，吉隆坡马来西亚华校教师会总会出版，2009 年版，第 58 页。

为独中的，依然保留着以华文为主要的教学媒介为主要定位；另一方面，国民学校的华文课程则开始由国家教育部规划统筹。课程的设置自然也就分为两个不同的体系。对于华文课程的要求与定位，也就产生两套不同系统的文选课本。

第五阶段：1988 年以后，以“中学综合课程”（马来文：Kurikulum Bersepadu Sekolah Menengah，简称为“KBSM”）为依据的课本全面在中学阶段应用，全面应用由中华人民共和国于 1956 年通过的《汉字简化方案》和 1958 年通过的《汉语拼音方案》，开始实施简体字和汉语拼音教学，延续“小学综合课程”（马来文：Kurikulum Bersepadu Sekolah Rendah，简称为“KBSR”）的精神和主要原则，将华文学科定位为以教导语文技能和语文应用为主的科目。独中的华文学科在董教总的领引下，也紧跟着国民中学的步伐于 1994 年进行调整和改革，摒弃传统文选教学为主的方法，选择以“定向单元教学法”为课程的主要依据①。

2001 年，教育部延续 1986 年所颁布的《中学华文课程纲要》（KBSM），配合社会与时代的需求将课本内容重新调整。以下为笔者所作的一项统计，即根据 1988 年课纲和 2001 年课纲所编撰的中学华文课本中文言文的篇章比例。如下：

表一　文言文课文篇章

年　级	据 1986 年课纲	据 2001 年课纲
中　一	5/32	3/25
中　二	4/32	6/25
中　三	4/23	5/25
中　四	7/36	8/25
中　五	7/31	8/25
总　数	27/154	30/125

根据 1986 课纲编撰的课文，文言文仅有 27 篇，占总数 154 篇课文的 18%。根据 2001 年课纲编撰的课本，文言文有 30 篇，由于整体课文的篇幅减少至 125 篇，所占的比例则是 24%。这里所指的文言文，从先秦至明清的古文皆有之，但都是简选篇章。其余的，白话文篇章和现代新诗为课文的有 69%，古典诗词则是 6%。从小学直到中学阶段，华文或华语课程仅仅作为语文工具论。学生要学习或接触更多古文，只能选择在中学阶段所提供的额外文言文辅导书，或中四、中五阶段另选修中国文学课，方能更为全面了解和阅读古文。易言之，从上表的量而言，中、小学的古文学习基本不足。然而沿着上述的途径，古文的传播与习得始终必须依赖教育机构才得以保存、继承和发扬，这是必然的现实状况。尽管如此，谢川成在《论中学综合课程纲要里的文学教育》清楚地指出，2001 年出炉的中学华文教学纲要，要求的是古典与现代的课文赏析并重，“学习经典或优秀的文学篇章，学生能够学到优美的语言，并用

① 以上五个阶段的分期论述，可参阅笔者另一篇文章《中学华文学科的发展过程和定位初探》，载于《新纪元学报》第五期，新纪元学院族群研究中心 2008 年，第 79—96 页。

来表情达意”①。国家教育并不否定传统诗词和古文等，然而作为重要的传播管道，最能让年轻一代接触和启蒙的经典读物，学校无疑是重要的场域。

三

古文作为传统中华文化的重要载体，沿着马来西亚华教史的发展脚步得以在马来西亚这一土壤上传播、继承。然而要真正发扬和深入研究，则是大专院校师生的责任。在马来亚大学中文系任教多年，目前是拉曼大学中文系教授的林水檺曾经这么指出：

> 马华文化是马来西亚文化的重要组成部分，它的母体却是中华文化，故为中华文化的一支。马华文化处在中华文化圈的边陲。一个地处边陲的文化，受到其他文化的冲击和影响自会比中心更大，因为冲击和影响往往先到周边才到中心……在向外吸取的同时也不能忘记必须常常回顾自己的传统基础，参照在民族文化和社会生活中占据特殊地位的中华经典，事缘这些经典包含了传统文化的宗教信条、哲学思想、伦理观念、价值标准和行为准则。②

他在上文的结论中，清楚地体认到中学华文课和大专中文系“是训练诠释中华经典最当仁不让的场所”③。1996 年马来西亚通过私立大专教育法令以后，私立大专如雨后春笋般出现。私立大专的中文系也因应着私立大专的开放，而在民间得以开花结果，逐一开办。先有南方学院(1997)，而后有新纪元学院(1998)、韩江学院(1999)、拉曼大学(2003)陆续投入。其他国立大学，如博特拉大学(University Putra Malaysia)、苏丹依德利斯师范大学(University Pendidikan SultanIdris)则在 1997 年以后陆续在语言学院架构底下成立中文组，开办学士学位课程④。从独立以后直到 1997 年为止，一直以来仅有马来亚大学中文系承担的责任，如今在这近十年来可以让其他高等教育机构共同负起。以上大专院校的中文系或中文组的课程设置，基本上偏向古典文学的训练，所不同者在于私立学院不能提供学士学位和硕博学位。因此，新纪元学院、南方学院以及韩江学院仅能提供三年或两年的学士学位课程，再通过学分转移的方式，与中国台湾、中国大陆等大学中文系联系，让学生能在台、中两地的大学完成第三和第四年的学位课程。因此，课程的定位和设置，更是需要综合台湾和中国大陆两地中文系的学术趋向。从中国大陆聘请而来的学者，也协助中文系培育了不少人才。如中国社会科学院文学研究所研究员、中国古代散文学会会长谭家健，于 2000 年至 2006 年间应

① 谢川成《论中学综合课程纲要里的文学教育》，收录于何国忠编《百年回眸：马华文化与教育》，2005 年 4 月版，第 270 页。

② 林水檺《经典诠释与文化传承》，见何国忠编《社会变迁与文化诠释》，吉隆坡华社研究中心 2002 年版，第 160—161 页。

③ 同上，第 162 页。

④ 马来亚大学现代语言学院也于 1996 年另立中文组，学术定位偏向语言学研究，与文学院的传统中文系在研究与教学的定位上有所区别。博特拉大学则在现代语文暨传播学院框架下于 1995 年成立中文组，但课程设置混杂着传统的古典文学和现代语言学两种取向。以上现象，马来西亚学者郑文泉在第七届马来西亚传统汉学研讨会提呈的《华人研究与汉学研究永不见面？——从郑良树谈大马汉学的张力与克服》即提出了马来西亚中文系的尴尬处境，是否要寻找如同西方汉学界的出路，抑或是按中国台湾、中国大陆两地中文系的特色，再综合本土来创建自己的学术特色呢？这是目前马来西亚大专院校中文系在研究与教学方面最大的张力。

聘担任马来西亚新纪元学院客座教授，曾教授中国文学史、中国历代散文选读、中国散文史、《左传》导读、《墨子导读》等课程①。另一位在马来西亚积极推动汉学研究，并在学术上占有一席地位的是郑良树教授。他于1971年在马来亚大学中文系任教，1988年即受聘于香港中文大学。2003年退休回国后，即在南方学院担任华人族群与文化研究所所长。郑良树教授先秦诸子散文文献的研究，早已获得肯定。2004年，他倡议举办"马来西亚传统汉学研讨会"，以培养马来西亚在传统汉学领域中的人才。从首届由南方学院开始的研讨会，尔后由各大专院校的中文系每年轮流承办，至今已举办第七届。一年一度，聚集着马来西亚传统汉学研究者，承载着传播和发扬中国传统文化典籍的使命。

然而就学术分工而言，传统汉学的学术范畴有经史子集，研讨会论文的焦点更多是集中在诸子和儒家思想学说。有关中国古代散文的研究仅占少数，另一面向则是中国传统诗词研究。表二列出历届传统汉学研讨会有关古代散文研究之论文篇章。从2004年开始至今已举办了七届，其中有两届是国际研讨会，除马来西亚本土学者以外，也邀请中国台湾和中国大陆的学者；另五届则是国内层次的研讨会，来自新、马大专院校的学术人员和研究生。从论文内容而言，研究者主要有两种取向：一是古代散文典籍的叙述手法分析；其次是内容观念的分析，仅有余历雄在韩愈研究方面是以史入文，形成他个人的研究特色。时代范畴也大多集中在先秦诸子文章，除了郭莲花在历届传统汉学研讨会中一以贯之的柳宗元研究外，余者或仅仅参与一二届，没有办法在同一个研究点上形成体系或自身的特色。除了马来西亚传统汉学研讨会以外，2001年博特拉大学文学院主办国际汉学会议，以及2008年新纪元学院中文系主办的中国古典文学国际研讨会均有研究古代散文的零星论文。

从学术的成果累积而言，马来西亚不管是古代散文研究或是整体的传统汉学研究，依然有着长远的路要走。一方面由于马来西亚大专院校的中文系形成不过10至12年左右；另一方面，学术资源实在有限，诸如版本学、文献学的研究甚难为继，难以和中国大陆或台湾相提并论。这同时也是整体马来西亚传统汉学研究的困处。汉学研讨会的另一困境是，主办单位并非源自单一组织，历届研讨会随着主办方面对大学当局的要求、人事等条件，形成了原定为培养马来西亚传统汉学研究者的平台，偶尔会成为广义的"汉学研究"，其范畴包括当代华社思想、华人研究等课题（如第五届）；或骤然成为国际层次的研讨会，忽略了培养后进的原意。尽管郑良树当初提倡此会议是要提携后进，然而什么是"汉学"？何谓"传统汉学"？学术的定位和方向始终缺乏明显的主轴。

表二　历届马来西亚传统汉学研讨会有关古代散文研究之论文篇章

第一届马来西亚传统汉学研讨会 主办单位：南方学院，日期：2004年7月3—4日 （发表者共15人）			
序	篇　章	提呈者	单　位
1	老子的人生哲学	郑成海	南方学院中文系主任
2	汉唐碑志辨体与韩愈"以史为碑"	余历雄	中国南京大学中文系博士

① 谭教授的中国散文史讲义，经过修改加工定名为《中国散文简史》，已于2010年1月由新纪元学院正式出版。

续 表

3	柳宗元古文中的援史书写	郭莲花	博特拉大学现代语文暨传播学院外文系中文专业讲师

第二届马来西亚传统汉学研讨会
主办单位：马来亚大学毕业生协会，日期：2005 年 9 月 17—18 日
（发表者共 17 人）

序	篇　章	提呈者	单　位
1	记忆的场景：洛阳在欧阳修文学中的象征意义	陈湘琳	新纪元学院中文系讲师
2	才子与园林	陈华婷	博特拉大学现代语文暨传播学院外文系中文专业讲师

第三届马来西亚传统汉学研讨会
主办单位：马来亚大学毕业生协会，日期：2006 年 12 月 9—10 日
（发表者共 15 人）

序	篇　章	提呈者	单　位
1	简论《左传》中"誓"的观念	曾维龙	新纪元学院中文系讲师
2	柳宗元与弥陀信仰	郭莲花	博特拉大学现代语文暨传播学院外文系中文专业讲师

第四届马来西亚传统汉学研讨会
主办单位：新纪元学院系中文系、马来西亚留华同学会，日期：2007 年 9 月 8—9 日
（发表者共 16 人）

序	篇　章	提呈者	单　位
1	柳宗元与《山海经》	郭莲花	博特拉大学现代语文暨传播学院外文系中文专业讲师
2	《孟子》叙事中"士"的形象建构及其蕴义	叶秀清	拉曼大学中文系讲师

第五届马来西亚汉学国际学术研讨会
主办单位：博特拉大学，日期：2008 年 9 月 8—9 日
（发表者共 21 人）

序	篇　章	提呈者	单　位
1	"江湖散人"之道：陆龟蒙与《庄子》	郭莲花	博特拉大学现代语文暨传播学院外文系中文专业讲师
2	陆龟蒙的赋学	伍燕翎	博大中文组博士生

第六届马来西亚传统汉学研讨会
主办单位：拉曼大学文学院中文系、拉曼大学中文系毕业生协会，日期：2009 年 8 月 21—22 日
（发表者共 22 人）

序	篇　章	提呈者	单　位
1	庄子死亡观与临终关怀	许秋莉	拉曼大学中文系硕士

续　表

2	从《太学生何蕃传》与《欧阳生哀辞》看韩愈的孝德观	余历雄	拉曼大学中文系助理教授
3	陶渊明哀悼手足祭文之承传与开拓	蔡慧沁	拉曼大学中文系硕士
4	杜牧宣宗朝文学思想考辨	林绥杰	拉曼大学中文系硕士
5	《尚书》的君王之“誓”初探	曾维龙	拉曼大学中文系讲师
6	汉代五行关联图式的文学性叙事	郭思韵	中国北京大学中文系博士生
7	论“太史公曰”的叙事与其蕴义	叶秀清	拉曼大学中文系讲师
第七届马来西亚汉学国际研讨会 主办单位：马来亚大学中文系，马来亚大学中文系毕业生协会，日期：2010年3月20—21日 （发表者共22人）			
序	篇　章	提呈者	单　位
1	先秦文献的立体式研究——以郑良树“商鞅学派”研究为例	毛醒策	中国浙江师范大学法政系副教授*
2	论柳宗元对几种修辞的运用	郭莲花	博特拉大学外文系中文组高级讲师

备注：标志（*）者是来自中国的学者。

四

本文尝试从基础的中学教育直到高等教育，阐述两个不同等级的教育制度中古文所需要承担的义务，同时也尝试说明古文教学和古文的研究在传统汉学中所面对的局限。从近十年来国立中学华文课本的篇章比例中，说明当前古文在马来西亚一般中学生的接触情况，篇幅实在不多，并不有利于学生掌握和学习华文。本文的另一重点则是从2004年开始举办的一年一度马来西亚传统汉学研讨会的研究论文中，一窥古文在高等院校目前的研究状况。前者建立在马来西亚华社常年下来坚持办华文教育的成果，后者则建立在近十年来马来西亚私立高等院校这一领域逐步开放，各大专院校得以开办中文系的前提下，才得以形成一股研究氛围。当然，在学术资源有限的情况下，学术累积和成果依然有限。马来西亚大专院校的中文系同仁，除了需要思考如何寻找自己的研究优势，提升研究水平外，还需要结合教学，以培训更多中小学的华文老师。毫无疑问，从举办了七届的传统汉学研讨会来看，传统汉学对于马来西亚学者而言并非一门显学。然而作为中文系的基础学科，马来西亚如何在这个方面培训更多的人才，则是一个巨大的挑战。无论如何，从中学直到高等教育为止，两者之间实际上唇齿相依。中学阶段对古文的接触，将可能影响未来高等院校中文系的发展。古文的传播阅读，需要获得更多关注和思考，这是当下我们所面对的问题。

（作者单位：马来西亚拉曼大学中文系）

古代散文研究的新成果

——推介《中国古代散文艺术二十四讲》

刘　衍

武汉大学出版社于2010年3月出版了熊礼汇先生主编的《中国古代散文艺术二十四讲》(以下简称《二十四讲》)。这本由十二位古代散文研究专家撰写的著作,做为普通高校规划教材,是硕士生、博士生专业的理想读物;也是文学青年或本科学生的重要读物,而做为专题讲座性的论文集结,它又具有系统的、研究性的学术价值。

《二十四讲》除第一讲是对古文概念、古文的文学性、艺术美、鉴赏方法进行论述和研究外,其余各讲,纵贯古代、近代,举凡有影响的散文代表作和各个时代有成就的散文名家,大体都被论到,其广度是空前的。本来,一本50万字的著作,要研究如此广阔的时段的散文,似乎只能是神话。但是,这个神话基本上成为了事实,其成功的原因,就在于每一讲的作者,都是在其讲座所涉范围做过专门的长期的富有成果的研究,并且有相关著作出版,或者说,都是研究该领域的知名专家。正是由这些专家披沙拣金、以少胜多进行深刻而精要的阐述,不仅选题系统有个性特色,而且评析艺术创作主张、审美追求、艺术风格、艺术表现方法等也都有独到见解。

《二十四讲》的主编熊礼汇先生撰稿是最多的,其论题的时代也是跨度最大的。这里只谈他在第一讲中的见解或成果。这一讲谈古文的文学性、艺术美和鉴赏方法,也可以看作全书的代序。该文首先论述作为文体概念的"古文"是韩愈提出来的。并为其倡导的"古文"下定义,指出"古文"是有特定艺术精神和内容取向的文体。即"是一种自具首尾、篇幅有限、遣辞造句取法三代秦汉之文,行文一气贯注、重在明道、纪事,而以具有儒学艺术精神为必备条件的单篇散体文"。并指出,对此,唐宋古文家都是认可的。

该文还引用马茂军《宋代散文史论》关于"散文"术语北宋已经出现,而作为文体概念,到南宋已广为人用,指出南宋周必大、朱熹、杨长寿、方逢辰"四人所言'散文'当为文体之名"。

该文论古文的文学性时,指出古文既是一种特殊形态的古代散文,"其文学性自不同于一般古代散文的文学性"。当代学者爱将古代散文分为文学和非文学散文,往往用形象性、情感性等概括言之是不妥的,如果将现代散文的文学性等同于古文的文学性,那就更不可取。作者在旁征博引前人分析话语后,指出明清和唐宋古文家对古文的"要素"基本看法并无二致,"因此可以说,理、气、辞、法、情为古文文学性最为活跃之五要素,乃唐、宋以迄近代古文家之共识"。从而提出古文的文学性就是靠这五大要素显现。上述这些论述都具有创新性,是作者的研究心得。

该讲还从古人对古文的艺术美(文中有生气、有滋味、有妙境、妙法)和古人的鉴赏方法(吕祖谦“看古文要法”;桐城派“因声求气法”;林纾“籀读”、“衡鉴”法)琢磨出两点感悟:(1) 研究古文应有“古文眼”;(2) 研究分析古文艺术特色要深入细致,到每句每一个字。这样讲,其实是呼吁从古人的创作和鉴赏实际出发构建既有民族特色又有时代精神的古文之学的批评话语系统;是希望散文学界从微观角度深研古文的艺术特色,在鉴赏古文艺术上细下功夫。

《二十四讲》作为研究著作,其共同的成果不仅在于学术上的视界广阔,有独到的见解,而且在其论述的范围内也往往各讲有各讲的体悟。如第三讲,分析《战国策》说辞艺术。作者认为该书的说辞具有纵横捭阖的特质。与一般文章不同,它“是《战国策》所载策士说辞的灵魂”。接着,作者以纵横家的理论性著作《鬼谷子》为参照,对苏秦、张仪为代表的说辞进行阐发,持论精要而且没有片面性。指出:首先揭示这一特质,有利于研讨其书的艺术,但“《战国策》毕竟是史料汇编,其所载并非全为说辞,也并不都是‘纵横家言’,但纵横说辞实为其书主干,并且纵横之气通贯全书”。

该讲还对《战国策》巧于比喻,善用寓言、博引史事的艺术手法,辩丽横肆的语言风格及叙事的简约、通畅,行文的敷张扬厉进行论述。举例繁简适当,分析深中肯綮。再如,第四讲论庄子和先秦道家散文艺术。其论庄子寓言,不仅列举内篇、外杂篇大量动物、植物形象,大量传说、历史或现实中人物,还有神灵或虚构人物等,证明《庄子》一书确是“寓言十九”,庄子及其后学具有空前的艺术创造力。尤为可贵者是一,跟孟子和其他诸子寓言相比,突出论述庄子寓言的特异之处(能指和所指通过类比关系来结合已不再是庄子寓言的常态或主流形态),即能指和所指之间不是类比关系,而是具体与抽象、特殊与一般的关系,大多是举证性的寓言。二,指出庄子笔下的神人、真人、至人、圣人等常被学术界视为浪漫想象的表征,而实际上带着原始传统的基本性质,即被视为一种真实存在的神圣力量而不是想象。即不是通常意义上的浪漫主义艺术特质,而主要是对世俗经验做超现实的夸张。读这样的论文,作者学术功底的扎实,学术见解的新颖,亦可见一斑。第二十讲论明代前期散文发展的特点和归有光的散文艺术。其论归氏以区区数十篇“情文”得到从清代一直到今天的散文大家们众口一词的赞赏和揄扬,这不仅奠定了其在中国散文史上的地位,还直接影响了后世散文创作的走向,这一文学现象实在是一个“奇迹”。作者引钱基博、闻一多的评价,指出归氏之文有意境,“给散文开辟了一个新境界”(指巧用小说笔法),文章结尾,作者指出,归氏“充满抒情色彩的散文作品以小见大,在小题材、小篇幅中写出了人之作为人的大精神”。归有光被认作“明文第一”(《明文海》编者黄宗羲序中语),是名至实归的。这种讲论,研究深入,读来受益匪浅。

《二十四讲》中,如第二讲,对《论语》、《孟子》以及先秦儒家《荀子》、《礼记》、《易传》等,论述涵盖面广,论析难度大,但能抓住要点,论其独至;第十八、十九、二十二、二十四讲也都具有这种特点,都举重若轻,不乏新见。再如第五讲,论两汉说理散文的艺术嬗变。从汉初“所以失、所以得”的说理,指明其纵横遗风,到贾谊、晁错的转向儒雅;从“西汉鸿文”转向温文尔雅、侃侃论道的董仲舒;再转向故事化说理的刘向;而后回归到辞直气盛等等。论列四百余年的散文嬗变,时空跨度大,但都全面、准确。第六讲是《史记》、《汉书》人物传记艺术的比较,认为《史记》把历史散文发展成以人为核心的记传体,是一大新飞跃。而做史汉比较,又指出《汉书》在体例、思想倾向、感情色彩上，人物类型和手法细腻上的一些区别，也见解深刻，颇有创获。

《二十四讲》论列范围广，学术见解深。有些论题还多所新创。如第十三讲，论皮日休、陆龟蒙、罗隐的古文创作艺术。作者一则以为仅言"小品"不是三家之文全貌，也不能概括唐末散文发展的特点；二则以鲁迅、郭预衡之论有失。认为抗争和愤懒，皮、陆并不亚于罗隐。这些自是新见。第十四讲认为欧阳修从未将石介文风和太学文风视为一类；第十五讲，对欧阳修古文的"六一风神"的阐发以及特征的论析；第十七讲，对苏轼散文的艺术美的分析及其从《文说》和《答谢民师书》中取苏氏原话对其艺术美进行概括，亦是高明之论。尤其值得推介的是第二十三讲。这一讲论桐城三祖的古文主张与古文艺术。其中对姚鼐在汉宋之争中的矛盾、孤立和失利，而后萌生建立文派意识，指出他每项工作都包含着对抗汉学派的深刻动机，就很有见地。该讲还指出"神妙说是姚鼐古文理论的核心"。这一说法实在也是作者分析，提出的新见。是从姚氏常用术语中拈出并做了精辟的概括和解说。

此外，该讲还指出，"姚鼐晚年在不懈阐发神妙说之时，又提出义理、考证、文章三者兼收说。……但神妙说与三者兼收说甚不和谐"。如何解释？作者说，"当姚讲神妙说的时候，他着眼的本是其心目中的纯古文；而讲三者兼收说的时候，他着眼的则又是包含了纯古文的杂古文"。"这种理论的内在混乱实与汉宋之争有关"。即是在顺应学术时尚，寻求生存发展空间。作者的结论读来令人觉得耳目一新。

当然，作为一部集体形成的著作，在论述方式、话语风格等方面不可能完全一致，也不必强求一致。其各自的优长，恰好可以为自学者所师法。但是也应指出，全书在立论中的术语或者说持论角度还是有些混乱。或"古文"、或"散文"或"纯古文"、"杂古文"；或谈"创作艺术"、"表现艺术"或说"艺术精神"，而读其文又似乎并无多少区分。此外，个别章节语言表达还不够利索，行文拖泥带水，有的地方引语太繁，给人"掉书袋"感觉，这些是我粗读此书时感觉到的大醇中的小疵，指出来，也希望求教于方家。

（作者单位：湖南师范大学）

《北京赋》序

赵维江

班固作《二都赋》，开京都大赋之先河。越二千年，历朝踵武辈，难以计数，其声名最著者，当推东汉张衡与西晋左思。张平子乃天下奇才，学人通儒，轻官爵而系民生，处承平而忧奢侈，因拟班固《两都》作《二京赋》，因以讽谏。精思傅会，十年乃成。左太冲以微末之士赋写《三都》，访古稽今，苦吟痴作，构思一纪，终扬名天下，致洛阳为之纸贵。大唐诗兴，然赋流未断，有李庾《西都》、《东都》二赋传世焉。至宋，赋笔入词，词盛赋存，周美成乃词林冠冕，竟以《汴都》一赋而摇身为太学之正。千余年间，王朝数替，京都屡迁，人逝如流，事变如幻，然京都之赋，文运百转而不能废也。

自元建大都，燕城遂有华夏京都之尊，其形势之雄，城市之丽，人民之兴，文物之盛，遍观古之五京十都而未之有也。此后文人骚客，鹜趋凤城，或游或居，未尝不为其恢宏繁华所骇愕，亦多有才溢而濡墨，赋文而传世者。元之时，顾渊白献赋《燕都》，惭恨而归；李洧孙《大都赋》成，名噪一时；黄文仲赋颂升平，尽摹盛状。至明，《北京赋》作者颇众，名家有李时勉、陈敬宗、盛时泰、黄佐、余光者流，皆一时俊彦，京华风采尽揽于笔下。满清以降，大赋势颓，虽时有作者，然一文出而竞相传写之风光则不再矣。

星移斗换，岁入新纪。古国腾飞，颇有盛世之象。京师首善，无愧华夏之骄。物阜而国强，民康而文兴，于是辞运渐复，赋作成潮。互联网推波助澜，众草民弄潮峰浪。汉廷飞燕，巢筑寻常百姓之家；千年宫体，文出无名寒士之手。检近年之作，《北京赋》为弄笔者情有独钟，连篇累秩，蔚然大观。然细读之，可称佳者也鲜。或作赋而成颂，惟歌功德美浮华为能事；或食古而不化，以聱牙文繁艳语为模范；或乏文而俚俗，因无韵格少锤炼成赝品。呜呼！泱泱大国，皓皓清时，得无孟坚之椽笔哉？

好雨知时，佳作解情，忽一日北鸿飞至，惊见万言宏赋。作者为京畿安次杨氏化民也。化民兄，余大学之同窗，可谓天下奇士。其人魁伟壮硕，身长六尺，方面大耳，视之有贵人相。然大学时，乃一枯鱼病鹤耳。鹄面鸠形，长躯似难支，病笃曾求医京城。其时已婚娶，有二子尚幼，家贫如洗，资费难筹。然兄有绝技，能立剪人影而酷肖之。于是日入闹市以悄赚碎银，夜卧牛衣于长安街头。流泊有年，竟药金无忧，病亦渐痊。京城之缘，由是而结矣。

八十二年春，同学蓬散四方，化民回县学执教。无几，擢学正，办学有方，嘉誉鹊起。数年后转长教育局，多所建树，近年隐退书斋，游于艺林学海以为乐。安次古邑，位首都之东南，鸡鸣相闻，轨辙相连，实京城之门户也。兄为人豪爽，喜酒，能文，善书，健谈，声洪若钟，爱交天下豪士，中多有阙下俊彦。一日诸友聚饮，感盛世京华少文之憾，以乐天《长恨》之笔嘱望之，此亦化民寖久之愿也。兄乃古燕遗孑，一诺千金。为撰大赋，尝北登燕山，察形势之胜，感王者之气，悟治乱之道；又埋首典籍，观百代之文，觅故往之事，理史脉之迹。历千余日夜，终成此洋洋宏篇。赋成，兄嘱余润色之，捧此金石章，实难措刀笔。然却之非恭，乃于声韵文辞未稳处稍加勘磨，惟恐弄巧成拙而惴惴矣。

夫初览大赋，犹见泰山东来，叠嶂西驰，万马回旋；一赋在手，若接宇宙星云，天地罡风，千古潮涌。作者俯仰今古，捭阖天地，历陈人间沧桑，细数诸朝兴衰，架构廓大而有致，规模恢弘而空前，前贤诸作未有过之者也。体大则气雄，物夥则势壮。读此赋，似闻雷霆万钧，觉有不可当之力在焉。其郁勃之情，浩然之气，形诸历史长卷，起伏跌宕，纵横驰骋，摄人心魄，发人遐思。大赋盛于汉，宏大乃为美，及观此赋，信矣哉！

古人云：赋者，古诗之流也。诗有六义，赋为其一。诗者，志之所之也。赋之为体，魂在情志。故《文心》诠赋曰：铺彩摛文，体物写志。以是观之，本篇乃赋中佳作也。作者有感而发，情发由衷。咏史而悯百姓惨楚，怀古而谴暴君无道，谈今而祷祖国昌盛；状物以彰华夏文明，述事以显世间正义，纪人以明仁爱关怀。拳拳之心，非为润色鸿业而设之；殷殷之情，岂讽一劝百者流可比哉？

其赋体百代，法度数变，今之文化，已迥异于往昔矣。刻舟求剑，拘泥古典，自不可取；然本体精神亦不可弃也。主客问答，已非常态；骈偶四六，未可全废。汉体唐例，或可兼容；故典今事，咸宜据引。化民兄大作可谓新大赋一范例也。称字字珠玑，似有谀美之嫌，然大作雅健不失平易，骈语兼有散行。骚赋之缠绵，大赋之恢弘，文赋之深致，皆融于一体中，辞义瑰玮，体貌粲然，良可贵也。

盖古之大赋，多奉旨献祝之作，化民兄学古而不泥古，自写感慨，自铸新辞，成此宏制，亦古今奇观也。当今赋事方兴，可置金燕台，悬奖上品。然世咸贵远而贱近，莫肯用心于明物。余觅斯文而击节，高尚其事，感激其情，嘉赏其辞，乃略述要义，以期大赋梓行，无乃洛阳纸或可再贵欤？故乐为之序。

己丑年六月八日志于暨南园一叶庐

（作者单位：暨南大学中文系）

武夷山中国古代散文国际学术研讨会综述

洪本健　于莉莉

由中国古代散文学会、福建省文学学会、福建师范大学文学院主办的中国古代散文国际学术研讨会，于2010年8月27日至29日在福建武夷山举行，来自日本、新加坡、马来西亚、中国大陆及港台学者共131人。开幕式由福建省文学学会会长陈庆元主持，福建师范大学副校长汪文顶致辞，中国古代散文学会会长谭家健讲话。散文学会副会长洪本健在闭幕式作总结发言。

会议提交的109篇论文，散文总论5篇，先秦16篇，汉魏六朝17篇，唐宋35篇，金元3篇，明清30篇，其他3篇，基本反映了我国古代散文研究的现状。2篇以上论文专门涉及的作家仅有5人，其中论司马迁的4篇、陶渊明的2篇、韩愈的3篇、欧阳修的6篇、苏轼的4篇。涉及的作家众多，研究已不局限于少数名家、大家。论文有三方面的创获：

一、关于散文史的宏观思考予人启迪

阮忠《中国散文史的撰述立场与研究方法》认为，"散文"界定、散文史分期、古代散文特性，都是裹挟多年难以解决的问题。散文史撰述者的立场有实录、评论和描述，其间存在的矛盾使当下的散文史很难获得认同。欧明俊《古代散文界说之总检讨》认为古代多元的散文观各有合理性和局限性，应宽容看待，不能以"纯文学"观念理解古代散文，"遮蔽"了散文史的许多真相。王明建《古代散文中的人文精神及新时期的文化建设》、李正西《以"精神"作为根本，推进散文理论建设》认为散文理论建设应在"精神"范畴内获得突破性的进展。

马茂军《论唐宋文之争》认为当前学界关于唐宋文差异论述得很不充分。马茂军赞同日本学人以唐代属于中古、宋代属于近古的论断，谓唐文乃中古之文，宋文有近世之风。谢飘云《试论文化生态变迁与中国近代散文的新变》认为近代中国文化生态变迁的基本格局，决定了近代散文的发展趋势。刘衍《古代散文研究的新成果》认为熊礼汇主编的《中国古代散文艺术二十四讲》纵贯古代、近代，论及各时代有代表性的名家名篇，是散文史研究具有广度和深度的成功之作。

二、关于作家作品的研究各呈异彩

重视有关作家生平的梳理和相关文献的发掘。陈庆元《徐𤊹〈荔奴述〉与林古度〈荔奴传〉》对晚明文人徐𤊹、林古度相同题材的小品加以比较分析，以为各有所长，各臻其妙；论文具有重要的文献价值。何宗美《〈蒋务本先生墓志铭〉的文学史料价值》指出，该墓志铭对认识明代文学史上的“景泰十子”极有价值，弥补了《明史》、《列朝诗集小传》记载之不足。

文论研究方面，袁晓薇《浅谈欧阳修文论的兼容性》认为欧的文论具有指向创新的兼容性，体现出调和与包容的特征。陈斌《罗念庵之文章观初论》指出罗氏以道德修养为本，形成了心性论思想基础上的文论观。邹自振《汤显祖的散文理论与创作》指出汤文对公安派倡导的“不拘格套，独抒性灵”之说产生极大的影响。俞樟华、俞波恩《黄宗羲传记理论研究》论析黄氏创作强调一个“真”字，贯串一个“情”字，追求一个“美”字。关于创作形态问题，刘文斌《〈晏子春秋〉在先秦散文中的独特地位》揭示该书最为独特的著作形态。何方形《论王士性散文的时空形态》以时间的回溯、空间的拓展、时空的综合论述王士性对山水文学的开拓。论述作家或作家群创作风格的文章有姚曼波《〈左传〉艺术风格探奥》、张连科《骨鲠与风骨——建安散文风格论》、刘德清《欧阳修“人情说”与平易文风》与郭玉杰、李精耕《浅论周必大散文“雄深博雅”的主体风格特征》。关于作品对后世的影响，周威兵《〈庄子〉和汉抒情赋的“士不遇”主题》论述了《庄子》对汉代文人和汉赋的影响。陶原珂《〈桃花源记〉对后世记体文的影响》列举《桃花源记》文学思维的八个意境构成之维，分析其对后世记体文的影响。查金萍《论宋人对韩愈“文以明道”的接受》、杜海军《〈观澜文集〉及其对唐宋派形成的影响》、陈元锋《北宋文坛对“元和、长庆风格”之接受及其意义》，则分别论及作家、文集和文学风尚对后世的影响。文本分析方面，毛文芳《汪琬〈灌园图记〉之伦理意蕴》，由画到记、由点到面，论析深刻周到。李强《〈岳阳楼记〉的政治文化背景》指出不能简单地视滕子京的对手为保守派，滕之贬与庆历新政无必然联系。朱迎平《读〈渭南文集〉表笺文札记》纠正了欧小牧《陆游年谱》若干错误。于莉莉的《九仙山麓数片石　绿玉斋中万卷书——徐𤊹〈绿玉斋记〉略论》认为《绿玉斋记》是一篇值得重视的藏书斋小品文。

三、关于各类文体的研究不断深入

各类文体研究的论文甚多。先秦散文，学者的研究多以文体为切入口。郭丹《试论先秦散文中的文体》、杨景龙《先秦“说书”与诸子经说体》、梅军《论殷墟甲骨刻辞“王占曰”之文的文体特征》、柯镇昌《从“有说乎”审读战国“说体”之特征》等，都体现了高度重视文体的学术眼光。汉魏六朝有赵厚均《汉魏两晋诔文述论》、王启才《汉代奏议的进谏艺术》、郗文倩《汉代的罪己诏》、王琳《六朝地记的兴盛、影响及其评价》、钟涛《论汉魏六朝碑文的功能拓展和形式新变》、孟庆阳《刘勰〈文心雕龙〉中的奏议文体论》，都对一个或几个朝代的某种文体作专门的考察和论析。叶枫宇《〈选〉论初探》则对《文选》的论文作了研究。唐代散文研究，刘曙初的《孙樵与晚唐古文的发展困境》、刘心的《韩熙载〈江北行止〉析论》等都颇有新意。洪本健《欧阳修史学的宋代评价》对欧阳修的史学散文有精致的论述。宋金元还有马自力《语录体与宋代诗学》、赵维江与徐海容《宋代制文的文体特征和文学性》、王基伦《北宋碑记文的发展》、关四平《论苏轼史论散文的文化价值》、施懿超《昆体四六、承上启下——杨亿骈文研究》、蒋振华《金元碑志体散文的文化价值考察——以道教人事为中心》，明清有张德建《明代学记文的集体形态及其超稳定特征》、张则桐《清初时文与古文关系》、方盛良《〈金农行书尺牍册〉考释》、谌东飚《瞿鸿禨散文论略兼及古代某些散文文体的传承问题》、何宏玲《晚清小报的新体散文——近代散文新变探索之一》等，都对一定阶段某种文体的特征、发展、变化、文化价值等，就某一方面作详尽的分析。

本次研讨会弘扬了勇于创新的学风、扎实研究的学风和大胆批评的学风。

勇于创新的学风

创新是学术的生命。许总《〈中庸〉释义》认为"中"的本义是内在的且能贯通上下者，"庸"的本义是实用，中庸之道体现了儒学最大的普适性与永久的价值性。胡旭《欧阳修与〈与高司谏书〉发覆》指出高若讷非奸佞之徒。随着年龄和阅历的增长，欧阳修晚年对怒斥高氏一事有后悔之心。邬国平《〈恨赋〉、〈别赋〉四题》谓江淹作二赋不仅为了自诉忧伤，更是为了释情自娱。唐晓敏《中唐古文运动与"攘夷"无涉》指出中唐时期藩镇割据不具有普遍性，佛老蕃滋起到维护皇权的作用，两者并非古文运动的社会背景。张德建《明代学记文的集体形态及其超稳定特征》将学记文与明代政治制度、思想文化背景联系起来加以考察，揭示其历史进程。曹虹《学术与文学的共生——论仪征派"文言说"的推阐与实践》与张维《汉宋调和的学术背景对嘉道时期桐城派发展的影响》，都从学术背景出发对仪征派"文言说"和桐城派的发展做出科学的论述。

扎实研究的学风

与会学者重视文本分析，避免空疏之论，重视时代背景、文化背景、学术背景的考察，有较开阔的视野。他们注意作家作品研究和散文史、散文理论研究的结合，注意散文研究中文史哲的打通与结合，注意宏观与中观、微观研究的结合，这些都体现了扎扎实实做学问的良好风尚。台湾有十余位学者与会，他们非常重视对文本作细致深入的研究。许东海、毛文芳就《石钟山记》、《灌园图记》的正名与伦理意涵等发表自己的见解。衣若芬《行云流水——苏轼〈与谢民师推官书〉的散文与书法艺术》也将不同体类的艺术一同加以研究，以小见大，做足文章。叶钧培《金门古代散文文献整理与研究——以金门碑刻为例》，对金门民国之前石碑加以调查，分类整理并加以研究。大家表示，两岸学者共同努力，一定能推动中国古代散文的深入研究，为中华民族的振兴做出贡献。

大胆批评的学风

本次会议讨论热烈，各抒己见。谭家健先生不但热情肯定佳作，对错误的观点也旗帜鲜明地提出不同的意见。他对"八股文文体已备于战国"的奇谈怪说，一评再评，摆事实讲道理，令人信服。《十年来先秦散文研究巡礼》一文对六部综合研究先秦散文的专著加以评说，多一针见血之语。如对《先秦叙事研究：中国叙事传统的形成》一书评论说：把国外的叙事学理论"扩大到几乎所有先秦文学领域，显然凿枘难合。其最突出毛病在于把记言与叙事混同，把诸子散文全部当叙事文学来看待，难免给人以牵强附会之感"。

四、小组讨论概况

小组讨论以话题为中心，自由发言，各抒己见，气氛热烈活泼。讨论内容既有心得体会，也有研究中的困惑。"热点"主要有二：一是关于古代散文的内涵、范围、审美特征和功能问题，二是唐宋文异同问题。胡明、刘衍、洪本健、陈庆元、熊礼汇、阮忠、张新科、唐晓敏、许总、曹虹、王达敏、王秀臣、李正西、彭国忠、杜海军、马茂军、欧明俊、张文利、郗文倩、吕双伟等，皆发表了各自的见解，多有深度。

胡明认为古代散文强调明理、载道，不是指向文艺散文；中国散文从开始就和理捆绑在一起，具有高度的理性信念和执着的理性精神；散文的美学本质和本体特征虽与诗性有关，但更多地与道、与理有关，它体现了作者的品格、器局和气韵。李正西强调不能以现代散文中的艺术性、情感性来衡量古代散文。熊礼汇强调关照古代散文的审美特质要具体到各类文体，如古文、小品文和著述散文的审美取向不同，与道的粘合度也不同。王秀臣认为散文和诗歌表现手法相通，有些概念可共用；庄子散文是诗性的，现代散文则哲理少了，值得学者思考。洪本健认为古文具有音韵美，重视朗读效果；研究古文范围可以从宽，但不宜分类过细，过于琐碎。唐晓敏强调古今散文特性不同，研究和创作应致力于古今贯通、文史哲融汇。欧明俊认为古代散文概念内涵复杂，界说纷纭，古人有自己的独特话语。今天，以"诗性"来界说散文，值得怀疑。曹虹认为古文、骈文和散文内涵至今模糊，与其致力于概念的争论，不如从古代文章学的角度来分析，尽力还原当时的文章面貌。古人认为是什么文体，今天就以之为对象加以研究。阮忠认为散文界定有两难：一是抒情的有无及与说理、叙事截然分开很难；二是"文"、"文章"、"古文"分别界定也很难。因此，不如搁置争议，回归历史，多研究些具体的问题。

关于唐宋文异同问题。洪本健认为唐宋文风格差异大，反应了中古与近古文化对文章的不同影响；欧苏之文易读而韩柳之文难读。唐晓敏认为唐文多怪奇，宋文则平易流畅，宋文易为后世效法；唐文多重感情，没有宋文实用；宋文则情感平和，多用在科举、朝政上。王达敏指出，桐城派晚期对唐宋文、秦汉文与唐宋文关系有充分讨论，从早期的崇尚唐宋文到回归秦汉文。马茂军认为唐宋派实际上只是宋派，唐派文风沿袭秦汉派，宋派因打击太学体而内心否定秦汉派，追求平易文风。唐宋文风的不同还与统治者主体构成有关，即武将与文官政治的不同。这导致唐文崇尚事功，而宋文则关注人的内心世界，追求自由思想。胡明认为唐人有佛教焦虑感，宋人重视理学与古文的结合，对中国文化感到自足自信，文化思想的不同导致唐宋人胸襟气象、人格境界不同，从而导致唐宋文风貌不同。欧明俊认为唐文表情达意真实，宋文则较造作矫饰；唐文偏于感性，宋文偏于理性；唐文外向，宋文内敛；唐文绚烂有朝气，宋文平淡有暮气，这和唐宋诗之别有相似之处。曹虹认为唐宋文与唐宋诗的区别不能等同，对两者的差别要给予适度的考虑。熊礼汇认为，唐宋文的不同风貌与创作主体不同的仕途经历有关：唐代文人仕途多坎坷，军国大事难有机会抒写，故多写个人失意及代青年才俊发牢骚；宋代则文人地位较高，仕途较顺，因而情绪较平和，对仕途荣辱及得失成败坦然处之。何诗海认为唐宋文与秦汉文的区别在于有文法与自然为文，在明道和说理上则没有根本差别。慈波则从历代文话中对唐宋文的不同评价来说明唐宋文的差异，主张从文章批判的角度来理解唐宋文差异。阮忠认为除了政治命运对宋文有重大影响外，文人心态从青年激烈到老年平静的转变也不能忽视。张文利认为理学与宋文关系紧密，宋人重视内心涵养功夫，成圣成贤意识强烈；先忧后乐不仅是为官宣言，也是内心的真实想法，且这对宋人来说是一种普遍存在，故宋文多平易流丽，少牢骚之语。

此外，陈庆元结合自己的研究经验，呼吁两岸学者密切合作，加强闽台区域散文文献整理与研究，进一步撰写闽台散文史；他还认为，中国古代散文的研究与现当代散文的研究应当打通，福建师范大学现当代文学是国家重点学科，中国古代文学是具有二十年历史的省级重点学科，研究力量比较雄厚，目前，已经有现当代散文理论源流研究的成果，今后还可以进一步做做其他方面的研究工作，以期对中国散文的整体研究有更大的推动。刘衍对当下散文研究学风建设提出了中肯的建议，张新科呼吁加强史传文学研究的学理性和理论品格。王达敏认为桐城派古文观在清代经历了一个回旋，即由方苞崇尚雅正到姚鼐虽崇尚雅洁，但面对汉学派的压力，不得不同时标举义理、考据和辞章，再到曾国藩的《经史百家杂钞》完全消解了古文的纯粹性，最后到晚清桐城派论文章又崇尚雅洁。这反映了桐城派古文理论既待时而变，又守正不移。彭国忠指出梅曾亮、曾国藩对古文、骈文功能作了较为全面的阐释，对当时的文章理论有深入的理解。吕双伟对古文和骈文的明道、说理、抒情和议论的功能作了说明。郗文倩对古代散文的内涵模糊性加以质疑，主张从古代文体的本身功能性命名来研究古代散文。

编 后 记

《中国古代散文国际学术研讨会论文集》编排和校对完毕，松了一口气，但内心并不轻松，有些情况需说明一下。

参加本次会议的人数多，提交的论文也多，成果丰硕，会议共收到论文 109 篇，约 100 万字。会后，我们将论文编辑成集，联系凤凰出版社正式出版，以进一步扩大学术影响。有些学者考虑到论文拟在其他地方发表等原因，婉谢收入，我们尊重作者的意愿。最后，论文集共收入 100 篇，共 80 多万字。因版面有限，出版社要求删去每篇论文的内容提要和关键词，我们还要求论文过长的作者压缩篇幅，给诸位添了不少麻烦，内心过意不去。

《论文集》大体上按宏观理论在前，再按时代先后顺序编排。校对方面，我们主要校正引文、文字表达、标点符号及注释规范等方面的一些疏漏。台湾地区学者的几篇论文本为繁体字撰写，为统一体例，转换为简体字，我们校对时可能有疏忽，如影响论文质量，责任在我，特向作者深表歉意！

编辑和校对工作的顺利进行，是与同仁的关心支持、积极配合分不开的。有时电子邮件或电话反复联系，少不了"骚扰"诸位。同仁认真负责的态度感染着我，我也学到许多宝贵的东西。

尽管我们做了努力，但因工作量大、时间紧等客观原因，加之我个人才、学、识各方面的局限，编辑和校对工作肯定还存在不少疏漏，虽说文责自负，还是担心是我个人疏忽将诸位大作"点金成铁"，一切不如意处皆祈请同仁批评并谅宥！

这项工作是在陈庆元先生的具体指导下进行的，感谢他的信任！中国古代散文学会会长谭家健先生具体指导，耐心答疑，长者风范，令晚辈感动。

感谢汪文顶副校长、文学院郑家建院长的信任！我还要借此机会，感谢文学院办公室主任曾水官老师会议期间的辛勤付出！

感谢责任编辑樊昕兄的热情、耐心、认真、负责、严谨！

我们以十二万分的诚意，渴望得到学界同仁一如既往的指导和帮助，我们共同的事业一定会越来越兴旺发达。

编辑和校对过程中，我有许多感动，多少感谢意，尽在不言中。是为记。

欧明俊

2011 年 10 月 1 日